Einaud

Prima edizione «Narratori stranieri tradotti» 1942
www.einaudi.it

ISBN 88-06-11849-8

Lev Tolstoj

Guerra e pace

Traduzione di Enrichetta Carafa d'Andria

Volume secondo

Einaudi

Indice

Guerra e pace

Volume secondo

Libro terzo

Parte prima

I.

Col finire del 1811 cominciò l'armamento intensivo e il concentramento delle forze dell'Europa occidentale, e nel 1812 queste forze – milioni di uomini (contando gli addetti al trasporto e al vettovagliamento dell'esercito) – si mossero da occidente verso oriente, verso le frontiere della Russia, dove pure fino dal 1811 s'erano ammassate le forze russe. Il 12 giugno le forze dell'Europa occidentale varcarono le frontiere della Russia e cominciò la guerra, cioè si compí un fatto contrario alla ragione umana e a tutta la natura umana. Milioni di uomini commisero gli uni contro gli altri cosí innumerevoli malefici, inganni, tradimenti, rapine, falsificazioni ed emissioni di assegnati falsi, saccheggi, incendi ed assassini, quanti per secoli interi non ne raccoglierebbero gli annali di tutti i tribunali del mondo, e che, in quel periodo di tempo, la gente che li commise non considerò come delitti.

Che cosa produsse questo avvenimento insolito? Quali furono le sue cause? Gli storici, con ingenua sicurezza, dicono che le cause di questo fatto furono l'offesa recata al duca di Oldemburgo, l'inosservanza del blocco continentale, l'ambizione di Napoleone, la fermezza di Alessandro, gli errori dei diplomatici, ecc. ecc.

In conseguenza, sarebbe bastato che Metternich, Rumjantsev o Talleyrand, fra una cerimonia di Corte e un ricevimento, avessero redatto con ogni diligenza un protocollo ben formulato, o che Napoleone avesse scritto ad Alessandro: « *Monsieur mon frère, je consens à rendre le duché au duc d'Oldembourg* », e non ci sarebbe stata la guerra.

Si comprende che la cosa fosse presentata cosí ai contemporanei. Si comprende che Napoleone credesse causa della guerra gl'intrighi dell'Inghilterra (come egli disse appunto all'isola di Sant'Elena). Si comprende che i membri del Parlamento inglese credessero causa della guerra l'ambizione di Napoleone; che il duca d'Oldemburgo credesse causa della guerra la violenza commessa contro di lui; che ai commercianti causa della guerra sembrasse il blocco continentale, che rovinava l'Europa; che ai vecchi soldati e ai generali la causa principale sembrasse la necessità di farli agire; ai legittimisti del tempo paresse tale la necessità di ristabilire *les bons principes* e i diplomatici del medesimo tempo credessero che tutto fosse provenuto dal non aver nascosto abbastanza bene a Napoleone l'alleanza fra la Russia e l'Austria nel 1809 e dall'essere il memorandum n. 178 stato scritto con poca abilità. Si comprende che queste ed altre innumerevoli, infinite cause, la quantità delle quali dipende dalle innumerevoli divergenze dei punti di vista, fossero presentate ai contemporanei; ma per noi – posteri – che contempliamo in tutta la sua enorme vastità il fatto accaduto e penetriamo nel suo semplice e terribile significato, queste cause sembrano inadeguate. Per noi è incomprensibile che milioni di cristiani si siano uccisi e torturati a vicenda perché Napoleone era ambizioso, Alessandro era fermo, la politica dell'Inghilterra era astuta e il duca di Oldemburgo era stato offeso. È impossibile comprendere quale legame abbiano queste circostanze col fatto stesso dell'assassinio e della violenza; perché l'offesa fatta al duca abbia portato per conseguenza che migliaia di persone, venute dall'altra estremità dell'Europa, abbiano ucciso o rovinato gli abitanti delle province di Smolènsk e di Mosca e siano state uccise da loro.

A noi, posteri, e non storici, che non siamo sedotti dal processo dell'indagine, e che perciò contempliamo gli avvenimenti col nostro inoffuscato buonsenso, queste cause appaiono in quantità infinita. Quanto piú ci sprofondiamo nella ricerca delle cause, tanto piú numerose esse ci appaiono, e ogni causa od ogni serie di cause presa per sé ci sembra egualmente giusta, e tutte sembrano egualmente false per la loro futilità a paragone dell'enormità del fatto ed egualmente false per la loro insufficienza a produrre (senza il concorso di tutte le altre cause concomitanti) l'avvenimento che si è compiuto. Una causa come il rifiuto di Napoleone di ritirare il suo esercito di là dalla Vistola e di rendere il ducato d'Oldemburgo ha per noi lo stesso valore che il desiderio o il mancato desiderio di un qualsiasi caporale francese di contrarre una seconda ferma; perché, se egli non avesse voluto riprendere servizio e cosí avessero fatto due, tre, mille caporali e soldati, tanto meno uomini ci sarebbero stati nell'esercito di Napoleone e la guerra non si sarebbe potuta fare.

Se Napoleone non si fosse offeso della richiesta ch'egli si ritirasse dietro la Vistola e non avesse ordinato alle truppe di marciare innanzi, la guerra non ci sarebbe stata; ma se tutti i sergenti non avessero voluto contrarre una seconda ferma, anche allora la guerra non ci sarebbe stata. Cosí pure la guerra non ci sarebbe stata senza gl'intrighi dell'Inghilterra e se non fosse esistito il duca di Oldemburgo, e se Alessandro non si fosse sentito offeso, se non ci fosse stato il governo autocratico in Russia, se non ci fosse stata la rivoluzione francese e successivamente la dittatura e l'Impero, e tutto ciò che produsse la rivoluzione francese, e cosí via. Senza una di queste cause nulla sarebbe potuto accadere. Dunque tutte queste cause – miliardi di cause – hanno concorso a produrre ciò che è stato. E per conseguenza non ci fu una causa esclusiva del fatto, ma il fatto doveva avvenire soltanto perché doveva avvenire. Milioni di uomini, abdicando ai loro sentimenti di umanità e alla loro ragione, dovevano andare da occidente a oriente e uccidere i loro simili, cosí come alcuni secoli indietro erano andate da oriente a occidente valanghe di uomini a uccidere i loro simili.

Gli atti di Napoleone o di Alessandro, dalle parole dei quali pareva dipendere che il fatto avvenisse o non avvenisse, erano cosí poco liberi quanto gli atti di un qualsiasi soldato che andasse alla guerra designato dalla sorte o reclutato. Ciò non poteva essere diversamente, poiché, per adempiere la volontà di Napoleone o di Alessandro (le persone dalle quali sembravano dipendere gli avvenimenti) era necessaria la concomitanza di innumerevoli circostanze, senza una sola delle quali i fatti non potevano avvenire. Era necessario che milioni di uomini, nelle mani dei quali era la forza effettiva – soldati che sparavano, trasportavano le vettovaglie e i cannoni – acconsentissero ad adempiere quella volontà di uomini isolati e deboli, e fossero condotti a ciò da un infinito numero di cause complicate e diverse.

Il fatalismo nella storia è indispensabile per spiegare le manifestazioni irrazionali (cioè quelle delle quali non comprendiamo la razionalità). Quanto piú ci sforziamo di spiegare razionalmente questi fenomeni storici, tanto piú irragionevoli e incomprensibili essi divengono per noi.

Ogni uomo vive per sé, gode della libertà per raggiungere i suoi fini personali e sente con tutto l'essere suo che può immediatamente fare o non fare una data azione; ma non appena egli l'ha fatta, quest'azione, compiuta in un dato momento di tempo, diventa irreparabile, viene a far parte della storia, nella quale essa non ha piú un significato libero, ma un significato predeterminato.

In ogni uomo vi sono due aspetti della vita: la vita personale, che è tanto piú libera quanto piú astratti sono i suoi interessi, e la vita elementare, la vita di sciame, dove l'uomo obbedisce inevitabilmente a leggi che gli sono prescritte.

L'uomo vive consciamente per sé, ma serve come strumento inconscio per il conseguimento dei fini storici dell'umanità in generale. L'atto compiuto è irreparabile e il suo effetto, coincidendo nel tempo con quello degli atti di milioni di uomini, assume un significato storico. Quanto piú in alto sta l'uomo sulla scala sociale, a quante piú persone egli è legato, quanto piú potere ha su altri uomini, tanto piú evidenti sono la predeterminazione e la necessità d'ogni suo atto.

« Il cuore del re è nella mano di Dio ».

Il re è schiavo della storia.

La storia, cioè la vita incosciente e comune, la vita di sciame dell'umanità, si avvantaggia per sé di ogni momento della vita dei re, come di un mezzo per raggiungere i propri fini.

Napoleone, nonostante che ora, nel 1812, piú che mai credesse che dipendeva da lui di *verser* o non *verser le sang de ses peuples* (come nella sua ultima lettera gli aveva scritto Alessandro), mai come allora era stato sottomesso a quelle inevitabili leggi che l'obbligavano (agendo, per quel che gli pareva, secondo la sua propria volontà) a fare, per quell'opera comune che è la storia, ciò che doveva essere compiuto.

Gli uomini di occidente avanzavano verso oriente per uccidersi gli uni con gli altri. Secondo la legge del cumulo delle cause, in questo avvenimento rientrarono e con esso coincisero mille piccole cause accessorie di quel movimento e della guerra: i rimproveri per l'inosservanza del blocco continentale, il duca di Oldemburgo, il movimento di truppe in Prussia, intrapreso (per quel che pareva a Napoleone) soltanto per giungere alla pace armata, l'amore e l'abitudine alla guerra dell'imperatore dei francesi che coincidevano con lo stato d'animo del suo popolo, l'entusiasmo nascente dalla grandiosità dei preparativi, le spese fatte per questi preparativi, la necessità di procurarsi dei vantaggi che compensassero quelle spese, l'ubriacatura delle onoranze di Dresda, le trattative diplomatiche, le quali, agli occhi dei contemporanei, erano condotte col sincero desiderio di giungere alla pace, e che invece non facevano che invelenire l'amor proprio dell'una e dell'altra parte, e milioni di milioni di altre cause che rientrarono nell'avvenimento che doveva compiersi e coincisero con esso.

Quando la mela è matura e cade, perché cade? Perché gravita

verso la terra, perché il picciuolo si atrofizza, perché è disseccata dal sole, perché si è fatta pesante, perché il vento la scuote, perché il bambino che è di sotto la vuol mangiare?

Niente è la causa. Tutto questo non è che concomitanza di quelle condizioni in cui si compie ogni fatto vitale, organico, elementare. E il botanico il quale ritiene che la mela cade perché il tessuto se ne è decomposto, o cose simili, avrà ragione quanto il bambino che, stando di sotto, crede che la mela sia caduta perché lui se la voleva mangiare e l'ha chiesto con una preghiera. Cosí avrà torto e avrà ragione chi dirà che Napoleone è andato a Mosca perché lo voleva e che vi ha trovato la sua rovina perché Alessandro ne voleva la perdita, come avrà torto e avrà ragione chi dirà che una montagna che pesa milioni di libbre, ed è minata, è caduta perché l'ultimo lavoratore le ha dato l'ultimo colpo di piccone. Negli avvenimenti storici gli uomini cosí detti grandi sono etichette che dànno il titolo all'avvenimento e, come le etichette, meno che mai hanno rapporto con l'avvenimento stesso.

Ogni loro azione, che ad essi sembra volontaria, nel senso storico è involontaria, e si trova legata a tutto il corso della storia ed è determinata da sempre.

II.

Il 29 maggio Napoleone partí da Dresda dove aveva passato venti giorni, circondato da una corte di principi, duchi, re e anche di un imperatore. Napoleone prima di partire ringraziò i principi, i re e l'imperatore che lo meritavano, rimproverò i principi e i re dei quali era scontento, regalò perle e brillanti di sua proprietà – cioè presi ad altri re – all'imperatrice d'Austria e, come dice il suo storico, abbracciata teneramente l'imperatrice Maria Luisa, la lasciò afflitta da una separazione che ella – questa Maria Luisa ch'era considerata sua moglie, benché a Parigi ne fosse rimasta un'altra – pareva non avesse la forza di sopportare. Sebbene i diplomatici credessero ancora fermamente nella possibilità della pace e lavorassero con zelo a questo scopo; sebbene l'imperatore Napoleone stesso avesse scritto una lettera all'imperatore Alessandro, chiamandolo « *Monsieur mon frère* » e sinceramente affermando che non desiderava la guerra e che lo avrebbe sempre amato e stimato, pure egli era partito per raggiungere l'esercito e ad ogni stazione dava nuovi ordini che avevano per iscopo di affrettare i movimenti dell'esercito da occidente ad oriente. Egli fece in carrozza da viaggio a sei cavalli, circondato dai paggi, dagli aiutanti e dalla scorta, la strada di Posen, Thorn, Danzica e Königsberg. In ciascuna di queste città migliaia di persone lo accoglievano con trepidazione ed entusiasmo.

L'esercito si moveva da occidente ad oriente, e i sei cavalli, rinnovati via via, lo conducevano nella stessa direzione. Il 10 giugno egli raggiunse l'esercito e passò la notte nella foresta di Vilkovisk, nell'alloggio che gli era stato preparato nella proprietà di un conte polacco.

Il giorno seguente, Napoleone, oltrepassata la truppa si avviò in carrozza verso il Niemen, e, per ispezionare il luogo in cui si doveva traghettare, rivestí un'uniforme polacca e andò sulla riva.

Vedendo sulla riva opposta *les cosaques* e le lande (*les steppes*) che si stendevano lontano, in mezzo alle quali era *Moscou, la ville sainte*, la capitale di quello Stato simile al regno degli sciti dov'era andato Alessandro il Macedone, Napoleone, con sorpresa di tutti e contrariamente ad ogni considerazione strategica e diplomatica, ordinò di attaccare, e il giorno seguente le sue truppe cominciarono a passare il Niemen.

Il 12, alla mattina presto, egli uscí dalla sua tenda, che quel giorno era stata alzata sulla scoscesa riva sinistra del Niemen, e guardò col canocchiale le ondate delle sue truppe che uscivano dalla foresta di Vilkovisk e si riversavano sui tre ponti gettati sul Niemen. Le truppe, sapendo della presenza dell'imperatore, lo cercavano con gli occhi, e quando scorsero sull'altura, davanti alla tenda, una figura in soprabito e cappello che si staccava dal seguito, gettarono in aria i berretti e gridarono: « *Vive l'Empereur!* » e, le une dopo le altre, fluivano, fluivano sempre senza interruzione dall'immensa foresta che le aveva nascoste fino a quel momento e, dividendosi fra i tre ponti, passavano dall'altra parte.

– *On fera du chemin cette fois-ci... Oh! quand il s'en mêle lui-même, ça chauffe... Nom... de Dieu... Le voilà!... Vive l'Empereur!... Les voilà donc les steppes de l'Asie! Vilain pays tout de même. – Au revoir, Beauché; je te réserve le plus beau palais de Moscou. – Au revoir! Bonne chance... – L'as-tu vu, l'Empereur? Vive l'Empereur... preur! – Si on me fait gouverneur aux Indes, Gérard, je te fais ministre du Cachemire, c'est arrêté. – Vive l'Empereur! vive! vive! vive! – Les gredins de cosaques, comme ils filent! Vive l'Empereur! Le voilà! Le vois-tu? Je l'ai vu deux fois comme je te vois. Le petit caporal... Je l'ai vu donner la croix à l'un des vieux... – Vive l'Empereur!...* – dicevano le voci di uomini vecchi e giovani, diversissimi per carattere e per posizione sociale. Sui visi di tutti quegli uomini c'era una sola, comune espressione di gioia per l'inizio della campagna lungamente attesa, di entusiasmo e di devozione per l'uomo dal soprabito grigio che stava ritto sull'altura.

Il 13 giugno condussero a Napoleone un cavallino di puro sangue arabo ed egli montò in sella e si avviò al galoppo verso uno dei ponti sul Niemen, di continuo assordato dalle grida di entusiasmo, che egli, evidentemente, sopportava soltanto perché non poteva proibire alle truppe di esprimergli con quelle grida il loro amore per lui; ma quelle grida che l'accompagnavano da per tutto lo stancavano e lo distoglievano dalle preoccupazioni militari che lo tenevano tutto, dal momento che aveva raggiunto l'esercito. Traversò uno dei ponti, che vacillava sulle barche, e passò dall'altra parte, voltò bruscamente verso sinistra e galoppò in direzione di Kovno, preceduto dai cacciatori a cavallo della guardia che, inebbriati di gioia e di entusiasmo, gli facevano strada in mezzo alle truppe, galoppando innanzi a lui. Giunto al largo fiume Vilia, si fermò presso al reggimento di ulani polacchi che era sulla sponda.

– Viva! – gridarono i polacchi col medesimo entusiasmo, scompigliando le linee e spingendosi l'un l'altro per vederlo.

Napoleone guardò il fiume, smontò da cavallo e sedette su di un tronco d'albero che era sulla sponda. A un tacito segno gli portarono un canocchiale: egli l'appoggiò sul dorso d'un paggio, che era accorso tutto giulivo, e si mise a guardare dall'altra parte. Poi si sprofondò nell'esame della carta spiegata fra i tronchi d'albero. Senza alzar la testa, disse qualche cosa e due aiutanti galopparono verso gli ulani polacchi.

– Che? Che ha detto? – si udí tra le file degli ulani polacchi, quando uno degli aiutanti si avvicinò loro al galoppo.

Era stato dato l'ordine di cercare il guado e traversare il fiume. Il colonnello degli ulani polacchi, un bel vecchio, arrossendo e confondendosi per l'emozione, domandò all'aiutante se gli sarebbe stato permesso di traversare il fiume coi suoi ulani senza cercare il guado. Con l'evidente paura di un rifiuto, come un ragazzo che chiede il permesso di montare a cavallo, chiedeva che gli fosse concesso di passare il fiume sotto gli occhi dell'imperatore. L'aiutante disse che verosimilmente l'imperatore non sarebbe stato scontento di questo eccesso di zelo.

Appena l'aiutante ebbe detto questo, il vecchio ufficiale baffuto, con un viso felice e con gli occhi lampeggianti, alzata la sciabola, gridò: – Viva! – e, comandando agli ulani di seguirlo, dié di sprone al cavallo e galoppò verso il fiume. Spinse con rabbia il cavallo che diventava restio e si tuffò nell'acqua dirigendosi dove la corrente era profonda e rapida. Centinaia di ulani gli galopparono dietro. Faceva freddo ed era difficile il passaggio in mezzo alla corrente rapida. Gli ulani si aggrappavano l'uno all'altro e scivolavano giú dai cavalli. Alcuni cavalli affogarono e affogarono anche degli uomini; gli altri si sforzavano di avanzare, chi stando in sella, chi tenendosi alle criniere dei cavalli. Si sforzavano di nuotare per raggiungere l'altra sponda e, benché a mezzo miglio di lí ci fosse un guado, erano fieri di nuotare e affogare in quel fiume, sotto gli sguardi dell'uomo che, seduto su di un tronco d'albero, non guardava neppure ciò che essi facevano. Quando l'aiutante tornò indietro e, scegliendo un momento opportuno, si permise di attirare l'attenzione dell'imperatore sulla devozione dei polacchi alla sua persona, il piccolo uomo in soprabito grigio si alzò e, chiamato a sé Berthier, si mise a passeggiare con lui avanti e indietro sulla sponda, dandogli ordini e, di tanto in tanto, guardando con aria malcontenta gli ulani che annegavano e distraevano la sua attenzione.

Non era nuova per lui la convinzione che la sua presenza, ad ogni estremo del mondo, dall'Africa alle steppe della Moscovia, inebbriasse la gente, immergendola in un folle oblio di se stessa. Si fece portare il cavallo e si avviò al suo accampamento.

Quaranta ulani annegarono nel fiume, nonostante le barche inviate in loro soccorso. La maggior parte fu respinta indietro sulla riva. Il colonnello e alcuni uomini traversarono il fiume e con fatica risalirono sull'altra sponda. Ma appena furono risaliti, con gli abiti tutti bagnati, dai quali gocciolavano ruscelli d'acqua, gridarono « Viva! » guardando con entusiasmo verso il posto dove prima stava Napoleone, ma dove adesso non era piú, e in quel momento si sentirono felici.

La sera Napoleone, fra due ordini – l'uno, di provvedere al piú presto possibile dei falsi assegnati russi da importare in Russia; l'altro, di far fucilare un sassone, trovato in possesso di una lettera che conteneva notizie sulle disposizioni date nell'esercito francese –, diede un terzo ordine, quello dell'iscrizione del colonnello polacco, che senza necessità s'era gettato nel fiume, nella Legion d'onore, della quale era capo lo stesso Napoleone.

Quos vult perdere dementat.

III.

L'imperatore di Russia, intanto, da piú di un mese stava a Vilna, facendo riviste e manovre. Niente era pronto per la guerra che tutti aspettavano e per la cui preparazione l'imperatore era venuto da Pietroburgo. Non c'era un piano generale d'azione. L'esitazione nella scelta fra tutti i piani presentati era aumentata ancora dopo un mese di presenza dell'imperatore al quartier generale. Le tre armate avevano ognuna un comandante in capo distinto, ma non c'era un comandante supremo di tutte le armate, e l'imperatore non assumeva lui questa dignità.

Quanto piú l'imperatore stava a Vilna, tanto meno ci si preparava alla guerra, stanchi ormai di aspettarla. Tutte le aspirazioni delle persone che circondavano l'imperatore parevano dirette soltanto a far sí che il sovrano, passando piacevolmente il tempo, dimenticasse la guerra imminente.

Dopo molti balli e festini dati dai magnati polacchi, dai personaggi di Corte e dallo stesso imperatore, nel mese di giugno a uno degli aiutanti generali polacchi dell'imperatore, venne in mente che un pranzo e un ballo fossero dati al sovrano dai suoi aiutanti generali. Quest'idea fu accolta favorevolmente da tutti. Il sovrano diede il suo consenso. Gli aiutanti generali riunirono per sottoscrizione il denaro occorrente. La signora che piú di tutte poteva esser gradita all'imperatore fu pregata di far gli onori di casa. Il conte Bennigsen, proprietario di beni nella provincia di Vilna, offrí la sua casa di campagna per questa festa, e pel 13 giugno fu fissato il ballo, con pranzo, passeggiata in barca e fuochi d'artificio, nella casa di campagna di Zakret, di proprietà del conte Bennigsen.

Lo stesso giorno in cui Napoleone aveva dato l'ordine di traversare il Niemen e le sue truppe, respingendo i cosacchi, avevano varcato la frontiera russa, Alessandro passò la serata nella villa di Bennigsen, al ballo dato dai suoi aiutanti generali.

La festa era allegra e splendida; quelli che se ne intendevano dicevano che di rado s'erano viste tante bellezze riunite in un solo luogo. La contessa Bezúchova, che insieme con altre dame russe aveva seguito l'imperatore da Pietroburgo a Vilna, era a quel ballo, e oscurava con la sua possente bellezza, cosí detta russa, le raffinate signore polacche. Era notata da tutti e l'imperatore si compiacque d'invitarla a ballare.

Borís Drubetskòj era anche lui a quel ballo, *en garçon*, come diceva, avendo lasciato sua moglie a Mosca, e, benché non fosse aiutante generale, aveva però contribuito per una forte somma alle spese del ballo. Borís adesso era un uomo ricco, molto avanti negli onori, e non cercava piú protezioni, ma trattava da pari a pari i piú elevati in grado fra i suoi coetanei. Aveva incontrato a Vilna Hélène, che non vedeva da molto tempo, senza ricordare il passato, ma, siccome Hélène godeva le grazie d'un personaggio molto importante e Borís era sposato da poco, si trattarono da vecchi e buoni amici.

A mezzanotte si ballava ancora. Hélène, non avendo un cavaliere degno di lei, offrí ella stessa una mazurka a Borís. Formavano la terza coppia. Borís, guardando tranquillamente le splendide spalle nude di Hélène, che uscivano dal suo vestito di garza scura, guarnito d'oro, le parlava di antiche conoscenze, e intanto, senz'accorgersene e senza che altri se ne accorgesse, non perdeva di vista un istante l'imperatore che si trovava in quella stessa sala. L'imperatore non ballava; stava in piedi sulla soglia della sala e fermava ora questo, ora quello con quelle parole cortesi che soltanto lui sapeva dire.

Prima che cominciasse la mazurka, Borís vide che l'aiutante generale Balašòv, una delle persone piú intime dell'imperatore, si avvicinò a lui e si fermò, in modo insolito per un cortigiano, accanto all'imperatore che parlava con una signora polacca. Smettendo di parlare con la signora, l'imperatore lo guardò interrogativamente e, avendo di certo capito che Balašòv aveva agito cosí soltanto per qualche grave motivo, fece un lieve cenno del capo alla signora e si diresse verso Balašòv. Appena Balašòv cominciò a parlare, il viso del sovrano assunse un'espressione di meraviglia. Egli prese a braccetto Balašòv e traversò la sala con lui, senz'accorgersi che la folla, scostandosi, gli lasciava libero dalle due parti uno spazio di tre tese. Borís notò la fisonomia sconvolta di Arakcéjev nel momento che l'imperatore traversava la sala con Balašòv. Arakcéjev, guardando di sottecchi l'imperatore e annasando col suo naso rosso, si staccò dalla folla, come se aspettasse che l'imperatore si rivolgesse a lui. (Borís capí che Arakcéjev invidiava Balašòv ed era malcontento che una notizia evidentemente importante non giungesse all'imperatore per tramite suo).

Ma l'imperatore e Balašòv passarono dalla porta d'uscita senza notare Arakcéjev e andarono nel giardino illuminato. Arakcéjev, reggendo la sciabola e guardando rabbiosamente intorno a sé, li seguí a una ventina di passi di distanza.

Borís, seguitando a fare le figure della mazurka, era tormentato dal pensiero della notizia portata da Balašòv e dal desiderio di trovare il modo di conoscerla prima degli altri.

Quando cominciò la figura nella quale egli doveva scegliere le dame, egli disse piano ad Hélène che voleva prendere la contessa Potoeka che gli sembrava fosse uscita sul balcone e, facendo scivolare i piedi sul pavimento di legno, corse alla porta che dava sul giardino; vedendo l'imperatore, che tornava sulla terrazza con Balašòv, egli si fermò. L'imperatore e Balašòv si dirigevano verso la porta. Borís, con la fretta di chi non abbia fatto in tempo a scostarsi, si strinse rispettosamente contro lo stipite della porta e chinò il capo.

L'imperatore, con l'emozione di un uomo personalmente offeso, conchiudeva un discorso con queste parole:

– Entrare in Russia senza dichiarazione di guerra! Io farò la pace solo quando non resterà sul mio territorio un solo nemico armato, – disse.

Parve a Borís che l'imperatore dicesse queste parole con una certa soddisfazione; era contento della forma con la quale aveva espresso il suo pensiero, ma gli rincresceva che Borís le avesse udite.

– Che nessuno sappia! – aggiunse l'imperatore, aggrottando le sopracciglia. Borís capí che quelle parole riguardavano lui, e, chiudendo gli occhi, inclinò leggermente il capo. L'imperatore ritornò nella sala e rimase al ballo per un'altra mezz'ora circa.

Borís fu il primo a sapere la notizia che i francesi avevano passato il Niemen e, in grazia di ciò, ebbe l'occasione di mostrare ad alcuni personaggi importanti che gli erano note molte cose nascoste ad altri, e quindi ebbe modo di salire nella stima di questi personaggi.

L'inaspettata notizia del passaggio del Niemen da parte dei francesi era giunta particolarmente inaspettata dopo un mese di attesa vana e in mezzo a un ballo! L'imperatore, subito dopo aver ricevuto la notizia, sotto l'impressione dell'offesa che lo aveva indignato, aveva trovato quella frase divenuta poi celebre, che gli era piaciuta e che esprimeva pienamente il suo sentimento. Tornato a casa dal ballo, l'imperatore alle due dopo la mezzanotte mandò a chiamare il suo segretario Sciškòv e gli ingiunse di redigere un ordine alle truppe e un rescritto al maresciallo Saltykòv, nel quale volle assolutamente che fosse inserita la frase che egli non avrebbe fatto la pace finché un solo francese armato fosse rimasto sul territorio russo.

Il giorno dopo venne scritta la seguente lettera a Napoleone:

Monsieur mon frère! J'ai appris hier que malgré la loyauté avec laquelle j'ai maintenu mes engagements envers Votre Majesté, ses troupes ont franchi les frontières de la Russie, et je reçois à l'instant de Pétersbourg une note par laquelle le comte Lauriston, pour cause de cette agression, annonce que Votre Majesté s'est considérée comme en état de guerre avec moi dès le moment où le prince Kourakine a fait la demande de ses passeports. Les motifs sur lesquels le duc de Bassano fondait son refus de les lui délivrer n'auraient jamais pu me faire supposer que cette démarche servirait jamais de prétexte à l'agression. En effet, cet ambassadeur n'y a jamais été autorisé, comme il a déclaré lui-même, et aussitôt que j'en fus informé, je lui ai fait connaître combien je le désapprouvais en lui donnant l'ordre de rester à son poste. Si Votre Majesté n'est pas intentionnée de verser le sang de nos peuples pour un malentendu de ce genre et qu'elle consente à retirer ses troupes du territoire russe, je regarderai ce qui s'est passé comme non avenu, et un accomodement entre nous sera possible. Dans le cas contraire, Votre Majesté, je me verrai forcé de repousser une attaque que rien n'a provoquée de ma part. Il dépend encore de Votre Majesté d'éviter à l'humanité les calamités d'une nouvelle guerre.

Je suis, etc. (*signé*) ALEXANDRE

IV.

Il 13 giugno, alle due di notte, l'imperatore, fatto chiamare Balašòv e lettagli la sua lettera a Napoleone, gli ordinò di portare questa lettera e consegnarla personalmente all'imperatore dei francesi. Congedando Balašòv, il sovrano gli ripeté di nuovo quelle parole: che egli non avrebbe fatto la pace finché fosse rimasto un solo nemico armato sul territorio russo, e gli ordinò di riferire senza meno quelle parole a Napoleone. L'imperatore non aveva scritto quelle parole nella sua lettera a Napoleone perché sentiva col suo tatto che in quel momento quelle parole erano inopportune in un messaggio col quale si faceva l'ultimo tentativo di pace, ma ordinò assolutamente a Balašòv di riferirle di persona e a voce a Napoleone.

Partito la notte dal 13 al 14 giugno, accompagnato da un trombettiere e da due cosacchi, Balašòv giunse all'alba al villaggio di Rykonty, dov'erano gli avamposti francesi di qua dal Niemen. Egli fu fermato dalle sentinelle della cavalleria francese.

Un sottufficiale degli usseri francesi, in uniforme color lampone e berretto di pelo, gridò a Balašòv che si avvicinava l'ordine di fermarsi. Balašòv non si fermò subito, ma seguitò a procedere al passo sulla strada.

Il sottufficiale, aggrottando le ciglia e borbottando un'ingiuria, si fece sotto col petto del cavallo a Balašòv, tirò fuori la sciabola e investí insolentemente con grida il generale russo, domandandogli se fosse sordo, che non sentiva quel che gli si diceva. Balašòv disse il suo nome. Il sottufficiale mandò un soldato a chiamare un ufficiale.

Senza fare attenzione a Balašòv, il sottufficiale si mise a parlare coi compagni di affari del reggimento e non guardò piú il generale russo.

A Balašòv, dopo la sua recente vicinanza all'autorità e potenza suprema, dopo il colloquio avuto tre ore prima con l'imperatore, e in generale abituato com'era per il suo servizio, agli onori, parve strano vedere lí in territorio russo, quell'atteggiamento ostile e soprattutto irriverente della forza brutale verso di lui.

Il sole cominciava appena ad alzarsi dalle nubi: l'aria era fresca e rorida. Per la strada che veniva dal villaggio avanzava una mandra. Nei campi, le allodole, una dopo l'altra, come bolle nell'acqua, si alzavano con uno strido.

Balašòv si guardava intorno, aspettando che l'ufficiale arrivasse dal villaggio. I cosacchi, il trombettiere e gli usseri francesi di tanto in tanto si gettavano l'un l'altro uno sguardo in silenzio.

Il colonnello degli usseri francesi, evidentemente levatosi di letto allora allora, partí dal villaggio su di un bel cavallo grigio ben pasciuto, accompagnato da due usseri. L'ufficiale, i soldati e i cavalli avevano un aspetto soddisfatto ed elegante.

Era quel primo periodo della campagna, quando le truppe si trovano ancora in un ordine, quasi simile a quello delle riviste e dell'attività pacifica, ma con una sfumatura di guerresca raffinatezza nel vestire e nel morale una sfumatura di quell'allegria e di quella baldanza che sempre accompagnano il principio di una campagna.

Il colonnello francese tratteneva a stento uno sbadiglio, ma era cortese e certamente capiva tutta l'importanza di Balašòv. Lo condusse oltre la linea delle sue truppe e l'informò che il suo desiderio di essere ammesso in presenza dell'imperatore sarebbe probabilmente stato esaudito subito, visto che il quartiere imperiale, per quanto egli sapeva, non era lontano.

Traversarono il villaggio di Rykonty passando innanzi ai picchetti piantati per i cavalli degli usseri, alle sentinelle e ai soldati che rendevano gli onori al loro colonnello e osservavano con curiosità le uniformi russe, e giunsero dall'altra parte del villaggio. Secondo quel che diceva il colonnello, a due chilometri di distanza c'era il comandante della divisione che avrebbe ricevuto Balašòv e lo avrebbe condotto a destinazione.

Il sole s'era già levato e brillava allegramente sulla verdura scintillante.

Appena ebbero oltrepassato l'osteria, sulla collina, apparve un gruppo di cavalieri che veniva loro incontro su per l'altura, e innanzi al quale, su di un cavallo nero, con la bardatura luccicante al sole, cavalcava un uomo di alta statura, con un cappello a piume, i capelli neri inanellati fin sulle spalle, con un mantello rosso e le lunghe gambe distese in avanti, come cavalcano i francesi. Quest'uomo veniva al galoppo incontro a Balašòv, tutto luccicante e caracollante sotto il sole di giugno, con le sue piume, le sue pietre preziose e i suoi galloni dorati. Balašòv era ormai a due lunghezze dal cavaliere che gli veniva incontro con un aspetto solenne e teatrale, carico di braccialetti, di piume, di collane, di dorature, quando Ulner, il colonnello francese, mormorò rispettosamente: – *Le roi de Naples* –. Difatti era Murat, che adesso era chiamato re di Napoli. Benché fosse assolutamente incomprensibile perché fosse re di Napoli, pure lo chiamavano cosí ed egli stesso ne era persuaso e perciò aveva un aspetto piú solenne e piú grave di prima. Egli era cosí persuaso di essere effettivamente re di Napoli, che la vigilia della sua partenza, mentre era a passeggio con la moglie per le strade di Napoli, avendo alcuni italiani gridato: – Viva il re! –, egli s'era rivolto alla moglie con un sorriso triste e aveva detto: – *Les malheureux, ils ne savent pas que je les quitte demain!*

Ma sebbene egli credesse fermamente di essere re di Napoli e compiangesse del loro dolore i sudditi che aveva lasciati, in quegli ultimi tempi, dopo che gli era stato ordinato di riprender servizio, e soprattutto dopo il suo incontro con Napoleone a Danzica, quando il suo augusto cognato gli aveva detto: – *Je vous ai fait roi pour régner à ma manière, mais pas à la vôtre*, – aveva allegramente ripreso la sua solita attività e, come un cavallo ben nutrito ma non troppo grasso, che, sentendosi addosso i finimenti, s'impenna fra le stanghe, egli, vestitosi nel modo piú vistoso e piú costoso, allegro e soddisfatto, galoppava per le vie della Polonia, senza saper neppur lui dove andasse né perché.

Vedendo il generale russo, egli, con un gesto regale e solenne, gettò indietro la testa dai capelli inanellati fin sulle spalle e guardò interrogativamente il colonnello francese. Il colonnello informò rispettosamente Sua Maestà della condizione di Balašòv, del quale egli non riusciva a pronunziare il nome.

– *De Bal-machève!* – disse il re (affrontando con la sua risolutezza la difficoltà che s'era presentata al colonnello), – *charmé de faire votre connaissance, général*, – aggiunse con un gesto di grazia regale.

Non appena il re ebbe cominciato a parlare ad alta voce e rapidamente, tutta la sua dignità regale sparí in un baleno, e, senza accorgersene, egli scivolò in quel tono bonario di familiarità che gli era proprio. Posò la mano sul ciuffo del cavallo di Balašòv.

– *Eh bien, général, tout est à la guerre, à ce qu'il paraît*, – disse, come rimpiangendo un evento che non poteva giudicare.

– *Sire*, – rispose Balašòv, – *l'Empereur mon maître ne désire point la guerre, comme Votre Majesté le voit*, – disse Balašòv, declinando secondo tutti i casi questo termine di *Votre Majesté*, con quell'affettata frequenza che è inevitabile nell'uso di un titolo, quando ci si rivolge a persona per la quale questo titolo è ancora nuovo.

Il viso di Murat raggiava di stupida soddisfazione mentre egli ascoltava *monsieur de Balachoff*. Ma *royauté oblige*; egli sentiva la necessità di parlare coll'inviato di Alessandro di affari di Stato, come re e come alleato. Smontò da cavallo e, prendendo Balašòv sotto il braccio e allontanandosi di qualche passo dal seguito, che aspettava rispettosamente, cominciò a passeggiare con lui avanti e indietro, sforzandosi di parlare con importanza. Accennò che l'imperatore Napoleone si era offeso per la pretesa ch'egli ritirasse le sue truppe dalla Prussia, soprattutto quando questa pretesa era stata conosciuta da tutti e con questo era stata offesa la dignità della Francia.

Balašòv disse che questa esigenza non aveva nulla di offensivo perché... Murat l'interruppe.

– Sicché voi credete che il provocatore non sia l'imperatore Alessandro? – disse all'improvviso, con un risolino scioccamente bonario.

Balašòv disse perche credeva effettivamente che fosse stato Napoleone a cominciare la guerra.

– *Eh, mon cher général,* – lo interruppe di nuovo Murat, – *je désire de tout mon cœur que les Empereurs s'arrangent entre eux et que la guerre commencée malgré moi se termine le plus tôt possible,* – disse col tono dei servitori che vogliono restar buoni amici fra loro, malgrado le discordie dei loro padroni. E cominciò a interrogarlo sul granduca, sulla sua salute e sui ricordi del tempo passato allegramente e piacevolmente con lui a Napoli. Poi, a un tratto, come se si fosse rammentato della sua dignità regale, Murat si erse con solennità, prese l'atteggiamento che aveva all'incoronazione e, agitando la mano destra, disse: – *Je ne vous retiens plus, général; je souhaite le succès de votre mission,* – e, facendo svolazzare il suo mantello rosso ricamato e le sue piume e luccicare le sue pietre preziose, ritornò verso il suo seguito che l'aspettava rispettosamente.

Balašòv procedette oltre, supponendo, dalle parole di Murat, che sarebbe stato subito introdotto presso l'imperatore. Ma invece di un pronto incontro con Napoleone, fu di nuovo fermato al prossimo villaggio dalle sentinelle del corpo di fanteria di Davoust come lo era stato alla prima linea, e, chiamato l'aiutante del comandante del corpo, questi lo accompagnò nel villaggio dal maresciallo Davoust.

V.

Davoust era l'Arakcéjev dell'imperatore Napoleone: un Arakcéjev che non era vigliacco, ma altrettanto rigido, crudele e incapace di mostrare la sua devozione altrimenti che con la crudeltà.

Nell'ingranaggio dell'organismo statale questi uomini sono necessari come sono necessari i lupi nell'organismo della natura e ce n'è sempre, e sempre appaiono e si mantengono, per quanto anormali possano sembrare la loro presenza e i loro rapporti col capo dello Stato. Soltanto con questa necessità si può spiegare come Arakcéjev, un uomo cosí crudele da strappare personalmente i baffi ai granatieri e incapace, per la debolezza dei suoi nervi, di affrontare un pericolo, incolto e poco cortigiano, potesse mantenersi cosí in auge presso Alessandro, che aveva un carattere cavallerescamente nobile e sensibile.

Balašòv trovò il maresciallo Davoust sotto la tettoia di un'isba di contadini, seduto su di una tina e occupato a scrivere (verificava dei conti). Un aiutante di campo gli stava vicino in piedi. Sarebbe stato possibile procurarsi un alloggio migliore, ma il maresciallo Davoust era di quegli uomini che si mettono apposta nelle condizioni di vita piú tetre per avere il diritto d'essere tetri. Per lo stesso motivo sono sempre frettolosi e ostinatamente occupati. « Come posso pensare al lato giocondo della vita, quando, voi lo vedete, son qui seduto su di una tina, sotto una sudicia tettoia, e lavoro? » diceva l'espressione del suo viso. Il maggior piacere, il maggior bisogno di questi uomini consiste, di fronte all'animazione della vita, nel gettarle in faccia la loro tetra, ostinata attività. Davoust si procurò questo piacere quando Balašòv fu introdotto presso di lui. All'entrare del generale russo, egli s'immerse ancor piú nel suo lavoro e, guardando attraverso gli occhiali il viso di Balašòv, animato dallo splendore della mattinata e dalla conversazione con Murat, senza alzarsi, senza neppur muoversi, aggrottò di piú le sopracciglia e sorrise d'un sorriso cattivo.

Notando sul volto di Balašòv la spiacevole impressione prodotta da quest'accoglienza, Davoust alzò la testa e gli domandò freddamente che cosa gli occorresse.

Supponendo che una tale accoglienza gli potesse esser fatta solo perché Davoust ignorava che egli fosse un aiutante generale dell'imperatore Alessandro e anche il suo rappresentante presso Napoleone, Balašòv si affrettò a declinare il suo grado e la sua condizione. Contrariamente alla sua aspettativa, Davoust, dopo aver ascoltato Balašòv, si fece anche piú aspro e rozzo.

– Dov'è il vostro plico? – disse. – *Donnez-le moi, je l'enverrai à l'Empereur.*

Balašòv disse di aver l'ordine di consegnare il plico personalmente all'imperatore.

– Gli ordini del vostro imperatore sono eseguiti nel vostro esercito, – disse Davoust, – ma qui dovete fare ciò che vi si dice.

E come per far meglio sentire al generale russo che si trovava sottomesso alla forza brutale, Davoust mandò un aiutante a chiamare l'ufficiale di servizio.

Balašòv tirò fuori il plico che racchiudeva la lettera dell'imperatore e lo posò sulla tavola (la tavola consisteva in un battente di porta, dal quale pendevano i cardini strappati, e che era posato su tre tine). Davoust prese il plico e lesse la soprascritta.

– Voi avete pienamente il diritto di usarmi o mancarmi di rispetto, – disse Balašòv. – Ma permettetemi di osservare che io ho l'onore di portare il titolo di aiutante generale di Sua Maestà.

Davoust lo guardò in silenzio, e l'emozione e il turbamento che apparvero sul viso di Balašòv gli fecero un evidente piacere.

– Vi sarà reso ciò che vi è dovuto, – disse e, mettendosi il plico in tasca, si allontanò dalla tettoia.

Dopo un momento giunse l'aiutante di campo del maresciallo, signor de Castres, e condusse Balašòv all'alloggio che gli era stato preparato.

Balašòv pranzò quel giorno sotto alla tettoia col maresciallo, su quello stesso battente di porta appoggiato sulle tine.

Il giorno seguente Davoust partí la mattina di buon'ora e, fatto chiamare Balašòv, gli disse severamente che lo pregava di fermarsi lí, di avanzare coi bagagli se ci fossero stati ordini in proposito e di non parlar con nessuno eccetto che col signor de Castres.

Dopo aver passato quattro giorni di solitudine e di noia, con la coscienza della propria dipendenza e nullità, maggiormente sensibile dopo quell'atmosfera di potenza in cui si era trovato poco tempo prima, avendo fatto alcune marce insieme coi bagagli del maresciallo e con le truppe francesi, che occupavano tutta la località, Balašòv fu condotto a Vilna, ora occupata dai francesi, passando per quella stessa barriera dalla quale era uscito quattro giorni prima.

Il giorno seguente un ciambellano dell'imperatore, M. de Turenne, venne da Balašòv e gli trasmise il desiderio dell'imperatore Napoleone di concedergli un'udienza.

Quattro giorni prima, presso quella stessa casa dove condussero Balašòv, stavano le sentinelle del reggimento Preobraženskij; ora c'erano due granatieri francesi con le uniformi turchine aperte sul petto e coi berretti di pelo, una scorta di usseri e di ulani e il brillante seguito di aiutanti, paggi e generali, che aspettavano l'uscita di Napoleone, intorno al suo cavallo da sella che stava fermo all'entrata e al suo mammalucco Reustan. Napoleone ricevette Balašòv in quella stessa casa di Vilna dalla quale Alessandro lo aveva fatto partire per la sua missione.

VI.

Benché Balašòv fosse avvezzo alla solennità della vita di Corte, il lusso e la magnificenza della Corte di Napoleone lo colpirono.

Il conte di Turenne lo condusse in un gran salone dove aspettavano molti generali, ciambellani e magnati polacchi, molti dei quali Balašòv aveva veduti alla Corte dell'imperatore di Russia.

Duroc disse che l'imperatore Napoleone avrebbe ricevuto il generale russo prima della passeggiata.

Dopo alcuni minuti di attesa, il ciambellano di servizio entrò nel gran salone e, inchinandosi cortesemente a Balašòv, lo invitò a seguirlo.

Balašòv entrò in un piccolo salotto, una porta del quale dava nello studio, quello stesso studio nel quale egli aveva preso congedo dall'imperatore di Russia. Balašòv stette un paio di minuti in attesa. Dietro alla porta si udirono dei passi frettolosi. Rapidamente si aprirono i due battenti della porta, tutto tacque e dallo studio si udirono altri passi fermi, risoluti: era Napoleone. Allora allora aveva finito di vestirsi per montare a cavallo. Era in un'uniforme turchina, aperta su di un panciotto bianco che scendeva sulla rotondità del ventre, con i calzoni bianchi tirati sulle cosce grasse delle gambe corte e gli stivaloni. Si vedeva che i suoi capelli corti erano stati pettinati allora allora, ma una ciocca scendeva giú nel mezzo dell'ampia fronte. Il collo bianco e pieno spiccava fuori dal colletto nero dell'uniforme; egli era profumato di acqua di Colonia. Sul suo viso rotondo e giovanile, dal mento sporgente, era l'espressione di una benevolenza graziosa e imperialmente augusta.

Entrò rapidamente con una piccola scossa a ogni passo e gettando un po' indietro la testa. Tutta la sua figura ingrassata e piccola, con le spalle larghe e grosse, il ventre e il petto sporgenti, aveva quell'aspetto posato e rappresentativo che hanno gli uomini di quarant'anni, che vivono nel benessere. Oltre a ciò, si vedeva che quel giorno si trovava nel suo umore migliore.

Egli fece un cenno col capo, in risposta al profondo e rispettoso inchino di Balašòv e, avanzando verso di lui, cominciò subito a parlare, come un uomo che ha caro ogni minuto del suo tempo e non si degna di preparare i suoi discorsi, ma è convinto di parlare sempre bene e di dire quel che è necessario.

– Buongiorno, generale! – disse. – Ho ricevuto la lettera dell'imperatore Alessandro che mi avete recata e son molto lieto di vedervi –. Guardò in viso Balašòv coi suoi grandi occhi e subito guardò oltre. Si vedeva che la personalità di Balašòv non l'interessava punto. Soltanto ciò che accadeva nella *sua* anima aveva interesse per lui. Tutto ciò che era fuori di lui non aveva significato ai suoi occhi, poiché tutto nel mondo gli pareva dipendere soltanto dalla sua volontà.

– Io non desidero e non ho desiderato la guerra, – disse, – ma mi ci hanno forzato. Anche *ora*, – (egli sottolineò questa parola),

– son pronto a ricevere tutte le spiegazioni che potete darmi –. E cominciò ad esporgli con chiarezza e brevità le cagioni del suo malcontento verso il governo russo.

Giudicando dal tono misurato, tranquillo e amichevole col quale parlava l'imperatore dei francesi, Balašòv era fermamente persuaso che egli desiderasse la pace e avesse intenzione di entrare in negoziati.

– *Sire! L'Empereur mon maître*... – cominciò Balašòv, che da un pezzo aveva preparato il suo discorso, quando Napoleone, terminato il suo, guardò interrogativamente l'ambasciatore; ma lo sguardo degli occhi dell'imperatore fissi su di lui lo confuse. « Siete confuso, rimettetevi », parve dire Napoleone, che guardava con un sorriso appena percettibile l'uniforme e la sciabola di Balašòv. Balašòv si rimise e cominciò a parlare. Disse che l'imperatore Alessandro non credeva motivo sufficiente per la guerra la domanda dei passaporti fatta da Kuràkin, che Kuràkin aveva agito di sua iniziativa e senza l'assenso del suo sovrano, che l'imperatore Alessandro non desiderava la guerra e che non c'erano rapporti di nessun genere con l'Inghilterra.

– Non ci sono *ancora*, – inserí Napoleone e, come temendo di abbandonarsi al suo sentimento, aggrottò le sopracciglia e chinò leggermente il capo, facendo intendere con ciò a Balašòv che poteva continuare.

Avendo detto tutto ciò che aveva ordine di dire, Balašòv aggiunse che l'imperatore Alessandro desiderava la pace, ma che non sarebbe entrato in trattative se non a condizione che... Qui Balašòv tacque: si ricordò di quelle parole che Alessandro non aveva scritte nella lettera, ma che aveva ordinato di mettere nel rescritto diretto a Saltykòv e aveva ordinato a Balašòv di trasmettere a Napoleone. Balašòv si ricordò le precise parole: « finché un solo nemico armato non rimanga in territorio russo »; ma un sentimento complesso lo trattenne. Non poté pronunziare quelle parole, benché avesse desiderio di farlo. Tacque un poco, poi disse: – A condizione che le truppe francesi si ritirino dietro il Niemen.

Napoleone si accorse del turbamento di Balašòv nel pronunziare queste parole: il suo viso ebbe un fremito, lo stinco della gamba sinistra cominciò a tremare in cadenza. Senza muoversi dal suo posto, ma con voce piú alta e piú rapida di prima, cominciò a parlare. Durante il suo discorso, Balašòv, senza staccar gli occhi da lui, osservava involontariamente il tremito dello stinco sinistro di Napoleone, che si faceva piú forte quanto piú egli alzava la voce.

– Io desidero la pace non meno dell'imperatore Alessandro, –

egli cominciò. – Da diciotto mesi non faccio di tutto per ottenerla? Da diciotto mesi aspetto spiegazioni. Ma per cominciare le trattative che cosa mi si chiede? – disse aggrottando le sopracciglia e facendo un energico gesto d'interrogazione con la sua piccola mano grassoccia.

– Il ritiro delle truppe dietro il Niemen, sire, – disse Balašòv.

– Dietro il Niemen? – ripeté Napoleone. – Sicché ora voi volete che ci si ritiri dietro il Niemen, soltanto dietro il Niemen? – ripeté Napoleone, guardando dritto negli occhi Balašòv.

Balašòv inchinò rispettosamente il capo.

Invece di chiedere come quattro mesi prima il ritiro dalla Pomerania, ora si chiedeva soltanto il ritiro dietro il Niemen. Napoleone si voltò rapidamente in là e si mise a passeggiare per la stanza.

– Voi dite che mi si chiede il ritiro dietro il Niemen per cominciare i negoziati; ma due mesi fa si pretendeva egualmente il ritiro dietro l'Oder e la Vistola, eppure voi consentite a intavolare le trattative.

Egli camminò in silenzio da un angolo all'altro della stanza e di nuovo si fermò in faccia a Balašòv. Balašòv notò che la sua gamba sinistra aveva un tremito anche piú affrettato di prima e il suo viso pareva essersi pietrificato nella sua espressione severa. Napoleone conosceva questo tremito del suo stinco sinistro. « *La vibration de mon mollet gauche est un grand signe chez moi* », diceva egli piú tardi.

– Una proposta come quella di sgombrare l'Oder e la Vistola si può fare al granduca di Baden, ma non a me, – gridò quasi Napoleone in un modo che riuscí inatteso anche a lui. – Se anche voi mi deste Pietroburgo e Mosca, non accetterei queste condizioni. Voi dite che sono io che ho cominciata questa guerra. Ma chi ha raggiunto prima l'esercito? L'imperatore Alessandro, non io. E mi proponete dei negoziati quando ho speso milioni, quando vi siete alleati con l'Inghilterra e mentre la vostra situazione è cattiva. Mi proponete dei negoziati! Che scopo ha la vostra alleanza con l'Inghilterra? Che cosa vi ha dato essa? – disse egli in fretta, evidentemente rivolgendo ormai il discorso, non a discutere i vantaggi della pace che si poteva concludere e a giudicarne la possibilità, ma soltanto a dimostrare il suo diritto e la sua forza e il torto e gli errori di Alessandro.

L'esordio del suo discorso era stato fatto con lo scopo evidente di mostrare il vantaggio della sua posizione e far vedere che, malgrado ciò, egli accettava l'apertura di negoziati. Ma già s'era messo a parlare, e piú parlava e meno era in grado di padroneggiare le sue parole.

Tutto lo scopo del suo discorso era ora, evidentemente, quello di glorificare se stesso e di umiliare Alessandro, cioè proprio quello che meno avrebbe voluto fare al principio del colloquio.

– Dicono che avete concluso la pace coi turchi.

Balašòv chinò il capo affermativamente.

– La pace è conclusa... – cominciò egli.

Ma Napoleone non lo lasciò parlare. Si vede che aveva bisogno di parlare lui, e seguitò a discorrere con quell'abbondanza di parole e quell'irritazione non trattenuta alle quali sono cosí inclini le persone viziate dalla fortuna.

– Sí, lo so, avete concluso la pace coi turchi senza aver ottenuto la Moldavia e la Valacchia. Ma io avrei dato queste province al vostro imperatore come gli ho dato la Finlandia. Sí, – continuò, – avevo promesso e avrei dato all'imperatore Alessandro la Moldavia e la Valacchia, e ora egli non avrà queste magnifiche province. Eppure egli potrebbe riunirle al suo impero, e nella durata d'un solo regno ingrandirebbe la Russia dal golfo di Botnia fino alle foci del Danubio. Caterina la Grande non avrebbe potuto far di piú, – disse Napoleone, riscaldandosi sempre maggiormente, passeggiando per la stanza e ripetendo a Balašòv quasi le medesime parole che aveva dette ad Alessandro in persona a Tilsitt. – *Tout cela il l'aurait dû à mon amitié. Ah! quel beau règne, quel beau règne!* – ripeté piú volte, poi si fermò, prese di tasca la tabacchiera d'oro e avidamente si mise ad annusare tabacco. – *Quel beau règne* aurait pu *être celui de l'Empereur Alexandre!*

Guardò con compassione Balašòv, ma appena Balašòv volle fare qualche osservazione, egli di nuovo l'interruppe frettolosamente.

– Che cosa può egli desiderare o ricercare che non avrebbe trovato nella mia amicizia?... – disse Napoleone, stringendo le spalle perplesso. – No, egli ha creduto meglio circondarsi dei miei nemici, e di chi poi?... – continuò Napoleone. – Ha chiamato a sé gli Stein, gli Armfeld, i Bennigsen, i Wintzingerode. Stein, un traditore scacciato dalla sua patria; Armfeld, un uomo corrotto e un intrigante; Wintzingerode, un suddito francese fuggiasco; Bennigsen, un po' miglior soldato degli altri, ma sempre un incapace, che non seppe far nulla nel 1807 e che dovrebbe risvegliare terribili ricordi nella mente dell'imperatore Alessandro... Se, mettiamo, fossero capaci, ci sarebbe ragione di adoperarli, – continuò Napoleone, che riusciva a stento a seguire con le parole le riflessioni che gli venivano di continuo, a prova del suo diritto e della sua forza (il che nel suo concetto era una sola cosa), – ma anche questo non è: essi non son buoni né per la guerra né per la pace! Barclay dicono che sia migliore di tutti loro, ma io non lo direi, a giudicare dalle sue prime mosse. Ma che fanno tutti questi cortigiani? Pfull propone, Armfeld discute, Bennigsen esamina, e Barclay, chiamato ad agire, non sa a che cosa risolversi; e il tempo passa e non porta nulla. Il solo Bagratiòn è un uomo di guerra. È stupido, ma ha esperienza, occhio e risolutezza... E quale è la parte del vostro giovane imperatore in questa folla indecente? Lo compromettono e riversano su di lui la responsabilità di tutto ciò che accade. *Un souverain ne doit être à l'armée que quand il est général*, – disse egli, lanciando evidentemente queste parole come una provocazione. Napoleone sapeva quanto l'imperatore Alessandro desiderasse d'essere un condottiero. – È già una settimana che è cominciata la campagna e non avete saputo difendere Vilna. Siete tagliati in due e cacciati dalle province polacche. Il vostro esercito mormora.

– Al contrario, Maestà, – disse Balašòv, che appena riusciva ad afferrare ciò che gli veniva detto e a fatica seguiva quel fuoco d'artificio di parole, – le truppe ardono dal desiderio di...

– Io so tutto, – l'interruppe Napoleone, – io so tutto e conosco il numero dei vostri battaglioni con la stessa sicurezza con la quale conosco quello dei miei. Voi non avete neppure 200 mila uomini e io ne ho tre volte tanto: vi do la mia parola d'onore, – disse Napoleone, dimenticando che questa sua parola d'onore non poteva aver nessun significato, – vi do *ma parole d'honneur que j'ai cinq cent trente mille hommes de ce côté de la Vistule*. I turchi non vi possono aiutare: non son buoni a niente e l'hanno dimostrato facendo la pace con voi. Gli svedesi, il loro destino è di essere governati da re pazzi. Il loro re era un pazzo: l'hanno cambiato e ne hanno preso un altro, Bernadotte, il quale è subito impazzito, perché solo un pazzo può, essendo svedese, concludere delle alleanze con la Russia.

Napoleone rise malignamente e di nuovo portò al naso la tabacchiera.

Ad ognuna di queste frasi di Napoleone, Balašòv avrebbe voluto e saputo replicare: continuamente faceva il gesto d'un uomo che desidera dire qualche cosa; ma Napoleone l'interrompeva. Contro la pazzia degli svedesi, Balašòv voleva dire che la Svezia è un'isola quando ha la Russia dalla sua parte; ma Napoleone, irritato, gridò per soffocare la sua voce. Napoleone era in quello stato d'irritazione nel quale bisogna parlare, parlare e parlare, soltanto per provare a se stessi d'aver ragione. Per Balašòv la situazione stava diventando penosa: come ambasciatore egli temeva di perdere la sua dignità e sentiva la necessità di replicare; ma come uomo si stringeva moralmente in se stesso davanti a quell'aberrazione di collera senza ragione nella quale si trovava evidentemente Napoleone. Sapeva che tutte le parole dette allora da Napoleone non avevano importanza e che egli stesso se ne sarebbe vergognato quando fosse rientrato in sé. Balašòv stava in piedi, con gli occhi bassi, guardando le grosse gambe di Napoleone che si agitavano e cercavano di sfuggire il suo sguardo.

– Ma che mi fanno questi vostri alleati? – disse Napoleone. – I miei alleati sono i polacchi: sono ottantamila e si battono come leoni. E diventeranno duecentomila.

E, probabilmente ancora piú adirato perché aveva detto una cosa che era un'evidente falsità e perché Balašòv era lí, ritto davanti a lui, che taceva, in un atteggiamento di sottomissione al destino, tornò improvvisamente indietro, si avvicinò fin sotto al viso di Balašòv e, facendo energici e rapidi gesti con le sue bianche mani, gridò quasi:

– Sappiate che, se voi solleverete la Prussia contro di me, sappiate che io la cancellerò dalla carta dell'Europa, – disse egli con un viso pallido, sfigurato dalla collera, mentre, con un gesto energico, batteva una sull'altra le sue piccole mani. – Sí, vi rigetterò oltre la Dvina, oltre il Dnieper e ristabilirò contro di voi quella barriera che l'Europa è stata tanto cieca e colpevole da permettere che fosse abbattuta. Sí, ecco ciò che vi accadrà, ecco ciò che avrete guadagnato allontanandovi da me, – disse egli, e fece alcuni giri in silenzio per la stanza, mentre le sue grosse spalle tremavano. Ripose la tabacchiera nella tasca del panciotto, poi di nuovo la cavò, piú volte se l'accostò al naso, e si fermò di faccia a Balašòv. Tacque un poco, poi guardò Balašòv dritto negli occhi con aria ironica e disse a bassa voce: – *Et cependant quel beau règne* aurait pu avoir *votre maître!*

Balašòv, sentendo la necessità di replicare, disse che da parte della Russia le cose non erano vedute in modo cosí tenebroso. Napoleone taceva, seguitando a guardarlo ironicamente e di certo non l'ascoltava. Balašòv disse che in Russia si aspettava molto bene da questa guerra. Napoleone scosse il capo con un gesto di condiscendenza, come per dire: « Lo so che è vostro dovere parlar cosí, ma voi stesso non ci credete, siete stato persuaso da me ».

Quando Balašòv ebbe finito di parlare, Napoleone tirò fuori di nuovo la tabacchiera, fiutò e, come un segnale, batté due volte col piede in terra. La porta si aprí; un ciambellano, curvandosi rispettosamente, diede all'imperatore il cappello e i guanti, un altro gli diede il fazzoletto da naso. Napoleone, senza guardarli, si rivolse a Balašòv:

– Assicurate a mio nome l'imperatore Alessandro, – disse egli, prendendo il cappello, – che io gli sono devoto come prima; lo conosco a fondo e apprezzo altamente le sue alte qualità. *Je ne vous retiens plus, général, vous recevrez ma lettre à l'Empereur* –. E Napoleone si avviò rapidamente alla porta. Dall'anticamera tutti si precipitarono, precedendolo, giú per le scale.

VII.

Dopo tutto ciò che gli aveva detto Napoleone, dopo quegli scatti di collera e dopo le ultime parole pronunciate in tono asciutto: «*Je ne vous retiens plus, général, vous recevrez ma lettre*», Balašòv era persuaso che Napoleone non soltanto non desiderava vederlo piú, ma avrebbe fatto di tutto per non incontrare l'ambasciatore offeso e, soprattutto, il testimone della sua impulsività fuori posto. Ma, con sua meraviglia, Balašòv, per mezzo di Duroc, ricevette un invito per quel giorno stesso alla tavola dell'imperatore.

A pranzo c'erano Bessières, Caulaincourt e Berthier.

Napoleone accolse Balašòv con un'aria allegra e cordiale. Non soltanto non c'era in lui alcuna espressione di vergogna o di rimprovero verso se stesso per lo scatto della mattina, ma al contrario si sforzava d'incoraggiare Balašòv. Si vedeva che già da un pezzo Napoleone era persuaso che per lui non esistesse la possibilità di commettere errori e che, nella sua mente, tutto ciò che egli faceva era ben fatto, non perché rispondesse al concetto del bene o del male, ma perché era fatto da *lui*.

L'imperatore era molto allegro dopo la sua passeggiata a cavallo per Vilna, durante la quale folle di popolo gli erano andate incontro con entusiasmo e l'avevano attorniato. A tutte le finestre delle strade dov'era passato, erano stati messi tappeti, bandiere, monogrammi suoi, e le signore polacche sventolavano i fazzoletti in segno di saluto.

A pranzo, avendo fatto sedere Balašòv presso di sé, gli si rivolgeva non solo cordialmente, ma come se egli considerasse anche Balašòv uno dei suoi cortigiani, come una di quelle persone che approvavano i suoi piani e che dovevano rallegrarsi dei suoi successi. Fra le altre cose cominciò a parlare di Mosca e interrogò Balašòv intorno alla capitale russa non soltanto come un viaggiatore curioso che fa delle domande intorno a un paese nuovo che ha intenzione di visitare, ma come se fosse persuaso che Balašòv, nella sua qualità di russo, dovesse essere lusingato da questa curiosità.

– Quanti abitanti ha Mosca? quante case? È vero che *Moscou* è chiamata *Moscou la sainte*? Quante chiese ci sono a *Moscou*? – domandava.

E, alla risposta che le chiese erano piú di duecento, disse:

– Perché una quantità tale di chiese?

– I russi sono molto religiosi, – rispose Balašòv.

– Del resto, una gran quantità di conventi e di chiese è sempre segno dell'arretratezza d'un popolo, – disse Napoleone, dando un'occhiata a Caulaincourt perché apprezzasse questo suo giudizio.

Balašòv si permise rispettosamente di non esser d'accordo con quest'opinione dell'imperatore dei francesi.

– Ogni paese ha i suoi costumi, – disse.

– Ma in nessun paese d'Europa c'è piú nulla di simile, – disse Napoleone.

– Chiedo scusa a Vostra Maestà, – disse Balašòv, – oltre la Russia c'è ancora la Spagna dove sono pure molte chiese e monasteri!

Questa risposta di Balašòv, che alludeva alla recente disfatta dei francesi in Ispagna, fu altamente apprezzata, a quanto raccontava Balašòv, alla Corte dell'imperatore Alessandro, ma fu pochissimo apprezzata ora al pranzo di Napoleone, dove passò inosservata.

Dai visi indifferenti e attoniti dei signori marescialli era chiaro che essi non avevano compreso in che consistesse la punta di arguzia alla quale accennava l'intonazione di Balašòv. « Se anche c'è, noi non l'abbiamo capita, oppure non è affatto spiritosa », diceva l'espressione dei visi dei marescialli. Quella risposta fu cosí poco apprezzata che Napoleone non la notò affatto e domandò ingenuamente a Balašòv per quali città passasse la via piú diretta verso Mosca. Balašòv, che per tutto il tempo del pranzo era stato in guardia, rispose che, « *comme tout chemin mène à Rome, tout chemin mène à Moscou* », che le strade sono molte e « fra queste differenti vie c'è la via di *Poltawa*, che fu scelta da Carlo XII », disse Balašòv, arrossendo involontariamente di piacere per questa felice risposta. Ma Balašòv non aveva finito di pronunziare la parola *Poltawa* che già Caulaincourt aveva avviato il discorso sul cattivo stato delle strade da Pietroburgo a Mosca e sui suoi ricordi di Pietroburgo.

Dopo pranzo passarono a prendere il caffè nello studio di Napoleone che quattro giorni prima era lo studio dell'imperatore Alessandro. Napoleone si mise a sedere e, centellinando il caffè in una tazza di Sèvres, accennò a Balašòv una sedia accanto a sé.

V'è una nota disposizione d'animo che viene all'uomo dopo il pranzo e che, piú d'ogni motivo razionale, lo fa essere contento di sé e gli fa credere che tutti gli siano amici. Napoleone era in questa disposizione d'animo. Gli pareva di esser circondato da persone che lo adorassero. Era persuaso che anche Balašòv, dopo quel pranzo, fosse diventato suo amico e suo adoratore. Napoleone gli si rivolse con un sorriso amabile e leggermente ironico.

– Questa è la medesima stanza, mi hanno detto, nella quale abitava l'imperatore Alessandro. È strano, non è vero, generale? – disse egli, evidentemente senza mettere in dubbio che quell'apostrofe non potesse non riuscire gradita al suo interlocutore, poiché dimostrava la superiorità di lui, Napoleone, su di Alessandro.

A questo Balašòv non seppe rispondere nulla e chinò il capo in silenzio.

– Sí, in questa stanza quattro giorni fa erano a consiglio Wintzingerode e Stein, – continuò Napoleone col medesimo sorriso ironico e sicuro. – Quel che non posso capire è come mai l'imperatore Alessandro abbia voluto presso di sé tutti quei miei nemici personali. Questo non lo... capisco. Non ha pensato che io potrei fare lo stesso? – fece, rivolgendosi in tono interrogativo a Balašòv, ed evidentemente questo ricordo lo spinse di nuovo sulle tracce della collera della mattina, ancora fresca in lui. – E sappia che lo farò, – disse Napoleone, alzandosi e respingendo con la mano la sua tazza. – Scaccerò dalla Germania tutti i suoi parenti del Württemberg, del Baden, di Weimar... sí, li scaccerò. Che prepari loro un rifugio in Russia!

Balašòv chinò il capo, mostrando con la sua fisonomia che egli avrebbe desiderato di prender congedo e ascoltava soltanto perché non gli era possibile non ascoltare ciò che gli si diceva. Napoleone non notava quest'espressione; si rivolgeva a Balašòv non come all'ambasciatore del suo nemico, ma come ad un uomo che ora gli era interamente devoto e che doveva rallegrarsi dell'umiliazione del suo antico signore.

– E perché l'imperatore Alessandro ha preso il comando delle truppe? Perché? La guerra è mestiere mio: il suo è di regnare e non di comandare le truppe. Perché si è preso una responsabilità simile?

Napoleone prese di nuovo la tabacchiera e fece piú volte il giro della stanza silenzioso; poi all'improvviso si avvicinò a Balašòv e, con un lieve sorriso, con la sicurezza, la rapidità e la semplicità che avrebbe avuto nel fare una cosa non solo importante, ma piacevole per Balašòv, alzò la mano al viso del quarantenne generale russo e, prendendolo per l'orecchio, lo scosse leggermente, sorridendo con le sole labbra.

Avoir l'oreille tirée par l'Empereur era considerato come un grande onore e favore alla Corte francese.

– *Eh bien, vous ne dites rien, admirateur et courtisan de l'Empereur Alexandre?* – disse egli, come se fosse ridicolo essere, in sua presenza *courtisan* e *admirateur* d'un altro che non fosse lui, Napoleone. – Son pronti i cavalli per il generale? – aggiunse facendo un cenno del capo in risposta all'inchino di Balašòv. – Dategli dei miei. Deve *andar lontano*...

La lettera che portò Balašòv fu l'ultima di Napoleone ad Alessandro. Tutte le circostanze del colloquio furono riportate all'imperatore russo, e la guerra cominciò...

VIII.

Dopo il suo incontro con Pierre a Mosca, il principe Andréj andò a Pietroburgo per affari, come egli disse ai suoi parenti, ma in realtà per incontrarsi là col principe Anatole Kuràghin, che egli riteneva necessario incontrare. Kuràghin, del quale egli s'informò, era venuto a Pietroburgo, ma non c'era piú. Pierre aveva fatto sapere a suo cognato che il principe Andréj lo cercava. Anatole Kuràghin ebbe tosto una destinazione dal ministro della guerra e partí per raggiungere l'esercito di Moldavia. In quello stesso tempo il principe Andréj incontrò a Pietroburgo Kutúzov, suo antico generale, sempre ben disposto verso di lui, e Kutúzov gli propose di accompagnarlo all'esercito di Moldavia, di cui il vecchio generale era stato nominato comandante in capo. Il principe Andréj, essendo stato destinato allo stato maggiore del quartier generale, partí per la Turchia.

Il principe Andréj riteneva inopportuno scrivere a Kuràghin e provocarlo. Il principe Andréj pensava che, se egli non avesse fornito un nuovo pretesto al duello, una sua sfida avrebbe compromesso la riputazione della contessina Rostòva, e perciò cercava di avere con Kuràghin un incontro personale in cui aveva l'intenzione di trovare ad ogni costo il nuovo pretesto per il duello. Ma anche all'esercito di Turchia non gli riuscí d'incontrarsi con Kuràghin, il quale, subito dopo l'arrivo del principe Andrèj all'esercito di Turchia, era ritornato in Russia. In un paese nuovo e in mezzo a nuove condizioni di vita, l'esistenza diventò piú facile per il principe Andréj. Dopo il tradimento della sua fidanzata, che l'aveva colpito tanto piú fortemente quanto piú egli nascondeva con cura a tutti l'effetto che gli aveva prodotto, erano penose per lui quelle condizioni di vita nelle quali era stato felice, e gli erano ancora piú penose la libertà e l'indipendenza che tanto aveva apprezzate prima. Non soltanto non aveva piú quei pensieri che gli erano venuti per la prima volta guardando il cielo sul campo di Austerlitz, che egli amava esporre a Pierre e che avevano riempito la sua solitudine a Boguciàrovo, e poi in Isvizzera e a Roma, ma anzi temeva ora di tornare a quei pensieri che gli avevano aperto infiniti e luminosi orizzonti. Ora lo interessavano soltanto le cose prossime, senza legami col passato, le cose della vita pratica, alle quali si aggrappava con tanto maggiore avidità quanto piú gli erano precluse quelle di prima. Pareva che quella infinita e lontana volta del cielo, che un tempo egli aveva avuta sopra di sé, si fosse mutata a un tratto in una volta bassa, circoscritta, che l'opprimeva, nella quale tutto era chiaro, ma non c'era piú nulla di eterno e di misterioso.

Di tutte le attività che gli si presentavano, il servizio militare era per lui la piú semplice e la piú familiare. Esercitando le funzioni di generale comandato allo stato maggiore di Kutúzov, egli si occupava delle sue mansioni con perseveranza e con zelo, meravigliando Kutúzov per la sua buona volontà e la sua esattezza nel lavoro. Non avendo trovato Kuràghin in Turchia, il principe Andréj non stimò necessario corrergli dietro di nuovo in Russia, ma sapeva tuttavia che, per quanto tempo fosse potuto passare, malgrado tutto il disprezzo che provava per lui, malgrado tutti gli argomenti con cui cercava di provare a se stesso che non metteva conto di abbassarsi fino a uno scontro con lui, non sarebbe stato capace d'incontrare Kuràghin senza provocarlo, come un uomo affamato non può non gettarsi sul cibo. E questa coscienza che l'offesa era ancora invendicata, che la sua collera non si era sfogata, ma gli pesava sul cuore, avvelenava quella calma artificiale che il principe Andréj era riuscito a procurarsi in Turchia, sotto l'aspetto di un'attività affaccendata e febbrile, fatta un po' di ambizione e di vanità.

Nel 1812, quando la notizia della guerra con Napoleone giunse a Bucarest (dove Kutúzov era da due mesi, e stava giorno e notte presso la sua valacca), il principe Andréj chiese a Kutúzov di passare all'esercito dell'ovest. Kutúzov, al quale Bolkonskij era già venuto a noia per la sua attività, che era un rimprovero alla sua oziosità, Kutúzov molto volentieri lo lasciò andare e gli diede degli incarichi per Barclay de Tolly.

Prima di raggiungere l'esercito, che al mese di maggio si trovava al campo della Drissa, il principe Andréj andò a Lysyja Gory, che era proprio sulla sua strada, a tre miglia dalla strada maestra di Smolènsk. Negli ultimi tre anni c'erano stati nella vita del principe Andréj tanti cambiamenti, egli aveva tanto pensato, sentito, veduto (aveva percorso l'Occidente e l'Oriente), che fu colpito in modo strano e inatteso, al suo giungere a Lysyja Gory, da quell'uniforme tenore di vita, rimasto il medesimo fin nei minimi particolari. Egli rientrò nel viale e poi varcò il portone di pietra della casa di Lysyja Gory come se entrasse in un castello incantato e dormiente. La stessa gravità, la stessa pulizia, lo stesso silenzio erano in quella casa, gli stessi mobili, le stesse mura, gli stessi rumori, lo stesso odore, gli stessi visi timidi, soltanto un poco invecchiati. La principessina Marja era sempre la stessa ragazza timida, brutta, che invecchiava giorno per giorno e passava gli anni migliori della sua vita in paure e in eterne sofferenze morali, senza utilità e senza gioia. La Bourienne era sempre quella stessa ragazza civettuola e contenta di sé che godeva allegramente di ogni minuto della sua vita, piena delle piú liete speranze. Era solo diventata piú sicura, per quel che parve al principe Andréj. Il precettore Dessalles, che egli aveva condotto dalla Svizzera, era vestito di un soprabito di taglio russo, parlava russo coi domestici, storpiando la nostra lingua, ma era sempre lo stesso educatore di limitata intelligenza, istruito, virtuoso e pedante. Il vecchio principe non aveva nel suo fisico altro cambiamento se non questo, che all'angolo della bocca si notava la mancanza di un dente; moralmente era sempre lo stesso di prima, ma soltanto piú collerico, piú diffidente di tutto ciò che accadeva nel mondo. Soltanto Nikòluška era cresciuto, cambiato, s'era fatto colorito, aveva dei folti capelli scuri ricciuti e, senza saperne lui stesso il perché, ridendo e giocando, alzava il labbruzzo superiore della bella bocchina proprio come lo sollevava la defunta piccola principessa. Lui solo non obbediva alla legge dell'immobilità in quel castello incantato e dormiente. Ma benché tutto fosse rimasto esternamente come prima, i rapporti interni di tutte quelle persone erano cambiati da quando il principe Andréj non le aveva piú vedute. I membri della famiglia erano divisi in due campi, estranei ed ostili fra loro, che adesso si univano soltanto in sua presenza e per lui mutavano il solito tenore di vita. Ad un campo appartenevano il vecchio principe, la Bourienne e l'architetto; all'altro la principessina Marja, Dessalles, Nikòluška e tutte le bambinaie e le balie.

Durante il tempo della sua permanenza a Lysyja Gory tutti gli abitanti della casa pranzavano insieme, ma tutti erano impacciati, e il principe Andréj si sentiva un ospite per il quale si fanno eccezioni e che imbarazza tutti con la sua presenza. Il primo giorno, durante il pranzo, il principe Andréj, sentendolo involontariamente, fu silenzioso, e il vecchio principe, accorgendosi di quel suo contegno non naturale, tacque anche lui, tutto rannuvolato, e subito dopo pranzo si ritirò nelle sue stanze. Quando a sera il principe Andréj andò da lui e, sforzandosi di rianimarlo, cominciò a raccontargli la campagna del giovane conte Kàmenskij, il vecchio principe mise inaspettatamente il discorso sulla principessina Marja, criticandola per la sua superstizione e la sua malevolenza verso Mlle Bourienne, che, secondo quanto diceva lui, era la sola persona sinceramente devota a lui.

Il vecchio principe disse che, se era ammalato, lo si doveva alla principessina Marja; che ella lo tormentava e l'irritava di proposito; che con le sue debolezze e i suoi stupidi discorsi guastava il piccolo principe Nikolàj. Il vecchio principe sapeva benissimo che era lui a tormentare la figlia, che la vita di lei era molto penosa; ma sapeva anche che non poteva fare a meno di tormentarla e che ella lo meritava. « Perché il principe Andréj, che vede tutto questo, non mi dice nulla della sorella? – pensava il vecchio principe. – Crede forse che io sia uno scellerato o un vecchio stupido, che mi sono allontanato senza motivo da mia figlia e accostato alla francesina? Non capisce, e perciò bisogna spiegarglielo, bisogna che mi stia a sentire », pensava il vecchio principe. E cominciò a spiegargli i motivi per i quali non poteva sopportare il carattere assurdo della figlia.

– Se voi m'interrogate, – disse il principe Andréj, senza guardare il padre (per la prima volta in vita sua egli criticava suo padre); – io non volevo parlare, ma se voi m'interrogate, allora vi dirò apertamente la mia opinione su tutto questo. Se ci sono dei dissensi e dei malintesi tra voi e Maša, io non posso accusarla; so come vi ama e vi rispetta. Se voi m'interrogate, – seguitò il principe Andréj, irritandosi, poiché in quegli ultimi tempi era sempre pronto a irritarsi, – vi posso dire una sola cosa: se vi sono dei malintesi, la cagione ne è quella donna insignificante, che non avrebbe mai dovuto essere l'amica di mia sorella.

Il vecchio, da principio, guardava fisso il figlio e con un sorriso innaturale mostrava il vuoto del dente mancante, al quale il figlio non si poteva abituare.

– Ma che amica, colombello mio? Ah! già ne hai parlato, eh?...

– Babbo, io non volevo erigermi a giudice, – disse il principe Andréj in tono bilioso e duro, – ma voi mi ci avete indotto e io ho detto e dirò sempre che la principessina Marja non ne ha colpa, ma la colpa... la colpa è di quella francesina...

– Ah, m'hai giudicato!... m'hai giudicato!... – disse il vecchio a voce bassa, e, per quel che parve al principe Andréj, con confusione; ma poi a un tratto si scosse e urlò: – Fuori! fuori! Che non senta piú qui neanche il tuo respiro!...

Il principe Andréj voleva partire subito, ma la principessina Marja lo scongiurò di rimanere un giorno ancora. Quel giorno il principe Andréj non rivide il padre, il quale non uscí e non permise a nessuno di andar da lui, all'infuori di Mlle Bourienne e di Tichon, e domandò piú volte se il figlio fosse partito. Il giorno seguente, prima di partire, il principe Andréj entrò nell'appartamento del figlio. Il bambino, florido, ricciuto come la madre, gli sedette sulle ginocchia. Il principe Andréj cominciò a raccontargli la novella di Barbablú, ma, senza finirla, si mise a pensare. Non pensava a quel bel bambino, suo figlio, che teneva sulle ginocchia, ma pensava a se stesso. Con spavento cercava e non trovava in sé nessun pentimento per aver irritato suo padre, né dispiacere perché lo lasciava (per la prima volta in vita sua dopo aver litigato). Il peggio di tutto per lui era che cercava e non trovava la sua tenerezza di una volta per il figlio che egli aveva sperato di risvegliare carezzando il bambino e mettendoselo sulle ginocchia.

– Su, racconta, – disse il bambino. Il principe Andréj, senza rispondergli, lo mise giú e uscí dalla stanza.

Appena il principe Andréj aveva lasciato le sue occupazioni giornaliere, e specialmente appena era rientrato nelle antiche condizioni di vita, nelle quali si trovava quando era felice, la noia della vita lo aveva ripreso con la forza di prima ed egli si affrettò ad allontanarsi al piú presto da quei ricordi e a ritrovare al piú presto una qualunque occupazione.

– Te ne vai proprio, Andréj? – gli disse la sorella.

– Sia lodato Dio che posso partire! – disse il principe Andréj. – Mi rincresce molto che non possa partire anche tu.

– Perché parli cosí? – disse la principessina Marja. – Perché parli cosí, ora che vai a questa terribile guerra e che lui è cosí vecchio! Mlle Bourienne ha detto che egli ha chiesto di te...

Appena ebbe cominciato a dir questo, le sue labbra si misero a tremare e le lacrime colarono giú. Il principe Andréj si voltò in là e cominciò a camminare per la stanza.

– Ah, Dio mio! Dio mio! – disse egli. – Quando si pensa chi e che cosa... che nullità... possa esser causa dell'infelicità della gente! – aggiunse con una rabbia che spaventò la principessina Marja.

Ella capí che, parlando delle persone che chiamava nullità, egli intendeva parlare non soltanto di Mlle Bourienne, che faceva l'infelicità di lei, ma anche di quell'uomo che aveva distrutto la sua felicità.

– Andréj, di una cosa ti prego, ti supplico, – disse ella, toccandogli il gomito e guardandolo con gli occhi lucenti di tra le lacrime. – Io ti capisco, – (la principessina Marja abbassò gli occhi). – Non pensare che il dolore lo facciano gli uomini. Gli uomini sono strumento di Lui! – Ella guardò un po' piú su della testa del principe Andréj, con lo sguardo sicuro, abituale col quale si guarda il posto noto dove c'è un ritratto. – Il dolore lo manda Lui e non gli uomini. Gli uomini sono i Suoi strumenti, non ne hanno colpa. Se ti pare che qualcuno sia in colpa davanti a te, dimentica e perdona. Noi non abbiamo il diritto di punire. E tu capirai la gioia di perdonare.

– Se io fossi una donna, lo farei, Marie. Questa è la virtú della donna. Ma l'uomo non deve e non può dimenticare e perdonare, – disse egli, e, benché fino a quel momento non avesse pensato a Kuràghin, tutta l'ira che gl'ingombrava il cuore si sollevò a un tratto.

« Se la principessina Marja vuole persuadermi a perdonare, significa che da un pezzo avrei dovuto punire », pensò. E senza piú rispondere alla principessina Marja, si mise a pensare a quel momento di gioia rabbiosa nel quale avrebbe incontrato Kuràghin, che (lo sapeva) si trovava nell'esercito operante.

La principessina Marja scongiurò il fratello di trattenersi ancora un giorno, gli disse che sapeva quanto il padre si sarebbe addolorato se il principe Andréj fosse partito senza aver fatto la pace con lui; ma il principe Andréj rispose che probabilmente sarebbe presto tornato dall'esercito, che senza fallo avrebbe scritto al padre e che ora, quanto piú a lungo fosse rimasto, tanto piú quel loro dissenso si sarebbe inasprito.

– *Adieu, André! Rappelez-vous que les malheurs viennent de Dieu et que les hommes ne sont jamais coupables*, – furono le ultime parole che egli udí dalla sorella quando si separarono.

« Cosí doveva essere! – pensò il principe Andréj, lasciando il viale della casa di Lysyja Gory. – Quella povera, innocente creatura resta in balia d'un vecchio uscito di cervello! Il vecchio sente d'essere colpevole, ma non può cambiarsi. Il mio bambino cresce e si rallegra della vita, nella quale dovrà, come tutti, essere ingannato o ingannatore. Io vado a raggiungere l'esercito (perché? non lo so io stesso), e desidero d'incontrare quell'uomo, che disprezzo, per dargli l'occasione di uccidermi e di ridere poi di me! » Prima gli elementi della sua vita erano gli stessi, ma prima formavano un insieme coerente, ora invece tutto si disgregava. Non si presentavano al principe Andréj, l'uno dopo l'altro, che dei fenomeni assurdi e senza legame.

IX.

Il principe Andréj giunse al quartiere generale dell'esercito alla fine di giugno. Le truppe della prima armata, quella presso la quale si trovava l'imperatore, erano disposte nel campo fortificato presso la Drissa; le truppe della seconda armata avevano indietreggiato cercando di riunirsi con quelle della prima, dalla quale, a quanto si diceva, erano state tagliate da potenti forze francesi. Tutti nell'esercito russo erano scontenti dell'andamento generale delle operazioni militari; ma al pericolo di un'invasione delle province russe nessuno pensava, nessuno supponeva neppure che la guerra potesse essere portata oltre le province occidentali della Polonia.

Il principe Andréj, che era stato destinato presso Barclay de Tolly, lo trovò sulla sponda della Drissa. Visto che non c'era un solo villaggio grande e neppure un borgo nei dintorni dell'accampamento, tutta l'enorme quantità di generali e di cortigiani che si trovava presso l'esercito era dispersa per dieci miglia all'ingiro nelle migliori case dei villaggi, da una parte e dall'altra del fiume. Barclay de Tolly stava a quattro miglia dall'imperatore. Egli ricevette Bolkonskij con asciutta freddezza e disse col suo accento tedesco che avrebbe riferito del suo arrivo all'imperatore perché gli fosse fissata una destinazione, e intanto lo pregava di restare presso il suo stato maggiore. Anatole Kuràghin, che il principe Andréj sperava di trovare nell'esercito operante, non c'era: era invece a Pietroburgo, e questa notizia fece piacere a Bolkonskij. L'interesse che presenta il centro di una guerra enorme occupò il principe Andréj e per qualche tempo egli fu contento d'esser liberato dall'irritazione che provocava in lui il pensiero di Kuràghin. Nel corso dei primi quattro giorni, durante i quali non fu chiamato a nessun servizio, il principe Andréj visitò tutto il campo fortificato e, con l'aiuto delle nozioni che aveva e delle conversazioni con persone bene informate, cercò di formarsene un concetto preciso. Ma la quistione se quel campo fosse utile o dannoso rimase insoluta per il principe Andréj. Egli era già riuscito a trarre dalla sua esperienza di guerra la persuasione che in guerra i piani piú profondamente meditati (come l'aveva visto nella battaglia di Austerlitz) non valgono nulla, che tutto dipende dal modo come si risponde alle azioni inattese e imprevedibili del nemico, che tutto dipende da chi e come tutta l'azione è condotta. Per chiarire a se stesso quest'ultima quistione, il principe Andréj, profittando della sua situazione e delle sue conoscenze, cercava di penetrare il carattere del comando dell'esercito, delle persone e dei partiti che avevano voce in capitolo, e si formò cosí il seguente concetto della situazione.

Quando l'imperatore era ancora a Vilna, l'esercito era stato diviso in tre parti: la prima armata si trovava sotto il comando di Barclay de Tolly; la seconda sotto il comando di Bagratiòn; la terza sotto il comando di Tormàsov. L'imperatore si trovava presso la prima armata, ma non in qualità di comandante in capo. Negli ordini del giorno era stato detto che l'imperatore ci sarebbe stato, non per prendere il comando, ma soltanto che ci sarebbe stato. Oltre a ciò l'imperatore non aveva intorno a sé lo stato maggiore del comandante in capo, ma c'era lo stato maggiore del quartier generale imperiale. Intorno a lui erano il capo dello stato maggiore imperiale, generale-quartier-mastro principe Volkonskij, generali, aiutanti di campo, funzionari, diplomatici, e un gran numero di stranieri, ma non c'era lo stato maggiore dell'esercito. Si trovavano inoltre presso l'imperatore senza avere un ufficio l'antico ministro della guerra Arakcéjev, il piú anziano in grado dei generali conte Bennigsen, il granduca ereditario Costantino, il cancelliere conte Rumjantsev, l'antico ministro prussiano Stein, il generale svedese Armfeld, l'autore principale del piano della campagna Pfull, l'aiutante generale e fuoruscito sardo Paulucci, Wohlzogen e molti altri. Benché questi personaggi si trovassero presso l'esercito senza funzioni militari, pure per la loro situazione avevano autorità, e spesso un comandante di corpo e magari il comandante in capo non sapevano in che qualità domandassero o consigliassero questa o quella cosa Bennigsen, il granduca, Arakcéjev o il principe Volkonskij, e non sapevano se un dato ordine in forma di consiglio venisse da uno di questi personaggi o dall'imperatore, e se si dovesse o non si dovesse eseguirlo. Ma questo era l'ambiente esteriore: il senso vero della presenza del sovrano e di tutti questi personaggi dal punto di vista della Corte (e in presenza del sovrano tutti diventano cortigiani) era chiaro a tutti. Ed era il seguente: l'imperatore non prendeva il titolo di comandante in capo, ma dirigeva tutte le armate; gli uomini che lo circondavano erano i suoi cooperatori. Arakcéjev era un fedele esecutore di ordini e mantenitore della disciplina e la guardia del corpo dell'imperatore. Bennigsen era un proprietario della provincia di Vilna e figurava di far *les honneurs* della regione, ma in sostanza era un buon generale, utile coi suoi consigli e che era bene aver sotto mano per sostituire eventualmente Barclay. Il granduca stava lí perché gli faceva comodo. L'ex ministro Stein c'era perché era utile coi suoi consigli e perché l'imperatore Alessandro apprezzava altamente le sue qualità personali. Armfeld era un maligno odiatore di Napoleone e un generale sicuro di sé, e questo aveva sempre un gran potere su Alessandro. Paulucci c'era perché era ardito e risoluto nelle sue parole. Gli aiutanti generali c'erano perché dovevano stare dappertutto dove stava l'imperatore, e finalmente – ed era la cosa principale – Pfull c'era perché aveva ideato il piano di guerra contro Napoleone e, avendo indotto Alessandro ad aver fiducia nell'efficacia di questo piano, guidava tutta la guerra. Accanto a Pfull c'era Wohlzogen, che trasmetteva i pensieri di Pfull in forma piú adatta che non facesse lo stesso Pfull, reciso teorico da gabinetto, pieno di fiducia in se stesso fino al punto da disprezzare tutto.

Oltre i personaggi sopra nominati, russi o stranieri (specialmente stranieri che, con l'audacia di uomini che agiscono in un ambiente estraneo a loro, ogni giorno proponevano nuove e inaspettate idee), c'erano molte persone di second'ordine che si trovavano presso l'esercito perché c'erano i loro principali.

In mezzo a tutte le opinioni, a tutte le voci di quell'immenso mondo inquieto, brillante e orgoglioso, il principe Andréj distingueva le seguenti piú nette divisioni di correnti e di partiti.

Il primo partito era formato da Pfull e dai suoi seguaci, teorici della guerra, convinti che esiste una scienza della guerra e che questa scienza ha le sue leggi immutabili, leggi di movimenti obliqui, di conversioni, ecc. Pfull e i suoi seguaci esigevano il ripiegamento nell'interno del paese, secondo le leggi esatte della pretesa teoria della guerra e in ogni allontanamento da questa teoria vedevano soltanto barbarie, ignoranza e malafede. A questo partito appartenevano i principi tedeschi, Wohlzogen, Wintzingerode ed altri, soprattutto tedeschi.

Il secondo partito era diametralmente opposto al primo. Come avviene sempre, ad una estremità si contrapponeva un'altra estremità. Gli uomini di questo partito erano quelli che da Vilna in poi chiedevano che s'invadesse la Polonia e che si facesse astrazione da ogni piano prestabilito. I rappresentanti di questo partito, oltre ad essere i promotori delle azioni piú audaci, erano anche i rappresentanti dell'idea nazionale ed erano quindi ancora piú unilaterali nella discussione. Erano i russi Bagratiòn, Ermòlov, che allora cominciava a venire in auge, ed altri. In quel tempo era molto popolare il noto scherzo di Ermòlov che si diceva avesse chiesto una sola grazia all'imperatore: esser promosso tedesco. Gli uomini di questo partito dicevano, ricordando Suvòrov, che bisognava non pensare, non puntare gli spilli sulla carta, ma battersi, sbaragliare il nemico, non lasciarlo entrare in Russia e impedire che l'esercito si demoralizzasse.

Al terzo partito, che godeva piú di tutti la fiducia dell'imperatore, appartenevano i partigiani fautori di compromessi fra le altre due tendenze. Gli uomini di questo partito, non militari per la maggior parte e fra i quali era Arakcéjev, pensavano e dicevano ciò che dicono per solito le persone che non hanno una vera convinzione, ma desiderano di farne mostra. Dicevano che senza dubbio la guerra, specialmente con un genio come Bonaparte (lo chiamavano di nuovo Bonaparte), esigeva profondissime combinazioni, una profonda scienza militare, e che in questo Pfull era geniale; ma intanto era impossibile non convenire che i teorici sono spesso unilaterali e perciò non bisognava fidarsi unicamente di loro, bisognava ascoltare anche ciò che dicevano gli avversari di Pfull, ciò che dicevano gli uomini pratici, esperti della guerra, e prender la via di mezzo. Gli uomini di questo partito insistevano sulla necessità di conservare il campo della Drissa, secondo il piano di Pfull, ma di cambiare i movimenti delle altre armate. Benché in questo modo non si raggiungesse né l'uno né l'altro dei due scopi, pure ciò sembrava la cosa migliore agli uomini di questo partito.

La quarta corrente aveva per principale rappresentante il granduca ereditario, che non poteva dimenticare la sua disavventura di Austerlitz, dove s'era mosso alla testa della guardia in casco e tunica, come ad una rivista, immaginandosi di battere bravamente i francesi, e, capitato inaspettatamente in prima linea, a stento s'era potuto salvare nella confusione generale. Gli uomini di questo partito avevano nei loro giudizi il merito e il difetto della sincerità. Essi temevano Napoleone, vedevano la sua forza e la debolezza propria e lo manifestavano apertamente. Dicevano: « Da tutto questo non verrà fuori se non dolore, vergogna e rovina! Abbiamo abbandonato Vilna, abbiamo abbandonato Vitebsk, abbandoneremo anche la Drissa. La sola cosa saggia che ci resti da fare è di concludere la pace e al piú presto possibile, prima che ci scaccino da Pietroburgo! »

Quest'opinione, largamente sparsa nelle alte sfere dell'esercito, trovava appoggio a Pietroburgo e nel cancelliere Rumjantsev, il quale, per altre ragioni di Stato, era anche lui favorevole alla pace.

Il quinto partito era quello dei partigiani di Barclay de Tolly, non tanto come uomo quanto come ministro della guerra e comandante in capo. Dicevano: « Comunque egli sia, – (cominciavano sempre cosí), – è un uomo onesto, fattivo e non c'è nessuno che sia migliore di lui. Dategli i pieni poteri, poiché la guerra non può aver buon esito senza l'unità di comando, ed egli farà vedere ciò che è capace di fare, come già si è rivelato in Finlandia. Se il nostro esercito è bene organizzato e forte e se si è ritirato fino alla Drissa senza subire sconfitte di sorta, ne siamo debitori soltanto a Barclay. Se ora si cambia Barclay con Bennigsen, tutto andrà in rovina, perché Bennigsen ha già mostrato la sua incapacità nel 1807 », dicevano gli uomini di questo partito.

Il sesto partito, quello di Bennigsen, diceva all'incontro che non c'era nessuno piú fattivo e piú esperto di Bennigsen e che, malgrado tutto, si sarebbe sempre tornati a lui. « Adesso facciano pure degli errori! » e gli uomini di questo partito dimostravano che tutta la nostra ritirata fino alla Drissa era stata una vergognosissima disfatta e una serie ininterrotta di errori. « Quanti piú errori faranno, tanto meglio sarà; almeno capiranno piú presto che cosí non può andare, – dicevano. – Non abbiamo bisogno di un Barclay, ma di un uomo come Bennigsen, che ha già dato prove di sé nel 1807, al quale ha reso giustizia lo stesso Napoleone, un uomo a cui si vede volentieri in mano il comando, e di uomini simili non c'è che Bennigsen ».

Il settimo partito era formato da uomini come ce ne sono sempre, specialmente intorno ai sovrani giovani, e come in particolar modo ce n'erano presso l'imperatore Alessandro, generali e aiutanti di campo che erano appassionatamente devoti all'imperatore, non come al sovrano, ma perché lo adoravano come uomo, sinceramente e disinteressatamente, come lo adorava Rostòv nel 1808, e vedevano in lui non soltanto tutte le virtú, ma tutte le qualità umane. Questi, benché ammirassero la modestia del sovrano, che rinunziava al comando delle truppe, criticavano però questa eccessiva modestia e desideravano una cosa soltanto, e v'insistevano, che l'adorato sovrano, lasciando la soverchia sfiducia verso se stesso, dichiarasse apertamente che si metteva alla testa dell'esercito, installasse presso di sé lo stato maggiore del comandante in capo e consigliandosi, quando fosse necessario, con uomini sperimentati nella teoria e nella pratica, conducesse egli stesso le sue truppe, che questo solo fatto avrebbe portate al massimo grado di entusiasmo.

L'ottavo e piú numeroso gruppo di persone, che per l'enorme quantità di aderenti stava agli altri come 99 sta ad 1, era formato di gente che non desiderava né la pace né la guerra, né movimenti offensivi né campi difensivi alla Drissa o altrove, né Barclay né l'imperatore, né Pfull né Bennigsen, ma desiderava soltanto una cosa e la piú sostanziale: il maggior profitto e il maggior piacere per sé. In quell'acqua torbida d'intrighi che s'incrociavano e s'ingarbugliavano, pullulando intorno al quartier generale dell'imperatore, era piú facile poter riuscire in moltissime cose che in altri tempi sarebbero state impossibili. L'uno, che desiderava soltanto di non perdere la sua posizione vantaggiosa, oggi era d'accordo con Pfull, domani col suo avversario, dopodomani affermava di non avere alcuna opinione intorno a un certo argomento, soltanto per sfuggire ogni responsabilità e compiacere all'imperatore. Un altro, volendo procurarsi dei vantaggi, attirava su di sé l'attenzione del sovrano gridando ad alta voce ciò cui l'imperatore aveva alluso il giorno innanzi, discuteva e urlava in consiglio, battendosi il petto, sfidando a duello chi non era del suo avviso e mostrando cosí che era pronto a sacrificarsi al bene comune. Un terzo semplicemente, fra un consiglio e l'altro, in assenza dei suoi avversari, insisteva per avere un sussidio a ricompensa dei suoi fedeli servizi, sapendo che ora mancava il tempo di rifiutarglielo. Un quarto per caso capitava sempre oppresso di lavoro sotto gli occhi dell'imperatore. Un quinto, per raggiungere un fine lungamente desiderato, cioè di essere invitato a pranzo dal sovrano, dimostrava, accanitamente, la ragione o il torto di una nuova opinione e a questo scopo portava prove piú o meno forti e giuste.

Tutte le persone di questo partito davano la caccia ai rubli, alle croci, ai gradi, e in questa caccia spiavano soltanto la direzione della grazia sovrana, e appena si accorgevano che la banderuola si volgeva da una parte, subito tutto quello sciame di calabroni dell'esercito cominciava a ronzare da quella parte, sicché all'imperatore diventava tanto piú difficile volgere la banderuola verso un altro punto. In mezzo a questa incertezza della situazione, davanti alla gravità minacciosa del pericolo che dava a tutto un carattere particolarmente inquieto, in mezzo a questo turbine d'intrighi, di ambizioni, di conflitti fra opinioni e sentimenti diversi, e data la varia nazionalità di tutte quelle persone, quest'ottavo e piú numeroso partito di gente occupata dei suoi interessi personali aggiungeva una gran confusione ed incertezza all'andamento generale delle cose. Qualunque quistione si sollevasse, subito quello sciame di calabroni, senz'aver finito di rombare sul tema precedente, si precipitava su quello nuovo e col suo ronzio sempre piú copriva e soffocava le voci che discutevano sinceramente.

Quando il principe Andréj raggiunse l'esercito, fra tutti questi partiti se ne stava formando ancora un nono, che cominciava ad alzar la voce. Era il partito dei vecchi, dei saggi, delle persone con esperienza di governo, che sapevano, senza dividere neppur una delle opinioni contraddittorie, considerare in modo astratto tutto ciò che si faceva allo stato maggiore del quartier generale ed escogitare i mezzi per uscire da quell'incertezza, indecisione, confusione e debolezza.

Gli uomini di questo partito dicevano e pensavano che tutto il male veniva principalmente dalla presenza dell'imperatore e della sua corte militare presso l'esercito; che nell'esercito si era portata quella vaga, convenzionale e oscillante incertezza di rapporti che è comoda a Corte, ma nociva nell'esercito; che l'imperatore doveva regnare, ma non comandare le truppe; che l'unica via d'uscita da questa situazione era l'allontanamento dell'imperatore e della sua Corte dall'esercito; che la sola presenza dell'imperatore paralizzava cinquantamila uomini necessari a garentire la sua sicurezza personale; che il peggiore dei comandanti in capo, purché indipendente, sarebbe stato da preferire al migliore di essi che fosse vincolato dalla presenza e dall'autorità dell'imperatore.

Mentre il principe Andréj se ne stava inoperoso sulla Drissa, il segretario di Stato Sciškòv, che era uno dei principali rappresentanti di questo partito, scrisse all'imperatore una lettera che Balašòv e Arakcéjev consentirono a sottoscrivere. In questa lettera, profittando del permesso datogli dall'imperatore di discutere l'andamento generale delle cose, egli rispettosamente lo invitava a lasciar l'esercito col pretesto della necessità di suscitare l'entusiasmo per la guerra nella popolazione della capitale.

L'entusiasmo del popolo per la guerra e l'appello ad esso per la salvezza della patria, quella stessa animazione del popolo (in quanto fu suscitata dalla presenza personale dell'imperatore a Mosca) che fu la cagione principale del trionfo della Russia, venne presentata all'imperatore e fu da lui accettata come un pretesto per lasciare l'esercito.

X.

Questa lettera non era stata ancora consegnata all'imperatore quando Barclay a pranzo annunziò a Bolkonskij che il sovrano si sarebbe degnato di ricevere personalmente il principe Andréj per interrogarlo intorno alla Turchia e che il principe Andréj doveva presentarsi nell'alloggio di Bennigsen alle sei di sera.

Quello stesso giorno al quartier generale dell'imperatore s'era ricevuta notizia di un nuovo movimento di Napoleone, che poteva essere pericoloso per l'esercito, notizia che in seguito risultò senza fondamento. E quella stessa mattina il colonnello Michaud aveva percorso con l'imperatore le fortificazioni della Drissa e aveva dimostrato all'imperatore che quel campo fortificato costruito da Pfull, che fin allora era stato ritenuto un *chef-d'œuvre* di tattica e che doveva abbattere Napoleone, che quel campo era una cosa insensata e la rovina dell'esercito russo.

Il principe Andréj si recò all'alloggio del generale Bennigsen, che occupava una piccola casa padronale proprio sulla sponda del fiume. Non trovò né Bennigsen né l'imperatore; ma Cernyšòv, aiutante di campo dell'imperatore, ricevette Bolkonskij e gli disse che l'imperatore era andato col generale Bennigsen e col marchese Paulucci, per la seconda volta in quel giorno, a visitare il campo fortificato della Drissa, sulla cui utilità si cominciavano ad avere forti dubbi.

Cernyšòv stava seduto a leggere un romanzo francese presso la finestra della prima stanza. Quella stanza in passato era stata probabilmente un salone: vi si trovava ancora un organo sul quale erano stati gettati dei tappeti, e in un angolo c'era la branda dell'aiutante di Bennigsen. Quell'aiutante, visibilmente stanco per un festino o per il lavoro, era seduto sulla branda piegata e sonnecchiava. Il salone aveva due porte: una conduceva direttamente a un antico salotto, l'altra, a destra, a uno studio. Dietro alla prima porta si udivano voci che parlavano in tedesco e talvolta in francese. Là, in quell'antico salotto, era riunito, per desiderio dell'imperatore, non un consiglio di guerra (l'imperatore amava le cose vaghe), ma un certo numero di persone delle quali egli voleva conoscere l'opinione nelle presenti difficoltà. Non era un consiglio di guerra, ma una riunione di persone scelte per chiarire alcune quistioni personalmente all'imperatore. A questo mezzo consiglio erano stati invitati il generale svedese Armfeld, l'aiutante generale Wohlzogen, Wintzingerode, che Napoleone chiamava un suddito francese fuggiasco, Michaud, Toll, il conte Stein che non era per niente uomo di guerra, e finalmente lo stesso Pfull che, come aveva inteso dire il principe Andréj, era la *cheville ouvrière* di tutto l'affare. Il principe Andréj ebbe agio di osservarlo bene, poiché Pfull giunse ed entrò nel salotto subito dopo di lui, dopo essersi fermato per un momento a parlare con Cernyšòv.

Alla prima occhiata, Pfull, nella sua uniforme di generale russo mal fatta, indossata senza garbo, come per una mascherata, parve al principe Andréj un'antica conoscenza, benché non l'avesse mai veduto. C'era in lui un po' di Weirother, di Mack, di Schmidt e di molti altri teorici tedeschi in veste di generali che il principe Andréj aveva avuto occasione di vedere nel 1805; ma lui era piú tipico di tutti loro. Un teorico tedesco come lui, che riuniva in sé tutto ciò che v'era in quei tedeschi, il principe Andréj non l'aveva ancora mai veduto.

Pfull non era alto di statura, era molto magro, ma di ossatura larga, rosso, di sana costituzione, col bacino ampio e le scapole ossute. Aveva la faccia molto rugosa con gli occhi profondamente incassati nelle orbite. Davanti, sulle tempie, i suoi capelli erano evidentemente stati ravviati in fretta con una spazzola, ma dietro si alzavano ingenuamente in ciuffi. Guardandosi intorno inquieto e rabbioso, egli entrò nella stanza come se, in quella grande stanza, avesse paura di tutto. Reggendo la sciabola con un gesto imbarazzato, si rivolse a Cernyšòv, domandandogli in tedesco dove fosse l'imperatore. Si vedeva che aveva voglia di attraversare al piú presto le stanze, di finirla con i saluti e i complimenti e mettersi al lavoro davanti alla carta dove si sentiva al suo posto. Faceva dei cenni frettolosi col capo in risposta alle parole di Cernyšòv e sorrideva ironicamente nel sentire che l'imperatore era andato a ispezionare le fortificazioni che egli stesso, Pfull, aveva costruite secondo le proprie teorie. Brontolò qualcosa fra sé con la sua voce brusca di basso come fanno i tedeschi presuntuosi: « *Dummkopf...* »[1] o « *Zu Grunde die ganze Geschichte...* »[2] o « *'s wird was gescheites d'raus werden...* »[3]. Il principe Andréj non sentí bene e voleva passare oltre, ma Cernyšòv lo presentò a Pfull, facendo notare che il principe Andréj veniva dalla Turchia dove la guerra era cosí felicemente terminata. Pfull guardò non tanto il principe Andréj quanto piú in là e disse, ridendo: – *Da muss ein schöner taktischer Krieg gewesen sein!* –[4]. E, sorridendo con disprezzo, passò nella stanza donde venivano le voci.

Di certo Pfull, sempre pronto all'irritazione sarcastica, era quel giorno particolarmente eccitato dal vedere che si era osato andare a ispezionare e giudicare il suo campo senza di lui. Il principe Andréj, da quel solo breve incontro con Pfull, in grazia dei suoi ricordi di Austerlitz, si fece di lui un'opinione ben chiara. Pfull era uno di quegli uomini inguaribilmente, immutabilmente sicuri di sé fino al martirio, come possono esserlo soltanto i tedeschi, precisamente perché nei tedeschi la sicurezza di sé è basata su di un'idea astratta: la scienza, cioè la presunta conoscenza di una verità assoluta. Il francese è sicuro di sé perché si crede irresistibile e affascinante in tutta la sua persona, intellettualmente come fisicamente, per gli uomini come per le donne. L'inglese è sicuro di sé perché è cittadino dello Stato del mondo meglio ordinato e perciò, come inglese, sa sempre quel che deve fare e sa che quanto fa, nella sua qualità d'inglese, è senza dubbio ben fatto. L'italiano è sicuro di sé perché si agita e dimentica facilmente sé e gli altri. Il russo è sicuro di sé proprio perché non sa e non vuol saper nulla, perché non crede che si possa saper qualche cosa. Il tedesco è sicuro di sé peggio di tutti, piú fermamente di tutti e piú antipaticamente di tutti, perché s'immagina di conoscere la verità: la scienza che egli stesso ha inventata, ma che per lui è la verità assoluta.

Cosí evidentemente era Pfull. Possedeva una scienza: la teoria del movimento obliquo che aveva ricavata dalla storia delle guerre di Federico il Grande, e tutto ciò che trovava nella storia militare moderna gli pareva follia, barbarie, caos informe, dove erano stati commessi da entrambe le parti tanti errori che quelle guerre non si potevano chiamare guerre: esse non concordavano con la sua teoria e non potevano essere oggetto di scienza.

[1] « Stupido ».
[2] « Tutto andrà a rovina ».
[3] « Ne verrà fuori qualcosa di brutto ».
[4] « Dev'essere stata una bella guerra tattica! »

Nel 1806 Pfull era stato uno degli autori del piano della guerra che terminò con Jena e Auerstädt, ma nell'esito di quella guerra non vedeva per nulla la prova della manchevolezza della sua teoria. Al contrario, soltanto l'essersi allontanati dalla sua teoria aveva prodotto, secondo lui, l'insuccesso, e con l'ironia allegra che gli era propria egli diceva: « *Ich sagte ja, dass die ganze Geschichte zum Teufel gehen werde!* »[1]. Pfull era uno di quei teorici i quali amano talmente la loro teoria da dimenticare lo scopo della teoria: la sua applicazione alla pratica; per amore della teoria egli odiava ogni pratica e non voleva saperne. Si rallegrava perfino di un insuccesso, perché l'insuccesso, provenendo da un abbandono della teoria nella pratica, non gli provava che l'esattezza della sua teoria.

Disse qualche parola al principe Andréj e a Cernyšòv sulla guerra attuale con l'espressione di un uomo che sa da prima che tutto andrà male e che ne è perfino dolente. I ciuffi spettinati di capelli che gli si alzavano sulla nuca e le tempie ravviate in fretta lo dicevano con particolare eloquenza.

Egli passò nell'altra stanza e di là si udirono subito le note irritate della sua voce di basso.

XI.

Il principe Andréj non aveva ancora avuto il tempo di seguire con gli occhi Pfull che il conte Bennigsen entrò in fretta nella stanza e, facendo un cenno col capo a Bolkonskij, senza fermarsi, passò nello studio, dando alcuni ordini al suo aiutante. L'imperatore veniva subito dopo di lui, e Bennigsen era corso innanzi per preparare qualcosa e ricevere il sovrano. Cernyšòv e il principe Andréj si fecero sull'entrata. L'imperatore smontava da cavallo con un aspetto stanco. Il marchese Paulucci diceva qualcosa al sovrano. L'imperatore, chinando il capo verso sinistra, ascoltava con un'aria scontenta Paulucci che parlava con molto calore. Il sovrano si fece innanzi, desiderando evidentemente troncare quel discorso; ma l'italiano, tutto agitato, rosso in viso, dimenticando l'etichetta, lo seguiva e continuava a parlare.

– *Quant à celui qui a conseillé ce camp, le camp de Drissa*, – diceva Paulucci nel mentre l'imperatore saliva gli scalini e, accorgendosi del principe Andréj, fissava quel viso sconosciuto,

[1] « L'avevo detto io che tutto sarebbe andato al diavolo! »

– *quant à celui, Sire*, – seguitava Paulucci disperatamente, come se non avesse la forza di trattenersi, – *qui a conseillé le camp de Drissa, je ne vois d'autre alternative que la maison jaune ou le gibet.*

Senza piú ascoltarlo e come se non udisse le parole dell'italiano, l'imperatore, che aveva riconosciuto Bolkonskij, gli si rivolse graziosamente:

– Molto lieto di vederti! Va' dove sono riuniti tutti e aspettami.

L'imperatore entrò nello studio. Dietro a lui entrarono il principe Pjotr Michàjlovič Volkonskij, il barone Stein, e dietro di loro la porta si chiuse. Il principe Andréj, profittando del permesso dell'imperatore, andò con Paulucci, che aveva conosciuto in Turchia, nel salotto dove si riuniva il consiglio.

Il principe Pjotr Michàjlovič Volkonskij esercitava le funzioni di capo di stato maggiore dell'imperatore. Volkonskij uscí dallo studio e, portando nel salotto alcune carte e disponendole sulla tavola, formulò i quesiti sui quali egli desiderava di sentir l'opinione dei signori là raccolti. Si trattava di questo, che nella notte s'era ricevuta la notizia (in seguito risultata falsa) di un movimento dei francesi per aggirare il campo di Drissa.

Per primo cominciò a parlare il generale Armfeld, proponendo inaspettatamente, per sfuggire la difficoltà che si presentava, una posizione che nulla giustificava (se non il suo desiderio di mostrare che anche lui poteva avere un'opinione), lontano dalle strade di Pietroburgo e di Mosca, e lí, secondo lui, l'esercito doveva concentrarsi e aspettare il nemico. Si vedeva che questo piano da un pezzo era stato elaborato da Armfeld e che ora egli lo aveva esposto non tanto per rispondere ai quesiti proposti, ai quali quel piano non rispondeva affatto, quanto con lo scopo di profittare dell'occasione per esporlo. Era una fra i milioni di proposte che si potevano fare col medesimo fondamento delle altre, senza avere un'idea del carattere che avrebbe preso la guerra. Alcuni attaccarono quest'opinione, altri la difesero. Il giovane colonnello Toll con maggior calore degli altri combatté l'opinione del generale svedese e, nella discussione, tirò fuori da una tasca interna un quaderno scritto che chiese il permesso di leggere. In quel memoriale molto particolareggiato Toll proponeva un altro piano di campagna, perfettamente contrario al piano di Armfeld e al piano di Pfull. Paulucci, rispondendo a Toll, propose un piano di movimento in avanti e di attacco, che solo, secondo le sue parole, poteva farci uscire dall'incertezza e dalla trappola (cosí egli chiamava il campo della Drissa) nelle quali ci trovavamo. Durante queste discussioni Pfull e il suo interprete Wohlzogen (che era come il suo ponte riguardo alla Corte) tacevano. Pfull non faceva che bofonchiare con disprezzo e si voltava in là, mostrando che non si sarebbe mai abbassato a confutare le sciocchezze che ascoltava ora. Ma quando il principe Volkonskij, che presiedeva la discussione, lo invitò ad esporre la sua opinione, egli disse soltanto:

– Perché interrogarmi? Il generale Armfeld ha proposto una magnifica posizione, con le spalle scoperte. Oppure l'attacco *von diesem italienischen Herrn – sehr schön* [1]; oppure una ritirata, – *auch gut!* [2]. Perché interrogarmi? – disse. – Voi certo conoscete tutto questo meglio di me.

Ma quando Volkonskij, aggrottando le sopracciglia, disse che egli chiedeva la sua opinione in nome dell'imperatore, allora Pfull si alzò e, animandosi a un tratto, cominciò a dire:

– Hanno guastato tutto, hanno imbrogliato tutto; tutti volevano saperne piú di me, e ora vengono da me. Come rimediare? Non c'è da rimediar nulla. Bisogna seguire esattamente la traccia che ho data, – disse picchiando con le sue dita ossute sulla tavola. – Dov'è la difficoltà? Sciocchezze, *Kinderspiel* [3].

Si avvicinò alla carta e si mise a parlare in fretta, puntando il dito secco sulla carta e dimostrando che nessuna circostanza poteva infirmare l'utilità del campo della Drissa, che tutto era stato preveduto e che, se il nemico fosse venuto realmente per aggirarci, sarebbe stato necessariamente annientato.

Paulucci, che non conosceva il tedesco, cominciò ad interrogarlo in francese. Wohlzogen venne in aiuto del suo principale, che parlava male il francese, e si mise a tradurre le sue parole, tenendo dietro a stento a Pfull, il quale dimostrava in fretta che tutto, tutto, – non soltanto ciò che era accaduto, ma anche tutto ciò che poteva accadere, – tutto era stato preveduto nel suo piano e che, se ora c'erano delle difficoltà, tutta la colpa era di non averlo eseguito a puntino. Non faceva che ridere con ironia, faceva la sua dimostrazione, e finalmente smise sprezzantemente di dimostrare, come un matematico cessa dal verificare con altri metodi l'esattezza di un teorema già dimostrato. Wohlzogen lo sostituí, seguitando ad illustrare in francese il suo pensiero e dicendo di

[1] «L'attacco di questo signore italiano – magnifico!»
[2] «Buona anche questa!»
[3] «Giuoco da bambini».

tanto in tanto a Pfull: – *Nicht wahr, Exzellenz?* –[1]. Pfull, come un uomo s'infiamma nella lotta e tira sui suoi, urlava con rabbia anche contro il suo Wohlzogen:

– *Nun ja was soll denn da noch expliziert werden?*[2].

Paulucci e Michaud inveivano a due voci, in francese, contro Wohlzogen. Armfeld si rivolgeva in tedesco a Pfull. Toll, in russo, dava spiegazioni al principe Volkonskij. Il principe Andréj ascoltava e osservava in silenzio.

Di tutti questi personaggi, quello che maggiormente interessava il principe Andréj era Pfull, rabbioso, risoluto e stupidamente sicuro di sé. Solo fra tutti i personaggi lí presenti, egli evidentemente non desiderava nulla per sé, non nutriva inimicizia per nessuno e desiderava una cosa sola: mettere in atto il piano dedotto dalla teoria che aveva elaborata in anni di fatiche. Era ridicolo, era spiacevole per la sua ironia, ma pure ispirava un involontario rispetto per la sua illimitata dedizione a un'idea. Oltre a ciò, tutti i discorsi di tutti coloro che interloquivano, eccettuato Pfull, avevano un tratto comune, che non c'era nel consiglio di guerra del 1805: era questo un timor panico, anche se nascosto, dinanzi al genio di Napoleone, timore che appariva in ogni obiezione. Supponevano che a Napoleone tutto fosse possibile, lo aspettavano da tutte le parti e col suo nome terribile l'uno distruggeva le previsioni dell'altro. Pareva che il solo Pfull considerasse anche Napoleone come un barbaro al pari di tutti gli altri oppositori della sua teoria. Ma oltre a un sentimento di rispetto, Pfull ispirava al principe Andréj un sentimento di pietà. Dal tono col quale i cortigiani gli parlavano, da ciò che Paulucci s'era permesso di dire all'imperatore, ma specialmente da un certo tono disperato con cui si esprimeva lo stesso Pfull, si capiva che gli altri sapevano e che egli stesso sentiva prossima la sua caduta. E, malgrado la sua fiducia in sé e quella sua rabbiosa ironia tedesca, egli faceva pietà con quei suoi capelli pettinati sulle tempie e sporgenti a ciuffi sulla nuca. Di certo, nonostante che egli lo nascondesse sotto un fare irritato e sprezzante, era disperato perché ormai l'unica occasione di sperimentare su scala enorme e di provare a tutto il mondo la verità della sua teoria gli sfuggiva.

La discussione si prolungava e, quanto piú si prolungava, tanto piú le dispute si facevano vivaci e giungevano alle grida e alle ingiurie personali e tanto meno era possibile ricavare una con-

[1] «Non è vero, Eccellenza?»
[2] «Ma che cosa si deve ancora spiegare?»

clusione generale da tutto ciò che s'era detto. Il principe Andréj, ascoltando tutti quei discorsi in diverse lingue e tutte quelle supposizioni, quei piani, quelle confutazioni, quelle grida, si meravigliava soltanto che tutta quella gente parlasse. Le idee, che spesso e già da molto tempo gli erano venute in mente al tempo della sua attività militare, che cioè non vi fosse, né potesse esservi una vera e propria scienza militare, e quindi non potessero esservi i cosí detti geni militari, ora acquistavano per lui la piena evidenza della verità. « Che storia e che scienza ci può essere in una cosa di cui non si conoscono né si possono definire le condizioni e le circostanze, e in cui la forza degli attori può essere meno ancora definita? Nessuno ha potuto né può mai sapere quale sarà l'indomani la posizione del nostro esercito e di quello nemico e nessuno può sapere quale sia la forza di questo o quel corpo. A volte, quando non c'è in prima fila un vigliacco che grida: "Siamo tagliati fuori!" e scappa, e c'è invece un uomo allegro e ardito che grida: "Urrà!", un reparto di cinquemila uomini ne vale trentamila, come sotto Schöngraben, e a volte cinquantamila uomini fuggono davanti a ottomila, come sotto Austerlitz. Che scienza ci può essere in una cosa nella quale, come in ogni fatto pratico, niente può essere determinato e tutto dipende da infinite condizioni, l'importanza delle quali si determina in un momento che nessuno sa quando verrà? Armfeld dice che il nostro esercito è tagliato in due e Paulucci dice che abbiamo messo l'esercito francese fra due fuochi; Michaud dice che l'inconveniente del campo della Drissa è di avere il fiume dietro, e Pfull dice che in ciò sta la sua forza. Toll propone un piano, Armfeld ne propone un altro; e tutti son buoni e tutti cattivi e i vantaggi d'ogni proposta possono essere evidenti soltanto nel momento in cui il fatto si compie. E perché tutti parlano di genio militare? È forse un genio colui che sa ordinare a tempo un rifornimento di biscotto o mandare quello a destra e quell'altro a sinistra? È soltanto perché gli uomini di guerra sono circondati di prestigio e di potere, e la folla dei vili adula il potere attribuendogli le qualità del genio che esso non ha, che essi sono chiamati geni. Al contrario, i migliori generali che ho conosciuti erano uomini stupidi o distratti. Bagratiòn è il migliore di tutti. Napoleone medesimo l'ha riconosciuto. E lo stesso Bonaparte? Mi ricordo la sua fisonomia soddisfatta e mediocre sul campo di Austerlitz. Non soltanto a un buon condottiero non è necessario il genio, né alcuna qualità particolare, ma al contrario egli deve essere assolutamente privo delle qualità piú alte e migliori dell'uomo: l'amore, la poesia, la sensibilità, il dubbio filosofico e sperimentale. Deve essere limitato, deve credere fermamente che quello che fa è molto importante (se no perde la pazienza), e allora soltanto sarà un valoroso condottiero. E guai se egli è un uomo, se sente amore o pietà per qualcuno, o medita su quello che è giusto o ingiusto! Si capisce che fin dagli antichi tempi si sia inventata per essi la teoria dei geni, perché essi sono il potere. Il merito del successo di un'azione militare non spetta ad essi, ma a quell'uomo che nelle file grida: "Siamo perduti!" oppure grida: "Urrà!" E soltanto in quelle file si può servire con la sicurezza d'essere utili! »

Cosí pensava il principe Andréj, ascoltando i discorsi, e si riscosse soltanto quando Paulucci lo chiamò mentre tutti si separavano.

Il giorno seguente, alla rivista, l'imperatore domandò al principe Andréj dove desiderava esser destinato, e il principe Andréj si perdette per sempre nella stima del mondo dei cortigiani non chiedendo di rimanere presso la persona del sovrano, ma chiedendo il permesso di servire nell'esercito di linea.

XII.

Rostòv, prima dell'inizio della campagna, ricevette una lettera dai genitori nella quale, mentre l'informavano brevemente della malattia di Nataša e della rottura del matrimonio col principe Andréj (rottura che gli fu spiegata col rifiuto di Nataša), lo pregavano di nuovo di lasciare il servizio attivo e tornare a casa. Nikolàj, ricevuta questa lettera, non cercò neppure di ottenere una licenza o la pensione, ma scrisse ai genitori che gli rincresceva molto della malattia di Nataša e della rottura del suo matrimonio, e che avrebbe fatto tutto il possibile per soddisfare il loro desiderio. A Sonja scrisse separatamente.

« Adorata amica dell'anima mia, – scriveva. – Nulla tranne l'onore potrebbe trattenermi dal tornare costí in campagna. Ma ora, all'inizio delle ostilità, mi riterrei disonorato non soltanto dinanzi a tutti i compagni, ma dinanzi a me stesso se preferissi il mio piacere al mio dovere e all'amore della patria. Ma questa sarà l'ultima mia assenza. Credimi, subito dopo la guerra, se sarò vivo e se tu mi amerai ancora, pianterò tutto e volerò a te per stringerti per sempre al mio seno ardente ».

Difatti, soltanto l'inizio della campagna tratteneva Rostòv e gl'impediva di andare, come aveva promesso, a sposare Sonja.

L'autunno a Otràdnoje con la caccia e l'inverno con le feste di Natale e l'amore di Sonja gli aprivano la prospettiva di dolci e tranquille gioie che prima non aveva conosciute e che ora lo attiravano. « Una brava moglie, dei bambini, una buona muta di bracchi e dieci o dodici coppie di levrieri, l'amministrazione domestica e una carica alle elezioni... », pensava. Ma ora c'era la guerra e bisognava restare al reggimento. E visto che cosí doveva essere, Nikolàj Rostòv, dato il suo carattere, era contento anche della vita che menava al reggimento e sapeva rendersi piacevole quella vita.

Tornato dalla licenza, accolto festosamente dai compagni, Nikolàj era stato mandato alla rimonta e dalla Piccola Russia aveva condotto con sé degli ottimi cavalli che gli arrecavano piacere e gli valsero gli elogi dei superiori. Durante la sua assenza era stato promosso capitano e, quando il reggimento assunse il suo assetto di guerra aumentando l'effettivo, egli riebbe il suo antico squadrone.

Cominciata la campagna, il reggimento era stato dislocato in Polonia, veniva dato doppio stipendio, erano arrivati nuovi ufficiali, nuovi uomini di truppa, cavalli, e, principalmente, si era diffuso quell'umore animato e allegro che accompagna l'inizio di una guerra; e Rostòv, conoscendo la posizione vantaggiosa che aveva al reggimento, si diede tutto ai piaceri e agli interessi del servizio militare benché sapesse che presto o tardi avrebbe dovuto abbandonarli.

Le truppe si erano ritirate da Vilna per diversi motivi assai complicati, amministrativi, politici e tattici. Ogni passo della ritirata era accompagnato da un giuoco complicato d'interessi, di progetti, di passioni in seno allo stato maggiore. Ma per gli usseri del reggimento di Pavlogràd tutta quella ritirata, nel miglior momento dell'estate, con rifornimenti sufficienti, fu la cosa piú semplice e piú allegra. Potevano essere scoraggiati o inquieti o intrigare soltanto allo stato maggiore, ma in mezzo alle truppe non ci si domandava neppure perché e dove ci si ritirasse. Se c'era rincrescimento, era soltanto perché bisognava lasciare gli alloggi ai quali s'era abituati, oppure qualche bella polacca. E se anche a qualcuno veniva in mente che le cose andavano male, allora, come deve fare un buon militare, quello a cui ciò era venuto in mente si sforzava d'essere allegro e di non pensare all'andamento generale delle cose, ma di pensare soltanto al suo compito immediato. Al principio si stava allegri presso Vilna, si faceva conoscenza coi proprietari polacchi, si attendevano le riviste dell'imperatore e degli altri alti comandanti superiori e vi si partecipava. Poi venne l'ordine di ritirarsi su Sweciany e distruggere tutte le provviste che non si potevano portar via. Sweciany era nella memoria degli usseri perché era il *campo degli ubriachi*, come tutto l'esercito aveva soprannominato quell'alloggiamento, e perché a Sweciany c'erano stati molti reclami contro i soldati che, profittando dell'ordine di approvvigionarsi, prendevano come approvvigionamento cavalli, carrozze e tappeti ai signori polacchi. Rostòv si ricordava di Sweciany perché, il primo giorno dell'entrata in quella cittadina, aveva cambiato il maresciallo d'alloggio e non era riuscito a tener a posto gli uomini del suo squadrone, tutti ubriachi, perché s'erano impadroniti a sua insaputa di cinque barilotti di birra vecchia. Da Sweciany s'erano ritirati via via fino alla Drissa e di nuovo s'erano ritirati dalla Drissa e già si avvicinavano alla frontiera russa.

Il 13 luglio per la prima volta il reggimento di Pavlogràd si trovò impegnato in un'azione seria.

La notte del 12 luglio, la vigilia dello scontro, c'era stata una forte bufera con pioggia e grandine. L'estate del 1812 fu in generale notevole per le sue bufere.

Due squadroni del reggimento di Pavlogràd stavano al bivacco nei campi di segala, già coperti di spighe e tutti calpestati dal bestiame e dai cavalli. La pioggia venne giú a catinelle, e Rostòv con un giovane ufficiale suo protetto, Iljín, se ne stava in una capannuccia costruita alla svelta. Un ufficiale del loro reggimento, con dei lunghi baffi che gli oltrepassavano le gote, dopo essere andato al Comando ed essere stato sorpreso dalla pioggia, entrò da Rostòv.

– Conte, vengo dal Comando. Avete saputo l'azione eroica di Rajevskij? – E l'ufficiale raccontò i particolari del combattimento di Saltànovka che aveva sentiti al Comando.

Rostòv, contorcendo il collo dove gli entrava l'acqua, fumava la pipa e ascoltava distrattamente, guardando ogni tanto il giovane ufficiale, Iljín, che gli si stringeva accanto. Quest'ufficiale, un ragazzo di sedici anni, da poco arrivato al reggimento, aveva ora con Nikolàj quelle medesime relazioni che Nikolàj sette anni prima aveva avute con Denísov. Iljín si sforzava d'imitare in tutto Rostòv ed era innamorato di lui come una donna.

L'ufficiale dai lunghi baffi, Zdrinski, raccontò con enfasi che la diga di Saltànovka era stata come le Termopili russe e che il generale Rajevskij aveva compiuto su quella diga un atto degno dell'antichità. Zdrinski raccontò l'atto di Rajevskij che, sotto un terribile fuoco, aveva condotto i suoi due figli sulla diga e, avendoli al suo fianco, s'era buttato all'attacco. Rostòv ascoltava il racconto e non soltanto non diceva nulla per incoraggiare l'entusiasmo di Zdrinski, ma aveva anzi l'aspetto d'un uomo che si vergogna di ciò che gli si racconta, pur non avendo l'intenzione di replicare. Rostòv dopo la campagna di Austerlitz e quella del 1807 sapeva per sua propria esperienza che, raccontando fatti di guerra tutti mentono, come mentiva egli stesso quando li raccontava; poi aveva abbastanza esperienza per sapere che in guerra tutto accade in modo ben diverso da come lo possiamo immaginare e raccontare. Perciò il racconto di Zdrinski non gli piaceva, e non gli piaceva lo stesso Zdrinski che, coi suoi baffi che gli oltrepassavano le gote, aveva l'abitudine di curvarsi fin sopra il viso della persona a cui parlava, e gli stava addosso nella stretta capannuccia. Rostòv lo guardava in silenzio. « Prima di tutto, – pensava Rostòv, – sulla diga attaccata ci doveva essere tanta confusione e tanto pigia pigia che, se anche Rajevskij vi avesse condotto i suoi figli, questo non avrebbe potuto influire su nessuno, tranne quella diecina di persone che gli stava proprio vicino; gli altri non potevano neanche accorgersi come e con chi andava Rajevskij sulla diga. Ma anche quelli che se ne accorgevano non potevano entusiasmarsi tanto: che importava loro la tenerezza paterna di Rajevskij quando erano tutti occupati a salvar la pelle? Finalmente, dal prendere o non prendere la diga di Saltànovka non dipendeva la sorte della patria, come ci vien detto delle Termopili. E allora perché si doveva fare questo sacrifizio? E poi perché tirare in ballo i figli, lí, in guerra? Io non condurrei con me Petja, mio fratello, ma anche Iljín, che mi è estraneo, ma è un buon ragazzo, cercherei di metterlo al sicuro in qualche posto », seguitava a pensare Rostòv ascoltando Zdrinski. Ma non manifestò i suoi pensieri: anche su questo aveva fatto la sua esperienza. Sapeva che questo racconto avrebbe contribuito alla glorificazione delle nostre armi e perciò bisognava far finta di non dubitarne. E cosí fece.

– Non ne posso piú, – disse Iljín, essendosi accorto che il racconto di Zdrinski non piaceva a Rostòv. – Le calze, la camicia e dove sto a sedere, tutto mi gocciola. Vado a cercare un asilo. Mi pare che la pioggia diminuisca –. Iljín uscí e Zdrinski se ne andò.

Dopo cinque minuti Ilíjn, guazzando nel fango, si avvicinò di nuovo alla capannuccia.

– Urrà! Rostòv, andiamo presto. Ho trovato! Là, a duecento passi, c'è una locanda: i nostri ci sono già. Almeno ci asciugheremo, e c'è anche Marja Ghènrichovna.

Marja Ghènrichovna era la moglie del dottore del reggimento, una tedesca giovane e belloccia, che il dottore aveva sposata in Polonia. Il dottore, o perché non aveva mezzi, o perché non voleva, nei primi tempi del matrimonio, separarsi dalla giovane moglie, la conduceva da per tutto con sé dietro al reggimento degli usseri e la gelosia del dottore era diventata il soggetto abituale degli scherzi fra gli ufficiali degli usseri.

Rostòv si gettò la mantellina sulle spalle, gridò a Lavruška di seguirlo con le sue robe e andò con Iljín, ora scivolando nel fango ora sguazzando sotto la pioggia che scemava, nel buio della sera, rotto di tanto in tanto da lampi lontani.

– Rostòv, dove sei?

– Qui. Che lampo! – si dicevano l'un l'altro.

XIII.

Nella locanda, davanti alla quale era ferma la vettura del dottore, c'erano già forse cinque ufficiali. Marja Ghènrichovna, una tedeschina pienotta e bionda in camiciola e cuffia da notte, era seduta nell'angolo anteriore della stanza su una larga panca. Il dottore, suo marito, dormiva dietro di lei. Rostòv e Iljín, ricevuti da allegre esclamazioni e risate, entrarono nella stanza.

– Eh... come si sta allegri qui! – disse ridendo Rostòv.

– E voi perché vi baloccate?

– Bravi! son tutti fradici! Non bagnate il nostro salotto.

– Non insudiciate il vestito di Marja Ghènrichovna, – risposero alcune voci.

Rostòv e Iljín si affrettarono a cercare un cantuccio dove mettersi per poter mutare i loro vestiti bagnati, senza offendere il pudore di Marja Ghènrichovna. Essi se ne andarono dietro al tramezzo per cambiarsi, ma in quel piccolo sgabuzzino c'erano già tre ufficiali che lo riempivano tutto e che giocavano a carte, con una candela posata su di una cassa vuota, e a nessun costo vollero cedere il loro posto. Marja Ghènrichovna prestò la sua gonna perché l'adoprassero come tenda, e dietro a quella tenda Rostòv e Iljín, con l'aiuto di Lavruška, che aveva portato le robe, si tolsero i vestiti bagnati e misero quelli asciutti.

Si fece fuoco nella stufa mezzo rovinata. Si eran procurati una tavola e, assicuratala su due selle, la coprirono con una gualdrappa; avevano trovato anche un piccolo samovar, una cassetta da liquori, una mezza bottiglia di rhum, e, pregando Marja Ghènrichovna di far la padrona di casa, si riunirono tutti intorno a lei.

Chi le offriva un fazzoletto pulito perché si asciugasse le belle manine, chi le metteva la giubba sotto i piedini perché non sentisse l'umido, chi appendeva il mantello davanti alla finestra perché non tirasse vento, chi scacciava le mosche dal viso del marito perché non si svegliasse.

– Lasciatelo stare, – disse Marja Ghènrichovna con un timido e allegro sorriso, – dorme già bene lo stesso, dopo una notte insonne.

– Impossibile, Marja Ghènrichovna, – rispose un ufficiale, – bisogna render servizio al dottore. Tutto può accadere, e cosí lui avrà misericordia di me, quando debba tagliarmi un braccio o una gamba.

I bicchieri erano soltanto tre: l'acqua era cosí torbida che non si poteva vedere se il tè era forte o no, e nel samovar c'erano soltanto sei bicchieri d'acqua; ma era tanto piú piacevole ricevere, ognuno alla sua volta, secondo l'anzianità, un bicchiere dalle manine di Marja Ghènrichovna, manine grassottelle, dalle unghie corte e non del tutto pulite. Pareva che quella sera tutti gli ufficiali fossero innamorati di Marja Ghènrichovna, e realmente lo erano. Anche gli ufficiali che giocavano a carte dietro al paravento presto smisero di giocare e se ne vennero intorno al samovar, uniformandosi anch'essi all'umor generale, che era di far la corte a Marja Ghènrichovna. Marja Ghènrichovna, vedendosi circondata da quella brillante e cortese gioventú, raggiava di gioia, per quanto tentasse di nasconderlo e si spaventasse a ogni movimento che faceva nel sonno il marito che dormiva dietro di lei.

C'era un solo cucchiaino; di zucchero ce n'era di piú che di tutto il resto, ma non facevano in tempo a mescolarlo, e perciò fu deciso che essa lo avrebbe mescolato a ciascuno alla sua volta. Rostòv, ricevuto il suo bicchiere e versatovi del rhum, pregò Marja Ghènrichovna di mescolarlo.

– Ma voi non mettete mica zucchero, – disse ella, sorridendo sempre, come se tutto ciò che diceva lei e tutto ciò che dicevano gli altri fosse molto buffo e avesse anche un altro senso.

– Non voglio zucchero, voglio soltanto che mescoliate con la vostra manina.

Marja Ghènrichovna acconsentí e si mise a cercare il cucchiaino di cui qualcuno s'era impadronito.

– Mescolate col vostro ditino, Marja Ghènrichovna, – disse Rostòv, – sarà ancora piú piacevole.

– Brucia! – disse Marja Ghènrichovna, arrossendo di piacere.

Iljín prese il secchio con l'acqua e, fattovi gocciolare un po' di rhum, si avvicinò a Marja Ghènrichovna, e le chiese di mescolare col suo ditino.

– Questa è la mia tazza, – disse egli. – Mettete soltanto il ditino dentro, e berrò tutto.

Quando ebbero finito tutto il samovàr, Rostòv prese le carte e propose di giocare « ai re » con Marja Ghènrichovna. Tirarono a sorte a chi toccasse di far da compagno a Marja Ghènrichovna. Le condizioni di giuoco erano, secondo la proposta di Rostòv, che chi diventava re aveva diritto di baciare la manina di Marja Ghènrichovna e chi rimaneva perdente doveva andare a riempire il samovàr per il dottore quando si fosse svegliato.

– E se diventa re Marja Ghènrichovna? – disse Iljín.

– È già regina! E i suoi ordini sono legge.

Il giuoco era appena incominciato che dietro Marja Ghènrichovna si rizzò a un tratto la testa scarruffata del dottore. Da un pezzo non dormiva piú e, prestando orecchio a ciò che dicevano, di certo non aveva trovato nulla di allegro, di buffo e di divertente in tutto ciò che si diceva e faceva. Il suo aspetto era malinconico e abbattuto. Non salutò gli ufficiali, si grattò e chiese il permesso di uscire, perché gli avevano sbarrato il passaggio. Non appena fu uscito, tutti gli ufficiali scoppiarono in una risata, e Marja Ghènrichovna arrossí fino alle lacrime e diventò cosí ancor piú seducente agli occhi di tutti gli ufficiali. Tornando di fuori, il dottore disse alla moglie (la quale aveva già smesso di sorridere lietamente e lo guardava, attendendo spaventata la sua sentenza) che la pioggia era finita e bisognava andare a passar la notte nella vettura, se no avrebbero svaligiato tutto.

– Ma io manderò un piantone, due!... – disse Rostòv. – Che dite, dottore!

– Farò io stesso la guardia, – disse Iljín.

– No, signori, voi avete dormito e io non dormo da due notti, – disse il dottore, e sedette, cupo in viso, accanto alla moglie, aspettando la fine del giuoco.

Vedendo il viso rannuvolato del dottore, che seguiva la moglie con la coda dell'occhio, gli ufficiali diventarono ancora piú allegri e molti non poterono trattenere una risata, alla quale si sforzavano di cercare in fretta un pretesto plausibile. Quando il dottore fu uscito, conducendo via la moglie, ed ebbe preso posto con lei nella vettura, gli ufficiali si misero a dormire nella locanda, coprendosi coi loro mantelli bagnati; ma per un pezzo non si addormentarono, ora discorrendo fra loro e ricordando la paura del dottore e l'allegria della dottoressa, ora scappando fuori e riferendo poi quel che facevano nella vettura. Piú volte Rostòv si avvolse la testa nella coperta, avendo voglia di dormire; ma di nuovo qualcuno lo svegliava con un'osservazione e di nuovo si mettevano a discorrere e di nuovo si udivano quelle risate fanciullesche, allegre e senza motivo.

XIV.

Verso le tre ancora nessuno s'era addormentato, quando comparve il maresciallo d'alloggio con l'ordine di mettersi in marcia verso la cittadina di Ostrowna.

Seguitando a chiacchierare e a ridere, gli ufficiali fecero in fretta i loro preparativi; di nuovo fu portato il samovar con l'acqua sporca. Ma Rostòv, senz'aspettare il tè, raggiunse il suo squadrone. Già albeggiava: la pioggerella era cessata, le nuvole si disperdevano. Faceva un freddo umido, specialmente per chi aveva i vestiti non ancora asciutti. Uscendo dalla locanda, Rostòv e Iljín, nel crepuscolo dell'alba, diedero uno sguardo alla copertura di cuoio della vettura, tutta lucente di pioggia, e videro uscir di sotto il grembiale i piedi del dottore e nel mezzo, su di un guanciale, la cuffia della dottoressa, e udirono una respirazione sonnolenta.

– Davvero, è molto carina! – disse Rostòv a Iljín che gli camminava accanto.

– È una donna deliziosa! – rispose Iljín con la serietà dei suoi sedici anni.

Una mezz'ora dopo, lo squadrone, in ordine perfetto, era fermo sulla strada. Si udivano i comandi: – In sella! – I soldati si facevano il segno della croce e montavano in sella. Rostòv si avviò innanzi e comandò: – Marsc! – e gli usseri, mettendosi quattro per quattro, facendo risonare gli zoccoli dei cavalli sulla strada bagnata, con un rumore di sciabole e un mormorio sommesso, si mossero per la larga strada fiancheggiata da betulle, dietro alla fanteria e all'artiglieria che li precedevano. Le nuvole lacerate d'un viola azzurrino che si arrossava ad oriente erano scacciate rapidamente dal vento. Si vedeva nettamente l'erbetta riccia, com'è sempre sulle strade vicine ai villaggi, ancora umida della pioggia del giorno innanzi; i rami penduli delle betulle, anch'essi bagnati, tremolavano al vento e scotevano lucenti gocce di pioggia. I visi dei soldati si disegnavano sempre piú nettamente. Rostòv e Iljín, che non si scostava da lui, andavano da un lato della strada, fra due file di betulle.

Rostòv in guerra si permetteva la libertà di montare non un cavallo d'ordinanza, ma un cavallo cosacco. Conoscitore e amatore com'era, s'era procurato da poco un focoso cavallo del Don, un sauro a criniera bianca, grosso e buono, sul quale poteva sfidare chiunque. Montare quel cavallo era un piacere per Rostòv. Pensava al cavallo, alla mattinata, alla dottoressa e non una volta pensò al pericolo imminente.

Prima Rostòv, quando andava al fuoco, aveva paura; ora non provava neppure il minimo senso di timore. E non provava timore non perché fosse abituato al fuoco (non ci si abitua mai al pericolo), ma perché aveva imparato a dominare l'animo suo dinanzi al pericolo. Aveva preso l'abitudine, andando al fuoco, di pensare a tutto fuorché a ciò che doveva sembrare piú importante di ogni altra cosa: il pericolo imminente. Per quanto si sforzasse e si rimproverasse la sua vigliaccheria, nei primi tempi del suo servizio non c'era riuscito; ma ora, con gli anni, la cosa era venuta da sé. Cavalcava adesso accanto a Iljín, fra le due file di betulle, e di tanto in tanto strappava qualche foglia dai rametti che gli capitavano sotto la mano, o col piede sfiorava la pancia del cavallo o, senza voltarsi, tendeva la pipa spenta all'ussero che gli veniva dietro, con l'aspetto tranquillo e spensierato che avrebbe avuto andando a una passeggiata. Gli faceva pena vedere il viso sconvolto di Iljín, che parlava molto e con agitazione; conosceva per prova quel tormentoso stato di attesa della paura e della morte nel quale si trovava il cornetta e sapeva che niente, tranne il tempo, avrebbe saputo venirgli in aiuto.

Appena il sole si mostrò in uno spazio libero, di sotto alle nuvole, il vento si quietò come se non osasse guastare quella bella mattinata di estate, dopo la bufera del giorno innanzi; cadevano ancora delle gocce, ma verticali e tutto era calmo. Il sole venne fuori interamente, si mostrò all'orizzonte e sparí in una nuvola stretta e lunga che gli pendeva sopra. Dopo alcuni minuti il sole riapparve ancora piú splendido al lembo superiore della nuvola, lacerandone l'orlo. Tutto s'illuminò e rifulse. E insieme a quella luce, come per risponderle, si udirono innanzi dei colpi di cannone.

Rostòv non ebbe tempo di riflettere e calcolare la distanza di quei colpi, che giunse al galoppo da Vitebsk l'aiutante del conte Osterman-Tolstòj con l'ordine di mettersi al trotto per la strada.

Lo squadrone passò innanzi alla fanteria e all'artiglieria che anch'esse si affrettavano, passò sotto a una collina e, traversando un villaggio vuoto di abitanti, risalí di nuovo su un'altura. I cavalli erano sudati e gli uomini tutti rossi.

– Alt! Allinearsi! – si udirono davanti a loro gli ordini del comandante di gruppo. – Per fila sinistr'! Al passo, marsc! – si sentí ordinare davanti a loro.

E gli usseri, seguendo la linea delle truppe, passarono al fianco sinistro della posizione e si misero dietro agli ulani che si trovavano in prima linea. Una folta colonna della nostra fanteria stava a destra: era la riserva; piú su, sull'altura, si vedevano all'orizzonte i nostri cannoni, nell'aria limpida e sotto la luce viva e obliqua del mattino. Piú avanti, oltre una valle, si scorgevano colonne nemiche e cannoni. Si sentiva che nella valle la nostra linea era già impegnata nella mischia e scambiava allegramente fucilate col nemico.

Rostòv, a quei rumori che non udiva da un pezzo, cominciò a sentirsi in cuore un'allegria come se fossero stati la piú gioconda delle musiche. « Trap-tata-tap! » fecero alcuni colpi scoppiando ora tutti insieme, ora uno subito dopo l'altro. Poi di nuovo silenzio, poi era di nuovo come se si spezzassero degli scoppietti perché qualcuno ci camminava su.

Gli usseri stettero circa un'ora allo stesso posto. Era cominciato anche il cannoneggiamento. Il conte Osterman col seguito passò dietro allo squadrone: si fermò, parlò col comandante del reggimento e si avviò verso i cannoni, sull'altura.

Dopo che Osterman si fu allontanato, si udirono dei comandi agli ulani: – In colonna! In formazione d'attacco! – La fanteria davanti a loro si divise in due per lasciar passare la cavalleria. Gli ulani si mossero, con le fiamme che sventolavano sulle picche, e vennero giú al trotto addosso alla cavalleria francese che era comparsa sotto l'altura di sinistra.

Appena gli ulani furono scesi dall'altura, gli usseri ebbero l'ordine di salire lassú per coprire le batterie. Mentre gli usseri prendevano il posto degli ulani, dalla linea lontana venivano delle palle, stridendo e fischiando, ma senza colpirli.

Questi rumori che non aveva uditi da un pezzo fecero su Rostòv un effetto anche piú piacevole ed eccitante che le fucilate di prima. Drizzandosi su, guardava il campo di battaglia che si scopriva dall'altura e partecipava con tutta l'anima al movimento degli ulani. Gli ulani si avvicinarono molto ai dragoni francesi, qualcosa di confuso si vide nel fumo, e dopo cinque minuti gli ulani tornarono indietro, non al posto dove erano prima, ma un po' piú a sinistra. In mezzo agli ulani dalle uniformi arancione, sui loro cavalli sauri, e dietro di loro si vedeva un grosso nucleo di azzurri dragoni francesi sui loro cavalli grigi.

XV.

Rostòv, col suo occhio acuto di cacciatore, era stato uno dei primi a distinguere quegli azzurri dragoni francesi che inseguivano i nostri ulani. Gli ulani, a gruppi sparpagliati, e i dragoni francesi che li inseguivano si facevano sempre piú vicini. Già si poteva vedere come quegli uomini, che sembravano cosí piccoli ai piedi dell'altura, si urtavano, si spingevano l'un l'altro, agitando le braccia o le sciabole.

Rostòv guardava ciò che accadeva davanti a lui come avrebbe guardato una caccia coi cani. Sentiva per istinto che, a gettarsi ora con gli usseri sui dragoni francesi, questi non avrebbero resistito, ma bisognava farlo subito, all'istante, se no sarebbe stato troppo tardi. Si guardò attorno. Un capitano, fermo accanto a lui, non distoglieva neppure lui gli occhi dalla cavalleria, là in basso.

– Andréj Sevastjànyč, – disse Rostòv, – li potremmo schiacciare, eh?...

– Magnifico scherzo! – disse il capitano. – E davvero...

Rostòv, senza ascoltarlo sino alla fine, spinse il cavallo, galoppò innanzi allo squadrone e prima che avesse il tempo di comandare il movimento, già tutto lo squadrone, che aveva provato il suo stesso sentimento, si moveva dietro a lui. Rostòv stesso non sapeva come e perché avesse fatto ciò. Fece tutto questo come faceva a caccia, senza pensare, senza riflettere. Vedeva che i dragoni erano vicini, chè galoppavano in disordine, sapeva che non avrebbero resistito, sapeva che c'era soltanto un momento che non sarebbe tornato se si lasciava sfuggire. Le palle gli fischiavano e stridevano intorno cosí eccitanti, il cavallo si buttava innanzi con tanto ardore che egli non poteva trattenerlo. Lanciò il cavallo, diede il comando e nello stesso istante udí dietro di sé il calpestio del suo squadrone spiegato e al gran trotto, e cominciò a scendere verso i dragoni, ai piedi dell'altura. Appena furono ai piedi dell'altura, involontariamente il loro trotto diventò un galoppo che si faceva sempre piú rapido a misura che si avvicinavano agli ulani e ai dragoni francesi che li inseguivano. I dragoni erano vicini. Quelli delle prime file, vedendo gli usseri, fecero voltafaccia, quelli di dietro si fermarono. Con lo stesso sentimento col quale aveva tagliato la strada al lupo, Rostòv, lanciato a tutta carriera il suo cavallo del Don, correva per tagliar la strada ai dragoni francesi che avevano rotte le file. Un ulano si fermò, un soldato appiedato si buttò in terra per non essere schiacciato, un cavallo senza cavaliere fuggí in mezzo agli usseri. Quasi tutti i dragoni francesi galoppavano indietro. Rostòv, avvistandone uno su di un cavallo grigio, si mise ad inseguirlo. Passando, urtò in un cespuglio: il suo buon cavallo lo fece passare attraverso e, appena raddrizzatosi in sella, Nikolàj vide che fra pochi istanti avrebbe raggiunto quel nemico che si era scelto come bersaglio. Quel francese, probabilmente un ufficiale, a giudicare dall'uniforme, galoppava curvo sul suo cavallo grigio, spingendolo innanzi con la sciabola. Dopo un istante il cavallo di Rostòv urtò col petto la groppa del cavallo dell'ufficiale e per poco non lo fece stramazzare, e in quello stesso momento Rostòv, senza sapere perché, alzò la sciabola e colpí il francese.

Nell'istante in cui faceva questo, tutta l'animazione di Rostòv a un tratto sparí. L'ufficiale cadde non tanto per il colpo di sciabola che l'aveva solo ferito leggermente al braccio, sopra al gomito, quanto per l'urto del cavallo e per la paura. Rostòv, trattenendo il cavallo, cercò con gli occhi il suo nemico per vedere colui che egli aveva vinto. L'ufficiale dei dragoni francesi batteva la terra con un piede, mentre l'altro era preso nella staffa. Spaventato, sbattendo le palpebre, come se aspettasse da un momento all'altro un secondo colpo, corrugando il viso, con un'espressione di terrore, guardava in su, verso Rostòv. Il suo viso giovanile, pallido e spruzzato di fango, con una fossetta sul mento, coi capelli biondi, con due lucenti occhi celesti, non pareva il viso di un uomo sopra un campo di battaglia, di un nemico, ma il piú normale viso incontrato in una camera qualunque. Anche prima che Rostòv potesse decidere che cosa fare di lui, l'ufficiale gridò: – *Je me rends* –. Voleva far presto e non poteva cavare il piede dalla staffa e guardava fisso Rostòv coi suoi occhi celesti, pieni di spavento. Gli usseri che erano accorsi gli liberarono il piede e lo rimisero in sella. In diversi punti gli usseri si battevano coi dragoni; uno di essi era ferito, col viso insanguinato, ma non lasciava il suo cavallo; un altro, abbracciando un ussero, stava sulla groppa del suo cavallo; un terzo, sostenuto da un altro ussero, montava in sella con lui. La fanteria francese correva piú avanti, sparando. Gli usseri galopparono indietro frettolosi coi loro prigionieri. Rostòv galoppava indietro con gli altri, provando un certo senso di disgusto che gli stringeva il cuore. Qualcosa di oscuro, di confuso, che egli stesso non sapeva spiegarsi, gli si era rivelato mentre prendeva prigioniero quell'ufficiale e già prima mentre lo colpiva.

Il conte Osterman-Tolstòj andò incontro agli usseri che tornavano: chiamò Rostòv, lo elogiò e disse che avrebbe fatto presente all'imperatore il suo atto di coraggio e avrebbe chiesto per lui la croce di San Giorgio. Quando Rostòv si sentí chiamare dal conte Osterman, ricordando che il suo attacco era cominciato senza un ordine, era pienamente persuaso che il comandante lo facesse chiamare per punirlo del suo atto indisciplinato. Perciò le lusinghiere parole di Osterman e la promessa d'una ricompensa avrebbero dovuto tornare tanto piú gradite a Rostòv; ma quel medesimo sentimento spiacevole e confuso lo tormentava moralmente. « Ma che cosa mi tormenta? – si domandava, lasciando il generale. – Iljín? No, è salvo. Mi sono macchiato di qualche colpa? No, non è questo! » Qualche altra cosa lo tormentava, come un rimorso. « Sí, sí, è quell'ufficiale francese con la fossetta al mento. Mi ricordo bene come il mio braccio s'è fermato quando lo alzavo ».

Rostòv vide i prigionieri che erano condotti via e galoppò dietro a loro per rivedere il suo francese con la fossetta al mento. Con la sua strana uniforme egli stava in groppa a un cavallo da ussero e si guardava intorno inquieto. La sua ferita al braccio quasi non era una ferita. Fece un sorriso finto a Rostòv e gli accennò con la mano una specie di saluto. Rostòv si sentiva sempre imbarazzato ed ebbe come un rimorso.

Tutto quel giorno e il seguente gli amici e i compagni di Rostòv si accorsero che egli, pur non essendo né annoiato, né in collera, era però taciturno, pensieroso e concentrato. Beveva a malincuore, cercava di restar solo e pensava a qualche cosa.

Rostòv pensava sempre alla sua brillante azione che, con sua meraviglia, gli avrebbe procurato la croce di San Giorgio e anzi già gli aveva fatto una fama di eroe, e non poteva assolutamente capire una cosa. « Allora quelli là hanno ancora piú paura di noi! – pensava. – Allora è tutto questo che si chiama eroismo? E io l'ho forse fatto per la patria? E quello là, con la sua fossetta al mento e i suoi occhi celesti, di che è colpevole? Ah! che paura aveva! Pensava che l'avrei ammazzato. E perché ammazzarlo? La mano mi tremava. E mi hanno dato la croce di San Giorgio! Non capisco nulla, proprio nulla ».

Ma mentre Nikolàj rimuginava fra sé questi problemi e non sapeva trovare una risposta chiara a ciò che lo aveva tanto turbato, nella sua carriera la ruota della fortuna, come spesso accade, girava a suo vantaggio. Dopo il fatto di Ostrowna ebbe una promozione, gli diedero un battaglione di usseri e, quando occorreva un ufficiale ardito, si servivano di lui.

XVI.

Ricevuta la notizia della malattia di Nataša, la contessa, che ancora non stava bene ed era molto debole, partí per Mosca con Petja e con tutta la gente di casa, e tutta la famiglia Rostòv si trasferí da quella di Marja Dmítrievna nella sua propria casa e si stabilí definitivamente a Mosca.

La malattia di Nataša era talmente seria che, per fortuna sua e dei genitori, il pensiero di tutto ciò che era stato causa della sua malattia – la sua condotta e la rottura col fidanzato – passò in seconda linea. Era cosí ammalata che era impossibile pensare quanta parte di colpa ella avesse in tutto l'accaduto, mentre non mangiava, non dormiva, smagriva notevolmente, tossiva e, come facevano capire i dottori, era in pericolo. Bisognava pensare soltanto al modo di curarla. I medici venivano da Nataša, soli o in consulto, parlavano a lungo in francese, in tedesco e in latino, si criticavano l'un l'altro, prescrivevano i rimedi piú diversi per tutte le malattie che conoscevano; ma neppure a uno di loro veniva in mente la semplice idea che la malattia di cui soffriva Nataša non poteva esser loro nota, come non può esser nota nessuna delle malattie da cui è colpito ogni uomo vivo; ogni uomo vivo infatti ha le sue particolarità e ha sempre una malattia speciale e sua propria, nuova, complicata, sconosciuta alla medicina: non una malattia dei polmoni, del fegato, della pelle, del cuore, dei nervi o simili, descritta nei trattati di medicina, ma una malattia che consiste in una speciale combinazione delle sofferenze di questi organi. Questa semplice idea non poteva venire in mente ai dottori (come non può venire in mente a uno stregone l'idea che non può fare stregonerie), poiché tutta l'occupazione della loro vita consisteva nel curare, poiché per questo ricevevano del denaro, e poiché in quell'occupazione avevano speso gli anni migliori della loro vita. Ma soprattutto questa idea non poteva venire in mente ai dottori perché essi credevano di giovare indubbiamente, e difatti giovavano, a tutti della famiglia Rostòv. Giovavano non perché obbligassero l'ammalata a ingoiare delle sostanze per lo piú nocive (questo male era poco sensibile perché quelle sostanze nocive erano date a piccole dosi), ma erano utili, necessari, indispensabili (motivo per cui ci sono e sempre ci saranno ciarlatani, indovini, medici omeopatici e allopatici) perché soddisfacevano un bisogno morale della malata e delle persone che volevano bene alla malata. Soddisfacevano quell'eterno bisogno umano di sperare in un sollievo, quel bisogno di simpatia e di azione che prova l'uomo quando soffre. Soddisfacevano quell'eterno bisogno umano – che nella sua forma primitiva si osserva nel bambino – di stropicciare il punto che duole. Il bambino si fa male, e subito corre nelle braccia della madre o della bambinaia perché gli bacino e gli stropiccino il punto che gli duole, e si sente meglio quando gli hanno stropicciato o baciato la parte dolente. Il bambino non crede che quelli che son piú forti e piú saggi di lui non abbiano modo di dar sollievo al suo male. E la speranza d'un sollievo e l'espressione di simpatia che ha la mamma mentre gli stropiccia il suo bernoccolo lo consolano. I dottori erano utili a Nataša perché le baciavano e le stropicciavano la *bua*, affermando che sarebbe subito passata se il cocchiere fosse andato alla farmacia dell'Arbàt e avesse portato per un rublo e settanta copeche di polveri e pillole in una bella scatolina e se l'ammalata avesse preso queste polveri nell'acqua bollita, ogni due ore, esattamente, né piú né meno.

Che avrebbero fatto Sonja, il conte e la contessa, stando lí a guardare senza far nulla, se non ci fossero state quelle pillole a quelle date ore, quelle bevande tepide, quelle polpette di pollo e tutti quei particolari della vita che il dottore prescriveva e la sorveglianza dei quali formava l'occupazione e la consolazione di quelli che circondavano l'inferma? Come avrebbe sopportato il conte la malattia della sua figliuola prediletta se non avesse saputo che la malattia di Nataša gli costava migliaia di rubli e che non ne avrebbe risparmiate altre migliaia pur di recarle giovamento? se non avesse saputo che, nel caso di un peggioramento, avrebbe speso ancora altre migliaia di rubli per condurla all'estero e riunire laggiú altri medici a consulto? se non avesse avuto la possibilità di raccontare minutamente che Métivier e Feller non avevano capito la malattia, che Frise l'aveva capita e che Mudrov l'aveva definita anche meglio? Che avrebbe fatto la contessa se non avesse potuto ogni tanto bisticciare con Nataša ammalata perché non seguiva interamente le prescrizioni del medico?

– Non guarirai mai, – diceva, dimenticando nella stizza il suo dolore, – se non obbedirai al dottore e se non prenderai le medicine a tempo! Non c'è da scherzare quando ti può venire una pneumonia, – diceva la contessa, e nel pronunziare questa parola di cui non era lei sola a non capire il senso, trovava già un gran conforto.

Che avrebbe fatto Sonja se non avesse avuto la consolante coscienza di aver passato al principio della malattia tre notti senza spogliarsi per esser pronta ad eseguire a puntino tutti gli ordini del dottore, e adesso di non dormire la notte per non lasciar passare l'ora nella quale bisognava dare le quasi innocue pillole della scatola dorata? E la stessa Nataša, benché dicesse che non c'era medicina capace di guarirla e che erano tutte sciocchezze, era contenta anch'essa di vedere che per lei si facevano tanti sacrifizi e di dover prendere le medicine alle ore fissate. E le faceva anche piacere, trascurando di obbedire alle prescrizioni del medico, poter mostrare che non credeva alla medicina e non teneva alla vita.

Il dottore andava da lei ogni giorno, tastava il polso, guardava la lingua e, senza prestare attenzione al suo aspetto abbattuto, scherzava con lei. Ma appena passava nell'altra stanza, la contessa gli andava subito dietro ed egli, prendendo un'aria seria e scotendo il capo con fare preoccupato, diceva che, benché ci fosse pericolo, pure egli sperava nell'effetto di quell'ultimo rimedio e che bisognava aspettare, vedere; che la malattia era piú morale che altro, ma...

La contessa, cercando di nascondere quell'atto a sé e al dottore, gli metteva in mano una moneta d'oro, e ogni volta tornava dall'ammalata col cuore un po' piú tranquillo.

I sintomi della malattia di Nataša erano che mangiava poco, dormiva poco, tossiva e non si rianimava mai. I dottori dicevano che non si poteva lasciare l'ammalata senza assistenza medica e perciò la trattenevano nell'aria soffocante della città. E nell'estate del 1812 i Rostòv non andarono in campagna.

Malgrado la grande quantità di pillole, gocce e polveri in scatolette e boccette delle quali Mme Schoss, amatrice di queste cose, aveva riunito una grande collezione, malgrado la mancanza dell'abituale vita della campagna, la gioventú ebbe il sopravvento; il dolore di Nataša cominciò ad essere ricoperto dalle impressioni della vita d'ogni giorno, cessò di gravarle sul cuore in modo cosí tormentoso; esso diventava un passato, e Nataša cominciò a rimettersi fisicamente.

XVII.

Nataša era piú calma, ma non piú allegra. Non soltanto sfuggiva ogni occasione esteriore di divertimento, balli, gite, concerti, teatri; ma non le capitava una volta di ridere senza che sotto al suo riso s'indovinassero le lacrime. Non poteva cantare. Appena cominciava a ridere o si provava a cantare per conto suo, le lacrime la soffocavano: lacrime di pentimento, lacrime di ricordo di un tempo innocente che non poteva tornare, lacrime di dispetto per aver rovinato cosí inutilmente la sua giovane vita che sarebbe potuta essere cosí felice. Il riso e il canto specialmente le sembravano una profanazione del suo dolore. Alla civetteria non pensava piú; non aveva neppur bisogno di fare uno sforzo per astenersene. Diceva e sentiva che ora tutti gli uomini erano per lei proprio come Nastàsja Ivànovna, il buffone. Un interno guardiano le proibiva rigorosamente ogni gioia. Né aveva piú tutti quegli interessi che un tempo formavano la sua vita di fanciulla, spensierata e tutta piena di speranze. Piú spesso e piú dolorosamente di tutto il resto ricordava i mesi di autunno, la caccia, lo zio e le feste di Natale passate con Nikolàj a Otràdnoje. Che cosa avrebbe dato per far tornare anche un sol giorno di quel tempo! Ma quello ormai era finito per sempre. I suoi presentimenti non l'avevano ingannata quando sentiva che quello stato di libertà e di pronto accoglimento di ogni gioia non sarebbe tornato mai piú. Ma vivere bisognava.

La confortava pensare che non era migliore, come prima s'era immaginata, ma peggiore, molto peggiore degli altri tutti che sono al mondo. Ma era poco. Lo sapeva e si domandava: «E dopo?» E dopo non c'era nulla. Non c'era nessun piacere a vivere, ma la vita passava. Nataša si sforzava visibilmente di non essere di peso a nessuno, di non disturbar nessuno, per sé non aveva bisogno di nulla. S'era allontanata da tutte le persone di casa e soltanto con suo fratello Petja si sentiva bene. Preferiva stare con lui che con tutti gli altri; e a volte, quando era sola con lui, rideva. Non usciva quasi mai di casa e fra coloro che venivano non vedeva con piacere che una persona: Pierre. Sarebbe stato impossibile mostrarsi piú delicato, piú premuroso, e insieme piú serio di quel che si mostrava con lei il conte Bezúchov. Nataša sentiva incoscientemente questa delicatezza del suo comportamento e perciò trovava un gran piacere nella sua compagnia. Ma non gli era neppur grata della sua delicatezza. Nulla di ciò che le veniva di buono da Pierre le sembrava sforzato. A Pierre sembrava cosí naturale esser buono con tutti che non c'era nessun merito nella sua bontà. A volte Nataša si accorgeva d'un certo imbarazzo, d'un certo turbamento di Pierre in presenza sua, specialmente quando voleva farle qualcosa di gradito o quando temeva che qualcosa nel discorso riconducesse Nataša a ricordi penosi. Se ne accorgeva e l'attribuiva in genere alla sua bontà e alla sua timidezza che, secondo lei, doveva essere eguale con tutti. Dopo quelle parole dette impensatamente, che, cioè, se fosse stato libero, egli le avrebbe chiesto in ginocchio la sua mano e il suo amore, parole proferite in un momento di cosí grande agitazione per lei, Pierre non aveva mai piú parlato a Nataša dei suoi sentimenti; e per lei era chiaro che quelle parole, allora cosí consolanti per lei, erano state dette come si dice qualsiasi parola insensata per consolare un bambino che piange. Non perché Pierre era ammogliato, ma perché Nataša sentiva fra sé e lui quella forza degli ostacoli morali che aveva sentito mancarle in presenza di Kuràghin, non le veniva mai in mente che le sue relazioni con Pierre potessero diventare amore da parte sua e meno ancora da parte di lui, anzi neppure quella specie di poetica amicizia, tenera e confessata fra un uomo e una donna della quale conosceva qualche esempio.

Alla fine del digiuno di San Pietro, Agrafena Ivànovna Bjelòva, vicina di campagna dei Rostòv ad Otràdnoje, venne a Mosca per fare omaggio ai santi moscoviti. Ella propose a Nataša di fare insieme le loro devozioni, e Nataša afferrò con gioia quell'idea. Malgrado la proibizione del dottore di uscire presto la mattina, Nataša insisté per fare le sue devozioni e farle non come le facevano di solito i Rostòv, cioè assistendo a tre uffici in casa, ma come le faceva Agrafena Ivànovna, cioè per un'intera settimana, senza mancare né a un vespro, né a una messa, né a un mattutino.

Alla contessa piacque questo zelo di Nataša; dentro di sé sperava che, dopo la cura infruttuosa dei medici, la preghiera le sarebbe stata di maggior aiuto che la medicina e, sia pure con paura e di nascosto dal dottore, aveva acconsentito al desiderio di Nataša e l'aveva affidata alla Bjelòva. Agrafena Ivànovna alle tre di notte veniva a svegliare Nataša e per lo piú la trovava già desta. Nataša temeva che passasse l'ora del mattutino. Si levava in fretta e si vestiva modestamente col piú brutto dei suoi vestiti e con una vecchia mantiglia, e, tremando dal freddo, usciva per le strade deserte, illuminate dalla luce dell'alba. Per consiglio di Agrafena Ivànovna, Nataša non faceva le devozioni nella sua parrocchia, ma in una chiesa nella quale, secondo le parole della pia Bjelòva, c'era un sacerdote di vita molto severa ed esemplare. In chiesa c'era sempre poca gente; Nataša e la Bjelòva si mettevano al solito posto, davanti all'icona della Vergine, incastrata nella parete posteriore del coro di sinistra, e un sentimento di umiltà nuovo per Nataša s'impadroniva di lei innanzi al grande e all'incomprensibile, quando essa, a quell'insolita ora mattutina, guardando la figura nera della Vergine illuminata dalle candele che le ardevano davanti o dalla luce mattutina che scendeva dalla finestra, ascoltava le parole del rito che si sforzava di seguire e di comprendere.

Quando le comprendeva, il suo sentimento personale con varie sfumature si univa alla preghiera; quando non le comprendeva, le era ancor piú dolce pensare che il desiderio di comprendere tutto è orgoglio, che è impossibile comprendere tutto e che bisogna soltanto credere e abbandonarsi a Dio che in quel momento – lo sentiva – dirigeva la sua anima. Ella faceva il segno della croce, si prosternava, e quando non comprendeva, costernata della propria indegnità, pregava soltanto Dio di perdonarle tutto, tutto e di usarle misericordia. Le preghiere alle quali si abbandonava di preferenza erano preghiere di pentimento. Tornando a casa, nelle prime ore della mattina, quando si incontravano soltanto muratori che andavano al lavoro, portinai che spazzavano la strada e nelle case tutti dormivano ancora, Nataša provava il sentimento, nuovo per lei, della possibilità di emendarsi dei suoi peccati e di cominciare una nuova vita di purezza e di felicità.

Durante tutta la settimana che ella menò quella vita, tale sentimento crebbe ogni giorno. E la felicità di comunicarsi, o di comunicare, come, giocando lietamente con questa parola, le diceva Agrafena Ivànovna, le appariva talmente grande che le sembrava impossibile giungere a quella beata domenica.

Ma il giorno felice arrivò, e quando Nataša, in quella memorabile domenica, in un vestito di mussolina bianca, tornò dalla comunione, per la prima volta dopo molti mesi si sentí tranquilla e non oppressa dalla vita che le si presentava davanti.

Il dottore, che venne quel giorno, esaminò Nataša e le ordinò di continuare a prendere quelle ultime polveri che egli le aveva prescritte quindici giorni prima.

– Immancabilmente seguitare mattina e sera, – disse egli, certo soddisfatto in coscienza del buon esito ottenuto. – Ma, per favore, piú regolarmente. State tranquilla, contessa, – disse scherzando il dottore, mentre faceva scivolare sveltamente nella palma la solita moneta d'oro, – presto canterà e farà il chiasso di nuovo. L'ultimo rimedio le ha fatto molto, molto bene. Si è assai ripresa.

La contessa si guardò le unghie e sputò [1], tornando con un viso allegro in salotto.

[1] Per scongiurare il malocchio.

XVIII.

Al principio di luglio a Mosca si sparsero voci sempre piú allarmanti sull'andamento della guerra: si parlava di un proclama dell'imperatore al popolo, dell'arrivo dello stesso imperatore dal campo a Mosca. E siccome fino all'11 luglio il manifesto e il proclama non erano giunti, cosí intorno ad essi e alla situazione della Russia corsero voci esagerate. Dicevano che l'imperatore partiva perché l'esercito era in pericolo, dicevano che Smolènsk era stata abbandonata, che Napoleone aveva un milione di soldati e che soltanto un miracolo poteva salvare la Russia.

L'11 luglio, di sabato, giunse il manifesto, ma non era ancora stampato; e Pierre, che era dai Rostòv, promise di tornare a pranzo il giorno dopo, domenica, e portare il manifesto e il proclama che si sarebbe procurati dal conte Rastòpcin.

Quella domenica, secondo il solito, i Rostòv andarono alla messa nella cappella privata dei Razumovskij. Era una calda giornata di luglio. Già alle dieci, quando i Rostòv smontarono di carrozza davanti alla cappella, nell'aria infocata, nei gridi dei venditori ambulanti, nei chiari abiti estivi dai colori vivaci che portava la gente, nelle foglie polverose degli alberi del corso, nel suono della musica e nei bianchi pantaloni del battaglione che andava al cambio della guardia, nello strepito del lastricato e nel barbaglio del sole cocente c'era quel languore dell'estate, quel senso di piacere e di fastidio insieme che si prova, particolarmente vivo, in una calda e chiara giornata di estate in città. Nella cappella dei Razumovskij c'erano tutta la nobiltà di Mosca, tutte le conoscenze dei Rostòv (in quell'anno, come nell'attesa di qualche cosa, moltissime ricche famiglie che, per solito, andavano in campagna, erano rimaste in città). Camminando dietro alla madre, dietro a un servitore in livrea che faceva scostare la folla, Nataša udí la voce di un giovanotto che diceva vicino a lei, un po' troppo forte:

– È la Rostòva, quella che...

– Com'è smagrita! Ma è sempre bella!

E udí, o le parve, menzionare i nomi di Kuràghin e di Bolkonskij. Del resto, le pareva sempre di udirli. Le pareva sempre che tutti, guardandola, non pensassero se non a ciò che le era accaduto. Soffrendo e rabbrividendo internamente, come sempre in mezzo alla gente, Nataša camminava nel suo vestito di seta viola, guarnito di ricami neri, come sanno camminare le donne: tanto piú tranquilla e altera quanto piú soffriva ed era umiliata nell'anima. Ella sapeva di esser bella, e non si sbagliava, ma ciò ora non le dava gioia come prima. Al contrario, in quegli ultimi tempi ciò la tormentava piú di ogni altra cosa, e specialmente in quella chiara, calda giornata di città. « Ancora una domenica, ancora una settimana, – diceva fra sé, ricordandosi come era stata lí la domenica precedente. – E sempre la stessa vita che non è vita, e sempre quelle stesse condizioni nelle quali era cosí piacevole vivere prima! Sono bella, giovane, e so che ora sono buona; prima ero cattiva e ora sono buona, lo so, – pensava, – ma cosí passano inutilmente gli anni migliori! » Si mise accanto alla madre e scambiò dei saluti coi conoscenti che le erano vicino. Nataša per abitudine guardò i vestiti delle signore, criticò la *tenue* di una signora accanto a lei e il suo modo di farsi il segno della croce in troppo poco spazio, e pensò di nuovo con stizza che le altre criticavano lei come lei criticava le altre, e a un tratto, udendo le parole del rito, si spaventò della sua iniquità, si spaventò di aver perduto di nuovo la sua antica purezza.

Un vecchio pulito e di bell'aspetto serviva la messa con quella dolce gravità che agisce cosí solennemente e in modo cosí tranquillante sull'anima di chi prega. Le porte sante si chiusero, il velo si chiuse lentamente, una voce misteriosa, sommessa pronunziò, di là dietro, alcune parole. Lacrime incomprensibili a lei medesima stavano in gola a Nataša, e un senso di letizia e di languore l'agitava.

« Insegnami che cosa debbo fare, come debbo guardare alla mia vita, come debbo emendarmi, per sempre, per sempre!... », pensava.

Il diacono salí sull'ambone, si accomodò con le dita i lunghi capelli di sotto alla dalmatica e, posandosi la croce sul petto, cominciò a recitare ad alta voce e con tono solenne le parole della preghiera:

– « Preghiamo concordi il Signore ».

« Concordi, tutti insieme, senza differenza di condizione, senza inimicizia, ma uniti da un amore fraterno, preghiamo », pensò Nataša.

– « Per il mondo celeste e per la salvezza delle anime nostre ».

« Per il mondo degli angeli e delle anime di tutti gli esseri incorporei che vivono lassú », pregava Nataša.

Quando si pregò per i soldati, ella si ricordò di suo fratello e di Denísov. Quando si pregò per i viaggiatori di terra e di mare, si ricordò del principe Andréj e pregò per lui, e pregò perché Dio le perdonasse il male che gli aveva fatto. Quando si pregò per coloro che ci amano, pregò per i suoi di casa, per il padre, per la madre, per Sonja, ora finalmente per la prima volta comprendendo tutta la sua colpa verso di loro e sentendo tutta la forza del suo affetto per loro. Quando si pregò per quelli che ci odiano, si figurò di avere dei nemici, delle persone che la odiassero per poter pregare per loro. Annoverava fra i nemici i creditori e tutti quelli che avevano affari con suo padre, e ogni volta, al pensiero dei nemici e di coloro che ci odiano, si ricordava di Anatole, che le aveva fatto tanto male, e benché egli non la odiasse, pure pregava volentieri per lui come per un nemico. Solo nella preghiera si sentiva la forza di ricordarsi chiaramente e tranquillamente del principe Andréj e di Anatole come di persone verso le quali ella nutriva sentimenti che sparivano dinanzi al timore e alla reverenza di Dio. Quando si pregò per la famiglia imperiale e per il Santo Sinodo, ella si prosternò e si fece il segno della croce piú profondamente e disse a se stessa che, poiché non capiva, non poteva dubitare e doveva amare il Santo Sinodo e pregare per esso.

Dopo aver finito il responsorio, il diacono s'incrociò la stola sul petto e proferí:

– « Affidiamo noi e la nostra vita a Cristo Dio ».

« Affidiamoci a Dio », ripeté dentro di sé Nataša. « Dio mio, mi abbandono alla Tua volontà, – pensava. – Non voglio nulla, non desidero nulla: insegnami che cosa debbo fare, come debbo adoprare la mia volontà! Prendimi, prendimi! » con umile impazienza nell'anima diceva Nataša, senza segnarsi, lasciando cadere le sue braccia sottili, come aspettando che una forza invisibile la prendesse e la liberasse da lei stessa, dai suoi rimpianti, dai suoi desideri, dai suoi rimorsi, dalle sue speranze, dai suoi peccati.

La contessa piú volte durante l'ufficio aveva guardato il viso commosso e gli occhi lucenti di sua figlia e aveva pregato Dio che la soccorresse.

Improvvisamente, nel mezzo dell'ufficio e non nell'ordine consueto, che Nataša conosceva bene, il suddiacono portò uno sgabello, quello sul quale ci s'inginocchiava per la preghiera il giorno della Pentecoste, e lo pose davanti alle porte sante. Il sacerdote comparve nella sua calotta di velluto viola, si accomodò i capelli e s'inginocchiò a fatica. Tutti fecero lo stesso e si guardarono sorpresi. Era una preghiera, ricevuta allora allora dal Santo Sinodo, una preghiera per la salvezza della Russia dall'invasione nemica.

– « Signore Iddio delle forze, Iddio della nostra salvezza », – cominciò il sacerdote con quella voce chiara, senza enfasi e dolce che hanno nella recitazione delle preghiere soltanto i sacerdoti slavi, e che agisce cosí potentemente sui cuori russi. – « Signore Iddio delle forze, Iddio della nostra salvezza! Guarda ora, nella tua clemenza e generosità i tuoi umili fedeli e ascoltaci pietosamente, soccorrici e facci la grazia. Il nemico, che sconvolge la Tua terra e vuol trasformarla in deserto, si rivolge contro di noi: gli uomini iniqui si sono riuniti per distruggere il Tuo dominio, per annientare la Tua fedele Gerusalemme, la Tua amatissima Russia, per profanare i Tuoi templi, abbattere gli altari e contaminare il nostro Santuario. Fino a quando, o Signore, fino a quando i peccatori trionferanno? Fino a quando potranno esercitare il loro delittuoso potere?

– « Signore Iddio! Ascolta noi che T'imploriamo. Sostieni con la Tua forza il nostro piissimo autocrate, il grande nostro sovrano, imperatore Aleksàndr Pàvlovič; ricorda la sua lealtà e la sua bontà, compensalo delle virtú con le quali difende noi, la Tua amata Israele. Benedici i suoi consigli, le sue imprese, le sue opere; fortifica con la Tua mano potentissima il suo regno e mandagli la vittoria contro il nemico, come la mandasti a Mosè contro Amalech, a Gedeone contro Madian e a Davide contro Golia. Proteggi i Tuoi eserciti, sostieni l'arco di bronzo sotto l'ascella di coloro che si sono armati nel Tuo nome e cingili di forza per il combattimento. Armati, prendi lo scudo e vieni in nostro soccorso. Che siano confusi coloro che ci vogliono male, che sia di loro, davanti ai Tuoi fedeli eserciti, come della polvere che il vento disperde; che l'Angelo Tuo forte li colpisca e li scacci, che le loro reti e i loro inganni si volgano contro di loro, che cadano ai piedi dei Tuoi servi che li calpesteranno! Signore, Tu puoi salvare i grandi e i piccoli perché Tu sei Dio e l'uomo non può nulla contro di Te.

– « Dio, padre nostro, la Tua grazia e la Tua misericordia sono eterne, non respingerci dal Tuo volto e non sdegnarti per la nostra indegnità, ma per la Tua grande grazia e la Tua generosità infinita dimentica le nostre colpe e i nostri peccati. Coltiva in noi un cuore puro e uno spirito retto, rafforza in noi tutti la fede in Te e la speranza, ispiraci un vero amore reciproco. Uniscici tutti per la giusta difesa del patrimonio che Tu hai dato a noi e ai nostri padri e che lo scettro degl'iniqui non si elevi su quelli che Tu hai benedetto.

– « Signore Iddio nostro, nel quale crediamo e mettiamo tutta la nostra speranza, non ci deludere e fa' un miracolo per il nostro bene, acciocché lo vedano coloro che odiano la nostra religione e si coprano di onta e periscano, e che tutti i popoli si convincano che il Tuo nome è quello del Signore e che noi siamo Tuoi. Usaci oggi, o Signore, misericordia e accordaci la salvezza; rallegra il cuore dei Tuoi servi con la Tua grazia, colpisci i nostri nemici e annientali ben presto sotto i piedi dei Tuoi fedeli. Poiché Tu sei l'aiuto, la difesa e la vittoria di coloro che si affidano a Te. Gloria a Te, al Padre, al Figlio e allo Spirito Santo, ora e sempre, nei secoli dei secoli. Amen ».

Nello stato di sincerità in cui si trovava Nataša, questa preghiera agí fortemente su di lei. Ella ascoltava ogni parola sulla vittoria di Mosè su Amalech, di Gedeone su Madian e di Davide su Golia, sull'annientamento della Tua Gerusalemme, e pregava con la dolcezza e l'intenerimento di cui il suo cuore era pieno, ma non capiva bene per chi rivolgesse a Dio quella preghiera. Con tutta l'anima partecipava alla preghiera per avere l'innocenza dello spirito, il cuore rafforzato dalla fede, dalla speranza e dall'amore. Ma non poteva pregare per la distruzione dei nemici, poiché qualche momento prima aveva desiderato di averne di piú per pregare per essi. Ma non poteva neppure dubitare della giustizia di quella preghiera recitata in ginocchio. Sentiva nell'anima un pio e trepido timore dinanzi al castigo che aspetta gli uomini per i loro peccati e soprattutto dinanzi a quello che l'aspettava per i suoi, e pregava Dio di perdonare a tutti come a lei e di dare agli altri ed a lei la pace e la felicità nella vita. E le pareva che Dio ascoltasse la sua preghiera.

XIX.

Dal giorno che Pierre, uscendo da casa Rostòv e ripensando allo sguardo riconoscente di Nataša, aveva guardato la cometa che stava in cielo e sentito che gli si rivelava qualcosa di nuovo, la quistione che sempre lo aveva tormentato sulla vanità e la stoltezza di ogni cosa terrena aveva cessato di presentarsi al suo spirito. Questa terribile domanda: « Perché? A che scopo? », che prima gli si presentava in mezzo a qualsiasi occupazione, ora cedeva il posto per lui non ad un'altra domanda, né alla risposta all'antica domanda, ma all'immagine di *lei*. Se udiva o faceva egli stesso qualche frivolo discorso, se leggeva o apprendeva qualche vigliaccheria o stoltezza, non si sgomentava come prima, non domandava a se stesso perché gli uomini si agitassero, quando tutto è cosí breve ed incerto, ma ripensava a lei, come l'aveva veduta l'ultima volta, e tutti i suoi dubbi sparivano, non perché ella rispondesse alle domande che gli si presentavano alla mente, ma perché l'immagine di lei lo trasportava immediatamente in un altro mondo, nel mondo luminoso della vita spirituale, nel quale non potevano esserci né peccatori né giusti, nel mondo della bellezza e dell'amore, pel quale valeva la pena di vivere. Qualunque bassezza umana gli si presentasse alla mente, egli si diceva: « Lascia che il tale frodi lo Stato e lo zar, e lo Stato e lo zar lo colmino di onori; ma ieri ella mi ha sorriso e mi ha pregato di tornare e io l'amo, e nessuno lo saprà mai ». E l'animo suo era limpido e tranquillo.

Pierre seguitava ad andare in società, seguitava a bere molto e a condurre la solita vita oziosa e dissipata, poiché, all'infuori delle ore che trascorreva dai Rostòv, bisognava pur passare il resto del tempo, e le abitudini e le conoscenze fatte a Mosca lo trascinavano inevitabilmente a quella vita che lo aveva afferrato. Ma, in quegli ultimi tempi, quando dal teatro della guerra giunsero notizie sempre piú allarmanti e quando la salute di Nataša cominciò a migliorare e smise di destare in lui quell'antico senso di sollecita pietà, fu preso sempre piú da un'inquietudine di cui non capiva il motivo. Sentiva che la situazione nella quale si trovava non poteva durare a lungo, che sarebbe venuta una catastrofe che avrebbe mutato tutta la sua vita, e cercava da per tutto con impazienza i sintomi di questa catastrofe che si avvicinava. Uno dei fratelli massoni aveva rivelato a Pierre la seguente profezia tratta dall'Apocalisse dell'apostolo Giovanni, riguardante Napoleone.

Nell'Apocalisse, al capitolo tredicesimo, versetto decimottavo, è detto: « Qui è la sapienza. Colui che ha intelletto, calcoli il numero della bestia. Poiché è numero d'uomini ed il suo numero seicentosessantasei ».

E nello stesso capitolo al versetto quinto: « E le fu data una bocca per dir cose grandi e bestemmie; e le fu dato potere d'agire per mesi quarantadue ».

Le lettere latine, in conformità del modo di contare ebraico, secondo cui le dieci prime lettere indicano le unità e le altre le decine, hanno il significato seguente:

a	b	c	d	e	f	g	h	i	k	l	m	n
1	2	3	4	5	6	7	8	9	10	20	30	40

o	p	q	r	s	t	u	v	w	x	y	z
50	60	70	80	90	100	110	120	130	140	150	160

Scrivendo in cifra secondo questo alfabeto le parole: « *L'Empereur Napoléon* », ne viene che la somma dei singoli numeri è uguale a 666 e che perciò Napoleone è la bestia predetta dall'Apocalisse. Inoltre, scrivendo secondo lo stesso alfabeto le parole « *quarante-deux* », cioè il limite assegnato alla bestia per dir cose grandi e bestemmie, la somma dei numeri corrispondenti è di nuovo 666: quindi il termine del potere di Napoleone doveva cadere nel 1812, quando l'imperatore compiva quarantadue anni. Questa profezia aveva fatto molta impressione a Pierre e spesso egli si era domandato chi avrebbe messo fine al potere della bestia, cioè di Napoleone, e, basandosi sullo stesso sistema di rappresentare le lettere con numeri e di addizionarli, tentava di trovare la risposta al problema che l'occupava. Pierre scrisse in risposta a questa domanda « *L'Empereur Alexandre* », « *La nation russe* », ma la somma delle cifre era molto di piú o molto meno di 666. Una volta, nell'occuparsi di questi calcoli, scrisse il proprio nome « *Comte Pierre Besouhöff* », ma la somma delle cifre non corrispose al numero voluto. Cambiò l'ortografia, mise una *z* invece della *s*, aggiunse « *de* », aggiunse l'articolo « *le* », ma non ottenne mai il risultato desiderato. Allora gli venne in mente che, se la risposta alla domanda fatta fosse consistita nel suo nome, nella risposta medesima doveva certamente essere indicata la sua nazionalità. Scrisse « *le russe Besuhof* » e, contando, trovò 671. C'erano solo cinque unità in piú: 5 corrispondeva a « *e* », quella stessa « *e* » che era stata eliminata nell'articolo davanti alla parola « *l'empereur* ». Eliminando allo stesso modo, per quanto scorrettamente, la « *e* », Pierre ottenne la risposta cercata: « *l'russe Besuhof* », corrispondente a 666. Questa scoperta lo commosse. Come, per qual legame egli fosse unito a quel grande avvenimento che era stato predetto dall'Apocalisse, non lo sapeva, ma non dubitò un momento della cosa. Il suo amore per la Rostòva, l'anticristo, l'invasione di Napoleone, la cometa, il 666, « *l'Empereur Napoléon* » e « *l'russe Besuhof* », tutto questo insieme doveva maturare, scoppiare e tirarlo fuori dal cerchio magico di quelle frivole abitudini moscovite tra le quali si sentiva prigioniero, e condurlo a una grande impresa e a una grande felicità.

Pierre, la vigilia di quella domenica nella quale era stata recitata la preghiera, aveva promesso ai Rostòv di portar loro l'appello ai russi e le ultime notizie dal campo che avrebbe avute dal conte Rastòpcin, col quale era in buoni rapporti. La mattina, andando dal conte Rastòpcin, Pierre vi trovò il corriere dell'esercito, giunto allora allora. Il corriere era un conoscente di Pierre, un frequentatore dei balli di Mosca.

– Per amor di Dio, non mi potete aiutare? – disse il corriere: – ho una sacca piena di lettere ai genitori.

Fra queste lettere, ce n'era una di Nikolàj Rostòv al padre. Pierre prese la lettera. Oltre a ciò, il conte Rastòpcin diede a Pierre l'appello dell'imperatore ai moscoviti, stampato allora allora, gli ultimi ordini del giorno dell'esercito e l'ultimo suo affisso murale.

Percorrendo con gli occhi gli ordini del giorno dell'esercito, Pierre trovò in uno di essi, fra le notizie dei feriti, dei morti e dei decorati, il nome di Nikolàj Rostòv, decorato con la croce di San Giorgio di quarta classe per il valore dimostrato nello scontro di Ostrowna e nello stesso bollettino la nomina del principe Andréj Bolkonskij a comandante di un reggimento di cacciatori. Benché non volesse rammentare Bolkonskij ai Rostòv, Pierre non poté trattenersi dal suo desiderio di rallegrarli con la notizia della decorazione del figliuolo e, lasciando a casa sua l'appello, l'affisso murale e gli altri ordini del giorno per portarli poi di persona nell'andare a pranzo, mandò ai Rostòv quell'ordine del giorno stampato e la lettera.

La conversazione col conte Rastòpcin, il suo fare preoccupato e frettoloso, l'incontro col corriere, il quale raccontava spensieratamente come andassero male le cose al campo, le voci di spie trovate a Mosca, di un foglio che girava per Mosca, nel quale era detto che Napoleone prometteva d'essere per l'autunno nelle due capitali russe, la voce che si attendeva l'arrivo dell'imperatore per l'indomani: tutto ciò risvegliò in Pierre con nuova forza quel senso di agitazione e di attesa che non lo lasciava fin dal tempo dell'apparizione della cometa e particolarmente dal principio della guerra.

Da un pezzo era venuta a Pierre l'idea di entrare in servizio militare e l'avrebbe mandata ad effetto se non glielo avesse impedito, in primo luogo, la sua iscrizione alla corporazione massonica, alla quale egli era legato da un giuramento e che propugnava la pace eterna e la sparizione della guerra, e, in secondo luogo, il fatto che, vedendo la maggior parte dei moscoviti che avevano vestito l'uniforme e facevano professione di patriottismo, si vergognava, chi sa perché, di fare quel passo. La principale ragione, poi, per la quale non traduceva in atto la sua intenzione di entrare in servizio militare era un certo oscuro presentimento d'essere *l'russe Besuhof*, corrispondente al numero della bestia, 666, che la sua parte nella grande opera di metter fine al potere della bestia che diceva cose grandi e bestemmie fosse stabilita da sempre e che perciò egli non doveva intraprendere nessuna cosa, ma attendere quel che doveva succedere.

XX.

Dai Rostòv, come sempre le domeniche, c'erano a pranzo alcuni intimi.

Pierre giunse presto per trovarli soli.

Pierre in quell'anno era tanto ingrassato che sarebbe stato mostruoso se non fosse stato cosí alto di statura, cosí membruto e cosí robusto da sopportare con evidente facilità la sua pinguedine.

Ansimando e brontolando fra sé, salí le scale. Il cocchiere non gli domandava piú se dovesse aspettare. Sapeva che quando il conte andava dai Rostòv ci rimaneva fino verso mezzanotte. I domestici dei Rostòv si precipitarono allegramente a togliergli il mantello e a prendere il bastone e il cappello. Pierre, secondo l'abitudine del circolo, lasciava in anticamera il bastone e il cappello.

La prima persona che incontrò in casa Rostòv fu Nataša. Prima ancora di vederla, togliendosi il mantello in anticamera, l'aveva udita. Ella stava solfeggiando in sala. Egli sapeva che ella non aveva piú cantato fin dal tempo della sua malattia e perciò il suono della sua voce lo sorprese e lo rallegrò. Aprí adagio la porta e vide Nataša, nel suo vestito viola che aveva alla messa, passeggiare per la stanza cantando. Ella gli volgeva le spalle quando egli aprí la porta, ma quando si voltò di scatto e vide il suo grosso viso meravigliato, arrossí e gli si avvicinò rapidamente.

– Voglio provar di nuovo a cantare, – disse. – Sarà sempre un'occupazione, – aggiunse come per scusarsi.

– Benissimo!

– Come son contenta che siate venuto! Oggi sono tanto felice! – disse con quella sua antica vivacità che da tanto tempo Pierre non scorgeva piú in lei. – Sapete? Nicolas ha avuto la croce di San Giorgio. Sono cosí fiera di lui!

– Come no, sono io che vi ho mandato l'ordine del giorno. Ma non voglio disturbarvi, – aggiunse e voleva passare nel salotto. Nataša lo fermò.

– Conte! È male che io canti? – disse ella arrossendo, ma guardando Pierre interrogativamente, senza levargli gli occhi di dosso.

– No... perché mai?... Al contrario. Ma perché me lo domandate?

– Non lo so neanch'io, – disse in fretta Nataša. – Ma non vorrei far nulla che non vi piacesse. Ho fiducia in voi per tutto. Voi sapete che importanza do alla vostra opinione e quanto avete fatto per me!... – Parlava in fretta e senza accorgersi come Pierre fosse arrossito alle sue parole. – Ho veduto in quello stesso ordine del giorno che *lui*, Bolkonskij, – (pronunziò quel nome in fretta e sottovoce), – è in Russia e serve di nuovo nell'esercito. Che credete? – disse in fretta, evidentemente precipitando le parole perché temeva per le sue forze: – Mi perdonerà mai? Non avrà un sentimento ostile contro di me? Che credete? Che credete?

– Io credo... – disse Pierre. – Non ha nulla da perdonare... Se fossi al suo posto...

Per associazione di ricordi, Pierre, in un istante, si riportò mentalmente a quel tempo nel quale, per consolarla, le aveva detto che, se non fosse stato quello che era, ma l'uomo migliore del mondo e libero, avrebbe chiesto in ginocchio la sua mano, e lo stesso sentimento di pietà, di tenerezza, di amore lo prese, e le stesse parole si trovarono sulle sue labbra. Ma ella non gli diede il tempo di pronunziarle.

– Ma voi... voi... – disse ella pronunziando con slancio la parola *voi*, – siete un'altra cosa. Io non conosco e non può esistere un uomo piú buono, piú generoso, migliore di voi. Se non ci foste stato voi allora, e anche ora, non so che cosa sarebbe di me, perché... – A un tratto le lacrime le spuntarono negli occhi: si voltò in là, sollevò il quaderno di musica davanti agli occhi e ricominciò a cantare e a passeggiare per la sala.

In quel momento Petja venne correndo dal salotto.

Petja era adesso un bel ragazzo di quindici anni, colorito, con delle grosse labbra rosse, e somigliava a Nataša. Si preparava per l'università, ma in quegli ultimi tempi, col suo compagno Obolenskij, aveva deciso segretamente di entrare negli usseri.

Petja si precipitò sul suo omonimo per discorrere della cosa. Gli aveva chiesto d'informarsi se lo avrebbero preso negli usseri.

Pierre traversava il salotto, senza ascoltare Petja.

Petja lo prese pel braccio per obbligarlo a fare attenzione a lui.

– E il mio affare, Pjotr Kiríllyč, per amor di Dio? Tutta la mia speranza è in voi, – disse Petja.

– Ah, sí! il tuo affare. Per entrare negli usseri? Ne parlerò, ne parlerò. Ne parlerò oggi.

– Ebbene, *mon cher*, vi siete procurato il proclama? – domandò il vecchio conte. – La contessa è andata a messa dai Razumovskij: ha sentito la nuova preghiera. Molto bella, dice.

– Ce l'ho, – rispose Pierre. – Domani arriva l'imperatore... C'è una riunione straordinaria della nobiltà e dicono che ci sarà un arruolamento del dieci per mille. Ma lasciate che mi rallegri...

– Sí, sí, lode a Dio! E dal campo?

– I nostri si sono ritirati di nuovo. Si dice che siano già sotto Smolènsk, – rispose Pierre.

– Dio mio! Dio mio! – disse il conte. – E dov'è il proclama?

– L'appello! Ah, sí!

Pierre si mise a cercare il foglio per tutte le tasche e non lo poté trovare. Seguitando a frugarsi in tasca, baciò la mano della contessa che entrava e si guardò intorno inquieto, aspettando evidentemente Nataša, che non cantava piú, ma non veniva nel salotto.

– *Ma parole, je ne sais plus où je l'ai fourré!* – disse.

– Perde sempre tutto! – disse la contessa.

Nataša entrò con un viso raddolcito e commosso, e sedette in silenzio guardando Pierre. Appena ella entrò nella stanza, il viso di Pierre, cupo fin allora, si rischiarò e, continuando a cercare il foglio, le gettò diverse occhiate.

– Davvero, ci vado un momento, l'ho dimenticato a casa. Sicuro...

– Farete tardi per il pranzo.

– Ah! anche il mio cocchiere che se n'è andato!

Ma Sonja, uscita nell'anticamera per cercare il foglio, lo trovò nel cappello di Pierre, dove egli l'aveva accuratamente messo sotto la fodera. Pierre volle leggerlo.

– No, dopo pranzo, – disse il vecchio conte, che si riprometteva visibilmente molto piacere da quella lettura.

A pranzo, dove si bevve lo sciampagna alla salute del nuovo cavaliere di San Giorgio, Scinscin raccontò le novità cittadine: la malattia della vecchia principessa Georgiana, la scomparsa da Mosca di Métivier e il fatto accaduto a Rastòpcin, a cui avevano condotto un tedesco e avevano detto che era una spia (come raccontava lo stesso conte Rastòpcin), ma egli l'aveva fatto rilasciare, dicendo al popolo che era semplicemente un povero vecchio tedesco e non una spia.

– Li prendono, li prendono, – disse il conte, – io lo dico

sempre alla contessa che non si faccia sentire tanto a parlar francese. Non sono i tempi, questi.

– Avete sentito? – disse Scinscin. – Il principe Golitsyn ha preso un maestro di russo, impara il russo. *Il commence à devenir dangereux de parler français dans les rues.*

– Ebbene, conte Pjotr Kiríllyč, quando mobiliteranno la milizia, anche a voi toccherà montare a cavallo? – disse il vecchio conte, rivolgendosi a Pierre.

Pierre era stato taciturno e pensieroso durante tutto il tempo del pranzo. A quest'interrogazione, guardò il conte come se non capisse.

– Già, già, alla guerra, – disse. – Ma che razza di soldato sarei io! Del resto, tutto è cosí strano, cosí strano! Io stesso non mi ci raccapezzo. Non so, sono cosí lontano dai gusti militari, ma oggi nessuno può rispondere di sé.

Dopo pranzo, il conte si sedette comodamente in una poltrona e con un viso serio pregò Sonja, che aveva fama d'essere ottima lettrice, di leggere il proclama.

« Alla nostra prima capitale Mosca.

« Il nemico con potenti forze ha varcato le frontiere della Russia. Viene a devastare la nostra amata patria », leggeva attentamente Sonja, con la sua vocina sottile. Il conte, con gli occhi chiusi, ascoltava, sospirando forte a certi punti. Nataša stava a sedere, rigida, guardando fisso e con occhio scrutatore ora il padre, ora Pierre. Pierre sentiva su di sé il suo sguardo e si sforzava di non voltarsi verso di lei. La contessa scoteva il capo disapprovando e sdegnandosi ad ognuna delle espressioni solenni del proclama. Ella, in tutte quelle parole, vedeva soltanto che i pericoli che minacciavano suo figlio non stavano ancora per scomparire. Scinscin, piegando la bocca a un sorriso ironico, si preparava evidentemente a ridere sulla prima cosa che si fosse prestata al riso: sul modo di leggere di Sonja, su ciò che avrebbe detto il conte e anche sul proclama, se non avesse trovato un miglior pretesto.

Dopo aver letto quanto si riferiva ai pericoli che minacciavano la Russia, alle speranze che l'imperatore fondava su Mosca e specialmente sulla sua illustre nobiltà, Sonja, con un tremito nella voce, che veniva soprattutto dall'attenzione con cui si sentiva ascoltata, lesse queste ultime parole: « Noi non tarderemo a venire in mezzo al nostro popolo, in codesta capitale e nelle altre città del nostro impero, per deliberare e per guidare tutte le nostre milizie, tanto quelle che ora contendono il passo al nemico quanto le nuove che si vanno formando, per sconfiggerlo dovunque si presenterà. Che la sciagura nella quale esso ha voluto precipitarci ricada sul suo capo e che l'Europa, libera dalla schiavitú, glorifichi il nome della Russia! »

– Ben detto! – esclamò il conte, aprendo gli occhi umidi di lacrime e tirando su, a piú riprese, come se gli avessero avvicinato al naso una fiala di potenti sali. – Basta che l'imperatore parli, e noi sacrificheremo tutto senza risparmio.

Scinscin non era riuscito ancora a dire la barzelletta che aveva preparata sul patriottismo del conte, che Nataša scattò su dal suo posto e si precipitò verso il padre.

– Com'è delizioso questo papà! – disse, baciandolo, e di nuovo lanciò un'occhiata a Pierre con quella inconsapevole civetteria che le era tornata insieme con la sua vivacità.

– Questa sí che è una patriota! – disse Scinscin.

– Non sono affatto una patriota, ma semplicemente... – rispose offesa Nataša. – Per voi tutto è ridicolo, ma qui non c'è proprio da scherzare...

– Altro che scherzare! – ripeté il conte. – Basta che dica una parola, e marceremo tutti. Noi non siamo mica dei tedeschi qualsiasi.

– Ma avete notato come dice? – disse Pierre: – « per deliberare ».

– Ebbene: sia per quel che si voglia...

In quel momento Petja, al quale nessuno faceva attenzione, si avvicinò al padre e, tutto rosso in viso, disse con voce rotta, ora ruvida, ora acuta:

– Ebbene, adesso, papà, ve lo dico risolutamente... e anche alla mamma, sia come vogliate... lo dico risolutamente che mi dovete lasciar entrare nell'esercito, perché non posso... ecco...

La contessa alzò con spavento gli occhi al cielo, battendo le palme, e si rivolse adirata al marito:

– Ecco, finalmente l'ha detto!

Ma il conte in quel momento stesso s'era calmato.

– Via, via, – disse. – Che guerriero! Smetti queste sciocchezze: studiare bisogna!

– Non sono sciocchezze, papà, Fedja Obolenskij è piú giovane di me, eppure ci va... E poi, tanto, io non posso imparare nulla ora, quando... – Petja si fermò, si fece rosso sino a coprirsi di sudore e disse: – quando la patria è in pericolo.

– Basta, basta! Sciocchezze!...

– Ma se l'avete detto voi stesso che sacrificheremo tutto.

– Petja! ti dico: sta' zitto! – gridò il conte, dando un'occhiata alla moglie, che, pallida, guardava con gli occhi fissi il suo figliuolo minore.

– Ve lo dico, papà. E anche Pjotr Kiríllovič vi dirà...

– E io ti dico che sono sciocchezze; ha ancora il latte sulle labbra e vuol fare il soldato! Su, su, ti dico! – e il conte, prendendo con sé il foglio, probabilmente per rileggerselo un'altra volta nel suo studio prima di far la siesta, uscí dalla stanza, dicendo: – Su, Pjotr Kiríllovič, andiamo un poco a fumare...

Pierre si trovava in imbarazzo ed era indeciso. Gli occhi di Nataša, insolitamente brillanti e animati, che si rivolgevano di continuo a lui con uno sguardo piú che carezzevole, lo avevano messo in quello stato.

– No, credo che andrò a casa.

– Ma come a casa, se volevate passar la sera con noi!... Venite già cosí di rado... e questa mia figliuola... – disse bonariamente il conte, indicando Nataša, – è allegra soltanto quando ci siete voi...

– Già, ma ho dimenticato... Debbo andare assolutamente a casa... Ho da fare... – disse in fretta Pierre.

– Allora, arrivederci, – disse il conte, che uscí dalla stanza.

– Perché ve ne andate? Perché siete sconvolto? Perché? – domandò Nataša a Pierre, guardandolo negli occhi con aria provocante.

« Perché ti amo! » avrebbe voluto dire Pierre, ma non lo disse, arrossí fino alle lacrime e abbassò gli occhi.

– Perché è meglio che io venga da voi piú di rado... Perché... No, semplicemente ho da fare...

– Perché? No, dite... – cominciò risolutamente Nataša e a un tratto tacque. Tutti e due si guardarono spaventati e confusi. Egli provò a sorridere, ma non gli riuscí: il suo sorriso esprimeva la sofferenza. In silenzio le baciò la mano ed uscí.

Pierre risolvette fra sé di non andare piú dai Rostòv.

XXI.

Petja, dopo aver ricevuto quel reciso rifiuto, se ne andò in camera sua e là, dopo essersi chiuso dentro, pianse amaramente. Tutti fecero come se non si fossero accorti di nulla quando egli venne all'ora del tè, taciturno e cupo, con gli occhi rossi di pianto.

Il giorno seguente arrivò l'imperatore. Alcuni dei servi dei Rostòv chiesero il permesso di andare a vedere lo zar. Quella mattina Petja stette molto tempo a vestirsi, a pettinarsi, ad accomodarsi i collarini come i grandi. Davanti allo specchio aggrottava le ciglia e faceva dei gesti, si stringeva nelle spalle, e finalmente, senza dir nulla a nessuno, si mise il berretto ed uscí di casa dalla porta di servizio, cercando di non farsi notare. Petja aveva deciso di andare direttamente nel luogo dove era l'imperatore e spiegare subito a un ciambellano (Petja si figurava che l'imperatore fosse sempre circondato da ciambellani), che lui, conte Rostòv, malgrado la sua giovane età, voleva servire la patria, che la giovinezza non poteva essere d'impedimento all'abnegazione e che era pronto... Petja, mentre si preparava, pensava a molte belle cose da dire al ciambellano.

Petja contava sul buon esito della sua presentazione all'imperatore proprio perché era un ragazzo (Petja pensava anzi che tutti si sarebbero meravigliati della sua giovinezza); e intanto coi suoi collarini ben diritti, con la sua pettinatura e il suo passo lento e grave voleva parere un uomo maturo. Ma piú andava avanti, piú si distraeva a guardare la folla che affluiva di continuo presso il Cremlino, e piú dimenticava di serbare la gravità e la compostezza delle persone anziane. Avvicinandosi al Cremlino, già cominciava a preoccuparsi di non essere preso a urtoni e mise risolutamente i gomiti in fuori, con aspetto minaccioso. Ma alla porta della Trinità, malgrado tutta la sua risolutezza, la gente, che non sapeva con quale patriottico scopo egli andasse al Cremlino, lo spinse talmente contro il muro che egli dovette cedere e fermarsi, mentre le carrozze passavano dalla porta facendone risonare la volta. Intorno a Petja c'erano una donna del popolo con un servitore, due mercanti e un soldato in congedo. Dopo essere stato un po' di tempo nel vano della porta, Petja, senz'aspettare che tutte le carrozze fossero passate, volle spingersi innanzi prima degli altri e cominciò risolutamente a lavorar di gomiti; ma la donna che gli stava di faccia, e sulla quale egli diresse anzitutto i suoi gomiti, gli gridò arrabbiata:

– Eh, signorino, perché spingi? Vedi che tutti stanno fermi. Dove vuoi andare?

– In questo modo passeranno tutti, – disse il domestico e, mettendosi anche lui a lavorar di gomiti, spinse Petja nell'angolo maleodorante della porta.

Petja si asciugò con le mani il sudore che gli copriva il viso e si raddrizzò i collarini tutti molli di sudore, quei collarini che a casa aveva accomodati cosí bene, come fanno i grandi.

Petja sentiva di avere un aspetto impresentabile e temeva che, se fosse comparso cosí davanti ai ciambellani, non l'avrebbero lasciato avvicinarsi all'imperatore. Ma non c'era possibilità di rimettersi in ordine, né di cambiar posto, tanta era la calca. Uno dei generali che passavano era amico dei Rostòv. Petja voleva pregarlo di venirgli in aiuto, ma ritenne che ciò non sarebbe stato virile. Quando tutte le carrozze furono passate, la folla si mosse e trascinò anche Petja sulla piazza che era tutta stipata di gente. E non soltanto sulla piazza, ma anche sui pendii, sui tetti, da per tutto, c'era gente. Appena Petja si trovò sulla piazza, udí distintamente i suoni delle campane che empivano tutto il Cremlino e il vocio festoso della folla.

Per un certo tempo sulla piazza si fece piú spazio, ma a un tratto tutte le teste si scoprirono e tutti si gettarono avanti. Petja fu stretto cosí forte da non poter respirare e tutti si misero a gridare: – Urrà! Urrà! Urrà! – Petja si alzò in punta di piedi, fece a spintoni e a pizzicotti, ma non poté veder nulla, altro che la folla tutto intorno.

Su tutti i visi c'era la medesima espressione di tenerezza e di entusiasmo. Una mercantessa che stava accanto a Petja singhiozzava e le lacrime le colavano giú dagli occhi.

– Padre nostro! Angelo! Babbo! – diceva intanto, asciugandosi le lacrime con le dita.

– Urrà! – si gridava da tutte le parti.

Un momento la folla restò ferma sul posto, ma poi di nuovo si spinse avanti.

Petja fuori di sé, coi denti stretti, con gli occhi stralunati, si buttò avanti, lavorando di gomiti e gridando: – Urrà! – come se in quell'istante fosse stato pronto ad uccidere sé e gli altri, ma ai suoi fianchi comparvero altre facce altrettanto furibonde che gridavano anch'esse: – Urrà!

« Ecco dunque che cos'è l'imperatore! – pensò Petja. – No, non gli posso dare di persona la mia supplica: sarebbe troppa audacia ». Malgrado ciò, si spingeva sempre avanti disperatamente, e di là delle schiene che gli stavano dinanzi vide uno spazio vuoto con un tappeto rosso disteso; ma in quel momento la folla ondeggiò a ritroso (i poliziotti respingevano coloro che si erano troppo avvicinati al corteo: l'imperatore passava dal palazzo alla cattedrale dell'Assunzione) e Petja ricevette all'improvviso tale un colpo in un fianco, sulle costole, e fu talmente serrato che a un tratto tutto gli si confuse davanti agli occhi e perse la conoscenza. Quando tornò in sé, un ecclesiastico, che aveva un ciuffo di capelli grigi sulla nuca, avvolto in una vecchia sottana turchina, forse un suddiacono, lo teneva con una mano sotto l'ascella e con l'altra lo difendeva dalla folla che spingeva.

– Hanno schiacciato il signorino! – diceva il suddiacono. – Che fate? Piano!... L'hanno schiacciato, schiacciato!

L'imperatore entrò nella cattedrale dell'Assunzione. La folla si sparpagliò di nuovo e il suddiacono condusse Petja pallido e affannoso verso il cannone grande. Alcuni compativano Petja, e a un tratto tutta la folla si rivolse verso di lui, e questa volta era intorno a lui che avveniva il pigia pigia. Quelli che stavano piú vicino lo soccorrevano, gli sbottonavano la giacchetta, lo facevano sedere sull'alto del cannone e se la pigliavano con quelli che lo stavano schiacciando.

– Cosí si può soffocare una persona fino a ucciderla. Che modo! Ammazzar la gente? Ve', il poverino! è bianco come un cencio! – dicevano delle voci.

Petja si rimise subito, gli tornarono i colori in viso, il male se ne andò, e con quel momento di sofferenza egli conquistò un posto sul cannone, dal quale sperava di vedere l'imperatore che doveva ritornare. Petja ora non pensava piú a consegnare la sua supplica. Gli bastava vederlo, e si sarebbe stimato felice!

Durante il servizio religioso nella cattedrale dell'Assunzione – nel quale le azioni di grazia per la venuta dell'imperatore si univano a quelle per la conclusione della pace coi turchi – la folla si diradò alquanto: comparvero dei venditori che offrivano *kwas* [1], pan pepato, semi di papavero, dei quali Petja era molto ghiotto, e si udirono i soliti discorsi. Una mercantessa mostrava il suo scialle lacerato e raccontava quanto l'avesse pagato; un'altra diceva che ora tutte le stoffe di seta erano diventate care. Il suddiacono che aveva salvato Petja discorreva con un funzionario delle persone che avevano celebrato insieme col reverendissimo. Il suddiacono ripeté piú volte la parola « collegialmente » che Petja non capiva. Due giovani borghesi scherzavano con delle cameriere serve della gleba che schiacciavano delle noci coi denti. Tutti questi discorsi, specialmente gli scherzi con le cameriere, potevano avere una certa attrattiva per Petja, data la sua età, ma ora lo lasciavano indifferente: egli se ne stava lí in cima al suo cannone, tutto agitato al pensiero dell'imperatore e del suo entusiasmo per lui. Il dolore fisico e la paura che aveva provato insieme coll'entusiasmo quando lo stavano schiacciando avevano ancora accresciuto in lui la coscienza della solennità di quel momento.

[1] Bevanda d'orzo fermentato.

A un tratto dal lungofiume si udirono dei colpi di cannone (erano sparati in onore della pace coi turchi), e la folla si precipitò impetuosamente verso il lungofiume, per vedere come tiravano. Petja, anche lui, voleva correre là, ma il suddiacono, che aveva preso il signorino sotto la sua protezione, non lo lasciò andare. I colpi seguitavano ancora quando dalla cattedrale dell'Assunzione uscirono frettolosamente ufficiali, generali, ciambellani, e poi altre persone piú lentamente: di nuovo la gente si tolse il berretto e quelli che erano scappati a vedere i cannoni tornarono indietro correndo. Finalmente dalla porta della cattedrale uscirono ancora quattro uomini in uniforme, con una fascia a tracolla. La folla gridò di nuovo: – Urrà! Urrà!

– Qual è? qual è? – domandava intorno a sé Petja con voce di pianto ma nessuno gli rispondeva: tutti erano troppo eccitati, e Petja, scegliendo uno dei quattro personaggi che, attraverso le lacrime di gioia che gli venivano agli occhi, non poteva distinguere nettamente, concentrò su quello tutto il suo entusiasmo, benché non fosse l'imperatore, gridò: – Urrà! – con voce acuta, e decise che l'indomani a ogni costo sarebbe stato soldato.

La folla corse dietro all'imperatore, lo accompagnò fino al palazzo e cominciò a disperdersi. Era già tardi, Petja non aveva mangiato nulla e il sudore gli scorreva dal viso a grosse gocce, ma egli non se ne andava a casa e rimaneva tra la folla, scemata, ma ancora abbastanza fitta, davanti al palazzo, mentre l'imperatore pranzava, guardando le finestre del palazzo, come aspettando ancora qualche cosa, e invidiando egualmente i dignitari che si avviavano verso l'entrata per andare al pranzo di Corte e i domestici che servivano a tavola e le cui figure si vedevano guizzare alle finestre.

Mentre l'imperatore pranzava, Valujev disse guardando da una finestra:

– Il popolo spera ancora di vedere Vostra Maestà.

Il pranzo era già finito, l'imperatore si alzò, terminando di mangiare un biscotto, e uscí sul balcone.

La gente in mezzo alla quale era Petja, si precipitò verso il balcone.

– Angelo! Babbo! Urrà! Padre nostro!... – gridava la gente e Petja; e di nuovo le donne e alcuni uomini, e Petja fra questi, piansero di gioia.

Un pezzo abbastanza grosso del biscotto che l'imperatore teneva in mano, staccatosi, cadde sulla ringhiera del balcone e dalla ringhiera a terra. Un cocchiere in giubbone che era piú vicino degli altri si gettò su quel pezzo di biscotto e lo prese. Alcune persone della folla si gettarono sul cocchiere. Accorgendosi di ciò l'imperatore si fece portare un vassoio di biscotti e cominciò a gettar giú i biscotti dal balcone. Gli occhi di Petja s'iniettarono di sangue, il pericolo d'essere schiacciato lo eccitò ancora di piú ed egli si precipitò sui biscotti. Non sapeva perché, ma bisognava che prendesse uno di quei biscotti gettati dalla mano dell'imperatore, e non doveva darsi per vinto. Si precipitò e fece cadere a terra una vecchia che stava afferrando un biscotto. Ma la vecchia non volle cedere, benché giacesse in terra: cercava di afferrare i biscotti e non li coglieva. Allora Petja le allontanò la mano, agguantò un biscotto, e, come se avesse paura di non giungere in tempo, gridò di nuovo: – Urrà! – con voce ormai rauca.

L'imperatore rientrò, e allora la maggior parte della gente cominciò a disperdersi.

– L'ho detto che bisognava aspettare, e cosí è stato, – si diceva allegramente da diverse parti fra la gente.

Per quanto felice fosse Petja, pure gli rincresceva di dover tornare a casa e pensare che tutta la felicità di quel giorno era finita. Dal Cremlino Petja non andò a casa, ma dal suo compagno Obolenskij, che aveva quindici anni e voleva entrare anche lui nell'esercito. Tornato a casa, dichiarò recisamente e seriamente che, se non l'avessero lasciato andare, sarebbe scappato. E il giorno dopo, senza ancora cedere del tutto, il conte Iljà Andréjevič andò ad informarsi come si sarebbe potuto collocare Petja in un posto di poco pericolo.

XXII.

Tre giorni dopo, la mattina del 15, una enorme quantità di carrozze stava ferma davanti al palazzo Slobodskij.

Le sale erano piene. Nella prima c'erano i nobili in uniforme; nella seconda i mercanti con le medaglie, la barba e i caffettani turchini. Nella sala dell'adunanza dei nobili c'era movimento e brusio. Presso una grande tavola, sotto il ritratto dell'imperatore, erano seduti, su sedie ad alta spalliera, i dignitari piú importanti; ma la maggior parte dei nobili andava su e giú per la sala.

Tutti i nobili, quei medesimi che Pierre vedeva ogni giorno al Club o nelle loro case, tutti erano in uniforme, chi del tempo di Caterina, chi del tempo di Paolo, chi nelle nuove uniformi del regno di Alessandro, chi nella semplice uniforme di nobile, e questo esser tutti in uniforme dava un che di strano e di fantastico a tutte quelle fisonomie, vecchie e giovani, differenti, fra loro conosciute. Particolarmente si notavano i vecchi, quasi ciechi, sdentati, calvi, gonfi di grasso giallo o grinzosi e magri. Per la maggior parte se ne stavano ai loro posti e tacevano, o, se passeggiavano e discorrevano, si univano a qualcuno piú giovane. Come sui visi della folla che Petja aveva veduti sulla piazza, su tutti questi visi c'era un contrasto che sorprendeva fra la comune attesa di qualcosa di solenne e i soliti discorsi sulle cose di ieri: la partita di *boston*, il cuoco Petruška, la salute di Zinaída Dmítrievna e cose simili.

Pierre, che già dalla mattina presto era serrato nella incomoda uniforme di nobile, diventata troppo stretta per lui, era anche lui in quella sala. Era agitato: quell'insolita adunanza non soltanto della nobiltà, ma anche del ceto mercantile – adunanza dei vari ordini, *états généraux* – risvegliava in lui tutta una sequela di pensieri ai quali da un pezzo aveva rinunziato, ma che erano profondamente radicati nel suo spirito, pensieri che si aggiravano intorno al *Contrat social* e alla rivoluzione francese. Le parole da lui rilevate nel proclama dell'imperatore, che diceva di venire alla capitale per *deliberare* col suo popolo, lo confermavano in quelle sue vedute. E, supponendo che qualcosa di grave in questo senso si avvicinasse, qualcosa che egli aspettava da molto tempo, andava su e giú, osservava, ascoltava quel brusio di voci, ma non trovava in nessun luogo l'espressione dei pensieri che l'occupavano.

Era stato letto il proclama dell'imperatore, e aveva suscitato entusiasmo, e poi tutti s'erano dispersi chiacchierando. Oltre che dei soliti interessi privati, Pierre udiva parlare dei posti che dovevano occupare i marescialli della nobiltà all'entrata dell'imperatore, della data in cui si doveva dare un ballo al sovrano, del dividersi per circondari o per province, ecc.; ma appena si toccava la quistione della guerra e di ciò per cui era stata radunata la nobiltà, i discorsi si facevano vaghi e indecisi. Tutti volevano piuttosto ascoltare che parlare.

Un bell'uomo di mezza età, dall'aspetto virile, in uniforme di ufficiale di marina a riposo, parlava in una delle sale e intorno a lui si faceva folla. Pierre si avvicinò al gruppo che si formava intorno all'oratore e si mise ad ascoltare. Il conte Iljà Andréjevič, con la sua velada di maresciallo della nobiltà del tempo di Caterina, passeggiando con un grazioso sorriso tra la folla, nella quale conosceva tutti, si avvicinò anche lui a quel gruppo e si mise ad ascoltare col suo buon sorriso, come sempre ascoltava, facendo, in segno di consenso coll'oratore, dei cenni di approvazione col capo. L'ufficiale di marina in ritiro parlava assai arditamente: lo si vedeva dall'espressione del viso dei suoi ascoltatori e dal contraddire o dall'allontanarsi, con segni di disapprovazione, delle persone che Pierre conosceva per le piú remissive e tranquille. Pierre si spinse in mezzo al gruppo, ascoltò e si persuase che colui che parlava era effettivamente un liberale, ma in un senso assolutamente diverso da ciò che pensava Pierre. L'ufficiale di marina parlava con quella voce di baritono particolarmente sonora, musicale dei nobili, con una graziosa pronunzia un po' blesa, abbreviando le consonanti, quella voce con la quale si dice: « Camerie-e, una pipa! » o cose simili. Parlava come chi ha l'abitudine di far baldoria e di comandare.

– E che vuol dire che quelli di Smolènsk abbiano offerto delle milizie all'impe-ato-e? Che ci debbono dettar la legge quelli di Smolènsk? Se la gene-osa nobiltà di Mosca lo troverà necessario, potrà esprimere in altro modo la sua devozione all'impe-ato-e. Abbiamo forse dimenticato la milizia del 1807? Ci hanno guadagnato soltanto i figli di preti e i ladri svaligiatori...

Il conte Iljà Andréjevič, sorridendo cortesemente, faceva cenni di approvazione col capo.

– E le nostre milizie hanno forse portato qualche vantaggio allo Stato? Nessuno! Hanno soltanto rovinato i nostri patrimoni. Meglio ancora la coscrizione... Se no, se ne ritornano né soldati né contadini, e non c'è altro che corruzione. I nobili non sono avari della loro vita, andremo tutti, prenderemo con noi delle reclute, e quando l'impe-ato-e (era questa la sua pronunzia dalla parola « imperatore ») ci chiami, morremo tutti per lui, – soggiunse l'oratore, animandosi.

Iljà Andréjevič aveva l'acquolina in bocca dal piacere e dava spinte a Pierre, ma Pierre voleva parlare anche lui. Si fece avanti, sentendosi eccitato senza sapere nemmeno lui perché e senza sapere che cosa avrebbe detto. Aveva appena aperto la bocca per parlare che un senatore, assolutamente sdentato, con un viso intelligente e rabbioso, che stava accanto all'oratore, interruppe Pierre. Avvezzo evidentemente a dirigere una discussione e a porre le quistioni, si mise a parlare piano, ma distintamente.

– Io suppongo, signor mio, – disse il senatore, biasciando con la bocca sdentata, – che noi siamo stati chiamati qui non per giudicare che cosa sia piú opportuno per lo Stato in questo momento, la coscrizione o la milizia. Siamo stati chiamati per rispondere all'appello di cui ci ha degnati l'augusto imperatore. Quanto al giudicare che cosa sia piú opportuno, se la coscrizione o la milizia, lo lasceremo giudicare alle supreme autorità...

Pierre trovò a un tratto uno sfogo alla sua eccitazione. S'indignò contro il senatore che portava questa rigidità e ristrettezza di vedute nelle quistioni delle quali doveva occuparsi la nobiltà. Pierre si fece innanzi e lo fermò. Egli stesso non sapeva che cosa avrebbe detto, ma cominciò con vivacità, intercalando parole francesi in un linguaggio russo troppo libresco.

– Perdonatemi, Eccellenza, – cominciò (Pierre conosceva bene quel senatore, ma ora stimava necessario rivolgersi a lui in modo ufficiale), – benché io non sia d'accordo col signore... – (Pierre s'inceppò: avrebbe voluto dire *mon très honorable préopinant*), – col signore... *que je n'ai pas l'honneur de connaître*, ma suppongo che la nobiltà, oltre l'espressione della sua simpatia e del suo entusiasmo, sia chiamata anche a deliberare sulle misure con le quali possiamo aiutare la patria. Suppongo, – seguitava, animandosi sempre piú, – che l'imperatore stesso sarebbe scontento se trovasse in noi soltanto dei proprietari di contadini, pronti a dare la nostra gente e... la *chair à canon* in cui ci tramutiamo, ma non trovasse in noi un con... con... consiglio.

Molti si allontanarono dal gruppo, notando il sorriso sprezzante del senatore e le parole troppo libere di Pierre; soltanto Iljà Andréjevič era soddisfatto del discorso di Pierre, come era stato contento del discorso dell'ufficiale di marina e del senatore, e in generale dell'ultimo discorso che aveva udito.

– Suppongo che prima di giudicare queste quistioni, – seguitò Pierre, – noi dobbiamo chiedere all'imperatore, rispettosamente chiedere che Sua Maestà ci comunichi quante truppe abbiamo, in che posizione si trovano le nostre truppe, e allora...

Ma Pierre non aveva finito di dire queste parole che fu assalito improvvisamente da tre parti. Piú forte di tutti lo assalí Stepàn Stepànovič Adràksin, che egli conosceva da un pezzo, gran giocatore di *boston*, sempre ben disposto verso di lui. Stepàn Stepànovič era in uniforme, e, fosse per effetto dell'uniforme o per altre cagioni, Pierre vide davanti a sé un tutt'altro uomo. Stepàn Stepànovič, con un'irritazione senile che a un tratto gli era apparsa in viso, gridò a Pierre:

– In primo luogo, vi dirò che non abbiamo il diritto d'interrogare su ciò l'imperatore; in secondo luogo, se anche la nobiltà russa avesse questo diritto, l'imperatore non potrebbe risponderci. Le truppe si muovono conformemente ai movimenti del nemico, le truppe diminuiscono o aumentano...

Un'altra voce interruppe Adràksin: quella d'un uomo di media statura, di una quarantina d'anni, che Pierre, in altri tempi, aveva veduto dagli zingari e conosceva come giocatore non troppo limpido alle carte, e che, anche lui mutato dall'uniforme, si era avvicinato a Pierre.

– Non è il momento di discutere, – diceva la voce di questo nobile, – ma bisogna agire: la guerra è in Russia. Il nostro nemico viene per distruggere la Russia, per profanare le tombe dei nostri padri, per portar via le nostre mogli, i nostri figliuoli! – Quel nobile si batté il petto. – Leviamoci tutti, marciamo tutti per lo zar nostro padre! – gridò, sgranando gli occhi iniettati di sangue. Si udirono nella folla alcune voci che approvavano. – Noi russi non lesiniamo il nostro sangue per la difesa della fede, del trono e della patria. E bisogna abbandonare i vaneggiamenti, se siamo figli della patria. Mostreremo all'Europa come la Russia si arma in difesa della Russia! – gridava quel nobile.

Pierre voleva replicare, ma non poté dire neanche una parola. Sentiva che il suono delle sue parole, indipendentemente dal pensiero che esse esprimevano, si udiva meno che il suono delle parole di quel nobile impetuoso.

Iljà Andréjevič approvava dietro al gruppo; alcuni si voltavano bravamente verso l'oratore, prima della fine delle frasi, e dicevano:

– È proprio cosí! è cosí!

Pierre voleva dire che egli non era contrario a sacrificar né i denari, né i contadini, né se stesso, ma che bisognava sapere lo stato delle cose per poter portare aiuto; ma non gli riuscí di parlare. Molte voci urlavano e discutevano tutte insieme, sicché Iljà Andréjevič non faceva in tempo ad approvar tutti, e il gruppo aumentava, diminuiva, si riformava di nuovo, e, con un ronzio di voci, si avviava verso la tavola grande del salone. Non soltanto Pierre non riusciva a parlare, ma lo interrompevano sgarbatamente, respingendolo e allontanandosi da lui come da un nemico comune. E ciò non accadeva perché fossero scontenti del senso del suo discorso, – l'avevano anzi dimenticato, dopo una cosí grande quantità di discorsi che avevano seguito il suo, – ma perché la folla si animasse c'era bisogno di un oggetto tangibile per il suo amore, di un oggetto tangibile per il suo odio. Pierre era diventato quest'ultimo. Molti oratori parlarono dopo quel nobile impetuoso e tutti parlarono nel medesimo tono. Molti parlavano bene e con originalità.

Il direttore del « Messaggero Russo », Glinka, che venne riconosciuto (« lo scrittore! lo scrittore! » si udiva ripetere nella folla), disse che « l'inferno doveva essere respinto dall'inferno », che egli « aveva veduto un bambino sorridere al barbaglio del lampo e al rombo del tuono », ma che « noi non saremmo stati come quel bambino ».

– Già, già, al rombo del tuono, – si ripeteva, approvando, nelle ultime file.

La folla si avvicinò alla tavola grande, presso la quale sedevano nelle loro uniformi con decorazioni quei vecchi personaggi settantenni, canuti e calvi, che Pierre aveva veduti, quasi tutti, nelle loro case, coi loro buffoni, o al circolo intenti a giocare al *boston*. La folla si avvicinò alla tavola senza smettere di vociare. Uno dopo l'altro e a volte a due per volta, pigiati dalla folla contro le alte spalliere delle sedie, parlavano gli oratori. Quelli che stavano dietro rilevavano quel che l'oratore non aveva detto e si affrettavano ad aggiungere ciò che era stato omesso. Altri, in quel caldo e in quella ressa, frugavano nel loro cervello per vedere di trovarvi un'idea e si affrettavano a metterla fuori. Quei vecchi personaggi che Pierre conosceva guardavano ora questo, ora quello, e l'espressione della maggior parte di quei visi diceva soltanto che avevano un gran caldo. Pierre però si sentiva tutto agitato, e il comune desiderio di mostrare che per noi non c'erano ostacoli, espresso piú col suono delle parole e con le fisonomie che col senso dei discorsi, si comunicava anche a lui. Egli non rinunziava alle sue idee, ma si sentiva in certo modo colpevole e desiderava giustificarsi.

– Ho detto soltanto che ci sarebbe piú facile fare delle offerte se si sapesse di che cosa c'è bisogno, – gridava, sforzandosi di soverchiare le altre voci.

Uno dei vecchietti, che gli stava vicino, lo guardò, ma subito fu distratto da un grido che si levò dall'altra parte della tavola.

– Sí, Mosca sarà consegnata! sarà l'espiatrice! – gridò uno.

– È il nemico del genere umano! – gridò un altro. – Lasciatemi parlare... Signori, mi soffocate!...

XXIII.

In quel momento, camminando a rapidi passi davanti alla folla dei nobili che si aprí, in uniforme da generale, con una fascia a tracolla, col suo mento prominente e i suoi occhi mobilissimi, entrò il conte Rastòpcin.

– L'augusto imperatore sta per giungere, – disse Rastòpcin, – l'ho lasciato adesso. Suppongo che nella situazione in cui ci troviamo non ci sia molto da discutere. L'imperatore si è degnato di riunire noi e il ceto mercantile, – disse il conte Rastòpcin. – Di là sgorgheranno milioni, – (accennò la sala dov'erano riuniti i mercanti), – ma è affar nostro organizzare la milizia e non risparmiarci... È il meno che possiamo fare!

Cominciarono le consultazioni fra i personaggi seduti intorno alla tavola. Tutta la consultazione avveniva piú che sottovoce. Faceva perfino un effetto triste, dopo il tumulto di poco fa, udire ad una ad una quelle vecchie voci che dicevano, la prima: – Consento, – l'altra, tanto per variare: – Anch'io son della stessa opinione, – e cosí di seguito.

Fu ordinato al segretario di registrare la deliberazione della nobiltà di Mosca, secondo cui i moscoviti, come quelli di Smolènsk, offrivano dieci uomini ogni mille anime [1] e l'equipaggiamento completo. I signori che erano seduti si alzarono come sollevati da un peso, spostando rumorosamente le sedie, e si misero a passeggiar per la sala, per sgranchirsi le gambe, prendendo qualcuno sotto braccio e chiacchierando.

– L'imperatore! l'imperatore! – si udí a un tratto per le sale e tutta la folla si riversò verso l'entrata.

Per un largo passaggio, fra due ale di nobili, l'imperatore entrò nella sala. In tutti i volti era espressa una rispettosa e trepida curiosità. Pierre stava abbastanza lontano e non poté udir bene il discorso dell'imperatore. Capí soltanto, da ciò che intese, che l'imperatore parlava del pericolo nel quale si trovava l'impero e delle speranze che egli fondava sulla nobiltà moscovita. All'imperatore rispose un'altra voce che annunziò la deliberazione presa proprio allora dalla nobiltà.

– Signori! – disse con un tremito nella voce l'imperatore; la folla ebbe un mormorio, poi tacque di nuovo, e Pierre udí distintamente la voce dolcemente umana e commossa dell'imperatore che diceva: – Io non ho mai dubitato della devozione della nobiltà russa. Ma in questo giorno essa ha sorpassato la mia aspettativa. Vi ringrazio in nome della patria. Signori, dobbiamo agire: il tempo è la cosa piú preziosa...

L'imperatore tacque, la folla s'infittí intorno a lui e da tutte le parti si udivano acclamazioni entusiastiche.

– Sí, la cosa piú preziosa... parola di zar, – disse da dietro la

[1] Servi della gleba.

voce singhiozzante di Iljà Andréjevič, che non aveva udito nulla, ma aveva capito tutto a modo suo.

Dalla sala della nobiltà l'imperatore passò nella sala del ceto mercantile. Rimase lí circa dieci minuti. Pierre, insieme con gli altri, vide l'imperatore uscire dalla sala dei mercanti con lacrime di commozione negli occhi. Come si seppe poi, l'imperatore aveva appena cominciato il suo discorso ai mercanti che le lacrime gli erano sgorgate dagli occhi e l'aveva terminato con voce tremante. Quando Pierre vide l'imperatore, egli usciva accompagnato da due mercanti. Uno di essi, Pierre lo conosceva: era un grasso appaltatore; l'altro era il sindaco e aveva un viso magro, giallo, con la barba a punta. Tutt'e due piangevano. Il magro aveva le lacrime agli occhi, ma il grasso appaltatore singhiozzava come un bambino e ripeteva continuamente:

– Prendi la nostra vita e i beni, Maestà!

Pierre in quel momento non provava piú se non il desiderio di mostrare che nulla sarebbe stato troppo per lui e che egli era pronto a sacrificar tutto. Il suo discorso a tendenze costituzionali gli si presentava alla mente come un rimprovero: cercava l'occasione di cancellarlo. Avendo appreso che il conte Mamònov offriva un reggimento, Bezúchov dichiarò subito al conte Rastòpcin che egli avrebbe dato mille uomini e i mezzi per mantenerli.

Il vecchio Rostòv non poté raccontare senza lacrime alla moglie ciò che era accaduto e immediatamente aderí al desiderio di Petja, e anzi andò egli stesso a farlo iscrivere.

Il giorno seguente l'imperatore partí. Tutti i nobili che erano stati convocati si tolsero l'uniforme, si sparsero di nuovo per le loro case ed i circoli, e, brontolando, davano ordini ai loro amministratori per la milizia e si meravigliavano di ciò che avevano fatto.

Parte seconda

I.

Napoleone aveva cominciato la guerra con la Russia perché non aveva potuto non andare a Dresda, non aveva potuto non essere ubriacato da tanti onori, non aveva potuto non mettersi l'uniforme polacca, non cedere al fascino di quella mattinata di giugno e non lasciarsi andare alla collera in presenza di Kuràkin prima e poi di Balašòv.

Alessandro aveva rifiutato ogni trattativa perché si sentiva personalmente offeso. Barclay de Tolly si era sforzato di guidare l'esercito nel miglior modo possibile per compiere il proprio dovere e meritarsi la fama di gran capitano. Rostòv aveva galoppato all'attacco contro i francesi perché non poteva frenare il suo desiderio di galoppare su quella pianura. E cosí tutte le innumerevoli persone che prendevano parte a quella guerra agivano secondo le loro personali tendenze, le loro abitudini, le loro condizioni, i loro scopi. Esse avevano paura, si vantavano, si rallegravano, s'indignavano, discutevano, supponendo di sapere ciò che facevano e di farlo per sé, e invece tutti erano involontari strumenti della storia e compivano un lavoro ignoto ad essi, ma comprensibile a noi. Questa è l'immutabile sorte di tutti gli uomini pratici, e tanto meno essi sono liberi quanto piú in alto sono posti nella gerarchia degli uomini.

Ora gli uomini del 1812 hanno lasciato da gran tempo i loro posti, i loro interessi personali sono spariti senza che ne resti traccia, e non abbiamo piú davanti a noi che i risultati storici di quel tempo.

Ma ammettiamo che le genti di Europa *dovessero*, sotto il comando di Napoleone, penetrare nel cuore della Russia e perirvi, e allora tutta l'attività contraddittoria, insensata, crudele degli uomini che presero parte a quella guerra ci diventa comprensibile.

La Provvidenza obbligava tutti questi uomini, che perseguivano i loro scopi personali, a cooperare ad un unico, enorme risultato di cui nessuno (né Napoleone, né Alessandro, e tanto meno chiunque dei partecipanti alla guerra) aveva la benché minima idea.

Ora è chiaro per noi ciò che nel 1812 fu la cagione della rovina dell'esercito francese. Nessuno contesterà che causa della rovina delle truppe di Napoleone fu, da una parte, la loro avanzata troppo tardiva, senza preparazione per una campagna d'inverno, nel cuore della Russia e, d'altra parte, il carattere che prese la guerra in seguito all'incendio delle città russe e all'odio contro il nemico suscitato nel popolo russo. Ma allora non solamente nessuno prevedeva (ciò che ora sembra evidente) che questo bastasse a cagionare la perdita di un esercito di ottocentomila uomini, il migliore esercito del mondo, comandato dal miglior capitano del mondo, nell'urto coll'esercito russo che aveva la metà delle forze di quello, mancava di esperienza ed era comandato da generali senza esperienza, *non soltanto nessuno prevedeva ciò*, ma tutti gli sforzi *dalla parte dei russi* erano costantemente diretti a impedire ciò che solo poteva salvare la Russia, mentre *dalla parte dei francesi*, malgrado l'esperienza e il cosí detto genio militare di Napoleone, tutti gli sforzi tendevano a prolungare la linea sino a Mosca alla fine dell'estate, cioè a far proprio quello che doveva rovinarli.

Nelle opere storiche sul 1812 gli autori francesi amano molto dire che Napoleone sentiva il pericolo di prolungare troppo la sua linea, che cercava di dar battaglia, che i suoi marescialli gli consigliavano di restare a Smolènsk e altre cose che dimostrano come già allora si capisse il pericolo di quella campagna; mentre gli autori russi amano anche di piú dire che dal principio della campagna esisteva un piano di guerra scitica, per attirare Napoleone nel cuore della Russia, e attribuiscono questo piano chi a Pfull, chi a un francese, chi a Toll, chi allo stesso imperatore Alessandro, citando memoriali, progetti e lettere nelle quali, difatti, si trovano allusioni a questo modo di agire. Ma tutti questi accenni a una previsione di ciò che accadde, tanto da parte dei francesi che da parte dei russi, ora vengono messi fuori soltanto perché l'evento li ha giustificati. Se l'evento non si fosse prodotto, questi accenni sarebbero stati dimenticati, come sono ora dimenticate quelle migliaia e milioni di accenni e supposizioni contraddittorie che allora avevano corso, ma che risultarono senza fondamento e perciò sono state dimenticate. Si fanno sempre tante supposizioni intorno all'esito di un avvenimento che, in qualunque modo esso vada a finire, si trova sempre qualcuno che dice: « Io lo dissi fin da allora che sarebbe accaduto questo », dimenticando affatto che tra le innumerevoli supposizioni ve n'erano di quelle assolutamente opposte fra loro.

La supposizione che Napoleone conoscesse il pericolo di prolungare la sua linea e, dalla parte dei russi, che essi volessero attirare il nemico nell'interno della Russia, appartiene evidentemente a questa categoria, e gli storici solo con grande sforzo possono attribuire cosiffatte considerazioni a Napoleone e cosiffatti piani ai comandanti russi. Tutti i fatti contraddicono in modo assoluto a queste supposizioni. Durante tutta la guerra, non soltanto non c'era da parte dei russi il desiderio di attirare i francesi nell'interno della Russia, ma si faceva di tutto per arrestarli fin dal loro primo ingresso in Russia, e non soltanto Napoleone non temeva di prolungare la sua linea, ma si rallegrava di ogni passo fatto innanzi come di un trionfo e, contrariamente a ciò che aveva fatto nelle precedenti campagne, era pigro nel cercare battaglia.

Proprio al principio della campagna le nostre armate vengono separate, e l'unico scopo al quale noi tendiamo consiste nel riunirle, benché per ritirarsi e attirare il nemico nell'interno del paese questa riunione non presenti nessun vantaggio. L'imperatore si trova presso l'esercito per eccitarlo a contendere al nemico ogni palmo della terra russa, e non per indietreggiare. Si costruisce l'enorme campo della Drissa, secondo il piano di Pfull, e non si prevede di dover indietreggiare oltre. L'imperatore muove rimprovero ai comandanti in capo ad ogni passo della ritirata. Non soltanto l'incendio di Mosca, ma anche il lasciar giungere il nemico fino a Smolènsk pare all'imperatore una cosa inconcepibile e, quando le armate si riuniscono, l'imperatore s'indigna che Smolènsk sia stata presa e bruciata e non si sia data sotto le sue mura una battaglia campale. Cosí pensa l'imperatore, ma i comandanti militari russi e tutto il popolo russo s'indignano ancora di piú all'idea che i nostri si ritirino nell'interno del paese.

Napoleone, separando le armate, muove verso l'interno del paese e si lascia sfuggire parecchie occasioni di dar battaglia. Nel mese di agosto egli è a Smolènsk e pensa solo al modo di andar oltre, benché, come ora vediamo, questo movimento in avanti sia evidentemente rovinoso per lui.

I fatti dicono chiaramente che né Napoleone prevedeva il pericolo di quel movimento su Mosca, né Alessandro e i comandanti militari russi pensavano allora di attirarvi Napoleone, ma pensavano il contrario. L'attirare Napoleone nell'interno del paese non fu conseguenza del piano di qualcuno (nessuno credeva alla possibilità di una cosa simile), ma avvenne per un complicatissimo giuoco d'intrighi, di scopi, di desideri delle persone partecipanti alla guerra che non intuivano quel che doveva succedere e quale fosse l'unica salvezza della Russia. Tutto accade per caso. Le armate sono separate fin dal principio della campagna. Noi ci sforziamo di riunirle con lo scopo evidente di dar battaglia e arginare l'avanzata del nemico, ma in quello sforzo per riunirle, sfuggendo la battaglia col nemico piú forte di noi e indietreggiando senza volerlo ad angolo acuto, attiriamo i francesi fino a Smolènsk. Ma è dir poco dire che procediamo ad angolo acuto, poiché, movendosi i francesi fra le due armate quest'angolo si fa ancora piú acuto, e noi ci allontaniamo ancora di piú perché Barclay de Tolly, un tedesco impopolare, è odiato da Bagratiòn (che deve porsi sotto al suo comando), e Bagratiòn, che comanda la seconda armata, si sforza quanto piú può di non unirsi a Barclay per non porsi sotto al suo comando. Bagratiòn per molto tempo ritarda la congiunzione (sebbene sia questa la mira principale di tutti i capi) perché gli pare che con quella marcia metta in pericolo la sua armata e che la cosa piú vantaggiosa per lui sia di ritirarsi piú a sinistra e verso sud, molestando il nemico sul fianco e nelle retrovie, e traendo i complementi per la sua armata dall'Ucraina. Eppure sembra che questo sia da lui inventato proprio per non sottomettersi al tedesco Barclay che odia e che gli è inferiore in grado.

L'imperatore si trova presso l'esercito per infervorarlo con la sua presenza, ma la sua presenza e l'incapacità a decidersi e il numero infinito di consiglieri e di piani distruggono la capacità di azione della prima armata, e l'armata indietreggia.

Era stato progettato di fermarsi al campo della Drissa, ma all'improvviso Paulucci, che aspira al comando in capo, agisce con la sua energia su di Alessandro, e tutto il piano di Pfull è abbandonato e ogni cosa è affidata a Barclay. Ma siccome Barclay non ispira fiducia, il suo potere è limitato. Le armate sono spezzettate, non c'è unità di comando, Barclay è impopolare; ma da questa confusione, dallo spezzettamento delle armate e dall'impopolarità del comandante in capo tedesco risultano, da una parte, l'indecisione, il desiderio di evitare la battaglia (a cui non si sarebbe potuto sfuggire se le armate fossero state riunite e se il comandante non fosse stato Barclay); dall'altra parte, l'indignazione crescente contro i tedeschi e l'eccitamento dello spirito patriottico.

Finalmente l'imperatore lascia l'esercito e sceglie come unico e piú plausibile pretesto per questa partenza la necessità di suscitare l'entusiasmo del popolo della capitale per la guerra nazionale. E questa partenza dell'imperatore per Mosca triplica le forze dell'esercito russo.

L'imperatore lascia l'esercito per non intralciare l'unità di comando del comandante in capo, e spera che saranno adottate misure piú energiche; ma la posizione del comando s'imbroglia e s'indebolisce sempre di piú. Bennigsen, il granduca e tutto lo sciame degli aiutanti generali restano presso l'esercito per sorvegliare le azioni del comandante in capo ed eccitarlo alla energia, e Barclay, sentendosi ancora meno libero sotto gli occhi di tutti quegli *occhi dell'imperatore*, diventa ancor piú prudente per le azioni decisive e sfugge la battaglia.

Barclay sta per la prudenza. Il granduca ereditario allude a un tradimento e pretende una battaglia campale. Lubomirski, Bronnicki, Wlodski e altri gonfiano talmente queste voci che Barclay, col pretesto di mandare delle carte all'imperatore, invia gli aiutanti generali polacchi a Pietroburgo e parte in guerra aperta contro Bennigsen e il granduca.

A Smolènsk, finalmente, le armate si riuniscono, nonostante il desiderio contrario di Bagratiòn.

Bagratiòn giunge in carrozza alla casa occupata da Barclay. Barclay cinge la sua sciarpa, gli va incontro e presenta le truppe al suo superiore Bagratiòn. Bagratiòn, in lotta di magnanimità, nonostante l'anzianità del grado, si sottopone a Barclay; ma, sottoponendoglisi, è meno che mai d'accordo con lui. Secondo l'ordine dell'imperatore, Bagratiòn ne riferisce personalmente a lui. Scrive ad Arakcéjev: « Mi perdoni il mio sovrano, ma io non posso aver nulla di comune col *ministro* (Barclay). Per amor di Dio, mandatemi in un posto qualunque, magari a comandare un reggimento, ma qui non ci posso stare; e tutto il quartier generale è pieno di tedeschi, sicché a un russo è impossibile viverci e non se ne cava fuori nulla. Io credevo di servire sinceramente l'imperatore e la patria, ma, in fin dei conti, servo Barclay. Vi confesso che non voglio ». Lo sciame dei Bronnicki, dei Wintzingerode e simili avvelena ancora piú i rapporti fra i comandanti in capo, e finisce che di unità ce n'è ancora meno. Ci si prepara ad attaccare i francesi davanti a Smolènsk. Si manda un generale a ispezionare le posizioni. Questo generale, che odia Barclay, va dal comandante del corpo, suo amico e, dopo aver passato un giorno con lui, torna da Barclay e critica da tutte le parti il campo di battaglia che non ha veduto.

Mentre seguitano le discussioni e gl'intrighi intorno al futuro campo di battaglia, mentre noi cerchiamo i francesi e ci sbagliamo sulle loro posizioni, i francesi piombano sulla divisione Nevjèrovskij e avanzano proprio fin sotto alle mura di Smolènsk.

Bisogna accettare a Smolènsk l'inaspettata battaglia per salvare le comunicazioni. La battaglia è impegnata. Migliaia di uomini sono uccisi dall'una e dall'altra parte.

Smolènsk è abbandonata malgrado il volere dell'imperatore e di tutto il popolo. Ma Smolènsk è incendiata dai suoi stessi abitanti, ingannati dal loro governatore, e gli abitanti rovinati, offrendo un esempio agli altri russi, vanno a Mosca, non facendo che pensare alle proprie perdite e dànno esca all'odio contro il nemico. Napoleone va innanzi, noi ci ritiriamo e si ottiene cosí ciò che doveva vincere Napoleone.

II.

Il giorno che seguí quello della partenza di suo figlio, il principe Nikolàj Andréjevič aveva fatto chiamare la principessina Marja:

– Ebbene, sei contenta ora? – le aveva detto: – Mi hai fatto litigare con mio figlio! Sei contenta? Era quello che volevi! Sei contenta?... Per me è stato doloroso, doloroso... Sono vecchio e debole, e tu lo volevi. Ora rallegrati, rallegrati...

E dopo ciò, per tutta una settimana, la principessina Marja non aveva veduto suo padre. Egli era sofferente e non usciva dal suo studio.

Con sua sorpresa, la principessina Marja si era accorta che, nel tempo di quella indisposizione, il vecchio principe non aveva lasciato entrare neppure Mlle Bourienne. Soltanto Tichon lo assisteva.

Dopo una settimana il vecchio si fece vedere e ricominciò la sua solita vita, occupandosi con particolare attività delle fabbriche e del giardino e smettendo i suoi antichi rapporti con Mlle Bourienne. Il suo aspetto e il suo tono freddo verso la principessina Marja parevano dire: « Ecco, vedi: tu hai fatto delle invenzioni sul mio conto, hai detto delle bugie al principe Andréj sui miei rapporti con questa francesina e mi hai fatto litigare con lui; ma vedi che non ho bisogno né di te né della francesina ».

Una metà della giornata la principessina Marja la passava da Nikòluška, seguendo le sue lezioni, dandogli ella stessa lezione di lingua russa e di musica e discorrendo con Dessalles; l'altra metà della giornata la passava coi libri, con la vecchia balia e con la « gente di Dio », che talvolta andava da lei, passando dalla porta di servizio.

Della guerra la principessina Marja pensava ciò che pensano della guerra le donne. Temeva per suo fratello, che stava laggiú, era inorridita, senza comprenderla, dalla crudeltà degli uomini che li spingeva ad uccidersi l'un l'altro, ma non penetrava il significato di questa guerra che le pareva come tutte le altre guerre antecedenti. Non penetrava il significato di questa guerra, sebbene Dessalles, il suo interlocutore solito, che si appassionava all'andamento della guerra, si sforzasse di spiegarle le sue considerazioni in merito, sebbene la « gente di Dio » che andava da lei, con terrore le parlasse a modo suo delle voci che circolavano nel popolo sull'invasione dell'Anticristo, e sebbene Julie, ora principessa Drubetskàja, che aveva ripreso la sua corrispondenza con lei, le scrivesse patriottiche lettere da Mosca.

« Vi scrivo in russo, mia buona amica, – scriveva Julie, – perché odio tutti i francesi e odio egualmente la loro lingua che non posso sentir parlare... Noi a Mosca siamo tutti pieni di esaltazione per l'entusiasmo che desta in noi il nostro adorato imperatore.

« Il mio povero marito sopporta fatiche e fame nelle taverne ebree; ma le notizie che ricevo m'infiammano ancora di piú.

« Avete probabilmente saputo l'eroica azione di Rajevskij che, abbracciando i suoi due figli, ha detto: " Morrò con loro, ma non ci lasceremo scuotere! " E difatti, benché il nemico fosse due volte piú forte di noi, non ci siamo lasciati scuotere. Noi passiamo il tempo come possiamo; ma alla guerra come alla guerra. La principessa Alina e Sophie stanno con me giornate intere e noi, sventurate vedove di mariti vivi, preparando filacce, facciamo bellissimi discorsi: soltanto voi, mia cara, ci mancate... »

La principessina Marja non capiva il significato di quella guerra specialmente perché il vecchio principe non ne parlava mai, non l'ammetteva e a pranzo rideva di Dessalles che parlava di quella guerra. Il tono del principe era cosí tranquillo e sicuro che la principessina Marja gli credeva senza ragionare.

Per tutto il mese di luglio il vecchio principe fu straordinariamente attivo e anche vivace. Fece piantare un nuovo giardino e costruire un corpo di fabbrica per i domestici. La sola cosa che inquietava la principessina Marja era che egli dormiva poco e, mutando la sua abitudine di dormire nello studio, faceva ogni giorno cambiar di posto al suo letto. Ora ordinava di preparare il suo letto da campo nella galleria; ora rimaneva sul divano o sulla poltrona alla Voltaire nel salotto e sonnecchiava senza spogliarsi, mentre non già Mlle Bourienne, ma il giovane Petruša gli leggeva qualcosa; ora passava la notte nella sala da pranzo.

Il primo agosto giunse la seconda lettera del principe Andréj. Nella prima lettera, ricevuta poco dopo la sua partenza, il principe Andréj chiedeva con sottomissione perdono a suo padre di ciò che si era permesso di dirgli e lo pregava di rimetterlo nella sua grazia. A questa lettera il vecchio principe aveva risposto con una lettera affettuosa e dopo di ciò aveva allontanato da sé la francesina. La seconda lettera del principe Andréj, scritta sotto Vitebsk, dopo che i francesi l'avevano occupata, consisteva in una breve descrizione di tutta la campagna con uno schizzo disegnato sul foglio e alcune considerazioni sul futuro svolgimento della campagna stessa. In questa lettera il principe Andréj faceva presente al padre l'inconveniente di trovarsi cosí vicino al teatro della guerra, proprio sulla linea di movimento delle truppe, e gli consigliava di andare a Mosca.

A pranzo, quel giorno, alle parole di Dessalles il quale diceva come, a quel che si sentiva dire, i francesi erano entrati a Vitebsk, il vecchio principe si ricordò della lettera del principe Andréj.

– Ho ricevuto oggi una lettera del principe Andréj, – disse egli alla principessina Marja. – Non l'hai letta?

– No, *mon père*, – rispose spaventata la principessina. Non poteva aver letto una lettera della quale ignorava perfino l'arrivo.

– Scrive di questa guerra, – disse il principe con quel sorriso sprezzante, ormai diventato abituale in lui, con cui parlava sempre della guerra attuale.

– Deve essere molto interessante, – disse Dessalles. – Il principe è al caso di sapere...

– Ah, molto interessante! – disse Mlle Bourienne.

– Andate a prendermela, – fece il vecchio principe, rivolto a Mlle Bourienne. – Sapete, sul tavolo piccolo, sotto al fermacarte.

Mlle Bourienne scattò su allegramente.

– Ah, no! – gridò egli, aggrottando le sopracciglia. – Va' tu, Michaíl Ivanyč!

Michaíl Ivànovič si alzò e andò nello studio. Ma appena fu uscito, il vecchio principe, guardandosi intorno inquieto, gettò il tovagliolo e ci andò lui stesso.

– Non sanno far nulla, mettono tutto sossopra.

Mentre si allontanava, la principessina Marja, Dessalles, Mlle Bourienne e anche Nikòluška si scambiarono un'occhiata in silenzio. Il vecchio principe tornò a passo affrettato, accompagnato da Michaíl Ivànovič, con la lettera e lo schizzo che egli, non permettendo a nessuno di vederli durante il pranzo, si posò accanto.

Passato nel salotto, porse la lettera alla principessina Marja e spiegò davanti a sé il disegno della nuova costruzione, e vi fissò gli occhi, ordinando a lei di leggere ad alta voce. Letta la lettera, la principessina Marja gettò un'occhiata interrogativa al padre. Egli guardava il disegno, evidentemente assorto nei suoi pensieri.

– Che ne pensate, principe? – si permise di chiedergli Dessalles.

– Io? io?... – disse il principe, come se fosse svegliato spiacevolmente, senza toglier gli occhi dal disegno della costruzione.

– È possibilissimo che il teatro della guerra si avvicini tanto a noi...

– Ah! ah! ah! il teatro della guerra! – disse il principe. – Io ho detto e dico che il teatro della guerra è la Polonia e che il nemico non penetrerà mai oltre il Niemen.

Dessalles guardò con sorpresa il principe che parlava del Niemen quando il nemico era già presso il Dnieper; ma la principessina Marja, dimenticando la posizione geografica del Niemen, pensava che ciò che diceva il padre fosse la verità.

– Al disfarsi delle nevi, affonderanno nelle paludi della Polonia. Essi soltanto possono non vedere... – proferí il principe, pensando evidentemente alla campagna del 1807, che gli sembrava cosí recente. – Bennigsen doveva entrare prima in Prussia: la cosa avrebbe preso un altro andamento...

– Ma, principe, – disse timidamente Dessalles, – nella lettera si parla di Vitebsk...

– Ah! nella lettera?... Già... – disse il principe, malcontento. – Già... già... – Il suo viso prese tutt'a un tratto un'espressione cupa. Tacque. Poi riprese: – Già, scrive che i francesi sono stati battuti... presso quale fiume?

Dessalles abbassò gli occhi.

– Il principe non ne parla affatto, – disse sottovoce.

– Davvero non ne parla? Non l'avrò mica inventato io.

Tutti tacquero lungamente.

– Già, già... Su, Michaíl Ivanyč, – disse a un tratto, alzando la testa e mostrando il disegno della costruzione, – come vuoi trasformare questo?...

Michaíl Ivànovič si avvicinò al disegno e il principe, discorrendo con lui sul progetto della nuova costruzione, dopo aver lanciato un'occhiata irritata alla principessina Marja e a Dessalles, se ne andò nel suo studio.

La principessina Marja vide lo sguardo di Dessalles, confuso e sorpreso, fisso sopra suo padre, si accorse del suo silenzio, e fu meravigliata al vedere che suo padre aveva dimenticato la lettera del figlio sulla tavola del salotto; ma non soltanto aveva paura di parlare e d'interrogare Dessalles sulla cagione della sua confusione e del suo silenzio, ma aveva paura perfino di pensarci.

Verso sera Michaíl Ivànovič, mandato dal principe, andò a chiedere alla principessina Marja la lettera del principe Andréj che era stata dimenticata in salotto. La principessina consegnò la lettera. Benché ciò le spiacesse, ella si permise di domandare a Michaíl Ivànovič che cosa faceva il padre.

– È sempre affaccendato, – disse Michaíl Ivànovič con un sorriso fra rispettoso e ironico, che fece impallidire la principessina Marja. – È molto preoccupato per il nuovo corpo di fabbrica. Ha letto un poco, ma ora, – seguitò Michaíl Ivànovič, abbassando la voce, – è alla scrivania e probabilmente si occupa del suo testamento –. (In quegli ultimi tempi una delle occupazioni favorite del principe era di rivedere le carte che doveva lasciare dopo la sua morte e che chiamava il suo testamento).

– Ma si manda Alpatyč a Smolènsk? – domandò la principessina Marja.

– Come no? è già un pezzo che aspetta.

III.

Quando Michaíl Ivànovič tornò nello studio con la lettera, il principe, che s'era messo gli occhiali, con la visiera sugli occhi e il paralume sulla candela, stava davanti alla scrivania aperta, tenendo in mano a molta distanza alcune carte, e leggeva in un atteggiamento alquanto solenne quelle carte (le sue *osservazioni*, come le chiamava) che dovevano, dopo la sua morte, essere rimesse all'imperatore.

Quando Michaíl Ivànovič entrò, egli aveva le lacrime agli occhi al ricordo di quel tempo nel quale aveva scritto ciò che ora stava leggendo. Egli prese dalle mani di Michaíl Ivànovič la lettera, se la mise in tasca, ripose le carte e chiamò Alpatyč, che aspettava già da un pezzo.

Sopra un foglietto di carta aveva scritto quel che si doveva comprare a Smolènsk e, camminando per la stanza davanti ad

Alpatyč che attendeva presso la porta, cominciò a dargli i suoi ordini.

– Prima, della carta da lettere, capisci? otto quinterni di questo formato qui, col taglio dorato... ecco il campione, perché sia perfettamente eguale; della ceralacca, della vernice, secondo la nota di Michaíl Ivanyč.

Passeggiava per la stanza e diede un'occhiata al foglietto degli appunti.

– Poi, rimettere personalmente al governatore una lettera a proposito dell'iscrizione ipotecaria.

Poi ci volevano dei catenacci per le porte della nuova fabbrica, proprio di quel modello che aveva inventato il principe stesso. Poi bisognava ordinare una cassettina di marocchino per chiuderci dentro il testamento.

Gli ordini ad Alpatyč durarono piú di due ore. Il principe non lo lasciava andare. S'era seduto a pensare ancora e, chiusi gli occhi, s'era assopito. Alpatyč fece un movimento.

– Su, va', va'; se ci vorrà qualcos'altro, ti farò chiamare.

Alpatyč uscí. Il principe andò di nuovo alla scrivania, vi gettò uno sguardo, toccò con la mano le sue carte, le chiuse di nuovo e sedette alla tavola per scrivere la lettera al governatore.

Era già tardi quando si alzò e sigillò la lettera. Avrebbe voluto dormire, ma sapeva che non si sarebbe addormentato e che in letto gli sarebbero venuti i piú brutti pensieri. Chiamò Tichon e girò con lui per le stanze per dirgli dove doveva preparargli il letto per quella notte. Camminava misurando ogni cantuccio.

Tutti i posti gli parevano cattivi, ma peggio di tutti il solito divano nel suo studio. Quel divano gli faceva paura, probabilmente a cagione dei pensieri penosi che aveva rimuginati quando c'era steso sopra. Nessun luogo gli piaceva, ma meglio di tutti era il cantuccio nel salone, dietro il pianoforte; non ci aveva mai dormito ancora.

Tichon, insieme al cameriere, portò il letto e si mise ad allestirlo.

– Non cosí, non cosí! – gridò il principe e lui stesso lo spinse piú lontano dall'angolo, poi lo avvicinò di nuovo.

« Ah! finalmente, ho rifatto tutto. Ora riposerò », pensò il principe e si lasciò spogliare da Tichon.

Facendo smorfie dispettose per lo sforzo che gli toccava fare per togliersi la velada e i calzoni, il principe si spogliò, si lasciò andare pesantemente sul letto e parve riflettere, guardandosi con disprezzo le gambe gialle e scheletriche. Non rifletteva, ma indugiava davanti alla fatica di alzar quelle gambe e di cambiar posto nel letto. « Oh, che fatica! Almeno questa fatica finisse presto e *voi* mi lasciaste andare per sempre! » pensava. Stringendo le labbra, fece per la ventimillesima volta quello sforzo e si sdraiò. Ma non appena si fu sdraiato, tutto il letto a un tratto cominciò a muoversi avanti e indietro in cadenza, sotto di lui, come se avesse l'affanno e si dimenasse. Ciò gli accadeva quasi ogni notte. Aprí gli occhi che gli si erano già chiusi.

– Non c'è riposo. Maledetti! – brontolò con rabbia, rivolto a qualcuno. « Sí, sí, c'era una cosa importante, una cosa molto importante che m'ero conservata per stanotte a letto. I catenacci? No, l'ho detto. No, una cosa che stava nel salotto. La principessina Marja diceva sciocchezze... Dessalles, quello stupido, diceva qualche cosa... Una cosa che era in tasca: non ricordo ».

– Tiška! Di che parlavano a pranzo?

– Del principe Michàjla...

– Zitto! zitto! – Il principe batté con la mano sulla tavola. – Lo so! La lettera del principe Andréj. La principessina Marja l'ha letta. Dessalles ha detto non so che di Vitebsk. Ora la leggerò.

Gli ordinò di prendere la lettera dalla sua tasca e di avvicinare al letto un tavolinetto con la limonata e la candela di cera torta e, mettendosi gli occhiali, cominciò a leggere. Lí soltanto, nel silenzio della notte, alla debole luce che veniva di sotto al paralume verde, letta la lettera, per la prima volta ne capí per un attimo il significato.

« I francesi sono a Vitebsk; in quattro marce possono essere a Smolènsk; forse ci sono già ».

– Tiška! – Tichon balzò su. – No, non occorre, non occorre! – gridò egli.

Nascose la lettera sotto al candeliere e chiuse gli occhi. E gli si presentano alla mente il Danubio, uno splendido meriggio, dei canneti, il campo russo, ed egli vede se stesso, giovane generale, senza una sola ruga sul viso, baldo, allegro, colorito, entrare nella tenda dipinta di Potjòmkin, e un vivo senso d'invidia verso il favorito, egualmente forte come allora, lo agita tutto. E si ricorda tutte le parole che erano state dette allora, al suo primo incontro con Potjòmkin. E gli appare una donna grassa, con un viso giallastro e carnoso, non alta – l'imperatrice, madre nostra –, il suo sorriso, le sue parole quando lo ricevette la prima volta, tutta gentile, e si ricorda ancora il suo viso sul catafalco, e la discussione con Zúbov, accanto alla sua bara, pel diritto di baciarle la mano.

« Ah! potessi tornare a quel tempo e tutto il presente finisse subito, ed essi mi lasciassero in pace! »

IV.

Lysyja Gory, la proprietà del principe Nikolàj Andréjevič Bolkonskij, si trovava a sessanta miglia dietro a Smolènsk, e a tre miglia dalla strada di Mosca.

Quella sera che il principe aveva dato i suoi ordini ad Alpatyč, Dessalles chiese un colloquio alla principessina Marja e le disse che, siccome il principe non stava del tutto bene e non prendeva nessuna misura per la sua sicurezza, mentre, secondo la lettera del principe Andréj, il rimanere a Lysyja Gory non era senza pericolo, egli le consigliava rispettosamente di mandare per mezzo di Alpatyč una lettera al governatore di Smolènsk con la preghiera d'informarla dello stato delle cose e dell'entità del pericolo che sovrastava a Lysyja Gory. Dessalles scrisse per la principessina Marja una lettera al governatore che ella firmò e questa lettera fu data ad Alpatyč con l'ordine di consegnarla al governatore e, in caso di pericolo, tornare indietro il piú presto possibile.

Ricevuti tutti questi ordini, Alpatyč, accompagnato da quei di casa, con un cappello bianco di castoro (regalo del principe), con un bastone, tal quale come usava il principe, montò in una vettura da viaggio dal mantice di cuoio, tirata da tre ben pasciuti cavalli roani.

Il campanello era legato e i sonagli avvolti di carta. Il principe non permetteva a nessuno a Lysyja Gory di andare coi campanelli. Ma Alpatyč amava, quando andava lontano, sentire i campanelli e i bubboli. Tutta la corte di Alpatyč, il segretario del villaggio, lo scritturale, la cuoca dei signori e quella della servitú, due vecchie, un ragazzo che faceva da staffiere, i cocchieri e diversi altri domestici erano venuti a salutarlo.

La figlia gli accomodava dietro la schiena e sul sedile dei cuscini d'indiana e di piuma. La vecchia cognata di nascosto gli faceva scivolare un involtino. Uno dei cocchieri, tenendolo sotto alle braccia, lo faceva montare.

– Su, su! apparecchi da donnette! Donnette, donnette! – disse Alpatyč, sbuffando e parlando in fretta, proprio come parlava il principe, e sedette in carrozza.

Dati al segretario del villaggio gli ultimi ordini sui lavori da farsi e senza piú imitare il principe, Alpatyč si tolse il cappello dalla testa calva e si fece tre volte il segno della croce.

– Ma se c'è qualche cosa... tornate, Jakov Alpatyč; per amor di Cristo, abbiate pietà di noi, – gli gridò la moglie, alludendo alle voci che correvano sulla guerra e sui nemici.

« Donnette, donnette! apparecchi da donnette! » disse Alpatyč fra sé e partí, guardando intorno i campi, qua di segala biondeggiante, là di folta avena ancora verde, piú in là ancora neri e in cui s'iniziava appena la seconda aratura. Alpatyč andava, ammirando l'eccezionale raccolto dei grani di primavera in quell'anno, osservando i campi di segala, dove qua e là cominciavano a mietere, e faceva i suoi calcoli sulle semine e sulla raccolta, pensando se mai avesse dimenticato qualche ordine del principe.

Dopo aver dato due volte da mangiare ai cavalli per via, la sera del 4 agosto Alpatyč arrivò in città. Per la strada Alpatyč aveva incontrato e oltrepassato carriaggi e truppe. Mentre arrivava a Smolènsk, udí delle fucilate lontane, ma quei rumori non lo sorpresero. Piú di tutto lo sorprese il fatto che, avvicinandosi a Smolènsk, aveva veduto un bellissimo campo di avena che dei soldati falciavano, di certo per far foraggio, e sul quale erano accampati: questa circostanza colpí Alpatyč, ma presto egli la dimenticò, pensando agli affari suoi.

Tutti gl'interessi della vita di Alpatyč, da ormai piú di trent'anni, erano limitati alla sola volontà del principe ed egli non usciva mai da quel cerchio. Tutto ciò che non riguardava l'adempimento degli ordini del principe non soltanto non l'interessava, ma non esisteva per Alpatyč.

Alpatyč, giunto la sera del 4 agosto a Smolènsk, si fermò dall'altra parte del Dnieper, nel sobborgo Gacènsk, alla locanda del locandiere Ferapòntov, dove già da trent'anni egli aveva l'abitudine di fermarsi. Ferapòntov, trent'anni indietro, con l'aiuto di Alpatyč, aveva comprato un boschetto del principe, s'era messo a commerciare e ora aveva una casa, una locanda e una bottega di farina nel capoluogo. Ferapòntov era un contadino quarantenne, grasso, bruno, rosso, con delle grosse labbra, un grosso naso a patata, delle grosse protuberanze sulle nere sopracciglia corrugate e un grosso ventre.

Ferapòntov, in panciotto, con una camicia d'indiana, stava presso la sua bottega che dava sulla strada. Vedendo Alpatyč, gli si avvicinò.

– Benvenuto, Jakov Alpatyč. La gente se ne va dalla città e tu ci vieni, – disse il padrone.

– E come mai se ne vanno dalla città? – disse Alpatyč.

– Lo dico anch'io che la gente è stupida. Hanno sempre paura dei francesi.

– Chiacchiere di donnette! chiacchiere di donnette! – proferí Alpatyč.

– La penso anch'io cosí, Jakov Alpatyč. Dico che c'è l'ordine di non lasciarli entrare, vuol dire che sarà cosí. E i contadini chiedono tre rubli a carro: non son cristiani!...

Jakov Alpatyč ascoltava sbadatamente. Chiese il samovar e del fieno per i cavalli, e, bevuto il tè, si sdraiò per dormire.

Tutta la notte per la strada, davanti alla locanda, ci fu movimento di truppe. La mattina del giorno seguente, Alpatyč si mise una giacchetta che metteva soltanto in città e andò per le sue faccende. La mattinata era tutta sole e dopo le otto già faceva caldo. « Buona giornata per la mietitura! » pensava Alpatyč. Fuori della città, fin dalla mattina presto, si udivano degli spari.

Dalle otto in poi ai colpi di fucile si unirono tiri di cannone. Per le strade c'era molta gente che si affrettava chi sa dove, molti soldati, ma le vetture da nolo circolavano come sempre, i negozianti stavano nelle botteghe, nelle chiese si celebravano le funzioni. Alpatyč andò per le botteghe, agli uffici pubblici, alla posta e dal governatore. Negli uffici pubblici, nelle botteghe, alla posta tutti parlavano delle truppe, del nemico che aveva già assalito la città; tutti si domandavano l'un l'altro che cosa si dovesse fare e tutti cercavano di tranquillarsi a vicenda.

Presso il palazzo del governatore, Alpatyč trovò una gran quantità di gente, di cosacchi e una carrozza da viaggio appartenente al governatore. Sull'entrata, Jakov Alpatyč incontrò due signori della nobiltà, uno dei quali egli conosceva. Il signore di sua conoscenza, antico capo della polizia circondariale, parlava con calore:

– Non son mica scherzi, – diceva. – Meno male chi è solo! Chi è solo se la cava, ma quando si è tredici in famiglia, e con tutte le robe... Ci hanno ridotti al punto che siamo tutti rovinati; bell'autorità!... Io li impiccherei, quei briganti!...

– Su via, basta, – diceva l'altro.

– E che mi fa? Lascia che senta! Non siamo mica cani! – disse l'antico capo della polizia circondariale e, voltandosi, scorse Alpatyč. – Ah, Jakov Alpatyč! Che fai qui?

– Vado per ordine di Sua Eccellenza dal signor governatore, – rispose Alpatyč, alzando fieramente la testa e mettendosi la mano in seno, come faceva sempre quando nominava il principe. – Si è degnato di ordinarmi che m'informassi sullo stato delle cose, – aggiunse.

– Sí, informati!... – gridò il proprietario. – Ci hanno ridotti al punto che non ci sono carri, niente!... Ecco, senti? – e accennò alla parte donde venivano le fucilate. – Ci hanno ridotti al punto che siamo tutti rovinati... briganti! – disse ancora, e discese in istrada.

Alpatyč crollò il capo e si avviò per le scale. In anticamera c'erano mercanti, donne, funzionari che si guardavano l'un l'altro in silenzio. La porta del gabinetto si aprí, tutti si alzarono e si fecero avanti. Dalla porta uscí correndo un funzionario, disse qualcosa a un mercante, chiamò a sé un funzionario grasso con una decorazione al collo e sparí di nuovo nella porta, sfuggendo evidentemente tutti gli sguardi e le domande che si rivolgevano a lui. Alpatyč si fece innanzi e alla successiva apparizione del funzionario, mettendo la mano nel soprabito abbottonato, si rivolse a lui e gli consegnò due lettere.

– Al signor barone Asch, da parte del generale in capo principe Bolkonskij, – proclamò egli con tanta solennità e tanta importanza che il funzionario si voltò verso di lui e prese le lettere.

Dopo qualche minuto il governatore ricevette Alpatyč e gli disse in fretta:

– Riferisci al principe e alla principessina che io non ho avuto nessuna notizia; ho agito secondo gli ordini superiori, ecco... – Diede una carta ad Alpatyč. – Ora del resto, visto che il principe è sofferente, il mio consiglio è di andare a Mosca. Io stesso ora parto. Riferisciglielo... – Ma il governatore non aveva finito di parlare che entrò correndo un ufficiale tutto impolverato e sudato, e cominciò a dir qualcosa in francese. Sul viso del governatore si dipinse il terrore. – Va', – disse, facendo un cenno del capo ad Alpatyč e si mise a interrogare l'ufficiale.

Occhiate avide, spaventate, disperate si rivolsero ad Alpatyč quando egli uscí dal gabinetto del governatore. Tendendo ora involontariamente l'orecchio agli spari ormai vicini e sempre piú forti, Alpatyč si affrettò a tornare alla locanda. La carta che il governatore aveva data ad Alpatyč era la seguente:

« Vi assicuro che la città di Smolènsk non è ancora minacciata dal minimo pericolo ed è improbabile che sia minacciata. Io da una parte e il principe Bagratiòn dall'altra marciamo per congiungerci dinanzi a Smolènsk, dove saremo il 22, e le due armate, unite le loro forze, difenderanno i compatrioti della provincia a voi affidata fino a che i loro sforzi allontanino i nemici dalla patria o fino a che nelle loro file valorose non cada l'ultimo combattente. Vedete da ciò che avete tutto il diritto di tranquillare gli abitanti di Smolènsk, giacché chi è difeso da due armate cosí valorose può esser sicuro della loro vittoria ». (Istruzioni di Barclay de Tolly al governatore di Smolènsk, barone Asch, nel 1812).

La gente, inquieta, girava per le strade. Carri carichi di utensili domestici, sedie, armadi, uscivano di continuo dai portoni delle case e percorrevano le vie. Davanti alla casa vicina a quella di Ferapòntov erano fermi dei carretti, e delle donne parlavano e piangevano, dicendosi addio. Un cane da cortile si aggirava abbaiando davanti ai cavalli attaccati.

Alpatyč, affrettando il passo piú del consueto, entrò nel cortile e andò direttamente sotto alla tettoia, verso i suoi cavalli e la vettura. Il cocchiere dormiva; egli lo destò, gli ordinò di attaccare ed entrò nell'ingresso. Nella camera dei padroni si udivano pianti di bambini, singhiozzi strazianti di donna e le grida rauche e rabbiose di Ferapòntov. La cuoca, come una gallina spaventata, si precipitò nell'ingresso appena vi entrò Alpatyč.

– L'ha picchiata a morte... ha picchiato la padrona! La picchiava, la strascinava!...

– Come mai? – chiese Alpatyč.

– Voleva partire. È una donna! Portami via, diceva, non mi rovinare con questi bambinelli; la gente, diceva, è andata via tutta... perché, diceva, noialtri s'ha da restare?... E ha cominciato a picchiarla! E la picchiava, la strascinava!...

Alpatyč scosse il capo a queste parole, come approvando, e, non volendo saper altro, si avviò alla porta opposta alla camera dei padroni, dove aveva lasciato le sue compere.

– Canaglia! assassino! – gridò in quel momento una donna magra e pallida con un bimbo in braccio e con un fazzoletto che si era strappato di capo, sbucando fuori dalla porta e precipitandosi per le scale nel cortile. Ferapòntov uscí dietro a lei e, vedendo Alpatyč, si accomodò il il panciotto, i capelli, sbadigliò ed entrò nella stanza dietro ad Alpatyč.

– Vuoi già partire? – domandò.

Senza rispondere alla domanda e senza guardare il padrone, Alpatyč, verificando le sue compere, domandò quanto dovesse per l'alloggio.

– Faremo poi i conti! Sei stato dal governatore? – domandò Ferapòntov. – Che cosa hanno deciso?

Alpatyč rispose che il governatore non gli aveva detto assolutamente nulla.

– Possiamo andarcene noi, col nostro commercio? – disse Ferapòntov. – Per andare fino a Dorogobúža chiedono sette rubli per carro. E io dico: ma son cristiani? Selivànov, lui, l'ha fatta buona giovedí, ha venduto la sua farina alle truppe per nove rubli al sacco... Prendereste del tè? – domandò poi. Mentre si attaccavano i cavalli, Alpatyč e Ferapòntov bevvero il tè, discorrendo del prezzo dei grani, del raccolto abbondante, del tempo favorevole alla raccolta.

– Però cominciano a chetarsi, – disse Ferapòntov alzandosi, dopo aver bevuto tre bicchieri di tè. – I nostri debbono avercela fatta. L'hanno detto che non li lasceranno passare. Vuol dire che son forti!... Raccontavano che ultimamente Matvjéj Ivanyč Platov li ha rigettati nel fiume Marina: diciottomila ne ha affogati in un solo giorno!

Alpatyč riuní le sue compere, le consegnò al cocchiere che entrava e fece i conti col padrone. Dalla porta veniva un rumore di ruote, di zoccoli di cavalli e di sonagli di una vettura da viaggio che partiva.

Era già trascorso da un pezzo mezzogiorno, metà della via era all'ombra e l'altra era vivamente illuminata dal sole. Alpatyč diede un'occhiata fuor dalla finestra e andò all'uscio. A un tratto si udí uno strano rumore, come di un fischio lontano e di colpi, e subito rintronò un rombo confuso di cannonate che fece tremare i vetri.

Alpatyč uscí nella strada; sulla strada due uomini correvano verso il ponte. Da diverse parti si udivano fischi, colpi di cannone ed esplosioni di granate che cadevano in città. Ma questi rumori si udivano appena e non attiravano l'attenzione degli abitanti in confronto delle cannonate che si sentivano fuori della città. Era il bombardamento che Napoleone fece aprire dopo le quattro sulla città da centotrenta cannoni. La gente da principio non capiva l'importanza di quel bombardamento. Il rumore delle granate e delle palle che cadevano risvegliò da principio soltanto la curiosità. La moglie di Ferapòntov, che non aveva smesso fino allora di piagnucolare sotto la tettoia, si chetò e col bambino nelle braccia venne sul portone, osservando in silenzio la gente e prestando orecchio ai rumori.

Uscirono sulla porta anche la cuoca e un commesso di bottega. Tutti, con allegra curiosità, si sforzavano di vedere le palle che volavano al di sopra delle loro teste. Da dietro un angolo sbucarono alcune persone che parlavano animatamente.

– Che forza! – diceva uno. – Ha mandato in frantumi il tetto e il soffitto.

– Ha scavato la terra come un maiale, – diceva l'altro. – Questo è un bel colpo! – diceva ridendo. – Fortuna che hai fatto quel salto, se no ti schiacciava.

La gente si rivolse a quegli uomini. Essi si fermarono e raccontarono che una palla era caduta su di una casa, proprio accanto a loro. Intanto altri proiettili – le palle con fischio rapido e cupo, le granate con un miagolio dolce – non smettevano di volare sopra le teste della gente; ma nessuna cadeva vicino: tutte andavano oltre. Alpatyč montò in vettura. Il padrone stava sul portone.

– Che stai a guardare? – gridò egli alla cuoca che, con le maniche rimboccate, in gonna rossa, dondolandosi coi gomiti nudi, era andata all'angolo della strada per ascoltare quel che dicevano.

– Che miracoli! – disse, ma udendo la voce del padrone, tornò indietro, tenendosi la gonna sollevata.

Di nuovo, ma molto vicino questa volta, fischiò qualche cosa, come un uccello che voli di sopra in giú, una fiamma brillò in mezzo alla strada, si udí un colpo e la strada si empí di fumo.

– Canaglia! Che fai? – gridò il padrone correndo verso la cuoca.

In quel medesimo istante, da varie parti, delle donne si misero a gemere pietosamente, un bambino, spaventato, piangeva e la gente si affollava in silenzio, coi visi pallidi, intorno alla cuoca. In mezzo a quella folla ciò che si udiva piú distintamente erano i gemiti e le esclamazioni della cuoca.

– Oh! oh! oh! colombelli miei! colombelli miei bianchi! Non mi fate morire! Colombelli miei bianchi!...

Dopo cinque minuti non rimaneva nessuno nella strada. La cuoca, con una coscia rotta da una scheggia di granata, fu portata in cucina. Alpatyč, il suo cocchiere, la moglie di Ferapòntov coi bambini, il portinaio, tutti se ne stavano in cantina, tendendo l'orecchio. Il rombo dei cannoni, il fischio dei proiettili e il gemito lamentevole della cuoca, che soverchiava ogni altro rumore, non tacevano neppure per un istante. La padrona ora cullava il bambino e gli parlava, ora con voce sommessa e piagnucolosa chiedeva a tutti quelli che entravano in cantina dove fosse suo marito, che era rimasto nella strada. Il commesso, sceso anche lui in cantina, le disse che il padrone era andato col popolo alla cattedrale, dove avevano messo fuori l'immagine miracolosa di Smolènsk.

Verso sera il cannoneggiamento cominciò a chetarsi. Alpatyč uscí dalla cantina e si fermò sulla porta. Il cielo della sera, prima sereno, era tutto velato di fumo. E attraverso quel fumo splendeva stranamente, in alto, la giovane falce della luna. Cessato il rombo dei cannoni, sulla città regnava il silenzio, interrotto soltanto da un ronzio, che pareva diffuso per tutta la città, di passi, di lamenti, di grida lontane, e dal crepitio degli incendi. Ora i lamenti della cuoca erano cessati. Da due punti s'innalzavano e si spandevano nere colonne di fumo che provenivano dagli incendi. Sulla strada, non in file serrate, ma come formiche d'un formicaio devastato passavano al passo e di corsa dei soldati in uniformi differenti e in diverse direzioni. Sotto gli occhi di Alpatyč, alcuni di essi si rifugiarono nel cortile di Feraòntov. Alpatyč andò verso il portone. Un reggimento che tornava indietro empiva la strada, serrandosi frettoloso.

– La città si arrende; andatevene, andatevene, – gli disse un ufficiale che l'aveva scorto e subito dopo, rivoltosi ai soldati, gridò: – V'insegnerò io a scappare per i cortili!

Alpatyč tornò nella casa e, chiamato il cocchiere, gli ordinò di attaccare. Dietro ad Alpatyč e al cocchiere uscirono anche tutti i familiari di Ferapòntov. Scorgendo il fumo e anche le fiamme degli incendi, visibili ora nell'oscurità del crepuscolo che cominciava, le donne, che fino allora erano state zitte, si misero a un tratto a vociare, guardando gl'incendi. Come facendo eco, si udirono altri pianti in altri punti della strada. Sotto la tettoia, Alpatyč e il cocchiere, con le mani che tremavano, riordinarono le redini e i finimenti dei cavalli, che s'erano imbrogliati.

Quando Alpatyč uscí dal portone, vide una diecina di soldati, che, nella bottega aperta di Ferapòntov, con un gran vociare, empivano i sacchi e gli zaini di farina di frumento e di semi di girasole. In quel momento entrò nella bottega Ferapòntov, che tornava dalla strada. Vedendo i soldati, voleva urlare, ma a un tratto si fermò e, mettendosi le mani nei capelli, scoppiò in un riso singhiozzante.

– Prendete tutto, ragazzi! Non lasciate nulla a quei diavoli! – gridò, prendendo egli stesso i sacchi e gettandoli sulla strada.

Alcuni soldati, spaventati, scapparono, altri seguitarono a far bottino. Vedendo Alpatyč, Ferapòntov si rivolse a lui.

– È spacciata la Russia! – gridò. – Alpatyč, è spacciata! Darò fuoco io!... È spacciata!... – Ferapòntov scappò nel cortile.

Per la strada, empiendola tutta, passavano ininterrottamente soldati, sicché Alpatyč non poté andare innanzi e dovette aspettare. La moglie di Ferapòntov coi bambini stava anch'essa su di un carro aspettando che si potesse passare.

Era già notte fatta. In cielo c'erano le stelle e brillava ogni tanto la luna nuova, velata di fumo. Alla scesa che conduce al

Dnieper, la vettura di Alpatyč e quella della padrona, che si movevano lentamente fra le file dei soldati e fra gli altri veicoli, dovettero fermarsi. Non lontano dal crocicchio dove s'eran fermate le vetture, in un vicolo, bruciavano una casa e delle botteghe. L'incendio era già quasi finito. La fiamma ora declinava e spariva nel fumo nero, ora a un tratto divampava chiara, illuminando con una strana precisione i visi delle persone che si affollavano al crocicchio. Davanti all'incendio apparivano delle figure nere e in mezzo all'incessante crepitio delle fiamme si udivano voci e grida. Alpatyč, sceso dalla vettura, vedendo che non lo avrebbero lasciato passare cosí presto, andò nel vicolo a veder l'incendio. Dei soldati andavano continuamente su e giú davanti all'incendio, e Alpatyč vide due soldati e con essi un uomo con un cappotto di rovescio che tiravano fuori dalle fiamme e trascinavano attraverso la strada nel cortile vicino delle travi mezzo bruciate; altri portavano delle bracciate di fieno.

Alpatyč si avvicinò alla gran folla che stava davanti a un alto fienile che bruciava a tutt'andare. I muri eran tutti in fiamme, quello di dietro era crollato, il tetto di tavole aveva ceduto, le travi bruciavano. Evidentemente la folla aspettava il momento in cui il tetto si sarebbe sprofondato. E anche Alpatyč aspettava.

– Alpatyč! – a un tratto una voce nota chiamò il vecchio.

– Padron mio, Eccellenza! – rispose Alpatyč che in un baleno aveva riconosciuto la voce del suo giovane principe.

Il principe Andréj, avvolto nel mantello, in groppa a un cavallo morello stava fermo dietro la folla e guardava Alpatyč.

– Come mai sei qui? – domandò.

– Vostra... Vostra Eccellenza!... – disse Alpatyč e cominciò a singhiozzare. – Vostra... Vostra... siamo già perduti? Padre mio!

– Come mai sei qui? – ripeté il principe Andréj.

La fiamma in quel momento divampò chiara e illuminò davanti ad Alpatyč il viso pallido e sfinito del suo giovane padrone. Alpatyč raccontò come era stato mandato e come a stento era potuto partire.

– Ma dunque, Eccellenza, siamo proprio perduti? – domandò di nuovo.

Il principe Andréj, senza rispondere, prese di tasca un taccuino e, alzato un ginocchio, si mise a scrivere col lapis su di un foglietto che aveva staccato. Scrisse alla sorella:

Smolènsk si arrende. Lysyja Gory fra una settimana sarà occupato dal nemico. Partite immediatamente per Mosca. Rispon-

dimi subito e dimmi quando partirete mandandomi un espresso a Usvjàž.

Dopo aver scritto e consegnato il foglietto ad Alpatyč, gli spiegò a voce come si doveva preparare la partenza del principe, della principessina, di suo figlio col precettore e come e dove fargli subito pervenire la risposta. Non aveva finito di dare questi ordini che un alto ufficiale dello stato maggiore, a cavallo, accompagnato dal suo seguito, galoppò verso di lui.

– Voi siete il colonnello? – gridò l'alto ufficiale, con accento tedesco e con una voce che il principe Andréj conosceva. – In vostra presenza s'incendiano le case, e voi ve ne state lí? Che vuol dire? Ne risponderete, – gridò Berg, che adesso era sottocapo di stato maggiore della fanteria dell'ala sinistra della prima armata, « posto molto piacevole e molto in vista », come diceva Berg.

Il principe Andréj lo guardò e senza rispondere seguitò a rivolgersi ad Alpatyč:

– Di' cosí che fino al dieci aspetterò la risposta, e se per il dieci non riceverò notizia che sono tutti partiti, dovrò io stesso lasciar tutto e venire a Lysyja Gory.

– Io, principe, ho detto cosí, – disse Berg, riconoscendo il principe Andréj, – soltanto perché debbo eseguire gli ordini, perché io li eseguisco sempre puntualmente... Vogliate scusarmi, – disse Berg, giustificandosi di qualche cosa.

Ci fu come uno schianto in mezzo alle fiamme. Il fuoco per un momento si calmò: neri nuvoli di fumo s'innalzarono dal tetto. Ci fu un altro terribile schianto e qualcosa di enorme precipitò giú.

– Urrurú! – urlò la folla, facendo eco al crollo del tetto del granaio, dal quale venne un odore di biscotto diffuso dal pane che bruciava. La fiamma divampò illuminando i visi animati, allegri e stanchi delle persone che stavano intorno all'incendio.

L'uomo dal cappotto di rovescio, alzando le braccia, gridò:

– Bene! rovina tutto! Bene, ragazzi!...

– È proprio il padrone, – si udirono delle voci.

– Cosí... cosí! – disse il principe Andréj rivolto ad Alpatyč, – trasmetti tutto quel che t'ho detto –. E senza rispondere neppure una parola a Berg, che gli stava accanto in silenzio, spinse il cavallo e si avviò nel vicolo.

V.

Da Smolènsk le truppe seguitarono a indietreggiare. Il nemico le inseguiva. Il 10 agosto il reggimento comandato dal principe Andréj passava sulla strada maestra, di fronte al gran viale che conduceva a Lysyja Gory. Il caldo e la siccità duravano da piú di venti giorni. Ogni giorno vagavano nel cielo nuvole a pecorelle, nascondendo di tanto in tanto il sole; ma verso sera il tempo si rischiarava di nuovo e il sole andava sotto in una nebbia rossobruna. Soltanto una forte rugiada, di notte, rinfrescava la terra. Il grano non ancora tagliato bruciava e perdeva i suoi chicchi. Gli stagni erano a secco. Il bestiame muggiva dalla fame, non trovando nutrimento nelle praterie arse dal sole. Soltanto di notte, nei boschi, quando c'era ancora la rugiada, faceva fresco. Ma sulla strada, sulla strada maestra, percorsa dalle truppe, anche di notte, anche fra i boschi, questo fresco non c'era. La rugiada non si vedeva nella polvere sabbiosa della strada, sollevata a piú di un quarto di braccio. Appena spuntava il giorno, cominciava il movimento. Avanzando, i convogli e l'artiglieria affondavano senza rumore sino al mozzo delle ruote e la fanteria sino al malleolo nella polvere molle, calda e soffocante, che la notte non aveva rinfrescata. Una parte di questa polvere sabbiosa era pestata dai piedi e dalle ruote; un'altra si sollevava e stava in aria come una nuvola sulle truppe, entrando negli occhi, fra i capelli, negli orecchi, nelle narici e soprattutto nei polmoni delle persone e delle bestie che avanzavano per quella strada. Piú si alzava il sole, e piú si sollevava la nuvola di polvere e a traverso quella fine e calda polvere si poteva guardare ad occhio nudo il sole, che le nuvole non nascondevano. Il sole pareva un grande globo di porpora. Non c'era vento e la gente soffocava in quell'atmosfera immobile. Gli uomini camminavano turandosi il naso e la bocca col fazzoletto. Arrivando a un villaggio, tutti si slanciavano verso i pozzi. Si picchiavano per un po' d'acqua e la bevevano fino alla mota.

Il principe Andréj comandava un reggimento, e l'organizzazione del reggimento, il benessere dei suoi uomini, la necessità di ricevere e di dare ordini l'occupavano. L'incendio di Smolènsk e il suo abbandono avevano fatto epoca per il principe Andréj. Il nuovo sentimento di ostilità verso il nemico gli aveva fatto dimenticare il suo proprio dolore. Era tutto dedito alle faccende del suo reggimento, preoccupato dei suoi uomini e dei suoi ufficiali, e affettuoso verso di essi. Nel reggimento lo chiamavano *il nostro principe*, erano fieri di lui e lo amavano. Ma buono e cortese era soltanto con quelli del suo reggimento, con Timochin e simili, con le persone assolutamente nuove e di un ambiente estraneo, con le persone che non potevano conoscere né comprendere il suo passato; ma appena s'incontrava con qualcuno dei suoi antichi colleghi dello stato maggiore, tornava subito a rabbuffarsi: si faceva irritabile, ironico e sprezzante. Tutto ciò che era legato ai ricordi del passato lo urtava e perciò, nei confronti di quel mondo d'una volta, si sforzava soltanto di non essere ingiusto e di fare il suo dovere.

In verità, tutto si presentava al principe Andréj sotto una luce fosca e cupa, specialmente dopo che il 6 agosto si era abbandonata Smolènsk (che, secondo il suo criterio, doveva e poteva essere difesa) e dopo che suo padre ammalato aveva dovuto fuggire a Mosca e abbandonare al saccheggio il tanto amato Lysyja Gory, che lui stesso aveva costruito e popolato; ma malgrado ciò, grazie al suo reggimento, il principe Andréj poteva pensare a qualcosa d'altro, a qualcosa di assolutamente indipendente dalle quistioni generali: al suo reggimento. Il 10 agosto, la colonna nella quale si trovava il suo reggimento giunse all'altezza di Lysyja Gory. Il principe Andréj, due giorni prima, aveva ricevuto la notizia che suo padre, suo figlio e sua sorella erano partiti per Mosca. Benché al principe Andréj non restasse nulla da fare a Lysyja Gory, pure, con la sua smania d'inacerbire il proprio dolore, ritenne di dover passare da Lysyja Gory.

Ordinò che gli sellassero un cavallo e dalla tappa si avviò al villaggio paterno, nel quale era nato e dove aveva passato l'infanzia. Passando presso lo stagno dove sempre diecine di donne, chiacchierando fra loro, battevano sulle panchette e sciacquavano i loro panni, il principe Andréj notò che intorno allo stagno non c'era nessuno e che un piccolo lavatoio, strappato via e mezzo sommerso dall'acqua, galleggiava di fianco in mezzo allo stagno. Il principe Andréj si avvicinò al casotto del guardiano. Presso il portone di entrata dallo stipite di pietra non c'era nessuno e la porta era aperta. I vialetti del giardino erano già coperti d'erba e i vitelli e i cavalli giravano pel parco all'inglese. Il principe Andréj andò verso la serra: i vetri ne erano frantumati, e le piante in vaso erano alcune rovesciate, altre secche. Chiamò Taràs, il giardiniere. Ma nessuno rispose. Girando intorno alla serra, si accorse che la stecconata di legno intagliato era tutta rotta e che le susine e altre frutta erano state strappate via insieme coi rami. Un vecchio contadino (il principe Andréj lo vedeva talvolta presso il portone quand'era bambino) stava seduto su di una panchina verde e intrecciava delle scarpe di scorza d'albero. Era sordo e non udí l'avvicinarsi del principe Andréj. Era seduto proprio sulla panca dove amava sedersi il vecchio principe e, accanto a lui, le strisce di scorza d'albero pendevano dai rami spezzàti e secchi d'una magnolia.

Il principe Andréj si avvicinò alla casa. Nell'antico giardino alcuni tigli erano stati tagliati; una cavalla pezzata col suo puledro passeggiava proprio davanti alla casa, in mezzo ai rosai. Nella casa le finestre avevano le imposte chiuse. Soltanto una finestra del piano inferiore era aperta. Un ragazzo, figlio di servi, vedendo il principe Andréj, scappò in casa. Alpatyč aveva mandato via la famiglia ed era rimasto solo a Lysyja Gory; era seduto in casa e leggeva le *Vite dei Santi*. Apprendendo l'arrivo del principe Andréj, con gli occhiali sul naso, abbottonandosi, uscí dalla casa, corse verso il principe e, senza dir nulla, scoppiò a piangere, baciandogli le ginocchia.

Poi si voltò in là, irritato d'essersi mostrato cosí debole, e si mise a rendergli conto dello stato delle cose. Tutti gli oggetti preziosi e di valore erano stati trasportati a Boguciàrovo. Anche il grano, circa cento some, era stato portato via; il fieno e il grano di primavera, proprio eccezionale quell'anno, come diceva Alpatyč, erano stati presi e falciati ancora verdi dalle truppe. I contadini eran rovinati; alcuni erano andati anch'essi a Boguciàrovo; una piccola parte era rimasta.

Il principe Andréj, senz'ascoltare la fine del discorso, domandò:

– Quando sono partiti mio padre e mia sorella? – Voleva dire, quando erano partiti per Mosca.

Alpatyč, supponendo che parlasse della partenza per Boguciàrovo, disse che erano partiti il 7, e si dilungò di nuovo sulle cose di amministrazione e chiese ordini.

– Mi ordinate di consegnare l'avena alle truppe contro ricevuta? Ce ne rimangono ancora seicento some, – disse Alpatyč.

« Che rispondergli? » pensò il principe Andréj, guardando la testa calva del vecchio che luccicava al sole e leggendo sul suo viso ch'egli stesso capiva l'inopportunità di quella domanda e la faceva soltanto per nascondere il dolore che anche lui sentiva.

– Sí, consegnala, – disse.

– Forse avete notato i guasti nel giardino? – seguitò Alpatyč, – non è stato possibile impedirli: tre reggimenti son passati di qui e vi hanno pernottato, specialmente i dragoni. Ho segnato il grado e la condizione del comandante per presentare la domanda del caso.

– E tu che farai? Resterai qui se verrà il nemico? – gli domandò il principe Andréj.

Alpatyč volse la faccia verso il principe Andréj e lo guardò; e a un tratto, con gesto solenne, levò le braccia in alto.

– È Lui il mio protettore, sia fatta la Sua volontà! – proferí.

Una folla di contadini e di servi, a testa scoperta, camminando sui prati, si avvicinava al principe Andréj.

– Su, addio! – disse il principe Andréj, chinandosi verso Alpatyč. – Vattene anche tu e porta quello che puoi; questa gente mandala nella proprietà di Rjazàn' o in quella sotto Mosca.

Alpatyč si strinse alle sue ginocchia e cominciò a singhiozzare. Il principe Andréj lo allontanò dolcemente e, spronato il cavallo, si avviò al galoppo giú per il viale.

Presso la serra, sempre senza partecipare a ciò che accadeva, stava il vecchietto, come una mosca sul viso di un caro morto, e batteva sulla forma delle sue scarpe di scorza, e due bambine, col lembo della veste pieno di susine che avevano strappate dagli alberi della serra, venivano di là correndo e s'imbatterono nel principe Andréj. Vedendo il loro giovane padrone, la bambina piú grande, con lo spavento dipinto sul viso, prese per il braccio la compagna piú piccola e si nascose con lei dietro una betulla, senza avere il tempo di raccogliere le susine verdi sparpagliatesi in terra.

Il principe Andréj si affrettò a voltarsi in là, temendo di lasciar loro scorgere che le aveva vedute. Gli faceva pena quella graziosa bambina tutta spaventata. Non osava guardarla, eppure aveva una voglia irresistibile di farlo. Un nuovo sentimento, dolce e riposante, lo prese mentre guardava quelle bambine, e capí che esistevano altri interessi umani, affatto diversi, ma non meno legittimi di quelli che occupavano lui. Quelle bambine certo desideravano con passione una cosa soltanto: portar via e mangiarsi quelle susine verdi e non essere acchiappate, e il principe Andréj desiderava insieme con loro che la loro impresa riuscisse. Non poté trattenersi dal guardarle un'altra volta. Credendosi già al sicuro, esse erano scappate fuori del loro nascondiglio e, gridando qualcosa con le loro vocine acute, tenendosi le gonne, correvano sull'erba del prato allegre ed agili, con le loro gambette nude bruciate dal sole.

Il principe Andréj si era un po' rinfrescato, lontano dalla polvere della strada maestra dove passavano le truppe. Ma, poco lontano da Lysyja Gory, riprese la strada maestra e raggiunse il suo reggimento alla tappa, presso la diga d'un piccolo stagno. Erano quasi le due dopo mezzogiorno. Il sole, un globo rosso nella polvere, gli riscaldava e bruciava insopportabilmente la schiena attraverso la giubba nera. La polvere, sempre eguale, stava immobile sulle truppe ferme piene di brusio. Non c'era vento. Attraversando la diga, il principe Andréj sentí l'odore della melma e dello stagno fresco. Gli venne voglia di buttarsi nell'acqua, per quanto fangosa potesse essere. Guardò lo stagno dal quale salivano grida e risate. Il piccolo stagno, torbido e coperto di erbe verdi, s'era evidentemente sollevato di un paio di barili, inondando la diga, perché era pieno di soldati, nudi, che guazzavano nell'acqua coi loro corpi bianchi, con le mani, i visi e i colli color mattone. Tutta quella carne umana nuda, bianca, sguazzava in quella pozzanghera sudicia con risate e con grida, come un mucchio di coracini in un annaffiatoio. Quello sguazzare era pieno di allegria, e per ciò stesso era particolarmente triste.

Un giovane soldato biondo della 3ª compagnia – il principe Andréj lo conosceva –, con una piccola cinghia sotto il polpaccio, segnandosi, indietreggiava per poter pigliar bene lo slancio e tuffarsi nell'acqua; un altro, un sottufficiale bruno, sempre scarruffato, nell'acqua fino alla cintola, stirava felice il corpo muscoloso, aspirando l'acqua allegramente e versandosene sul capo con le braccia nere fino alle mani. Si sentivano il rumore dei tuffi, grida ed esclamazioni.

Sulle sponde, nello stagno, sulla diga, dappertutto si vedeva quella carne bianca, sana, muscolosa. Timochin, l'ufficiale dal piccolo naso rosso, si stropicciava con un asciugamano sulla diga e si vergognò vedendo il principe; pure si decise a rivolgersi a lui.

– Ci si sta bene, Eccellenza: se voleste!... – disse.

– È sudicia, – disse il principe Andréj facendo una smorfia.

– Ve la puliremo subito –. E Timochin, ancora spogliato, corse a far pulizia. – Il principe vuol venire.

– Che principe? Il nostro? – dissero delle voci e tutti si precipitarono, sicché a stento il principe Andréj riuscí a quietarli. Aveva pensato che era meglio far la doccia sotto la tettoia.

« La carne, il corpo, la *chair à canon!* » disse fra sé, guardando il suo corpo nudo, e rabbrividiva non tanto per il freddo quanto per un ribrezzo e un orrore che egli stesso non riusciva a capire, alla vista di quella enorme quantità di corpi sguazzanti nello stagno melmoso.

Il 7 agosto il principe Bagratiòn, alla tappa di Michàjlovka, sulla strada di Smolènsk, scriveva quanto segue:

Signor conte Aleksjéj Andréjevič.

(Scriveva ad Arakcéjev, ma sapeva che la lettera sarebbe stata letta dall'imperatore e perciò, per quanto ne era capace, rifletteva su ogni sua parola).

Credo che il ministro abbia già riferito intorno all'abbandono di Smolènsk al nemico. È una cosa dolorosa, triste, e tutto l'esercito è nella disperazione per questo abbandono inutile della piazza piú importante. Da parte mia l'ho pregato nel modo piú persuasivo e finalmente gliel'ho anche scritto; ma nulla ha potuto convincerlo. Vi giuro sul mio onore che Napoleone si trovava in impiccio come non mai e avrebbe potuto perdere metà del suo esercito, ma non prendere Smolènsk. Le nostre truppe si sono battute e si battono come non mai. Con 15 mila uomini li ho trattenuti per piú di trentacinque ore e li ho battuti, ma lui non ha voluto rimanere lí neppure quattordici ore. È una vergogna e una macchia per il nostro esercito e lui, secondo me, non dovrebbe piú essere al mondo. Se riferisce che le perdite sono grandi, è una menzogna; forse intorno a quattromila uomini, non piú, e forse anche meno; ma fossero anche dieci, che fare? siamo in guerra! Ma in cambio il nemico ha avuto perdite immense.

Che costava rimaner lí ancora due giorni? Quanto meno se ne sarebbero andati da sé, perché non avevano piú acqua né per gli uomini né per i cavalli. Mi aveva dato la sua parola che Napoleone si trovava in quell'impiccio, e quella notte se ne va. In questo modo non si può far la guerra e presto possiamo portare il nemico a Mosca.

S'è sparsa voce che voi pensate alla pace. Che Dio ci scampi dal far la pace! Dopo tutti i nostri sacrifizi e dopo ritirate cosí pazzesche, far la pace! Mettereste contro di voi tutta la Russia e ognuno di noi avrebbe vergogna di portar l'uniforme. Visto che siamo a questo, bisogna battersi finché la Russia potrà e finché gli uomini staranno in piedi.

Bisogna che uno solo comandi e non due. Il vostro ministro, forse, sarà buono per il ministero; ma come generale non soltanto è cattivo, ma pessimo, e gli hanno dato in mano le sorti della nostra patria... Io, davvero, ne impazzisco di rabbia: perdonatemi se scrivo con tanto ardire. Certamente, chi consiglia che si con-

cluda la pace e che il ministro comandi l'esercito non ama l'imperatore e desidera la rovina di noi tutti. Io vi scrivo la verità: preparate la milizia. Perché il ministro, nel modo piú brillante, si porta dietro l'ospite fino alla capitale. Il signor aiutante di campo Wohlzogen ispira molta diffidenza all'esercito. Dicono che sia piú per Napoleone che per noi, e consiglia in tutto il ministro. Io non soltanto sono cortese con lui, ma mi sottometto in tutto come un caporale, benché sia piú anziano. È doloroso; ma, amando il mio benefattore e sovrano, obbedisco. Mi rincresce soltanto per l'imperatore che affida a gente simile un esercito glorioso. Figuratevi che nella nostra ritirata abbiamo perduto piú di 15 mila uomini, per la stanchezza o negli ospedali, e se avessimo avanzato ciò non sarebbe accaduto. Dite, per amor di Dio, che dirà la Russia, madre nostra, vedendo che abbiamo tanta paura, e perché diamo in mano alle canaglie una patria tanto buona e tanto generosa e ispiriamo ad ogni suddito l'odio e la vergogna? Che c'è da aver paura e chi c'è da temere? Non è colpa mia se il ministro è irresoluto, vigliacco, inetto, lento e se ha tutte le cattive qualità. Tutto l'esercito ne piange addirittura, e ne dicono corna.

VI.

Fra le innumerevoli suddivisioni che si possono fare dei fenomeni della vita, una può essere quella di suddividerli in fenomeni nei quali prevale la sostanza e fenomeni nei quali prevale la forma. Fra questi ultimi, in opposizione alla vita di campagna, di provincia e anche di Mosca, si può porre la vita di Pietroburgo e specialmente quella dei salotti. Questa vita è immutabile. Dal 1805 in poi noi avevamo fatto pace e litigato con Bonaparte, avevamo fatto e disfatto delle costituzioni, ma il salone di Anna Pàvlovna e il salone di Hélène erano rimasti esattamente come erano, uno sette anni, l'altro cinque anni prima. Come allora, da Anna Pàvlovna si parlava con stupore dei successi di Bonaparte e come allora si vedeva in quei successi e nella connivenza dei sovrani d'Europa con lui una maligna congiura che aveva per unico scopo di dare seccature e molestie a quel crocchio di cortigiani di cui Anna Pàvlovna era la rappresentante. Cosí pure da Hélène, che lo stesso Rumjantsev onorava delle sue visite e considerava una donna straordinariamente intelligente, nel 1812 come nel 1808, si parlava con entusiasmo della grande nazione e del grand'uomo e si guardava con rimpianto alla rottura con la Francia, rottura che, secondo l'opinione della gente che si riuniva nel salotto di Hélène, doveva concludersi con una pace.

Negli ultimi tempi, dopo il ritorno dell'imperatore dal campo, c'era stata una certa agitazione in quei due opposti crocchi e salotti mondani, ed essi avevano avuto alcune manifestazioni ostili l'uno contro l'altro, ma le direttive dei due crocchi erano rimaste le stesse. Nel crocchio di Anna Pàvlovna si ricevevano soltanto i francesi legittimisti inveterati e si esprimeva la patriottica idea che non si dovesse andare al teatro francese e che il mantenimento della compagnia costava quanto il mantenimento di un intero corpo d'armata. Si seguivano con avidità gli avvenimenti della guerra e si spargevano le voci piú favorevoli al nostro esercito. Nel crocchio di Hélène, parteggiante per Rumjantsev e per i francesi, si smentivano le voci sulla crudeltà del nemico e della guerra e si discutevano tutti i tentativi di Napoleone per una riconciliazione. In questo crocchio si biasimavano coloro che consigliavano prematuramente di preparare il trasporto a Kazàn' coi dignitari di Corte e degl'istituti scolastici femminili che si trovavano sotto la protezione dell'imperatrice madre. In generale nel salotto di Hélène tutta la guerra era rappresentata come una serie di semplici manifestazioni che presto sarebbero finite con la pace, e vi regnava l'opinione di Bilíbin, che ora, a Pietroburgo, era un assiduo di Hélène (ogni uomo intelligente doveva frequentare la sua casa), che cioè non la polvere, ma coloro che l'hanno inventata decidono le cose. In questo crocchio si deridevano con ironia e con molto spirito, ma con molta prudenza gli entusiasmi di Mosca, di cui era giunta notizia a Pietroburgo insieme con l'imperatore.

Nel crocchio di Anna Pàvlovna, invece, si levavano al cielo quegli entusiasmi e se ne parlava come Plutarco parla degli antichi. Il principe Vasilij, che occupava sempre le medesime importanti cariche, era l'anello di congiunzione fra i due crocchi. Egli andava da « *ma bonne amie* » Anna Pàvlovna, e andava « *dans le salon diplomatique de ma fille* », e spesso, passando incessantemente da un campo all'altro, si confondeva e diceva in casa di Hélène ciò che bisognava dire in casa di Anna Pàvlovna, e viceversa.

Poco dopo l'arrivo dell'imperatore, il principe Vasilij discorreva da Anna Pàvlovna intorno agli avvenimenti della guerra, giudicando severamente Barclay de Tolly ed era indeciso sulla persona che si sarebbe dovuto nominare comandante in capo. Uno degl'invitati, conosciuto col nome di *un homme de beaucoup de mérite*, dopo aver raccontato che aveva veduto quel giorno Kutúzov, eletto capo della milizia di Pietroburgo, presiedere alla

Corte delle finanze all'arruolamento delle reclute, si permise di esprimere con circospezione l'idea che Kutúzov fosse l'uomo capace di soddisfare tutte le esigenze.

Anna Pàvlovna sorrise con tristezza ed osservò che Kutúzov non aveva dato altro che dispiaceri all'imperatore.

– Io l'ho detto e l'ho ridetto nell'adunanza della nobiltà, – interruppe il principe Vasilij, – ma non mi hanno ascoltato. Ho detto che la sua elezione a capo della milizia non sarebbe piaciuta all'imperatore. Non mi hanno ascoltato. Sempre questa mania di fronda, – proseguí. – E rispetto a chi? E sempre perché vogliamo scimmiottare gli stupidi entusiasmi di Mosca, – disse il principe Vasilij, che per un momento si era confuso e aveva dimenticato che da Hélène si doveva ridere degli entusiasmi di Mosca, ma da Anna Pàvlovna si doveva ammirarli. Ma subito si riprese. – È conveniente che il conte Kutúzov, il piú anziano generale della Russia, se ne stia a presiedere alla Corte? *et il en restera pour sa peine!* È mai possibile nominare comandante in capo un uomo che non può montare a cavallo e che si addormenta nei consigli di guerra, un uomo dei peggiori costumi? Bella figura ha fatto a Bucarest! Non parlo delle sue qualità di generale, ma è mai possibile in questo momento nominare a quel posto un uomo decrepito e cieco, semplicemente cieco? Bel generale un cieco! Non vede niente. Può giuocare a mosca cieca... proprio nulla ci vede!

Nessuno trovò da fare obiezioni.

Il 24 luglio ciò era perfettamente giusto. Ma il 29 luglio a Kutúzov fu concesso il titolo di principe. Il titolo di principe poteva anche significare che si voleva sbarazzarsi di lui, e quindi il ragionamento del principe Vasilij seguitava ad essere giusto, benché ora egli non si affrettasse piú a metterlo fuori. Ma l'8 agosto si riuní una commissione composta del maresciallo Saltykòv, Arakcéjev, Vjazmítinov, Lopúchin e Kociubéj per esaminare la situazione bellica. Secondo il parere della commissione, gli insuccessi derivavano dalla divergenza dei comandi e la commissione, sebbene le persone che la componevano conoscessero la poca benevolenza dell'imperatore verso Kutúzov, dopo un breve dibattito propose la nomina di Kutúzov a comandante in capo. E in quel medesimo giorno Kutúzov fu nominato comandante in capo, con pieni poteri, dell'esercito e di tutto il territorio occupato dalle truppe.

Il 9 agosto il principe Vasilij s'incontrò di nuovo da Anna Pàvlovna con l'*homme de beaucoup de mérite. L'homme de beaucoup de mérite* faceva la corte ad Anna Pàvlovna perché desiderava esser nominato provveditore di un istituto scolastico femminile. Il principe Vasilij entrò nella stanza con l'aspetto di un felice trionfatore, di un uomo che ha raggiunto il fine dei suoi desideri.

– *Eh bien, vous savez la grande nouvelle? Le prince Koutouzoff est maréchal!* Tutti gli screzi sono finiti. Sono cosí contento, cosí felice! – disse il principe Vasilij. – *Enfin voilà un homme!* – proferí, guardando in modo significativo e severo tutti coloro che si trovavano nel salotto.

L'homme de beaucoup de mérite, malgrado il suo desiderio di ottenere il posto, non poté trattenersi dal rammentare al principe Vasilij il suo giudizio passato. (Ciò era scortese sia verso il principe Vasilij nel salotto di Anna Pàvlovna, sia verso Anna Pàvlovna che aveva ricevuto quella notizia con altrettanta gioia; ma egli non s'era potuto trattenere).

– *Mais on dit qu'il est aveugle, mon prince*, – disse, ricordando al principe Vasilij le sue stesse parole.

– *Allez donc, il y voit assez*, – disse il principe Vasilij con la sua rapida voce di basso e la sua tossettina, quella voce e quella tossettina con le quali risolveva ogni difficoltà. – *Allez, il y voit assez!* – ripeté. – E sono contento, – seguitò, – che l'imperatore gli abbia dato pieni poteri su tutte le armate, su tutto il territorio, poteri che non ha mai avuti nessun comandante in capo. È un secondo autocrate, – concluse con un sorriso di trionfo.

– Dio voglia, Dio voglia! – disse Anna Pàvlovna.

L'homme de beaucoup de mérite, ancora novizio nell'ambiente di Corte, desiderando adulare Anna Pàvlovna col difendere la sua antica opinione, disse:

– Dicono che l'imperatore abbia concesso di malavoglia questi poteri a Kutúzov. *On dit qu'il rougit comme une demoiselle à laquelle on lirait Joconde, en lui disant: le souverain et la patrie vous décernent cet honneur.*

– *Peut-être que le cœur n'était pas de la partie*, – disse Anna Pàvlovna.

– Oh, no, no! – intervenne con foga il principe Vasilij, che ora non avrebbe piú ceduto Kutúzov a nessuno. Secondo l'opinione del principe Vasilij, non soltanto Kutúzov andava bene, ma tutti lo adoravano. – No, non può essere, perché l'imperatore già prima ne faceva gran conto, – disse.

– Purché Dio faccia che il principe Kutúzov, – disse Anna Pàvlovna, – assuma un potere effettivo e non permetta a *nessuno* di mettergli bastoni fra le ruote, *des bâtons dans les roues.*

Il principe Vasilij capí subito chi era questo *nessuno.* Disse sottovoce:

– So con certezza che Kutúzov ha posto come condizione assoluta che il granduca ereditario non rimanga presso l'esercito. *Vous savez ce qu'il a dit à l'Empereur?* – E il principe Vasilij ripeté le parole che sarebbero state dette da Kutúzov all'imperatore: « Non posso punirlo se fa male né ricompensarlo se fa bene ». – Oh! è un uomo intelligentissimo il principe Kutúzov. *Je le connais de longue date.*

– Dicono anche, – proferí *l'homme de beaucoup de mérite*, che non aveva ancora il tatto dei cortigiani, – che Sua Altezza Serenissima abbia messo come condizione assoluta che l'imperatore stesso non venga al campo.

Appena ebbe detto questo, il principe Vasilij e Anna Pàvlovna si scostarono da lui nel medesimo istante, e con tristezza, sospirando della sua ingenuità, si guardarono fra loro.

VII.

Mentre ciò accadeva a Pietroburgo, i francesi già avevano oltrepassato Smolènsk e si avvicinavano sempre di piú a Mosca. Lo storico napoleonico Thiers, come gli altri storici napoleonici, dice, cercando di giustificare il suo eroe, che Napoleone fu attirato involontariamente verso le mura di Mosca. Egli ha ragione come hanno ragione tutti gli storici che cercano la spiegazione degli avvenimenti storici nella volontà di un uomo: ha ragione come hanno ragione gli storici russi affermando che Napoleone era attirato a Mosca dall'abilità dei generali russi. Qui, oltre alla legge di retrospettività, che rappresenta tutto il passato come preparazione di un dato fatto compiuto, c'è ancora la reciprocità che confonde ogni cosa. Un buon giuocatore che ha perduto agli scacchi è profondamente convinto che la sua perdita proviene da un suo sbaglio, e cerca questo sbaglio nell'inizio del suo giuoco, ma dimentica che in ogni sua mossa, nel corso di tutto il giuoco, ci sono stati sbagli simili e che non una sola delle sue mosse è stata perfetta. Lo sbaglio sul quale egli porta la sua attenzione è notato da lui soltanto perché il suo avversario se n'è giovato. Ma quanto piú complicato di quello è il gioco della guerra, che si fa in date condizioni di tempo, dove non c'è solo la volontà che dirige delle macchine inanimate, ma dove tutto scaturisce dagli urti innumerevoli di volontà diverse.

Dopo Smolènsk, Napoleone cercò battaglia oltre Dorogobúž, presso Vjazma, poi presso Tsàrevo-Zàjmišce; ma per una infinita combinazione di circostanze accadde che fino a Borodinò, a 112 miglia da Mosca, i russi non poterono accettar battaglia. Da Vjazma Napoleone diede l'ordine che si movesse direttamente su Mosca.

Moscou, la capitale asiatique de ce grand empire, la ville sacrée des peuples d'Alexandre, Moscou, avec ses innombrables églises en forme de pagodes chinoises, questa Mosca non dava riposo all'immaginazione di Napoleone. Nella tappa da Vjazma a Tsàrevo-Zàjmišce, Napoleone andava a cavallo, montato sul suo cavallino ambiante color isabella dalla coda ritta, accompagnato dalla guardia, dalla scorta, dai paggi e dagli aiutanti di campo. Il capo di stato maggiore Berthier era rimasto indietro per interrogare un prigioniero russo preso dalla cavalleria. Al galoppo, accompagnato dall'interprete Lelorme d'Ideville, egli raggiunse Napoleone e con viso allegro fermò il cavallo.

– *Eh bien?* – domandò Napoleone.

– *Un cosaque de Platow* dice che il corpo di Platov si sta riunendo con una grossa armata e che Kutúzov è stato nominato comandante in capo. *Très intelligent et bavard!*

Napoleone sorrise, ordinò che dessero un cavallo a quel cosacco e glielo conducessero. Voleva discorrere egli stesso con lui. Alcuni aiutanti di campo si precipitarono al galoppo, e dopo un'ora Lavruška, il servo di Denísov, da lui ceduto a Rostòv, nella sua giubba di attendente, su di una sella di cavalleria francese, con un allegro viso furbesco da ubriaco, si avvicinò a Napoleone. Napoleone gli ordinò di cavalcargli accanto e cominciò ad interrogarlo:

– Siete un cosacco?

– Signorsí, vossignoria.

« *Le cosaque, ignorant la compagnie dans laquelle il se trouvait, car la simplicité de Napoléon n'avait rien qui pût révéler à une imagination orientale la présence d'un souverain, s'entretint avec la plus extrême familiarité des affaires de la guerre actuelle* », dice Thiers, raccontando quest'episodio. Effettivamente Lavruška, che il giorno innanzi s'era ubriacato e aveva lasciato il padrone senza desinare, era stato picchiato con le verghe e mandato al villaggio a cercar delle galline, e lí, lasciandosi trascinare dal saccheggio, era stato preso prigioniero dai francesi. Lavruška era uno di quei servitori rozzi e sfrontati che hanno visto molte cose e credono loro dovere far tutto con slealtà e furbizia, che sono pronti a far qualunque servizio per il loro padrone e indovinano furbescamente tutti i cattivi pensieri del padrone, specialmente la vanità e la grettezza.

Capitato in presenza di Napoleone, che riconobbe benissimo e facilmente, Lavruška non si scompose per nulla e si sforzò soltanto con tutta l'anima di acquistarsi merito presso i nuovi padroni.

Sapeva benissimo che quello era Napoleone in persona, ma la presenza di Napoleone non gl'incuteva maggiore soggezione di quella di Rostòv, o del maresciallo d'alloggio armato di verghe, perché non aveva nulla di cui potessero privarlo il maresciallo d'alloggio o Napoleone.

Raccontò tutte le chiacchiere che si facevano fra gli attendenti. Molte di quelle cose erano vere. Ma quando Napoleone gli domandò che cosa pensassero i russi, se credevano di vincere Bonaparte o no, Lavruška aggrottò le sopracciglia e si mise a riflettere.

Vide in quelle parole una sottile astuzia, come vedono sempre l'astuzia in tutto le persone del genere di Lavruška, abbassò gli occhi e tacque.

– Vuol dire che, se ci sarà una battaglia, – disse poi pensieroso, – e presto, vincerete voi. È proprio cosí. Se invece passeranno tre giorni, e sarà dopo, allora la battaglia andrà per le lunghe.

A Napoleone queste parole furono tradotte cosí: « *Si la bataille est donnée avant trois jours, les français la gagneraient, mais que si elle serait donnée plus tard, Dieu sait ce qui en arriverait* », tradusse sorridendo Lelorme d'Ideville. Napoleone non sorrise, benché evidentemente fosse nello stato d'animo piú allegro, e ordinò che gli si ripetessero quelle parole.

Lavruška se ne accorse e, per divertirlo, disse, fingendo di non sapere chi egli fosse:

– Sappiamo che avete un certo Bonaparte che le ha date a tutto il mondo, ma in quanto a noi è un'altra cosa... – disse, non sapendo egli stesso come e perché alla fine fosse venuto fuori nelle sue parole quel vanitoso patriottismo.

L'interprete tradusse queste parole a Napoleone omettendone la conclusione, e Bonaparte sorrise. « *Le jeune cosaque fit sourire son puissant interlocuteur* », dice Thiers. Dopo essere andato avanti per qualche passo in silenzio, Napoleone si rivolse a Berthier e disse che voleva provare l'effetto che avrebbe prodotto *sur cet enfant du Don* la notizia che la persona con la quale parlava quell'*enfant du Don* era l'imperatore in persona, quell'imperatore che aveva scritto sulle Piramidi il suo nome immortale e vittorioso.

La notizia fu trasmessa.

Lavruška (intuendo che ciò era fatto per sconcertarlo e che Napoleone credeva che si sarebbe spaventato), per compiacere i suoi nuovi padroni, si finse subito stupito, sbalordito, sgranò gli occhi e fece quel viso che soleva fare quando lo conducevano alle verghe.

« *A peine l'interprète de Napoléon,* – dice Thiers, – *avait-il parlé, que le cosaque, saisi d'une sorte d'ébahissement, ne proféra plus une parole et marcha les yeux constamment attachés sur ce conquérant, dont le nom avait pénétré jusqu'à lui à travers les steppes de l'Orient. Toute sa loquacité s'était subitement arrêtée, pour faire place à un sentiment d'admiration naïve et silencieuse. Napoléon, après l'avoir récompensé, lui fit donner la liberté, comme à un oiseau qu'on rend aux champs qui l'ont vu naître* ».

Napoleone procedette oltre, sognando quella *Moscou* che occupava tanto la sua immaginazione, e *l'oiseau qu'on rendit aux champs qui l'ont vu naître* galoppò verso gli avamposti, inventando fin da allora tutto ciò che non era stato e che egli avrebbe raccontato ai suoi. Quel che gli era capitato davvero non lo voleva raccontare precisamente perché gli sembrava indegno d'esser raccontato. Andò fin dai cosacchi, domandò dove si trovava il suo reggimento, che era nel corpo di Platov, e verso sera ritrovò il suo padrone Nikolàj Rostòv, che era fermo a Jànkovo e proprio allora era montato a cavallo per fare con Iljín un giro per i villaggi circostanti. Egli fece dare un altro cavallo a Lavruška e lo condusse con sé.

VIII.

La principessina Marja non era a Mosca e fuori pericolo, come credeva il principe Andréj.

Dopo il ritorno di Alpatyč da Smolènsk, il vecchio principe parve risvegliarsi a un tratto da un sogno. Ordinò che fossero riunite le milizie dei villaggi, che fossero armate e scrisse al comandante in capo una lettera nella quale lo informava della sua intenzione di rimanere a Lysyja Gory fino all'estremo e di difendersi, lasciando al suo arbitrio di prendere o meno delle misure per la difesa di Lysyja Gory, dove sarebbe stato fatto prigioniero o ucciso uno dei piú anziani generali russi, e dichiarò ai familiari che sarebbe rimasto a Lysyja Gory.

Ma, rimanendo a Lysyja Gory, il principe prese disposizioni

per mandare la principessina e Dessalles col piccolo principe a Boguciàrovo, e di là a Mosca. La principessina Marja, spaventata dall'attività febbrile e insonne del padre, che era subentrata al suo antico abbattimento, non si poteva risolvere a lasciarlo solo e per la prima volta in vita sua si permise di disobbedirgli. Rifiutò di partire e su lei si scatenò la terribile tempesta della collera del principe. Egli le ricordò tutti i torti che le attribuiva ingiustamente. Non cercando che di accusarla, le disse che lo tormentava, che lo aveva fatto litigare col figlio, che aveva concepito su di lui dei sospetti infami, che il suo scopo nella vita era quello di avvelenargli la vita, e la scacciò dal suo studio, dicendole che, se lei non partiva, per lui era tutt'uno. Disse che voleva ignorare la sua esistenza, ma la avvertiva che non avesse piú l'ardire di capitargli sotto gli occhi. Che, contrariamente al timore della principessina Marja, egli non avesse ordinato di condurla via per forza, ma soltanto le avesse ingiunto di non capitargli sotto gli occhi, fu un motivo di gioia per la principessina Marja. Ciò dimostrava, ella lo sapeva, che nelle segrete profondità dell'animo suo egli era contento che la figlia rimanesse a casa e non partisse.

Il giorno che seguí la partenza di Nikòluška, il vecchio principe, la mattina, si mise in uniforme completa e si preparò ad andare dal comandante in capo. La carrozza era già pronta. La principessina Marja vide come egli, in uniforme e con tutte le sue decorazioni, uscí di casa e andò nel giardino a passare in rivista i contadini e i domestici armati. La principessina Marja stava seduta accanto alla finestra, tendendo l'orecchio alla voce di lui che risonava nel giardino. Ad un tratto dal viale vennero correndo alcune persone coi visi spauriti.

La principessina Marja corse sulla scalinata, sulla viottola fiorita e sul viale. Le veniva incontro una gran folla di militi e di domestici e in mezzo a questa folla alcune persone conducevano sotto braccio un piccolo vecchietto in uniforme, carico di decorazioni. La principessina Marja corse verso di lui e, nello svariare della luce che cadeva a piccoli cerchi attraverso l'ombra del viale dei tigli, non poté rendersi conto del cambiamento che era avvenuto sul viso di lui. La sola cosa che vide fu che l'espressione severa e risoluta del suo volto s'era mutata in un'espressione di timidezza e di sottomissione. Scorgendo la figlia, mosse le labbra senza forza e mandò un suono rauco. Era impossibile capire che cosa volesse. Lo sollevarono a braccia, lo trasportarono nel suo studio e lo adagiarono su quel divano del quale aveva tanto terrore in quegli ultimi tempi.

Il dottore, mandato a prendere, quella stessa notte gli levò sangue e dichiarò che il principe aveva avuto un colpo al lato destro.

Restare a Lysyja Gory diventava sempre piú pericoloso e il giorno seguente il principe fu trasportato a Boguciàrovo. Il dottore andò con lui.

Quando giunsero a Boguciàrovo, Dessalles e il principino erano già partiti per Mosca.

Il vecchio principe, spezzato dalla paralisi, per tre settimane stette a Boguciàrovo, nella nuova casa fatta costruire dal principe Andréj, sempre nel medesimo stato, senza peggiorare né migliorare. Il vecchio principe era senza conoscenza: giaceva come un cadavere mutilato. Egli non smetteva di borbottare qualcosa, movendo le sopracciglia e le labbra, ed era impossibile sapere se capisse o no ciò che lo circondava. Una sola cosa si poteva capire di certo: che soffriva e sentiva il bisogno di esprimere qualche cosa. Ma nessuno poteva capire che cosa fosse: se fosse un qualsiasi capriccio di malato e di mezzo demente, se avesse attinenza agli affari pubblici o alle circostanze familiari.

Il dottore diceva che quell'inquietudine non significava nulla e che aveva soltanto una causa fisica; ma la principessina Marja pensava (e il fatto che la sua presenza aumentava sempre quell'inquietudine confermava la sua supposizione) che egli volesse dirle qualche cosa.

Certamente soffriva nel fisico e nel morale. Speranza di guarigione non c'era. Trasportarlo altrove era impossibile. E che sarebbe stato se moriva in viaggio? « Non sarebbe meglio la fine, addirittura la fine? » pensava a volte la principessina Marja. Ella lo assisteva giorno e notte, quasi senza pigliar sonno e, terribile a dirsi, spesso lo vegliava non con la speranza di trovar qualche segno di miglioramento, ma spesso *desiderando* di trovare qualche segno dell'avvicinarsi della fine.

Per quanto alla principessina riuscisse strano riconoscere in sé questo sentimento, pure questo sentimento esisteva in lei. E il piú tremendo per la principessina Marja era questo, che, da quando suo padre era malato (se non da prima, fin da quando ella, in attesa di qualche cosa, era rimasta con lui), s'erano ridestati in lei tutti i dimenticati desideri e le speranze personali assopite. Idee che da anni non le venivano piú in mente – quella di una vita libera, senza la paura del padre, e perfino la possibilità dell'amore e della felicità familiare – come tentazioni diaboliche si affacciavano ora continuamente alla sua immaginazione. Per quanto la scacciasse da sé, sempre le veniva in mente la domanda: come avrebbe costruito la propria vita *dopo*? Erano tentazioni del diavolo, e la principessina Marja lo sapeva. Sapeva che l'unica arma contro di *lui* era la preghiera e si provava a pregare. Si metteva in atto di pregare, guardava le immagini, recitava le parole della preghiera, ma non poteva pregare. Sentiva che adesso un altro mondo la prendeva, – quello di un'attività mondana, operosa e libera, – assolutamente in opposizione a quel mondo morale nel quale era chiusa prima e nel quale il miglior conforto era la preghiera. Ella non poteva pregare e non poteva piangere, e le cure della vita l'assorbivano.

Restare a Boguciàrovo diventava pericoloso. Da tutte le parti venivano voci sull'avvicinarsi dei francesi e in un villaggio a quindici miglia da Boguciàrovo una casa di campagna era stata saccheggiata da predatori francesi.

Il dottore insisteva nel dire che bisognava trasportare il principe piú lontano; il maresciallo della nobiltà mandò un funzionario dalla principessina Marja per esortarla a partire al piú presto; il capo della polizia circondariale andò a Boguciàrovo e insistette ancora, dicendo che i francesi erano a quaranta miglia, che per i villaggi correvano proclami francesi e che, se la principessina non partiva col padre prima del 15, egli non rispondeva piú di nulla. Il 15 la principessina decise di partire. Il pensiero dei preparativi, gli ordini da dare, per i quali tutti si rivolgevano a lei, la occuparono la giornata intera. La notte dal 14 al 15 la passò come al solito senza spogliarsi, nella stanza accanto a quella dove giaceva il padre. Piú volte, svegliandosi, udí i suoi gemiti, il suo brontolare, lo scricchiolio del letto, e i passi di Tichon e del dottore che lo voltavano. Piú volte origliò alla porta, e le sembrava che egli brontolasse piú forte del solito e si voltasse piú spesso. Ella non poteva dormire, e ogni tanto andava alla porta e ascoltava, desiderando entrare senza decidersi a farlo. Benché egli non parlasse, la principessina Marja vedeva, sapeva come gli fosse sgradita ogni apparenza di preoccupazione a suo riguardo. Si accorgeva che egli, con aria scontenta, sfuggiva il suo sguardo, fisso a volte su di lui con involontaria ostinazione. Sapeva che, se fosse entrata di notte, in un'ora insolita, si sarebbe irritato.

Eppure mai le era parso cosí doloroso, cosí terribile il pensiero di perderlo. Si ricordava tutta la propria vita con lui, e in ogni sua parola, in ogni suo atto trovava l'espressione del suo affetto per lei. A volte, in mezzo a questi ricordi, si facevano strada in lei delle tentazioni diaboliche: il pensiero di quel che sarebbe stato dopo la morte di lui e di come si sarebbe ordinata la sua nuova e libera esistenza. Ma ella respingeva con disgusto questi pensieri. Verso la mattina egli si calmò ed ella prese sonno.

Si svegliò tardi. Quella sincerità che si ha allo svegliarsi le mostrò chiaramente ciò che piú di tutto la occupava nella malattia del padre. Si svegliò, tese l'orecchio a ciò che accadeva dietro la porta e, udendo i suoi gemiti, si disse con un sospiro che tutto era come sempre.

« Ma che cosa ha da esserci? Che cosa volevo? Io voglio la sua morte », ella gridò con disgusto verso se stessa.

Si vestí, si lavò, recitò le preghiere e uscí fuori. Davanti alla porta c'erano delle carrozze senza cavalli nelle quali stavano mettendo la roba.

La mattina era tiepida e grigia. La principessina Marja si fermò sulla porta, sempre inorridita della propria abiezione spirituale e sforzandosi di mettere in ordine i propri pensieri prima di recarsi da lui.

Il dottore scese le scale e si avvicinò a lei.

– Sta un poco meglio oggi, – disse il dottore. – Vi cercavo. Si può capire qualcosa di quello che dice: la testa è piú fresca. Andiamo. Vi chiama...

Il cuore della principessina Marja si mise a battere cosí forte a questa notizia che, impallidendo, ella si appoggiò alla porta per non cadere. Vederlo, parlargli, stare sotto al suo sguardo ora che la sua anima era tutta piena di quelle terribili, colpevoli tentazioni, era per la principessina Marja una gioia tormentosa e terribile.

– Andiamo, – disse il dottore.

La principessina Marja andò dal padre e si avvicinò al letto. Egli giaceva supino, con la testa in alto, con le sue piccole mani ossute coperte di vene violacee e nodose posate sulla coperta, con l'occhio sinistro aperto e fisso davanti a sé e il destro che guardava guercio, con le sopracciglia e le labbra immobili. Tutto il suo corpo era cosí magro, piccolo e pietoso! Il viso pareva come disseccato o assottigliato e i tratti affinati. La principessina si accostò e gli baciò la mano. Con la mano sinistra egli le strinse la mano in modo da far intendere che l'aspettava già da un pezzo. Le tirò la mano, mentre le sopracciglia e le labbra gli si agitavano rabbiosamente.

Ella lo guardava spaurita, sforzandosi d'indovinare che cosa volesse da lei. Quando lei, cambiando posizione, si mise in modo che con l'occhio sinistro egli poté vederla in viso, si quetò per qualche secondo, non togliendole gli occhi di dosso. Poi mosse le labbra e la lingua, si udirono dei suoni ed egli cominciò a parlare, guardandola timidamente e con implorazione, temendo evidentemente che ella non lo capisse.

La principessina Marja, tendendo tutta la sua forza di attenzione, lo guardava. Il comico sforzo col quale egli girava la lingua fece abbassar gli occhi alla principessina Marja e con fatica ella soffocò i singhiozzi che le salivano in gola. Egli disse qualcosa ripetendo piú volte le stesse parole. La principessina Marja non poteva capirle; ma si sforzava d'indovinare ciò che egli diceva e ripeteva interrogativamente le parole da lui dette.

– *Pepe - oe... oe...* – ripeté egli piú volte. Era impossibile capire queste parole. Il dottore credette di avere indovinato e, ripetendo le sue parole, domandò: *La principessina ha paura?* Egli scosse negativamente il capo e ripeté di nuovo lo stesso...

– *Si spezza... si spezza il cuore*, – indovinò e disse la principessina Marja. Egli mandò un mugolio, confermando, le prese la mano e se la strinse su diversi punti del petto, come se le cercasse il suo vero posto.

– Sempre pensieri! su di te... pensieri... – proferí poi molto meglio e piú chiaramente di prima, ora che era sicuro di essere capito.

La principessina Marja posò la testa sulla mano di lui, cercando di nascondere i propri singhiozzi e le lacrime.

Egli le passava la mano sui capelli.

– Ti ho chiamata tutta la notte... – proferí.

– Se avessi saputo... – disse ella, attraverso le lacrime. – Avevo paura di entrare.

Egli le strinse la mano.

– Non dormivi?

– No, non dormivo, – disse la principessina Marja, scotendo il capo negativamente. Imitando senza volere il padre, ora ella cercava, come lui, di parlare piú che altro coi gesti, quasi che anche lei volgesse con difficoltà la lingua.

– Anima mia... (o amica mia...) – La principessina Marja non riuscí a capir bene, ma certo, dall'espressione del suo sguardo, egli aveva dovuto dire una parola tenera, carezzevole, che non aveva mai detta. – Perché non sei venuta?

« E io ho desiderato, ho desiderato la sua morte! » pensò la principessina Marja.

Egli tacque per un po'.

– Ti ringrazio... figlia mia, amica mia... di tutto, di tutto... perdonami... grazie... perdonami... grazie!... – E le lacrime gli colarono dagli occhi. – Chiamate Andrjuša, – disse a un tratto, e sul suo viso apparve qualcosa di fanciullescamente timido e di diffidente, mentre faceva questa domanda. Pareva che egli stesso sapesse che quella domanda non aveva senso. Cosí almeno parve alla principessina Marja.

– Ho ricevuto una lettera da lui, – rispose la principessina Marja.

Egli la guardò, sorpreso e timido.

– Dov'è?

– È al campo, *mon père*, a Smolènsk.

Egli tacque a lungo con gli occhi chiusi; poi chinò il capo affermativamente, come in risposta ai propri dubbi e per confermare che ora capiva e ricordava tutto, e aprí gli occhi.

– Sí, – disse nettamente, ma sottovoce. – La Russia è perduta! L'hanno rovinata! – E di nuovo si mise a singhiozzare e le lacrime gli colarono giú dagli occhi. La principessina Marja non si poteva piú trattenere e piangeva anche lei, guardandolo in viso.

Egli tornò a chiuder gli occhi. I singhiozzi cessarono. Accennò con la mano ai suoi occhi; Tichon, che lo capí, gli asciugò le lacrime.

Poi aprí gli occhi e disse qualche cosa che per un pezzo nessuno poté capire e finalmente il solo Tichon capí e ripeté. La principessina Marja cercava il senso di quelle parole nell'ordine d'idee nel quale egli aveva parlato un momento prima. Pensava che volesse parlare della Russia, del principe Andréj, di lei, del nipote, della morte. Perciò non poteva indovinare quel che egli diceva.

– Metti il tuo vestito bianco, mi piace, – egli diceva.

Avendo compreso queste parole, la principessina Marja singhiozzò piú forte, e il dottore, prendendola sotto braccio, la fece uscire dalla stanza sulla terrazza, esortandola a calmarsi e ad occuparsi dei preparativi della partenza. Quando la principessina Marja fu uscita, egli parlò di nuovo del figlio, della guerra, dell'imperatore, corrugò rabbiosamente le sopracciglia, cominciò ad alzar la sua voce rauca, e gli venne un secondo ed ultimo colpo.

La principessina Marja era rimasta sulla terrazza. La giornata s'era fatta bella: c'era sole e faceva caldo. Ella non poteva né capire, né pensare a nulla, né sentire altro che la sua appassionata tenerezza per il padre, tenerezza che le pareva di aver sempre ignorata fino a quel momento. Corse in giardino e, singhiozzando, arrivò di corsa fino allo stagno pei nuovi vialetti di tigli piantati dal principe Andréj.

– Sí... io... io... ho desiderato la sua morte? Sí, ho desiderato che fosse presto finita!... Volevo stare in pace. E che sarà di me? A che mi servirà la pace, quando lui non ci sarà piú? – mormorava ad alta voce la principessina Marja, camminando a rapidi passi pel giardino e comprimendosi con le mani il petto dal quale sfuggivano convulsamente i singhiozzi.

Fatto il giro del giardino, che la riportò verso casa, vide venirle incontro Mlle Bourienne (che era rimasta a Boguciàrovo e non era voluta andare altrove) insieme con un uomo sconosciuto. Era il maresciallo della nobiltà del circondario, venuto in persona a far presente alla principessina la necessità di partire al piú presto. La principessina Marja lo ascoltava e non capiva; lo condusse in casa, gli offerse da colazione e sedette a tavola con lui. Poi, scusandosi presso il maresciallo, si avvicinò alla porta del vecchio principe. Il dottore le uscí incontro con volto inquieto e le disse che non poteva entrare.

– Andate, principessina, andate, andate!

La principessina Marja tornò in giardino, e sotto a un'altura, in riva al laghetto, in un posto dove nessuno poteva vederla, sedette sull'erba. Non seppe mai quanto tempo passò là. Dei passi femminili che correvano per il sentiero la destarono. Si alzò e vide che Dunjaša, la sua cameriera, che certamente correva a cercarla, si fermò di botto, come spaventata nel veder la padroncina.

– Favorite, principessina... il principe... – disse Dunjaša con voce rotta.

– Subito, vengo, vengo, – disse in fretta la principessina, senza dar tempo a Dunjaša di finire ciò che aveva da dirle, e, sforzandosi di non guardare Dunjaša, corse verso casa.

– Principessina, il volere di Dio si compie, dovete essere pronta a tutto, – disse il maresciallo andandole incontro sulla porta d'entrata.

– Lasciatemi; non è vero! – ella gli gridò irritata.

Il dottore volle trattenerla. Ella lo respinse e corse verso la porta. « E perché queste persone coi visi spaventati mi trattengono? Io non ho bisogno di nessuno. E che fanno qui? » Aprí la porta e la luce chiara del giorno, in quella stanza che prima era sempre nella penombra, la spaventò. Nella stanza c'erano delle donne e la balia. Tutte si allontanarono dal letto, lasciandola passare. Egli giaceva sempre sul letto come al solito; ma l'aspetto severo del suo viso calmo fermò la principessina Marja sulla soglia della camera.

« No, non è morto, non può essere! » si disse la principessina Marja; si avvicinò a lui e, vincendo il terrore che l'aveva presa, posò le labbra sulla sua gota. Ma subito si tirò indietro. In un istante tutta la forza di tenerezza che aveva sentita per lui era sparita, per dar posto a un senso di terrore per ciò che le stava davanti: « No, non c'è piú! Lui non c'è piú, ma qui, dov'era lui, c'è qualcosa di estraneo e di ostile, un terribile, spaventevole e ripugnante mistero! » E, coprendosi il viso con le mani, la principessina Marja cadde nelle braccia del dottore che la sostenne.

In presenza di Tichon e del dottore le donne lavarono quel che rimaneva di *lui*, legarono la testa con un fazzoletto perché non s'irrigidisse con la bocca aperta, e con un altro fazzoletto legarono le gambe che tendevano a divaricarsi. Poi lo rivestirono dell'uniforme con le decorazioni e stesero su di una tavola il piccolo corpo rattratto. Dio sa chi si prese cura di tutto, ma tutto parve farsi da sé. Verso sera intorno alla bara ardevano le candele, sulla bara era steso un drappo mortuario, per terra era sparso del ginepro, sotto alla testa rattratta del morto era posta una preghiera stampata e in un angolo stava seduto un suddiacono che leggeva il salterio.

Come i cavalli s'impennano, si affollano e soffiano intorno a un cavallo morto, cosí nel salotto, intorno alla bara si affollava la gente, estranei e familiari: il maresciallo della nobiltà, lo *stàrosta*, le donne; e tutti, con gli occhi fissi, spaventati, si segnavano e s'inchinavano e baciavano la mano fredda e irrigidita del vecchio principe.

IX.

Boguciàrovo era stato sempre, finché il principe Andréj non ci si era stabilito, una proprietà abbandonata, e i contadini di Boguciàrovo avevano tutto un altro carattere da quelli di Lysyja Gory. Essi ne differivano e nel parlare e nel vestire e nei costumi. Erano chiamati gente della steppa. Il vecchio principe li lodava per la loro resistenza alla fatica, quando venivano a Lysyja Gory ad aiutare per la raccolta o a scavare stagni e fossati, ma non li amava perché erano selvatici.

L'ultimo soggiorno del principe Andréj a Boguciàrovo e le sue innovazioni – ospedali, scuole, diminuzione del canone – non avevano addolcito i loro costumi, ma anzi avevano rinforzato in essi quei tratti di carattere che il vecchio principe chiamava selvatichezza. Fra loro correva sempre qualche voce vaga: ora dicevano che li avrebbero trasferiti tutti fra i cosacchi, ora che li avrebbero convertiti a una nuova fede, ora che c'erano certi fogli dello zar, ora che nel giuramento fatto a Pàvel Petròvič nel 1797 era già stata data la libertà, ma i signori l'avevano ripresa, ora che doveva regnare fra sette anni lo zar Pjotr Fjòdorovič sotto al quale tutto sarebbe stato libero e cosí semplice che non ci sarebbero state piú leggi [1]. Le voci sulla guerra, su Bonaparte e la sua invasione si associavano per loro a certe idee parimenti oscure sull'Anticristo, sulla fine del mondo e sulla libertà assoluta.

Nei dintorni di Boguciàrovo c'erano soltanto dei grandi villaggi, parte demaniali, parte privati e censuari. Di proprietari che vivessero in quei posti ce n'era assai pochi; c'erano anche pochi domestici e persone che sapessero leggere e scrivere, e nella vita dei contadini di quella località erano piú visibili e piú intense che altrove quelle misteriose correnti di vita popolare russa, le cause e il significato delle quali rimangono oscure per i contemporanei. Uno di questi fenomeni, apparso venti anni addietro fra i contadini di quei paesi, era l'emigrazione verso certi fiumi caldi. Centinaia di contadini, e fra questi quelli di Boguciàrovo, tutt'a un tratto cominciarono a vendere il loro bestiame e a partire a famiglie intere verso il sud-est. Come gli uccelli volano di là dai mari, quelle genti si dirigevano con le donne e i bambini là, verso il sud-est, dove nessuno di loro era stato mai. Se ne andavano a carovane, si riscattavano uno per uno o fuggivano e si facevano trasportare o si recavano a piedi laggiú, verso i fiumi caldi. Molti furono puniti, mandati in Siberia, molti morirono per via, di fame e di freddo, molti tornarono, e il movimento finí da sé, com'era cominciato, senza una causa apparente. Ma le correnti sotterranee non smisero d'infiltrarsi fra quella gente e si preparavano a manifestarsi sotto nuova forma in un modo egualmente strano, inatteso e nello stesso tempo semplice, naturale ed energico. Ora, nel 1812, un uomo che fosse vissuto vicino al popolo si sarebbe accorto che queste correnti sotterranee facevano un lavorio intenso ed erano prossime a manifestarsi.

Alpatyč, giunto a Boguciàrovo poco tempo prima della morte del vecchio principe, si accorse che nel popolo c'era una certa agi-

[1] L'imperatore Pàvel Petròvič è Paolo I (1796-1801); Pjotr Fjòdorovič è il padre di lui Pietro III, imperatore nel 1762, ma subito deposto, e piú tardi ucciso per far salire al trono la moglie Caterina II: la sua misteriosa scomparsa fece supporre al popolo che un giorno sarebbe tornato sul trono, naturalmente per raddrizzare tutti i torti, e ci furono degli avventurieri che ne presero il nome, piú famoso di tutti Emeljàn Pugaciòv.

tazione e che, contrariamente a ciò che accadeva a una distanza radiale di sessanta miglia, nella regione di Lysyja Gory, dove tutti i contadini se ne andavano (lasciando che i cosacchi saccheggiassero i loro villaggi), nella regione stepposa di Boguciàrovo i contadini, a quanto si sentiva dire, se la intendevano coi francesi, ricevevano dei fogli che circolavano in mezzo a loro e rimanevano sul posto. Egli seppe da certi domestici devoti a lui che il contadino Karp (un uomo che aveva grande autorità sulla comunità rurale), partito in quei giorni con un carro militare, era poi tornato con la notizia che i cosacchi saccheggiavano i villaggi abbandonati dagli abitanti, ma che i francesi non li toccavano. Seppe che un altro contadino, il giorno innanzi, aveva portato dal villaggio di Visloúchovo, dove c'erano i francesi, una carta del generale francese nella quale si dichiarava agli abitanti che non si sarebbe fatto loro alcun male e che, se rimanevano, si sarebbe pagato loro tutto ciò che fosse stato loro preso. In prova di ciò, il contadino aveva portato da Visloúchovo cento rubli in assegnati (non sapeva che erano falsi), datigli in pagamento anticipato di fieno.

Finalmente, ed ecco il piú grave, Alpatyč seppe che in quello stesso giorno, avendo egli ordinato allo *stàrosta* di preparare i carri per trasportare la roba della principessina Marja, la mattina c'era stata una riunione al villaggio e avevano deciso di non partire e di aspettare. E invece il tempo stringeva. Il maresciallo della nobiltà, nel giorno della morte del principe, il 15 agosto, aveva insistito presso la principessina Marja perché partisse quel giorno stesso, visto che c'era pericolo. Disse che dopo il 16 non rispondeva piú di nulla. Il giorno della morte del principe se n'era andato alla sera, ma aveva promesso di tornare per i funerali il giorno seguente. Ma il giorno seguente non poté venire poiché, da notizie ricevute, i francesi avevano avanzato inaspettatamente, ed egli ebbe appena il tempo di lasciare la sua proprietà mettendo in salvo la famiglia e le cose di valore.

Da trent'anni lo *stàrosta* Dron, che il vecchio principe chiamava Drònuška, amministrava Boguciàrovo.

Dron era uno di quei contadini fisicamente e moralmente forti che, appena vanno in là con gli anni, si fanno crescere la barba e vivono senza cambiare fino a sessanta o settant'anni, senza un capello bianco o un dente guasto, diritti e robusti a sessant'anni come a trenta.

Dron, subito dopo l'emigrazione verso i fiumi caldi, alla quale aveva preso parte come gli altri, era stato fatto *stàrosta* e podestà di Boguciàrovo e da quel tempo aveva esercitato per ventitre anni incensurabilmente il suo ufficio. I contadini lo temevano piú del padrone. I signori – il vecchio e il giovane principe – e l'amministratore lo stimavano e per scherzo lo chiamavano il ministro. In tutto il tempo del suo servizio, Dron non era stato neppure una volta ubriaco né malato; mai, né dopo notti insonni, né dopo qualsiasi fatica, mostrava la minima stanchezza e, quantunque illetterato, non dimenticava mai un conto di denaro o di mazzetti di farina degli enormi convogli che vendeva, né un sol covone di grano in ogni ettaro dei campi di Boguciàrovo.

Questo Dron fu chiamato da Alpatyč, il quale veniva da Lysyja Gory devastata, il giorno dei funerali del principe, e gli fu ordinato di preparare dodici cavalli per le carrozze della principessina e diciotto carri per i bagagli che dovevano essere portati via da Boguciàrovo. Benché i contadini pagassero un canone, pure l'esecuzione di quest'ordine non poteva incontrare nessuna difficoltà, secondo l'opinione di Alpatyč, visto che a Boguciàrovo c'erano duecentotrenta fuochi e i contadini erano abbastanza agiati. Ma lo *stàrosta* Dron, avendo inteso l'ordine, abbassò gli occhi in silenzio. Alpatyč gli nominò alcuni contadini che conosceva e dai quali gli ordinava di prendere i carri.

Dron rispose che i cavalli di quei contadini erano fuori, al lavoro. Alpatyč nominò altri contadini. Neanche questi, a detta di Dron, avevano cavalli; alcuni cavalli erano presi per i carriaggi militari, altri erano sfiancati, altri erano morti per mancanza di nutrimento. Secondo Dron, non si potevano avere i cavalli per i carri e neppure per le carrozze.

Alpatyč guardò attentamente Dron e corrugò le sopracciglia. Come Dron era uno *stàrosta* e un contadino modello, cosí anche Alpatyč non aveva amministrato invano per vent'anni i beni del principe ed era un amministratore modello. Riusciva meglio di chiunque a capire al fiuto le esigenze e gl'istinti della gente con la quale aveva da fare, e perciò era un ottimo amministratore. Gettando un'occhiata su Dron, aveva immediatamente capito che le risposte di Dron non erano l'espressione del suo pensiero, ma l'espressione di quell'umore generale della comunità rurale di Boguciàrovo, di cui lo *stàrosta* era già imbevuto. Ma nel medesimo tempo sapeva che Dron, che si era arricchito ed era odiato dalla comunità, doveva esitare fra i due campi, quello dei padroni e quello dei contadini. Quest'esitazione la sorprese nel suo sguardo, e perciò Alpatyč, aggrottando le sopracciglia, si accostò a Dron.

– Senti, Drònuška, – disse. – Non mi raccontar frottole. Sua Eccellenza il principe Andréj Nikolàič mi ha ordinato in persona di far partire tutti e che nessuno resti in mano al nemico, e questo è l'ordine dello zar. E chi resta tradisce lo zar. Hai sentito?

– Sissignore, – rispose Dron senza levar gli occhi.

Alpatyč non fu soddisfatto di quella risposta.

– Ehi, Dron, ti andrà male! – disse Alpatyč, scotendo il capo.

– Fate quel che volete! – disse Dron malinconicamente.

– Via, Dron, smettila! – ripeté Alpatyč, tirando fuori la mano dalla tasca e mostrando con un gesto solenne la terra sotto i piedi di Dron. – Non soltanto ti vedo dentro, ma vedo tre braccia sotto, – disse guardando la terra sotto i piedi di Dron.

Dron si confuse, diede un'occhiata di sfuggita ad Alpatyč e abbassò di nuovo gli occhi.

– Smettila di contar frottole e di' alla gente che si prepari ad andare a Mosca e che domani mattina siano pronti i carri per i bagagli della principessa; e tu non andare alle riunioni. Hai capito?

A un tratto Dron gli si inginocchiò davanti.

– Jakov Alpatyč, dispensami! Prenditi le chiavi, dispensami, per amor di Cristo!

– Smettila! – disse Alpatyč severamente. – Io ti vedo tre braccia sotto! – ripeté egli, sapendo che la sua perizia di agricoltore, la sua scienza del tempo nel quale si dovevano fare le semine e la capacità di contentare per vent'anni il vecchio principe gli avevano fatto da un pezzo la fama di stregone e che la facoltà di vedere tre braccia al di sotto di una persona era attribuita agli stregoni.

Dron si alzò e voleva dire qualche cosa, ma Alpatyč l'interruppe.

– Che cosa avete inventato? Eh?... Che cosa credete? Eh?

– Che posso fare con questa gente? – disse Dron. – Si son rivoltati addirittura... Anch'io gli dico...

– Ora ti dico una cosa, – disse Alpatyč. – Bevono? – domandò brevemente.

– Tutti si rivoltano, Jakov Alpatyč: hanno fatto portare un altro barile.

– Ascolta, allora. Io andrò dal capo della polizia, e tu di' ai contadini che la smettano e che preparino i carri.

– Sissignore, – rispose Dron.

Jakov Alpatyč non insistette piú. Da un pezzo dirigeva la gente e sapeva che il mezzo principale per farsi obbedire dalla gente consiste nel non mostrare di mettere in dubbio che si possa non obbedire. Avendo ottenuto da Dron quel sottomesso « sissignore », Jakov Alpatyč se ne contentò, benché non soltanto dubitasse ma fosse quasi sicuro che i carri senza l'aiuto di un reparto di truppa non sarebbero stati procurati.

E difatti la sera i carri non erano pronti. Nel villaggio, all'osteria, c'era di nuovo una riunione, e in quella riunione fu stabilito di mandare i cavalli nella foresta e di non dare i carri. Senza dir nulla di ciò alla principessina, Alpatyč ordinò di scaricare i suoi propri bagagli che erano giunti da Lysyja Gory e preparare quei cavalli per la carrozza della principessina, e partí per recarsi dalle autorità.

X.

Dopo i funerali del padre la principessina Marja si era rinchiusa nella sua camera e non aveva piú lasciato entrar nessuno. Alla porta si accostò la cameriera e disse che Alpatyč era venuto a chiedere gli ordini per la partenza (ciò era prima del discorso fra Alpatyč e Dron). La principessina Marja si alzò dal divano sul quale si era sdraiata e attraverso la porta chiusa disse che mai sarebbe andata in nessun posto e pregava che la lasciassero in pace.

Le finestre della camera nella quale dormiva la principessina Marja davano verso ponente. Ella era sdraiata sul divano, col viso rivolto al muro, e rigirando con le dita i bottoni del cuscino di cuoio, vedeva soltanto quel cuscino, e i suoi confusi pensieri si concentravano in uno solo: pensava alla irrevocabilità della morte, alla malvagità della sua anima che fino allora le era ignota e che s'era rivelata durante la malattia di suo padre. Avrebbe voluto pregare, ma non osava; non osava, in quello stato d'animo in cui si trovava, rivolgersi a Dio. A lungo rimase stesa là nella stessa posizione.

Il sole tramontò dall'altra parte della casa e, dalle finestre aperte, illuminò coi suoi obliqui raggi vespertini la stanza e quella parte del cuscino di marocchino che la principessina Marja guardava. Il corso dei suoi pensieri a un tratto si fermò. Senza averne coscienza, ella si sollevò, si accomodò i capelli, si alzò e si avvicinò alla finestra, respirando involontariamente la frescura della chiara, ma ventosa serata.

« Sí, ora puoi star qui a goderti la sera! Lui non c'è piú, e nessuno ti disturba », disse fra sé e, cadendo su di una sedia, lasciò andare la testa sul davanzale.

Qualcuno la chiamò con voce tenera e sommessa dalla parte del giardino e la baciò sui capelli. Ella guardò chi fosse. Era Mlle Bourienne, vestita di nero coi manichini bianchi da lutto. S'era avvicinata pian piano alla principessina Marja, l'aveva baciata con un sospiro e subito s'era messa a piangere. La principessina Marja le diede un'occhiata. Tutti gli antichi urti, la sua gelosia verso di lei tornarono in mente alla principessina Marja; si ricordò come negli ultimi tempi *lui* fosse mutato verso Mlle Bourienne, come non la potesse vedere e, per conseguenza, come fossero ingiusti i rimproveri che ella le moveva in cuor suo. « E poi sta a me, sta a me che ho desiderato la *sua* morte, giudicare chi si sia? » ella pensò.

Alla mente della principessina Marja si presentò al vivo la posizione di Mlle Bourienne, che in quegli ultimi tempi ella aveva tenuta lontano, ma che pure dipendeva da lei e viveva in una casa estranea. Ne sentí pietà. La guardò con uno sguardo di affettuosa interrogazione e le stese la mano. Mlle Bourienne si mise subito a piangere, a baciar la mano della principessina, a parlare del dolore da cui questa era stata colpita, facendosene partecipe. Disse che l'unica consolazione possibile nel suo dolore era che la principessina le permettesse di dividerlo con lei. Disse che tutti gli equivoci passati dovevano sparire dinanzi a quel gran dolore, che lei si sentiva pura davanti a tutti e che *lui*, di là, vedeva il suo affetto e la sua riconoscenza. La principessina ascoltava, non capiva le sue parole, ma ogni tanto la guardava e tendeva l'orecchio al suono della sua voce.

– La nostra posizione è doppiamente terribile, cara principessa, – disse dopo un breve silenzio Mlle Bourienne. – Capisco che voi non avete potuto e non potete pensare a voi; ma io, per l'amore che vi porto, sono obbligata a farlo... Alpatyč è venuto da voi? Vi ha parlato della partenza? – domandò.

La principessina Marja non rispose. Non capiva chi dovesse partire e dove si dovesse andare. Era forse possibile ora occuparsi di qualche cosa, pensare a qualche cosa? Non era forse tutto lo stesso? Non rispose.

– Ma sapete, *chère Marie*, – disse Mlle Bourienne, – sapete che siamo in pericolo, che siamo circondati dai francesi? Partire ora è pericoloso. Se andremo via, quasi certamente cadremo prigioniere, e Dio sa...

La principessina Marja guardò la sua amica senza capire ciò che ella diceva.

– Ah! se qualcuno sapesse come tutto, tutto mi è indifferente ora!... – disse. – S'intende che per nulla al mondo vorrei allontanarmi da *lui*... Alpatyč mi ha detto qualcosa della partenza... Parlate con lui, ma io non posso e non voglio...

– Gli ho parlato. Spera che noi riusciremo a partire domani; ma io penso che ora sarebbe meglio restar qui, – disse Mlle Bourienne. – Perché, convenitene, *chère Marie*, cadere in mano dei soldati o dei contadini in rivolta, durante il viaggio, sarebbe orribile.

Mlle Bourienne trasse fuori dalla borsa il manifesto (che non era stampato sulla solita carta russa) del generale francese Rameau che invitava gli abitanti a non lasciare le loro case e prometteva la dovuta protezione delle autorità francesi, e lo porse alla principessina.

– Penso che sarebbe meglio rivolgersi a questo generale, – disse Mlle Bourienne, – e son sicura che vi sarà usato il dovuto rispetto.

La principessina Marja lesse la carta, e dei singhiozzi senza lacrime le contrassero il viso.

– Da chi avete ricevuto questo? – disse.

– Probabilmente avranno capito dal nome che sono francese, – disse arrossendo Mlle Bourienne.

La principessina Marja, con la carta in mano, si scostò dalla finestra e, pallida in viso, uscí dalla stanza e andò nell'antico studio del principe Andréj.

– Dunjaša, chiamatemi Alpatyč, Drònuška, qualcuno! – disse la principessina Marja, – e dite ad Amalja Kàrlovna che non venga da me, – aggiunse, udendo la voce di Mlle Bourienne.

« Andar via al piú presto! Andar via al piú presto! » diceva la principessina Marja, spaventata al pensiero di poter restare in potere dei francesi. Se il principe Andréj avesse saputo che ella era in potere dei francesi! Che lei, la figlia del principe Nikolàj Andréjevič Bolkonskij pregasse il signor generale Rameau di concederle la sua protezione e profittasse dei suoi benefici! Questo pensiero le incuteva spavento, la faceva tremare, arrossire e provare degli accessi d'ira e d'orgoglio che non aveva provati mai. Le si presentò al vivo dinanzi alla mente tutto ciò che v'era di penoso e, soprattutto, di umiliante nella sua posizione. « Loro, i francesi, si stabiliranno in questa casa; il signor generale Rameau occuperà lo studio del principe Andréj; per divertirsi sfoglieranno e leggeranno le sue lettere e le sue carte, *Mlle Bourienne lui fera les honneurs de* Boguciàrovo. A me daranno per grazia una stanza; i soldati profaneranno la fossa ancora fresca di mio padre per togliergli le croci e le placche; mi racconteranno le loro vittorie sui russi; faranno finta di compatire il mio dolore... », pensava la principessina Marja, non con pensieri suoi, ma sentendosi in obbligo di pensare con quelli di suo padre e di suo fratello. Per lei personalmente era indifferente dove sarebbe rimasta e che cosa sarebbe stato di lei, ma si sentiva la rappresentante del defunto suo padre e del principe Andréj. Involontariamente pensava coi loro pensieri e sentiva coi loro sentimenti. Quello che essi avrebbero detto, quello che avrebbero fatto ora, ella sentiva necessario di farlo. Entrò nello studio del principe Andréj e, sforzandosi di penetrarsi delle sue idee, si mise a meditare sulla propria situazione.

Le esigenze della vita, che con la morte del padre ella riteneva annullate, a un tratto, con una forza nuova e non ancora conosciuta, apparvero alla principessina Marja e la soggiogarono.

Agitata, rossa, ella camminava per la stanza, chiamando ora Alpatyč, ora Michaíl Ivànovič, ora Tichon, ora Dron. Dunjaša, la balia e tutte le donne non sapevano dirle fino a che punto fosse giusto quello che aveva raccontato Mlle Bourienne. Alpatyč non era in casa: era andato dalle autorità. Michaíl Ivànovič, l'architetto, da lei chiamato, si presentò alla principessina Marja con gli occhi insonnoliti e non le seppe dir nulla. Con quello stesso sorriso di condiscendenza col quale era abituato da quindici anni a rispondere alle interrogazioni del vecchio principe senza esprimere mai la sua opinione, rispondeva alle domande della principessina Marja, sicché era impossibile trarre qualcosa di concreto dalle sue risposte. Chiamato il vecchio cameriere Tichon, questi, con un viso stanco e sfinito, che portava l'impronta d'un incurabile dolore, rispose: « sissignora » a tutte le domande della principessina Marja e appena si poteva trattenere dal singhiozzare guardandola.

Finalmente entrò nella stanza lo *stàrosta* Dron e, inchinandosi profondamente alla principessina, restò fermo sulla soglia.

La principessina Marja traversò la stanza e si fermò di faccia a lui.

– Drònuška, – disse la principessina Marja, che vedeva in lui un amico fidato, quel Drònuška che dal suo viaggio annuale alla fiera di Vjazma le portava ogni volta e le dava con un sorriso certi suoi speciali pan pepati. – Drònuška, ora, dopo la nostra disgrazia... – cominciò e tacque, non avendo la forza di proseguire.

– Siamo tutti sotto la mano di Dio, – disse egli con un sospiro.

– Drònuška, Alpatyč è andato non si sa dove, non ho a chi rivolgermi. È vero quel che mi dicono, che non posso partire?

– Perché non devi partire, Eccellenza? Partire si può, – disse Dron.

– Mi hanno detto che c'è il pericolo del nemico. Colombello mio, io non posso far nulla, non capisco nulla, non ho nessuno con me. Voglio assolutamente partire stanotte o domattina presto.

Dron taceva. Gettò un'occhiata di sfuggita alla principessina Marja.

– Cavalli non ce ne sono, – disse. – L'ho detto anche a Jakov Alpatyč.

– Perché non ce ne sono? – disse la principessina.

– Tutto è per castigo di Dio, – disse Dron. – I cavalli che c'erano, un po' li hanno presi per le truppe, un po' son crepati: è un'annata cosí! Altro che nutrire i cavalli! dobbiamo pensare a non morir di fame anche noi! C'è chi da tre giorni sta senza mangiare. Non c'è piú nulla, ci hanno rovinati in tutto e per tutto.

La principessina Marja ascoltava attentamente ciò che egli le diceva.

– I contadini sono rovinati? Non hanno grano? – domandò.

– Muoiono di fame, – disse Dron. – Non è che non ci son carri...

– Ma perché non l'hai detto, Drònuška? Non c'è modo di aiutarli? Farò tutto quello che posso...

Era strano per la principessina Marja pensare che ora, nel momento che un tale dolore empiva l'anima sua, vi potessero essere persone ricche e povere e che le ricche potessero non aiutare le povere. Ella sapeva confusamente e aveva sentito dire che c'era il grano dei padroni e che lo si dava ai contadini. Sapeva pure che né suo fratello, né suo padre avrebbero lasciato nel bisogno i contadini; solamente temeva di commettere qualche errore nel dire come voleva che fosse eseguita questa distribuzione di grano ai contadini. Era contenta che le si fosse offerto un pretesto per occuparsi di cose per le quali non avrebbe avuto scrupolo di dimenticare il suo dolore. Cominciò a domandare a Dron dei particolari sui bisogni dei contadini e su ciò che v'era a Boguciàrovo di spettanza del padrone.

– Perché abbiamo del grano padronale, di mio fratello? – domandò.

– Il grano padronale c'è tutto, – disse con orgoglio Dron. – Il nostro principe ci ha ordinato di non venderlo.

– Consegnalo ai contadini, consegna loro tutto ciò di cui hanno bisogno: te lo permetto in nome di mio fratello, – disse la principessina Marja.

Dron non rispose nulla e sospirò profondamente.

– Distribuisci loro questo grano, se ce n'è abbastanza. Distribuiscilo e di' ai contadini che quel che è nostro è loro. Non risparmieremo nulla per loro. Dillo.

Dron guardava fisso la principessina mentre parlava.

– Dispensami, madre mia, in nome di Dio, ordina che qualcuno si prenda le mie chiavi, – disse egli. – Ho servito ventitre anni, non ho mai fatto del male, dispensami, in nome di Dio!

La principessina Marja non capiva che cosa egli volesse da lei e da che cosa egli pregasse d'esser dispensato. Gli rispose che non aveva mai dubitato della sua devozione e che era pronta a far di tutto per lui e per i contadini.

XI.

Un'ora dopo Dunjaša andò dalla principessina con la notizia che Dron era venuto e che tutti i contadini, secondo l'ordine della principessina, si erano riuniti presso il granaio, desiderando di parlare con la padrona.

– Ma io non li ho mai chiamati, – disse la principessina Marja, – ho detto soltanto a Drònuška che distribuisse loro il grano.

– Per amor di Dio, principessina, madre nostra, ordinate che li mandino via e non andate da loro. È tutto un inganno, – disse Dunjaša, – Jakov Alpatyč verrà e ce ne andremo... ma voi non vogliate...

– Che inganno? – domandò sorpresa la principessina Marja.

– Lo so io. Ma ascoltatemi, in nome di Dio. Domandate anche alla balia. Dicono che non acconsentono a partire secondo l'ordine vostro.

– Tu dici una cosa per l'altra. Io non ho mai ordinato che partissero... – disse la principessina Marja. – Chiama un po' Drònuška.

Dron venne e confermò le parole di Dunjaša: i contadini erano venuti per ordine della principessina.

– Ma io non li ho mai fatti chiamare, – disse la principessina. – Tu di certo non hai trasmesso quest'ordine. Io ho detto soltanto che tu dessi loro il grano.

Dron, senza rispondere, sospirò.

– Se l'ordinate, se ne andranno, – disse egli.

– No, no, andrò da loro, – disse la principessina Marja.

Malgrado le insistenze di Dunjaša e della balia, la principessina Marja uscí sulla scalinata. Drònuška, Dunjaša, la balia e Michaíl Ivànovič le andarono dietro.

« Essi credono, probabilmente, che io abbia offerto loro il grano a condizione che rimanessero dove sono, mentre io me ne vado, lasciandoli in balia dei francesi, – pensava la principessina Marja. – Prometterò loro una provvista mensile di viveri e l'alloggio nella nostra proprietà sotto Mosca: son sicura che André farebbe anche di piú al posto mio », pensava, andando nel crepuscolo verso la folla che stava accalcata davanti al granaio.

La folla si mosse agglomerandosi e i contadini si tolsero in fretta il cappello. La principessina Marja, con gli occhi bassi e incespicando coi piedi nel vestito, si fece vicino a loro. Tanti differenti occhi di vecchi e di giovani erano fissi su di lei, c'erano tanti visi diversi che la principessina Marja non distingueva nemmeno una faccia e, sentendo la necessità di parlare a tutti insieme, non sapeva che fare. Ma di nuovo la coscienza d'essere la rappresentante di suo padre e di suo fratello le diede forza ed ella cominciò arditamente il suo discorso.

– Sono molto contenta che siate venuti, – cominciò la principessina Marja, alzando gli occhi e sentendo come il suo cuore battesse forte e rapidamente. – Drònuška mi ha detto che la guerra vi ha rovinati. Questa è una sventura comune, e io non risparmierò nulla per aiutarvi. Io parto perché qui c'è pericolo... il nemico è vicino... perché... Amici miei, vi do tutto, vi prego di prendere tutto, tutto il nostro grano, perché non restiate nel bisogno. E se vi hanno detto che io vi do il grano a condizione che restiate qui, non è vero. Al contrario, vi prego di venire con tutto quel che avete nella nostra proprietà sotto Mosca, e là mi prendò la responsabilità e vi prometto che non starete nel bisogno. Avrete case e pane –. La principessina si fermò. Nella folla si udivano soltanto dei sospiri. – Non lo faccio a nome mio, – continuò la principessina. – Lo faccio in nome del defunto mio padre, che per voi è stato un buon padrone, di mio fratello e di suo figlio –. Di nuovo si fermò. Nessuno interruppe il suo silenzio. – È una sventura comune, e metteremo tutto in comune. Tutto quel che è mio è vostro, – disse, guardando le facce che le stavano davanti.

Tutti gli occhi la guardavano con la stessa espressione, il cui significato ella non poteva penetrare. Era curiosità, devozione, gratitudine, oppure paura e diffidenza? Ma certo l'espressione su tutti quei visi era la stessa.

– Siamo molto contenti delle vostre grazie, ma non dobbiamo prendere il grano del padrone, – disse una voce dal fondo.

– Ma perché mai? – domandò la principessina. Nessuno rispose. La principessina Marja, guardando la folla, si accorse che ora tutti gli occhi coi quali s'incontravano i suoi subito si abbassavano. – Ma perché non volete? – domandò di nuovo.

Nessuno rispondeva.

Quel silenzio diventava penoso per la principessina Marja; ella tentava di afferrare uno sguardo qualunque.

– Perché non parlate? – fece la principessina, rivolta a un vecchio annoso, che, appoggiato col gomito a un bastone, le stava davanti. – Di' se credi che abbiate bisogno d'altro. Farò ogni cosa, – disse afferrando lo sguardo di lui.

Ma egli, come se si fosse irritato per questo, abbassò la testa e disse:

– Perché dobbiamo consentire? Non abbiamo bisogno di grano.

– Perché dobbiamo abbandonar tutto? Non consentiamo. Non consentiamo... Non c'è il nostro consenso. Ti compatiamo, ma non c'è il nostro consenso. Va' tu, sola... – si udiva nella folla, da varie parti. E di nuovo su tutti i visi di quella folla apparve una sola e medesima espressione, e adesso era certamente non un'espressione di curiosità o di gratitudine, ma l'espressione di una esasperata risolutezza.

– Ma non avete capito giusto, – disse la principessina Marja con un malinconico sorriso. – Perché non volete partire? Vi prometto di alloggiarvi, di nutrirvi. E qui il nemico vi rovinerà...

Ma la sua voce fu soffocata dalle voci della folla.

– Non c'è il nostro consenso, ci rovini pure! Non lo prendiamo il tuo grano! Non c'è il nostro consenso!

La principessina Marja tentava di afferrare un'altra volta lo sguardo di qualcuno della folla, ma nemmeno uno sguardo era fisso su di lei; tutti quegli occhi evidentemente la sfuggivano. Provò uno strano senso di disagio.

– Ve', come c'insegna bene. Va' dietro di lei in servitú! Rovina le case e diventa uno schiavo! E come no? Io, dice, vi darò il grano! – si udivano voci nella folla.

La principessina Marja, abbassando il capo, uscí dal crocchio e andò a casa. Ripetendo a Dron l'ordine che l'indomani ci fossero i cavalli per la partenza, ella si ritirò in camera sua e rimase sola coi suoi pensieri.

XII.

A lungo quella notte la principessina Marja sedette presso la finestra aperta, nella sua camera, tendendo l'orecchio al brusio delle voci dei contadini che le giungevano dal villaggio, ma non pensava a loro. Sentiva che, per quanto vi avesse pensato, non sarebbe riuscita a comprenderli. Pensava a una cosa sola, al suo dolore, che adesso, dopo quell'interruzione cagionata dalle preoccupazioni del momento, già era divenuto per lei un passato. Ora già poteva ricordare, poteva piangere e poteva pregare. Col tramontar del sole il vento si era calmato. La notte era tranquilla e fresca. Verso mezzanotte le voci cominciarono a chetarsi; un gallo cantò; dietro ai tigli si mostrò la luna piena; si levò una bianca e fresca nebbia fatta di rugiada, e sul villaggio e sulla casa regnò il silenzio.

Uno dopo l'altro le apparivano i quadri del suo recente passato, la malattia e gli ultimi momenti di suo padre. E con triste gioia ella ora si fermava su quelle immagini, respingendo da sé con terrore soltanto l'ultima visione, quella della morte di lui, che ella, lo sentiva, non aveva la forza di contemplare neppure nella sua fantasia in quella silente e misteriosa ora della notte. E questi quadri le si presentavano con tanta chiarezza e con tali particolari che le sembravano ora far parte della realtà, ora del passato, ora del futuro.

Ora le si raffigurava con vivezza il momento quand'egli aveva avuto il colpo e dal giardino di Lysyja Gory l'avevano portato a braccia ed egli aveva mormorato qualcosa con la lingua inerte e aveva contratto le sopracciglia grige e l'aveva guardata, timido e inquieto.

« Anche allora voleva dirmi quel che mi disse il giorno della sua morte, – pensava. – Aveva sempre pensato quel che mi disse ». Ed ecco risovvenirle con tutti i particolari quella notte a Lysyja Gory, la vigilia del giorno che egli aveva avuto il colpo, quando la principessina Marja, presentendo una sventura, era rimasta con lui contro la sua volontà. Ella non dormiva e, di notte, in punta di piedi, era scesa giú e, avvicinandosi alla porta della serra dove quella notte pernottava il padre, aveva teso l'orecchio alla voce di lui. Egli parlava con Tichon con voce sofferente e stanca. Diceva non so che della Crimea, delle notti tiepide, dell'imperatrice. Si vedeva che aveva voglia di parlare. « E perché non mi ha chiamata? Perché non mi ha permesso di star là, al posto di Tichon? – pensava allora e pensava anche adesso la principessina Marja. – Ora non dirà mai piú a nessuno tutto ciò che aveva nell'anima. Mai piú tornerà né per lui né per me quel momento di dire tutto quel che voleva esprimere e io, al posto di Tichon, lo avrei ascoltato e compreso! Perché allora non entrai nella stanza? – pensava. – Forse allora mi avrebbe detto ciò che mi disse il giorno della sua morte. Anche allora, parlando con Tichon, due volte domandò di me. Mi voleva vedere, e io ero là, dietro la porta. Per lui era triste, penoso, discorrere con Tichon che non lo capiva. Ricordo che si era messo a parlare con lui di Liza come se fosse viva, – aveva dimenticato che era morta, – e Tichon gli ricordò che lei non c'era piú, e lui gli gridò: " Stupido! " Stava male. Sentii dietro la porta come gemeva, steso nel letto, e poi disse forte: " Dio mio! " Perché non entrai allora? Che mi avrebbe poi fatto? Che ci avrei perduto? Forse allora ne avrebbe avuto consolazione e mi avrebbe detto quella parola ». E la principessina Marja, ad alta voce, pronunziò quella parola carezzevole che egli le aveva detta il giorno della sua morte. « Anima mia! », e la principessina Marja ripeté questa parola e pianse lacrime che le alleggerivano il cuore. Vedeva ora davanti a sé il viso di lui. Ma non il viso che ella aveva conosciuto fin da quando aveva memoria e che vedeva sempre in lontananza; ma quel viso timido e debole che per la prima volta aveva veduto da vicino, con tutti i suoi particolari, con tutte le sue rughe, mentre si chinava sulla sua bocca per udire ciò che egli diceva.

« Anima mia! » ripeté.

« Che cosa pensava quando mi disse questa parola? Che cosa pensa ora? » A un tratto le venne alla mente questa domanda, e in risposta lo vide dinanzi a sé con quella stessa espressione che aveva, nella bara, sul viso legato da un fazzoletto bianco. E quello spavento che l'aveva presa allora, quando l'aveva toccato e si era persuasa che quello non soltanto non era piú lui, ma qualcosa di misterioso e di ripugnante, la prese anche adesso. Voleva pensare ad altro, voleva pregare e non poteva far nulla. Guardava con gli occhi spalancati la luce lunare e le ombre e ad ogni istante si aspettava di vedere quel viso di cadavere e sentiva che il silenzio che regnava sulla casa e nella casa la teneva lí inchiodata.

– Dunjaša! – sussurrò. – Dunjaša! – gridò con voce selvaggia e, strappandosi a quel silenzio, corse nella stanza delle donne incontro alla balia e alle cameriere che accorrevano verso di lei.

XIII.

Il 17 agosto Rostòv e Iljín, accompagnati da Lavruška tornato allora allora dalla sua prigionia, e da un piantone degli usseri, andarono a fare una passeggiata a cavallo fuori del loro bivacco di Jànkovo, a quindici miglia da Boguciàrovo, per provare un nuovo cavallo comprato da Iljín e informarsi se nei villaggi si trovasse del fieno.

Boguciàrovo, in quegli ultimi tre giorni, s'era trovato fra i due eserciti nemici, sicché era facile che vi capitasse tanto la retroguardia russa quanto l'avanguardia francese, e perciò Rostòv, come zelante comandante di squadrone, desiderava profittare prima dei francesi dei viveri rimasti a Boguciàrovo.

Rostòv e Iljín erano nel medesimo allegro stato d'animo. Avviandosi verso Boguciàrovo, una tenuta principesca con casa padronale, dove essi speravano di trovare molta servitú e delle belle ragazze, ora interrogavano Lavruška su Napoleone e ridevano dei suoi racconti, ora si rincorrevano per provare il cavallo di Iljín.

Rostòv non sapeva e non pensava che quel villaggio al quale si dirigeva fosse proprietà di quello stesso Bolkonskij che era stato fidanzato con sua sorella.

Rostòv e Iljín, rincorrendosi, lanciarono per l'ultima volta i loro cavalli sulla curva davanti a Boguciàrovo, e Rostòv, distanziando Iljín, giunse per primo al galoppo sulla strada del villaggio di Boguciàrovo.

– Sei andato avanti, – disse Iljín tutto rosso in viso.

– Sí, sempre avanti! Avanti sul prato, e anche qui, – rispose Rostòv, carezzando con la mano il suo cavallo del Don tutto sudato.

– E io su questo francese, Eccellenza, – disse dietro a loro Lavruška, che chiamava francese la sua rozza da tiro, – vi avrei sorpassati, ma non volevo farvi vergogna.

Al passo si avvicinarono a un granaio dove era una gran folla di contadini.

Alcuni contadini si levarono il berretto, altri, senza levarsi il berretto, guardavano i cavalieri. Due vecchi contadini lunghi, coi visi rugosi e le barbe rade, uscirono dall'osteria e, sorridendo, a passi vacillanti e canticchiando una canzone senza senso, si avvicinarono agli ufficiali.

– Brava gente! – disse ridendo Rostòv. – C'è del fieno qui?

– E come si somigliano!... – disse Iljín.

« L'alle...ee...e...egra chiacchie...e..., chiacchie...e...! », canticchiava un contadino con un sorriso beato.

Un altro contadino uscí dalla folla e si avvicinò a Rostòv.

– Voi di quali sareste? – domandò.

– Francesi! – rispose Iljín ridendo. – Ecco Napoleone in persona, – disse poi, mostrando Lavruška.

– Sicché, siete russi? – ridomandò il contadino.

– E avete molte forze qui? – s'informò un altro contadino, bassotto, accostandosi a loro.

– Molte, molte, – rispose Rostòv. – Ma voi perché siete raccolti qui? – aggiunse. – C'è qualche festa?

– I vecchi si sono riuniti per affari della comunità, – rispose il contadino, allontanandosi da lui.

In quel momento sulla strada che veniva dalla casa padronale apparvero due donne e un uomo col cappello bianco, che venivano verso gli ufficiali.

– Quella vestita di rosa è per me, attenti a non toccarla, – disse Iljín, vedendo Dunjaša che correva risolutamente verso di lui.

– Sarà nostra! – disse Lavruška, ammiccando a Iljín.

– Che vi occorre, bellezza mia? – disse Iljín sorridendo.

– La principessina mi ha ordinato di domandarvi di che reggimento siete e qual è il vostro casato.

– Questo è il conte Rostòv, comandante di squadrone, e io sono il vostro umile servo.

« Chiacchie...e...ra...ta...! » canticchiava il contadino ubriaco, sorridendo beatamente e guardando Iljín che discorreva con la ragazza. Dietro a Dunjaša si avvicinava a Rostòv Alpatyč, che fin da lontano s'era levato il cappello.

– Oso disturbare Vossignoria, – disse egli rispettosamente, ma nello stesso tempo con una relativa noncuranza dovuta alla giovinezza dell'ufficiale e mettendosi la mano in seno. – La mia padrona, figlia del generale in capo principe Nikolàj Andréjevič Bolkonskij, morto il 15 scorso, si trova in difficoltà per l'ignoranza di questa gente, – accennò ai contadini, – e vi prega di voler favorire... Non vorreste avere la bontà di allontanarvi un poco?... – disse con un triste sorriso Alpatyč. – Se no è difficile parlare in presenza di... – Alpatyč indicò due contadini che gironzolavano intorno a lui come tafani intorno a un cavallo.

– Ah! Alpatyč... Ah! Jakov Alpatyč!... Bene! Perdona, in nome di Cristo! Bene! Eh?... – dicevano i contadini, sorridendogli lietamente.

Rostòv guardò i contadini ubriachi e sorrise anche lui.

– O forse questo diverte Vostra Eccellenza? – disse Jakov Alpatyč con aria dignitosa, mostrando i vecchi con la mano che non teneva in seno.

– No, qui c'è poco da divertirsi, – disse Rostòv e si allontanò. – Di che si tratta? – domandò.

– Ardisco riferire a Vostra Eccellenza che questa gente rozza non vuole che la padrona lasci la tenuta e minaccia di distaccare i cavalli, sicché da stamattina tutto è caricato e Sua Eccellenza non può partire.

– Non può essere! – esclamò Rostòv.

– Ho l'onore di riferire a Vostra Eccellenza la pura verità, – ripeté Alpatyč.

Rostòv smontò da cavallo e, consegnatolo al piantone, andò verso la casa con Alpatyč, interrogandolo sui particolari del fatto. Effettivamente, l'offerta di grano fatta il giorno innanzi dalla principessina ai contadini, la sua spiegazione con Dron e con la riunione dei contadini avevano talmente rovinato le cose che Dron aveva definitivamente consegnato le chiavi e si era unito ai contadini, senza farsi vivo alle chiamate di Alpatyč, e la mattina, quando la principessina aveva ordinato di attaccare per partire, i contadini erano andati in gran folla al granaio e avevano mandato a dire che essi non avrebbero lasciato partire la principessina dal villaggio, che c'era ordine di non partire e che avrebbero staccato i cavalli. Alpatyč era venuto lí ad esortarli, ma essi avevano risposto (quello che parlava di piú era Karp, Dron non usciva dalla folla) che era impossibile lasciar partire la principessina, che c'era un ordine in proposito, che la principessina restasse ed essi l'avrebbero servita come per il passato e si sarebbero sottomessi in tutto.

Nel momento stesso che Rostòv e Iljín erano apparsi al galoppo sulla strada, la principessina Marja, nonostante le opposizioni di Alpatyč, della balia e delle cameriere, aveva ordinato di attaccare e voleva partire; ma, vedendo che quei cavalieri galoppavano e prendendoli per francesi, i cocchieri erano scappati e nella casa s'era levato un pianto di donne.

– Babbo! padre carnale! Dio ti ha mandato! – dicevano delle voci commosse, mentre Rostòv traversava l'anticamera.

La principessina Marja, sperduta e sfinita, sedeva in sala quando le condussero Rostòv. Non capiva chi fosse, e perché venisse, e che sarebbe stato di lei. Vedendo la sua fisonomia russa e riconoscendo dal modo com'era entrato e dalle prime parole dette che era un uomo del suo mondo, lo guardò col suo profondo sguardo luminoso e cominciò a parlare con voce tremante e rotta dall'agitazione. Rostòv intravide subito qualcosa di romantico in quell'incontro. « Una fanciulla indifesa, prostrata dal dolore, sola, abbandonata in balia di rozzi contadini in rivolta! E che bizzarra sorte mi ha spinto qua! – pensava Rostòv ascoltandola e guardandola. – E che dolcezza, che nobiltà nei suoi tratti e nella sua espressione! » pensava, ascoltando il suo timido racconto.

Quando ella si mise a dire come tutto era accaduto all'indomani dei funerali di suo padre, la sua voce tremò. Si voltò in là e poi, quasi temendo che Rostòv potesse interpretare le sue parole come un desiderio d'impietosirlo, gli gettò un'occhiata spaurita ed interrogativa. Rostòv aveva le lacrime agli occhi. La principessina Marja se ne accorse e lo guardò riconoscente, con quel suo sguardo luminoso che faceva dimenticare la bruttezza del suo viso.

– Non posso esprimervi, principessina, come io sia felice d'esser capitato qua e di aver modo di potervi dimostrare la mia sollecitudine, – disse Rostòv, alzandosi. – Partite pure e io vi assicuro sul mio onore che nessuno oserà farvi offesa, purché mi permettiate di scortarvi, – e, inchinandosi rispettosamente, come ci s'inchina alle signore di sangue reale, egli si diresse verso la porta.

Col suo tono rispettoso, Rostòv pareva volesse mostrare che, sebbene egli considerasse come una fortuna di poterla conoscere, non voleva approfittare della sua sventura per entrare in confidenza.

La principessina Marja capí e apprezzò quel tono.

– Vi sono molto, molto grata, – gli disse la principessina in francese, – ma spero che ci sia stato soltanto un malinteso e che nessuno ne abbia colpa –. A un tratto la principessina cominciò a piangere. – Perdonatemi, – disse.

Rostòv, aggrottando le sopracciglia, le fece ancora un profondo inchino e uscí dalla stanza.

XIV.

– Ebbene, è carina? No, amico mio, la mia sorella, quella vestita di rosa, è un incanto, si chiama Dunjaša...

Ma, guardando in viso Rostòv, Iljín tacque. Vedeva che il suo eroe e comandante si trovava in tutt'altra corrente di pensieri.

Rostòv gettò a Iljín un'occhiata rabbiosa e, senza rispondergli, si diresse a rapidi passi verso il villaggio.

– Gliela farò vedere, gliela darò io, briganti! – diceva fra sé.

Alpatyč, con passo ondeggiante, al trotto perché non voleva correre, raggiunse a stento Rostòv.

– Che decisione vi siete degnato di prendere? – disse raggiungendolo.

Rostòv si fermò e, stringendo i pugni, a un tratto si avvicinò minaccioso ad Alpatyč.

– Decisione? Che decisione? Vecchio rimbambito! – gli gridò. – Che stavi a guardare? Eh? I contadini si rivoltano e tu non sai metterli a posto? Sei tu stesso un traditore. Vi conosco: vi caverò la pelle a tutti, io... – E come se temesse di sprecare inutilmente la sua provvista d'indignazione, lasciò Alpatyč e andò avanti rapidamente.

Alpatyč, soffocando il suo sentimento di offesa, si affrettava con passo ondeggiante dietro a Rostòv e seguitava ad esporgli le sue considerazioni. Diceva che i contadini erano induriti nel male, che in quel momento era imprudente opporre resistenza, non avendo a disposizione un reparto di truppe e che forse sarebbe stato meglio mandar prima a richiederlo.

– Glielo darò io il reparto di truppe... Opporrò io resistenza... – diceva fuor di sé Nikolàj, soffocando di una rabbia irragionevole, animalesca e del bisogno di sfogare questa rabbia. Senza riflettere a quel che avrebbe fatto, con passo inconsciamente rapido e risoluto si avvicinava alla folla. E quanto piú si avvicinava ad essa, tanto piú Alpatyč sentiva che quel suo atto imprudente avrebbe potuto avere buoni risultati. Anche i contadini della folla sentivano la stessa cosa guardando il suo incedere rapido e fermo e il suo viso accigliato e risoluto.

Da che gli usseri erano giunti nel villaggio e Rostòv era andato dalla principessina, nella folla erano sorti dissensi ed esitazioni. Alcuni contadini avevano cominciato a dire che quelli che erano venuti erano russi e che si sarebbero offesi se non lasciavano partire la padroncina. Dron era della stessa opinione; ma appena la esprimeva, Karp e altri contadini davano addosso al loro antico *stàrosta*.

– Quanti anni hai mangiato a quattro palmenti sulla comunità? – gli gridava contro Karp. – Per te è tutt'uno! Dissotterrerai la tua giara e te ne andrai: che t'importa se le nostre case sono rovinate o no?

– È detto che va mantenuto l'ordine; che nessuno lasci la casa sua e non porti via neppure un granello di polvere, ecco tutto, – gridava un altro.

– Era il turno di tuo figlio d'andare soldato, ma tu certo l'hai risparmiato, il tuo giovanotto, – disse a un tratto rapidamente un piccolo vecchietto, assalendo Dron, – e il mio Vavíka l'hai preso sotto le armi. Eh, tutti dobbiamo morire!

– Si sa che dobbiamo morire!

– Io non mi sono allontanato dalla comunità, – disse Dron.

– Si sa che non ti sei allontanato, ti sei fatta la pancia!

I due contadini lunghi lunghi dicevano la loro. Appena Rostòv, accompagnato da Iljín, da Lavruška e da Alpatyč, si avvicinò alla folla, Karp, mettendosi le dita alla cintola, si fece avanti con un leggero sorriso. Dron, al contrario, se ne andò nelle ultime file e la folla si strinse piú compatta.

– Ehi! Chi di voi è lo *stàrosta* qui? – gridò Rostòv, avvicinandosi con rapidi passi alla folla.

– Lo *stàrosta*?... A che vi serve?... – domandò Karp.

Ma non ebbe il tempo di finire che il berretto gli volò via e la testa gli si piegò da un lato per un violento colpo.

– Giú i berretti, traditori! – gridò la voce irata di Rostòv. – Dov'è lo *stàrosta*? – gridò di nuovo con voce furibonda.

– Lo *stàrosta*!... chiama lo *stàrosta*!... Voi, Dron Zachàryč... – Si udirono qua e là voci frettolose ed umili, e i berretti si venivan togliendo dal capo.

– Noi non possiamo rivoltarci, osserviamo gli ordini, – disse Karp, e nel medesimo istante alcune voci indietro dissero:

– Come hanno stabilito i vecchi, voi che comandate siete molti...

– Volete discutere?... È una rivolta?... Briganti! Traditori! – urlò Rostòv fuori di sé, con voce alterata, prendendo Karp per il colletto. – Legatelo! – gridò, benché non ci fosse nessuno per legarlo all'infuori di Lavruška e di Alpatyč.

Lavruška però si precipitò su Karp e lo afferrò di dietro per le braccia.

– Ordinate che chiamiamo i nostri da sotto l'altura? – gridò.

Alpatyč si rivolse ai contadini e ne chiamò due per nome perché legassero Karp. I contadini docilmente uscirono dalla folla e cominciarono a togliersi le cinture.

– Dov'è lo *stàrosta*? – gridò Rostòv.

Dron, con un viso rannuvolato e pallido, uscí dalla folla.

– Sei tu lo *stàrosta*? Legalo, Lavruška! – gridò Rostòv come se anche quest'ordine non potesse incontrare opposizione.

E difatti due altri contadini si misero a legare Dron, che, come per aiutarli, si tolse la cintura e la porse loro.

– E voi tutti, ascoltatemi, – fece Rostòv, rivolto ai contadini. – Subito marsc a casa, e che non senta neppure la vostra voce!

– Be', noi non abbiamo fatto offesa a nessuno. Vuol dire che l'abbiamo fatto solo per stupidaggine. Abbiamo fatto solo delle sciocchezze... Lo dicevo io che non era ben fatto, – si udiva dire da voci che si rimproveravano a vicenda.

– Ecco, ve lo avevo detto, – disse Alpatyč, che rientrava nei suoi diritti. – Non sta bene, ragazzi!

– È perché siamo sciocchi, Jakov Alpatyč, – risposero delle voci, e la folla cominciò subito a separarsi e a disperdersi per il villaggio.

I due contadini legati furon condotti nel cortile padronale. I due contadini ubriachi li seguivano.

– Eh! ora ti vedrò! – diceva uno di essi, rivolgendosi a Karp.

– Ma si può forse parlare cosí coi padroni? Che cosa credi? Stupido, – confermò l'altro. – Davvero sei uno stupido!

Dopo due ore i carri stavano nel cortile della casa di Boguciàrovo. I contadini con grande animazione portavano fuori e caricarono sui carri le robe padronali, e Dron, che per desiderio della principessina Marja era stato fatto uscire dalla cantina dove l'avevano rinchiuso, stava nel cortile e dirigeva i contadini.

– Non la mettere cosí male! – disse uno dei contadini, un uomo alto, con un viso tondo e sorridente, prendendo una scatola dalle mani di una cameriera. – Anche questa costa denari. Se tu la butti cosí o la stringi con la corda, si sciupa. Non mi piace far cosí. Bisogna che tutto sia fatto a modo, perbene. Mettila qui, sotto la stuoia, e coprila con un po' di fieno. Cosí sta bene.

– Ve', quanti libri! – disse un altro contadino che portava gli scaffali della biblioteca del principe Andréj. – Non sbatterli! Come pesano, ragazzi! Questi son libri!

– Sí, chi li ha scritti non è stato con le mani in mano! – disse ammiccando significativamente il contadino alto dal viso tondo, mentre accennava ai grossi dizionari che stavano in alto.

Rostòv, non volendo imporre la propria compagnia alla principessina, non andò da lei, ma rimase nel villaggio ad attendere la sua partenza. Quando vide uscire dalla casa le carrozze della principessina Marja, Rostòv montò a cavallo e l'accompagnò fino alla strada occupata dalle nostre truppe, a dodici miglia da Boguciàrovo. A Jànkovo, alla locanda, si congedò rispettosamente da lei, permettendosi per la prima volta di baciarle la mano.

– Non dite questo, – rispose, arrossendo, alla principessina Marja che gli esprimeva la propria riconoscenza per averla salvata (cosí ella definiva la sua azione), – qualunque commissario di polizia avrebbe fatto lo stesso. Se dovessimo soltanto combattere coi contadini, non avremmo lasciato che il nemico avanzasse tanto, – disse egli, vergognandosi di qualche cosa e cercando di cambiar discorso. – Ma sono felice di avere avuto l'occasione di far la vostra conoscenza. Addio, principessina, vi auguro fortuna e conforto, e spero d'incontrarmi con voi in piú liete circostanze. Se non volete farmi arrossire, vi prego di non ringraziarmi.

Ma la principessina, se non lo ringraziò piú con le parole, lo ringraziò con tutta l'espressione del suo viso che splendeva di riconoscenza e di tenerezza. Non poteva credergli quando diceva che non c'era motivo di ringraziarlo. Al contrario, per lei non c'era dubbio che, senza di lui, ella sarebbe stata vittima dei rivoltosi e dei francesi; che *lui*, per salvarla, si era esposto ai piú evidenti e tremendi pericoli; ed era anche piú indubitabile che egli era uomo di animo alto e nobile, che aveva saputo comprendere la posizione e il dolore di lei. I suoi occhi buoni e onesti, che s'erano empiti di lacrime quando lei gli aveva raccontato piangendo la propria sventura, non le uscivano dalla mente.

Quando gli ebbe detto addio e fu rimasta sola, la principessina Marja a un tratto si sentí le lacrime agli occhi e le si presentò, e non per la prima volta, una strana domanda: lo amava forse?

Nel seguito del viaggio verso Mosca, benché la posizione della principessina non fosse allegra, Dunjaša, che stava in carrozza con lei, notò piú di una volta che la principessina, affacciandosi allo sportello della carrozza, sorrideva a qualcosa con gioia e tristezza insieme.

« E se fosse vero che l'amo? » pensava la principessina Marja.

Per quanto vergognosa ella fosse di confessare a se stessa che per la prima volta amava un uomo che forse non l'avrebbe mai amata, si consolava col pensiero che nessuno mai l'avrebbe saputo e che non ci sarebbe stata colpa da parte sua se, senza parlarne con nessuno, sino alla fine della vita avesse amato colui che amava per la prima e l'ultima volta.

Tratto tratto ella si rammentava gli sguardi, la compassione, le parole di lui, e la felicità non le pareva impossibile. E allora appunto Dunjaša notava come ella guardasse sorridendo dallo sportello della carrozza.

« E bisognava che venisse a Boguciàrovo, e proprio in quel momento! – pensava la principessina Marja. – E bisognava che sua sorella rifiutasse il principe Andréj! » E in tutto ciò la principessina Marja vedeva la volontà della Provvidenza.

L'impressione che la principessina Marja aveva prodotta su Rostòv era stata molto piacevole. Quando egli si ricordava di lei, diventava allegro, e quando i compagni, avendo saputo la sua avventura di Boguciàrovo, scherzavano con lui che era andato a cercar del fieno e aveva trovato uno dei piú ricchi partiti della Russia, Rostòv s'irritava. S'irritava proprio perché l'idea di sposare la dolce principessina Marja, che gli piaceva e aveva una enorme fortuna, piú di una volta, a suo malgrado, gli era venuta in mente. Per sé personalmente Nikolàj non poteva desiderare una moglie migliore della principessina Marja; quel matrimonio avrebbe fatto la felicità della contessa sua madre, e avrebbe accomodato gli affari di suo padre, e anche – Nikolàj lo sentiva, – avrebbe fatto la felicità della principessina Marja.

Ma Sonja? E la parola data? Per questo appunto Nikolàj s'irritava quando scherzavano con lui sulla principessina Bolkonskaja.

XV.

Assunto il comando dell'esercito, Kutúzov si ricordò del principe Andréj e gli mandò l'ordine di trovarsi al quartier generale.

Il principe Andréj giunse a Tsàrevo-Zàjmišce nello stesso giorno e alla stessa ora in cui Kutúzov faceva la prima rivista delle truppe. Il principe Andréj si fermò al villaggio, nella casa del prete, dove era la carrozza del comandante in capo, e si mise a sedere su di una panca presso il portone, aspettando Sua Altezza Serenissima, come tutti ora chiamavano Kutúzov.

Nei campi, dietro al villaggio, si udivano ora i suoni della musica militare, ora il brusio di un'enorme quantità di voci che gridavano urrà al nuovo comandante in capo. Due attendenti, un corriere e il maggiordomo, profittando dell'assenza del principe e del magnifico tempo, se ne stavano sul portone, a una diecina di passi dal principe Andréj. Un piccolo tenente colonnello degli usseri, bruno, con lunghi baffi e fedine, si avvicinò a cavallo al portone e, dando un'occhiata al principe Andréj, domandò se Sua Altezza Serenissima c'era o se sarebbe tornato presto.

Il principe Andréj disse che non apparteneva allo stato maggiore di Sua Altezza Serenissima e che veniva anche lui da fuori.

Il tenente colonnello degli usseri si rivolse a un attendente ben vestito, e l'attendente del comandante in capo gli disse, con quel senso di disprezzo con cui parlano agli ufficiali gli attendenti dei comandanti in capo:

– Come? Sua Altezza Serenissima? Deve essere qui fra poco. Che vi occorre?

Il tenente colonnello degli usseri sorrise sotto i baffi al tono dell'attendente, smontò da cavallo, lo consegnò a un piantone e si avvicinò a Bolkonskij con un leggero inchino. Bolkonskij gli fece posto sulla panca. Il tenente colonnello degli usseri gli si sedette accanto.

– Voi pu'e aspettate il comandante in capo? – incominciò il tenente colonnello degli usseri. – Dicono che sia accessibile a tutti, g'azie a Dio. Con quei mangiato'i di salsicce e'a un guaio! Non pe' nulla E'molov voleva esse'e fatto tedesco! Spe'iamo che anche i 'ussi o'a pot'anno pa'la'e. Se no lo sa il diavolo che cosa facevano! Semp'e 'iti'a'si, semp'e 'iti'a'si! Avete fatto la campagna? – domandò.

– Ho avuto il piacere, – rispose il principe Andréj, – non soltanto di prender parte alla ritirata, ma di perdere in questa ritirata tutto ciò che avevo di caro, senza parlare delle mie proprietà e della casa paterna... mio padre che ne è morto di dolore. Io sono di Smolènsk.

– Eh?... Siete il p'incipe Bolkonskij? Lietissimo della conoscenza: tenente colonnello Denísov, piú conosciuto col nome di Vaska, – disse Denísov, stringendo la mano al principe Andréj e guardandolo in viso con un'attenzione particolarmente affettuosa. – Sí, ho inteso... – disse con un tono pieno di simpatia e, dopo un breve silenzio, continuò: – Ecco qua la gue''a scitica. Tutto va bene, ma non pe' quello che deve paga'e lo scotto. E voi siete il p'incipe And'éj Bolkonskij? – Egli scosse il capo. – Lietissimo, p'incipe, lietissimo, – ripeté di nuovo, stringendogli la mano con un mesto sorriso.

Il principe Andréj conosceva Denísov dai racconti di Nataša sul suo primo pretendente. Questo ricordo lo riportò con dolcezza dolorosa verso quelle dolorose sensazioni, alle quali negli ultimi tempi non aveva piú pensato, ma che tuttavia gli restavano in fondo all'anima. In quegli ultimi tempi egli aveva provato tante altre e cosí gravi impressioni, come l'evacuazione di Smolènsk, il suo arrivo a Lysyja Gory, la recente notizia della morte di suo padre, aveva provato tante emozioni che ormai da un pezzo quei ricordi non gli venivano piú in mente e, quando gli erano venuti, non avevano piú agito su di lui con la forza di prima. Anche per Denísov quella serie di ricordi che richiamava in lui il nome di Bolkonskij era un lontano poetico passato, in cui, non sapendo lui stesso come, aveva fatto la sua dichiarazione a una ragazzina di quindici anni. Egli sorrise ai ricordi di quel tempo e al suo amore per Nataša, ma subito tornò a ciò che ora appassionatamente e unicamente l'occupava. Era il piano di campagna che aveva immaginato quando era di servizio agli avamposti, durante la ritirata. Aveva presentato questo piano a Barclay de Tolly e ora aveva intenzione di presentarlo a Kutúzov. Il piano era basato su questo: che la linea di operazione dei francesi era troppo allungata e che, invece di attaccarli di fronte o mentre cosí si faceva, sbarrando la strada ai francesi, bisognava operare sulle loro comunicazioni. Egli cominciò a spiegare il suo piano al principe Andréj.

– Non possono tene'e tutta questa linea. È impossibile; ga'antisco che la 'ompe'ei. Datemi cinquecento uomini e la sfondo, di sicu'o. Non c'è che un sistema: la gue''iglia.

Denísov si alzò e, gesticolando, esponeva il suo piano a Bolkonskij. A metà della sua esposizione i gridi dei soldati, meno concordi, piú diffusi e mescolati alla musica e ai canti, risonarono dal luogo della rivista. Nel villaggio si sentí calpestio di cavalli con dei gridi.

– È lui che viene, – gridò il cosacco che stava sulla porta, – viene!

Bolkonskij e Denísov si avvicinarono al portone, presso al quale era un gruppetto di soldati (la guardia d'onore), e videro venire per la strada Kutúzov che montava un piccolo cavallo baio. Un enorme seguito di generali cavalcava dietro a lui. Barclay gli andava quasi al fianco; una folla di ufficiali correva dietro e intorno a loro e gridava urrà.

Andando davanti a lui, gli aiutanti entrarono al galoppo nel cortile. Kutúzov, spingendo con impazienza il suo cavallo, che aveva preso l'ambio sotto il suo peso, e facendo continui cenni del capo, portava la mano al suo berretto bianco di cavaliere della guardia, dall'orlo rosso e senza visiera. Avvicinandosi alla guardia d'onore composta di bei granatieri, per lo piú cavalieri di San Giorgio, che gli presentavano le armi, egli, dopo un momento di silenzio, li guardò attentamente, col suo sguardo ostinato di capo, e poi si voltò verso la folla di generali e di ufficiali che stava intorno a lui. Il suo viso a un tratto prese un'espressione astuta ed egli si strinse nelle spalle con un gesto di perplessità.

– Con questi valorosi ritirarsi sempre, ritirarsi sempre! – disse. – Be', arrivederci, generale, – aggiunse, e spinse il cavallo dentro il portone, passando davanti al principe Andréj e a Denísov.

– Urrà! urrà! urrà! – gridavano dietro di lui.

Dacché il principe Andréj non l'aveva piú veduto, Kutúzov s'era fatto ancora piú grosso, piú vizzo e aveva messo pancia. Ma il suo occhio bianco che egli ben conosceva, la sua ferita, l'espressione di stanchezza nel viso e in tutta la figura erano rimasti come erano prima. Egli aveva una giubba di uniforme (col frustino tenuto da una cinghia sottile ad armacollo) e il berretto bianco di cavaliere della guardia. Montava il suo bravo cavallino adagiandosi e dondolando pesantemente. « Fiú... fiú... fiú... » si mise a fischiettare in modo appena percettibile, entrando nel cortile. Sul suo viso era impressa la soddisfazione di un uomo che ha intenzione di riposarsi dopo di essersi esibito. Tolse il piede sinistro dalla staffa, buttandosi giú con tutto il corpo e facendo una smorfia per lo sforzo, lo pose a fatica sulla sella, si appoggiò sul ginocchio, emise un brontolio e si lasciò scivolare fra le braccia dei cosacchi e degli aiutanti che lo sostenevano.

Si raddrizzò, gettò intorno uno sguardo con i suoi occhi socchiusi, guardò il principe Andréj senza riconoscerlo, e andò verso la scala con la sua andatura ondeggiante. « Fiú... fiú... fiú... » si rimise a fischiettare, e di nuovo guardò il principe Andréj. L'impressione fattagli dalla fisonomia del principe Andréj soltanto dopo alcuni istanti (come avviene spesso ai vecchi) si rannodò in lui al ricordo della sua persona.

– Ah, buongiorno, principe, buongiorno, colombello; andiamo... – proferí con voce stanca, guardandosi intorno, e faticosamente salí la scala di legno che scricchiolò sotto al suo peso. Si sbottonò la giubba e sedette su di una piccola panca in cima alla scala.

– Be', e tuo padre?

– Ieri ho ricevuto la notizia della sua morte, – disse brevemente il principe Andréj.

Kutúzov con gli occhi spalancati e spauriti guardò il principe Andréj, poi si tolse il berretto e si segnò:

– Dio l'abbia in gloria! Sia fatta la volontà di Dio sopra noi tutti! – Sospirò pesantemente, a pieni polmoni, e tacque per un momento. – Io gli volevo bene e lo stimavo profondamente e ti compatisco con tutta l'anima.

Abbracciò il principe Andréj, stringendolo contro il suo petto grasso e per un pezzo non lo lasciò andare. Quando lo lasciò andare, il principe Andréj vide che le labbra gonfie di Kutúzov tremavano e che aveva le lacrime agli occhi. Kutúzov sospirò e si afferrò con tutt'e due le mani alla panca per alzarsi.

– Andiamo, andiamo di là da me, discorreremo, – disse.

Ma in quel momento Denísov, che davanti ai superiori s'intimidiva poco come davanti al nemico, benché gli aiutanti di campo con parole sommesse ma concitate lo fermassero sulla scala, arditamente, battendo gli speroni sugli scalini, salí su. Kutúzov, rimasto con le mani appoggiate alla panca, guardò malcontento Denísov. Denísov, nominandosi, dichiarò che aveva da sottomettere a Sua Altezza Serenissima una cosa di grande importanza per il bene della patria. Kutúzov guardò Denísov con uno sguardo stanco e, con un gesto di dispetto prendendosi le mani e incrociandole sul ventre, ripeté: – Per il bene della patria? Che cos'è? Parla –. Denísov arrossí come una fanciulla (era strano vedere il rossore su quel vecchio viso baffuto di bevitore) e arditamente cominciò ad esporre il suo piano di sfondamento della linea di operazione del nemico fra Smolènsk e Vjazma. Denísov era vissuto in quella regione e conosceva bene i luoghi. Il suo piano sembrava indubbiamente buono, specialmente per la forza di persuasione che era nelle sue parole. Kutúzov si guardava i piedi e ogni tanto guardava nel cortile dell'isba vicina, come se di là aspettasse qualcosa di spiacevole. Dall'isba che egli guardava, effettivamente, durante il discorso di Denísov uscí un generale con un portafogli sotto all'ascella.

– Che? – disse Kutúzov a metà dell'esposizione di Denísov. – Siete già pronto?

– Pronto, Altezza Serenissima, – disse il generale. Kutúzov scosse il capo come per dire: « Come mai un uomo solo può riuscire a far tutto questo? » e seguitò ad ascoltare Denísov.

– Vi do la mia pa'ola d'ono'e di ufficiale 'usso, – disse Denísov, – che 'ompe'ò le comunicazioni di Napoleone.

– Kiríll Andréjevič Denísov, il capo dell'intendenza, che viene a esserti? – fece Kutúzov, interrompendolo.

– Zio, Altezza Se'enissima.

– Ah! eravamo amici, – disse allegramente Kutúzov. – Bene, bene, colombello: resta qui allo stato maggiore, domani parleremo.

Facendo un cenno del capo a Denísov, si voltò in là e stese la mano alle carte che gli aveva portate Konovnítyn.

– Vostra Altezza non vuol degnarsi di entrare nelle stanze?

– disse con voce scontenta il generale di servizio: – è necessario esaminare i progetti e firmare alcune carte.

Un aiutante che usciva dalla porta annunziò che tutto era pronto nell'alloggio. Ma evidentemente Kutúzov voleva entrare nelle stanze ormai libero di tutto. Egli fece una smorfia...

– No, colombello, fa' portar qua un tavolino: guarderò qui le carte, – disse. – Tu non andar via, – aggiunse, rivolgendosi al principe Andréj.

Il principe Andréj rimase sulla scala ad ascoltare il generale di servizio.

Durante il rapporto, il principe Andréj udí dietro la porta d'entrata un sussurrio di donna e il fruscio di un vestito di seta. Piú volte, guardando in quella direzione notò dietro la porta una bella donna pienotta, colorita, con un vestito rosa e un fazzoletto di seta lilla in capo e un piatto in mano, che evidentemente aspettava che il comandante in capo entrasse. L'aiutante di campo di Kutúzov spiegò sottovoce al principe Andréj che quella era la padrona di casa, la moglie del prete, che voleva porgere il pane e il sale a Sua Altezza Serenissima. Il marito aveva accolto Sua Altezza Serenissima in chiesa con la croce e lei voleva accoglierlo in casa... « Molto bellina », aggiunse l'aiutante di campo con un sorriso. Kutúzov, a quelle parole, si voltò a guardare. Kutúzov ascoltava il rapporto del generale di servizio (l'oggetto principale del quale era la critica della posizione presso Tsàrevo-Zàjmišce) cosí come sette anni prima ascoltava le discussioni del consiglio di guerra prima di Austerlitz. Evidentemente egli ascoltava soltanto perché aveva gli orecchi, i quali, benché in uno di essi vi fosse un pezzetto di cavo di bastimento, non potevano non ascoltare; ma era chiaro che non soltanto nulla di ciò che poteva dirgli il generale di servizio riusciva a sorprenderlo o a interessarlo, ma che egli sapeva fin da prima tutto ciò che gli dovevano dire e ascoltava tutte quelle cose soltanto perché bisognava ascoltarle, come bisogna ascoltare il canto d'una funzione di ringraziamento. Tutto ciò che aveva detto Denísov era giusto e intelligente. Ciò che diceva il generale di servizio era anche piú giusto e intelligente, ma era evidente che Kutúzov disprezzava il sapere e l'intelligenza, e conosceva qualche altra cosa che doveva risolvere la situazione, qualche cosa che non dipendeva né dal sapere né dall'intelligenza. Il principe Andréj seguiva attentamente l'espressione della fisonomia del comandante in capo, e l'unica espressione che egli vi poté notare fu quella della noia, della curiosità per quel che potesse significare quel sussurrio di donna dietro la porta, e il desiderio di salvare le convenienze. Si vedeva chiaramente che Kutúzov disprezzava l'intelligenza e il sapere, e anche il sentimento patriottico che aveva dimostrato Denísov, ma non li disprezzava né con l'intelligenza, né col sentimento, né con le sue cognizioni (poiché non cercava neppure di mostrarle), ma li disprezzava con qualcosa d'altro. Li disprezzava con la sua vecchiezza ed esperienza della vita. Il solo ordine che, durante quel rapporto, Kutúzov diede di sua iniziativa riguardava i saccheggi delle truppe russe. Il generale di servizio, alla fine del rapporto, presentò a Sua Altezza Serenissima una carta da firmare relativa alla somma che avrebbero dovuto pagare certi comandanti di truppe di linea, sull'istanza di un proprietario, per certa avena verde che era stata tagliata.

Kutúzov, dopo aver sentito di questo affare, schioccò le labbra e scosse la testa.

– Gettalo nella stufa... nel fuoco!... E te lo dico una volta per tutte, colombello, – disse, – tutte queste pratiche gettale nel fuoco! Che taglino grano e brucino legna a piacimento! Queste cose non le ordino né le permetto, ma non le posso punire. È impossibile impedirle. Quando si spacca la legna, i trucioli volano. – Gettò ancora uno sguardo sulla carta. – Oh, l'esattezza tedesca! – proferí, tentennando il capo.

XVI.

– Ecco fatto! – disse Kutúzov, firmando l'ultima carta, e dopo essersi alzato pesantemente, spianandosi le pieghe del suo collo bianco e grasso, con viso allegro si diresse verso la porta.

La moglie del prete, con tutto il sangue al viso, si precipitò a prendere il piatto che non era riuscita a porgere in tempo, malgrado vi si fosse preparata da un gran pezzo. E con un profondo inchino lo porse a Kutúzov.

Gli occhi di Kutúzov si socchiusero: egli sorrise, la prese per il mento e disse:

– E come è bella! Grazie, colombella.

Prese dalla tasca dei calzoni alcune monete d'oro e gliele mise nel piatto. – Ebbene, come te la passi? – disse Kutúzov dirigendosi verso la camera che gli era stata riservata. La moglie del prete, sorridendo con le fossette del suo viso colorito, gli tenne dietro in camera. L'aiutante di campo andò dal principe Andréj, che era sulla scala, e lo invitò a colazione; dopo una mezz'ora il principe Andréj fu di nuovo chiamato da Kutúzov. Kutúzov era sdraiato in una poltrona con la giubba sbottonata come prima. Teneva in mano un libro francese, e all'entrare del principe Andréj, mettendo un coltello per segnalibro, lo chiuse. Era *Les Chevaliers du Cygne*, di Madame de Genlis, come il principe Andréj vide dalla copertina.

– Siedi, siedi qui, discorriamo, – disse Kutúzov. – È triste, molto triste. Ma ricorda, amico mio, che io ti sono come padre, un secondo padre...

Il principe Andréj raccontò a Kutúzov tutto ciò che sapeva intorno alla morte di suo padre e a quel che aveva visto lui stesso a Lysyja Gory quando c'era passato.

– A che... a che ci hanno condotti! – disse a un tratto Kutúzov con voce agitata, immaginandosi certo chiaramente, attraverso il racconto del principe Andréj, la posizione nella quale si trovava la Russia. – Da' tempo, da' tempo! – aggiunse con un'espressione cattiva del viso e, non desiderando evidentemente prolungare quel discorso che lo agitava, disse: – Ti ho fatto chiamare per tenerti presso di me.

– Ringrazio Vostra Altezza Serenissima, – rispose il principe Andréj, – ma temo di non servire piú per gli stati maggiori, – disse poi con un sorriso che Kutúzov notò.

Kutúzov lo guardò interrogativamente.

– E piú che tutto, – aggiunse il principe Andréj, – sono abituato al reggimento, mi sono affezionato agli ufficiali e credo che gli uomini mi vogliano bene. Mi farebbe pena lasciare il reggimento! Se declino l'onore di star con voi, credete...

Un'espressione intelligente, buona e insieme sottilmente ironica brillò sul viso gonfio di Kutúzov. Egli interruppe Bolkonskij.

– Mi dispiace: mi saresti stato utile; ma hai ragione, hai ragione. Non è qui che abbiamo bisogno di uomini. Di consiglieri ce n'è sempre molti, ma uomini non ce n'è. I reggimenti non sarebbero come sono se tutti i consiglieri servissero là, nei reggimenti, come te. Io ti ricordo fin da Austerlitz. Ti rammento, ti rammento, con la bandiera ti rammento, – disse Kutúzov, e un lieto rossore salí al viso del principe Andréj a quel ricordo.

Kutúzov gli tese la mano e lo attirò a sé, presentandogli la gota, e di nuovo il principe Andréj vide le lacrime negli occhi del vecchio. Benché il principe Andréj sapesse che Kutúzov era facile alle lacrime e che gli si mostrava particolarmente affettuoso e compassionevole pel desiderio di mostrargli la sua solidarietà per la perdita da lui fatta, pure quel ricordo di Austerlitz gli fu piacevole e lusinghiero.

– Va' con Dio per la tua strada! Io so che la tua strada è la strada dell'onore –. Tacque un poco. – A Bucarest ti ho rimpianto: avevo qualcuno da mandare –. E, cambiando discorso, Kutúzov cominciò a parlare della guerra di Turchia e della pace conclusa. – Già, mi hanno rimproverato non poco, – disse Kutúzov, – e per la guerra e per la pace... ma tutto viene a suo tempo. *Tout vient à point à celui qui sait attendre.* E là non c'erano meno consiglieri che qua... – continuò, ritornando ai consiglieri che, evidentemente, gli davan da fare. – Oh, i consiglieri, i consiglieri! – disse egli: – ad ascoltare tutti, là in Turchia non avremmo concluso la pace né finita la guerra. Si vuol far tutto in fretta e le cose affrettate sono le piú lunghe. Se Kàmenskij non fosse morto, sarebbe finito male. Con trentamila uomini prendeva d'assalto le fortezze. Prendere una fortezza non è difficile: difficile è vincere una campagna. Ma per questo non bisogna prendere d'assalto e attaccare, ma ci vuol *pazienza e tempo*. Kàmenskij aveva mandato i soldati per prendere Rušiúk e io, solo con queste due cose (pazienza e tempo) ho preso piú fortezze di Kàmenskij e ho fatto mangiare ai turchi la carne di cavallo –. Tentennò il capo. – E i francesi faranno lo stesso, credi alla mia parola, – seguitò Kutúzov animandosi e picchiandosi il petto, – li farò mangiare la carne di cavallo –. E di nuovo i suoi occhi luccicarono di lacrime.

– Ma si dovrà pure accettare battaglia, – disse il principe Andréj.

– Sí, se tutti lo vorranno; non c'è che fare... Ma credi, colombello: non c'è guerriero piú forte di questi due: *pazienza e tempo*; questi faranno tutto. Ma i consiglieri *n'entendent pas de cette oreille, voilà le mal!* Gli uni vogliono, gli altri non vogliono. Che fare? – domandò egli, come aspettando una risposta. – Già, che cosa diresti di fare? – ripeté, e i suoi occhi luccicarono con un'espressione profonda, intelligente. – Te lo dirò io che cosa si deve fare, – riprese, visto che il principe Andréj non rispondeva. – Te lo dirò io che cosa si deve fare e che cosa faccio. *Dans le doute, mon cher,* – e tacque un momento, – *abstiens-toi*, – proferí, staccando le parole. – Ora addio, amico mio; ricordati che io sono vicino a te con tutta l'anima nella perdita che hai fatta e che per te non sono né Altezza Serenissima, né principe, né comandante in capo, ma un padre. Se hai bisogno di qualche cosa, rivolgiti a me direttamente. Addio, caro!

Di nuovo l'abbracciò e lo baciò. Ma il principe Andréj non

era ancora uscito dalla porta che Kutúzov mandò un sospiro di sollievo e si rimise al romanzo di Madame de Genlis *Les Chevaliers du Cygne* che non aveva finito.

Come e perché ciò accadesse il principe Andréj non avrebbe in nessun modo potuto spiegarlo, ma dopo quel colloquio con Kutúzov egli tornò al suo reggimento tranquillato sull'andamento generale delle cose e sulla persona alla quale erano state affidate. Piú vedeva l'assenza di tutto ciò che è personale in quel vecchio, nel quale pareva fossero rimaste soltanto le abitudini delle passioni e, invece dell'intelligenza (la quale raggruppa i fatti e trae le conseguenze), la sola capacità di contemplare tranquillamente il corso degli avvenimenti, piú era sicuro che tutto sarebbe andato come bisognava che andasse. « Non ci metterà nulla del suo. Non escogiterà nulla, non intraprenderà nulla, – pensava il principe Andréj, – ma ascolterà tutto, ricorderà tutto, metterà tutto al suo posto, non impedirà nessuna cosa vantaggiosa e non permetterà nessuna cosa nociva. Capisce che c'è qualcosa di piú forte e di piú importante della sua volontà, l'ineluttabile corso degli avvenimenti, e sa vederli, sa capire il loro significato e in considerazione di questo significato sa rinunziare ad ogni intervento in questi avvenimenti ed alla sua volontà personale rivolta ad altro. Ma piú che tutto, – pensava il principe Andréj, – la ragione per cui si crede in lui è che è russo, a dispetto del romanzo della Genlis e dei proverbi francesi, che la voce gli trema quando dice: " A che ci hanno condotti! ", che ha i singhiozzi in gola quando parla di far loro mangiare la carne di cavallo ».

Su questo stesso sentimento, che piú o meno vagamente, tutti provavano, erano fondate quell'unanimità di sentimenti e quell'approvazione generale che avevano accompagnato la nomina di Kutúzov a comandante in capo, nomina d'origine popolare e contraria alle combinazioni di Corte.

XVII.

Dopo la partenza dell'imperatore da Mosca, la vita della città riprese il solito andamento di prima e il corso di questa vita tornò ad essere talmente usuale che era difficile ricordarsi dei passati giorni di entusiasmo e di slancio patriottico, era difficile credere che effettivamente la Russia fosse in pericolo e che i membri del Club inglese fossero anche figli della patria, pronti per essa a qualunque sacrificio. La sola cosa che ricordasse lo spirito di entusiastico patriottismo che c'era stato durante il soggiorno dell'imperatore a Mosca era la richiesta di offerte in uomini e in denaro, che, non appena furono fatte, vennero rivestite di forme legali ed ufficiali, e sembravano ormai inevitabili.

Con l'avvicinarsi del nemico a Mosca, i moscoviti non soltanto non consideravano la loro situazione con piú serietà, ma al contrario la consideravano con piú spensieratezza ancora, come sempre accade alla gente che vede avvicinarsi un grande pericolo. All'avvicinarsi di un pericolo, due voci parlano sempre con la stessa forza nell'animo umano: una, con molta ragionevolezza, dice sempre che l'uomo deve riflettere sulla natura del pericolo che gli sovrasta e sui mezzi per scongiurarlo; l'altra, con ragionevolezza anche maggiore, dice che è troppo penoso e tormentoso pensare al pericolo, quando prevedere tutto e premunirsi contro il corso generale degli avvenimenti non è in potere dell'uomo, e perciò è meglio distoglier l'occhio da ciò che è penoso fino a che non è accaduto, e pensare a cose piacevoli. Nella solitudine l'uomo per lo piú ascolta la prima voce; quando è in compagnia al contrario ascolta la seconda. Cosí accadeva anche adesso agli abitanti di Mosca. Da molto tempo non ci si era divertiti a Mosca come quell'anno.

I manifesti di Rastòpcin con le figure di uno spaccio di liquori, del liquorista e del piccolo mercante di Mosca Kàrpuška Cighírin, *che, trovandosi nella milizia e avendo bevuto un bicchierino di troppo, sentí dire che Bonaparte voleva andar contro Mosca, per il che s'indignò, proferí delle parole ingiuriose contro tutti i francesi, uscí dallo spaccio e sotto l'aquila dell'insegna si mise a parlare al popolo adunato*, erano letti e commentati come gli ultimi *bouts-rimés* di Vasilij Lvovič Puškin [1].

Al Club, nella stanza d'angolo, si riunivano per leggere questi manifesti, e a certuni piaceva come Kàrpuška canzonava i francesi dicendo che essi *sarebbero gonfiati di cavoli, scoppiati di pappa, soffocati di minestra, che erano tutti dei nani e che una femmina con un forcone poteva abbatterne tre.* Alcuni non approvavano quel tono e dicevano che era volgare e sciocco. Raccontavano che Rastòpcin aveva mandato via da Mosca tutti i francesi, anzi tutti gli stranieri, che fra essi c'erano delle spie e degli agenti di Napoleone; ma raccontavano queste cose specialmente per aver agio di citare i motti arguti detti da Rastòpcin alla loro partenza. Gli stranieri erano stati spediti su un barcone

[1] Verseggiatore da salotto, zio del grande poeta.

a Nižnij-Nòvgorod e Rastòpcin aveva detto loro: – *Rentrez en vous-mêmes, entrez dans la barque et n'en faites pas une barque de Charon!* – Si raccontava che già si erano fatte partire tutte le amministrazioni pubbliche e si aggiungeva questo scherzo di Scinscin, che solo per questo Mosca doveva essere grata a Napoleone. Raccontavano che a Mamònov il suo reggimento sarebbe costato ottocentomila rubli, che Bezúchov aveva speso anche di piú per i suoi militi, ma che quel che c'era di meglio nell'azione di Bezúchov era che egli stesso avrebbe vestito l'uniforme e sarebbe andato a cavallo in testa al reggimento e che non avrebbe fatto pagar nulla a chi avesse voluto vederlo.

– Voi non fate grazia a nessuno, – diceva Julie Drubetskàja, raccogliendo e stringendo un mucchietto di filacce con le sue dita sottili, coperte di anelli.

Julie si preparava a partire da Mosca il giorno seguente e dava una serata di addio.

– Bezúchov è *ridicule*, ma è tanto buono, tanto simpatico. Che piacere c'è a essere tanto *caustique*?

– Multa! – disse un giovane, in uniforme da milite, che Julie chiamava *mon chevalier* e che doveva andare a Nižnij con lei.

Nell'ambiente di Julie, come in molti ambienti di Mosca, era stato stabilito di parlare soltanto russo, e coloro che sbagliavano, dicendo delle parole francesi, pagavano una multa che andava a beneficio del comitato delle offerte.

– Un'altra multa per il gallicismo, – disse uno scrittore russo che era nel salotto. – « Piacere a essere » non è russo.

– Voi non fate grazia a nessuno, – continuò Julie rivolta al milite senza badare all'osservazione dello scrittore. – Per *caustique* sono colpevole, – disse, – e pagherò; ma per il piacere di dirvi la verità sono pronta a pagare ancora; dei gallicismi non rispondo, – disse, rivolgendosi allo scrittore. – Io non ho né il tempo né i denari che ha il principe Golityn per prendere un maestro e studiare il russo... Ah, eccolo! – s'interruppe Julie. – *Quand on...* No, no, – disse rivolta al milite, – non mi ci pigliate. Quando si parla del sole, se ne vedono i raggi, – disse la padrona di casa, sorridendo amabilmente a Pierre. – Or ora parlavamo di voi, – disse Julie, con quella disinvoltura nel mentire propria delle donne mondane. – Dicevamo che il vostro reggimento di certo sarà migliore di quello di Mamònov.

– Ah! non mi parlate del mio reggimento, – rispose Pierre, baciando la mano della padrona di casa e sedendosi accanto a lei. – Mi è talmente venuto a noia!

– Lo comanderete certo voi stesso, – disse Julie, scambiando un'occhiata maliziosa ed ironica col milite.

Il milite in presenza di Pierre non era già piú cosí *caustique*, e in viso gli si manifestò un senso di perplessità riguardo a ciò che significava il sorriso di Julie. Malgrado la sua distrazione e la sua bonarietà, la personalità di Pierre paralizzava immediatamente ogni tentativo di canzonatura in sua presenza.

– No, – rispose Pierre ridendo e accennando al suo corpo grande e grosso. – Sarei un troppo facile bersaglio per i francesi, e poi temo di non riuscire a salire a cavallo.

Fra le persone che formavano oggetto della conversazione nell'ambiente di Julie c'erano i Rostòv.

– Dicono che i loro affari vadano molto male, – disse Julie. – E lui, il conte, ha cosí poco giudizio!... I Razumovskij volevano comprare la sua casa e la tenuta sotto Mosca, ma le cose vanno per le lunghe... Lui chiede troppo.

– No, credo che la vendita si farà in questi giorni, – disse qualcuno. – Benché ora sia una follia comprare qualche cosa a Mosca.

– Perché? – disse Julie. – Credete forse che ci sia pericolo per Mosca?

– E voi perché ve ne andate?

– Io? Strana domanda! Me ne vado perché... perché tutti se ne vanno; e poi io non sono una Giovanna d'Arco, né un'amazzone.

– Eh, già, già! Datemi ancora qualche pezzetto di tela.

– Se riesce a condurre bene le cose, può pagare tutti i suoi debiti, – proseguí il milite, parlando di Rostòv.

– È un buon vecchio, ma molto un *pauvre sire*. E perché stanno qui tanto tempo? Da un pezzo se ne volevano andare in campagna. Pare che Nathalie ora stia bene, eh? – domandò Julie a Pierre, sorridendo maliziosamente.

– Attendono il figlio minore, – disse Pierre. – È entrato nei cosacchi di Obolenskij ed è andato a Bjèlaja-Tserkov. Là si forma il reggimento. Ma ora l'hanno passato nel mio reggimento e lo aspettano di giorno in giorno. Il conte da un pezzo voleva partire, ma la contessa per nulla al mondo consente a lasciar Mosca prima che non arrivi il figlio.

– Li ho veduti ier l'altro dagli Archarov. Nathalie è di nuovo imbellita ed allegra. Cantò una romanza. Come tutto passa con facilità a certe persone!

– Che cosa passa? – domandò involontariamente Pierre.

Julie sorrise.

– Sapete, conte, che cavalieri come voi ce ne sono soltanto nei romanzi di Madame de Souza?

– Che cavaliere? Perché? – domandò Pierre arrossendo.

– Su, basta, caro conte: *c'est la fable de tout Moscou. Je vous admire, ma parole d'honneur.*

– Multa! multa! – disse il milite.

– Eh, va bene! È impossibile parlare: che noia!

– *Qu'est-ce qui est la fable de tout Moscou?* – disse irritato Pierre, alzandosi.

– Smettetela, conte, lo sapete.

– Non so nulla, – disse Pierre.

– So che eravate amico di Nathalie, e perciò... No: io sono stata sempre piú amica di Vjera. *Cette chère Véra.*

– *Non, madame,* – continuò Pierre in tono irritato. – Io non mi sono affatto assunto la parte di cavaliere della Rostòva ed è quasi un mese che non vado da loro. Ma non capisco la crudeltà che...

– *Qui s'excuse s'accuse,* – disse Julie sorridendo e brandendo le filacce, e, perché l'ultima parola restasse a lei, subito cambiò discorso. – Sentite un po' quel che ho saputo oggi: la povera Marja Bolkònskaja è arrivata ieri a Mosca. L'avete saputo che ha perduto il padre?

– Davvero? Dov'è? Desidererei molto vederla, – disse Pierre.

– Ieri ho passato la serata con lei. Oggi o domani mattina va nella tenuta sotto Mosca col nipote.

– Come sta? – disse Pierre.

– Non c'è male, è triste. Ma sapete chi l'ha salvata? È tutto un romanzo. Nicolas Rostòv. L'avevano circondata, la volevano uccidere, avevano ferito i suoi domestici. Lui s'è gettato avanti e l'ha salvata...

– Ancora un romanzo! – disse il milite. – Questa fuga generale è proprio fatta perché le vecchie zittelle trovino marito. Catiche è una; la principessina Bolkònskaja è un'altra.

– Ma sapete che io credo per davvero che sia *un petit peu amoureuse du jeune homme?*

– Multa! multa! multa!

– Ma come si può dir questo in russo?

XVIII.

Quando Pierre tornò a casa, gli diedero due manifesti di Rastòpcin che avevano portati quel giorno.

Nel primo si diceva che la voce corsa che il conte Rastòpcin avesse proibito di lasciar Mosca era falsa e che al contrario il conte Rastòpcin era contento che uscissero da Mosca le signore e le mogli dei mercanti. « Ci sarà meno paura e meno notizie, – era detto nel manifesto, – ma io rispondo con la mia vita che quello scellerato malfattore non giungerà a Mosca ». Queste parole mostrarono per la prima volta chiaramente a Pierre che i francesi sarebbero giunti a Mosca. Nel secondo manifesto era detto che il nostro quartier generale era a Vjazma, che il conte Wittgenstein aveva vinto i francesi, ma che, siccome molti abitanti desideravano armarsi, cosí delle armi erano pronte per loro nell'arsenale: sciabole, pistole, fucili, che gli abitanti potevano avere a buon prezzo. Il tono di questi manifesti non era già piú cosí faceto come quello antecedente dei discorsi di Cighírin. Pierre si mise a riflettere su questi manifesti. Evidentemente, la terribile nuvola temporalesca che egli invocava con tutte le forze dell'anima sua e che intanto destava in lui un involontario terrore, evidentemente quella nuvola si avvicinava.

« Entrare in servizio militare e andare al campo o aspettare? » Per la centesima volta Pierre si pose questo quesito. Prese un mazzo di carte che stava sulla tavola e cominciò a fare un solitario.

« Se questo solitario riesce, – disse a se stesso, mischiando il mazzo, tenendolo in mano e guardando in su, – se riesce, significa... che cosa significa?... » Non fece in tempo a precisare che cosa avrebbe significato, che dietro alla porta dello studio si udí la voce della maggiore delle principessine, che domandava se si poteva entrare. « Allora significherà che debbo andare al campo », conchiuse Pierre fra sé. – Avanti, avanti, – aggiunse, rivolgendosi alla principessina. (Soltanto la maggiore delle principessine, quella con la vita lunga e il viso pietrificato, seguitava a vivere in casa di Pierre; le due piú giovani s'erano maritate).

– Scusate, *mon cousin*, se sono venuta da voi, – disse ella con voce agitata e piena di rimprovero. – Bisogna finalmente decidersi a qualche cosa. Che succederà? Tutti partono da Mosca e il popolo si rivolta. Perché restiamo?

– Al contrario, tutto mi pare che vada benissimo, *ma cousine*, – disse Pierre con quel solito tono scherzoso al quale egli, sempre mortificato di fare la parte del benefattore davanti alla principessina, si era abituato nei suoi rapporti con lei.

– Sí, va benissimo... proprio benissimo!... Varvàra Ivànovna oggi mi ha raccontato come si distinguono le nostre truppe. Si fanno proprio onore... Il popolo poi è addirittura in rivolta, non obbedisce piú; perfino la mia serva comincia a essere insolente. Se continua cosí, presto ci picchieranno. Per le strade non si può camminare. E il peggio si è che oggi o domani i francesi saranno qui: che aspettiamo? Io vi prego di una cosa soltanto, *mon cousin*, – disse la principessina, – ordinate che mi si conduca a Pietroburgo: chiunque io sia, non sono fatta per poter vivere sotto il dominio di Bonaparte.

– Ma smettete, *ma cousine*: dove attingete queste notizie? Al contrario...

– Io non mi sottometterò al vostro Napoleone. Gli altri facciano quello che vogliono... Se voi non volete farlo...

– Ma lo farò, darò subito gli ordini.

La principessina era visibilmente indispettita di non potersi arrabbiare contro nessuno. Mormorando qualche cosa, si sedette su di una sedia.

– Ma vi hanno riportato cose non vere, – disse Pierre. – In città tutto è tranquillo e non c'è ombra di pericolo. Stavo appunto leggendo qui... – Pierre mostrò i manifesti alla principessina. – Il conte scrive che risponde con la sua vita che il nemico non verrà a Mosca.

– Ah! questo vostro conte, – prese a dire con rabbia la principessina, – è un ipocrita, un malvagio che spinge lui stesso il popolo a rivoltarsi. Non è forse lui che ha scritto in questi stupidi manifesti che bisognava prendere la gente per il ciuffo, senza badare a nessuno, e trascinarla in prigione? Com'è sciocco questo! A chi piglia qualcuno, onore e gloria! Ecco il colmo della sua amabilità. Varvàra Ivànovna mi ha detto che per poco il popolo non l'ha ammazzata perché parlava francese...

– Ma sí, è cosí... Voi ve la prendete troppo a cuore, – disse Pierre e si mise a fare il solitario.

Malgrado che il solitario fosse riuscito, Pierre non andò al campo, ma rimase in quella Mosca deserta, sempre nella medesima agitazione e incertezza, aspettando con paura e insieme con piacere qualcosa di terribile.

Il giorno dopo, verso sera, la principessina partí, e da Pierre venne il suo capo-amministratore con la notizia che il denaro da lui chiesto per equipaggiare il reggimento non si poteva procurare se non si vendeva una tenuta. Il capo-amministratore espose in genere a Pierre come tutte queste idee di mantenere un reggimento lo avrebbero rovinato. Pierre nascondeva a fatica un sorriso, ascoltando le parole dell'amministratore.

– Ebbene, vendetela, – disse. – Che farci? non posso ritirarmi adesso!

Quanto peggio andavano le cose in generale e le sue in particolare, tanto piú Pierre era contento, tanto piú gli appariva evidente che la catastrofe da lui attesa si avvicinava. Quasi piú nessuno dei conoscenti di Pierre era rimasto in città. Julie era partita, la principessina Marja era partita. Dei suoi intimi soltanto i Rostòv erano rimasti; ma egli non andava in casa loro.

Quel giorno Pierre, per distrarsi, andò a cavallo al villaggio di Vorontsovo per vedere un gran pallone costruito da Leppich per sbaragliare il nemico e un pallone di prova che doveva essere lanciato l'indomani. Questo pallone non era ancora pronto; ma, come apprese Pierre, si costruiva per desiderio dell'imperatore. L'imperatore aveva scritto al conte Rastòpcin a proposito di questo pallone quanto segue:

Aussitôt que Leppich sera prêt, composez-lui un équipage pour sa nacelle d'hommes sûrs et intelligents et dépêchez un courrier au général Koutousoff pour l'en prévenir. Je l'ai instruit de la chose.

Recommandez, je vous prie, à Leppich d'être bien attentif sur l'endroit où il descendra la première fois, pour ne pas se tromper et ne pas tomber dans les mains de l'ennemi. Il est indispensable qu'il combine ses mouvements avec le général en chef.

Tornando a casa da Vorontsovo e passando per la piazza Bolòtnaja, Pierre vide folla presso il luogo delle esecuzioni; si fermò e scese di vettura. C'era la punizione di un cuoco francese, accusato di spionaggio. La punizione era finita allora e il boia staccava dal cavalletto un uomo che si lamentava e gemeva, un uomo grasso, con le fedine rosse, che aveva delle calze turchine e una giacca verde. Un altro condannato, magro e pallido, stava lí presso. Ambedue, a giudicare dai visi, erano francesi. Pierre, con un aspetto dolorosamente spaurito, simile a quello che aveva il francese magro, si fece strada attraverso la folla.

– Che è? Chi? Perché? – domandava egli. Ma l'attenzione della folla – funzionari, borghesucci, venditori, contadini, donne in mantelli e pellicce – era cosí avidamente concentrata su ciò che accadeva sul luogo delle esecuzioni, che nessuno gli rispose. L'uomo grasso si alzò, fece una smorfia, si strinse nelle spalle e, volendo evidentemente mostrare stoicismo, cominciò, senza guardarsi intorno, a indossare la giacca; ma tutt'a un tratto le labbra gli si misero a tremare ed egli scoppiò a piangere, irritandosi contro se stesso, come piangono gli uomini adulti e sanguigni. La folla cominciò a parlar forte per soffocare, come parve a Pierre, il sentimento di pietà che provava.

– È il cuoco d'un principe...

– Eh, mossiú, si vede che la salsa russa è agra per i francesi... ti allega i denti, eh?... – disse uno scrivano che, col viso accigliato, stava accanto a Pierre, nel momento che il francese si mise a piangere. Lo scrivano si guardò intorno, di certo aspettando di vedere apprezzato il suo scherzo. Alcuni risero, altri seguitarono a guardare spaventati il boia che spogliava l'altro condannato.

Pierre tirò su col naso, aggrottò le sopracciglia e, voltatosi rapidamente indietro, tornò verso la vettura, continuando a borbottare qualcosa fra sé mentre camminava e si sedeva. Durante la strada piú volte rabbrividí e fece delle esclamazioni cosí ad alta voce che il cocchiere gli domandò:

– Che ordinate?

– Dove vai? – gridò Pierre al cocchiere che si dirigeva verso la Lubjanka.

– Avete ordinato di andare dal comandante in capo, – rispose il cocchiere.

– Stupido! animale! – urlò Pierre, ingiuriando il cocchiere, cosa che gli accadeva di rado. – Ti ho detto a casa, e fa' presto, tanghero! – «Bisogna partire di oggi», disse poi fra sé Pierre.

Pierre, alla vista della punizione del francese e della folla che circondava il luogo del supplizio, aveva preso una decisione cosí definitiva di non restare piú a lungo a Mosca e di partire il giorno stesso per il campo, che gli pareva di averlo detto al cocchiere o che il cocchiere dovesse saperlo da sé.

Giunto a casa, Pierre diede ordine al suo cocchiere Evstàfjevič, che sapeva tutto, faceva tutto ed era noto a tutta Mosca, di partire nella notte per Možàjsk, dove erano le truppe, e di mandare là i suoi cavalli da sella. Tutto ciò non poteva esser fatto in quello stesso giorno, e perciò, come gli fece presente Evstàfjevič, Pierre dovette rimandare la sua partenza all'indomani, per dar tempo ai cavalli di ricambio di portarsi sulla strada.

Il 24, passato il cattivo tempo, l'aria si rasserenò, e Pierre, dopo pranzo, partí da Mosca. Nella notte, cambiando i cavalli a Perchúškovo, Pierre apprese che quella sera c'era stata una grande battaglia. Raccontavano che là, a Perchúškovo, la terra tremava per gli spari. Alla domanda di Pierre su chi avesse vinto nessuno poté dargli una risposta. (Era la battaglia del 24 presso Scevardinò). All'alba Pierre si avvicinò a Možàjsk.

Tutte le case di Možàjsk erano occupate da truppe accantonate, e alla locanda, dove Pierre incontrò il suo palafreniere e il suo cocchiere, non c'era posto nelle camere: tutto era pieno di ufficiali.

A Možàjsk e oltre Možàjsk, da per tutto, stavano truppe ferme o in movimento. Cosacchi, soldati di fanteria e di cavalleria, carri, cassoni, cannoni si vedevano da tutte le parti. Pierre si affrettò ad andare innanzi, e quanto piú si allontanava da Mosca, quanto piú profondamente s'immergeva in quel mare di truppe, tanto piú lo invadevano l'affanno dell'inquietudine e un nuovo senso di gioia che non aveva ancora mai provato. Era un senso che somigliava a quello che aveva provato al palazzo Slobodskij al momento dell'arrivo dell'imperatore: il senso della necessità di fare qualcosa e di sacrificare qualcosa. Provava ora la piacevole coscienza che tutto ciò che forma la felicità della gente – comodi della vita, ricchezze e magari la vita stessa –, tutto è nulla, tutto si può metter da parte con gioia, quando si confronti con... Con che cosa? Pierre non sapeva rendersene conto e non cercava di chiarire a se stesso per chi e per che cosa trovasse un cosí gran piacere a sacrificar tutto. Non si occupava di sapere per che cosa volesse sacrificarsi, ma il sacrificio stesso era per lui un nuovo sentimento di gioia.

XIX.

Il 24 ci fu la battaglia presso il ridotto di Scevardinò, il 25 non fu sparato neppure un colpo sia da una parte che dall'altra, il 26 avvenne la battaglia di Borodinò.

Perché e come furono date e accettate le battaglie di Scevardinò e di Borodinò? Per qual motivo fu data la battaglia di Borodinò? Né per i francesi né per i russi essa aveva nessun senso. Il risultato immediato fu e doveva essere, per i russi, che ci avvicinammo alla catastrofe di Mosca (che temevamo piú di tutto al mondo) e, per i francesi, che si avvicinarono alla catastrofe di tutto l'esercito (che anch'essi temevano piú di tutto al mondo).

Questo risultato era già allora perfettamente evidente, eppure Napoleone diede battaglia e Kutúzov l'accettò.

Se i condottieri fossero guidati da motivi ragionevoli, parrebbe che Napoleone dovesse vedere chiaramente che, essendosi allontanato di duemila miglia dalle basi e accettando battaglia colla probabilità di perdere un quarto dell'esercito, andava verso una sicura rovina; e altrettanto chiaro doveva essere per Kutúzov che, accettando battaglia e rischiando anche lui di perdere un quarto dell'esercito, perdeva certamente Mosca. Per Kutúzov ciò era matematicamente chiaro, com'è chiaro che se, giocando a dama, ho una pedina di meno e faccio a cambio, perderò certamente, e quindi non debbo fare a cambio.

Quando l'avversario ha 16 pezzi e io 14, allora io sono soltanto di un ottavo piú debole di lui; ma quando avrà scambiato 13 pezzi, allora egli avrà una forza tripla della mia.

Fino alla battaglia di Borodinò le nostre forze stavano a quelle francesi nella proporzione approssimativa di cinque a sei, ma dopo la battaglia la proporzione fu di uno a due, cioè prima della battaglia erano centomila uomini contro centoventimila e dopo la battaglia cinquantamila contro centomila. Eppure l'intelligente ed esperto Kutúzov accettò battaglia. E Napoleone, il condottiero di genio, come lo chiamano, diede battaglia perdendo un quarto del suo esercito e allungando ancora di piú la sua linea. Se si dirà che, occupando Mosca, egli pensava, come già con l'occupazione di Vienna, di terminare la campagna, contro ciò si possono portare molti argomenti. Gli stessi storici di Napoleone raccontano che fin da Smolènsk egli voleva fermarsi, conoscendo il pericolo di quella sua linea troppo allungata, e sapeva che l'occupazione di Mosca non sarebbe stata la fine della campagna, perché fin da Smolènsk aveva veduto in quale stato gli erano abbandonate le città russe e non aveva mai ricevuto risposta alle sue reiterate dichiarazioni d'essere desideroso di avviare trattative.

Dando e accettando la battaglia di Borodinò, Kutúzov e Napoleone agirono passivamente e assurdamente. Ma gli storici, a fatti compiuti, hanno portato prove ingegnose della previdenza e della genialità dei due condottieri, i quali, fra tutti gli strumenti passivi di quegli avvenimenti mondiali, erano i personaggi piú servilmente passivi.

Gli antichi ci hanno lasciato modelli di poemi eroici nei quali gli eroi costituiscono tutto l'interesse della storia, e noi ancora non ci possiamo avvezzare a questo: che per la nostra epoca umana una storia cosiffatta non ha senso alcuno.

All'altro quesito – come furono date la battaglia di Borodinò e quella precedente di Scevardinò – c'è pure un'altra spiegazione molto precisa che tutti conoscono e che è interamente falsa. Tutti gli storici descrivono il fatto nel modo seguente:

L'esercito russo, nella sua ritirata dopo Smolènsk, avrebbe cercato la posizione piú vantaggiosa per una battaglia campale, e avrebbe trovato questa posizione presso Borodinò.

I russi avrebbero fortificato in precedenza questa posizione a sinistra della strada (da Mosca a Smolènsk), quasi ad angolo retto con essa, da Borodinò ad Utitsa, proprio nel luogo dove avvenne la battaglia.

Innanzi a questa posizione, per osservare il nemico, sarebbe stato stabilito un avamposto fortificato sull'altura di Scevardinò. Il 24, Napoleone avrebbe attaccato e preso il posto avanzato; il 26 avrebbe attaccato tutto l'esercito russo schierato sul piano di Borodinò.

Cosí è detto nelle storie, e tutto ciò è assolutamente falso, del che si persuaderà facilmente chiunque voglia penetrare nell'essenza dei fatti.

I russi non cercavano la posizione migliore; al contrario, nella loro ritirata, erano passati per molte posizioni migliori di quella di Borodinò. Non si erano fermati in nessuna di queste posizioni sia perché Kutúzov non voleva fermarsi su nessuna posizione che non fosse scelta da lui, sia perché la necessità di una battaglia campale non si presentava ancora con sufficiente evidenza, sia perché Miloràdovič con la milizia non era ancora giunto, ed anche per altre innumerevoli ragioni. Il fatto è questo: che le posizioni anteriori erano piú forti e che la posizione di Borodinò (quella dove fu data la battaglia) non solo non era forte, ma non meritava il nome di posizione piú di qualsiasi altro punto dell'Impero russo, che fosse stato segnato a caso con uno spillo sulla carta.

I russi non soltanto non avevano fortificato la posizione della piana di Borodinò a sinistra della strada, ad angolo retto (cioè il punto dove avvenne la battaglia), ma mai, fino al 25 agosto 1812, avevano pensato che in quel punto potesse avvenire una battaglia. Ne è prova, in primo luogo che non solo fino al 25 non c'erano fortificazioni in quel luogo, ma, cominciate il 25, anche il 26 non erano finite; in secondo luogo la posizione del ridotto di Scevardinò: il ridotto di Scevardinò, posto innanzi alla posizione nella quale fu accettata battaglia, non aveva alcun senso.

Perché quel ridotto era fortificato meglio di tutti gli altri punti? E perché, difendendolo fino al 24, a tarda notte, si esaurirono tutti i nostri sforzi e si perdettero seimila uomini? Per osservare il nemico bastava una pattuglia di cosacchi. In terzo luogo, a dimostrare che la posizione dove avvenne la battaglia non era stata preveduta e che il ridotto di Scevardinò non era il punto piú avanzato di questa posizione, giova sapere che Barclay de Tolly e Bagratiòn fino al 25 erano persuasi che il ridotto di Scevardinò fosse il fianco *sinistro* della posizione, e che Kutúzov stesso, nel suo rapporto scritto ancora sotto l'impressione della battaglia, chiama il ridotto di Scevardinò il fianco *sinistro* della posizione. Soltanto molto piú tardi, quando furono scritti con comodo i rapporti sulla battaglia di Borodinò (probabilmente per giustificare gli errori del comandante in capo che doveva essere infallibile), s'inventò l'inesatta e strana affermazione che il ridotto di Scevardinò serviva come punto *piú avanzato* (quando era soltanto un punto fortificato del fianco sinistro) e che la battaglia di Borodinò era stata accettata dai nostri su di una posizione fortificata e scelta in precedenza, mentre si svolse in un luogo assolutamente inatteso e quasi non fortificato.

La cosa dunque andò evidentemente cosí: la posizione fu scelta sul fiume Kolocià, che taglia la strada maestra non ad angolo retto, ma ad angolo acuto, sicché il fianco sinistro era a Scevardinò, il destro presso il villaggio di Nòvoje e il centro a Borodinò, alla confluenza dei fiumi Kolocià e Vojnà. Questa posizione, protetta dal fiume Kolocià, è ovvia, per un esercito che abbia lo scopo di fermare un nemico che si avanzi su Mosca per la strada di Smolènsk, a chiunque guardi il campo di battaglia di Borodinò dimenticando come è avvenuta la battaglia.

Napoleone, il 24, incamminandosi verso Valújevo, non si accorse (come è detto nella storia) della posizione dei russi da Utitsa a Borodinò (non poteva vedere questa posizione perché non esisteva) e non vide il posto avanzato dell'esercito russo; ma, inseguendo la retroguardia russa, urtò nel fianco sinistro della posizione dei russi, che era il ridotto di Scevardinò, e, inaspettatamente per i russi, fece passare la Kolocià alle sue truppe. E i russi, non avendo avuto il tempo di impegnare una battaglia campale, si ritirarono con l'ala sinistra dalla posizione che volevano occupare e ne occuparono una nuova che non era né preveduta né fortificata. Passato sulla sponda sinistra della Kolocià, a sinistra della strada, Napoleone spostò tutta la futura battaglia da destra verso sinistra (rispetto ai russi) e la trasportò nella piana fra Utitsa,

Semjònovskoje e Borodinò (piana che non aveva nessun maggior vantaggio, come posizione, di qualsiasi altra piana russa) e su quel terreno avvenne tutta la battaglia del 26. Il piano della battaglia prevista e di quella effettivamente avvenuta è, in forma sommaria, quello indicato nella cartina.

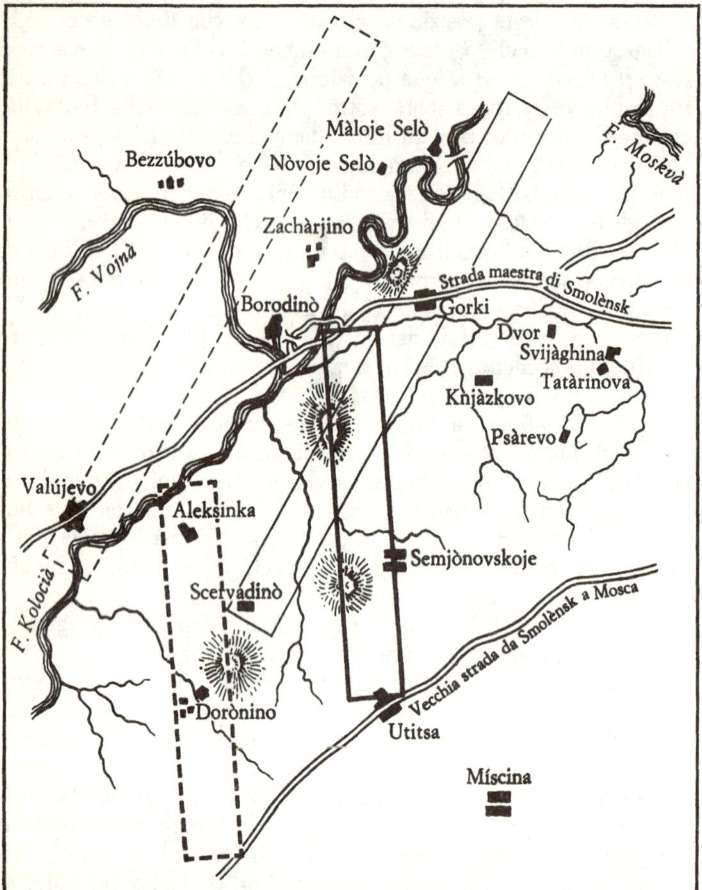

Il rettangolo chiaro tratteggiato indica il presunto schieramento dei francesi, quello chiaro continuo lo schieramento presunto dei russi; mentre i rettangoli tratteggiato e continuo scuri, indicano gli effettivi schieramenti dei francesi e dei russi durante la battaglia.

Se Napoleone, la sera del 24, non si fosse mosso verso Kolocià e non avesse ordinato di attaccar subito, la sera stessa, il ridotto, ma avesse cominciato l'attacco il mattino del giorno seguente, nessuno avrebbe potuto dubitare che Scevardinò fosse il fianco sinistro della nostra posizione, e la battaglia sarebbe avvenuta come ce l'aspettavamo. In questo caso, probabilmente, noi avremmo difeso con piú accanimento ancora il ridotto di Scevardinò, nostro fianco sinistro, avremmo attaccato Napoleone al centro o alla destra e, il 24, la battaglia campale sarebbe stata data sulla posizione che era stata fortificata e prevista. Ma siccome l'attacco contro il nostro fianco sinistro avvenne di sera, dopo la ritirata della nostra retroguardia, cioè immediatamente dopo il combattimento di Grídneva, e siccome i comandanti russi non avevano voluto o potuto cominciare la battaglia campale fin dalla sera del 24, cosí la prima e principale azione della battaglia di Borodinò fu perduta fin dal 24 e portò evidentemente come conseguenza anche la perdita di quella del 26.

Dopo la perdita del ridotto di Scevardinò, la mattina del 25 noi restammo col fianco sinistro scoperto e fummo posti nella necessità di far ripiegare la nostra ala sinistra e fortificarla in fretta, alla meglio.

Ma non soltanto il 26 agosto le truppe russe furono protette da fortificazioni insufficienti e non finite: gli svantaggi di questa posizione furono ancora accresciuti dal fatto che i comandanti russi, non ammettendo per intero il fatto compiuto (la perdita della posizione sul fianco sinistro e lo spostamento di tutto il futuro campo di battaglia da destra verso sinistra), rimanevano sulla loro posizione che si allungava dal villaggio di Nòvoje fino ad Utitsa, e perciò dovettero spostare le loro truppe da destra verso sinistra durante il combattimento. Cosí nel corso dell'intera battaglia i russi ebbero contro tutto l'esercito francese, rivolto contro la nostra ala sinistra, delle forze due volte minori a quelle avversarie.

(Le azioni di Poniatowski contro Utitsa e di Uvarov sul fianco destro dei francesi furono azioni indipendenti dall'andamento generale della battaglia). Cosí la battaglia di Borodinò si svolse non come viene descritta (cercando di nascondere gli errori dei nostri capi e in conseguenza diminuire la gloria dell'esercito e del popolo russo). La battaglia di Borodinò non avvenne su una posizione che fosse stata scelta e fortificata, con forze solo un poco minori da parte dei russi, ma la battaglia di Borodinò, in seguito alla perdita del ridotto di Scevardinò, fu accettata dai russi in località aperta e quasi non fortificata, con delle forze due volte minori di quelle dei francesi, cioè in condizioni in cui non soltanto non pareva concepibile combattere per dieci ore e lasciare indeciso l'esito della battaglia, ma non era neppure concepibile resistere per tre ore senza un disastro completo e una rotta generale.

XX.

La mattina del 25 Pierre partí da Možàjsk. Sulla strada che discende dall'enorme, scoscesa e ripida altura e conduce fuori della città lasciando a destra la cattedrale, in cui si celebrava un servizio divino e suonavano le campane, Pierre smontò di carrozza e proseguí a piedi. Dietro a lui scendeva dall'altura un reggimento di cavalleria coi cantori innanzi. Gli veniva incontro un convoglio di carri coi feriti dello scontro del giorno prima. I contadini che facevano da conducenti, gridando contro i cavalli e facendo schioccare le fruste, correvano da una parte all'altra. I carri, nei quali stavano a tre o quattro per ciascuno, sdraiati o seduti, i soldati feriti, sobbalzavano sulle pietre gettate qua e là sulla ripida erta a guisa di lastrico. I feriti, fasciati di cenci, pallidi, con le labbra serrate e le sopracciglia aggrottate, tenendosi alle sbarre, saltellavano, sballottati nei carri. Quasi tutti guardavano con ingenua fanciullesca curiosità il cappello bianco e la marsina verde di Pierre.

Il cocchiere di Pierre gridava incollerito contro il convoglio dei feriti perché si tenesse da una parte della strada. Il reggimento di cavalleria, che scendeva dall'altura cantando, andò addosso alla vettura di Pierre e ingombrò la strada. Pierre si fermò stringendosi al margine della strada scavata nella collina. A causa del forte pendio il sole non giungeva fino alla strada incassata, sicché lí faceva freddo e umido; sopra alla testa di Pierre c'era una chiara mattinata di agosto e si diffondeva un allegro scampanio. Uno dei carri dei feriti si fermò sul margine della strada, proprio accanto a Pierre. Un conducente in scarpe di scorza d'albero, tutto affannoso, corse verso il carro, mise una pietra sotto alle ruote di dietro che non avevano cerchione e cominciò ad accomodare lo straccale al suo piccolo cavallo che si era fermato.

Un ferito, un vecchio soldato con un braccio fasciato, che andava dietro al carro, vi si appoggiò col braccio sano e gettò un'occhiata a Pierre.

– Ehi, paesano, ci posano qui, eh? O si va fino a Mosca? – disse.

Pierre era talmente assorto nei suoi pensieri che non udí la domanda. Guardava ora il reggimento di cavalleria, che adesso s'incrociava col convoglio dei feriti, ora il carro presso il quale stava fermo e su cui due feriti erano seduti e uno sdraiato, e gli pareva che in quei feriti stesse la soluzione del problema che l'occupava. Uno dei soldati seduti sul carro era probabilmente ferito a una guancia. Tutta la sua testa era fasciata di cenci, e una guancia gli si era gonfiata facendosi grossa come una testa di bambino. Il naso e la bocca erano storti. Questo soldato guardò la chiesa e si fece il segno della croce. L'altro, un ragazzo giovanissimo, una recluta, biondo e bianco, che pareva non avesse assolutamente sangue nella faccina smunta, con un sorriso fisso e buono guardava Pierre; il terzo era sdraiato bocconi e non gli si vedeva il viso. I cantori a cavallo passavano proprio dinanzi al carro.

« Ah! è caduta... e la testa del riccio... – intonavano una soldatesca canzone di danza. – Ma vivendo in paese straniero... » E, come rispondendole, ma con un altro genere di allegria, i suoni metallici delle campane risonavano sull'altura. E, ancora con un diverso genere di allegria, i caldi raggi del sole inondavano il lato opposto del declivio. Ma ai piedi del declivio, presso al carro dei feriti, accanto al piccolo cavallo trafelato dove stava Pierre, era umido, scuro e triste.

Il soldato con la guancia gonfia guardava rabbiosamente i soldati di cavalleria che cantavano.

– Oh, che elegantoni! – disse con rimprovero.

– Oggi non ho visto soltanto dei soldati, ma anche dei contadini! I contadini, anche quelli spingono avanti... – disse con un triste sorriso il soldato che stava dietro al carro, rivolgendosi a Pierre. – Oggi non fanno differenze... Oggi vogliono darci dentro con tutto il popolo... Insomma, è Mosca... Vogliono farla finita tutti in una volta.

Malgrado l'oscurità delle parole del soldato, Pierre capí tutto ciò che egli voleva dire, e chinò la testa approvando. La strada era ormai sgombra e Pierre discese la costa e proseguí con la carrozza.

Pierre procedeva gettando occhiate dalle due parti della strada, per cercare qualche viso conosciuto, e da per tutto incontrava soltanto visi sconosciuti di soldati appartenenti a truppe diverse, che tutti guardavano con la medesima meraviglia il suo cappello bianco e la sua marsina verde.

Percorse quattro miglia, incontrò la prima persona di sua conoscenza e le si rivolse gioiosamente. Questa persona di conoscenza era uno dei medici capi dell'esercito. Egli veniva verso Pierre in un calesse, seduto accanto a un giovane dottore, e, riconosciuto Pierre, disse di fermare al suo cosacco che stava in serpa al posto del cocchiere.

– Conte! Come mai qui, Eccellenza? – domandò il medico.

– Avevo voglia di vedere qualcosa...

– Oh, ce ne sarà da vedere...

Pierre smontò e, fermatosi, si mise a discorrere col medico, palesandogli la sua intenzione di prender parte alla battaglia.

Il medico consigliò a Bezúchov di rivolgersi direttamente a Sua Altezza Serenissima.

– Perché trovarsi Dio sa dove, e all'oscuro di tutto durante la battaglia, – disse, scambiando un'occhiata col suo giovane compagno, – mentre Sua Altezza Serenissima vi conosce e vi accoglierà con benevolenza? Fate cosí, padre mio, – disse il medico.

Il medico pareva fosse stanco e avesse fretta.

– Allora pensate... Ma vi volevo domandare ancora: dov'è proprio la nostra posizione? – disse Pierre.

– La posizione? – disse il medico. – Questo poi non è affar mio. Passerete da Tatàrinova: là scavano a gran forza. Là salite sul tumulo [1]: di là c'è modo di vedere, – disse il medico.

– C'è modo di vedere di là?... Se voi...

Ma il medico l'interruppe e si avvicinò al calesse.

– Vi condurrei, ma Dio sa che ne ho fin qui, – (il medico accennò sopra ai capelli). – Ora corro dal comandante di corpo d'armata. È sempre cosí da noi... Sapete, conte, domani ci sarà battaglia: con centomila soldati bisogna contare per lo meno su ventimila feriti. E non abbiamo barelle, letti da campo, infermieri e medici neppure per seimila. Ci sono diecimila carri, ma occorre anche altro!... Si fa come si può.

Pierre fu colpito da questa strana idea, che fra quelle migliaia di uomini vivi, sani, giovani e vecchi, che con allegra meraviglia guardavano il suo cappello, ce n'erano di sicuro ventimila destinati a esser feriti o a morire (forse proprio quegli stessi che egli vedeva ora).

« Forse domani morranno. Perché pensano a qualcosa di diverso dalla morte? » E a un tratto, per una segreta associazione d'idee, gli si presentarono al vivo davanti alla mente la scesa dell'altura di Možàjsk, i carri coi feriti, il suono delle campane, i

[1] Nelle pianure russe ci sono molti di questi tumuli (*kurgany*), ricordo della dominazione tartara del medio evo.

raggi obliqui del sole e la canzone dei soldati di cavalleria. « I soldati di cavalleria vanno in battaglia e incontrano i feriti e neppure un istante riflettono a ciò che li aspetta, e passano davanti ai feriti, ammiccando con gli occhi. E di tutti questi, ventimila sono votati alla morte, e invece si meravigliavano del mio cappello! Strano! » pensava Pierre dirigendosi piú in là, verso Tatàrinova.

Presso la casa padronale, dalla parte sinistra della strada, erano fermi carrozze, carri, folle di attendenti e sentinelle. Là dimorava Sua Altezza Serenissima. Ma nel momento che giunse Pierre non c'era, e non c'era quasi nessuno dello stato maggiore. Erano tutti alla funzione propiziatoria. Pierre andò avanti verso Gorki.

Salito sull'erta ed entrato nella piccola strada del villaggio, Pierre vide per la prima volta dei contadini della milizia, con la croce sul berretto e la camicia bianca, che, parlando ad alta voce e ridendo, animati e sudati, facevano non so che lavoro a destra della strada, su di un enorme tumulo coperto d'erba.

Alcuni di loro scavavano con le zappe l'altura, altri, attraversando delle tavole, portavano via la terra nelle carriole, altri stavano in piedi senza far nulla.

Due ufficiali erano sul tumulo e li dirigevano. Vedendo quei contadini, che evidentemente si divertivano ancora alle loro nuove occupazioni militari, Pierre si ricordò di nuovo dei soldati feriti di Možàjsk e capí ciò che aveva voluto esprimere il soldato che diceva: « Oggi vogliono darci dentro con tutto il popolo ». La vista di quei barbuti contadini che lavoravano sul campo di battaglia, coi loro strani stivali senza garbo, col collo sudato e il colletto della camicia rovesciato e sbottonato, sotto al quale si vedeva la sporgenza abbronzata delle clavicole, agí su Pierre piú fortemente di tutto ciò che fino a quel punto aveva veduto e udito riguardo alla solennità e all'importanza del momento.

XXI.

Pierre scese di carrozza e, passando davanti ai militi che lavoravano, salí su quel tumulo dal quale, come gli aveva detto il medico, si vedeva il campo di battaglia.

Erano circa le 11 di mattina. Il sole era un poco a sinistra e dietro a Pierre, e illuminava vivamente, attraverso l'aria pura e sottile, un immenso panorama che gli si apriva dinanzi sul terreno salente ad anfiteatro.

Al disopra e a sinistra di questo anfiteatro, tagliandolo, correva la strada maestra di Smolènsk, che passava attraverso il villaggio con una chiesa bianca, situato lí davanti e piú in basso, a cinquecento passi dal tumulo (era Borodinò). La strada, sotto al villaggio, traversava un ponte e, con salite e discese, andava sempre piú su verso il villaggio di Valújevo, che si scorgeva a un sei miglia di distanza (là stava Napoleone). Dietro Valújevo la strada si nascondeva all'orizzonte in una foresta di alberi ingialliti. In quella foresta di betulle e di abeti, a destra della strada, splendevano nel sole la croce lontana e il campanile del monastero Kolotskij. Per tutta quell'azzurra lontananza, a destra e a sinistra della foresta e della strada, in diversi punti si vedevano fumanti fuochi di bivacco e vaghe masse di truppe nostre e nemiche. A destra, lungo il corso dei fiumi Kolocià e Moskvà, il terreno era montuoso e accidentato. Fra quelle gole si vedevano in lontananza i villaggi di Bezzúbovo e Zachàrjino. A sinistra il terreno era piú eguale, c'erano campi di grano e si vedeva fumare un villaggio incendiato, Semjònovskoje.

Tutto ciò che Pierre vedeva a destra e a sinistra era talmente confuso che né la parte destra né la sinistra del campo corrispondeva pienamente all'immaginazione che egli se n'era fatta. Tutt'intorno non c'era il campo di battaglia ch'egli si aspettava di vedere, ma campi, praterie, truppe, foreste, fumo di accampamenti, villaggi, tumuli, ruscelli; per quanto cercasse, Pierre non riusciva a trovare su quel terreno cosí pieno di vita la nostra posizione e neppure a distinguere le nostre truppe da quelle nemiche.

« Bisogna informarsi da qualcuno che sa », pensò egli e si diresse verso un ufficiale che guardava con curiosità la sua enorme figura, cosí poco militare.

– Permettete che vi domandi, – fece Pierre, rivolto all'ufficiale, – che villaggio è, quello lí davanti?

– Burdinò... o com'è che si chiama? – disse l'ufficiale, rivolgendosi con questa domanda a un suo compagno.

– Borodinò, – rispose l'altro, correggendolo.

L'ufficiale, evidentemente contento dell'occasione di discorrere, si avvicinò a Pierre.

– Sono là i nostri? – domandò Pierre.

– Sí, e un po' piú lontano i francesi, – disse l'ufficiale. – Eccoli là, si vedono.

– Dove? dove? – domandò Pierre.

– Si vedono a occhio nudo. Eccoli.

L'ufficiale accennò con la mano alle colonne di fumo che si vedevano a sinistra, di là dal fiume, e sul suo viso apparve quell'espressione seria e severa che Pierre aveva veduta su molti visi da lui incontrati.

– Ah, sono i francesi! E là?... – Pierre mostrava a sinistra un tumulo, intorno al quale si vedevano delle truppe.

– Quelli sono i nostri.

– Ah, i nostri! E là?... – Pierre mostrò un altro tumulo, in lontananza, con un grande albero accanto a un villaggio che appariva in una gola e presso al quale pure fumavano dei fuochi di accampamenti e nereggiava qualcosa.

– È di nuovo *lui*, – disse l'ufficiale (era il ridotto di Scevardinò). – Ieri era nostro e oggi è *suo*.

– Sicché, qual è la nostra posizione?

– La posizione? – disse l'ufficiale con un sorriso di soddisfazione. – Vi posso descrivere tutto chiaramente perché ho costruito io quasi tutte le nostre fortificazioni. Ecco, vedete, il nostro centro è a Borodinò, qui... – Mostrò il villaggio con la chiesa bianca che stava là davanti. – Qui è il passaggio della Kolocià. Ecco lí, vedete, dove ci sono ancora, in basso, quei tratti di fieno falciato, lí c'è anche il ponte... È il nostro centro. Il nostro fianco destro ecco dov'è, – (accennò a destra, lontano, in una gola). – Là c'è il fiume Moskvà, e là abbiamo costruito tre ridotti molto forti. Il fianco sinistro... – Qui l'ufficiale si fermò. – Vedete, è difficile spiegarvelo... Ieri il nostro fianco sinistro era laggiú, a Scevardinò, vedete là, dove c'è una quercia; ma ora abbiamo portato indietro l'ala sinistra; ora, vedete là, laggiú, un villaggio e del fumo? È Semjònovskoje. Ed ecco lí... – e accennò il tumulo di Rajevskij. – Ma è poco probabile che la battaglia avvenga qui. Che *lui* abbia portato qui le sue truppe è un inganno: *lui* certo girerà a destra della Moskvà. Ma sia dove si voglia, molti domani mancheranno! – disse l'ufficiale.

Un vecchio sottufficiale, che s'era avvicinato all'ufficiale mentre egli parlava, aspettava in silenzio la fine del discorso del suo superiore; ma a questo punto, evidentemente scontento delle parole dell'ufficiale, lo interruppe.

– Bisogna andare a prendere dei gabbioni, – disse severamente.

L'ufficiale parve confuso, come se avesse capito che si poteva pensare che molti sarebbero mancati l'indomani, ma che non conveniva dirlo.

– Ma sí, manda di nuovo la terza compagnia, – disse in fretta l'ufficiale.

– E voi chi siete? non siete per caso un dottore?

– No. Sono venuto cosí, – rispose Pierre.

E Pierre ripassò sotto l'altura, davanti ai militi.

– Ah, maledetti! – gridò l'ufficiale che lo seguiva stringendosi il naso e passando di corsa davanti ai lavoratori.

– Eccoli!... La portano, vengono... Eccoli! ora vengono... – si udirono a un tratto delle voci, e ufficiali, soldati e militi corsero innanzi, per la strada.

Una processione, partita da Borodinò, saliva su per l'altura. Avanti a tutti, sulla strada polverosa, marciava baldamente la fanteria, senza chepí e coi fucili abbassati. Dietro alla fanteria si udiva il canto liturgico.

Oltrepassando Pierre, correvano incontro alla processione soldati e militi senza berretto.

– Portano la Madonna! la nostra patrona!... la Vergine d'Iberia!...

– La Madonna di Smolènsk... – corresse un altro.

I militi, quelli che erano nel villaggio e quelli che lavoravano alla batteria, gettate le zappe, corsero incontro alla processione. Dietro al battaglione che veniva per la strada polverosa si avanzavano i sacerdoti con le pianete: un vecchio col cappuccio da monaco, accompagnato dagli assistenti e dai cantori. Dietro, soldati e ufficiali portavano una grande immagine dal volto nero, nella sua cornice. Era l'immagine ch'era stata portata via da Smolènsk e che da quel giorno seguiva l'esercito. Dietro all'immagine, intorno ad essa, davanti, da tutte le parti venivano folle di militari, correndo, inchinandosi fino a terra, a testa scoperta.

Giunta sull'altura, l'immagine si fermò; gli uomini che portavano l'immagine su pannilini si diedero il cambio, i suddiaconi accesero di nuovo i turiboli e cominciarono le preghiere. I caldi raggi del sole venivano dall'alto verticalmente; un lieve e fresco venticello faceva ondeggiare i capelli delle teste scoperte e i nastri che adornavano l'immagine: il canto risonava sommesso sotto la volta del cielo. Un'immensa folla di ufficiali, soldati e militi, tutti a testa nuda, circondavano l'immagine. Dietro al sacerdote e al suddiacono, in uno spazio libero, stavano i personaggi ufficiali. Un generale calvo, con la croce di San Giorgio al collo, stava proprio dietro alle spalle del sacerdote e, senza segnarsi (doveva essere un tedesco), aspettava pazientemente la fine della funzione, che egli credeva necessario presenziare, forse per risvegliare il patriottismo del popolo russo. Un altro generale aveva assunto un atteggiamento marziale e agitava una mano davanti al petto, guardando intorno a sé. Pierre, che era fra la folla dei contadini, riconobbe alcuni conoscenti; ma non li guardava: tutta la sua attenzione era assorbita dall'espressione seria dei visi in quella folla di soldati e di militi, che tutti con la stessa avidità guardavano l'immagine. Appena i suddiaconi, stanchi (quella era la loro ventesima funzione propiziatoria), cominciavano a cantare pigramente, al loro modo solito: « Salva dal male i servi Tuoi, Madre di Dio » e il sacerdote e il diacono rispondevano: « Noi tutti, rivolgendoci a Dio, ricorriamo a Te come a muraglia incrollabile e ad interceditrice », nell'espressione di tutti i visi rifulgeva di nuovo quella sensazione della solennità del momento imminente che egli aveva già veduta sotto l'altura di Možàjsk e in molte persone incontrate quella mattina; e le teste si abbassavano piú frequenti, i capelli ondeggiavano e si udivano sospiri e i colpi del segno della croce sui petti.

La folla che circondava l'immagine a un tratto si aprí, andando addosso a Pierre. Qualcuno, certo un personaggio molto importante, a giudicare dalla fretta con la quale gli facevano largo, si avvicinò all'immagine.

Era Kutúzov che andava ispezionando la posizione. Tornando a Tatàrinova, era venuto alla funzione propiziatoria. Pierre riconobbe subito Kutúzov alla sua figura particolare, che si distingueva fra tutte.

Con un soprabito lungo che gli avvolgeva l'enorme corpo obeso dal dorso curvo, col bianco capo scoperto, col suo occhio bianco spento sul viso gonfio, Kutúzov entrò in mezzo alla folla con la sua andatura ondeggiante e barcollante, e si fermò dietro al sacerdote. Si segnò con gesto abituale, toccò la terra con la mano e, respirando pesantemente, abbassò la sua testa canuta. Dietro a Kutúzov c'erano Bennigsen e il seguito. Malgrado la presenza del comandante in capo, che attirava a sé l'attenzione di tutti quegli alti personaggi, i militi e i soldati, senza guardarlo, seguitarono a pregare.

Quando il servizio fu finito, Kutúzov si avvicinò all'immagine, si buttò pesantemente in ginocchio, prosternandosi, e per un pezzo si sforzò di rialzarsi, senza riuscirvi per il suo peso e per la debolezza. La sua testa canuta si contraeva per lo sforzo. Finalmente si alzò e, avanzando le labbra con un'ingenua mossa da bambino, baciò l'immagine, poi s'inchinò di nuovo, toccando la terra con la mano. I generali seguirono il suo esempio, poi gli ufficiali; e dietro di essi, spingendosi l'un l'altro, anelando e urtandosi, con le facce commosse, vennero i soldati e i militi.

XXII.

Spinto da quell'agitarsi della folla, Pierre si guardava intorno.

– Conte! Pjotr Kiríllyč!... Come mai siete qui? – disse una voce.

Pierre si voltò. Borís Drubetskòj, pulendosi con la mano i ginocchi, che gli s'erano inzaccherati (probabilmente nel baciare anche lui l'immagine), si avvicinava con un sorriso a Pierre. Borís era vestito elegantemente, con una sfumatura di bellicosità campale: aveva un lungo soprabito e il frustino a tracolla, come Kutúzov.

Kutúzov intanto era andato al villaggio e s'era seduto all'ombra della casa piú vicina, su di una panca che un cosacco aveva portata di corsa e un altro cosacco aveva in fretta coperta con un tappetino. Un brillante numerosissimo seguito circondò il comandante in capo.

L'immagine proseguí, accompagnata dalla folla. Pierre si fermò a una trentina di passi da Kutúzov, discorrendo con Borís.

Pierre spiegò la sua intenzione di partecipare alla battaglia e visitare la posizione.

– Fate cosí, – disse Borís. – *Je vous ferai les honneurs du camp.* Voi vedrete tutto nel miglior modo dal posto dove sarà il conte Bennigsen. Io sono addetto alla sua persona. Gli parlerò di voi. Se volete visitare la posizione, venite con noi; ora andiamo al fianco sinistro. Poi torneremo e vi invito cordialmente a passare la notte da me: faremo anche una partita. Conoscete Dmítrij Serghjéjevič? È alloggiato lí, – accennò la terza casa di Gorki.

– Ma io avrei voluto vedere il fianco destro; si dice che sia molto forte, – disse Pierre. – Vorrei attraversare tutta la posizione partendo dalla Moskvà.

– Sí, dopo potrete farlo; ma l'importante è il fianco sinistro...

– Già, già. Ma dov'è il reggimento del principe Bolkonskij? Non potreste indicarmelo? – domandò Pierre.

– Di Andréj Nikolàjevič? Ci passeremo davanti, vi condurrò da lui.

– E il fianco sinistro? – domandò Pierre.

– Per dirvi il vero, *entre nous*, il nostro fianco sinistro Dio sa in che situazione si trova, – disse Borís, abbassando confidenzialmente la voce. – Il conte Bennigsen aveva un'idea affatto diversa. Aveva pensato di fortificare quel tumulo lí in tutt'altro modo, ma... – Borís si strinse nelle spalle, – Sua Altezza Serenissima non ha voluto, o gli hanno detto qualcosa. Infatti... – E Borís non finí, perché in quel momento a Pierre si avvicinò Kajsàrov, l'aiutante di campo di Kutúzov. – Ah! Paisij Serghjéič, – disse Borís con un sorriso familiare, rivolgendosi a Kajsàrov. – Son qui che cerco di spiegare al conte la nostra posizione. È meraviglioso come Sua Altezza Serenissima ha potuto indovinare con tanta sicurezza i propositi dei francesi!

– Parlate del fianco sinistro? – disse Kajsàrov.

– Sí, sí, precisamente. Il nostro fianco sinistro ora è molto, molto forte.

Benché Kutúzov mandasse via dallo stato maggiore tutte le persone inutili, Borís, dopo i cambiamenti operati da Kutúzov, aveva saputo mantenersi al quartier generale. Borís si era allogato presso il conte Bennigsen. Il conte Bennigsen, come tutte le persone sotto le quali s'era trovato Borís, considerava il giovane principe Drubetskòj come un uomo impareggiabile.

Nel comando dell'esercito c'erano due partiti assolutamente distinti: il partito di Kutúzov e il partito di Bennigsen, capo di stato maggiore. Borís si trovava in quest'ultimo partito, e nessuno sapeva al pari di lui, mostrando un rispetto servile a Kutúzov, far capire che il vecchio valeva poco e che chi faceva tutto era Bennigsen. Ora era venuto il momento decisivo della battaglia che doveva o annientare Kutúzov e dare il potere a Bennigsen, o, se anche Kutúzov vinceva la battaglia, far sentire che era stato Bennigsen a far tutto. In ogni caso, per la battaglia del giorno dopo dovevano essere distribuite grandi ricompense e spinte avanti nuove persone. E in conseguenza di ciò Borís s'era trovato in istato di irritazione tutto il giorno.

Dopo Kajsàrov si avvicinarono a Pierre anche altri di sua conoscenza, ed egli non faceva in tempo a rispondere a tutte le domande su Mosca con le quali lo assalivano e non faceva in tempo ad ascoltare i racconti che gli facevano. Su tutti i visi c'era un'espressione vivace e ansiosa. Ma parve a Pierre che la causa dell'eccitazione dipinta su alcuni di quei visi stesse piuttosto in quistioni di successo personale, e non gli usciva dalla mente l'altra eccitazione, che egli aveva veduta espressa su altri visi, e che parlava non di quistioni personali, ma generali, quistioni di vita e di morte. Kutúzov notò la figura di Pierre e il gruppo che s'era formato intorno a lui.

– Chiamatemelo, – disse Kutúzov.

Un aiutante trasmise il desiderio di Sua Altezza Serenissima, e

Pierre si diresse verso la panca. Ma prima ancora di lui si avvicinò a Kutúzov un semplice milite. Era Dolòchov.

– E costui come mai è qui? – domandò Pierre.

– È un briccone che si ficca da per tutto! – fu risposto a Pierre. – L'hanno degradato. Ora deve ritornar su. Ha presentato certi suoi progetti ed è penetrato di notte nella linea nemica... Ma è un uomo di fegato!...

Pierre, togliendosi il cappello, s'inchinò rispettosamente davanti a Kutúzov.

– Ho pensato che, se avessi esposto a Vostra Altezza Serenissima questo progetto, voi avreste potuto cacciarmi via o dire che sapevate già quel che vi esponevo, e allora sarei rimasto quello che ero... – diceva Dolòchov.

– Già, già.

– E se invece avevo ragione, avrei fatto cosa utile alla patria, per la quale sono pronto a morire.

– Già... già...

– E se Vostra Altezza avrà bisogno d'un uomo che non risparmia la sua pelle, allora vogliate ricordarvi di me... Forse potrò servire a Vostra Altezza...

– Già... già... – ripeté Kutúzov e guardò Pierre ridendo e strizzando l'occhio.

Intanto Borís, con la sua abilità di cortigiano, si era avvicinato insieme con Pierre al comandante in capo, e con l'aria piú naturale, senza alzar la voce e come seguitando un discorso cominciato, disse a Pierre:

– I militi, quelli hanno messo addirittura una camicia pulita, di bucato, per prepararsi alla morte. Che eroismo, conte!

Borís disse questo a Pierre con l'evidente intenzione di essere udito da Sua Altezza Serenissima. Sapeva che Kutúzov avrebbe prestato orecchio a quelle parole, e difatti Sua Altezza Serenissima si rivolse a lui:

– Che dici della milizia? – disse a Borís.

– Altezza, preparandosi alla giornata di domani, alla morte, hanno messo le camicie di bucato.

– Ah!... che gente meravigliosa, incomparabile! – disse Kutúzov e, chiudendo gli occhi, scosse il capo. – Gente incomparabile! – ripeté con un sospiro. – Volete fiutare la polvere? – disse poi a Pierre. – Già, è un odore piacevole. Ho l'onore di essere uno degli ammiratori di vostra moglie. Sta bene? Il mio alloggio è a vostra disposizione.

E come accade spesso ai vecchi, Kutúzov si guardò intorno distrattamente, come dimenticando tutto quel che doveva dire o fare.

Ricordandosi poi quel che cercava, fece cenno di avvicinarsi ad Andréj Serghjéjevič Kajsàrov, fratello del suo aiutante di campo.

– Come sono... come sono quei versi di Marin?... quei versi che ha scritti contro Gheràkov: « Sarai maestro al corpo... » Di', di'! – esclamò Kutúzov, evidentemente preparandosi a ridere.

Kajsàrov recitò i versi. Kutúzov, sorridendo, dondolava il capo sul ritmo dei versi.

Quando Pierre si allontanò da Kutúzov, Dolòchov, fattoglisi accanto, lo prese per il braccio.

– Sono molto lieto d'incontrarvi qui, conte, – disse forte e senza prendersi suggestione della presenza di estranei, con particolare risolutezza e solennità. – Alla vigilia di un giorno nel quale Dio sa chi di noi è destinato a restar fra i vivi, sono felice di quest'occasione per dirvi che rimpiango i malintesi che ci sono stati fra noi e che desidererei che voi non aveste nulla contro di me. Vi prego di perdonarmi.

Pierre, sorridendo, guardava Dolòchov e non sapeva che cosa dirgli. Dolòchov, con le lacrime agli occhi, abbracciò e baciò Pierre.

Borís disse qualche cosa al suo generale e il conte Bennigsen, rivolgendosi a Pierre, l'invitò ad andare con lui lungo la linea.

– La cosa sarà interessante per voi, – disse.

– Sí, molto interessante, – disse Pierre.

Mezz'ora dopo, Kutúzov se ne andò a Tatàrinova e Bennigsen col suo seguito, in mezzo al quale era anche Pierre, si avviò lungo la linea.

XXIII.

Bennigsen da Gorki scese per la strada maestra al ponte che l'ufficiale aveva mostrato a Pierre dal tumulo come il centro della posizione e presso il quale, sulla sponda, stavano dei mucchi d'erba falciata, odorosa di fieno. Attraverso il ponte passarono nel villaggio di Borodinò, di là voltarono a sinistra e, oltrepassando una enorme quantità di truppe e di cannoni, salirono su di un alto tumulo sul quale i militi stavano scavando la terra. Era un ridotto che non aveva ancora nome, ma che poi ricevette il nome di ridotto Rajevskij o batteria del tumulo.

Pierre non rivolse particolare attenzione a quel ridotto. Non sapeva che quel punto sarebbe diventato piú memorabile per lui di tutti gli altri punti della piana di Borodinò. Poi si avviarono attraverso un burrone verso Semjònovskoje, dove i soldati portavano via le ultime travi delle isbe e dei granai. Poi, discendendo e risalendo, procedettero innanzi, attraverso la segala spezzata e abbattuta dalla grandine, e seguirono la nuova strada tracciata dall'artiglieria in mezzo a un campo arato sino alle frecce [1], che allora venivano scavate anch'esse.

Bennigsen si fermò alle frecce e cominciò a guardare davanti a sé il ridotto di Scevardinò (che fino al giorno innanzi era nostro) sul quale si vedevano alcuni cavalieri. Gli ufficiali dissero che là c'era Napoleone o Murat. E tutti guardavano avidamente quel gruppo di cavalieri. Anche Pierre guardava da quella parte, sforzandosi d'indovinare quale di quegli uomini che appena si vedevano fosse Napoleone. Finalmente i cavalieri scesero dal tumulo e sparirono.

Bennigsen si rivolse a un generale che gli si era avvicinato e si mise a spiegargli la posizione delle nostre truppe. Pierre ascoltava le parole di Bennigsen, concentrando tutte le forze della sua intelligenza per capire il punto essenziale della battaglia imminente, ma sentiva con tristezza che le sue capacità intellettuali erano insufficienti a ciò. Non capiva nulla. Bennigsen smise di parlare e, notando la figura di Pierre che lo ascoltava, disse a un tratto, rivolgendosi a lui:

– Penso che questo per voi non sia interessante.

– Al contrario, è molto interessante! – rispose Pierre non del tutto sinceramente.

Dalle frecce si spinsero ancora piú a sinistra per la strada che serpeggiava attraverso un bosco di betulle non tanto alte e fitte. In mezzo a questo bosco balzò fuori sulla strada, davanti a loro, una lepre bruna con le zampe bianche e, spaventata dal calpestio di una cosí gran quantità di cavalli, si smarrí talmente che per un pezzo corse per la strada saltando davanti a loro e attirando l'attenzione e il riso generale, e soltanto quando parecchie voci le gridarono contro, si gettò da parte e si nascose in una macchia. Inoltrandosi per due miglia nella foresta, giunsero a una radura nella quale stavano le truppe del corpo di Tučkòv, che doveva difendere il fianco sinistro.

Qui, all'estremità del fianco sinistro, Bennigsen parlò a lungo e con calore e diede, per quel che parve a Pierre, un ordine im-

[1] Genere di fortificazione [*N. d. A.*].

portante dal punto di vista militare. Davanti allo schieramento delle truppe di Tučkòv si trovava un monticello. Questo monticello non era occupato da truppe. Bennigsen criticò ad alta voce questo errore, dicendo che era una sciocchezza lasciare inoccupata un'altura che comandava i luoghi circostanti e collocare le truppe al di sotto. Alcuni generali espressero la medesima opinione. Uno in particolare disse con calore militaresco che quelle truppe erano messe lí come all'ammazzatoio. Bennigsen di sua autorità fece avanzare le truppe sull'altura.

Quest'ordine relativo al fianco sinistro fece dubitare piú che mai Pierre della sua capacità a penetrare l'arte militare. Ascoltando Bennigsen e i generali che disapprovavano la posizione delle truppe sotto all'altura, Pierre li comprese pienamente e condivise la loro opinione; ma proprio per questo non riusciva a capire in che modo colui che aveva disposto le truppe sotto all'altura avesse potuto commettere un errore cosí evidente e grossolano.

Pierre non sapeva che quelle truppe erano state collocate lí non per difendere la posizione, come credeva Bennigsen, ma erano state messe in quel luogo nascosto in imboscata, cioè per restare inosservate e piombare tutt'a un tratto addosso al nemico che si avvicinava. Bennigsen non lo sapeva e fece avanzare le truppe secondo il suo particolare modo di vedere, senza dirne nulla al comandante in capo.

XXIV.

Il principe Andréj, in quella chiara serata d'agosto del 25, se ne stava sdraiato, appoggiandosi a un braccio, in una rimessa sconquassata del villaggio di Knjàzkovo, sul limite dello schieramento del suo reggimento. Da un'apertura della muraglia diroccata guardava lontano, lungo la siepe, la fila delle betulle trentenni, coi rami bassi tagliati, il campo dei covoni di avena disfatti e la boscaglia sulla quale appariva il fumo dei fuochi accesi per la cucina dei soldati.

Per quanto angusta, inutile a tutti e penosa apparisse ora al principe Andréj la sua vita, pure, come già sette anni prima ad Austerlitz, alla vigilia della battaglia, egli si sentiva agitato e commosso.

Egli aveva dato e ricevuto gli ordini per la battaglia dell'indomani. Non aveva piú nulla da fare. Ma i pensieri piú semplici, piú chiari, e perciò appunto piú tremendi, non lo lasciavano in pace.

Egli sapeva che la battaglia dell'indomani sarebbe stata la piú terribile fra tutte quelle alle quali aveva preso parte, e la possibilità della morte gli si presentò per la prima volta in vita sua, semplice e spaventevole, con vivacità e quasi con sicurezza, non in relazione agli interessi dell'esistenza e all'effetto che la sua morte poteva avere sugli altri, ma solo in relazione a lui stesso, all'anima sua. E dall'altezza di questa visione tutto ciò che prima l'occupava e lo tormentava a un tratto s'illuminò di una luce fredda, bianca, senza prospettiva, senza diversità di contorno. Tutta la vita gli si presentò come una lanterna magica nella quale aveva guardato a lungo attraverso una lente e alla luce artificiale. Ora vedeva a un tratto senza il vetro, alla luce chiara del giorno, quei quadri malamente dipinti. « Sí, sí, eccole, quelle immagini menzognere che mi hanno commosso, entusiasmato e tormentato! – diceva a se stesso, passando in rassegna nella sua fantasia i quadri principali della lanterna magica della propria vita e, guardandoli ora alla luce fredda e bianca del giorno, il chiaro pensiero della morte. – Eccole, quelle figure rozzamente dipinte che mi sembravano qualcosa di bellissimo e di misterioso! La gloria, il bene pubblico, l'amore per una donna, la patria stessa: come questi quadri mi parevano grandiosi, come mi sembravano pieni di un profondo significato! E tutto ciò invece è cosí semplice, pallido e grossolano alla fredda, bianca luce di questa mattina che io sento levarsi per me! » Tre principali dolori della sua vita fermavano piú semplicemente la sua attenzione: il suo amore per una donna, la morte di suo padre e l'invasione francese che occupava metà della Russia. « L'amore!... Quella fanciulla mi pareva piena di forza misteriosa. Ebbene? l'ho amata, ho fatto dei poetici progetti di amore e di comune felicità! Oh, caro ragazzo! – esclamò ad alta voce con rabbia. – Come no! Credevo a un amore ideale che doveva conservarmi la sua fede per un anno intiero, durante la mia assenza! Come la tenera colomba della favola, doveva struggersi separata da me! Ma tutto ciò è molto piú semplice... Tutto ciò è tremendamente semplice, è disgustoso! »

« Anche mio padre edificava a Lysyja Gory e pensava che quello fosse il luogo suo, la sua terra, la sua aria, che i contadini fossero suoi; ma è venuto Napoleone e, senza sapere della sua esistenza, lo ha spazzato via come una pagliuzza dalla propria strada, e sono crollati il suo Lysyja Gory e tutta la sua vita. E la principessina Marja dice che è una prova mandataci di lassú. Ma a che scopo la prova, se lui piú non esiste e non esisterà piú? non esisterà mai piú! Non esiste piú. E allora a che questa prova? La patria, la rovina di Mosca! E domani uccideranno me, e non sarà neanche un francese, ma uno dei nostri, come ieri un soldato scaricò il fucile vicino al mio orecchio; e verranno i francesi, mi prenderanno per la testa e per i piedi e mi butteranno in una fossa, perché non puzzi loro sotto il naso, e si formeranno nuove condizioni di vita che diventeranno altrettanto abituali per gli altri, e io non ne saprò nulla e non esisterò piú! »

Guardò la fila di betulle che luccicavano al sole, col loro immobile fogliame giallo e verde e con la loro scorza bianca. « Morire... Che mi uccidano... domani... Che io non esista piú... Che tutto questo esista e io non ci sia piú... » Si rappresentò al vivo la sua assenza da questa vita. E quelle betulle con le loro ombre e le loro luci, e quelle nuvole a pecorelle, e quel fumo dei bivacchi, tutto intorno si trasformò ai suoi occhi e parve qualcosa di terribile e di minaccioso. Gli corse un gelo per la schiena. Alzatosi in fretta, uscí dalla rimessa e si mise a passeggiare.

Dietro alla rimessa si sentirono delle voci.

– Chi è? – chiese il principe Andréj.

Il capitano Timochin dal naso rosso, l'antico comandante di compagnia di Dolòchov, ora, per la grande perdita di ufficiali, comandante di battaglione, entrò timidamente nella rimessa. L'aiutante maggiore e l'ufficiale pagatore entrarono dietro a lui.

Il principe Andréj si alzò in fretta, ascoltò ciò che dovevano trasmettergli gli ufficiali per il servizio, diede ancora alcuni ordini e stava per licenziarli, quando dietro la rimessa si udí una voce conosciuta dalla pronunzia blesa.

– *Que diable!* – disse la voce di un uomo che aveva urtato contro qualche cosa.

Il principe Andréj, gettando un'occhiata fuori della rimessa, si vide venire incontro Pierre, che aveva inciampato contro un palo ch'era in terra e per poco non era caduto. Al principe Andréj era sgradevole vedere persone del suo ambiente e specialmente Pierre, che gli ricordava tutti i penosi momenti da lui attraversati nel suo ultimo soggiorno a Mosca.

– Ah! guarda un po'? – disse. – Come mai? Non ti aspettavo certo.

Mentre diceva questo, nei suoi occhi e in tutta l'espressione del viso c'era piú che freddezza: c'era inimicizia, e Pierre se ne accorse subito. S'era avvicinato alla rimessa nello stato d'animo piú animato, ma vedendo l'espressione della fisonomia del principe Andréj, si sentí intimidito e imbarazzato.

– Sono venuto... cosí... sapete... sono venuto... mi pare interessante... – disse Pierre, che in quel giorno aveva già ripetuto tante volte la parola « interessante ». – Volevo veder la battaglia.

– Già, già... E i fratelli massoni che cosa dicono della guerra? Come scongiurarla? – disse ironicamente il principe Andréj. – Che si fa a Mosca? Che fanno i miei? Sono arrivati finalmente a Mosca? – domandò poi sul serio.

– Sono arrivati. Julie Drubetskàja me l'ha detto. Sono andato da loro, ma non li ho trovati. Erano partiti per la villa sotto Mosca.

XXV.

Gli ufficiali volevano congedarsi, ma il principe Andréj, come se non volesse rimanere da solo a solo col suo amico, li invitò a sedere e a bere il tè. Furon portati degli sgabelli e il tè. Gli ufficiali guardavano non senza sorpresa la grossa, enorme figura di Pierre e ascoltavano quel che diceva di Mosca e sullo schieramento delle nostre truppe che aveva avuto occasione di visitare. Il principe Andréj taceva e il suo viso era cosí spiacevole che Pierre, piuttosto che a Bolkonskij, si rivolgeva al bonario comandante di battaglione Timochin.

– Sicché tu hai capito tutto lo schieramento delle truppe? – fece, interrompendolo, il principe Andréj.

– Sí... cioè, come? – disse Pierre. – Non essendo militare, non posso dire d'averlo capito pienamente, ma tuttavia ho capito lo schieramento in generale.

– *Eh bien, vous êtes plus avancé que qui que cela soit*, – disse il principe Andréj.

– Ah! – disse Pierre guardando perplesso il principe Andréj attraverso gli occhiali. – Be', che cosa dite della nomina di Kutúzov? – domandò.

– Sono stato molto contento di questa nomina, ecco tutto quello che so, – disse il principe Andréj.

– E, ditemi, qual è la vostra opinione sul conto di Barclay de Tolly? A Mosca, Dio sa che cosa hanno detto di lui. Come lo giudicate voi?

– Domandalo un po' a loro, – disse il principe Andréj, mostrando gli ufficiali.

Pierre, con quel sorriso condiscendente e interrogativo col quale tutti involontariamente si rivolgevano a Timochin, lo guardò.

– Si è visto la luce, Eccellenza, quando è venuta Sua Altezza

Serenissima, – disse Timochin timidamente e guardando di continuo il suo comandante di reggimento.

– E perché? – domandò Pierre.

– Ma, ecco, vi dirò, a proposito, per esempio, della legna o del foraggio... Quando ci siamo ritirati da Sweciany guai a toccare un ramoscello secco o un po' di fieno, o non so che! Eppure si andava via, e rimaneva tutto a *lui*, non è cosí, Eccellenza? – e si rivolse al suo principe. – Eppure, guai a te! Nel nostro reggimento hanno mandato sotto giudizio due ufficiali per fatti simili. Ebbene, appena venuta Sua Altezza Serenissima, tutto ciò è diventato cosí semplice. S'è vista la luce...

– E perché quello lo proibiva?

Timochin si guardò intorno confuso, non sapendo come e che cosa rispondere a una domanda simile. Pierre rivolse la stessa domanda al principe Andréj.

– Per non rovinare la regione che abbandonavamo al nemico, – disse il principe Andréj con un'ironia cattiva. – È molto giusto: non si può permettere il saccheggio di una regione e lasciare che le truppe si avvezzino alle ruberie. E anche a Smolènsk ha considerato giustamente che i francesi potevano aggirarci e che avevano forze superiori alle nostre. Ma non poteva capire, – gridò a un tratto il principe Andréj con una voce acuta che parve sfuggirgli dal petto, – non poteva capire che là per la prima volta ci battevamo per la terra russa, che nelle truppe c'era uno spirito come io non l'avevo mai veduto, che per due giorni di seguito avevamo respinto i francesi e che questo buon successo aveva decuplicato le nostre forze. Ordinò la ritirata e tutti gli sforzi e tutte le perdite furono inutili... Non pensava a tradire, si sforzava di far tutto il meglio che poteva, aveva calcolato tutto; ma proprio per questo non serve. Non serve adesso proprio perché calcola tutto con ogni cura ed esattezza, come si conviene a ogni tedesco. Come dirti?... Se tuo padre avesse un domestico tedesco, e fosse un ottimo domestico, e soddisfacesse a tutte le sue esigenze meglio di te, tu lo lasceresti fare; ma se tuo padre fosse moribondo, tu cacceresti via il domestico e ti metteresti ad assistere tuo padre con le tue mani inesperte, incapaci, e lo calmeresti meglio che un uomo dell'arte, ma estraneo. Cosí è accaduto con Barclay. Finché la Russia era sana, un estraneo poteva servirla ed essere un ottimo ministro, ma non appena è stata in pericolo, ha avuto bisogno di un uomo suo, della sua razza. E al vostro Club hanno immaginato che fosse un traditore! Calunniandolo, chiamandolo traditore, il risultato sarà soltanto che poi, vergognandosi della loro falsa accusa, di un traditore faranno di colpo un eroe, o un genio, il che sarà ancora piú ingiusto. È un onesto e scrupoloso tedesco...

– Ma dicono che sia un condottiero abile, – disse Pierre.

– Non capisco che cosa significhi « un condottiero abile », – disse con ironia il principe Andréj.

– Un condottiero abile, – disse Pierre, – ma sí, è colui che prevede tutti i casi... sí, che indovina i pensieri dell'avversario.

– Ma questo è impossibile, – disse il principe Andréj come se la quistione fosse risolta da un pezzo.

Pierre lo guardò con meraviglia.

– Eppure si dice, – rispose, – che la guerra sia simile al giuoco degli scacchi.

– Sí, – disse il principe Andréj, – ma con questa piccola differenza, che al giuoco degli scacchi prima di ogni mossa puoi pensare quanto vuoi, ché là sei fuori delle condizioni di tempo, e ancora con questa differenza, che il cavallo è sempre piú forte della pedina e che due pedine son sempre piú forti di una, mentre in guerra un battaglione qualche volta è piú forte d'una divisione e qualche volta è piú debole d'una compagnia. La forza relativa delle truppe non può essere conosciuta da nessuno. Credimi, – disse, – se qualche cosa dipendesse dagli ordini dei comandi, io starei là e darei ordini, e invece ho l'onore di servire qui, al reggimento, con questi signori, e ritengo che la giornata di domani dipenderà effettivamente da noi, e non da loro... Il successo non è mai dipeso e non dipenderà mai né dalla posizione, né dall'armamento, e neppure dal numero; ma meno di tutto poi dalla posizione.

– Ma da che cosa allora?

– Da quel sentimento che è in me, in lui, – indicò Timochin, – in ogni soldato.

Il principe Andréj gettò un'occhiata a Timochin, il quale spaventato e attonito guardava il suo comandante. Contrariamente alla sua ritenutezza e taciturnità di prima, il principe Andréj ora sembrava eccitato. Si vedeva che non riusciva a trattenersi dall'esprimere le idee che gli venivano all'improvviso.

– La battaglia la vince colui che ha deciso fermamente di vincerla. Perché abbiamo perduto la battaglia ad Austerlitz? Le nostre perdite furono quasi eguali a quelle dei francesi; ma noi ci dicemmo molto presto che avevamo perduto la battaglia, e la perdemmo. E lo dicemmo perché là ci battevamo senza un perché, e volevamo andarcene al piú presto dal campo di battaglia. « Abbiamo perduto, dunque scappiamo! » e scappammo. Se fino a sera non avessimo detto questo, Dio sa come sarebbero andate le cose. Ma domani questo non lo diremo. Tu dici: la nostra posizione, il fianco sinistro è debole, il fianco destro è allungato, – proseguí, – tutte queste sono sciocchezze, non è vero niente. Che cosa ci aspetta domani? Cento milioni dei casi piú diversi, che saranno risolti in un baleno dal fatto che saranno i nostri o quelli là che fuggiranno, che sarà ucciso questo o quell'altro. Ma quello che si fa ora è tutto uno scherzo. È che coloro coi quali sei andato a vedere la posizione non soltanto non cooperano all'andamento generale delle cose, ma l'impacciano. Sono occupati soltanto dei loro piccoli interessi.

– In un momento simile? – disse con rimprovero Pierre.

– *In un momento simile*, – ripeté il principe Andréj. – Per loro questo è solo il momento in cui si può minare la posizione di un rivale e ottenere una crocettina o un nastrino di piú. Per me, ecco che cosa accadrà domani: i centomila uomini dell'esercito russo e i centomila uomini dell'esercito francese s'incontreranno per battersi, e il fatto è che questi duecentomila uomini si batteranno e chi si batterà piú accanitamente e si risparmierà meno, quello vincerà. E vuoi che te lo dica? Domani, qualunque cosa avvenga, qualunque pasticcio facciano quelli che sono in alto, vinceremo la battaglia. Domani, qualunque cosa avvenga, vinceremo la battaglia!

– Ecco, Eccellenza, la verità, la pura verità! – disse Timochin. – Perché risparmiarsi adesso? I soldati del mio battaglione, lo credereste?, non hanno bevuto acquavite: non è giornata questa, dicono.

Tutti tacquero. Gli ufficiali si alzarono. Il principe Andréj andò con loro dietro alla rimessa e diede gli ultimi ordini all'aiutante maggiore. Quando gli ufficiali se ne furono andati, Pierre si avvicinò al principe Andréj e stava proprio per mettersi a parlare, quando sulla strada, non lontano dalla rimessa, risonò il calpestio di tre cavalli, e guardando in quella direzione, il principe Andréj riconobbe Wohlzogen con Clausewitz, accompagnati da un cosacco. Essi passarono là vicino, continuando a discorrere, e Pierre e il principe Andréj, senza volere, udirono le seguenti frasi:

– *Der Krieg muss im Raum verlegt werden. Der Ansicht kann ich nicht genug Preis geben* [1], – diceva uno di loro.

[1] «La guerra deve essere trasferita nello spazio. È una concezione che non posso abbastanza lodare».

– *O, ja,* – disse un'altra voce, – *da der Zweck ist nur den Feind zu schwächen, so kann man gewiss nicht den Verlust der Privatpersonen in Achtung nehmen*[1].

– *O, ja,* – confermò la prima voce.

– Sí, *im Raum verlegen*[2], – ripeté con un ghigno cattivo il principe Andréj, quando essi furono passati. – *Im Raum*[3] io avevo un padre, un figlio e una sorella rimasti a Lysyja Gory. Per lui tutto ciò non conta. Ecco quello che ti dicevo: questi signori tedeschi domani non vinceranno la battaglia, ma non faranno che malestri con quanta forza avranno, perché nella loro testa tedesca ci sono soltanto dei ragionamenti, che non valgono un guscio d'uovo, ma nel loro cuore non c'è nulla di quello che unicamente sarà necessario domani, quello che c'è in Timochin. Essi *gli* hanno dato in mano tutta l'Europa e sono venuti a far la lezione a noi: bravi maestri! – sibilò di nuovo la sua voce.

– Sicché voi pensate che la battaglia di domani sarà vinta? disse Pierre.

– Sí, sí, – disse distrattamente il principe Andréj. – Una cosa sola farei se ne avessi il potere, – cominciò a dire di nuovo. – Non prenderei prigionieri. Perché prendere prigionieri? Questa è cavalleria. I francesi hanno distrutto la mia casa e andranno a distruggere Mosca; mi hanno offeso e mi offendono ogni momento. Sono miei nemici, son tutti malfattori, a mio giudizio. E cosí pensa Timochin e tutto l'esercito. Bisogna punirli. Se sono miei nemici, non possono essere amici, qualunque cosa si dicesse là a Tilsitt.

– Sí, sí, – disse Pierre guardando il principe Andréj con occhi scintillanti, – io sono pienamente, pienamente d'accordo con voi!

Quella quistione che sull'altura di Možàjsk e per tutto quel giorno aveva agitato Pierre, ora gli appariva perfettamente chiara e pienamente risolta. Ora aveva capito il significato e il valore di quella guerra e della battaglia imminente. Tutto ciò che aveva veduto in quel giorno, tutte le significative e severe espressioni dei visi che aveva vedute di sfuggita s'illuminarono per lui di nuova luce. Capí tutto il calore latente, come si dice in fisica, del patriottismo che c'era in tutte quelle persone da lui vedute e che gli spiegava perché tutte quelle persone si preparassero tranquillamente e quasi spensieratamente alla morte.

[1] «Oh, sí, poiché lo scopo è solo quello d'indebolire il nemico, non si può certamente tener conto della perdita degli individui singoli».

[2] «Trasferire nello spazio».

[3] «Nello spazio».

– Non prendere prigionieri, – seguitò il principe Andréj. – Soltanto questo cambierebbe tutta la guerra e la renderebbe meno crudele. E noi invece abbiamo giocato alla guerra, ecco il male; noi facciamo i magnanimi, e cosí via. Questa magnanimità e questa sensibilità sono del genere della magnanimità e della sensibilità di una signora a cui vien male se vede uccidere un vitello; è cosí buona che non può vedere il sangue, ma poi mangia con appetito di quel vitello con la salsa. Ci vengono a discorrere dei diritti della guerra, della cavalleria, del parlamentarismo, dei riguardi da usare agli infelici, ecc. Tutte sciocchezze. Ho visto nel 1805 la cavalleria e il parlamentarismo: ci hanno ingannati e abbiamo ingannato. Saccheggiano le case altrui, mettono in giro assegnati falsi e, peggio di tutto, mi uccidono i figli, il padre e parlano delle regole della guerra e della magnanimità verso i nemici! Non prendere prigionieri, ma uccidere e farsi uccidere! Chi è arrivato a questo, come me, attraverso le stesse sofferenze...

Il principe Andréj, che aveva pensato che gli fosse indifferente che prendessero o no Mosca come avevano preso Smolènsk, improvvisamente si fermò nel suo dire per uno spasimo inatteso che l'aveva afferrato alla gola. Fece qualche passo in silenzio; ma i suoi occhi splendevano febbrilmente e il suo labbro tremava quando riprese a dire:

– Se in guerra non ci fosse questa magnanimità, noi marceremmo solo quando valesse la pena di andare verso una morte certa, come ora. Allora non ci sarebbe una guerra perché Pàvel Ivànyč ha offeso Michaíl Ivànyč. E se c'è la guerra, come ora, che sia guerra! E allora il rendimento degli eserciti non sarebbe quello che è ora. Allora tutti questi vestfaliani e assiani che si conduce dietro Napoleone non l'avrebbero seguito in Russia, e noi non saremmo andati a batterci in Austria o in Prussia, senza sapere noi stessi perché. La guerra non è un'amabilità, ma la cosa piú brutta della vita; e bisogna capirlo, e non giuocare alla guerra. Bisogna accettare austeramente e seriamente questa terribile necessità. Tutto sta in questo: spogliarsi della menzogna; e che la guerra sia la guerra, e non uno scherzo. Se no la guerra è il passatempo favorito degli uomini oziosi e leggeri... La condizione del militare è la piú onorata. E che cos'è la guerra, che cosa ci vuole per ottenere il successo nell'arte militare, quali sono i costumi dell'ambiente militare? Lo scopo della guerra è la strage; strumenti della guerra sono lo spionaggio, il tradimento e l'istigazione a tradire, la spogliazione degli abitanti, il saccheggio e il furto per approvvigionare l'esercito, l'inganno e la menzogna, detti astuzie di guerra;

i costumi della classe militare sono l'assenza di libertà, cioè la disciplina, l'ozio, l'ignoranza, la crudeltà, la depravazione, l'ubriachezza. E malgrado ciò, è la classe piú elevata, e rispettata da tutti. Tutti i sovrani, tranne l'imperatore della Cina, portano la divisa militare, e a chi ha ucciso piú gente dànno le maggiori ricompense... S'incontrano, come faranno domani, per uccidersi l'un l'altro, massacrano, stroppiano diecine di migliaia di uomini, e poi faranno preghiere di ringraziamento per aver ucciso molte persone (e se ne esagererà ancora il numero) e proclameranno la vittoria, supponendo che, quanta piú gente sarà stata ammazzata, tanto maggiore sarà il merito. Come Dio di lassú può vedere e udire questo! – gridò il principe Andréj con voce acuta e stridula. – Ah, anima mia, in questi ultimi tempi mi è diventato penoso vivere! Vedo che comincio a capir troppo. E non conviene all'uomo assaporare i frutti dell'albero della scienza del bene e del male!... Be', ma non sarà per molto tempo! – aggiunse. – Ma tu dormi, e anche per me è ora. Va' a Gorki, – disse a un tratto il principe Andréj.

– Oh, no! – rispose Pierre, guardando il principe Andréj con occhi spaventati, ma pieni di simpatia.

– Va', va': prima della battaglia bisogna dormire, – ripeté il principe Andréj. Rapidamente si avvicinò a Pierre, l'abbracciò e lo baciò. – Addio, va', – gridò. – Ci vedremo o no?... – e, voltandosi in fretta, rientrò nella rimessa.

Era già scuro, e Pierre non poté capire se l'espressione che era sul viso del principe Andréj fosse irosa o tenera.

Pierre rimase qualche tempo in silenzio dubitando se dovesse seguirlo o andare a casa. « No, non ha bisogno di me! – stabilí Pierre fra sé: – e io so che questo è il nostro ultimo incontro ». Sospirò penosamente e tornò indietro, a Gorki.

Il principe Andréj, tornato nella rimessa, si gettò su di un tappeto, ma non poteva dormire.

Chiuse gli occhi. Le immagini si susseguivano le une alle altre. Su di una si fermò a lungo con piacere. Si ricordò con vivezza una sera di Pietroburgo. Nataša, con un viso animato, eccitato, gli raccontava come l'estate prima, andando a cercar dei funghi, s'era smarrita in un gran bosco. Gli descriveva senza nesso la profondità della foresta e i suoi sentimenti e i suoi discorsi con un apicultore che aveva incontrato e, interrompendo ogni momento il suo racconto, diceva: « No, non posso, non racconto bene: no, non capite... », quantunque il principe Andréj la rassicurasse dicendo che capiva, ed effettivamente capisse tutto ciò che ella voleva dire.

Nataša non era soddisfatta delle proprie parole: sentiva che non poteva rendere quel sentimento di appassionata poesia che aveva provato quel giorno e che voleva tirar fuori. « Era così delizioso, quel vecchio, ed era così buio nella foresta... ed erano così buoni i suoi... no, non so raccontare », diceva, arrossendo e agitandosi. Il principe Andréj sorrideva ora con quel gioioso sorriso col quale sorrideva allora, guardandola negli occhi. « La capivo, – pensò il principe Andréj. – Non soltanto la capivo, ma quella forza, quella sincerità, quella schiettezza spirituale, quell'anima sua che pareva immedesimata col corpo, quell'anima sua era ciò che io amavo in lei... l'amavo tanto, l'amavo con tanta felicità... » E a un tratto si ricordò come era finito il suo amore. « *Lui* non aveva nessun bisogno di tutto questo. Di tutto questo *lui* non vedeva, non capiva nulla. Vedeva in lei una bella ragazza fresca, alla quale non si sarebbe degnato di unire la sua sorte. E io?... Eppure *lui* è vivo e sta allegro ancor oggi ».

Il principe Andréj, come se qualcuno l'avesse scottato, scattò su e si mise di nuovo a passeggiare davanti alla rimessa.

XXVI.

Il 25 agosto, alla vigilia della battaglia di Borodinò, il prefetto di palazzo dell'imperatore dei francesi, M. de Beausset, e il colonnello Fabvier giunsero, il primo da Parigi, il secondo da Madrid, trovando l'imperatore Napoleone alla tappa di Valújevo.

M. de Beausset, vestita l'uniforme di Corte, aveva ordinato che si portasse avanti un pacco da lui recato all'imperatore, ed entrò nel primo scompartimento della tenda di Napoleone, dove, intrattenendosi con gli aiutanti di campo di Napoleone che gli si erano fatti intorno, si mise ad aprire la cassetta.

Fabvier, senza entrare nella tenda, si fermò a discorrere all'entrata di essa con alcuni generali di sua conoscenza.

L'imperatore Napoleone non era ancora uscito dalla sua camera da letto e finiva di alzarsi. Soffiando e sbuffando, egli presentava ora la schiena carnosa, ora il grasso petto peloso alla spazzola con la quale un cameriere gli fregava il corpo. Un altro cameriere, tenendo con un dito la boccetta di vetro, spruzzava d'acqua di Colonia il corpo ben curato dell'imperatore con un'espressione del viso che diceva com'egli soltanto potesse sapere dove e in che quantità si doveva versare l'acqua di Colonia. I capelli corti di Napoleone erano umidi e arruffati sulla fronte. Ma il suo viso, benché gonfio e giallo, esprimeva la soddisfazione fisica: – *Allez ferme, allez toujours...* – diceva egli, contorcendosi e sbuffando, al cameriere che lo frizionava. L'aiutante di campo, che era entrato nella camera da letto per fare il suo rapporto all'imperatore sul numero dei prigionieri presi il giorno innanzi, dopo aver riferito quel che doveva, stava presso la porta attendendo il permesso di andarsene. Napoleone, aggrottando le sopracciglia, guardò di sottecchi l'aiutante.

– *Point de prisonniers*, – fece ripetendo le parole dell'aiutante. – *Il se font démolir. Tant pis pour l'armée russe*, – aggiunse. – *Allez toujours, allez ferme*, – disse poi curvandosi e presentando le sue spalle grasse. – *C'est bien! Faites entrer M. de Beausset, ainsi que Fabvier*, – disse egli all'aiutante, facendo un cenno col capo.

– *Oui, Sire*, – e l'aiutante sparí dalla porta della tenda.

I due camerieri vestirono rapidamente Sua Maestà, ed egli, nell'uniforme turchina della guardia, con passo rapido e fermo uscí nell'anticamera. De Beausset si affrettava intanto a posare il dono da lui recato da parte dell'imperatrice su due sedie, proprio di faccia alla porta dalla quale doveva entrare l'imperatore. Ma l'imperatore si era vestito ed era entrato con cosí inaspettata rapidità che egli non era riuscito a preparare pienamente la sorpresa.

Napoleone si accorse immediatamente di quel che stavano facendo e indovinò che non era tutto pronto. Non volle privarli del piacere di fargli una sorpresa. Fece dunque finta di non vedere il signor de Beausset e chiamò a sé Fabvier. Napoleone, aggrottando severamente le sopracciglia, ascoltava silenzioso ciò che gli diceva Fabvier sul valore e la devozione delle sue truppe che si battevano a Salamanca, all'altra estremità dell'Europa, e che avevano soltanto un pensiero, di esser degne del loro imperatore, e una paura, di non riuscire ad accontentarlo. Il risultato della battaglia era stato infelice. Napoleone, durante il racconto di Fabvier, fece alcune osservazioni ironiche, come se egli non supponesse nemmeno che le cose sarebbero potute andare diversamente in assenza sua.

– È una cosa cui debbo porre rimedio a Mosca, – disse Napoleone. – *A tantôt*, – aggiunse, e chiamò de Beausset, il quale, in quel frattempo, era già riuscito a preparare la sua sorpresa, ad accomodare qualcosa sulle sedie e a coprirlo con un panno.

De Beausset s'inchinò profondamente con quella riverenza di Corte dei francesi che sapevano fare soltanto i vecchi servitori dei Borboni, e si avvicinò, porgendo un plico.

Napoleone si rivolse allegramente a lui e gli tirò l'orecchio.

– Vi siete affrettato, ne sono molto contento. Ebbene, che dice Parigi? – disse egli, mutando a un tratto la severa espressione di prima nel piú affabile sorriso.

– *Sire, tout Paris regrette votre absence*, – rispose de Beausset, come di dovere.

Ma benché Napoleone sapesse che de Beausset doveva dir quella frase o un'altra simile, benché nei suoi momenti lucidi sapesse che ciò non era vero, pure gli fece piacere sentirlo da de Beausset. Lo degnò ancora una volta d'un contatto col suo orecchio.

– *Je suis fâché de vous avoir fait faire tant de chemin*, – diss'egli.

– *Sire, je ne m'attendais pas à moins qu'à vous trouver aux portes de Moscou*, – disse de Beausset.

Napoleone sorrise e, alzando distrattamente il capo, guardò a destra. Un aiutante di campo si avvicinò come scivolando e porse una tabacchiera d'oro. Napoleone la prese.

– Sí, una buona combinazione per voi, – disse egli, avvicinando al naso la tabacchiera aperta: – voi amate viaggiare; fra tre giorni vedrete Mosca. Di certo non vi aspettavate di vedere la capitale asiatica. Farete un viaggio piacevole.

De Beausset, s'inchinò, riconoscente di quest'attenzione per il suo amore dei viaggi (ignoto a lui stesso fino a quel momento).

– Ah! questo che è? – disse Napoleone, accorgendosi che tutti i suoi cortigiani guardavano l'oggetto coperto da un panno.

De Beausset, con abilità cortigianesca, fece due passi indietro, volgendosi a mezzo, ma senza mostrare la schiena, e nel medesimo tempo tolse via il panno e disse:

– Un dono dell'imperatrice a Vostra Maestà.

Era un ritratto del bambino nato da Napoleone e dalla figlia dell'imperatore d'Austria, che tutti, chissà perché, chiamavano il re di Roma, dipinto a vivaci colori da Gérard.

Il bambino, assai bello e ricciuto, con uno sguardo che somigliava quello di Gesú nel quadro della Madonna Sistina, era ritratto mentre giuocava al *bilboquet*. La palla rappresentava il globo terrestre e il bastoncino che aveva nell'altra mano rappresentava uno scettro.

Benché non fosse interamente chiaro ciò che l'artista aveva voluto significare raffigurando il cosí detto re di Roma che trapassava con un bastoncino il globo terrestre, pure quest'allegoria, come già a tutti coloro che avevano veduto il quadro a Parigi, anche a Napoleone parve chiarissima e gli piacque molto.

– *Roi de Rome!* – disse egli mostrando il ritratto con un grazioso gesto della mano. – *Admirable!*

Con la facoltà propria agli italiani di cambiare a volontà l'espressione del viso, egli si avvicinò al ritratto e prese l'aspetto di una pensosa tenerezza. Egli sentiva che tutto ciò che in quell'ora diceva o faceva era storia. E gli pareva che il meglio che potesse fare in quel momento, con tutta la sua grandezza, fosse di mostrare la sua semplice tenerezza paterna in contrasto con quella grandezza, che permetteva a suo figlio di giuocare al *bilboquet* col globo terrestre. I suoi occhi si annebbiarono, egli si accostò, guardò una sedia (la sedia gli scivolò subito sotto) e sedette di faccia al ritratto. Un solo gesto di lui, e tutti uscirono in punta di piedi, lasciando il grand'uomo solo con la sua commozione. Dopo esser rimasto un po' di tempo a sedere e aver toccato, senza sapere egli stesso perché, il rilievo dei tocchi chiari del ritratto, si alzò e chiamò di nuovo de Beausset e l'aiutante di servizio. Ordinò di mettere il ritratto davanti alla sua tenda, per non privare la vecchia guardia, accampata lí vicino, della gioia di vedere il re di Roma, figlio ed erede del suo adorato sovrano.

Come egli si aspettava, nel tempo che egli faceva colazione col signor de Beausset, il quale era stato degnato di quest'onore, si udivano davanti alla tenda le acclamazioni entusiastiche degli ufficiali e dei soldati della vecchia guardia che accorrevano verso il ritratto.

– *Vive l'Empereur! Vive le Roi de Rome! Vive l'Empereur!* – si udivano gridare voci entusiastiche.

Dopo colazione, Napoleone, in presenza di de Beausset, dettò il suo proclama all'esercito.

– *Courte et énergique!* – disse Napoleone quando ebbe letto egli medesimo il proclama scritto d'un fiato e senza correzioni. Nell'ordine del giorno era detto:

« Soldati! Eccoci alla battaglia che avete tanto desiderata. La vittoria dipende da voi. Essa ci è indispensabile; ci darà tutto quanto ci abbisogna: dei buoni quartieri e un pronto ritorno in patria. Comportatevi come vi comportaste ad Austerlitz, a Friedland, a Vitebsk, a Smolènsk. Che la piú remota posterità ricordi con orgoglio le vostre azioni di questo giorno! E si dica di ciascuno di voi: egli era alla grande battaglia sotto Mosca! »

– *De la Moskowa!* – ripeté Napoleone e, avendo invitato alla sua passeggiata il signor de Beausset, grande amatore di viaggi, uscí dalla tenda e si avviò verso i cavalli già sellati.

– *Votre Majesté a trop de bonté*, – disse de Beausset, rispondendo all'invito di accompagnare l'imperatore: egli aveva sonno, non sapeva e aveva paura di montare a cavallo.

Ma Napoleone fece un cenno del capo al gran viaggiatore, e de Beausset dovette andare. Quando Napoleone uscí dalla tenda, le grida della guardia davanti al ritratto di suo figlio si fecero ancora piú forti. Napoleone aggrottò le sopracciglia.

– Toglietelo, – disse con un gesto graziosamente maestoso, indicando il ritratto. – È ancora troppo presto perché veda un campo di battaglia.

De Beausset, chiudendo gli occhi e chinando il capo, sospirò profondamente, mostrando con ciò come egli sapesse apprezzare e comprendere le parole dell'imperatore.

XXVII.

Tutta quella giornata del 25 agosto, come dicono i suoi storici, Napoleone la passò a cavallo, ispezionando la località, discutendo i piani che i suoi marescialli gli sottoponevano e dando personalmente ordini ai suoi generali.

La linea primitiva dello schieramento russo lungo la Kolocià era stata rotta e parte di questa linea, precisamente il fianco sinistro russo, in seguito alla presa del ridotto di Scevardinò il 24, era stata respinta indietro. Questa parte della linea non era fortificata, né era piú difesa dal fiume, e soltanto davanti ad essa c'era un terreno piú aperto e pianeggiante. Era evidente, per ogni militare ed anche non militare, che proprio quella parte della linea dovesse essere attaccata dai francesi. Pareva che per questo non fossero necessarie molte riflessioni, non fosse necessaria molta cura né molto studio da parte dell'imperatore e dei suoi marescialli e che non fosse punto necessaria quella particolare ed eccelsa capacità chiamata genio, che si ama tanto attribuire a Napoleone; ma gli storici che descrissero in seguito questo avvenimento e le persone che allora circondavano Napoleone e lui stesso pensavano diversamente.

Napoleone cavalcava per la piana, osservava i luoghi con uno sguardo profondamente pensieroso, scoteva il capo ora con approvazione, ora con diffidenza, e, senza mettere a parte i suoi generali che lo circondavano del profondo corso dei pensieri che gli dettavano le sue decisioni, ne dava loro soltanto le conclusioni definitive in forma di ordini. Avendo udito la proposta di Davoust, chiamato il principe di Eckmühl, di aggirare il fianco sinistro dei russi, Napoleone disse che ciò era inutile, senza spiegare perché fosse inutile. Alla proposta invece del generale Compans (che doveva attaccare le frecce) di condurre la sua divisione attraverso la foresta, Napoleone diede il suo consenso, benché il cosí detto duca di Elchingen, cioè Ney, si fosse permesso di osservare che il movimento attraverso la foresta era pericòloso e poteva scompigliare la divisione.

Osservando il terreno dirimpetto al ridotto di Scevardinò, Napoleone stette un po' pensieroso e in silenzio, e poi indicò i luoghi dove per l'indomani dovevano essere situate due batterie per aprire il fuoco contro le fortificazioni russe, e i punti dove, accanto ad esse, doveva essere schierata l'artiglieria da campagna.

Dati questi ed altri ordini, egli tornò al suo accampamento e sotto la sua dettatura fu scritto l'ordine di operazione.

Quest'ordine di operazione, del quale parlano con entusiasmo gli storici francesi, e con profonda ammirazione gli altri storici, era il seguente:

« All'alba, due nuove batterie, disposte durante la notte nella pianura occupata dal principe di Eckmühl, apriranno il fuoco sulle due opposte batterie nemiche.

« Nello stesso tempo, il comandante dell'artiglieria del I corpo, generale Pernetti, con 30 cannoni della divisione Compans e tutti gli obici delle divisioni Dessé e Friant, si porterà avanti, aprirà il fuoco e coprirà di granate la batteria nemica contro la quale agiranno:

24 cannoni dell'artiglieria della guardia;
30 cannoni della divisione Compans;
e 8 cannoni delle divisioni Friant e Dessé.

Totale: 62 cannoni.

« Il comandante dell'artiglieria del III corpo, generale Foucher, posterà tutti gli obici del III e dell'VIII corpo, in tutto 16, sui fianchi della batteria designata a tirare sulla fortificazione di sinistra, il che riunirà contro questa in totale 40 cannoni.

« Il generale Sorbier dovrà essere pronto, appena ne riceva l'ordine, ad aprire il fuoco con tutti gli obici dell'artiglieria della guardia contro l'una o l'altra fortificazione.

« Durante il cannoneggiamento il principe Poniatowski si dirigerà verso il villaggio nella foresta e aggirerà la posizione nemica.

« Il generale Compans moverà attraverso la foresta per impadronirsi della prima fortificazione.

« Impegnato in tal modo il combattimento, saranno impartiti ordini a seconda dei movimenti del nemico.

« Il cannoneggiamento sul fianco sinistro comincerà appena si udrà il cannoneggiamento dell'ala destra. I fucilieri della divisione Morand e della divisione del vicerè apriranno un energico fuoco quando vedranno il principio dell'attacco sull'ala destra.

« Il vicerè s'impadronirà del villaggio [1] e passerà i suoi tre ponti, mettendosi sulla stessa linea delle divisioni Morand e Gérard, che, sotto il suo comando, si dirigeranno verso il ridotto e si metteranno in linea con le altre truppe.

« Tutto ciò dovrà essere eseguito con ordine (*le tout se fera avec ordre et méthode*), lasciando intatte per quanto è possibile le truppe di riserva.

« Dal campo imperiale presso Možàjsk, 6 settembre 1812 ».

Quest'ordine di operazione, scritto in modo molto oscuro e confuso, se è permesso giudicare gli ordini di Napoleone senza un religioso terrore dinanzi al suo genio, racchiudeva in sé quattro punti, quattro ordini diversi. Non un solo di questi ordini poteva essere né fu eseguito.

Nell'ordine di operazione è detto: primo, *che le batterie collocate sul posto scelto da Napoleone, con le quali dovevano schierarsi gli obici di Pernetti e di Foucher, 102 pezzi in tutto, dovevano aprire il fuoco e coprire di proiettili le frecce e il ridotto dei russi.* Questo non si poteva fare perché dai luoghi stabiliti da Napoleone i proiettili non giungevano alle opere russe e questi 102 pezzi spararono a vuoto fino a che il comandante piú vicino non li fece portare avanti, contrariamente all'ordine di Napoleone.

Il secondo ordine consisteva in ciò: *che Poniatowski, dirigendosi verso il villaggio nella foresta, doveva aggirare l'ala russa.* Questo non si poteva fare e non fu fatto perché Poniatowski, dirigendosi verso il villaggio nella foresta, incontrò là Tučkòv che gli sbarrava la strada e non poté aggirare la posizione russa.

Il terzo ordine era: *Il generale Compans moverà attraverso la foresta per impadronirsi della prima fortificazione.* La divisione Compans non s'impadroní della prima fortificazione, ma fu respinta perché, uscendo dalla foresta, dovette ordinarsi sotto un fuoco a mitraglia, cosa che Napoleone non sapeva.

Quarto: *Il vicerè s'impadronirà del villaggio* (Borodinò) *e passerà i suoi tre ponti mettendosi sulla stessa linea delle divisioni Morand e Friant* (delle quali non era detto né dove né quando dovessero muoversi), *che, sotto il suo comando, si dirigeranno verso il ridotto e si metteranno in linea con le altre truppe.*

[1] Borodinò [*N. d. A.*].

Per quanto si può capire, se non da questo incomprensibile periodo, dai tentativi che furono fatti dal vicerè per eseguire gli ordini impartitigli, egli doveva portarsi, attraverso Borodinò, a sinistra verso il ridotto, e le divisioni Morand e Friant dovevano muoversi nello stesso tempo dalla linea che tenevano.

Tutto ciò, come gli altri punti dell'ordine di operazione, non fu e non poteva essere eseguito. Attraversato Borodinò, il vicerè fu respinto sulla Kolocià e non poté procedere oltre; le divisioni Morand e Friant non presero il ridotto, ma furono respinte, e il ridotto, ormai alla fine della battaglia, fu preso dalla cavalleria (fatto probabilmente non preveduto da Napoleone e inaudito). Cosí non una sola delle istruzioni dell'ordine di operazione fu né poteva essere eseguita. Ma nell'ordine di operazione era detto: *Impegnato in tal modo il combattimento, saranno impartiti ordini a seconda dei movimenti del nemico*, e quindi si poteva credere che durante la battaglia Napoleone avrebbe preso tutte le disposizioni necessarie; ma ciò non fu e non poteva essere, poiché durante tutta la battaglia Napoleone si trovava cosí lontano che (come risultò in seguito) l'andamento della battaglia non gli poté essere noto, e non uno degli ordini da lui impartiti durante la battaglia poté essere eseguito.

XXVIII.

Molti storici dicono che la battaglia di Borodinò non fu vinta dai francesi perché Napoleone era infreddato; che se non fosse stato infreddato, i suoi ordini prima e nel corso della battaglia sarebbero stati piú geniali e la Russia sarebbe stata perduta e *la face du monde eût été changée*. Per gli storici che ammettono che la Russia si sia formata per la volontà di un solo uomo – Pietro il Grande – e che la Francia da repubblica si sia trasformata in impero e che le truppe francesi abbiano marciato contro la Russia per la volontà di un solo uomo – Napoleone – la conclusione che la Russia sia rimasta potente perché Napoleone aveva una forte infreddatura il giorno 26, questa conclusione è per cosiffatti storici di una logica stringente.

Se dalla volontà di Napoleone fosse dipeso di dare o non dare la battaglia di Borodinò e se dalla sua volontà fosse dipeso d'impartire questo o quell'ordine, sarebbe evidente che l'infreddatura, avendo un'influenza sulla manifestazione della sua volontà, potrebbe essere la causa della salvezza della Russia e perciò quel cameriere che il 24 dimenticò di dare a Napoleone gli stivali impermeabili sarebbe il salvatore della Russia. In quest'ordine di idee tale conclusione non è dubbia: come non è dubbia la conclusione che enunciò Voltaire scherzando (senza sapere egli stesso su che) quando disse che la notte di San Bartolomeo fu cagionata da un disturbo di stomaco di Carlo IX. Ma per le persone che non ammettono che la Russia si sia formata per la volontà di un solo uomo – Pietro I – e che l'impero francese sia stato costituito e la guerra contro la Russia sia cominciata per la volontà di un solo uomo – Napoleone – questo ragionamento non soltanto è falso, irragionevole, ma è contrario a tutta la natura umana. Alla domanda in che consista la cagione degli avvenimenti storici, si presenta un'altra risposta, cioè che il corso degli eventi nel mondo è predeterminato dall'alto, dipende dalla coincidenza di tutte le volontà di coloro che partecipano a questi eventi e che l'influenza di Napoleone sul corso di essi è soltanto esteriore e fittizia.

Per quanto sembri strana a prima vista la supposizione che la strage di San Bartolomeo, ordinata da Carlo IX, non sia stata il prodotto della sua volontà, ma che egli abbia solo creduto di ordinarla, e che la strage di ottantamila uomini a Borodinò non sia accaduta per volontà di Napoleone (benché egli impartisse degli ordini per l'inizio e l'andamento successivo della battaglia), ma che egli abbia creduto soltanto di ordinarla, per quanto strana dunque possa parere questa supposizione, pure la dignità umana, che mi dice che ognuno di noi è uomo se non piú, certo non meno di qualunque Napoleone, mi comanda di ammettere questa risposta al quesito; e le indagini storiche confermano abbondantemente questa supposizione.

Nella battaglia di Borodinò Napoleone non tirò un colpo e non uccise nessuno. Tutto fecero i soldati. Per conseguenza, non fu lui a uccidere la gente.

I soldati dell'esercito francese andarono a uccidere e a farsi uccidere nella battaglia di Borodinò, non in seguito all'ordine di Napoleone, ma per impulso proprio. Tutto l'esercito – francesi, italiani, tedeschi, polacchi, affamati, laceri, stanchi dalle lunghe marce – in vista di un altro esercito che gli sbarrava la via di Mosca, sentiva che *le vin est tiré et il faut le boire*. Se allora Napoleone avesse proibito loro di battersi contro i russi, essi lo avrebbero ucciso e poi sarebbero andati a battersi contro i russi, perché non ne potevano fare a meno.

Quando essi udirono l'ordine del giorno di Napoleone che prometteva loro, come consolazione alle sofferenze e alla morte, le parole dei posteri i quali avrebbero detto che anch'essi si trovavano alla battaglia sotto Mosca, essi gridarono: « *Vive l'Empereur!* », come avevano gridato: « *Vive l'Empereur!* » davanti al ritratto del bambino che infilava la palla del mondo col bastoncino del *bilboquet*, come avrebbero gridato: « *Vive l'Empereur!* » ad ogni assurdità che fosse stata loro detta. Ad essi non rimaneva piú se non gridare: « *Vive l'Empereur!* » e andare a battersi per trovare a Mosca le vettovaglie e il riposo della vittoria. Per conseguenza non uccidevano i loro simili in seguito a un ordine di Napoleone.

Né Napoleone diresse l'andamento successivo della battaglia, poiché nessuno dei suoi ordini di operazione fu eseguito, e durante la battaglia egli non sapeva che cosa accadesse davanti a lui. Per conseguenza anche il modo col quale i soldati si uccisero l'un l'altro non fu un prodotto della volontà di Napoleone, ma avvenne indipendentemente da lui, per volontà delle centinaia di migliaia d'uomini che prendevano parte all'azione comune. A Napoleone *pareva soltanto* che tutto avvenisse per sua volontà. E perciò la quistione di sapere se Napoleone fosse o non fosse infreddato non ha maggiore interesse per la storia che la quistione dell'infreddatura dell'ultimo soldato del treno.

E tanto meno ebbe importanza il 26 agosto quest'infreddatura di Napoleone, in quanto le affermazioni degli scrittori che quell'infreddatura fu causa del suo ordine di operazione (compilato peggio dei precedenti), e degli ordini da lui impartiti durante la battaglia, meno buoni dei precedenti, sono assolutamente ingiuste.

L'ordine di operazione qui trascritto non soltanto non era peggiore, ma anzi era migliore di tutti quelli precedenti, secondo i quali si vincevano le battaglie. Le pretese istruzioni impartite durante la battaglia anch'esse non erano peggiori delle precedenti, ma tali e quali come sempre. Ma quest'ordine di operazione e queste istruzioni sembrano peggiori dei precedenti soltanto perché la battaglia di Borodinò fu la prima battaglia che Napoleone non vinse. Tutti i migliori e i piú profondi ordini di operazione e le istruzioni impartite sembrano pessimi ed ogni intenditore di guerra li critica con aria d'importanza quando nel seguirli la battaglia non è stata vinta; e gli ordini di operazione e le istruzioni peggiori sembrano ottimi e della gente seria dimostra con volumi interi i pregi dei cattivi ordini di operazione, quando nel seguirli la battaglia è stata vinta.

L'ordine di operazione compilato da Weirother ad Austerlitz era un modello perfetto in tal genere di scritti, ma tuttavia fu criticato, criticato per la sua stessa eccellenza, per la sua soverchia minuziosità.

Napoleone alla battaglia di Borodinò fece la sua parte di rappresentante del potere egualmente bene e forse meglio che in altre battaglie. Non fece nulla di pregiudizievole per lo svolgimento della battaglia; accolse le opinioni piú ragionevoli; non fece confusioni né si contraddisse, non si spaventò e non fuggí dal campo di battaglia, ma col suo gran tatto e la sua grande esperienza di guerra rappresentò tranquillamente e degnamente la sua parte di capo apparente.

XXIX.

Napoleone, tornando dalla sua seconda preoccupata ispezione alla linea, disse:

– Gli scacchi sono disposti: il giuoco comincia domani.

Avendo ordinato che gli si desse un ponce e fatto chiamare Beausset, cominciò con lui un discorso su Parigi, su alcuni cambiamenti che egli aveva intenzione di fare nella *maison de l'impératrice*, facendo stupire il prefetto con la sua memoria di tutti i minimi particolari delle cose di Corte.

Egli s'interessava di sciocchezze, scherzava sull'amore pei viaggi di de Beausset e chiacchierava negligentemente, come fa un operatore famoso e sicuro del fatto suo, nel momento che si tira su le maniche e indossa il camice, mentre l'infermo vien legato al lettino. « Tutto il lavoro da compiere è nelle mie mani e nella mia testa, chiaro e preciso. Quando si dovrà agire, l'eseguirò come nessun altro, ma adesso posso scherzare; e quanto piú scherzo e son tranquillo, tanto piú voi dovete essere sicuri, tranquilli, e ammirare il mio genio ».

Finito il suo secondo bicchiere di ponce, Napoleone andò a riposarsi prima del serio lavoro che gli pareva dovesse incombergli l'indomani.

Egli si preoccupava talmente di questo lavoro incombente che non poteva dormire e, malgrado l'infreddatura che l'umidità della sera gli aveva accresciuta, alle tre di notte, soffiandosi forte il naso, passò nello scompartimento piú grande della tenda e domandò se i russi non si fossero ritirati. Gli risposero che i fuochi nemici erano sempre ai medesimi posti. Egli accennò col capo approvando.

L'aiutante di campo di servizio entrò nella tenda.

– *Eh bien, Rapp, croyez-vous que nous ferons de bonnes affaires aujourd'hui?* – disse Napoleone, rivolgendosi a lui.

– *Sans aucun doute, Sire!* – rispose Rapp.

Napoleone lo guardò.

– *Vous rappelez-vous, Sire, ce que vous m'avez fait l'honneur de dire à Smolensk?* – disse Rapp: – *le vin est tiré, il faut le boire.*

Napoleone aggrottò le sopracciglia, e sedette a lungo in silenzio, col capo appoggiato alle mani.

– *Cette pauvre armée,* – disse poi a un tratto, – *elle a bien diminué après Smolensk. La fortune est une franche courtisane, Rapp; je le disais toujours et je commence à l'éprouver. Mais la garde, Rapp, la garde est intacte?*

– *Oui, Sire,* – rispose Rapp.

Napoleone prese una pastiglia, se la mise in bocca e guardò l'orologio. Non avea voglia di dormire, ma l'alba era ancora lontana; e per ammazzare il tempo non aveva ordini da dare perché tutti erano stati impartiti e ora venivano messi in atto.

– *A-t-on distribué les biscuits et le riz aux soldats de la garde?* – domandò severamente Napoleone.

– *Oui, Sire.*

– *Mais le riz?*

Rapp rispose che egli aveva trasmesso gli ordini dell'imperatore per il riso, ma Napoleone con piglio scontento scosse il capo, come se non credesse che il suo ordine fosse stato eseguito. Entrò un servo col ponce. Napoleone ordinò che se ne desse un altro bicchiere a Rapp e intanto beveva in silenzio dei sorsi dal suo.

– Non ho piú né gusto né odorato, – disse, annusando il bicchiere. – Quest'infreddatura mi è venuta a noia. Parlano della medicina. Che razza di medicina, quando non possono neppur curare un'infreddatura! Corvisart mi ha dato queste pastiglie, ma non giovano a nulla. Che cosa possono curare? È impossibile curare. *Notre corps est une machine à vivre. Il est organisé pour cela, c'est sa nature; laissez-y la vie à son aise, qu'elle s'y défende elle-même: elle fera plus que si vous la paralysiez en l'encombrant de remèdes. Notre corps est comme une montre parfaite qui doit aller un certain temps; l'horloger n'a pas la faculté de l'ouvrir; il ne peut la manier qu'à tâtons et les yeux bandés... Notre corps est une machine à vivre, voilà tout* –. E, entrato nella via delle definizioni che egli amava, Napoleone a un tratto inaspettatamente ne enunciò un'altra. – Sapete, Rapp, che cos'è l'arte militare? – domandò. – L'arte di essere piú forte del nemico in un dato momento. *Voilà tout.*

Rapp non rispose nulla.

– *Demain nous allons avoir affaire à Koutouzoff*, – disse Napoleone. – Vedremo! Vi ricordate? A Braunau comandava l'esercito e non una volta, in venti giorni, montò a cavallo per ispezionare le fortificazioni. Vedremo!

Guardò l'orologio. Erano soltanto le quattro. Non aveva sonno; il ponce era finito, e non c'era nulla da fare. Si alzò, passeggiò su e giú, mise un soprabito pesante e il cappello e uscí dalla tenda. La notte era scura e umida: un'umidità quasi impercettibile cadeva dall'alto. I fuochi della guardia francese ardevano debolmente in vicinanza, e lontano, attraverso il fumo, luccicavano quelli che erano lungo la linea russa. Da per tutto era silenzio, ma si udiva chiaramente il rumore e il calpestio delle truppe francesi che già cominciavano a muoversi per occupare la posizione.

Napoleone passeggiò davanti alla tenda, guardò i fuochi, prestò orecchio al calpestio e, passando accanto all'alto soldato della guardia col berretto di pelo che stava di sentinella presso la tenda, e si era messo sull'attenti come un palo nero all'apparire dell'imperatore, si fermò di faccia a lui.

– Da che anno in servizio? – domandò con quella solita affettazione di benevola rudezza militaresca con la quale egli sempre trattava i soldati.

Il soldato rispose.

– Ah! *un vieux!* Hanno distribuito il riso al reggimento?

– Sí, Maestà.

Napoleone fece un cenno col capo e si allontanò da lui.

Alle cinque e mezzo Napoleone si avvicinava a cavallo al villaggio di Scevardinò.

Cominciava a far giorno, il cielo s'era rasserenato: soltanto una nuvola si stendeva ad oriente. I fuochi abbandonati ardevano ancora nella debole luce del mattino.

A destra risonò sordo e solitario un colpo di cannone, echeggiò e morí in mezzo al silenzio generale. Passarono alcuni minuti. Risonò un secondo, un terzo colpo, l'aria ne fu scossa; un quarto, un quinto risonarono, vicini e solenni, verso destra.

Il rumore dei primi colpi non era ancora estinto che si udirono altri colpi ed altri ed altri, che si fondevano e s'interrompevano l'un l'altro.

Napoleone col seguito si avvicinò al ridotto di Scevardinò e smontò da cavallo. Il giuoco era cominciato.

XXX.

Tornato dalla visita fatta al principe Andréj a Gorki, Pierre, avendo ordinato al palafreniere di preparare i cavalli e svegliarlo la mattina presto, subito si addormentò dietro al tramezzo, in un cantuccio che Borís gli aveva ceduto.

Quando Pierre, la mattina dopo, si svegliò, nell'isba non c'era piú nessuno. I vetri delle finestrette tremavano. Il palafreniere, ritto accanto a lui, lo scoteva.

– Eccellenza, Eccellenza, Eccellenza... – ripeteva ostinatamente il palafreniere, senza guardare Pierre e, avendo evidentemente perduta la speranza di svegliarlo, lo scoteva per le spalle.

– Che? È cominciata? È ora? – disse Pierre, svegliandosi.

– Vogliate ascoltare i colpi di cannone, – disse il palafreniere, che era un soldato in congedo; – già tutti i signori sono usciti, anche Sua Altezza Serenissima è passata da un pezzo.

Pierre si vestí in fretta e corse sulla scala. Fuori tutto era limpido, fresco, rorido e lieto. Il sole, uscito allora allora da una nuvola che lo avviluppava, dardeggiò i suoi raggi, tagliati a metà dalla nuvola, oltre i tetti della strada di faccia, sulla polvere della via coperta di rugiada, sui muri delle case, sulla finestra del muro di cinta e sui cavalli di Pierre, fermi presso l'isba. Fuori il rombo dei cannoni si udiva piú distintamente. Per la strada passò al trotto un aiutante di campo con un cosacco.

– È ora, conte, è ora! – gridò l'aiutante.

Dopo aver ordinato che gli conducessero dietro il cavallo, Pierre si avviò per la via verso il tumulo, dal quale il giorno innanzi aveva guardato il campo di battaglia. Su quel tumulo c'era una folla di militari, si udiva il parlare in francese degli ufficiali di stato maggiore e si vedeva la testa canuta di Kutúzov, col suo berretto bianco orlato di rosso e la sua nuca canuta, affondata nelle spalle. Kutúzov guardava innanzi a sé col canocchiale per la strada maestra.

Dopo essere salito su per gli scalini che davano al tumulo, Pierre gettò uno sguardo davanti a sé e fu stupito di ammirazione davanti alla bellezza dello spettacolo. Era lo stesso panorama che aveva ammirato il giorno innanzi da quel tumulo; ma ora tutto quello spazio era coperto dalle truppe e dal fumo degli spari, e i raggi obliqui di un sole luminoso che si alzava dietro a Pierre alla sua sinistra vi gettavano, nell'aria pura della mattina, una luce penetrante, screziata di tinte dorate e rosee, e delle lunghe ombre scure. Le lontane foreste, che limitavano il panorama, come intagliate in una pietra preziosa d'un giallo verdognolo, apparivano all'orizzonte col loro contorno frastagliato, e in mezzo ad esse, dietro a Valújevo, si apriva la strada maestra di Smolènsk, tutta coperta di truppe. Piú vicino, scintillavano campi dorati e boscaglie. Da per tutto – davanti, a destra, a sinistra – si vedevano truppe. Tutto questo era animato, maestoso e inaspettato; ma ciò che piú di tutto colpí Pierre fu l'aspetto del campo di battaglia in senso stretto di Borodinò e del valloncello che si alzava dalla Kolocià, da una parte e dall'altra del fiume.

Sulla Kolocià, a Borodinò e ai due lati del villaggio, ma particolarmente a sinistra, sulle rive paludose dove la Vojnà si getta nella Kolocià, c'era quella nebbia che dilegua, si sparpaglia e brilla all'apparire di un fulgido sole, dando colori e contorni magici a tutto ciò che lascia intravedere. A quella nebbia si univa il fumo degli spari, e in mezzo a quella nebbia e a quel fumo brillavano da per tutto sprazzi di luce mattutina, ora sull'acqua, ora sulla rugiada, ora sulle baionette delle truppe che si affollavano sulle sponde del fiume e a Borodinò. Attraverso la nebbia si vedevano la chiesa bianca, qua e là i tetti delle isbe di Borodinò, qua e là le masse compatte dei soldati, qua e là i cassoni verdi e i cannoni. E tutto ciò si moveva o pareva moversi perché la nebbia e il fumo si stendevano su tutto quello spazio. Come nelle bassure coperte di nebbia intorno a Borodinò, cosí anche piú in là, in alto, e specialmente a sinistra, su tutta la linea, nei boschi, nei campi, nelle bassure, sulle cime si formavano di continuo, come dal nulla, ora solitari, ora fitti, ora rari, ora frequenti, i globi di fumo delle cannonate e, gonfiandosi, allargandosi, turbinando, confondendosi, si scorgevano in tutto quello spazio.

Questi globi di fumo degli spari e, strano a dirsi, questo rumore formavano la maggior bellezza dello spettacolo.

Puff! – a un tratto appariva un fumo tondo, compatto, iridato di viola, di grigio e d'un bianco latteo, e – *bumm!* – dopo un secondo si udiva il rumore di quel fumo.

« Puff! puff! » facevano, alzandosi, due colonne di fumo che si urtavano e si confondevano; e i rumori facevano « bumm! bumm! » confermando ciò che vedevano gli occhi.

Pierre guardava il primo fumo che, quando il suo sguardo l'aveva lasciato, era una piccola palla tonda, compatta, e già al posto di quello c'erano dei globi di fumo che si stendevano da una parte e – « puff... (con un intervallo) puff, puff! » – se ne formavano ancora tre, ancora quattro altri e ad ognuno, con gli stessi intervalli – « bumm... bumm, bumm!... » – rispondevano dei bei colpi fermi, precisi. Ora pareva che quei globi di fumo corressero, ora che stessero fermi e che davanti a loro corressero i boschi, i campi e le baionette lucenti. Da sinistra, pei campi e per i cespugli, si formavano continuamente quei grossi globi di fumo coi loro echi solenni, e ancor piú vicino, per le bassure ed i boschi, esplodevano le piccole fumate dei fucili, che non riuscivano a diventar tonde, e avevano anch'esse i loro piccoli echi. « Trac-ta-ta-tac » crepitavano i fucili, con frequenza, ma con rumore irregolare e debole a paragone degli spari dei cannoni.

Pierre avrebbe voluto esser là, dove c'erano quelle colonne di fumo, quelle baionette che luccicavano, quel movimento, quel rumore. Guardò Kutúzov e il suo seguito per verificare la sua impressione con la loro. Tutti guardavano come lui e, per quel che gli parve, con lo stesso sentimento, il campo di battaglia che avevano davanti. Su tutti i visi si vedeva ora quel senso di calore latente che Pierre aveva notato il giorno innanzi e che aveva capito pienamente dopo la sua conversazione col principe Andréj.

– Va', va', colombello, Cristo ti accompagna, – disse Kutúzov, senza distoglier gli occhi dal campo di battaglia, a un generale che gli stava accanto.

Avendo ascoltato l'ordine, il generale passò davanti a Pierre e si avviò verso la discesa del tumulo.

– Al passaggio del fiume! – disse freddamente e severamente il generale in risposta a un ufficiale di stato maggiore che domandò dove andasse.

« Anch'io, anch'io », pensò Pierre e si avviò nella stessa direzione del generale.

Il generale montò sul cavallo che gli condusse un cosacco. Pierre si avvicinò al suo palafreniere che teneva i cavalli. Dopo aver domandato quale fosse il piú tranquillo, montò in sella, si afferrò alla criniera e, mettendo le gambe in fuori, strinse i tacchi contro la pancia del cavallo; poi, sentendo che gli occhiali gli cadevano e che non aveva il coraggio di lasciare la criniera e le redini, si mise a galoppare dietro al generale, destando il riso di quelli dello stato maggiore che lo guardavano dal tumulo.

XXXI.

Il generale dietro al quale galoppava Pierre, sceso sotto un'altura, voltò bruscamente a sinistra, e Pierre, avendolo perduto di vista, si trovò a galoppare tra le file di soldati di fanteria che andavano innanzi a lui. Provò ad uscirne fuori ora andando avanti, ora a sinistra, ora a destra; ma da per tutto c'erano soldati, tutti coi volti preoccupati, tutti intenti a una cosa invisibile, ma che doveva essere molto importante. Tutti con lo stesso sguardo involontariamente interrogativo guardavano quel grosso uomo col cappello bianco, che nessuno sapeva perché andasse loro addosso col suo cavallo.

– Perché va in mezzo al battaglione? – gli gridò uno. Un altro colpí il suo cavallo col calcio del fucile, e Pierre, stringendosi all'arcione e trattenendo a stento il cavallo che s'inalberava, uscí al galoppo di tra i soldati dove c'era uno spazio libero.

Innanzi a lui c'era un ponte, e presso al ponte stavano altri soldati che sparavano. Pierre si avvicinò a loro. Senza saperlo, era giunto al ponte sulla Kolocià, che si trovava fra Gorki e Borodinò e che era stato attaccato dai francesi nella prima azione della battaglia, dopo aver occupato Borodinò. Pierre vedeva che davanti a lui c'era il ponte e che dai due lati del ponte e su quel prato, tra i mucchi di fieno tagliato che egli non aveva osservato il giorno innanzi, i soldati, nel fumo, facevano qualche cosa, ma, malgrado la fucileria incessante che seguitava in quel punto, egli non pensava affatto che proprio lí fosse il campo di battaglia. Non udiva il rumore delle palle che fischiavano da tutte le parti, delle granate che gli volavano sopra; non vedeva il nemico che stava dall'altra parte del fiume, e per un pezzo non vide i morti e i feriti, benché molti cadessero non lontano da lui. Con un sorriso che non abbandonava il suo volto, egli si guardava intorno.

– Dove va costui davanti alla linea? – gli gridò contro di nuovo qualcuno.

– Prendi a sinistra! a destra!... – gli gridavano.

Pierre prese a destra e inaspettatamente s'imbatté in una conoscenza, l'aiutante del generale Rajevskij. Quest'aiutante gettò a Pierre uno sguardo irritato, preparandosi evidentemente a urlargli contro qualcosa anche lui, ma, riconoscendolo, gli fece un cenno col capo.

– Come mai siete qui? – proferí, e galoppò oltre.

Pierre, sentendosi un intruso e uno sfaccendato, temendo di dar noia di nuovo a qualcuno galoppò dietro all'aiutante.

– Dove siamo qui? posso venire con voi? – domandò.

– Ora, ora, – rispose l'aiutante e, avvicinatosi al galoppo a un grosso colonnello che stava su un prato, gli trasmise qualcosa, e allora soltanto si rivolse a Pierre.

– Come mai siete capitato qui, conte? – gli disse con un sorriso. – Andate sempre curiosando?

– Già, già, – disse Pierre.

Ma l'aiutante, voltato il cavallo, andava oltre.

– Qui c'è ancora da ringraziar Dio, – disse l'aiutante, – ma sul fianco sinistro, da Bagratiòn, c'è un fuoco spaventevole.

– Davvero? – domandò Pierre. – Ma dove?

– Venite con me sul tumulo. Dal luogo dove siamo noi si vede. Ma alla nostra batteria è ancora una cosa sopportabile, – disse l'aiutante. – Ebbene, venite?

– Sí, vengo con voi, – disse Pierre guardando intorno a sé e cercando con gli occhi il suo palafreniere.

Soltanto allora Pierre vide per la prima volta dei feriti che si trascinavano a piedi o erano portati su barelle. Su quello stesso praticello coi mucchi di fieno profumati tra i quali era passato il giorno innanzi giaceva immobile un soldato, trasversalmente ai mucchi, con la testa voltata goffamente e il chepí a terra.

– E questo perché non l'hanno portato via? – cominciava Pierre, ma, vedendo il viso severo dell'aiutante, che s'era voltato a guardare dalla stessa parte, tacque.

Pierre non trovò il suo palafreniere e insieme con l'aiutante andò per il valloncello verso il tumulo di Rajevskij. Il cavallo di Pierre restava indietro a quello dell'aiutante e gli dava delle scosse in cadenza.

– Si vede che non avete l'abitudine di andare a cavallo, conte, – disse l'aiutante.

– No, perché? Ma questo fa dei gran salti, – disse Pierre, interdetto.

– Eh, eh! ma è ferito, – disse l'aiutante. – Alla zampa anteriore destra, sopra al ginocchio. Una palla, di sicuro. Mi congratulo con voi, conte, è *le baptême du feu.*

Procedendo verso il fumo, attraverso il VI corpo d'armata, dietro all'artiglieria che, portata innanzi, tirava in modo assordante, essi giunsero a un piccolo bosco. Nel bosco c'era frescura, silenzio e odore d'autunno. Pierre e l'aiutante smontarono da cavallo e a piedi salirono sul tumulo.

– È qui il generale? – domandò l'aiutante, avvicinandosi al tumulo.

– Era qui poco fa, è andato in là, – gli risposero, indicando a destra.

L'aiutante diede un'occhiata a Pierre, come se ora non sapesse che fare di lui.

– Non datevi pensiero, – disse Pierre. – Salirò sul tumulo. Posso?

– Sí, andate: di là si vede tutto e non c'è tanto pericolo. Verrò poi a prendervi.

Pierre andò alla batteria e l'aiutante andò oltre. Non si videro piú, e solo dopo un pezzo Pierre seppe che all'aiutante, quel giorno, era stato portato via un braccio.

Il tumulo dove era salito Pierre era quel famoso posto conosciuto poi dai russi col nome di « batteria del tumulo » o « batteria Rajevskij » e dai francesi col nome di *la grande redoute, la fatale redoute, la redoute du centre*, intorno al quale erano schierati diecine di migliaia di uomini e che i francesi consideravano come il punto piú importante della posizione.

Quel ridotto consisteva in un tumulo, sul quale, da tre parti, erano stati scavati dei fossati. Nel punto circondato dai fossati c'erano dieci cannoni che sparavano sporgendosi dalle feritoie dei bastioni.

In linea col tumulo stavano da entrambe le parti altri cannoni, che tiravano anch'essi senza posa. Un po' piú indietro dei cannoni erano le truppe di fanteria. Giungendo su quel tumulo, Pierre non avrebbe mai pensato che quel luogo, cinto da piccoli fossati, dov'erano situati e sparavano alcuni cannoni, fosse il posto piú importante della battaglia.

A Pierre, al contrario, pareva che quel posto (proprio perché ci si trovava lui) fosse uno dei piú insignificanti della battaglia.

Salito sul tumulo, Pierre sedette all'estremità del fossato che circondava la batteria, e con un sorriso d'inconscia soddisfazione guardava ciò che accadeva intorno a lui. Di tanto in tanto Pierre, sempre con quel medesimo sorriso, si alzava e passeggiava per la batteria, cercando di non disturbare i soldati, che caricavano e spingevano i pezzi correndo continuamente davanti a lui con le sacche dei proiettili e le cariche. I cannoni di quella batteria tiravano incessantemente uno dopo l'altro, assordando coi loro colpi e coprendo tutta la località col fumo degli spari.

In contrasto col senso di malessere che si provava fra i soldati della fanteria di copertura, lí, alla batteria, dove c'era un piccolo numero di uomini attivamente occupati, che un fosso segregava, separava da tutti gli altri, lí si sentiva un'animazione unica e comune a tutti, come in una famiglia.

L'apparizione della figura poco marziale di Pierre, col suo cappello bianco, da principio fece a quegli uomini una impressione sgradevole. I soldati, passandogli davanti, sbirciavano la sua figura con stupore e anche con un certo spavento. L'ufficiale di artiglieria piú anziano, un uomo alto, con le gambe lunghe e butterato in viso, fingendo di osservare il tiro dell'ultimo cannone si avvicinò a Pierre e lo guardò curiosamente.

Un ufficialetto giovanissimo, dal viso tondo, quasi un bambino, evidentemente uscito allora allora dalla scuola, che si stava occupando con grande attenzione dei due pezzi a lui affidati, si volse severamente a Pierre.

– Signore, permettete che vi preghi di scostarvi, – gli disse, – qui non si può stare.

I soldati scotevano il capo disapprovando, mentre guardavano Pierre. Ma quando tutti si furono persuasi che quell'uomo col cappello bianco non soltanto non faceva nulla di male, ma o se ne stava seduto pacificamente sul margine del bastione o, con un timido sorriso, facendosi cortesemente da parte davanti ai soldati, andava su e giú per la batteria, tranquillo sotto al fuoco come su di un viale, allora a poco a poco quel senso di stupore ostile verso di lui cominciò a mutarsi in una simpatia affettuosa e scherzevole, simile a quella che i soldati hanno per i loro animali, cani, galli, capretti, e in generale per tutte le bestiole che vivono presso i reparti militari. Quei soldati accolsero subito idealmente Pierre nella loro famiglia, se ne appropriarono e gli diedero un soprannome. Fra di loro lo chiamavano « il nostro signore » e ne ridevano amichevolmente fra loro.

Una palla aveva fatto un buco in terra a due passi da Pierre. Egli, ripulendosi il vestito dalla terra di cui l'aveva coperto la palla, si guardò intorno con un sorriso.

– Ma davvero, come mai non avete paura, signore? – fece, rivolto a Pierre, un grosso soldato dalla faccia rossa, mostrando i suoi forti denti bianchi.

– E tu hai forse paura? – domandò Pierre.

– E come no? – rispose il soldato. – Non ci risparmia mica, lei! Se ci coglie, ci cava le budella. Non si può non aver paura, – disse egli ridendo.

Alcuni soldati coi visi allegri e affabili si fermarono accanto a Pierre. Pareva che non si attendessero di sentirlo parlare come tutti e quella scoperta li rallegrò.

– Noi siamo soldati. Ma per un signore è strano, ecco! Guarda che signore!

– Ai vostri posti! – gridò il giovane ufficiale ai soldati aggruppati intorno a Pierre.

Di certo quel giovane ufficiale compieva il suo dovere per la prima o per la seconda volta e perciò si rivolgeva ai soldati e ai superiori con particolare esattezza e formalismo.

Il tiro rimbombante dei cannoni e dei fucili si andava rinforzando per tutto il campo di battaglia, specialmente a sinistra, dove erano le frecce di Bagratiòn; ma dal punto dov'era Pierre non si poteva veder quasi nulla, per via del fumo degli spari. Oltre a ciò, tutta l'attenzione di Pierre era assorbita dall'osservazione di quel gruppo di uomini, separato da tutti gli altri e quasi familiare, che si trovava alla batteria. La sua prima eccitazione inconsciamente gioiosa, destata in lui dalla vista e dai rumori del campo di battaglia, adesso, specialmente dopo che aveva veduto quel soldato che giaceva solo nel prato, si era mutata in un altro sentimento. Ora, sedendo lí, sul margine del fossato, egli osservava i visi che lo circondavano.

Verso le dieci già una ventina d'uomini erano stati portati via dalla batteria; due cannoni erano stati sfondati, e sempre piú spesso i proiettili piovevano sulla batteria e le palle volavano da lontano ronzando e fischiando. Ma gli uomini della batteria parevano non accorgersene: da tutte le parti si udivano voci allegre e scherzi.

– Piano! – gridò un soldato a una granata che s'avvicinava volando e fischiando.

– Non qui! Alla fanteria! – aggiunse un altro con una risata, accorgendosi che la granata era volata piú in là ed era caduta nelle file delle truppe di copertura.

– Che! la conosci? – disse ridendo un altro soldato a un contadino, il quale s'era chinato sotto una palla che volava.

Alcuni soldati si erano aggruppati presso il bastione, osservando ciò che si faceva lí davanti.

– Non c'è piú la linea, vedi, sono andati indietro, – dicevano, accennando di là dal bastione.

– Bada ai fatti tuoi! – gridò loro un vecchio sottufficiale. – Se sono andati indietro, vuol dire che hanno da fare indietro –. E il sottufficiale, prendendo per le spalle uno dei soldati, lo spinse con una ginocchiata. Si udí uno scroscio di risa.

– Al quinto cannone, spingi! – si gridò da una parte.

– Tutt'insieme, come i bardotti, – si udirono gridare allegramente coloro che cambiavano posto al cannone.

– Ah! per poco non ha portato via il cappello al nostro signore, – disse a Pierre, ridendo e mostrando i denti, il burlone dalla faccia rossa. – Eh! buona a nulla! – aggiunse con rimprovero, rivolto alla palla, che aveva colto una ruota e la gamba di un uomo.

– Ehi, voi, volpiciattole! – disse un altro, ridendo dei militi che si chinavano, salendo alla batteria per prendere il ferito.

– O non è buono il rancio? Ohi, siete intirizziti, corvi? – gridavano ai militi che indugiavano davanti al soldato con la gamba stroncata. – Embé, ragazzo! Non gli piace, eh? – dicevano, contraffacendo i contadini.

Pierre notò che dopo ogni palla che cadeva, dopo ogni perdita si ravvivava ancor di piú l'eccitazione generale.

Come sprigionandosi da una nuvola di uragano che si avvicini, sempre piú frequenti e sempre piú luminosi si accendevano sui visi di tutti quegli uomini (come per protesta contro ciò che accadeva) i lampi di un avvampante fuoco nascosto. Pierre non guardava davanti a sé, verso il campo di battaglia, e non s'interessava di ciò che vi si faceva: era tutto assorto nella contemplazione di quel fuoco che divampava sempre piú e che (egli lo sentiva) si accendeva anche nell'anima sua.

Alle dieci, i soldati di fanteria che erano dinanzi alla batteria, fra i cespugli e lungo il fiume Kàmenka, si ritirarono. Dalla batteria si vedeva come essi correvano indietro e l'oltrepassavano, portando i feriti sopra i fucili. Un generale col suo seguito salí sul tumulo e, dopo aver parlato col colonnello, guardò irritato Pierre, e ridiscese, dando l'ordine alla fanteria di copertura che stava dietro alla batteria di stendersi a terra per esser meno esposti al tiro. Dopo di ciò nelle file della fanteria, a destra della batteria, si udirono rulli di tamburo, gridi di comando e dalla batteria si videro le file della fanteria fare un movimento in avanti.

Pierre guardava di là dal bastione. Una figura specialmente gli diede nell'occhio. Era un ufficiale, con un viso pallido e giovanile, che andava indietro, portando la spada abbassata e guardandosi intorno inquieto.

Le file dei soldati di fanteria furono nascoste dal fumo, ma si udivano le loro grida prolungate e frequenti colpi di fucile. Dopo alcuni minuti vennero in fretta di là i feriti e le barelle. Sulla batteria presero a cadere ancora piú numerosi i proiettili. Alcuni uomini giacevano in terra, senza che li portassero via. Intorno ai cannoni i soldati si muovevano piú affaccendati e piú animati. Nessuno faceva piú attenzione a Pierre. Due volte gli gridarono con voce irritata di scostarsi. L'ufficiale anziano, col viso rannuvolato, a grandi e rapidi passi camminava da un pezzo all'altro. Il giovane ufficialetto, ancor piú colorito in viso, dava comandi ai soldati con esattezza ancora maggiore. I soldati porgevano le cariche, si voltavano, accendevano le micce e facevano il fatto loro, con elegante tensione. Camminando saltellavano, come sulle molle.

Una nuvola temporalesca si era avvicinata, e su tutti i visi ardeva chiaro quel fuoco di cui Pierre seguiva i progressi. Egli stava accanto all'ufficiale anziano. Il giovane ufficialetto si avvicinò di corsa al superiore, con la mano al berretto.

– Ho l'onore di riferirvi, signor colonnello, che abbiamo soltanto otto cariche: ordinate che si continui il fuoco? – domandò.

– A mitraglia! – urlò, senza rispondergli, l'ufficiale anziano, guardando di là dal bastione.

A un tratto accadde qualcosa: l'ufficialetto mandò un sospiro, si ripiegò su se stesso e si sedette in terra, come un uccello colpito a volo. Tutto divenne strano, confuso e si rannuvolò agli occhi di Pierre.

Una dopo l'altra le palle fischiavano e colpivano il parapetto, i soldati, i cannoni. Pierre, che prima non udiva questi rumori, ora non sentiva piú altro. Di fianco alla batteria, a destra, correvano gridando urrà! dei soldati che, per quel che parve a Pierre, non andavano avanti, ma indietro.

Una palla colpí proprio l'estremità del bastione davanti al quale stava Pierre, fece saltar su della terra e gli passò davanti agli occhi una piccola palla nera, e nello stesso istante cadde qualche cosa. I militi, che salivano alla batteria, corsero indietro.

– Tutti a mitraglia! – gridò l'ufficiale.

Il sottufficiale corse verso l'ufficiale anziano e sottovoce, tutto spaventato (come a pranzo il maggiordomo annunzia al padrone che non c'è piú vino), disse che non c'erano piú munizioni.

– Briganti! Che cosa fanno? – gridò l'ufficiale, volgendosi verso Pierre. Il viso dell'ufficiale anziano era rosso e sudato, i suoi occhi aggrottati luccicavano. – Corri alle riserve, porta i cassoni! – gridò a un suo soldato, evitando rabbiosamente di guardare Pierre.

– Vado io, – disse Pierre.

L'ufficiale, senza rispondergli, andò dall'altra parte a grandi passi.

– Non tirate!... Aspettate! – gridò.

Il soldato a cui era stato ordinato di andar a prendere le munizioni si urtò con Pierre.

– Eh! signore, qui non è posto per te, – disse e scappò giú.

Pierre corse dietro al soldato, girando attorno al punto dov'era seduto il giovane ufficialetto.

Una, due, tre palle gli passarono volando sul capo e caddero davanti, dietro, di fianco. Pierre corse giú. « Dove vado? » gli risovvenne a un tratto, mentre già arrivava ai cassoni verdi. Si fermò, indeciso se andare avanti o indietro. A un tratto un tremendo urto lo rigettò indietro, per terra. Nello stesso istante il balenio di una gran fiamma lo illuminò, e nello stesso istante echeggiò un rombo assordante che gli rintronò negli orecchi insieme con uno scoppiettio e un fischio.

Pierre, quando si riebbe, si ritrovò sul sedere, appoggiato con le mani al terreno; il cassone che aveva accanto non c'era piú: soltanto erano sparse sull'erba arsa delle tavole verdi bruciacchiate e degli stracci, e un cavallo, scotendo gli avanzi di un timone, si allontanava da lui correndo e un altro giaceva in terra come Pierre e mandava delle grida prolungate e penetranti.

XXXII.

Pierre, stordito dalla paura, balzò su e si mise a correre indietro, verso la batteria, come verso il suo unico rifugio da tutti gli orrori che lo circondavano.

Nel momento che Pierre entrava nel recinto trincerato, notò che nella batteria non si udivano piú colpi, ma della gente stava là e faceva qualche cosa. Pierre non riuscí a capire chi fossero quegli uomini. Vide il colonnello anziano allungato sul bastione, con la schiena volta verso di lui, come se guardasse qualche cosa in giú, e vide un soldato già da lui notato, che tentava di liberarsi dalla gente che lo tenevano per un braccio, e gridava: – Fratelli! – e vide qualcos'altro di strano.

Ma non ebbe il tempo di capire che il colonnello era morto, che il soldato che gridava: – Fratelli! – era prigioniero e che sotto i suoi occhi un altro soldato era stato ucciso con una baionettata nella schiena. Era appena entrato nel recinto trincerato che un uomo magro, giallo, col viso sudato, in uniforme turchina e con la sciabola in mano, gli corse addosso, gridando qualcosa. Pierre, scansando istintivamente l'urto – poiché, senza vedersi, essi correvano l'uno contro l'altro – tese innanzi le braccia e afferrò quell'uomo (era un ufficiale francese) mettendogli una mano sulla spalla e l'altra alla gola. L'ufficiale, abbassando la sciabola, afferrò Pierre per la collottola.

Per alcuni istanti si guardarono tutti e due in viso con occhi spaventati e furono sorpresi di quel che avevano fatto e incerti su quel che dovessero fare. « Sono io che ho fatto prigioniero lui o è lui che ha fatto prigioniero me? » pensava ciascuno di loro. Ma evidentemente l'ufficiale francese inclinava piuttosto verso l'idea di esser lui il prigioniero, perché la robusta mano di Pierre, mossa da un'involontaria paura, gli stringeva la gola sempre piú fortemente. Il francese voleva dir qualche cosa, quando a un tratto, proprio sulla loro testa, passò una palla con un fischio tremendo, e a Pierre parve che la testa dell'ufficiale francese fosse portata via, tanto in fretta egli l'abbassò.

Anche Pierre chinò il capo e abbassò le braccia. Non pensando piú a chi avesse preso prigioniero l'altro, il francese si mise a correre indietro, verso la batteria, e Pierre scese dall'altura, inciampando nei morti e nei feriti che gli pareva che lo afferrassero per le gambe. Ma non era ancora giunto al basso che gli vennero incontro delle masse compatte di soldati russi che pareva fuggissero e che, cadendo, incespicando e gridando, correvano allegramente e tumultuosamente verso la batteria. (Era l'attacco che Ermolov attribuí a sé, dicendo che soltanto il suo coraggio e la sua fortuna avevano reso possibile quell'impresa; l'attacco nel quale egli pretendeva di aver gettato sul tumulo le croci di San Giorgio che aveva in tasca).

I francesi che occupavano la batteria fuggirono. Le nostre truppe con grida di urrà, inseguirono i francesi cosí lontano dalla batteria che fu difficile fermarle.

Portarono via dalla batteria i prigionieri, fra i quali era un generale francese ferito, che fu circondato dagli ufficiali. Masse di feriti, che Pierre conosceva e non conosceva, russi e francesi, coi visi sfigurati dalle sofferenze, camminavano, si trascinavano, erano portati sulle barelle fuori della batteria. Pierre salí sul tumulo, dove passò piú di un'ora, e non trovò piú nessuno di quel gruppo familiare che l'aveva accolto fra i suoi. C'erano là molti morti a lui ignoti. Ma alcuni ne riconobbe. Il giovane ufficialetto stava sempre lí, seduto e ripiegato su se stesso all'estremità del bastione, in una pozza di sangue. Il soldato dalla faccia rossa aveva ancora dei moti convulsi, ma non l'avevano portato via.

Pierre corse giú. « No, ora smetteranno, ora avranno orrore di quel che hanno fatto! » pensava Pierre, dirigendosi senza meta dietro alle barelle che si allontanavano in gran numero dal campo di battaglia.

Ma il sole, offuscato dal fumo, era ancora alto, e davanti, e specialmente a sinistra presso il villaggio di Semjònovskoje, qualcosa ribolliva nel fumo e il rombo degli spari di fucile e di cannone non soltanto non s'indeboliva, ma si faceva disperatamente piú forte, come un uomo che, affranto, urla con le sue ultime forze.

XXXIII.

L'azione principale della battaglia di Borodinò si svolse su di uno spazio di mille tese fra Borodinò e le frecce di Bagratiòn. (Fuori di questo spazio, da una parte, a metà della giornata, fu fatta dai russi una dimostrazione con la cavalleria di Uvarov; dall'altra parte, oltre Utitsa, ci fu uno scontro fra Poniatowski e Tučkòv; ma queste furono due azioni staccate e deboli in paragone di ciò che avveniva nel mezzo del campo di battaglia). Nella piana fra Borodinò e le frecce, presso la foresta, su di uno spazio aperto e visibile dalle due parti, si svolse l'azione principale della battaglia nella forma piú semplice e piú spontanea.

La battaglia cominciò con un cannoneggiamento dalle due parti di diverse centinaia di cannoni.

Poi, quando il fumo coprí tutto il campo, si mossero in quel fumo (dalla parte dei francesi) a destra, le due divisioni Dessé e Compans verso le frecce e a sinistra i reggimenti del vicerè verso Borodinò.

Le frecce si trovarono a un miglio di distanza dal ridotto di Scevardinò, dove stava Napoleone, ma Borodinò era a piú di due miglia di distanza in linea retta, e perciò Napoleone non poteva vedere ciò che accadeva là, tanto piú che il fumo, mischiandosi con la nebbia, nascondeva tutta la località. I soldati della divisione Dessé, diretti verso le frecce, furono visibili soltanto finché non scesero nel burrone che li separava da quelle. Appena furono scesi nel burrone, il fumo dei cannoni e dei fucili diventò cosí fitto che coprí tutto il pendio dall'altra parte del burrone. Attraverso il fumo appariva qualcosa di nero, probabilmente uomini, e di tanto in tanto uno scintillio di baionette. Ma se si movessero o stessero fermi, se fossero francesi o russi, era impossibile vederlo dal ridotto di Scevardinò.

Il sole s'era alzato luminoso e batteva coi suoi raggi obliqui dritto sul viso di Napoleone che guardava le frecce, riparandosi con la mano. Il fumo si stendeva davanti alle frecce, e ora pareva che il fumo si movesse, ora pareva che si movessero le truppe. Di tanto in tanto, attraverso i colpi, si udivano i gridi della gente, ma era impossibile sapere che cosa facessero là.

Napoleone, stando sul tumulo, guardava col canocchiale, e nel piccolo cerchio del canocchiale vedeva fumo e uomini, a volte suoi, a volte russi; ma dove fosse ciò che aveva veduto, non lo sapeva piú appena guardava a occhio nudo.

Scese dal tumulo e si mise a passeggiare su e giú lí davanti.

Ogni tanto si fermava, tendeva l'orecchio ai colpi e osservava il campo di battaglia.

Non soltanto da quel posto in basso dove egli stava, non soltanto dal tumulo sul quale stavano ora alcuni suoi generali, ma dalle stesse frecce sulle quali si trovavano adesso, insieme o per turno, soldati russi e francesi – morti, vivi e feriti, in preda allo spavento o al furore – era impossibile capire ciò che accadesse in quel punto. Durante alcune ore si videro in quel punto, in mezzo al tiro incessante dei fucili e dei cannoni, ora soltanto i russi, ora soltanto i francesi, ora soldati di fanteria, ora di cavalleria; apparivano, cadevano, sparavano, si urtavano, senza saper che fare l'uno dell'altro, urlavano e scappavano indietro.

Dal campo di battaglia, al galoppo, venivano continuamente a Napoleone i suoi aiutanti di campo mandati da lui e gli ufficiali d'ordinanza dei suoi marescialli coi rapporti sull'andamento delle cose; ma tutti questi rapporti erano menzogneri: sia perché nel calore di una battaglia è impossibile dire ciò che accade in un dato momento, sia perché molti di quegli aiutanti non erano giunti proprio fino al vero campo di battaglia e riferivano ciò che avevano udito da altri; e inoltre perché, mentre l'aiutante faceva le due o tre miglia che lo separavano da Napoleone, le circostanze mutavano e la notizia che egli portava non corrispondeva piú a verità. Cosí un aiutante mandato dal vicerè giunse al galoppo con la notizia che Borodinò era occupato e il ponte sulla Kolocià in mano dei francesi. L'aiutante domandò a Napoleone se ordinasse di far passare le truppe. Napoleone ordinò che si schierassero dall'altra parte e aspettassero; ma non soltanto nel momento che Napoleone dava quest'ordine, ma anche quando l'aiutante aveva appena lasciato Borodinò, il ponte era già stato ripreso e incendiato dai russi, in quella stessa mischia alla quale aveva partecipato Pierre al principio della battaglia.

Un aiutante di campo giunto al galoppo dalle frecce con un viso pallido e spaventato annunziò a Napoleone che l'attacco era stato respinto, Compans ferito, Davoust ucciso; e invece le frecce erano state occupate da un'altra parte della truppa nello stesso momento in cui dicevano all'aiutante di campo che i francesi erano stati respinti, e Davoust era vivo e solo leggermente contuso. Regolandosi su questi rapporti necessariamente menzogneri, Napoleone impartiva i suoi ordini, i quali o erano stati già eseguiti prima che egli li avesse impartiti, o non potevano essere e non furono eseguiti.

I marescialli e i generali che si trovavano a minor distanza dal campo di battaglia, ma che anch'essi, come Napoleone, non prendevano parte alla battaglia stessa e solo di tanto in tanto andavano sotto al fuoco delle palle, senza interrogare Napoleone davano le loro istruzioni e impartivano i loro ordini, dicendo verso dove e di dove bisognava sparare, dove avevano da galoppare i soldati di cavalleria e correre quelli di fanteria. Ma anche le loro istruzioni, allo stesso modo di quelle di Napoleone, solo in misura minima e raramente venivano messe in atto. Per lo piú accadeva il contrario di ciò che essi avevano ordinato. I soldati ai quali era stato comandato di andare avanti, trovandosi sotto al tiro della mitraglia, correvano indietro; i soldati ai quali era stato comandato di rimanere sul posto, a un tratto, vedendosi davanti i russi che erano apparsi improvvisamente, a volte scappavano indietro, a volte si gettavano avanti, e la cavalleria galoppava senza averne l'ordine, per inseguire i russi che fuggivano. Cosí due reggimenti di cavalleria galopparono attraverso il burrone di Semjònovskoje e, appena giunti sull'altura, si volsero e corsero indietro a briglia sciolta. Cosí si movevano anche i soldati di fanteria, giungendo a volte in un punto assai diverso da quello dove avevano ordine di andare. Tutti gli ordini riguardanti il luogo e il momento di spostare i cannoni, nonché il momento di mandare i soldati di fanteria a sparare o la cavalleria a calpestare la fanteria russa, tutti questi ordini erano dati dai comandanti suindicati dei reparti, che stavano nelle file, senza neppure interrogare Ney, Davoust e Murat, e tanto meno Napoleone. Essi non temevano d'essere puniti per un ordine non eseguito o per una disposizione presa di loro iniziativa, perché in battaglia si tratta della cosa piú cara all'uomo, la propria vita, e a volte sembra che la salvezza stia nello scappare indietro, a volte nello scappare avanti, e quegli uomini, che si trovavano nel calore della battaglia, agivano sotto l'ispirazione del momento. In realtà poi tutti questi movimenti avanti e indietro non facilitavano e non mutavano la posizione delle truppe. Tutti quei loro vicendevoli attacchi, di fanteria e di cavalleria, facevano poco danno; il danno, cioè la morte e le mutilazioni, lo portavano le palle di cannone e di fucile che volavano da per tutto nello spazio in cui si agitavano quelle persone. Non appena quegli uomini uscivano dallo spazio sul quale volavano le palle di cannone e di fucile, subito i superiori che si trovavano indietro li riordinavano, li sottoponevano alla forza della disciplina e sotto l'impero di questa disciplina li conducevano di nuovo nella zona del fuoco, nella quale (sotto l'azione della paura della morte) essi tornavano a rompere la disciplina e a buttarsi di qua e di là secondo l'istinto casuale della folla.

XXXIV.

I generali di Napoleone – Davoust, Ney e Murat, che si trovavano in prossimità della zona del fuoco e talora anzi vi penetravano, – piú volte condussero in quella zona enormi e ordinate masse di truppa. Ma contrariamente a ciò che accadeva senza fallo in tutte le battaglie precedenti, invece dell'attesa notizia della fuga del nemico, le masse ordinate di truppa tornavano *di là* come folle scompigliate e atterrite. Di nuovo essi le ordinavano, ma gli uomini diminuivano sempre. Alla metà della giornata Murat mandò da Napoleone un suo aiutante di campo a chiedere rinforzi.

Napoleone era seduto ai piedi del tumulo e beveva un ponce, quando l'aiutante di Murat giunse da lui al galoppo con l'assicurazione che i russi sarebbero stati disfatti se Sua Maestà avesse dato un'altra divisione.

– Rinforzi? – disse Napoleone con severa meraviglia, come se non capisse le sue parole, guardando l'aiutante, un bel ragazzo dai lunghi capelli neri inanellati (come li portava Murat). « Rinforzi! – pensò Napoleone. – Che rinforzi chiedono quando hanno nelle mani metà dell'esercito contro la debole e non fortificata ala russa? » – *Dites au roi de Naples*, – disse severamente Napoleone, – *qu'il n'est pas midi et que je ne vois pas encore clair sur mon échiquier. Allez...*

Il bel ragazzo dalla lunga capigliatura, senza togliere la mano dal cappello, sospirò penosamente e tornò al galoppo là dove si uccideva la gente.

Napoleone si alzò e, fatti chiamare Caulaincourt e Berthier, cominciò a parlare con loro di cose che non riguardavano la battaglia.

Nel mezzo della conversazione, che cominciava a interessare Napoleone, gli occhi di Berthier si rivolsero a un generale che, montando un cavallo tutto sudato, galoppava col suo seguito verso il tumulo. Era Belliard. Smontato da cavallo, a rapidi passi egli si avvicinò all'imperatore e arditamente, ad alta voce, cominciò a spiegare la necessità dei rinforzi. Giurava sul suo onore che i russi sarebbero stati disfatti se l'imperatore avesse dato un'altra divisione.

Napoleone si strinse nelle spalle e, senza rispondere niente, seguitò la sua passeggiata. Belliard si mise a parlare ad alta voce e animatamente coi generali del seguito che l'avevano circondato.

– Siete troppo focoso, Belliard, – disse Napoleone, avvicinandosi di nuovo al generale che era giunto. – È facile sbagliarsi nel calore della mischia. Andate e osservate, e poi tornate da me.

Belliard non era ancora sparito dalla vista che da un'altra parte un nuovo messo giungeva dal campo di battaglia.

– *Eh bien, qu'est-ce qu'il y a?* – disse Napoleone col tono d'un uomo irritato dai continui ostacoli.

– *Sire, le Prince...* – cominciò l'aiutante di campo.

– Chiede rinforzi? – proferí Napoleone con un gesto di collera.

L'aiutante chinò il capo affermativamente e cominciò il suo rapporto; ma l'imperatore gli voltò le spalle, fece due passi, si fermò, tornò indietro e chiamò Berthier.

– Bisogna far avanzare le riserve, – disse allargando un poco le braccia. – Chi dobbiamo mandare laggiú? Che ne pensate? – fece, rivolto a Berthier, a questo « *oison que j'ai fait aigle* », come ebbe a chiamarlo dipoi.

– Sire, mandiamo la divisione Claparède, – disse Berthier che sapeva a mente tutte le divisioni, i reggimenti, i battaglioni.

Napoleone fece un cenno affermativo col capo. Un aiutante si avviò al galoppo verso la divisione Claparède. E dopo alcuni minuti la giovane guardia, che stava dietro alla collina, si mosse. Napoleone guardò in silenzio in quella direzione.

– No, – fece rivolgendosi a un tratto a Berthier. – Non posso mandare Claparède. Mandate la divisione Friant, – disse.

Benché non ci fosse nessun vantaggio a mandare la divisione Friant invece della divisione Claparède, e che anzi fermare Claparède e mandare Friant fosse evidentemente cagione d'inciampo e di ritardo, pure l'ordine fu puntualmente eseguito. Napoleone non si accorgeva che nei rapporti con le sue truppe egli faceva la parte del medico che coi suoi rimedi ostacola la natura, parte che egli capiva cosí bene e condannava.

La divisione Friant, tal quale come le altre, sparí nel fumo del campo di battaglia. Da varie parti seguitavano a giungere al galoppo gli aiutanti di campo, e tutti, come se si fossero messi d'accordo, dicevano una sola e medesima cosa. Tutti chiedevano rinforzi, tutti dicevano che i russi mantenevano le loro posizioni e facevano *un feu d'enfer*, sotto il quale l'esercito francese si liquefaceva.

Napoleone sedeva pensieroso su di una sedia pieghevole.

Digiuno fin dalla mattina, M. de Beausset, che amava i viaggi, si avvicinò all'imperatore e osò proporre rispettosamente a Sua Maestà di far colazione.

– Spero che ora mi potrò rallegrare con Vostra Maestà per la vittoria, – disse.

Napoleone scosse il capo negativamente. Supponendo che quel gesto negativo si riferisse alla vittoria e non alla colazione, M. de Beausset si permise di osservare tra lo scherzoso e il rispettoso che non ci sono al mondo ragioni che possano impedire di far colazione, quando si può farla.

– *Allez-vous...* – disse a un tratto Napoleone, cupo, e si voltò in là.

Un sorriso beato di rammarico, di pentimento e di entusiasmo passò sul viso del signor de Beausset, e con agile passo egli si allontanò, andando verso gli altri generali.

Napoleone provava un sentimento penoso, simile a quello che prova un giuocatore sempre fortunato, che getta via follemente il suo denaro e vince sempre, e poi a un tratto, proprio quando ha calcolato tutte le probabilità del giuoco, sente che, quanto piú ha meditato la mossa, con tanta maggior sicurezza perderà.

Le truppe erano le medesime, i generali i medesimi, i medesimi i preparativi, il medesimo l'ordine di operazioni, la medesima la *proclamation courte et énergique*; lui stesso era sempre il medesimo, lo sapeva; sapeva che ora era anche molto piú esperto e piú abile di prima; anche il nemico era il medesimo di Austerlitz e Friedland; ma la mano levata con veemenza ricadeva giú impotente come per qualche magia.

Tutti i metodi di prima, già invariabilmente coronati dal successo: il concentramento delle batterie in un punto solo, e l'attacco delle riserve per la rottura della linea, e l'attacco di cavalleria *des hommes de fer*, tutti questi metodi erano già stati adoperati e non soltanto non c'era la vittoria ma da tutte le parti venivano le medesime notizie di generali morti o feriti, della necessità di rinforzi, della impossibilità di far sloggiare i russi e dello scompiglio delle truppe.

Le altre volte, dopo due o tre ordini, due o tre frasi, venivano al galoppo marescialli e aiutanti di campo con felicitazioni e visi allegri, annunziando come trofei corpi d'armata prigionieri, *des faisceaux de drapeaux et d'aigles ennemis*, e cannoni, e carriaggi, e Murat non chiedeva se non il permesso di lanciare la sua cavalleria per catturare le salmerie. Cosí era stato a Lodi, a Marengo, ad Arcole, a Iena, ad Austerlitz, a Wagram ecc. ecc. Adesso invece accadeva alle sue truppe qualcosa di strano.

Malgrado la notizia che erano state prese le frecce, Napoleone vedeva ch'era altra cosa, tutt'altra cosa da quello che era stato in tutte le sue battaglie precedenti. Vedeva che quello stesso sentimento che egli provava lo provavano anche tutte le persone che lo circondavano, esperte di combattimenti. Tutti i visi erano tristi, tutti gli occhi si sfuggivano scambievolmente. Il solo de Beausset poteva non capire il significato di ciò che avveniva. Mentre Napoleone, dopo la sua lunga esperienza di guerra, sapeva benissimo che cosa volesse dire una battaglia non ancora vinta dall'attaccante dopo otto ore di combattimento e dopo tutti gli sforzi adoperati. Sapeva che era quasi una battaglia perduta e che la minima circostanza poteva ora – a quel punto di tensione e d'incertezza in cui si trovava la battaglia – rovinare lui e le sue truppe.

Quando egli rivolgeva nella sua mente tutta quella strana campagna russa nella quale non era stata vinta neppure una battaglia, nella quale in due mesi non si erano prese bandiere, né cannoni, né corpi di truppe; quando guardava i visi degli astanti, che dissimulavano la loro tristezza, e sentiva dai rapporti che i russi stavano sempre fermi, lo prendeva un pauroso sentimento, simile al sentimento che si prova in sogno, e gli venivano in mente tutte le tristi possibilità che potevano rovinarlo. I russi potevano assalire la sua ala sinistra, potevano sfondare il suo centro, lui stesso poteva essere ucciso da una palla sperduta. Tutto ciò era possibile. Nelle sue precedenti battaglie egli pensava soltanto alle possibilità di successo, ora invece infinite possibilità di sventura gli si paravano innanzi ed egli se le aspettava tutte. Sí, era come in sogno, quando una persona vede un malfattore che lo aggredisce, e la persona in sogno alza il braccio e colpisce il malfattore con un terribile sforzo che, egli lo sa, deve annientarlo, e sente che la sua mano, molle e senza forza, ricade come un cencio, e il terrore dell'inevitabile rovina prende la persona senza difesa.

La notizia che i russi attaccavano il fianco sinistro dell'esercito francese suscitò in Napoleone questo terrore. In silenzio se ne stava seduto ai piedi del tumulo, sulla sua sedia pieghevole, a capo basso e coi gomiti appoggiati alle ginocchia. Berthier si avvicinò a lui e gli propose di fare un giro sulla linea per constatare come stavano le cose.

– Che? Che dite? – domandò Napoleone. – Sí, fatemi portare il cavallo.

Montò a cavallo e andò a Semjònovskoje. In mezzo al fumo degli spari che si dissipava lentamente, su tutto quello spazio pel quale procedeva Napoleone giacevano in pozze di sangue cavalli e uomini, isolati o a gruppi. Né Napoleone né alcuno dei suoi generali aveva mai visto un orrore simile, una tale quantità di morti in cosí piccolo spazio. Il rombo dei cannoni, che non smetteva da dieci ore filate e lacerava gli orecchi, dava un rilievo particolare a quello spettacolo (come la musica ai quadri viventi). Napoleone salí sull'altura di Semjònovskoje e a traverso il fumo vide file di uomini in uniforme di colori che non erano abituali ai suoi occhi. Erano i russi.

I russi, in file compatte, stavano dietro a Semjònovskoje e al tumulo, e i loro cannoni rombavano e fumavano senza mai smettere sulla loro linea. Non era piú una battaglia. Era una carneficina prolungata che non poteva condurre a nulla né i russi né i francesi. Napoleone fermò il cavallo e cadde di nuovo in quella meditazione dalla quale l'aveva tolto Berthier; egli non poteva fermare l'azione che gli si svolgeva davanti e intorno, e che si credeva guidata e dipendente da lui, e quell'azione, per la prima volta, in seguito al suo insuccesso, gli pareva inutile e orrenda.

Uno dei generali che si erano avvicinati a Napoleone si permise di proporgli di far entrare in azione la vecchia guardia. Ney e Berthier, che stavano accanto a Napoleone, si scambiarono uno sguardo e sorrisero di disprezzo all'insensata proposta del generale.

Napoleone abbassò il capo e tacque a lungo.

– *A huit cent lieues de France je ne ferai pas démolir ma garde*, – disse e, voltato il cavallo, tornò indietro a Scevardinò.

XXXV.

Kutúzov stava seduto, con la testa grigia chinata e il corpo pesante abbandonato, su quella panca coperta d'un tappeto, in quel medesimo posto dove Pierre l'aveva veduto la mattina. Egli non impartiva nessun ordine, ma soltanto diceva sí o no alle cose che gli proponevano.

– Sí, sí, fate questo, – rispondeva a diverse proposte. – Sí, sí, va', colombello, guarda un po', – diceva, rivolgendosi ora all'uno, ora all'altro di coloro che gli erano vicini, oppure: – No, non fatelo, meglio aspettare, – diceva. Ascoltava i rapporti che gli venivano portati, dava ordini quando gl'inferiori gliene chiedevano; ma, ascoltando i rapporti, pareva che non lo interessasse il senso delle parole che gli dicevano, ma qualcos'altro nell'espressione dei visi, nel tono del discorso dei suoi informatori. Per una lunga esperienza di guerra sapeva e con la sua intelligenza di vecchio capiva come sia impossibile a un solo uomo dirigere centinaia di migliaia di uomini che lottano contro la morte, e sapeva che le sorti di una battaglia son decise non dagli ordini del comandante in capo, non dal luogo dove stanno le truppe, non dalla quantità dei cannoni e degli uomini uccisi, ma da quella inafferrabile forza che si chiama lo spirito delle truppe, ed egli vigilava su questa forza e la guidava, per quanto era in suo potere.

L'espressione solita del viso di Kutúzov era un'attenzione concentrata, una tranquilla tensione che a stento dominava la stanchezza del corpo debole e vecchio.

Alle 11 di mattina gli portarono la notizia che le frecce occupate dai francesi erano state riprese, ma che il principe Bagratiòn era ferito. Kutúzov mandò un'esclamazione e scosse il capo.

– Va' dal principe Pjotr Ivànovič e informati minutamente di che si tratta e com'è stato, – disse a uno dei suoi aiutanti, e poi si rivolse al principe di Württemberg, che gli stava dietro.

– Non vorrebbe Vostra Altezza Reale assumere il comando della seconda armata?

Poco tempo dopo la partenza del principe, cosí poco tempo dopo che egli ancora non poteva esser giunto a Semjònovskoje, un aiutante di campo del principe tornò indietro e riferí a Sua Altezza Serenissima che il principe chiedeva delle truppe.

Kutúzov aggrottò le sopracciglia e mandò a Dochtúrov l'ordine di assumere il comando della seconda armata, pregando il principe, del quale, come egli disse, non poteva fare a meno in quei gravi momenti, di tornare presso di lui. Quando fu portata la notizia della cattura di Murat e gli ufficiali dello stato maggiore si rallegrarono con Kutúzov, egli sorrise.

– Aspettate, signori, – disse. – La battaglia è vinta e la cattura di Murat non ha nulla di straordinario. Ma è meglio aspettare a rallegrarsi –. Però mandò un aiutante a fare il giro delle truppe con questa notizia.

Quando dal fianco sinistro giunse al galoppo Ščerbínin con la notizia che i francesi avevano occupato le frecce e Semjònovskoje, indovinando dai rumori del campo di battaglia e dal viso di Ščerbínin che le notizie erano cattive, si alzò come per sgranchirsi le gambe e, preso a braccetto Šcerbínin, lo condusse in disparte.

– Va', colombello, – disse a Ermolov, – guarda se è possibile fare qualcosa.

Kutúzov era a Gorki, al centro della posizione delle truppe russe. L'attacco diretto da Napoleone sul nostro fianco sinistro era stato respinto piú volte. Nel centro i francesi non erano andati oltre Borodinò. Al fianco sinistro la cavalleria di Uvarov aveva fatto fuggire i francesi.

Verso le tre gli attacchi dei francesi cessarono. Su tutti i visi di quelli che venivano dal campo di battaglia e di quelli che gli stavano intorno, Kutúzov leggeva una tensione giunta al piú alto grado. Kutúzov era contento del successo della giornata, superiore alle sue aspettative. Ma le forze fisiche abbandonavano il vecchio. Piú volte la testa gli andò giú, come se cadesse, ed egli cominciava a sonnecchiare. Gli portarono da desinare.

Wohlzogen, quello stesso aiutante di campo dell'imperatore che, passando davanti al principe Andréj, aveva detto che la guerra bisognava « *im Raum verlegen* » e che Bagratiòn odiava tanto, si avvicinò a Kutúzov durante il suo desinare. Wohlzogen era venuto da parte di Barclay con un rapporto sull'andamento delle cose al fianco sinistro. Il prudente Barclay de Tolly, vedendo una folla di feriti che fuggiva e le retrovie in disordine, pesate tutte le circostanze, s'era convinto che la battaglia era perduta e aveva mandato al comandante in capo il suo favorito a portargli questa notizia.

Kutúzov masticava a fatica del pollo arrosto e gettò uno sguardo a Wohlzogen con gli occhi lietamente socchiusi.

Wohlzogen, movendo negligentemente i piedi, con un sorriso mezzo sprezzante sulle labbra, si avvicinò a Kutúzov, toccandosi leggermente la visiera con la mano.

Wohlzogen trattava Sua Altezza Serenissima con una certa affettata negligenza, che aveva lo scopo di mostrare che lui, come militare di alta cultura, lasciava che i russi si facessero un idolo di quell'inutile vecchio, ma sapeva bene con chi aveva a che fare. « *Der alte Herr*, – (come i tedeschi chiamavano Kutúzov nel loro ambiente), – *macht sich ganz bequem* » [1], pensò Wohlzogen e, guardando severamente i piatti che stavano davanti a Kutúzov, cominciò a fare il suo rapporto al vecchio signore sullo stato delle cose al fianco sinistro, cosí come gli aveva ordinato Barclay e come egli stesso l'aveva veduto e capito.

[1] « Il vecchio signore se la passa comoda ».

– Tutti i punti della nostra posizione sono in mano al nemico e non c'è con che respingerlo, perché non ci sono truppe; i soldati fuggono e non c'è possibilità di fermarli, – egli riferiva.

Kutúzov, smettendo di masticare, sorpreso, come se non capisse quel che gli dicevano, fissò lo sguardo su Wohlzogen. Wohlzogen, notando l'agitazione «*des alten Herrn*»[1], disse con un sorriso:

– Non mi son creduto in diritto di nascondere a Vostra Altezza Serenissima ciò che ho veduto... L'esercito è in pieno sfacelo...

– L'avete veduto voi? L'avete veduto voi?... – gridò Kutúzov con le sopracciglia aggrottate, alzandosi rapidamente e movendo verso Wohlzogen. – Come... come osate, voi?... – gridò facendo gesti di minaccia con le mani tremanti e soffocando di rabbia. – Come osate voi, signore, dire questo a me? Voi non sapete nulla. Dite da parte mia al generale Barclay che le sue informazioni sono sbagliate e che io, il comandante in capo, conosco il vero andamento della battaglia meglio di lui.

Wohlzogen voleva replicare qualcosa, ma Kutúzov lo interruppe.

– Il nemico è respinto sul fianco sinistro e sconfitto sul fianco destro. Se avete visto male, caro signore, non vi permettete di dire quel che non sapete. Vogliate andare dal generale Barclay e riferirgli che domani la mia inderogabile intenzione è di attaccare il nemico, – disse severamente Kutúzov. Tutti tacevano e si udiva solamente il respiro affannoso del vecchio generale che ansava. – Sono respinti da per tutto, del che ringrazio Dio e il nostro valoroso esercito. Il nemico è sconfitto, e domani lo scacceremo dalla santa terra russa, – disse Kutúzov, facendosi il segno della croce; e a un tratto ebbe un singhiozzo per le lacrime che gli facevano groppo.

Wohlzogen, stringendosi nelle spalle, con una smorfia si allontanò in disparte, meravigliandosi «*über diese Eingenommenheit des alten Herrn*»[2].

– Eccolo, il mio eroe, – disse Kutúzov a un generale pieno, bello, dai capelli neri, che in quel momento saliva sul tumulo.

Era Rajevskij, che aveva passato tutta la giornata nel punto principale del campo di battaglia di Borodinò.

Rajevskij informò che le truppe mantenevano fermamente le loro posizioni e che i francesi non osavano piú attaccare.

[1] «Del vecchio signore».

[2] «Di questa cocciutaggine del vecchio signore».

Udendo ciò, Kutúzov disse in francese:

– *Vous ne pensez donc pas* comme les autres *que nous sommes obligés de nous retirer?*

– *Au contraire, Votre Altesse, dans les affaires indécises c'est toujours le plus opiniâtre qui reste victorieux*, – rispose Rajevskij, – *et mon opinion...*

– Kajsàrov! – fece Kutúzov, chiamando il suo aiutante di campo. – Siediti, scrivi l'ordine del giorno per domani. E tu, – disse rivolto a un altro, – va' sulla linea e annunzia che domani attaccheremo.

Mentre si svolgeva il dialogo con Rajevskij e si dettava l'ordine del giorno, Wohlzogen, che tornava dall'essere stato da Barclay, riferí che il generale Barclay de Tolly desiderava conferma scritta dell'ordine dato dal maresciallo.

Kutúzov, senza guardare Wohlzogen, fece scrivere quell'ordine che l'antico comandante in capo desiderava molto giudiziosamente di avere per sfuggire la responsabilità personale.

E per quell'indefinibile, misterioso legame che manteneva in tutto l'esercito quello stato d'animo comune, detto stato d'animo dell'esercito, che costituisce il nerbo principale della guerra, le parole di Kutúzov e il suo ordine di operazione per l'indomani furon trasmessi contemporaneamente a tutti i punti dell'esercito.

Erano certo ben diverse le parole e ben diverso l'ordine che si trasmettevano all'ultimo anello della catena. Anzi non c'era nulla di simile a ciò che aveva detto Kutúzov nei racconti che si trasmettevano l'uno all'altro i soldati alle varie estremità dello schieramento, ma il senso delle sue parole si comunicò da per tutto, perché quello che aveva detto Kutúzov non sgorgava da ingegnose combinazioni, ma dal sentimento che era nell'anima del comandante in capo come nell'anima di ogni russo.

E apprendendo che l'indomani avremmo attaccato il nemico, udendo dagli ambienti dirigenti dell'esercito la conferma di ciò che essi volevano credere, gli uomini stanchi e titubanti si confortavano e pigliavano coraggio.

XXXVI.

Il reggimento del principe Andréj era fra le riserve che fino verso le due rimasero inattive dietro Semjònovskoje, sotto un forte fuoco di artiglieria. Verso le due il reggimento, che già aveva perduto piú di duecento uomini, fu spostato in avanti su di un campo di avena calpestato, in quel tratto fra Semjònovskoje e la batteria del tumulo dove quel giorno erano stati uccisi migliaia di uomini e dove verso le due era diretto un fuoco intenso e concentrato di parecchie centinaia di pezzi nemici.

Senza muoversi da quel posto e senza aver tirato nemmeno un colpo, il reggimento perdette lí ancora la terza parte dei suoi uomini. Davanti e specialmente da destra, i cannoni tuonavano in mezzo al fumo che non si dissipava, e da quella misteriosa zona di fumo che copriva tutto il terreno antistante volavano senza posa le palle con un rapido fischio e le granate con un lento sibilo. A volte, come per dar riposo, passava un quarto d'ora durante il quale tutte le palle e le granate volavano oltre, ma a volte in un minuto cadevano parecchi uomini del reggimento e senza tregua si trascinavano via i morti e si raccoglievano i feriti.

Ad ogni nuovo colpo sempre minori probabilità di vita rimanevano per quelli che non erano stati ancora uccisi. Il reggimento era schierato in colonne di battaglione a trecento passi l'una dall'altra, ma, nonostante ciò, tutti gli uomini si trovavano sotto il dominio di un medesimo stato d'animo. Tutti gli uomini del reggimento erano egualmente taciturni e cupi. Di rado si udiva qualche scambio di parole fra le file, ma anche quello taceva ogni volta che si udiva un nuovo colpo e il grido: « barella! » La maggior parte del tempo gli uomini del reggimento, secondo l'ordine del comandante, sedevano a terra. Chi, toltosi il chepí, ne allargava e ne riuniva di nuovo accuratamente le pieghe; chi, sbriciolata fra le palme dell'argilla asciutta, ne ripuliva la baionetta; chi si levava il cinturino e ne stringeva la fibbia; chi disfaceva e rifaceva accuratamente le fasce e si ricalzava. Alcuni costruivano delle casette di terra o intessevano delle treccioline con la paglia delle stoppie. Tutti sembravano assorti in queste occupazioni. Quando degli uomini erano feriti o uccisi, quando passavano le barelle, quando i nostri tornavano indietro, quando si vedevano attraverso il fumo grandi masse di nemici, nessuno prestava attenzione a questi fatti. Quando poi l'artiglieria o la cavalleria passavano innanzi a loro e si vedevano i movimenti della nostra fanteria, si udivano da tutte le parti parole di approvazione. Ma la maggior attenzione era destata da fatti affatto estranei e che non avevano nessuna relazione con la battaglia: come se l'attenzione di quella gente moralmente stanca si riposasse in quelle circostanze della vita comune. Una batteria di artiglieria passò davanti allo schieramento del reggimento. Ad uno dei cassoni di artiglieria uno dei cavalli di fianco s'impigliò nei tiranti: – Ehi, il cavallo!... Rimettilo a posto! Cade!... Eh! non lo vedono!... – si gridava allo stesso modo dalle file di tutto il reggimento. Un'altra volta l'attenzione generale si rivolse a un cagnolino marrone, con la coda fieramente levata, che, comparso Dio sa di dove, correva con trotto preoccupato davanti alle file dei soldati e a un tratto, a una granata che colpí vicino, mandò uno strido e, abbassando la coda, si gettò da una parte. Per tutto il reggimento si levarono schiamazzi e strilli. Ma distrazioni di questo genere duravano qualche minuto, e gli uomini da piú di otto ore stavano lí senza mangiare e senza far nulla, sotto l'incubo incessante della morte, e i visi pallidi e accigliati diventavano sempre piú pallidi e accigliati.

Il principe Andréj, al pari di tutti gli uomini del suo reggimento, accigliato e pallido, passeggiava in su e giú per il prato costeggiante il campo di avena, da un limite all'altro, con le mani dietro la schiena e il capo basso. Non c'era nulla da fare e nessun ordine da dare. Tutto si faceva da sé. I morti erano trascinati dietro lo schieramento, i feriti erano tolti via, le file si riformavano. Se dei soldati si allontanavano, tornavano subito frettolosamente. Da principio il principe Andréj, ritenendo che fosse suo dovere risvegliare il coraggio dei soldati e dar loro l'esempio, camminava fra le file; ma poi si persuase che non aveva nessun modo d'insegnar nulla a nessuno. Tutte le forze del suo animo, come di quello di ciascun soldato, erano inconsciamente rivolte a trattenersi dal contemplare l'orribile situazione nella quale si trovavano. Egli passeggiava per il prato, strascinando le gambe, calpestando l'erba e osservando la polvere che copriva i suoi stivali: ora camminava a grandi passi, sforzandosi di andare sulle orme lasciate sul prato dai falciatori; ora, contando i suoi passi, faceva il calcolo di quante volte doveva andare da un limite all'altro per fare un miglio; ora strappava dei fiorellini d'assenzio che crescevano sul limite del prato e, soffregandoli fra le palme, ne aspirava l'odore amarognolo e forte. Di tutto il lavoro fatto dal suo pensiero il giorno innanzi non restava piú nulla. Egli non pensava a nulla. Ascoltava con orecchio stanco sempre i medesimi suoni, distinguendo il fischio delle palle dal rombo degli spari, guardava i visi già tante volte veduti del primo battaglione, e aspettava. « Eccola!... un'altra per noi! – pensava ascoltando un fischio che si avvicinava dalla chiusa zona del fumo. – Una! un'altra! Ancora! Ha colto!... – Si fermò e guardò nelle file. – No, ci ha oltrepassati. Ah! ecco, questa ha colto ». E si metteva di nuovo a camminare, sforzandosi di fare i passi lunghi per poter arrivare al limite del prato in sedici passi. Un fischio e un colpo! A cinque passi da lui una palla sconvolse la terra asciutta e scomparve. Un involontario brivido gli corse per la schiena. Di nuovo guardò nelle file. Molti dovevano esser caduti. Una gran folla era raccolta presso il secondo battaglione.

– Signor aiutante maggiore, – gridò egli, – date ordine che non si affollino –. L'aiutante, eseguito l'ordine, si avvicinò al principe Andréj. Dall'altra parte giungeva a cavallo il comandante del battaglione.

– Attenzione! – si udí gridare atterrito un soldato e, come un uccello che, fischiando nel suo rapido volo, si posi a terra, a due passi dal principe Andréj, accanto al cavallo del comandante di battaglione, cadde una granata senza molto rumore. Il cavallo per primo, senza domandare se fosse bene o male mostrar paura, soffiò, s'impennò, per poco non buttò in terra il maggiore, e fece uno scarto. La paura del cavallo si propagò agli uomini.

– A terra! – gridò la voce dell'aiutante maggiore, che si stese al suolo. Il principe Andréj stava in piedi, indeciso. La granata, come una trottola fumante, girava fra lui e l'aiutante disteso, sul limite fra il campo e il prato, presso un cespo di assenzio.

« Possibile che sia la morte? » pensava il principe Andréj, guardando con uno sguardo assolutamente nuovo e invidioso l'erba, l'assenzio e il filo di fumo uscente dalla palla nera che girava ancora. « Io non posso, non voglio morire, amo la vita, amo quest'erba, la terra, l'aria... » Pensava queste cose e nello stesso tempo si ricordò che era guardato.

– Vergogna, signor ufficiale! – disse egli all'aiutante maggiore, – che... – Non finí. Nello stesso momento si udí uno schianto, un tintinnio come di vetri infranti, un odore soffocante di polvere e il principe Andréj fu scaraventato da una parte e, alzando le braccia, cadde bocconi.

Alcuni ufficiali corsero a lui. Dalla parte destra del ventre colava il sangue, formando una grande macchia sull'erba.

I militi, chiamati, si fermarono con la barella dietro agli ufficiali. Il principe Andréj giaceva in terra bocconi, col viso affondato nell'erba e respirava con un rantolo affannoso.

– Perché state lí? Avanti!

Gli uomini si avvicinarono e lo presero per le spalle e per i piedi, ma egli gemette penosamente, e gli uomini, scambiatisi uno sguardo, lo posarono di nuovo a terra.

– Via! prendetelo! tanto è lo stesso, – gridò una voce.

Lo presero di nuovo per le spalle e lo deposero sulla barella.

– Ah, Dio mio, Dio mio! Che è?... Al ventre! È la fine! Ah, Dio mio! – si udivano voci fra gli ufficiali.

– M'è passata a un capello dall'orecchio, – disse l'aiutante maggiore.

Gli uomini, caricatasi la barella sulle spalle, si mossero affrettatamente per il sentiero tracciato dai loro passi verso il posto di medicazione.

– Tenete il passo... Eh!... contadini, – gridò un ufficiale, fermando per le spalle gli uomini che camminavano a passo disuguale e facevano scuotere la barella.

– Accomodati, eh, Fjodor, oh Fjodor, – disse uno degli uomini che camminava davanti.

– Cosí! va bene! – disse allegramente uno di dietro, battendo il passo.

– Eccellenza, eh? Principe... – disse con voce tremante Timochin, che era accorso, guardando nella barella.

Il principe Andréj aprí gli occhi e guardò dalla barella, nella quale la sua testa era sprofondata, verso colui che parlava e di nuovo abbassò le palpebre.

I militi portarono il principe Andréj nella foresta dove stavano i furgoni e dove c'era un posto di medicazione. Il posto di medicazione consisteva in tre tende, drizzate sul limite di un bosco di betulle, con le cortine rialzate. Nel bosco di betulle stavano i furgoni e i cavalli. I cavalli mangiavano la biada nei sacchi e i passerotti si posavano accanto a loro e beccavano i granelli che cadevano. I corvi, fiutando il sangue, gracchiavano con impazienza, volando sulle betulle. Intorno alle tende, in uno spazio di piú di due ettari, stavano sdraiati, seduti o in piedi degli uomini insanguinati, vestiti in diverse fogge. Intorno ai feriti era una folla di portatori dai volti tristi e attenti, ai quali gli ufficiali incaricati invano ordinavano che si allontanassero da quel posto. Senza ascoltare gli ufficiali, questi soldati stavano appoggiati alle barelle e guardavano fisso ciò che accadeva innanzi a loro, come se cercassero di capire il difficile significato di quello spettacolo. Dalle tende si udivano ora gridi forti e cattivi, ora gemiti lamentosi. Ogni tanto venivano correndo degli infermieri a prender acqua e indicavano coloro che si dovevano trasportare. I feriti, che aspettavano il loro turno presso le tende, sibilavano, si lamentavano, piangevano, gridavano, bestemmiavano, chiedevano acquavite. Alcuni deliravano. Il principe Andréj, come comandante di reggimento, lo portarono, scavalcando i feriti non ancora medicati, presso una delle tende e si fermarono, aspettando ordini. Il principe Andréj aprí gli occhi, ma per un pezzo non poté capire ciò che accadeva intorno a lui. Ricordò il prato, il cespo di assenzio, i campi, la palla nera che girava e il suo appassionato impeto di amore alla vita. A due passi da lui era un sottufficiale, alto, bello, dai capelli neri, con la testa fasciata, che si appoggiava a un tronco d'albero e parlava forte attirando l'attenzione di tutti. Era ferito da palle di fucile, alla testa e a una gamba. Intorno a lui, ascoltando avidamente le sue parole, si era raccolta una folla di feriti e di portatori.

– Quando l'abbiamo sbattuto via di là, ha piantato tutto, abbiamo preso anche il re! – gridava il sottufficiale, guardando intorno a sé con uno scintillio degli accesi occhi neri. – Se venivano le riserve in quel momento, fratello mio, non ne restava neanche il segno, te lo dico di sicuro...

Il principe Andréj, come tutti coloro che circondavano l'oratore, lo guardava con sguardo sfavillante e provava un senso di conforto. « Ma non è forse tutto eguale ora? – pensava. – Che accadrà laggiú? e che è accaduto qui? Perché mi rincresce tanto staccarmi dalla vita? C'era qualcosa in questa vita, che non capivo e non capisco ».

XXXVII.

Uno dei dottori, col camice insanguinato e le piccole mani insanguinate, in una delle quali teneva un sigaro fra il mignolo e il pollice (per non insudiciarlo), uscí dalla tenda. Il dottore alzò la testa e si mise a guardare in qua e in là, ma al di sopra dei feriti. Evidentemente voleva riposarsi un poco. Dopo aver girato un po' la testa a destra e a sinistra, sospirò e abbassò gli occhi.

– Be', subito, – disse in risposta a un infermiere che gli indicava il principe Andréj, e ordinò che lo portassero nella tenda.

Nella folla dei feriti che aspettavano si levò un mormorio.

– Si vede che anche all'altro mondo non c'è vita che per i signori, – disse uno.

Trasportarono dentro il principe Andréj e lo deposero su di una tavola che allora allora era stata sbarazzata e dalla quale l'infermiere sciacquava via qualche cosa. Il principe Andréj non poté distinguere partitamente ciò che era nella tenda. I gemiti lamentosi che venivano da varie parti, il tormentoso dolore alla coscia, al ventre e alla schiena lo distraevano. E tutto quel che vedeva intorno a sé gli si confondeva nell'impressione generale di un corpo umano nudo insanguinato, che sembrava empire tutta quella tenda bassa, come alcune settimane prima, in una calda giornata di agosto, quel medesimo corpo empiva lo stagno fangoso sulla strada di Smolènsk. Sí, era quello stesso corpo, quella *chair à canon*, la cui vista già allora, come un presagio di quel che provava adesso, gli aveva fatto orrore.

Nella tenda erano tre tavole. Due erano occupate: sulla terza avevano deposto il principe Andréj. Lo lasciarono solo per un certo tempo e involontariamente egli vide ciò che accadeva sulle altre tavole. Sulla tavola piú vicina c'era un tartaro, probabilmente un cosacco, a giudicare dalla divisa, buttata accanto a lui. Quattro soldati lo tenevano. Un dottore con gli occhiali tagliava qualcosa nella sua schiena bruna e muscolosa.

– Uh, uh, uh!... – pareva grugnire il tartaro, e a un tratto, alzando il suo viso nero, camuso, dagli zigomi sporgenti, e mostrando i denti bianchi, cominciò a dibattersi, a dimenarsi, a urlare, con uno stridio penetrante, prolungato. Sull'altra tavola, intorno alla quale si affollava molta gente, giaceva supino un uomo grande, pieno, con la testa rigettata indietro (i capelli ondulati, il loro colore e la forma della testa parvero stranamente noti al principe Andréj). Alcuni infermieri premevano sul petto di quell'uomo e lo tenevano fermo. Una gamba bianca, grande e grassa era scossa senza posa da frequenti e rapidi movimenti febbrili. Quell'uomo singhiozzava convulsamente e i singhiozzi lo soffocavano. Due dottori, in silenzio (uno di essi era pallido e tremava), facevano un'operazione sull'altra gamba che era tutta rossa. Dopo essersela cavata col tartaro, sul quale fu gettato un cappotto, il dottore con gli occhiali, asciugandosi le mani, si avvicinò al principe Andréj.

Egli guardò in viso il principe Andréj e subito si voltò in là.

– Spogliatelo! perché state fermi? – gridò adirato agl'infermieri.

La piú lontana infanzia tornò alla memoria del principe Andréj mentre l'infermiere con mani frettolose dalle maniche rimboccate, gli sbottonava i bottoni e gli toglieva i vestiti. Il dottore si chinò sulla ferita, la tastò e mandò un profondo sospiro. Poi fece segno a qualcuno. E il tormentoso dolore al ventre fece perdere la coscienza al principe Andréj. Quando si riebbe, i frammenti delle ossa spezzate dell'anca erano stati tolti, dei pezzi di carne tagliati e la ferita fasciata. Gli spruzzarono dell'acqua in viso. Appena il principe Andréj aprí gli occhi, il dottore si chinò su di lui, lo baciò silenziosamente sulle labbra e se ne andò in fretta.

Dopo la sofferenza che aveva sopportata, il principe Andréj sentí un benessere che da molto tempo non provava. Tutti i momenti migliori e piú felici della sua vita, e specialmente la piú lontana infanzia, quando lo spogliavano e lo mettevano nel lettino, quando la balia gli cantava la ninna-nanna, quando, con la testa affondata nei guanciali, egli si sentiva felice per la sola coscienza di vivere, si presentavano alla sua immaginazione non piú come cose passate, ma come realtà. Intorno a quel ferito, di cui era parsa nota al principe Andréj la forma del capo, si affaccendavano i dottori: lo sollevavano e lo calmavano.

– Mostratemela... Oooooh! oh! oooooh! – si udiva il suo lamento interrotto dai singhiozzi, pieno di spavento e sottomesso alla sofferenza.

Ascoltando quel lamento, il principe Andréj aveva voglia di piangere. O perché moriva senza gloria, o perché gli rincresceva separarsi dalla vita, o per quei ricordi d'infanzia che non potevano ritornare, o perché soffriva, perché altri soffrivano e quell'uomo davanti a lui si lamentava cosí pietosamente, fatto sta che avrebbe voluto piangere lacrime infantili, buone, quasi gioiose.

Mostrarono al ferito la sua gamba tagliata nello stivale coperto di sangue raggrumato.

– Oh! Oooooh! – singhiozzò come una donna.

Il dottore che stava davanti al ferito, e ne nascondeva il viso, si allontanò.

« Dio mio! Che è mai? Perché è qui? » disse fra sé il principe Andréj.

In quell'essere infelice, singhiozzante, senza forze, al quale avevano dianzi tagliato una gamba, egli riconobbe Anatole Kuràghin. Tenevano in braccio Anatole e gli offrivano dell'acqua in un bicchiere, l'orlo del quale egli non poteva raggiungere con le sue labbra tremanti e gonfie. Anatole singhiozzava penosamente. « Sí, è lui, sí, è quell'uomo che ha avuto non so che legame cosí prossimo e cosí doloroso con me », pensava il principe Andréj, senza comprendere ancora chiaramente ciò che aveva davanti. « In che consiste il legame di quell'uomo con la mia infanzia, con la mia vita? » domandava a se stesso, non trovando risposta. E a un tratto un nuovo, inatteso ricordo del mondo dell'infanzia, della purezza e dell'amore apparve al principe Andréj. Si ricordò di Nataša come l'aveva veduta la prima volta a quel ballo del 1810, col suo collo e le sue braccia sottili, il timido viso felice, pronto all'entusiasmo, e il suo amore e la sua tenerezza per lei gli si ridestarono nell'animo piú vivi e piú forti che mai. Egli si ricordava adesso il legame che esisteva fra lui e quell'uomo che lo guardava con sguardo appannato, attraverso le lacrime che gli empivano gli occhi gonfi. Il principe Andréj si ricordò tutto, e una pietà, un amore fervente per l'uomo colmò il suo cuore felice.

Il principe Andréj non poté piú trattenersi e pianse lacrime di tenerezza e di amore sugli uomini, su se stesso e sui loro e sui propri errori.

« Compassione, amore per i fratelli, per chi ci ama, amore per chi ci odia, amore pei nemici, sí, quell'amore che Dio ha predicato sulla terra e che m'insegnava la principessina Marja e io non comprendevo: ecco perché rimpiangevo la vita, ecco ciò che ancora mi sarebbe rimasto se fossi vissuto. Ma ora è troppo tardi. Lo so! »

XXXVIII.

Il terribile aspetto del campo di battaglia, coperto di cadaveri e di feriti, insieme con la testa pesante e la notizia di venti generali a lui noti morti o feriti e la coscienza che il suo braccio prima cosí forte adesso era senza forza, produssero un effetto inatteso su Napoleone, che di solito voleva vedere i morti e i feriti, sperimentando cosí (per quel che gli pareva) la sua forza d'animo. Quel giorno l'orrendo aspetto del campo di battaglia vinse quella forza d'animo nella quale egli faceva consistere il suo merito e la sua grandezza. In fretta lasciò il campo di battaglia e tornò al tumulo di Scevardinò. Col viso giallo, gonfio, con gli occhi appannati, col naso rosso e la voce rauca, stava pesantemente seduto sulla sua sedia pieghevole, tendendo involontariamente l'orecchio al rombo del cannone senz'alzare gli occhi. Con un'angoscia dolorosa aspettava la fine di quell'azione, di cui si considerava partecipe, ma che non poteva fermare. Il suo personale sentimento umano per un breve istante ebbe il sopravvento su quell'artificiale miraggio di vita che egli aveva servito cosí a lungo. Riportò a se stesso quelle sofferenze e quella morte che aveva vedute sul campo di battaglia. La pesantezza che sentiva al capo e al petto gli ricordava che anche per lui erano possibili la sofferenza e la morte. In quel momento non avrebbe voluto né Mosca, né la vittoria, né la gloria (di che gloria aveva bisogno ancora?) La sola cosa che ora desiderasse era il riposo, la tranquillità e la libertà. Ma quando era stato sull'altura di Semjònovskoje, il comandante dell'artiglieria gli aveva proposto di postare alcune batterie su quelle alture per rinforzare il fuoco contro le truppe russe che si erano ammassate davanti a Knjàzkovo, Napoleone aveva acconsentito e aveva ordinato che gli portassero notizie sull'effetto che avrebbero prodotto quelle batterie.

Un aiutante venne a dire che, per ordine dell'imperatore, 200 pezzi erano stati rivolti contro i russi, ma che i russi resistevano sempre.

– Il nostro fuoco li falcia via a file intere, eppure resistono sempre, – disse l'aiutante.

– *Ils en veulent encore!...* – disse Napoleone con voce rauca.

– *Sire?...* – domandò l'aiutante che non aveva inteso.

– *Ils en veulent encore!...* – proferí Napoleone con la sua voce rauca e fioca, aggrottando le sopracciglia. – *Donnez-leur-en!*

Anche senza ordine suo avveniva quello che egli non voleva, ed egli aveva impartito quell'ordine soltanto perché pensava che si aspettassero ordini da lui. E di nuovo fu riportato in quel suo antico mondo artificiale di fantasmi di grandezza e di nuovo (come il cavallo che camminando sulla ruota inclinata della meccanica s'immagina di far qualche cosa per conto suo) egli si mise ad assolvere docilmente il crudele, triste, e penoso, inumano compito che gli era stato preparato.

E non soltanto in quell'ora e in quel giorno furono ottenebrate la mente e la coscienza di quell'uomo, che piú duramente di ogni altro che avesse partecipato a quell'azione portava il peso di quanto avveniva; ma mai, sino alla fine della sua vita, egli riuscí a intendere né il bene, né la bellezza, né la verità, né il significato dei suoi atti, troppo contrari al bene e al vero, troppo lontani da ogni sentimento umano perché egli ne potesse intendere il significato. Egli non poteva sconfessare i suoi atti, esaltati da mezzo mondo, e perciò doveva rinunziare al vero, al bene e a tutto quello che è umano.

E non soltanto in quel giorno, girando pel campo di battaglia coperto di persone morte e mutilate (per volontà sua, per quel che gli pareva), guardando quegli uomini, egli calcolò quanti russi corrispondessero a un francese e, ingannando se stesso, trovò motivo di rallegrarsi perché per ogni francese c'erano cinque russi. E non soltanto in quel giorno scrisse in una lettera diretta a Parigi che « *le champ de bataille a été superbe* », perché c'erano cinquantamila cadaveri; ma anche all'isola di Sant'Elena, nella calma della solitudine, quando diceva d'aver intenzione di consacrare i suoi ozî a narrare le grandi gesta che aveva compiute, egli scrisse:

La guerre de Russie a dû être la plus populaire des temps modernes: c'était celle du bon sens et des vrais intérêts, celle du repos et de la sécurité de tous; elle était purement pacifique et conservatrice.

C'était pour la grande cause, la fin des hasards et le commencement de la sécurité. Un nouvel horizon, des nouveaux travaux allaient se dérouler, tout pleins du bien-être et de la prospérité de tous. Le système européen se trouvait fondé; il n'était plus question que de l'organiser.

Satisfait sur ces grands points et tranquille partout, j'aurais eu aussi mon congrès *et ma* sainte-alliance. *Ce sont des idées qu'on m'a volées. Dans cette réunion de grands souverains, nous eussions traité de nos intérêts en famille et compté de clerc à maître avec les peuples.*

L'Europe n'eût bientôt fait de la sorte véritablement qu'un même peuple, et chacun, en voyageant partout, se fût trouvé toujours dans la patrie commune. J'eusse demandé toutes les rivières navigables pour tous, la communauté des mers, et que les grandes armées permanentes fussent réduites désormais à la seule garde des souverains.

De retour en France, au sein de la patrie grande, forte, magnifique, tranquille, glorieuse, j'eusse proclamé ses limites immuables; toute guerre future, purement défensive; *tout agrandissement nouveau* antinational. *J'eusse associé mon fils à l'Empire; ma* dictature *eût fini, et son règne constitutionnel eût commencé...*

Paris eût été la capitale du monde et les Français l'envie des nations!...

Mes loisirs ensuite et mes vieux jours eussent été consacrés, en compagnie de l'impératrice et durant l'apprentissage royal de mon fils, à visiter lentement et en vrai couple campagnard, avec nos propres chevaux, tous les recoins de l'Empire, recevant les plaintes, redressant les torts, semant de toutes parts et partout les monuments et les bienfaits.

Lui, destinato dalla Provvidenza al triste e involontario compito di carnefice dei popoli, voleva persuadersi che lo scopo delle sue azioni era il bene dei popoli e che egli poteva dirigere le sorti di milioni d'uomini e beneficarli per mezzo del potere!

Des 400 000 hommes qui passèrent la Vistule, – egli scriveva piú oltre intorno alla guerra di Russia, – *la moitié étaient autrichiens, prussiens, saxons, polonais, bavarois, wurtembergeois, mecklenbourgeois, espagnols, italiens, napolitains. L'armée impériale proprement dite était pour un tiers composée de hollandais, belges, habitants des bords du Rhin, piémontais, suisses, genevois, toscans, romains, habitants de la 32.me division militaire, Brême, Hambourg, etc.; elle comptait à peine 140 000 hommes parlant français. L'expédition de Russie coûta moins de 50 000 hommes à la France actuelle; l'armée russe, dans la retraite de Wilna à Moscou, dans les différentes batailles, a perdu quatre fois plus que l'armée française; l'incendie de Moscou a coûté la vie à 100 000 russes, morts de froid et de misère dans les bois; enfin, dans sa marche de Moscou à l'Oder, l'armée russe fut aussi atteinte par l'intempérie de la saison; elle ne comptait à son arrivée à Wilna que 50 000 hommes, et à Kalisch moins de 18 000.*

Egli s'immaginava che per sua volontà si fosse fatta la guerra di Russia e l'orrore di ciò che era accaduto non colpiva l'animo suo. Prendeva arditamente su di sé tutta la responsabilità dell'avvenimento e la sua mente ottenebrata ne vedeva la giustificazione nel fatto che su centinaia di migliaia di uomini uccisi c'erano meno francesi che assiani e bavaresi.

XXXIX.

Parecchie diecine di migliaia di uomini giacevano morti, in diversi atteggiamenti e in diverse uniformi, sui campi e sui prati appartenenti ai signori Davydov e ai contadini demaniali, su quei campi e quei prati dove da centinaia di anni i contadini dei villaggi di Borodinò, Gorki, Scevardinò e Semjònovskoje facevano insieme il loro raccolto e pascolavano il loro bestiame. Ai posti di medicazione, sullo spazio di un ettaro l'erba e la terra erano imbevute di sangue. Folle di soldati feriti e non feriti, appartenenti a diversi reparti, con visi atterriti da una parte tornavano indietro verso Možàjsk, dall'altra tornavano indietro verso Valújevo. Altre folle, stanche e affamate, condotte dai loro capi, marciavano avanti. Altre rimanevano ai loro posti e seguitavano a sparare.

Su tutta la piana, prima cosí allegra e bella, con le sue baionette luccicanti e il fumo che s'innalzava nel sole mattutino, ora c'era una nebbia umida e fumosa e si sentiva uno strano odore di salnitro e di sangue. Delle nuvolette si erano raccolte, e una pioggerella cominciò a cadere sui morti, sui feriti, sugli uomini spaventati, sugli sfiniti e sugli incerti. Pareva che dicesse: « Basta, basta, uomini. Smettete... Rientrate in voi stessi. Che fate? »

I soldati dell'una e dell'altra parte, sfiniti, senza cibo e senza riposo, cominciavano egualmente a dubitare se dovessero ancora sterminarsi a vicenda e su tutti i visi si poteva notare l'esitazione, e in ogni anima sorgeva la stessa domanda: « Perché, per chi debbo uccidere o essere ucciso? Uccidete chi volete, fate quel che volete, ma io non voglio piú farlo! » Questo pensiero verso sera era egualmente maturo nell'anima di ciascuno. Da un momento all'altro tutta quella gente poteva avere orrore di ciò che aveva fatto, abbandonar tutto e fuggire dove le capitava.

Ma benché già verso la fine della battaglia i soldati sentissero tutto l'orrore della loro azione, benché fossero contenti di smettere, pure una certa incomprensibile e misteriosa forza seguitava a dirigerli, e, sudati, coperti di polvere e di sangue, gli artiglieri, rimasti uno su tre, sebbene fossero barcollanti e affannati per la stanchezza, portavano le cariche, caricavano, miravano, accendevano le micce; e le palle, egualmente rapide e crudeli, volavano da ambo le parti e straziavano i corpi umani, e continuava a compiersi quella terribile opera che si compie non per volontà degli uomini, ma per volontà di Colui che dirige gli uomini e i mondi.

Chi avesse osservato le disordinate retrovie dell'esercito russo avrebbe detto che i francesi non avevano se non da fare un altro piccolo sforzo, e l'esercito russo era sparito; e chi avesse osservato le retrovie dei francesi avrebbe detto che i russi non avevano da fare se non un altro piccolo sforzo, e i francesi erano perduti. Ma né i francesi né i russi facevano questo sforzo, e il fuoco della battaglia si spegneva lentamente.

I russi non facevano questo sforzo perché non erano loro che attaccavano i francesi. Al principio della battaglia stavano sulla strada di Mosca, sbarrandola, e alla fine della battaglia seguitavano a starci, esattamente come ci stavano in principio. Ma se anche lo scopo dei russi era quello di far retrocedere i francesi, essi non potevano fare quell'ultimo sforzo perché tutte le truppe russe erano state schiacciate, perché non c'era una sola parte dell'esercito che non avesse sofferto nella battaglia, e i russi, rimanendo sulle loro posizioni, avevano perduto metà del loro esercito.

Ai francesi, col ricordo di tutte le vittorie riportate nei quindici anni precedenti, con la fiducia nell'invincibilità di Napoleone, con la coscienza di essersi impadroniti di una parte del campo di battaglia, di aver perduto soltanto un quarto dei loro uomini e di avere ancora la guardia intatta con ventimila soldati, sarebbe stato facile fare quello sforzo. I francesi, che avevano attaccato l'esercito russo con lo scopo di scacciarlo dalla sua posizione dovevano fare questo sforzo, perché, finché i russi sbarravano la strada di Mosca, esattamente come prima della battaglia, lo scopo dei francesi non era raggiunto e tutti i loro sforzi e le loro perdite erano inutili. Ma i francesi non fecero questo sforzo. Alcuni storici dicono che a Napoleone bastava impegnare la vecchia guardia, che era intatta, perché la battaglia fosse vinta. Parlare di ciò che sarebbe avvenuto se Napoleone avesse impegnato la sua guardia è come parlare di ciò che avverrebbe se in autunno venisse la primavera. Ciò non poteva essere. Napoleone non impegnò la sua guardia non perché non volle, ma perché la cosa era impossibile. Tutti i generali, gli ufficiali, i soldati dell'esercito francese sapevano che la cosa era impossibile, perché lo spirito abbattuto delle truppe non lo permetteva.

Non il solo Napoleone provava il sentimento, simile a quello del sogno, dell'impeto veemente della mano che ricadeva senza forza, ma tutti i generali, tutti i soldati dell'esercito francese, che avevano o non avevano partecipato al combattimento, dopo tutte le esperienze delle battaglie precedenti (dove, dopo sforzi dieci volte minori, il nemico fuggiva), provavano il medesimo sentimento di terrore davanti a quel nemico che, avendo perduto la metà del suo esercito, restava minacciosamente fermo alla fine come al principio della battaglia. La forza morale dell'esercito francese attaccante era esaurita. Non quella vittoria che è data da quei pezzi di stoffa legati a bastoni e chiamati bandiere, e dallo spazio occupato prima e dopo dalle truppe; ma la vittoria morale, quella che persuade l'avversario della superiorità morale del suo nemico e della propria impotenza, fu riportata dai russi a Borodinò. L'invasione francese, come una bestia infuriata che nella sua corsa ha ricevuto una ferita mortale, sentiva d'esser perduta; ma non poteva fermarsi, cosí come l'esercito russo, due volte piú debole, non poteva evitarlo. Dopo l'urto ricevuto, l'esercito francese poteva ancora trascinarsi fino a Mosca; ma lí, senza nuovi sforzi da parte dell'esercito russo, esso doveva perire, dissanguato dalla ferita mortale riportata a Borodinò. Diretta conseguenza della battaglia di Borodinò fu la fuga senza motivo di Napoleone da Mosca, il ritorno per la vecchia strada di Smolènsk, la rovina di un'invasione di cinquecentomila uomini e la rovina della Francia napoleonica, su cui per la prima volta a Borodinò si era posata la mano di un avversario spiritualmente piú forte.

Parte terza

I.

Per la mente umana è inconcepibile l'assoluta continuità del moto. All'uomo divengono comprensibili le leggi di qualsiasi moto solo quando egli esamina delle unità arbitrariamente scelte di questo moto. Ma nello stesso tempo da questa arbitraria divisione del moto continuo in unità discontinue scaturisce la maggior parte degli errori umani.

È noto il cosí detto sofisma degli antichi, secondo cui Achille non raggiungerà mai la tartaruga che cammina innanzi a lui, benché Achille vada dieci volte piú in fretta della tartaruga: non appena Achille avrà percorso lo spazio che lo separa dalla tartaruga, la tartaruga avrà percorso innanzi a lui la decima parte di questo spazio; Achille percorrerà questa decima parte, ma la tartaruga avrà percorso una centesima parte dello spazio, e cosí via, all'infinito. Questo problema si presentava come insolubile agli antichi. L'assurdità della soluzione (che Achille non raggiungerà mai la tartaruga) proveniva soltanto dall'ammettere arbitrariamente delle unità discontinue di moto, mentre il moto sia di Achille che della tartaruga era ininterrotto.

Prendendo unità di moto sempre piú piccole, non facciamo che avvicinarci alla soluzione del quesito, ma non la raggiungeremo mai. Solo ammettendo una quantità infinitamente piccola e una progressione ascendente fino a un decimo e facendo la somma di questa progressione geometrica, giungiamo alla soluzione del quesito. Il nuovo ramo delle matematiche che ha scoperto il modo di trattare le quantità infinitesimali anche in altri piú complessi problemi riguardanti il moto dà ora una risposta a quesiti che sembravano insolubili.

Questo nuovo ramo delle matematiche, sconosciuto agli antichi, ammettendo nell'esame dei problemi del moto le quantità infinitesimali, cioè quelle per le quali si ristabilisce la condizione principale del moto (la continuità assoluta), per ciò stesso corregge l'inevitabile errore che la mente umana non può non fare esaminando le unità separate di moto invece del moto continuo.

Nella ricerca delle leggi del moto storico accade precisamente lo stesso.

Il moto dell'umanità, scaturente da un'infinita quantità di volontà personali, si compie continuatamente.

La comprensione delle leggi di questo moto è lo scopo della storia. Ma per comprendere le leggi del moto continuo, somma di tutte le volontà degli uomini, l'intelligenza umana ammette delle unità arbitrarie, discontinue. Il primo procedimento della storia consiste, presa una serie arbitraria di avvenimenti continui, nell'osservarla separatamente dalle altre, mentre non esiste né può esistere l'inizio di nessun fatto, ma un fatto deriva sempre dall'altro senza discontinuità. Il secondo procedimento consiste nel considerare le azioni di un uomo, re o condottiero, come la somma delle volontà degli uomini, mentre la somma delle volontà degli uomini non si esprime mai nell'attività di un solo personaggio storico.

Procedendo innanzi, la storia prende in esame unità sempre piú piccole e con questo mezzo cerca di avvicinarsi alla verità. Ma per quanto piccole siano le unità che prende in esame la storia, noi sentiamo che ammettere un'unità distinta dall'altra, ammettere l'inizio di un fenomeno qualsiasi, ammettere che le volontà di tutti gli uomini si esprimano nelle azioni di un solo personaggio storico, è di per se stesso una menzogna.

Ogni deduzione storica cade come polvere senza il minimo sforzo da parte della critica, non lasciando niente dietro di sé, soltanto perché la critica prende per oggetto della sua osservazione una maggiore o minore unità discontinua, come ha sempre diritto di fare, visto che l'unità storica scelta è sempre arbitraria.

Soltanto ammettendo all'osservazione le unità infinitamente piccole – il differenziale della storia, cioè le aspirazioni omogenee degli uomini –, e raggiungendo l'arte d'integrare (cioè sommare queste unità infinitamente piccole), possiamo spetare di comprendere le leggi della storia.

I primi quindici anni del secolo XIX in Europa presentano un insolito moto di milioni di uomini. Gli uomini lasciano le loro abituali occupazioni, si precipitano da una parte all'altra dell'Europa, saccheggiano, si uccidono l'un l'altro, trionfano e si disperano, e tutto l'andamento della vita per alcuni anni è mutato e presenta un moto accelerato che da principio va crescendo e poi indebolendosi. « Qual è la ragione di questo moto o secondo quali leggi procedeva? » si chiede la ragione umana.

Gli storici, rispondendo a questa domanda, ci espongono gli atti e i discorsi di alcune diecine di uomini in uno degli edifici della città di Parigi, chiamando questi atti e questi discorsi col nome di rivoluzione; poi ci dànno una particolareggiata biografia di Napoleone e di alcuni personaggi che gli sono amici o nemici, parlano dell'influsso di alcuni di costoro sugli altri, e dicono: « Ecco da che venne questo moto ed ecco le sue leggi ».

Ma la ragione umana non soltanto rifiuta di credere a questa spiegazione, ma dice apertamente che questo sistema di spiegazione non è giusto, perché secondo questa spiegazione il fenomeno piú debole sarebbe causa del piú forte. La somma delle volontà degli uomini ha prodotto sia la rivoluzione che Napoleone, e soltanto la somma di queste volontà li ha tollerati e annientati.

« Ma ogni volta che ci furono delle conquiste, ci furono dei conquistatori; ogni volta che avvennero dei rivolgimenti in uno Stato, ci furono dei grandi uomini », dice la storia. Effettivamente, ogni volta che apparvero dei conquistatori, ci furono anche delle guerre, risponde la ragione umana, ma questo non dimostra che i conquistatori siano stati causa delle guerre e che sia possibile trovare le leggi della guerra nell'attività personale di un solo uomo. Ogni volta che io, guardando il mio orologio, vedo che la lancetta si accosta alle dieci, sento che nella chiesa vicina comincia a sonar la messa; ma dal fatto che, ogni qualvolta la lancetta giunge alle dieci, comincia a sonar la messa, io non ho il diritto di concludere che la posizione della lancetta è la causa del movimento delle campane.

Ogni volta che vedo mettersi in moto una locomotiva, odo un fischio, vedo che si apre una valvola e si muovono le ruote; ma da ciò non ho il diritto di concludere che il fischio e il movimento delle ruote sono la causa del movimento della locomotiva.

I contadini dicono che alla fine della primavera soffia un vento freddo perché le gemme della quercia cominciano ad aprirsi, e difatti a ogni primavera soffia un vento freddo quando la quercia germoglia. Ma sebbene mi sia ignota la causa del soffiare di un vento freddo quando germoglia la quercia, non posso esser d'accordo coi contadini nel credere che la causa del vento freddo sia il germogliare della quercia, poiché la forza del vento si trova fuori dell'influenza dei germogli. Vedo soltanto la coincidenza di quelle circostanze che compaiono in ogni fenomeno della vita, e vedo che, per quanto io possa osservare minutamente la lancetta dell'orologio, la valvola e le ruote della locomotiva e i germogli della quercia, non riuscirò a sapere la causa del suono delle campane, del movimento della locomotiva e del vento di primavera. Perciò debbo cambiare del tutto il mio punto di vista e studiar le leggi del moto del vapore, della campana e del vento. Lo stesso deve fare la storia. E tentativi in questo senso sono già stati fatti.

Per studiare le leggi della storia, noi dobbiamo mutare del tutto l'oggetto delle nostre osservazioni, lasciare in pace i re, i ministri e i generali, e studiare gli elementi omogenei infinitamente piccoli che guidano le masse. Nessuno può dire quali risultati sia concesso di raggiungere all'uomo attraverso questo modo di concepire le leggi della storia; ma è evidente che per questa via soltanto c'è la possibilità di afferrare le leggi della storia, e su questa via la ragione umana non ha fatto ancora la milionesima parte degli sforzi che hanno fatto gli storici per descrivere le gesta dei diversi re, condottieri e ministri e per esporre le proprie considerazioni a proposito di queste gesta.

II.

Le forze di una dozzina di popoli europei sono penetrate con la forza in Russia. L'esercito russo e la popolazione si ritirano via via, evitando uno scontro, fino a Smolènsk e da Smolènsk fino a Borodinò. L'esercito francese con una forza di propulsione sempre crescente si porta verso Mosca, meta della sua marcia. La sua forza di propulsione con l'avvicinarsi della meta cresce, come un corpo che cade aumenta di velocità a misura che si avvicina alla terra. Dietro, mille miglia di un paese affamato, ostile; davanti, diecine di miglia che lo separano dalla meta. Ogni soldato dell'esercito di Napoleone lo sente, e l'invasione avanza di per se stessa, per la sola forza di propulsione.

Nell'esercito russo, a misura che si ritira, si accende sempre piú lo spirito di ostilità contro il nemico: con la ritirata esso si concentra e cresce. Sotto Borodinò avviene lo scontro. Né l'uno né l'altro esercito è disfatto, ma l'esercito russo, subito dopo lo scontro, si ritira altrettanto necessariamente come necessariamente rimbalza una palla scontrandosi con un'altra palla che le va contro con maggior velocità; e altrettanto necessariamente (benché abbia perduto nello scontro tutta la sua forza) la palla dell'invasione che ha uno slancio impetuoso continua la sua corsa ancora per un certo spazio.

I russi si ritirano di centoventi miglia, oltre Mosca; i francesi giungono fino a Mosca e vi si fermano. Durante cinque settimane dopo di ciò non avviene nessuna battaglia. I francesi non si muovono. Simili a una belva ferita a morte che, versando sangue, lecca le sue ferite, essi per cinque settimane restano a Mosca, senza intraprender nulla, e a un tratto, senza nessun nuovo motivo, scappano indietro: si gettano sulla strada di Kaluga (nonostante la vittoria, perché sotto Malojaroslàvets il campo di battaglia è rimasto di nuovo in mano loro), senza piú impegnare nessun combattimento serio, fuggono ancora piú rapidamente indietro fino a Smolènsk, oltre Smolènsk, oltre Vilna, oltre la Berezina e piú in là.

La sera del 26 agosto Kutúzov e tutto l'esercito russo erano persuasi che la battaglia di Borodinò era stata vinta. Kutúzov scrisse appunto cosí all'imperatore. Kutúzov aveva dato ordine di prepararsi a riprendere la lotta per battere definitivamente il nemico, non perché volesse ingannare alcuno, ma perché sapeva che il nemico era vinto, cosí come lo sapeva chiunque avesse preso parte alla battaglia.

Ma quella stessa sera e il giorno seguente, una dopo l'altra, giunsero notizie di perdite inaudite, della perdita di metà dell'esercito, e una nuova battaglia parve materialmente impossibile.

Era impossibile dare battaglia quando ancora le informazioni non erano state raccolte, non erano stati portati via i feriti, non erano state integrate le dotazioni di munizioni, non erano stati contati i morti, non erano stati nominati nuovi comandanti al posto degli uccisi e gli uomini non avevano né mangiato né dormito. Ma intanto, subito dopo la battaglia, la mattina seguente, l'esercito francese (per quella forza di propulsione, aumentata ora come in ragione inversa del quadrato delle distanze) già si avanzava da sé solo contro l'esercito russo. Kutúzov voleva attaccare il giorno dopo, e tutto l'esercito lo voleva. Ma per attaccare non basta il desiderio, ci vuole la possibilità di farlo, e questa possibilità non c'era. Era impossibile non ritirarsi di una tappa, poi era impossibile non ritirarsi, allo stesso modo, di una seconda, di una terza tappa, e finalmente il 1° settembre, quando l'esercito fu sotto Mosca, malgrado tutta la forza del sentimento che si sollevava nelle file dell'esercito, la forza delle cose fece sí che queste truppe andassero oltre Mosca. E le truppe si ritirarono ancora di una tappa – l'ultima – e abbandonarono Mosca al nemico.

A coloro che sono abituati a pensare che i piani di guerra e di battaglia sono fatti dai condottieri nello stesso modo che ciascuno di noi, seduto nel suo studio davanti a una carta, fa delle riflessioni su come disporrebbe le truppe nella tale o tale battaglia, si presentano le domande: perché Kutúzov, durante la ritirata, non fece questo o quest'altro? Perché non occupò una posizione favorevole prima di Fili? Perché non si ritirò subito sulla via di Kaluga, lasciando Mosca? ecc. Le persone abituate a pensare cosí dimenticano o non conoscono quelle inevitabili condizioni nelle quali si svolge sempre l'attività di ogni comandante in capo. L'attività del condottiero non ha la minima rassomiglianza con quell'attività che noi c'immaginiamo, stando tranquillamente nel nostro studio ad analizzare sulla carta una campagna qualunque, con una data quantità di truppe da una parte e dall'altra, in un paese conosciuto, e cominciando le nostre riflessioni da un certo dato momento. Un comandante in capo non si trova mai in quelle condizioni di *inizio* di un qualsiasi avvenimento nelle quali noi esaminiamo sempre l'avvenimento stesso. Un comandante in capo si trova sempre nel mezzo di una serie mobile di fatti, e in modo che mai, in nessun momento, è in grado di riflettere a tutta l'importanza del fatto che si svolge. Il fatto impercettibilmente, momento per momento, si delinea nella sua importanza e, ad ogni istante di questo graduale ininterrotto delinearsi del fatto stesso, il comandante in capo si trova in mezzo a un complicatissimo giuoco d'intrighi, di preoccupazioni, di dipendenza, di potere, di progetti, di consigli, di minacce, d'inganni; si trova continuamente nella necessità di rispondere a una infinita quantità di quesiti che gli vengono posti, e che sempre si contraddicono fra loro.

Gli studiosi militari ci dicono con molta serietà che Kutúzov, già molto prima di Fili, doveva dirigere le truppe sulla strada di Kaluga e che anzi qualcuno aveva proposto questo disegno. Ma un comandante in capo, specialmente in un momento difficile, ha davanti a sé non un disegno solo, ma sempre delle diecine ad un tempo. E ognuno di questi disegni, basati sulla strategia e la tattica, ne contraddice un altro. Sembrerebbe che l'opera del comandante in capo dovesse consistere soltanto nello scegliere uno di questi disegni. Neppur questo egli può fare. Gli eventi e il tempo non aspettano. Mettiamo che il 28 gli propongono di passare sulla strada di Kaluga, ma intanto arriva un aiutante di campo di Miloràdovič a domandargli se si debba impegnare subito l'azione coi francesi o ritirarsi. Egli deve impartire l'ordine subito, immediatamente. E l'ordine di ritirarsi ci distoglie dal passare sulla strada di Kaluga. E dopo l'aiutante di campo è l'intendente che chiede dove debba portare i rifornimenti, e il capo del servizio sanitario che chiede dove debba portare i feriti; mentre un corriere porta da Pietroburgo una lettera dell'imperatore che non ammette la possibilità di abbandonare Mosca; e d'altra parte un rivale del comandante in capo, quello che gli mina il terreno sotto i piedi (e di persone simili ce n'è sempre non una, ma molte), propone un nuovo disegno, diametralmente opposto al piano di passare sulla strada di Kaluga; e intanto le forze del comandante in capo richiedono un po' di sonno e di ristoro, e un rispettabile generale, saltato in una distribuzione di ricompense, viene a lamentarsi, e gli abitanti del paese supplicano d'esser difesi, e un ufficiale mandato a esaminare i luoghi riferisce assolutamente il contrario di ciò che ha detto l'ufficiale mandato prima di lui, e un informatore, un prigioniero e un generale reduce da una ricognizione, descrivono tutti in modo differente la posizione dell'esercito nemico. Le persone abituate a non comprendere o a dimenticare queste inevitabili condizioni dell'attività di ogni comandante in capo ci presentano la situazione dell'armata a Fili, per esempio, supponendo che il comandante in capo il 1° settembre potesse decidere con assoluta libertà il problema della difesa o dell'abbandono di Mosca, mentre che, con la posizione dell'esercito russo a cinque miglia da Mosca, questo problema non si poteva porre. Ma quando fu risolto questo problema? Sulla Drissa, e sotto Smolènsk, e piú visibilmente il 24 sotto Scevardinò, e il 26 sotto Borodinò, e in ogni giorno, ogni ora, ogni minuto della ritirata da Borodinò a Fili.

III.

Quando Ermolov, mandato da Kutúzov a esaminare la posizione, disse al maresciallo che battersi sotto Mosca su quella posizione non era possibile e che bisognava ritirarsi, Kutúzov lo guardò in silenzio.

– Da' qua la mano, – disse poi e, voltandola in modo da potergli sentire il polso, disse: – tu non stai bene, mio caro. Pensa a quello che dici.

Kutúzov non riusciva ancora a capire che si potesse abbandonare Mosca senza una battaglia.

Kutúzov, sulla collina Poklònnaja, a sei miglia dalla barriera Dorogomílovskaja, scese di carrozza e sedette su di una panca al margine della via. Una immensa folla di generali si raccolse intorno a lui. Il conte Rastòpcin, che era giunto a Mosca, si uní ad essi. Tutta questa brillante compagnia, divisa in diversi gruppi, parlava dei vantaggi e degli svantaggi della posizione, dello stato delle truppe, dei piani proposti, della situazione di Mosca e in generale di quistioni militari. Tutti sentivano che, sebbene non fossero stati convocati per ciò, quello, sebbene non fosse chiamato cosí, era però un consiglio di guerra. Tutti i discorsi restavano nell'ambito delle quistioni generali. Se anche qualcuno comunicava o apprendeva notizie personali, di questo si parlava sottovoce, e tosto si tornava di nuovo alle quistioni generali: né scherzi, né risate, né sorrisi si potevano osservare fra tutte quelle persone. Tutti, evidentemente, cercavano con uno sforzo di mantenersi all'altezza della situazione. E tutti i gruppi, discorrendo fra loro, cercavano di tenersi vicini al comandante in capo (la panca dove egli era seduto formava il centro di questi gruppi) e parlavano in modo da poter esser uditi da lui. Il comandante in capo ascoltava e a volte si faceva ripetere ciò che si diceva intorno a lui, ma da sé non entrava in discorso e non esprimeva nessuna opinione. Per lo piú, dopo aver ascoltato i discorsi di uno dei gruppi, si voltava in là, con aria delusa, come se essi non parlassero affatto di ciò che egli desiderava sapere. Alcuni parlavano della posizione scelta, criticando non tanto la posizione stessa quanto le capacità intellettuali di coloro che l'avevano scelta; altri dimostravano che l'errore era stato fatto prima, che bisognava accettare battaglia due giorni innanzi; altri parlavano della battaglia di Salamanca, di cui raccontava il francese Crossart, giunto allora allora, in uniforme spagnola. (Questo francese, insieme con uno dei principi tedeschi che servivano nell'esercito russo, discuteva l'assedio di Saragozza, prevedendo la possibilità di difendere Mosca nello stesso modo). In un quarto gruppo il conte Rastòpcin diceva che egli era pronto a morire sotto le mura della capitale con la milizia moscovita, ma che tuttavia non poteva non rimpiangere l'ignoranza nella quale era stato lasciato e che, se l'avesse saputo prima, sarebbe stata un'altra cosa... Un quinto gruppo, dimostrando la profondità delle sue considerazioni strategiche, parlava della direzione che avrebbero dovuto prendere le truppe. Un sesto diceva delle cose in tutto assurde. Il viso di Kutúzov si faceva sempre piú preoccupato e triste. Da tutti questi discorsi Kutúzov ritraeva una sola conclusione: non c'era *nessuna possibilità materiale* di difendere Mosca, nel pieno significato di queste parole: cioè, questa possibilità non esisteva a tal punto che, se un comandante in capo folle avesse ordinato di dar battaglia, sarebbe nata una gran confusione e tuttavia non ci sarebbe stata la battaglia; non ci sarebbe stata perché tutti i capi non soltanto giudicavano quella posizione impossibile, ma nei loro discorsi discutevano soltanto di ciò che sarebbe accaduto dopo l'indubitabile abbandono di quella posizione. Come potevano dei capi condurre le loro truppe su di un campo di battaglia che essi ritenevano impossibile? I comandanti inferiori, e perfino i soldati (che ragionavano anch'essi) giudicavano essi pure che la posizione era impossibile, e perciò non potevano andare a battersi con la certezza della disfatta. Se Bennigsen insisteva sulla difesa di quella posizione, se anche altri ne ragionavano, questa quistione non aveva piú importanza per sé, ma aveva importanza soltanto come pretesto a discussioni e intrighi. Kutúzov lo capiva.

Bennigsen, avendo scelto la posizione, ostentando con ardore il suo patriottismo russo (che Kutúzov non poteva ascoltare senza una smorfia), insisteva sulla difesa di Mosca. Kutúzov vedeva con la massima chiarezza lo scopo di Bennigsen: nel caso di un insuccesso della difesa, riversarne la colpa su Kutúzov, che aveva condotto l'esercito senza dar battaglia fino ai Monti dei Passeri [1]; e in caso di successo, attribuirlo a sé; nel caso poi di un rifiuto, togliersi ogni responsabilità per il delitto che si commetteva abbandonando Mosca. Ma ora questi intrighi non preoccupavano il vecchio. Una sola terribile quistione lo preoccupava. E a tale quistione non gli sembrava di sentire rispondere da nessuno. Sola quistione per lui era soltanto questa: « Sono io che ho lasciato venire Napoleone fino a Mosca e quando l'ho fatto? Quando s'è decisa la cosa? Forse ieri, quando mandai a Platov l'ordine di ritirarsi, o l'altra sera, quando sonnecchiavo e diedi a Bennigsen l'ordine di impartire lui gli ordini? O ancora prima... Ma quando, quando s'è decisa questa cosa tremenda? Mosca deve essere abbandonata, le truppe devono ritirarsi, e bisogna dare quest'ordine ». Dare quest'ordine tremendo gli pareva lo stesso che rinunziare al comando dell'esercito. E non solo egli amava il potere e ci era abituato (gli onori resi al principe Prozòrovskij, sotto il quale egli era in Turchia lo irritavano), ma era persuaso d'essere predestinato a salvare la Russia, e soltanto perciò, contro il volere dell'imperatore e per volere del popolo, era stato scelto a comandante supremo. Era persuaso che lui solo, in quelle difficili circostanze, poteva stare alla testa dell'esercito, che lui solo in

[1] Località della periferia moscovita.

tutto il mondo era capace, senza spavento, di sentirsi come avversario l'invincibile Napoleone, e si sgomentava al pensiero di quell'ordine che doveva dare. Ma bisognava decidere qualche cosa, bisognava interrompere quei discorsi intorno a lui che cominciavano ad assumere un carattere troppo libero.

Chiamò i generali piú anziani.

– *Ma tête, fût-elle bonne ou mauvaise, n'a qu'à s'aider d'elle-même,* – disse, alzandosi dalla panca, e si avviò verso Fili, dov'erano le sue vetture.

IV.

Alle due, il consiglio di guerra si riuní nella spaziosa isba del contadino Andréj Savostjànov, la migliore del luogo. Gli uomini, le donne e i fanciulli della numerosa famiglia di contadini si stiparono nell'isba rustica, dall'altra parte dell'entrata. Soltanto una nipotina di Andréj, Malaša, una bambina di sei anni, alla quale Sua Altezza Serenissima, accarezzandola, aveva dato un pezzo di zucchero all'ora del tè, era rimasta sulla stufa nell'isba grande. Malaša, timida e contenta, guardava dalla stufa i visi, le uniformi e le croci dei generali che entravano uno dopo l'altro nell'isba e si sedevano nell'angolo d'onore, sulle larghe panche che erano sotto alle immagini. Il nonnino poi, come dentro di sé Malaša chiamava Kutúzov, era seduto un po' lontano dagli altri, nell'angolo buio dietro la stufa. Era seduto col corpo affondato in una poltrona pieghevole, e di continuo tossicchiava e si accomodava il bavero del soprabito, che, quantunque sbottonato, pareva gli desse noia al collo. Quelli che entravano si avvicinavano uno dopo l'altro al maresciallo; ad alcuni egli stringeva la mano, ad altri faceva un cenno col capo. L'aiutante di campo Kajsàrov voleva scostare la tenda della finestra di faccia a Kutúzov, ma Kutúzov gli fece un gesto irritato con la mano, e Kajsàrov capí che Sua Altezza Serenissima non voleva che lo vedessero in viso.

Intorno alla rozza tavola d'abete, sulla quale stavano carte, piani, lapis, documenti, si riunirono tante persone che gli attendenti portarono un'altra panca e la misero vicino alla tavola. Su questa panca sedettero i nuovi venuti: Ermolov, Kajsàrov e Toll. Proprio sotto alle immagini, al primo posto, era seduto Barclay de Tolly, con l'ordine di San Giorgio al collo, con un viso pallido e malaticcio e con la sua alta fronte che si confondeva col cranio calvo. Già da due giorni era tormentato dalla febbre, e proprio in quel momento aveva i brividi e si sentiva tutto rotto. Accanto a lui era seduto Uvarov e con voce sommessa (come parlavano tutti) comunicava qualche cosa a Barclay, facendo rapidi gesti. Il piccolo e tondo Dochtúrov, sollevando le sopracciglia e incrociando le mani sul ventre, ascoltava attentamente. Dall'altra parte era seduto il conte Osterman-Tolstòj, con la sua larga faccia dai tratti arditi e dagli occhi scintillanti appoggiata a una mano, e pareva immerso nei suoi pensieri. Rajevskij, arricciandosi con espressione impaziente e con gesto abituale i capelli neri sulle tempie, gettava un'occhiata ora a Kutúzov, ora alla porta d'entrata. Il viso fermo, bello e buono di Konovnítsyn era illuminato da un sorriso dolce e furbo. Aveva incontrato lo sguardo di Malaša e le faceva con gli occhi dei segni che facevano sorridere la bambina.

Tutti aspettavano Bennigsen, il quale stava terminando il suo succulento desinare col pretesto di un nuovo esame della posizione. Lo aspettarono dalle quattro alle sei e per tutto quel tempo non iniziarono la discussione, seguitando a parlare d'altro a bassa voce.

Soltanto allorché Bennigsen entrò nell'isba, Kutúzov si mosse dal suo angolo e si avvicinò alla tavola, ma tanto da non avere il viso illuminato dalle candele che erano state messe sulla tavola.

Bennigsen aprí il consiglio con un quesito: – Si deve abbandonare senza combattere la santa e antica capitale della Russia, o bisogna difenderla? – Seguí un lungo e generale silenzio. Tutti i visi si accigliarono e nel silenzio si udiva la tosse e il mugolio collerico di Kutúzov. Tutti gli occhi erano rivolti a lui. Anche Malaša guardava il nonnino. Ella gli era piú vicina di tutti e vedeva come il suo viso si corrugava: pareva che fosse sul punto di piangere. Ma questo durò poco.

– *La santa antica capitale della Russia!* – proruppe egli a un tratto, ripetendo con voce irritata le parole di Bennigsen, e con ciò sottolineando la nota falsa che si sentiva in quelle parole. – Permettetemi di dirvi, Eccellenza, che questa domanda non ha senso per un russo –. (Ed egli rovesciò in avanti il suo corpo pesante). – È impossibile porre questo quesito, e un quesito cosiffatto non ha senso. Il quesito per il quale ho pregato questi signori di riunirsi è un quesito militare. Il quesito è il seguente: « La salvezza della Russia sta nell'esercito. È piú utile rischiare la perdita dell'esercito e di Mosca, accettando battaglia, o cedere Mosca senza battaglia? » Ecco su quale quesito io desidero sentire la vostra opinione –. (E si rigettò indietro sulla spalliera della poltrona).

Cominciò la discussione. Bennigsen non considerava ancora la partita come perduta. Ammettendo l'opinione di Barclay e di altri sull'impossibilità di accettare una battaglia difensiva sotto Fili, egli, tutto penetrato di patriottismo russo e di amore per Mosca, proponeva di far passare le truppe nella notte dal fianco destro al sinistro e colpire la mattina seguente l'ala destra dei francesi. Le opinioni si divisero, ci furono dispute pro e contro quest'opinione. Ermolov, Dochtúrov e Rajevskij aderirono all'opinione di Bennigsen. Fossero guidati dal sentimento della necessità di un sacrificio prima dell'abbandono della capitale o da altre personali considerazioni, certo è che questi generali sembravano non capire che quel consiglio non poteva mutare l'inevitabile andamento delle cose e che Mosca già allora era abbandonata. Gli altri generali lo capivano e, lasciando da parte la quistione di Mosca, parlarono della direzione che dovevano prendere le truppe nella ritirata. Malaša, che era tutt'occhi nel guardare ciò che si faceva davanti a lei, capiva in altro modo il significato di quel consiglio. Le pareva che tutta la faccenda consistesse soltanto in una lotta personale fra il «nonnino» e l'«uomo dalle falde lunghe», come chiamava Bennigsen. Vedeva che si arrabbiavano quando parlavano fra loro, e nell'animo suo teneva dalla parte del nonnino. Nel mezzo del discorso, notò un rapido sguardo malizioso che il nonnino gettò a Bennigsen, e dopo di ciò si accorse con gioia che il nonnino, dicendo qualcosa all'uomo dalle falde lunghe, lo aveva messo a posto. Bennigsen a un tratto s'era fatto rosso e s'era messo a passeggiare rabbiosamente su e giú per l'isba. Le parole che avevano avuto un tale effetto su Bennigsen erano l'opinione, espressa da Kutúzov con voce calma e sommessa, sui vantaggi e gli svantaggi della proposta di Bennigsen: il trasferimento nella notte delle truppe dal fianco destro al fianco sinistro per attaccare l'ala destra francese.

– Io, signori, – disse Kutúzov, – non posso approvare il piano del conte. Gli spostamenti di truppe a breve distanza dal nemico sono sempre pericolosi, e la storia militare conferma questa considerazione. Cosí, per esempio... – (Kutúzov parve riflettere, come per cercare un esempio adatto, guardando con uno sguardo luminoso e ingenuo Bennigsen). – Già, ecco, la battaglia di Friedland, che, a quanto credo, il conte ricorda bene, non ebbe... pieno successo solamente perché le nostre truppe mutarono lo schieramento a troppo breve distanza dal nemico...

Seguí un minuto di silenzio che a tutti parve lunghissimo.

La discussione ricominciò, ma c'erano frequenti pause e si sentiva che non c'era piú nulla da dire.

In una di queste pause Kutúzov mandò un profondo sospiro, come se si preparasse a parlare. Tutti lo guardarono.

– *Eh bien, messieurs! Je vois que c'est moi qui payerai les pots cassés*, – disse. E alzatosi lentamente, si avvicinò alla tavola. – Signori, ho ascoltato le vostre opinioni. Alcuni non saranno d'accordo con me. Ma io, – (e si fermò), – con l'autorità conferitami dal mio imperatore e dalla patria, io ordino la ritirata.

Dopo di ciò, i generali si separarono con la stessa solennità e lo stesso riguardoso silenzio con cui ci si separa dopo un funerale.

Alcuni dei generali, a voce bassa e con tutt'altro tono da quello che avevano parlando in consiglio, riferirono qualcosa al comandante in capo.

Malaša, che già da un pezzo era aspettata a cena, scese giú cautamente di schiena dal soppalco, puntando i suoi piedini nudi sulle sporgenze della stufa e, imbrogliandosi nelle gambe dei generali, infilò la porta.

Congedati i generali, Kutúzov stette a lungo a sedere, coi gomiti appoggiati sulla tavola, pensando sempre a quest'unica tremenda quistione: « Ma quando, quando è stato davvero deciso l'abbandono di Mosca? Quando è avvenuto ciò che ha risolto la quistione e chi ne ha colpa? »

– Questo, questo non me l'aspettavo, – disse al suo aiutante di campo Schneider che entrò da lui a notte già alta. – Questo non me l'aspettavo! Questo non lo pensavo!

– Vostra Altezza Serenissima ha bisogno di riposo, – disse Schneider.

– Ma no! Mangeranno anche loro la carne di cavallo come i turchi, – gridò Kutúzov senza rispondergli, battendo col pugno grasso sulla tavola. – La mangeranno anche loro, purché...

V.

In contrasto con Kutúzov, nello stesso tempo ed in un avvenimento anche piú grave che la ritirata dell'esercito senza combattere, – nell'abbandono di Mosca e nel suo incendio, – Rastòpcin, che ci è rappresentato come colui che diresse questo avvenimento, agí in modo tutto diverso.

Quest'avvenimento – l'abbandono di Mosca e il suo incendio

– era altrettanto inevitabile quanto la ritirata delle truppe, senza combattere, oltre Mosca, dopo la battaglia di Borodinò.

Ogni russo, non basandosi sulla logica, ma basandosi su quel sentimento che è in noi e che era nei nostri padri, avrebbe potuto predire ciò che accadde.

Cominciando da Smolènsk, in tutte le città e in tutti i villaggi della terra russa, senza l'intervento del conte Rastòpcin e dei suoi proclami, era accaduta la stessa cosa che accadde a Mosca. La gente aspettava spensieratamente il nemico, non si rivoltava, non si agitava, non faceva a pezzi nessuno, ma attendeva con calma la sua sorte, sentendo in sé anche nei momenti piú difficili, la forza di trovare ciò che andava fatto. E non appena il nemico era vicino, gli elementi piú ricchi della popolazione se ne andavano, lasciando i loro beni; i piú poveri rimanevano e incendiavano e distruggevano ciò che era restato.

Nell'anima di ogni russo c'era e c'è tuttora la coscienza che le cose stavano cosí e staranno sempre cosí. E questa coscienza e, piú ancora, il presentimento che Mosca sarebbe stata presa, era nella società russa moscovita del 1812. Coloro che avevano cominciato a lasciar Mosca già in luglio e al principio di agosto dimostrarono di aspettarselo. Coloro che partivano con quel che potevano portar via, lasciando le loro case e metà dei loro averi, agivano cosí per quel patriottismo latente che si esprime non con frasi, non con l'uccisione dei figli per la salvezza della patria, e altri simili atti contro natura, ma che si esprime inavvertitamente, semplicemente, in modo organico e quindi dà sempre i maggiori risultati.

« È vergogna fuggire il pericolo: soltanto i vigliacchi fuggono da Mosca », si diceva loro. Rastòpcin nei suoi manifesti cercava di convincerli che era ignominioso partire da Mosca. Essi si vergognavano di ricevere l'epiteto di vigliacchi, si vergognavano di partire, ma tuttavia partivano, sapendo che cosí bisognava fare. Perché partivano? Non si può supporre che Rastòpcin li spaventasse con gli orrori commessi da Napoleone nei paesi vinti. Partivano, e le prime a partire erano le persone ricche, istruite, le quali sapevano benissimo che Vienna e Berlino erano rimaste intatte e che là, durante l'occupazione di Napoleone, gli abitanti passavano allegramente il tempo con quegli affascinanti francesi, che allora in Russia erano tanto amati dagli uomini e specialmente dalle signore.

Essi partivano perché per i russi non si poteva porre la quistione se si sarebbe vissuti bene o male a Mosca sotto i francesi. Sotto i francesi era impossibile stare: era la cosa peggiore di tutte. Partivano anche prima della battaglia di Borodinò, e ancora piú in fretta partirono dopo la battaglia di Borodinò, nonostante gli appelli alla difesa, nonostante le dichiarazioni del comandante in capo di Mosca che annunziava il proposito di levare in alto l'immagine della Vergine d'Iberia e d'andare a combattere, e i palloni aerostatici che dovevano rovinare i francesi, e nonostante tutte le sciocchezze che scriveva Rastòpcin nei suoi manifesti. Sapevano che l'esercito doveva battersi, e, se non poteva battersi, era impossibile andare con le signorine e coi domestici sulle Tre Montagne a combattere contro Napoleone, e che bisognava partire, per quanto rincrescesse di abbandonare alla rovina i propri averi. Partivano e non pensavano al grandioso significato che aveva quella enorme, ricca capitale abbandonata dagli abitanti e destinata all'incendio (non distruggere, non bruciare le case abbandonate non corrisponde all'indole del popolo russo); partivano, ognuno per suo conto, eppure soltanto in seguito alla loro partenza accadde quel grandioso avvenimento che resterà per sempre la gloria migliore del popolo russo. Quella signora che fin dal mese di giugno era partita da Mosca per la sua campagna di Saratov, coi suoi mori e le sue buffone, con la vaga coscienza di non voler essere una serva di Bonaparte e con la paura di venir fermata per ordine del conte Rastòpcin, compiva semplicemente proprio quella grande opera che salvò la Russia. Il conte Rastòpcin invece, che ora svergognava quelli che partivano, ora evacuava le pubbliche amministrazioni; ora distribuiva alla plebaglia ubriaca armi che non servivano a nulla; ora faceva esporre le immagini sacre; ora proibiva al metropolita Agostino di portar via le reliquie e le immagini sacre; ora s'impadroniva di tutti i carri privati che erano a Mosca; ora faceva partire da Mosca su 136 carri il pallone aerostatico fabbricato da Leppich; ora insinuava che avrebbe dato fuoco a Mosca; ora raccontava d'aver bruciato la sua casa e d'aver scritto un proclama ai francesi dove li rimproverava solennemente di aver saccheggiato il suo asilo di bambini, ora si attribuiva la gloria dell'incendio di Mosca, ora se ne scolpava; ora ordinava al popolo di prendere tutte le spie e di condurle da lui, ora rimproverava il popolo d'averlo fatto; ora scacciava tutti i francesi da Mosca, ora lasciava nella città la signora Aubert-Chalmé, che formava il centro di tutta la colonia francese di Mosca, e senza nessuna colpa speciale faceva arrestare e mandare in esilio il vecchio e rispettabile direttore delle poste Kljuciarjòv; ora riuniva il popolo sulle Tre Montagne per combattere contro i francesi; ora, per sbarazzarsi di questo stesso popolo, gli abbandonava un uomo da uccidere, ed egli stesso se ne andava per la porta di servizio; ora diceva che non sarebbe sopravvissuto alla rovina di Mosca; ora scriveva negli album dei versi in francese sulla sua partecipazione a quell'avvenimento [1], – quest'uomo non capiva l'importanza del fatto che si svolgeva e voleva soltanto far qualche cosa, meravigliare qualcuno, compiere qualche atto di patriottico eroismo, e, come un bambino, si divertiva davanti al grandioso e inevitabile fatto dell'abbandono e dell'incendio di Mosca, e si sforzava con la sua piccola mano ora di spingere, ora di trattenere la corrente dell'enorme fiumana di popolo che lo trascinava con sé.

VI.

Hélène, tornata insieme con la Corte da Vilna a Pietroburgo, si trovava in una posizione difficile.

A Pietroburgo Hélène godeva della particolare protezione di un dignitario che occupava una delle piú alte cariche dello Stato. A Vilna poi aveva stretto intimità con un giovane principe straniero. Quando ella tornò a Pietroburgo, il principe e il dignitario erano tutti e due a Pietroburgo, e tutti e due vantavano i loro diritti, e per Hélène si presentava un problema ancora nuovo nella sua carriera, quello di conservare le sue intime relazioni con entrambi, senza offendere né l'uno né l'altro.

Ciò che sarebbe parso difficile e magari impossibile a un'altra donna non diede un solo momento di preoccupazione alla contessa Bezúchova, che non invano, a quanto pare, possedeva la riputazione di donna intelligentissima. Se ella avesse nascosto il suo modo di agire, se avesse tentato di districarsi con astuzia da quella situazione imbarazzante, con ciò stesso avrebbe guastato le cose, riconoscendo la sua colpa: ma Hélène, al contrario, da persona veramente superiore, che può tutto quel che vuole, si mise subito dalla parte del buon diritto, del quale era sinceramente persuasa, e mise tutti gli altri dalla parte del torto.

La prima volta che il giovane personaggio straniero si permise di farle dei rimproveri, ella, alzando fieramente la sua bella testa e voltandosi a mezzo verso di lui, disse con fermezza:

– *Voilà l'égoïsme et la cruauté des hommes! Je ne m'attendais pas à autre chose. La femme se sacrifie pour vous, elle souffre,*

[1] *Je suis né Tartare. – Je voulus être Romain. – Les Français m'appellèrent barbare, – les Russes, George Dandin* [*N. d. A.*].

et voilà sa récompense. Quel droit avez-vous, Monseigneur, de me demander compte de mes amitiés, de mes affections? C'est un homme qui a été plus qu'un père pour moi.

Il personaggio voleva dire qualche cosa. Hélène lo interruppe.

– *Eh bien, oui, peut-être qu'il a pour moi d'autres sentiments que ceux d'un père; mais ce n'est pas une raison pour que je lui ferme ma porte. Je ne suis pas un homme pour être ingrate. Sachez, Monseigneur, pour tout ce qui a rapport à mes sentiments intimes, je ne rends compte qu'à Dieu et à ma conscience*, – concluse, portando la mano al suo bel seno fremente e guardando il cielo.

– *Mais, écoutez-moi, au nom de Dieu.*

– *Epousez-moi, et je serai votre esclave.*

– *Mais c'est impossible.*

– *Vous ne daignez pas descendre jusqu'à moi, vous...* – disse Hélène, mettendosi a piangere.

Il personaggio si mise a consolarla: Hélène, attraverso le lacrime (come obliandosi), diceva che nessuno le poteva impedire di sposarsi, che c'erano degli esempi (a quel tempo c'erano ancora pochi esempi, ma ella nominò Napoleone e altri alti personaggi), che ella non era stata mai la moglie di suo marito, che gli era stata sacrificata.

– Ma le leggi, la religione... – disse il personaggio, che già cedeva.

– Le leggi, la religione!... Ma perché sarebbero state inventate, se non possono far questo? – disse Hélène.

L'importante personaggio si meravigliò che un ragionamento cosí semplice non gli fosse ancora venuto in mente, e si rivolse per consiglio ai santi Padri della Compagnia di Gesú, coi quali si trovava in stretti rapporti.

Di lí ad alcuni giorni, dopo una di quelle incantevoli feste che dava Hélène nella sua villa sul Kàmennyj Ostrov, le fu presentato un affascinante M. de Jobert, *un jésuite à robe courte*, non piú giovane, coi capelli bianchi come la neve e gli occhi neri e sfavillanti, che in giardino, alla luce dei lampioni e al suono della musica, parlò a lungo con Hélène dell'amore verso Dio, verso Cristo, verso il cuore di Maria, e delle consolazioni procurate in questa vita e nella futura dall'unica e vera religione, quella cattolica. Hélène era commossa e piú volte a lei e a M. de Jobert vennero le lacrime agli occhi e tremò la voce. La danza, alla quale un cavaliere venne ad invitare Hélène, interruppe il suo colloquio col suo futuro *directeur de conscience*, ma il giorno dopo M. de

Jobert venne solo da Hélène, alla sera, e da quel momento cominciò ad andare spesso da lei.

Un giorno egli portò la contessa in una chiesa cattolica, dove ella stette in ginocchio davanti all'altare al quale l'avevano condotta. Il non piú giovane ed affascinante francese le impose le mani sul capo ed ella, come raccontava di poi, sentí come il soffio di un venticello fresco che le scendesse nell'anima. Le spiegarono che questa era *la grâce*.

Poi le condussero un abate *à robe longue*, che la confessò e le rimise i suoi peccati. Il giorno dopo le portarono una scatola dove c'era un'ostia e gliela lasciarono a casa perché l'adoperasse. Dopo alcuni giorni Hélène, con sua soddisfazione, apprese che ora era entrata nella vera Chiesa, quella cattolica, e che fra giorni il Papa stesso l'avrebbe saputo e le avrebbe mandato una certa carta.

Tutto ciò che in quel tempo accadeva intorno a lei ed a lei stessa, tutta quell'attenzione a lei rivolta da uomini cosí intelligenti e che si esprimeva in forme cosí piacevoli e raffinate, e la purezza di colomba in cui ora si trovava (per tutto quel tempo portò sempre abiti bianchi con nastri bianchi), tutto ciò le faceva piacere; ma il piacere non le faceva perdere di vista un sol momento la sua meta. E, come accade sempre che in fatto di scaltrezza uno stupido vince i piú intelligenti di lui, Hélène, avendo capito che lo scopo di tutti quei discorsi e di tutte quelle premure consisteva soprattutto nel convertirla al cattolicesimo e nel cavarle denaro a profitto degli istituti dei Gesuiti (come le venivano accennando), prima di dar denaro insisteva perché si compiessero nei suoi riguardi le diverse operazioni che l'avrebbero liberata da suo marito. Nel suo concetto, il significato di ogni religione consisteva soltanto nel rispettare certe convenienze soddisfacendo i desideri umani. E con questo scopo, in una delle sue conversazioni col confessore, pretese di averne subito una risposta alla domanda in qual misura il suo matrimonio la legasse.

Erano seduti in salotto, presso la finestra. Era il crepuscolo. Dalla finestra veniva un odore di fiori. Hélène aveva un vestito bianco, trasparente sul seno e sulle spalle. L'abate, ben nutrito, col grasso mento ben raso, con una bocca forte e piacevole e le mani bianche, incrociate placidamente sulle ginocchia, sedeva vicino a Hélène e, con un lieve sorriso sulle labbra, ammirava tranquillamente la sua bellezza e la guardava di tanto in tanto in viso, spiegandole il suo modo di vedere nella quistione che li occupava entrambi. Hélène sorridendo turbata, gli guardava i capelli ricciuti, le guance piene, accuratamente rase e ombreggiate di nero, e ad ogni istante si aspettava che la conversazione prendesse un'altra piega. Ma l'abate, benché evidentemente assaporasse la bellezza della sua interlocutrice, era tutto preso dalla maestria con cui faceva la sua parte.

Il ragionamento del direttore di coscienza era questo. Nell'ignoranza del significato di ciò che stavate per compiere, avete fatto voto di fedeltà coniugale verso un uomo che, da parte sua, contraendo matrimonio senza credere al significato religioso del matrimonio stesso, commetteva un sacrilegio. Questo matrimonio non aveva il doppio carattere che doveva avere. Ma ciò nonostante il vostro voto vi lega. Voi ve ne siete allontanata. Che avete commesso con ciò? *Péché véniel* o *péché mortel? Péché véniel,* perché avete commesso il fatto senza cattiva intenzione. Se ora, con lo scopo di avere dei figli, contraeste un nuovo matrimonio, il vostro peccato potrebbe essere perdonato. Ma la quistione si divide di nuovo in due: primo...

– Ma io penso, – disse a un tratto Hélène, che si annoiava, col suo incantevole sorriso, – che, entrando nella vera religione, non posso esser legata da ciò che mi ha imposto una religione falsa.

Il *directeur de conscience* fu stupito da quest'uovo di Colombo che gli era messo innanzi con tanta semplicità. Era entusiasta dei progressi cosí inaspettatamente rapidi della sua allieva, ma non poteva rinunziare all'edificio mentale dei suoi argomenti, frutto di tante fatiche.

– *Entendons-nous, comtesse*, – disse con un sorriso, e cominciò a confutare i ragionamenti della sua figliuola spirituale.

VII.

Hélène capiva che la quistione era molto semplice e facile dal punto di vista spirituale, ma che le sue guide facevano difficoltà soltanto perché temevano che il potere civile non la vedesse di buon occhio.

E perciò Hélène pensò che bisognava preparar la cosa in società. Risvegliò la gelosia del vecchio dignitario e gli disse le stesse cose che aveva dette al suo primo pretendente, cioè mise la quistione nel senso che l'único mezzo di acquistar diritti su di lei era di sposarla. Il vecchio e importante personaggio, al primo momento, fu altrettanto colpito da questa proposta di sposarla mentre suo marito era in vita, come n'era stato colpito il primo e giovane personaggio; ma la incrollabile sicurezza di Hélène che ciò fosse semplice e naturale come sposare una fanciulla agí anche su di lui. Se si fosse scorto un segno, sia pur minimo, di esitazione, di vergogna o di sotterfugio in Hélène stessa, la sua causa sarebbe stata irremissibilmente perduta; ma non soltanto non c'erano in lei questi segni di sotterfugio o di vergogna, ma, al contrario, ella raccontava con semplice e bonaria ingenuità ai suoi amici intimi (cioè a tutta Pietroburgo) che il principe e il dignitario l'avevano chiesta e che lei li amava tutti e due e temeva di dar dispiacere all'uno o all'altro.

A Pietroburgo in un momento si sparse la voce non che Hélène volesse divorziare da suo marito (se si fosse sparsa questa voce, moltissimi sarebbero insorti contro un proposito cosí illegale), ma senz'altro si sparse la voce che l'infelice, interessante Hélène si trovava nel dubbio quale dei due pretendenti avrebbe sposato. La quistione non era piú di sapere fino a che punto ciò fosse possibile, ma soltanto quale dei due partiti fosse il piú vantaggioso e come la Corte avrebbe guardato la cosa. C'erano, è vero, delle persone piene di vecchi pregiudizi che non sapevano elevarsi all'altezza della quistione e vedevano in quel progetto una profanazione del sacramento del matrimonio; ma erano poche e tacevano; la maggior parte invece s'interessava della fortuna che era toccata a Hélène e di sapere quale scelta fosse la migliore. Se fosse bene o male sposarsi di nuovo col marito vivo, di ciò non si parlava, perché tale quistione evidentemente era già risolta per le persone « piú intelligenti di voi e di me » (come si diceva), e dubitare della legittimità della soluzione voleva dire rischiar di mostrare la propria sciocchezza ed incapacità di stare al mondo.

La sola Marja Dmítrievna Achrosímova, venuta quell'estate a Pietroburgo per incontrarsi con uno dei suoi figli, si permise di esprimere francamente la sua opinione, contraria a quella comune. Incontrando Hélène a un ballo, Marja Dmítrievna la fermò nel mezzo della sala e, nel silenzio generale, con la sua ruvida voce le disse: – Voialtre usate ora sposarvi col marito vivo. Forse credi d'avere inventato qualche cosa di nuovo? Sei stata preceduta, madre mia. È una cosa inventata da un pezzo. In tutti i... si fa cosí –. E, dette queste parole, Marja Dmítrievna, tirandosi su le larghe maniche, col suo solito gesto di minaccia, e guardandosi intorno severamente, attraversò la stanza.

Marja Dmítrievna, benché fosse temuta, era considerata a Pietroburgo come una persona bizzarra, e perciò delle parole che aveva dette ritennero solo quella parola volgare e se la ripeterono l'un l'altro sottovoce, pensando che in quella parola fosse racchiuso tutto il sale di ciò che aveva detto.

Il principe Vasilij, che negli ultimi tempi dimenticava molto spesso quel che aveva detto e ripeteva cento volte la stessa cosa, quando gli capitava di vedere la figlia, le diceva ogni volta:

– *Hélène, j'ai un mot à vous dire*, – diceva, conducendola in disparte e tirandole in giú la mano. – *J'ai eu vent de certains projets relatifs à... Vous savez. Eh bien, ma chère enfant, vous savez que mon cœur de père se réjouit de vous savoir... Vous avez tant souffert... Mais, chère enfant... ne consultez que votre cœur. C'est tout ce que je vous dis* –. E, nascondendo una commozione ch'era sempre la stessa, premeva la guancia contro la guancia della figlia e si allontanava.

Bilíbin, che non aveva perduto la fama di uomo intelligentissimo ed era amico disinteressato di Hélène, uno di quegli amici che le donne brillanti hanno sempre intorno, uomini che non possono mai assumere la parte d'innamorati, Bilíbin un giorno, *en petit comité*, manifestò alla sua amica Hélène il suo modo di vedere su tutto quell'affare.

– *Ecoutez, Bilibine*, – (Hélène, gli amici come Bilíbin, li chiamava sempre per cognome), e gli toccava con la bianca mano inanellata la manica della marsina, – *dites-moi comme vous diriez à une sœur, que dois-je faire? Lequel des deux?*

Bilíbin increspò la pelle della fronte sulle sopracciglia e, con un sorriso sulle labbra, si mise a riflettere.

– *Vous ne me prenez pas* alla sprovvista, *vous savez*, – disse. – *Comme véritable ami, j'ai pensé et repensé à votre affaire. Voyez-vous, si vous épousez le prince*, – (era il giovanotto), egli piegò un dito, – *vous perdez pour toujours la possibilité d'épouser l'autre, et puis vous mécontentez la Cour (comme vous savez, il y a une espèce de parenté). Mais si vous épousez le vieux comte, vous faites le bonheur de ses derniers jours, et puis comme veuve du grand... le prince ne fait plus de mésalliance en vous épousant*, – e Bilíbin spianò la pelle della fronte.

– *Voilà un véritable ami!* – disse Hélène raggiante, toccando di nuovo con la mano la manica di Bilíbin. – *Mais c'est que j'aime l'un et l'autre, je ne voudrais pas leur faire de chagrin. Je donnerais ma vie pour leur bonheur à tous deux*, – disse.

Bilíbin si strinse nelle spalle, esprimendo cosí che davanti a un tale dolore anche lui era impotente.

« *Une maîtresse-femme! Voilà ce qui s'appelle poser carré-*

ment la question. Elle voudrait épouser tous les trois à la fois», pensò Bilíbin.

– Ma, ditemi, vostro marito, come vede la questione? – disse egli, non temendo, vista la saldezza della sua reputazione, di guastarla con una cosí ingenua domanda. – Sarà d'accordo?

– *Ah! il m'aime tant!* – disse Hélène, che, chissà perché, s'immaginava che anche Pierre l'amasse. – *Il fera tout pour moi.*

Bilíbin increspò la pelle della fronte, come per segnare il *mot* che preparava.

– *Même le divorce*, – disse.

Hélène rise.

Nel numero delle persone che si permettevano di dubitare della legalità del progettato matrimonio c'era la madre di Hélène, la principessa Kuràghina. Ella era continuamente tormentata dalla sua invidia per la figlia, ed ora che l'oggetto della sua invidia era piú che mai vicino al cuore della principessa, ella non poteva rassegnarsi a quel pensiero. S'era consigliata con un prete russo, domandando in che misura fosse possibile un divorzio e un nuovo matrimonio essendo vivo il marito, e il prete le aveva detto che ciò era impossibile e, con sua grande soddisfazione, le aveva mostrato un testo del Vangelo nel quale era espressamente negata la possibilità di sposare un altro col marito vivo.

Armata di questi argomenti che le sembravano inconfutabili, la principessa una mattina presto, per trovarla sola, andò dalla figlia.

Ascoltate le obiezioni di sua madre, Hélène sorrise, dolcemente ironica.

– Ma è espressamente detto: « colui che sposa una donna ripudiata »... – disse la vecchia principessa.

– *Ah! maman, ne dites pas de bêtises. Vous ne comprenez rien. Dans ma position j'ai des devoirs*, – fece Hélène, passando dal russo al francese, nella quale lingua le pareva sempre che la sua faccenda acquistasse un che di vago.

– Ma, amica mia...

– *Ah! maman, comment est-ce que vous ne comprenez pas que le Saint Père qui a le droit de donner des dispenses...*

In quel momento la dama di compagnia che Hélène teneva presso di sé entrò ad annunziare che Sua Altezza Reale era nel salone e desiderava vederla.

– *Non, dites-lui que je ne veux pas le voir, que je suis furieuse contre lui, parce qu'il m'a manqué parole.*

– *Comtesse, à tout péché miséricorde*, – disse, entrando, un giovane biondo dal viso lungo e dal lungo naso.

La vecchia principessa si alzò rispettosamente e fece una riverenza. Il giovane che era entrato non le badò. La principessa fece un cenno del capo alla figlia e si affrettò verso la porta.

« No, ha ragione, – pensava la vecchia principessa, le cui convinzioni erano tutte sfumate all'apparire di Sua Altezza Reale. – Ha ragione. Ma come mai nella nostra gioventú irreparabilmente trascorsa, noi non lo sapevamo? Ed era cosí semplice! » pensava, montando in carrozza, la vecchia principessa.

Al principio di agosto l'affare di Hélène si era perfettamente definito ed ella scrisse a suo marito (che l'amava molto, a quel che ella credeva) una lettera in cui gli partecipava la sua intenzione di sposare N. N. e l'informava d'essersi convertita all'unica e vera religione, pregandolo di adempiere tutte le formalità necessarie al divorzio, delle quali gli avrebbe riferito il portatore della lettera.

« *Sur ce je prie Dieu, mon ami, de vous avoir sous Sa sainte et puissante garde. Votre amie* HÉLÈNE ».

Questa lettera fu portata in casa di Pierre nel momento che egli si trovava sul campo di Borodinò.

VIII.

Già verso la fine della battaglia di Borodinò, Pierre, lasciata per la seconda volta di corsa la batteria di Rajevskij, si diresse con una quantità di soldati, lungo un burrone, verso Knjàzkovo, giunse al posto di medicazione e, vedendo sangue e udendo grida e lamenti, si affrettò a passar oltre, mischiandosi alla folla dei soldati.

La sola cosa che Pierre ora desiderava con tutta la forza dell'anima sua era di uscire al piú presto da quelle terribili impressioni in mezzo alle quali aveva vissuto quel giorno, di tornare a condizioni normali di vita e di addormentarsi tranquillamente in camera sua, nel suo letto. Soltanto nelle normali condizioni di vita sentiva di poter capire se stesso e tutto ciò che aveva veduto e provato. Ma quelle normali condizioni di vita non c'erano.

Benché le palle di cannone e di fucile non fischiassero piú su quella strada per la quale egli camminava, pure da ogni parte era lo stesso come laggiú, sul campo di battaglia. Erano gli stessi visi sofferenti, tormentati e a volte stranamente indifferenti, lo stesso sangue, gli stessi cappotti da soldato, lo stesso rumore della fucileria, sia pure lontana, ma che incuteva pur sempre spavento; oltre a ciò, c'era un caldo soffocante e polvere.

Dopo aver fatto tre miglia sulla strada maestra di Možàjsk, Pierre si sedette sul margine di essa.

Il crepuscolo era sceso sulla terra e il rombo del cannone era cessato. Pierre si sdraiò, appoggiandosi sul braccio, e stette cosí a lungo, guardando le ombre che si movevano dinanzi a lui nel buio. Gli pareva ad ogni istante che una palla gli volasse addosso fischiando spaventevolmente; trasaliva e si sollevava. Non riusciva a capire quanto tempo fosse rimasto lí. A metà della notte, tre soldati che trascinavano dei rami d'albero presero posto accanto a lui e cominciarono ad accendere il fuoco.

I soldati, guardando Pierre con la coda dell'occhio, accesero il loro fuoco, vi posero sopra una pentola, vi sminuzzarono dentro del biscotto e vi misero del lardo. Un buon odore di cibo grasso si mischiò all'odore del fumo. Pierre si sollevò e mandò un sospiro. I soldati (erano tre) mangiavano e discorrevano fra loro senza badare a Pierre.

– Ma tu di quali saresti? – fece, rivolgendosi a un tratto a lui, uno dei soldati, e voleva certamente intendere con questa domanda ciò che pensava anche Pierre, cioè: se vuoi mangiare, te ne diamo, ma dicci se sei un galantuomo.

– Io? io?... – disse Pierre, sentendo la necessità di abbassare per quanto era possibile la sua posizione sociale per essere piú vicino e piú accessibile a quei soldati. – A dire il vero, sono un ufficiale della milizia, ma la mia compagnia non è qui: sono venuto alla battaglia e ho perduto i miei.

– Guarda un po'! – disse uno dei soldati.

Un altro soldato tentennò il capo.

– E via! mangia un po' di questo pasticcio, se vuoi, – disse il primo soldato, e tese a Pierre un cucchiaio di legno, dopo averlo leccato.

Pierre si sedette accanto al fuoco e cominciò a mangiare di quel cibo che era nella pentola e che gli parve il piú gustoso di tutti i cibi che avesse mai mangiati. Mentre egli, chinato sulla pentola, tirando su grosse cucchiaiate, le masticava avidamente una dopo l'altra e il suo viso si vedeva alla vampa del fuoco, i soldati lo guardavano in silenzio.

– Dove hai da andare, eh? Diccelo, – disse uno dei soldati.

– A Možàjsk.

– Sicché sei un signore?

– Sí.

– E come ti chiami?

– Pjotr Kiríllovič.

– Su, Pjotr Kiríllovič, andiamo: ti condurremo noi.

Nell'oscurità completa i soldati insieme con Pierre si avviarono verso Možàjsk.

I galli già cantavano quando essi giunsero a Možàjsk e cominciarono a salire la ripida erta della città. Pierre camminava coi soldati, dimenticando del tutto che la locanda era giú, sotto all'altura, e che l'aveva già oltrepassata. E non se lo sarebbe ricordato (tale era lo stato di smemoratezza in cui si trovava) se a metà della salita non si fosse imbattuto nel suo palafreniere che era stato a cercarlo per la città e se ne tornava indietro alla locanda. Il palafreniere riconobbe Pierre dal suo cappello che biancicava nel buio.

– Eccellenza! – esclamò. – Già cominciavamo a disperarci. Come mai siete a piedi? Dove andate? Favorite qua.

– Ah, sí, – disse Pierre.

I soldati si soffermarono.

– Be', hai trovato i tuoi? – disse uno di loro, – be', addio, Pjotr Kiríllovič, mi pare?

– Addio, Pjotr Kiríllovič! – dissero le altre voci.

– Addio! – disse Pierre e si diresse col suo palafreniere verso la locanda.

« Bisogna dar loro qualcosa! » pensò Pierre, frugandosi in tasca. « No », gli disse dentro una certa voce.

Nelle camere della locanda non c'era posto: eran tutte occupate. Pierre uscí nel cortile e si sdraiò nella sua carrozza, coprendosi la testa.

IX.

Appena Pierre ebbe posato la testa sul cuscino, sentí che si addormentava; ma a un tratto, con una chiarezza che pareva quella della realtà, udí il bum-bum-bum degli spari, udí lamenti, gridi, schianto di proiettili, sentí odor di sangue e di polvere, e un senso di terrore, di paura della morte lo prese. Aprí gli occhi spaventato e levò la testa di sotto al cappotto. Tutto era tranquillo nel cortile. Soltanto sulla porta c'era un attendente che camminava discorrendo col locandiere e sguazzando coi piedi nel fango. Sopra la testa di Pierre, sotto alla buia copertura di assi della tettoia, starnazzavano dei piccioni, spauriti dal movimento che egli aveva fatto sollevandosi. Per tutto il cortile era sparso un forte pacifico odore di locanda, in quel momento assai lieto per Pierre, odore di fieno, di concio e di catrame. Fra due tettoie nere si vedeva un puro cielo stellato.

« Sia lode a Dio, tutto è finito, – pensò Pierre, nascondendo di nuovo la testa. – Oh! com'è tremenda la paura, e come me ne sono lasciato vincere vergognosamente! E *loro*... *loro* invece per tutto il tempo, sino alla fine, sono stati fermi, calmi... » pensò.

Loro, nella mente di Pierre, erano i soldati, quelli che erano alla batteria e quelli che gli avevano dato da mangiare e quelli che pregavano davanti all'immagine. *Loro*, quegli strani individui che fino allora non aveva conosciuti, *loro* si staccavano chiaramente e nettamente nel suo pensiero da tutti gli altri uomini.

« Essere un soldato, semplicemente un soldato! – pensava Pierre addormentandosi. – Entrare in questa loro vita comune con tutto l'essere, penetrarsi di ciò che li fa essere cosí! Ma come scrollar da sé tutte le superfluità e le diavolerie, tutto il peso dell'uomo esteriore? Un tempo avrei potuto essere cosí. Sarei potuto fuggire dalla casa di mio padre come volevo fare. Anche dopo il duello con Dolòchov, avrebbero potuto mandarmi soldato ». E dinanzi alla fantasia di Pierre passò il pranzo al Club durante il quale aveva provocato a duello Dolòchov, e il benefattore a Toržòk. Ed ecco che a Pierre appare una solenne loggia conviviale. La loggia si tiene al Club inglese. E una persona conosciuta, intima, cara, siede all'estremità della tavola. Sí, è lui! Il benefattore! « Ma se è morto! – pensò Pierre. – Sí, è morto, ma io non sapevo che fosse vivo. E come mi duole che sia morto e come son contento che sia di nuovo vivo! » Da una parte della tavola erano seduti Anatole, Dolòchov, Nesvitskij, Denísov, e altri ancora (nel sogno, questa categoria di persone era cosí nettamente definita nell'anima di Pierre come la categoria di quelle persone che egli chiamava *loro*), e queste persone, Anatole, Dolòchov, gridavano forte e cantavano; ma attraverso i loro gridi si udiva la voce del benefattore che parlava senza tregua e il suono delle sue parole era importante e continuo come il rombo del campo di battaglia, ma era piacevole e confortante. Pierre non capiva ciò che diceva il benefattore, ma sapeva (anche la categoria dei suoi pensieri era chiara nel sogno) che il benefattore parlava del bene, della possibilità di essere come erano *loro*. E *loro* da tutte le parti circondavano il benefattore coi loro visi semplici, buoni e fermi. Ma essi, pur essendo buoni, non guardavano Pierre, non lo conoscevano.

Pierre voleva attirare la loro attenzione e parlare. Fece per alzarsi, ma in quello stesso momento sentí che le sue gambe si facevano fredde e nude.

Si vergognò, e con la mano si coprí le gambe, dalle quali effettivamente era scivolato giú il cappotto. Per un istante Pierre, accomodandosi il cappotto, aprí gli occhi e vide le stesse tettoie, gli stessi pali, la stessa corte, ma ora tutte queste cose erano azzurrognole, luminose e cosparse del luccichio della rugiada o del ghiaccio.

« È l'alba, – pensò Pierre. – Ma non si tratta di questo. Debbo finire di ascoltare e di comprendere le parole del benefattore ». Di nuovo si coprí col cappotto, ma non c'era piú né la loggia conviviale né il benefattore. C'erano soltanto delle idee, chiaramente espresse con parole, idee che qualcuno formulava o che lo stesso Pierre rimuginava.

Pierre, ricordandosi poi di queste idee, si persuase, nonostante che esse fossero state suscitate dalle impressioni di quel giorno, che qualcuno le aveva enunciate dentro di lui. Nello stato di veglia gli pareva di non essere mai stato in grado di pensare cosí e di esprimere cosí i suoi pensieri.

« La guerra è il caso piú difficile di sottomissione della libertà dell'uomo alle leggi di Dio, – diceva la voce. – La semplicità è l'obbedienza a Dio; a Lui non si può sfuggire. E *loro* sono semplici. *Loro* non parlano, ma agiscono. La parola detta è d'argento, ma la parola non detta è d'oro. L'uomo non può possedere nulla finché teme la morte. Mentre a colui che non teme la morte appartiene tutto. Se non ci fosse il dolore, l'uomo non conoscerebbe i propri limiti, non conoscerebbe se stesso. La cosa piú difficile, – (seguitava a pensare o a udire in sogno Pierre), – consiste nel saper congiungere nella propria anima il significato di ogni cosa. Congiungere ogni cosa? – si disse Pierre. – No, non congiungere. È impossibile congiungere delle idee, ma *aggregare* tutte queste idee, ecco ciò che è necessario! Sí, *aggregare bisogna, aggregare bisogna!* » ripeteva a se stesso Pierre con un entusiasmo interiore, sentendo che proprio con queste parole, e soltanto con queste parole, si esprimeva ciò che egli voleva esprimere, e si risolveva tutta la quistione che lo tormentava.

– Sí, bisogna aggregare, è tempo di aggregare.

– Bisogna attaccare, è tempo di attaccare, Eccellenza! – ripeté una voce. – Eccellenza, bisogna attaccare, è tempo di attaccare...

Era la voce del palafreniere che svegliava Pierre. Il sole batteva proprio sul viso di Pierre. Egli diede un'occhiata alla sudicia locanda, in mezzo alla quale, presso il pozzo, i soldati facevano bere i loro magri cavalli e dal cui portone uscivano dei carri. Pierre si voltò in là con disgusto e, chiudendo gli occhi, ricadde in fretta sul sedile della carrozza. « No, non voglio questo, non voglio vedere né capir questo; voglio capire ciò che mi si è rivelato nel mio sogno. Ancora un istante, e avrei capito tutto. E ora che cosa debbo fare? Aggregare, ma come aggregare tutto? » E Pierre sentí con spavento che tutto il significato di ciò che aveva veduto e pensato in sogno era distrutto.

Il palafreniere, il cocchiere e il locandiere raccontarono a Pierre che era giunto un ufficiale con la notizia che i francesi si avvicinavano a Možàjsk e che i nostri se ne andavano.

Pierre si alzò e, ordinando di fare i bagagli e di raggiungerlo, si avviò a piedi attraverso la città.

Le truppe partivano lasciando circa diecimila feriti. Questi feriti si vedevano nei cortili e alle finestre delle case e si affollavano per le strade. Per le strade, intorno ai carri che dovevano trasportar via i feriti, si udivano gridi, imprecazioni e colpi. Pierre offrí la sua carrozza, che lo aveva raggiunto, a un generale ferito di sua conoscenza, e insieme con lui andò fino a Mosca. Durante il viaggio Pierre ebbe notizia della morte di suo cognato e della morte del principe Andréj.

X.

Il 30 Pierre tornò a Mosca. Quasi alla barriera incontrò un aiutante di campo del conte Rastòpcin.

– Ma noi vi abbiamo cercato dappertutto, – disse l'aiutante. – Il conte ha assoluto bisogno di vedervi. Vi prega di andar subito da lui per un affare molto importante.

Pierre, senza andare a casa, prese una vettura di piazza e andò dal comandante in capo [1].

Il conte Rastòpcin era giunto soltanto quella mattina in città dalla sua villa di Sokòlniki. L'anticamera e la sala d'aspetto in casa del conte erano piene di funzionari chiamati da lui o venuti a prendere ordini. Vasílcikov e Platov già si erano trovati col conte e gli avevano spiegato come fosse impossibile difendere Mosca, che sarebbe stata abbandonata. Benché queste notizie fossero te-

[1] Era questo il titolo di Rastòpcin, che esercitava la sua autorità sulla città di Mosca e la regione circostante.

nute nascoste agli abitanti, i funzionari e i capi delle diverse amministrazioni sapevano che Mosca sarebbe venuta nelle mani del nemico, come lo sapeva il conte Rastòpcin; e tutti, per togliersi la responsabilità, eran venuti dal comandante in capo a domandare come dovessero comportarsi riguardo agli uffici loro affidati.

Nel momento che Pierre entrava nella sala d'aspetto, un corriere giunto dal campo usciva dal gabinetto del conte.

Il corriere agitò disperatamente la mano alle domande che gli rivolgevano, e attraversò la sala.

Mentre attendeva nella sala d'aspetto, Pierre guardava con occhi stanchi quei diversi funzionari che erano nella stanza; vecchi e giovani, militari e civili. Tutti sembravano scontenti e inquieti. Pierre si avvicinò a un gruppo di funzionari, uno dei quali era un suo conoscente. Dopo aver salutato Pierre, essi seguitarono la loro conversazione.

– A mandarlo via e farlo tornare di nuovo non succederà nulla di male; ma in una situazione simile è impossibile rispondere di nulla.

– Ma ecco qui, lui scrive... – disse un altro, mostrando un foglio stampato che teneva in mano.

– Questo è un altro affare. Per il popolo è necessario, – disse il primo.

– Di che si tratta? – domandò Pierre.

– Ecco qua il nuovo manifesto.

Pierre lo prese in mano e cominciò a leggere:

« Sua Altezza Serenissima, per riunirsi piú presto con le truppe che gli vanno incontro, ha oltrepassato Možàjsk e si è stabilito in un punto fortificato dove il nemico non può sorprenderlo. Di qui gli sono stati mandati 48 cannoni con munizioni, e Sua Altezza Serenissima dice che difenderà Mosca fino all'ultima goccia di sangue ed è pronto a battersi anche per le strade. Voi, fratelli, non badate se i pubblici uffici hanno sospeso gli affari: bisognava metterli al riparo; e con quello scellerato ce la vedremo noi a modo nostro! Quando giungerà il momento, avrò bisogno della gente di coraggio di città e di campagna. Darò la voce un paio di giorni innanzi, ma adesso non occorre, sicché sto zitto. Andrà bene con l'accetta, non andrà male con lo spiedo, ma meglio di tutto col forcone a tre denti; il francese non è piú pesante d'un covone di segala. Domani dopo pranzo farò esporre la Vergine di Iberia nell'ospedale Caterina, per i feriti. Benediremo l'acqua: cosí guariranno piú presto; anch'io adesso sono guarito: avevo male a un occhio, ma ora ci vedo da tutti e due ».

– Ma a me hanno detto dei militari, – disse Pierre, – che in città è impossibile battersi e che la posizione...

– Già, proprio di questo si discorreva, – disse il primo funzionario.

– Ma che significa: « Avevo male a un occhio, ma ora ci vedo da tutti e due »? – disse Pierre.

– Il conte aveva un orzaiolo, – disse l'aiutante di campo sorridendo, – e si è inquietato molto quando gli ho detto che la gente veniva a prendere sue notizie. Ma che è, conte? – disse a un tratto l'aiutante con un sorriso, rivolgendosi a Pierre: – Abbiamo sentito che avete delle noie in famiglia, che la contessa vostra consorte...

– Io non ne so nulla, – disse Pierre con indifferenza. – Ma che avete sentito?

– No, sapete, spesso si inventa... Dico quello che ho inteso.

– Ma che cosa avete inteso?

– Dicono, – riprese l'aiutante di campo, sempre con lo stesso sorriso, – che la contessa vostra moglie si prepara per andare all'estero. Sciocchezze, probabilmente...

– Può darsi, – disse Pierre, guardandosi intorno distrattamente. – Ma quello chi è? – domandò mostrando un vecchio piccolino con un gabbano turchino molto pulito, una barba bianca come la neve, le sopracciglia pure bianche e il viso rubicondo.

– Quello? È un mercante, cioè un trattore, Vereščiàghin... Forse avete sentito quella storia del proclama...

– Ah, è Vereščiàghin!... – disse Pierre, fissando il viso fermo e tranquillo del vecchio mercante e cercandovi l'espressione del tradimento.

– Non è proprio lui. È il padre di quello che ha scritto il proclama, – disse l'aiutante di campo. – L'altro, il giovane, è in prigione e pare che gli andrà male.

Un vecchietto con una placca e un altro funzionario, un tedesco, con una croce al collo, si avvicinarono a quelli che stavano discorrendo.

– Vedete, – raccontava l'aiutante di campo, – è una storia imbrogliata. Apparve allora, un paio di mesi fa, questo proclama. Ne fu fatto rapporto al conte. Egli ordinò di fare un'inchiesta. Gavríla Ivanyč fece l'inchiesta. Il proclama era passato in mano di 63 persone esattamente. Si va da uno: voi da chi l'avete avuto? Dal tale. Si va dal tale; voi da chi l'avete avuto? e cosí via. Si arriva a Vereščiàghin... un mercantuccio mezzo istruito, sapete, un tesoruccio di mercantuccio, – disse sorridendo l'aiutante di campo. – Gli domandano: « Tu da chi l'hai avuto? » Il bello è che lo sapevamo da chi l'aveva avuto: non poteva essere che il direttore delle poste. Ma si vede che era un'intesa fra loro. Dice: « Da nessuno: l'ho composto io ». Lo minacciano, lo pregano. Insiste sempre: « L'ho composto io ». Ne riferirono cosí al conte. Il conte lo fece chiamare. « Da chi hai avuto il proclama? » « L'ho composto io ». Bene, voi conoscete il conte! – disse l'aiutante di campo con un sorriso orgoglioso e allegro. – Andò su tutte le furie. Pensate! Tanta sfrontatezza, menzogna e ostinazione!...

– Ah! il conte aveva bisogno che denunziasse Kljuciarjòv, capisco! – disse Pierre.

– Niente affatto! – disse l'aiutante di campo spaventato. – Anche senza questo, Kljuciarjòv aveva sulla coscienza dei peccatucci, per i quali appunto è stato esiliato. Ma il fatto si è che il conte era molto indignato. « Come hai potuto comporlo? » dice il conte. Prende dalla tavola la " Gazzetta di Amburgo ", « Eccolo! Non l'hai composto, l'hai tradotto, e l'hai tradotto male, perché non sai il francese, imbecille! » E che credete? « No », dice, « non ho letto nessun giornale, l'ho composto io ». « E se è cosí, sei un traditore, e ti manderò in giudizio, e t'impiccheranno. Di', da chi l'hai avuto? » « Io non ho veduto nessun giornale: l'ho composto io ». E cosí restò la cosa. Il conte fa chiamare anche il padre: dice lo stesso. Lo hanno mandato in giudizio e pare che lo abbiano condannato ai lavori forzati. Ora il padre viene a supplicare per lui. Ma che ragazzaccio! Sapete, un figliuolo di mercante, un bellimbusto, un seduttore; ha frequentato chi sa dove qualche lezione, e già s'immagina d'esser piú furbo del diavolo. Eh, che spavaldo! Il padre ha una trattoria là, al ponte Kàmennyj, e nella trattoria c'è una grande immagine dell'Onnipotente, rappresentato con lo scettro da una mano e nell'altra il globo. Ha preso quest'immagine in casa sua per qualche giorno e che ha fatto? Ha trovato una canaglia di pittore...

XI.

A metà di questo nuovo racconto Pierre fu chiamato dal comandante in capo.

Pierre entrò nel gabinetto del conte Rastòpcin. Mentre entrava Pierre, Rastòpcin, rannuvolato, si stava stropicciando con la mano la fronte e gli occhi. Un uomo di bassa statura gli parlava di qualcosa, ma, non appena entrò Pierre, tacque ed uscí.

– Ah! buongiorno, gran guerriero! – disse Rastòpcin, non appena quell'uomo fu uscito. – Ho sentito le vostre *prouesses*. Ma non si tratta di questo. *Mon cher, entre nous*, siete massone? – disse il conte Rastòpcin in tono severo, come se in ciò fosse qualcosa di male che egli però era disposto a perdonare. Pierre taceva. – *Mon cher, je suis bien informé*; ma so che ci sono massoni e massoni, e spero che voi non apparteniate a quelli che, facendo finta di voler salvare il genere umano, vogliono distruggere la Russia.

– Sí, sono massone, – rispose Pierre.

– Dunque, lo vedete, mio caro. Io penso che non vi sia ignoto che i signori Sperànskij e Magnitskij sono stati mandati dove bisognava; lo stesso è avvenuto al signor Kljuciarjòv, lo stesso anche ad altri che, col pretesto di edificare il tempio di Salomone, cercavano di distruggere il tempio della loro patria. Potete capire che a questo ci sono dei motivi e che io non avrei fatto esiliare il direttore delle poste di qui se non fosse un uomo pericoloso. Ora so che voi gli avete mandato la vostra carrozza quando partiva dalla città e anche che avete ricevuto da lui delle carte per tenerle in custodia. Io vi voglio bene e non vi desidero del male, e, poiché avete la metà dei miei anni, io, come un padre, vi consiglio di troncare qualsiasi relazione con questa specie di gente e andarvene voi stesso di qui al piú presto possibile.

– Ma, conte, in che consiste la colpa di Kljuciarjòv? – domandò Pierre.

– Questo lo debbo saper io e non tocca a voi domandarlo, – gridò Rastòpcin.

– Se lo accusano di aver diffuso i proclami di Napoleone, la cosa non è provata, – disse Pierre (senza guardare Rastòpcin), – e Vereściàghin...

– *Nous y voilà*, – gridò Rastòpcin anche piú forte di prima, interrompendo Pierre e corrugando tutt'a un tratto le sopracciglia. – Vereściàghin è un infame e un traditore che riceverà il meritato castigo, – disse Rastòpcin, con quel calore e quella rabbia con cui parlano le persone al ricordo di una offesa. – Ma io non vi ho chiamato perché criticaste l'opera mia, ma per darvi un consiglio o un ordine, se piú vi piace. Vi prego di troncare le vostre relazione con gente come Kljuciarjòv, e di andarvene di qui. Saprò io mandar via i grilli dal capo a chiunque li abbia –. E accorgendosi probabilmente che stava quasi urlando contro Bezúchov che non aveva nessuna colpa, aggiunse, prendendo amichevolmente la mano di Pierre: – *Nous sommes à la veille d'un désastre public et je n'ai pas le temps de dire des gentillesses à tous ceux qui ont affaire à moi.* Certe volte la testa mi gira! *Eh bien, mon cher, qu'est-ce que vous faites, vous, personnellement?*

– *Mais rien*, – rispose Pierre, sempre senz'alzar gli occhi e senza mutare l'espressione pensierosa del viso.

Il conte corrugò le sopracciglia.

– *Un conseil d'ami, mon cher. Décampez et au plus tôt, c'est tout ce que je vous dis. A bon entendeur salut!* Addio, caro. Ah, sí, – gli gridò dalla porta, – è vero che la contessa è caduta fra le unghie *des saints pères de la société de Jésus?*

Pierre non rispose nulla e, aggrottato e adirato come non l'avevano mai veduto, lasciò Rastòpcin.

Quando giunse a casa, già imbruniva. Otto persone di varia condizione vennero da lui quella sera: il segretario d'un comitato, il colonnello del suo battaglione, il suo amministratore, il maggiordomo e diversi postulanti. Tutti avevano con Pierre degli affari che egli doveva decidere. Pierre non capiva nulla, non s'interessava di questi affari e dava a tutte le domande soltanto le risposte che valessero a liberarlo da quella gente. Finalmente, rimasto solo, dissigillò e lesse la lettera della moglie.

« *Loro*... i soldati della batteria, il principe Andréj ucciso... quel vecchio... la semplicità è l'obbedienza a Dio. Bisogna soffrire... il significato di tutto... bisogna aggregare... mia moglie vuol sposarsi... Bisogna dimenticare e capire... » E, avvicinatosi al letto, vi si buttò senza spogliarsi e subito si addormentò.

Quando si svegliò la mattina dopo, il maggiordomo entrò ad annunziargli che era venuto un funzionario di polizia, mandato espressamente dal conte Rastòpcin per sapere se il conte Bezúchov era partito o stava per partire.

Una diecina di persone differenti, che cercavano Pierre, lo aspettavano nel salotto. Pierre si vestí in fretta e, invece di andar da quelli che lo aspettavano, scese dalla scala di servizio e di là se ne uscí dal portone.

Da quel momento e fino a che non fu terminato il disastro di Mosca, piú nessuno dei familiari di casa Bezúchov, nonostante tutte le ricerche, vide piú Pierre né seppe dove si trovasse.

XII.

I Rostòv restarono in città fino al 1° settembre, cioè fino alla vigilia dell'ingresso del nemico a Mosca.

Dopo che Petja era entrato nel reggimento dei cosacchi di Obolenskij ed era partito per Bjèlaja Tserkov, dove quel reggimento si formava, la contessa era stata presa dalla paura. L'idea che tutti e due i suoi figli si trovavano alla guerra, che tutti e due erano usciti di sotto alle sue ali materne, che oggi o domani uno di loro, o forse anche tutti e due insieme, come i tre figli di una sua conoscente, potevano essere uccisi, le veniva in mente ora per la prima volta, in quell'estate, con una crudele chiarezza. Tentò di far tornare Nikolàj, voleva andare lei stessa da Petja, farlo destinare in qualche posto a Pietroburgo, ma l'una e l'altra cosa si dimostrarono impossibili. Petja non poteva tornare se non insieme col reggimento o passando ad un altro reggimento operante. Nikolàj si trovava in qualche parte al campo e, dopo la sua ultima lettera, nella quale descriveva minutamente il suo incontro con la principessina Marja, non aveva dato piú notizie di sé. La contessa non dormiva la notte e, quando si assopiva, vedeva in sogno i suoi figli uccisi. Dopo molti consigli e molti discorsi, il conte inventò finalmente un mezzo per calmare la contessa. Fece trasferire Petja dal reggimento di Obolenskij in quello di Bezúchov, che si formava nelle vicinanze di Mosca. Benché Petja rimanesse in servizio militare, la contessa aveva la consolazione, con quel trasferimento, di tenersi almeno uno dei figli sotto le sue ali e sperava di mettere a posto il suo Petja in modo da non farlo piú andar via e di farlo sempre destinare a posti dove non dovesse mai prender parte a nessuna battaglia. Finché il solo Nicolas era in pericolo, pareva alla contessa (ed ella anzi se lo rimproverava) di amare il figlio maggiore piú di tutti gli altri; ma quando il minore, Petja, quel birichino che studiava male, rompeva tutto in casa e dava noia a tutti, quel Petja dal naso camuso, coi suoi allegri occhi neri, col viso fresco e roseo e con la peluria che appena gli spuntava sulle guance, era capitato là, fra quegli uomini grandi, terribili, crudeli, che, *chissà come*, combattevano laggiú e vi trovavano chissà che piacere, allora parve alla madre di amarlo di piú, molto di piú di tutti gli altri suoi figli. Quanto piú si avvicinava il momento in cui doveva tornare a Mosca l'atteso Petja, tanto piú aumentava l'inquietudine della contessa. Pensava già che non sarebbe mai arrivata quella felicità. La presenza non soltanto di

Sonja, ma anche della sua favorita Nataša, e persino del marito, irritava la contessa. « Che m'importa di loro? Io non ho bisogno di nessuno fuorché di Petja! » pensava.

Negli ultimi giorni di agosto i Rostòv ricevettero una seconda lettera di Nikolàj. Egli scriveva dalla provincia di Voronež, dove era stato mandato a prendere dei cavalli. Questa lettera non tranquillò la contessa. Sapendo uno dei suoi figli fuori pericolo, tanto piú cominciò a stare in ansia per Petja.

Sebbene fin dal 20 agosto quasi tutte le conoscenze dei Rostòv fossero partite da Mosca, sebbene tutti esortassero la contessa ad andarsene il piú presto possibile, ella non voleva sentir parlare di partenza fino a quando non fosse tornato il suo tesoro, il suo adorato Petja. Petja giunse il 28 agosto. La tenerezza appassionata e morbosa con la quale lo accolse la madre, non piacque a quell'ufficiale di sedici anni. Benché la madre gli nascondesse la sua intenzione di non lasciarlo ormai piú uscire di sotto alle sue ali, Petja capí i suoi disegni e, temendo istintivamente di potersi ammollire ed effeminare presso la madre (cosí egli pensava fra sé), si comportò freddamente con lei, la sfuggí e, durante la sua permanenza a Mosca, rimase esclusivamente in compagnia di Nataša, per la quale aveva sempre avuto una particolare tenerezza fraterna, quasi da innamorato.

Per la solita noncuranza del conte, il 28 agosto nulla era ancora pronto per la partenza, e i carri che si aspettavano dalle tenute della provincia di Rjazàn' e di Mosca per portar via da casa tutta la roba giunsero soltanto il 30.

Dal 28 al 31 agosto tutta Mosca fu in faccende, e in movimento. Ogni giorno dalla barriera di Dorogomílovskaja entravano a Mosca migliaia di feriti della battaglia di Borodinò e migliaia di carri carichi di gente e di masserizie uscivano da altre barriere. A dispetto dei manifestini di Rastòpcin, o indipendentemente da essi, o in conseguenza di essi, si propagavano per la città le piú contraddittorie e strane notizie. Chi diceva che non era permesso a nessuno di partire; chi, al contrario, raccontava che si eran tolte tutte le immagini sacre dalle chiese e che la gente era mandata via per forza; chi diceva che c'era stata, dopo quella di Borodinò, un'altra battaglia nella quale i francesi erano stati battuti; chi diceva, al contrario, che tutto l'esercito russo era stato distrutto; chi parlava della milizia di Mosca che sarebbe andata, preceduta dal clero, alle Tre Montagne; chi raccontava sottovoce che al metropolita Agostino era stato imposto di non partire, che erano stati arrestati dei traditori, che i contadini si rivoltavano e svaligiavano quelli che partivano, ecc. ecc. Ma erano soltanto chiacchiere, e in sostanza, sia quelli che partivano, sia quelli che restavano (benché non ci fosse ancora stato il consiglio di guerra di Fili nel quale era stato deciso l'abbandono di Mosca), tutti sentivano, pur senza farlo vedere, che Mosca sarebbe stata inevitabilmente abbandonata e che bisognava scappare e mettere in salvo la propria roba al piú presto. Si sentiva che tutto doveva spezzarsi e mutarsi a un tratto, ma fino al 1° settembre niente ancora era mutato. Come un delinquente che è condotto al supplizio sa che da un momento all'altro dovrà perire, ma pur si guarda intorno e si accomoda il berretto mal messo, cosí Mosca involontariamente seguitava la sua solita vita, benché sapesse che era vicino il momento della catastrofe che avrebbe spezzato tutte quelle condizioni consuete di vita alle quali si era abituati a sottomettersi.

Durante quei tre giorni che precedettero la presa di Mosca, tutta la famiglia Rostòv si trovò occupata in diverse cure domestiche. Il capo della famiglia, il conte Iljà Andréjevič, girava continuamente per la città raccogliendo da tutte le parti le voci che correvano, e a casa dava disposizioni generali, superficiali e affrettate per i preparativi della partenza.

La contessa sorvegliava l'imballaggio della roba, era scontenta di tutto e andava continuamente dietro a Petja che la sfuggiva, gelosa di Nataša con la quale egli passava tutto il tempo. Sonja era la sola ad occuparsi della parte pratica della faccenda, l'imballaggio degli oggetti. Ma Sonja era particolarmente triste e taciturna in tutto quell'ultimo tempo. La lettera di Nicolas, nella quale egli menzionava la principessina Marja, aveva suscitato in sua presenza le liete considerazioni della contessa che nell'incontro della principessina Marja con Nicolas vedeva un segno della divina Provvidenza.

– Io non mi sono mai rallegrata, – aveva detto la contessa, – quando Bolkonskij era fidanzato con Nataša, ma ho sempre desiderato che Nikòlen'ka sposasse la principessina, e ho il presentimento che cosí sarà. E che bella cosa sarebbe!

Sonja sentiva che questo era vero, che l'unica possibilità di accomodare gli affari dei Rostòv era un ricco matrimonio e che la principessina era un ottimo partito. Ma ciò le era molto amaro. Nonostante il suo dolore, o forse proprio in conseguenza del suo dolore, ella aveva preso su di sé tutte le faticose cure del metter via e imballare la roba ed era occupata tutto il giorno. Il conte e la contessa si rivolgevano a lei quando c'era qualche ordine da dare. Petja e Nataša, invece, non soltanto non aiutavano i genitori, ma per lo piú davano noia a tutti in casa e li impacciavano. E quasi tutta la giornata si sentivano in casa le loro corse, i loro gridi e le loro risate senza motivo. Essi ridevano ed erano allegri non perché avessero motivo di ridere, ma erano di umor lieto ed allegro e perciò qualunque cosa accadesse era per loro motivo di allegria e di riso. Petja era lieto perché, andato via di casa bambino, vi era tornato (come gli dicevano tutti) un giovanotto in gamba; era lieto perché era a casa, perché da Bjèlaja Tserkov, dove non c'era speranza di capitare presto in combattimento, era capitato a Mosca dove fra giorni si sarebbero battuti; e soprattutto era lieto perché Nataša, al cui umore egli si era sempre piegato, era lieta. Nataša poi era lieta perché troppo a lungo era stata triste; ora nulla le ricordava la cagione della sua tristezza, ed era in buona salute. E poi era lieta perché c'era un essere che l'ammirava (l'ammirazione degli altri era l'olio necessario alle ruote perché la sua macchina si muovesse del tutto liberamente), e Petja l'ammirava. E piú di tutto essi erano lieti perché la guerra era alle porte di Mosca, perché si sarebbero battuti alle barriere, perché si distribuivano le armi, perché tutti scappavano, se ne andavano chissà dove e, in generale, perché accadeva qualcosa d'insolito; e questo è sempre piacevole per la gente, e specialmente per la gente giovane.

XIII.

Il sabato 31 agosto nella casa dei Rostòv tutto era sottosopra. Tutte le porte erano spalancate, tutti i mobili messi fuori o tolti dai loro posti, gli specchi, i quadri staccati dalle pareti. Nelle stanze c'erano dei bauli, del fieno sparso, delle carte da imballaggio e delle funi. Contadini e servitori, portando fuori la roba, camminavano a passi pesanti sul pavimento di legno. Nel cortile si affollavano i carri dei contadini, alcuni già carichi e legati con funi, altri ancora vuoti.

Le voci e i passi d'una quantità di domestici e dei contadini venuti coi carri, che si chiamavano l'un l'altro, risonavano per la casa e nel cortile. Il conte era uscito dalla mattina per andare chissà dove. La contessa, che aveva mal di capo per la stanchezza e il rumore, era stesa nella stanza nuova dei divani con delle pezze d'acqua e aceto sulla fronte. Petja non era a casa (era andato da un compagno col quale aveva intenzione di passare dalla milizia nell'esercito operante). Sonja presenziava nel salone all'imballaggio dei cristalli e delle porcellane. Nataša era seduta nella sua camera smobiliata, in terra, fra i vestiti buttati là alla rinfusa, i nastri, le sciarpe, e guardava immobile il pavimento, tenendo fra le mani un vecchio vestito da ballo, quello stesso vestito (già fuori moda) col quale era stata la prima volta a quel ballo di Pietroburgo.

Nataša era mortificata di non far nulla in casa mentre tutti erano cosí occupati, e piú volte fin dalla mattina s'era provata a far qualcosa; ma non aveva l'anima a quel che faceva, ed ella non sapeva far nulla senza metterci tutta l'anima, tutte le sue forze. Era stata un poco accanto a Sonja che imballava le porcellane, voleva aiutarla, ma subito aveva smesso ed era corsa in camera sua a imballare le sue cose. Al principio si divertiva a distribuire i suoi vestiti e i suoi nastri alle cameriere, ma poi, quando era pure stato necessario imballare quello che restava, la cosa le era parsa noiosa.

– Dunjaša, metterai tu la roba nei bauli, cara? No? No?

E quando Dunjaša le aveva promesso volentieri di far tutto, Nataša si era messa a sedere in terra, aveva preso in mano il vecchio vestito da ballo e aveva cominciato a pensare a cose tutte diverse da quelle che avrebbero dovuto occuparla ora. Tolsero Nataša da quella meditazione i discorsi delle donne nell'attigua stanza della servitú e il rumore dei loro passi affrettati dalla stanza della servitú alla scala di servizio. Nataša si alzò e guardò dalla finestra. Sulla strada era fermo un enorme convoglio di feriti.

Le donne, i servitori, la guardarobiera, la balia, i cuochi, i cocchieri, i postiglioni, gli sguatteri stavano sulla porta a guardare i feriti.

Nataša si buttò un fazzoletto bianco sui capelli, e, tenendolo con tutt'e due le mani per le cocche, uscí in istrada.

L'antica guardarobiera, la vecchia Mavra Kuzmínična, si staccò dalla folla che stava presso il portone e, avvicinatasi a un carro sul quale era una specie di tenda fatta di stuoie, si mise a discorrere con un giovane e pallido ufficiale che era sdraiato su quel carro. Nataša fece alcuni passi e si fermò timidamente, seguitando a reggere il suo fazzoletto e ascoltando ciò che diceva la guardarobiera.

– Sicché voi non avete nessuno a Mosca? – diceva Mavra Kuzmínična. – Stareste tranquillo in qualche casa... Magari qui da noi. I signori vanno via.

– Non so se lo permettono, – disse con debole voce l'ufficiale. – Ecco il comandante... domandateglielo, – e mostrò un grosso maggiore che tornava indietro per la strada, lungo la fila dei carri.

Nataša guardò in viso con occhi spaventati l'ufficiale ferito e subito corse incontro al maggiore.

– I feriti possono restar qui in casa nostra? – domandò.

Il maggiore, con un sorriso, si portò la mano alla visiera.

– Che vi occorre, signorina? – disse socchiudendo gli occhi e sorridendo.

Nataša ripeté tranquillamente la sua domanda, e il suo viso e i suoi modi, malgrado che ella seguitasse a tenere il fazzoletto per le cocche, erano cosí seri che il maggiore smise di sorridere e, messosi prima a riflettere, come domandando a se stesso fino a che punto la cosa fosse possibile, le rispose affermativamente.

Nataša chinò leggermente il capo e a rapidi passi tornò verso Mavra Kuzmínična che stava curva sull'ufficiale e gli parlava con pietoso interessamento.

– Possono, ha detto che possono! – disse Nataša sottovoce.

Il carro dov'era l'ufficiale sotto la tenda di stuoie svoltò nel cortile dei Rostòv, e diecine di altri carri coi feriti cominciarono, dietro invito dei cittadini, a entrare nei cortili e ad avvicinarsi agli ingressi delle case di via Pòvarskaja. A Nataša aveva fatto un visibile piacere questo entrare in relazione con gente nuova, fuori dalle consuetudini usuali. Insieme con Mavra Kuzmínična cercava di far entrare nel cortile di casa sua quanti piú feriti potesse.

– Bisogna però informare papà, – disse Mavra Kuzmínična.

– No, no, tanto fa lo stesso! Per un giorno andremo a stare in salotto. Si può dar loro tutto il nostro appartamento.

– Ah, signorina, che cosa vi viene in mente! Bisogna chiedere il permesso anche per metterli nelle ali della casa, nelle stanze disabitate o dalla balia.

– Va bene, lo chiederò.

Nataša corse in casa e in punta di piedi entrò per la porta semiaperta nel salone, dal quale veniva un odore di aceto e di gocce di Hofmann.

– Dormite, mamma?

– Ah, che sogno! – disse svegliandosi la contessa che s'era assopita allora allora.

– Mamma cara, – disse Nataša, mettendosi in ginocchio accanto alla madre e accostando il viso al viso di lei. – Perdonatemi, vi ho svegliata, non lo farò piú. Mi ha mandata Mavra Kuzmínična, hanno portato qui dei feriti, degli ufficiali. Permettete?

Non hanno dove metterli: so che lo permetterete... – disse in fretta, senza riprender fiato.

– Che ufficiali? Chi hanno portato? Non capisco nulla, – disse la contessa.

Nataša si mise a ridere e anche la contessa sorrise debolmente.

– So che lo permetterete... Ora lo vado a dire.

E Nataša diede un bacio alla madre, si alzò e andò verso la porta.

Nella sala incontrò il padre che era tornato a casa con cattive notizie.

– Abbiamo tardato troppo! – disse il conte con involontario dispetto. – Anche il Club è chiuso, e la polizia se ne va!

– Papà, non importa se ho fatto venire in casa i feriti? – gli disse Nataša.

– No, certo, – disse il conte distrattamente. – Si tratta di ben altro, e ora vi prego di non occuparvi piú di sciocchezze, ma di aiutare a imballare, e partire, partire, partire domani... – E il conte impartí lo stesso ordine al maggiordomo e ai domestici.

A pranzo Petja, che era tornato, raccontò le sue novità. Disse che quella mattina il popolo aveva preso le armi che c'erano al Cremlino e che, sebbene nel proclama di Rastòpcin fosse detto che egli avrebbe dato la voce con due giorni di anticipo, era certo che era già stato dato l'ordine che l'indomani tutto il popolo armato salisse alle Tre Montagne, dove ci sarebbe stata una grande battaglia.

La contessa, con timido spavento, guardava il viso lieto e accalorato di suo figlio mentre egli diceva tutto questo. Sapeva che, se avesse detto una parola per pregar Petja di non andare a quella battaglia (sapeva che egli si rallegrava di quella battaglia imminente), egli avrebbe detto qualcosa sugli uomini, sull'onore, sulla patria, qualcosa di cosí insensato, di cosí virile, di cosí ostinato, che non ci sarebbe stato nulla da replicare e la cosa si sarebbe guastata; e perciò, sperando di fare in modo di partir prima di questo fatto e prender con sé Petja come difensore e protettore non disse nulla a Petja, e dopo il pranzo chiamò il conte e lo scongiurò fra le lacrime di farli partire tutti al piú presto, quella notte stessa, se era possibile. Con l'istintiva astuzia femminile dell'affetto, lei, che fino a quel momento aveva mostrata un'assoluta tranquillità, diceva che sarebbe morta di paura se non si partiva quella notte stessa. Senza fingere, adesso ella aveva timore di tutto.

XIV.

Mme Schoss, che era andata da sua figlia, aumentò ancora la paura della contessa coi racconti di ciò che aveva veduto in via Mjasnítskaja, in uno spaccio di bibite. Tornandosene per la strada, non poteva giungere a casa a cagione di una folla di gente ubriaca che schiamazzava nei pressi dello spaccio. Aveva preso una vettura ed era venuta a casa facendo il giro per un vicolo, e il vetturino le aveva raccontato che la gente aveva sfondato le botti nello spaccio di bibite e che cosí era stato ordinato.

Dopo pranzo, tutti di casa Rostòv, con fretta convulsa, si misero a imballare la roba e a far preparativi per la partenza. Il vecchio conte, mettendosi tutt'a un tratto all'opera, non smise per tutto il dopopranzo di andare dal cortile in casa e viceversa, gridando senza ragione contro la gente che si affrettava e facendola affrettare ancora di piú. Petja dava ordini nel cortile. Sonja non sapeva che fare in mezzo agli ordini contraddittori del conte e perdeva la testa. I domestici, gridando, discutendo e facendo del chiasso, correvano per le stanze e per il cortile. Nataša, con quella passione che portava in tutto, a un tratto si mise anche lei all'opera. Da principio il suo intervento nell'affare dell'imballaggio fu accolto con diffidenza. Tutti si aspettavano che scherzasse e non volevano ascoltarla, ma ella con caparbietà e con passione pretendeva d'essere obbedita, si arrabbiava, per poco non piangeva perché non la obbedivano, e finalmente fece sí che tutti le prestarono fede. Il suo primo atto, che le costò enormi sforzi, ma le diede autorità, fu l'imballaggio dei tappeti. In casa il conte aveva costosi *gobelins* e tappeti persiani. Quando Nataša si mise all'opera, nella sala c'erano due casse aperte: una piena quasi fino al sommo di porcellane, un'altra di tappeti. Di porcellane ce n'erano ancora molte sulle tavole e ne continuavano a portare ancora dalla dispensa. Bisognava cominciare a riempire una terza cassa, e i domestici erano andati a prenderla.

– Sonja, aspetta, imballeremo tutto cosí, – disse Nataša.

– Impossibile, signorina, abbiamo già provato, – disse il credenziere.

– No, aspetta, per favore –. E Nataša cominciò a togliere dalla cassa i piatti e i tondi avvolti nella carta. – I piatti bisogna metterli qui, fra i tappeti, – disse.

– Voglia Iddio che solo i tappeti si possano mettere in tre casse! – disse il credenziere.

– Ma aspetta, per favore. – E Nataša rapidamente e con abilità si mise a vuotar la cassa. – Questi non vanno qui, – disse indicando dei tondi di Kiev; – questi sí, li mettiamo fra i tappeti, – disse prendendo dei piatti di Sassonia.

– Ma smetti, Nataša, basta, imballiamo noi, – disse Sonja con rimprovero.

– Eh, signorina... – disse il maggiordomo.

Ma Nataša non cedette, tolse tutto dalla cassa e rapidamente cominciò a imballar di nuovo tutto, decidendo che non bisognava prendere i tappeti comuni in cattivo stato e le terraglie inutili. Quando tutto fu messo fuori, ricominciarono a imballare. E difatti, togliendo quasi tutte le cose di poco valore, che non metteva conto di portar via, tutta la roba di prezzo fu collocata in due casse. Ma il coperchio della cassa dei tappeti non si chiudeva. Si sarebbe potuto togliere un po' di roba, ma Nataša voleva insistere nel fare a modo suo. Metteva la roba, la cambiava di posto, la stringeva, obbligava il credenziere e Petja, che aveva trascinato con sé perché imballasse anche lui, a premere sul coperchio della cassa e faceva lei stessa sforzi disperati.

– Ma basta, Nataša, – le disse Sonja. – Vedo che hai ragione, ma togline uno di sopra.

– Non voglio, – gridò Nataša, trattenendo con una mano i capelli che le piovevano sul viso sudato, e premendo con l'altra sui tappeti. – Spingi anche tu, Petja, spingi! Vasíljič, spingi! – gridava.

I tappeti si strinsero e il coperchio si chiuse. Nataša, battendo le mani, si mise a mandar gridi di gioia e le spuntarono le lacrime. Ma questo durò un istante. Subito si mise a fare un'altra cosa, e già tutti avevano piena fiducia in lei e il conte non si arrabbiava quando gli dicevano che Natalja Iljínična aveva cambiato i suoi ordini, e i servi andavano da Nataša a domandare se si doveva o non si doveva legare il carro e se era abbastanza carico. Il lavoro avanzava in grazia delle disposizioni di Nataša; si lasciavano le cose inutili e quelle di valore s'imballavano nel minore spazio possibile.

Ma per quanto tutti i domestici si dessero da fare, a tarda notte non s'era ancora imballato tutto. La contessa s'era addormentata e il conte, rimandando la partenza al mattino dopo, se ne andò a dormire.

Sonja e Nataša dormirono nella stanza dei divani senza spogliarsi.

Quella notte un altro ferito attraversò la via Pòvarskaja, e

Mavra Kuzmínična, che stava sul portone, lo fece entrare nel cortile dei Rostòv. Quel ferito, secondo le supposizioni di Mavra Kuzmínična, doveva essere una persona molto importante. Lo avevano portato in una carrozza interamente coperta dal grembiale di cuoio e col mantice abbassato. A cassetta, insieme col cocchiere, c'era un vecchio, un cameriere di aspetto rispettabile. Un medico e due soldati seguivano in un carrozzino.

– Favorite da noi, favorite. I signori partono, la casa è tutta vuota, – diceva la vecchia rivolgendosi al vecchio domestico.

– Eh! – rispose il cameriere sospirando, – non abbiamo nemmeno la speranza di farlo arrivare vivo! Abbiamo casa a Mosca, ma è lontana, e non c'è nessuno.

– Venite da noi, per favore! Dai nostri signori c'è di tutto, favorite, – diceva Mavra Kuzmínična. – Ma sta molto poco bene? – aggiunse.

Il cameriere fece un gesto con la mano.

– Non abbiamo la speranza di farlo arrivare vivo! Bisogna chiedere al dottore –. E il cameriere scese di cassetta e si avvicinò al carrozzino.

– Va bene, – disse il dottore.

Il cameriere si accostò di nuovo alla carrozza, vi gettò un'occhiata, scosse il capo, ordinò al cocchiere di voltare nel cortile e rimase accanto a Mavra Kuzmínična.

– Gesú Cristo Signore! – esclamò questa.

Mavra Kuzmínična offrí di far portare il ferito in casa.

– I signori non diranno nulla... – disse.

Ma bisognava evitare il trasporto per le scale e perciò portarono il ferito in un'ala della casa e lo misero nell'anticamera di Mme Schoss. Quel ferito era il principe Andréj Bolkonskij.

XV.

Era giunto l'ultimo giorno di Mosca. Era un tempo d'autunno chiaro, allegro. Era domenica. Come nelle solite domeniche, le campane sonavano per la messa in tutte le chiese. Pareva che nessuno potesse ancora capire ciò che aspettava Mosca.

Soltanto due indici dello stato della società davano un'idea della situazione in cui era Mosca: la plebaglia, cioè la classe dei poveri, e i prezzi delle derrate. Operai, domestici e contadini, in una folla enorme alla quale si mischiarono impiegati, seminaristi, nobili, si avviò quel giorno, di mattina presto, alle Tre Montagne.

Dopo esser stata lí un poco, senza aspettare che arrivasse Rastòpcin, persuasa che Mosca sarebbe stata abbandonata, quella folla si disperse per la città, nelle bettole e nelle osterie. Anche i prezzi quel giorno indicavano lo stato delle cose. I prezzi delle armi, dell'oro, dei carri e dei cavalli andavano sempre crescendo, mentre quelli degli assegnati e degli oggetti di uso cittadino andavano sempre diminuendo, sicché a metà della giornata ci fu il caso che mercanzie di costo, come pezze di panno, fossero portate via a metà prezzo, mentre per un cavallo da contadini si pagavano cinquecento rubli; i mobili poi, gli specchi, i bronzi si davano per niente.

Nella comoda e vecchia casa dei Rostòv si risentiva ben poco la mancanza delle antiche condizioni di vita. Per quanto riguarda le persone, accadde soltanto questo, che di tutta quella immensa servitú della casa tre uomini sparirono durante la notte, ma nulla fu rubato; e in quanto ai prezzi delle cose, si vide che i trenta carri venuti dalla campagna rappresentavano un'enorme ricchezza che molti invidiavano e per la quale si offriva ai Rostòv moltissimo denaro. Non soltanto per quei carri si offriva moltissimo denaro, ma fino dalla sera prima e la mattina stessa del 1° settembre nel cortile dei Rostòv vennero attendenti e domestici mandati dagli ufficiali feriti e vi si trascinarono i feriti stessi che stavano in casa Rostòv e nelle case adiacenti, e scongiuravano la servitú dei Rostòv che si adoperasse perché fossero dati loro dei carri per partire da Mosca. Il maggiordomo, al quale si rivolgevano con queste preghiere, benché avesse pietà dei feriti, rifiutò recisamente, dicendo che non avrebbe neppure osato riferirne al conte. Per quanta pena facessero i feriti che dovevano rimanere, era chiaro che, se si cedeva un carro, non c'era ragione di non cederne un altro, e poi tutti, e di non cedere anche le proprie carrozze. Trenta carri non potevano mettere in salvo tutti i feriti e in quella sciagura generale non si poteva non pensare a sé e alla propria famiglia. Cosí pensava il maggiordomo per conto del suo padrone.

Svegliandosi la mattina del 1°, il conte Iljà Andréjevič uscí pian piano di camera per non destare la contessa che s'era addormentata soltanto verso giorno, e, nella sua veste da camera di seta viola, uscí nel vestibolo. I carri, già legati, stavano nel cortile. Presso la scalinata stavano le carrozze. Il maggiordomo, ritto presso la porta, discorreva con un vecchio attendente e con un giovane e pallido ufficiale dal braccio fasciato. Il maggiordomo, vedendo il conte, fece all'ufficiale e all'attendente un segno eloquente e severo perché si allontanassero.

– Ebbene? È tutto pronto, Vasíljič, – disse il conte, stropicciandosi la calvizie e guardando bonariamente l'ufficiale e l'attendente, mentre faceva un cenno del capo. (Il conte amava le facce nuove).

– Si può attaccare anche subito, Eccellenza.

– Va bene. Ora la contessa si sveglia e ce ne andiamo, se Dio vuole! Voi chi siete, signori? – fece, rivolto all'ufficiale. – State qui in casa mia?

L'ufficiale si accostò. Il suo pallido viso divampò a un tratto d'un acceso rossore.

– Conte, fatemi una grazia, permettetemi... per amor di Dio... di occupare un posticino qualunque sui vostri carri... Qui non ho nulla... Su un carro starò benissimo...

L'ufficiale non aveva ancor finito di parlare, che l'attendente rivolse al conte la stessa preghiera per il suo padrone.

– Eh, già, già, già!... – si mise a dire in fretta il conte. – Son molto, molto contento... Vasíljič, disponi tu: fa' vuotare là uno o due carretti... quel che... quel che ci vuole, – disse il conte, dando qualche ordine in termini vaghi.

Ma nello stesso momento l'espressione di viva riconoscenza dell'ufficiale fortificò i suoi propositi. Il conte si guardò intorno: nel cortile, sul portone, a una finestra dell'ala laterale apparivano feriti e attendenti. Tutti guardavano il conte e si avviavano verso di lui.

– Eccellenza, favorite venire nella galleria... che cosa ordinate per i quadri? – disse il maggiordomo.

E il conte insieme con lui andò in casa, ripetendo l'ordine di non respingere nessun ferito che chiedesse di partire.

– Si può togliere qualche cosa, – aggiunse con voce sommessa, come in segreto, quasi temesse d'essere udito da qualcuno.

Alle 9 si svegliò la contessa, e Matrjona Timoféjevna, la sua antica cameriera, che aveva presso la contessa l'ufficio di comandante dei gendarmi, entrò ad annunziare alla sua antica padroncina che Marja Kàrlovna era molto offesa e che i vestiti d'estate delle signorine non potevano esser lasciati in città. Alla domanda della contessa, perché Mme Schoss fosse offesa, si seppe che il suo baule era stato tolto dal carro e che tutti i carri erano stati slegati, la roba tolta e caricati i feriti, che il conte, nella sua semplicità, aveva ordinato di portar via con loro. La contessa fece chiamare il marito.

– Che è, amico mio? Sento che si scaricano di nuovo i bagagli.

– Sai, *ma chère*, ecco quel che ti volevo dire... *ma chère* contessa... è venuto da me un ufficiale a pregarmi di dare qualche carro per i feriti... È tutta roba che si può ricomprare, no? Ma loro come potrebbero rimaner qui, pensa un po'!... Ci sono degli ufficiali qui fuori, siamo stati noi stessi a chiamarli... Sai, davvero penso, *ma chère*... ecco, *ma chère*... Che li portino... che fretta c'è?...

Il conte aveva detto queste cose timidamente, come faceva sempre quando si trattava di denari. E la contessa era già abituata a questo tono, che preannunziava sempre qualche cosa che danneggiava i suoi figli, come, per esempio, la costruzione d'una galleria, d'una serra, l'allestimento di un teatrino o di un'orchestra; c'era abituata e stimava sempre suo dovere opporsi a ciò che le era stato espresso con quel tono timido.

Ella prese la sua aria di sottomissione piagnucolosa e disse al marito:

– Senti, conte, sei arrivato al punto che non ci dànno piú niente per la casa e ora vuoi rovinare anche tutto l'avere nostro, cioè l'*avere dei nostri figli*. Dici tu stesso che in casa c'è roba per centomila rubli. Io, amico mio, sono contraria, assolutamente contraria. Di' quel che vuoi! Per i feriti c'è il governo. Lo sanno. Guarda; là di faccia, dai Lopuchin, ieri l'altro hanno portato via tutto fino all'ultimo. Ecco come fa la gente. Soltanto noi siamo stupidi. Abbi compassione, se non di me, dei tuoi figli.

Il conte agitò le braccia e, senza dir niente, uscí dalla stanza.

– Papà, che cosa c'è? – gli disse Nataša che era entrata dopo di lui in camera della madre.

– Non c'è nulla! Tu che cosa c'entri? – disse il conte irritato.

– No, ho sentito, – disse Nataša. – Perché la mamma non vuole?

– Tu che cosa c'entri? – gridò il conte.

Nataša se ne andò alla finestra e si mise a riflettere.

– Papà, è venuto Berg, – disse, guardando dalla finestra.

XVI.

Berg, genero dei Rostòv, era già colonnello, decorato degli ordini di San Vladimiro e di Sant'Anna, e occupava sempre il solito posto tranquillo e comodo di sottocapo di stato maggiore del sottocapo del primo reparto del comando di stato maggiore del secondo corpo d'armata.

Il 1° settembre era giunto dal campo a Mosca.

A Mosca non aveva nulla da fare; ma aveva notato che tutti chiedevano di venire dal campo a Mosca e vi facevano qualche cosa. Pensò di dovere anche lui chiedere una licenza per affari domestici e familiari.

Berg, nel suo carrozzino ben tenuto, con una pariglia di roani ben nutriti, eguale a quella che possedeva un certo principe, giunse alla casa del suocero. Guardò attentamente i carri che erano nel cortile e, salendo la scala, tirò fuori un fazzoletto pulito e ci fece un nodo.

Dall'anticamera Berg con passo ondeggiante, impaziente, corse nel salotto, abbracciò il conte, baciò la mano a Nataša ed a Sonja e domandò subito notizie della salute della mamma.

– Ma che salute vuoi che ci sia adesso? Su, racconta, – disse il conte, – che fa l'esercito? Si ritira o ci sarà ancora una battaglia?

– Solo Iddio eterno, papà, – disse Berg, – può decidere il destino della patria. L'esercito arde di eroismo e ora i capi, per cosí dire, sono riuniti a consiglio. Quel che avverrà, non si sa. Ma io vi dirò in generale, papà, che lo spirito eroico delle truppe russe, un valore veramente degno dell'antichità come quello che esse, che essi, – (si corresse), – hanno mostrato o dimostrato in questa battaglia del 26, non ci sono parole degne di descriverli... Vi dirò, papà, – (e si batté il petto come se l'era battuto un generale che raccontava un fatto in presenza sua, ma lo fece con un po' di ritardo, perché avrebbe dovuto battersi il petto alle parole: « le truppe russe »), – vi dirò francamente che noialtri comandanti non solo non dovevamo spingere i soldati, o fare altre cose simili, ma a stento potevamo frenare questi, questi... sí, questi atti di valore degni dell'antichità, – disse, parlando in fretta. – Il generale Barclay de Tolly esponeva la propria vita dovunque, innanzi alle truppe, ve lo dico io. Il nostro corpo poi era situato sul pendio della collina. Immaginatevi un po'.

E qui Berg raccontò tutto quello che ricordava dei diversi racconti che aveva uditi in quel tempo. Nataša fissava Berg con uno sguardo che lo turbava, come cercando sul viso di lui la risposta a chissà quale quesito.

– In generale, è impossibile figurarsi e lodare degnamente l'eroismo che hanno dimostrato i guerrieri russi! – disse Berg, dando un'occhiata a Nataša e, come se desiderasse di rabbonirla, rispose con un sorriso al suo sguardo ostinato. – « La Russia non è a Mosca, è nel cuore dei suoi figli ». Vero, papà? – disse Berg.

In quel momento dal salone veniva la contessa, con un viso stanco e annoiato. Berg si alzò precipitosamente, baciò la mano della contessa, s'informò della sua salute, ed esprimendo la propria simpatia con un tentennio del capo, restò in piedi accanto a lei.

– Sí, mamma, ve lo dico sinceramente, sono tempi tristi e duri per tutti i russi. Ma perché siete cosí inquieta? Riuscirete ancora a partire...

– Non capisco che cosa fanno i domestici, – disse la contessa, rivolgendosi al marito, – m'hanno detto adesso che nulla è ancora pronto. Bisogna ben che qualcuno dia gli ordini. C'è proprio da rimpiangere Miten'ka. Non si finirà mai!

Il conte voleva dir qualcosa, ma certo si trattenne. Si alzò dalla sedia e andò verso la porta.

Berg, in quel momento, come per soffiarsi il naso, tirò fuori il fazzoletto e, veduto il nodo, stette soprappensiero, tentennando il capo in modo triste e significativo.

– E io, papà, ho una grande preghiera da farvi, – disse.

– Ehm?... – disse il conte, fermandosi.

– Ora sono passato davanti al palazzo Jusúpov, – disse Berg ridendo. – L'amministratore, che è un mio conoscente, mi è corso incontro e mi ha domandato: « Non comprereste qualche cosa? » Sono entrato, sapete, per curiosità, e là c'era una piccola *chiffonnière* e una *toilette*. Sapete come Vjèruška desiderava queste cose e come eravamo in discussione per questo –. (Berg involontariamente prese un tono di soddisfazione per la bontà del suo arredamento, quando cominciò a parlare della *chiffonnière* e della *toilette*). – E che gioiello! ha una tavoletta che vien fuori e una serratura inglese col segreto, sapete? E Vièruška ne ha voglia da molto tempo! E io desidero tanto di farle una sorpresa! Ho visto molti di questi contadini nel vostro cortile. Datemene uno, vi prego, e io gli darò una buona mancia e...

Il conte corrugò le sopracciglia e tossí.

– Chiedetelo alla contessa: io non do ordini.

– Se ci sono difficoltà, non fatene niente, per favore, – disse Berg. – Io l'avrei voluto soltanto per Vjèruška...

– Ah! andatevene tutti al diavolo, al diavolo, al diavolo e al diavolo!... – urlò il vecchio conte. – C'è da perder la testa –. E uscí dalla stanza.

La contessa si mise a piangere.

– Sí, sí, mamma, sono tempi molto duri! – disse Berg.

Nataša uscí insieme col padre, e al principio gli andò dietro, come se facesse qualche difficile riflessione, ma poi corse giú.

Sulla scalinata stava Petja, occupato ad armare i domestici che partivano da Mosca. Nel cortile c'erano sempre i carri attaccati. Due di essi erano stati slegati, e su uno saliva un ufficiale sostenuto dal suo attendente.

– Sai perché? – domandò Petja a Nataša.

Nataša capí che Petja intendeva dire perché s'erano bisticciati il padre e la madre. Ella non rispose.

– Perché papà voleva dare tutti i carri per i feriti, – disse Petja. – Me l'ha detto Vasílijč. Secondo me...

– Secondo me, – a un tratto urlò quasi Nataša, volgendo a Petja il suo viso irritato, – secondo me è una tale porcheria, una tale infamia, ma... non lo so neppur io. Siamo forse dei tedeschi, noi?... – La gola le tremò per i singhiozzi convulsi e, temendo di cedere e di sciupare la sua carica di collera, si voltò e corse precipitosamente su per le scale.

Berg era seduto accanto alla contessa e con rispettosa familiarità la consolava. Il conte, con la pipa in mano, passeggiava per la stanza, quando Nataša, con un viso sfigurato dalla rabbia, piombò nella stanza e a rapidi passi si avvicinò alla madre.

– È una porcheria! È un'infamia! – gridò. – Non è possibile che l'abbiate ordinato.

Berg e la contessa, sorpresi e spaventati, la guardarono. Il conte si fermò presso la finestra, tendendo l'orecchio.

– Mamma, è impossibile, guardate quel che succede nel cortile! – gridò. – Rimangono qui!...

– Che hai? Di chi si tratta? Che vuoi?

– I feriti, ecco di chi si tratta! È impossibile, mamma: è una cosa che non ha l'eguale!... No, mamma, cara, cosí non va, scusate, ve ne prego, cara... Mamma, che c'importa della roba che si porta via? Guardate un po' quel che succede nel cortile!... Mamma... Non può essere!...

Il conte stava accanto alla finestra e, senza voltare il viso, ascoltava le parole di Nataša. A un tratto aspirò con forza e avvicinò il viso alla finestra.

La contessa guardò la figlia, vide il suo volto vergognoso per lei, vide la sua agitazione, capí perché il marito adesso non si volgeva piú a guardarla, e con un'aria smarrita si guardò intorno.

– Ah, ma fate quel che volete! Impedisco forse qualche cosa a qualcuno? – disse, senza cedere tutto d'un colpo.

– Mamma, cara, perdonatemi!

Ma la contessa spinse da parte la figlia e si avvicinò al conte.

– *Mon cher*, da' tu gli ordini come si deve... Io queste cose non le so, – disse, abbassando gli occhi come una colpevole.

– Le uova... le uova fanno scuola alla gallina... – proferí il conte versando lacrime di gioia, e abbracciò la moglie, che era contenta di nascondere sul petto di lui il suo volto vergognoso.

– Papà! Mamma! Si possono dar gli ordini? Si può?... – domandava Nataša. – Prenderemo pur sempre tutte le cose piú necessarie... – disse Nataša.

Il conte fece un cenno affermativo col capo, e Nataša, correndo con la rapidità con cui giocava a correre, scappò attraverso il salone nell'anticamera, scendendo per le scale nel cortile.

I domestici si affollarono intorno a Nataša e non potevano credere allo strano ordine che ella dava loro, finché il conte in persona, in nome di sua moglie, non ripeté l'ordine di dare tutti i carri ai feriti e portare i bauli nella dispensa. Quando ebbero capito l'ordine, i domestici con gioia e con premura si misero alla nuova opera. Alla servitú ora questo non soltanto non pareva strano, ma al contrario pareva che non potesse farsi diversamente: appunto come un quarto d'ora prima non soltanto a nessuno pareva strano abbandonare i feriti e portar via la roba, ma pareva che non si potesse fare diversamente.

Tutti quelli di casa, come a compenso di non averlo fatto prima, si posero con zelo alla nuova opera di ripartizione dei feriti. I feriti si trascinarono fuori dalle loro camere e, con visi pallidi e contenti, circondarono i carri. Anche nelle case vicine era corsa la voce che c'erano dei carri, e nel cortile dei Rostòv cominciarono ad arrivare i feriti dalle altre case. Molti dei feriti pregavano che non si togliesse la roba e che si permettesse soltanto di farli salir sopra. Ma lo scarico dei carri, una volta cominciato, non poteva piú essere interrotto. Era lo stesso lasciar tutta la roba a metà. Nel cortile stavano in terra le casse abbandonate, piene di stoviglie, di bronzi, di quadri, di specchi, che con tanta cura erano stati imballati la notte precedente, e si continuava a cercare e a trovare la possibilità di togliere questo e quello e cedere ancora altri carri.

– Se ne possono prendere ancora quattro, – disse l'amministratore. – Io do il mio carrozzino, se no dove si mettono?

– Ma cedete pure il carrozzino della mia guardaroba, – disse la contessa. – Dunjaša verrà in carrozza con me.

Cedettero ancora il carrozzino della guardaroba e lo mandarono a prendere dei feriti, due case piú in là. Tutti quelli di casa e la servitú erano allegri e animati. Nataša era di una vivacità piena d'entusiasmo e di gioia, che da un pezzo non provava.

– Dove lo leghiamo? – dicevano i domestici collocando un baule nello stretto spazio che era dietro alla carrozza. – Bisogna lasciare almeno un carro.

– Che cosa c'è dentro? – chiese Nataša.

– I libri del conte.

– Lasciate. Vasílijč li metterà dentro. Non sono necessari.

La carrozza scoperta era zeppa di gente: si discuteva dove si sarebbe messo Pjotr Iljič.

– A cassetta. Vero che vai a cassetta, Petja? – gridò Nataša.

Anche Sonja non smetteva di affaccendarsi; ma lo scopo del suo affaccendarsi era l'opposto dello scopo di Nataša: ella metteva via le cose che dovevano essere lasciate, le registrava secondo il desiderio della contessa e cercava di prenderne con sé piú che poteva.

XVII.

Verso le due le quattro vetture dei Rostòv, coi cavalli attaccati e tutte cariche, stavano davanti all'ingresso. I carri coi feriti, uno dietro l'altro, uscivano dal cortile.

La carrozza nella quale era trasportato il principe Andréj, passando davanti alla porta, attirò su di sé l'attenzione di Sonja che insieme con una cameriera accomodava il sedile per la contessa nella sua enorme e alta vettura chiusa che aspettava ai piedi della scala.

– Di chi è quella carrozza? – domandò Sonja, affacciandosi allo sportello della vettura.

– Ma non sapete, signorina? – rispose la cameriera. – C'è un principe ferito; ha passato la notte da noi e con noi viene via.

– Ma chi è? come fa di cognome?

– È proprio il nostro antico fidanzato. Il principe Bolkonskij! – rispose sospirando la cameriera. – Dicono che stia per morire.

Sonja saltò giú dalla carrozza e corse dalla contessa. La contessa, già vestita da viaggio, con lo scialle e il cappello, stanca, passeggiava per il salotto, aspettando quelli di casa per sedersi con loro, a porte chiuse, e pregare prima della partenza. Nataša non c'era nella stanza.

– *Maman*, – disse Sonja, – il principe Andréj è qui, ferito a morte. Viene via con noi.

La contessa spaventata aprí gli occhi e, prendendo per il braccio Sonja, si volse a guardarla.

– E Nataša? – disse.

Per Sonja come per la contessa nel primo momento quella notizia significò una cosa soltanto. Esse conoscevano la loro Nataša, e il terrore di quel che sarebbe accaduto a una tale notizia soffocò in loro ogni compassione per quell'uomo, al quale pure volevano bene tutt'e due.

– Nataša non lo sa ancora; ma lui viene con noi, – disse Sonja.

– Dici che sta per morire?

Sonja accennò di sí col capo.

La contessa abbracciò Sonja e cominciò a piangere.

« Le vie del Signore sono impenetrabili! » pensò, sentendo che, in tutto ciò che accadeva ora, cominciava a manifestarsi la Mano Onnipotente, che prima si nascondeva allo sguardo degli uomini.

– Su, mamma, è tutto pronto. Che avete? – domandò Nataša, entrando nella stanza col viso tutto animato.

– Nulla, – disse la contessa. – Se è pronto, andiamo.

E la contessa si chinò sulla sua borsa per nascondere la faccia sconvolta. Sonja abbracciò Nataša e la baciò.

Nataša la guardò interrogativamente.

– Che hai? Che è successo?

– Nulla... no...

– Una cosa molto brutta per me? Che cosa? – domandò con la sua finezza Nataša.

Sonja sospirò e non rispose. Il conte, Petja, Mme Schoss, Mavra Kuzmínična, Vasíljič entrarono nel salotto e, chiuse le porte, tutti sedettero e, in silenzio, senza guardarsi l'un l'altro, stettero cosí alcuni momenti.

Il conte fu il primo ad alzarsi e, sospirando forte, si segnò davanti alle immagini. Tutti fecero lo stesso. Poi il conte abbracciò Mavra Kuzmínična e Vasíljič che restavano a Mosca e, mentre gli prendevano la mano e lo baciavano sulla spalla, egli, battendo loro leggermente la mano sulla schiena, pronunziava parole vaghe di affettuoso incoraggiamento. La contessa andò nella stanza delle immagini e Sonja la trovò lí, in ginocchio davanti alle immagini rimaste qua e là sulla parete. (Le immagini che per tradizione familiare erano piú preziose le portarono via con loro).

Nel vestibolo e sul portone i domestici che partivano, con pugnali e sciabole di cui li aveva armati Petja, coi calzoni ficcati negli stivali e con la vita stretta da cinghie e cinture, salutavano quelli che rimanevano.

Come sempre al momento di una partenza, molte cose erano state dimenticate o male imballate e per un pezzo due staffieri stettero ai due lati dello sportello aperto della carrozza e del montatoio, pronti a far salire la contessa, mentre le donne correvano con cuscini e involti dalla casa alle carrozze chiuse, a quella scoperta, al calesse, e viceversa.

– Dimenticano sempre tutto! – diceva la contessa. – Eppure sai che non posso star seduta cosí!

E Dunjaša stringendo le labbra senza rispondere, con l'espressione del rimprovero sul viso, si precipitò ad accomodare meglio il sedile della carrozza.

– Ah, questa gente! – diceva il conte, tentennando il capo.

Il vecchio cocchiere Efím, il solo col quale la contessa si decideva a viaggiare, seduto sulla sua alta serpa, non guardava neppure ciò che si faceva dietro di lui. Per un'esperienza di trent'anni sapeva che non gli avrebbero detto tanto presto: « Andiamo, con l'aiuto di Dio! » e che, quando glielo avessero detto, due volte ancora l'avrebbero fermato per mandare a prendere delle cose dimenticate, e dopo l'avrebbero fatto fermare un'altra volta ancora e la contessa in persona avrebbe messo la testa fuori dallo sportello per raccomandargli in nome di Cristo Signore di andare con prudenza nelle discese. Egli lo sapeva e quindi aspettava quel che sarebbe accaduto con piú pazienza dei suoi cavalli (specialmente del sinistro, il baio Sokòl, che batteva il piede e, masticando, faceva girare il morso). Finalmente tutti presero posto: il montatoio fu alzato e ripiegato nella carrozza, lo sportello si chiuse con fracasso, fu mandata a prendere una cassettina, la contessa si affacciò allo sportello e disse le parole d'uso. Allora Efím lentamente si tolse il cappello e si segnò. Il postiglione e tutti i domestici fecero lo stesso. – Con l'aiuto di Dio! – disse Efím, rimettendosi il cappello. – Avanti! – Il postiglione toccò i cavalli. Il timoniere di destra appoggiò sul collare, le alte molle cigolarono e la cassa della carrozza oscillò. Un domestico saltò sulla serpa della carrozza in moto. All'uscita dal cortile la carrozza sobbalzò sul selciato ineguale; sobbalzarono anche le altre vetture e il corteo si mosse per la strada in salita. Nelle carrozze chiuse, in quella aperta e nel calesse tutti si segnarono passando davanti alla chiesa che era di faccia. I domestici che restavano a Mosca camminavano ai due lati delle vetture, accompagnandole.

Raramente Nataša aveva provato un sentimento cosí gioioso come quello che provava ora, seduta in carrozza a fianco della contessa, guardando le mura di Mosca, abbandonata e atterrita, che le passavano lentamente davanti agli occhi. Di tanto in tanto si affacciava allo sportello della carrozza e guardava avanti e indietro il lungo convoglio dei feriti che li precedeva. Quasi innanzi a tutti vedeva il mantice abbassato della carrozza del principe Andréj. Non sapeva chi ci stesse, ma, ogni volta che osservava la fila dei veicoli, cercava con gli occhi quella carrozza. Sapeva che era avanti a tutti.

A Kúdrino da via Nikítskaja, dalla Presnja, dal Podnovínskij, sbucarono altri convogli simili a quello dei Rostòv, e per la via Sadòvaja già andavano su due file carrozze e carri.

Girando intorno alla torre Suchàreva, Nataša, che osservava con vivace curiosità la gente che passava su qualche veicolo o a piedi, a un tratto esclamò tutta allegra e sorpresa:

– Mamma, Sonja, guardate: è lui!

– Chi? chi?

– Guardate, com'è vero Dio, è Bezúchov! – disse Nataša, sporgendosi dallo sportello della carrozza e guardando un uomo alto e grosso in gabbano da cocchiere (evidentemente, a giudicare dall'andatura e dal contegno, un signore travestito) che, al fianco di un vecchietto giallo e sbarbato con un cappotto di rovescio, si avvicinava all'arco della torre Suchàreva.

– Com'è vero Dio, Bezúchov, in gabbano, con un vecchio bambino. Com'è vero Dio! – disse Nataša, – guardate, guardate!

– Ma no, non è lui. Si possono dir tante sciocchezze?

– Mamma, – gridò Nataša, – ci scommetto la testa che è lui! Ve lo assicuro. Ferma, ferma! – gridò al cocchiere.

Ma il cocchiere non poteva fermare perché dalla via Meščiànskaja venivano ancora carrozze e carri e si urlava contro i Rostòv perché si affrettassero e non impedissero gli altri.

Effettivamente, molto piú avanti per la strada, tutti i Rostòv videro Pierre o un uomo che somigliava straordinariamente a Pierre, in gabbano da cocchiere, che camminava per la strada con la testa china e il viso serio, accanto a un piccolo vecchietto glabro, che aveva l'aspetto d'un domestico. Questo vecchietto notò il viso affacciato allo sportello della carrozza e, toccando rispettosamente il gomito a Pierre, gli disse qualcosa, mostrando la carrozza. Pierre per un pezzo non riuscí a capire di che parlasse, tanto sembrava immerso nei suoi pensieri. Finalmente, quando capí, guardò dove indicava l'altro e, riconosciuta Nataša, nel medesimo istante, cedendo ad un primo impulso, si diresse rapidamente verso la carrozza. Ma, fatta una diecina di passi, essendosi certo ricordato di qualcosa, si fermò.

Il viso di Nataša, affacciato allo sportello, splendeva di una tenerezza canzonatoria.

– Pjotr Kiríllovič, venite! Vi abbiamo riconosciuto! Che sorpresa! – gridò, stendendogli la mano. – Come mai? Perché siete cosí?

Pierre prese la mano che gli era tesa e, camminando (poiché la carrozza continuava a muoversi), la baciò goffamente.

– Che fate, conte? – domandò la contessa con voce meravigliata e compassionevole.

– Che? Che? Perché? Non me lo domandate, – disse Pierre e gettò un'occhiata a Nataša, lo sguardo della quale, sfavillante e gioioso (egli lo sentiva anche senza guardarla), lo inondava del suo fascino.

– Che fate? o restate a Mosca?

Pierre taceva.

– A Mosca? – disse poi, interrogativamente. – Sí, a Mosca. Addio.

– Ah! vorrei essere un uomo e resterei certamente con voi. Ah, com'è bello questo! – disse Nataša. – Mamma, permettetemi di restare.

Pierre guardò distrattamente Nataša e voleva dir qualcosa, ma la contessa lo interruppe:

– Abbiamo sentito che avete partecipato alla battaglia.

– Sí, – rispose Pierre. – Domani ci sarà di nuovo una battaglia... – cominciò, ma Nataša lo interruppe:

– Ma che avete, conte? Non siete come al solito...

– Ah! non m'interrogate, non m'interrogate, non ne so nulla neanch'io. Domani... Ma no! Addio, addio, – disse. – Son tempi tremendi! – E, scostandosi dalla carrozza, ritornò sul marciapiede.

Nataša rimase un pezzo ancora affacciata allo sportello, illuminandolo col suo sorriso felice, tenero e un po' canzonatorio.

XVIII.

Pierre, dal momento della sua scomparsa da casa, era vissuto due giorni nell'alloggio lasciato vuoto dal defunto Bazdjéjev. Ecco com'era avvenuta la cosa.

Svegliatosi il giorno che seguí il suo ritorno a Mosca e il suo colloquio col conte Rastòpcin, Pierre per un pezzo non poté capire dove si trovasse e che cosa si volesse da lui. Quando, fra gli altri nomi delle persone che lo aspettavano nella sala di ricevimento, gli annunziarono anche un francese, latore di una lettera della contessa Elèna Vasíljevna, egli fu preso a un tratto da quel senso di turbamento e di sconforto al quale andava soggetto. Ebbe l'impressione che tutto ormai era finito, imbrogliato, crollato, che non c'era né diritto né torto, che innanzi a lui non c'era piú nulla, nessun modo di uscire da quella situazione. Con un sorriso forzato sulle labbra, borbottando qualcosa, ora si sedeva sul divano in atteggiamento di sconforto, ora si alzava, andava verso la porta e gettava un'occhiata dal buco della serratura nella sala di ricevimento e poi, gesticolando, tornava indietro e prendeva un libro. Il maggiordomo per la seconda volta venne ad annunziare a Pierre che il francese, che era latore di una lettera della contessa, desiderava molto di vederlo, anche per un minuto solo, e che erano venuti da parte della vedova di I. A. Bazdjéjev a pregare che prendesse in consegna i libri, perché la signora Bazdjéjev era partita per la campagna.

– Ah, sí! Ora, aspetta un poco... oppure no, no, va' a dire che vengo subito, – disse Pierre al maggiordomo.

Ma appena il maggiordomo fu uscito, Pierre prese il cappello che era sulla tavola e uscí dallo studio per l'altra porta. Nel corridoio non c'era nessuno. Pierre seguí tutto il lungo corridoio fino alle scale e, aggrottando le sopracciglia e stropicciandosi la fronte con tutt'e due le mani, giunse al primo pianerottolo. Il portiere stava sul portone grande. Dal pianerottolo sul quale era sceso Pierre, un'altra scala conduceva all'entrata di servizio. Pierre si mise per quella e uscí nel cortile. Nessuno l'aveva visto. Ma sulla strada, appena fu uscito dal portone, i cocchieri che stavano lí con le loro carrozze e il portiere videro il padrone e si tolsero il berretto. Sentendo quegli sguardi fissi su di lui, Pierre agí come lo struzzo, che nasconde la testa fra i cespugli per non esser veduto, abbassò il capo e, affrettando il passo, si allontanò per la via.

Di tutte le cose che Pierre avrebbe dovuto fare quella mattina, la cernita dei libri e delle carte di Iosif Aleksjéjevič gli parve la piú necessaria.

Prese la prima vettura di piazza che gli si parò davanti e ordinò al cocchiere di andare ai Patriàrscie Prudy, dove era la casa della vedova di Bazdjéjev.

Guardando continuamente i convogli di carri provenienti da tutte le parti della gente che partiva da Mosca e raddrizzando il suo corpo grasso per non essere sbalzato fuori dalla vecchia e sgangherata vettura, Pierre discorreva col vetturino con un senso di piacere simile a quello che prova il bambino scappato di scuola.

Il vetturino gli raccontò che quel giorno si distribuivano le armi al Cremlino e che l'indomani il popolo sarebbe stato mandato tutto alla barriera delle Tre Montagne e là ci sarebbe stata una grande battaglia.

Giunti ai Patriàrscie Prudy, Pierre cercò la casa di Bazdjéjev, dove non andava da molto tempo. Giunse a un cancelletto. Gheràsim, quel medesimo vecchietto dal viso giallo e sbarbato che Pierre aveva veduto cinque anni prima a Toržòk con Josif Aleksjéjevič, venne al suo bussare.

– È in casa? – domandò Pierre.

– Eccellenza, Sofja Danílovna, viste le odierne circostanze, è andata coi figli in campagna, vicino a Toržòk.

– Entro lo stesso, debbo fare la scelta dei libri, – disse Pierre.

– Favorite, venite pure; il fratello del defunto (che Dio l'abbia in gloria), Makàr Aleksjéjevič, è rimasto, ma come sapete, è debole di mente, – disse il vecchio servo.

Makàr Aleksjéjevič era, come Pierre sapeva, un fratello di Iosif Aleksjéjevič, mezzo demente e ubriacone.

– Sí, sí, lo so... Andiamo, andiamo... – disse Pierre ed entrò in casa.

Un vecchio, alto, calvo, in veste da camera, col naso rosso, con le soprascarpe sui piedi nudi, stava nell'anticamera; veduto Pierre, borbottò qualcosa irritato ed uscí nel corridoio.

– Era di grande ingegno, ma ora, come vedete, è indebolito, – disse Gheràsim. – Volete favorire nello studio? – Pierre accennò di sí col capo. – Allo studio sono stati messi i sigilli e cosí è rimasto. Sofja Danílovna ha dato ordine che, se aveste mandato qualcuno, si consegnassero i libri.

Pierre entrò in quel medesimo studio tenebroso nel quale egli, quand'era ancora in vita il benefattore, entrava sempre con un certo tremito. Questo studio, ora che era tutto polveroso e intatto fin dal tempo della morte di Josif Aleksjéjevič, era ancora piú tenebroso.

Gheràsim aprí uno scuretto e in punta di piedi uscí dalla stanza. Pierre fece il giro dello studio, si avvicinò a un armadio nel quale erano i manoscritti e prese uno di quelli che erano i documenti piú importanti dell'ordine. Erano gli atti originali scozzesi, con le annotazioni e le interpretazioni del benefattore. Sedette alla scrivania coperta di polvere, si mise i manoscritti davanti, li aprí, li richiuse, e finalmente, respingendoli da sé, poggiò i gomiti sulla tavola e con la testa fra le mani stette a meditare.

Piú volte Gheràsim gettò cautamente un'occhiata nello studio e vide che Pierre stava sempre nella stessa posizione. Passarono piú di due ore. Gheràsim si permise di fare un po' di rumore vicino alla porta per attirare su di sé l'attenzione di Pierre. Pierre non l'udí.

– Ordinate che si mandi via il vetturino?

– Ah, sí! – disse Pierre, rientrando in sé e alzandosi in fretta. – Ascolta, – aggiunse prendendo Gheràsim per un bottone della giubba e guardando dalla sua altezza il vecchietto coi suoi occhi splendenti, umidi, entusiasti. – Ascolta, sai che domani ci sarà una battaglia?

– L'hanno detto, – rispose Gheràsim.

– Ti prego di non dire a nessuno chi sono io. E fa' quel che ti dirò...

– Sissignore, – disse Gheràsim. – Ordinate che si porti da mangiare?

– No, ma ho bisogno d'altro. Ho bisogno di un vestito da contadino e d'una pistola, – disse Pierre arrossendo improvvisamente.

– Sissignore, – disse Gheràsim, dopo aver pensato un poco.

Tutto il resto di quella giornata Pierre lo passò solo nello studio del benefattore, passeggiando inquieto da un angolo all'altro, per quel che udí Gheràsim, e parlando fra sé; e trascorse la notte su di un letto che gli prepararono lí.

Gheràsim, con l'abitudine di un servo che ha veduto molte cose strane in vita sua, non si meravigliò che Pierre si fosse installato lí, anzi parve contento di avere qualcheduno da servire. Quella sera stessa, senza domandare neppure a se medesimo a che cosa potessero essere utili quelle cose, procurò a Pierre un gabbano e un berretto e promise di trovare per il giorno dopo la pistola richiesta. Makàr Aleksjéjevič due volte in quella sera si accostò alla porta ciabattando con le sue soprascarpe e si fermò, guardando Pierre come per ingraziarselo. Ma appena Pierre si voltava verso di lui, egli, vergognoso e irritato, incrociava i lembi della sua veste da camera e si allontanava rapidamente. Mentre Pierre nel suo gabbano da cocchiere, che Gheràsim si era procurato e aveva lavato nell'acqua bollente, andava insieme con lui a comprare una pistola, presso la torre Suchàreva, aveva incontrato i Rostòv.

XIX.

Nella notte del 1° settembre Kutúzov ordinò alle truppe russe di ritirarsi oltre Mosca, sulla via di Rjazàn'.

I primi reparti di truppa si mossero nella notte. Le truppe marciavano di notte, non si affrettavano, si movevano lentamente e con ordine; ma le truppe che si misero in movimento sul far del giorno, avvicinandosi al ponte di Dorogomílovskij videro davanti a sé, dall'altra parte, enormi masse serrate di truppe che andavano in fretta per il ponte, salivano dall'altra parte e sbarravano le strade e i vicoli, e dietro di sé altre truppe che le incalzavano. E una fretta e un allarme senza motivo s'impadronirono delle truppe. Tutti si precipitarono avanti verso il ponte, sul ponte, verso i guadi e nelle barche. Kutúzov si fece condurre per vie traverse dall'altra parte della Moskvà.

Verso le 10 di mattina del 2 settembre non restavano piú nel sobborgo di Dorogomílovo che le truppe della retroguardia. L'esercito era già dall'altra parte della Moskvà e dietro Mosca.

Nello stesso momento, alle 10 di mattina del 2 settembre, Napoleone stava in mezzo alle sue truppe sulla collina Poklònnaja e guardava lo spettacolo che si scopriva innanzi a lui. Cominciando dal 26 agosto fino al 2 settembre, dalla battaglia di Borodinò fino all'entrata del nemico a Mosca, per tutti i giorni di quella tremenda, di quella memorabile settimana, ci fu quell'insolito tempo autunnale che sempre meraviglia la gente, quando il sole basso scalda piú che in primavera, quando tutto splende nell'aria limpida e pura, sicché gli occhi sono abbagliati; quando il petto si sente forte e fresco respirando la profumata aria autunnale e anche le notti sono tepide, e in queste oscure e tepide notti cadono continuamente dal cielo delle stelle d'oro, spaventando e rallegrando la gente.

Il 2 settembre alle 10 di mattina il tempo era cosí. Lo splendore della mattina era incantevole. Mosca, veduta dalla collina Poklònnaja, si stendeva ampiamente col suo fiume, i suoi giardini e le sue chiese, e pareva vivere d'una sua vita particolare, con le sue cupole che nei raggi di sole palpitavano come stelle.

Alla vista di quella strana città, con le forme non mai vedute della sua inconsueta architettura, Napoleone provava quella curiosità alquanto invidiosa e inquieta che le persone provano alla vista delle forme d'una vita estranea che le ignora. Evidentemente, quella città viveva con tutte le forze della sua vita. Da quei segni indefinibili per i quali, anche a grande distanza, si riconosce senza sbagliare un corpo vivo da uno morto, Napoleone dalla collina Poklònnaja vedeva il palpito della vita nella città e sentiva come il respiro di quel grande e bel corpo.

Ogni russo, guardando Mosca, sente che essa è la madre; ogni straniero, guardandola, e non conoscendo il suo significato materno, deve sentire almeno il carattere femminile di questa città, e Napoleone lo sentiva.

– *Cette ville asiatique aux innombrables églises, Moscou la sainte, la voilà donc enfin, cette fameuse ville! Il était temps,* – disse Napoleone e, smontando da cavallo, ordinò che si spiegasse davanti a lui la pianta di questa *Moscou* e fece chiamare l'interprete Lelorme d'Ideville. « *Une ville occupée par l'ennemi ressemble à une fille qui a perdu son honneur* », pensava egli (come aveva detto a Tučkòv a Smolènsk). E da questo punto di vista guardava la bellissima orientale che giaceva innanzi a lui e che egli non aveva ancora veduta. Pareva strano anche a lui di vedere finalmente esaudito il suo vecchio desiderio, che gli era parso irraggiungibile. Nella chiara luce della mattina guardava ora la città, ora la pianta, verificando tutti i particolari della città, e la sicurezza del possesso lo agitava e lo spaventava.

« Ma poteva forse essere diversamente? – pensava. – Eccola, questa capitale, ai miei piedi che aspetta la sua sorte. Dov'è ora Alessandro e che pensa? Strana, bella città! E com'è strano e grandioso questo momento! In che luce compaio loro! – diceva a se stesso, pensando alle sue truppe. – Eccola, la ricompensa, per tutti questi uomini di poca fede! – pensava, guardando le truppe che si avvicinavano e si allineavano. – Una mia sola parola, un solo cenno della mia mano, ed eccola distrutta, quest'antica capitale *des Czars. Mais ma clémence est toujours prompte à descendre sur les vaincus.* Io debbo essere magnanimo e veramente grande... Ma no, non è vero che io sono a Mosca, – gli venne in mente a un tratto. – Eccola tuttavia che giace ai miei piedi con le sue cupole dorate e le sue croci che svariano e tremolano ai raggi del sole. Ma io la risparmierò. Sugli antichi monumenti della barbarie e del dispotismo scriverò le grandi parole della giustizia e della misericordia... Alessandro ne sarà tanto piú dolorosamente colpito, ne sono sicuro –. (A Napoleone pareva che il precipuo significato di ciò che accadeva fosse racchiuso nel conflitto personale fra lui ed Alessandro). – Dall'alto del Cremlino (sí, questo è il Cremlino, sí!) darò loro leggi di giustizia, mostrerò loro il valore della vera civiltà, obbligherò le generazioni dei boiari a ricordare con amore il nome del proprio conquistatore. Dirò alla loro deputazione che non ho voluto e non voglio la guerra; che ho fatto la guerra soltanto alla falsa politica della loro Corte; che amo e rispetto Alessandro, e che accetterò a Mosca condizioni di pace degne di me e dei miei popoli. Io non voglio profittare della fortuna della guerra per umiliare un sovrano onorato. " Boiari ", dirò loro, " io non voglio la guerra, voglio la pace e la felicità di tutti i miei sudditi ". Del resto, so che la loro presenza mi animerà e parlerò loro come parlo sempre: chiaro, solenne, magnanimo. Ma è proprio vero che sono a Mosca? Sí, eccola! »

– *Qu'on m'amène les boyards*, – fece rivolto al suo seguito.

Un generale con un brillante stato maggiore galoppò subito a cercare i boiari.

Passarono due ore. Napoleone aveva fatto colazione e stava di nuovo in quel medesimo punto, sulla collina Poklònnaja, aspettando la deputazione. Il discorso ai boiari si era già composto chiaramente nella sua fantasia. Questo discorso era pieno di dignità e di quella grandezza che capiva Napoleone.

Quel tono di magnanimità che egli aveva intenzione di usare nei suoi atti a Mosca aveva conquistato lui stesso. Nella sua immaginazione fissava i giorni di *réunion dans le palais des Czars*, dove dovevano trovarsi insieme i grandi dignitari russi coi grandi dignitari dell'imperatore dei francesi. Designava nella sua testa un governatore che sapesse conciliarsi la popolazione. Avendo saputo che a Mosca c'erano molti istituti di beneficenza, aveva mentalmente deciso che tutti questi stabilimenti sarebbero stati colmati dei suoi favori. Pensava che, come in Africa bisognava stare in *bournous* nelle moschee, cosí a Mosca bisognava essere benefico come gli zar. E per toccare definitivamente il cuore dei russi, egli che, come ogni francese, non poteva immaginarsi nulla di commovente senza ricordare *ma chère, ma tendre, ma pauvre mère*, decise che su tutti questi stabilimenti avrebbe fatto scrivere a grandi lettere: «*Etablissement dédié à ma chère Mère*». No, semplicemente, «*Maison de ma Mère*»; cosí aveva deciso fra sé. «Ma davvero sono a Mosca? Sí, eccola davanti a me; ma perché tarda tanto a venire la deputazione della città? » pensava.

Intanto, nelle ultime file del seguito dell'imperatore cominciava un inquieto e sommesso consultarsi a vicenda fra i suoi generali e marescialli. Coloro che erano stati mandati a prendere la deputazione eran tornati con la notizia che Mosca era vuota, che tutti se ne erano andati con ogni mezzo dalla città. I visi di quelli che si consultavano erano pallidi e sconvolti. Si spaventavano non tanto perché Mosca era abbandonata dai suoi abitanti (per quanto grave sembrasse questo fatto), ma si spaventavano pensando al modo di annunziarlo all'imperatore senza porre Sua Maestà in quella situazione tremenda che i francesi chiamano *ridicule* con lo spiegargli che era stato lí tanto tempo per nulla ad aspettare i boiari, che c'era soltanto una quantità di ubriachi, ma nessun altro. Gli uni dicevano che bisognava assolutamente, a qualunque costo, raccogliere una deputazione qualsiasi; gli altri combattevano quest'opinione e affermavano che, preparando con precauzione e accortezza l'imperatore, si doveva dichiarargli la verità.

– *Il faudra le lui dire tout de même*, – dicevano i signori del seguito. – *Mais, messieurs...*

La situazione era tanto piú penosa in quanto l'imperatore, meditando i suoi progetti di magnanimità, camminava con impazienza in su e in giú, davanti a una carta geografica e guardava di tanto in tanto, facendosi schermo con la mano, sulla strada di Mosca e sorrideva allegro e fiero.

– *Mais c'est impossible...* – dicevano i signori del seguito, stringendosi nelle spalle, senza decidersi a pronunziare la terribile parola, sottintesa da tutti: *le ridicule.*

Intanto l'imperatore, stanco della sua vana attesa, e sentendo col suo fiuto di attore che quel solenne momento, prolungandosi troppo, cominciava a perdere la sua grandezza, fece un cenno con la mano. Si udí una cannonata di segnale e le truppe, che da varie parti circondavano Mosca, si lanciarono nella città per le barriere Tverskàja, Kalúžskaja e Dorogomílovskaja. I reparti s'inseguivano l'un l'altro, sempre piú in fretta, a passo di corsa e al trotto, nascosti dai nuvoli di polvere che facevano levare, e riempiendo l'aria del rumore confuso delle loro grida.

Trascinato dal movimento delle truppe, Napoleone arrivò con esse fino alla barriera Dorogomílovskaja, ma lí si fermò di nuovo e, smontato da cavallo, passeggiò un pezzo presso il bastione del Collegio di Camera, aspettando la deputazione.

XX.

Mosca frattanto era vuota. C'era ancora gente, ci rimaneva ancora la cinquantesima parte degli abitanti di prima, ma era vuota. Era vuota come un'arnia che langue senza l'ape-regina.

Nell'arnia senza regina non c'è piú vita, ma ad uno sguardo superficiale essa sembra viva come le altre.

Ai caldi raggi del sole di mezzogiorno le api turbinano intorno all'arnia senza regina altrettanto allegramente come intorno alle altre arnie vive; allo stesso modo se ne spande lontano l'odore di miele, allo stesso modo vi entrano e ne escono a volo le api. Ma basta guardarla attentamente per capire che in quell'arnia non c'è piú vita. Le api non volano lí come intorno alle arnie vive, non è lo stesso odore, non è lo stesso ronzio quello che colpisce l'apicultore. Se l'apicultore picchia sulla parete dell'arnia malata, invece della risposta immediata e concorde di prima, invece del ronzio di diecimila api che si levano minacciose e col rapido battere delle ali producono quell'aereo rumore di vita, gli rispondono isolati ronzii che risuonano sordamente in diversi punti dell'arnia vuota. Non esala piú dall'apertura, come prima, un odore profumato e alcoolico di miele e di veleno, non ne viene piú quel tepore d'una casa piena, ma con l'odore del miele si fonde un odore di vuoto e di putrido. All'apertura non ci sono piú le guardiane, pronte a morire per la difesa, che alzano in su l'addome e suonano l'allarme. Non c'è piú quel rumorio eguale e sommesso, quel fremito del lavoro che somiglia al rumore d'un'acqua che bolle, ma si odono gl'irregolari, isolati rumori del disordine. Volano nell'arnia e se ne escono, timide e furtive, le api predatrici, nere, lunghe, coperte di miele; non pungono, ma sfuggono il pericolo. Prima le api entravano solo col bottino e uscivano a vuoto, ora escono col bottino. L'apicultore apre il foro di sotto e guarda nella parte inferiore dell'arnia. Invece delle pingui api, che prima pendevano a grappoli neri, pacificate dal lavoro, fino al piano di sotto e che si tenevano l'una all'altra per le zampe e con un laborioso ronzio ininterrotto costruivano i favi, delle api sonnolente e disseccate vagano distrattamente da varie parti sul fondo e per le pareti dell'arnia. Invece del piano accuratamente turato e spazzato dal ventaglio delle api, giacciono sul fondo briciole di cera, deiezioni di api, api mezzo morte che appena muovono le zampette, e altre già morte e non tolte di mezzo.

L'apicultore apre il foro superiore dell'arnia e ne guarda il sommo. Invece delle file compatte di api che coprono tutti gli alveoli dei favi e scaldano le uova, vede bensí il complesso, ingegnoso lavoro dei favi, ma non piú in quell'aspetto verginale che aveva prima. Tutto è abbandonato e insudiciato. Le nere api predatrici vanno e vengono frettolose e furtive tra i lavori; le api dell'arnia, disseccate, tozze, molli, come se fossero vecchie, errano lentamente senza dar noia a nessuno, senza desiderar nulla, senza piú coscienza di vivere. I fuchi, i calabroni, le farfalle urtano follemente nel volo contro le pareti dell'arnia. Qua e là, fra gli alveoli che racchiudono le larve morte e il miele, si ode di tanto in tanto da varie parti un brontolio irritato. In qualche punto due api, per antica abitudine e per reminiscenza, ripuliscono il nido dell'arnia e a fatica, sforzandosi, trascinano via un'ape morta o un bombo senza sapere loro stesse perché lo facciano. In un altro angolo, altre due vecchie api si battono con indolenza, o si ripuliscono o si nutrono l'una con l'altra, e non sanno se è per amicizia o per odio che lo fanno. In un terzo punto, una folla di api che si spingono a vicenda assale una vittima qualunque e la batte e la soffoca. E l'ape indebolita o uccisa cade lentamente dall'alto, con la lievità di una piuma, sul mucchio dei cadaveri. L'apicultore rivolta i due favi di mezzo per vedere il nido. Invece dei cerchi neri, compatti di una volta, formati da migliaia di api, addossate l'una all'altra, a guardia dei piú alti misteri dell'alveare, vede centinaia di api intristite, semivive e addormentate, scheletri d'api. Quasi tutte sono morte, senza accorgersene, ferme sul santuario che esse vegliavano e che non esiste piú. Ne viene un odore di putridume e di morte. Soltanto alcune si muovono, si alzano, volano pigramente e si posano sulla mano del nemico, senza avere la forza di pungerla prima di morire; le altre, le morte, piovono giú leggermente, come scaglie di pesce. L'apicultore chiude l'arnia, la segna col gesso, e, quando ha tempo, la spezza e la brucia.

Cosí era vuota Mosca quando Napoleone, stanco, inquieto e accigliato, camminava avanti e indietro presso il bastione del Collegio di Camera aspettando quella formalità esteriore, ma necessaria secondo il suo criterio, che era una deputazione.

In differenti punti di Mosca si agitavano ancora inconsciamente delle persone, conservando vecchie abitudini, senza capire quel che facevano.

Quando a Napoleone, con la dovuta cautela, fu annunziato che Mosca era vuota, egli guardò con rabbia colui che aveva portato la notizia e, voltandogli le spalle, seguitò a passeggiare in silenzio.

– Fate avanzare la carrozza, – disse poi. Salí in carrozza accanto all'aiutante di campo di servizio e andò verso il sobborgo. « *Moscou déserte! Quel événement invraisemblable!* » diceva fra sé.

Non entrò in città, ma si fermò alla locanda del sobborgo di Dorogomílovo.

Le coup de théâtre avait raté.

XXI.

Le truppe traversarono Mosca dalle due di notte fino alle due del pomeriggio seguente e trascinarono dietro a loro gli ultimi abitanti che se ne andavano e i feriti.

La maggior calca durante il movimento delle truppe fu sui ponti Kàmennyj, Moskvorjetskij e Jauzskij.

Mentre le truppe, dopo essersi divise in due per girare intorno al Cremlino, si addensavano sui ponti Kàmennyj e Moskvorjetskij, una enorme quantità di soldati, profittando di quella fermata della calca, tornavano indietro e furtivamente e in silenzio, passando accanto alla chiesa del Beato Basilio e sotto la porta Borovítskaja, risalivano verso la Piazza Rossa, dove, per una specie di fiuto, sentivano che si poteva pigliare senza fatica la roba altrui. Una folla come quella che si addensa intorno alle mercanzie di poco prezzo empiva tutti i passaggi e le gallerie del Gostínyj Dvor. Ma non c'erano le voci lusinghiere e allettanti dei venditori, né i merciai ambulanti e la folla variopinta delle compratrici: non c'erano che le uniformi e i cappotti dei soldati senza fucili, che taciturni uscivano dalle file di botteghe carichi di bottino o vi entravano con le mani vuote. Dei mercanti e dei commessi (assai pochi), come sperduti, erravano fra i soldati, aprivano e chiudevano le botteghe e portavano via loro stessi, coi loro giovani di negozio, le proprie mercanzie. Sulla piazza presso il Gostínyj Dvor i tamburini sonavano a raccolta. Ma il suono del tamburo non induceva i soldati predatori ad accorrere come prima al richiamo, al contrario li faceva fuggire lontano dai tamburi. Fra i soldati, per le botteghe e per i passaggi, si vedevano uomini in gabbani grigi e con le teste rase. Due ufficiali, uno con la sciarpa sull'uniforme, su di un cavallo grigio-scuro, l'altro in cappotto, a piedi, stavano all'angolo di via Iljínka e discorrevano di qualche cosa. Un terzo ufficiale li raggiunse al galoppo.

– Il generale ha ordinato di scacciarli tutti subito, a qualunque costo. Quando mai s'è veduta una cosa simile? Metà degli uomini s'è dispersa!... Tu dove vai?... E voi?... – gridò a tre soldati di fanteria, che, senza fucili, rialzate le falde del cappotto, gli erano passati davanti insinuandosi tra le file delle botteghe. – Fermi, canaglie!

– Già, provatevi a radunarli, – rispose l'altro ufficiale. – Non c'è verso di radunarli: bisogna camminare in fretta perché non scappino anche gli ultimi, ecco tutto.

– E come si fa a camminare? Laggiú si sono fermati, si sono accalcati sul ponte e non si muovono. O si hanno da mettere i cordoni perché gli ultimi non scappino?

– Ma andate laggiú! Vanno cacciati fuori! – gridò il piú anziano degli ufficiali.

L'ufficiale con la sciarpa smontò da cavallo, chiamò un tamburino e andò con lui sotto gli archi. Alcuni soldati si misero a scappare in gruppo. Un mercante, con delle bolle rosse sulle gote, intorno al naso, con una incrollabile e tranquilla espressione calcolatrice sul viso ben pasciuto, si avvicinò in fretta e non senza eleganza all'ufficiale, agitando le braccia.

– Vossignoria, – disse, – fateci la grazia, difendeteci. Noi non facciamo difficoltà per una bagattella: con tutto il piacere... Se volete, vi porterò subito del panno... per una persona perbene come voi, anche due pezze; con molto piacere, perché capiamo le cose. Ma questo che cos'è? È vero brigantaggio! Favorite! Bisognerebbe che si mettessero innanzi delle sentinelle, almeno per poter chiudere...

Alcuni mercanti si affollarono intorno all'ufficiale.

– Eh! è inutile lamentarsi, – disse uno di essi, magro, col viso severo. – Se ti tagliano la testa, è inutile piangere i capelli. Prenda ognuno quel che vuole! – E fece con la mano un gesto energico, voltandosi di fianco verso l'ufficiale.

– Tu hai un bel dire, Ivàn Sídoryč, – esclamò incollerito il primo mercante. – Favorite, Vossignoria...

– Che dire? – gridò l'uomo magro. – Qui in tre botteghe ho per centomila rubli di merce. Chi le salva, se le truppe se ne vanno? Eh, gente mia! Non è con le nostre mani che si contrasta la volontà di Dio!

– Favorite, Vossignoria... – diceva il primo mercante, inchinandosi.

L'ufficiale stava in dubbio e nel viso gli si leggeva l'indecisione.

– Ma io che c'entro? – gridò a un tratto, e a rapidi passi andò avanti lungo la fila delle botteghe.

In una bottega aperta si sentivano colpi e imprecazioni e, mentre l'ufficiale vi si avvicinava, ne balzò fuori, cacciato a spintoni, un uomo in camiciotto grigio e con la testa rasata.

Quest'uomo, curvandosi, passò di corsa davanti ai mercanti e all'ufficiale. L'ufficiale si gettò sui soldati che erano nella bottega. Ma in quel momento si udirono i tremendi gridi di una folla enorme sul ponte Moskvorjetskij e l'ufficiale corse sulla piazza.

– Che c'è? Che c'è? – domandò, ma il suo compagno già galoppava verso il luogo donde venivano i gridi, davanti alla chiesa del Beato Basilio.

L'ufficiale montò in sella e gli andò dietro. Quando giunse al ponte, vide due cannoni tolti dagli affusti, della fanteria che camminava sul ponte, alcuni carri rovesciati, dei visi sgomenti e dei soldati che ridevano. Accanto ai cannoni c'era un carro a cui era attaccata una pariglia. Dietro al carro si stringevano alle ruote quattro cani da caccia coi collari. Sul carro c'era una montagna di roba e in cima a tutto, accanto a una seggiolina da bambino, era seduta una donna che urlava con voce penetrante e disperata. I compagni raccontarono all'ufficiale che i gridi della folla e gli urli della donna venivano dal fatto che il generale Ermolov, essendosi imbattuto in quella folla, e avendo saputo che i soldati si sparpagliavano per le botteghe e folle di cittadini ingombravano il ponte, aveva fatto togliere i cannoni dagli affusti e finto di tirare sul ponte. La folla, rovesciando i carri, urtandosi, gridando disperatamente, spingendosi, sgombrò il ponte e le truppe andarono avanti.

XXII.

Il centro della città, intanto, era vuoto. Per le strade non c'era quasi piú nessuno. I portoni e i negozi erano tutti chiusi: qua e là, intorno alle bettole, si udivano grida e canzoni di ubriachi. Nessun veicolo andava per le strade e di rado si udivano passi di pedoni. La via Pòvarskaja era del tutto silenziosa e deserta. Nell'immenso cortile di casa Rostòv erano sparsi avanzi di fieno, lo sterco del convoglio andato via, ma non si vedeva neanche un essere umano. Nella casa dei Rostòv, restata con tutto quello che conteneva, c'erano due uomini nel salotto grande. Erano il portiere Ignàt e il servitorello Miška, nipote di Vasíljič, restato a Mosca col nonno. Miška, aperto il cembalo sonava con un dito solo. Il portiere, con le mani sui fianchi, sorridendo allegramente, stava ritto davanti allo specchio grande.

– Come viene bene! Eh, zio Ignàt? – disse il ragazzo, mettendosi a un tratto a battere con tutte e due le mani sui tasti.

– Guarda un po'! – rispose Ignàt, meravigliandosi che il suo viso nello specchio sorridesse sempre di piú.

– Sfacciati! Davvero sfacciati! – disse dietro a loro la voce di Mavra Kuzmínična, che era entrata senza far rumore. – Quel grosso muso che mostra i denti! Cosí bisogna sorprendervi? Di là tutto è da mettere a posto, Vasíljič non ne può piú. Ma aspetta!

Ignàt, accomodandosi la cintura, smise di sorridere e, abbassando docilmente gli occhi, uscí dalla stanza.

– Zietta, io facevo pian pianino, – disse il ragazzo.

– Te lo darò io il pian pianino! Monellaccio! – gridò Mavra Kuzmínična, facendogli un gesto minaccioso con la mano. – Va' a preparare il samovar per il nonno.

Mavra Kuzmínična, dopo averne tolta la polvere, chiuse il cembalo e, sospirando pesantemente, uscí dal salotto e serrò la porta.

Venuta nel cortile, Mavra Kuzmínična si mise a pensare dove avesse da andare ora, se a bere il tè da Vasíljič nell'ala minore della casa o nella guardaroba a mettere in ordine ciò che non era ancora a posto.

Nella strada silenziosa si udirono rapidi passi. I passi si fermarono presso il cancelletto; il chiavistello strideva sotto una mano che cercava di aprirlo.

Mavra Kuzmínična si avvicinò al cancelletto.

– Chi cercate?

– Il conte, il conte Iljà Andréič Rostòv.

– Ma voi chi siete?

– Sono un ufficiale. Avrei bisogno di vederlo, – disse una simpatica voce signorile russa.

Mavra Kuzmínična aprí il cancelletto, e nel cortile entrò un ufficiale sui diciott'anni, dal viso tondo, di tipo somigliante a quello dei Rostòv.

– È partito, padre mio. È partito ieri sera, – disse dolcemente Mavra Kuzmínična.

Il giovane, fermo al cancello, come se fosse indeciso se entrare o non entrare, fece schioccar la lingua.

– Ah, che disdetta! – disse. – Sarei dovuto venire ieri... Ah! quanto mi rincresce!...

Mavra Kuzmínična intanto guardava attentamente e con simpatia sul viso del giovane i tratti a lei ben noti dei Rostòv, e il suo mantello strappato, e gli stivali scalcagnati.

– Ma perché volevate il conte? – domandò.

– Ormai... che farci? – disse con dispetto l'ufficiale, e mise la mano al cancelletto come se avesse l'intenzione di uscire. Poi si fermò di nuovo, indeciso.

– Vedete? – disse poi a un tratto. – Io sono un parente del conte e lui è stato sempre molto buono con me. E ora, vedete, – (con un sorriso buono e allegro egli guardò il suo mantello e i suoi stivali), – ho gli abiti a pezzi, e non ho denari; sicché volevo pregare il conte...

Mavra Kuzmínična non lo lasciò finire.

– Datemi un minutino di tempo, padre mio. Solo un minutino, – disse.

E appena l'ufficiale ebbe tolto la mano dal cancelletto, Mavra Kuzmínična si voltò e col suo rapido passettino di vecchia andò nel cortile interno, verso l'ala dove abitava.

Mentre Mavra Kuzmínična correva in camera sua, l'ufficiale, col capo basso, e guardando i suoi stivali tutti rotti, passeggiava pel cortile, con un lieve sorriso. « Che peccato che non abbia trovato lo zio! Ma che brava vecchietta! Dove sarà corsa? E come fare a sapere per quali strade potrei raggiungere piú in fretta il mio reggimento che ora deve essere vicino a via Rogòžskaja? » pensava intanto il giovane ufficiale.

Mavra Kuzmínična, con un viso un po' spaventato, ma nello stesso tempo risoluto, portando in mano un fazzoletto a quadretti piegato, veniva dall'angolo della casa. Quando fu alla distanza di alcuni passi, spiegando il fazzoletto, ne tirò fuori un biglietto bianco da venticinque rubli e in fretta lo diede all'ufficiale.

– Se Sua Eccellenza fosse a casa, si sa, avrebbe fatto certo da buon parente... ma ecco, ora... forse...

Mavra Kuzmínična s'intimidí e si confuse. Ma l'ufficiale, senza rifiutare e senza affrettarsi, prese il biglietto e ringraziò Mavra Kuzmínična.

– Se il conte fosse a casa, – continuava a dire Mavra Kuzmínična, scusandosi. – Cristo sia con voi, padre mio! Dio vi salvi, – disse Mavra Kuzmínična inchinandosi e accompagnandolo.

L'ufficiale, come ridendo di se stesso e scotendo il capo con un sorriso, se ne andò quasi di corsa per le strade deserte a raggiungere il suo reggimento al ponte Jauzskij.

E Mavra Kuzmínična, ancora per un pezzo stette con gli occhi umidi davanti al cancelletto chiuso, tentennando il capo pensierosa e sentendo un affluire inatteso di tenerezza e di pietà per quell'ufficialetto che non conosceva.

XXIII.

In una casa non finita, in via Varvàrka, al pianterreno della quale c'era una bettola, si udivano grida e canzoni di ubriachi. Su delle panche presso le tavole, in una piccola e sudicia stanza, erano seduti una diecina di operai. Ubriachi, sudati, con gli occhi annebbiati, stirandosi e sbadigliando con la bocca spalancata, cantavano tutti una canzone. Cantavano ognuno per conto suo, con fatica, con sforzo, evidentemente non perché avessero voglia di cantare, ma solamente per mostrare che erano ubriachi e facevano baldoria. Uno di essi, un giovanotto alto, biondo, con un camiciotto turchino pulito, stava in piedi accanto a loro. Il suo viso, col naso diritto e sottile, sarebbe stato bello se non avesse avuto le labbra troppo fine, serrate, sempre in movimento e gli occhi torbidi, immobili, accigliati. Egli stava ritto accanto a quelli che cantavano, e riflettendo evidentemente a qualcosa fra sé, solenne e rigido, agitava sulle loro teste un braccio bianco, con la manica rimboccata fino al gomito, sforzandosi senza naturalezza di tenere aperte le sue dita sudice. La manica del camiciotto ricadeva di continuo e il giovane con la sinistra la rimboccava di nuovo accuratamente, come se avesse una speciale importanza che quel braccio bianco, solcato di vene che si agitava in aria, fosse interamente nudo. A metà della canzone si udirono nell'entrata gli urli di una rissa e dei colpi. Il giovanotto alto fece un gesto con la mano.

– Basta! – gridò con autorità. – C'è una rissa, ragazzi! – e, senza smettere di tirarsi su la manica, uscí fuori.

Gli operai gli andarono dietro. Gli operai che quella mattina stavano a bere all'osteria, sotto la guida del giovanotto alto, avevano portato delle pelli all'oste della fabbrica, e per questo egli aveva dato loro del vino. I fabbri della fucina accanto, sentendo quel fracasso nell'osteria e credendo che essa venisse devastata, volevano entrarci a forza. Sulla soglia s'era impegnata la lotta.

L'oste, sulla porta, stava picchiandosi con un fabbro e, mentre uscivan fuori gli operai, il fabbro si svincolò dall'oste e cadde bocconi sul lastricato.

Un altro fabbro tentava di forzare la porta, premendo col petto l'oste.

Il giovanotto dalla manica rimboccata, passando, colpí in viso il fabbro che voleva forzare la porta e gridò selvaggiamente:

– Ragazzi! picchiano i nostri!

Intanto il primo fabbro s'era rialzato da terra, e, passandosi le dita sul viso ferito e insanguinato, gridò con voce piagnucolosa:

– Aiuto! Mi hanno ammazzato... Hanno ammazzato un uomo!... Fratelli!...

– Oh, mamma mia! Hanno ammazzato un uomo, l'hanno picchiato a morte! – urlò una vecchia, uscita dalla porta accanto.

Una folla di gente si riuní intorno al fabbro insanguinato.

– Era poco rubare alla gente e prendergli fin la camicia, – disse una voce, rivolgendosi all'oste, – ora ammazzi anche un uomo? Brigante!

Il giovanotto alto, ritto sulla soglia, girava gli occhi torbidi ora sull'oste, ora sui fabbri, come riflettendo con chi dovesse far a pugni.

– Assassino! – urlò a un tratto contro l'oste. – Legatelo, ragazzi!

– Come! legare uno come me! – gridò l'oste, sbarazzandosi con violenza degli uomini che gli si erano gettati addosso, e, toltosi il berretto, lo scagliò a terra.

Come se quest'atto avesse un significato di misteriosa minaccia, gli operai che avevano attorniato l'oste si fermarono indecisi.

– Caro mio, conosco molto bene le regole. Arriverò fin dal commissario. Credi che non ci arriverò? Nessuno oggi ha il permesso di saccheggiare! – gridò l'oste, raccogliendo il berretto.

– E andiamoci! E andiamoci!... – ripetevano uno dopo l'altro l'oste e il giovanotto alto, e tutti e due insieme si avviarono per la strada.

Il fabbro tutto insanguinato andò con loro. Gli operai e la folla dei curiosi li seguirono gridando e chiacchierando.

All'angolo della via Marosejka, di fronte a una casa grande con le imposte chiuse, sulla quale c'era l'insegna d'un calzolaio, stavano una ventina di lavoranti calzolai, coi visi tristi, magri, stanchi, in palandrane e in camiciotti laceri.

– Che paghi la gente come si deve! – diceva un artigiano magro, con una barba rada e le sopracciglia corrugate. – Se no s'è succhiato il nostro sangue, e tutti pari! Ci ha menati per il naso tutta la settimana. Ora ci ha portati fino all'ultimo, ed è partito.

Vedendo la folla e l'uomo insanguinato, l'artigiano che parlava tacque e tutti i lavoranti calzolai con frettolosa curiosità si unirono alla folla in moto.

– Dove va questa gente?

– Si sa, va dall'autorità.

– Be', è vero che i nostri hanno perduto?

– E tu che credevi? Sta' a sentire quel che dicono.

Era tutto un domandare e rispondere. L'oste, profittando dell'eccitazione della folla, si allontanò dalla gente e ritornò alla sua bettola.

Il giovanotto alto, senz'accorgersi che il suo nemico era sparito, agitava il suo braccio nudo e non smetteva di parlare, attirando su di sé l'attenzione generale. La gente si stringeva specialmente intorno a lui, supponendo di aver da lui la soluzione delle quistioni che occupavano tutti.

– Che faccia veder le regole, che faccia veder la legge! Per questo ci sono le autorità! Dico bene, gente ortodossa? – diceva il giovane alto, con un sorriso appena percettibile. – Crede che non ci sia piú l'autorità? Come fare senza l'autorità? Se no saccheggiarli è ancora poco.

– Perché dire sciocchezze? – rispondevano nella folla. – Ma come, abbandonerebbero Mosca a questo modo? Te l'hanno detto per ridere e tu ci hai creduto. Sono tante le truppe che passano! Son proprio lí che lo lasciano entrare! Per questo c'è l'autorità. Ascolta quel che dice la gente, – dicevano, mostrando il giovanotto alto.

Presso le mura di Kitàj-Gòrod, un altro piccolo gruppo di persone circondava un uomo con un cappotto di rovescio, che teneva in mano una carta.

– L'ordinanza, l'ordinanza leggono! Leggono l'ordinanza! – si udí gridare nella folla, e la gente si spinse verso il lettore.

L'uomo col cappotto di rovescio leggeva il manifestino del 31 agosto. Quando la folla lo circondò egli parve confondersi un poco, ma a domanda del giovanotto alto, che s'era fatto largo fino a lui, con un leggero tremito nella voce ricominciò a leggere il manifestino da principio.

« Domattina presto andrò dal serenissimo principe, – lesse (" Serenissimo! " ripeté solennemente il giovanotto alto con un sorriso sulla bocca e aggrottando le sopracciglia), – per avere un colloquio con lui, agire ed aiutare le truppe a sterminare i malfattori; anche noi strapperemo loro... – seguitò il lettore e si fermò (" Hai visto? " gridò trionfalmente il giovanotto. " Lui ti appiana tutto... ") – ... l'anima, e manderemo al diavolo questi ospiti; io tornerò indietro per pranzo e ci metteremo all'opera, la finiremo e finiremo i malfattori ».

Le ultime parole furono pronunziate dal lettore in mezzo a un assoluto silenzio. Il giovanotto alto abbassò malinconicamente la testa. Si vedeva chiaramente che nessuno aveva capito queste ultime parole. Soprattutto le parole: « tornerò per pranzo » avevano visibilmente rattristato il lettore e gli ascoltatori. Lo spirito del popolo era salito a un alto diapason, mentre ciò era troppo semplice e inutilmente comprensibile: ognuno di loro avrebbe potuto dire lo stesso, e perciò non lo poteva dire un'ordinanza che veniva dal potere supremo.

Tutti stavano fermi in un triste silenzio. Il giovanotto alto moveva le labbra e si dondolava.

– E se si andasse a domandarglielo?... È proprio lui!... Come no, l'ha ottenuto!... E se no... Ce lo spiegherà... – si udí esclamare a un tratto nelle ultime file della folla, e l'attenzione generale si rivolse alla vettura del capo della polizia, che giungeva sulla piazza accompagnato da due dragoni a cavallo.

Il capo della polizia, il quale era andato quella mattina per ordine del conte a bruciare i battelli e aveva tratto da questo incarico una bella somma di denaro, che in quel momento si trovava nella sua tasca, vedendo una folla di gente che si moveva verso di lui, ordinò al cocchiere di fermarsi.

– Che cos'è questa gente? – gridò alle persone che isolatamente e con timidezza si avvicinavano alla vettura. – Che cos'è questa gente? Ve lo domando, – ripeté il capo della polizia, non ricevendo risposta.

– Loro, Vossignoria... – disse l'impiegatuccio dal cappotto di rovescio. – Loro, Vossignoria, desideravano rendersi utili, secondo l'ordine dell'eccellentissimo conte, senza risparmiare la loro vita, e non che vogliano rivoltarsi, come è stato detto da parte dell'eccellentissimo conte...

– Il conte non è partito, è qui, e riceverete degli ordini, – disse il capo della polizia. – Va', – disse poi al cocchiere.

La folla si fermò, aggruppandosi intorno a quelli che avevano udito ciò che aveva detto il capo della polizia, e guardando la vettura che si allontanava.

Il capo della polizia intanto si guardò intorno spaventato, disse qualcosa al cocchiere e i cavalli si misero a un passo piú veloce.

– È un inganno, ragazzi! Andiamo da lui! – gridò la voce del giovanotto alto.

– Non lasciamolo andare, ragazzi! Ce ne dia conto. Trattenetelo! – gridarono alcune voci, e la gente si precipitò di corsa dietro alla vettura.

La folla, dietro al capo della polizia, parlando rumorosamente, si diresse verso la Lubjanka.

– Be'? i signori e i mercanti se ne sono andati, e noi invece dobbiamo crepare! Ma siamo cani? – si udiva dire sempre piú spesso nella folla.

XXIV.

La sera del 1° settembre, dopo il suo colloquio con Kutúzov, il conte Rastòpcin, addolorato e offeso per non essere stato invitato al consiglio di guerra e per la nessuna attenzione fatta da Kutúzov alla sua proposta di prender parte alla difesa della capitale, sorpreso dal nuovo punto di vista apparsogli al campo, secondo cui la quistione della tranquillità della capitale e del suo umore patriottico diventava non soltanto secondaria, ma addirittura insignificante ed inutile; addolorato, offeso e sorpreso per tutte queste cose, il conte Rastòpcin se ne tornò a Mosca. Dopo aver cenato, il conte, senza spogliarsi, si sdraiò sul canapè, e dopo mezzanotte fu svegliato da un corriere che gli portava una lettera di Kutúzov. Nella lettera era detto che, siccome le truppe si ritiravano sulla strada di Rjazàn' oltre Mosca, si chiedeva al conte di mandare possibilmente degli agenti di polizia per accompagnare le truppe attraverso la città. Questa notizia non era una novità per Rastòpcin. Non soltanto dal suo colloquio del giorno prima con Kutúzov, sulla collina Poklònnaja, ma fino dalla battaglia di Borodinò, quando tutti i generali venuti a Mosca avevano detto a una voce che era impossibile dare un'altra battaglia, e quando ogni notte, con l'assenso del conte, si portavano via gli averi dello Stato, e gli abitanti erano per metà partiti, il conte Rastòpcin sapeva che Mosca sarebbe stata abbandonata; eppure questa notizia, trasmessa in forma di un semplice biglietto con un ordine da parte di Kutúzov e ricevuta di notte, al momento del primo sonno, meravigliò e irritò il conte.

In seguito, spiegando l'attività da lui svolta in quel tempo, il conte Rastòpcin scrisse piú volte nelle sue memorie che allora egli aveva due scopi importanti: « *de maintenir la tranquillité à Moscou et d'en faire sortir les habitants* ». Se si ammette questo doppio scopo, ogni atto di Rastòpcin si dimostra incensurabile. Perché non si portarono via gli oggetti del culto che c'erano a Mosca, le armi, le munizioni, la polvere, le provviste di grano? perché migliaia di abitanti furono ingannati, col dire che Mosca non sarebbe stata consegnata al nemico, e quindi rovinati? Per conservare la tranquillità nella capitale, risponde la spiegazione del conte Rastòpcin. Perché dalle pubbliche amministrazioni si facevano partire cumuli di carte inutili e il pallone di Leppich e altri oggetti? Per lasciare la città vuota, risponde la spiegazione del conte Rastòpcin. Basta ammettere che qualcosa minacciasse la tranquillità popolare, e ogni atto diventa giustificato.

Tutte le atrocità del Terrore si basavano soltanto sulla preoccupazione della tranquillità popolare.

Ma su che cosa mai si basava la paura del conte Rastòpcin di veder turbata la tranquillità di Mosca nel 1812? Che motivo c'era di supporre nella città una tendenza alla ribellione? Gli abitanti partivano; le truppe, ritirandosi, empivano Mosca. Perché il popolo, in seguito a ciò, doveva rivoltarsi?

Non soltanto a Mosca, ma in tutta la Russia all'entrata del nemico non accadde nulla che somigliasse a una ribellione. Il 1° e il 2 settembre piú di diecimila persone erano rimaste a Mosca e, all'infuori dell'assembramento di folla nel cortile del comandante in capo, provocato da lui stesso, non ci fu nulla. Certamente ci sarebbe stato da aspettarsi ancora meno agitazione nel popolo se, dopo la battaglia di Borodinò, quando l'abbandono di Mosca era ormai sicuro o almeno verosimile, invece di turbare il popolo con la distribuzione di armi e di manifesti, Rastòpcin avesse preso delle misure per far uscire tutti gli oggetti del culto, la polvere, le munizioni, i denari e avesse nettamente dichiarato al popolo che la città sarebbe stata abbandonata.

Rastòpcin, uomo impetuoso, sanguigno, che s'era sempre aggirato negli ambienti piú alti dell'amministrazione, pur avendo spirito patriottico, non possedeva la minima idea di quel popolo che credeva di dirigere. Fin dall'arrivo del nemico a Smolènsk, Rastòpcin nella sua mente s'era prefissa una parte: quella di guida del sentimento popolare del « cuore della Russia ». Non soltanto gli pareva (come pare ad ogni amministratore) di dirigere gli atti esteriori degli abitanti di Mosca, ma gli pareva di guidarne i sentimenti per mezzo dei suoi appelli e dei suoi manifesti scritti in quel gergo furbesco che il popolo disprezza nel suo ambiente e non capisce quando gli viene parlato dall'alto. La bella parte di guida del sentimento popolare era piaciuta tanto a Rastòpcin, egli se n'era talmente immedesimato che la necessità di uscire da questa parte, la necessità di abbandonare Mosca senza nessun colpo di scena eroico lo aveva preso alla sprovvista, e gli era mancato a un tratto il terreno sotto ai piedi, ed egli non sapeva proprio che cosa fare. Benché sapesse che Mosca sarebbe stata abbandonata, pur non vi aveva creduto fino all'ultimo momento e non aveva fatto nulla in tal senso. Gli abitanti erano partiti contro il suo desiderio. Se aveva fatto evacuare le amministrazioni pubbliche, era stato per volere degli impiegati, ai quali di malavoglia il conte aveva dovuto arrendersi. Lui poi era occupato soltanto a rappresentare quella parte che s'era assegnata. Come spesso accade alle persone dotate di fervida immaginazione, egli sapeva da un pezzo che Mosca si doveva abbandonare, ma lo sapeva soltanto col raziocinio; con tutta la sua anima invece non lo credeva e non si trasportava con la fantasia in quella nuova situazione.

Tutta la sua attività, scrupolosa ed energica (quanto essa fosse utile e come si riflettesse sul popolo, è un'altra quistione), tutta la sua attività era diretta soltanto a risvegliare negli abitanti quel sentimento, che egli stesso provava, di odio patriottico verso i francesi e di fiducia in se stessi.

Ma quando il fatto prese le sue vere, storiche proporzioni; quando esprimere soltanto con le parole l'odio verso i francesi si dimostrò insufficiente; quando fu impossibile esprimere quest'odio anche con una battaglia; quando la fiducia in se stessi diventò inutile riguardo alla sola quistione di Mosca; quando tutta la popolazione come un sol uomo, abbandonando i suoi averi, si riversò fuori di Mosca, mostrando con quest'atto negativo tutta la forza del sentimento popolare; allora la parte scelta da Rastòpcin apparve a un tratto insensata. A un tratto egli si sentí solo, debole e ridicolo, senza un terreno sotto ai piedi.

Svegliatosi dal sonno, nel ricevere il freddo e perentorio biglietto di Kutúzov, Rastòpcin si sentí tanto piú irritato quanto piú si sentiva colpevole. A Mosca era rimasto tutto ciò che piú specialmente era stato affidato a lui, tutti quei beni dello Stato che egli avrebbe dovuto portar via. Portar via tutto non era possibile.

« Chi ne ha la colpa? chi ha lasciato arrivar le cose a questo punto? – pensava. – Certamente, non sono io. Io avevo tutto pronto, Mosca la tenevo a dovere! Ed ecco a che ci hanno ridotti. Infami, traditori! » pensava, senza definir bene chi fossero questi infami e questi traditori, ma sentendo la necessità di odiare questi traditori che avevano colpa della falsa e ridicola posizione nella quale egli si trovava.

Tutta quella notte il conte Rastòpcin diede ordini, per chiedere i quali si veniva a lui da tutte le parti di Mosca. Le persone che lo attorniavano non avevano mai veduto il conte cosí cupo e irritato.

– Eccellenza, sono venuti a prendere ordini dal demanio, da parte del direttore... dal concistoro, dal Senato, dall'università, dalla casa degli esposti... Il vicario ha mandato a domandare... Che ordinate per i pompieri?... Il direttore del penitenziario... Il soprintendente del manicomio... – si continuò per tutta la notte a riferire al conte.

A tutte queste domande il conte dava brevi e irose risposte, dalle quali appariva che i suoi ordini ormai erano inutili, che tutto ciò che egli aveva accuratamente predisposto era guastato da qualcuno, e che questo qualcuno avrebbe portato tutta la responsabilità di quanto sarebbe accaduto.

– Be', di' a quel tanghero, – rispose alla domanda del demanio, – che resti a guardia delle carte. Ma perché domandi queste sciocchezze a proposito dei pompieri? Hanno dei cavalli, vadano a Vladímir. Non li lasceranno mica ai francesi.

– Eccellenza, è venuto l'ispettore del manicomio: che ordinate?

– Che debbo ordinare? Vadano via tutti, e basta... E i pazzi si lascino andare per la città. Quando da noi i pazzi comandano gli eserciti, questi Dio stesso vuole che finiscano cosí.

Alla domanda che si dovesse fare dei detenuti che erano in prigione, il conte urlò con rabbia al direttore:

– Vuoi che ti dia due battaglioni di scorta che non ho? Lasciali andare, e basta!

– Eccellenza, ci sono degli arrestati politici: Meškòv, Vereščiàghin...

– Vereščiàghin?... Non è stato impiccato ancora? – gridò Rastòpcin. – Portatelo da me.

XXV.

Alle nove del mattino, quando già le truppe traversavano Mosca, nessuno veniva piú a chiedere ordini al conte. Tutti quelli che potevano andarsene, se ne andavano da sé; quelli che rimanevano, stabilivano da sé ciò che dovessero fare.

Il conte aveva ordinato di attaccare i cavalli per andare a Sokòlniki e, accigliato, giallo e taciturno, con le braccia incrociate, stava seduto nel suo gabinetto.

Ogni amministratore in tempo di calma e di tranquillità crede che soltanto per i suoi sforzi si muova tutta la compagine dei suoi amministrati, e in questa consapevolezza della sua indispensabilità ogni amministratore trova la principale ricompensa delle sue fatiche e dei suoi sforzi. S'intende che, fino a quando il mare della storia è calmo, l'amministratore, la cui fragile barchetta si muove per conto suo facendo forza con un palo contro la nave del popolo, deve credere che siano i suoi sforzi a far avanzare la nave alla quale si appoggia. Ma appena si leva la bufera, il mare si agita e anche la nave si muove, l'errore non è piú possibile. La nave va con la sua possente e indipendente andatura, il palo non raggiunge piú la nave in movimento e l'amministratore a un tratto, dalla posizione di dominatore, di fonte di forza, passa a quella di uomo insignificante, inutile e debole.

Rastòpcin sentiva ciò e ne era irritato.

Il capo della polizia, che era stato fermato dalla folla, entrò dal conte insieme con un aiutante di campo venuto ad annunziare che i cavalli erano pronti. Tutti e due erano pallidi e il capo della polizia, dopo aver riferito sull'adempimento del suo incarico, annunziò che nel cortile della casa del conte c'era una folla enorme che desiderava vederlo.

Rastòpcin, senza rispondere una parola, si alzò e a rapidi passi si diresse verso il suo fastoso salotto pieno di luce, si avvicinò al balcone, prese la maniglia, poi la lasciò e si avviò verso una finestra donde si vedeva tutta la folla. Il giovanotto alto stava in prima fila e gesticolando, con viso severo, diceva qualche cosa. Il fabbro insanguinato gli stava accanto, torvo nell'aspetto. Attraverso le finestre chiuse si udiva un ronzio di voci.

– La carrozza è pronta? – disse Rastòpcin, allontanandosi dalla finestra.

– Pronta, Eccellenza, – disse l'aiutante.

Rastòpcin di nuovo si avvicinò al balcone.

– Ma che cosa vogliono? – domandò al capo della polizia.

– Eccellenza, dicono che per ordine vostro si sono riuniti per andare contro ai francesi, e gridavano di non so che tradimento... Ma è una folla turbolenta, Eccellenza. Sono passato a stento. Eccellenza, oso proporre...

– Andate pure. So io che cosa debbo fare, senza che me lo diciate voi, – gridò con ira Rastòpcin.

Rimase in piedi presso al balcone a guardare la folla. « Ecco che cosa hanno fatto della Russia! Ecco che cosa hanno fatto di me! » pensava Rastòpcin, sentendo sorgere nell'anima sua un'irrefrenabile collera contro qualcuno che si potesse considerare come la causa di tutti quegli avvenimenti. Come accade spesso agli uomini impetuosi, la collera già lo dominava, ma egli ne cercava ancora l'oggetto. « *La voilà la populace, la lie du peuple*, – pensava guardando la folla, – *la plèbe qu'ils ont soulevée par leur sottise. Il leur faut une victime* ». Questa idea gli venne in mente, guardando il giovanotto alto che agitava il braccio. E questa idea gli venne in mente per il fatto che a lui stesso occorreva una vittima, un oggetto per la sua collera.

– È pronta la carrozza? – domandò per la seconda volta.

– Pronta, Eccellenza. Che cosa ordinate riguardo a Vereščiàghin? È lí che aspetta alla scalinata, – rispose l'aiutante.

– Ah! – esclamò Rastòpcin, come colpito da un ricordo improvviso.

E, aprendo in fretta la vetrata, uscí sul balcone a passi risoluti. Il vocio tacque a un tratto, si tolsero berretti e cappelli e tutti gli occhi si alzarono verso il conte.

– Buongiorno, ragazzi! – disse il conte rapidamente e ad alta voce. – Vi ringrazio di esser venuti. Vengo subito da voi, ma prima di tutto bisogna che facciamo giustizia di un malfattore. Bisogna che puniamo il malfattore che ha condotto alla rovina Mosca. Aspettatemi! – E il conte, con la stessa rapidità, rientrò nella stanza, sbattendo con forza la vetrata.

Nella folla corse un mormorio di approvazione soddisfatta. – Sicché la farà finita con tutti i malfattori... E tu dici che i francesi... Ti farà vedere lui come stanno le cose! – diceva la gente, come se le persone si rimproverassero l'una con l'altra di aver avuta poca fiducia.

Dopo alcuni momenti, un ufficiale uscí frettoloso dal portone grande, diede un ordine, e i dragoni si schierarono. La folla, che era sotto al balcone, si portò avidamente verso la scalinata. Avanzatosi con rapidi e irosi passi verso la scalinata, Rastòpcin si guardò intorno in fretta, come cercando qualcuno.

– Dov'è? – disse il conte e, proprio mentre diceva questo, vide spuntar dall'angolo della casa, in mezzo a due dragoni, un giovane col collo lungo e sottile e la testa rasa a metà, ma con i capelli che già rispuntavano. Questo giovane era vestito di un pellicciotto di volpe ricoperto di panno turchino, tutto sciupato, ma che una volta era stato elegante, e di larghi sudici calzoni di tela da carcerato, infilati negli stivali fini, ma sporchi e scalcagnati. Alle gambe sottili e deboli gli pendevano delle pesanti catene che impacciavano l'andatura malferma del giovane.

– Ah! – disse Rastòpcin, ritorcendo in fretta lo sguardo dal giovane in pellicciotto di volpe e indicando lo scalino piú basso della scalinata. – Mettetelo lí!

Il giovane, trascinando i ferri, salí faticosamente lo scalino indicato, si accomodò con un dito il bavero del pellicciotto che lo stringeva, girò due volte il suo lungo collo, poi, sospirando, con un gesto docile incrociò sul ventre le sue mani fini, non deformate dal lavoro.

Il silenzio si protrasse per alcuni istanti, mentre il giovane si collocava sullo scalino. Soltanto nelle ultime file della folla, che si spingeva tutta verso quel punto, si udivano brontolii, lamenti, spintoni e calpestii.

Rastòpcin, aspettando che egli si fermasse al posto indicato, aggrottava le sopracciglia e si stropicciava il viso con la mano.

– Ragazzi! – disse Rastòpcin con voce metallica, – quest'uomo è Vereščiàghin, l'infame che ha condotto alla rovina Mosca.

Il giovane in pellicciotto di volpe se ne stava in atteggiamento tranquillo, incrociando le mani sul ventre e curvandosi un poco. Il suo giovane viso magro, dall'espressione disperata, sfigurato dal cranio a metà raso, era chinato in giú. Alle prime parole del conte egli sollevò la testa e guardò in su, verso il conte, come se desiderasse dirgli qualche cosa o almeno incontrare il suo sguardo. Ma Rastòpcin non lo guardava. Sul lungo collo sottile del giovane, dietro l'orecchio, si tese una vena, diventando turchina, e a un tratto il suo viso si coprí di rossore.

Tutti gli occhi erano fissi su di lui. Egli guardò la folla e, come rassicurato dall'espressione che leggeva sui visi della gente, sorrise con tristezza e, abbassato di nuovo il capo, raddrizzò le gambe sullo scalino.

– Egli ha tradito il suo zar e la sua patria, egli solo fra tutti i russi ha svergognato il nome russo e per lui Mosca è condotta alla rovina, – disse Rastòpcin con voce eguale e tagliente; ma tutt'a un tratto gettò un rapido sguardo a Vereščiàghin, che rimaneva sempre in quel suo docile atteggiamento. Come se quella vista lo avesse eccitato, alzando una mano, urlò quasi, rivolto al popolo: – Fatene giustizia voi! ve lo consegno!

La gente taceva, e le persone si stringevano solo sempre piú le une contro le altre. Lo star cosí pigiati, respirando quell'aria infetta, senza aver la forza di muoversi, e aspettando qualcosa d'ignoto, d'incomprensibile e di pauroso, diventava intollerabile. Le persone che stavano nelle prime file, vedendo e udendo tutto ciò che accadeva davanti a loro, tutte con gli occhi spalancati dallo spavento e la bocca aperta, tendevano ogni loro forza per trattenere con le loro spalle la spinta di quelle di dietro.

– Dategli addosso!... Che perisca il traditore e non svergogni il nome russo!... – gridò Rastòpcin. – A pezzi! Ve l'ordino!

Non sentendo le parole, ma soltanto il suono irato della voce di Rastòpcin, la folla prese a vociferare e a farsi avanti, ma poi si fermò di nuovo.

– Conte... – disse, quando ci fu un minuto di silenzio, la voce timida, ma nello stesso tempo teatrale di Vereščiàghin. – Conte, Dio solo è sopra di noi... – disse Vereščiàghin, alzando la testa, e di nuovo si gonfiò di sangue la grossa vena sul suo collo sottile, e il rossore gli comparve subitamente in viso e subito sparí. Non terminò ciò che voleva dire.

– A pezzi!... Ve l'ordino!... – urlò Rastòpcin, che a un tratto impallidí anche lui come Vereščiàghin.

– Fuori le sciabole! – gridò l'ufficiale ai dragoni, snudando egli stesso la sciabola.

Un'altra ondata ancora piú forte passò tra la folla e, giungendo fino alle prime file, quest'ondata spinse quelli che erano avanti e li portò, oscillando, fino ai gradini della scalinata. Il giovanotto alto, con un viso che pareva pietrificato e il braccio sempre levato in alto, stava accanto a Vereščiàghin.

– Sciabolatelo! – quasi mormorò l'ufficiale ai dragoni.

E uno dei soldati, dal viso deformato subitamente dall'ira, colpí Vereščiàghin alla testa con la sua sciabola senza taglio.

– Ah! – gridò brevemente Vereščiàghin sorpreso, guardandosi intorno con spavento, quasi non capisse perché gli avevano fatto cosí. Lo stesso gemito di meraviglia e d'orrore corse per la folla. – Oh, Signore! – si udí esclamare dolorosamente qualcuno.

Ma dopo l'esclamazione di sorpresa sfuggita a Vereščiàghin, egli urlò pietosamente di dolore, e quest'urlo lo perdé. Quel freno di pietà umana che tratteneva ancora la folla, e che era teso fino all'ultimo grado, si ruppe in un istante. Il delitto era cominciato, bisognava compierlo. Il gemito pietoso di rimprovero fu soffocato dall'urlo terribile e rabbioso della folla. Come quell'ultima settima ondata che infrange la nave, dalle file posteriori venne l'ultima ondata irrefrenabile, che giunse fino alle prime file, le scompigliò e inghiottí tutto. Il dragone che aveva colpito volle ripetere il suo colpo. Vereščiàghin, con un grido di terrore, riparandosi con le mani, si precipitò verso la gente. Il giovanotto alto, che egli urtò, si aggrappò con le mani al collo sottile di Vereščiàghin e, con un urlo selvaggio, cadde insieme con lui sotto i piedi della folla che si avventava per straziarlo.

Alcuni percotevano e straziavano Vereščiàghin, altri il giovanotto alto. E i gridi della gente schiacciata e quelli di coloro che cercavano di salvare il giovanotto altro non facevano che eccitare il furore della folla. Per un pezzo i dragoni non riuscirono a liberare l'operaio insanguinato, picchiato quasi a morte. E per un pezzo, nonostante tutta la tumultuosa fretta con cui la folla si sforzava di terminare l'opera cominciata, le persone che percotevano, strangolavano e straziavano Vereščiàghin non riuscirono a ucciderlo; ma la folla lo premeva da tutti i lati, stringendolo in mezzo come una sola massa e oscillando da una parte all'altra, senza dar loro la possibilità né di ucciderlo né di lasciarlo andare.

– Picchia con la scure, no?... L'hanno schiacciato?... È un traditore, ha venduto Cristo!... È vivo... ha la pelle dura... chi la fa, l'aspetti. Con la scure!... O è vivo?...

Soltanto allorché la vittima ebbe cessato di dibattersi e i suoi gridi si cambiarono in gemiti rauchi, eguali e prolungati, la folla cominciò a fare un po' di largo intorno al corpo che giaceva insanguinato. Ognuno si avvicinava, dava un'occhiata a quel che era stato fatto e si rigettava indietro sbigottito, con un rimprovero pieno di meraviglia.

– Oh, Signore! La gente son come belve; come fa a esser vivo? – si udiva nella folla. – Ed era giovane... figlio di mercanti doveva essere... Oh, che gente!... Dicono che non è stato lui... Ma come non è stato lui?... Oh, Signore!... Ne hanno picchiato un altro; dicono che quasi quasi moriva... Eh, la gente... Chi non teme il peccato... – dicevano ora quelle stesse persone, guardando con un'espressione di dolorosa pietà il corpo morto, col viso impiastricciato di sangue e di polvere, tutto illividito, e col collo lungo e sottile tagliuzzato dai colpi.

Uno zelante poliziotto, trovando sconveniente la presenza di un cadavere nel cortile di Sua Eccellenza, diede ordine ai dragoni di trascinare il corpo sulla strada. Due dragoni, prendendolo per le gambe sfigurate, sollevarono il corpo. La testa rasa del morto, insanguinata e insozzata di polvere, pendeva dal lungo collo, ciondolando per terra. La gente si stringeva indietro, lontano dal cadavere.

Mentre Vereščiàghin cadeva e la folla con un urlo selvaggio si assiepava e ondeggiava intorno a lui, Rastòpcin a un tratto impallidí e, invece di andarsene verso la porta di servizio, presso la quale aspettavano i suoi cavalli, non sapendo egli stesso dove andasse e perché, col capo chino, a rapidi passi infilò un corridoio che conduceva nelle stanze del piano inferiore. Il viso del conte era pallido ed egli non poteva frenare il tremito febbrile della mascella inferiore.

– Eccellenza, di qua... dove volete andare?... Di qua, favorite, – diceva dietro a lui una voce tremante e spaventata.

Il conte Rastòpcin non aveva la forza di rispondere nulla, e, voltandosi docilmente, andò dove gl'indicavano. Presso la porta di servizio stava la carrozza. Il vocio lontano della folla urlante si udiva anche di lí. Il conte Rastòpcin montò in fretta in carrozza e ordinò di andare alla sua casa di campagna a Sokòlniki.

Giungendo in via Mjasnítskaja e non udendo piú i gridi della folla, il conte cominciò a pentirsi. Ora si rammentava con dispiacere l'agitazione e lo sgomento che aveva mostrati innanzi ai suoi sottoposti. « *La populace est terrible, elle est hideuse*, – pensava egli in francese. – *Ils sont comme les loups qu'on ne peut apaiser qu'avec de la chair* ». « Conte, Dio solo è sopra di noi! » rammentò a un tratto le parole di Vereščiàghin, e uno spiacevole senso di freddo corse per la schiena del conte Rastòpcin. Ma questa sensazione durò un istante e il conte Rastòpcin sorrise di se stesso con disprezzo. « *J'avais d'autres devoirs*, – pensò. – *Il fallait apaiser le peuple. Bien d'autres victimes ont péri et périssent pour le bien public* », e cominciò a pensare a quei doveri generali che aveva verso la sua famiglia, verso la sua capitale (cioè affidata a lui) e a se stesso, non come Fjodor Vasíljevič Rastòpcin (egli riteneva che Fjodor Vasíljevič si sacrificasse per il *bien public*), ma come comandante in capo, rappresentante del potere, e mandatario dello zar. « Se io fossi soltanto Fjodor Vasíljevič, *ma ligne de conduite aurait été tout autrement tracée*, ma io dovevo salvare la vita e la dignità del comandante in capo ».

Dondolandosi leggermente sulle soffici molle della carrozza e non udendo piú le tremende voci della folla, Rastòpcin si calmò fisicamente e, come sempre accade, insieme con la calma fisica, la sua mente gli suggerí anche dei motivi di calmarsi moralmente. L'idea che calmava Rastòpcin non era nuova. Da che esiste il mondo e gli uomini si uccidono l'un l'altro, nessun uomo ha mai commesso un delitto contro un suo simile senza tranquillarsi con questa medesima idea. Questa idea è *le bien public*, il supposto bene degli altri uomini.

Per un uomo non dominato dalla passione questo bene è sempre incerto; ma l'uomo che ha commesso un delitto sa sempre esattamente in che consista questo bene. E Rastòpcin ora lo sapeva.

Non soltanto egli non si rimproverava per l'atto compiuto, nei ragionamenti che faceva, ma trovava motivi di soddisfazione per aver saputo cosí felicemente trar profitto di quell'occasione per punire un delinquente e insieme calmare la folla.

« Vereščiàghin era stato giudicato e condannato a morte, – pensava Rastòpcin (benché il Senato avesse condannato Vereščiàghin soltanto ai lavori forzati). – Era un ingannatore e un traditore; non potevo lasciarlo impunito, e poi *je faisais d'une pierre deux coups*: per calmare il popolo gli davo una vittima e punivo un delinquente ».

Giunto alla sua casa di campagna, messosi a dare disposizioni domestiche il conte si calmò perfettamente.

Dopo una mezz'ora, il conte, con dei cavalli veloci, percorreva la piana di Sokòlniki, senza piú ricordarsi di ciò che era accaduto, pensando e almanaccando soltanto intorno al futuro. Si avvicinava ora al ponte Jauzskij, dove gli avevano detto che si trovava Kutúzov.

Il conte Rastòpcin preparava nella sua mente gl'irati e pungenti rimproveri che avrebbe rivolti a Kutúzov per il suo inganno. Avrebbe fatto intendere a quella vecchia volpe cortigiana che la responsabilità di tutte le sciagure che dovevano derivare dall'abbandono della capitale, dalla rovina della Russia (per quel che pensava Rastòpcin), sarebbe ricaduta soltanto sulla sua vecchia testa rimbambita. Rimuginando anticipatamente ciò che gli avrebbe detto, Rastòpcin si rivoltava rabbiosamente nella carrozza e guardava con irritazione di qua e di là.

La piana di Sokòlniki era deserta. Soltanto all'estremità del paese, presso l'ospizio e il manicomio, si vedevano gruppi di persone vestite di bianco, e altre persone eguali, vestite allo stesso modo, che andavano per la piana gridando e gesticolando.

Una di esse, correndo, tagliò la strada alla carrozza del conte Rastòpcin. E lo stesso conte Rastòpcin e il suo cocchiere e i dragoni, tutti guardavano con un vago senso di terrore e di curiosità quei pazzi in libertà e specialmente quello che correva verso di loro.

Vacillando sulle sue lunghe e magre gambe, in una veste da camera ondeggiante, quel pazzo correva a tutta forza, senza toglier gli occhi di dosso a Rastòpcin, gridandogli qualcosa con voce rauca e facendogli segni perché si fermasse. Il viso del pazzo, coperto di una barba a ciuffi disuguali, torvo e solenne insieme, era magro e giallo. Le sue pupille nere e lucide erravano inquiete nel basso della cornea d'un giallo di zafferano.

– Ferma! Arrestati! Te lo dico io! – gridava con voce penetrante e poi, affannato, tornava a gridare qualcosa con intonazioni e gesti imponenti. Raggiunse la carrozza, e le correva accanto. – Mi hanno ucciso tre volte, tre volte sono risuscitato dai morti. Mi hanno lapidato, mi hanno crocifisso... Risusciterò... risusciterò... risusciterò... Hanno dilaniato il mio corpo. Il regno di Dio crollerà... Tre volte lo distruggerò e tre volte lo riedificherò! – gridava alzando sempre piú la voce.

Il conte Rastòpcin a un tratto impallidí, come era impallidito quando la folla si era scagliata su Vereščiàghin. Si voltò in là. – In fr... fretta! – gridò al cocchiere con voce tremante. La carrozza filò con tutta la forza di cui erano capaci i cavalli; ma per un pezzo ancora il conte Rastòpcin udí dietro di sé il grido folle, disperato che si allontanava, e avanti agli occhi aveva soltanto il viso insanguinato, attonito e sgomento del traditore, nel suo pellicciotto.

Quantunque quel ricordo fosse fresco, Rastòpcin sentiva ora che esso s'era inciso profondamente, sanguinosamente, nel suo cuore. Sentiva con chiarezza che la traccia sanguinosa di quel ricordo non si sarebbe mai cancellata, ma che, al contrario, quanto piú tempo fosse passato, tanto piú atroce, piú tormentoso sarebbe vissuto nel suo cuore, sino alla fine della vita, quel tremendo ricordo. Ora gli pareva di udire il suono delle proprie parole: « Uccidetelo. Me ne risponderete con la vostra testa! » « Perché ho detto queste parole? Le ho dette come a caso... Potevo non dirle, – pensava, – allora non sarebbe accaduto nulla ». Vedeva il viso spaventato e poi, tutt'a un tratto, diventato crudele del dragone che aveva colpito e lo sguardo di muto, timido rimprovero che gli aveva gettato quel giovane in pelliccia di volpe... « Ma io non l'ho fatto per me. Dovevo agire cosí. *La plèbe, le traître... le bien public...* », pensava.

Presso il ponte Jauzskij si pigiavano ancora le truppe. Faceva caldo. Kutúzov accigliato, abbattuto, sedeva su di una panca vicino al ponte e col frustino giocherellava sull'arena, quando la carrozza gli si avvicinò con fracasso. Un uomo in uniforme da generale, col cappello piumato, con gli occhi sfuggenti, tra irati e spaventati, si appressò a Kutúzov e cominciò a parlargli in francese. Era il conte Rastòpcin. Disse a Kutúzov che era venuto là perché Mosca, la capitale, non esisteva piú e non c'era ormai che l'esercito.

– Sarebbe stato altrimenti se Vostra Altezza Serenissima non mi avesse detto che Mosca non sarebbe stata ceduta senza dare prima un'altra battaglia: tutto ciò non sarebbe accaduto! – disse.

Kutúzov guardava Rastòpcin e, come se non capisse il senso delle parole rivoltegli, si sforzava con cura di leggere quello che, in quel momento, c'era scritto di particolare sul viso dell'uomo che gli parlava. Rastòpcin, confuso, tacque. Kutúzov scosse leggermente il capo e, senza togliere lo sguardo scrutatore dal viso di Rastòpcin, proferí sommessamente:

– Sí, non abbandonerò Mosca senza dar battaglia.

Pensava a tutt'altro Kutúzov nel dire queste parole, o le disse apposta, sapendo che non avevano senso? Comunque, il conte Rastòpcin non rispose nulla e si allontanò in fretta da Kutúzov. E – strano fatto! – il comandante in capo di Mosca, l'orgoglioso conte Rastòpcin, prendendo in mano il frustino, si avvicinò al ponte e gridando si mise a cacciare i carri che vi si accalcavano.

XXVI.

Alle quattro dopo mezzogiorno le truppe di Murat entravano a Mosca. Innanzi andava un reparto di usseri del Württemberg; dietro, a cavallo, con un grande seguito, veniva lo stesso re di Napoli.

Alla metà circa dell'Arbàt, presso la chiesa dell'Apparizione di San Nicola, Murat si fermò per aspettar notizie dall'avanguardia sulla posizione nella quale si trovava la fortezza della città, *le Kremlin*.

Intorno a Murat si riuní un piccolo gruppo di cittadini rimasti a Mosca. Tutti con timida incertezza guardavano lo strano comandante dai lunghi capelli, tutto ornato di piume e d'oro.

– Be', è proprio lui il loro zar? Non c'è male! – dicevano delle voci sommesse.

L'interprete si avvicinò a quel gruppo di gente.

– Togliti il berretto... il berretto... – si misero a dire nella folla, rivolgendosi l'uno all'altro. L'interprete si rivolse a un vecchio portinaio e gli domandò se il Cremlino era lontano. Il portinaio, ascoltando con meraviglia quell'accento polacco, straniero per lui, e non riconoscendo la lingua russa nei suoni pronunziati dall'interprete, non capiva quel che gli dicevano e si nascondeva dietro gli altri.

Murat si avvicinò all'interprete e gli ordinò di domandare dove erano le truppe russe. Uno dei russi capí che cosa gli domandavano, e alcune voci a un tratto cominciarono a rispondere all'interprete. Un ufficiale dell'avanguardia francese si appressò a Murat e annunziò che le porte della fortezza erano sbarrate e che là ci doveva essere una qualche imboscata.

– Bene, – disse Murat, e, volgendosi a uno dei signori del suo seguito, ordinò che si facessero avanzare quattro cannoni di piccolo calibro e che si bombardassero le porte.

L'artiglieria uscí al trotto dalla colonna che marciava dietro a

Murat e si avviò per l'Arbàt. Scesa fino in fondo a via Vozdvìženka, l'artiglieria si fermò e si schierò sulla piazza. Alcuni ufficiali francesi si occuparono dei cannoni, facendoli mettere in posizione, e guardarono il Cremlino col canocchiale.

Nel Cremlino le campane sonavano vespro e questo suono allarmava i francesi. Supponevano che fosse un appello alle armi. Alcuni soldati di fanteria corsero alla porta di Kutafja. La porta era chiusa da travi e da tavolati. Appena l'ufficiale si avvicinò di corsa col suo plotone, si udirono due colpi di fucile di là dalla porta. Il generale che stava presso i cannoni gridò un comando all'ufficiale, e l'ufficiale e i soldati tornarono di corsa.

Si udirono ancora tre colpi di fucile di là dalla porta.

Un colpo ferí alla gamba un soldato francese e dietro ai tavolati si udí lo strano grido di alcune voci. Sui visi del generale, degli ufficiali e dei soldati francesi, simultaneamente, come a comando, l'espressione di allegria e di tranquillità si mutò nell'espressione ostinata e concentrata di chi si prepara a lottare e a soffrire. Per tutti loro, cominciando dal maresciallo fino all'ultimo soldato, quel luogo non era la via Vozdvíženka, la Mochovàja, la porta di Kutafja o della Trinità, ma era il nuovo campo di una nuova, probabilmente sanguinosa battaglia. E tutti si prepararono a questa battaglia. I gridi dietro alla porta cessarono. I cannoni erano stati postati. Gli artiglieri soffiarono sulle micce. L'ufficiale comandò – *Feu!* – e due scoppi sibilanti si udirono uno dopo l'altro. Le palle a mitraglia rimbalzarono sull'arco di pietra della porta, sulle travi e sui tavolati e due nuvoli di fumo si librarono sulla piazza.

Dopo alcuni istanti, quando furono cessati i rombi delle cannonate sparate contro le pietre del Cremlino, si udí uno strano rumore sopra alle teste dei francesi. Un enorme stuolo di cornacchie si levò dalle mura e, gracchiando e sbattendo migliaia di ali, fece mulinello nel cielo. Insieme con questo rumore echeggiò un grido umano isolato dalla porta, e dietro al fumo apparve la figura di un uomo senza berretto e in gabbano. Teneva in mano un fucile e prendeva di mira i francesi. – *Feu!* – ripeté l'ufficiale d'artiglieria e nello stesso istante si udirono un colpo di fucile e due colpi di cannone. Il fumo nascose di nuovo la porta.

Dietro ai tavolati non si mosse piú nulla e i soldati di fanteria francesi con gli ufficiali andarono verso la porta. Sulla porta c'erano tre uomini feriti e quattro morti. Due uomini in gabbano fuggivano in giú, lungo la muraglia, verso la via Znàmenka.

– *Enlevez-moi ça*, – disse l'ufficiale, mostrando le travi e i cadaveri, e i francesi finirono i feriti e gettarono i cadaveri giú, dietro il muro di cinta.

Chi fossero quegli uomini nessuno sapeva. « *Enlevez-moi ça* »: ecco tutto ciò che fu detto di loro, e furono gettati lontano e poi portati via perché non puzzassero. Thiers fu il solo che consacrasse alla loro memoria alcune linee eloquenti: « *Ces misérables avaient envahi la citadelle sacrée, s'étaient emparés des fusils de l'arsenal, et tiraient (ces misérables) sur les Français. On en sabra quelques-uns, et l'on purgea le Kremlin de leur présence* ».

Fu annunziato a Murat che la via era sgombra. I francesi varcarono la porta e cominciarono a disporsi sulla piazza del Senato. I soldati gettavan le sedie dalle finestre del Senato e accendevano i loro fuochi.

Altri distaccamenti attraversavano il Cremlino e si disponevano nelle vie Marosejka, Lubjanca, Pokrovka. Altri ancora si accampavano sulle vie Vozdvíženka, Znàmenka, Nikòlskaja, Tverskàja. Dovunque, non trovando i padroni di casa, i francesi non si accantonavano come usa nelle città, ma si disponevano come in un campo posto in una città.

I soldati francesi, benché fossero laceri, affamati, stremati di forze e ridotti alla metà del loro antico effettivo, entrarono a Mosca ancora in file ordinate. Era un esercito stanco, abbattuto, ma ancora guerriero e minaccioso. Ma fu un esercito soltanto fino al momento in cui i soldati di questo esercito non si dispersero per gli alloggi. Appena gli uomini dei reggimenti cominciarono a spargersi per le case vuote e ricche, l'esercito fu distrutto per sempre, e non ci furono piú cittadini o soldati, ma qualcosa di mezzo che ha nome saccheggiatori. Quando, dopo cinque settimane, gli stessi uomini uscirono da Mosca, essi non formavano già piú un esercito. Erano una folla di saccheggiatori, ognuno dei quali si tirava dietro o si portava addosso un cumulo di cose che gli erano sembrate preziose e necessarie. Scopo di ognuno di questi uomini uscendo da Mosca era non piú, come prima, la conquista, ma soltanto la difesa di ciò che aveva preso. Simili alla scimmia che, avendo infilato il braccio nella stretta gola di un vaso e afferrato una manciata di noci, non apre il pugno per non perdere quel che ha preso e con questo si perde, i francesi uscendo da Mosca dovevano evidentemente perire perché trascinavano dietro a loro quello che avevano depredato, ma gettar via questa roba era impossibile, come è impossibile alla scimmia aprire il pugno con le noci. Dopo dieci minuti dall'entrata di ciascun reggimento francese in qualsiasi quartiere di Mosca, non restava piú né un soldato né un ufficiale. Dalle finestre delle case si vedevano uomini in cappotto e in ghette che camminavano ridendo per le stanze; nelle cantine, nei sotterranei gli stessi uomini s'impadronivano delle provviste; nei cortili gli stessi uomini aprivano e forzavano le porte delle rimesse e delle scuderie; nelle cucine accendevano il fuoco, con le maniche rimboccate arrostivano, impastavano, cuocevano, spaventavano, facevano ridere e carezzavano donne e bambini. E di questa gente ce n'era molta da per tutto, nelle case e nelle botteghe, ma l'esercito non esisteva piú.

In quello stesso giorno i comandanti francesi diedero ordini su ordini per proibire alle truppe di disperdersi per la città, per proibire severamente ogni violenza verso i cittadini e ogni rapina, per fare la sera medesima l'appello generale; ma, a dispetto di qualunque misura, gli uomini che prima formavano un esercito si sparpagliavano per una città ricca, piena di comodità e di vettovaglie e interamente deserta. Come un gregge affamato che procede tutto radunato per una pianura nuda, ma subito si sbanda appena capita su un ricco pascolo, cosí si sbandava irrefrenabilmente l'esercito in quella ricca città.

Abitanti a Mosca non ce n'erano e i soldati, come acqua nella sabbia, vi sparivano dentro e s'irradiavano irresistibilmente da tutte le parti, allontanandosi dal Cremlino dove erano innanzi tutto. Dei soldati di cavalleria entrati nella casa di un mercante, abbandonata con tutti i suoi averi, pur avendoci trovato nella stalla non solo i posti necessari per i loro cavalli, ma anche qualcuno in piú, tuttavia andavano ad occupare un'altra casa accanto che pareva loro migliore. Molti occupavano piú case e vi scrivevano col gesso i loro nomi, e se le disputavano e magari venivano alle mani con altri distaccamenti. Appena allogati alla meglio, i soldati correvano nelle strade per visitare la città e, sentendo dire che tutto era abbandonato, cercavano di andare dove potevano prendere per niente degli oggetti di valore. I superiori volevano fermare i soldati ed essi stessi erano involontariamente trascinati a commettere i medesimi atti. Al mercato delle vetture erano rimaste delle botteghe con le carrozze, e i generali vi si affollavano, scegliendo vetture aperte e chiuse. Gli abitanti rimasti invitavano i comandanti a casa loro, sperando cosí di difendersi dal saccheggio. C'erano ricchezze immense e senza fine; tutt'in giro al posto occupato dai francesi c'erano ancora luoghi non perlustrati, non occupati, nei quali, secondo i francesi, ci dovevano essere ricchezze ancora maggiori. E Mosca li assorbiva in sé sempre piú.

Proprio come, versando dell'acqua sulla terra arida, sparisce l'acqua e insieme la terra arida, cosí, come conseguenza dell'essere un esercito famelico entrato in una città doviziosa e vuota, si distrusse l'esercito e si distrusse la città doviziosa; e ne venne la sporcizia, ne vennero gli incendi e il saccheggio.

I francesi attribuivano l'incendio di Mosca *au patriotisme féroce de Rastopchine*; i russi al fanatismo dei francesi. In sostanza poi, cause dell'incendio di Mosca, nel senso che di questo incendio si potesse dare la responsabilità a una o piú persone, non ce n'erano e non ce ne potevano essere. Mosca bruciò perché era stata messa in condizioni nelle quali ogni città di legno deve bruciare, indipendentemente dal fatto che nella città ci siano o non ci siano centotrenta cattive pompe da incendi. Mosca doveva bruciare perché gli abitanti erano partiti, e ciò era tanto inevitabile quanto l'infiammarsi d'un mucchio di trucioli sul quale durante parecchi giorni cadano scintille di fuoco. Una città di legno, nella quale, anche quando ci sono i proprietari che abitano le loro case e la polizia, ci sono incendi quasi ogni giorno, non può non bruciare quando in essa non ci sono piú abitanti, ma vivono truppe che fumano la pipa, accendono fuochi sulla piazza del Senato con le sedie del Senato e si cucinano da mangiare due volte al giorno. Basta, in tempo di pace, che le truppe si accantonino in qualche villaggio perché il numero degli incendi aumenti subito nella località. In quale misura deve aumentare la probabilità degl'incendi in una città di legno vuota, in cui si accantoni un esercito straniero? *Le patriotisme féroce de Rastopchine* e il fanatismo dei francesi qui non ci hanno colpa. Mosca s'incendiò per le pipe, per le cucine, per i fuochi, per l'incuria dei soldati nemici e degli abitanti, che non erano i padroni delle case. Anche se vi furono degli incendi dolosi (il che è molto dubbio, poiché nessuno aveva motivo d'incendiare e in ogni caso ciò era imbarazzante e pericoloso), questi incendi dolosi non possono essere considerati una ragione, visto che senza gl'incendi dolosi sarebbe accaduta la stessa cosa.

Per quanto sia lusinghiero per i francesi accusare la ferocia di Rastòpcin, e per i russi accusare la malvagità di Bonaparte o mettere una fiaccola eroica nelle mani del proprio popolo, è impossibile non vedere che queste cause immediate d'incendio non potevano esistere, poiché Mosca doveva bruciare come deve bruciare ogni villaggio, fabbrica o casa donde i padroni siano andati via, lasciando entrare gente estranea che spadroneggia e si fa da mangiare. Mosca fu bruciata dai suoi abitanti, è vero; non però da quegli abitanti che v'erano rimasti, ma da quelli che erano andati via. Mosca, occupata dal nemico, non rimase integra come Berlino, Vienna e altre città, soltanto perché i suoi abitanti non portarono il pane e il sale e le chiavi ai francesi, ma l'abbandonarono.

XXVII.

L'assorbimento dei francesi, che si diramavano per Mosca come i raggi di una stella, raggiunse soltanto la sera del 2 settembre il quartiere dove ora abitava Pierre.

Pierre, dopo aver passato quei due ultimi giorni in solitudine e in modo inconsueto, si trovava in uno stato prossimo alla follia. Un'idea unica, ossessionante occupava tutto l'essere suo. Egli stesso non sapeva né quando né come ciò fosse accaduto, ma quest'idea l'aveva ora preso in tal modo che egli non sapeva piú nulla del passato né del presente, ma tutto ciò che vedeva e udiva gli si presentava come in sogno.

Pierre aveva lasciato la sua casa soltanto per sottrarsi al complicato arruffio delle esigenze della vita quotidiana che lo teneva prigioniero, e che egli, nel suo stato di allora, non aveva la forza di districare. Era andato nell'alloggio di Iosif Aleksjéjevič col pretesto di mettere in ordine i libri e le carte del defunto soltanto perché cercava un po' di riposo dalle agitazioni della vita, e col ricordo di Iosif Aleksjéjevič si legava nella sua anima tutto un mondo di pensieri eterni, calmi e solenni, assolutamente opposti a quella confusione agitata nella quale si sentiva trascinato. Aveva cercato un rifugio e difatti lo aveva trovato nello studio di Iosif Aleksjéjevič. Mentre egli se ne stava seduto, nella morta pace dello studio, coi gomiti appoggiati alla polverosa scrivania del defunto, alla sua mente, uno dopo l'altro, cominciavano a presentarsi tranquillamente, ma con profondo significato, i ricordi degli ultimi giorni e specialmente della battaglia di Borodinò e del sentimento invincibile che aveva avuto della propria nullità e della propria insincerità a paragone della verità, della semplicità e della forza di quella categoria di gente la cui immagine gli era rimasta nell'anima e che egli chiamava *loro*. Quando Gheràsim lo aveva risvegliato da quella meditazione, a Pierre era venuta l'idea di prender parte alla difesa popolare di Mosca, che, per quel che egli sapeva, era stata progettata. E con questo scopo aveva chiesto subito a Gheràsim di procurargli un gabbano e una pistola e gli aveva dichiarato la sua intenzione di rimanere nella casa di Iosif Aleksjéjevič celando il proprio nome. Poi, nel corso di quel primo giorno, passato nella solitudine e nell'ozio (diverse volte Pierre tentò di fermare la sua attenzione sui manoscritti massonici, ma non ci riuscí), piú volte gli si presentò vagamente l'idea, che già prima gli era venuta, del significato cabalistico del suo nome in relazione al nome di Bonaparte; ma quest'idea, che lui, *l'russe Besuhof*, fosse destinato a por fine al potere della *fiera*, gli veniva soltanto come una di quelle fantasticherie che traversano la mente senza motivo e senza lasciar traccia.

Quando, dopo aver comprato il gabbano (col solo scopo di prender parte alla difesa popolare di Mosca), Pierre aveva incontrato i Rostòv e Nataša gli aveva detto: « Restate? Ah, che bella cosa! » nella sua mente era brillata l'idea che difatti, anche se Mosca fosse stata presa, sarebbe stato bene rimanere e compiere ciò a cui era predestinato.

Il giorno dopo, con la sola idea di non risparmiarsi e di non rimanere in nulla indietro a *loro*, andò alla barriera delle Tre Montagne. Ma quando tornò a casa, persuaso che Mosca non sarebbe stata difesa, sentí a un tratto che ciò che prima gli si presentava soltanto come una possibilità ora era diventato necessario e indispensabile. Celando il suo nome doveva restare a Mosca, incontrare Napoleone e ucciderlo, sicché sarebbe perito o avrebbe fatto cessare le sventure di tutta l'Europa, che provenivano, secondo l'opinione di Pierre, dal solo Napoleone.

Pierre conosceva tutte le circostanze dell'attentato contro Bonaparte, commesso da uno studente a Vienna, nel 1809, e sapeva che questo studente era stato fucilato. E il pericolo al quale egli esponeva la sua vita nel compimento del suo proposito lo eccitava ancora piú fortemente.

Due sentimenti egualmente forti trascinavano ineluttabilmente Pierre verso la sua idea. Il primo era il bisogno di sacrificarsi e di soffrire per la coscienza della sventura comune, quel sentimento per seguire il quale il 25 era andato a Možàjsk e s'era gettato nel fuoco della battaglia, e ora era scappato dalla sua casa e, invece di godere del lusso e degli agi ai quali era abituato, dormiva senza spogliarsi su di un duro divano e mangiava lo stesso cibo di Gheràsim; l'altro era quel vago sentimento, esclusivamente russo, di disprezzo per tutto ciò che nella vita umana è convenzionale, artificiale, per tutto ciò che dalla maggioranza è considerato il supremo bene del mondo. Per la prima volta Pierre aveva provato questo sentimento strano e affascinante nel palazzo Slobodskij, quando a un tratto aveva sentito che la ricchezza e il potere e la vita, tutto ciò che con tanto sforzo costruiscono e conservano gli uomini, tutto ciò, se anche vale qualche cosa, vale soltanto per il piacere che si ha a rinunziarvi.

Era quel sentimento in seguito al quale la recluta volontaria beve fino all'ultima copeca, l'ubriaco rompe i vetri e gli specchi senza nessuna causa apparente, pur sapendo che ciò gli costerà i suoi ultimi denari; quel sentimento in seguito al quale l'uomo, compiendo atti folli (nel senso volgare), par che voglia provare il suo potere e la sua forza personale, attestando l'esistenza di un giudizio sulla vita che sia al di sopra e all'infuori di ogni condizione umana.

Dal giorno in cui Pierre aveva provato per la prima volta quel sentimento al palazzo Slobodskij, egli era rimasto di continuo sotto il suo influsso, ma ora soltanto lo poteva soddisfare pienamente. Oltre a ciò, allora Pierre era mantenuto nel suo proposito senza possibilità di rinunziarvi da quello che aveva già fatto su quella strada. La sua fuga da casa e il suo gabbano e la pistola e il suo annuncio ai Rostòv che sarebbe restato a Mosca, non solo tutto ciò avrebbe perduto ogni senso, ma sarebbe stato spregevole e ridicolo (e a ciò Pierre era sensibile), se egli, dopo tutto questo, se ne fosse andato da Mosca come avevano fatto gli altri.

Lo stato fisico di Pierre, come accade sempre, rispondeva al suo stato morale. Il cibo rozzo al quale non era abituato, l'acquavite che beveva in quei giorni, la mancanza di vino e di sigari, la biancheria sudicia che non poteva mutare, due notti per metà insonni, passate su di un divano troppo corto, senza che gliel'avessero preparato come letto, tutto ciò manteneva Pierre in uno stato d'irritazione, vicino alla demenza.

Erano già quasi le 2 del pomeriggio. I francesi erano già entrati a Mosca. Pierre lo sapeva, ma, invece di agire, non faceva che pensare alla sua impresa, analizzandone tutte le minime circostanze future. Pierre, nelle sue fantasticherie, non si rappresentava al vivo né il modo preciso di assestare il colpo, né la morte di Napoleone, ma con insolita chiarezza e con triste soddisfazione si rappresentava la propria rovina e il proprio eroico coraggio.

« Sí, io solo per tutti debbo compierlo o perire! – pensava. – Sí, gli andrò vicino... e poi a un tratto... Con la pistola o col pugnale? – pensava Pierre. – Del resto, fa lo stesso. Non io, ma la mano della Provvidenza ti punisce... dirò io, – pensava Pierre, immaginando le parole che avrebbe pronunziate nell'uccidere Napoleone. – Su, prendetemi, giustiziatemi », diceva ancora a se stesso Pierre, con un'espressione triste, ma ferma nel viso, abbassando il capo.

Mentre Pierre, ritto in mezzo alla stanza, ragionava fra sé in tal modo, la porta dello studio si aprí, e sulla soglia apparve la figura assolutamente mutata di Makàr Aleksjéjevič, sempre cosí timido prima.

La sua veste da camera era sbottonata. Il suo viso, rosso e sfigurato. Evidentemente, era ubriaco. Vedendo Pierre, si confuse sul primo momento, ma, notando la confusione anche sul viso di Pierre, subito prese coraggio e, vacillando sulle sue gambe sottili, si avanzò fino in mezzo alla stanza.

– Hanno avuto paura, – disse con voce rauca e in tono fiducioso. – Io dico: non ci arrenderemo, dico... non è vero, signore?

Pensò un poco e a un tratto, vedendo la pistola sulla tavola, l'afferrò con inaspettata prontezza e se ne scappò nel corridoio.

Gheràsim e il portinaio, che andavano dietro a Makàr Aleksjéjevič, lo fermarono nell'anticamera e cercarono di togliergli la pistola. Pierre, uscito anche lui nel corridoio, guardava con pietà e con disgusto quel vecchio mezzo matto. Makàr Aleksjéjevič, facendo una smorfia per lo sforzo, teneva stretta la pistola e gridava con voce rauca, immaginandosi certo qualcosa di molto solenne:

– All'armi! All'abbordaggio! Ah! non mi prenderai! – gridava.

– Basta, vi prego, basta. Fateci il piacere, ve ne preghiamo, smettete. Su, ve ne prego, signore... – diceva Gheràsim, tentando con precauzione di afferrare Makàr Aleksjéjevič per i gomiti e spingerlo verso la porta.

– Tu chi sei? Bonaparte... – gridò Makàr Aleksjéjevič.

– Non sta bene, signore. Favorite nelle stanze, riposatevi. Favorite la pistola.

– Lontano da me, spregevole schiavo! Non toccarmi! Hai veduto? – gridò Makàr Aleksjéjevič, brandendo la pistola. – All'abbordaggio!

– Prova! – disse sottovoce Gheràsim al portinaio.

Makàr Aleksjéjevič fu preso per le braccia e trascinato verso la porta.

L'anticamera si empí di rumori confusi e tumultuosi e dei suoni avvinazzati e rauchi di una voce affannosa.

A un tratto un nuovo grido penetrante di donna risonò dall'entrata e la cuoca venne di corsa nell'anticamera.

– Son loro! Padri santi!... Com'è vero Dio, eccoli! Quattro, a cavallo!... – gridava.

Gheràsim e il portinaio lasciarono andare Makàr Aleksjéjevič, e nel corridoio tornato silenzioso si udirono chiaramente i colpi che alcune mani battevano alla porta di entrata.

XXVIII.

Pierre, che aveva stabilito dentro di sé di non rivelare né il suo nome né la sua conoscenza della lingua francese fino al compimento del suo disegno, se ne stava presso la porta socchiusa del corridoio, con l'intenzione di nascondersi subito, non appena fossero entrati i francesi. Ma i francesi entrarono che Pierre non si allontanava ancora dalla porta: una invincibile curiosità lo tratteneva.

Erano due. Uno era un ufficiale, un bell'uomo alto e dall'aria ardita; l'altro era evidentemente un soldato o un attendente, un uomo bassotto, magro, abbronzato, con le gote infossate e un'espressione stupida in viso. L'ufficiale, appoggiandosi a un bastone e zoppicando, camminava innanzi. Fatti alcuni passi, l'ufficiale, come se avesse stabilito fra sé che quell'alloggio era buono, si fermò, si volse indietro, verso i soldati che stavano sulla porta, e ad alta voce, con tono di comando, gridò loro che facessero entrare i cavalli. Fatto ciò, l'ufficiale, con un gesto baldo, levando alto il gomito, si raddrizzò i baffi e portò la mano al cappello.

– *Bonjour, la compagnie!* – disse allegramente, sorridendo e guardandosi intorno.

Nessuno rispose.

– *Vous êtes le bourgeois?* – fece l'ufficiale, rivolto a Gheràsim.

Gheràsim guardava l'ufficiale con uno sguardo interrogativo e spaventato.

– *Quartier, quartier, logement,* – disse l'ufficiale, guardando dall'alto in basso l'omino con un sorriso condiscendente e bonario. – *Les français sont des bons enfants. Que diable! Voyons! Ne nous fâchons pas, mon vieux,* – aggiunse, battendo sulla spalla di Gheràsim che taceva spaventato. – *Ah, ça! Dites donc, on ne parle donc pas français dans cette boutique?* – aggiunse, guardandosi in giro e incontrando lo sguardo di Pierre. Pierre si ritirò dalla porta.

L'ufficiale si rivolse di nuovo a Gheràsim. Pretendeva che Gheràsim gli mostrasse le stanze della casa.

– Niente padrone... capisco no... mia... vostra... – diceva Gheràsim sforzandosi di rendere intelligibili le sue parole col dirle alla rovescia.

L'ufficiale francese, sorridendo, allargò le braccia sotto al naso di Gheràsim per fargli intendere che anche lui non lo capiva e, zoppicando, andò verso la porta presso la quale stava Pierre. Pierre voleva andarsene, ma in quel medesimo istante vide dalla porta aperta della cucina Makàr Aleksjéjevič che si affacciava con la pistola in mano.

Con l'astuzia dei dementi Makàr Aleksjéjevič guardò il francese, e, alzando la pistola, lo prese di mira.

– All'abbordaggio!.... – gridò l'ubriaco, premendo il grilletto della pistola. L'ufficiale francese si voltò a quel grido e in quell'istante medesimo Pierre si slanciò sull'ubriaco. Mentre Pierre afferrava la pistola e la levava in alto, Makàr Aleksjéjevič riuscí finalmente a trovar con le dita il grilletto, e si udí un colpo assordante, che avvolse tutti di fumo. Il francese impàllidí e si rigettò indietro, verso la porta.

Dimenticando il suo proposito di nascondere la conoscenza della lingua francese, Pierre, dopo avere strappata di mano all'ubriaco e gettata via la pistola, corse verso l'ufficiale e si mise a dirgli in francese:

– *Vous n'êtes pas blessé?*

– *Je crois que non*, – rispose l'ufficiale tastandosi, – *mais je l'ai manquée belle cette fois-ci*, – aggiunse, mostrando il pezzo d'intonaco caduto dalla parete. – *Quel est cet homme?* – disse poi l'ufficiale, guardando severamente Pierre.

– *Ah, je suis vraiment au désespoir de ce qui vient d'arriver*, – disse in fretta Pierre, dimenticando assolutamente la sua parte. – *C'est un fou, un malheureux qui ne savait pas ce qu'il faisait.*

L'ufficiale si avanzò verso Makàr Aleksjéjevič e lo prese pel colletto.

Makàr Aleksjéjevič, con le labbra semiaperte, come se si addormentasse, si dondolava appoggiato al muro.

– *Brigand, tu me la payeras!* – disse il francese, lasciando andare la mano. – *Nous autres nous sommes cléments après la victoire, mais nous ne pardonnons pas aux traîtres*, – aggiunse, con tenebrosa solennità nel viso e un bel gesto energico.

Pierre continuò a esortare in francese l'ufficiale perché non chiedesse conto della sua azione a quel pazzo ubriaco. Il francese ascoltava in silenzio, sempre con quell'aspetto cupo, ma tutt'a un tratto si rivolse a Pierre con un sorriso. Per qualche attimo lo guardò senza dir nulla. Il suo bel viso prese un'espressione tragica e tenera insieme, e gli stese la mano.

– *Vous m'avez sauvé la vie! Vous êtes français*, – disse. Per un francese questa deduzione non era dubbia. Soltanto un francese poteva fare un'azione magnanima, e salvare la vita a lui, M. Ramballe, *capitaine de 13e léger*, era indubbiamente la piú magnanima delle azioni.

Ma per quanto indubitabile fosse questa deduzione e la convinzione dell'ufficiale basata su di essa, Pierre stimò necessario disingannarlo.

– *Je suis russe*, – disse in fretta Pierre.

– Ta, ta, ta, *à d'autres*, – disse il francese, agitandosi un dito sotto al naso e sorridendo. – *Tout à l'heure vous allez me conter ça*, – disse. – *Charmé de rencontrer un compatriote. Eh, bien! qu'allons nous faire de cet homme?* – aggiunse, rivolgendosi a Pierre come se già fosse un suo fratello.

Se anche Pierre non era francese, una volta che gli era stato dato questo nome, il piú grande del mondo, non ci poteva rinunziare, dicevano l'espressione del viso e il tono dell'ufficiale francese. Rispondendo all'ultima domanda, Pierre spiegò ancora una volta chi era Makàr Aleksjéjevič, dichiarò che prima del suo arrivo quel pazzo ubriaco aveva preso la pistola carica che non avevano fatto in tempo a levargli, e lo pregò di lasciare quell'atto senza castigo.

Il francese sporse il petto e fece con la mano un atto regale.

– *Vous m'avez sauvé la vie! Vous êtes français. Vous me demandez sa grâce? Je vous l'accorde. Qu'on emmène cet homme*, – proferí rapidamente, con voce energica, l'ufficiale francese, prendendo sotto braccio Pierre, che aveva promosso francese per avergli salvata la vita, ed entrò con lui nell'alloggio.

I soldati, che erano nel cortile, avendo udito lo sparo, entrarono nell'anticamera a domandare che cosa era successo, e si mostravano pronti a punire i colpevoli; ma l'ufficiale li fermò severamente.

– *On vous demandera quand on aura besoin de vous*, – disse.

I soldati uscirono. L'attendente, che intanto aveva avuto il tempo di andare in cucina, si avvicinò all'ufficiale.

– *Capitaine, ils ont de la soupe et du gigot de mouton dans la cuisine*, – disse. – *Faut-il vous l'apporter?*

– *Oui, et le vin*, – disse il capitano.

XXIX.

Quando l'ufficiale francese insieme con Pierre entrò nell'alloggio, Pierre stimò suo dovere assicurare di nuovo il capitano che egli non era francese, e volle andarsene, ma l'ufficiale francese non intendeva neppur sentirne parlare. Era a tal punto cortese, amabile, bonario e sinceramente riconoscente per aver avuta salva la vita, che Pierre non ebbe animo di rifiutare e sedette insieme con lui nella sala, la prima stanza nella quale erano entrati. All'affermazione di Pierre ch'egli non era francese, il capitano, il quale evidentemente non capiva come si potesse rifiutare una condizione cosí onorevole, si strinse nelle spalle e disse che, se voleva assolutamente passare per russo, facesse pure, ma che egli, malgrado ciò, era legato a lui dal sentimento della gratitudine per averne avuta salva la vita.

Se quell'uomo fosse stato dotato della sia pur minima capacità di capire i sentimenti altrui e avesse indovinato quel che sentiva Pierre, Pierre verisimilmente si sarebbe allontanato da lui; ma la vivace impenetrabilità di quell'uomo a tutto ciò che non era lui stesso vinse Pierre.

– *Français ou prince russe incognito*, – disse il francese, guardando la biancheria sudicia, ma fine di Pierre e l'anello che aveva al dito. – *Je vous dois la vie et je vous offre mon amitié. Un français n'oublie jamais ni une insulte ni un service. Je vous offre mon amitié. Je ne vous dis que ça.*

Nel suono della voce, nell'espressione del viso, nei gesti di quell'ufficiale c'era tanta bonarietà e tanta nobiltà (nel senso francese) che Pierre, rispondendo con un sorriso inconscio al sorriso del francese, strinse la mano che gli era tesa.

– *Capitaine Ramballe, du 13ᵉ léger, décoré pour l'affaire du sept*, – si presentò egli con un incoercibile sorriso di soddisfazione che gl'increspò le labbra sotto ai baffi. – *Voudrez-vous bien me dire à présent à qui j'ai l'honneur de parler aussi agréablement au lieu de rester à l'ambulance avec la balle de ce fou dans le corps?*

Pierre rispose che non poteva dire il suo nome e, arrossendo, mentre si provava a inventare un nome, cominciò a dire i motivi per i quali non poteva dirlo, ma il francese lo interruppe subito.

– *De grâce*, – disse. – *Je comprends vos raisons, vous êtes officier... officier supérieur, peut-être. Vous avez porté les armes contre nous... Ce n'est pas mon affaire. Je vous dois la vie. Cela me suffit. Je suis tout à vous. Vous êtes gentilhomme?* – aggiunse con una sfumatura d'interrogazione. (Pierre inchinò il capo). – *Votre nom de baptême, s'il vous plaît? Je ne demande pas davantage. M. Pierre, dites-vous... Parfait. C'est tout ce que je désire savoir.*

Quando portarono il montone, una frittata, il samovar, l'acquavite e il vino di una cantina russa che i francesi avevano preso con loro, Ramballe invitò Pierre a prender parte a quel pranzo, e subito egli stesso, avidamente e prontamente, da uomo sano e affamato, si mise a mangiare, masticando in fretta coi suoi forti denti, senza smettere di far schioccare le labbra e di esclamare: *excellent, exquis!* Il suo viso si era fatto rosso e si era coperto di sudore. Pierre era affamato, e con piacere prese parte al pranzo. Morel, l'attendente, portò una casseruola con dell'acqua calda e vi mise dentro una bottiglia di vino rosso. Oltre a ciò portò una bottiglia di *kvas* che aveva presa in cucina per un assaggio. Questa bevanda era già nota ai francesi e aveva ricevuto un nome. Il *kvas* era da loro chiamato *limonade de cochon*, e Morel vantava questa *limonade de cochon*, che aveva trovata in cucina. Ma siccome il capitano aveva il vino, che s'era procurato nel traversare Mosca, lasciò il *kvas* a Morel e prese la bottiglia di *bordeaux*. Egli avvolse il collo della bottiglia in un tovagliolo e versò del vino a sé e a Pierre. La fame saziata e il vino resero ancora piú vivace il capitano ed egli parlò senza smettere per tutto il tempo del pranzo.

– *Oui, mon cher M. Pierre, je vous dois une fière chandelle de m'avoir sauvé... de cet enragé... J'en ai assez, voyez-vous, des balles dans le corps. En voilà une*, – (e mostrò il fianco), – *à Wagram, et de deux à Smolensk*, – (e mostrava una cicatrice sulla guancia). – *Et cette jambe, comme vous voyez, qui ne veut pas marcher. C'est à la grande bataille du 7 à la Moskowa que j'ai reçu ça. Sacré Dieu, c'était beau! Il fallait voir ça, c'était un déluge de feu. Vous nous avez taillé une rude besogne; vous pouvez vous en vanter, nom d'un petit bonhomme. Et, ma parole, malgré la toux que j'y ai gagné, je serais prêt à recommencer. Je plains ceux qui n'ont pas vu ça.*

– *J'y ai été*, – disse Pierre.

– *Bah, vraiment! Eh bien, tant mieux*, – disse il francese. – *Vous êtes de fiers ennemis, tout de même. La grande redoute a été tenace, nom d'une pipe. Et vous nous l'avez fait crânement payer. J'y suis allé trois fois, tel que vous me voyez. Trois fois nous étions sur les canons et trois fois on nous a culbuté et comme des capucins de cartes. Oh! c'était beau, M. Pierre. Vos grenadiers ont été superbes, tonnerre de Dieu. Je les ai vu six fois de suite serrer les rangs et marcher comme à une revue. Les beaux hommes! Notre roi de Naples qui s'y connaît a crié: bravo! Ah! ah! soldats comme nous autres!* – diss'egli sorridendo, dopo un momento di silenzio. – *Tant mieux, tant mieux, M. Pierre. Terribles en batailles... galants...* – (e ammiccò con un sorriso), – *avec les belles, voilà les français, M. Pierre, n'est-ce pas?*

Il capitano era allegro di un'allegria talmente ingenua e bonaria, cosí contento di sé e tutto d'un pezzo, che Pierre per poco non ammiccò a sua volta, guardandolo allegramente. Forse la parola *galant* condusse il capitano a pensare alla situazione di Mosca.

– *A propos, dites donc, est-ce vrai que toutes le femmes ont quitté Moscou? Une drôle d'idée! Qu'avaient-elles à craindre?*

– *Est-ce que les dames françaises ne quitteraient pas Paris, si les russes y entraient?* – disse Pierre.

– *Ah! ah! ah!...* – Il francese fece una gran risata allegra da uomo sanguigno, battendo sulla spalla di Pierre. – *Ah! elle est forte, celle-là,* – diss'egli. – *Paris?... Mais Paris, Paris...*

– *Paris, la capitale du monde...* – disse Pierre, terminando la sua frase.

Il capitano guardò Pierre. Aveva l'abitudine, a metà del discorso, di fermarsi e di guardare fisso l'interlocutore coi suoi occhi ridenti e affettuosi.

– *Eh bien, si vous ne m'aviez pas dit que vous êtes russe, j'aurais parié que vous êtes parisien. Vous avez ce, je ne sais quoi, ce...* – e, dopo aver detto questo complimento, lo guardò di nuovo in silenzio.

– *J'ai été à Paris, j'y ai passé des années,* – disse Pierre.

– *Oh, ça se voit bien. Paris!... Un homme qui ne connaît pas Paris est un sauvage. Un parisien, ça se sent à deux lieues. Paris c'est Talma, la Duchesnois, Potier* [1], *la Sorbonne, les boulevards...* – e, accorgendosi che questa conclusione era piú debole della premessa, si affrettò ad aggiungere: – *Il n'y a qu'un Paris au monde. Vous avez été à Paris et vous êtes resté russe. Eh bien, je ne vous en estime pas moins.*

Sotto l'azione del vino bevuto e dopo le giornate passate in solitudine, coi suoi cupi pensieri, Pierre provava un involontario piacere a discorrere con quell'uomo allegro e bonario.

[1] Tre attori drammatici di gran fama al principio dell'Ottocento, soprattutto il primo.

– *Pour en revenir à vos dames, on les dit bien belles. Quelle fichue idée d'aller s'enterrer dans les steppes, quand l'armée française est à Moscou. Quelle chance elles ont manquée, celles-là. Vos moujiks, c'est autre chose, mais vous autres, gens civilisés, vous devriez nous connaître mieux que ça. Nous avons pris Vienne, Berlin, Madrid, Naples, Rome, Varsovie, toutes les capitales du monde... On nous craint, mais on nous aime. Nous sommes bons à connaître. Et puis l'Empereur...* – cominciò, ma Pierre l'interruppe.

– *L'Empereur,* – ripeté Pierre, e il suo viso assunse a un tratto un'espressione triste e confusa. – *Est-ce que l'Empereur...*

– *L'Empereur! C'est la générosité, la clémence, la justice, l'ordre, le génie, voilà l'Empereur! C'est moi, Ramballe, qui vous le dis... Tel que vous me voyez, j'étais son ennemi il y a encore huit ans. Mon père a été comte émigré... mais il m'a vaincu, cet homme. Il m'a empoigné. Je n'ai pas pu résister au spectacle de grandeur et de gloire dont il couvrait la France. Quand j'ai compris ce qu'il voulait, quand j'ai vu qu'il nous faisait une litière de lauriers, voyez-vous, je me suis dit: voilà un souverain, et je me suis donné à lui. Eh voilà! Oh, oui, mon cher, c'est le plus grand homme des siècles passés et à venir.*

– *Est-il à Moscou?* – disse Pierre esitando e col viso d'un colpevole.

Il francese guardò il viso di Pierre e rise.

– *Non, il fera son entrée demain*, – disse, e seguitò le sue narrazioni.

La loro conversazione fu interrotta da alcune voci che gridavano sul portone e dall'arrivo di Morel che veniva ad annunziare al capitano che erano giunti degli usseri del Württemberg e volevano mettere i cavalli nello stesso cortile dove stavano i cavalli del capitano. Il litigio proveniva principalmente dal fatto che gli usseri non capivano ciò che si diceva loro.

Il capitano ordinò che gli si facesse venire innanzi il sottufficiale anziano e con voce severa gli domandò a quale reggimento apparteneva, chi era il loro comandante, e come mai si permetteva di occupare un alloggio già occupato. Alle prime due domande, il tedesco, che capiva male il francese, nominò il suo reggimento e il suo comandante, ma all'ultima domanda, che non aveva capita, rispose, introducendo delle parole francesi storpiate nel suo tedesco, che egli era il maresciallo d'alloggio del reggimento e che gli era stato comandato dal suo superiore di occupare tutte le case in fila. Pierre, che conosceva il tedesco, tradusse al capitano ciò che colui aveva detto e trasmise in tedesco la risposta del capitano all'ussero del Württemberg. Avendo capito ciò che gli si diceva, l'ussero cedette e condusse via i suoi uomini. Il capitano andò fuori e diede alcuni ordini ad alta voce.

Quando ritornò nella stanza, Pierre sedeva allo stesso posto dov'era seduto prima, con la testa fra le mani. Il suo viso esprimeva la sofferenza. Difatti in quel momento egli soffriva. Quando il capitano era uscito, Pierre, rimasto solo, a un tratto era rientrato in sé ed aveva avuto coscienza della posizione nella quale si trovava. Non il fatto che Mosca era stata presa, e che quei fortunati vincitori vi facevano da padroni e lo proteggevano, non era questo, per quanto penoso fosse per Pierre, che lo tormentava nel momento presente. Lo tormentava la coscienza della sua debolezza. Alcuni bicchieri di vino bevuti e la conversazione con quel brav'uomo avevano distrutto la disposizione d'animo concentrata e cupa nella quale Pierre era vissuto in quegli ultimi giorni e che era necessaria per il compimento del suo disegno. La pistola, il pugnale e il gabbano erano pronti, Napoleone faceva la sua entrata l'indomani. Pierre credeva ancora utile e giusto uccidere il « malfattore »: eppure sentiva che ora non lo avrebbe fatto. Il perché non lo sapeva, ma presentiva che non avrebbe compiuto il suo disegno. Combatteva contro la coscienza della sua debolezza, ma sentiva vagamente che non l'avrebbe potuta vincere, che le cupe idee di una volta sulla vendetta, l'assassinio e il sacrificio di sé erano andate in fumo al contatto del primo uomo che aveva incontrato.

Il capitano, zoppicando leggermente e fischiettando qualcosa, entrò nella stanza.

La parlantina del francese, che prima aveva divertito Pierre, ora gli sembrò antipatica. La canzonetta che fischiettava e la sua andatura e il gesto con cui si arricciava i baffi, tutto ora sembrava offensivo a Pierre.

« Ora me ne andrò e non gli dirò piú una parola », pensava Pierre. Pensava questo, e intanto stava sempre seduto allo stesso posto. Uno strano senso di debolezza lo teneva lí inchiodato: voleva andarsene, e non poteva.

Il capitano, al contrario, sembrava molto allegro. Per due volte fece il giro della stanza. I suoi occhi luccicavano e i baffi avevano un leggero fremito, come se egli sorridesse fra sé di qualche buffa trovata.

– *Charmant*, – disse a un tratto, – *le colonel de ces wurtembergois! C'est un allemand, mais brave garçon, s'il en fut. Mais allemand!* – Sedette di faccia a Pierre. – *A propos, vous savez donc l'allemand, vous?*

Pierre lo guardò in silenzio.

– *Comment dites-vous « asile » en allemand?*

– *Asile?* – ripeté Pierre. – *Asile en allemand? Unterkunft.*

– *Comment dites-vous?* – tornò a domandare in fretta il capitano, diffidente.

– *Unterkunft,* – ripeté Pierre.

– *Onterkoff,* – disse il capitano e per alcuni momenti guardò Pierre con occhi ridenti. – *Les allemands sont des fières bêtes. N'est-ce pas, M. Pierre?* – concluse. – *Eh bien, encore une bouteille de ce bordeaux moscovite, n'est-ce pas? Morel, va nous chauffer encore une petite bouteille. Morel!* – gridò allegramente il capitano.

Morel portò delle candele e una bottiglia di vino. Il capitano guardò Pierre alla luce e fu evidentemente colpito dal viso disfatto del suo interlocutore. Ramballe con sincero dispiacere e interessamento si avvicinò a Pierre e si chinò su di lui.

– *Eh bien, nous sommes tristes,* – disse, toccando un braccio a Pierre. – *Vous aurais-je fait de la peine? Non, vrai, avez-vous quelque chose contre moi?* – domandò. – *Peut-être, rapport à la situation?*

Pierre non rispose, ma guardò affettuosamente negli occhi il francese. Quell'espressione di interessamento gli era gradita.

– *Parole d'honneur, sans parler de ce que je vous dois, j'ai de l'amitié pour vous. Puis-je faire quelque chose pour vous? Disposez de moi. C'est à la vie et à la mort. C'est la main sur le cœur que je vous le dis,* – disse picchiandosi il petto.

– *Merci,* – disse Pierre.

Il capitano guardò fisso Pierre, come l'aveva guardato quando aveva imparato come si dice « rifugio » in tedesco, e il viso a un tratto gli si fece raggiante.

– *Ah! dans ce cas, je bois à notre amitié!* – gridò allegramente, mescendo due bicchieri di vino. Pierre prese il bicchiere empito e lo bevve. Ramballe bevve il suo, strinse ancora una volta la mano a Pierre e appoggiò i gomiti sulla tavola in un atteggiamento di pensierosa malinconia.

– *Oui, mon cher ami, voilà les caprices de la fortune,* – cominciò. – *Qui m'aurait dit que je serai soldat et capitaine des dragons au service de Bonaparte, comme nous l'appellions jadis? Et cependant me voilà à Moscou avec lui. Il faut vous dire, mon cher,* – proseguí con la voce triste e monotona di un uomo che si prepara a raccontare una lunga storia, – *que notre nom est l'un de plus anciens de la France.*

E con la sincerità leggera e ingenua dei francesi, il capitano raccontò a Pierre la storia dei suoi antenati, la sua infanzia, l'adolescenza, e la virilità, tutti i suoi affari di famiglia, di fortuna, di parentela. « *Ma pauvre mère* » aveva naturalmente una parte importante in questo racconto.

– *Mais tout ça n'est que la mise en scène de la vie, le fond c'est l'amour. L'amour! N'est-ce pas, M. Pierre?* – disse animandosi. – *Encore un verre.*

Pierre bevve di nuovo e si versò un terzo bicchiere.

– *Oh! les femmes, les femmes!* – E il capitano, guardando Pierre con gli occhi umidi, cominciò a parlare dell'amore e delle sue avventure amorose.

Erano moltissime e vi si poteva facilmente prestar fede, guardando il bel viso soddisfatto dell'ufficiale e l'entusiastica animazione con cui parlava delle donne. Sebbene tutte le storie amorose di Ramballe avessero il medesimo carattere licenzioso, nel quale i francesi vedono l'unico piacere e la poesia dell'amore, il capitano raccontava le sue storie con tanta sincera persuasione di essere stato il solo a provare e a conoscere tutte le delizie dell'amore e descriveva le donne in modo cosí attraente che Pierre lo ascoltava con curiosità.

Era evidente che l'*amour* che il francese amava tanto non era quella semplice e bassa specie di amore che Pierre aveva provato una volta per sua moglie, né quell'amore romantico, da lui stesso alimentato, che provava per Nataša (queste due specie di amore Ramballe le disprezzava egualmente: uno era *l'amour des charretiers*, l'altro *l'amour des nigauds*); *l'amour* che il francese stimava era quello che consisteva principalmente in rapporti non naturali con le donne e in mostruose combinazioni che conferivano l'attrattiva maggiore al sentimento.

Cosí il capitano raccontò la commovente storia del suo amore per una affascinante marchesa di 35 anni e nello stesso tempo per una deliziosa, innocente fanciulla di 17 anni, figlia dell'affascinante marchesa. La lotta di generosità fra la madre e la figlia, finita col sacrificio della madre, che aveva offerto la figlia in moglie al suo amante, benché fosse un ricordo ormai lontano, agitava ancora il capitano. Poi egli raccontò un episodio nel quale un marito aveva fatto la parte dell'amante e lui (l'amante) la parte del marito, e alcuni episodi divertenti tratti dai suoi *souvenirs d'Allemagne*, dove *asile* si dice *Unterkunft*, dove *les maris mangent de la choucroûte* e dove *les jeunes filles sont trop blondes.*

Finalmente l'ultimo episodio avvenuto in Polonia, ancora fresco nella memoria del capitano, e che egli raccontava con rapidi gesti e il viso infiammato, consisteva in questo, che egli aveva salvato la vita a un polacco (in generale, nei racconti del capitano s'incontrava continuamente l'episodio della vita salvata), e questo polacco gli aveva affidato la sua incantevole moglie (*parisienne de cœur*) mentre entrava al servizio della Francia. Il capitano era felice, l'incantevole polacca voleva fuggire con lui; ma, mosso dalla generosità, il capitano aveva restituita la moglie al marito, dicendogli: – *Je vous ai sauvé la vie et je sauve votre honneur!* – Ripetendo queste parole, il capitano si asciugò gli occhi e si scosse, come per scacciare da sé la debolezza che l'aveva invaso a questo commovente ricordo.

Ascoltando i racconti del capitano, come spesso accade di sera tardi e sotto l'effetto del vino, Pierre seguiva tutto ciò che diceva il capitano, capiva tutto e insieme seguiva il filo dei suoi personali ricordi che a un tratto, senza saper perché, gli si erano presentati alla mente. Nell'ascoltare questi racconti di amore, egli si era ricordato a un tratto, inaspettatamente, del suo proprio amore per Nataša e, ripassando nella immaginazione i quadri di questo amore, li paragonava col pensiero ai racconti di Ramballe. Seguendo il racconto della lotta fra il dovere e l'amore, Pierre vedeva dinanzi a sé tutte le minime circostanze del suo ultimo incontro con l'oggetto del suo amore, presso la torre Suchàreva. Allora quell'incontro non gli aveva fatto impressione; non ci aveva neppure ripensato. Ma ora gli pareva che quell'incontro avesse qualcosa di molto significativo e poetico.

« Pjotr Kiríllovič, venite qua, vi ho riconosciuto », riudiva ora queste parole dette da lei, vedeva dinanzi a sé i suoi occhi, il suo sorriso, la sua cuffietta da viaggio, la ciocca di capelli che ne usciva fuori... e qualcosa di emozionante, di commovente gli si presentava alla mente.

Dopo aver finito il suo racconto sulla incantevole polacca, il capitano si rivolse a Pierre domandandogli se aveva mai provato un simile sentimento di sacrificio per amore e d'invidia per il legittimo marito.

Provocato da questa domanda, Pierre alzò la testa e sentí la necessità di esprimere i pensieri che l'occupavano; cominciò a spiegare come egli comprendesse alquanto diversamente l'amore per la donna. Disse che in tutta la sua vita aveva amata e amava una sola donna, e che questa donna non avrebbe mai potuto appartenergli.

– *Tiens!* – disse il capitano.

Poi Pierre spiegò che egli amava questa donna fino dai suoi piú giovani anni; ma che non aveva osato pensare a lei perché ella era troppo giovane, mentre lui era un figlio illegittimo che non aveva un nome. Poi, quando aveva ricevuto un nome e una fortuna, non aveva osato pensare a lei perché l'amava troppo, l'aveva posta troppo piú in su di tutto il mondo, e quindi tanto piú al di sopra di se stesso. Arrivato a questo punto del suo racconto, Pierre si rivolse al capitano domandandogli se capiva.

Il capitano fece un gesto che voleva dire che, se anche non capiva, lo pregava di continuare.

– *L'amour platonique, les nuages*... – borbottò.

Il vino bevuto, o un bisogno di sincerità, o l'idea che quell'uomo non conosceva e non avrebbe mai conosciuto nessuno dei personaggi della sua storia, o tutto ciò insieme sciolse la lingua di Pierre. Ed egli con la bocca fremente e con gli occhi umidi, guardando un punto lontano, raccontò tutta la sua storia; il suo matrimonio e l'amore di Nataša per il suo migliore amico e il tradimento di lei e tutti i suoi rapporti cosí poco complicati con lei. Spinto dalle domande di Ramballe, raccontò anche ciò che aveva nascosto da principio, la sua posizione sociale, e perfino gli svelò il suo nome.

La cosa che piú colpí il capitano in tutto il racconto di Pierre fu il fatto che era molto ricco, che aveva due palazzi a Mosca e che aveva abbandonato tutto e non era partito da Mosca, ma restava in città, nascondendo il suo nome e la sua condizione.

Era già tarda notte quando essi uscirono insieme nella strada. La notte era tiepida e chiara. Lontano dalla casa splendeva il chiarore del primo incendio ch'era cominciato a Mosca, in via Petrovka. A destra, in alto, c'era l'esile falce della luna, e dalla parte opposta alla luna la brillante cometa che nell'anima di Pierre era legata al suo amore. Sul portone stavano Gheràsim, la cuoca e due francesi. Si udivano le loro risate e i loro discorsi in una lingua vicendevolmente incomprensibile. Essi guardavano il chiarore che si vedeva sulla città.

Non c'era nulla di terribile in quel piccolo incendio lontano, in una città enorme.

Guardando l'alto cielo stellato, la luna, la cometa e il chiarore, Pierre provava un giocondo intenerimento. « Com'è bello! Che cosa manca ancora? » pensò. E a un tratto, essendosi ricordato il suo progetto, la testa cominciò a girargli, si sentí male e dovette appoggiarsi alla stecconata per non cadere.

Senza salutare il suo nuovo amico, Pierre, a passi incerti, si allontanò dalla porta e, ritornato nella sua camera, si coricò sul divano e si addormentò subito.

XXX.

Gli abitanti che a piedi o su veicoli lasciavano Mosca e le truppe in ritirata guardavano, da diverse strade e con diversi sentimenti, il chiarore del primo incendio divampato il 2 settembre.

Il convoglio dei Rostòv quella notte era fermo a Mytišci, a 20 miglia da Mosca. Erano partiti cosí tardi il 1° settembre, la strada era cosí ingombra di carri e di truppe, tante cose erano state dimenticate, a prender le quali si erano mandati indietro dei servitori, che quella notte s'era deciso di passarla a cinque miglia da Mosca. La mattina seguente si erano svegliati tardi e di nuovo c'erano state tante fermate che avevano potuto giungere soltanto a Bolscija Mytišci. Alle 10 i signori Rostòv e i feriti che andavano con loro erano tutti disseminati per le locande e le isbe di quel grosso paese. I domestici e i cocchieri dei Rostòv e gli attendenti dei feriti, dopo aver servito i loro padroni, cenarono, diedero da mangiare ai cavalli e uscirono all'aperto.

Nell'isba accanto giaceva ferito l'aiutante di campo di Rajevskij, con una mano spezzata, e il tremendo dolore che sentiva lo faceva gemere senza tregua, in modo pietoso, e i suoi gemiti risonavano sinistramente nella oscurità della notte autunnale. La prima notte quell'aiutante era stato nella stessa locanda dove erano i Rostòv. La contessa aveva detto che non aveva potuto chiuder occhio per via di quei lamenti, e a Mytišci era passata in un'isba peggiore, pur di essere piú lontana da quel ferito.

Nel buio della notte uno dei domestici, di dietro all'alto corpo della carrozza che stava all'ingresso, notò un secondo piccolo chiarore d'incendio. Un altro si vedeva già da un pezzo, e tutti sapevano che bruciava Malyja Mytišci, incendiato dai cosacchi di Mamònov.

– Ma questo è un altro incendio, ragazzi, – disse uno degli attendenti.

Tutti rivolsero la loro attenzione a quella luce.

– Ma lo dicevano che i cosacchi di Mamònov hanno incendiato Malyja Mytišci.

– Quello? Ma quello non è Mytišci: è piú lontano.

– Guarda un po': è come fosse a Mosca.

Due dei domestici scesero i gradini dell'entrata, fecero il giro della carrozza e si accoccolarono sul predellino.

– È piú a sinistra, come no: Mytišci è là, e questo è da tutta un'altra parte.

Alcuni altri domestici si unirono ai primi.

– Vedi come brucia! – disse uno. – Signori, questo è un incendio a Mosca: o in via Suščèvskaja o in via Rogòžskaja.

Nessuno rispose a quest'osservazione. E per un pezzo tutta quella gente stette a guardare in silenzio le lontane fiamme divampanti del nuovo incendio.

Un vecchio, il cameriere del conte (come lo chiamavano), Danila Terentjič, si avvicinò alla folla e chiamò Miška.

– Che hai da vedere qui, ragazzaccio?... Il conte chiama e non c'è nessuno... Va', preparagli il vestito.

– Sono corso soltanto a prender l'acqua, – disse Miška.

– E voi che ne pensate, Danila Terentjič, è da Mosca che viene quel chiarore? – disse uno dei servitori.

Danila Terentjič non rispose nulla, e di nuovo tutti tacquero per un pezzo. Il chiarore si spandeva e ondeggiava sempre piú.

– Misericordia di Dio!... il vento e questo tempo secco... – disse di nuovo una voce.

– Guarda come cammina!... Oh, Signore!... si vedono le cornacchie... Signore, abbi pietà di noi peccatori!

– Lo spengeranno, non aver paura.

– Chi lo spengerà? – si udí la voce di Danila Terentjič, che era stato zitto fino allora. (La sua voce era tranquilla e lenta). – È Mosca, ragazzi, la nostra Madre bianca... – La sua voce si ruppe, ed egli scoppiò in senili singulti.

Pareva che tutti non avessero aspettato se non questo per capire il significato che aveva per loro quel chiarore che si vedeva. Si udivano sospiri, parole di preghiera e i singulti del vecchio cameriere del conte.

XXXI.

Il cameriere, tornato dentro, riferí al conte che Mosca bruciava. Il conte indossò la veste da camera e uscí fuori a vedere. Uscirono con lui Sonja, che non si era ancora svestita, e Mme Schoss. Solo Nataša e la contessa rimasero nella stanza. (Petja non era piú con la famiglia: egli era andato avanti col suo reggimento che marciava verso Tròitsa).

La contessa, udita la notizia dell'incendio di Mosca, si mise a piangere. Nataša, che, pallida, con gli occhi fissi, sedeva sotto le immagini su di una panca (nello stesso punto in cui si era seduta arrivando), non fece attenzione alcuna alle parole del padre. Ella prestava ascolto ai lamenti incessanti dell'aiutante di campo, che si sentivano alla distanza di tre case.

– Ah, che orrore! – disse Sonja, tornando di fuori tutta intirizzita e spaventata. – Credo che bruci tutta Mosca: che terribile chiarore! Nataša, guarda, adesso di qui, dalla finestra, si vede, – disse alla cugina, desiderando visibilmente di distrarla in qualche maniera.

Ma Nataša la guardò come se non capisse che cosa le si chiedeva e fissò di nuovo un angolo della stanza. Nataša si trovava in quello stato di stordimento fin dal mattino, quando Sonja, con meraviglia e dispetto della contessa, senza che se ne capisse il perché, aveva creduto necessario parlare a Nataša della ferita del principe Andréj e della sua presenza nel loro convoglio. La contessa si era adirata contro Sonja come di rado si adirava. Sonja aveva pianto e chiesto perdono e ora, come sforzandosi di riparare il malfatto, non cessava di prendersi cura della cugina.

– Guarda, Nataša, come brucia terribilmente, – disse Sonja.

– Che cosa brucia? – domandò Nataša. – Ah, sí! Mosca –. E come per non offendere Sonja con un rifiuto e per liberarsi di lei, avvicinò il capo alla finestra, guardò in modo che certo non poté veder nulla, e sedette di nuovo nell'atteggiamento di prima.

– Ma tu non hai veduto.

– Sí, davvero, ho veduto, – disse con voce che implorava d'esser lasciata tranquilla.

La contessa e Sonja capivano che Mosca, l'incendio di Mosca e qualunque altra cosa non potevano avere importanza per Nataša.

Il conte se ne andò di nuovo dietro al tramezzo e si sdraiò. La contessa si avvicinò a Nataša, le toccò la testa col dorso della mano, come faceva quando la figlia era malata, poi le toccò la fronte con le labbra, come per veder se avesse la febbre, e la baciò.

– Hai preso freddo? Tremi tutta. Dovresti metterti a letto, – disse.

– Mettermi a letto? Sí, ci vado. Ci vado subito, – disse Nataša.

Da quando, la mattina, avevano detto a Nataša che il principe Andréj era gravemente ferito e viaggiava con loro, solo nel primo momento aveva fatto molte domande: « Ma dove? come? è pericolosa la ferita? e sarà possibile vederlo? » Ma dopo che le avevano detto che non poteva vederlo, che era gravemente ferito, ma non in pericolo di vita, ella, per certo, non aveva creduto a ciò che le dicevano, ma s'era persuasa che, per quanto dicesse, le avrebbero risposto sempre lo stesso e smise di far domande e di parlare. Per tutto il viaggio, con quegli occhi spalancati che la contessa conosceva tanto bene e di cui temeva tanto l'espressione, Nataša era restata immobile in un angolo della carrozza e cosí ora sedeva sulla panca dove si era messa. Che pensasse a qualcosa, che stesse per prendere o avesse già preso una decisione, la contessa lo sapeva, ma quale fosse questa decisione non lo sapeva, e ciò appunto la spaventava e la tormentava.

– Nataša, spogliati, cara, coricati nel mio letto, – (soltanto per la contessa era stata messa la materassa su di un letto: Mme Schoss e le due signorine dovevano dormire in terra, sul fieno).

– No, mamma, mi coricherò qui in terra, – rispose Nataša irritata, poi si avvicinò alla finestra e l'aprí.

I lamenti dell'aiutante si udivano piú distinti dalla finestra aperta. Ella sporse il capo nell'aria umida della notte, e la contessa vide il suo collo sottile, scosso dai singhiozzi, che urtava contro la finestra. Nataša sapeva che quei lamenti non erano del principe Andréj. Sapeva che il principe Andréj era disteso là, nel medesimo gruppo di abitazioni, in un'altra isba attigua all'ingresso, ma quel tremendo, continuo gemito la faceva singhiozzare. La contessa scambiò uno sguardo con Sonja.

– Coricati, cara, coricati, anima mia, – disse la contessa, toccando leggermente con la mano la spalla di Nataša. – Su, coricati.

– Ah! sí... mi corico subito, subito, – disse Nataša, spogliandosi in fretta e strappando i lacci delle gonne.

Buttò via il vestito, indossò un giubbetto e, piegate le gambe, sedette sul letto preparato per terra e, gettandosi innanzi sulla spalla la sua breve treccia sottile, si mise a rifarla. Le sue dita sottili, lunghe ed agili rapidamente, abilmente disfecero, rifecero e legarono la treccia. La testa di Nataša, con un gesto consueto, si piegava ora da una parte, ora dall'altra, ma gli occhi, febbrilmente aperti, guardavano immobili innanzi a loro. Quando ebbe finito di prepararsi per la notte, Nataša si abbandonò in silenzio sul lenzuolo steso sopra il fieno, dal lato della porta.

– Nataša, mettiti in mezzo, – disse Sonja.

– Resto qui, – proferí Nataša. – Ma coricatevi dunque, – aggiunse con dispetto. E affondò il viso nel guanciale.

La contessa, Mme Schoss e Sonja si spogliarono in fretta e si coricarono. Rimase nella stanza una sola piccola lampada. Ma di fuori si vedeva la luce dell'incendio di Malyja Mytišci, a due miglia di là, e risonava il vociare notturno della gente all'osteria devastata dai cosacchi di Mamònov, alla svolta della strada, e sempre si udiva il lamento continuo dell'aiutante.

A lungo Nataša prestò l'orecchio ai rumori interni ed esterni che giungevano fino a lei, ma non si mosse. Da principio udí le preghiere e i sospiri della madre, lo scricchiolio del letto sotto il peso di lei, il noto russare fischiante di Mme Schoss, il sommesso respiro di Sonja. Poi la contessa chiamò Nataša. Nataša non le rispose.

– Credo che dorma, mamma, – disse sottovoce Sonja.

La contessa, dopo aver taciuto un poco, chiamò ancora; ormai non le rispose piú nessuno.

Poco dopo Nataša udí il respiro eguale della madre. Nataša non si moveva, benché il suo piccolo piede scalzo, liberatosi dalla coperta, intirizzisse sul pavimento.

Come se festeggiasse la sua vittoria su tutti, un grillo si mise a stridere in una crepa del muro. Lontano, un gallo cantò: uno, piú vicino, gli rispose. Nell'osteria il vociare si chetò; si udiva soltanto il consueto gemito dell'aiutante. Nataša si sollevò.

– Sonja, dormi? Mamma! – mormorò.

Nessuno rispose. Nataša lentamente e con precauzione si alzò, si fece il segno della croce e con precauzione posò il suo piede nudo, sottile e snello, sul sudicio e freddo pavimento. Le assi del pavimento scricchiolarono. Ella, movendo rapidamente le gambe, fece di corsa alcuni passi, come un gattino, e mise la mano sulla fredda maniglia della porta.

Le pareva che qualcosa di pesante battesse a colpi eguali su tutte le pareti dell'isba; era il suo cuore che batteva da schiantarsi, ghiacciato di paura, di terrore e di amore.

Aprí la porta, oltrepassò la soglia e camminò sulla terra umida e fredda dell'entrata. Il freddo che la prese la rianimò. Urtò col piede nudo un uomo che dormiva, lo scavalcò e aprí la porta dell'isba dove giaceva il principe Andréj. In quell'isba era scuro. Nell'angolo piú lontano, presso al letto sul quale c'era qualcuno disteso, stava su di una panca una candela di sego che, colando, aveva formato come un gran fungo.

Nataša fin dalla mattina, quando le avevano detto della ferita e della presenza del principe Andréj, aveva stabilito che doveva vederlo. Non sapeva perché dovesse fare cosí, ma sapeva che l'incontro sarebbe stato penoso e tanto piú era persuasa che fosse necessario.

Tutto il giorno era vissuta di questa sola speranza, che nella notte lo avrebbe veduto. Ma ora che quel momento era giunto, fu presa dal terrore di ciò che avrebbe veduto. Come era stato sfigurato? Che rimaneva di lui? Era come quell'aiutante che gemeva di continuo? Sí, doveva essere cosí. Nella sua fantasia, egli era la personificazione di quel tremendo gemito. Quando vide nell'angolo una forma indecisa e prese le ginocchia rialzate sotto la coperta per le spalle di lui, si rappresentò un corpo orribile e si fermò atterrita. Ma una forza irresistibile l'attirò. Fece con precauzione un passo, poi un altro e si trovò nel mezzo della piccola isba ingombra di roba. Nell'isba, sotto alle immagini, era sdraiato su delle panche un altr'uomo (era Timochin) e in terra giacevano altre due persone (erano il dottore e il cameriere).

Il cameriere si sollevò un poco e mormorò qualche cosa. Timochin, soffrendo pel dolore della gamba ferita, non dormiva e guardava con gli occhi spalancati la strana apparizione di quella fanciulla in camicia bianca, giubbetto e cuffia da notte. Le parole insonnolite e spaventate del cameriere: « Che desiderate? perché? » non fecero che indurre Nataša ad avvicinarsi piú in fretta al corpo che giaceva nell'angolo. Per quanto spaventosamente poca fosse la rassomiglianza di quel corpo con una creatura umana, ella doveva vederlo. Passò oltre il cameriere; il fungo formato dal colare della candela era caduto, ed ella vide distintamente il principe Andréj, che giaceva con le braccia sulla coperta, tal quale com'ella lo aveva veduto sempre.

Egli era tal quale come sempre; ma il colore acceso del viso, gli occhi luccicanti fissi su di lei con esaltazione, e specialmente il collo delicato, infantile che usciva dal goletto rovesciato della camicia, gli davano un aspetto particolarmente innocente e fanciullesco che ella non aveva mai veduto al principe Andréj. Gli si avvicinò e con un gesto rapido, flessuoso e giovanile s'inginocchiò.

Egli sorrise e le stese la mano.

XXXII.

Erano passati sette giorni da quando il principe Andréj s'era riavuto al posto di medicazione del campo di battaglia di Borodinò. Durante tutto questo tempo egli si era trovato in una quasi completa incoscienza. Lo stato febbrile e l'infiammazione degl'intestini, che erano stati lesi, a parere del medico che accompagnava il ferito, dovevano portarlo via. Ma il settimo giorno egli aveva mangiato con piacere una fettina di pane insieme col tè e il dottore aveva osservato che la temperatura generale era diminuita. Nella mattinata il principe Andréj aveva ripreso conoscenza. La prima notte dopo la partenza da Mosca era stata tiepida abbastanza e il principe Andréj era stato lasciato a dormire nella carrozza; ma a Mytišci il ferito stesso aveva chiesto d'esser portato fuori e che gli fosse dato del tè. Il dolore cagionato dal trasporto nell'isba aveva strappato forti gemiti al principe Andréj e gli aveva fatto di nuovo perdere la conoscenza. Quando lo ebbero steso sul letto da campo, rimase a lungo con gli occhi chiusi, senza movimento. Poi li riaprí e mormorò sommessamente: – E il tè? – Questa sua memoria per i piccoli particolari della vita colpí il dottore. Egli tastò il polso, e con meraviglia e con dispiacere notò che era migliore. Il dottore lo notò con dispiacere perché, data la sua esperienza, era persuaso che il principe Andréj non poteva sopravvivere e che, se non fosse morto ora, sarebbe morto dopo poco tempo con maggiori sofferenze. Insieme col principe Andréj portavano il maggiore del suo reggimento Timochin, dal nasetto rosso, ferito ad una gamba nella stessa battaglia di Borodinò, che si era unito a loro a Mosca. Viaggiavano con loro il dottore, il cameriere del principe, il suo cocchiere e due attendenti.

Portarono il tè al principe. Egli bevve avidamente, guardando con gli occhi febbrili la porta che gli stava innanzi, come se si sforzasse di capire e di ricordare qualcosa.

– Non ne voglio piú. Timochin è qui? – domandò.

Timochin si avvicinò, strascicandosi sulla panca.

– Son qui, Eccellenza.

– Come va la ferita?

– La mia? Non c'è male. Ma voi?

Il principe Andréj stette di nuovo pensieroso, come per ricordare qualcosa.

– Non è possibile procurarsi il libro? – disse.

– Che libro?

– Il Vangelo! Non l'ho.

Il dottore promise di procurarlo e cominciò a interrogare il principe su ciò che sentiva. Il principe Andréj di malavoglia, ma assennatamente rispose a tutte le domande del dottore e poi disse che gli si mettesse sotto un cuscinetto, perché stava scomodo e soffriva molto. Il dottore e il cameriere sollevarono il cappotto che lo copriva e, facendo una smorfia per il grave odore di carne marcia che esalava la ferita, si misero ad esaminare quel tremendo punto. Il dottore rimase molto malcontento di qualcosa, rifece qualcosa in modo diverso, voltò il ferito dall'altra parte facendolo di nuovo gemere, sicché mentre lo voltavano egli perse di nuovo la conoscenza pel dolore e cominciò a delirare. Ripeteva di continuo che gli procurassero subito quel libro e che glielo mettessero lí.

– Che vi costa? – diceva. – Io non l'ho. Procuratemelo, per piacere. Mettetelo lí per un momento, – diceva con voce lamentevole.

Il dottore uscí nell'ingresso per lavarsi le mani.

– Ah, che gente senza coscienza, davvero! – disse il dottore al cameriere che gli versava l'acqua sulle mani. – Per un momento che non ci ho badato! Ma è un dolore tale, che mi meraviglio come possa sopportarlo.

– Sembrava che gli avessimo messo sotto qualcosa, Gesú Cristo Signore! – disse il cameriere.

Per la prima volta il principe Andréj aveva capito dove si trovasse e che cosa gli fosse accaduto, e si era ricordato d'essere stato ferito e come, quando la carrozza s'era fermata a Mytišci, ed egli aveva chiesto di essere trasportato nell'isba. Ripiombato nella confusione del dolore, si era riavuto un'altra volta nell'isba, quando aveva bevuto il tè, e allora, riandando nella sua memoria tutto ciò che gli era successo, aveva riveduto piú vivamente di ogni altra cosa l'istante in cui, al posto di medicazione, alla vista delle sofferenze dell'uomo da lui odiato, gli erano venuti quei pensieri nuovi che gli avevano dato tanta gioia. E questi pensieri, sebbene in modo vago e confuso, gli avevano di nuovo invaso l'anima. Si era ricordato che ora possedeva una nuova felicità e che questa felicità aveva qualcosa di comune col Vangelo. E perciò aveva chiesto il Vangelo. Ma la cattiva posizione in cui gli avevano messo la ferita e il tentativo di voltarlo di nuovo, avevano da capo confuso i suoi pensieri, e per la terza volta egli si risvegliò alla vita nell'assoluto silenzio della notte. Tutti dormivano intorno a lui. Un grillo strideva di là dall'entrata, sulla strada qualcuno gridava e cantava, gli scarafaggi frusciavano sulla tavola, sulle immagini e sulle pareti; una grossa mosca sbatteva sul suo capezzale e intorno alla candela di sego che gli stava accanto formando un grosso fungo.

L'anima sua non era in uno stato normale. L'uomo sano di

solito pensa, sente e ricorda simultaneamente una innumerevole quantità di oggetti, ma ha il potere e la forza, scelta una serie di pensieri o d'immagini, di fermare su questa serie di pensieri o d'immagini tutta la sua attenzione. L'uomo sano, nel momento della piú profonda meditazione, se ne può astrarre per dire una parola cortese a una persona che entra, e poi ritorna di nuovo ai suoi pensieri. L'anima invece del principe Andréj era in uno stato anormale sotto questo aspetto. Tutte le forze del suo spirito erano piú attive, piú lucide che mai, ma agivano al di fuori della sua volontà. I pensieri e le immagini piú differenti l'occupavano contemporaneamente. A volte il suo pensiero cominciava a un tratto a lavorare, e con tale forza, chiarezza e profondità che mai avrebbe potuto averle mentre era sano; ma bruscamente, a mezzo del proprio lavoro, s'interrompeva, una qualsiasi immagine inattesa ne prendeva il posto, ed egli non aveva la forza di ritornarvi.

« Sí, mi si è rivelata una nuova felicità, che nessuno può togliere all'uomo, – pensava, giacendo nella quieta penombra dell'isba e guardando innanzi a sé con gli occhi fissi, dilatati dalla febbre. – La felicità che si trova fuori delle forze materiali, fuori delle influenze esterne della materia sull'uomo, la felicità dell'anima, la felicità dell'amore! Ogni uomo può comprenderla, ma Dio solo può averne piena coscienza e prescriverla agli uomini. Ma come mai Dio ha prescritto questa legge? Perché il figlio?... »

Ma a un tratto, il corso di questi pensieri fu troncato e il principe Andréj udí (senza sapere se l'udisse nel delirio o nella realtà), udí il sommesso mormorio di una voce che ripeteva di continuo in cadenza: « i piti-piti-piti », e poi « i ti-ti », e di nuovo « i piti-piti-piti », e di nuovo « i ti-ti ». Insieme con queste parole, al suono di questa musica sussurrante, il principe Andréj sentiva sorgere al di sopra del suo viso, proprio nel mezzo, uno strano aereo edificio di aghi o di trucioli sottili. Sentiva (benché ciò gli fosse difficile) che bisognava ch'egli mantenesse con ogni sforzo l'equilibrio perché quell'edificio che sorgeva non precipitasse; ma pure esso precipitava, e di nuovo lentamente si rifaceva al suono di quella musica sussurrante ritmicamente. « Si allunga, si allunga! si distende e si allunga sempre! » diceva fra sé il principe Andréj. Mentre tendeva l'orecchio al sussurro e aveva la sensazione di quell'edificio di aghi che si distendeva e s'innalzava, il principe Andréj vedeva a tratti anche la luce rossa che circondava la candela e udiva il fruscio degli scarafaggi e il ronzio della mosca che sbatteva sul guanciale e sul suo viso. E ogni volta che la mosca toccava il suo viso, gli produceva un senso come di bruciatura;

ma nello stesso tempo egli si meravigliava che, urtando proprio nel mezzo dell'edificio che s'innalzava sul suo volto, la mosca non lo facesse crollare. Ma oltre a questo c'era ancora un'altra cosa importante. Era un che di bianco presso la porta, era una statua di sfinge che anch'essa l'opprimeva.

« Ma forse è la mia camicia lí sulla tavola, – pensava il principe Andréj, – e queste sono le mie gambe, e quella è la porta; ma perché tutto si stende e si muove, " i piti-piti-piti, i ti-ti, i piti-piti-piti... " Basta, smetti, ti prego, lascia andare », chiedeva penosamente il principe Andréj a qualcuno. E a un tratto il suo pensiero e il suo sentimento si riaccesero con straordinaria forza e chiarezza.

« Sí, l'amore, – pensava egli di nuovo con assoluta chiarezza, – ma non quell'amore che ama per qualche cosa, con qualche scopo o per qualche ragione, ma quell'amore che ho provato per la prima volta quando, moribondo, vidi il mio nemico e pure l'amai. Ho provato quel sentimento di amore che è l'essenza stessa dell'anima e che non ha bisogno di oggetto. E anche ora provo questo sentimento benedetto. Amare il prossimo, amare i nemici. Amar tutto, amare Dio in tutte le sue manifestazioni. Una creatura cara si può amarla di amore umano, ma soltanto un nemico si può amarlo di amore divino. E perciò provavo una gioia cosí grande sentendo di amare quell'uomo. Che ne è accaduto? È vivo?... Amando di amore umano, si può dall'amore passare all'odio, ma l'amore divino non può mutare. Nulla, neppure la morte, nulla può distruggerlo. È l'essenza dell'anima. E quanta gente ho odiata nella mia vita! Ma di tutte queste persone nessuna ho piú amata e piú odiata di lei ». E si rappresentò al vivo Nataša, non come se la rappresentava prima, con la sola sua leggiadria che lo allietava; ma per la prima volta si rappresentò la sua anima. E capí i suoi sentimenti, le sue sofferenze, la vergogna, il pentimento. Ora per la prima volta egli capí tutta la crudeltà dell'averla respinta, vide la crudeltà della propria rottura con lei. « Se potessi rivederla ancora una volta soltanto! e dirle una volta sola, guardando in quegli occhi... »

« I piti-piti-piti i ti-ti piti-piti » – bum! la mosca picchiò un colpo. E a un tratto la sua attenzione si trasportò in un altro mondo di attività e di delirio, nel quale accadeva qualcosa di particolare. Anche in questo mondo un edifizio s'innalzava sempre senza crollare, sempre come prima si distendeva qualche cosa e come prima la candela ardeva col suo cerchio rosso e la stessa camicia che pareva una sfinge era gettata presso la porta; ma, oltre tutto ciò, si era udito uno scricchiolio, si era sentita una ventata fresca e una sfinge bianca era apparsa, ritta, davanti alla porta. E la testa di questa sfinge aveva il viso pallido e gli occhi scintillanti di quella Nataša alla quale egli pensava poco prima.

« Oh! come è penoso questo delirio continuo! » pensò il principe Andréj, cercando di scacciare quel viso dalla sua immaginazione. Ma quel viso stava davanti a lui con la forza della realtà, quel viso si avvicinava. Il principe Andréj voleva tornare a quel mondo precedente di puro pensiero, ma non poteva, e il delirio lo attirava nel suo regno. La sommessa voce sussurrante seguitava il suo ritmico balbettio, qualcosa premeva, si distendeva, e uno strano viso stava innanzi a lui. Il principe Andréj raccolse tutte le sue forze per tornare in sé; fece un movimento e a un tratto i suoi orecchi tintinnarono, gli occhi gli si appannarono, e, come un uomo che affonda nell'acqua, egli perdette la conoscenza. Quando si risvegliò, Nataša, proprio quella Nataša viva che fra tutte le creature del mondo egli piú avrebbe voluto amare di quel nuovo, puro, divino amore che adesso gli era stato rivelato, stava dinanzi a lui in ginocchio. Egli capí che era la vera Nataša viva, e non ne fu meravigliato, ma ne gioí in silenzio. Nataša, stando in ginocchio, con lo sguardo atterrito, ma inchiodato su di lui (ella non riusciva a muoversi), lo guardava, trattenendo i singhiozzi. Il viso di lei era pallido e immobile. Solo nella parte inferiore del volto qualcosa tremava.

Il principe Andréj mandò un sospiro di sollievo, sorrise e tese la mano.

– Voi? – disse. – Che fortuna!

Nataša, con un rapido, ma cauto movimento, si avvicinò a lui sulle ginocchia, e, presagli delicatamente la mano, vi chinò su il viso e cominciò a baciarla, sfiorandola appena con le labbra.

– Perdonate! – disse in un sussurro, alzando il capo e guardandolo – Perdonatemi!

– Vi amo, – disse il principe Andréj.

– Perdonate...

– Perdonare che? – domandò il principe Andréj.

– Perdonatemi per quello che ho fa...tto, – disse Nataša con un mormorio interrotto e appena percettibile e si mise a baciargli piú fitto la mano, sfiorandola appena con le labbra.

– Io ti amo piú e meglio di prima, – disse il principe Andréj, alzandole con la mano il viso cosí da poterla guardare negli occhi.

Questi occhi, pieni di lacrime di gioia, lo guardavano con timidezza e compassione e amorosa letizia. Il magro e pallido viso di Nataša, con le labbra gonfie, era piú che brutto: era tremendo. Ma il principe Andréj non vedeva quel viso, vedeva soltanto quegli occhi splendenti che erano magnifici. Dietro a loro si udirono delle voci.

Pjotr, il cameriere, ora interamente desto dal sonno, aveva svegliato il dottore. Timochin, che non s'era mai addormentato per il dolore alla gamba, già da un pezzo aveva veduto tutto ciò che accadeva e, coprendo accuratamente col lenzuolo il suo corpo svestito, si rannicchiava sulla panca.

– Cosa c'è? – disse il dottore, sollevandosi dal suo giaciglio. – Vogliate andarvene, signora.

In quel momento picchiava alla porta la cameriera mandata dalla contessa, che s'era accorta dell'assenza della figlia.

Come una sonnambula che è risvegliata in mezzo al suo sonno, Nataša uscí dalla stanza e, ritornata nella sua isba, cadde singhiozzando sul letto.

Da quel giorno, per tutto il resto del viaggio dei Rostòv, in tutti i luoghi di sosta e di pernottamento, Nataša non si allontanò da Bolkonskij ferito, e il dottore dovette confessare che non si aspettava da una fanciulla né tanta fermezza, né tanta abilità nel curare il ferito.

Per quanto paresse terribile alla contessa l'idea che il principe Andréj poteva morire durante il viaggio nelle braccia di sua figlia (cosa molto verosimile, a quanto diceva il dottore), ella non poté contrastare Nataša. Benché, in seguito al riavvicinamento avvenuto adesso tra il principe Andréj ferito e Nataša, si pensasse che, in caso di guarigione, le loro antiche relazioni di fidanzamento avrebbero potuto rinnovarsi, nessuno, e tanto meno Nataša e il principe Andréj, ne parlava; la quistione di vita o di morte, che pendeva tuttora indecisa, non soltanto per Bolkonskij, ma per tutta la Russia, impediva ogni altro progetto.

XXXIII.

Il 3 settembre Pierre si svegliò tardi. Gli doleva il capo. Non s'era spogliato, e il vestito nel quale aveva dormito gli pesava sul corpo, e nell'anima egli aveva una vaga coscienza di qualcosa di vergognoso che fosse accaduto il giorno innanzi. Questa cosa vergognosa era la sua conversazione della vigilia col capitano Ramballe.

L'orologio segnava le undici, ma fuori era molto scuro. Pierre si alzò, si stropicciò gli occhi e, vedendo la pistola con l'impugnatura intagliata che Gheràsim aveva di nuovo posata sulla scrivania, Pierre si ricordò dove si trovava e che cosa lo attendeva proprio in quel giorno.

« Non ho fatto già troppo tardi? – pensò Pierre. – No, probabilmente *egli* farà la sua entrata a Mosca non prima delle 12 ». Pierre non si lasciava andare a riflettere su ciò che lo attendeva, ma si affrettava ad agire al piú presto.

Accomodandosi addosso il vestito, Pierre prese in mano la pistola, e si preparava già ad andare. Ma qui per la prima volta gli venne in mente il pensiero del modo come avrebbe tenuto quell'arma per la strada; non certo in mano. Anche sotto al largo gabbano sarebbe stato difficile nascondere la grossa pistola. Era impossibile portarla alla cintura o sotto il braccio senza farsi scorgere. Oltre a ciò la pistola era scarica e Pierre non riusciva a caricarla. « Tanto varrebbe un pugnale », si disse Pierre, sebbene piú volte, meditando sul compimento del suo progetto, avesse concluso fra sé che il maggiore errore commesso dallo studente del 1809 era stato di volere uccidere Napoleone con un pugnale. Ma pareva che lo scopo principale di Pierre non fosse di compiere l'atto che aveva premeditato, ma di mostrare a se stesso che egli non retrocedeva dalla sua intenzione e faceva di tutto per attuarla. Pierre prese in fretta il pugnale spuntato e intaccato col fodero verde che aveva comprato presso la torre Suchàreva insieme con la pistola e se lo nascose sotto al panciotto. Dopo essersi stretto alla cintola il gabbano e messo il berretto, cercando di non far rumore e di non incontrare il capitano, Pierre traversò il corridoio e uscí nella strada.

L'incendio che egli aveva guardato con tanta indifferenza la sera prima, nella notte era considerevolmente aumentato. Mosca bruciava già da varie parti. Bruciavano nel medesimo tempo il mercato delle vetture, il Zamoskvorjcie, il Gostinyj Dvor, la via Pòvarskaja, i battelli sulla Moskvà e il mercato della legna presso il ponte Dorogomílovskij.

La strada che doveva percorrere Pierre conduceva, attraverso dei vicoli, alla via Pòvarskaja e di là all'Arbàt verso la chiesa dell'Apparizione di San Nicola, presso la quale egli aveva da lungo tempo fissato nella sua mente il posto dove avrebbe compiuto il suo atto. La maggior parte delle case avevano le porte e le imposte chiuse. Le strade e i vicoli erano deserti. Nell'aria c'era un odore di bruciato e di fumo. Ogni tanto s'incontravano dei russi dai visi inquieti e spauriti e dei francesi con l'aspetto di uomini che stiano in un accampamento e non in una città, i quali camminavano nel mezzo della strada. Gli uni e gli altri guardavano Pierre con meraviglia. Oltre che per l'alta statura e la grassezza, oltre che per l'espressione del viso e di tutta la figura, espressione strana, concentrata, cupa e sofferente, i russi osservavano Pierre perché non capivano a che classe sociale potesse appartenere quell'uomo; i francesi poi lo accompagnavano meravigliati con lo sguardo soprattutto perché Pierre, contrariamente a tutti gli altri russi che guardavano i francesi con paura o con curiosità, non faceva punto attenzione a loro. Presso il portone di una casa tre francesi, che dicevano qualcosa a dei russi che non li capivano, fermarono Pierre domandandogli se sapeva il francese.

Pierre scosse il capo negativamente e passò oltre. In un altro vicolo, una sentinella che stava ritta presso un cassone verde gli urlò contro, e Pierre, soltanto quando udí la sentinella ripetere il suo grido minaccioso ed imbracciare il fucile, capí che doveva andare dall'altro lato della strada. Egli non udiva e non vedeva nulla intorno a sé. Frettoloso e atterrito, portava in sé il suo progetto come qualcosa di terribile e di estraneo, temendo – istruito dall'esperienza della notte scorsa – di perderlo in qualche modo di vista. Ma Pierre non era destinato a portare intatto il suo stato d'animo fino al luogo dove si dirigeva. Oltre a ciò, se anche egli non fosse stato trattenuto da nulla nel suo cammino, non avrebbe potuto mettere in atto il proposito, perché Napoleone, piú di quattro ore prima, dal sobborgo di Dorogomílovo attraverso l'Arbàt era arrivato al Cremlino, e ora, nello stato d'animo piú cupo, sedeva nel gabinetto dello zar al palazzo del Cremlino, e dava ordini minuziosi, particolareggiati circa le misure che dovevano esser prese immediatamente per estinguere l'incendio, prevenire il saccheggio e tranquillare gli abitanti. Ma Pierre non lo sapeva; tutto assorto nel suo proposito, si tormentava, come si tormentano le persone che si ostinano a intraprendere una cosa impossibile non per le sue difficoltà, ma per la sua incompatibilità con la propria natura; si tormentava per la paura di sentirsi debole nel momento decisivo e perdere, in conseguenza, la stima di se stesso.

Benché non vedesse e non udisse nulla intorno a sé, istintivamente capiva la strada e non si smarriva nei vicoli che lo conducevano alla Pòvarskaja.

A misura che Pierre si avvicinava alla Pòvarskaja, il fumo si faceva sempre piú denso e si sentiva anzi il calore proveniente dall'incendio. Di tanto in tanto salivano lingue di fuoco di sotto ai tetti delle case. S'incontrava piú gente per la strada, e questa gente era piú agitata. Ma Pierre, benché sentisse che qualcosa d'insolito accadeva intorno a lui, non si rendeva conto che si avvicinava all'incendio. Passando per un sentiero che attraversava un grande spazio senza fabbricati, confinante da una parte con la Pòvarskaja e dall'altra coi giardini della casa del principe Gruzinskij, Pierre udí tutt'a un tratto, proprio vicino a sé, un pianto disperato di donna. Si fermò, come se si fosse svegliato da un sogno e alzò la testa.

Da una parte del sentiero, sull'erba secca e polverosa, erano accatastati mucchi di masserizie domestiche: materassi di piume, samovar, immagini sacre e bauli. In terra, accanto ai bauli, era seduta una donna non piú giovane, magra, coi denti superiori lunghi e sporgenti, vestita di un mantello nero e di una cuffia. Questa donna piangeva perdutamente dondolandosi e brontolando qualcosa. Due ragazzine dai dieci ai dodici anni, con dei vestitini e dei mantelletti corti e sudici, con l'espressione dello stupore sui pallidi visi spaventati, guardavano la madre. Un bambino piú piccolo, di forse sette anni, in camiciotto e con un enorme berretto, certo non suo, piangeva nelle braccia d'una vecchia bambinaia. Una sudicia servetta scalza era seduta su di un baule e, disfacendosi una treccia biondastra, ne strappava i capelli bruciati e li annusava. Il marito, un omino non alto, in piccola tenuta di funzionario, un po' curvo, con delle piccole fedine a forma di ruota e delle ciocche di capelli lisci che uscivano di sotto a un berretto posto dritto sul capo, con una faccia impassibile, smoveva i bauli messi l'uno sull'altro e ne tirava fuori certi vestiti.

La donna si gettò quasi ai piedi di Pierre, quando lo vide.

– Padri miei carnali, cristiani ortodossi! Salvatemi, aiutatemi, caro!... Che qualcuno mi aiuti, – articolava ella in mezzo ai singhiozzi. – La mia bambina!... Mia figlia!... La mia figlia minore hanno lasciato!... È bruciata!... Oh! oh!... Per questo t'ho cull... Oh! oh!...

– Basta, Marja Nikolàjevna, – fece l'uomo, rivolgendosi a bassa voce alla moglie, evidentemente solo per giustificarsi davanti a un estraneo. – Tua sorella ha dovuto portarla via, se no dove potrebbe essere? – aggiunse.

– Mostro! assassino! – urlò la donna con rabbia, smettendo a un tratto di piangere. – Non hai cuore! Non hai pietà della tua creatura! Un altro l'avrebbe strappata dalle fiamme. Ma questo è un mostro e non un uomo, non un padre. Ma voi siete un uomo di cuore, – fece la donna, rivolta a Pierre, parlando in fretta e singhiozzando. – Bruciava la casa accanto a noi e il fuoco ha preso la nostra casa. La serva ha gridato: il fuoco! Ci siamo precipitati per radunare qualche cosa. Siamo scappati fuori cosí come ci si trovava... Ecco quel che s'è preso... La benedizione di Dio e il letto nuziale, tutto il resto è perduto. Guardo i ragazzi, e Kàtječka non c'è... Oh! oh! O Signore!... – e si mise di nuovo a singhiozzare. – La mia bambina cara è bruciata! bruciata!...

– Ma dove, dove è rimasta? – disse Pierre.

All'espressione animata del suo viso la donna capí che quell'uomo la poteva aiutare.

– Babbo! Padre mio! – gridò, afferrandogli i ginocchi. – Benefattore mio, calma tu il mio cuore!... Aniska, va', canaglia, conducilo, – gridò alla servetta, aprendo rabbiosamente la bocca e con questo movimento mostrando ancor piú i suoi lunghi denti.

– Conducimi, conducimi... farò io, io... – disse precipitosamente Pierre, con voce affannosa.

La sudicia servetta uscí da dietro il baule, si tirò su la treccia e, sospirando, andò innanzi per il sentiero coi suoi piedi nudi e pigri. Pareva che Pierre si fosse a un tratto risvegliato alla vita dopo un pesante svenimento. Alzò la testa, gli occhi si accesero di una luce di vita, e a rapidi passi andò dietro alla servetta, la raggiunse e sbucò sulla via Pòvarskaja. Tutta la strada era coperta da una nuvola di fumo nero. Lingue di fiamma balzavano qua e là da quella nuvola. La gente in gran folla si ammassava davanti all'incendio. In mezzo alla strada stava un generale francese e diceva qualcosa a coloro che lo circondavano. Pierre, accompagnato dalla servetta, si avviò verso il luogo dove stava il generale, ma dei soldati francesi lo fermarono.

– *On ne passe pas*, – gli gridò una voce.

– Di qua, zio, – gridò la servetta, – passeremo per il vicolo, dai Nikúlin.

Pierre tornò indietro e la seguí, facendo ogni tanto un salto per raggiungerla. La servetta attraversò di corsa la strada, girò a sinistra in un vicolo e, dopo aver oltrepassato tre case, entrò in un portone a destra.

– Ecco, è subito qui, – disse la servetta e, attraversato di corsa il cortile, aprí un cancelletto in uno steccato di tavole sottili e, fermandosi, mostrò a Pierre un piccolo padiglione di legno che bruciava, mandando un gran calore e una gran luce. Uno dei suoi lati era rovinato, l'altro bruciava, e le fiamme si sprigionavano luminose dalle fessure delle finestre e dal tetto.

Quando Pierre entrò pel cancelletto, il calore lo investí ed egli involontariamente si fermò.

– Qual è, qual è la vostra casa? – domandò.

– Oh! oh! – si mise a gemere la servetta, indicando il padiglione. – Lí, lí, proprio lí era il nostro alloggio. E sei bruciata, tesoro nostro, Kàtječka, padroncina mia adorata, oh!... oh!... – si mise a gemere Aniska alla vista dell'incendio, sentendo la necessità di esprimere anche i propri sentimenti.

Pierre s'inoltrò verso il padiglione, ma il calore era cosí forte che involontariamente egli descrisse un semicerchio intorno al padiglione e si trovò davanti alla casa grande che bruciava ancora soltanto da un lato, sul tetto, e intorno alla quale brulicava una folla di francesi. Da principio Pierre non capí che cosa facessero questi francesi, che trascinavano qualcosa; ma, vedendo davanti a sé un francese che batteva un contadino col piatto della sciabola e gli strappava una pelliccia di volpe, Pierre capí vagamente che lí si saccheggiava, ma non ebbe il tempo di fermarsi a quel pensiero.

Lo scricchiolio e poi il fracasso delle mura e dei soffitti che crollavano, il fischiare e il crepitare delle fiamme, gli urli eccitati della gente, la vista dei nuvoli di fumo che ondeggiavano, ora oscurandosi, fitti e neri, ora alzandosi in aria e schiarendosi, con lo sfavillio delle scintille e delle fiamme che lambivano le mura, qua spesse, a forma di covoni e rosse, là color delle squame dorate, la sensazione del calore e del fumo e della rapidità dei movimenti, tutto ciò produsse su Pierre il solito effetto eccitante degl'incendi. Questo effetto era particolarmente forte in Pierre perché a un tratto, alla vista di quell'incendio, Pierre s'era sentito liberato dai pensieri che lo opprimevano. Si sentiva giovane, allegro, agile e risoluto. Girò intorno al padiglione, dal lato della casa, e voleva già correre in quella parte di esso che era ancora in piedi, quando, proprio sul suo capo, udí alcune voci che gridavano e poi uno schianto e il rumore di un oggetto pesante che gli cadde vicino.

Pierre si voltò a guardare e vide alle finestre della casa dei francesi che avevano buttato giú il cassetto di un canterano pieno di oggetti di metallo. Altri soldati francesi che stavano giú si avvicinarono al cassetto.

– *Eh bien, qu'est-ce qu'il veut celui-là?* – gridò a Pierre uno dei francesi.

– *Un enfant dans cette maison. N'avez-vous pas vu un enfant?* – disse Pierre.

– *Tiens, qu'est-ce qu'il chante celui-là? Va te promener*, – si udirono gridare delle voci, e uno dei soldati, che certamente temeva che Pierre volesse toglier loro l'argenteria e i bronzi che erano nel cassetto, si mosse minaccioso verso di lui.

– *Un enfant?* – gridò di su un francese. – *J'ai entendu piailler quelque chose au jardin. Peut-être c'est son moutard au bonhomme. Faut être humain, voyez-vous...*

– *Où est-il? Où est-il?* – chiedeva Pierre.

– *Par ici! par ici!* – gli gridò il francese dalla finestra, indicandogli il giardino che era dietro alla casa. – *Attendez, je vais descendre* –. E difatti dopo un momento il francese, un giovanotto in maniche di camicia, con gli occhi neri e una macchia su di una gota, saltò giú dalla finestra del pianterreno e, battendo sulla spalla a Pierre, corse con lui nel giardino.

– *Dépêchez-vous, vous autres*, – gridò ai compagni, – *commence à faire chaud.*

Correndo dietro alla casa, sul vialetto coperto di sabbia, il francese tirò Pierre per un braccio e gli mostrò uno spiazzo tondo. Sotto una panchina c'era una bimba di tre anni con un vestitino rosa.

– *Voilà votre moutard. Ah, une petite, tant mieux*, – disse il francese. – *Au revoir, mon gros. Faut être humain. Nous sommes tous mortels, voyez-vous*, – e il francese con la macchia sulla gota tornò di corsa verso i suoi compagni.

Pierre, ansimando dalla gioia, corse verso la bimba e voleva prenderla fra le braccia. Ma, vedendo un estraneo, la bambina, scrofolosa e malaticcia, somigliante alla madre, antipatica all'aspetto, si mise a urlare e a scappare. Pierre però l'acchiappò e l'alzò fra le braccia; lei si mise a strillare con una voce di rabbia disperata e con le sue manine tentò di allontanare da sé le mani di Pierre e di morderle con la sua bocca mocciosa. Pierre provò un senso di orrore e di disgusto simile a quello che provava al contatto di qualche bestiola. Ma fece uno sforzo su se stesso per non lasciar andare la bambina, e corse indietro verso la casa grande. Ma era ormai impossibile ripassare per la stessa strada: la servetta Aniska non c'era piú e Pierre, con un senso di pietà e di disgusto insieme, stringendo a sé con la maggior gentilezza possibile la bambina che singhiozzava dolorosamente ed era tutta bagnata, si mise a correre per il giardino cercando un'altra uscita.

XXXIV

Quando Pierre, fatto di corsa il giro per cortili e vicoli, fu ritornato col suo fardello verso il giardino di casa Gruzinskij, all'angolo di via Pòvarskaja, nel primo momento non riconobbe il posto dal quale era partito per andare a cercar la bambina, tanto era ingombro di gente e di masserizie tirate fuori dalle case. Oltre alle famiglie russe con le loro robe, venute per salvarsi dall'incendio, c'erano anche parecchi soldati francesi in vestiti diversi. Pierre non fece attenzione ad essi. Si affrettò a cercare la famiglia del funzionario per dar la figlia alla madre e andar di nuovo a salvare qualcuno. Pareva a Pierre che gli restassero ancora da fare molte cose e presto. Riscaldato dal calore del fuoco e dalla corsa, Pierre provava anche piú forte in quel momento la sensazione di giovinezza, di eccitazione e di risolutezza che lo aveva preso mentre correva a salvare la bambina. La bambina ora s'era chetata e, tenendosi con le manine al gabbano di Pierre, se ne stava sul suo braccio e si guardava intorno come una bestiola selvaggia. Pierre ogni tanto la guardava con un lieve sorriso. Gli pareva di vedere qualcosa di commovente e d'innocente in quel visino spaventato e malaticcio.

Né il funzionario né la moglie erano piú nel posto di prima. Pierre a rapidi passi camminava fra la gente guardando i visi che gli capitavano davanti. Involontariamente notò una famiglia georgiana o armena, composta di un uomo molto vecchio, bello, con un viso di tipo orientale, vestito con un pellicciotto nuovo foderato di montone e degli stivali nuovi, di una vecchia dello stesso tipo e di una giovane donna. Questa donna, molto giovane, parve a Pierre la perfezione della bellezza orientale, con le sue sopracciglia nere, arcuate, e il viso lungo, insolitamente dolce, colorito e bello, ma senza nessuna espressione. In mezzo alle masserizie sparse, fra la folla, sullo spiazzo, ella, nel suo ricco mantello di raso con un fazzoletto lilla chiaro che le copriva la testa, faceva pensare a una fragile pianta di serra gettata sulla neve. Era seduta su dei fagotti, un po' dietro alla vecchia e, coi suoi due grandi immobili occhi neri allungati dalle lunghe ciglia, guardava in terra. Di certo, era conscia della sua bellezza e temeva per essa. Quel viso colpí Pierre, ed egli, passando in fretta lungo la stecconata, piú volte si voltò per guardarla. Giunto alla fine della stecconata e non trovando quelli che cercava, Pierre si fermò e si guardò intorno.

La figura di Pierre con la bambina fra le braccia adesso era piú osservata di prima e intorno a lui si radunarono diversi russi, uomini e donne.

– Avete perduto qualcuno, buon uomo? – Siete un nobile? – Di chi è la bambina? – gli domandavano.

Pierre rispondeva che la bambina apparteneva alla donna col mantello nero che stava poco prima coi figli in quel luogo e domandava se qualcheduno sapeva chi fosse e dove fosse andata.

– Devono essere gli Anferov, – disse un vecchio diacono rivolgendosi a una donnetta butterata. – Signore, abbi misericordia! Signore, abbi misericordia! – aggiunse consuetudinariamente, con voce di basso.

– Ma che Anferov! – disse la donnetta. – Gli Anferov se ne sono andati fin da stamattina. Dev'essere Marja Nikolàjevna; oppure gli Ivanov.

– Ha detto «una donna» e Marja Nikolàjevna è una signora, – disse un domestico.

– Ma voi dovete conoscerla... coi denti lunghi, magra, – disse Pierre.

– È Marja Nikolàjevna. Sono scappati in giardino quando sono piombati qui questi lupi, – disse la donnetta, mostrando i soldati francesi.

– Oh! Signore, abbi misericordia, – aggiunse di nuovo il diacono.

– Andate per di qua, sono laggiú. Sí, è lei di certo. Era tutta avvilita, piangeva, – disse di nuovo la donnetta. – È lei! Per di qua.

Ma Pierre non ascoltava la donna. Già da qualche momento guardava, senza levar gli occhi, ciò che si faceva a pochi passi da lui. Guardava la famiglia armena e due soldati francesi che si erano avvicinati agli armeni. Uno di questi soldati, un piccoletto, dai gesti vivaci, era vestito con un cappotto turchino, legato alla vita da una corda. Sulla testa aveva un colbacco e i suoi piedi erano scalzi. L'altro, che piú specialmente aveva colpito Pierre, era un uomo lungo, un po' curvo, biondo, magro, dai movimenti lenti e dall'espressione del viso idiota. Questo era vestito con un cappotto di rovescio, dei calzoni turchini e degli stivaloni alla scudiera sdruciti. Il piccolo francese senza stivali, in cappotto turchino, s'era avvicinato agli armeni e subito, dicendo qualcosa, aveva afferrato le gambe del vecchio e il vecchio lesto lesto si levava gli stivali. L'altro, col cappotto di rovescio, s'era fermato davanti alla bella armena e in silenzio, immobile, con le mani in tasca, la guardava.

– Prendi, prendi la bambina, – disse Pierre, rivolgendosi in fretta e con autorità alla donnetta e dandole la piccina. – Consegnala a loro, consegnala! – urlò quasi alla donna, posando a terra la bambina che si era messa a strillare, e si volse di nuovo verso i francesi e la famiglia armena.

Il vecchio era già scalzo. Il piccolo francese gli aveva tolto il secondo stivale e batteva i due stivali uno contro l'altro. Il vecchio, singhiozzando, diceva qualche cosa, ma Pierre lo vedeva soltanto con la coda dell'occhio: tutta la sua attenzione era rivolta al francese in cappotto di rovescio che intanto, dondolandosi lentamente, s'era accostato alla giovane donna e, togliendo le mani di tasca, l'aveva presa per il collo.

La bella armena se ne stava sempre seduta in quella medesima posizione, con le lunghe ciglia abbassate, come se non sentisse ciò che le faceva il soldato.

Mentre Pierre faceva di corsa quei pochi passi che lo separavano dai francesi, già il predone alto col cappotto di rovescio aveva strappato dal collo dell'armena la collana, e la giovane donna, portandosi le mani alla gola, gridava con voce rauca.

– *Laissez cette femme!* – urlò con voce furibonda, prendendo per le spalle il soldato lungo e curvo e dandogli uno spintone. Il soldato cadde, si alzò e scappò via. Ma il suo compagno, gettando via gli stivali, tirò fuori la sciabola e andò addosso minaccioso a Pierre.

– *Voyons, pas de bêtises!* – gridò.

Pierre si trovava in uno di quei parossismi di rabbia nei quali non pensava piú a nulla e che decuplicavano le sue forze. Egli si gettò sul francese scalzo e, prima che questo avesse avuto il tempo di alzare la sciabola, già lo aveva fatto cadere e lo tempestava di pugni. Si udirono gli urli di approvazione della folla circostante, e nello stesso momento, dall'angolo della via, comparve una pattuglia di ulani francesi a cavallo. Gli ulani, al trotto, si lanciarono verso Pierre e il francese e li circondarono. Pierre non si ricordò mai ciò che avvenne dopo. Sapeva soltanto che ne aveva date e prese, e che alla fine s'era sentite le mani legate, che una folla di soldati francesi gli stava intorno e che gli frugavano addosso.

– *Il a un poignard, lieutenant*, – furono le prime parole che intese Pierre.

– *Ah, une arme*, – disse l'ufficiale e si rivolse al soldato scalzo che era stato preso insieme con Pierre. – *C'est bon, vous direz tout cela au conseil de guerre*, – disse l'ufficiale, e poi si rivolse a Pierre: – *Parlez-vous français, vous?*

Pierre si guardava intorno con gli occhi iniettati di sangue e non rispondeva. La sua fisonomia dovette parer molto terribile, perché l'ufficiale disse qualche cosa a bassa voce e quattro ulani si staccarono dalla pattuglia e si misero ai due lati di Pierre.

– *Parlez-vous français?* – ripeté la domanda l'ufficiale, tenendosi discosto da lui. – *Faites venir l'interprète.*

Di dietro alle file degli ulani venne fuori un ometto vestito in civile alla russa. Pierre, dal modo di vestire e di parlare, lo riconobbe subito per un francese che era in un negozio di Mosca.

– *Il n'a pas l'air d'un homme du peuple*, – disse l'interprete, guardando Pierre.

– *Oh! oh! ça m'a bien l'air d'un des incendiaires*, – disse l'ufficiale. – *Demandez lui ce qu'il est*, – aggiunse.

– Tu chi sei? – domandò l'interprete parlando malamente in russo. – Dovrai rispondere all'autorità, – disse.

– *Je ne vous dirai pas qui je suis. Je suis votre prisonnier. Emmenez-moi*, – disse a un tratto Pierre in francese.

– *Ah! ah!* – proferí l'ufficiale, aggrottando le sopracciglia. – *Marchons!*

Intorno agli ulani s'era raccolta la folla. Piú vicina di tutti a Pierre stava la donnetta butterata con la bambina; quando la pattuglia si mosse, si fece avanti.

– Dove ti conducono, caro? – disse. – E questa bambina, questa bambina dove la metterò, se non è loro? – disse la donna.

– *Qu'est-ce qu'elle veut, cette femme?* – domandò l'ufficiale.

Pierre era come ubriaco. Il suo stato di eccitazione crebbe ancora alla vista della bambina che aveva salvata.

– *Ce qu'elle dit?* – esclamò. – *Elle m'apporte ma fille que je viens de sauver des flammes*, – disse. – *Adieu!* – e senza sapere egli stesso come gli era venuta fuori questa bugia senza scopo, con passo risoluto, solenne, si mosse in mezzo ai francesi.

La pattuglia dei francesi era una di quelle mandate, per ordine di Duronnel, nelle diverse strade di Mosca per metter fine ai saccheggi e specialmente per arrestare gl'incendiari, che, secondo l'opinione generale manifestatasi quel giorno nei capi francesi, erano la causa degli incendi. Dopo aver percorso diverse strade la pattuglia arrestò ancora cinque russi sospetti – un bottegaio, due seminaristi, un contadino, un domestico – e alcuni dei saccheggiatori. Ma fra tutti i sospetti il piú sospetto appariva Pierre.

Quando tutti furono condotti a passare la notte in una grande casa sul bastione Zúbovskij, dove avevano stabilito una guardina, Pierre fu messo da solo, sotto severa sorveglianza.

Libro quarto

Parte prima

I.

In quel tempo, negli ambienti piú elevati di Pietroburgo, proseguiva con maggior calore che non mai prima la complicata lotta fra il partito di Rumjantsev, quello dei francesi, quello di Marja Fjòdorovna, quello del granduca ereditario e altri ancora, lotta coperta, come sempre, dal ronzio dei mosconi di Corte. Ma la vita di Pietroburgo, tranquilla, fastosa, occupata soltanto di chimere e di riflessi di vita, seguitava come prima; e vedendo l'andamento di quella vita, bisognava fare un grande sforzo per aver coscienza del pericolo e della difficile posizione nella quale si trovava il popolo russo. Le stesse cerimonie di Corte, gli stessi balli, lo stesso teatro francese, i medesimi interessi delle diverse Corti, i medesimi interessi di carriera, i medesimi intrighi. Soltanto negli ambienti piú elevati si facevano sforzi per ricordare la difficoltà della situazione attuale. Si raccontava sottovoce come, in quelle circostanze cosí difficili, le due imperatrici agissero in modo opposto fra loro. L'imperatrice Marja Fjòdorovna [1], preoccupandosi della sorte degli istituti di beneficenza e d'istruzione da lei presieduti, aveva dato l'ordine di avviare a Kazàn' tutte le istituzioni, e tutte le robe appartenenti a questi istituti erano già imballate. L'imperatrice Elizavèta Aleksjéjevna [2], invece, richiesta degli ordini che si degnava d'impartire, rispose col suo solito patriottismo russo, che in quanto alle istituzioni dello Stato non poteva dare ordini, visto che ciò spettava all'imperatore; per quanto poi dipendeva da lei personalmente, disse che sarebbe stata l'ultima a lasciare Pietroburgo.

Il 26 agosto, proprio il giorno della battaglia di Borodinò, Anna Pàvlovna dava una serata, la cui principale attrattiva doveva essere la lettura di una lettera scritta dal metropolita all'imperatore nell'inviargli una immagine di San Sergio. Questa lettera pas-

[1] La vedova di Paolo I.
[2] La moglie di Alessandro I.

sava per un modello di eloquenza patriottico-sacerdotale. Doveva darne lettura il principe Vasilij in persona, che era famoso per la sua arte di lettore. (Qualche volta faceva delle letture all'imperatrice). La sua arte di lettore consisteva nel pronunziare le parole con voce forte, cantante, fra il gemito disperato e il tenero mormorio, e in modo del tutto indipendente dal loro significato, sicché assolutamente per caso su di una parola capitava il gemito, su di un'altra il mormorio. Questa lettura, come in generale tutte le serate di Anna Pàvlovna, aveva un significato politico. A quella serata dovevano esserci alcuni personaggi importanti che bisognava svergognare perché frequentavano il teatro francese e nei quali bisognava rianimare il sentimento patriottico. S'era già riunita parecchia gente, ma Anna Pàvlovna non vedeva ancora nel salotto tutti coloro che erano indispensabili, e quindi, non cominciandosi ancora la lettura, manteneva viva la conversazione generale.

Quella volta la novità del giorno a Pietroburgo era la malattia della contessa Bezúchova. La contessa qualche giorno avanti s'era improvvisamente ammalata, era mancata a diverse riunioni delle quali era l'ornamento, e si era saputo che non riceveva nessuno e che si era affidata, anziché ai celebri dottori di Pietroburgo che di solito la curavano, a un dottore italiano, il quale la curava con un sistema nuovo e strano.

Tutti sapevano benissimo che la malattia della deliziosa contessa proveniva dalla difficoltà di sposare due mariti in una sola volta e che la cura dell'italiano consisteva nell'eliminare queste difficoltà; ma in presenza di Anna Pàvlovna non soltanto nessuno osava pensare a ciò, ma pareva che nessuno lo sapesse.

– *On dit que la pauvre comtesse est très mal. Le médecin dit que c'est l'angine pectorale.*

– *L'angine? Oh, c'est une maladie terrible!*

– *On dit que les rivaux se sont réconciliés grâce à l'angine...*

La parola *angine* era ripetuta con grande soddisfazione.

– *Le vieux comte est touchant, à ce qu'on dit. Il a pleuré comme un enfant, quand le médecin lui a dit que le cas était dangereux.*

– *Oh, ce serait une perte terrible. C'est une femme ravissante...*

– *Vous parlez de la pauvre comtesse,* – disse avvicinandosi Anna Pàvlovna. – *J'ai envoyé savoir de ses nouvelles. On m'a dit qu'elle allait un peu mieux. Oh, sans doute, c'est la plus charmante femme du monde,* – disse Anna Pàvlovna, sorridendo del suo proprio entusiasmo. – *Nous appartenons à des camps diffé-*

rents, mais cela ne m'empêche pas de l'estimer, comme elle le mérite. Elle est bien malheureuse, – aggiunse Anna Pàvlovna.

Supponendo che con queste parole di Anna Pàvlovna si fosse un po' sollevato il velo del mistero sulla malattia della contessa, un giovane malcauto si permise di esprimere la sua sorpresa che non si fossero chiamati dei medici noti, ma la contessa fosse curata da un ciarlatano che poteva usare rimedi pericolosi.

– *Vos informations peuvent être meilleures que les miennes,* – disse velenosamente Anna Pàvlovna, investendo a un tratto il giovane inesperto. – *Mais je sais de bonne source que ce médecin est un homme très savant et très habile. C'est le médecin intime de la Reine d'Espagne.*

E avendo in tal modo annientato il giovane, Anna Pàvlovna si rivolse a Bilíbin, il quale in un altro gruppo, corrugando la fronte e preparandosi evidentemente a spianarla per dire *un mot*, parlava degli austriaci.

– *Je trouve que c'est charmant,* – disse egli, parlando del documento diplomatico col quale erano state mandate a Vienna le bandiere austriache prese da Wittgenstein, *le héros de Pétropol* (come lo chiamavano a Pietroburgo).

– Come? com'è? – fece Anna Pàvlovna, rivolta a lui, facendo far silenzio perché si sentisse il *mot*, che ella già conosceva.

E Bilíbin ripeté le parole testuali del dispaccio diplomatico, che lui stesso aveva composto:

– « *L'Empereur renvoie les drapeaux autrichiens,* – disse Bilíbin, – *drapeaux amis et égarés qu'il a trouvés hors de la route* », – terminò Bilíbin, spianando la fronte.

– *Charmant, charmant!* – disse il principe Vasilij.

– *C'est la route de Varsovie, peut-être,* – disse inaspettatamente, ad alta voce, il principe Hippolyte.

Tutti lo guardarono senza capire che cosa volesse dire. Il príncipe Hippolyte si guardava intorno anche lui con allegra meraviglia. Anch'egli, come gli altri, non capiva che cosa significassero le parole che aveva dette. Nel corso della sua carriera diplomatica s'era accorto piú di una volta che le parole dette in questo modo, cosí all'improvviso, facevano l'effetto d'essere molto spiritose, e per ogni eventualità aveva detto queste parole, le prime che gli erano venute sulla lingua. « Forse andrà benissimo, – pensava, – e se non andrà bene, sapranno aggiustarla loro ». Infatti, mentre regnava un silenzio imbarazzato, entrò quel tale personaggio non abbastanza patriottico che Anna Pàvlovna aspettava per convertirlo, ed ella, sorridendo e minacciando col dito Hippolyte, invitò il principe Vasilij ad avvicinarsi alla tavola e, porgendogli due candele e il manoscritto, lo pregò di cominciare. Tutti tacquero.

« Graziosissimo imperatore! – pronunziò severamente il principe Vasilij e guardò il pubblico, come chiedendogli se avesse nulla da dire contro di ciò. Ma nessuno disse nulla. – La prima capitale, Mosca, la nuova Gerusalemme, ricorderà il *suo* Cristo, – ed accentuò la parola *suo*, – come una madre riceve nelle sue braccia i suoi figli solleciti, e, attraverso la tenebra che si leva, presentendo la gloria sfavillante della tua potenza, canta nell'estasi: "Osanna, benedetto Colui che viene!" »

Il principe Vasilij pronunziò queste ultime parole con voce di pianto.

Bilíbin si guardava attentamente le unghie e molti parvero intimiditi, come se si domandassero di che erano colpevoli. Anna Pàvlovna, sottovoce, ripeteva anticipatamente le parole del messaggio, come una vecchia che dica la preghiera della comunione: « Lascia che il temerario e impudente Golia... », mormorava.

Il principe Vasilij seguitò:

« Lascia che il temerario e impudente Golia, dalle frontiere di Francia porti mortiferi orrori nelle terre russe: la fede mansueta, che è fionda del David russo, abbatterà improvvisamente la testa del suo orgoglio sanguinario. Questa immagine di San Sergio, antico zelatore del bene della nostra patria, è offerta a Vostra Maestà Imperiale. Mi rammarico che le declinanti mie forze mi vietino di godere della vostra amabilissima vista. Innalzo fervide preci al cielo perché l'Onnipotente esalti la stirpe dei giusti e soddisfi i pii desideri di Vostra Maestà ».

– *Quelle force! Quel style!* – si diceva in lode del lettore e dello scrittore.

Rianimati da questa lettura, gli ospiti di Anna Pàvlovna per un pezzo ancora parlarono dello stato della patria e fecero diverse supposizioni intorno all'esito della battaglia che doveva esser data in quei giorni.

– *Vous verrez*, – disse Anna Pàvlovna, – che domani, giorno natalizio dell'imperatore, riceveremo la notizia. Ho un buon presentimento.

II.

Il presentimento di Anna Pàvlovna difatti si avverò. Il giorno seguente, nel momento del servizio di rendimento di grazie celebrato al palazzo per il natalizio dell'imperatore, il principe Volkonskij fu chiamato fuori della chiesa e ricevette un piego da parte del principe Kutúzov. Era il rapporto di Kutúzov, scritto da Tatàrinova il giorno della battaglia. Kutúzov scriveva che i russi non s'erano ritirati neppur di un passo, che i francesi avevano avuto perdite molto piú rilevanti delle nostre e che egli faceva questo rapporto in gran fretta dal campo di battaglia, non avendo potuto ancora raccogliere le ultime informazioni. Quindi era una vittoria. E immediatamente, senza neppur uscir di chiesa, fu elevato un ringraziamento al Creatore pel suo aiuto e per la vittoria.

Il presentimento di Anna Pàvlovna si avverò, e in città per tutta la mattina regnò uno stato d'animo giocondamente festivo. Tutti ritenevano che la vittoria fosse completa e alcuni parlavano già della cattura dello stesso Napoleone, della sua detronizzazione e della scelta di un nuovo capo per la Francia.

Lontano dai fatti e in mezzo alle condizioni della vita di Corte, era molto difficile che gli avvenimenti si presentassero in tutta la loro pienezza e la loro forza. Involontariamente i fatti generali si raggruppavano intorno a qualche circostanza particolare. Cosí ora la maggior soddisfazione dei cortigiani consisteva sia nel fatto della nostra vittoría come nell'essere la notizia di questa vittoria giunta proprio nel giorno natalizio dell'imperatore. Era stata come una sorpresa ben riuscita. Nel dispaccio di Kutúzov si parlava anche delle perdite russe, e nel loro numero erano nominati Tučkòv, Bagratiòn, Kutàjsov. Anche il lato triste dell'avvenimento si concentrava involontariamente, in quel mondo di Pietroburgo, intorno a un solo fatto: la morte di Kutàjsov. Tutti lo conoscevano, l'imperatore gli voleva bene, era giovane e interessante. Quel giorno tutti, incontrandosi, avevano queste parole:

– Che caso prodigioso! Proprio al momento del servizio divino! E che perdita Kutàjsov! Ah, che peccato!

– Che vi avevo detto io di Kutúzov? – diceva ora il principe Vasilij con l'orgoglio del profeta. – Ho sempre detto che era il solo capace di vincere Napoleone.

Ma il giorno seguente non si ebbero notizie dal campo, e la voce pubblica cominciò ad allarmarsi. I cortigiani soffrivano per l'incertezza di cui soffriva l'imperatore.

« Che situazione è quella dell'imperatore! » dicevano i cortigiani, e non esaltavano piú, come due giorni avanti, ma biasimavano Kutúzov, che era causa dell'inquietudine del sovrano. Il principe Vasilij quel giorno non si vantava piú del suo *protégé* Kutúzov, ma serbava il silenzio quando il discorso si aggirava intorno al comandante in capo. Oltre a ciò, quel giorno, verso sera, pareva che tutto si riunisse per gettare inquietudine e allarme negli abitanti di Pietroburgo: si aggiunse una terribile notizia. La contessa Elèna Bezúchova era morta improvvisamente di quella tremenda malattia che era tanto piacevole a pronunziare. Ufficialmente, nelle grandi riunioni di società, tutti dicevano che la contessa Bezúchova era morta di un terribile attacco di *angine pectorale*, ma nelle conversazioni intime si raccontava con ogni particolare che *le médecin intime de la Reine d'Espagne* aveva prescritto a Hélène piccole dosi di una certa medicina che doveva produrre un certo effetto, ma che Hélène, tormentata dai sospetti del vecchio conte, e dal fatto che il marito, al quale aveva scritto (quello sventurato e depravato Pierre), non rispondeva, a un tratto aveva preso un'enorme dose della medicina prescritta ed era morta negli spasimi prima che potessero portarle soccorso. Si raccontava che il principe Vasilij e il vecchio conte se l'erano presa con l'italiano; ma l'italiano aveva mostrato tali biglietti scrittigli dalla povera defunta che subito l'avevano lasciato andare.

La conversazione generale si era concentrata intorno a tre fatti dolorosi: l'incertezza dell'imperatore, la fine di Kutàjsov e la morte di Hélène.

Due giorni dopo il rapporto di Kutúzov giunse da Mosca a Pietroburgo un possidente, e per tutta la città si sparse la notizia della resa di Mosca ai francesi. Era tremendo! Qual era mai la situazione del sovrano! Kutúzov era un traditore, e il principe Vasilij, durante le *visites de condoléance* che gli facevano per la morte della figlia, parlava di Kutúzov già da lui decantato (gli si poteva perdonare che, nel suo dolore, dimenticasse ciò che aveva detto prima), dicendo che era impossibile aspettarsi altro da un vecchio cieco e depravato.

– Mi meraviglio soltanto come si sia potuto affidare a un uomo simile il destino della Russia.

Finché la notizia non era ufficiale si poteva ancora dubitarne, ma l'indomani venne dal conte Rastòpcin il seguente rapporto:

« L'aiutante di campo del principe Kutúzov mi ha portato una lettera nella quale mi chiede dei funzionari di polizia per scortare l'esercito sulla strada di Rjazàn'. Il principe dice che si ritira da Mosca con dispiacere. Sire! quest'atto di Kutúzov decide la sorte della capitale del Vostro impero. La Russia freme, apprendendo l'abbandono di una città dove si concentra la grandezza della Russia, dove sono le ceneri dei Vostri avi. Io seguo l'esercito. Ho fatto portar via tutto, non mi resta che piangere sul destino della mia patria ».

Ricevendo questo rapporto, l'imperatore mandò per mezzo del principe Volkonskij il seguente messaggio a Kutúzov:

« Principe Michail Ilariònovič! Dal 29 agosto non ricevo piú nessun rapporto da voi. Intanto il 1° settembre ho ricevuto attraverso Jaroslàvl dal comandante in capo di Mosca la triste notizia che avete deciso di ritirarvi con l'esercito da Mosca. Potete immaginarvi voi stesso l'effetto che mi ha fatto questa notizia, e il vostro silenzio accresce la mia meraviglia. Mando con questo piego l'aiutante di campo generale principe Volkonskij per apprendere da voi la posizione dell'esercito e le circostanze che vi hanno indotto a una cosí triste decisione ».

III.

Nove giorni dopo l'abbandono di Mosca, giunse a Pietroburgo un inviato di Kutúzov con la notizia ufficiale dell'abbandono di Mosca. Quest'inviato era il francese Michaud, che non sapeva il russo, ma era, *quoique étranger, russe de cœur et d'âme*, come diceva egli stesso di sé.

L'imperatore ricevette subito l'inviato nel suo gabinetto, nel palazzo di Kàmennyj Ostrov. Michaud, che non aveva mai veduto Mosca prima della guerra e che non sapeva il russo, si sentí tuttavia commosso quando si trovò davanti (come scrisse poi) *à notre très gracieux souverain* con la notizia dell'incendio di Mosca, *dont les flammes éclairaient sa route.*

Benché la fonte del *chagrin* del signor Michaud dovesse essere diversa da quella donde sgorgava il dolore del popolo russo, Michaud aveva un viso cosí triste quando fu introdotto nel gabinetto dell'imperatore, che l'imperatore subito gli domandò:

– *M'apportez-vous de tristes nouvelles, colonel?*

– *Bien tristes, Sire*, – rispose Michaud, abbassando gli occhi con un sospiro: – *l'abandon de Moscou.*

– *Aurait-on livré mon ancienne capitale sans se battre?* – disse in fretta l'imperatore, infiammandosi a un tratto in viso.

Michaud riferí rispettosamente ciò che Kutúzov gli aveva ordinato di riferire, e propriamente che sotto Mosca era impossibile battersi e che quindi non rimaneva che perdere Mosca e l'esercito o soltanto Mosca, e che il maresciallo aveva dovuto scegliere quest'ultima alternativa.

L'imperatore ascoltava in silenzio, senza guardare Michaud.

– *L'ennemi est-il en ville?* – domandò.

– *Oui, Sire, et elle est en cendres à l'heure qu'il est. Je l'ai laissée toute en flamme,* – disse recisamente Michaud; ma, guardando l'imperatore, Michaud si spaventò di ciò che aveva detto. L'imperatore respirava con frequenza e faticosamente, il suo labbro inferiore tremava, e i suoi bellissimi occhi azzurri in un istante s'inumidirono di lacrime.

Ma ciò durò solo un momento. L'imperatore aggrottò all'improvviso le sopracciglia, come rimproverandosi per la sua debolezza e, alzando la testa, si rivolse con voce ferma a Michaud:

– *Je vois, colonel, par tout ce qui nous arrive,* – disse, – *que la Providence exige de grands sacrifices de nous... Je suis prêt à me soumettre à toutes Ses volontés; mais, dites-moi, Michaud, comment avez-vous laissé l'armée, en voyant ainsi, sans coup férir, abandonner mon ancienne capitale! N'avez-vous pas aperçu du découragement?...*

Vedendo la tranquillità del suo *très gracieux souverain*, anche Michaud si calmò, ma alla diretta interrogazione dell'imperatore, che richiedeva pure una risposta diretta, egli non aveva avuto il tempo di preparare una risposta.

– *Sire, me permettrez-vous de vous parler franchement en loyal militaire?* – disse egli, per guadagnar tempo.

– *Colonel, je l'exige toujours,* – disse l'imperatore. – *Ne me cachez rien, je veux savoir absolument ce qu'il en est.*

– *Sire!* – disse Michaud con un lieve sorriso appena percettibile sulle labbra, essendo riuscito a preparare la sua risposta nella forma di un leggero e rispettoso *jeu de mots*. – *Sire! j'ai laissé toute l'armée depuis les chefs jusqu'au dernier soldat, sans exception, dans une crainte épouvantable, effrayante...*

– *Comment ça?* – interruppe l'imperatore, aggrottando severamente le sopracciglia. – *Mes russes se laisseront-ils abattre par le malheur... Jamais...*

Michaud non aspettava che questo per metter fuori il suo giuoco di parole.

– *Sire,* – disse con un'espressione rispettosa, – *ils craignent seulement que Votre Majesté par bonté de cœur ne se laisse persuader de faire la paix. Ils brûlent de combattre,* – disse il plenipotenziario del popolo russo, – *et de prouver à Votre Majesté par le sacrifice de leur vie combien ils lui sont dévoués...*

– *Ah!* – disse l'imperatore, calmato, con un affettuoso lampo degli occhi, battendo sulla spalla di Michaud. – *Vous me tranquillisez, colonel.*

L'imperatore, col capo basso, stette qualche tempo in silenzio.

– *Eh bien, retournez à l'armée,* – disse poi, raddrizzandosi in tutta la sua statura e rivolgendosi a Michaud con un gesto gentile e maestoso, – *et dites à nos braves, dites à tous mes bons sujets partout où vous passerez, que quand je n'aurai plus aucun soldat, je me mettrai, moi-même, à la tête de ma chère noblesse, de mes bons paysans et j'userai ainsi jusqu'à la dernière ressource de mon empire. Il m'en offre encore plus que mes ennemis ne pensent,* – disse l'imperatore animandosi sempre piú. – *Mais si jamais il fut écrit dans les décrets de la Divine Providence,* – disse alzando al cielo i suoi bellissimi occhi miti e sfavillanti di commozione, – *que ma dynastie dût cesser de régner sur le trône de mes ancêtres, alors, après avoir épuisé tous les moyens qui sont en mon pouvoir, je me laisserai croître la barbe jusqu'ici,* – (l'imperatore accennò con la mano a mezzo il petto), – *et j'irai manger des pommes de terre avec le dernier de mes paysans, plutôt que de signer la honte de ma patrie et de ma chère nation, dont je sais apprécier les sacrifices...*

Dopo aver detto queste parole con voce commossa, a un tratto l'imperatore si voltò in là, come se volesse nascondere a Michaud le lacrime che gli venivano agli occhi e se ne andò in fondo al suo gabinetto. Rimasto là alcuni momenti, ritornò a gran passi verso Michaud e con un gesto energico gli strinse il braccio al di sotto del gomito. Il bel viso mite dell'imperatore si era fatto rosso e i suoi occhi ardevano di un fuoco di risolutezza e di collera.

– *Colonel Michaud, n'oubliez pas ce que je vous dis ici; peut-être qu'un jour nous le rappellerons avec plaisir... Napoléon ou moi!* – disse l'imperatore, toccandosi il petto. – *Nous ne pouvons plus régner ensemble. J'ai appris à le connaître, il ne me trompera plus...*

E l'imperatore, accigliato, tacque. Ascoltando queste parole, vedendo un'espressione di ferma risolutezza negli occhi dell'imperatore, Michaud, *quoique étranger, mais russe de cœur et d'âme,* si sentí, in quel solenne momento, *enthousiasmé par tout ce qu'il venait d'entendre* (come disse poi) ed espresse in questi termini tanto i suoi sentimenti quanto i sentimenti del popolo russo, del quale egli si riteneva il plenipotenziario.

– *Sire!* – disse, – *Votre Majesté signe dans ce moment la gloire de son peuple et le salut de l'Europe.*

L'imperatore con un cenno del capo congedò Michaud.

IV.

Mentre la Russia era per metà conquistata, e gli abitanti di Mosca fuggivano nelle province lontane, e si levavano milizie su milizie per la difesa della patria, ci sembra involontariamente, a noi che non abbiamo vissuto in quel tempo, che tutti i russi, dai piccoli fino ai grandi, dovessero essere occupati soltanto a sacrificar se stessi, a salvar la patria o a piangere sulla sua rovina. I racconti, le descrizioni di quel tempo, tutti senza eccezione, non parlano che dell'abnegazione, dell'amor di patria, della disperazione, del dolore e dell'eroismo dei russi. Nella realtà invece non era cosí. Ci sembra cosí soltanto perché nel passato noi non vediamo che l'interesse storico generale di un'epoca, e non vediamo tutti quegl'interessi umani particolari che avevano le persone. Invece nella realtà questi interessi personali del momento sono a tal segno piú importanti dell'interesse generale che dietro ad essi non si sente mai (anzi, non si nota affatto) la presenza di questo interesse generale. La maggior parte della gente in quel tempo non stava a guardare all'andamento generale delle cose, ma era guidata soltanto dagl'interessi privati del momento. E proprio queste persone erano i piú efficaci attori degli avvenimenti di allora.

Coloro invece che tentavano di capire l'andamento generale delle cose e volevano parteciparvi con abnegazione e con eroismo erano i membri piú inutili della società; essi vedevano tutto a rovescio, e tutto ciò che facevano per rendersi utili non riusciva se non un'inutile assurdità, come i reggimenti di Pierre, di Mamònov, che saccheggiavano i villaggi russi, come le filacce che preparavano le signore e che non arrivavano mai ai feriti, e simili. Anche coloro che, volendo far le persone intelligenti ed esprimere i loro sentimenti, discorrevano della situazione in cui si trovava la Russia, involontariamente portavano nei loro discorsi l'impronta o della finzione e della menzogna, o di un biasimo e di un'acredine inutili verso persone che incolpavano di cose delle quali nessuno poteva aver colpa. Negli avvenimenti storici è piú evidente che mai la saggezza che proibisce di mordere il frutto dell'albero della scienza. Soltanto l'attività inconscia dà frutto, e l'uomo che rappresenta una parte in un avvenimento storico non ne capisce mai il significato. Se tenta di capirlo, è colto da sterilità.

Il significato di quanto avveniva allora in Russia era tanto meno avvertito quanto piú prossima era la partecipazione delle persone. A Pietroburgo e nelle province lontane da Mosca signore e uomini nell'uniforme della milizia piangevano sulla sorte della Russia e della capitale e parlavano di sacrifici e simili; ma nell'esercito che si ritirava oltre Mosca quasi non si parlava di Mosca e non vi si pensava, e, guardando l'incendio che la divorava, nessuno giurava di vendicarsi dei francesi, ma tutti pensavano al prossimo quadrimestre di paga, alla prossima tappa, a Matrjoška la vivandiera e simili.

Nikolàj Rostòv, senza nessuna idea di abnegazione, ma per caso, visto che la guerra lo aveva trovato in servizio, prendeva una parte prossima e continuata nella difesa della patria e perciò, senza disperazione e senza conclusioni pessimistiche, osservava ciò che accadeva allora in Russia. Se gli si fosse domandato ciò che pensava della situazione in cui si trovava la Russia, avrebbe detto che non aveva niente da pensare, che per questo c'erano Kutúzov e gli altri, ma che aveva udito che si mandavano i complementi ai reggimenti, e che perciò ci sarebbe stato da battersi ancora per un pezzo e, date le circostanze del momento, non era difficile che fra due anni egli ricevesse il comando di un reggimento.

Appunto perché guardava le cose a questo modo, egli accolse la notizia dal suo comando a Voronež per la rimonta della divisione non soltanto senza rammaricarsi di non poter prender parte alla lotta finale, ma addirittura con un grandissimo piacere che non nascondeva e che i compagni comprendevano molto bene.

Qualche giorno prima della battaglia di Borodinò, Nikolàj ricevette i denari e le carte e, mandati innanzi i suoi usseri, se ne andò in posta a Voronež.

Soltanto chi l'ha provato, cioè chi ha passato alcuni mesi, ininterrottamente, nell'atmosfera guerresca del campo, può comprendere il piacere che provò Nikolàj quando uscí dalla zona a cui giungevano le truppe coi loro foraggiamenti, i loro convogli di viveri, i loro ospedali. Quando, lontano dai soldati, lontano dai carriaggi, dalle sudice tracce che lascia dietro di sé un accampamento, egli vide i villaggi con i contadini e le loro donne, le case di proprietari, i campi dove pasceva il bestiame, le stazioni di posta coi maestri di posta addormentati, provò una tale gioia che pareva vedesse tutte quelle cose per la prima volta. Ciò che lo meravigliò e lo rallegrò a lungo fu di vedere donne giovani, sane, per ognuna delle quali non v'erano dieci ufficiali che le facessero la corte, donne che erano contente e lusingate che l'ufficiale di passaggio scherzasse con loro.

Nikolàj arrivò nello stato d'animo piú lieto a Voronež, in un albergo; ordinò tutto ciò di cui era stato privo per tanto tempo al campo, e il giorno seguente, dopo essersi fatto la barba con molta cura e avere indossato l'uniforme di parata che non aveva piú indossata da un pezzo, andò a presentarsi al comando.

Il comandante della milizia era un alto funzionario civile, un vecchio che evidentemente si divertiva al suo titolo e grado militare. Ricevette Nikolàj con piglio irritato (pensando che in ciò stesse la caratteristica dei militari) e con aria significativa, come se ne avesse il diritto e come se cooperasse cosí all'andamento generale delle cose, l'interrogò, via via approvando o disapprovando. Nikolàj era cosí allegro che tutto ciò non fece che divertirlo.

Dopo il comandante della milizia egli andò dal governatore. Il governatore era un omettino vivace, molto cortese e semplice. Indicò a Nikolàj gli allevamenti dove avrebbe potuto procurarsi dei cavalli, gli raccomandò un sensale in città e un proprietario a 20 miglia dalla città, i quali avevano i cavalli migliori, e gli promise ogni assistenza.

– Voi siete il figlio del conte Iljà Andréjevič? Mia moglie era molto amica di vostra madre. Il giovedí viene gente da me; oggi è giovedí, vi prego di volerci favorire, cosí, senza complimenti... – disse il governatore nel congedarlo.

Uscendo dal governatore, Nikolàj prese una vettura di posta, e, fattovi salire il suo maresciallo d'alloggio, fece di corsa le 20 miglia per andare all'allevamento del proprietario. Tutto, in quel primo tempo della sua permanenza a Voronež, era allegro e facile per Nikolàj e tutto, come accade quando una persona è ben disposta essa stessa, andava a posto presto e bene.

Il proprietario dal quale andò Nikolàj era uno scapolo, antico ufficiale di cavalleria, intenditore di cavalli, cacciatore, possessore di una fabbrica di tappeti, di acquavite drogata centenaria, di vecchio vino di Ungheria e di cavalli prodigiosi.

Nikolàj, in due parole, comprò per seimila rubli 17 stalloni scelti (diceva lui) come campione e fior fiore della sua rimonta. Dopo aver desinato e bevuto un po' soverchiamente di quel vino di Ungheria, Rostòv, scambiato un abbraccio col proprietario, al quale già dava del tu, si mise per la via del ritorno nello stato d'animo piú allegro, stimolando di continuo il postiglione per arrivare in tempo alla serata del governatore.

Dopo essersi cambiato d'abito, essersi profumato ed essersi versato dell'acqua fredda sul capo, Nikolàj, un po' tardi, ma con la frase bell'e pronta « *vaut mieux tard que jamais* », comparve dal governatore.

Non era un ballo e non era stato detto che si sarebbe ballato; ma tutti sapevano che Katerina Petròvna avrebbe suonato sul cembalo valzer e scozzesi e che si sarebbe ballato e tutti, contandoci su, erano andati là come ad un ballo.

Nel 1812 la vita del capoluogo di provincia era tale e quale come sempre, con questa sola differenza, che la città era piú animata per la presenza di molte ricche famiglie di Mosca e che vi si notava, come in tutto ciò che accadeva allora in Russia, una particolare liberalità di vita – la casa brucia: me ne infischio! – e poi che le banali conversazioni, indispensabili fra la gente, che prima si aggiravano sul tempo e sulle comuni conoscenze, ora si aggiravano su Mosca, l'esercito e Napoleone.

La società riunita in casa del governatore era la migliore società di Voronež.

C'erano moltissime signore, c'erano alcune conoscenze di Mosca di Nikolàj; ma fra gli uomini non c'era chi potesse in qualche modo rivaleggiare con quel cavaliere di San Giorgio che, oltre che un ussero incaricato della rimonta, era il bonario e bene educato conte Rostòv. Fra gli uomini c'era un italiano prigioniero, ufficiale dell'esercito francese, e Nikolàj sentiva che la presenza di questo prigioniero aumentava ancora la sua importanza di eroe russo. Era come un trofeo. Nikolàj lo sentiva, e gli pareva che tutti guardassero l'italiano con lo stesso sentimento, e fu amabile verso quell'ufficiale con dignità e riservatezza.

Appena Nikolàj entrò nella sua uniforme di ussero, spargendo intorno a sé l'odore di profumo e di vino, e disse e udí piú volte, rivolte a lui, le parole «*vaut mieux tard que jamais*», fu circondato dalla gente; tutti gli sguardi si rivolsero a lui, e di colpo egli si sentí il favorito di tutti, posizione che gli si confaceva e che in provincia come da per tutto gli era gradita, ma che ora, dopo una lunga privazione, lo inebbriava di gioia. Non soltanto nelle stazioni di posta, nelle locande e alla fabbrica di tappeti di quel proprietario c'erano delle servette che si sentivano lusingate della sua attenzione, ma là, alla serata del governatore, c'era una quantità smisurata (per quel che parve a Nikolàj) di giovani signore e di graziose ragazze che aspettavano con impazienza che egli rivolgesse loro la sua attenzione. Le signore e le ragazze civettavano con lui e i vecchi fin dal primo giorno si affaccendarono per dar moglie a quel bravo caposcarico di un ussero e cosí fargli metter la testa a partito. Fra questi ultimi c'era la moglie stessa del governatore, che ricevette Rostòv come un prossimo parente, chiamandolo Nicolas e dandogli del tu.

Katerina Petròvna difatti si mise a suonare valzer e scozzesi, e cominciarono le danze, nelle quali Nikolàj incantò ancor piú con la sua disinvoltura tutta la società del capoluogo. Meravigliò poi tutti pel suo modo particolare e disinvolto di ballare. Nikolàj stesso era un po' sorpreso del suo modo di ballare quella sera. Mai avrebbe ballato cosí a Mosca, e avrebbe anche trovato sconveniente e *mauvais genre* quel modo troppo disinvolto di ballare; ma là sentiva il bisogno di far stupire tutti con qualche cosa di straordinario, qualche cosa che essi dovevano credere abituale nelle capitali, ma ancora sconosciuto a loro in provincia.

Per tutta la serata Nikolàj rivolse la sua attenzione, piú che a tutte le altre, a una biondina dagli occhi celesti, pienotta e graziosa, moglie di uno dei funzionari del governatorato. Con l'ingenua persuasione dei giovani che si divertono che le mogli altrui siano fatte per loro, Rostòv non si staccò da quella signora e trattò il marito amichevolmente, con certo fare da congiurato, come se, pur non parlandone, sapessero che essi, cioè Nikolàj e la moglie di quel marito, si sarebbero magnificamente intesi fra loro. Il marito però sembrava non condividere questa convinzione e si sforzava di trattare Rostòv con aria cupa. Ma la bonaria ingenuità di Nikolàj era cosí sconfinata che a tratti anche al marito si comunicava senza volerlo l'allegro stato d'animo di Nikolàj. Alla fine della serata però, a misura che il viso della moglie si faceva piú colorito e animato, il viso del marito diventava sempre piú triste e piú grave, come se avessero in comune una certa quantità di animazione e, a misura che essa aumentava nella moglie, diminuisse nel marito.

V.

Nikolàj, con un sorriso che non gli lasciava le labbra, un po' curvo sulla poltrona, stava accanto alla biondina, chinato su di lei, e le diceva dei complimenti mitologici.

Cambiando con disinvoltura la posizione delle gambe, stretto nei calzoni attillati, spargendo intorno un odore di profumo e ammirando la sua dama, se stesso e la bella forma delle proprie gambe, sotto le ghette ben tirate, Nikolàj diceva alla biondina che voleva rapire una signora, lí, a Voronež.

– E quale?

– Una donna deliziosa, divina. I suoi occhi, – (Nikolàj guardò la sua interlocutrice), – sono azzurri, la bocca di corallo, la carnagione... – (egli le guardò le spalle), – la corporatura è quella di Diana...

Il marito si avvicinò a loro e, con aria cupa, domandò alla moglie di che cosa parlassero.

– Ah! Nikita Ivànyč, – disse Nikolàj, alzandosi cortesemente. E, come se desiderasse che Nikita Ivànič prendesse parte ai loro scherzi, cominciò a confidare anche a lui la sua intenzione di rapire una biondina.

Il marito sorrideva arcigno, la moglie con allegria. La buona governatora si avvicinò a loro con aria di disapprovazione.

– Anna Ignàtjevna ti vuol vedere, Nicolas, – disse, pronunziando con tal voce le parole « Anna Ignàtjevna » che Rostòv capí immediatamente che Anna Ignàtjevna era una signora molto importante. – Andiamo, Nicolas. Mi hai permesso, vero, di chiamarti cosí?

– Oh, sí, *ma tante*. Chi è?

– Anna Ignàtjevna Malvíntseva. Ha sentito parlare di te da sua nipote, e di come l'hai salvata... Indovini?...

– Ne ho salvate tante! – disse Nikolàj.

– Sua nipote, la principessina Bolkònskaja. È qui a Voronež con la zia. Oh, come sei arrossito! È forse...?

– Non ci pensavó neppure: smettetela, *ma tante*.

– Su, va bene, va bene!... Oh, come sei!

La governatora lo condusse verso una vecchia signora alta e molto grassa, in tocco celeste, che aveva finito allora la sua partita alle carte coi personaggi piú importanti della città. Era la Malvíntseva, una zia della principessina Marja per parte di madre, ricca vedova senza figli, che viveva sempre a Voronež. Stava in piedi, facendo i conti del giuoco, quando Rostòv le si avvicinò. Socchiuse gli occhi con aria severa e grave, gli gettò un'occhiata e seguitò a borbottare contro il generale che le aveva vinto la partita.

– Molto lieta, mio caro, – disse, stendendogli la mano. – Vi prego di favorirmi di una visita.

Dopo di aver parlato della principessina Marja e del suo defunto padre, che la Malvíntseva evidentemente non amava, e dopo aver domandato a Nikolàj che cosa sapesse del principe Andréj, che anche lui evidentemente non era nelle sue grazie, la importante vecchia signora lo congedò, ripetendogli l'invito di andarla a trovare.

Nikolàj promise e arrossí di nuovo nel salutare la Malvíntseva. Quando gli ricordavano la principessina Marja, Rostòv provava un senso, incomprensibile anche per lui, di timidezza e perfino di paura.

Allontanatosi dalla Malvíntseva, Rostòv voleva ritornare a ballare, ma la piccola governatora mise la sua mano grassoccia sulla manica di Nikolàj e, dicendo che gli doveva parlare, lo condusse nella stanza dei divani, dalla quale uscirono subito le persone che c'erano, per non disturbare la governatora.

– Sai, *mon cher*, – disse la governatora con un'espressione seria sul piccolo viso buono, – ecco un partito proprio per te; vuoi che ti combini il matrimonio?

– Con chi, *ma tante*? – domandò Nikolàj.

– Con la principessina. Katerina Petròvna dice che sarebbe meglio Lily, ma secondo me no, è meglio la principessina. Vuoi? sono sicura che la tua *maman* mi ringrazierà. Davvero, che deliziosa ragazza! E non è affatto cosí brutta...

– Certamente no, – disse Nikolàj, come offeso. – Io, *ma tante*, come si addice a un soldato, non chiedo nulla e non rifiuto nulla, – disse Rostòv, prima di aver avuto il tempo di pensare a ciò che diceva.

– Allora ricordatene: non è uno scherzo.

– Che scherzo!

– Sí, sí, – disse la governatora, come parlando a se stessa. – Ma ecco, *mon cher, entre autre. Vous êtes trop assidu auprès de l'autre, la blonde.* Il marito fa compassione, davvero...

– Oh, no! siamo amici, – disse Nikolàj, in tutta semplicità d'animo: non gli veniva neppure in mente che quel passatempo allegro per lui potesse non essere allegro per qualcun altro.

« Ma che sciocchezza ho detto alla governatora! – venne in mente a un tratto a Nikolàj mentre cenava. – Si metterà sul serio a combinarmi il matrimonio; e Sonja?... » E salutando la governatora, quando ella, sorridendo, gli disse ancora una volta: – Su, allora ricordatene, – egli la prese in disparte.

– Ecco quel che c'è, per dirvi la verità, *ma tante...*

– Che c'è, che c'è, amico mio? Andiamo a sederci là.

Nikolàj sentí a un tratto il desiderio e la necessità di confidare tutti i suoi pensieri segreti (quelli che non avrebbe confidati né alla madre, né alla sorella, né ad un amico) a quella donna quasi estranea. Quando poi ripensò a quello slancio d'inspiegabile sincerità, che nulla aveva provocato, e che pure ebbe per lui conseguenze molto importanti, Nikolàj credette (come sempre credono gli uomini) che fosse stato uno sciocco dirizzone qualunque; e intanto quello slancio di sincerità, insieme con altre piccole circostanze, ebbe per lui e per tutta la sua famiglia delle enormi conseguenze.

– Ecco, *ma tante*. *Maman* da un pezzo vuol farmi sposare una ricca ereditiera; ma a me l'idea sola di sposarmi per denaro è antipatica.

– Oh, sí, capisco, – disse la governatora.

– Ma la principessina Bolkònskaja è un'altra cosa: anzitutto, vi dirò la verità, mi piace assai, mi va; e poi, dopo averla incontrata in quel modo, cosí stranamente, spesso mi è venuta in mente l'idea che fosse un destino. Figuratevi soprattutto che *maman* ci pensava da un pezzo, ma fino allora non m'era capitato d'incontrarla: non so come fosse, ma non c'eravamo mai incontrati. E mentre mia sorella Nataša era fidanzata con suo fratello, mi sarebbe certo stato impossibile pensare di sposarla [1]. Bisognava proprio che la incontrassi ora che il matrimonio di Nataša è andato a monte, e poi tutto... Sí, ecco che cosa capita... Io non l'ho detto e non lo dirò a nessuno. A voi soltanto lo dico.

La governatora gli strinse il gomito con riconoscenza.

– Voi conoscete Sophie, mia cugina? L'amo, ho promesso di sposarla e la sposerò... Perciò vedete che non se ne può neppur parlare, – disse arrossendo Nikolàj, in modo sconnesso.

– *Mon cher, mon cher*, ma come ragioni? Ma Sophie non ha nulla, e tu stesso hai detto che gli affari di tuo papà vanno molto male. E la tua *maman*? Questo la ucciderebbe, e una. Poi c'è Sophie: se è una ragazza di cuore, che vita sarebbe la sua? Tua madre disperata, gli affari dissestati... No, *mon cher*, tu e Sophie lo dovete capire.

Nikolàj taceva. Gli piaceva udire queste conclusioni.

– Eppure, *ma tante*, questo non può essere, – disse con un sospiro, dopo un breve silenzio. – E chissà poi se la principessina mi sposerebbe. E per di piú adesso è in lutto. Si può forse pensarci?

– Ma credi che io ti voglia far sposare cosí subito? *Il y a manière et manière*, – disse la governatora.

– Come siete brava a combinar matrimoni, *ma tante*... – disse Nikolàj, baciandole la mano grassoccia.

[1] Nella regione greco-ortodossa sono vietati questi matrimoni tra affini.

VI.

Giunta a Mosca dopo il suo incontro con Rostòv, la principessina Marja aveva trovato il suo nipote col precettore e una lettera del principe Andréj, che fissava loro l'itinerario per andare a Voronež, presso la zia Malvíntseva. Le preoccupazioni del trasferimento, l'inquietudine per il fratello, lo stabilirsi in una nuova casa, i visi nuovi, l'educazione del nipote, tutto ciò aveva soffocato nell'anima della principessina Marja quel senso come di tentazione che l'aveva tormentata durante la malattia e dopo la morte del padre, e specialmente dopo l'incontro con Rostòv. Era triste. Il dolore per la perdita del padre, che si univa nell'anima sua con la rovina della Russia, ora, dopo un mese trascorso in condizioni di vita tranquille, si faceva sempre piú forte. Ella era inquieta: il pensiero dei pericoli ai quali era esposto suo fratello – l'unica persona prossima che le rimaneva – la torturava continuamente. Si preoccupava dell'educazione del nipote e si sentiva incapace di questo compito; ma nel fondo dell'anima sua c'era una certa soddisfazione di se stessa, proveniente dalla coscienza di aver domato quelle sue personali fantasticherie e quelle speranze legate all'apparizione di Rostòv.

Quando, all'indomani del suo ricevimento, la governatora andò dalla Malvíntseva e discorse con la zia dei suoi progetti (facendo la riserva che, date le attuali circostanze, era impossibile pensare a un fidanzamento in regola, ma tuttavia si potevano far incontrare i due giovani perché si conoscessero meglio) e quando, ricevuta l'approvazione della zia, la governatora parlò di Rostòv in presenza della principessina Marja, lodandolo e raccontando come era diventato rosso a sentir nominare la principessina, questa non ne provò piacere, ma piuttosto un senso di pena: quella sua interna soddisfazione spariva e di nuovo sorgevano desideri, dubbi, rimproveri e speranze.

Nei due giorni che passarono fra queste notizie e la visita di Rostòv, la principessina Marja non cessò di pensare al modo come doveva comportarsi con Rostòv. Ora stabiliva di non andare in salotto quando egli sarebbe venuto dalla zia, giacché, nel suo gravissimo lutto, non le conveniva ricevere visite; ora pensava che ciò sarebbe stato scortese dopo quello che egli aveva fatto per lei; ora le veniva in mente che sua zia e la governatora avessero delle vedute su lei e su Rostòv (a volte le loro occhiate e le loro parole la confermavano in questa supposizione); ora si diceva che soltanto lei, nella sua viziosità, poteva pensar questo di loro: esse non potevano dimenticare che nella sua situazione, mentre portava ancora il lutto, la proposta di un fidanzamento sarebbe stata un'offesa a lei e alla memoria di suo padre. Supponendo che l'avrebbe veduto, la principessina Marja immaginava le parole che egli le avrebbe dette e che ella avrebbe dette a lui; e ora queste parole le sembravano immeritatamente fredde, ora le pareva che avessero troppo significato. Ma piú di tutto, nell'incontro con lui, temeva di essere sopraffatta dal suo turbamento e di tradirsi appena l'avesse veduto.

Ma quando la domenica, dopo la messa, il domestico annunziò in salotto che era venuto il conte Rostòv, la principessina non mostrò alcun turbamento; soltanto un leggero rossore le venne alle gote e gli occhi le sfavillarono d'una luce nuova e raggiante.

– L'avete veduto, zia? – disse la principessina Marja con voce tranquilla, non sapendo ella stessa come potesse essere in apparenza cosí calma e naturale.

Quando Rostòv entrò nella stanza, la principessina abbassò il capo un momento, come per dare il tempo al visitatore di salutare la zia e poi, nel punto stesso in cui Nikolàj si rivolgeva a lei, ella alzò il capo ed incontrò il suo sguardo con gli occhi scintillanti. Con un movimento pieno di dignità e di grazia e con un sorriso di gioia si alzò, gli stese la sua mano sottile e delicata, e cominciò a parlare con una voce nella quale per la prima volta risonavano note di petto nuove, femminili. Mlle Bourienne, che era nel salotto, guardava con attonita meraviglia la principessina Marja. La piú esperta civetta, lei stessa non avrebbe potuto manovrare meglio dinanzi all'uomo al quale avesse avuto da piacere.

« O è il nero che le dona tanto, o è davvero imbellita molto e io non me n'ero accorta. E soprattutto poi questo tatto, questa grazia! » pensava Mlle Bourienne.

Se la principessina Marja fosse stata al caso di pensare in quel momento, si sarebbe meravigliata anche piú di Mlle Bourienne del cambiamento avvenuto in lei. Dall'istante che aveva veduto quel caro, amato viso, una nuova energia vitale l'aveva invasa e la obbligava a parlare e ad agire indipendentemente dalla propria volontà. Il suo volto dal momento che entrò Rostòv si trasfigurò a un tratto. Come a un tratto, quando si accende la luce dentro a una lanterna dipinta e rabescata, compaiono sulle sue pareti complicati, eleganti, artistici disegni di sorprendente bellezza, che prima sembravano rozzi, oscuri e insignificanti, cosí a un tratto si trasformò il viso della principessina Marja. Per la prima volta venne alla superficie tutto quel puro lavorio spirituale, interiore, di cui era vissuta fino a quel momento. Tutto il suo intimo lavorio e la sua insoddisfazione di sé, le sue sofferenze, i suoi sforzi verso il bene, la sua rassegnazione, il suo amore, la sua abnegazione, tutto ciò sfavillava adesso in quegli occhi raggianti, nel lieve sorriso, in ogni tratto del delicato suo volto.

Rostòv vide tutto ciò cosí chiaramente come se avesse conosciuto tutta la vita di lei. Sentiva che quell'essere che aveva dinanzi era assolutamente diverso e migliore di quanti ne aveva incontrati fino allora e, principalmente, migliore di quel che fosse egli stesso.

La conversazione fu molto semplice e insignificante. Parlarono della guerra, esagerando senza volerlo, come facevano tutti, il loro dolore per quel fatto; parlarono del loro incontro, e allora Nikolàj tentò di deviare il discorso verso un altro soggetto, parlarono della buona governatora e dei parenti di Nikolàj e di quelli della principessina Marja.

La principessina Marja non parlò del fratello, volgendo la conversazione verso un altro argomento appena la zia cominciava a discorrere di Andréj. Si vedeva che delle sventure della Russia ella poteva parlare in modo artificioso, ma il fratello era un argomento troppo vicino al suo cuore, ed ella non voleva e non poteva parlarne leggermente. Nikolàj lo notò, come in generale notava con una penetrante osservazione che non gli era abituale tutte le sfumature del carattere della principessina Marja, le quali tutte non facevano che confermarlo nel suo convincimento che ella fosse una persona tutta speciale e fuor del comune. Anche Nikolàj, come la principessina Marja, arrossiva e si confondeva quando parlavano davanti a lui della principessina e perfino quando pensava a lei, ma in presenza sua si sentiva perfettamente libero e diceva non ciò che aveva preparato, ma ciò che in quell'attimo, e sempre a proposito, gli passava per la mente.

Durante la breve visita di Nikolàj, come accade sempre dove ci sono bambini, in un momento di silenzio Nikolàj ricorse al piccolo figlio del principe Andréj, accarezzandolo e domandandogli se voleva diventare un ussero. Prese in braccio il bambino e cominciò a farlo girare allegramente, guardando la principessina Marja. Uno sguardo commosso, felice e timido, seguiva il bambino che ella amava in braccio dell'uomo amato. Nikolàj notò anche questo sguardo e, come se ne avesse inteso il significato, arrossí di piacere e con bonaria allegria si mise a baciare il bambino.

La principessina Marja non usciva a cagione del lutto, e Nikolàj non giudicò conveniente ripetere la sua visita; ma la governatora coltivava tuttavia il suo progetto di fidanzamento e, riportando a Nikolàj le cose lusinghiere che diceva di lui la principessina Marja e viceversa, insisteva che Rostòv si dichiarasse. Per questa dichiarazione combinò un incontro fra i due giovani dal vescovo prima della messa.

Benché Rostòv avesse detto alla governatora che non avrebbe fatto nessuna dichiarazione alla principessina Marja, pure promise di trovarsi al convegno.

Come a Tilsitt Rostòv non si era permesso di dubitare che non fosse un bene ciò che tutti giudicavano un bene, cosí ora, dopo una breve, ma sincera lotta fra il tentativo di costruire la propria vita secondo il suo criterio e la tranquilla sottomissione alle circostanze, scelse quest'ultimo partito e si abbandonò a quel potere che (lo sentiva) stava trascinandolo irresistibilmente verso una meta. Sapeva che, avendo promesso di sposare Sonja, dimostrare il suo sentimento alla principessina Marja era ciò che egli chiamava una viltà. E sapeva che non avrebbe mai commesso una viltà. Ma sapeva pure (e non solo lo sapeva, ma lo sentiva nel profondo dell'anima) che, lasciandosi andare ora in balia delle circostanze e delle persone che lo guidavano, non solo non faceva nulla di male, ma faceva qualcosa di molto, molto serio, di cosí serio come non gli era capitato mai in vita sua.

Dopo il suo incontro con la principessina Marja, benché l'aspetto esteriore della sua vita non fosse mutato, pure tutti i piaceri di prima avevano perduto per lui il loro incanto, ed egli spesso pensava alla principessina Marja; ma non ci pensava mai come pensava senza eccezione alle altre signorine che aveva incontrate in società, o come aveva pensato un tempo, lungamente e con entusiasmo, a Sonja. A tutte le signorine egli, come quasi ogni giovanotto onesto, pensava come alla futura moglie; nella sua immaginazione, applicava loro tutte le condizioni della vita coniugale: la vestaglia bianca, la moglie accanto al samovar, la carrozza della moglie, i bambini, *maman* e *papa*, le loro relazioni con lei, ecc., ecc., e queste immagini del futuro gli davano piacere; ma quando pensava alla principessina Marja, alla quale volevano fidanzarlo, egli non poteva mai immaginare nulla della sua futura vita coniugale. Se ci si provava, tutto riusciva deformato e falso. Provava soltanto un senso di pena.

VII.

La terribile notizia della battaglia di Borodinò, delle nostre perdite in morti e feriti e l'ancor piú terribile notizia della perdita di Mosca si ebbero a Voronež alla metà di settembre. La principessina Marja, avendo appreso soltanto dai giornali la ferita del fratello e non avendo di lui altre notizie precise, si preparava ad andare a cercare il principe Andréj: cosí sentí dire Nikolàj, che però non la vedeva.

Ricevendo la notizia della battaglia di Borodinò e dell'abbandono di Mosca, Rostòv, non che provasse disperazione, rabbia o desiderio di vendetta e cose simili, ma a un tratto tutto gli venne a noia e a dispetto a Voronež ed egli si sentí come vergognoso e imbarazzato. Tutti i discorsi che udiva gli parevano falsi: non sapeva che pensare di tutto ciò e sentiva che soltanto al reggimento tutto sarebbe ridiventato chiaro. Si affrettava a terminare la compera dei cavalli e spesso andava ingiustamente in collera col suo servo e col maresciallo d'alloggio.

Alcuni giorni prima della partenza di Rostòv, nella cattedrale furono ordinate preghiere in occasione della vittoria ottenuta dalle truppe russe, e Nikolàj andò alla messa. Egli si mise un po' indietro al governatore e con gravità ufficiale, fantasticando sui piú disparati argomenti, stette in piedi durante tutto il servizio religioso. Quando il rendimento di grazie fu finito, la governatora lo chiamò a sé.

– Hai visto la principessina? – disse, accennando col capo a una signora in nero, che stava dietro al coro

Nikolàj riconobbe subito la principessina Marja, non tanto dal suo profilo, che appariva di sotto al cappello, quanto da quel senso di circospezione, di stima e di pietà che immediatamente lo invase. La principessina Marja, evidentemente immersa nei suoi pensieri, faceva gli ultimi segni di croce prima di uscir dalla chiesa.

Nikolàj la guardò in viso con meraviglia. Era lo stesso viso che aveva veduto prima, aveva la solita espressione di sottile, intimo, spirituale lavorio; ma ora era illuminato in modo assolutamente diverso. Una commovente espressione di dolore, di preghiera e di speranza era su di esso. Come già prima era accaduto a Nikolàj in sua presenza, egli, senz'aspettare il consiglio della governatora di avvicinarsi a lei, senza domandare a se stesso se fosse bene, se fosse conveniente o no rivolgersi a lei, lí in chiesa, le andò incontro e disse che aveva saputo del suo dolore e che la compativa con tutta l'anima. Appena ella ebbe udito la voce di lui che a un tratto una viva luce le brillò in viso, illuminando nello stesso tempo il suo dolore e la sua gioia.

– Io volevo soltanto dirvi, principessina, – cominciò Rostòv, – che, se il principe Andréj Nikolàjevič non fosse piú vivo, la notizia sarebbe subito comparsa sui giornali, dato che è comandante di reggimento.

La principessina lo guardò, senza comprendere le sue parole, ma si rallegrò dell'espressione di simpatia per il proprio dolore che gli vedeva in viso.

– E io so tanti esempi di ferite prodotte da una scheggia (nei giornali si parla di granata) che sono o mortali sull'istante o, al contrario, molto leggere, – disse Nikolàj. – Bisogna sperare il meglio, e io sono sicuro...

La principessina Marja lo interruppe.

– Oh! sarebbe cosí terri... – cominciò, e si fermò per l'emozione; poi, con un gesto grazioso (come tutto ciò che ella faceva in presenza di lui), chinò il capo e, gettandogli uno sguardo riconoscente, seguí la zia.

La sera di quel giorno Nikolàj non andò a fare nessuna visita e restò in casa per terminare certi conti con quelli che gli vendevano i cavalli. Quando ebbe finito le sue faccende, era già tardi per andare in qualsiasi luogo, ma era ancora troppo presto per mettersi a letto, e Nikolàj per un pezzo passeggiò solo su e giú per la stanza, pensando alla sua vita, il che gli accadeva di rado.

La principessina Marja, vicino a Smolènsk, gli aveva prodotto una simpatica impressione. Il fatto d'averla incontrata allora, in quelle singolari circostanze, e che, nello stesso tempo, era proprio lei quella che sua madre gli aveva indicata come un ricco partito, aveva fatto sí che egli la considerasse con speciale attenzione. A Voronež, durante la sua visita, l'impressione che egli ne aveva riportato, non era stata soltanto simpatica, ma forte. Nikolàj era stato colpito dalla particolare bellezza morale che aveva notato in lei quella volta. Peraltro si preparava alla partenza e non gli veniva in mente di lamentarsi se nel partire da Voronež perdeva l'occasione di vedere la principessina. Ma l'incontro di quel giorno con la principessina Marja in chiesa (Nikolàj lo sentiva) si era radicato nel suo cuore piú profondamente di quel che egli non avesse preveduto e piú profondamente di quel che non desiderasse per la propria tranquillità. Quel viso pallido, fine, triste, quello sguardo luminoso, quei movimenti tranquilli e graziosi, e specialmente quella profonda e tenera malinconia che appariva in tutti i tratti del suo viso, lo turbavano e forzavano la sua simpatia. Negli uomini Rostòv non poteva soffrire l'espressione di una superiore vita spirituale (perciò non amava il principe Andréj), questo egli lo chiamava con disprezzo filosofia, fantasticheria; ma nella principessina Marja, egli trovava una irresistibile seduzione proprio in quella malinconia che rivelava tutta la profondità di quel mondo spirituale a lui estraneo.

« Deve essere una fanciulla straordinaria! Proprio un angelo! – diceva egli fra sé. – Perché non sono libero? Perché ho avuto tanta fretta con Sonja? » E involontariamente gli si presentava un paragone fra le due: in una la povertà, nell'altra la ricchezza di quei doni spirituali che Nikolàj non possedeva, ma che pure apprezzava cosí altamente. Si provava a immaginare ciò che sarebbe accaduto se egli fosse stato libero. In che modo le avrebbe fatto la sua dichiarazione ed ella sarebbe diventata sua moglie? No, egli non poteva immaginarselo. Provava un senso di pena e nessuna immagine chiara gli si presentava in mente. Con Sonja da un pezzo si era fatto un quadro dell'avvenire e tutto ciò era semplice e chiaro, proprio perché tutto era stabilito ed egli sapeva tutto quel che v'era in Sonja: ma con la principessina Marja era impossibile immaginarsi una vita avvenire, perché egli non la capiva, ma soltanto l'amava.

Fantasticare su Sonja aveva in sé qualcosa di allegro e di scherzoso. Ma pensare alla principessina Marja era sempre difficile e magari un po' angoscioso.

« Come pregava! – pensava egli, ricordandosi. – Si vedeva che tutta la sua anima era nella preghiera. Sí, è questa la preghiera che smuove le montagne, e io sono sicuro che la sua preghiera sarà esaudita. Perché io non prego per ciò di cui ho bisogno? – egli pensò. – Di che cosa ho bisogno? Della libertà di sciogliermi da Sonja. Ella ha detto la verità, – egli pensò, ricordando le parole della governatora. – Se la sposerò, non ne verrà che sventura. Pasticci, un dolore per *maman*... gli affari... pasticci, tremendi pasticci! E poi io non l'amo neppure! Sí, non l'amo come dovrei. Dio mio! Toglimi da quest'orribile posizione senza uscita! – cominciò egli a un tratto a pregare. – Sí, la preghiera smuove le montagne, ma bisogna credere, e non pregare come io e Nataša pregavamo da bambini perché la neve diventasse zucchero, e scappavamo in cortile ad assaggiare la neve per vedere se fosse diventata zucchero. No, ma io ora non prego per cose futili », disse egli, posando in un canto la pipa, e, con le mani giunte, si fermò davanti all'immagine sacra. E, commosso dal ricordo della principessina Marja, cominciò a pregare come non pregava da un gran pezzo. Aveva le lacrime agli occhi e in gola, quando dalla porta entrò Lavruška con alcune carte.

– Imbecille! Perché vieni quando nessuno ti chiama? – disse Nikolàj, cambiando rapidamente posizione.

– Da parte del governatore, – disse Lavruška con voce sonnolenta, – è venuto il corriere con queste lettere per voi.

– Be', va bene, grazie, vattene!

Nikolàj prese le due lettere. Una era della madre, l'altra di Sonja. Le riconobbe dall'indirizzo e dissigillò per prima quella di Sonja. Ma aveva appena lette alcune righe che si fece pallido in viso e spalancò gli occhi con spavento e con gioia insieme.

– No, non può essere! – proferí ad alta voce.

Non sentendosi la forza di star fermo, con la lettera in mano si mise a passeggiare per la stanza leggendola. Percorse la lettera, poi la lesse una volta, due, e, alzando le spalle e aprendo le braccia, si fermò in mezzo alla stanza con la bocca aperta e gli occhi fissi. Ciò per cui proprio ora aveva pregato, con la fede che Dio avrebbe esaudito la sua preghiera, gli era stato concesso; ma Nikolàj ne era stupito come se si trattasse di una cosa straordinaria, come se mai avesse potuto aspettarsela, e come se proprio l'essersi ciò compiuto cosí presto dimostrasse che la cosa non veniva da Dio, che egli aveva pregato, ma da un qualunque caso.

Quello che pareva inestricabile, il nodo che legava la libertà di Rostòv era sciolto da questa inattesa lettera di Sonja, che a Nikolàj pareva inattesa e che nulla aveva provocato. Ella scriveva che le ultime sventurate circostanze, cioè la perdita di quasi tutti i beni dei Rostòv a Mosca, e il desiderio della contessa, piú volte manifestato, che Nikolàj sposasse la principessina Bolkònskaja, e il silenzio e la freddezza di lui in quegli ultimi tempi, tutto questo insieme la facevano decidere a rinunziare alla sua promessa e a dargli piena libertà.

« Mi era troppo penoso pensare che io potessi essere cagione di dolore e di discordia nella famiglia che mi ha beneficata, – ella scriveva, – e il mio amore ha come solo scopo la felicità di coloro che amo; e perciò vi prego, Nicolas, di ritenervi libero, ma sappiate che, malgrado tutto, nessuno potrà amarvi piú fortemente che la vostra Sonja ».

Ambedue le lettere venivano da Tròitsa. L'altra lettera era della contessa. In questa lettera si descrivevano gli ultimi giorni passati a Mosca, la partenza, l'incendio e la perdita di ogni sostanza. In questa lettera, fra le altre cose, la contessa scriveva che il principe Andréj era tra i feriti che viaggiavano con loro. Il suo stato era assai pericoloso, ma ora il dottore diceva che c'era un po' piú di speranza. Sonja e Nataša lo assistevano come infermiere.

Con questa lettera Nikolàj andò il giorno dopo dalla principessina Marja. Né Nikolàj né la principessina Marja dissero una parola di ciò che poteva significare la frase: « Nataša lo assiste », ma, grazie a questa lettera, Nikolàj entrò a un tratto nell'intimità della principessina quasi come un parente.

Il giorno seguente Rostòv accompagnò la principessina Marja a Jaroslàvl, e dopo qualche giorno partí per raggiungere il reggimento.

VIII.

La lettera di Sonja a Nikolàj, che adempiva la preghiera di lui, era stata scritta da Tròitsa. Ecco da che cosa era stata provocata. Il pensiero del matrimonio di Nikolàj con una donna ricca occupava sempre maggiormente la vecchia contessa. Ella sapeva che Sonja era l'ostacolo principale a ciò. E la vita di Sonja in quegli ultimi tempi, specialmente dopo la lettera di Nikolàj che descriveva il suo incontro a Boguciàrovo con la principessina Marja, era diventata sempre piú difficile in casa della contessa. La contessa non trascurava nessuna occasione di far qualche allusione offensiva o crudele a Sonja.

Ma qualche giorno prima della partenza da Mosca, snervata e agitata per tutto ciò che accadeva, la contessa, avendo chiamata a sé Sonja, invece di rimproveri e d'ingiunzioni, le aveva rivolto piangendo la preghiera di volersi sacrificare e di ripagare tutto ciò che era stato fatto per lei rompendo i suoi legami con Nikolàj.

– Io non sarò tranquilla finché non mi farai questa promessa.

Sonja, singhiozzando convulsamente, aveva promesso fra le lacrime, di far tutto, aveva detto che era pronta a tutto, ma non aveva fatto una promessa esplicita, e nel suo intimo non poteva decidersi a ciò che si esigeva da lei. Bisognava sacrificarsi per la felicità della famiglia che l'aveva mantenuta e educata. Sacrificarsi per la felicità altrui era una cosa abituale per Sonja. La sua posizione in casa era tale, che soltanto sulla via del sacrificio ella poteva mostrare i suoi meriti, ed ella era abituata al sacrificio e lo amava. Ma prima in tutti gli atti di abnegazione ella sentiva con gioia che sacrificandosi aumentava di valore agli occhi propri ed altrui e diventava piú degna di Nicolas, che amava piú di tutto al mondo; ma ora il suo sacrificio doveva consistere nel rifiutare ciò che per lei era tutto il premio del sacrificio, tutto il senso dell'esistenza. E per la prima volta in vita sua aveva provato rancore verso coloro che l'avevano beneficata per tormentarla maggiormente; aveva provato invidia per Nataša, che non aveva mai sperimentato nulla di simile, che non aveva mai dovuto far sacrifici, ma faceva sacrificare gli altri a sé e tuttavia era amata da tutti. E per la prima volta Sonja aveva sentito che il suo tranquillo e puro amore per Nikolàj a un tratto cominciava a crescere, diventando un sentimento appassionato che stava al di sopra delle regole, della virtú e della religione; e sotto l'impero di questo sentimento Sonja, che, nella sua vita di dipendenza, aveva involontariamente appreso a nascondere i suoi pensieri, dopo avere risposto alla contessa sulle generali e con parole indecise, sfuggiva ogni discorso con lei ed aveva stabilito di aspettare un incontro con Nikolàj, non per rendergli la sua libertà, ma al contrario per legarsi per sempre a lui.

Le preoccupazioni e il terrore degli ultimi giorni di permanenza dei Rostòv a Mosca avevano soffocato in Sonja i cupi pensieri che la opprimevano. Era contenta di trovare scampo da essi nella sua attività pratica. Ma quando aveva saputo della presenza in casa del principe Andréj, nonostante tutta la sincera pietà che provava per lui e per Nataša, era stata presa da un senso di piacere superstizioso, pensando che Dio non voleva che ella fosse separata da Nicolas. Sapeva che Nataša aveva amato soltanto il principe Andréj e non aveva cessato di amarlo. Sapeva che ora, rivedendosi in cosí tragiche circostanze, di nuovo si sarebbero amati e che allora Nikolàj, in seguito alla parentela che ci sarebbe stata fra loro, non avrebbe potuto sposare la principessina Marja. Malgrado tutto l'orrore di quanto era accaduto negli ultimi giorni e durante i primi giorni del viaggio, questo sentimento, questa coscienza di un intervento della Provvidenza nei suoi affari privati aveva rallegrato Sonja.

Al convento di Tròitsa i Rostòv avevano fatto la prima tappa diurna del loro viaggio.

Nella foresteria del convento erano state riservate ai Rostòv tre grandi stanze, una delle quali era occupata dal principe Andréj. Il ferito quel giorno stava molto meglio. Nataša era con lui. Nella stanza accanto c'erano il conte e la contessa che discorrevano rispettosamente col superiore, il quale era venuto a fare una visita ai suoi antichi conoscenti e benefattori. Sonja era lí anche lei, ed era tormentata dalla curiosità di sapere ciò che dicevano il principe Andréj e Nataša. Dalla porta ella ascoltava il suono delle loro voci. La porta della camera del principe Andréj si aprí. Nataša entrò col viso sconvolto e, senza accorgersi del monaco che si era alzato e le andava incontro ritenendo la larga manica del suo braccio destro, si avvicinò a Sonja e la prese per la mano.

– Nataša, che hai? Vieni qua, – disse la contessa.

Nataša si accostò per ricevere la benedizione e il superiore le consigliò di rivolgersi per aiuto a Dio e al Suo santo.

Appena se ne fu andato il superiore, Nataša prese per mano la sua amica e andò con lei nella stanza vuota.

– Sonja, sí, eh? Vivrà? – disse. – Sonja, come sono felice e come sono disgraziata! Sonja, cara, tutto è come prima. Purché egli viva! Non può... perché, perché... – e Nataša cominciò a piangere.

– Sí. Lo sapevo! Sia lodato Dio! – proferí Sonja. – Vivrà!

Sonja non era meno agitata della sua amica per il timore e il dolore di lei e pei suoi pensieri particolari che non rivelava a nessuno. Singhiozzando baciava e consolava Nataša. « Purché viva! » pensava. Dopo aver pianto, aver parlato ed essersi asciugate le lacrime, le due amiche si avvicinarono alla porta del principe Andréj. Nataša l'aprí cautamente e gettò un'occhiata nella camera. Sonja stava insieme con lei presso la porta semiaperta.

Il principe Andrèj giaceva, sollevato su tre guanciali. Il suo pallido viso era tranquillo, gli occhi eran chiusi e si vedeva che il suo respiro era eguale.

– Ah, Nataša! – quasi gridò a un tratto Sonja, prendendo per la mano la cugina e facendosi indietro.

– Che c'è? che c'è? – domandò Nataša.

– È che... ecco... – disse Sonja, pallida in viso e con le labbra tremanti.

Nataša richiuse piano piano la porta e si ritirò con Sonja presso la finestra, senza capire ancora che cosa ella le dicesse.

– Ti ricordi, – cominciò Sonja con un viso tutto spaventato, ma pieno di solennità, – ti ricordi quando guardai nello specchio per conto tuo... a Otràdnoje, a Natale... ti ricordi che cosa vidi?...

– Sí, sí, – disse Nataša, spalancando gli occhi e ricordandosi confusamente che allora Sonja aveva detto qualcosa del principe Andréj che vedeva sdraiato.

– Ti ricordi? – seguitò Sonja. – Allora vidi e dissi tutto a te e a Dunjaša. Lo vidi sdraiato sul letto, – disse, e ad ogni particolare faceva un gesto della mano, con un dito alzato, – e che aveva chiuso gli occhi ed era proprio avvolto in una coperta rosa e aveva le braccia incrociate, – disse Sonja, persuadendosi, a misura che descriveva i particolari che vedeva adesso, di aver veduto allora questi stessi particolari.

Allora non aveva veduto nulla, ma aveva raccontato di aver veduto ciò che le era passato per la testa; ma ciò che allora aveva inventato le appariva reale come qualsiasi altro ricordo. Quel che aveva detto allora – che egli si era voltato a guardarla sorridendo ed era coperto da qualcosa di rosso – non soltanto se lo ricordava, ma era perfettamente persuasa di aver veduto e detto già allora che egli era avvolto in una coperta rosa, proprio rosa, e che i suoi occhi erano chiusi.

– Sí, sí, proprio rosa, – disse Nataša, che anche lei pareva ricordarsi che era stato detto rosa, e proprio in ciò vedeva il lato piú straordinario e misterioso della predizione. – Ma che cosa vuol dire? – disse Nataša pensierosa.

– Ah! non lo so. Come è strano tutto questo! – disse Sonja, prendendosi la testa fra le mani.

Dopo qualche minuto il principe Andréj sonò, e Nataša entrò in camera di lui; ma Sonja, che provava un'agitazione e una commozione da lei provata di rado, rimase presso la finestra, ripensando alla stranezza di ciò che era accaduto.

In quel giorno ci fu un'occasione di spedire lettere al campo, e la contessa scrisse una lettera al figlio.

– Sonja, – disse la contessa, alzando il capo dalla lettera, mentre la nipote le passava davanti. – Sonja, tu non scrivi a Nikòlen'ka? – disse la contessa con voce sommessa e tremante.

E nello sguardo degli occhi stanchi che la guardavano attraverso gli occhiali Sonja lesse tutto ciò che la contessa intendeva con quelle parole. In quello sguardo erano espressi la preghiera e il timore d'un rifiuto e la vergogna di dover pregare e un odio implacabile già pronto in caso di rifiuto.

Sonja si avvicinò alla contessa e, inginocchiandosi, le baciò la mano.

– Scriverò, *maman*, – disse.

Sonja era intenerita, agitata, commossa da tutto ciò che era accaduto quel giorno, specialmente da quel misterioso avverarsi della sua divinazione che aveva veduto or ora. Adesso che sapeva che, rinnovandosi le relazioni di Nataša col principe Andréj, Nikolàj non poteva sposare la principessina Marja, aveva sentito con gioia il ritorno di quella disposizione al sacrificio di sé nella quale amava e soleva vivere. E con le lacrime agli occhi e con la lieta consapevolezza di compire un atto magnanimo, interrotta piú volte dalle lacrime che offuscavano i suoi occhi neri vellutati, aveva scritto quella commovente lettera, il cui arrivo aveva tanto colpito Nikolàj.

IX.

Alla sezione dove era stato condotto Pierre, l'ufficiale e i soldati che l'avevano preso lo trattavano con asprezza, ma insieme con un certo rispetto. Si sentiva ancora nei loro rapporti con lui il dubbio sul suo essere (chissà che non fosse un personaggio importante!) e l'ostilità cagionata dalla loro lotta personale con lui, ancora recente.

Ma quando, la mattina del giorno seguente, vennero altri a dare il cambio, Pierre capí che per il nuovo picchetto, ufficiale e soldati, egli non aveva piú quell'importanza che aveva per quelli da cui era stato preso. E, difatti, in quell'uomo grande e grosso con un gabbano da contadino, le guardie del giorno seguente non vedevano piú l'uomo vivace che si era battuto con tanto furore contro il saccheggiatore e contro i soldati della scorta e aveva detto quella frase solenne sul salvataggio della bambina, ma vedevano soltanto il n. 17 dei russi presi e trattenuti chissà perché, per ordine dell'autorità superiore. Se c'era in Pierre qualcosa di particolare, era soltanto il suo aspetto ardito, pensieroso e concentrato, e il suo parlar francese, nella quale lingua egli si spiegava benissimo, con gran sorpresa dei francesi. Malgrado ciò, quel giorno stesso misero Pierre insieme con altre persone sospette che erano state arrestate, poiché della camera separata che egli occupava aveva avuto bisogno un ufficiale.

Tutti i russi trattenuti con Pierre erano persone di bassissima condizione. E tutte, riconoscendo in Pierre un signore, si scostavano da lui, tanto piú ch'egli parlava francese. Pierre udiva con dispiacere le loro canzonature.

Il giorno dopo, alla sera, Pierre apprese che tutti quei detenuti (e probabilmente anche lui era in quel numero) dovevano essere giudicati come incendiari. Il terzo giorno condussero Pierre insieme ad altri in una casa, dove c'erano un generale francese coi baffi bianchi, due colonnelli e altri francesi con sciarpe al braccio. A Pierre, come agli altri, con quella precisione e quella rigidezza in apparenza superiori alle debolezze umane con le quali di solito ci si rivolge agli accusati, fu chiesto chi era, dov'era, a che scopo, ecc.

Queste domande, lasciando da parte la sostanza vitale della cosa ed escludendo la possibilità di scoprire questa sostanza, come tutte le domande fatte nei processi, avevano soltanto lo scopo di stabilire quel condotto pel quale i giudici desideravano che scorressero le risposte dell'accusato e lo conducessero alla meta desiderata, cioè all'accusa formulata. Appena egli cominciava a dire qualcosa che non rispondesse ai fini dell'accusa, si toglieva il condotto e l'acqua poteva scorrere dove le piaceva. Oltre a ciò Pierre provava ciò che provano gli accusati in tutti i tribunali: la perplessità circa il motivo per cui erano fatte tutte quelle domande. Gli pareva che soltanto per indulgenza o per una certa cortesia si servissero dell'astuzia di quel condotto. Sapeva di trovarsi in balia di quella gente, che soltanto la forza l'aveva condotto là, che soltanto la forza dava loro il diritto di pretendere risposta alle loro domande, che l'unico scopo di quell'assemblea era di accusarlo. E quindi, visto che c'era la forza e c'era il desiderio di accusarlo, non era neppure necessario il sotterfugio delle domande e del processo. Era evidente che tutte le sue risposte dovevano condurlo a provare la sua colpevolezza. Alla domanda che cosa facesse quando l'avevano preso, Pierre rispose con una certa enfasi tragica che portava ai genitori una bambina *qu'il avait sauvée des flammes*. Perché aveva avuto la colluttazione col saccheggiatore? Pierre rispose che aveva difeso una donna e che la difesa di una donna oltraggiata è dovere di ogni uomo, che... Lo fermarono: questo era estraneo alla causa. Perché si trovava nel cortile di una casa incendiata, dove dei testimoni lo avevano veduto? Rispose che andava ad osservare ciò che accadeva a Mosca. Lo fermarono di nuovo: non gli avevano domandato dove andasse, ma perché si trovava nei pressi dell'incendio. Gli chiesero chi era, tornando alla prima domanda, alla quale egli aveva dichiarato di non voler rispondere. Di nuovo rispose che non poteva dirlo.

– Scrivete. È male, molto male, – gli disse severamente il generale dai baffi bianchi e dal viso rubicondo.

Il quarto giorno gl'incendi cominciarono al bastione Zúbovskij.

Pierre e altri tredici furono condotti al Krymskij Brod, nella rimessa della casa di un mercante. Passando per le strade, Pierre si sentiva soffocare per il fumo che, a quel che pareva, copriva tutta la città. Da diverse parti si vedevano incendi. Pierre allora non aveva ancora capito il significato di Mosca incendiata, e guardava con terrore quelle fiamme.

Nella rimessa di quella casa presso il Krymskij Brod, Pierre passò ancora quattro giorni, e durante questi giorni apprese dai discorsi dei soldati francesi che tutti quelli che erano detenuti là aspettavano di giorno in giorno la decisione del maresciallo. Ma di quale maresciallo, Pierre non lo poté sapere dai soldati. Per un soldato di certo un maresciallo rappresentava l'anello supremo e un po' misterioso della catena del potere.

Questi primi giorni, fino all'8 settembre, giorno nel quale i prigionieri furono condotti a subire un altro interrogatorio, furono i piú penosi per Pierre.

X.

L'8 settembre entrò nella rimessa dove erano i prigionieri un ufficiale di alto grado, a giudicare dal rispetto col quale gli si rivolgevano le guardie. Quest'ufficiale, probabilmente dello stato maggiore, con una lista in mano, fece l'appello di tutti i russi, designando Pierre come *celui qui n'avoue pas son nom*. E guardando tutti i prigionieri con una indifferenza indolente, ordinò all'ufficiale di guardia di vestirli e aggiustarli convenientemente prima di condurli dal maresciallo. Dopo un'ora giunse una compagnia di soldati, e Pierre e gli altri tredici furono condotti al Djévicie Pole. La giornata, dopo la pioggia, era chiara, piena di sole, e l'aria era straordinariamente pura. Il fumo non si stendeva in basso come quel giorno che Pierre era stato condotto via dalla guardina del bastione Zúbovskij; il fumo si alzava in colonne nell'aria pura. Non si vedevano in nessun posto fuochi d'incendi, ma da tutte le parti si alzavano colonne di fumo, e tutta Mosca, per quanto poté vedere Pierre, era un solo braciere d'incendio. Da tutte le parti si vedevano spazi vuoti, con stufe e tubi rimasti in piedi, qua e là mura arse di case di pietra. Pierre osservava quei bracieri e non riconosceva i quartieri a lui noti della città. Ogni tanto si vedeva una chiesa rimasta intatta. Il Cremlino, che non era stato distrutto dal fuoco, biancheggiava da lontano con le sue torri e il suo Ivàn il Grande. Piú vicino scintillava allegramente la cupola del monastero di Novodjévicie e si sentiva venir di là particolarmente sonoro il rombo delle sue campane. Quello scampanio ricordò a Pierre che era domenica e la festa della Natività della Vergine. Ma pareva che nessuno celebrasse quella festività: da per tutto c'erano le rovine dell'incendio, e della popolazione russa s'incontrava solo di tanto in tanto qualche persona lacera, spaventata, che si nascondeva alla vista dei francesi.

Era evidente che il nido russo era sfasciato e distrutto; ma sotto alla distruzione di quell'ordine di vita russa (Pierre lo sentiva inconsciamente), sotto a quel nido sfasciato si formava un ordine di vita francese, totalmente diverso, ma saldo. Egli lo sentiva alla vista di quei soldati che camminavano baldi e allegri, in file regolari, scortando lui e gli altri accusati; lo sentiva alla vista di un alto funzionario francese che gli era venuto incontro in una carrozza a due cavalli, guidata da un soldato. Lo sentiva all'allegro suono della musica di un reggimento, che veniva dalla parte sinistra del Djévicie Pole, e lo sentiva e lo capiva specialmente da quella lista che era stata letta, nel fare l'appello dei prigionieri, dall'ufficiale francese che era venuto la mattina. Pierre era stato preso da certi soldati, condotto prima in un luogo, poi in un altro, con diecine di altre persone; pareva che potessero dimenticarsi di lui, confonderlo con gli altri. Invece no: le risposte che aveva date nell'interrogatorio tornavano a lui nella forma della sua designazione: *celui qui n'avoue pas son nom*. E sotto questa designazione, che faceva paura a Pierre, ora lo conducevano chissà dove, con l'indubitabile sicurezza, scritta su tutti i visi, che lui e tutti gli altri prigionieri erano proprio quelli che bisognava prendere e che erano condotti dove bisognava condurli. Pierre si sentiva un miserabile truciolo caduto nell'ingranaggio d'una macchina a lui sconosciuta, ma che funzionava bene.

Pierre e gli altri accusati furono condotti sulla destra del Djévicie Pole, non lontano dal monastero, verso una grande casa bianca con un immenso giardino. Era la casa del principe Šcerbàtov, nella quale Pierre era stato spesso in passato a far visita al padrone e nella quale ora, come apprese dai discorsi dei soldati, abitava il maresciallo principe d'Eckmühl.

Li condussero davanti alla scalinata e li fecero entrare nella casa uno alla volta. Pierre fu il sesto. Attraverso una galleria a cristalli, un vestibolo, un'anticamera, che Pierre conosceva, lo condussero in uno studio lungo e basso, presso alla porta del quale stava un aiutante di campo.

Davoust era in fondo alla stanza, davanti a una tavola, e aveva gli occhiali sul naso. Pierre gli si avvicinò. Davoust, senza alzar gli occhi, evidentemente compulsava un documento che aveva dinanzi. Sempre senza alzar gli occhi, domandò a bassa voce:

– *Qui êtes-vous?*

Pierre taceva perché non si sentiva la forza di proferire una parola. Davoust, per Pierre, non era soltanto un generale francese: per Pierre, Davoust era un uomo noto per la sua crudeltà. Guardando il viso freddo di Davoust, che, come un maestro severo, acconsentiva per un certo tempo ad aver pazienza e ad aspettare la risposta, Pierre sentiva che ogni secondo di ritardo poteva costargli la vita; ma non sapeva che cosa dire. Non si decideva a dire quel che già aveva detto nel suo primo interrogatorio; svelare il suo nome e la sua posizione era pericoloso e vergognoso. Pierre taceva. Ma prima che Pierre fosse riuscito a prendere una qualsiasi decisione, Davoust alzò il capo, si tirò su gli occhiali sulla fronte, strizzò gli occhi e guardò fisso Pierre.

– Io conosco quest'uomo, – disse con voce misurata, fredda, calcolata senza dubbio per spaventare Pierre.

Il freddo che prima era corso per la schiena di Pierre gli prese ora la testa come in una morsa.

– *Mon général, vous ne pouvez pas me connaître, je ne vous ai jamais vu...*

Davoust l'interruppe:

– *C'est un espion russe*, – disse, rivolgendosi a un altro generale che era nella stanza e che Pierre non aveva notato. E Davoust si voltò in là.

Con un tono di voce inattesamente forte, Pierre a un tratto si mise a parlare rapidamente.

– *Non, Monseigneur*, – disse ricordandosi all'improvviso che Davoust era principe. – *Non, Monseigneur, vous n'avez pas pu me connaître. Je suis un officier militionnaire et je n'ai pas quitté Moscou.*

– *Votre nom?* – ripeté Davoust.

– *Besouhof.*

– *Qu'est-ce qui me prouvera que vous ne mentez pas?*

– *Monseigneur!* – esclamò Pierre, con voce non di offesa, ma d'implorazione.

Davoust alzò gli occhi e li fissò su Pierre. Per alcuni istanti si guardarono l'un l'altro, e questo sguardo salvò Pierre. In quello sguardo, di là da tutte le condizioni della guerra e del giudizio, un rapporto umano si stabilí fra quei due uomini. Entrambi, in quell'unico istante, sentirono confusamente una quantità infinita di cose e capirono che erano tutti e due figli dell'umanità, che erano fratelli.

Per Davoust, a primo sguardo, quando egli aveva alzato il capo dalla sua lista, nella quale gli affari e la vita degli uomini erano rappresentati con numeri, Pierre era soltanto un incidente qualunque, e Davoust lo avrebbe fatto fucilare senza che la sua coscienza gli rimproverasse una cattiva azione; ma ora vedeva già in lui un uomo. Rifletté per un momento.

– *Comment me prouverez-vous la vérité de ce que vous me dites?* – disse Davoust freddamente.

Pierre si ricordò di Ramballe e nominò il suo reggimento, il cognome e la strada nella quale era la casa.

– *Vous n'êtes pas ce que vous dites*, – disse di nuovo Davoust.

Pierre con voce tremante e rotta cominciò a citare le prove della verità della sua asserzione.

Ma in quel momento entrò un aiutante di campo e comunicò qualche cosa a Davoust.

Davoust a un tratto s'illuminò tutto alla notizia comunicata dall'aiutante e si mise ad abbottonarsi la giubba. Di certo aveva affatto dimenticato Pierre.

Quando l'aiutante di campo gli ricordò il prigioniero, egli, aggrottando le sopracciglia, fece un cenno del capo dalla parte di Pierre e diede ordine di condurlo via. Ma dove dovessero condurlo, se indietro nella baracca o sul posto preparato per le esecuzioni che i compagni gli avevano mostrato passando pel Djévicie Pole, Pierre non lo sapeva.

Egli volse la testa e vide che l'aiutante di campo domandava qualche cosa.

– *Oui, sans doute!* – disse Davoust, ma che significava quel « sí », Pierre non lo sapeva.

Pierre non si ricordò come avesse camminato, né quanto, né in che direzione. In uno stato di assoluta incoscienza e stupore, senza veder nulla intorno a sé, moveva le gambe una dopo l'altra, finché tutti si fermarono e anche lui si fermò. In tutto quel tempo un unico pensiero era nella mente di Pierre. Questo pensiero era: chi, chi dunque lo aveva condannato a morte? Non erano coloro che l'avevano interrogato in commissione: nessuno di loro voleva né, evidentemente, poteva far ciò. Non era Davoust che l'aveva guardato cosí umanamente. Ancora un minuto, e Davoust avrebbe capito che agivano male, ma quel minuto non era giunto per l'entrata dell'aiutante di campo. Anche quell'aiutante di campo certamente non voleva nulla di male, ma sarebbe potuto non entrare. Chi dunque lo condannava, l'uccideva, lo privava della vita – lui, Pierre – con tutti i suoi ricordi, le sue aspirazioni, le sue speranze, i suoi pensieri? Chi faceva questo? E Pierre sentiva che non era nessuno.

Era l'ordine, la concatenazione delle circostanze.

Un certo ordine di cose l'uccideva, lui, Pierre, lo privava della vita, di tutto: lo annientava.

XI.

Dalla casa del principe Šcerbàtov i prigionieri furono portati direttamente giú, per il Djévicie Pole, a sinistra del monastero, e condotti verso un orto dove era infisso un palo. Dietro al palo era stata scavata una grande fossa e si vedeva la terra sconvolta di fresco; intorno alla fossa e al palo, in semicerchio, stava una gran folla. La folla era composta in piccola parte di russi, in gran parte di soldati napoleonici non inquadrati: tedeschi, italiani e francesi in uniformi diverse. A sinistra e a destra del palo stavano allineati militari francesi in divise turchine, con le spalline rosse, le ghette e i caschi.

I condannati furono disposti secondo un dato ordine, indicato in una lista (Pierre era il sesto), e furono fatti avvicinare al palo. A un tratto si udirono dei rulli di tamburo, dai due lati, e Pierre ebbe la sensazione che con quel suono fosse portata via una parte della sua anima. Perdette la facoltà di pensare e di riflettere. Riusciva soltanto a vedere e ad udire. E aveva un solo desiderio: il desiderio che si facesse presto quella cosa terribile che doveva essere fatta. Pierre si voltava verso i suoi compagni e li esaminava.

I due uomini all'estremità della fila erano due forzati, col capo raso. Uno era alto, magro; l'altro era nero, peloso, muscoloso, con un naso schiacciato. Il terzo era un domestico, sui quarantacinque anni, coi capelli grigiastri e la persona grassotta e ben nutrita. Il quarto era un contadino, bellissimo, con una folta barba bionda e gli occhi neri. Il quinto era un operaio, un ragazzo giallo, magro, sui diciotto anni, con una palandrana.

Pierre udiva i francesi che si consigliavano fra loro come fucilarli, se ad uno ad uno o a due a due. – A due a due, – rispose freddo e tranquillo l'ufficiale piú anziano. Si fece un movimento nelle file dei soldati e fu manifesto che tutti si affrettavano, ma non si affrettavano come ci si affretta per fare una cosa comprensibile a tutti, ma come ci si affretta per terminare una faccenda inevitabile, ma spiacevole e incomprensibile.

Un funzionario francese con la sciarpa si avvicinò alla parte destra della fila dei condannati e lesse la sentenza in russo e in francese.

Poi due coppie di francesi si accostarono ai condannati e, per ordine dell'ufficiale, presero i due forzati che stavano all'estremità. I forzati, avvicinatisi al palo, si fermarono e, mentre si portavano dei sacchi, guardavano intorno in silenzio, come una fiera raggiunta guarda il cacciatore che si avvicina. Uno si faceva sempre il segno di croce, l'altro si grattava la schiena e faceva con le labbra un moto che somigliava a un sorriso. I soldati, in fretta, si misero a bendar loro gli occhi, a coprirli coi sacchi e a legarli al palo.

Dodici tiratori, coi fucili, a passo misurato, sicuro, uscirono dalle file e si fermarono a otto passi dal palo. Pierre si voltò in là per non vedere quel che stava per accadere. A un tratto si udirono un crepitio e un fragore che a Pierre parve piú forte del piú formidabile scoppio di tuono, ed egli si volse. C'era fumo, e i francesi, coi visi pallidi e le mani tremanti, facevano qualche cosa presso la fossa. Ne furono condotti altri due. Come i precedenti, con gli stessi occhi, anche questi due guardavano tutto in giro, e coi soli occhi, in silenzio, chiedevano invano aiuto e certamente non capivano e non credevano a ciò che stava per accadere. Essi non potevano crederci, perché essi soli sapevano che cosa la loro vita fosse per loro, e quindi non capivano e non credevano che si potesse togliergliela.

Pierre non voleva guardare e di nuovo si voltò in là; ma di nuovo il suo orecchio fu colpito come da un terribile scoppio e, insieme a questo rumore, vide del fumo, del sangue e i visi pallidi e spaventati dei francesi che di nuovo facevano qualche cosa presso al palo, urtandosi l'un l'altro con le mani tremanti. Pierre, respirando a fatica, si guardava intorno come per domandare: che è stato? Questa stessa domanda era in tutti gli sguardi che s'incontravano con lo sguardo di Pierre.

Sui visi di tutti i russi, sui visi dei soldati, degli ufficiali francesi, tutti senza eccezione, egli lesse lo stesso sgomento, lo stesso orrore, la stessa lotta che era nel suo cuore. « Ma chi fa questo, infine? Essi soffrono tutti come soffro io. Chi allora? chi? » Questo pensiero balenò in quel momento nell'anima di Pierre.

– *Tirailleurs du 86me, en avant!* – gridò una voce. Condussero al palo il quinto condannato, quello che stava accanto a Pierre, da solo. Pierre non capí che egli era salvo, che lui e tutti gli altri erano stati condotti lí soltanto perché fossero presenti al supplizio. Con orrore sempre crescente, senza provare né piacere né sollievo, guardava ciò che accadeva. Il quinto era l'operaio con la palandrana. Appena si sentí toccato, fece un salto indietro per la paura e si afferrò a Pierre. (Pierre rabbrividí e si staccò da lui). L'operaio non poteva camminare. Lo presero sotto le ascelle ed egli gridò qualcosa. Appena fu giunto al palo, tacque improvvisamente, come se a un tratto avesse capito una cosa. Aveva capito che era inutile gridare, oppure che era impossibile che lo uccidessero, ma stava presso al palo aspettando che lo bendassero come gli altri e, come un animale ferito, si guardava intorno con gli occhi scintillanti.

Pierre non fu piú capace di voltarsi in là e di chiudere gli occhi. La curiosità e l'agitazione sua e di tutta quella folla innanzi a quel quinto assassinio erano giunte al colmo. Come gli altri, anche quel quinto pareva calmo: egli si avviluppava nel camiciotto e fregava l'uno contro l'altro i suoi piedi nudi.

Quando gli bendarono gli occhi, si accomodò da se stesso il nodo della benda che gli faceva male alla nuca; poi, quando lo addossarono al palo insanguinato, si piegò indietro e, come se in quella posizione non si sentisse comodo, si raddrizzò e, unendo i piedi, si appoggiò tranquillamente. Pierre non gli levava gli occhi di dosso, non perdendo il minimo gesto di lui.

Si dovette udire il comando, dopo il comando si dovettero udire gli spari degli otto fucili. Ma Pierre, per quanto poi si sforzasse di ricordarlo, non aveva udito nessun rumore di colpi. Vide soltanto l'operaio piegarsi a un tratto sulle corde che lo tenevano legato, vide il sangue mostrarsi in due punti e le corde, per il peso del corpo che sostenevano, cedere e l'operaio chinarsi con la testa abbassata e le gambe contorte in modo innaturale. Pierre corse al palo. Nessuno lo trattenne. Intorno all'operaio facevano qualcosa delle persone dai visi spaventati e pallidi. A un vecchio francese baffuto tremava la mascella inferiore quando si mise a sciogliere le corde. Il corpo scivolò giú. I soldati goffamente e frettolosamente lo trascinarono dietro al palo e lo buttarono nella fossa.

Tutti, evidentemente, sapevano senza nessun dubbio che erano degli assassini e che dovevano nascondere al piú presto le tracce del loro delitto.

Pierre gettò uno sguardo nella fossa e vide che l'operaio vi giaceva con le ginocchia sollevate, vicine al capo, e una spalla piú su dell'altra. E questa spalla si alzava e si abbassava ritmicamente, con un moto convulso. Ma già zappate di terra cadevano su tutto il corpo. Uno dei soldati, con voce irritata, cattiva e dolente, gridò a Pierre di tornare indietro. Ma Pierre non lo capí e rimase presso al palo, e nessuno lo mandò via.

Quando la fossa fu tutta riempita, si udí un comando. Ricondussero Pierre al suo posto e le truppe francesi, che stavano in fila ai due lati del palo, fecero un mezzo giro e a passo cadenzato sfilarono davanti al palo. Ventiquattro tiratori coi fucili scarichi, che stavano nel mezzo del cerchio, raggiunsero di corsa i propri posti, mentre le compagnie passavano innanzi a loro.

Pierre guardava ora con occhi smemorati questi tiratori che, a due a due, uscivano dal cerchio. Tutti, tranne uno, si unirono alle loro compagnie. Un giovane soldato, dal viso pallido come quello d'un morto, col casco calato indietro e col fucile abbassato, rimaneva ancora lí ritto, di fronte alla fossa, sul posto stesso dal quale aveva sparato. Barcollava come un ubriaco, facendo qualche passo ora indietro, ora avanti, per riequilibrare il suo corpo che mal si reggeva. Un vecchio militare, un sottufficiale, uscí di corsa dalle file e, preso per la spalla il giovane soldato, lo trascinò nella compagnia. La folla di russi e di francesi cominciò a dileguarsi. Tutti camminavano in silenzio, col capo basso.

– *Ça leur apprendra à incendier*, – disse uno dei francesi.

Pierre guardò colui che parlava e vide che era un soldato che voleva consolarsi di quel che aveva fatto, ma non poteva. Senza finire quel che aveva cominciato a dire, quello fece un gesto con la mano e se ne andò.

XII.

Dopo l'esecuzione, Pierre fu separato dagli altri accusati e lasciato solo in una piccola chiesa devastata e insudiciata.

Verso sera, un sottufficiale di guardia con due soldati entrò nella chiesa e annunziò a Pierre che egli era graziato e che sarebbe passato nelle baracche dei prigionieri di guerra. Senza capire quel che gli dicevano, Pierre si alzò e andò coi soldati. Lo condussero ai baraccamenti costruiti sull'alto del Djévicie Pole, con tavole, travi e assicelle mezzo bruciate, e lo fecero entrare in una baracca. Nel buio, una ventina di persone di diversa specie circondò Pierre. Pierre le guardava senza capire chi fosse quella gente, perché stesse lí e che cosa volesse da lui. Udiva le parole che gli dicevano, ma non ne traeva nessuna conclusione: non capiva il loro significato. Rispondeva a ciò che gli domandavano, ma non considerava chi lo stesse a sentire e se le sue risposte fossero capite. Guardava i visi e le figure e tutte gli sembravano insensate a un modo.

Dal momento in cui Pierre aveva assistito a quell'orribile massacro, commesso da gente che non voleva compierlo, pareva che nella sua anima fosse stata strappata via a un tratto la molla che sorreggeva e animava tutto, e che ogni cosa crollasse in un mucchio di assurdo sudiciume. In lui, benché non se ne rendesse conto, era venuta meno la fede nell'ordine universale, nell'umanità, nella sua anima e in Dio. Questo stato Pierre l'aveva già esperimentato altra volta, ma mai con tanta forza come ora. Prima, quando a Pierre venivano dubbi di questa specie, la sorgente di questi dubbi era la sua propria colpa. E nel piú profondo dell'anima Pierre sentiva allora che la salvezza contro quella disperazione e quei dubbi era in lui stesso. Ma ora sentiva che non la sua colpa era la cagione che il mondo ai suoi occhi precipitasse e rimanessero soltanto delle rovine prive di senso. Sentiva che non era in suo potere tornare ad aver fede nella vita.

Intorno a lui, nell'oscurità, c'erano delle persone: di certo qualcosa in lui le interessava molto. Gli raccontarono qualche cosa, gli fecero delle domande, poi lo condussero altrove, e finalmente egli si trovò in un angolo della baracca, insieme con certi uomini che da diverse parti discorrevano fra loro, ridendo.

– Ed ecco, amici miei... quello stesso principe, *il quale*... – diceva, con un accento particolare sulla parola *quale*, una voce dall'angolo opposto della baracca.

Seduto immobile e in silenzio presso il muro, sulla paglia, Pierre ora apriva, ora chiudeva gli occhi. Ma appena chiudeva gli occhi, vedeva innanzi a sé quel viso spaventevole dell'operaio, spaventevole soprattutto nella sua semplicità, e i visi, nella loro inquietudine ancor piú spaventevoli, dei suoi involontari uccisori. E di nuovo egli apriva gli occhi e guardava insensatamente intorno a sé, nel buio.

Accanto a lui sedeva, tutto curvo, un ometto, la cui presenza Pierre aveva avvertita da prima per il forte odor di sudore che esalava da lui a ciascuno dei suoi movimenti. Quest'uomo, nel buio, si faceva qualcosa ai piedi e, benché Pierre non lo vedesse in viso, sentiva che quell'uomo lo guardava fisso. Aguzzando gli occhi nell'oscurità, Pierre capí che quell'uomo si stava scalzando. Anche il modo come lo faceva lo interessò.

Avendo sciolto le cordicelle che aveva intorno a una delle sue gambe, le arrotolò accuratamente e subito passò all'altra gamba, gettando un'occhiata a Pierre. Mentre una mano appendeva le cordicelle, l'altra già si accingeva a sfasciare l'altra gamba. Con lo stesso modo accurato, con gesti rotondi, abili, che si seguivano l'un l'altro senza pause, l'uomo si tolse le sue calzature e le appese a certi uncini piantati nel muro sopra il suo capo, tirò fuori un coltello, tagliò qualche cosa, richiuse il coltello, lo mise sotto al capezzale e, accomodandosi meglio a sedere, si cinse le ginocchia rialzate con le due braccia e guardò fisso Pierre. Pierre sentiva un che di simpatico, di tranquillante, di rotondo in quei gesti abili, nell'ordine messo da quell'uomo nelle cose sue, in quel cantuccio, nell'odore stesso che egli esalava, e lo guardava senza levargli gli occhi di dosso.

– Avete visto molte miserie, signore? Eh? – disse a un tratto l'ometto.

E c'era una tale espressione di affetto e di semplicità nella voce melodiosa di quell'uomo, che Pierre volle rispondere, ma gli tremò la mascella ed egli si sentí le lacrime agli occhi. L'ometto, nello stesso momento, senza dare a Pierre il tempo di mostrare il suo imbarazzo, cominciò a parlare con la stessa voce simpatica.

– Eh, falchetto, non ti affliggere, – disse egli con quella cantilena affettuosa con cui parlano le vecchie contadine russe. – Non ti affliggere, amico mio: si soffre un'ora e si vive un secolo! Ecco come la va, mio caro. E qui, grazie a Dio, viviamo senza troppi guai. Uomini ce n'è di buoni e di cattivi anche qui, – disse egli e, mentre parlava ancora, con un movimento agile, si spiegò sulle ginocchia, si alzò e, tossicchiando, se ne andò piú in là. – Ah, birbantello, è tornato! – Dall'estremità della baracca Pierre udí la stessa voce affettuosa. – È tornato, birbantello, se ne ricorda... – E il soldato, respingendo da sé un cagnolino che gli saltava addosso, tornò al suo posto e sedette. Nelle sue mani c'era una cosa ravvolta in uno straccio. – Ecco, mangiate, signore, – disse egli, rivolgendosi di nuovo a Pierre col tono rispettoso di dianzi e tirando fuori e offrendogli alcune patate lesse. – A desinare abbiamo avuto la zuppa. Ma le patate sono eccellenti!

Pierre non aveva mangiato in tutto il giorno e l'odore delle patate gli parve insolitamente squisito. Ringraziò il soldato e si mise a mangiare.

– Perché mangi cosí? – disse il soldato sorridendo, e prese una patata. – Fa' cosí –. Tirò fuori di nuovo il coltellino a serramanico, tagliò sulla palma della mano una patata in due parti eguali, l'asperse di sale che prese nello straccio e la porse a Pierre.

– Le patate sono eccellenti, – ripeté. – Mangia cosí.

Pareva a Pierre di non aver mai mangiato un piatto piú gustoso.

– No, per me non è nulla, – disse Pierre, – ma perché hanno fucilato quei disgraziati?... L'ultimo aveva una ventina d'anni.

– Ss! ss!... – disse l'ometto, – quanti peccati, quanti peccati!... – aggiunse in fretta e, come se le parole gli fossero sempre pronte in bocca e ne uscissero a caso, continuò: – Come mai, signore, siete rimasto a questo modo a Mosca?

– Non credevo che venissero cosí presto. Sono rimasto per combinazione, – disse Pierre.

– Ma come ti hanno preso, falchetto, dalla tua casa?

– No, sono andato a veder l'incendio, e là mi hanno preso e mi hanno giudicato come incendiario.

– Dov'è giudizio c'è menzogna, – affermò l'ometto.

– Ma tu sei qui da un pezzo? – domandò Pierre, masticando l'ultima patata.

– Io? Mi presero domenica all'ospedale, a Mosca.

– Ma sei un soldato?

– Soldato del reggimento d'Apsceròn. Morivo di febbre. Non ci dissero nulla. Di nostri ce n'era una ventina lí, ammalati. Non ci si pensava, non si prevedeva.

– Ti annoi qui? – domandò Pierre.

– Come no, falchetto? Mi chiamo Platòn e il cognome è Karatàjev, – aggiunse egli, con l'intenzione visibile di facilitare a Pierre i rapporti con lui. – In servizio soprannominato falchetto. Come non annoiarsi, falchetto? Mosca è la madre delle città. Come non sentir la noia a veder queste cose? Ma il verme mangia il cavolo, e muore prima del cavolo: cosí dicevano i vecchi, – soggiunse in fretta.

– Come, come hai detto? – disse Pierre.

– Io? – domandò Karatàjev. – Io dico che non vale la nostra testa, ma quel che Dio giudica, – disse, credendo di ripetere quel che aveva già detto. Subito continuò: – Signore, ma voi avete terre vostre? E una casa? Allora state nell'abbondanza! E avete anche la moglie? E i vostri vecchi son vivi? – domandava egli.

E benché nel buio Pierre non ci vedesse, pure sentiva che il soldato piegava le labbra a un sorriso di affetto mentre domandava queste cose. Gli aveva fatto pena, si vedeva, che Pierre non avesse i genitori, e specialmente la madre.

– La moglie per i consigli, la suocera per i complimenti, ma nulla è piú caro della mamma! – disse egli. – Ma figli ne avete? – seguitava a chiedere. Alla risposta negativa di Pierre, di nuovo parve affliggersi, ma si affrettò ad aggiungere: – Be', siete giovani; se Dio vorrà, possono ancora venire. Pur che si viva d'accordo...

– Ma ora è lo stesso, – disse involontariamente Pierre.

– Ah! caro il mio uomo, – obiettò Platòn. – Non rifiutare mai né bisaccia né galera –. Si mise a sedere piú comodamente, tossí, con l'intenzione evidente di prepararsi a un lungo racconto: –

Cosí, amico caro, stavo ancora a casa mia, – cominciò. – La proprietà dei signori era grande, la terra molta, i contadini vivevano bene e la nostra casa, sia ringraziato Dio... Il babbo andava a falciare accompagnato da sei figliuoli. Si viveva bene. S'era veri cristiani [1]. Ma accadde...

E Platòn Karatàjev raccontò una lunga storia: come era andato nel bosco di un altro a far legna, ed era incappato in un guardiano, come era stato frustato, processato e fatto andar soldato.

– Eh, falchetto! – disse egli con voce mutata dal sorriso. – Si credeva che fosse un male e fu un bene. Senza quel mio peccato sarebbe toccato a mio fratello. E mio fratello minore aveva quattro figli e io lasciavo soltanto la moglie. Avevo una bambina, ma Dio se l'era presa prima che andassi soldato. Andai in licenza, ti dirò. Guardo: stanno meglio di prima. La stalla è piena di bestie, le donne stanno a casa, due fratelli lavorano fuori. Solo Michàjla, il piú piccolo, è a casa. Il babbo dice: « Per me tutti i figliuoli sono eguali: qualunque dito tu morda, sempre ti fa male. Se allora non avessero preso Platòn, sarebbe toccato a Michàjla ». Ci chiamò tutti, credimi, e ci fece mettere davanti alle immagini. « Michàjla », disse, « vieni qui, inchinati fino ai piedi davanti a lui, e tu, donna, inchinati, e voi altri nipoti, inchinatevi. Avete capito? » disse. Cosí è, amico mio caro. Il destino va in cerca di teste. Ma noi giudichiamo sempre: questo non è bene, questo non va. La nostra felicità, amico, è come l'acqua in una nassa: la trascini, è piena; la tiri su, non c'è piú nulla. Cosí è –. E Platòn si rigirò sulla sua paglia.

Dopo un po' di silenzio, Platòn si alzò.

– Vuoi dormire, no? – disse, e cominciò a segnarsi in fretta, borbottando: – Signore Gesú Cristo, san Nicola, Frola e Laura! Signore Gesú Cristo, san Nicola, Frola e Laura! Signore Gesú Cristo, abbi misericordia di noi e salvaci! – concluse prosternandosi a terra, poi si alzò, sospirò e sedette sulla paglia. – Ecco fatto! Fammi giacere, o Signore, come un sasso e fammi alzare come una pagnottella, – disse egli e si sdraiò, tirandosi su il cappotto.

– Che preghiera hai detta? – domandò Pierre.

– Eh? – mormorò Platòn (era già mezzo addormentato). – Che ho detto? Ho pregato Dio. E tu non preghi forse?

[1] Oppure « veri contadini »: Platòn Karatàjev, come è spiegato piú innanzi, dice sempre *christiane, christianskij* (« cristiani », « cristiano ») per *krestjane, krestianskij* (« contadini », « contadinesco »).

– No, anch'io prego, – disse Pierre. – Ma che hai detto: Frola e Laura?

– Come no? – disse prontamente Platòn: – Sono i protettori dei cavalli. Bisogna aver pietà anche delle bestie, – aggiunse Karatàjev. – Ah! birbantello, s'è voltato. Ha caldo, figlio d'un cane! – disse palpando il cane che era ai suoi piedi e, voltandosi di nuovo, si addormentò subito.

Si sentivano di fuori, lontano, pianti e gridi e attraverso un buco della baracca si vedeva del fuoco; ma nella baracca era silenzio e oscurità. Pierre per un pezzo non dormí, e stette disteso con gli occhi aperti nelle tenebre al suo posto, ascoltando il russare eguale di Platòn, sdraiato accanto a lui, e sentiva che quel mondo caduto in rovina risorgeva ora nella sua anima con nuova bellezza, su nuove incrollabili fondamenta.

XIII.

Nella baracca dov'era andato Pierre e dove passò quattro settimane, c'erano ventitre soldati prigionieri, tre ufficiali e due funzionari.

Piú tardi tutti costoro apparivano a Pierre come in una nebbia, ma Platòn Karatàjev rimase per sempre nell'animo di Pierre come il ricordo piú forte e piú caro e come la personificazione di quanto c'è di russo, di buono e di rotondo. Quando il giorno dopo, all'alba, Pierre vide il suo vicino, la prima impressione di qualcosa di tondo fu pienamente confermata: tutta la figura di Platòn, nel suo cappotto francese legato alla vita da una fune, col berretto e con le scarpe di scorza d'albero, era rotonda. La testa era perfettamente rotonda, la schiena, il petto, le spalle, anche le braccia, che teneva come se si preparasse sempre ad abbracciar qualche cosa, erano rotonde; il suo simpatico sorriso e i grandi teneri occhi bruni erano rotondi.

Platòn Karatàjev doveva avere oltre cinquant'anni, a giudicare dai suoi racconti delle campagne alle quali aveva partecipato da soldato, molto tempo prima. Egli stesso non sapeva e nessuno avrebbe potuto precisare quanti anni avesse. Ma i suoi denti bianchissimi e forti, che si mostravano tutti nei loro due semicerchi quando rideva (come faceva spesso), erano tutti belli e sani; non aveva neppure un pelo bianco nella barba e nei capelli, e tutto il suo corpo appariva agile e soprattutto fermo e resistente.

Il suo viso, malgrado le piccole rughe rotonde, aveva un'espressione d'innocenza e di giovinezza; la voce era simpatica e melodiosa. Ma la principale particolarità dei suoi discorsi erano la franchezza e la praticità. Si vedeva che non pensava mai a quello che diceva o che avrebbe detto; e perciò nella rapidità e nella sicurezza delle sue intonazioni era una invincibile persuasione.

Le sue forze fisiche e la sua prontezza erano tali che, nei primi tempi della sua prigionia, pareva che non capisse che cosa fosse stanchezza o malattia. Ogni giorno, la mattina e la sera nell'andare a letto, diceva: – Signore, fammi giacere come un sasso e fammi alzare come una pagnottella –; la mattina, alzandosi, e scotendo le spalle sempre allo stesso modo, diceva: – Mi sdraio e mi raggomitolo, mi alzo e mi scrollo –. E difatti bastava che si sdraiasse perché subito si addormentasse come una pietra, e bastava che si desse una scrollata perché subito, senza perdere un istante, si mettesse a un lavoro qualunque, come i ragazzi che, appena alzati, tornano ai loro giocattoli. Egli sapeva far tutto, non molto bene, ma neppur male. Cucinava, faceva il pane, cuciva, faceva il falegname, faceva il calzolaio. Era sempre occupato e solo di notte si permetteva di chiacchierare, cosa che gli piaceva molto, e di cantare. Cantava canzoni non come i cantanti che sanno di essere ascoltati; ma cantava come cantano gli uccelli, evidentemente perché per lui era necessario emettere quei suoni come può essere necessario stirarsi o far quattro passi; e quei suoni erano sempre sommessi, teneri, quasi femminili, un po' tristi, e quando cantava il suo viso era molto serio.

Fatto prigioniero ed essendogli cresciuta la barba, si vedeva che aveva rigettato da sé ogni elemento estraneo, soldatesco, acquisito, e involontariamente era tornato al suo antico carattere campagnuolo, popolare.

« Soldato congedato, camicia fuori dei calzoni »[1], diceva.

Parlava malvolentieri di quando aveva fatto il soldato, benché non se ne lamentasse e spesso ripetesse che in tutto il tempo del servizio non era stato battuto nemmeno una volta. Quando raccontava, raccontava principalmente i suoi vecchi e visibilmente cari ricordi di vita « cristiana », com'egli diceva volendo dire: « contadina ». I proverbi che riempivano i suoi discorsi non erano quei proverbi che dicono i soldati, per la maggior parte sconvenienti e liberi, ma erano quelle espressioni popolari che, prese isolatamente, sembrano aver cosí poco senso, ma ricevono a un

[1] Cioè il soldato congedato deve tornar contadino. Il contadino russo porta la camicia o il camiciotto fuori dei calzoni.

tratto un significato di profonda saggezza quando son dette a proposito.

Spesso diceva una cosa perfettamente opposta a quella che aveva detta prima, ma l'una e l'altra erano giuste. Amava parlare e parlava bene, ornando il suo discorso con vezzeggiativi e sentenze che, per quel che pareva a Pierre, inventava lui stesso; ma la maggior attrattiva dei suoi racconti consisteva in questo: che nei suoi discorsi i fatti piú semplici, a volte quegli stessi fatti che Pierre aveva veduti senza prestarvi attenzione, acquistavano un carattere di solenne bellezza. Gli piaceva ascoltare le fiabe che un soldato raccontava la sera (sempre le stesse), ma piú di tutto gli piaceva ascoltare racconti della vita vera. Sorrideva gioiosamente nell'ascoltare questi racconti, v'intercalava parole e faceva domande per chiarire a se stesso la bellezza di quel che gli raccontavano. Karatàjev non aveva nessun'affezione, nessun'amicizia, nessun amore, secondo il modo che aveva Pierre d'intendere questi sentimenti; ma amava tutti e viveva in rapporti affettuosi con tutto ciò a cui la vita lo avvicinava, e specialmente con l'uomo: non con un dato uomo, ma con tutti gli uomini che erano davanti ai suoi occhi. Amava il suo botolo, amava i compagni, i francesi, amava Pierre che era suo vicino; ma Pierre sentiva che Karatàjev, malgrado tutta la sua affettuosa tenerezza per lui (con la quale involontariamente rendeva omaggio alla vita spirituale di Pierre), non si sarebbe afflitto neppur un momento se avessero dovuto separarsi. E Pierre cominciava a provare lo stesso sentimento per Karatàjev.

Platòn Karatàjev era per tutti gli altri prigionieri il piú comune dei soldati: lo chiamavano falchetto o Platoša, lo canzonavano bonariamente, lo mandavano a far commissioni. Ma per Pierre rimase sempre, come gli era apparso la prima notte, l'incomprensibile, rotonda ed esterna personificazione dello spirito di semplicità e di verità.

Platòn Karatàjev non sapeva nulla a mente, oltre le sue preghiere. Quando cominciava i suoi discorsi, pareva che non sapesse come li avrebbe finiti.

Quando Pierre, colpito dal senso di qualche suo discorso, lo pregava di ripetere quel che aveva detto, Platòn non poteva ricordarsi quel che aveva detto un momento prima, come pure non poteva dire a Pierre le parole della sua canzone favorita. C'era: « Mia diletta, piccola betulla » e « Mi sento languire », ma solo dalle parole non si cavava nessun senso. Egli non capiva e non poteva capire il significato delle parole prese isolatamente. Ogni parola, ogni atto era per lui una manifestazione di quell'attività a lui ignota che era la sua vita. Ma la sua vita, com'egli stesso la riguardava, non aveva senso in quanto vita isolata. Aveva un senso soltanto come particella di un tutto, che egli sentiva di continuo. Le sue parole e i suoi atti sgorgavano da lui con la stessa regolarità, necessità e immediatezza con cui il profumo emana dal fiore. Egli non poteva capire né il valore né il senso di un'azione o di una parola prese isolatamente.

XIV.

Ricevuta da Nikolàj la notizia che suo fratello si trovava coi Rostòv, a Jaroslàvl, la principessina Marja, malgrado gli sforzi della zia per dissuaderla, subito si preparò a partire, e non sola, ma col nipote. Fosse facile o difficile, possibile o impossibile la cosa, ella non se lo domandava e non voleva saperlo: il suo dovere era non solo di essere accanto a suo fratello, forse morente, ma anche di far tutto il possibile per condurgli suo figlio, e si accinse a partire. Se il principe Andréj non l'avvertiva, la principessina Marja se lo spiegava pensando ch'egli fosse troppo debole per scrivere o ch'egli credesse quel lungo trasferimento troppo difficile e pericoloso per lei e per suo figlio.

In pochi giorni la principessina Marja fece i preparativi di viaggio. Il suo convoglio consisteva in un'enorme carrozza, appartenente al padre, nella quale era venuta a Voronež, in un calesse e in una carretta. Andavano con lei Mlle Bourienne, Nikòluška col precettore, la vecchia balia, tre cameriere, Tichon, un giovane domestico e un corriere che la zia aveva fatto andare con lei.

Di prendere per la solita strada attraverso Mosca non c'era nemmeno da pensare, e il giro che la principessina Marja doveva fare per Lipètsk, Rjazàn', Vladímir, Šuja, era molto lungo, molto difficile per la mancanza di cavalli di posta, e nei pressi di Rjazàn', dove (a quel che si diceva) si facevano vedere i francesi, era anche pericoloso.

Durante questo difficile viaggio, Mlle Bourienne, Dessalles e i servi della principessina Marja erano stupiti della sua forza d'animo e della sua attività. Ella andava a dormire piú tardi di tutti, si alzava piú presto di tutti, e nessuna difficoltà poteva arrestarla. Grazie alla sua attività e alla sua energia, che animavano anche i suoi compagni di viaggio, alla fine della seconda settimana giungevano a Jaroslàvl.

Negli ultimi tempi della sua permanenza a Voronež, la principessina Marja aveva provato la miglior felicità della sua vita. Il suo amore per Rostòv non la tormentava e non l'agitava piú. Quest'amore riempiva tutta l'anima sua, si era fatto una parte indissolubile di lei stessa, ed ella non lottava piú contro di esso. In quegli ultimi tempi la principessina Marja s'era persuasa, benché non se lo dicesse mai in chiare parole e in modo preciso, s'era persuasa che era amata e che amava. Di ciò s'era persuasa nell'ultimo suo incontro con Nikolàj, quando egli era venuto ad annunziarle che suo fratello era coi Rostòv. Nikolàj non aveva alluso neppure con una parola al fatto che ora (nel caso di guarigione del principe Andréj) le antiche relazioni fra lui e Nataša potevano essere riprese, ma la principessina Marja gli leggeva in viso che egli lo sapeva e ci pensava. E, nonostante questo, i suoi rapporti con lei, riservati, teneri e affettuosi, non soltanto non erano mutati, ma egli pareva rallegrarsi che ora la parentela fra lui e la principessina Marja gli permettesse di esprimerle piú liberamente la sua amicizia d'amore, come pensava talvolta la principessina Marja. La principessina Marja sapeva di amare per la prima ed ultima volta in vita sua e sentiva di essere amata, ed era felice, tranquilla da quel lato.

Ma questa felicità di una parte della sua anima non soltanto non le impediva di sentire in tutta la sua forza il dolore per il fratello, ma, al contrario, le dava una maggiore facilità di abbandonarsi pienamente al suo sentimento verso il fratello. Questo sentimento era cosí forte nel primo momento della sua partenza da Voronež che i suoi compagni di viaggio erano sicuri, vedendo il suo viso tormentato, disperato, che si sarebbe ammalata per via; ma proprio le difficoltà e le preoccupazioni del viaggio, contro le quali lottava cosí attivamente la principessina Marja, l'avevano salvata per un certo tempo dal suo dolore e le avevano dato forza.

Come sempre accade quando si viaggia, la principessina Marja pensava soltanto al viaggio, dimenticando quello che n'era lo scopo. Ma avvicinandosi a Jaroslàvl, quando di nuovo si presentò alla sua mente ciò che poteva attenderla, e non fra molti giorni, ma la sera stessa, l'agitazione della principessina Marja giunse ai limiti estremi.

Quando il corriere spedito avanti per informarsi a Jaroslàvl dove abitassero i Rostòv e in che stato si trovasse il principe Andréj incontrò presso la barriera la grande carrozza da viaggio, si spaventò vedendo il viso della principessina che si sporgeva fuori dallo sportello cosí terribilmente pallido.

– Ho saputo tutto, Eccellenza; i Rostòv stanno sulla piazza, nella casa del mercante Brònnikov. Non è lontano, è proprio sul Volga, – disse il corriere.

La principessina Marja lo guardava in viso con un'aria interrogativa e spaventata, non comprendendo perché egli non rispondesse sul punto piú importante: come stava suo fratello? Mlle Bourienne fece questa domanda per la principessina.

– E il principe? – domandò.

– Sua Eccellenza sta con loro, nella stessa casa...

« Vuol dire che è vivo », pensò la principessina e domandò a bassa voce:

– Come sta?

– Le persone di servizio mi hanno detto: sempre lo stesso.

Che cosa volesse dire « sempre lo stesso » la principessina non lo domandò, e gettò uno sguardo di sfuggita, senza farsi accorgere, al settenne Nikòluška che le sedeva davanti e si divertiva a guardare le vie della città, poi abbassò il capo e non lo rialzò finché la pesante carrozza, stridendo, sobbalzando e vacillando, non si fu fermata. Il montatoio si abbassò con fracasso.

Lo sportello si aprí. A sinistra c'era dell'acqua – il grande fiume –, a destra la scalinata; sulla scalinata c'era gente, servitori, e una ragazza colorita, con una grossa treccia nera, che sorrideva in modo spiacevole e finto, per quel che parve alla principessina Marja (era Sonja). La principessina corse su per la scala, e la fanciulla che sorrideva in modo finto disse: – Di qua, di qua! – e la principessina si trovò nell'anticamera, davanti a una donna anziana, di tipo orientale, che le veniva rapidamente incontro con aspetto commosso. Era la vecchia contessa. Ella abbracciò la principessina Marja e la baciò.

– *Mon enfant!* – disse, – *je vous aime et vous connais depuis longtemps.*

Malgrado tutta la sua agitazione, la principessina Marja capí che era la contessa e che bisognava dirle qualche cosa. Senza sapere ella stessa come, disse alcune parole di cortesia, in francese, nello stesso tono di quelle che venivano dette a lei, e domandò:

– Come sta?

– Il dottore dice che non c'è pericolo, – disse la contessa, ma, mentre diceva questo, alzava gli occhi in su con un sospiro, e in quel gesto c'era un'espressione che smentiva le sue parole.

– Dov'è? Si può vedere? Si può? – domandò la principessina.

– Subito, principessina, subito, cara. Questo è suo figlio? –

disse, rivolgendosi a Nikòluška che entrava con Dessalles. – Qui ci staremo tutti, la casa è grande. Oh, che delizioso bambino!

La contessa introdusse la principessina nel salotto. Sonja discorreva con Mlle Bourienne. La contessa accarezzava il bambino. Il vecchio conte entrò nella stanza per salutare la principessina. Il vecchio conte era cambiato moltissimo dall'ultima volta che lo aveva veduto la principessina. Allora era un vecchietto arzillo, allegro, sicuro di sé, ora sembrava smarrito, faceva pena. Parlando con la principessina, si guardava continuamente intorno, come per domandare a tutti se faceva quel che doveva. Dopo la distruzione di Mosca e dei suoi beni, strappato alle sue abitudini, fuori di carreggiata, aveva perduto la coscienza della sua importanza e sentiva che non c'era piú posto per lui nella vita.

Malgrado il suo unico desiderio di veder subito il fratello e il dispetto che provava perché in quel momento, quando ella non voleva che una cosa sola, vederlo, la trattenevano e lodavano senza sincerità suo nipote, la principessina notava tutto ciò che si faceva intorno a lei e sentiva la necessità di sottomettersi per il momento al nuovo ambiente nel quale entrava. Sapeva che tutto ciò era necessario, e la cosa le riusciva difficile, ma non si stizziva contro quelle persone.

– Questa è mia nipote, – disse il conte, presentando Sonja, – non la conoscete, principessina?

La principessina si volse verso di lei e, sforzandosi di soffocare il sentimento ostile che era sorto nell'anima sua contro quella fanciulla, la baciò. Ma le era penoso, che lo stato d'animo di quanti la circondavano fosse cosí lontano da ciò che era nell'anima sua.

– Dov'è? – domandò ancora una volta, rivolgendosi a tutti.

– È giú, c'è Nataša con lui, – rispose Sonja arrossendo. – Sono andati a vedere. Sarete certamente stanca, principessina.

Lacrime di dispetto salirono agli occhi della principessina. Si volse in là e voleva ancora domandare alla contessa dove si passasse per andar da lui, quando dalla porta si udirono dei passi leggeri, vivaci e come allegri. La principessina si voltò e vide Nataša che entrava quasi correndo, quella Nataša che nel loro lontano incontro a Mosca le era piaciuta cosí poco.

Ma la principessina aveva appena guardato il viso di quella Nataša, che subito comprese che quella era la vera compagna del suo dolore, e perciò la sua amica. Le corse incontro e, abbracciandola, si mise a piangere sulla sua spalla.

Appena Nataša, che sedeva al capezzale del principe Andréj, aveva saputo dell'arrivo della principessina Marja, era uscita pian piano dalla stanza con quei rapidi passi che erano parsi allegri alla principessina Marja ed era corsa da lei.

Sul suo viso sconvolto, quando era entrata correndo nel salotto, c'era soltanto un'espressione: espressione di amore, di amore infinito per lui, per lei, per tutto ciò che toccava da vicino l'uomo amato, espressione di pietà, di dolore per gli altri, di appassionato desiderio di darsi tutta per aiutarli. Si vedeva che in quel momento neppure un pensiero di sé, dei suoi rapporti con lui, era nell'anima di Nataša.

La sensibile principessina Marja fin dal primo sguardo gettato a Nataša aveva capito tutto questo, e piangeva sulla sua spalla con una dolorosa dolcezza.

– Andiamo, andiamo da lui, Marie, – disse Nataša, conducendola nella stanza accanto.

La principessina Marja sollevò il viso, si asciugò gli occhi e si volse a Nataša. Sentiva che, parlando con lei, avrebbe saputo e compreso tutto.

– Che... – cominciò a domandare, ma ad un tratto si fermò. Sentí che era impossibile interrogare e rispondere con parole. Il viso e gli occhi di Nataša dovevano dir tutto in modo piú chiaro e piú profondo.

Nataša la guardava, ma pareva che avesse paura e fosse in dubbio se dire o non dire tutto ciò che sapeva: come se avesse sentito che davanti a quegli occhi luminosi, che penetravano nel piú profondo del suo cuore, era impossibile non dire tutta la verità, come ella la vedeva. Le labbra di Nataša improvvisamente ebbero un tremito, delle rughe le si formarono intorno alla bocca e, rompendo in singhiozzi, ella si nascose il viso fra le mani.

La principessina Marja capí tutto.

Ma tuttavia seguitava a sperare, e chiese con parole alle quali non credeva:

– Ma com'è la ferita? E in generale il suo stato com'è?

– Lo... lo... vedrete, – poté dire soltanto Nataša.

Restarono un po' di tempo giú, accanto alla sua camera, per asciugarsi le lacrime ed entrare con visi tranquilli.

– Com'è andata tutta la malattia? È un pezzo che sta peggio? *Questo* quando è accaduto? – domandava la principessina Marja.

Nataša raccontò che in un primo tempo c'era stato pericolo per lo stato d'infiammazione e le grandi sofferenze, ma che a Tròitsa ciò era passato e il dottore temeva soltanto una cosa: la cancrena. Ma anche questo pericolo era cessato. Quando erano giunti a Jaroslàvl, la ferita aveva cominciato a suppurare (Nataša sapeva tutto ciò che concerneva la suppurazione, ecc.), e il dottore aveva detto che la suppurazione poteva avere un corso regolare. Era sopravvenuta la febbre. Il dottore diceva che quella febbre non era punto pericolosa.

– Ma due giorni fa, – disse Nataša, – a un tratto è accaduto *quello*... – (Ella tratteneva i singhiozzi). – Non so perché... ma vedrete voi in che stato è.

– Indebolito? smagrito?... – domandò la principessina.

– No, non questo, ma peggio. Vedrete. Ah! Marie, è troppo buono, non può, non può vivere, perché...

XV.

Quando Nataša, col suo gesto consueto, aprí la porta, lasciando passare innanzi a sé la principessina Marja, questa sentí in gola già pronti i singhiozzi. Per quanto fosse preparata a quell'incontro e si sforzasse di rimanere calma, sapeva di non aver la forza di vederlo senza lacrime.

La principessina Marja capí quel che intendeva Nataša con le parole: *gli è accaduto due giorni fa.* Capiva che questo significava ch'egli a un tratto s'era raddolcito, e che questa dolcezza, questa rassegnazione erano i segni della morte. Avvicinandosi alla porta, già vedeva con l'immaginazione quel viso di Andrjuša che ella aveva conosciuto nell'infanzia, dolce, buono, intenerito, e che egli aveva tanto di rado, e perciò le faceva sempre impressione. Sapeva che egli avrebbe detto sommesse, tenere parole, come quelle che le aveva dette il padre prima di morire, e che lei non avrebbe potuto sopportarlo e si sarebbe messa a singhiozzare accanto a lui. Ma presto o tardi ciò doveva accadere ed ella entrò nella stanza. I singhiozzi le salivano sempre piú su nella gola, mentre, coi suoi occhi miopi, distingueva sempre piú chiaramente la forma di lui e ravvisava i suoi tratti, e d'improvviso gli vide la faccia e incontrò il suo sguardo.

Egli era steso su un divano, circondato da guanciali, avvolto in una veste da camera foderata di scoiattolo. Era magro e pallido. Una mano scarna, bianca, trasparente teneva un fazzoletto; l'altra, con lievi movimenti delle dita, toccava i baffi sottili che erano cresciuti. I suoi occhi guardavano chi stava entrando.

Vedendo il suo viso e incontrando il suo sguardo, la principessina Marja a un tratto rallentò il passo e sentí che le lacrime improvvisamente le si asciugavano e i singhiozzi cessavano. Avendo sorpreso l'espressione del viso e dello sguardo di lui, a un tratto si fece timida e si sentí in colpa.

« Ma di che ho colpa? – si domandò. – Perché vivi e pensi a un vivo, mentre io... », rispose il freddo, severo sguardo di lui.

In quello sguardo profondo, che non guardava fuori di sé, ma in sé, c'era un senso di ostilità, mentre egli lo volgeva lentamente sulla sorella e su Nataša.

Lui e la sorella si baciarono con la mano nella mano, come usavano fare.

– Buongiorno, Marie, come hai fatto ad arrivare fin qui? – domandò con una voce atona ed estranea come il suo sguardo.

Se egli avesse gettato un grido disperato, quel grido avrebbe atterrito la principessina Marja meno del suono di quella voce.

– E mi hai condotto Nikòluška? – disse egli con la stessa voce atona e con un visibile sforzo per ricordare.

– Come va la tua salute ora? – disse la principessina Marja, meravigliandosi ella stessa di quel che diceva.

– Questo, cara, bisogna domandarlo al dottore, – disse egli e, facendo ancora un visibile sforzo per essere affettuoso, aggiunse soltanto con la bocca (si vedeva che non pensava affatto ciò che diceva): – *Merci, chère amie, d'être venue.*

La principessina Marja gli strinse la mano. A quella stretta di mano egli aggrottò impercettibilmente le sopracciglia. Poi tacque, ed ella non sapeva che cosa dire. Allora capí che cosa gli era accaduto due giorni prima. Nelle parole, nel tono, specialmente nello sguardo di lui – uno sguardo freddo, quasi ostile – si sentiva quello straniarsi completo da ogni cosa umana che è tremendo per un uomo vivo. Visibilmente, egli stentava a comprendere tutto quel che era vivo, ma insieme si sentiva che non comprendeva quel che era vivo non perché mancasse di forza di comprensione, ma perché comprendeva qualcosa d'altro, che non è compreso dai vivi e non può esserlo, e che lo assorbiva tutto.

– Già! In che strano modo la sorte ci ha riuniti! – disse egli rompendo il silenzio e mostrando Nataša. – Lei mi assiste sempre.

La principessina Marja ascoltava senza capire ciò che egli diceva. Egli, il sensibile, delicato principe Andréj, come mai poteva parlar cosí in presenza della donna che amava e che lo amava? Se avesse pensato di poter vivere, non avrebbe detto ciò con un tono cosí freddamente offensivo. Se non avesse saputo di morire, come avrebbe potuto non aver pietà di lei e parlar cosí davanti a lei? Una sola spiegazione era possibile: tutto ormai gli era indifferente e tutto gli era indifferente perché gli si era rivelato qualcosa d'altro, che era piú importante.

La conversazione era fredda, slegata e si spezzava ad ogni momento.

– Marie è venuta per la via di Rjazàn', – disse Nataša.

Il principe Andréj non si accorse che ella chiamava Marie sua sorella. E Nataša se ne accorse per la prima volta dopo averla chiamata cosí in presenza di lui.

– Ebbene? – egli domandò.

– Le hanno raccontato che tutta Mosca è bruciata, interamente; che sembra...

Nataša si fermò: era impossibile parlare. Egli faceva un visibile sforzo per ascoltare, ma non poteva.

– Già, è bruciata, dicono, – proferí. – Peccato! – e si mise a guardare davanti a sé, accomodandosi i baffi con le dita. – Ma tu ti sei incontrata, Marie, col conte Nikolàj? – disse a un tratto il principe Andréj, desiderando evidentemente di essere amabile con loro. – Ha scritto qui che gli sei piaciuta molto, – continuò egli semplicemente, tranquillamente, senza comprendere tutto il senso complicato che avevano le sue parole per i vivi. – Se anche tu gli hai messo affezione, sarebbe molto bene... che vi sposaste, – aggiunse un po' piú in fretta, come contento di aver trovato finalmente le parole che aveva a lungo cercate.

La principessina Marja ascoltava le sue parole, ma esse non avevano per lei altro valore se non quello di dimostrare come egli fosse ora stranamente lontano da tutto quel che era vivo.

– Perché parlare di me? – disse ella con calma, e guardò Nataša.

Nataša, sentendo su di sé quello sguardo, non la guardò. Di nuovo tutti tacquero.

– André, vuoi?... – disse a un tratto la principessina Marja con un tremito nella voce, – vuoi vedere Nikòlúška? Si è ricordato sempre di te!

Per la prima volta il principe Andréj ebbe un sorriso appena percettibile, ma la principessina Marja, che conosceva cosí bene la sua fisonomia, capí con terrore che quello non era un sorriso di gioia, né di tenerezza pel figlio, ma un tenue, mite sorriso di scherno per quell'ultimo mezzo che, nell'intenzione della principessina Marja, doveva servire a ricondurlo in sé.

– Sí, sono molto lieto di veder Nikòluška. Sta bene?

Quando condussero dal padre Nikòluška, che lo guardava spaventato, ma senza piangere, perché nessuno piangeva, il principe Andréj lo baciò, ma si vedeva che non sapeva che cosa dirgli.

Appena ebbero condotto via Nikòluška, la principessina Marja si avvicinò ancora una volta al fratello, lo baciò e, non avendo piú la forza di trattenersi, si mise a piangere.

Egli la guardava fisso.

– È per Nikòluška? – domandò.

La principessina Marja, piangendo, chinò affermativamente il capo.

– Marie, tu conosci il Vange... – ma egli tacque d'improvviso.

– Che cosa dici?

– Nulla. Non bisogna piangere qui, – disse egli, guardandola col medesimo sguardo freddo.

Quando la principessina Marja s'era messa a piangere, egli aveva capito che ella piangeva perché Nikòluška sarebbe rimasto senza padre. Con un grande sforzo su se stesso egli cercò di tornare indietro nella vita e di mettersi dal punto di vista degli altri.

« Sí, ciò deve sembrar loro penoso! – pensò. – Ma come è semplice! »

« Gli uccelli del cielo non seminano, non raccolgono, ma il padre li nutre, – disse egli a se stesso, e avrebbe voluto dirlo anche alla principessina. – Ma no, loro comprenderebbero a modo loro, non comprenderebbero. Non possono capire che tutti questi sentimenti che sono loro cari, tutti questi pensieri che ci sembran cosí importanti, invece *non sono necessari.* Non ci possiamo intendere! » e tacque.

Il piccolo figlio del principe Andréj aveva sette anni. Sapeva appena leggere, non conosceva nulla. Dopo quel giorno la vita gl'insegnò molte cose ed egli acquistò cognizioni, spirito di osservazione, esperienza; ma se allora egli avesse avuto già tutte le capacità che andò acquistando in seguito, non avrebbe potuto comprendere meglio e piú profondamente il senso di quella scena alla quale aveva assistito fra suo padre, la principessina Marja e Nataša di come lo comprese allora. Egli capí tutto e, senza piangere, uscí dalla stanza, in silenzio si accostò a Nataša che era uscita dietro a lui e la guardò timidamente coi suoi begli occhi pensierosi;

il suo labbro superiore, un po' sollevato e rosso, si mise a tremare, egli si appoggiò a lei e cominciò a piangere.

Da quel giorno sfuggí Dessalles, sfuggí la contessa, piena di carezze per lui: o se ne stava solo, o si avvicinava timidamente alla principessina Marja e a Nataša, alla quale pareva si fosse affezionato piú che alla zia, e piano piano, come timoroso, cercava le loro carezze.

La principessina Marja, nell'uscire dalla camera del principe Andréj, aveva pienamente compreso tutto ciò che le aveva detto il volto di Nataša. Ella non parlò piú con Nataša della sua speranza che la vita di lui potesse essere salvata. Ella si alternava con lei presso il divano dov'egli giaceva, e non piangeva piú, ma pregava di continuo, rivolgendo l'anima all'Eterno e all'Impenetrabile, la cui presenza si sentiva ora cosí chiaramente al di sopra di quell'uomo che moriva.

XVI.

Il principe Andréj non soltanto sapeva di dover morire, ma si sentiva morire, sentiva d'esser già morto a metà. Egli aveva la coscienza di essere estraneo ad ogni cosa terrena e di sperimentare una lieta e strana facilità ad esistere. Senza fretta né agitazione aspettava ciò che gli sarebbe toccato. Quella cosa minacciosa, eterna, sconosciuta e lontana, la cui presenza non aveva mai cessato di sentire durante tutta la sua vita, ora gli era vicina e – per quella strana facilità ad esistere che provava – egli era quasi comprensibile e sensibile . . . .
. . . .

Prima, aveva paura della fine. Due volte aveva provato questo senso terribilmente tormentoso di paura della morte, e ora non lo capiva piú.

La prima volta aveva provato questo sentimento mentre la granata girava come una trottola davanti a lui, ed egli guardava le stoppie, i cespugli, il cielo, e sapeva che davanti a lui c'era la morte. Quando era rientrato in sé dopo la ferita, e nell'anima sua, come liberato dal peso della vita che lo tratteneva, era sbocciato in un istante quel fiore dell'amore eterno, libero, non legato a questa vita, egli già non temeva piú la morte e non vi pensava piú.

In quelle ore di dolorosa solitudine e di semidelirio che aveva trascorse dopo la ferita, quanto piú meditava su quel nuovo principio di amore eterno che gli si era rivelato, tanto piú, senza nemmeno accorgersene, ripudiava la vita terrena. Amare tutto e tutti, sacrificarsi sempre per amare significava non amar nessuno, significava non vivere di questa vita terrena. E quanto piú si penetrava di questo principio d'amore, tanto piú si staccava dalla vita e tanto piú pienamente distruggeva quella tremenda barriera che, quando manca l'amore, sta fra la vita e la morte. Quando, in quel primo tempo, si ricordava che doveva morire, diceva fra sé: « Che importa? Tanto meglio ».

Ma dopo quella notte a Mytišci, quando nel suo semidelirio gli era comparsa innanzi colei che egli desiderava e quando, premendo la mano di lei sulle labbra, aveva pianto sommesse lacrime di gioia, l'amore per una donna s'era infiltrato inavvertito nel suo cuore e di nuovo l'aveva riattaccato alla vita. E pensieri lieti e tormentosi avevano cominciato a riprenderlo. Ricordandosi di quel momento, al posto di medicazione, quando aveva veduto Kuràghin, ora non poteva piú tornare al sentimento d'allora: il dubbio se egli vivesse ancora o no lo tormentava. E non osava domandarne a nessuno.

La sua malattia faceva il suo corso fisico, ma ciò che Nataša chiamava *gli è accaduto* accadde due giorni prima dell'arrivo della principessina Marja. Questa era l'ultima lotta morale fra la vita e la morte, nella quale la morte riportò la vittoria. Fu l'inattesa consapevolezza di avere ancora cara la vita, che gli si presentava nell'amore per Nataša, e l'ultimo rassegnato accesso di terrore davanti all'ignoto.

Era sera. Egli, come di solito dopo pranzo, era in uno stato leggermente febbrile e i suoi pensieri erano straordinariamente lucidi. Sonja sedeva presso la tavola. Egli si mise a sonnecchiare. A un tratto fu preso da un senso di gioia.

« Ah! è lei che è entrata », pensò.

Difatti al posto di Sonja s'era seduta allora allora Nataša, entrata a passi silenziosi.

Da che ella lo assisteva, egli provava sempre questa sensazione fisica della sua presenza. Ella sedeva sulla poltrona, di fianco a lui, nascondendogli con la persona la luce della candela e faceva la calza. (Ella aveva imparato a far la calza da quella volta che il principe Andréj le aveva detto che nessuno sa curar meglio i malati delle vecchie bambinaie che fanno la calza, e che nel far la calza c'è qualcosa di calmante). Le sue dita sottili movevano rapidamente i ferri che a tratti si urtavano fra loro ed egli poteva veder chiaramente il profilo pensieroso del viso chinato di lei. Ella fece un movimento, il gomitolo le cadde dalle ginocchia. Ella si scosse, lo guardò e, riparando con la mano la candela, con un gesto cauto, svelto e preciso si chinò, raccolse il gomitolo e si rimise a sedere nella stessa posizione.

Egli la guardava senza muoversi e si accorse che dopo quel movimento ella avrebbe dovuto respirar forte, ma non si decideva a farlo e tratteneva con precauzione il respiro.

Al convento di Tròitsa avevano discorso del passato ed egli le aveva detto che, se fosse vissuto, avrebbe in eterno ringraziato Dio per la sua ferita che lo aveva riunito a lei; ma da quel momento non avevano parlato piú dell'avvenire.

« Può essere o no? – egli pensava ora, guardandola e ascoltando il leggero rumore dei ferri. – Possibile che la sorte ci abbia cosí stranamente riuniti soltanto perché io debba morire?... Possibile che la verità della vita mi si sia rivelata soltanto perché io viva nella menzogna? Io l'amo piú di tutto al mondo. Ma che posso fare se l'amo? » disse egli, e a un tratto si mise involontariamente a gemere per l'abitudine che ne aveva presa nel tempo delle sue sofferenze.

Udendo questo suono, Nataša posò la calza, si curvò dalla sua parte e, scorgendo i suoi occhi luccicanti, gli si avvicinò con passo leggero e si chinò su di lui.

– Non dormite?

– No, da un pezzo vi sto guardando: ho sentito quando siete entrata. Nessuno come voi mi dà questa pace cosí dolce... questa luce. Avrei voglia di piangere dalla gioia.

Nataša si fece ancor piú vicina a lui. Il suo viso era illuminato da una gioia piena di fervore.

– Nataša, io vi amo troppo! Piú di tutto al mondo.

– Ed io? – Ella si volse un momento in là. – Perché troppo? – domandò.

– Perché troppo?... Ditemi quel che pensate, quel che sentite nell'anima vostra: potrò vivere? Che ve ne pare?

– Ne sono sicura! ne sono sicura! – gridò quasi Nataša, prendendogli le due mani con gesto appassionato.

Egli tacque un poco.

– Come sarebbe bello! – E presa la mano di lei, la baciò.

Nataša era felice, ma sconvolta; e subito si ricordò che questo era proibito, che egli aveva bisogno di calma.

– Intanto, non avete dormito, – disse, reprimendo la sua gioia. – Sforzatevi di prender sonno... ve ne prego.

Egli lasciò andar la sua mano, dopo averla stretta, ed ella tornò verso la candela e sedette di nuovo nell'atteggiamento di prima. Due volte si volse a guardarlo e gli occhi di lui le sfavillarono incontro. Ella si assegnò il compito di fare tanti giri di calza, e si disse che non si sarebbe voltata finché non li avesse finiti.

Difatti, poco dopo, egli chiuse gli occhi e si addormentò. Non dormí a lungo e si svegliò, di soprassalto, tutto in un sudore freddo.

Addormentandosi, continuava a pensare a ciò che l'aveva occupato in tutto quel tempo: alla vita e alla morte. E piú alla morte. Si sentiva piú vicino a questa.

« L'amore? che cos'è l'amore? » pensava.

« L'amore si oppone alla morte. L'amore è vita. Tutto, tutto ciò che io comprendo, lo comprendo perché amo. Tutto è, tutto esiste solamente perché amo. Tutto è legato soltanto dall'amore. L'amore è Dio, e morire significa che io, una particella d'amore, ritorno alla sorgente comune ed eterna ». Questi pensieri gli parvero consolanti. Ma erano soltanto pensieri. Mancava qualcosa in essi, c'era un che di unilaterale, di personale, di astratto: non c'era evidenza. E continuava la stessa inquietudine, la stessa oscurità. Si addormentò.

In sogno si vide disteso nella medesima camera dove realmente giaceva, ma non ferito, bensí sano. Molte persone insignificanti, indifferenti apparivano davanti al principe Andréj. Egli parlava con loro, discuteva di cose inutili. Esse si preparavano ad andare in qualche posto. Il principe Andréj si ricordava confusamente che tutto ciò non aveva importanza e che egli aveva altre cure ben piú gravi, ma seguitava a dir loro parole frivole e argute, facendole meravigliare. Dopo poco, inavvertitamente, tutte queste persone cominciavano a sparire e tutto cedeva il posto a una sola quistione: come chiudere la porta. Si alzava e andava verso la porta per spingere il chiavistello e chiuderla. Dal riuscire o non riuscire a chiuder la porta dipendeva *tutto*. Egli andava, si affrettava, ma le sue gambe non si muovevano, ed egli sapeva che non sarebbe riuscito a chiudere la porta, ma pure tendeva disperatamente tutte le sue forze. E una tormentosa paura lo assaliva. E questa paura era la paura della morte: dietro alla porta stava *quella cosa*. Mentre egli si trascinava impotente, malsicuro verso la porta, questa cosa tremenda stava già dall'altra parte e premeva e spingeva. Qualcosa di non umano – la morte – spingeva la porta, e bisognava trattenerla. Egli si aggrappava alla porta, tendeva le ultime forze: chiuderla ormai era impossibile – almeno avesse potuto trattenerla! Ma le sue forze erano deboli, impacciate, e, spinta da quella cosa orribile, la porta si apriva e di nuovo si richiudeva. Ancora una volta *quella cosa* spingeva da fuori. Gli ultimi sovrumani sforzi erano vani, e i due battenti si aprivano senza rumore. *Quella cosa* entra, ed è la *morte*. E il principe Andréj morí.

Ma nel momento in cui moriva, il principe Andréj si ricordava di dormire e in quello stesso momento fece uno sforzo su di sé e si svegliò.

« Sí, era la morte. Sono morto: mi sono svegliato. Sí, la morte è un risveglio ». A un tratto l'anima sua s'illuminò, e il velo che fino a quel momento nascondeva l'ignoto si sollevò davanti al suo sguardo spirituale. Egli sentí come la liberazione della forza che prima era prigioniera in lui e quella strana facilità che da quel momento non lo lasciò piú.

Quando egli, svegliandosi in quel sudore freddo, si mosse sul divano, Nataša gli si avvicinò e domandò che cosa avesse. Egli non le rispose e, senza capire, la guardò con uno sguardo strano.

Era questo quel che gli era accaduto due giorni prima che giungesse la principessina Marja. Da quel momento, come diceva il dottore, la febbre che l'estenuava prese un cattivo carattere, ma Nataša non si preoccupava di quel che diceva il dottore: ella vedeva quei terribili segni morali che per lei erano piú sicuri.

Da quel giorno cominciò per il principe Andréj, insieme col risveglio dal sonno, il risveglio dalla vita. E relativamente alla durata della vita questo risveglio non gli parve piú lento che il risveglio dal sonno relativamente alla durata del sogno.

Non v'era nulla di pauroso né di brusco in questo risveglio, relativamente lento.

Gli ultimi giorni e le ultime ore di lui scorsero come di consueto, semplicemente. La principessina Marja e Nataša, che non si scostavano da lui, lo sentivano. Non piangevano, non rabbrividivano e negli ultimi tempi, sentendo questo, non vegliavano piú lui (egli non era piú lui, se n'era andato lontano da loro), ma il piú vicino ricordo di lui: il suo corpo. Il sentimento di entrambe era cosí forte che su loro non agiva il tremendo lato esteriore della morte, ed esse non credevano necessario inacerbire il proprio dolore. Non piangevano né davanti a lui, né quando erano sole, e fra loro non parlavano mai di lui. Sentivano di non poter esprimere con parole ciò che avevano compreso.

Tutt'e due vedevano come egli sempre piú profondamente, in modo lento e tranquillo, si staccasse da loro e sparisse lontano lontano, e tutt'e due sapevano che cosí doveva essere e che cosí era bene.

Egli si confessò e si comunicò: tutti vennero a dirgli addio. Quando gli condussero il figlio, gli posò in fronte le labbra e si volse in là, non perché sentisse pena e pietà (la principessina Marja e Nataša lo capivano), ma solo perché pensava che non si voleva altro da lui; e quando gli dissero di dargli la sua benedizione, fece quanto gli era chiesto e si guardò intorno come per domandare se non occorresse fare qualche altra cosa.

Quando sopravvennero gli ultimi sussulti del corpo abbandonato dallo spirito la principessina Marja e Nataša erano presenti.

– È finito?! – disse la principessina Marja, quando il corpo era già steso innanzi a loro, immobile, da alcuni minuti e cominciava a raffreddarsi. Nataša si avvicinò, guardò gli occhi del morto e si affrettò a chiuderli. Li chiuse e non li baciò, ma pose le labbra su quello che era il piú vicino ricordo di lui.

« Dov'è andato? Dov'è ora?... »

Quando il corpo lavato, vestito, giacque nella bara, sulla tavola, tutti andarono a salutarlo e tutti piangevano.

Nikòluška piangeva per il doloroso stupore che gli lacerava il cuore. La contessa e Sonja piangevano per la pietà di Nataša, e perché egli non era piú. Il vecchio conte piangeva perché presto, lo sentiva, sarebbe toccato anche a lui di fare lo stesso tremendo passo.

Nataša e la principessina Marja ora piangevano anch'esse, ma non piangevano per il loro personale dolore: piangevano per la reverente commozione che aveva preso l'anima loro mentre si rendevano consapevoli del semplice e solenne mistero della morte compiutosi davanti a loro.

Parte seconda

I.

Alla ragione umana è inaccessibile la correlazione delle cause dei fenomeni. Ma il bisogno della ricerca delle cause è insito nell'anima dell'uomo. E l'intelletto umano, senza penetrare nelle infinite e complicate condizioni dei fenomeni, ognuno dei quali può presentarsi come una causa a parte, afferra il primo e piú comprensibile accostamento e dice: ecco la causa. Negli avvenimenti storici (dove oggetto di osservazione sono gli atti degli uomini) l'accostamento primordiale è la volontà degli dèi, poi la volontà di quegli uomini che stanno nel luogo piú appariscente della storia: gli eroi storici. Ma basta penetrare nell'essenza di ciascun avvenimento storico, cioè nell'attività di tutta la massa degli uomini che parteciparono all'avvenimento, per convincersi che la volontà dell'eroe storico non soltanto non guida le azioni delle masse, ma è sempre guidata essa medesima. Parrebbe indifferente comprendere il significato di un fatto storico cosí o altrimenti. Ma fra l'uomo il quale dice che i popoli dell'Occidente andarono verso l'Oriente perché Napoleone lo voleva e l'uomo che dice che ciò è accaduto perché doveva accadere, c'è la stessa differenza che passava tra le persone le quali affermavano che la terra sta immobile e i pianeti le si muovono intorno e quelli che dicevano di non sapere su che si mantenga la terra, ma di sapere che vi sono leggi che regolano i moti sia della terra che degli altri pianeti. Non ci sono e non ci possono essere le cause di un fatto storico, salvo l'unica causa di tutte le cause. Ma vi sono leggi che dirigono gli avvenimenti, in parte sconosciute, in parte afferrabili da noi. La scoperta di queste leggi è possibile soltanto quando noi rinunziamo del tutto a ricercare le cause nella volontà di un uomo, appunto come scoprire le leggi del moto dei pianeti divenne possibile soltanto quando gli uomini rinunziarono all'idea dell'immobilità della terra.

Dopo la battaglia di Borodinò, l'occupazione di Mosca da parte del nemico e l'incendio di essa, gli storici riguardano come l'episodio piú importante della guerra del 1812 il movimento dell'esercito russo dalla strada di Rjazàn' verso quella di Kaluga e al campo di Tarútino: la cosí detta marcia di fianco oltre Kràsnaja Pachrà. Gli storici attribuiscono la gloria di questo atto geniale a diverse persone e discutono a chi effettivamente appartenga. Anche gli storici stranieri, anche quelli francesi riconoscono la genialità dei comandanti russi quando parlano di questa marcia di fianco. Ma è assai difficile capire perché gli scrittori militari, e dietro a loro anche tutti gli altri, suppongano che questa marcia di fianco sia stata l'invenzione profondamente meditata di qualche persona singola che salvò la Russia e perdé Napoleone.

Prima di tutto è difficile intendere in che consista la profondità di pensiero e la genialità di questo movimento, giacché per capire che la migliore posizione di un esercito (quando non è attaccato) è dove maggiori sono i rifornimenti non è necessario un grande sforzo d'intelligenza; e ogni ragazzo di tredici anni, anche stupido, poteva capire senza difficoltà che nel 1812 la posizione piú conveniente per l'esercito, dopo la ritirata da Mosca, era sulla via di Kaluga. Cosí, anzitutto è impossibile intendere per quali deduzioni gli storici arrivino a vedere qualcosa di profondo in quella manovra.

In secondo luogo è ancora piú difficile capire perché gli storici vedano la salutarietà per la Russia e la rovinosità per i francesi di quella manovra, giacché questa marcia di fianco, con altre cause precedenti, concomitanti e conseguenti, poteva essere rovinosa per l'esercito russo e salutare per quello francese. Se dal momento che fu eseguito questo movimento la posizione dell'esercito russo cominciò a migliorare, non ne risulta affatto che quel movimento ne fosse la causa. Questa marcia di fianco non soltanto non avrebbe potuto portar nessun vantaggio, ma avrebbe potuto perdere l'esercito russo se non ci fosse stata la coincidenza di altre condizioni. Che cosa sarebbe accaduto se Mosca non fosse stata incendiata? Se Murat non avesse perduto di vista i russi? Se Napoleone non fosse rimasto inattivo? Se sotto Kràsnaja Pachrà l'esercito russo, secondo il consiglio di Bennigsen e di Barclay, avesse dato battaglia? Che cosa sarebbe accaduto se i francesi avessero attaccato i russi quando essi si ritiravano oltre Pachrà? Che cosa sarebbe accaduto se in seguito Napoleone, marciando su Tarútino, avesse attaccato i russi, magari con la decima parte dell'energia con la quale li aveva attaccati a Smolènsk? Che cosa sarebbe accaduto se i francesi avessero marciato su Pietroburgo?... Con tutte queste supposizioni, la salutarietà della marcia di fianco poteva mutarsi in disastro.

Terzo punto, piú incomprensibile di tutti: gli uomini che studiano la storia di proposito non vogliono vedere che la marcia di fianco non si può attribuire a un solo individuo, che nessuno mai l'aveva preveduta, che quella manovra, precisamente come a Fili la ritirata, allora nessuno l'aveva mai abbracciata in tutto il suo insieme, ma, un passo dopo l'altro, un fatto dopo l'altro, un momento dopo l'altro, era scaturita da un'infinita quantità di diversissime condizioni, e solo quando già era accaduta e diventata una cosa passata si poté abbracciare in tutto il suo insieme.

Nel consiglio di guerra tenuto a Fili l'idea che prevaleva presso i capi dell'esercito russo era, naturalmente, la ritirata in linea retta, cioè sulla strada di Nižnij Nòvgorod. Ne è prova il fatto che nel consiglio la maggioranza dei voti fu a favore di quest'idea, e principalmente il noto colloquio avvenuto dopo il consiglio di guerra fra il comandante in capo e Lanskòj, capo dell'intendenza. Lanskòj riferí al comandante in capo che gli approvvigionamenti per l'esercito erano riuniti principalmente sull'Okà, nelle province di Tula e di Kaluga, e che, in caso di ritirata su Nižnij, i depositi di approvvigionamento sarebbero stati separati dall'esercito dal grande fiume Okà, attraverso il quale il passaggio dei convogli al principio dell'inverno diventava impossibile. Era il primo segno della necessità di allontanarsi dalla linea retta verso Nižnij, che prima si era presentata come la piú naturale. L'esercito si tenne piú al sud, sulla strada di Rjazàn' e piú vicino ai depositi. In seguito, l'inazione dei francesi, che perdettero anzi di vista l'esercito russo, le preoccupazioni per la difesa dell'arsenale di Tula e, principalmente, i vantaggi della vicinanza ai propri approvvigionamenti indussero l'esercito a scendere anche piú a sud, sulla via di Tula. Procedendo con un movimento disperato oltre Pachrà sulla strada di Tula, i capi dell'esercito russo credevano di fermarsi presso Podòlsk, e non si pensava alla posizione di Tarútino; ma un'infinita quantità di circostanze e la nuova apparizione delle truppe francesi che prima avevano perduto di vista i russi, i progetti di battaglia e specialmente l'abbondanza dei viveri a Kaluga indussero il nostro esercito a scendere ancora piú a sud e a passare in mezzo alle proprie vie di rifornimento, dalla strada di Tula su quella di Kaluga, verso Tarútino. Come era impossibile rispondere alla domanda quando fosse stata abbandonata Mosca, cosí era impossibile rispondere a questa: quando propriamente e da chi fosse stato deciso di andare verso Tarútino. Soltanto quando le truppe erano già arrivate a Tarútino, in seguito all'azione di innumeri forze infinitesimali, soltanto allora la gente cominciò a volersi convincere di averlo voluto e preveduto già da lungo tempo.

II.

La famosa marcia di fianco consisteva soltanto in questo: che l'esercito russo, ritirandosi sempre in senso direttamente contrario a quello dell'invasione, dopo che l'invasione dei francesi fu cessata si allontanò dalla linea retta seguita al principio e, non vedendosi inseguito, si spostò naturalmente da quella parte dove lo attirava l'abbondanza degli approvvigionamenti.

Se non ci si immagina la presenza di condottieri geniali alla testa dell'esercito russo, ma semplicemente un esercito senza capi, anche questo esercito non avrebbe potuto far null'altro se non un movimento retrogrado verso Mosca, descrivendo un arco di cerchio dalla parte dove c'erano piú approvvigionamenti e il paese era piú fornito.

Questo spostamento dalla strada di Nižnij Nòvgorod su quelle di Rjazàn', di Tula e di Kaluga era a tal punto ovvio che in quella stessa direzione fuggivano i saccheggiatori dell'esercito russo e in quella stessa direzione si pretendeva da Pietroburgo che Kutúzov conducesse il suo esercito. A Tarútino, Kutúzov ricevette quasi un rimprovero dall'imperatore per aver condotto l'esercito sulla strada di Rjazàn', e gli fu indicata quella stessa posizione di faccia a Kaluga nella quale egli già si trovava quando ebbe la lettera dell'imperatore.

La palla dell'esercito russo che rimbalzava indietro per l'urto ricevuto durante tutta la campagna e nella battaglia di Borodinò, quando poi cessò la forza dell'urto e non ne ebbe di nuovi, prese la posizione che le era naturale.

Il merito di Kutúzov non consisteva in qualche geniale manovra strategica, come la chiamano, ma nell'aver capito, lui solo, il significato del fatto che si compieva. Egli solo capiva fin d'allora il significato dell'inazione dell'esercito francese; egli solo continuava ad affermare che la battaglia di Borodinò era stata una vittoria; egli solo – che per la sua posizione di comandante in capo pareva dovesse essere stimolato ad attaccare – egli solo adoperava tutte le sue forze a trattenere l'esercito russo da inutili battaglie.

La belva ferita sotto Borodinò giaceva là dove l'aveva lasciata il cacciatore fuggente; ma il cacciatore ignorava se fosse viva, se fosse in forze o se si nascondesse soltanto. A un tratto si udí il lamento di questa belva.

Il lamento della belva ferita, l'esercito francese, lamento che rivelò la sua rovina, fu l'invio di Lauriston al campo di Kutúzov con richieste di pace.

Napoleone, con la persuasione che non il bene fosse bene, ma quel che gli saltava in mente, scrisse a Kutúzov le prime parole che gli saltarono in mente e che non avevano nessun senso.

Monsieur le prince Koutouzov, – scrisse, – *j'envoie près de vous un de mes aides de camp généraux pour vous entretenir de plusieurs objets intéressants. Je désire que Votre Altesse ajoute foi à ce qu'il lui dira, surtout lorsqu'il exprimera les sentiments d'estime et de particulière considération que j'ai depuis longtemps pour sa personne. Cette lettre n'étant à autre fin, je prie Dieu, Monsieur le prince Koutouzov, qu'il vous ait en Sa sainte et digne garde.*

Moscou, le 30 octobre 1812.

Signé: NAPOLÉON

– *Je serais maudit par la postérité si l'on me regardait comme le premier moteur d'un accommodement quelconque.* TEL EST L'ESPRIT ACTUEL DE MA NATION, – rispose Kutúzov e seguitò ad adoperare tutte le sue forze per trattenere le truppe da un attacco.

Durante il mese di saccheggio dell'esercito francese a Mosca e di tranquilla permanenza dell'esercito russo sotto Tarútino, era accaduto un mutamento nel rapporto delle forze fra i due eserciti (nello spirito e nel numero), in conseguenza del quale la preponderanza delle forze si trovò dalla parte dei russi. Sebbene la posizione delle truppe francesi e il loro numero fossero sconosciuti ai russi, appena mutò questo rapporto la necessità dell'attacco si manifestò immediatamente con un'infinita quantità di segni. Questi segni erano: l'invio di Lauriston, l'abbondanza degli approvvigionamenti a Tarútino, le informazioni che venivano da tutte le parti sull'inazione e il disordine dei francesi, i complementi giunti ai nostri reggimenti con le reclute, il bel tempo, il prolungato riposo dei soldati russi, l'impazienza che solitamente si manifesta nelle truppe, dopo il riposo, di assolvere il compito pel quale sono state raccolte, la curiosità di ciò che avveniva nell'esercito francese, da tanto tempo perduto di vista, l'arditezza con la quale ora gli avamposti russi passavano davanti ai francesi che stavano a Tarútino, le notizie di facili vittorie di contadini e di irregolari sui francesi e l'invidia provocata da ciò, il sentimento di vendetta che era in tutti gli animi da che i francesi erano a Mosca, e principalmente la coscienza confusa, ma viva nell'anima di ogni soldato, che ora il rapporto delle forze era mutato e che la prevalenza si trovava dalla nostra parte. Il rapporto essenziale delle forze era mutato e l'attacco diventò necessario. E subito, con la stessa precisione con cui nell'orologio comincia a battere e a sonare il concerto delle campane appena la lancetta ha fatto un giro completo, anche nelle alte sfere russe, in corrispondenza al mutamento essenziale delle forze, si ebbe come ripercussione un movimento accelerato, un ronzio e un concerto di campane.

III.

L'armata russa era diretta da Kutúzov e dal suo stato maggiore, e dall'imperatore da Pietroburgo. A Pietroburgo, anche prima che giungesse la notizia dell'abbandono di Mosca, era stato fatto un piano particolareggiato di tutta la campagna ed era stato mandato a Kutúzov perché vi si attenesse. Nonostante che questo piano fosse stato fatto nel presupposto che Mosca si trovasse ancora nelle nostre mani, questo piano fu approvato dallo stato maggiore e messo in esecuzione. Kutúzov scrisse soltanto che le diversioni a grandi distanze erano sempre difficili da eseguire. E, per risolvere le difficoltà che s'incontravano, si mandarono nuovi ordini e nuove persone che avevano l'incarico di seguire le sue operazioni e riferirne.

Oltre a ciò, ora nell'esercito russo era mutato tutto lo stato maggiore. Erano stati dati ad altri i posti di Bagratiòn ucciso e di Barclay che, offeso, s'era allontanato. Si studiava molto seriamente che cosa sarebbe stato meglio, se mettere A. al posto di B. e B. al posto di D., o al contrario D. al posto di A. e cosí via, come se da ciò potesse dipendere altra cosa che il piacere di A. o di B.

Nello stato maggiore dell'esercito, a cagione dell'ostilità che regnava tra Kutúzov e il suo capo di stato maggiore Bennigsen, della presenza di quelle persone di fiducia dell'imperatore e di tutti quei cambiamenti, il giuoco dei partiti era piú complicato del solito: A. intrigava contro B., D. contro S., e cosí via, con tutte le possibili combinazioni e permutazioni. In tutti questi macchinamenti, per lo piú l'oggetto degl'intrighi era la condotta della guerra, che tutte quelle persone credevano di dirigere; ma la guerra seguitava indipendentemente da loro, proprio come doveva andare, cioè non coincidendo mai con quel che la gente escogitava, ma scaturendo dal rapporto essenziale delle masse. Tutte quelle escogitazioni, incrociandosi, imbrogliandosi, non rappresentavano nelle alte sfere che un riflesso fedele di ciò che doveva avvenire.

Principe Michail Ilariònovič! – scriveva l'imperatore il 2 di ottobre, in una lettera che fu ricevuta dopo la battaglia di Tarútino. – *Dal 2 di settembre Mosca è in mani nemiche. Gli ultimi vostri rapporti sono del 20; e nel corso di tutto questo tempo non soltanto nulla si è intrapreso per agire contro il nemico e per liberare la nostra prima capitale, ma anzi, secondo gli ultimi vostri rapporti, voi vi siete ritirato ancora piú indietro. Serpuchòv già è occupata da un distaccamento nemico e Tula, col suo famoso arsenale, tanto necessario all'esercito, è in pericolo. Ma dai rapporti del generale Wintzingerode vedo che un corpo nemico di diecimila uomini si avanza verso la strada di Pietroburgo. Un altro, di diverse migliaia di uomini, si avvicina pure a Dmítrovo. Un terzo si è avanzato sulla strada di Vladímir. Un quarto, abbastanza importante, sta fra Ruza e Možajsk. Napoleone stesso il 25 si trovava a Mosca. Ora che, secondo tutte queste informazioni, il nemico ha diviso le sue forze in distaccamenti considerevoli, ora che Napoleone è ancora a Mosca con la sua guardia, è mai possibile che le forze nemiche che si trovano davanti a voi siano cosí importanti da non permettervi un'azione offensiva? Con probabilità si può supporre invece che esso vi insegua con distaccamenti separati o, almeno, con un corpo di truppe molto piú debole dell'esercito a voi affidato. Sembra che, profittando di queste circostanze, voi potreste con vantaggio attaccare il nemico piú debole di voi, e distruggerlo o, se non altro, obbligandolo a ritirarsi, conservare nelle nostre mani una parte importante delle province ora occupate dal nemico, e in tal modo stornare il pericolo da Tula e dalle nostre città dell'interno. Rimarrà a voi la responsabilità se il nemico sarà in grado di distaccare un importante corpo di truppe verso Pietroburgo per minacciare questa capitale in cui non son potute mantenere molte truppe, poiché con l'esercito a voi affidato, agendo con energia e prontezza, avete tutti i mezzi per evitare questa nuova sventura. Ricordatevi che dovete ancora rispondere alla patria offesa della perdita di Mosca. Voi avete sperimentato la mia sollecitudine nel ricompensarvi. Questa sollecitudine non verrà meno in me, ma io e la Russia siamo in diritto di aspettarci da parte vostra tutto lo zelo, la fermezza e i successi che il vostro senno, i vostri talenti militari e il valore delle truppe da voi guidate ci presagiscono.*

Ma mentre questa lettera, che dimostrava come il rapporto essenziale delle forze fosse già noto anche a Pietroburgo, era ancora per via, Kutúzov già non poteva piú trattenere l'esercito che egli comandava dall'attaccare, e la battaglia già era data.

Il 2 ottobre il cosacco Šapovàlov, trovandosi in perlustrazione, uccise col fucile una lepre e ne ferí un'altra. Inseguendo la lepre ferita, Šapovàlov s'inoltrò molto nella foresta e s'imbatté nel fianco sinistro dell'armata di Murat, che stava lí senza alcuna precauzione. Il cosacco, ridendo, raccontò ai compagni che per poco non era caduto in mano dei francesi. Un cornetta, avendo udito questo racconto, lo riferí al comandante.

Il cosacco fu chiamato e interrogato; i comandanti cosacchi volevano profittare di questa circostanza per catturare dei cavalli, ma uno dei capi, che conosceva qualcuno negli alti gradi dell'esercito, riferí questo fatto a un generale dello stato maggiore. Negli ultimi tempi, la situazione allo stato maggiore dell'esercito era tesa all'estremo. Ermolov, alquanti giorni prima, era andato da Bennigsen a pregarlo di usare della sua influenza sul comandante in capo perché fosse fatta un'offensiva.

– Se non vi conoscessi, crederei che non volete ottenere quel che chiedete. Basta che io consigli una cosa perché Sua Altezza Serenissima faccia sicuramente tutto il contrario, – rispose Bennigsen.

La notizia dei cosacchi, confermata dagli esploratori, dimostrò che gli avvenimenti erano definitivamente maturi. La corda tesa scattò, l'orologio si mise a ronzare e il concerto di campane a sonare. Malgrado tutta la sua pretesa autorità, il suo senno, la sua esperienza, la sua conoscenza degli uomini, Kutúzov, prendendo in considerazione il memoriale di Bennigsen, che aveva mandato un rapporto personalmente all'imperatore, il desiderio espresso da tutti i generali, il desiderio che egli supponeva avesse l'imperatore e le informazioni dei cosacchi, non poté piú trattenere il movimento inevitabile e diede l'ordine di ciò che egli credeva inutile e dannoso: sanzionò il fatto compiuto.

IV.

Il memoriale di Bennigsen e le informazioni dei cosacchi sul fatto che il fianco sinistro dei francesi era scoperto erano soltanto gli ultimi segni della necessità di dare l'ordine di attacco, e l'attacco fu fissato per il 5 ottobre.

La mattina del 4 Kutúzov firmò l'ordine di operazione. Toll lo lesse a Ermolov e gli propose di occuparsi delle disposizioni ulteriori.

– Bene, bene, adesso non ho tempo, – disse Ermolov, e uscí dall'isba.

L'ordine d'operazione, compilato da Toll, era ottimo. Come in quello di Austerlitz c'era scritto, ma soltanto non in tedesco: «*Die erste Kolonne marschiert*»[1] cosí e cosí, «*die zweite Kolonne marschiert*»[2] cosí e cosí, ecc. E tutte queste colonne, sulla carta, giungevano nel tempo designato al loro posto e annientavano il nemico. Come in tutti gli ordini di operazione, tutto era perfettamente previsto e, come in tutti gli ordini di operazione, non c'era colonna che non giungesse al suo posto e a suo tempo.

Quando l'ordine di operazione fu pronto nella dovuta quantità di esemplari, fu chiamato un ufficiale e mandato da Ermolov per trasmettergli le carte relative all'esecuzione. Un giovane ufficiale dei cavalieri della guardia, che era ufficiale d'ordinanza di Kutúzov, tutto soddisfatto dell'importanza dell'incarico affidatogli, si diresse all'alloggio di Ermolov.

– È uscito, – rispose l'attendente di Ermolov.

L'ufficiale dei cavalieri della guardia andò da un generale dal quale andava spesso Ermolov.

– No, e non c'è neppure il generale.

L'ufficiale dei cavalieri della guardia rimontò in sella e andò da un altro.

– Non c'è, è uscito.

« Purché non sia io responsabile del ritardo! Che dispetto! » pensò l'ufficiale. Girò tutto il campo. Chi gli diceva di aver veduto Ermolov andare da qualche parte con altri generali; chi gli diceva che di certo era tornato a casa. L'ufficiale, senza desinare, cercò fino alle sei di sera. Ermolov non era in nessun posto e nessuno sapeva dove fosse. L'ufficiale mangiò in fretta un boccone da un

[1] « La prima colonna marcerà ».
[2] « La seconda colonna marcerà ».

compagno e andò di nuovo verso le avanguardie, da Miloradovič. Neanche Miloradovič era a casa, ma lí gli dissero che Miloradovič era a un ballo del generale Kikin e che ci doveva essere anche Ermolov.

– Ma dov'è?

– Là, a Èčkino, – disse un ufficiale cosacco, mostrando in lontananza una casa padronale.

– Ma come laggiú? Oltre la linea?

– Due reggimenti dei nostri sono stati mandati a tenere la linea. Laggiú oggi c'è una baldoria spaventosa. Due musiche, tre cori di cantori!

L'ufficiale andò oltre la linea, a Èčkino. Ancora da lontano, andando verso la casa, udí i suoni allegri, familiari, di una canzone da ballo soldatesca.

« Nei prati... nei prati!... » giungevano le parole accompagnate da fischi e dal suono dei piatti, soffocate di tanto in tanto da un rumore di voci. Anche l'ufficiale si rallegrò a udire quei suoni, ma nello stesso tempo provava timore di essere in colpa per non avere trasmesso da tanto tempo l'ordine importante che gli era stato affidato. Erano già quasi le nove. Smontò da cavallo e andò verso l'entrata della grande casa padronale, rimasta intatta, che si trovava fra i russi e i francesi. Nella dispensa e nell'anticamera i domestici si affaccendavano portando vini e cibi diversi. Sotto le finestre stavano i cantori. Condussero l'ufficiale verso una porta e a un tratto egli scorse, tutti insieme, i principali generali dell'esercito, e fra di essi anche l'alta e ben visibile figura di Ermolov. Tutti i generali erano con le tuniche sbottonate, coi visi rossi, eccitati, e ridevano forte, disposti a semicerchio. Nel mezzo della sala un generale, bello della persona, non molto alto, col viso rosso, ballava, ardito e svelto, il *trepàk*.

– Ah! Ah! Ah! Bravo Nikolàj Ivànovič! Ah! Ah! Ah!

L'ufficiale sentiva che, entrando in quel momento con un ordine importante, diventava due volte colpevole, e voleva aspettare un poco; ma uno dei generali lo vide e, saputo quel che voleva, lo disse a Ermolov. Ermolov, con un viso tutto accigliato, andò verso l'ufficiale e, uditolo, prese la carta senza dir nulla.

– Tu credi che se ne fosse andato per caso? – disse quella sera un compagno dello stato maggiore all'ufficiale dei cavalieri della guardia, parlando di Ermolov. – Storie, è tutto fatto apposta. È per far dispetto a Konovnítsin. Vedrai, domani si farà una bella frittata.

V.

Il giorno seguente, il decrepito Kutúzov si fece svegliare presto, pregò Dio, si vestí e, con la spiacevole coscienza di dover dirigere una battaglia che non approvava, montò in carrozza e uscí da Letàšovka, cinque miglia dietro a Tarútino, per andare al posto dove dovevano essere riunite le colonne di attacco. Kutúzov procedeva innanzi, ora addormentandosi, ora svegliandosi, e tendendo l'orecchio se mai sentisse dei colpi a destra che annunciassero l'inizio dell'azione. Ma tutto era ancora tranquillo. Non era che il sorgere dell'alba di una giornata autunnale umida e grigia. Avvicinandosi a Tarútino, Kutúzov notò dei soldati di cavalleria che conducevano dei cavalli all'abbeveratoio attraverso la strada per la quale andava la carrozza. Kutúzov li osservò, poi fece fermare la carrozza e domandò loro di che reggimento fossero. I soldati appartenevano alla colonna che già doveva essere da un pezzo molto avanti, in imboscata. « Può essere un errore », pensò il vecchio comandante in capo. Ma, procedendo innanzi, Kutúzov vide dei reggimenti di fanteria, coi fucili a fascio, i soldati intenti a far la cucina e a portar legna, in mutande. Fu chiamato un ufficiale. L'ufficiale riferí che nessun ordine di attacco era stato dato.

– Come non... – cominciò Kutúzov, ma subito tacque e ordinò che fosse chiamato l'ufficiale piú anziano. Sceso di carrozza, con la testa bassa, e respirando a fatica, egli aspettava in silenzio, passeggiando avanti e indietro. Quando comparve l'ufficiale richiesto, Eichen, dello stato maggiore generale, Kutúzov diventò paonazzo, non perché quell'ufficiale fosse colpevole dell'errore, ma perché era un oggetto degno di sfogarvi su la sua ira. E tremando, ansimando, il vecchio, piombato in quello stato di furore nel quale era capace di rotolarsi per terra dall'ira, si lanciò contro Eichen, minacciandolo coi pugni, gridando e insolentendo con parole di strada. Un altro ufficiale sopravvenuto, il capitano Brozin, che non aveva colpa di nulla, subí lo stesso trattamento.

– Chi è quest'altra canaglia? Fucilatelo! Mascalzoni! – gridava egli con la voce rauca, agitando le mani e traballando.

Provava una sofferenza fisica. Lui, il comandante in capo, Altezza Serenissima, a cui tutti assicuravano che nessun altro mai aveva avuto in Russia un potere come il suo, esser messo in una posizione simile, diventare lo zimbello di tutto l'esercito! « È stato inutile affaticarsi tanto a pregare per la giornata d'oggi, inutile non dormire la notte e pensare a tutto! – diceva fra sé. –

Quand'ero un ufficialetto, un ragazzo, nessuno avrebbe osato prendersi giuoco di me a questo modo!... E ora!... » Egli provava la sofferenza fisica d'una punizione corporale e non poteva non esprimerla con gridi di rabbia e di dolore; ma presto le forze gli vennero meno e, guardandosi intorno, sentendo che aveva detto molte cose fuor di luogo, risalí in carrozza e tornò indietro in silenzio.

L'ira, una volta sfogata, non tornò piú, e Kutúzov, battendo debolmente gli occhi, ascoltò le giustificazioni e le parole di difesa (Ermolov non gli comparve davanti prima del giorno seguente) e le insistenze di Bennigsen, di Konovnítsyn e di Toll perché il movimento mancato si facesse l'indomani. E Kutúzov dovette di nuovo acconsentire.

VI.

Il giorno seguente le truppe fin dalla sera s'erano riunite nei punti assegnati e di notte si misero in marcia. Era una notte d'autunno, con nuvoloni d'un nero violaceo, ma senza pioggia. La terra era umida, ma non c'era fango e le truppe camminavano senza rumore, si udiva solo di tanto in tanto, debolmente, il cigolio dell'artiglieria. Era proibito parlare ad alta voce, fumar la pipa, battere l'acciarino; ai cavalli s'impediva di nitrire. Il mistero dell'impresa aumentava la sua attrattiva. Gli uomini camminavano allegramente. Alcune colonne si fermarono, misero i fucili a fascio, e gli uomini si sdraiarono sulla terra fredda, credendo d'esser giunti dove dovevano giungere; altre (la maggior parte) camminarono tutta la notte ed evidentemente giunsero dove non dovevano.

Il conte Orlòv-Denísov, coi suoi cosacchi (era il distaccamento meno importante di tutti), fu il solo che capitò al suo posto e a suo tempo. Questo distaccamento si fermò al limite della foresta, sul sentiero che dal villaggio di Stromílova conduce a Dmítrovskoje.

Prima dell'alba svegliarono il conte Orlòv che dormicchiava. Gli condussero un disertore proveniente dal campo francese. Era un sottufficiale polacco del corpo di Poniatowski. Questo sottufficiale spiegò in polacco che aveva disertato perché gli avevano fatto torto in servizio, che da un pezzo avrebbe dovuto essere ufficiale, che era il piú valoroso di tutti e perciò li aveva abbandonati, per vendicarsi. Disse che Murat pernottava un miglio distante da loro e che, se gli avessero dato cento uomini di scorta, l'avrebbe preso vivo. Il conte Orlòv-Denísov si consigliò coi suoi compagni. La proposta era troppo seducente per rifiutarla. Tutti si offrirono di andare, tutti consigliarono di tentare. Dopo molte discussioni e considerazioni, il maggior generale Grekov decise di andare col sottufficiale, accompagnato da due reggimenti di cosacchi.

– Ma bada, – disse il conte Orlòv-Denísov al sottufficiale, congedandolo, – se ci hai ingannati, ti faccio impiccare come un cane; se hai detto la verità, avrai cento ducati.

Il sottufficiale, con aspetto risoluto, non rispose a queste parole, montò a cavallo e andò con Grekov, che si era preparato rapidamente. Essi scomparvero nella foresta. Il conte Orlòv, intirizzito dal fresco del mattino che cominciava a spuntare, agitato per la responsabilità che si era assunta, dopo aver accompagnato un poco Grekov, uscí dalla foresta e si mise a osservare il campo nemico, che ora appariva ingannevolmente nella luce della mattina che cominciava e dei fuochi che si spegnevano. A destra del conte Orlòv-Denísov, su un pendio scoperto, dovevano mostrarsi le nostre colonne. Il conte Orlòv guardò da quella parte, ma, sebbene si dovessero poter avvistare da lontano, quelle colonne non si vedevano. Nel campo francese, come parve al conte Orlòv-Denísov, e specialmente secondo quel che diceva il suo aiutante che aveva un'acutissima vista, cominciava a esserci movimento.

– Ah! davvero è tardi! – disse il conte Orlòv, dopo un'occhiata al campo.

A un tratto, come spesso accade quando non abbiamo piú sotto gli occhi una persona della quale ci siamo fidati, gli apparve perfettamente chiaro ed evidente che quel sottufficiale era un ingannatore, che aveva mentito e che avrebbe soltanto rovinato tutta l'impresa dell'attacco, per la mancanza di quei due reggimenti che aveva condotti Dio sa dove. Si poteva mai, in mezzo a una tal massa di truppe, acciuffare il comandante in capo?

– Certo mentisce, quella canaglia! – disse il conte.

– Si possono far tornare indietro, – disse uno del seguito, che, come il conte Orlòv-Denísov, aveva diffidato di quell'impresa appena guardato il campo.

– Ah! Davvero?... Che dite? Dobbiamo lasciarli andare o no?

– Ordinate che ritornino?

– Che ritornino, che ritornino! – disse a un tratto, risoluto, il conte Orlòv, guardando l'orologio. – Sarà tardi! È giorno chiaro.

E l'aiutante di campo galoppò per la foresta a cercare Grekov. Quando Grekov fu tornato, il conte Orlòv-Denísov, agitato per quel tentativo troncato a mezzo, per la vana aspettativa delle colonne di fanteria, che ancora non si mostravano, e per la vicinanza del nemico (tutti gli uomini del suo distaccamento provavano la stessa cosa), decise di attaccare.

Comandò a bassa voce: – In sella! – Ognuno prese il suo posto e si fece il segno della croce... – Con l'aiuto di Dio!

– Urràààà! – echeggiò per la foresta, e i cosacchi, una centuria dopo l'altra, sparpagliandosi come i chicchi di grano che cadono da un sacco, e con le lance in resta, si precipitarono allegramente, attraverso un ruscello, verso il campo nemico.

Un grido disperato di spavento del primo francese che vide i cosacchi, e tutti quelli che erano nel campo, spogliati, assonnati, abbandonarono cannoni, fucili, cavalli e scapparono dove capitava.

Se i cosacchi avessero inseguito i francesi senza fare attenzione a ciò che avevano dietro e intorno, avrebbero preso Murat e tutto quello che c'era lí. I comandanti lo volevano. Ma era impossibile smuovere dal posto i cosacchi che avevano conquistato bottino e prigionieri. Nessuno ascoltava i comandi. Furono presi lí 1500 prigionieri, 38 cannoni, delle bandiere e, ciò che era piú importante di tutto per i cosacchi, cavalli, selle, coperte e una quantità di altri oggetti. Tutto ciò diede del lavoro: prender possesso dei prigionieri, dei cannoni, dividersi il bottino, gridare, venire perfino alle mani fra loro; di tutto questo si occuparono i cosacchi.

I francesi, non piú inseguiti, si ripresero, si riunirono per reparti e cominciarono a tirare. Orlòv-Denísov aspettava sempre le colonne e non procedeva oltre.

Intanto, secondo l'ordine di operazione: *die erste Kolonne marschiert*, ecc., le truppe di fanteria delle colonne in ritardo, comandate da Bennigsen e dirette da Toll, si misero in marcia come dovevano e, come sempre accade, giunsero in qualche luogo, ma non dove dovevano giungere. Come pure accade sempre, gli uomini che erano partiti allegramente cominciarono a fermarsi, si udirono espressioni di malcontento, confusione, un movimento retrogrado diretto chissà dove. I generali e gli aiutanti di campo, galoppando avanti e indietro, gridavano, si arrabbiavano, litigavano, dicevano che non si andava dove si doveva, che si perdeva tempo, rimproveravano qualcuno, ecc., e finalmente tutti si rassegnarono e si avviarono, tanto per andare da qualche parte. « Da qualche parte si arriverà! » E difatti arrivarono, alcuni dove non dovevano, altri dove dovevano, ma talmente in ritardo che giunsero senza alcun vantaggio, solo per farsi sparare addosso. Toll, che in questa battaglia fece la parte di Weirother ad Austerlitz, galoppava coscienziosamente di luogo in luogo e da per tutto trovava ogni cosa alla rovescia. Cosí trovò il corpo d'armata di Bagovút nella foresta quando era già chiaro, mentre questo corpo da un pezzo doveva essere riunito alle truppe di Orlòv-Denísov. Sconvolto e addolorato per l'insuccesso, e supponendo che qualcuno ne dovesse avere la colpa, Toll galoppò verso il comandante del corpo e cominciò a rimproverarlo severamente, dicendo che meritava d'essere fucilato. Bagovút, vecchio generale uso alle battaglie, tranquillo, stanco anche lui di tutte quelle fermate, di quella confusione, di quelle contraddizioni, con meraviglia di tutti montò sulle furie (cosa assolutamente contraria al suo carattere) e disse a Toll un mucchio di cose sgradevoli.

– Io non voglio ricevere lezioni da nessuno, ma so morire coi miei soldati non peggio di un altro, – disse e marciò in avanti con una divisione.

Uscendo nella piana, sotto i colpi dei francesi, l'agitato e valoroso Bagovút, senza considerare se la sua entrata in azione fosse utile o dannosa in quel momento e con una sola divisione, marciò innanzi e condusse le sue truppe al fuoco. Il pericolo, le palle di cannone, i proiettili di fucile erano proprio quel che ci voleva nel suo stato di collera. Una delle prime palle l'uccise, le palle che seguirono uccisero molti soldati. E la sua divisione restò parecchio tempo sotto il fuoco, senza nessun profitto.

VII.

Intanto un'altra colonna doveva piombare frontalmente sui francesi, ma con questa colonna c'era Kutúzov. Egli sapeva bene che da questa battaglia, impegnata contro la sua volontà, non poteva nascere altro che disordine e, per quanto era in suo potere, tratteneva le truppe. Non si moveva.

Kutúzov se ne andava in silenzio sul suo cavallino grigio, rispondendo mollemente alle proposte di attacco.

– Voialtri avete sempre sulla lingua la parola «attacco», e non vedete che noi non sappiamo fare manovre complicate, – disse egli a Miloràdovič, che chiedeva di andare avanti.

– Stamattina non avete saputo prender vivo Murat e arrivare a tempo sul posto: ora non c'è piú nulla da fare! – rispose ad un altro.

Quando riferirono a Kutúzov che alle spalle dei francesi, dove prima, secondo i rapporti dei cosacchi, non c'era nessuno, ora c'erano due battaglioni di polacchi, egli guardò di sbieco Ermolov (al quale non parlava dal giorno innanzi).

– Ecco: chiedono l'offensiva, propongono tanti piani, e appena si entra in azione niente è pronto, e il nemico avvertito prende le sue misure.

Ermolov strinse gli occhi e sorrise lievemente udendo queste parole. Egli aveva capito che per lui la bufera era passata e che Kutúzov si sarebbe limitato a questa osservazione.

– Ecco che si diverte alle mie spalle, – disse Ermolov sottovoce a Rajevskij che gli stava vicino, urtandolo col ginocchio.

Subito dopo Ermolov si avvicinò a Kutúzov che era piú avanti e gli disse rispettosamente:

– L'occasione non è perduta, Altezza Serenissima: il nemico non se ne è andato, se ordinate di attaccare. Se no la guardia non vedrà neppure il fumo.

Kutúzov non disse nulla, ma quando gli riferirono che le truppe di Murat si ritiravano, ordinò l'attacco; ma ad ogni cento passi si fermava per tre quarti d'ora.

Tutta la battaglia consistette soltanto in ciò che avevano fatto i cosacchi di Orlòv-Denísov: le rimanenti truppe perdettero solo inutilmente qualche centinaio di uomini.

In seguito a questa battaglia Kutúzov ricevette una decorazione in brillanti, Bennigsen anche lui dei brillanti e centomila rubli, gli altri, secondo i gradi, ebbero essi pure le loro soddisfazioni, e dopo questa battaglia si fecero altri cambiamenti nello stato maggiore.

« Ecco come si fa *sempre da noi*: tutto alla rovescia! » dicevano gli ufficiali e i generali russi dopo la battaglia di Tarútino, e proprio la stessa cosa si dice ora, lasciando intendere che là c'è qualche stupido che fa tutto alla rovescia, ma che noi non avremmo fatto cosí. Ma le persone che parlano in questo modo o non conoscono i fatti dei quali parlano o ingannano scientemente se stessi. Ogni battaglia – quella di Tarútino, di Borodinò, di Austerlitz e qualunque altra – avviene in modo diverso da come se l'immaginavano coloro che l'hanno preparata. Questa è una condizione essenziale.

Un'infinita quantità di forze libere (poiché in nessun momento l'uomo è piú libero che durante una battaglia, quando si tratta di vita o di morte) influisce sulla piega che prende la battaglia, e questa piega non può mai essere conosciuta prima e non coincide mai con la direzione di una sola forza.

Se molte forze vengono dirette contemporaneamente e in diversa misura su un corpo qualunque, la direzione del moto di questo corpo non può coincidere con la direzione di nessuna delle forze, ma sarà sempre la direzione media e piú breve, ciò che in meccanica si esprime con la diagonale del parallelogramma delle forze.

Se nelle descrizioni degli storici, specialmente francesi, noi troviamo che presso di loro le guerre e le battaglie si fanno secondo un piano prestabilito, l'unica conclusione che possiamo trarne è che quelle descrizioni non sono esatte.

La battaglia di Tarútino evidentemente non raggiunse lo scopo che Toll si proponeva, di immettere le truppe nell'azione secondo quanto era prescritto dall'ordine di operazione; né quello che poteva avere il conte Orlòv, di prendere prigioniero Murat; né lo scopo che potevano avere Bennigsen e altri, di distruggere in un istante un intero corpo d'armata; né lo scopo di qualche ufficiale, che desiderava di prender parte a un'azione e distinguersi; né quello di qualche cosacco che voleva impossessarsi di un bottino maggiore di quello di cui s'era impossessato, e cosí via. Ma se lo scopo era ciò che effettivamente si compí e ciò che era allora desiderio comune di tutti i russi (la cacciata dei francesi dalla Russia e la distruzione del loro esercito), allora è perfettamente chiaro che la battaglia di Tarútino, proprio in seguito ai suoi errori, fu ciò che era necessario in quel momento della campagna. È difficile, anzi impossibile, immaginare un qualunque esito di questa battaglia piú rispondente allo scopo di quello che ebbe in realtà. Con minimo sforzo, con perdite minime, in mezzo a una grandissima confusione, furono ottenuti i risultati maggiori di tutta la campagna, fu compiuto il passaggio dalla ritirata all'offensiva, fu smascherata la debolezza dei francesi e fu data quella spinta che l'esercito di Napoleone aspettava per iniziare la fuga.

VIII.

Napoleone entra a Mosca dopo la brillante vittoria *de la Moskowa*: dubbio sulla vittoria non ci può essere, visto che il campo di battaglia resta ai francesi. I russi si ritirano e abbandonano la capitale. Mosca, piena di approvvigionamenti, di armi, di munizioni e di ricchezze incalcolabili, è in mano di Napoleone. L'esercito russo, due volte piú debole di quello francese, nel corso di un mese non fa neppure un tentativo di attacco. La posizione di Napoleone è la piú brillante che si possa immaginare. Per piombare con forze doppie sugli avanzi dell'esercito russo e distruggerlo; per stipulare una pace vantaggiosa o, in caso di rifiuto, fare una mossa minacciosa su Pietroburgo; per tornare magari, nel caso di un insuccesso, a Smolènsk o a Vilna o restare a Mosca; per mantenere, in una parola, la brillante posizione nella quale si trovava in quel tempo l'esercito francese, parrebbe che non fosse necessaria una particolare genialità. Per questo bisognava fare la cosa piú semplice e facile: non permettere alle truppe il saccheggio, preparare i vestiari d'inverno, che a Mosca erano in quantità sufficiente per tutto l'esercito, e raccogliere con criterio i viveri che c'erano a Mosca e che potevano bastare a tutta la truppa per sei mesi (secondo la testimonianza degli storici francesi). Napoleone, questo genialissimo fra i geni, che aveva il potere di dirigere l'esercito, come affermano gli storici, non fece nulla di ciò.

Egli non soltanto non fece nulla di ciò, ma, al contrario, usò del suo potere per scegliere, fra tutte le strade che si presentavano alla sua attività, quella che era la piú stolta e la piú dannosa di tutte. Fra tutte le cose che poteva fare Napoleone – svernare a Mosca, andare verso Pietroburgo, andare verso Nižnij Nòvgorod, andare indietro, piú a nord o piú a sud (per quella strada che prese poi Kutúzov), o scegliere un'altra ipotesi qualsivoglia –, non era possibile immaginare nulla di piú stolto e di piú dannoso di ciò che fece Napoleone, cioè: restare fino ad ottobre a Mosca, permettendo alle truppe di saccheggiare la città; poi, dopo aver esitato a lasciarvi una guarnigione, uscire da Mosca, avvicinarsi a Kutúzov, non dar battaglia, andare a destra, giungere fino a Malojaroslàvets, di nuovo senza tentare la possibilità di aprirsi un varco; andare non per la via presa da Kutúzov, ma tornare indietro a Možàjsk per la strada rovinata di Smolènsk: nulla di piú stolto e piú rovinoso per l'esercito era possibile immaginare, come lo hanno poi dimostrato le conseguenze. Si provino i piú abili strateghi – supponendo che lo scopo di Napoleone fosse di rovinare il suo esercito – a immaginare un'altra serie di azioni che, con la medesima sicurezza e la medesima indipendenza da tutto ciò che poteva essere intrapreso dalle truppe russe, potessero distruggere cosí totalmente l'esercito francese come quel che fece Napoleone!

Il geniale Napoleone lo fece. Ma dire che Napoleone rovinò il suo esercito perché lo volle rovinare o perché era molto stupido sarebbe altrettanto ingiusto quanto dire che Napoleone condusse le sue truppe a Mosca perché volle farlo e perché era molto intelligente e geniale.

Nell'uno e nell'altro caso la sua attività personale, che non aveva maggior forza dell'attività personale di ciascun soldato, coincideva soltanto con quelle leggi secondo le quali l'evento si compiva.

Falsamente (e soltanto perché i risultati non giustificarono l'attività di Napoleone) gli storici ci rappresentano le forze di Napoleone come indebolitesi a Mosca. Egli, tal quale come prima e come dopo, nel 1813, adoperava tutte le sue capacità e tutte le sue forze a fare il meglio per sé e per le sue truppe. L'attività di Napoleone in quel tempo non fu meno prodigiosa che in Egitto, in Italia, in Austria e in Prussia. Noi non sappiamo con certezza quanto fosse effettiva la genialità di Napoleone in Egitto, dove quaranta secoli guardavano la sua grandezza, perché tutte quelle grandi gesta ci son descritte soltanto da francesi. Noi non possiamo giudicare con sicurezza della sua genialità in Austria e in Prussia, visto che le informazioni sulla sua attività colà le dobbiamo attingere a fonti francesi o tedesche; e l'incomprensibile resa d'interi corpi d'armata senza battaglia e di fortezze senza assedio deve indurre i tedeschi a riconoscere nella genialità la sola spiegazione della guerra che fu condotta in Germania. Ma noi, grazie a Dio, non abbiamo nessun motivo di riconoscere la sua genialità per nascondere le nostre vergogne. Noi abbiamo pagato per avere il diritto di guardare le cose in faccia e con semplicità, e non rinunziamo a questo diritto.

La sua attività a Mosca fu prodigiosa e geniale come dovunque. Ordini su ordini e piani su piani emanano da lui dal momento della sua entrata a Mosca fino a quello della sua uscita. L'assenza degli abitanti, la mancanza della deputazione e l'incendio stesso di Mosca non lo turbano. Egli non perde di vista né il bene del suo esercito, né le azioni del nemico, né il bene dei popoli della Russia, né la direzione degli affari a Parigi, né le considerazioni diplomatiche sulle prossime condizioni di pace.

IX.

Nei riguardi militari Napoleone, appena entrato a Mosca, ordina severamente al generale Sébastiani di tener dietro ai movimenti dell'esercito russo, distribuisce i corpi di truppe su varie strade e ingiunge a Murat di trovare Kutúzov. Poi dispone con ogni cura la fortificazione del Cremlino; poi forma il piano geniale della futura campagna, che si estende a tutta la carta della Russia.

Nei riguardi diplomatici, Napoleone chiama a sé il capitano Jàkovlev, svaligiato e ridotto alla miseria, che non sa come andarsene da Mosca, e gli espone particolareggiatamente tutta la sua politica e la sua magnanimità, e, dopo avere scritto una lettera all'imperatore Alessandro, in cui ritiene suo dovere d'informare il suo amico e fratello come Rastòpcin si sia male regolato a Mosca, manda Jàkovlev a Pietroburgo. Dopo avere esposto in modo altrettanto particolareggiato le sue vedute e la sua magnanimità a Tutòlmin, manda anche questo vecchietto a Pietroburgo per intavolare trattative.

Nei riguardi giuridici, subito dopo gl'incendi, ordina che siano trovati e giustiziati i colpevoli. E quel malfattore di Rastòpcin è punito in quanto si dà ordine d'incendiare le sue case.

Nei riguardi amministrativi, a Mosca è data una costituzione. Vi si istituisce una municipalità ed è affisso il seguente proclama:

« Abitanti di Mosca!

« Le vostre sventure sono crudeli, ma Sua Maestà l'Imperatore e Re vuol mettere fine al loro corso. Terribili esempi vi hanno insegnato in che modo egli punisce la disobbedienza e il delitto. Severe misure sono state prese per far cessare il disordine e far tornare la tranquillità generale. Una paterna amministrazione, da voi stessi eletta, formerà la vostra municipalità, o amministrazione cittadina. Essa avrà cura di voi, dei vostri bisogni, dei vostri interessi. I suoi membri si distinguono da un nastro rosso che porteranno a tracolla, e il sindaco avrà inoltre una sciarpa bianca alla cintura. Ma, a parte il tempo in cui saranno in funzione, avranno soltanto un nastro rosso intorno al braccio sinistro.

« La polizia della città è costituita sulle antiche basi e grazie alla sua attività l'ordine è già migliorato. Il governo ha nominato due commissari generali o direttori di polizia e venti commissari, o *ciastnyje prístavy*, istituiti in tutti i quartieri della città. Li riconoscerete dal nastro bianco che porteranno intorno al braccio sinistro. Alcune chiese di diversi culti sono aperte e in esse si celebra liberamente il servizio divino. I vostri concittadini tornano ogni giorno alle loro abitazioni e sono dati ordini perché essi vi trovino l'aiuto e la protezione dovuti alla sventura. Questi sono i mezzi usati fin qui dal governo per ristabilire l'ordine e alleviare la vostra situazione. Ma per giungere a ciò è necessario che voi uniate i vostri sforzi ai suoi; che dimentichiate, se è possibile, le sventure da voi sopportate; che vi abbandoniate alla speranza di una sorte meno crudele; che abbiate la certezza che una morte inevitabile e ignominiosa aspetta coloro che osassero attaccare le vostre persone e i beni che vi restano, e infine che non dubitiate che questi vi saranno conservati, poiché tale è la volontà del piú grande e piú giusto di tutti i monarchi. Soldati e abitanti, di qualunque nazione siate! Ristabilite la fiducia pubblica, sorgente della felicità dello Stato, vivete come fratelli, aiutatevi e proteggetevi l'un l'altro, unitevi per distruggere i disegni dei male intenzionati, obbedite alle autorità militari e civili, e presto le vostre lacrime cesseranno di sgorgare ».

Quanto agli approvvigionamenti dell'esercito, Napoleone ordinò che tutte le truppe venissero per turno a Mosca *à la maraude* per procacciarsi viveri, in modo che l'esercito fosse senza preoccupazioni per l'avvenire.

Quanto alla religione, Napoleone ordinò di *ramener les popes* e di ristabilire le cerimonie del culto nelle chiese.

Quanto al commercio e per gli approvvigionamenti dell'esercito fu diramato da per tutto il seguente

PROCLAMA

« Voi, tranquilli abitanti di Mosca, artigiani e operai, che le sventure hanno allontanati dalla città, e voi, agricoltori dispersi, che una paura senza fondamento ancora trattiene nei campi, ascoltate! La calma sta ritornando in questa capitale e l'ordine vi si ristabilisce. I vostri conterranei escono arditamente dai loro rifugi vedendo che sono rispettati. Ogni atto di violenza commesso contro le loro persone o i loro averi è immediatamente punito. S. M. l'Imperatore e Re li protegge e non considera nessuno di voi come suo nemico, a parte coloro che disobbediscono ai suoi ordini. Egli vuole porre un termine alle vostre sventure e ricondurvi alle vostre case e alle vostre famiglie. Rispondete dunque alle sue benevole intenzioni e venite a noi senza alcun timore. Abitanti! Tornate con fiducia alle vostre abitazioni; presto troverete il modo di soddisfare i vostri bisogni. Artigiani e operai laboriosi! Tornate ai vostri mestieri: le vostre case, le vostre botteghe, protette da guardie, vi aspettano, e pel vostro lavoro riceverete il dovuto compenso. E voi, finalmente, contadini, uscite dalle foreste dove per timore vi siete nascosti, tornate senza paura alle vostre isbe con la sicurezza di trovar difesa. Dei magazzini sono stabiliti in città, dove i contadini possono portare il soprappiú delle loro riserve e i prodotti della terra. Il governo ha preso le seguenti misure per assicurarne la libera vendita: 1) A datare da oggi i contadini, gli agricoltori e quelli che vivono nei dintorni di Mosca possono, senza nessun pericolo, portare in città i loro prodotti, di qualunque specie essi siano, nei due appositi spacci, e cioè in via Mochovàja e sul mercato Ochòtnyi. 2) Detti prodotti saranno loro comperati a quel prezzo che sarà concordato fra il venditore e il compratore; ma se il venditore non riceverà il giusto prezzo da lui richiesto, allora il venditore potrà riportare la merce al suo villaggio, e nessuno, sotto nessun pretesto, potrà impedirglielo. 3) La domenica e il mercoledí di ogni settimana sono i giorni fissati per i grandi mercati, e quindi un adeguato contingente di truppa sarà distribuito il martedí e il sabato su tutte le strade maestre, a una certa distanza dalla città, in modo da proteggere i convogli. 4) Eguali misure saranno prese perché nel viaggio di ritorno i contadini coi loro carri e cavalli non trovino alcun ostacolo. 5) Saranno prontamente usati tutti i mezzi per il ristabilimento dei commerci consueti. Abitanti della città e dei villaggi, e voi, operai e artigiani, di qualunque nazione siate! Siete chiamati a tradurre in atto i propositi paterni di S. M. l'Imperatore e Re e a contribuire con lui al bene comune. Portate ai suoi piedi il vostro rispetto e la vostra fiducia e non tardate ad unirvi a noi! »

Per rialzare lo spirito delle truppe e del popolo si facevano continuamente riviste, si distribuivano ricompense. L'imperatore passeggiava a cavallo per le strade e confortava gli abitanti; e, malgrado tutte le preoccupazioni degli affari di Stato, egli stesso frequentava i teatri istituiti per ordine suo.

Anche riguardo alla beneficenza, la virtú migliore dei sovrani, Napoleone fece tutto ciò che dipendeva da lui. Sugli istituti di beneficenza fece scrivere *Maison de ma mère*, unendo con questo atto il tenero sentimento filiale alla grandezza della virtú del monarca. Visitò la casa dei trovatelli e, dando a baciare le sue mani bianche agli orfani da lui salvati, conversò graziosamente con Tutòlmin. Poi, secondo l'eloquente esposizione di Thiers, fece distribuire la paga alle sue truppe in denari russi falsi, fatti fabbricare da lui: « *Relevant l'emploi de ces moyens par un acte digne de lui et de l'armée française, il fit distribuer des secours aux incendiés. Mais les vivres étant trop précieux pour être donnés à des étrangers, la plupart ennemis, Napoléon aima mieux leur fournir de l'argent à fin qu'ils se fournissent au dehors, et il leur fit distribuer des roubles papiers* ».

In quanto alla disciplina dell'esercito, si emanavano continuamente ordini perché fossero severamente punite le inadempienze agli obblighi militari e perché si mettesse fine al saccheggio.

X.

Ma – fatto strano! – tutte queste disposizioni, queste cure e questi progetti, che certo non eran peggiori di altri messi fuori in circostanze simili, non toccavano l'essenza delle cose, ma, come le sfere di un quadrante d'orologio separate dal meccanismo, giravano arbitrariamente e inutilmente, senza ingranarsi con le ruote.

Per ciò che riguardava la guerra, il geniale piano di campagna del quale Thiers dice « *que son génie n'avait jamais rien imaginé de plus profond, de plus habile et de plus admirable* », e a proposito del quale Thiers, entrando in polemica col signor Fain, prova che la composizione di questo piano geniale si deve riportare non al 4, ma al 15 ottobre, questo piano non fu mai né poteva essere eseguito, perché non aveva nulla di comune con la realtà. La fortificazione del Cremlino, per la quale bisognava distruggere la *Mosquée* (cosí Napoleone aveva chiamato la chiesa di Basilio il Beato), si dimostrò perfettamente inutile. Il collocamento di mine sotto al Cremlino secondava soltanto il desiderio dell'imperatore di far saltare in aria il Cremlino lasciando Mosca, cioè di battere il pavimento contro il quale è andato a sbattere il bambino. L'inseguimento dell'esercito russo, che tanto preoccupava Napoleone, presentò un fenomeno inaudito. I comandanti francesi perdettero le tracce di un esercito russo di sessantamila uomini e soltanto per l'abilità, secondo quel che dice Thiers, e, pare, anche la genialità di Murat si riuscí a trovare, come uno spillo perduto, quest'esercito russo di sessantamila uomini.

In quanto alla diplomazia, tutti gli argomenti di Napoleone per provare la sua magnanimità e la sua giustizia sia dinanzi a Tutòlmin come dinanzi a Jàkovlev, che si preoccupava principalmente di procurarsi un cappotto e una vettura, si dimostrarono inutili: Alessandro non ricevette questi ambasciatori e non rispose alla loro ambasciata.

Nei riguardi giuridici, dopo il supplizio dei supposti incendiari, andò bruciata l'altra metà di Mosca.

Nei riguardi amministrativi, l'istituzione della municipalità non arrestò il saccheggio e recò profitto soltanto ad alcune persone, che ebbero parte in questa municipalità e che, col pretesto del mantenimento dell'ordine, saccheggiarono Mosca o preservarono i loro averi dal saccheggio.

In quanto alla religione, la cosa che fu tanto facile in Egitto col mezzo della visita alla moschea, qui non diede nessun risultato. Due o tre preti trovati a Mosca tentarono di aderire alla volontà di Napoleone, ma a uno di loro un soldato francese diede uno schiaffo durante una funzione, e per un altro un funzionario francese fece il rapporto seguente: «*Le prêtre, que j'avais découvert et invité à recommencer à dire la messe, a nettoyé et fermé l'église. Cette nuit on est venu de nouveau enfoncer les portes, casser les cadenas, déchirer les livres et commettre d'autres désordres*».

In quanto al commercio, il proclama agli artigiani laboriosi e a tutti i contadini non ebbe alcuna risposta. Gli artigiani laboriosi non c'erano, e i contadini acchiappavano quei commissari che si allontanavano un po' troppo dalla città con questo proclama, e li uccidevano.

In quanto al divertire il popolo e le truppe coi teatri, neppur questo riuscí. I teatri istituiti al Cremlino e nella casa Poznjàkov furono subito chiusi perché gli attori e le attrici furono svaligiati.

In quanto alla beneficenza, anch'essa non diede i risultati desiderati. Mosca era piena di assegnati falsi e non falsi, che non avevano nessun valore. I francesi, che ammassavano bottino, non volevano che oro. Non soltanto i falsi assegnati, che Napoleone aveva cosí graziosamente distribuiti ai poveri, non avevano alcun valore, ma l'argento si dava al di sotto del suo costo in cambio dell'oro.

Ma la manifestazione piú sbalorditiva dell'inefficacia degli ordini in quel tempo furono gli sforzi di Napoleone per arrestare il saccheggio e ristabilire la disciplina.

Ecco ciò che riferivano gli alti gradi dell'esercito:

« I saccheggi continuano in città, nonostante le disposizioni date per farli cessare. L'ordine non è ancora ristabilito, e non c'è un solo mercante che eserciti il suo commercio in modo legale. Soltanto i vivandieri si permettono di vendere, ma anche questa è roba rubata ».

« *La partie de mon arrondissement continue à être en proie au pillage des soldats du 3ᵉ corps, qui, non contents d'arracher aux malheureux réfugiés dans des souterrains le peu qui leur reste, ont même la férocité de les blesser à coups de sabre, comme j'en ai vu plusieurs exemples* ».

« *Rien de nouveau outre que les soldats se permettent de voler et de piller: le 9 octobre* ».

« *Le vol et le pillage continuent. Il y a une bande de voleurs dans notre district qu'il faudra faire arrêter par de fortes gardes: le 11 octobre*».

« L'imperatore è oltremodo scontento che, nonostante le severe disposizioni date per far cessare il saccheggio, non si vedano che drappelli di saccheggiatori della guardia che tornano al Cremlino... I disordini e il saccheggio della vecchia guardia si sono riprodotti, piú violenti che mai, ieri, la notte passata e oggi. L'imperatore vede con tristezza che i soldati scelti designati a difendere la sua persona, che dovrebbero dare l'esempio della disciplina, portano invece la disobbedienza a tal punto da vuotare cantine e magazzini preparati per l'esercito. Altri si sono abbassati fino a non obbedire alle sentinelle e agli ufficiali di servizio, a ingiuriarli e a batterli ».

« *Le grand maréchal du palais se plaint vivement*, – scriveva il governatore, – *que malgré les défenses réitérées, les soldats continuent à faire leurs besoins dans toutes les cours et même jusque sous les fenêtres de l'Empereur* ».

Questo esercito, calpestando, come un gregge senza sorveglianza, il cibo che avrebbe potuto salvarlo dalla morte per fame, si sfasciava e si rovinava maggiormente ogni giorno di piú che passava a Mosca. Ma non si moveva.

Si mise a fuggire soltanto quando fu preso dal timor panico, prodotto dalla cattura di convogli sulla strada di Smolènsk e dalla battaglia di Tarútino. Questa medesima notizia della battaglia di Tarútino, ricevuta inaspettatamente da Napoleone a una rivista, risvegliò in lui il desiderio di punire i russi, come dice Thiers, ed egli diede l'ordine di partenza che tutto l'esercito chiedeva.

Fuggendo da Mosca, gli uomini di questo esercito presero con loro tutto ciò che avevano saccheggiato. Anche Napoleone portò via con sé il suo proprio *trésor*. Vedendo i convogli che intralciavano l'esercito, Napoleone si atterrí (come dice Thiers). Ma egli, con la sua esperienza della guerra, non ordinò di bruciare tutti i carri soverchi, come aveva fatto coi carriaggi di un maresciallo mentre si avvicinava a Mosca: guardava quelle berline e quelle carrozze nelle quali andavano i soldati, e diceva che andava benissimo, che quelle vetture sarebbero servite per i viveri, per i malati e per i feriti.

La situazione di tutto l'esercito era simile alla situazione di un animale ferito, che si sente perduto e non sa che cosa fa. Studiare le abili manovre di Napoleone e gli scopi suoi e del suo esercito dal momento dell'entrata a Mosca fino alla distruzione di questo esercito è come studiare il significato dei salti e delle convulsioni agoniche dell'animale ferito a morte. Molto spesso l'animale ferito, sentendo un fruscio, si getta sotto i colpi del cacciatore e affretta da sé la sua fine. Lo stesso fece Napoleone sotto la pressione di tutto il suo esercito. Il fruscio della battaglia di Tarútino aveva spaventato la fiera, ed essa si gettò avanti, sotto i colpi, corse fino al cacciatore, tornò indietro e finalmente, come tutte le fiere, corse via per la strada piú dannosa e pericolosa, ma dove c'era una vecchia traccia ben nota.

Napoleone, che ci viene rappresentato come colui che guida tutto quel movimento (come la figura scolpita sulla prua d'un bastimento sembra ai selvaggi la forza che guida il bastimento), Napoleone, in tutto quel periodo della sua attività fu simile al fanciullo che, afferrandosi alle cinghie fissate nell'interno della carrozza, s'immagina di guidare.

XI.

Il 6 ottobre, la mattina presto, Pierre uscí dalla baracca e, tornato indietro, si fermò presso la porta a giocare con un cagnolino lilla, lungo di corpo sulle zampette brevi e storte, che gli girava intorno. Questo cagnolino stava con loro nella baracca, passava la notte con Karatàjev, ma a volte se ne andava in città e poi ritornava. Probabilmente non era mai appartenuto a nessuno e anche ora non era di nessuno e non aveva nome. I francesi lo chiamavano Azor, il soldato che raccontava le fiabe lo chiamava Femgalka, Karatàjev e gli altri lo chiamavano Grigio e a volte Ciondolo. Il fatto di non appartenere a nessuno e di non aver nome né razza, e neppure un colore preciso, pareva non preoccupasse affatto il cagnolino lilla. Teneva in su come un pennacchio, rigida e tonda, la coda pelosa; le sue zampe storte lo servivano cosí bene che spesso, come se disdegnasse di usare tutt'e quattro le zampe, alzava graziosamente una zampa di dietro e correva, agilissimo e rapido, su tre zampe. Tutto per lui era oggetto di divertimento. Ora, abbaiando di gioia, si rotolava sulla schiena, ora si riscaldava al sole con un'aria pensierosa e importante, ora saltellava, giocando con un truciolo o una pagliuzza.

Il vestito di Pierre consisteva ora in una camicia sudicia e lacera, la sola cosa che gli rimanesse dei suoi vestiti d'una volta, d'un paio di mutande da soldato, legate alle caviglie con funicelle, secondo il consiglio di Karatàjev, per avere piú caldo, d'un gabbano e di un berretto da contadino. Pierre era molto cambiato fisicamente in quel tempo. Non sembrava piú grasso, benché avesse sempre quello stesso aspetto di grossezza e di forza, ereditario nella loro famiglia. La barba e i baffi avevano coperto la parte inferiore del viso; dei lunghi capelli arruffati, sulla testa piena di pidocchi, gli si arricciavano formando come un berretto di pelo. L'espressione degli occhi era sicura, tranquilla, animata e pronta a tutto, come mai aveva avuto lo sguardo di Pierre. Il suo rilassamento d'una volta, che si esprimeva anche nello sguardo, aveva fatto posto ora a un raccoglimento energico, pronto all'azione e alla resistenza. I suoi piedi erano scalzi.

Pierre guardava ora giú, per la piana, dove quella mattina passavano carri e uomini a cavallo, ora lontano, oltre il fiume, ora il cagnolino, che faceva finta di volerlo mordere per davvero, ora i suoi piedi scalzi, che posava con piacere in diverse posizioni, movendo le sue grandi e grasse dita sudice. E ogni volta che guardava i suoi piedi scalzi, sul suo viso correva un sorriso di viva soddisfazione. La vista di quei piedi scalzi gli ricordava tutto ciò che aveva vissuto e capito in quel tempo, e quel ricordo gli era grato.

Il tempo già da qualche giorno era mite, chiaro, con leggere gelate la mattina: la cosí detta estate di San Martino. L'aria al sole era tepida, e quel tepore, col fresco fortificante della gelata mattutina che ancora si sentiva nell'aria, era particolarmente piacevole.

Su tutte le cose, lontane e vicine, era sparsa quella magica luce cristallina che c'è soltanto in quel momento dell'autunno. Si vedevano lontano i Monti dei Passeri, col villaggio, la chiesa e una grande casa bianca. E gli alberi denudati, la sabbia, le pietre, i tetti delle case, la freccia verde della chiesa e gli angoli di una casa lontana, tutte queste cose si profilavano nell'aria trasparente con linee finissime e con una precisione straordinaria. Vicino, si vedevano le note rovine d'una casa signorile mezzo bruciata, che i francesi occupavano, coi cespugli di lilla ancora d'un verde scuro cresciuti lungo la cinta. E anche quella casa rovinata e deturpata, che respingeva per la sua bruttezza quando il tempo era cupo, ora, nella chiara, immobile luminosità, pareva avere una tranquillante bellezza.

Un caporale francese, sbottonato alla casalinga, col berretto e una pipa corta fra i denti, uscí da dietro l'angolo della baracca e, ammiccando familiarmente, si avvicinò a Pierre.

– *Quel soleil, hein? monsieur Kiril*, – (cosí tutti i francesi chiamavano Pierre). – *On dirait le printemps* –. E il caporale si appoggiò alla porta e offrí la pipa a Pierre, benché sempre l'avesse offerta e sempre Pierre l'avesse rifiutata. – *Si l'on marchait par un temps comme celui-là*... – cominciò.

Pierre gli domandò che cosa si sentisse dire della partenza e il caporale raccontò che quasi tutte le truppe erano partite e che ora doveva venir l'ordine per i prigionieri. Nella baracca dove stava Pierre, uno dei soldati, Sokolòv, era moribondo, e Pierre disse al caporale che bisognava provvedere per quel soldato. Il caporale disse che Pierre poteva star tranquillo, che per quello c'erano ospedali ambulanti e stabili, che si prendevano provvedimenti per i malati, e che in generale tutto ciò che poteva accadere era previsto dai superiori.

– *Et puis, monsieur Kiril, vous n'avez qu'à dire un mot au capitaine, vous savez. Oh, c'est un... qui n'oublie jamais rien. Dites au capitaine quand il fera sa tournée, il fera tout pour vous...*

Il capitano di cui parlava il caporale chiacchierava spesso e a lungo con Pierre e gli si dimostrava condiscendente in ogni cosa.

– *Vois-tu, Saint-Thomas, qu'il me disait l'autre jour: Kiril c'est un homme qui a de l'instruction, qui parle français; c'est un seigneur russe, qui a eu des malheurs, mais c'est un homme. Et il s'y entend, le... S'il demande quelque chose, qu'il me dise, il n'y a pas de refus. Quand on a fait ses études, voyez-vous, on aime l'instruction et les gens comme il faut. C'est pour vous que je dis cela, monsieur Kiril. Dans l'affaire de l'autre jour, si ce n'était grâce à vous, ça aurait fini mal.*

E, dopo aver chiacchierato un altro poco, il caporale se ne andò. (Il fatto accaduto qualche giorno innanzi, al quale aveva alluso il caporale, era stata una zuffa fra prigionieri e francesi, nella quale Pierre era riuscito a calmare i suoi compagni). Alcuni prigionieri avevano sentito che Pierre parlava col caporale e subito cominciarono a domandare che cosa avesse detto. Mentre Pierre raccontava ai suoi compagni quel che il caporale aveva detto a proposito della partenza, si avvicinò alla porta della baracca un soldato francese, magro, giallo e lacero. Con un rapido e timido gesto, alzando le dita alla fronte in segno di saluto, si rivolse a Pierre e gli domandò se in quella baracca c'era il soldato Platoche, al quale aveva dato una camicia da cucire.

Una settimana prima i francesi avevano avuto del materiale di calzoleria e della tela, e avevano dato da cucire scarpe e camicie ai soldati prigionieri.

– Pronta, pronta, falchetto! – disse Karatàjev, uscendo fuori con una camicia accuratamente piegata.

Karatàjev, per via del caldo e per star comodo lavorando, stava in mutande e con una camicia tutta lacera, nera come la terra. I suoi capelli, come usano gli artigiani, erano legati con un fascetto di stoppa, e il suo viso tondo pareva ancor piú tondo e piú simpatico.

– L'accordo è fratello dell'affare. Avevo detto per venerdí, e per venerdí l'ho fatta, – disse Platòn, sorridendo e spiegando la camicia che aveva cucita.

Il francese si guardò intorno inquieto e, come vincendo un'esitazione, si tolse rapidamente l'uniforme e indossò la camicia. Sotto all'uniforme il francese non aveva camicia, e sul nudo corpo giallo e magro era un lungo panciotto di seta a fiorellini, unto e bisunto. Il francese evidentemente temeva che i prigionieri che lo guardavano si mettessero a ridere, e in fretta infilò la testa nella camicia. Nessuno dei prigionieri disse una parola.

– Vedi, sta proprio giusta, – diceva intanto Platòn, accomodandogli tutt'intorno la camicia.

Il francese, dopo aver infilato la testa e le braccia, senza alzar gli occhi, guardava la camicia che aveva indosso e ne osservava le cuciture.

– Che vuoi, falchetto, qui non è una sartoria e non ci sono gli arnesi del mestiere; e usa dire: senza arnesi non s'ammazza neanche un pidocchio, – disse Platòn, col suo largo sorriso, evidentemente soddisfatto del proprio lavoro.

– *C'est bien, c'est bien, merci; mais vous devez avoir de la toile de reste*, – disse il francese.

– Andrà ancora meglio quando l'avrai portata addosso, – disse Karatàjev, che seguitava a rallegrarsi dell'opera sua. – Ti andrà bene e la porterai volentieri...

– *Merci, merci, mon vieux, le reste...* – ripeté il francese sorridendo e, tirato fuori un assegnato, lo diede a Karatàjev. – *Mais le reste...*

Pierre vedeva che Platòn non voleva capire ciò che diceva il francese, e, senza entrar nella cosa, li osservava. Karatàjev ringraziò per i denari e seguitò ad ammirare il suo lavoro. Il francese insisteva per gli avanzi, e pregò Pierre di tradurre ciò che egli diceva.

– Ma perché diamine vuole gli avanzi? – disse Karatàjev. – Me ne verrebbe un paio di fasce da piedi magnifiche. Ma che Dio lo protegga! – E Karatàjev, con un viso diventato a un tratto tutto triste, tirò fuori dal seno un involtino di ritagli e lo diede al francese, senza guardarlo. – Oibò! – disse Karatàjev, e si allontanò.

Il francese guardò il pezzo di tela, pensò un poco, guardò Pierre interrogativamente, e lo sguardo di Pierre parve dirgli qualche cosa.

– *Platoche, dites donc, Platoche*, – gridò a un tratto il francese con voce acuta, arrossendo. – *Gardez pour vous*, – disse, dandogli i ritagli, poi si voltò ed uscí.

– Guarda un po'! – disse Karatàjev, scotendo il capo. – Dicono che son miscredenti, eppure hanno un'anima anche loro. I vecchi nostri dicevano: la mano sudata è larga, la mano asciutta è avara. È nudo lui, ma li ha dati –. Karatàjev, sorridendo e guardando gli avanzi, tutto pensieroso, stette un po' di tempo zitto. – Ma le fasce, amico, saranno magnifiche, – disse, e tornò nella baracca.

XII.

Erano passate quattro settimane dal momento in cui Pierre era stato fatto prigioniero. Sebbene i francesi gli avessero offerto di passare dalla baracca dei soldati in quella degli ufficiali, egli era rimasto nella baracca dove era entrato il primo giorno.

In Mosca rovinata e incendiata Pierre aveva provato quasi l'estremo limite delle privazioni che un uomo può sopportare; ma, in grazia della sua forte costituzione e della sua salute, delle quali fino allora non aveva avuto coscienza, e specialmente perché queste privazioni erano venute cosí insensibilmente che sarebbe stato impossibile dire quando erano cominciate, egli sopportava non soltanto facilmente, ma anche allegramente la sua posizione. E proprio in quel tempo egli acquistò quella calma e quella soddisfazione di sé alle quali invano aveva aspirato prima. Lungamente nella sua vita aveva cercato da varie parti quella tranquillità e quell'accordo con se stesso che tanto l'avevano colpito nei soldati alla battaglia di Borodinò: li aveva cercati nella filantropia, nella massoneria, nelle distrazioni della vita mondana, nel vino, in un eroico atto di abnegazione, nel suo romantico amore per Nataša, li aveva cercati attraverso il pensiero, e tutte quelle ricerche e quei tentativi l'avevano sempre ingannato. E, senza pensarci, aveva ottenuto questa calma e quest'accordo con se stesso soltanto attraverso il terrore della morte, attraverso le privazioni, attraverso ciò che aveva compreso in Karatàjev.

Quei terribili momenti che egli aveva passati assistendo all'esecuzione parevano aver cancellato per sempre dalla sua immaginazione e dalla sua memoria i pensieri e i sentimenti inquieti che prima gli parevano importanti. Non gli veniva neppur piú il pensiero della Russia, della guerra, della politica, di Napoleone. Era evidente per lui che tutto ciò non lo toccava, che non vi era chiamato e perciò non ne poteva giudicare. Ripeteva le parole di Karatàjev: « Estate e Russia non vanno insieme », e queste parole lo calmavano stranamente. Ora gli pareva incomprensibile e anzi ridicolo il suo proposito di uccidere Napoleone e il suo calcolo sul numero cabalistico e sulla bestia dell'Apocalisse. La sua ostilità contro la moglie e il suo timore che il suo nome fosse disonorato gli sembravano ora cose non solo insignificanti, ma divertenti. Che gl'importava che quella donna conducesse laggiú la vita che le piaceva? A chi poteva importare, e specialmente a lui, che i francesi scoprissero che il loro prigioniero si chiamava conte Bezúchov?

Spesso egli rammentava ora la conversazione col principe Andréj ed era pienamente d'accordo con lui, soltanto comprendeva in modo un po' diverso il pensiero del principe Andréj. Il principe Andréj pensava e diceva che la felicità è soltanto negativa, ma lo diceva con una tinta di amarezza e d'ironia. Come se, dicendo questo, volesse manifestare un altro pensiero, che cioè tutte le nostre aspirazioni a una felicità positiva sono poste in noi soltanto per tormentarci e non per soddisfarci. Ma Pierre, senza reconditi pensieri, riconosceva che quell'idea era giusta. L'assenza del dolore, il soddisfacimento dei bisogni e per conseguenza la libertà nella scelta delle occupazioni, cioè del modo di vivere, sembravano ora a Pierre la piú indubitabile e piú alta felicità dell'uomo. Ora soltanto, per la prima volta, Pierre aveva apprezzato pienamente lí il piacere del cibo quando aveva voglia di mangiare, del bere quando aveva voglia di bere, del sonno quando aveva voglia di dormire, del caldo quando faceva freddo, del conversare con qualcuno quando aveva voglia di parlare e di ascoltare una voce umana. Il soddisfacimento dei bisogni – buon cibo, pulizia, libertà – ora che egli era privo di tutto ciò, pareva a Pierre la perfetta felicità, e la scelta di un'occupazione, cioè la vita, ora che questa scelta era tanto limitata, gli pareva una cosa cosí facile che dimenticava come il superfluo dei comodi distrugga tutto il piacere che dà il soddisfacimento dei bisogni, e come la grande libertà di scegliere le proprie occupazioni, quella libertà che gli procuravano nella vita l'istruzione, la ricchezza, la posizione sociale, come appunto una cosiffatta libertà renda la scelta delle occupazioni insuperabilmente difficile e distrugga perfino il bisogno e la possibilità di un'occupazione.

Tutti i sogni di Pierre ora tendevano al momento in cui sarebbe stato libero. Eppure in seguito, e per tutta la sua vita, Pierre si ricordò e parlò con entusiasmo di quel mese di prigionia, di quelle forti e liete sensazioni che non sarebbero piú tornate, e specialmente di quella piena tranquillità d'animo, di quella perfetta libertà interiore che egli aveva provata soltanto in quel tempo.

Quando il primo giorno, alzandosi presto la mattina, uscí all'alba fuori dalla baracca e vide da principio le cupole scure e le croci del monastero di Novodjévicie, vide la rugiada gelata sull'erba polverosa, vide le cime dei Monti dei Passeri, e le rive boscose che scendevano verso il fiume, e si perdevano nella lontananza violacea, quando sentí il contatto dell'aria fresca e udí le voci delle gracchie che traversavano la piazza volando via da Mosca, e quando poi a un tratto la luce brillò dall'oriente e sorse maestoso il disco del sole fuori dalle nuvole, e le cupole, le croci, la rugiada, la lontananza e il fiume, tutto danzò in una luce gioconda, Pierre provò un sentimento nuovo, non mai provato, di gioia e di vigor di vita.

E questo sentimento non soltanto non l'abbandonò per tutto il tempo della prigionia, ma, al contrario, crebbe in lui a misura che aumentavano le difficoltà della sua posizione.

Questo sentimento – di rassegnazione a tutto, di raccoglimento morale – era ancora piú alimentato in Pierre da quell'alta opinione che, subito dopo la sua entrata nella baracca, avevano concepito di lui i suoi compagni. Pierre, con la sua conoscenza delle lingue, col rispetto che gli portavano i francesi, con la sua semplicità, con la facilità con cui dava tutto ciò che gli chiedevano (riceveva, come gli ufficiali, tre rubli per settimana), con la forza di cui aveva dato prova ai soldati ficcando dei chiodi nella parete della baracca, con la cortesia che dimostrava rivolgendosi ai compagni, con la capacità che aveva (incomprensibile per loro) di rimanere immobile a pensare, senza far nulla, appariva ai soldati come un essere misterioso e superiore. Quelle stesse sue qualità che nel mondo nel quale viveva prima erano per lui, se non dannose, certo imbarazzanti – la sua forza, la sua indifferenza per le comodità della vita, la sua distrazione, la sua semplicità –, là, fra quella gente, gli davano la posizione quasi di un eroe. E Pierre si sentiva legato da questa opinione che si aveva di lui.

XIII.

Nella notte dal 6 al 7 ottobre cominciò il movimento di ritirata dei francesi: si distruggevano le cucine, le baracche, si caricavano i carri, e le truppe e i carriaggi si mettevano in moto.

Alle sette del mattino la scorta di francesi in assetto di marcia, con caschi, fucili, zaini ed enormi sacchi, stava davanti alle baracche, e un'animata conversazione in francese, fiorita d'invettive, correva per tutto lo schieramento.

Nella baracca tutti erano pronti, vestiti, con le cinture infilate, le scarpe nei piedi, e non aspettavano che l'ordine di uscire. Il soldato malato Sokolòv, pallido, magro, con gli occhi cerchiati di azzurro, che era il solo senza scarpe né vestito, era seduto al suo posto, e, con gli occhi sporgenti a cagione della magrezza, guardava interrogativamente i compagni che non gli facevano attenzione e gemeva sottovoce con monotonia. Si vedeva che non tanto la sofferenza – era malato di dissenteria – quanto la paura e la pena di rimaner solo lo facevano gemere cosí.

Pierre, calzato di scarpe che Karatàjev aveva fatte per lui tagliandole in un pezzo di cuoio che un francese aveva portato per farsi fare delle suole, cinto con una corda, si avvicinò al malato e si accoccolò davanti a lui.

– Eh, via, Sokolòv! Non se ne vanno mica via del tutto! Qui hanno un ospedale. Può darsi che ti capiti meglio che a noi, – disse Pierre.

– O Signore! O morte mia! O Signore! – gemé piú forte il soldato.

– Adesso glielo domanderò ancora, – disse Pierre e, alzatosi, andò verso la porta della baracca.

Mentre Pierre si avvicinava alla porta, veniva di fuori, con due soldati, quel caporale che il giorno innanzi aveva offerto la pipa a Pierre. E il caporale e i soldati erano in assetto di marcia, con lo zaino e il casco dal sottogola abbassato, che cambiavano le loro ben note fisonomie.

Il caporale andava verso la porta per chiuderla, secondo l'ordine del comandante. Prima di far uscire i prigionieri, bisognava contarli.

– *Caporal, que fera-t-on du malade?...* – cominciò Pierre.

Mentre diceva questo, però, gli venne il dubbio se fosse quello il caporale che lui conosceva o un altr'uomo sconosciuto, tanto il caporale in quel momento era diverso da se stesso. Oltre a ciò, nell'attimo in cui Pierre diceva questo, si udí a un tratto da due parti il rullo del tamburo. Il caporale aggrottò le sopracciglia alle parole di Pierre, e, proferendo un'ingiuria senza senso, chiuse con violenza la porta. La baracca si fece semibuia; da due parti i tamburi rullavano seccamente, soffocando i lamenti del malato.

« Eccola! Eccola di nuovo! » si disse Pierre, e involontariamente gli corse un brivido per la schiena. Nel viso mutato del caporale, nel suono della sua voce, nel rullo eccitante e assordante dei tamburi, Pierre aveva riconosciuto quella forza misteriosa, impassibile che aveva obbligato gli uomini, contro la loro volontà, a uccidere i propri simili, quella forza di cui aveva veduto l'azione durante l'esecuzione. Temere quella forza, cercare di sfuggirla, rivolgersi con le preghiere o con la persuasione agli uomini che le servivano di strumento era inutile. Ora Pierre lo sapeva. Bisognava aspettare e sopportare. Pierre non si avvicinò piú al malato e non lo guardò. In silenzio, con le sopracciglia aggrottate, stava presso la porta della baracca.

Quando le porte della baracca si aprirono e i prigionieri, come un branco di pecore, spingendosi l'un l'altro, fecero ressa alla uscita, Pierre si aprí un varco fra loro e si avvicinò a quel tale capitano che, a detta del caporale, era pronto a far qualunque cosa per Pierre. Anche il capitano era in tenuta di marcia, e sul suo viso freddo si leggeva quella medesima « cosa » che Pierre aveva riconosciuta nelle parole del caporale e nel rullo dei tamburi.

– *Filez, filez,* – diceva il capitano, con piglio severo, guardando i prigionieri che gli si affollavano davanti.

Pierre sapeva che il suo tentativo sarebbe stato vano, ma gli si avvicinò.

– *Eh bien, qu'est-ce qu'il y a?* – disse l'ufficiale, guardandolo freddamente, come se non lo riconoscesse.

Pierre disse dell'infermo.

– *Il pourra marcher, que diable!* – disse il capitano. – *Filez, filez,* – seguitò a dire, senza guardare Pierre.

– *Mais non, il est à l'agonie...* – cominciò Pierre.

– *Voulez-vous bien...* – gridò il capitano, accigliandosi rabbiosamente.

« Dram-da-da-dam, dam-dam » rullavano i tamburi, e Pierre capí che la forza misteriosa aveva già soggiogato pienamente quegli uomini e che ormai era inutile dire ancora qualcosa.

Gli ufficiali prigionieri furono separati dai soldati e fu loro ordinato di andare innanzi. Gli ufficiali, nel numero dei quali si trovava Pierre, erano una trentina, i soldati circa trecento.

Gli ufficiali, fatti uscire dalle altre baracche, erano tutti gente estranea, erano vestiti molto meglio di Pierre e, con le sue scarpe, lo guardavano diffidenti e dall'alto in basso. Non lontano da Pierre, camminava, in una veste da camera alla tartara, cinto di un asciugamani, un grosso maggiore con un viso gonfio, giallo e rabbioso, che certo godeva della stima di tutti i suoi compagni di prigionia. Si teneva in seno una mano con una borsa da tabacco, mentre l'altra era appoggiata a una lunga pipa. Il maggiore, ansando e sbuffando, brontolava e si arrabbiava perché gli pareva che lo urtassero e che tutti andassero in fretta quando non c'era bisogno di affrettarsi, che si meravigliassero quando non c'era nulla da meravigliarsi. Un altro ufficiale, piccolo, magro, parlava con tutti, facendo congetture su dove sarebbero stati condotti e su quanta strada sarebbero riusciti a fare quel giorno. Un funzionario, in stivali di feltro e in uniforme di commissario, correva qua e là e guardava Mosca incendiata, facendo parte a tutti ad alta voce delle sue osservazioni su ciò che bruciava e se era questa o quell'altra la parte di Mosca che si vedeva. Un terzo ufficiale, che all'accento pareva di origine polacca, discuteva col commissario, dimostrandogli che si sbagliava nell'identificare i quartieri di Mosca.

– Di che discutete? – disse il maggiore tutto arrabbiato. – Che sia Nicola o Vlas, è tutt'una; vedete, è bruciato tutto, e basta... Perché spingete? La strada non è forse larga abbastanza? – fece incollerito, rivolgendosi a uno che gli camminava dietro e che non lo spingeva per nulla.

– Ahi, ahi, ahi! Che hanno fatto? – si sentivano ora da una parte, ora dall'altra voci di prigionieri, che si voltavano a guardare l'incendio. – E il Zamoskvorjecie, e Zúbovo, e anche nel Cremlino... Guardate, ne manca la metà. Ma se ve l'ho detto che è tutto il Zamoskvorjecie; è proprio cosí.

– Ebbene, ora sapete ch'è bruciato: che c'è da discutere? – disse il maggiore.

Traversando Chamòvniki (uno dei pochi quartieri di Mosca che non fossero bruciati), davanti alla chiesa tutta la folla dei prigionieri a un tratto si strinse da una parte e si udirono esclamazioni di orrore e di disgusto.

– Che canaglie! Miscredenti sono! Sí, è morto, è morto... L'hanno unto con qualche cosa...

Anche Pierre si avvicinò alla chiesa, presso alla quale era ciò che provocava quelle esclamazioni, e vide confusamente qualcosa appoggiato al muro di cinta della chiesa. Dalle parole dei compagni, che vedevano meglio di lui, apprese che quella cosa era il cadavere di un uomo che avevano messo lí ritto presso il muro e spalmato in viso di fuliggine.

– *Marchez, sacré nom... Filez... trente mille diables...* – si udivano le bestemmie degli uomini di scorta e i soldati francesi con nuova brutalità dispersero a colpi di daga la folla dei prigionieri che guardavano il morto.

XIV.

Nelle viuzze di Chamòvniki i prigionieri andavano soli con la loro scorta, con i carri e i furgoni appartenenti alla scorta che andavano dietro; ma, arrivando ai magazzini dei viveri, capitarono nel mezzo di un enorme convoglio di artiglieria che avanzava a stento, frammischiato con carri privati.

In prossimità del ponte tutti si fermarono per aspettare che quelli che erano avanti sfilassero. Dal ponte i prigionieri videro file interminabili di altri carri che si movevano avanti e dietro di loro. A destra, là dove la strada di Kaluga faceva una curva davanti a Neskúčnoje, perdendosi in lontananza, si stendevano innumerevoli file di truppe e di carri. Erano le truppe del corpo di Beauharnais che andavano innanzi a tutte; dietro, sul lungofiume e sul ponte Kàmennyj si stendevano le truppe e i carriaggi di Ney.

Le truppe di Davoust, alle quali appartenevano i prigionieri, attraversavano il Krymskij Brod ed erano già in parte sulla via di Kaluga. Ma i carri formavano una fila cosí lunga che gli ultimi carri di Beauharnais non erano ancora usciti da Mosca sulla via di Kaluga, mentre la testa delle truppe di Ney già usciva dalla Velíkaja Ordynka.

Oltrepassato il Krymskij Brod, i prigionieri facevano alcuni passi e si fermavano, poi di nuovo s'incamminavano, e da tutte le parti uomini e veicoli diventavano sempre piú fitti. Percorse in piú di un'ora quelle poche centinaia di passi che separano il ponte dalla via di Kaluga, e giunti alla piazza, dove le vie del Zamoskvorjecie s'incontrano con quella di Kaluga, i prigionieri, stretti in una massa, si fermarono, e passarono alcune ore in quel crocevia. Da tutte le parti si udivano uno strepito di ruote e un calpestio di piedi incessante come il rumore del mare, e gridi irosi e bestemmie incessanti. Pierre stava stretto al muro di una casa bruciata, ascoltando quei suoni che nella sua mente si fondevano col rullo dei tamburi.

Alcuni ufficiali prigionieri, per veder meglio, si arrampicarono sul muro della casa bruciata, accanto alla quale stava Pierre.

– Quanta gente! Ma quanta gente!... Perfino sui cannoni li hanno ammucchiati!... Guarda che pellicce!... – dicevano. – Che birbanti, hanno saccheggiato... Guarda quello lí, indietro, sul carro... Quello l'ha preso da una immagine sacra, com'è vero Dio!... Devono esser tedeschi. E un nostro contadino, com'è vero Dio!... Ah, canaglie!... Ha tanta roba addosso che a stento cammina... Perfino dei carrozzini si portan via!... Guarda, s'è seduto sui bauli... Mamma mia!... Si picchiano!...

– Dàgli sul muso, sul muso!... E questo durerà fino a stasera. Guarda, guardate!... Quello dev'essere proprio Napoleone!... Vedi che cavalli, eh?... Uno stemma con la corona. È una casa smontabile. Ha perso un sacco e non lo vede. Di nuovo si picchiano... Una donna con un bambino, e non è mica brutta! Ma sí, come no, ti lasceranno passare subito!... Guardate, non si vede la fine!... Delle donnacce russe, com'è vero Dio buono, delle donnacce... Vedi come se ne stanno sedute tranquillamente nelle carrozze!...

Di nuovo un'onda di curiosità collettiva, com'era accaduto presso la chiesa di Chamòvniki, spinse tutti i prigionieri verso la strada, e Pierre, in grazia della sua statura, vide, di sopra alle teste degli altri, ciò che tanto attirava la curiosità dei prigionieri. In tre carrozze, che si frammischiavano ai cassoni di munizioni, andavano delle donne, sedute una addosso all'altra, vestite di colori vivaci, imbellettate, che gridavano qualcosa con voci acute.

Dal momento in cui Pierre aveva avuto coscienza dell'apparire d'una forza misteriosa, nulla piú gli sembrava strano o pauroso: né il cadavere spalmato di fuliggine per divertimento, né queste donne che si affrettavano chissà dove, né i resti dell'incendio di Mosca. Tutto ciò che Pierre vedeva ora non gli faceva quasi nessuna impressione, come se la sua anima, preparandosi a una lotta difficile, rifiutasse di ricevere le impressioni che avrebbero potuto indebolirla.

Il convoglio delle donne era passato. Dietro di esso sfilavano altri carretti, soldati, furgoni, poi soldati, barrocci, carrozze, poi soldati, cassoni, soldati, e di tanto in tanto delle donne.

Pierre non distingueva le persone una per una, ma ne vedeva il movimento.

Tutti quegli uomini e quei cavalli parevano spinti da una forza invincibile. Tutti, per un'ora intera, tutto il tempo che Pierre stette a osservarli, sbucarono da diverse strade col solo e medesimo desiderio di passare il piú presto possibile; tutti allo stesso modo, sbattendo contro degli altri, cominciavano a irritarsi, a venire alle mani: i denti bianchi si scoprivano, le sopracciglia si corrugavano, si scambiavano tutti le medesime ingiurie e su tutti i visi c'era la medesima espressione di arditezza risoluta e di freddezza crudele da cui la mattina era stato colpito Pierre nel vederla sul viso del caporale, al suono del tamburo.

Era già quasi sera quando il comandante della scorta riuní i suoi uomini e con grida e discussioni si ficcò in mezzo ai carriaggi, e i prigionieri, circondati da tutte le parti, passarono sulla strada di Kaluga.

Camminavano molto in fretta, senza riposarsi, e si fermarono soltanto quando il sole cominciava già ad andar sotto. I carri furono spinti gli uni contro gli altri e gli uomini si prepararono a passar la nottata. Tutti sembravano irritati e scontenti. A lungo, da diverse parti, si udirono bestemmie, gridi rabbiosi e zuffe. La carrozza che andava dietro alla scorta si spinse contro un carro di soldati e lo sfondò col timone. Alcuni soldati corsero da diversi punti verso il carro; alcuni picchiavano sulla testa i cavalli attaccati alla carrozza, voltandoli, altri si azzuffavano fra loro, e Pierre vide ferire gravemente alla testa un tedesco con un acciarino.

Pareva che tutta quella gente, ora che s'era fermata in mezzo alla pianura, nel freddo crepuscolo della sera autunnale, provasse un solo e medesimo sentimento di antipatico risveglio dopo la fretta che aveva presi tutti al momento della partenza e dopo quel moto impetuoso verso chissà che meta. Dopo che si furono fermati, parvero capir tutti che ancora non si sapeva dove si andasse e che quel moto sarebbe stato ancora molto penoso e difficile.

A quella tappa le scorte trattavano i prigionieri anche peggio che non quando erano partiti. Per la prima volta a quella tappa la carne data ai prigionieri era di cavallo.

Dagli ufficiali fino all'ultimo soldato si poteva notare in ciascuno quasi una personale ostilità contro ognuno dei prigionieri, ostilità che aveva inaspettatamente preso il posto delle amichevoli relazioni di prima.

Quest'ostilità aumentò ancora quando, durante la conta dei prigionieri, si constatò che, nella confusione dell'uscita da Mosca, un soldato russo, fingendo un dolor di ventre, era fuggito. Pierre vide un francese che picchiava un soldato russo perché si era allontanato dalla strada e udí il capitano suo amico che rimproverava un sottufficiale per la fuga di quel soldato russo e lo minacciava di un giudizio. Avendo il sottufficiale obiettato che il soldato era malato e non poteva marciare, l'ufficiale disse che c'era l'ordine di sparare su chi rimaneva indietro. Pierre sentiva che quella forza fatale che l'aveva oppresso durante l'esecuzione, e che non aveva piú avvertita nel tempo della prigionia, ora dominava di nuovo la sua esistenza. Ne era spaventato; ma sentiva che, col crescere degli sforzi che faceva quella forza fatale per schiacciarlo, nell'anima sua cresceva e s'irrobustiva, indipendente da quella, la forza della vita.

Pierre cenò con una zuppa di farina di segala e un po' di carne di cavallo, e si mise a discorrere coi compagni.

Né Pierre né alcuno dei suoi compagni parlavano di ciò che avevano veduto a Mosca, né del trattamento brutale dei francesi, né dell'ordine di sparare sulla gente che era stato loro comunicato: tutti erano particolarmente animati ed allegri, come per resistere alla situazione che peggiorava. Parlavano di ricordi personali, di scene buffe vedute durante la marcia, e troncavano i discorsi sulla situazione presente.

Il sole da un pezzo era andato sotto. Stelle scintillanti si erano accese qua e là pel cielo; rosso, simile a un incendio, il chiarore della luna piena che sorgeva si era diffuso all'estremità del cielo, e l'enorme globo rosso si dondolava meravigliosamente nell'oscurità grigiastra. Si faceva chiaro. La sera era già finita, ma la notte non cominciava ancora. Pierre si alzò, allontanandosi dai suoi nuovi compagni, e andò tra i fuochi accesi dall'altra parte della strada, dove gli avevano detto che erano i soldati prigionieri. Aveva voglia di discorrere con loro. Sulla strada una sentinella francese lo fermò e gli ordinò di tornare indietro.

Pierre tornò, non verso i fuochi, non verso i compagni, ma verso un carro senza cavalli, presso il quale non c'era nessuno. Sedendosi sui talloni e abbassando il capo, egli sedette sulla terra fredda, presso una ruota del carro, e stette lungamente immobile a pensare. Passò piú d'un'ora. Nessuno disturbava Pierre. Tutt'a un tratto egli si mise a ridere, del suo grosso riso bonario, cosí forte che da varie parti la gente guardò con meraviglia di dove venisse quella strana risata solitaria.

– Ah! ah! ah! – rideva Pierre. E poi disse forte a se stesso: « Non mi ha lasciato passare il soldato. Mi hanno acchiappato, rinchiuso. Mi tengono in prigionia. Ma chi me? Me? Me, la mia anima immortale? » – Ah! ah! ah!... Ah! ah! ah!... – e rideva con le lacrime agli occhi.

Un uomo s'alzò e s'avvicinò per vedere di che ridesse solo quello strano omone. Pierre smise di ridere, si alzò, andò piú lontano da quel curioso, e si guardò intorno.

Quell'enorme, smisurato bivacco che prima risonava tutto del crepitio dei fuochi e dei discorsi della gente, ora si chetava; i rossi fuochi si spengevano e impallidivano. La luna piena stava alta nel cielo luminoso. Le foreste e i campi, che prima erano invisibili fuori dell'accampamento, ora si scoprivano lontano. E ancora piú in là di quelle foreste e di quei campi si vedeva un'infinita lontananza luminosa, ondeggiante, piena di richiami. Pierre guardò il cielo, le stelle che si perdevano negli abissi e ammiccavano. « E tutto questo è mio, e tutto questo è in me, e tutto questo sono io! – pensava Pierre. – E tutto questo loro lo hanno preso e messo in una baracca di tavole ». Egli sorrise e andò a sdraiarsi per dormire accanto ai suoi compagni.

XV.

Ai primi di ottobre arrivò da Kutúzov un altro parlamentare con una lettera di Napoleone e con un'offerta di pace, falsamente datata da Mosca, quando Napoleone era già poco lontano da Kutúzov, davanti a lui, sulla vecchia strada di Kaluga. Kutúzov rispose a questa lettera come aveva risposto alla prima, mandata per mezzo di Lauriston: disse che di pace non si poteva parlare.

Poco piú tardi, dal distaccamento di irregolari comandato da Doròchov, che marciava alla sinistra di Tarútino, venne la notizia che a Fomínskoje erano apparse delle truppe, che queste truppe appartenevano alla divisione Broussier e che questa divisione, separata dalle altre truppe, facilmente poteva essere distrutta. I soldati e gli ufficiali chiedevano di nuovo di entrare in azione. I generali dello stato maggiore, eccitati dai ricordi della facile vittoria di Tarútino, insistevano presso Kutúzov perché si mettesse in atto la proposta di Doròchov. Kutúzov non credeva necessario nessun attacco. Ne venne fuori un che di mezzo, come doveva succedere: fu mandato a Fomínskoje un piccolo distaccamento che doveva attaccare Broussier.

Per uno strano caso questa missione – la piú difficile e la piú importante, come si vide in seguito – fu affidata a Dochtúrov, quel modesto e piccolo Dochtúrov che nessuno ci ha descritto intento a formar piani di battaglia, a galoppare innanzi ai reggimenti, a gettar croci sulle batterie, e cosí via, che era ritenuto e chiamato l'indeciso e l'impenetrabile, ma che era quello stesso Dochtúrov che, durante tutte le guerre dei russi contro i francesi, da Austerlitz fino al 1813, troviamo a comandare dovunque la situazione è piú difficile. Ad Austerlitz egli resta per ultimo presso la diga di Augezd, raccogliendo i reggimenti sbandati, salvando quello che è possibile salvare, mentre tutto fugge e rovina e non c'è piú un solo generale alla retroguardia. Malato e febbricitante, va a Smolènsk con 20 mila uomini, a difendere la città contro tutto l'esercito di Napoleone. A Smolènsk, appena s'è assopito alla porta Malachov in un accesso di febbre, è svegliato dal cannoneggiamento di Smolènsk, e Smolènsk tiene tutta la giornata. Alla battaglia di Borodinò, quando è ucciso Bagratiòn e le truppe del nostro fianco sinistro sono massacrate nella proporzione di 9 a 1, e tutta la forza dell'artiglieria francese è diretta da quella parte, nessun altro è mandato là se non l'indeciso e impenetrabile Dochtúrov, e Kutúzov si affretta a riparare il suo errore quando stava per mandarvi un altro. E il piccolo e tranquillo Dochtúrov ci va, e Borodinò è la gloria migliore dell'esercito russo. E molti eroi ci sono descritti in versi e in prosa, ma su Dochtúrov non c'è quasi neppure una parola.

Dochtúrov è di nuovo mandato a Fomínskoje e di là a Malojaroslàvets, nel luogo ove è avvenuta l'ultima battaglia coi francesi, nel luogo dove evidentemente comincia la rovina dei francesi, e di nuovo molti geni e molti eroi ci sono descritti in quel periodo della campagna, ma su Dochtúrov neppure una parola, o ben poche, o dubbiose. E appunto questo silenzio intorno a Dochtúrov prova i suoi meriti con piú evidenza di ogni altra cosa.

Naturalmente, ad un uomo che non capisce il movimento di una macchina pare, a vederne l'azione, che la parte piú importante di questa macchina sia il truciolo che vi è caduto dentro a caso e che, impedendone il movimento, ne è stritolato. L'uomo che non conosce la costruzione della macchina non può capire che parte essenziale della macchina non è il truciolo, che ne guasta e impedisce il movimento, ma il piccolo perno di trasmissione che gira senza rumore.

Il 10 ottobre, il giorno stesso in cui Dochtúrov percorse metà della strada sino a Fomínskoje e si fermò al villaggio di Arístovo, preparandosi ad eseguire a puntino l'ordine ricevuto, tutto l'esercito francese, raggiungendo nei suoi moti convulsi la posizione di Murat, a quanto sembra per dare battaglia, a un tratto, senza motivo, voltò a sinistra sulla strada nuova di Kaluga e cominciò ad entrare a Fomínskoje, dove prima era il solo Broussier. In quel momento Dochtúrov aveva ai suoi ordini, oltre Doròchov, i due piccoli distaccamenti di Figner e di Seslavin.

La sera dell'11 ottobre Seslavin giunse ad Arístovo, dai superiori, con un soldato della guardia francese fatto prigioniero. Il prigioniero disse che le truppe che quel giorno erano entrate a Fomínskoje costituivano l'avanguardia di tutta la Grande Armata, che Napoleone era lí anche lui, che tutto l'esercito già da quattro giorni aveva lasciato Mosca. Quella sera stessa un servo venuto da Boròvsk raccontò di aver veduto l'entrata di un enorme esercito nella città. I cosacchi del distaccamento di Dochtúrov raccontarono di aver veduto la guardia francese procedere per la via che conduce a Boròvsk. Da tutte queste notizie apparve chiaro che là dove si credeva di trovar una sola divisione c'era ora tutto l'esercito francese, venuto da Mosca per una direzione insospettata: per la vecchia strada di Kaluga. Dochtúrov non voleva intraprendere nulla, giacché non vedeva chiaramente in che consistesse il suo dovere. Gli avevano ordinato di attaccare Fomínskoje. Ma a Fomínskoje prima c'era il solo Broussier; ora c'era tutto l'esercito francese. Ermolov voleva regolarsi secondo le proprie vedute, ma Dochtúrov insisteva sul fatto che doveva avere l'ordine di Sua Altezza Serenissima. Fu deciso di mandare un rapporto allo stato maggiore.

Per questo fu scelto un ufficiale intelligente, Bolchovítinov, che, oltre il rapporto scritto, doveva spiegare a voce tutto l'affare. Verso mezzanotte Bolchovítinov ricevette un piego e delle istruzioni a voce e partí al galoppo, accompagnato da un cosacco coi cavalli di ricambio, alla volta dello stato maggiore generale.

XVI.

La notte d'autunno era scura e tiepida. Era già il quarto giorno che veniva giú una pioggerella. Dopo aver cambiato due volte i cavalli e fatto in un'ora e mezzo trenta miglia al galoppo, su una strada coperta da una mota attaccaticcia, Bolchovítinov prima delle due di notte era a Letašòvka. Smontò davanti a un'isba recinta da una siepe, sulla quale era il cartello « Stato maggiore generale », e, lasciato il cavallo, si avanzò nell'entrata oscura.

– Il generale di servizio, presto! È una cosa molto importante! – egli proferí, rivolto a qualcuno che si tirava su sbuffando nell'oscurità dell'entrata.

– Da stasera è assai indisposto; son tre notti che non dorme,

– mormorò la voce di un attendente con tono di difesa. – Magari svegliate prima il capitano.

– È una cosa molto importante. Da parte del generale Dochtúrov, – disse Bolchovítinov, entrando a tastoni per la porta aperta.

L'attendente gli passò innanzi e andò a svegliare qualcuno.

– Vossignoria, Vossignoria, un corriere!

– Che? che? Da parte di chi? – proferí una voce insonnolita.

– Da parte di Dochtúrov e di Aleksjéj Petròvič. Napoleone è a Fomínskoje, – disse Bolchovítinov, non vedendo nell'oscurità colui che l'interrogava, ma supponendo dal suono della voce che fosse Konovnitsyn.

L'uomo destato sbadigliava e si stirava.

– Non lo vorrei svegliare, – disse, cercando a tastoni qualche cosa. – È ammalato! Forse saranno voci.

– Ecco il rapporto, – disse Bolchovítinov, – ho avuto ordine di trasmetterlo immediatamente al generale di servizio.

– Aspettate, accendo un lume. Maledetto! dove me lo vai sempre a ficcare? – disse l'uomo che si stirava, rivolgendosi all'attendente. (Era Ščerbínin, l'aiutante di campo di Konovnitsyn). – L'ho trovato, l'ho trovato, – aggiunse.

L'attendente batté l'acciarino, Ščerbínin cercava al tasto il candeliere.

– Ah, canaglie! – disse con disgusto.

Alla luce delle scintille Bolchovítinov vide il viso giovanile di Ščerbínin, che teneva la candela, e nell'angolo piú vicino un uomo che dormiva ancora. Era Konovnitsyn.

Quando, con una fiamma prima azzurra, poi rossa, gli zolfanelli presero fuoco all'esca, Ščerbínin accese la candela di sego, mentre dal candeliere fuggivano via gli scarafaggi che la rosicchiavano, e guardò il messaggero. Bolchovítinov era tutto coperto di mota e, asciugandosi con la manica, s'impiastricciava il viso.

– Ma chi è che lo manda a dire? – disse Ščerbínin, prendendo il piego.

– La notizia è sicura, – disse Bolchovítinov. – I prigionieri, i cosacchi e gl'informatori dicono tutti la stessa cosa.

– Non c'è che fare, bisogna svegliarlo, – disse Ščerbínin, alzandosi e avvicinandosi all'uomo in berretto da notte, coperto da un cappotto. – Pjotr Petròvič! – proferí... (Konovnitsyn non si mosse). – Allo stato maggiore! – disse Ščerbínin, sorridendo, sicuro che quelle parole lo avrebbero svegliato.

E difatti, una testa in berretto da notte si sollevò subito. Sul bel viso energico di Konovnitsyn, con le gote rosse di febbre, per un istante rimase ancora l'espressione delle fantasie del sonno, ben lontane dalla realtà presente, ma poi a un tratto egli trasalí: il suo viso riprese la solita tranquilla ed energica espressione.

– Be', che c'è? Da parte di chi? – domandò subito, senza però affrettarsi, battendo gli occhi per la luce.

Ascoltando il rapporto dell'ufficiale, Konovnitsyn dissuggellò il piego e lesse. Appena letto, poggiò i piedi, coperti da calze di lana, sul pavimento di terra e cominciò a mettersi gli stivali. Poi si tolse il berretto da notte e, dopo essersi pettinati i capelli sulle tempie, si mise il cappello.

– Hai messo poco a venire? Andiamo da Sua Altezza Serenissima.

Konovnitsyn aveva capito subito che la notizia trasmessa aveva una grande importanza e che non si poteva indugiare. Egli non pensava e non si domandava neppure se fosse un bene o un male. Ciò non l'interessava. Egli considerava tutto il complesso della guerra non con la sua intelligenza né col suo criterio, ma con qualche altra facoltà. Nell'anima sua c'era una profonda e inespressa persuasione che tutto sarebbe andato bene, ma che non bisognava crederci e tanto meno parlarne, e invece non fare altro che adempiere al proprio compito. E a questo suo compito egli adempiva, mettendoci tutte le sue forze.

Anche Pjotr Pétròvič Konovnitsyn, come Dochtúrov messo in lista quasi solo per convenienza fra i cosiddetti eroi del 1812 – Barclay, Rajevskij, Ermolov, Platov, Miloràdovič –, come Dochtúrov godeva la fama di un uomo di capacità e di vedute assai limitate, e come Dochtúrov Konovnitsyn non aveva mai fatto piani di battaglia, ma s'era sempre trovato là dove le difficoltà eran maggiori; dormiva sempre con la porta aperta dal momento che era stato nominato generale di servizio, ordinando che ogni corriere lo svegliasse; durante la battaglia era sempre al fuoco, tanto che Kutúzov lo rimproverava per questo e temeva di mandarlo con qualche incarico; e al pari di Dochtúrov era uno di quei perni invisibili che, senza stridere e senza far chiasso, costituiscono la parte piú essenziale d'una macchina.

Uscendo dall'isba nell'umida notte scura, Konovnitsyn contrasse il viso, parte per il dolor di capo che s'era fatto piú forte, parte per un pensiero molesto che gli era venuto in mente: come si sarebbe agitato ora, a quella notizia, tutto quel nido di personaggi dello stato maggiore, e specialmente Bennigsen che, dopo Tarútino, era in pessimi rapporti con Kutúzov! quante proposte, discussioni, ordini, cambiamenti avrebbero fatti! E questo presentimento gli era molesto, benché sapesse anche lui che tutto ciò era inevitabile.

Difatti Toll, al quale egli andò a comunicare la notizia fresca, subito si mise a esporre le sue considerazioni a un generale che abitava con lui, e Konovnitsyn, stanco, dopo aver ascoltato in silenzio, gli ricordò che bisognava andare da Sua Altezza Serenissima.

XVII.

Kutúzov, come tutti i vecchi, dormiva poco di notte. Di giorno spesso si assopiva all'improvviso; ma di notte, sdraiato sul letto senza spogliarsi, per lo piú non dormiva e pensava.

Cosí anche ora se ne stava sdraiato sul letto, appoggiando la pesante grossa testa fregiata dalle cicatrici alla mano grassa, e pensava, col suo unico occhio spalancato nelle tenebre.

Da che Bennigsen, che carteggiava con l'imperatore ed era piú influente di tutti nello stato maggiore, lo sfuggiva, Kutúzov era piú tranquillo dal punto di vista che non lo avrebbe obbligato di nuovo a prender parte a inutili azioni offensive. Anche la lezione della battaglia di Tarútino e della sua vigilia, che era un doloroso ricordo per Kutúzov, doveva aver avuto un certo effetto, egli pensava.

« Debbono capire che non possiamo che perdere in un'azione offensiva. Pazienza e tempo, ecco i miei paladini! » pensava Kutúzov. Egli sapeva che non bisogna cogliere la mela finché è verde. Cadrà da sé quando sarà matura, ma se la cogli acerba, guasti la mela e l'albero, e ti alleghi i denti. Egli, da esperto cacciatore, sapeva che la fiera era ferita, ferita come poteva ferirla solo tutta la forza russa, ma se fosse ferita mortalmente o no, era una quistione ancora insoluta. Ora, dai messaggi di Lauriston e di Berthémy e dai rapporti degli irregolari, Kutúzov sapeva quasi con certezza che era ferita mortalmente. Ma ci volevano ancora delle prove, bisognava aspettare.

« Voglio correre a vedere come l'hanno uccisa. Aspettate, vedrete. Sempre manovre, sempre attacchi! – pensava. – A che scopo? Sempre distinguersi! Come se fosse una cosa allegra battersi! Sono come i ragazzi, dai quali non si può mai sapere come è andata la cosa, perché tutti vogliono mostrare che sanno battersi. Ma ora non si tratta di questo. E che ingegnose manovre mi propongono tutti costoro! Quando hanno immaginato due o tre combinazioni (egli si ricordò del piano generale venuto da Pietroburgo), credono di averle immaginate tutte. E invece sono innumerevoli ».

La quistione insoluta, se la ferita fatta a Borodinò fosse o non fosse mortale, incombeva già da un mese intero sul capo di Kutúzov. Dall'altra parte, Kutúzov sentiva in modo indubbio con tutto l'essere suo che quel terribile colpo, nel quale lui e tutti i russi avevano messo tutte le forze, doveva essere mortale. Ma in ogni caso erano necessarie delle prove, ed egli le aspettava già da un mese, e quanto piú passava il tempo, tanto piú egli diventava impaziente. Sdraiato sul suo letto, nelle sue notti insonni, egli faceva la stessa cosa che facevano i giovani, i suoi generali, la stessa cosa ch'egli rimproverava loro. Immaginava tutte le combinazioni possibili, come facevano quei giovani, ma soltanto con la differenza che egli non basava nulla su queste supposizioni e che non ne vedeva due o tre, ma migliaia. Piú ne pensava, e piú se ne presentavano. Egli immaginava ogni specie di movimenti dell'esercito di Napoleone, di tutto o di una parte di esso: verso Pietroburgo, verso di lui, per aggirarlo; immaginava anche (cosa che temeva piú di tutte) che Napoleone si mettesse a lottare contro di lui con le stesse sue armi, che rimanesse a Mosca ad aspettarlo. Kutúzov immaginava anche un movimento di ritirata dell'esercito di Napoleone su Medyn' e Juchnov; ma la sola cosa che non poteva prevedere era quella che fu compiuta, quel folle, convulso agitarsi dell'esercito di Napoleone durante i primi undici giorni dopo la sua uscita da Mosca, quell'agitarsi che rese possibile ciò a cui Kutúzov non osava ancora pensare: la completa distruzione dei francesi. Il rapporto di Doròchov intorno alla divisione di Broussier, le notizie degli irregolari sulle calamità dell'esercito di Napoleone e le voci di preparativi per l'uscita da Mosca, tutto confermava la supposizione che l'esercito francese fosse battuto e si preparasse a fuggire; ma queste erano soltanto supposizioni che parevano importanti ai giovani, non a Kutúzov. Egli coi suoi sessant'anni di esperienza sapeva quanto peso bisogna dare alle voci, sapeva come gli uomini che desiderano una cosa siano capaci di raggruppare le notizie in modo che esse confermino i loro desideri, sapeva che in questi casi volentieri si omette tutto ciò che vi contrasta. E quanto piú Kutúzov lo desiderava, tanto meno si permetteva di crederlo. Questa quistione assorbiva tutte le sue forze spirituali. Tutto il resto per lui era soltanto il consueto svolgersi della vita. Formavano questo svolgersi e sottomettersi alla vita le sue conversazioni con gli ufficiali dello stato maggiore, le lettere a Mme de Staël, che egli scrisse da Tarútino, la lettura dei romanzi, la distribuzione delle ricompense, la corrispondenza con Pietroburgo, ecc. Ma la disfatta dei francesi, prevista da lui solo, era il suo unico, profondo desiderio.

Nella notte dell'11 ottobre egli stava sdraiato, appoggiandosi a una mano, e pensava a questo.

Nella stanza accanto si sentí muovere, e si udirono i passi di Toll, di Konovnitsyn e di Bolchovítinov.

– Ehi! Chi è là? Entrate, entra! Che c'è di nuovo? – disse loro il maresciallo.

Mentre un domestico accendeva una candela, Toll raccontò la sostanza delle notizie.

– Chi le ha portate? – domandò Kutúzov con un viso che colpí Toll, quando la candela fu accesa, per la sua fredda severità.

– Non ci può essere dubbio, Altezza Serenissima.

– Fallo venire, fallo venire qui!

Kutúzov si mise a sedere, facendo penzolare una gamba fuori del letto e appoggiando il suo grosso ventre sull'altra gamba ripiegata. Strizzava il suo unico occhio per guardar meglio l'inviato, come se volesse leggere nei suoi tratti ciò che l'occupava.

– Di', di', amico mio, – disse a Bolchovítinov, con la sua piacevole voce di vecchio, chiudendo la camicia che gli si era aperta sul petto. – Vieni, vieni piú vicino. Che notizie porti? Eh? Napoleone è uscito da Mosca? È propro vero? eh?

Bolchovítinov riferí particolareggiatamente tutto ciò che gli era stato ordinato.

– Parla, parla in fretta, non mi straziare l'anima, – l'interruppe Kutúzov.

Bolchovítinov raccontò tutto e poi tacque, aspettando ordini. Toll cominciò a dire qualcosa, ma Kutúzov l'interruppe. Voleva parlare, ma a un tratto il suo viso si contrasse, si corrugò, egli fece un gesto con la mano a Toll e si voltò dall'altra parte, verso l'angolo dell'isba dove nereggiavano le immagini.

– Signore, mio Creatore! Hai ascoltato le nostre preghiere! – disse con voce tremante giungendo le mani. – La Russia è salva. Ti ringrazio, Signore! – E si mise a piangere.

XVIII.

Dal momento che giunse quella notizia sino alla fine della campagna, tutta l'attività di Kutúzov consiste soltanto nel trattenere le sue truppe con l'autorità, con l'astuzia, con le preghiere da offensive inutili, da manovre e da urti col nemico che sta per perire. Dochtúrov va verso Malojaroslàvets, ma Kutúzov indugia con tutto il suo esercito e dà l'ordine di sgombero di Kaluga, di là da cui gli pare assai possibile di doversi ritirare.

Kutúzov si ritira da per tutto, ma il nemico, senza aspettare la sua ritirata, fugge indietro dalla parte opposta.

Gli storici di Napoleone ci descrivono l'abile manovra di lui su Tarútino e Malojaroslàvets e fanno supposizioni su ciò che sarebbe accaduto se Napoleone fosse riuscito a penetrare nelle ricche province del Mezzogiorno.

Ma senza dire che nulla impediva a Napoleone di andare in quelle province meridionali (visto che l'esercito russo gli cedeva il passo), gli storici dimenticano che l'esercito di Napoleone non poteva essere salvato in nessun modo, giacché portava in sé fin da allora le condizioni inevitabili della sua rovina. Perché quest'esercito, che ha trovato abbondanti riserve di viveri a Mosca e non ha potuto conservarle, ma le ha calpestate, questo esercito, che, giunto a Smolènsk, non ne porta via i viveri, ma li saccheggia; perché quest'esercito avrebbe poi potuto risollevarsi nella provincia di Kaluga popolata dagli stessi russi che c'erano a Mosca e con la stessa proprietà inerente alla fiamma di bruciare ciò a cui s'è dato fuoco?

L'esercito non poteva risollevarsi in nessun luogo. Esso, dopo la battaglia di Borodinò e il saccheggio di Mosca, aveva già in sé le condizioni chimiche della dissoluzione.

Gli uomini di quell'antico esercito fuggivano coi loro capi, senza sapere neanch'essi dove, desiderando (sia Napoleone che l'ultimo soldato) soltanto una cosa, di uscir fuori al piú presto possibile da quella insostenibile posizione, della quale tutti, benché oscuramente, avevano coscienza.

Soltanto per questo, al consiglio di guerra di Malojaroslàvets quando essi – i generali – finsero di deliberare emettendo varie opinioni, quella espressa per ultimo da un soldato ingenuo, Mouton, il quale disse ciò che tutti pensavano, che cioè bisognava andarsene al piú presto possibile, chiuse tutte le bocche, e nessuno, neppure Napoleone, poté dir nulla contro quella verità riconosciuta da tutti. Ma, benché tutti sapessero che bisognava andarsene, rimaneva ancora la vergogna di riconoscere che si doveva fuggire. E occorse una spinta esterna per vincere questa vergogna. Questa spinta venne a tempo opportuno. Fu ciò che i francesi chiamano *le hourra de l'Empereur.*

Il giorno che seguí il consiglio di guerra, Napoleone, la mattina per tempo, col pretesto di andare ad ispezionare le truppe e il campo della battaglia passata e futura, con il suo seguito di marescialli e la sua scorta, cavalcò in mezzo alla linea su cui erano disposte le truppe. Dei cosacchi che si aggiravano intorno alla preda s'imbatterono nell'imperatore stesso e per poco non lo presero prigioniero. Se i cosacchi quella volta non presero Napoleone, lo salvò proprio ciò che perdette i francesi: il bottino, sul quale i cosacchi si gettarono là come a Tarútino, lasciando stare le persone. Senza badare a Napoleone, essi si gettarono sul bottino, e Napoleone ebbe il tempo di andarsene.

Quando per poco *les enfants du Don* non riuscirono a catturare l'imperatore in mezzo al suo esercito, fu chiaro che non c'era piú nulla da fare, se non fuggire il piú presto possibile per la strada conosciuta piú vicina. Napoleone, che col suo ventre di quarantenne non si sentiva piú la snellezza e l'ardire di una volta, capí quell'avvertimento. E sotto l'impressione del timore cagionatogli dai cosacchi, fu subito dell'avviso di Mouton e diede ordine, come dicono gli storici, di ritirarsi sulla strada di Smolènsk.

Che Napoleone fosse d'accordo con Mouton e che le truppe tornassero indietro non prova che egli lo avesse ordinato, ma che le forze le quali agivano su tutto l'esercito, nel senso di avviarlo sulla strada di Možàjsk, agivano contemporaneamente anche su Napoleone.

XIX.

Quando l'uomo si trova in movimento, immagina sempre uno scopo a questo movimento. Per fare mille miglia, l'uomo deve pensare che ci sia qualcosa di buono dopo quelle mille miglia. Deve immaginarsi una terra promessa per aver la forza di muoversi.

La terra promessa durante l'avanzata dei francesi era Mosca, durante la ritirata era la patria. Ma la patria era troppo lontana, e per un uomo che fa mille miglia è assolutamente necessario dirsi, dimenticando la meta finale: oggi, dopo quaranta miglia di cammino, arriverò in un luogo dove mi riposerò e passerò la notte; e nella prima tappa questo luogo di riposo pone in ombra la meta finale e concentra in sé tutti i desideri e tutte le speranze. Le aspirazioni che si manifestano in ogni uomo aumentano sempre in una folla.

Per i francesi, che tornavano indietro per la vecchia strada di Smolènsk, la meta finale della patria era troppo lontana, e la meta piú vicina, quella a cui tendevano tutti i desideri, e tutte le speranze, aumentando in proporzioni enormi nella folla, era Smolènsk. Non perché gli uomini sapessero che a Smolènsk c'era abbondanza di viveri e di truppe fresche, non perché qualcuno l'avesse detto loro (al contrario, gli alti gradi dell'esercito e Napoleone stesso sapevano che là i viveri erano scarsi), ma perché solo ciò poteva dar loro la forza di andare avanti e sopportare le privazioni presenti, essi, quelli che sapevano e quelli che non sapevano, illudendosi tutti ad un modo, aspiravano a Smolènsk come a una terra promessa.

Usciti sulla strada maestra, i francesi con sorprendente energia, con inaudita rapidità correvano verso la meta che si erano immaginata. Oltre a questo motivo di aspirazione comune, che riuniva in un solo tutto quelle masse di francesi e dava loro una certa energia, c'era anche un'altra cagione che li teneva insieme. Questa cagione consisteva nel loro numero. La stessa loro enorme massa attirava a sé, come nella legge fisica dell'attrazione, i singoli atomi degli uomini. Essi si movevano con la loro massa di centomila uomini come uno Stato intero.

Ognuno di quegli uomini desiderava soltanto una cosa: darsi prigioniero, sottrarsi a tutti gli orrori e a tutte le sventure. Ma da una parte la forza della comune aspirazione alla meta – Smolènsk – attirava ognuno in una medesima direzione; dall'altra era impossibile a un corpo d'armata darsi prigioniero a una compagnia, e, sebbene i francesi profittassero di ogni occasione per sbarazzarsi gli uni degli altri e di ogni minimo pretesto decente per darsi prigionieri, non sempre capitavano questi pretesti. Il loro stesso numero e il loro serrato rapido movimento toglievano loro questa possibilità e rendevano ai russi non soltanto difficile, ma impossibile arrestare quel movimento, nel quale era concentrata tutta l'energia della massa dei francesi. La disgregazione meccanica del corpo non poteva accelerare oltre un certo limite il processo di decomposizione in atto. Non si può far struggere istantaneamente una palla di neve. Esiste un certo limite di tempo prima del quale nessuna forza di calore può struggere la neve. Al contrario, quanto maggiore è il calore, tanto piú compatta diventa la neve che resta.

Dei capi militari russi nessuno, tranne Kutúzov, lo capiva. Quando la direzione della fuga dell'esercito francese per la strada di Smolènsk si delineò, allora cominciò ad avverarsi quel che aveva preveduto Konovnítsyn nella notte dell'11 ottobre. Tutti gli alti gradi dell'esercito volevano distinguersi, tagliar fuori, catturare, far prigionieri, sbaragliare i francesi e tutti chiedevano di attaccare.

Kutúzov da solo adoperava tutte le sue forze (e queste forze son tutt'altro che grandi in ogni comandante in capo) a impedire l'offensiva.

Egli non poteva dir loro ciò che noi diciamo adesso: perché dar battaglia e sbarrare la strada e perdere uomini dei nostri e spacciare disumanamente degli infelici, perché tutto ciò, quando da Mosca a Vjazma senza battaglia un terzo di quelle truppe s'è liquefatto? Ma egli parlava loro ricavando dalla sua saggezza di vecchio ciò che essi avrebbero potuto capire: parlava loro del ponte d'oro; ed essi ridevano di lui, lo calunniavano, andavano sulle furie, si agitavano e facevano gli spacconi davanti alla fiera ferita.

Sotto Vjazma Ermolov, Miloràdovič, Platov e altri, trovandosi in prossimità dei francesi, non poterono trattenersi dal desiderio di tagliar fuori e sbaragliare due corpi d'armata francesi. A Kutúzov, per annunziargli la loro intenzione, invece d'un rapporto mandarono in una busta un foglio di carta bianca.

E per quanto Kutúzov si sforzasse di trattenere le truppe, le nostre truppe attaccavano, cercando di sbarrare la strada al nemico. I reggimenti di fanteria, a quel che si racconta, andavano all'attacco con la musica e al rullo dei tamburi e uccisero e persero migliaia di uomini.

Ma quanto a tagliar fuori, non tagliarono fuori nessuno e non sbaragliarono nessuno. E l'esercito francese, strettosi piú fortemente per il pericolo, seguitò, struggendosi in modo costante, quel suo disastroso cammino verso Smolènsk.

Parte terza

I.

La battaglia di Borodinò, seguita dall'occupazione di Mosca e dalla fuga dei francesi senza nuove battaglie, è uno dei fenomeni piú istruttivi della storia.

Tutti gli storici concordano nel dire che l'attività esterna degli Stati e dei popoli, nei loro urti scambievoli, si esprime con le guerre; che in conseguenza dei maggiori o minori successi militari aumenta o diminuisce immediatamente la forza politica degli Stati e dei popoli.

Per quanto siano strane le descrizioni storiche di come un qualunque re o imperatore, avendo litigato con un altro re o imperatore, ha riunito un esercito, ha combattuto contro l'esercito del nemico, ha riportato la vittoria, ha ucciso tre, cinque, diecimila uomini e, in conseguenza di ciò, ha sottomesso uno Stato e un popolo di alcuni milioni di persone; sebbene non si possa capire perché la sconfitta di un esercito, di una centesima parte di tutte le forze di un popolo, obblighi questo popolo a sottomettersi, tutti gli avvenimenti della storia (per quanto essa ci è nota) confermano questa verità: che i maggiori o minori successi dell'esercito di un popolo contro l'esercito di un altro popolo sono le cagioni o, per lo meno, i segni essenziali dell'aumento o della diminuzione della forza dei popoli. L'esercito riporta una vittoria, e subito aumentano i diritti del popolo vincitore a detrimento del popolo vinto. L'esercito subisce una disfatta, e subito, nella misura di questa disfatta, il popolo è privato dei suoi diritti, e se la disfatta del suo esercito è completa è sottomesso interamente.

Cosí è stato (secondo la storia) dai tempi piú antichi fino ai tempi presenti. Tutte le guerre di Napoleone servono a confermare questa regola. Nella misura della disfatta delle truppe austriache l'Austria è privata dei suoi diritti e si accrescono i diritti e la forza della Francia. La vittoria dei francesi sotto Iena e Auerstädt distrugge l'esistenza indipendente della Prussia.

Ma improvvisamente nel 1812 i francesi riportano una vittoria sotto Mosca, Mosca è presa, e in seguito a ciò, senza nuove battaglie, non è la Russia che ha cessato di esistere, ma ha cessato di esistere un esercito di seicentomila uomini, e poi la Francia napoleonica. Stravolgere i fatti per farli concordare con le regole della storia, dire che il campo di battaglia di Borodinò era rimasto ai russi, che dopo Mosca vi furono battaglie che distrussero l'esercito di Napoleone, non è possibile.

Dopo la vittoria dei francesi a Borodinò, non vi fu non solo nessuna battaglia campale, ma neppure un combattimento di una qualche importanza, e l'esercito francese cessò di esistere. Che vuol dire ciò? Se questo esempio fosse tolto dalla storia della Cina, potremmo dire che questo fenomeno non è storico (la scappatoia degli storici quando qualche cosa non rientra nelle loro misure); se si fosse trattato di un conflitto breve, al quale avessero preso parte poche truppe, potremmo prendere questo fenomeno come un'eccezione; ma questo avvenimento si compí sotto gli occhi dei nostri padri, pei quali si decideva della vita o della morte della patria, e questa guerra era la piú grande di tutte le guerre conosciute.

Il periodo della campagna del 1812 dalla battaglia di Borodinò fino alla cacciata dei francesi ha dimostrato che una battaglia vinta non soltanto non è una causa di conquista, ma neppure un indizio costante di conquista; prova che la forza che decide del destino dei popoli non sta nei conquistatori, e neppure negli eserciti e nelle battaglie, ma in qualcos'altro.

Gli storici francesi, descrivendo la situazione dell'esercito francese prima dell'uscita da Mosca, affermano che nella Grande Armata tutto era in ordine, tranne la cavalleria, l'artiglieria e i carriaggi; inoltre non c'erano foraggi per nutrire i cavalli e il bestiame bovino e ovino. A questo inconveniente non c'era nulla che potesse rimediare, perché i contadini dei dintorni bruciavano il proprio fieno e non lo davano ai francesi.

La battaglia vinta non recò i soliti risultati, perché i contadini Karp e Vlas[1], che dopo la partenza dei francesi erano venuti a Mosca coi carri per saccheggiare la città e in genere non mostravano personalmente sentimenti eroici, e tutta l'innumere moltitudine di contadini come quelli non portarono fieno a Mosca ai buoni prezzi che erano loro offerti, ma lo bruciarono.

[1] «Tizio e Caio».

Immaginiamoci due uomini che si battano in duello alla spada secondo tutte le regole dell'arte schermistica; l'assalto dura un tempo abbastanza lungo; a un tratto uno degli avversari, sentendosi ferito, e comprendendo che non si tratta d'uno scherzo ma che ne va della sua vita, getta la spada e, afferrando il primo randello che gli capita, comincia a maneggiarlo. Ma immaginiamo che l'avversario che ha cosí ragionevolmente adoperato il mezzo migliore e piú semplice per raggiungere il suo scopo, animato nello stesso tempo dalle tradizioni cavalleresche, voglia nascondere la realtà del fatto e insistere dicendo che ha vinto alla spada secondo tutte le regole dell'arte. Ci si può figurare che confusione e oscurità verrebbe da un tal modo di descrivere il duello!

Lo schermitore che pretendeva una lotta conforme alle regole dell'arte erano i francesi; l'avversario che ha gettato la spada e ha dato di piglio al randello sono i russi; le persone che si sforzano di spiegare tutto secondo le regole della scherma sono gli storici che hanno scritto su questo avvenimento.

Dal tempo dell'incendio di Smolènsk era cominciata una guerra che si allontanava da ogni precedente tradizione bellica. L'incendio di città e villaggi, la ritirata dopo le battaglie, il colpo inferto a Borodinò e di nuovo la ritirata, l'incendio di Mosca, la caccia ai predoni, la cattura dei convogli, la guerriglia, erano tutte deroghe alle regole.

Napoleone lo sentiva, e fin dal momento che si era fermato a Mosca in atteggiamento regolare di schermitore e aveva veduto il randello alzato su di lui invece della spada dell'avversario, non cessava di lamentarsi con Kutúzov e coll'imperatore Alessandro che la guerra fosse condotta contro tutte le regole (come se esistessero regole per uccidere la gente). Malgrado le lamentele dei francesi per la trascuranza delle regole, malgrado che i russi di posizione piú elevata ritenessero vergognoso, chissà perché, battersi col randello, e volessero mettersi secondo tutte le regole *en quarte* o *en tierce* o fare un abile assalto *en prime*, ecc., il randello della guerra popolare si alzava con tutta la sua minacciosa e maestosa forza e, senza preoccuparsi del gusto o delle regole, con una stupida semplicità, ma in modo atto a raggiungere lo scopo, si alzava e si abbassava senza fare distinzioni, a colpire i francesi, finché non perí tutto l'esercito invasore.

E fortunato quel popolo che non fa il saluto con tutte le regole dell'arte, come i francesi nel 1813, presentando la spada per l'elsa e consegnandola graziosamente e cortesemente al suo magnanimo vincitore! fortunato quel popolo che, nel momento della prova, senza domandare come si siano comportati gli altri secondo le regole, in circostanze sìmili, con semplicità e facilità, solleva il primo randello che gli capita davanti e colpisce con quello finché nella sua anima il sentimento dell'offesa e della vendetta si muti in disprezzo e in pietà!

II.

Una delle deroghe piú tangibili e piú proficue alle cosí dette regole della guerra è l'azione di gente sparsa contro la gente che si stringe in gruppo. Azioni cosiffatte appaiono sempre quando una guerra assume carattere popolare. Tali azioni consistono in questo: invece di mettersi massa contro massa, gli uomini si sparpagliano, piombano isolatamente sul nemico e fuggono appena sono assaliti da forze maggiori, e poi assalgono di nuovo quando se ne presenta l'occasione. Cosí facevano i guerriglieri in Ispagna, cosí facevano i montanari nel Caucaso, cosí fecero i russi nel 1812.

Questo genere di guerra si chiamò « guerra di partigiani » (guerriglia) e si pensò che, chiamandola cosí, se ne spiegasse il significato. Intanto questa specie di guerra non soltanto non corrisponde a nessuna regola, ma è direttamente contraria alla regola della tattica conosciuta e ammessa come infallibile. Questa regola dice che l'attaccante deve concentrare le sue truppe per potere, nel momento della lotta, esser piú forte dell'avversario.

La guerriglia (che ha sempre successo, come dimostra la storia) è esattamente contraria a questa regola.

Tale contraddizione proviene dal fatto che la scienza militare identifica la forza delle truppe col loro numero. La scienza militare dice che, quanto piú numerose sono le truppe, tanto maggiore è la forza. *Les gros bataillons ont toujours raison.*

Dicendo questo, la scienza militare è simile a quella meccanica che, considerando le forze solamente in rapporto con le loro masse, dicesse che le forze sono o non sono eguali fra loro se le loro masse sono o non sono eguali.

La forza (la quantità del moto) è il prodotto della massa per la velocità.

Nella guerra, la forza delle truppe è lo stesso il prodotto della massa per qualcosa di simile, per una x ignota.

La scienza militare, vedendo nella storia una quantità infinita di esempi in cui la massa delle truppe non coincide con la forza, in cui i piccoli reparti vincono i piú grandi, riconosce vagamente l'esistenza di questo moltiplicatore ignoto e si sforza di trovarlo ora nell'inquadramento geometrico, ora nell'armamento, ora, ed è il caso piú frequente, nella genialità dei condottieri. Ma l'assunzione di tutte queste accezioni di quel moltiplicatore non dà risultati che s'accordino coi fatti storici.

Eppure basterebbe rinunziare alla falsa opinione, stabilitasi per far cosa gradita agli eroi, circa l'efficacia delle disposizioni prese dagli alti comandi in tempo di guerra, per trovare questa incognita *x*.

Questa *x* è lo spirito dell'esercito, cioè il maggiore o il minore desiderio di battersi e di esporsi ai pericoli di tutti gli uomini che compongono l'esercito, del tutto indipendentemente dal fatto se si batteranno sotto il comando di geni o non di geni, su tre linee o su due, con dei randelli o con dei fucili che sparano trenta colpi al minuto. Gli uomini che hanno maggior desiderio di battersi si mettono sempre nelle condizioni piú vantaggiose per battersi.

Lo spirito dell'esercito è il moltiplicatore della massa che dà per prodotto la forza. Definire ed esprimere il significato dello spirito dell'esercito, questo incognito moltiplicatore, è il problema della scienza.

Risolvere questo problema sarà possibile soltanto quando cesseremo di porre arbitrariamente, invece di questa incognita *x*, le condizioni nelle quali si manifesta la forza, come gli ordini del condottiero, gli armamenti e cose simili, ritenendole tante accezioni del moltiplicatore, ma riconosceremo questa incognita in tutta la sua integrità, cioè come il maggiore o minore desiderio di battersi e di esporsi al pericolo. Allora soltanto, esprimendo per equazioni i fatti storici conosciuti, mercè il paragone dell'importanza relativa di questa incognita si potrà sperare di determinare l'incognita stessa.

Dieci uomini, o battaglioni, o divisioni, combattendo contro quindici uomini, o battaglioni, o divisioni, li hanno vinti, cioè li hanno uccisi o fatti prigionieri tutti senza eccezione, mentre loro ne hanno avuto quattro perdite; in conseguenza, da una parte se ne sono distrutti quattro, dall'altra quindici. Dunque 4 erano eguali a 15, cioè $4x = 15y$. Dunque $x : y = 15 : 4$. Quest'equazione non dà il valore dell'incognita, ma dà il rapporto fra le due incognite. Introducendo in tali equazioni le unità storiche (battaglie, campagne, periodi di guerra), si avranno delle serie di numeri, in cui debbono esistere e si possono scoprire delle leggi.

La regola tattica secondo la quale bisogna agire per masse nell'attacco e con forze sparpagliate nella difesa conferma solo inconsciamente la verità che la forza di un esercito dipende dal suo spirito. Per condurre gli uomini sotto alle palle ci vuole maggior disciplina (la quale si raggiunge soltanto coi movimenti di massa) che per difendersi dagli attaccanti. Ma questa regola, nella quale si perde di vista lo spirito delle truppe, si dimostra di continuo fallace e soprattutto contraddice in modo sorprendente alla realtà nei casi in cui lo spirito delle truppe si trova fortemente eccitato o fortemente depresso, cioè in tutte le guerre popolari.

I francesi ritirandosi, nel 1812, benché secondo la tattica debbano difendersi separatamente, si stringono in gruppo perché lo spirito delle truppe è cosí depresso che soltanto la massa tiene insieme le truppe. I russi, al contrario, secondo la tattica dovrebbero attaccare in massa, ma di fatto si sparpagliano perché lo spirito è cosí alto che gli uomini isolati battono i francesi senza aver bisogno di ordini e non hanno bisogno di costrizione per esporsi a fatiche e pericoli.

III.

La cosí detta guerriglia era cominciata fino dall'entrata del nemico a Smolènsk.

Prima che la guerriglia fosse accettata ufficialmente dal nostro governo, già migliaia di uomini dell'esercito nemico – ritardatari, predoni, foraggieri –, erano stati massacrati dai cosacchi e dai contadini, che li uccidevano altrettanto inconsciamente, come inconsciamente i cani sbranano un cane arrabbiato e randagio. Denís Davydov, col suo fiuto russo, capí per primo l'importanza di quel tremendo randello che, senza preoccuparsi delle regole dell'arte militare, distruggeva i francesi, e a lui spetta la gloria di aver fatto il primo passo per la legalizzazione di questo metodo di guerra.

Il 24 agosto fu organizzato il primo reparto di irregolari di Davydov, e dopo il suo reparto se ne cominciarono a organizzare altri. Quanto piú procedeva la campagna, tanto piú aumentava il numero di questi reparti.

Gli irregolari distruggevano la Grande Armata a pezzo a pezzo. Raccoglievano le foglie che cadevano spontaneamente da quell'albero disseccato che era l'esercito francese, e a volte scotevano quest'albero. In ottobre, mentre i francesi fuggivano verso Smolènsk, c'erano centinaia di queste bande; diverse per importanza e per carattere. C'erano bande che imitavano tutti i metodi dell'esercito, con fanteria, artiglieria, stato maggiore e tutti i comodi della vita; ce n'erano di cosacchi, di cavalleria; ce n'erano di piccole, di raccogliticce, di fanteria e di cavalleria, ce n'era di contadini e di proprietari, sconosciute a tutti. Ci fu un suddiacono, a capo di una banda, che in un mese prese parecchie centinaia di prigionieri; ci fu Vasilisa, la moglie d'uno *stàrosta*, che uccise centinaia di francesi.

Gli ultimi giorni di ottobre furono il momento del maggior rigoglio della guerriglia. Era già passato il primo periodo di questo tipo di guerra, quel tempo in cui gli stessi irregolari meravigliandosi della propria audacia, temevano di essere presi e circondati dai francesi da un momento all'altro e, senza togliere le selle e quasi senza smontare dai cavalli, si nascondevano nelle foreste, aspettandosi ad ogni istante d'essere inseguiti. Ora questo tipo di guerra si era già definito, e tutti vedevano chiaramente quel che si poteva intraprendere contro i francesi e quel che non si poteva intraprendere. Adesso non c'erano piú se non i capi dei distaccamenti che, coi loro stati maggiori, procedevano secondo le regole ben lontani dai francesi, a credere ancora molte cose impossibili. I capi di piccole bande, invece, che già da un pezzo avevano cominciato l'opera loro e osservavano da vicino i francesi, credevano possibile ciò che non osavano neppur pensare i capi dei grandi reparti. I cosacchi poi e i contadini, che s'insinuavano in mezzo ai francesi, credevano che ormai tutto fosse possibile.

Il 22 ottobre Denísov, che era uno dei capi-banda, si trovava col suo reparto proprio nel pieno bollore della passione per la guerriglia. Dalla mattina egli era in marcia con la sua banda. Tutto il giorno era stato per le foreste che costeggiavano la strada maestra, seguendo un grosso convoglio francese che, separato dalle altre truppe, trasportava dei bagagli della cavalleria e dei prigionieri russi e, ben protetto, come s'era saputo dagl'informatori e dai prigionieri, si dirigeva verso Smolènsk. Sapevano di questo convoglio non solo Denísov e Dolòchov (anche lui capo di una piccola banda), che procedeva nelle vicinanze di Denísov, ma anche i capi dei grandi distaccamenti che avevano uno stato maggiore; tutti sapevano di questo convoglio e, come diceva Denísov, gli mostravano i denti. Due di questi capi di grandi distaccamenti – uno polacco, l'altro tedesco – quasi nel medesimo tempo mandarono a Denísov, ciascuno per conto suo, l'invito di unirsi al proprio distaccamento per assalire il convoglio.

– No, amico, anch'io ci ho le unghie, – disse Denísov, dopo aver letto quelle carte, e scrisse al tedesco che, malgrado il suo intimo desiderio di servire sotto il comando di un generale tanto brillante e rinomato, doveva privarsi di questo piacere perché s'era già posto sotto il comando del generale polacco. Al generale polacco scrisse lo stesso, comunicandogli di essersi già posto sotto il comando del tedesco.

Operando in questo modo, Denísov si proponeva, senza darne partecipazione alle autorità superiori, di attaccare insieme con Dolòchov il convoglio e d'impossessarsene con le sue poche forze. Il 22 ottobre il convoglio andava dal villaggio di Mikúlino al villaggio di Šàmscevo. Dalla parte sinistra della strada fra Mikúlino e Šàmscevo correvano grandi foreste che in certi punti arrivavano fino alla strada e in certi altri se ne allontanavano un miglio e piú. Tutto il giorno Denísov marciò con la sua banda per quelle foreste, ora addentrandosi nel profondo di esse, ora venendo sul limite, senza perder di vista i movimenti dei francesi. Fin dalla mattina, non lontano da Mikúlino, là dove la foresta si avvicinava alla strada, i cosacchi della banda di Denísov avevano preso due furgoni francesi, carichi di selle di cavalleria, che s'erano affondati nella mota, e li avevano portati nella foresta. Da quel momento e fino alla sera la banda, senza attaccare, aveva seguito i movimenti dei francesi. Bisognava lasciarli giungere tranquillamente a Šàmscevo senza spaventarli, e lí, unendosi a Dolòchov, che doveva arrivare la sera, per prendere accordi, al posto di guardia della foresta (a un miglio da Šàmscevo), piombar loro fra capo e collo all'alba da tutte e due le parti, e schiacciarli e catturarli tutti in una volta.

Dietro, a due miglia da Mikúlino, là dove la foresta si avvicinava alla strada, erano stati lasciati sei cosacchi che dovevano subito dar l'avviso, appena si fossero mostrate nuove colonne francesi.

Davanti a Šàmscevo, Dolòchov, nello stesso modo, doveva esaminare la strada per sapere a quale distanza ci fossero altre truppe francesi. Si supponeva che millecinquecento uomini accompagnassero il convoglio. Denísov aveva duecento uomini e altrettanti poteva averne Dolòchov. Ma la superiorità numerica non arrestava Denísov. La sola cosa che ancora gli occorreva sapere era quali precisamente fossero quelle truppe, e a questo scopo Denísov doveva prendere una *lingua* (cioè un uomo della colonna nemica). Nell'attacco della mattina ai carri la cosa s'era fatta con tale rapidità che tutti i francesi che stavano presso i carri erano stati uccisi ed era stato preso vivo soltanto un piccolo tamburino, che era poco sveglio e non aveva potuto dire positivamente quali fossero le truppe della colonna.

Denísov riteneva pericoloso attaccare un'altra volta, per non dare l'allarme a tutta la colonna, e perciò mandò innanzi a Šàmscevo un contadino che faceva parte del suo distaccamento, Tichon Ščerbàtov, per prendere, se era possibile, sia pure uno dei dirigenti francesi del convoglio che marciavano innanzi.

IV.

Era una tiepida e piovosa giornata d'autunno. Il cielo e l'orizzonte erano del medesimo colore d'acqua torbida. Ora cadeva una specie di nebbia, ora a un tratto veniva giú una grossa pioggia obliqua.

Denísov montava un cavallo di razza, magro, coi fianchi stretti nei finimenti, ed era in mantelletto di feltro e berretto di pelo d'agnello, dai quali scorreva giú l'acqua. Tal quale come il suo cavallo, curvando la testa e abbassando gli orecchi, storceva la faccia sotto quella pioggia obliqua e guardava inquieto davanti a sé. Il suo viso smagrito coperto di una folta e corta barba nera appariva irritato.

Accanto a Denísov, anche lui in mantelletto di feltro e berretto di pelo d'agnello, su un forte e ben nutrito cavallo del Don, veniva un *jesaúl*[1] cosacco, collaboratore di Denísov.

Il *jesaúl* Lovàjskij III, anche lui in mantelletto di feltro e berretto di pelo di montone, era un uomo piatto come un'asse, bianco di viso, biondo, con gli occhi stretti e chiari e un'espressione tranquilla e soddisfatta di sé nel viso e in tutto l'atteggiamento. Benché fosse impossibile dire che cosa c'era di particolare nel cavallo e nel cavaliere, pure alla prima occhiata gettata sul *jesaúl* e su Denísov si vedeva che Denísov era tutto bagnato e a disagio, che Denísov era un uomo a cavallo; mentre guardando il *jesaúl*, si vedeva ch'egli si sentiva a suo agio e tranquillo come sempre e che non era uomo a cavallo, ma un uomo che formava un essere solo col cavallo, fatto piú grande da una duplice forza.

Un poco innanzi a loro camminava un contadinotto che faceva da guida, tutto zuppo di pioggia, in gabbano grigio e berretto bianco.

[1] Capitano cosacco.

Un poco indietro, su un magro, sottile cavallino kirghiso con un'enorme coda, un'enorme criniera e la bocca insanguinata, veniva un giovane ufficiale con un cappotto turchino francese.

Accanto a lui andava un ussero che portava dietro di sé, in groppa al cavallo, un ragazzo in un'uniforme francese tutta lacera e con un berretto turchino. Il ragazzo si teneva all'ussero con le mani rosse dal freddo, moveva, per riscaldarli, i suoi piedi nudi e, levando le sopracciglia, guardava meravigliato intorno a sé. Era il tamburino francese preso la mattina.

Dietro, per lo stretto sentiero della foresta, che si sparpagliava, battuto in tutti i sensi, per tre o per quattro venivano in fila gli usseri, poi i cosacchi, chi in mantelletto di feltro, chi in cappotto francese, chi con una gualdrappa gettata sulla testa. I cavalli, i bai e i sauri, tutti parevano morelli per la pioggia che sgocciolava loro di dosso. Il collo dei cavalli sembrava stranamente sottile per via della criniera inzuppata d'acqua. Dai cavalli si alzava un vapore. I vestiti e le selle e le redini, tutto era bagnato, viscido, molle, come la terra e le foglie cadute che coprivano la strada. Gli uomini se ne stavano rattrappiti, cercando di non muoversi per riscaldare l'acqua che penetrava fino ai loro corpi e non lasciarne entrare di quella nuova, fredda, che gocciolava di sotto alla sella, alle ginocchia e dietro il collo. In mezzo alle file dei cosacchi avanzavano due furgoni, tirati da cavalli francesi con aggiuntisi dei cavalli cosacchi sellati, che strepitavano sui ceppi e sui rami secchi e sguazzavano nelle carreggiate piene d'acqua.

Il cavallo di Denísov, girando attorno a una pozzanghera che era sulla strada, si tirò da parte e gli fece battere un ginocchio contro un albero.

– Eh, diavolo! – gridò rabbiosamente Denísov e, serrando i denti, percosse tre volte il cavallo col frustino, facendo schizzare il fango addosso a sé e ai compagni. Denísov era di malumore per via della pioggia, della fame (dalla mattina non aveva mangiato nulla) e principalmente perché fino a quel momento non c'erano notizie di Dolòchov e colui ch'era stato mandato a prendere una *lingua* non tornava.

« È difficile che ci capiti un'altra occasione come quella d'oggi di assalire un convoglio. Attaccare da solo è troppo rischio, e rimandare a un altro giorno è farsi prendere il bottino sotto il naso da qualche grossa banda di irregolari », pensava Denísov, guardando continuamente avanti per vedere se venisse l'atteso messo di Dolòchov.

Giunto a una radura, dove si vedeva lontano, a destra, Denísov si fermò.

– Viene qualcuno, – disse.

Il *jesaúl* guardò nella direzione indicata da Denísov.

– Vengono due, un ufficiale e un cosacco. Ma non è *supponibile* che sia il tenente colonnello in persona, – disse il *jesaúl* a cui piaceva adoprare parole sconosciute ai cosacchi.

I cavalieri che scendevano per un pendio sparvero dalla vista e dopo qualche momento ricomparvero. Innanzi, a uno stanco galoppo, incitando il cavallo col frustino, veniva un ufficiale tutto scarmigliato, inzuppato di pioggia e coi pantaloni rovesciati fin sopra al ginocchio. Dietro a lui, ritto sulle staffe, trottava un cosacco. L'ufficiale, un ragazzo giovanissimo, con un viso largo e colorito, e gli occhi mobilissimi e lieti, galoppò fin presso a Denísov e gli diede un piego tutto zuppo.

– Da parte del generale, – disse l'ufficiale. – Perdonate se non è proprio asciutto...

Denísov, aggrottando le sopracciglia, prese il piego e cominciò a dissuggellarlo.

– Ecco, dicevano tutti che era pericoloso, pericoloso, – disse l'ufficiale, rivolgendosi al *jesaúl* mentre Denísov leggeva il piego rimessogli. – Del resto, io e Komaròv, – e indicò il cosacco, – ci eravamo preparati. Abbiamo due pistole... E questo chi è? – domandò, vedendo il tamburino francese. – Un prigioniero? Avete già avuto un combattimento? Si può parlare con lui?

– 'ostòv! Petja! – gridò a questo punto Denísov, che aveva scorso il piego. – Ma pe'ché non hai detto chi e'i? – e Denísov con un sorriso si volse e stese la mano all'ufficiale.

Quell'ufficiale era Petja Rostòv.

Per tutta la strada Petja s'era preparato al contegno che, come persona grande e come ufficiale, doveva tenere con Denísov senza alludere alla loro passata conoscenza. Ma non appena Denísov gli ebbe sorriso, subito Petja diventò raggiante, arrossí di gioia e dimenticò il contegno dignitoso che aveva preparato: cominciò a raccontare come era venuto, passando davanti ai francesi, e come era contento di quella missione che gli avevano data, e che era già stato in un combattimento sotto Vjázma, e che là un certo ussero s'era distinto.

– Via, son contento di vede'ti, – l'interruppe Denísov, e il suo viso prese di nuovo un'espressione preoccupata. – Michaíl Feoklityč, – fece rivolto al *jesaúl*, – è di nuovo da pa'te di quel tedesco. Lui è addetto alla sua pe'sona –. E Denísov comunicò al *jesaúl* che il contenuto della carta consegnata dianzi consisteva nella rinnovata richiesta del generale tedesco di unirsi a lui per l'attacco al convoglio. – Se non lo p'ende'emo domani, ce lo st'ap-pe'à di sotto al naso, – concluse.

Mentre Denísov parlava col *jesaúl*, Petja, sconcertato dal tono freddo di Denísov e supponendo che il motivo di quel tono fosse lo stato dei suoi pantaloni, sotto al cappotto si accomodava in modo che nessuno se ne accorgesse i pantaloni venutigli su, cercando di prendere l'aspetto piú militare che fosse possibile.

– C'è qualche ordine da parte di Vossignoria? – disse egli a Denísov, portando la mano alla visiera e tornando di nuovo al giuoco dell'aiutante e del generale per il quale s'era preparato, – o debbo restare presso Vossignoria?

– O'dini?... – disse Denísov, riflettendo. – Ma puoi 'imane'e fino a domani?

– Ah! ve ne prego... Posso restare con voi? – gridò Petja.

– Ma come, t'è stato p'op'io o'dinato dal gene'ale, di to'na'e subito? – domandò Denísov.

Petja arrossí.

– Non mi ha dato nessun ordine. Posso rimanere, credo, – disse in tono interrogativo.

– Bene, d'acco'do, – disse Denísov.

E, rivolto ai suoi sottoposti, diede le disposizioni perché la banda andasse al luogo di riposo stabilito nella foresta, presso il posto di guardia, e perché l'ufficiale che montava il cavallo kirghiso (quell'ufficiale faceva le funzioni di aiutante maggiore) andasse a cercare Dolòchov per sapere dov'era e se sarebbe venuto quella sera. Denísov poi, col *jesaúl* e con Petja, aveva l'intenzione di andare al limite della foresta che dava su Šàmscevo, per dare un'occhiata alla disposizione dei francesi dove l'indomani doveva essere diretto l'attacco.

– Ehi, ba'bone, – si rivolse al contadino che li guidava, – menaci a Šàmscevo!

Denísov, Petja, il *jesaúl*, accompagnati da alcuni cosacchi e dall'ussero che portava il prigioniero, andarono a sinistra, attraverso il burrone, verso il limite della foresta.

V.

La pioggia era cessata, non cadeva che la nebbia e le gocce d'acqua dai rami degli alberi. Denísov, il *jesaúl* e Petja in silenzio andavano dietro al contadino in berretto, che, camminando leggermente e senza rumore coi suoi piedi calzati di scarpe di scorza sulle radici e le foglie bagnate, li conduceva al limite della foresta.

Giunto sul pendio, il contadino si fermò, si guardò intorno e si diresse a una fila d'alberi che si rarefacevano. Presso una grande quercia, che ancora non aveva perduto le foglie, si fermò e con aria misteriosa fece un cenno con la mano per chiamare a sé.

Denísov e Petja gli si avvicinarono. Dal punto dove s'era fermato il contadino si vedevano i francesi. Subito dietro la foresta, a mezza costa della collinetta c'era un campo di biada. A destra, dopo un ripido burrone, si vedeva un piccolo villaggio con una casetta padronale dai tetti sconquassati. In quel villaggetto e nella casa padronale, e per tutta la collinetta, nel giardino, presso ai pozzi e allo stagno, e su tutta la strada in salita, dal ponte al villaggio, per uno spazio di non piú di 200 tese, si vedevano, nell'ondeggiar della nebbia, masse di gente. Si udivano nettamente gridar parole che non erano russe per spingere i cavalli dei carri su per la salita e per chiamarsi l'un l'altro.

– Fate veni' qui il p'igionie'o, – disse a bassa voce Denísov, senza toglier lo sguardo dai francesi.

Il cosacco smontò da cavallo, tirò giú il ragazzo e insieme con lui si avvicinò a Denísov. Denísov, mostrando i francesi, domandò che truppe eran quelle. Il ragazzo, ficcando in tasca le sue mani gelate e alzando le sopracciglia, guardava spaventato Denísov e, malgrado l'evidente desiderio di dir tutto ciò che sapeva, si confondeva nelle risposte e confermava soltanto ciò che domandava Denísov. Denísov, aggrottando le sopracciglia, si voltò in là e si rivolse al *jesaúl*, comunicandogli le sue riflessioni.

Petja, movendo rapidamente il capo di qua e di là, guardava ora il tamburino, ora Denísov, ora il *jesaúl*, ora i francesi nel villaggio e sulla strada, cercando di non lasciarsi sfuggire nulla d'importante.

– Venga o non venga Dolòchov, bisogna p'ende'li!... Eh? – disse Denísov, con un lampo allegro negli occhi.

– Il luogo è adatto, – disse il *jesaúl*.

– Mande'emo giú la fante'ia pe' i pantani, – seguitò Denísov: – si avanze'anno ve'so il gia'dino; voi passe'ete di là coi cosacchi, – e Denísov mostrò la foresta dietro al villaggio, – e io di qua coi miei usse'i. E quando senti'ete un colpo...

– Per il burrone non si potrà passare, è tutto un pantano, – disse il *jesaúl*. – I cavalli affonderebbero: bisogna fare il giro piú a sinistra...

Mentre essi parlavano in questo modo, a mezza voce, giú nel burrone, verso lo stagno, partí un colpo, biancheggiò del fumo, e si udí il grido familiare e quasi allegro di centinaia di voci francesi a mezza costa. Nel primo momento Denísov e il *jesaúl* si trassero indietro. Erano cosí vicini che pareva loro di esser la causa di quei colpi e di quei gridi. Ma i colpi e i gridi non avevano relazione con loro. Giú, per i pantani, correva un uomo avvolto in qualcosa di rosso. Evidentemente i francesi tiravano su di lui e gli gridavano dietro.

– Ma è il nostro Tichon, – disse il *jesaúl*. – È lui! è proprio lui.

– Oh, canaglia! – disse Denísov.

– Se la svignerà! – disse il *jesaúl*, strizzando gli occhi.

L'uomo che avevano chiamato Tichon fuggí verso il fiumicello e vi fece un tuffo dentro, tanto che gli schizzi dell'acqua arrivarono in alto, e, dopo essersi nascosto per un momento, tutto nero d'acqua, uscí fuori a quattro zampe e continuò a correre. I francesi che gli correvano dietro si fermarono.

– Be', è svelto! – disse il *jesaúl*.

– Che bi'bante! – disse, senza nessuna espressione di dispetto, Denísov. – E fin'o'a che ha fatto?

– Chi è? – domandò Petja.

– È un nost'o ti'ato'e. L'avevo mandato a p'ende'e una *lingua*.

– Ah, già! – disse Petja, fin dalla prima parola di Denísov, accennando col capo come se capisse tutto, benché non capisse assolutamente nemmeno una sola parola.

Tichon Ŝcerbàtyi era uno degli uomini piú utili della banda. Era un contadino di Pokròvskoje, sotto Gžat. Quando, al principio delle sue operazioni, Denísov era venuto a Pokròvskoje e, come sempre, fatto chiamare lo *stàrosta*, gli aveva domandato che cosa sapesse dei francesi, lo *stàrosta* aveva risposto, come rispondevano tutti gli *stàrosty*, quasi a volersi difendere, che non sapeva nulla di nulla e non aveva visto nulla di nulla. Ma quando Denísov gli ebbe spiegato che il suo scopo era di darle ai francesi e domandò se mai i francesi si fossero mostrati da quelle parti, lo *stàrosta* disse che c'erano stati sí dei *pridoni*, ma che nel villaggio il solo Tiška Ŝcerbàtyj si occupava di queste cose. Denísov fece chiamare Tichon e, dopo averlo lodato per la sua attività, disse, davanti allo *stàrosta*, alcune parole su quella fedeltà allo zar e alla patria e quell'odio verso i francesi che dovevano nutrire i figli della patria.

– Noi non facciamo del male ai francesi, – disse Tichon, evidentemente intimidito da queste parole di Denísov. – Ma, si sa, ci siamo divertiti fra compagni come ci veniva. Abbiamo ammazzato una ventina di *pridoni*, ma se no male non ne abbiamo fatto...

Il giorno seguente, quando Denísov, che aveva del tutto dimenticato questo contadino, uscí da Pokròvskoje, gli vennero a dire che Tichon si era unito alla banda e chiedeva di restar con loro. Denísov ordinò che restasse.

Tichon, che da principio faceva tutti i lavori pesanti, come preparare i fuochi, portare l'acqua, scorticare i cavalli, e cose simili, presto dimostrò molta inclinazione e attitudine alla guerriglia. La notte andava a far bottino e ogni volta portava con sé uniformi e armi francesi e, quando glielo comandavano, conduceva anche dei prigionieri. Denísov tolse Tichon dai lavori pesanti, cominciò a prenderlo con sé nelle scorrerie e lo arruolò fra i cosacchi.

Tichon non amava montare a cavallo e camminava sempre a piedi, senza restar indietro dalla cavalleria. Le sue armi consistevano in un moschetto, che portava piú per ridere che per altro, una picca e una scure della quale si serviva come il lupo si serve dei denti, acchiappando con la stessa facilità le pulci del suo pelo e mordendo gli ossi piú duri. Tichon con la stessa sicurezza spaccava di slancio un trave e, prendendo poi la scure per la testa, tagliava dei paletti sottili e faceva dei cucchiai. Nella banda di Denísov, Tichon occupava un posto particolare ed esclusivo. Quando bisognava far qualcosa di specialmente difficile e sudicio – spingere con la spalla attraverso il fango un carro affondato, tirar fuori per la coda un cavallo da un pantano, scuoiarlo, sgusciar proprio nel mezzo dei francesi, far cinquanta miglia a piedi in un giorno – tutti indicavano ridendo Tichon.

– Che diavolo gli può fare? È una pellaccia dura, – dicevano di lui.

Una volta un francese, che Tichon aveva preso, gli tirò un colpo di pistola e lo prese nella parte molle della schiena. Questa ferita, che Tichon curò soltanto con acquavite, di dentro e di fuori, fu oggetto dei piú allegri scherzi per tutto il distaccamento, scherzi ai quali Tichon si prestava volentieri.

– Be', amico, è finita! O sei diventato gobbo? – gli dicevano ridendo i cosacchi.

Tichon apposta si metteva a fare il gobbo e faceva delle smorfie, fingendo di arrabbiarsi e dicendo ai francesi le ingiurie piú buffe. Questa circostanza ebbe solo per effetto che, dopo la sua ferita, Tichon condusse raramente dei prigionieri.

Tichon era l'uomo piú utile e piú ardito di quel gruppo. Nessuno piú di lui sapeva scoprire le occasioni favorevoli per un attacco, nessuno aveva preso o ucciso piú francesi di lui; e in conseguenza egli era il buffone dei cosacchi e degli usseri, e volentieri si prestava a tale ufficio. Ora Tichon era stato mandato da Denísov fin dalla notte precedente a Šàmscevo per prendervi una *lingua*. Ma o perché non s'era contentato di un francese solo o perché aveva dormito tutta la notte, di giorno s'era cacciato nei cespugli proprio in mezzo ai francesi e, come Denísov aveva veduto dall'alto, era stato da loro scoperto.

VI.

Dopo aver parlato ancora un poco col *jesaúl* dell'attacco dell'indomani, che ora, guardando da vicino i francesi, Denísov pareva aver definitivamente deciso, egli voltò il cavallo e tornò indietro.

– Su, amico, o'a andiamo ad asciuga'ci, – disse a Petja.

Avvicinandosi alla garitta della foresta, Denísov si fermò, volgendo un'occhiata intorno. Per la foresta, fra gli alberi, veniva a passi lunghi e leggeri sulle sue lunghe gambe un uomo con le lunghe braccia penzoloni, in giubbetto, con le scarpe di scorza e un cappello di Kazàn', portando un fucile in ispalla e un'accetta alla cintola. Vedendo Denísov, quest'uomo gettò in fretta qualcosa in un cespuglio e, togliendosi il cappello bagnato dalle falde spioventi, si avvicinò al superiore. Era Tichon. Il suo viso, butterato e rugoso, dagli occhi piccoli e stretti, raggiava di un'allegria soddisfatta. Portava la testa alta e pareva trattenere a stento le risa fissando Denísov.

– Dunque? Dove ti e'i perduto? – disse Denísov.

– Dove m'ero perduto? Sono andato a cercare i francesi, – rispose pronto e ardito Tichon, con una voce di basso rauca, ma sonora.

– Pe'ché, ci sei andato di gio'no? Bestia! E non hai acchiappato nessuno?

– Per acchiapparlo, l'ho acchiappato, – disse Tichon.

– E dov'è?

– Ma io l'ho preso sul far dell'alba, – seguitò Tichon, divaricando i suoi piedi piatti calzati di scarpe di scorza, – e l'ho portato nel bosco. Vedo che non ci può servire. E penso allora: magari vado a pigliarne uno meglio.

– Vedi che canaglia! – disse Denísov al *jesaúl*. – Pe'ché non ci hai condotto questo?

– Ma perché portarlo? – rispose in fretta e irritato Tichon. – Non andava bene. Non so forse quelli che vi ci vogliono?

– Che bi'bante!... Ebbene?

– Sono andato a prenderne un altro, – seguitò Tichon. – Mi sono avanzato strisciando a questo modo nella foresta e mi sono sdraiato –. Tichon tutt'a un tratto e con agilità si gettò in terra, per far vedere come aveva fatto. – Ne è capitato uno, – seguitò, – e l'ho acchiappato in questo modo –. (E Tichon fece un salto rapido e leggero). – Andiamo, dico, dal colonnello. Si mette a urlare. Ce n'erano quattro. Mi si buttano addosso con le daghe. E io cosí con la scure. Che cosa fate? dico, che Cristo vi protegga! – gridò Tichon, agitando le braccia, tutto impettito, e facendo un cipiglio minaccioso.

– E noi, di lassú, abbiamo visto come scappavi attraverso il pantano, – disse il *jesaúl*, strizzando gli occhi sfavillanti.

Petja aveva una gran voglia di ridere, ma vedeva che tutti se ne trattenevano. Rapidamente portava gli occhi dal viso di Tichon a quello del *jesaúl* e a quello di Denísov, senza capire che cosa significasse tutto ciò.

– Non fa' l'imbecille, – disse Denísov, tossendo con irritazione. – Pe'ché non ci hai condotto il p'imo?

Tichon prese a grattarsi con una mano la schiena, con l'altra la testa, e a un tratto tutta la sua grinta si distese in un sorriso beatamente stupido, che mostrò il vuoto di un dente mancante (per questo era soprannominato Ščerbàtyj [1]). Denísov sorrise, e anche Petja scoppiò in una risata allegra, a cui si uní lo stesso Tichon.

– Ma che! Andava proprio male, – disse Tichon. – Aveva un vestituccio miserabile. Dove lo potevo portare? E poi un grossolanaccio, Vossignoria. « Come! diceva, anch'io son figlio d'un generale... Non ci vado », diceva.

– Che bestia! – disse Denísov. – Io devo inte''oga'lo...

– Ma io gli ho domandato, – disse Tichon. – Dice: « non *conosco* ». I nostri, dice, son molti, ma son tutti cattivi, dice, non ci hanno che il nome. Fate un bell'*ah!*, dice, e li pigliate tutti, – concluse Tichon, gettando uno sguardo allegro e risoluto negli occhi di Denísov.

[1] « Intaccato ».

– Te ne da'ò io un centinaio calde calde e ved'emo se fa'ai piú l'imbecille, – disse severamente Denísov.

– Ma perché vi arrabbiate? – disse Tichon. – Che, non li ho visti i vostri francesi? Aspetta che venga la notte, e te ne condurrò magari tre, come li vuoi tu.

– Su, andiamo, – disse Denísov e fino al posto di guardia procedé in silenzio, accigliato e irritato.

Tichon gli andò dietro, e Petja udiva i cosacchi che ridevano di lui e con lui, a proposito di certi stivali che egli aveva gettati in un cespuglio.

Quando gli passò quella voglia di ridere che gli era venuta alle parole e al sorriso di Tichon, e capí in un lampo che quel Tichon aveva ucciso un uomo, Petja sentí un certo malessere. Diede un'occhiata al tamburino prigioniero, e il cuore gli si strinse. Ma quel malessere durò solo un istante. Sentí il bisogno di portare la testa piú alta, di prendere un aspetto marziale e d'interrogare il *jesaúl* con fare importante sull'impresa dell'indomani, per non mostrarsi indegno della compagnia nella quale si trovava.

L'ufficiale mandato da Denísov gli venne incontro sulla strada con la notizia che Dolòchov stesso sarebbe giunto fra poco e che, da quella parte, tutto andava bene.

Denísov si fece subito allegro e chiamò a sé Petja.

– Dunque, 'accontami un po' di te, – disse.

VII.

Petja, dopo esser partito da Mosca, lasciando i suoi, aveva raggiunto il suo reggimento e poco dopo era stato preso come ufficiale d'ordinanza da un generale che comandava un grosso distaccamento. Dal momento della sua promozione a ufficiale e specialmente dopo ch'era entrato nell'esercito operante, prendendo parte alla battaglia di Vjazma, Petja si trovava in uno stato continuo di felicità e di eccitazione per la gioia di esser grande e in una continua entusiastica ansietà di non lasciar passare nessuna occasione di atti veramente eroici. Era molto felice di tutto ciò che aveva veduto e provato in guerra, ma nello stesso tempo gli pareva sempre che là dove non c'era lui si compissero le gesta piú eroiche. E si affrettava a correr sempre in qualche altro posto.

Quando il 21 ottobre il suo generale aveva espresso il desiderio di mandare qualcuno al distaccamento di Denísov, Petja aveva supplicato tanto d'esser mandato lui che il generale non aveva potuto rifiutare. Ma, nel mandarlo via, il generale, ricordandosi l'atto di follia compiuto da Petja alla battaglia di Vjazma, dove Petja, invece di andare per la strada là dov'era stato mandato, aveva galoppato verso la linea sotto il fuoco dei francesi e là aveva tirato due colpi di pistola, gli proibí assolutamente di prender parte a qualsiasi azione delle truppe di Denísov. Ed è per questo che Petja era arrossito e aveva sorriso quando Denísov gli aveva domandato se poteva rimanere. Finché non erano giunti al limitare della foresta, Petja riteneva di dover compiere rigorosamente il suo dovere, tornando subito indietro. Ma quando aveva visto i francesi, aveva visto Tichon, aveva saputo che nella notte ci sarebbe stato senza fallo un attacco, col subito mutare dei giovani da un punto di vista ad un altro, aveva concluso fra sé che il suo generale, che fino allora aveva rispettato molto, non valeva niente, era un tedesco, che Denísov era un eroe, che il *jesaúl* era un eroe, che Tichon era un eroe e che sarebbe stato una vergogna per lui lasciarli in quel momento difficile.

Era già il crepuscolo quando Denísov, con Petja e il *jesaúl*, giunse al posto di guardia. Nella penombra si vedevano cavalli sellati, cosacchi, usseri che costruivano baracche nella piana e (perché i francesi non vedessero il fumo) accendevano i fuochi in un burrone della foresta. Nell'entrata della piccola isba un cosacco, con le maniche rimboccate, faceva a pezzi un montone. Nell'isba erano tre ufficiali della banda di Denísov che stavano facendo un tavolo con una porta. Petja si tolse la giubba bagnata per metterla ad asciugare e subito cominciò ad aiutare gli ufficiali nell'allestimento del tavolo per desinare.

Dopo dieci minuti il tavolo era pronto e coperto da un tovagliolo. Sul tavolo c'era dell'acquavite e del rum in un barilotto, del pane bianco e del montone arrostito col sale. Seduto a tavola insieme con gli ufficiali, facendo a pezzi con le mani, sulle quali gli colava il grasso, il montone succolento e odoroso, Petja si trovava in uno stato di infantile entusiasmo e di tenerezza verso tutti e, per conseguenza, nella persuasione che questa sua tenerezza l'avessero anche gli altri per lui.

– Sicché, Vasilij Fjòdorovič, – disse rivolgendosi a Denísov, – pensate che non sia grave se rimango un giorno con voi? – E, senza aspettare la risposta dell'altro, si rispose da sé: – Del resto mi è stato ordinato d'informarmi, ed ecco che m'informo... Soltanto mi lascerete andare dov'è piú... dove c'è piú da fare... Io non ho bisogno di ricompense... ma vorrei... – Petja strinse i denti e si guardò intorno, scotendo la testa che teneva levata in alto e agitando un braccio.

– Dove c'è piú da fa'e... – ripeté Denísov sorridendo.

– Soltanto, vi prego, datemi un comando qualunque... che io comandi, – proseguí Petja, – via, che vi costa? Ah, volete un coltello? – fece, rivolto a un ufficiale che voleva tagliare il montone. E gli diede il suo coltello a serramanico. L'ufficiale fece l'elogio del coltello.

– Tenetelo, vi prego. Ne ho parecchi... – disse Petja, arrossendo. – Padri santi! Avevo dimenticato... – esclamò egli a un tratto: – ho dell'uva passa eccellente, sapete, di quella senza semi... Abbiamo un nuovo vivandiere che ha delle cose cosí buone. Ne ho comprato dieci libbre. Sono abituato alla roba dolce. Ne volete?... – E Petja corse nell'entrata, dal suo cosacco, e portò dei sacchetti dove c'erano un cinque libbre di uva passa. – Mangiate, signori, mangiate. Forse avete bisogno di una caffettiera, – disse, rivolgendosi al *jesaúl*. – Ne ho comprata una splendida dal nostro vivandiere! Ha delle cose magnifiche. Ed è molto onesto. È l'essenziale. Ve la manderò senza fallo. Ma forse avete già finite, consumate le vostre pietre focaie... può accadere. Ne ho portate con me, eccole... (Accennò ai sacchetti). Cento pietre focaie. Le ho comprate a buon mercato. Per favore, prendetene quante ve ne occorrono... anche tutte... – E a un tratto, temendo d'aver divagato troppo, Petja si fermò e arrossí.

Si mise a pensare se mai avesse fatta qualche altra sciocchezza. E, ricapitolando i ricordi della giornata, gli venne in mente il tamburino francese. « Noi stiamo ottimamente qui, ma lui che fa? Dove l'avranno mandato? Gli avranno dato da mangiare? Non gli avranno fatto del male? » pensò. Ma, essendosi accorto di essere uscito dal seminato a proposito delle pietre focaie, adesso era intimidito. « Posso domandar di lui? – pensava. – Diranno: è un ragazzo e ha compassione di un ragazzo. Ma domani vedranno che ragazzo sono! È vergogna domandare? – pensò Petja. – Su, tanto vale! », e subito, arrossendo e guardando timidamente gli ufficiali per vedere se non ci fossero dei sorrisetti sui loro volti, disse:

– Posso far chiamare quel ragazzo che hanno fatto prigioniero? e dargli qualcosa da mangiare?... forse...

– Sí, pove'o 'agazzo! – disse Denísov, che evidentemente non trovava nulla di vergognoso in quel ricordo. – Chiamàtelo. Fatelo veni'e qua. Si chiama Vincent Bosse. Chiamàtelo.

– Lo vado a chiamare io, – disse Petja.

– Chiamalo, chiamalo. Pove'o 'agazzo! – ripeté Denísov.

Petja era presso la porta, quando Denísov disse questo. Petja scivolò fra gli ufficiali e andò vicino a Denísov.

– Permettete che vi dia un bacio, caro, – disse. – Ah, come si sta bene! Che bella cosa!

E, dopo aver dato un bacio a Denísov, scappò fuori.

– Bosse! Vincent! – si mise a gridare Petja, fermandosi presso la porta.

– Chi volete, signore? – domandò una voce nel buio.

Petja rispose che voleva quel ragazzo francese che avevano preso la mattina.

– Ah! Vesennij? – disse un cosacco.

Il nome Vincent era già stato cambiato in Vesennij dai cosacchi e in Visenja dai soldati e dai contadini: in entrambe le varianti, questo ricordo della primavera era in armonia con la giovinezza del ragazzo [1].

– Si scalda laggiú, accanto al fuoco. Ehi! Visenja! Vesennij! Vesennij! – Si udí nell'oscurità uno scambiarsi di voci e di risate.
– È un ragazzo sveglio! – disse un ussero che stava accanto a Petja. – Gli abbiamo dato da mangiare poco fa. E che fame che aveva!

Nel buio si udirono dei passi e, strascicando i piedi nudi nel fango, il tamburino si avvicinò alla porta.

– *Ah, c'est vous!* – disse Petja. – *Voulez-vous manger? N'ayez pas peur, on ne vous fera pas du mal,* – aggiunse timidamente, con voce carezzevole, toccandogli il braccio. – *Entrez, entrez.*

– *Merci, monsieur,* – rispose il tamburino, con voce tremante e quasi infantile, e si mise a ripulire sulla soglia i suoi piedi sporchi.

Petja avrebbe voluto dire molte cose al tamburino, ma non osò. Stava in piedi accanto a lui, nell'entrata, e si dondolava sulle gambe. Poi, nel buio, gli prese la mano e la strinse.

– *Entrez, entrez,* – ripeté soltanto in un dolce mormorio.

« Ah! che gli posso fare? » disse Petja fra sé e, aprendo la porta, fece entrare il ragazzo davanti a sé.

Quando il tamburino fu entrato nell'isba, Petja sedette discosto da lui, stimando umiliante per sé fargli troppa attenzione. Soltanto si tastava in tasca il denaro ed era nel dubbio se fosse una cosa ridicola o no darlo al tamburino.

[1] *Vesennij* significa « primaverile »; l'altro termine è una corruzione dialettale di questo.

VIII.

Dal tamburino, al quale, per ordine di Denísov, fu dato dell'acquavite, del montone e che Denísov fece vestire con un gabbano russo per lasciarlo con la banda e non mandarlo via coi prigionieri, l'attenzione di Petja fu distolta dall'entrata di Dolòchov. Petja al campo aveva udito molti racconti sulla straordinaria prodezza e crudeltà di Dolòchov verso i francesi, e perciò, fino dal momento che Dolòchov entrò nell'isba, Petja non lo perse d'occhio un istante e sempre piú si rimpettí, scotendo la testa levata in alto, per non esser indegno neanche della compagnia di un uomo come Dolòchov.

L'aspetto di Dolòchov colpí stranamente Petja per la sua semplicità.

Denísov indossava il soprabito cosacco, portava la barba, e sul petto aveva un'immagine di San Nicola taumaturgo, e nel modo di parlare, in tutti i suoi atti, mostrava la particolarità della sua posizione. Invece Dolòchov, che a Mosca, in passato, portava un costume persiano, ora al contrario aveva l'aspetto del piú corretto ufficiale della guardia. Il suo viso era accuratamente raso, ed egli era vestito con la tunica ovattata di ufficiale della guardia, con la croce di San Giorgio all'occhiello e un berretto normale messo dritto sul capo. Egli depose in un angolo la mantelletta tutta bagnata e, avvicinatosi a Denísov, senza salutare nessuno, subito si mise a fargli domande sulla faccenda. Denísov gli disse le mire che avevano i grossi distaccamenti su quel convoglio, la missione di Petja, e quel che egli aveva risposto ai due generali. Poi Denísov raccontò tutto ciò che sapeva sulla posizione del distaccamento francese.

– Va bene. Ma bisogna sapere quali e quante truppe sono, – disse Dolòchov, – bisognerà andare a vedere. Se non si sa con certezza quanti sono, non ci si può avventurare. Mi piace di far le cose con cura. Non vorrebbe uno di questi signori venir con me fino al loro campo? Ho con me anche un'uniforme.

– Io, io... verrò io con voi! – esclamò Petja.

– Tu assolutamente non devi anda'e, – disse Denísov e poi, rivolto a Dolòchov: – lui non lo lascio anda'e di ce'to.

– Questa è bella! – gridò Petja. – E perché io non debbo andare?

– Pe'ché non c'è 'agione.

– Perdonatemi perché... perché... ci vado, ecco! Mi conducete con voi? – si rivolse a Dolòchov.

– Perché no?... – disse sbadatamente Dolòchov, guardando in viso il tamburino francese. – L'hai qui da un pezzo questo ragazzo? – domandò a Denísov.

– L'hanno p'eso stamattina, ma non sa nulla. L'ho lasciato sta' con me.

– Ma gli altri dove li ficchi? – disse Dolòchov.

– Come: dove? Li consegno cont'o 'icevuta! – esclamò Denísov, arrossendo a un tratto. – Oso di'e che non ho sulla coscienza neppu'e un solo uomo. È fo'se difficile manda'e t'enta, maga'i t'ecento uomini, sotto sco'ta, in città, piuttosto che macchia'e, lo dico chia'o, il p'op'io ono'e di soldato?

– Sta bene al giovane conte, che ha sedici anni, dir queste amenità, – rispose Dolòchov con un freddo sorriso. – Ma per te è ormai tempo di smettere queste cose.

– Io non dico nulla, dico soltanto che senza fallo verrò con voi, – disse timidamente Petja.

– Ma per noi altri due, è tempo, amico, di smettere queste smancerie, – seguitò Dolòchov, come se trovasse un piacere speciale a discorrere su quell'argomento, irritante per Denísov. – Su via, questo qui perché l'hai preso con te? – disse, scotendo il capo. – Perché ti fa pena? Eh già! le sappiamo queste tue ricevute. Tu fai partire cento uomini, ne arrivano trenta. Muoiono di fame o li ammazzano. O non sarebbe lo stesso non prenderli nemmeno?

Il *jesaúl*, strizzando i suoi occhi lucenti, faceva col capo un cenno di approvazione.

– È lo stesso... non c'è da discute'e. Non voglio p'ende'mi questo sulla coscienza. Tu dici che mo'i'anno. Sia pu'e. Ma non sa'à pe' causa mia!

Dolòchov rise.

– E perché non mi hanno preso già venti volte? Eppure ci prenderanno, e io, me e te, con tutta la tua cavalleria, finiremo appesi a un pioppo –. (Tacque). – Ma bisogna far gli affari nostri. Fate venire il mio cosacco col basto. Ho con me due uniformi francesi. Dunque, venite con me? – domandò a Petja.

– Io? sí, sí, assolutamente, – esclamò Petja, arrossendo fin quasi alle lagrime e gettando un'occhiata a Denísov.

Quando Dolòchov si era messo a discutere con Denísov su ciò che si doveva fare dei prigionieri, Petja si era sentito di nuovo imbarazzato e ansioso; ma di nuovo non riuscí a capir bene ciò che dicevano. « Se pensano cosí i grandi, vuol dire che cosí dev'essere, – diceva fra sé. – Ma la cosa principale è che Denísov non s'immagini di potermi comandare e che io gli obbedisca. Andrò senza fallo con Dolòchov al campo francese. Se ci può andare lui, ci posso andare anch'io! »

A tutte le esortazioni di Denísov perché non andasse, Petja rispose che anche lui era abituato a fare le cose accuratamente e non a casaccio e che al pericolo per sé non pensava mai.

– Perché siete d'accordo anche voi che, se non si sa quanti ce n'è laggiú... forse ne va della vita di centinaia di persone e noi invece saremo soli, e poi io ne ho una gran voglia e ci andrò, ci andrò assolutamente, non mi trattenete, – disse, – sarebbe peggio...

IX.

Vestiti coi cappotti e i caschi francesi, Petja e Dolòchov si avviarono verso quella radura dalla quale Denísov aveva guardato nel campo e, uscendo dalla foresta in piena oscurità, s'inoltrarono nel valloncello. Giunto al basso, Dolòchov ordinò ai cosacchi che lo accompagnavano di aspettare lí e se ne andò al trotto serrato per la strada che conduceva a un ponte. Petja, che veniva meno dall'emozione, cavalcava accanto a lui.

– Se cadiamo in mano loro, non mi avranno vivo: ho una pistola, – mormorò Petja.

– Non parlare russo, – disse Dolòchov con un rapido bisbiglio, e nello stesso momento si udí nel buio l'appello: *qui vive?* e il rumore di un fucile.

Il sangue affluí al viso di Petja ed egli afferrò la pistola.

– *Lanciers du 6me*, – proferí Dolòchov senza rallentare né affrettare l'andatura del suo cavallo. La nera figura della sentinella stava ritta sul ponte.

– *Mot d'ordre.*

Dolòchov trattenne il cavallo e proseguí al passo.

– *Dites donc, le colonel Gérard est ici?* – disse.

– *Mot d'ordre*, – disse la sentinella, senza rispondere alla domanda e sbarrando la strada.

– *Quand un officier fait sa ronde les sentinelles ne demandent pas le mot d'ordre...* – gridò Dolòchov, scattando di colpo e andando col cavallo addosso alla sentinella. – *Je vous demande si le colonel est ici.*

E, senza aspettar la risposta dalla sentinella che si fece da parte, Dolòchov si avviò al passo su per la salita.

Scorgendo l'ombra nera di un uomo che traversava la strada, Dolòchov fermò quell'uomo e gli domandò dove fossero il comandante e gli ufficiali. L'uomo, un soldato col sacco in ispalla, si fermò, si fece vicino al cavallo di Dolòchov toccandogli il collo con la mano, e semplicemente e amichevolmente raccontò che il comandante e gli ufficiali erano piú in alto sulla collina, a destra, nel cortile della fattoria (cosí egli chiamava la casa padronale).

Procedendo per la strada, da ambo i lati della quale veniva il sussurro di discorsi francesi che partivano dai fuochi, Dolòchov giunse nel cortile della casa padronale. Passato il portone, smontò da cavallo e si avvicinò a un gran fuoco fiammeggiante, intorno al quale erano seduti alcuni uomini che parlavano ad alta voce. Qualcosa bolliva da una parte in una pentola, e un soldato in colbacco e cappotto turchino, stando in ginocchio, illuminato dalla fiamma chiara, vi frugava dentro con la bacchetta del fucile.

– *Oh, c'est un dur à cuire!* – disse uno degli ufficiali seduto nell'ombra, dalla parte opposta del fuoco.

– *Il les fera marcher, les lapins*, – disse ridendo un altro.

Ambedue tacquero, aguzzando gli occhi nel buio al rumore dei passi di Dolòchov e di Petja, che si avvicinavano al fuoco, coi loro cavalli.

– *Bonjour, messieurs!* – pronunziò ad alta voce e distintamente Dolòchov.

Gli ufficiali si mossero nell'ombra, e un ufficiale alto dal collo lungo, girando intorno al fuoco, si avvicinò a Dolòchov.

– *C'est vous, Clément?* – disse. – *D'où diable...* – Ma non finí, accorgendosi del suo errore, e, leggermente aggrottando le sopracciglia, salutò Dolòchov come si saluta uno sconosciuto e gli domandò in che lo potesse servire.

Dolòchov raccontò che egli col compagno doveva raggiungere il suo reggimento e domandò, rivolgendosi a tutti in generale, se gli ufficiali sapessero qualcosa del 6° reggimento. Nessuno sapeva nulla; e a Petja parve che gli ufficiali osservassero lui e Dolòchov con una certa ostilità diffidente. Per qualche momento tutti tacquero.

– *Si vous comptez sur la soupe du soir, vous venez trop tard*, – disse una voce dall'altro lato del fuoco, con un riso contenuto.

Dolòchov rispose che avevano già mangiato e che nella notte dovevano ripartire.

Diede i cavalli al soldato che rimestava nella pentola e sedette sui calcagni presso al fuoco, accanto all'ufficiale dal collo lungo. Quest'ufficiale guardava Dolòchov senza togliergli gli occhi di dosso e domandò un'altra volta a quale reggimento appartenesse. Dolòchov non rispose, come se non avesse udito la domanda, e, mettendosi a fumare una corta pipa francese che trasse di tasca, domandò agli ufficiali quanto pericolo ci fosse d'incontrare piú avanti, sulla strada, dei cosacchi.

– *Ces brigands sont partout*, – rispose una voce dall'altra parte del fuoco.

Dolòchov disse che i cosacchi erano pericolosi soltanto per uomini isolati, come lui e il suo compagno, ma che reparti grossi i cosacchi certo non avrebbero osato assalirli, aggiunse come facendo una domanda. Nessuno rispose nulla.

«Be', ora se ne andrà», pensava Petja, che stava ritto presso al fuoco e ascoltava il suo discorso.

Ma Dolòchov riprese la conversazione interrotta e cominciò a domandare direttamente quanti uomini avessero per battaglione, quanti battaglioni, quanti prigionieri. Domandando dei prigionieri russi che erano presso il loro reparto, Dolòchov disse:

– *La vilaine affaire de traîner ces cadavres après soi. Vaudrait mieux fusiller cette canaille*, – e rise forte con un riso cosí strano che Petja pensò che i francesi avrebbero subito scoperto l'inganno e involontariamente fece un passo indietro.

Nessuno rispose una parola alla risata di Dolòchov e un ufficiale francese, che prima era invisibile (se ne stava disteso, ravvolto nel cappotto), si rizzò in piedi e chiamò ad alta voce il soldato che aveva i cavalli.

«Ci daranno o no i cavalli?» pensava Petja, avvicinandosi involontariamente a Dolòchov.

I cavalli furono ricondotti.

– *Bonjour, messieurs*, – disse Dolòchov.

Petja avrebbe voluto dire *bonsoir*, ma non gli riuscí di terminare la parola. Gli ufficiali bisbigliavano qualche cosa fra di loro. Dolòchov stette un pezzo ad accomodarsi sul cavallo che non stava fermo; poi al passo uscí dal portone. Petja gli andava accanto e desiderava, ma non osava voltarsi, per vedere se i francesi corressero loro dietro oppure no.

Uscendo sulla strada, Dolòchov non tornò indietro nella piana, ma andò avanti verso il villaggio. A un certo punto si fermò e stette ad ascoltare. – Senti? – disse. Petja riconobbe un suono di voci russe e vide presso i fuochi le figure scure di prigionieri russi. Scesi giú verso il ponte, Petja e Dolòchov passarono davanti alla sentinella che, senza dire neppure una parola, passeggiava sempre in su e in giú per il ponte, e uscirono nel valloncello, dove aspettavano i cosacchi.

– Su, ora addio. Di' a Denísov che sarà all'alba, al primo colpo, – disse Dolòchov, e voleva andarsene, ma Petja lo fermò col braccio.

– No! – esclamò egli: – siete un tale eroe! Ah, com'è stato bello! com'è andata a meraviglia! Come vi voglio bene!

– Bene, bene, – disse Dolòchov, ma Petja non lo lasciava andare, e nel buio Dolòchov vide che Petja si chinava verso di lui. Voleva dargli un bacio. Dolòchov lo baciò, rise e, voltando il cavallo, sparí nel buio.

X.

Tornato al posto di guardia, Petja trovò Denísov nell'entrata. Denísov agitato, inquieto e indispettito contro se stesso per aver lasciato andare Petja, lo aspettava.

– Sia lodato Iddio! – gridò, e poi ripeté: – Be', sia lodato Iddio! – ascoltando l'entusiastico racconto di Petja. – Il diavolo ti po'ti! Pe' causa tua non ho do'mito, – aggiunse Denísov. – Be', sia lodato Iddio, o'a va' a co'ica'ti. Fa'emo anco'a un sonnellino fino alla mattina.

– Ma... no, – disse Petja. – Non ho ancora voglia di dormire. E poi mi conosco: se mi addormento, è finita. E poi sono abituato a non dormire prima della battaglia.

Petja restò seduto un po' di tempo nell'isba, ricordandosi con gioia le circostanze della sua gita e rappresentandosi al vivo ciò che sarebbe accaduto l'indomani. Poi, accorgendosi che Denísov s'era addormentato, si alzò e uscí fuori.

Fuori era ancora buio perfetto. La pioggia era cessata, ma cadevano ancora delle gocce dagli alberi. Nelle vicinanze del posto di guardia si vedevano i profili delle capanne dei cosacchi e dei cavalli legati insieme. Dietro la piccola isba nereggiavano due carri presso i quali stavano i cavalli e nel burrone rosseggiava un fuoco che si andava spegnendo. I cosacchi e gli usseri non dormivano tutti: qua e là si udivano, insieme col rumore delle gocce e del vicino masticare dei cavalli, voci sommesse che pareva borbottassero.

Petja, uscito fuori, diede un'occhiata intorno, nel buio, e si avvicinò ai furgoni. Sotto ai furgoni qualcuno russava, e intorno ad essi stavano dei cavalli sellati, masticando la biada. Nel buio, Petja riconobbe il suo cavallo, che egli chiamava Karabàch, benché fosse un cavallo della Piccola Russia, e si avvicinò ad esso.

– Ehi, Karabàch, domani avremo da fare, – disse, carezzandolo sulle narici e baciandolo.

– Che è, signore, non dormite? – disse un cosacco, seduto sotto a un furgone.

– No, ma... Ti chiami Lichaciòv, vero? Sono arrivato solo adesso. Siamo andati dai francesi –. E Petja raccontò al cosacco con tutti i particolari non soltanto la sua gita, ma anche perché era andato e perché pensava che fosse meglio rischiare la propria vita che far le cose a casaccio.

– Fareste bene a dormire, – disse il cosacco.

– No, ci sono abituato, – rispose Petja. – Ma forse avete consumate tutte le pietre focaie delle pistole? Io ne ho portate. Ne vuoi? Prendine.

Il cosacco sbucò di sotto al furgone per guardar Petja piú da vicino.

– È perché sono avvezzo a far tutto accuratamente, – disse Petja. – Certuni fanno le cose alla peggio, non si preparano e poi se ne pentono. A me non piace far cosí.

– È giusto, – disse il cosacco.

– Senti ancora, fammi il piacere, caro, affilami la sciabola: ha perduto il fi... – (Petja ebbe scrupolo di dire una bugia: non era stata mai affilata). – Si può fare?

– Perché no? Si può.

Lichaciòv si alzò, frugò nel sacco, e Petja udí subito il rumore guerresco dell'acciaio e della pietra da arrotare. Egli saltò sul furgone e si sedette sull'orlo. Il cosacco, sotto al furgone, affilava la sciabola.

– Be', dormono questi giovanotti? – disse Petja.

– Chi dorme e chi no.

– E il ragazzo?

– Vesennij? Si è buttato là nell'entrata. S'è addormentato dalla paura. Com'era contento!

Dopo ciò, Petja tacque per un pezzo, prestando ascolto ai diversi rumori. Nell'ombra si udirono dei passi e apparve una figura nera.

– Che cosa stai affilando? – domandò un uomo, avvicinandosi al carro.

– Affilo la sciabola qui al signore.

– Va bene, – disse l'uomo, che a Petja parve un ussero. – È rimasta qui da voi la tazza?

– È lí accanto alla ruota –. L'ussero prese la tazza. – Speriamo che faccia presto giorno, – disse sbadigliando e se ne andò.

Petja avrebbe dovuto sapere che si trovava nella foresta, presso la banda di Denísov, a un miglio dalla strada, che era seduto su un furgone preso ai francesi, intorno al quale erano dei cavalli legati, che sotto di lui sedeva il cosacco Lichaciòv e gli affilava la sciabola, che la grande macchia nera a destra era il posto di guardia e la macchia di un rosso vivo, laggiú a sinistra, era il fuoco che si spegneva, che l'uomo venuto a chiedere la tazza era un ussero che voleva bere; ma egli non sapeva nulla di ciò e non voleva saper nulla. Egli era in un regno incantato, nel quale nulla somigliava alla realtà. La grande macchia nera poteva essere il posto di guardia, ma poteva anche essere una caverna che conduceva nelle profondità della terra. La macchia rossa poteva essere un fuoco di bivacco, ma poteva anche essere l'occhio di un enorme mostro. Poteva darsi che egli ora fosse seduto su un furgone, ma poteva benissimo darsi che fosse seduto non su un furgone, ma su una torre spaventevolmente alta, cadendo dalla quale per giungere a terra avrebbe dovuto volare tutto un giorno, tutto un mese, volar sempre e non finir mai di volare. Era possibile che sotto il carro fosse seduto semplicemente il cosacco Lichaciòv, ma era possibilissimo che fosse invece l'uomo piú buono, piú valoroso, piú straordinario, piú eccellente del mondo, ignoto a tutti. Poteva darsi che l'ussero venuto a prender l'acqua fosse sceso giú nel valloncello, ma poteva darsi che appena sparito dalla sua vista, fosse sparito per davvero e non esistesse piú.

Qualunque cosa avesse potuto vedere ora Petja, nulla lo avrebbe meravigliato. Egli era nel regno degl'incanti, nel quale tutto era possibile.

Guardò il cielo. Anche il cielo aveva un aspetto magico, come la terra. Il cielo si rischiarava e sulle cime degli alberi correvano rapidamente le nuvole, come scoprendo le stelle. A volte pareva che il cielo fosse sgombro e si mostrava nero e pulito. A volte pareva che quelle macchie nere fossero nuvolette. A volte pareva che il cielo si sollevasse alto, alto sopra la testa; a volte invece il cielo si abbassava tanto che si sarebbe creduto di poterlo toccare con la mano.

Petja cominciava a chiudere gli occhi e a ciondolare.

Cadevano gocce di pioggia. Veniva un mormorio di voci. I cavalli nitrivano e si mordevano. Qualcuno russava.

Zig, zig, zig... fischiava la sciabola che si stava affilando, e a un tratto Petja udí un coro armonioso che cantava un inno sconosciuto, solenne e dolce. Petja aveva disposizione per la musica come Nataša e piú di Nikolàj, ma non aveva mai studiato musica, non pensava alla musica, e perciò i motivi che gli venivano in mente inaspettati erano per lui assolutamente nuovi e attraenti. La musica suonava sempre piú forte. Il suono saliva, passando da un istrumento all'altro. Diventava ciò che si chiama una fuga, benché Petja non avesse il minimo sentore di ciò che è una fuga. Ogni strumento, ora simile a un violino, ora a una tromba, ma piú dolce e piú puro del violino e della tromba, sonava la sua parte, ma, senza finire un motivo, si fondeva con un altro che cominciava quasi nello stesso modo, e poi con un terzo, con un quarto, e tutti poi si riunivano in uno e di nuovo si dividevano e si riconfondevano ora in qualcosa di solenne e chiesastico, ora in qualcosa di sfolgorante e trionfale.

« Ah, sí, sto sognando, – disse fra sé Petja, chinandosi in avanti. – È negli orecchi... O forse è musica mia. Ecco, di nuovo. Avanti, musica mia, avanti!... »

Chiuse gli occhi. E da diverse parti, come in lontananza, si misero a vibrare suoni, cominciarono ad accordarsi, a sparpagliarsi, a confondersi, e di nuovo tutto si concentrò nello stesso inno solenne e dolce. « Ah, che delizia! Suona quanto voglio e come voglio », disse fra sé Petja. Si provò a dirigere quell'infinito coro d'istrumenti.

« Piano, piano, smorzate ora ». E i suoni gli obbedivano. « Su, ora, piú forte, piú allegro. Ancora, ancora piú gioioso ». E da profondità sconosciute sorgevano suoni che si alzavano, solenni. « Su, entrate voci! » ordinò Petja. E da lontano si cominciarono a udire voci maschili, poi voci femminili. Le voci si elevarono in uno sforzo misurato e solenne. A Petja dava spavento e gioia insieme ascoltare la loro straordinaria bellezza.

Alla solenne marcia di trionfo si mischiava una canzone, e gocce d'acqua cadevano, e – zig, zig, zig –, fischiava la sciabola, e di nuovo i cavalli nitrivano e si mordevano senza turbare il coro, ma partecipandovi.

Petja non sapeva da quanto tempo ciò durasse: ne godeva e continuava a meravigliarsi del suo godimento e rimpiangeva di non aver nessuno a parte del suo piacere. Lo svegliò la voce affettuosa di Lichaciòv.

– È pronta, Vossignoria. C'è da tagliare in due i francesi.

Petja si svegliò.

– È già l'alba! Davvero, è l'alba! – esclamò egli.

I cavalli, che prima non si vedevano, ora erano visibili fino alla coda, e attraverso i rami nudi appariva una luce acquosa. Petja si scosse, balzò in piedi, trasse di tasca un rublo d'argento e lo diede a Lichaciòv, provò la sciabola con un fendente, poi la rimise nel fodero. I cosacchi sciglievano i cavalli e stringevano le cinghie delle selle.

– Ecco il comandante, – disse Lichaciòv.

Dal posto di guardia uscí Denísov, e, chiamato Petja, ordinò di prepararsi.

XI.

Rapidamente, in quella penombra, ciascuno prese il suo cavallo, si strinsero le cinghie e ci si divise per reparti. Denísov, in piedi presso il posto di guardia, dava gli ultimi ordini. La fanteria della banda, col calpestio di centinaia di piedi, passò innanzi sulla strada e scomparve fra gli alberi nella nebbia che precedeva l'alba. Il *jesaúl* diede un comando ai cosacchi. Petja teneva il suo cavallo per la briglia, aspettando con impazienza l'ordine di montare in sella. Il suo viso, lavato con l'acqua fredda, e specialmente gli occhi, ardevano infocati, dei brividi gli correvano per la schiena e in tutto il suo corpo qualche cosa tremava rapidamente e quasi ritmicamente.

– Su, avete tutto p'onto? – disse Denísov. – Avanti i cavalli.

I cavalli furono condotti. Denísov si infuriò contro il suo cosacco perché le cinghie della sella erano lente e, dopo averlo sgridato, montò a cavallo. Petja prese la staffa. Il cavallo, per abitudine, voleva mordergli la gamba, ma Petja, che si sentiva leggero, saltò in fretta in sella e, gettando un'occhiata agli usseri che si avviavano nel buio dietro di lui, si accostò a Denísov.

– Vasilij Fjòdorovič, mi affiderete qualche cosa? Ve ne prego... per l'amor di Dio... – disse egli.

Denísov sembrava aver dimenticato l'esistenza di Petja. Gli gettò un'occhiata.

– Di una sola cosa ti p'ego, – disse egli severamente, – di obbedi'mi e di non anda'e a ficca'ti da nessuna pa'te.

Per tutto il tempo della marcia Denísov non disse piú una parola a Petja e cavalcò in silenzio. Quando giunsero al limite della foresta, nella piana era già giorno chiaro. Denísov disse qualcosa a bassa voce al *jesaúl*, e i cosacchi passarono davanti a

Petja e a Denísov. Quando furono passati tutti, Denísov toccò il suo cavallo e si diresse verso l'altura. Appoggiandosi sul sedere e scivolando, i cavalli scendevano nel valloncello coi loro cavalieri. Petja cavalcava accanto a Denísov. Il tremore in tutto il corpo gli si faceva piú forte. Il giorno era sempre piú chiaro, ma la nebbia nascondeva gli oggetti lontani. Giunto al basso e guardandosi indietro, Denísov fece un cenno col capo al cosacco che gli stava vicino.

– Il segnale! – disse.

Il cosacco alzò il braccio, ed echeggiò un colpo.

E nello stesso momento si udí il calpestio dei cavalli che si buttavano avanti, gridi che partivano da diversi lati e altri spari.

Nel medesimo istante che si udirono i primi calpestii e i primi gridi, Petja, spronando il suo cavallo, si precipitò innanzi a briglia sciolta, senza ascoltare Denísov che gli urlava dietro. A Petja, quando sentí il primo colpo, parve che fosse a un tratto chiaro come di mezzogiorno. Egli galoppò verso il ponte. Davanti a lui, sulla strada, galoppavano i cosacchi. Sul ponte si urtò con un cosacco rimasto indietro e galoppò oltre. Davanti a lui, degli uomini – dovevano essere francesi – correvano da destra a sinistra sulla strada. Uno di essi cadde nel fango sotto le zampe del cavallo di Petja.

Presso un'isba s'erano aggruppati molti cosacchi che facevano qualcosa. Di mezzo alla folla si udí un grido tremendo. Petja galoppò verso quella folla e la prima cosa che vide fu il viso pallido di un francese, con la mascella inferiore che tremava, il quale tentava di trattenere per l'asta una picca diretta contro di lui.

– Urrà!... Ragazzi... i nostri... – gridò Petja e, allentando la briglia al cavallo che s'era riscaldato, si gettò innanzi al galoppo per la strada.

Davanti si udirono dei colpi di fucile. Cosacchi, usseri, prigionieri russi tutti laceri, correndo ai due lati della strada, gettavano alte grida incomposte. Un francese dal cappotto turchino, senza berretto, con un viso rosso e convulso, si difendeva con la baionetta contro gli usseri. Quando Petja giunse al galoppo, il francese già era caduto. « Di nuovo in ritardo! » balenò nella mente di Petja, ed egli si diresse al galoppo là donde venivano frequenti colpi di fucile. I colpi rimbombavano nel cortile di quella casa padronale nella quale egli era stato la notte innanzi con Dolòchov. I francesi s'erano nascosti là, dietro una siepe, in un giardino tutto folto di cespugli, e tiravano sui cosacchi che si affollavano al portone. Avvicinandosi al portone, Petja, nel fumo della polvere, vide Dolòchov con un viso pallido, verdastro, che gridava qualcosa ai suoi uomini.

– Fate il giro! Si aspetti la fanteria! – gridava egli nel momento che Petja gli si avvicinava al galoppo.

– Aspettare?... Urrà!... – gridò Petja e, senza perdere un istante, si gettò verso quella parte donde venivano i colpi di fucile e dove era piú denso il fumo della polvere.

Si udí una scarica, e fischiarono le palle a vuoto e quelle che andarono a sbattere contro qualche cosa. I cosacchi e Dolòchov si precipitarono dietro a Petja verso il portone della casa. Dei francesi, circondati da un denso fumo ondeggiante, alcuni gettarono i fucili e sbucarono dai cespugli incontro ai cosacchi, altri fuggirono giú verso lo stagno. Petja galoppava sul suo cavallo intorno al cortile della casa padronale e, invece di tenere le redini, faceva strani e rapidi gesti con tutt'e due le braccia e pendeva sempre piú da un lato della sella. Il cavallo, avendo urtato in un mucchio di legna che si spegneva nella luce della mattinata, recalcitrò e Petja cadde pesantemente sulla terra umida. I cosacchi videro che egli moveva rapidamente le braccia e le gambe, sebbene la testa rimanesse immobile. Una palla gli aveva trapassato la testa.

Dopo aver parlato col piú anziano degli ufficiali francesi, che era uscito da dietro la casa e veniva verso di lui con un fazzoletto sulla punta della sciabola, dichiarando che lui e i suoi si arrendevano, Dolòchov smontò da cavallo e si avvicinò a Petja che era disteso per terra immobile con le braccia aperte.

– È spacciato! – disse, corrugando le sopracciglia e andò verso il portone incontro a Denísov che veniva verso di lui.

– Ucciso?! – gridò Denísov, vedendo da lontano la posizione nella quale giaceva il corpo di Petja, ch'era indubbiamente di un'immobilità senza vita.

– È spacciato! – ripeté Dolòchov, come se pronunziare quella parola gli facesse piacere, e rapidamente si accostò ai prigionieri che i cosacchi si affrettavano a circondare. – Non ne prenderemo! – gridò a Denísov.

Denísov non rispose; egli si avvicinò a Petja, scese da cavallo, e con le mani tremanti volse verso di sé il viso di Petja, insudiciato di sangue e di fango e che già era impallidito.

« Sono abituato alla roba dolce. Dell'uva passa eccellente, prendetela tutta »: gli tornarono in mente queste parole. E i cosacchi si volsero stupiti a guardare, udendo il gemito simile al guaito d'un cane con cui Denísov si voltò in là rapidamente, andò verso la siepe e vi si appoggiò.

Nel numero dei prigionieri russi ripresi da Denísov e Dolòchov era Pierre Bezúchov.

XII.

Per quel gruppo di prigionieri nel quale era compreso Pierre, per tutto il tempo della loro marcia, partendo da Mosca, non c'era stata nessuna nuova disposizione da parte delle autorità francesi. Questo gruppo il 22 ottobre non si trovava piú con quelle truppe e quei convogli coi quali era uscito da Mosca. La metà del convoglio di biscotto che li seguiva nelle prime marce era stata presa dai cosacchi, l'altra metà era andata avanti; dei cavalieri appiedati che marciavano innanzi, non ce n'era piú uno: erano tutti spariti. L'artiglieria, che nelle prime marce si vedeva davanti, era sostituita adesso dagli enormi bagagli del maresciallo Junot, che era scortato da truppe di Vestfalia. Dietro ai prigionieri marciava un convoglio di bagagli della cavalleria.

Dopo Vjazma le truppe francesi, che prima marciavano in tre colonne, marciavano ormai in una massa sola. Quei segni di disordine, che Pierre aveva notati alla prima tappa dopo Mosca, erano adesso giunti all'estremo grado.

La strada per la quale essi marciavano era seminata dalle due parti di cavalli morti; gente lacera, lasciata indietro da differenti reparti, si succedeva senza tregua, ora unendosi a loro, ora separandosi di nuovo dalla colonna in marcia.

Piú volte, durante il percorso, vi furono falsi allarmi, e i soldati della scorta alzavano i fucili, tiravano e scappavano all'impazzata, spingendosi a vicenda; ma poi si riunivano di nuovo, e s'ingiuriavano l'un l'altro per la vana paura avuta.

Queste tre masse che marciavano insieme – il deposito di cavalleria, i prigionieri e i bagagli di Junot – formavano ancora un tutto a sé, benché tanto la prima, quanto la seconda e la terza si dissolvessero rapidamente.

Dei carri del deposito, che al principio erano centoventi, non ne restavano ora piú di sessanta: gli altri erano stati presi dal nemico o abbandonati. Dei bagagli di Junot, alcuni carri erano stati anch'essi abbandonati o presi dal nemico. Tre erano stati saccheggiati da soldati rimasti indietro del corpo di Davoust. Dai discorsi dei tedeschi, Pierre aveva capito che avevano dato la scorta piú per i bagagli che per i prigionieri e che uno dei loro compagni, un soldato tedesco, era stato fucilato per ordine dello stesso maresciallo perché gli avevano trovato addosso un cucchiaio d'argento, appartenente al maresciallo.

Ma piú di tutto, fra quelle tre masse di gente, si era dissolta la colonna dei prigionieri. Di trecentotrenta uomini partiti da Mosca ora ne restavano meno di cento. I prigionieri, anche piú che non le selle del deposito di cavalleria e i bagagli di Junot, erano di peso ai soldati di scorta. Essi capivano che le selle e i cucchiai di Junot potevano servire a qualche cosa, ma a quale scopo dei soldati famelici e intirizziti dal freddo dovessero star a guardia e di sentinella a dei soldati russi egualmente famelici e intirizziti dal freddo, che gelavano e rimanevano per via, e che essi talvolta avevano ordine di fucilare, questo era non soltanto incomprensibile, ma anche odioso. E i soldati di scorta, come se temessero, nella dolorosa posizione in cui essi stessi si trovavano, di abbandonarsi a quel senso di pietà che sentivano verso i prigionieri e con ciò di peggiorare ancora la propria sorte, li trattavano con particolare freddezza e durezza.

A Dorogobuža, mentre i soldati di scorta, avendo chiuso i prigionieri in una stalla, erano andati a saccheggiare i loro propri magazzini, alcuni prigionieri fecero un buco sotto al muro e scapparono, ma furono ripresi dai francesi e fucilati.

L'ordine dato all'uscita da Mosca che gli ufficiali prigionieri marciassero separati dai soldati già da un pezzo era stato tolto: tutti quelli che potevano camminare marciavano insieme, e Pierre fino dalla terza tappa s'era unito di nuovo con Karatàjev e col cane lilla dalle gambe storte che s'era scelto Karatàjev come padrone.

Karatàjev il terzo giorno dopo la partenza da Mosca era stato ripreso da quella febbre per la quale era stato ricoverato all'ospedale di Mosca, e via via che Karatàjev si faceva piú debole, Pierre si allontanava maggiormente da lui. Pierre non sapeva perché, ma dal momento in cui Karatàjev cominciò a indebolirsi, dovette fare uno sforzo su se stesso per andargli vicino. E quando ci andava e udiva quei lamenti sommessi che egli mandava di solito stendendosi durante le fermate, e sentiva l'odore sempre piú forte che esalava da lui, Pierre se ne andava lontano e non ci pensava piú.

In prigionia, nella baracca, Pierre aveva imparato non con l'intelletto, ma con tutto l'essere suo, con la sua vita, che l'uomo è creato per la felicità, che la felicità è in lui stesso, nella soddisfazione dei bisogni umani naturali, e che tutto il male proviene non dalla mancanza delle cose, ma dal loro superfluo; ma ora, in quelle ultime tre settimane di marcia, egli aveva imparato anche un'altra verità confortante: aveva imparato che nel mondo non c'è nulla di terribile. Aveva imparato che, come non c'è nessuna situazione nella quale l'uomo possa essere pienamente felice e libero, cosí non c'è nessuna situazione nella quale debba essere infelice e privo di libertà. Aveva imparato che c'è un limite alla sofferenza e un limite alla libertà e che questo limite è molto prossimo: che l'uomo che soffriva perché nel suo letto di rose c'era un petalo ripiegato soffriva esattamente come soffriva lui ora addormentandosi sulla terra nuda e umida, raffreddandosi da un lato e riscaldandosi dall'altro; che, quando calzava i suoi scarpini da ballo troppo stretti, soffriva esattamente come soffriva ora quando camminava coi piedi affatto nudi (le sue calzature erano distrutte da un pezzo) e coperti di piaghe. Aveva imparato che quando egli aveva sposato sua moglie, e gli era parso di farlo di sua propria volontà, non era piú libero di adesso, quando era stato chiuso per la notte in una stalla. Di tutte le cose che poi aveva chiamate sofferenze, ma che allora quasi non sentiva, la principale era d'essere coi piedi nudi, scorticati e coperti di piaghe. (La carne di cavallo era gustosa e nutriente; la polvere di salnitro usata invece di sale era perfino piacevole; non faceva molto freddo, e di giorno durante le marce era caldo, mentre di notte c'erano i fuochi; i pidocchi che lo divoravano gli riscaldavano il corpo). Una sola cosa al principio era dura: la sofferenza dei piedi.

Il secondo giorno di marcia, guardando presso al fuoco le sue piaghe, Pierre aveva creduto che gli sarebbe stato impossibile camminare, ma, quando tutti si alzarono, egli cominciò a camminare, zoppicando e poi, quando si fu riscaldato, camminò senza dolore, benché verso sera gli fosse ancor piú terribile guardarsi i piedi. Ma egli non li guardò piú e pensò ad altro.

Ora soltanto Pierre aveva capito tutta la forza di vitalità dell'uomo e la forza salvatrice dello spostamento di attenzione che si trova nell'uomo, simile a una valvola di sicurezza in una caldaia, che fa uscire l'eccesso del vapore appena la sua pressione oltrepassa una data misura.

Egli non vedeva e non udiva come si fucilavano i prigionieri rimasti indietro, benché piú di cento di loro fossero già periti in questo modo. Non pensava a Karatàjev che s'indeboliva ogni giorno di piú e che, evidentemente, presto avrebbe dovuto subire la stessa sorte. Anche meno Pierre pensava a se stesso. Quanto piú difficile si faceva la sua posizione, quanto piú terribile era il futuro, tanto piú gli venivano lieti e rasserenanti pensieri, ricordi e immagini, che erano indipendenti dalla situazione nella quale si trovava.

XIII.

Il 22 a mezzogiorno Pierre saliva una costa, per una strada fangosa e sdrucciolevole, guardando i suoi piedi e le asperità del cammino. Di tanto in tanto dava un'occhiata alla gente ben nota che lo circondava e poi di nuovo ai suoi piedi. E quella come questi gli erano egualmente familiari e noti. Il cane, il Grigio lilla dalle gambe storte, correva allegramente da un lato della strada e ogni tanto, per mostrare la sua abilità e la sua contentezza, alzava una zampa di dietro e saltava sulle altre tre e poi di nuovo correva su tutt'e quattro e si gettava abbaiando sui corvi appollaiati sopra le carogne. Il Grigio era piú allegro e piú ben pasciuto che a Mosca. Da tutte le parti giacevano i corpi di diversi animali – da quelli umani a quelli dei cavalli – in diversi gradi di decomposizione, e gli uomini in marcia impedivano ai lupi di avvicinarsi, sicché il Grigio poteva mangiare a sazietà.

Una pioggerella cadeva fin dal mattino, e quando pareva che stesse per cessare e il cielo per farsi sereno, dopo una breve sosta ricominciava a piovere piú forte. La strada, che aveva già bevuta molt'acqua, ora non poteva assorbirne di piú, e dei ruscelli scorrevano nelle carreggiate.

Pierre camminava guardandosi ai lati, contando i passi tre per tre e segnandoli sulle dita. Rivolgendosi alla pioggia diceva dentro di sé: « Ancora, su ancora, dàgli, dàgli! »

Gli pareva di non pensare a nulla; ma l'anima sua pensava, in una lontana profondità, a qualcosa di grave e di consolante. Questo qualcosa era l'essenza spirituale piú sottile del discorso fatto il giorno innanzi con Karatàjev.

Il giorno innanzi, alla sosta notturna, dopo essersi intirizzito presso un fuoco spento, Pierre si era alzato e se n'era andato verso il fuoco piú vicino, che ardeva meglio. Accanto al fuoco a cui si era appressato sedeva Platòn, col capo coperto dal cappotto come da una stola, e raccontava ai soldati, con la sua voce persuasiva, piacevole, eppure malaticcia, una storia che Pierre già conosceva. Era già passata mezzanotte. Era il momento nel quale Karatàjev di solito si rianimava per il sopravvenire della febbre ed era particolarmente eccitato. Avvicinatosi al fuoco e udita la voce debole e malaticcia di Platòn e veduto il suo viso triste illuminato dalla fiamma, Pierre sentí in cuore una spiacevole impressione. Ebbe paura della sua pietà verso quell'uomo e voleva andarsene, ma altri fuochi non ce n'erano e Pierre, sforzandosi di non guardare Platòn, sedette lí presso.

– Be', come va la tua salute? – domandò.

– La salute? A chi si lamenta della malattia, Dio non dà la morte, – disse Karatàjev, e subito tornò al racconto interrotto. – ... Ed ecco, fratello mio, – continuò Platòn con un sorriso sulla magra, pallida faccia e con un particolare lieto splendore negli occhi. – Ecco, fratello mio...

Pierre conosceva quella storia da un pezzo, Karatàjev l'aveva raccontata sei volte solo a lui e sempre con uno speciale senso di gioia. Ma per quanto Pierre conoscesse bene quella storia, egli ora vi prestava l'orecchio come a una cosa nuova, e quel sottile fervore che visibilmente provava Karatàjev nel raccontarla si comunicò anche a Pierre. La storia era quella di un vecchio mercante che viveva onoratamente e piamente con la famiglia e che una volta con un compagno, un ricco mercante, era andato in pellegrinaggio a San Macario.

Fermatisi a una locanda, i due mercanti si erano addormentati, e il giorno seguente il primo mercante era stato trovato sgozzato e svaligiato. Un coltello insanguinato era stato trovato sotto al guanciale del vecchio mercante. Il mercante era stato giudicato e fustigato e, strappategli le narici, « per bene, come sta scritto », diceva Karatàjev, l'avevano mandato in galera.

– Ed ecco, fratello mio, – (Pierre trovò a questo punto il racconto di Karatàjev), – son passati dieci anni e anche piú da quel fatto. Il vecchierello vive in galera. Come è dovere, si rassegna e non fa nulla di male. Non chiede a Dio che la morte. Bene... E una notte i forzati si riuniscono, ecco cosí, come noi adesso, e il vecchierello era con loro. E il discorso venne sul perché ciascuno di loro soffriva e in che aveva peccato davanti a Dio. Cominciarono a raccontare: uno aveva ammazzato un uomo, un altro due, uno aveva incendiato, un altro era scappato senza motivo. E domandarono al vecchio: « E tu, nonno, perché sei qui a soffrire? » « Io, cari fratelli miei », dice, « soffro per i peccati miei e anche per quelli degli altri. Ma io non ho ucciso nessuno, né ho preso la roba degli altri, ché anzi vestivo i nostri fratelli poveri. Io, fratelli miei cari, ero un mercante, e avevo grandi ricchezze ». Cosí e cosí, dice. E raccontò come andò tutto il fatto per filo e per segno. « Io », disse « non mi affliggo per me. Si sa, Dio mi ha colpito. Soltanto mi rincresce per la mia vecchierella e per i ragazzi ». E il vecchio si mise a piangere. Si trovava per caso in quella compagnia proprio l'uomo che aveva ucciso il mercante. « Dove fu », dice, « nonno?, quando, in che mese? » E s'informò su tutto. Il cuore gli cominciò a dolere. Si avvicinò in questo modo al vecchietto e giú! in ginocchio. « Tu soffri per causa mia », dice, « vecchierello. È la pura verità, ragazzi, quest'uomo soffre per niente, senza sua colpa. Io », dice, « commisi il delitto, e ti misi il coltello sotto il capo mentre dormivi. Perdonami, nonno », dice, « per amor di Cristo ».

Karatàjev tacque, sorrise tutto contento, guardando il fuoco e accomodò le legna.

– E il vecchietto dice: « Che Dio ti perdoni, perché tutti siamo peccatori davanti a Dio », dice. « Io soffro per i miei peccati », e pianse lacrime di fuoco. Che credi, falchetto? – disse Karatàjev, risplendendo di un sorriso sempre piú luminoso e pieno di entusiasmo, come se in ciò che stava per raccontare ora si racchiudesse la maggior bellezza e tutto il significato del racconto, – che credi, falchetto? Quell'assassino dichiarò tutto all'autorità. « Io », dice, « ho ucciso cinque persone » (era un gran malfattore), « ma piú di tutto mi dispiace di questo vecchietto. Non deve piú piangere per causa mia ». Si denunziò: scrissero, mandarono le carte come si doveva. Quel luogo era lontano; per rifare il giudizio, per scrivere tutte le carte come si doveva, per informare le autorità, ci volle del tempo. Si arrivò fino allo zar. E venne un ordine dello zar che si rilasciasse il vecchietto e gli si desse una ricompensa, quel che avevano fissato laggiú. Vennero le carte, si cercò il mercante. « Dov'è », domandarono, « quel vecchietto che ha sofferto innocente? È venuta la carta dello zar ». Si mettono a cercarlo –. La mascella inferiore di Karatàjev tremava. – Ma Dio già gli aveva perdonato: era morto. Cosí è, falchetto, – conchiuse Karatàjev e guardò a lungo davanti a sé, sorridendo in silenzio.

Non questo racconto in sé, ma il suo misterioso senso, la gioia piena di fervore che splendeva nel viso di Karatàjev mentre raccontava, il segreto significato di quella gioia, era questo che ora empiva confusamente e lietamente l'anima di Pierre.

XIV.

– *A vos places!* – gridò improvvisamente una voce. Fra i prigionieri e i soldati di scorta passò un'allegra confusione e l'aspettativa di qualcosa di lieto e di solenne. Da tutte le parti si udirono comandi, e da sinistra, sfilando al trotto davanti ai prigionieri, apparvero dei cavalieri ben vestiti su bei cavalli. Su tutti i visi era quell'espressione di ansietà che ha la gente all'avvicinarsi delle autorità. I prigionieri s'erano riuniti in gruppo, respinti fuori della strada, e i soldati di scorta si allinearono.

– *L'Empereur! L'Empereur! Le maréchal! Le duc!* – E passata appena una scorta di soldati ben pasciuti, si sentí lo strepito di una carrozza tirata da cavalli grigi. Pierre vide in un lampo il viso tranquillo, bello, pieno e bianco di un uomo in cappello a tricorno. Era uno dei marescialli. Lo sguardo del maresciallo si rivolse alla poderosa, visibile figura di Pierre e, nell'espressione con la quale il maresciallo corrugò le sopracciglia e si voltò dall'altra parte, Pierre vide della compassione e il desiderio di nasconderla.

Il generale che comandava il deposito, con un viso rosso e spaventato, spingendo il suo magro cavallo, galoppava dietro la carrozza. Alcuni ufficiali s'erano raggruppati insieme, i soldati li circondarono. Tutti i visi erano commossi e ansiosi.

– *Qu'est-ce qu'il a dit? Qu'est-ce qu'il a dit?* – udiva Pierre.

Mentre passava il maresciallo i prigionieri s'erano riuniti in gruppo, e Pierre vide Karatàjev che egli non aveva ancora veduto in tutta la mattinata. Karatàjev, nel suo cappottino, sedeva appoggiato a una betulla. Nel suo viso, oltre all'espressione di gioiosa tenerezza del giorno innanzi quando raccontava del mercante che aveva sofferto innocente, splendeva ancora un'espressione di sommessa solennità.

Karatàjev guardava Pierre coi suoi buoni occhi tondi, ora velati di una lacrima, e si vedeva che lo chiamava a sé per dirgli qualche cosa. Ma Pierre aveva troppa paura per sé. Egli fece mostra di non accorgersi di quello sguardo e si allontanò in fretta.

Quando i prigionieri si rimisero in marcia, Pierre guardò indietro, Karatàjev era seduto sul margine della strada, presso la betulla, e due francesi dicevano qualcosa, curvi su di lui. Pierre non guardava piú. Zoppicando, andava per la strada in salita.

Indietro, al punto dov'era seduto Karatàjev, si udí un colpo di fucile. Pierre udí benissimo quel colpo, ma nel momento stesso che l'udiva, si ricordò di non aver finito un certo calcolo cominciato prima del passaggio del maresciallo: quante marce ancora rimanessero fino a Smolènsk. E si mise a calcolare. Due soldati francesi, uno dei quali teneva alzato in mano il fucile fumante, passarono correndo innanzi a Pierre. Tutti e due erano pallidi e nell'espressione dei loro visi – uno dei due gettò uno sguardo imbarazzato a Pierre – c'era qualcosa di simile a quello che egli aveva veduto in viso al giovane soldato, durante l'esecuzione. Pierre guardò il soldato e si ricordò che tre giorni prima quel soldato s'era bruciato la camicia per farla asciugare sul fuoco e che tutti avevano riso di lui.

Il cane si mise a ululare, indietro, nel punto dove prima era seduto Karatàjev. « Che stupido! – pensò Pierre, – perché abbaia? »

I soldati, i compagni che camminavano al fianco di Pierre non guardavano, come non guardava lui, il posto dal quale si era udito il colpo e poi l'ululare del cane; ma un'espressione severa era su tutti i visi.

XV.

Il deposito, i prigionieri e i bagagli del maresciallo si fermarono al villaggio di Šàmscevo. Tutti si riunirono a gruppi presso i fuochi. Pierre si avvicinò a un fuoco, mangiò della carne di cavallo arrosto, si sdraiò con la schiena al fuoco e subito si addormentò. E dormí del medesimo sonno che aveva avuto a Možàjsk dopo la battaglia di Borodinò.

Di nuovo gli avvenimenti reali si univano ai sogni e di nuovo qualcuno, lui stesso o un altro, gli suggeriva i pensieri, e anzi gli stessi pensieri che aveva avuti a Možàjsk.

« La vita è tutto. La vita è Dio. Tutto cambia e si muove e questo movimento è Dio. E finché c'è vita, c'è la gioia della coscienza della Divinità. Amare la vita è amare Dio. La cosa piú difficile e piú benedetta è amare questa vita nelle sue sofferenze, nelle sofferenze incolpevoli ».

« Karatàjev! » ricordò Pierre.

E a un tratto apparve a Pierre, come fosse vivo, un buon vecchietto da un pezzo dimenticato, un professore che in Isvizzera gli aveva insegnato geografia. – Aspetta, – disse il vecchietto, e mostrava il mappamondo a Pierre. Questo mappamondo era una sfera viva, mobile, senza dimensioni. Tutta la superficie della sfera

era composta di gocce, strette compattamente fra loro. E tutte queste gocce si movevano, si spostavano e ora, da molte che erano, si fondevano in una sola, ora da una si dividevano in molte. Ogni goccia tendeva a separarsi, a occupare piú posto, ma le altre, che avevano la medesima tendenza, la stringevano, e talvolta la distruggevano, talaltra si fondevano con essa.

– Ecco la vita, – disse il vecchio professore.

« Come ciò è semplice e chiaro, – pensò Pierre. – Come potevo non saperlo già prima? »

– Nel mezzo è Dio, e ogni goccia tende ad allargarsi per rifletterlo in misura maggiore. E cresce, si confonde, si stringe, sparisce dalla superficie, va nel profondo e di nuovo riappare. Ecco Karatàjev, ecco che si è confuso con gli altri, è sparito. *Vous avez compris, mon enfant?*

– *Vous avez compris, sacré nom?* – urlò una voce, e Pierre si svegliò.

Egli si rizzò a sedere. Presso al fuoco, accoccolato sui calcagni, era un francese che dianzi aveva spinto piú in là un soldato russo e faceva arrostire della carne infilzata sulla bacchetta del fucile. Le sue mani che uscivano dalle maniche rimboccate, rosse, coperte di peli, con le vene salienti, le dita corte, maneggiavano destramente la bacchetta. Il viso bruno, cupo, con le sopracciglia corrugate, risaltava alla luce dei carboni.

– *Ça lui est bien égal,* – brontolò, rivolgendosi in fretta a un soldato ritto dietro a lui. – *Brigand! va!*

E il soldato, girando la bacchetta, lanciò uno sguardo cupo a Pierre. Pierre si voltò in là, fissando gli occhi nell'ombra. Un soldato russo prigioniero, quello che il soldato francese aveva spinto in là, era seduto presso al fuoco e con la mano dava dei colpetti su qualcosa. Guardando piú da vicino, Pierre riconobbe il cagnolino lilla che, agitando la coda, stava accucciato accanto al soldato.

– Ah! è venuto?... – disse Pierre. – E Pla... – cominciò egli e non seguitò.

Nella sua immaginazione, a un tratto, si erano ricollegati vari ricordi: lo sguardo che gli aveva gettato Platòn seduto sotto l'albero, il colpo di fucile udito in quello stesso posto, l'ululato del cane, i visi colpevoli dei due francesi che gli erano passati davanti correndo, il fucile levato, ancora fumante, l'assenza di Karatàjev a quella sosta, e già egli era vicino a capire che Karatàjev era stato ucciso; ma nello stesso istante nell'anima sua, Dio sa come e perché, apparve il ricordo di una serata passata con una bella polacca, d'estate, sul balcone della sua casa di Kiev. E tuttavia, senza riuscire a legare fra loro i ricordi di quella giornata e senza trarne alcuna conclusione, Pierre chiuse gli occhi, e il quadro della natura estiva si mescolò col ricordo di un bagno, di una sfera mobile e fluida, ed egli sprofondò chissà dove nell'acqua, per modo che questa lo sommerse.

Prima del sorger del sole fu svegliato da forti e frequenti colpi di fucile e da grida. Dei francesi passavano correndo davanti a Pierre.

– *Les cosaques!* – gridò uno di loro, e un momento dopo una folla di visi russi circondò Pierre.

Per un pezzo Pierre non poté capire che cosa fosse accaduto. Da tutte le parti udiva urli di gioia dei compagni.

– Fratelli! Figliuoli miei cari! – gridavano piangendo dei vecchi soldati, abbracciando cosacchi e usseri.

Gli usseri e i cosacchi circondavano i prigionieri e in fretta offrivano chi vestiti, chi scarpe, chi pane. Pierre singhiozzava seduto in mezzo a loro e non poteva pronunziare una parola: abbracciò il primo soldato che gli si avvicinò e piangendo lo baciò.

Dolòchov, ritto presso la porta della casa in rovina, faceva passare davanti a sé una folla di francesi disarmati. I francesi, agitati da tutto ciò che era accaduto, parlavano fra loro ad alta voce; ma, passando davanti a Dolòchov, che si batteva leggermente col frustino gli stivali e li guardava col suo sguardo freddo, vitreo, che non prometteva nulla di buono, le loro chiacchiere tacevano. Dall'altra parte stava il cosacco di Dolòchov e contava i prigionieri, segnando ogni centinaio con una riga di gesso sulla porta.

– Quanti? – domandò Dolòchov al cosacco che contava i prigionieri.

– Siamo al secondo centinaio, – rispose il cosacco.

– *Filez, filez,* – diceva Dolòchov, che aveva imparato quest'espressione dai francesi, e, incontrando con lo sguardo i prigionieri che passavano, il suo sguardo scintillava di una luce crudele.

Denísov, che s'era tolto il berretto di pelo, con un viso cupo seguiva i cosacchi che portavano nella fossa scavata nel giardino il corpo di Petja Rostòv.

XVI.

Dopo il 28 ottobre, quando era cominciato a gelare, la fuga dei francesi non aveva assunto se non un carattere piú tragico per gli uomini che gelavano o si arrostivano a morte ai fuochi degli accampamenti e seguitavano ad andare nelle carrozze, avvolti in pellicce, coi beni predati all'imperatore, ai re, ai duchi; ma in realtà, la fuga e la dissoluzione dell'esercito francese non avevano per nulla mutato carattere.

Da Mosca a Vjazma, di un esercito francese di settantatremila uomini, senza contare la guardia (la quale durante tutta la guerra non fece nulla, tranne che saccheggiare), di un esercito di settantatremila uomini ne rimasero trentaseimila (di questa cifra non piú di cinquemila erano stati perduti in battaglia). Ecco il primo membro della progressione, dal quale con matematica certezza vengono determinati i successivi. L'esercito francese si liquefece e si distrusse nella stessa proporzione da Mosca a Vjazma, da Vjazma a Smolènsk, da Smolènsk alla Berezina, dalla Berezina a Vilna, indipendentemente dal freddo maggiore o minore, dall'inseguimento, dagli ostacoli della strada e da tutte le altre condizioni isolatamente prese. Dopo Vjazma le truppe francesi, invece di essere divise in tre colonne, formavano tutta una massa, e cosí marciarono sino alla fine. Berthier scrisse al suo sovrano (è noto come i capi si permettano di descrivere la posizione di un esercito in modo lontano dalla verità):

Je crois devoir faire connaître à Votre Majesté l'état de ses troupes dans les différents corps d'armée que j'ai été à même d'observer depuis deux ou trois jours dans différents passages. Elles sont presque débandées. Le nombre des soldats qui suivent les drapeaux est en proportion du quart au plus dans presque tous les régiments; les autres marchent isolément dans différentes directions ou pour leur compte, dans l'espérance de trouver des subsistances et pour se débarrasser de la discipline. En général ils regardent Smolensk comme le point où ils doivent se refaire. Ces derniers jours on a remarqué que beaucoup de soldats jettent leurs cartouches et leurs armes. Dans cet état de choses, l'intérêt du service de Votre Majesté exige, quelles que soient ses vues ultérieures, qu'on rallie l'armée à Smolensk en commençant à la débarrasser des non-combattants, tels que les hommes démontés, et des bagages inutiles et du matériel de l'artillerie, qui n'est plus en proportion avec les forces actuelles. En outre des jours de repos, des subsistances sont nécessaires aux soldats qui sont exténués par la faim et la fatigue; beaucoup sont morts ces derniers jours sur la route et dans les bivacs. Cet état de choses va toujours en augmentant et donne lieu de craindre, que si l'on n'y prête un prompt remède, on ne soit plus maître des troupes dans un combat. Le 9 novembre, à 30 verstes de Smolensk.

Precipitatisi a Smolènsk, che appariva loro come la terra promessa, i francesi si uccidevano l'un l'altro per i viveri, saccheggiavano i loro stessi magazzini, e, quando tutto fu rapinato, fuggirono oltre.

Tutti andavano, senza sapere essi stessi dove e perché andassero. Anche meno degli altri lo sapeva il genio di Napoleone, visto che nessuno gli dava ordini. Ma tuttavia lui e coloro che gli stavano intorno conservavano le antiche abitudini: venivano scritti ordini, lettere, rapporti, *ordres du jour*; ci si chiamava l'uno con l'altro *Sire, mon cousin, Prince d'Eckmuhl, Roi de Naples*. Ma gli ordini e i rapporti erano soltanto sulla carta, non erano eseguiti in nessuna parte, perché non si potevano eseguire e, malgrado le scambievoli denominazioni di maestà, altezza e cugini, tutti sentivano di essere persone miserevoli e indegne, le quali avevano fatto molto male che ora bisognava pagare. E benché fingessero di preoccuparsi dell'esercito, ognuno di loro pensava soltanto a se stesso e al modo di poter andarsene e salvarsi al piú presto.

XVII.

Le azioni delle truppe russe e francesi durante la ritirata da Mosca fino al Niemen sono simili al gioco della moscacieca, quando a due giocatori si bendano gli occhi e uno ogni tanto suona un campanellino per avvertire della sua presenza quello che cerca di acchiapparlo. Da principio quello a cui si dà la caccia suona senza paura dell'avversario, ma quando le cose gli vanno male, egli, cercando di camminare senza farsi sentire, sfugge il suo nemico e spesso, credendo di fuggire, gli si va a gettare proprio nelle braccia.

Da principio le truppe di Napoleone davano ancora segni di vita: ciò era nel primo periodo del movimento lungo la strada di Kaluga; ma poi, avviatesi per la via di Smolènsk, esse si misero a scappare, stringendo con la mano il battaglio del campanello, e spesso, credendo di allontanarsi, correvano proprio addosso ai russi.

Data la rapidità della corsa dei francesi e dei russi che li inseguivano e, per conseguenza, dello sfinimento dei cavalli, il mezzo principale di riconoscere approssimativamente la situazione del nemico, cioè le perlustrazioni della cavalleria, era escluso. Oltre a ciò, per i frequenti e rapidi cambiamenti di posizione dei due eserciti, le informazioni, quali che fossero, non potevano giungere in tempo. Se il 2 giungeva notizia che l'esercito nemico il giorno 1 si trovava in un dato luogo, il 3, quando si poteva intraprendere qualche cosa, già quell'esercito aveva fatto due tappe e si trovava in una posizione assolutamente diversa.

Un esercito fuggiva, l'altro l'inseguiva. Dopo Smolènsk si presentavano ai francesi molte strade diverse; e parrebbe che i francesi, essendo rimasti là quattro giorni, avrebbero potuto sapere dov'era il nemico, combinare qualche cosa di vantaggioso e intraprendere qualche cosa di nuovo. Ma dopo una fermata di quattro giorni, le masse francesi si rimisero a fuggire, non a destra, non a sinistra, ma come prima, senza nessuna manovra e nessuna riflessione, per la strada peggiore, verso Kràsnoje e Orša, sulla traccia già segnata.

Aspettandosi d'avere il nemico dietro e non davanti, i francesi fuggivano in colonna allungata, e con un intervallo di 24 ore fra i primi reparti di truppe e gli ultimi. Davanti a tutti fuggiva l'imperatore, poi i re, poi i duchi. L'esercito russo, credendo che Napoleone si dirigesse a destra verso il Dnieper, che era la sola cosa ragionevole, si gettò anch'esso a destra e andò per la strada maestra verso Kràsnoje. E là, come nel gioco della moscacieca, i francesi incontrarono la nostra avanguardia. Vedendo inaspettatamente il nemico, i francesi si smarrirono, spaventati dal fatto inatteso si fermarono, ma poi ripresero la fuga, abbandonando i compagni che li seguivano. Là, quasi attraverso lo schieramento delle truppe russe, per tre giorni passarono uno dopo l'altro dei corpi francesi staccati: prima quello del vicerè, poi quello di Davoust, poi quello di Ney. Tutti si abbandonavano scambievolmente, abbandonavano tutti i loro bagagli, l'artiglieria, metà degli uomini, e fuggivano, limitandosi, la notte, a descrivere un semicerchio a destra intorno alle truppe russe.

Ney, che veniva per ultimo (perché, malgrado l'infelice posizione dei francesi, o proprio per questo, essi avevano voluto battere il pavimento contro il quale avevano battuto, e lui s'era occupato di far saltare le mura di Smolènsk che non davano noia a nessuno), venendo dunque l'ultimo, Ney, col suo corpo d'armata di diecimila uomini, raggiunse ad Orša Napoleone con soli mille uomini, abbandonando tutti i soldati e i cannoni, e gettandosi di notte, furtivamente, nella foresta per attraversare il Dnieper.

Da Orša seguitarono a fuggire sulla strada di Vilna, proprio come se giocassero a moscacieca con l'esercito che li inseguiva. Sulla Berezina di nuovo ci fu una gran confusione. Molti affogarono, molti si arresero, ma quelli che traversarono il fiume fuggirono oltre. Il loro capo supremo, avvolto in una pelliccia, sedette in una slitta e corse via solo, lasciando i suoi compagni. Chi poteva andarsene, se ne andava; chi non poteva, si arrendeva o moriva.

XVIII.

Parrebbe che in questa fuga dei francesi, quando essi facevano tutto il possibile per rovinarsi, quando non un solo movimento di quella folla, dall'atto di svoltare sulla strada di Kaluga fino alla fuga del capo dell'esercito, aveva il minimo senso, parrebbe che in questo periodo della campagna fosse ormai impossibile agli storici che attribuiscono i movimenti delle masse alla volontà di un solo uomo descrivere nel senso loro la ritirata. Ma no! Montagne di libri sono state scritte dagli storici intorno a questa campagna, e dappertutto sono state descritte le disposizioni prese da Napoleone e i suoi profondi piani di manovra che guidavano l'esercito e le disposizioni geniali dei suoi marescialli.

La ritirata di Malojaroslàvets, quando gli si cedeva il passo verso un paese ricco e gli si apriva dinanzi quella strada parallela sulla quale poi lo inseguí Kutúzov, la ritirata inutile sulla strada devastata ci viene spiegata con varie profonde considerazioni. Con altre simili considerazioni è descritta la sua ritirata da Smolènsk a Orša. Poi si descrive l'eroismo di Napoleone presso Kràsnoje, dove pare che si preparasse ad accettar battaglia e ad assumere lui stesso il comando, e dove egli cammina appoggiandosi a un bastone di betulla e dice:

– *J'ai assez fait l'empereur, il est temps de faire le général*, – e malgrado ciò, subito dopo, egli fugge oltre, abbandonando in balia della sorte i reparti dispersi dell'esercito rimasti indietro.

Poi ci viene dipinta la grandezza d'animo dei marescialli, specialmente di Ney, grandezza d'animo che consisté nel gettarsi di notte in una foresta per passare il Dnieper, e senza bandiere né artiglieria, avendo perduto i nove decimi dei suoi uomini, giungere di corsa ad Orša.

E finalmente l'ultima partenza del grande imperatore dall'eroico esercito ci è rappresentata dagli storici come qualcosa di grande e di geniale. Anche quest'ultima fuga, che nella lingua degli uomini si qualificherebbe come l'ultimo grado della viltà, di cui s'insegna a vergognarsi a ogni bambino, nel linguaggio degli storici anche quest'atto riceve la sua giustificazione.

Quando è ormai impossibile tendere ancora i fili cosí elastici del ragionamento storico, quando un atto è palesemente contrario a ciò che tutta l'umanità chiama bene e anche giustizia, appare negli storici il concetto salutare della grandezza. La grandezza par che escluda la possibilità della misura del bene e del male. Per i grandi nulla è male. Nessuna infamia può essere ascritta a colpa a chi è grande.

« *C'est grand!* » dicono gli storici, e allora non c'è piú né bene né male, ma c'è il *grand* e non *grand*. Il *grand* è bene, il non *grand* è male. Il *grand* è, secondo loro, una proprietà di certi particolari animali chiamati eroi. E Napoleone, che se la svigna, avvolto in una calda pelliccia, lasciando soccombere non soltanto dei compagni, ma (per quel che egli credeva) degli uomini che aveva condotti là, sente *que c'est grand* e la sua anima è tranquilla.

« *Du sublime*, – (egli vede in sé qualcosa di *sublime*), – *au ridicule il n'y a qu'un pas* », dice. E tutto il mondo da cinquant'anni ripete: « *Sublime! Grand! Napoléon le Grand! Du sublime au ridicule il n'y a qu'un pas!* »

E a nessuno viene in mente che il riconoscimento di una grandezza non misurabile con la misura del bene e del male è soltanto il riconoscimento della propria pochezza e della propria incommensurabile piccolezza.

Per noi, con la misura del bene e del male dataci da Cristo, non c'è nulla d'incommensurabile. E non c'è grandezza là dove non c'è semplicità, bontà e verità.

XIX.

Qual è quel russo che, leggendo le descrizioni dell'ultimo periodo della campagna del 1812, non ha provato un senso penoso di dispetto, d'insoddisfazione e di confusione? Chi non si è posto questa domanda: come mai non furono catturati e distrutti tutti i francesi, quando tre armate superiori di numero li circondavano; quando i francesi in rotta, affamati e assiderati, si arrendevano in massa, e quando (come ci dice la storia) lo scopo dei russi era proprio di fermare, tagliar fuori e catturare tutti i francesi?

In qual modo quell'esercito russo che, piú debole di numero dei francesi, diede la battaglia di Borodinò, in qual modo quell'esercito, che circondava i francesi da tre parti e aveva lo scopo di catturarli, non conseguí il suo scopo? Possibile che i francesi abbiano una cosí immensa superiorità su di noi, che noi con forze superiori, dopo averli circondati, non potessimo batterli? In che modo ciò poté avvenire?

La storia (quella cioè che si designa con tal nome) a queste domande risponde che ciò accadde perché Kutúzov e Tormàsov e Ciaiapòv e il tale e il talaltro non fecero quella o quell'altra manovra.

Ma perché essi non fecero tutte queste manovre? Perché, se erano colpevoli di non aver raggiunto lo scopo prefisso, perché non furono giudicati e puniti? Ma, ammesso anche che la colpa dell'*insuccesso* dei russi ricada su Kutúzov, Ciciagòv ecc., è impossibile tuttavia comprendere perché, nelle condizioni nelle quali si trovava l'esercito russo a Kràsnoje e alla Berezina (in ambedue i casi i russi avevano forze preponderanti), perché non fu catturato l'esercito francese coi suoi marescialli, i suoi re e imperatori, quando questo era proprio lo scopo dei russi.

La spiegazione di questo strano fenomeno (come la dànno gli storici militari russi), che, cioè, Kutúzov impedí l'attacco, manca di base, perché noi sappiamo che la volontà di Kutúzov non aveva potuto trattenere le truppe dall'attaccare a Vjazma e a Tarútino.

Perché quell'esercito russo che con forze piú deboli ottenne la vittoria a Borodinò contro un nemico in tutta la sua efficienza, a Kràsnoje e alla Berezina poi, con forze preponderanti, fu vinto dalle masse stremate dei francesi?

Se lo scopo dei russi era di tagliare la strada a Napoleone e ai suoi marescialli e prenderli prigionieri, e questo scopo non soltanto non fu raggiunto, ma tutti i tentativi di raggiungere questo scopo furono ogni volta sventati nel modo piú vergognoso, allora è assolutamente giusto che l'ultimo periodo della campagna sia rappresentato dai francesi come una serie di vittorie, ed è assolutamente ingiusto che dagli storici russi sia rappresentato come vittorioso.

Gli storici militari russi, in quanto debbono attenersi alla logica, vengono involontariamente a questa conclusione e, malgrado i loro slanci lirici sul valore e l'abnegazione, ecc., debbono involontariamente confessare che la ritirata dei francesi da Mosca è tutta una serie di vittorie di Napoleone e di sconfitte di Kutúzov.

Ma lasciando interamente da parte l'amor proprio nazionale, si sente che questa conclusione racchiude in se stessa una contraddizione, visto che la serie delle loro vittorie portò i francesi alla completa distruzione e la serie delle loro disfatte portò i russi al completo annientamento del nemico e alla liberazione della loro patria.

La sorgente di questa contraddizione sta in ciò, che gli storici i quali studiano i fatti nelle lettere dei sovrani e dei generali, nelle relazioni, nei rapporti, nei piani ecc. presuppongono come scopo dell'ultimo periodo della guerra del 1812 un falso scopo che non ci fu mai, e che sarebbe consistito nel tagliar la strada a Napoleone e prenderlo prigioniero coi suoi marescialli e il suo esercito.

Questo scopo non ci fu mai e non ci poteva essere, perché non aveva senso e il suo conseguimento era assolutamente impossibile.

Questo scopo non aveva alcun senso, anzitutto perché l'esercito in rotta di Napoleone fuggiva dalla Russia con tutta la rapidità possibile, cioè compiva proprio ciò che poteva desiderare ogni russo. Perché si dovevano fare varie operazioni contro i francesi, quando questi fuggivano quanto piú presto potevano?

In secondo luogo, sarebbe stato stolto mettersi sulla strada di gente che tendeva ogni sua energia per fuggire.

In terzo luogo, sarebbe stato stolto sciupare le proprie truppe per distruggere le armate francesi che si dissolvevano da sé, senza cause esterne, e con tale progressione che, senza nessun ostacolo posto al loro cammino, non potevano far passare la frontiera a un numero maggiore di uomini che quelli i quali la passarono nel mese di dicembre, cioè la centesima parte di tutto l'esercito.

In quarto luogo, sarebbe stato uno stolto desiderio quello di prendere prigionieri l'imperatore, i re, i duchi, uomini che, quando fossero stati prigionieri, avrebbero inceppato al piú alto grado l'azione dei russi, come lo riconoscevano i piú abili diplomatici di quel tempo (J. de Maistre e altri). Anche piú stolto sarebbe stato il desiderio di catturare dei corpi di truppe francesi, quando le nostre truppe si erano ridotte di metà prima di Kràsnoje, e per corpi interi di prigionieri si sarebbero dovute distaccare delle divisioni di scorta, e quando i nostri soldati non sempre ricevevano la razione intera e i prigionieri già catturati morivano di fame.

Tutto il sapiente piano di tagliar la strada a Napoleone e catturarlo col suo esercito somigliava al piano che farebbe un ortolano che, per scacciare una bestia che gli ha calpestato le aiuole dell'orto, corresse alla porta e colpisse alla testa la bestia. La sola cosa che si potrebbe dire a giustificazione dell'ortolano sarebbe ch'egli è andato su tutte le furie. Ma ciò neppure si potrebbe dire per gli autori dei progetti, perché non sono loro che hanno sofferto per le aiuole calpestate.

Ma oltre all'essere stolto, il tagliar la strada a Napoleone e al suo esercito era impossibile.

Era impossibile, in primo luogo perché, come si vede dall'esperienza che in una battaglia il movimento delle colonne a cinque miglia di distanza non combina mai coi piani prestabiliti, cosí la probabilità che Ciciagòv, Kutúzov e Wittgenstein si riunissero a tempo al posto assegnato era talmente minima che equivaleva all'impossibilità; e cosí pensava Kutúzov, il quale già nel ricevere il piano aveva detto che le diversioni a grande distanza non dànno mai i risultati che si desiderano.

In secondo luogo era impossibile perché, per paralizzare la forza d'inerzia con la quale si ritirava l'esercito di Napoleone, ci sarebbe voluto un contingente di truppe senza paragone maggiore di quello che avevano i russi.

In terzo luogo era impossibile perché il termine militare *tagliare* non ha alcun senso. Si può tagliare un pezzo di pane, ma non un esercito. Tagliar fuori un esercito – sbarrargli la strada – è impossibile, poiché c'è sempre intorno molto spazio per girare al largo, e c'è la notte, durante la quale non si vede nulla, cosa di cui i dotti militari avrebbero potuto convincersi almeno dagli esempi di Kràsnoje e della Berezina. Ed è assolutamente impossibile far prigionieri se coloro che si prendono prigionieri non vi acconsentono, come non si può acchiappare una rondine, benché si possa prenderla se viene a posarsi sulla mano. Si possono far prigionieri coloro che si arrendono come i tedeschi, secondo le regole della strategia e della tattica. Ma le truppe francesi, molto giustamente, non lo ritenevano opportuno, visto che la medesima morte per fame e per freddo li aspettava sia nella fuga che nella prigionia.

Quarto e principale argomento, era impossibile perché da quando esiste il mondo non ci sono mai state guerre in condizioni cosí terribili come quelle in cui avvenne la guerra del 1812, e le truppe russe nell'inseguire i francesi spiegarono tutte le loro forze e non avrebbero potuto fare di piú senza distruggersi loro stesse.

Nel movimento compiuto dall'esercito russo da Tarútino fino a Krasnoje cinquantamila persone andarono perdute per l'esercito, per malattia o perché restati per via, cioè un numero eguale a quello degli abitanti di un grosso capoluogo di provincia. La metà degli uomini andarono perduti per l'esercito senza combattere.

E di questo periodo della campagna, quando le truppe senza scarpe e senza pellicce, con vitto scarso, senz'acquavite, dormivano per mesi nella neve, con un freddo di 15 gradi sotto zero; quando il giorno era solo di sette o otto ore e il resto era notte, durante la quale non poteva avere efficacia la disciplina; quando non era come in battaglia, che gli uomini erano immessi soltanto poche ore nel regno della morte dove non c'è piú disciplina, ma quando essi vivevano per mesi interi lottando ogni momento contro la morte per fame o per freddo; quando in un mese era perita metà dell'esercito, proprio di questo periodo della campagna ci vengono a dire gli storici che Miloràdovič doveva fare una marcia di fianco per di qua e Tormàsov per di là, che Ciciagòv doveva spostarsi colà (spostarsi con la neve che oltrepassava il ginocchio), che quell'altro sbaragliò il nemico e lo tagliò fuori, ecc. ecc.

I russi, dei quali morivano la metà, fecero tutto ciò che si poteva e doveva fare per raggiungere uno scopo degno del loro popolo, e non ebbero colpa se altri russi, che stavano seduti nel tepore delle proprie stanze, immaginavano che si dovesse fare ciò che era impossibile.

Tutta questa strana contraddizione, ora incomprensibile, tra i fatti e le descrizioni della storia, proviene soltanto da questo: che gli storici i quali hanno scritto di questo avvenimento hanno scritto la storia dei bei sentimenti e delle belle parole dei diversi generali, ma non la storia dei fatti.

Ad essi sembrano molto importanti le parole di Miloràdovič, le ricompense che ricevette il tale o talaltro generale e le loro congetture; ma la circostanza di quei cinquantamila uomini rimasti negli ospedali e nelle tombe non li interessa nemmeno, perché non è oggetto dei loro studi.

Eppure basta solamente distogliere lo sguardo dall'esame dei rapporti e dei piani dei generali e penetrare nei movimenti di quelle centinaia di migliaia di uomini che hanno preso una parte diretta e immediata agli avvenimenti, perché tutte le quistioni che prima sembravano insolubili ricevano a un tratto, con insolita facilità e semplicità, una soluzione sicura.

Lo scopo di tagliare fuori Napoleone col suo esercito non è mai esistito se non nell'immaginazione di una diecina di persone. Non poteva esistere perché era vuoto di senso e il suo raggiungimento era impossibile.

Lo scopo del popolo era uno solo: liberare la sua terra dall'invasione. Questo scopo fu raggiunto anzitutto di per se stesso, dato che i francesi fuggivano e perciò bisognava soltanto non ostacolare il loro moto; in secondo luogo, questo scopo fu raggiunto con l'azione della guerra popolare, che distrusse i francesi, e in terzo luogo con l'inseguimento dei francesi ad opera di un grosso esercito russo, che era pronto ad adoperare la forza nel caso che il moto dei francesi si arrestasse.

L'esercito russo doveva agire come la frusta su di un animale che corre. E l'esperto conducente sapeva che la cosa piú efficace era tenere alzata la frusta e minacciare con essa, ma non sferzare sul capo l'animale che correva.

Parte quarta

I.

Quando un uomo vede un animale moribondo è preso dal terrore: ciò che egli è – la sua essenza – si distrugge evidentemente dinanzi ai suoi occhi, cessa di esistere. Ma quando è un essere umano che muore e un essere caro e tangibile, allora si prova, oltre a quel terrore per la distruzione della vita, un laceramento, una ferita spirituale che, tal quale come una ferita fisica, a volte uccide, a volte giunge a guarigione, ma sempre duole e teme l'irritazione dei contatti esterni.

Dopo la morte del principe Andréj, Nataša e la principessina Marja lo sentirono allo stesso modo. Dopo essersi moralmente curvate e aver socchiuso gli occhi dinanzi alla minaccia della nuvola della morte sospesa su di loro, non osavano piú guardare in volto la vita. Esse difendevano con cura le loro ferite nascoste dai contatti dolorosi che potevano offenderle. Tutto, una carrozza che passava rapidamente per la strada, l'annunzio del pranzo, una domanda di una cameriera a proposito del vestito che bisognava preparare e, peggio ancora, una parola di condoglianza insincera o indifferente irritava dolorosamente la ferita, sembrava un'offesa e turbava quel silenzio necessario nel quale entrambe si sforzavano di ascoltare quel coro grave e terribile che ancora non taceva nella loro immaginazione e impediva loro di guardare in quelle misteriose, infinite lontananze che a istanti si aprivano innanzi ad esse.

Soltanto quando erano sole insieme non sentivano né offesa né dolore. Parlavano poco fra loro. Se parlavano, era dei soggetti piú indifferenti. E tutt'e due evitavano allo stesso modo di menzionare qualsiasi cosa che avesse relazione col futuro.

Ammettere la possibilità di un avvenire sembrava loro un'offesa alla memoria di lui. Con anche maggior cautela esse sfuggivano nei loro discorsi tutto ciò che potesse riferirsi al defunto. Sembrava loro che tutto ciò che esse avevano vissuto e sentito non si potesse esprimere con parole. Sembrava loro che ogni accenno fatto con parole ai particolari della sua vita turbasse la maestà e la santità del mistero compiutosi sotto i loro occhi.

Le continue sospensioni del discorso, il continuo sforzo di evitare tutto ciò che potesse portare a una parola su di lui, questo fermarsi ai limiti di ciò che non si doveva dire evocavano ancora piú chiaramente e limpidamente davanti alla loro immaginazione ciò che esse sentivano.

Ma una piena, assoluta tristezza è altrettanto impossibile come una piena, assoluta gioia. La principessina Marja, per la sua posizione di unica e indipendente signora della propria sorte, di tutrice ed educatrice del nipote, fu la prima ad essere richiamata dalla vita fuori da quel mondo di tristezza nel quale aveva vissuto i primi quindici giorni. Aveva ricevuto lettere di parenti alle quali bisognava rispondere; la stanza nella quale aveva messo Nikòluška era umida ed egli aveva cominciato a tossire; Alpatyč era venuto a Jaroslàvl coi rendiconti dell'amministrazione e con proposte e consigli di recarsi a Mosca nella loro casa di via Vozdvíženka, che era rimasta intatta e richiedeva solo piccole riparazioni. La vita non si arrestava e bisognava vivere. Per quanto duro potesse essere per la principessina Marja uscire da quel mondo di solitaria contemplazione nel quale era vissuta fino allora, per quanta pena e quasi rimorso le suscitasse abbandonare Nataša sola, le cure della vita esigevano la sua partecipazione, ed ella involontariamente vi si assoggettò. Verificava i conti con Alpatič, si consigliava con Dessalles intorno al nipote, dava ordini e faceva preparativi per il suo ritorno a Mosca.

Nataša rimaneva sola e, da che la principessina Marja era occupata nei suoi preparativi di partenza, sfuggiva anche lei.

La principessina Marja offrí alla contessa di condurre con sé Nataša a Mosca, e madre e padre con gioia avrebbero accettato quest'offerta, accorgendosi ogni giorno di piú del venir meno delle forze fisiche nella figliuola e pensando che le sarebbe stato vantaggioso sia un mutamento di luogo, sia l'aiuto dei medici di Mosca.

– Non andrò da nessuna parte, – rispose Nataša, quando le fecero questa proposta, – ma fatemi il favore di lasciarmi stare, – disse e scappò via dalla stanza, trattenendo a stento lacrime non tanto di dolore quanto di dispetto e di rabbia.

Dopo che s'era sentita abbandonata dalla principessina Marja e sola nel suo dolore, Nataša se ne stava seduta per lo piú sola nella sua camera, con le gambe in un angolo del divano, e, rompendo o sgualcendo qualcosa fra le sue dita sottili e nervose, guardava con l'ostinato immobile sguardo qualche oggetto su cui s'erano fermati i suoi occhi. Questa solitudine la consumava, la tormentava, ma le era necessaria. Non appena qualcuno entrava da lei, lesta si alzava, cambiava posizione, cambiava l'espressione dello sguardo e prendeva un libro o un ricamo, aspettando con visibile impazienza l'uscita di chi l'aveva disturbata.

Le pareva di esser sempre lí lí per comprendere, per penetrare quello su cui, con una interrogazione cosí terribile e sproporzionata alle sue forze, ella teneva fisso il suo sguardo interiore.

Alla fine di dicembre, Nataša se ne stava un giorno seduta con le gambe in un angolo del divano, vestita di lana nera, con la treccia negligentemente annodata a crocchia, magra e pallida, sgualcendo nervosamente i lembi della cintura, e guardava verso la porta.

Guardava là dov'egli era andato, dall'altro versante della vita. E quel versante della vita, al quale prima non pensava mai, che prima le pareva cosí lontano, cosí irreale, ora le era prossimo e familiare, comprensibile piú di questo versante della vita, nel quale tutto era deserto e distruzione, o sofferenza e vergogna.

Guardava là dove sapeva che egli era, ma non poteva vederlo altrimenti che come era qui. Lo vedeva di nuovo come era a Mytišci, a Tròitsa, a Jaroslàvl.

Vedeva il suo viso, udiva la sua voce e ripeteva le parole di lui e le parole proprie dette a lui, e a volte inventava nuove parole che allora avrebbero potuto esser dette.

Ecco, egli è seduto su una poltrona, nella sua giacca di velluto foderata di pelliccia, con la testa appoggiata alla magra mano bianca. Il suo petto è tremendamente incavato e le spalle sollevate. Le labbra sono duramente serrate, gli occhi luccicano e sulla pallida fronte appare e scompare una ruga. Una delle sue gambe ha un tremito appena percettibile. Nataša sa che egli lotta con una tormentosa sofferenza. « Che cosa è questa sofferenza? Perché questa sofferenza? Che cosa sente? Com'è questo suo male? » pensa Nataša. Egli si è accorto dell'attenzione di lei, ha alzato gli occhi e, senza sorridere, s'è messo a parlare. « Una cosa sola è tremenda, – egli dice: – legarsi per sempre a un uomo che soffre. Questo è un tormento eterno ». Ed egli la guarda col suo sguardo scrutatore. Nataša, come sempre, risponde prima di aver fatto in tempo a pensare a ciò che risponde; dice: « Non può durare cosí, non sarà cosí: guarirete del tutto ».

Ora lo rivedeva e tornava a provare tutto ciò che aveva provato allora. Si ricordò lo sguardo di lui a queste parole, lungo, triste, severo, e capí il significato di rimprovero e di disperazione che conteneva quel lungo sguardo.

« Io avevo ammesso, – diceva ora a se stessa Nataša, – che sarebbe stato terribile se egli fosse rimasto sempre sofferente. Io dissi questo allora soltanto perché per lui sarebbe stato terribile, ma egli lo capí in un altro senso. Pensò che sarebbe stato terribile *per me*. Allora egli voleva ancora vivere, aveva paura della morte. E io gli parlai con tanta rozzezza, cosí stupidamente! Non ci pensavo. Pensavo proprio il contrario. Se avessi detto ciò che pensavo avrei detto: che lo veda pure morire, morire lentamente davanti ai miei occhi: sarei felice a paragone di come sono ora. Ora... non c'è piú nulla, non c'è piú nessuno per me. Lui lo sapeva forse? No, non lo sapeva e non lo saprà mai. E ora mai piú, mai piú sarà possibile rimediare ». Ed egli di nuovo le diceva quelle stesse parole, ma ora, nella sua immaginazione, Nataša gli rispondeva diversamente. Ella lo interrompeva e diceva: « Terribile per voi, ma non per me. Sappiate che per me senza di voi non esiste nulla nella vita, e soffrire con voi è la migliore felicità per me ». Ed egli le prendeva la mano e la stringeva come gliel'aveva stretta quella terribile sera, quattro giorni prima di morire. E nella sua immaginazione ella gli diceva altre tenere, amorose parole, che avrebbe potuto dirgli allora e che gli diceva adesso. « Ti amo!... amo... te, ti amo... », diceva, torcendosi convulsamente le mani, stringendo i denti in uno sforzo disperato...

E una dolce malinconia l'afferrava e le venivano già le lacrime agli occhi, ma tutt'a un tratto si chiedeva: « A chi dico queste cose? Dov'è egli e *chi* è adesso? » E di nuovo tutto ritornava a coprirsi di un dubbio arido e duro, e, corrugando nervosamente le sopracciglia, ella si rimetteva a guardare là dove egli stava. E le pareva di nuovo d'esser lí lí per penetrare il mistero... Ma nel momento che già pareva le si svelasse l'incomprensibile, il forte stridio della maniglia della porta le colpí l'orecchio dolorosamente. In fretta e senza precauzione la cameriera Dunjaša entrò nella stanza con un'espressione spaventata e indifferente a lei.

– Per favore, venite da papà, presto, – disse Dunjaša, con un'espressione animata e diversa dal solito. – Una disgrazia, a Pjotr Iljíč... una lettera, – esclamò singhiozzando.

II.

Oltre a un senso generale di lontananza da tutta la gente, Nataša in quel tempo provava uno speciale senso di lontananza dalle persone della sua famiglia. Tutti i suoi – il padre, la madre, Sonja – le erano cosí vicini, familiari, cosí abituali, che tutte le loro parole e i loro sentimenti le sembravano un'offesa a quel mondo in cui viveva negli ultimi tempi, e non soltanto ella li trattava con indifferenza, ma li vedeva con ostilità. Udí Dunjaša parlare di Pjotr Iljíč, di una disgrazia, ma non capí.

« Che disgrazia può accader loro, che disgrazia può essere? Continuano ad avere le loro vecchie cose, consuete e tranquille », disse fra sé Nataša.

Quando entrò nel salone, il padre usciva in fretta dalla camera della contessa. Il suo viso era aggrottato e molle di lacrime. Evidentemente fuggiva da quella camera per dar libero sfogo ai singhiozzi che lo soffocavano. Vedendo Nataša, agitò disperatamente le braccia e scoppiò dolorosamente in singhiozzi convulsi che scomponevano il suo viso rotondo e bonario.

– Pe... Petja... Vieni, vieni, lei... lei... ti chiama... – E, singhiozzando come un bambino, movendo in fretta le gambe indebolite, si avvicinò a una sedia e quasi vi cadde, nascondendosi il viso fra le mani.

A un tratto corse per tutto l'essere di Nataša come una corrente elettrica. Un che di terribilmente doloroso la colpí al cuore. Sentí una sofferenza tremenda: le parve che qualcosa le si schiantasse dentro e si sentí morire. Ma dopo quella sofferenza sentí sull'istante come una liberazione da quella impossibilità di vivere che pesava su di lei. Vedendo il padre e udendo dietro la porta i gridi terribili, selvaggi della madre, immediatamente dimenticò se stessa e il suo dolore. Corse verso il padre, ma egli, con un debole gesto della mano, le accennò la porta della madre. La principessina Marja, pallida e con un tremito nella mascella inferiore, uscí da quella porta e prese Nataša per la mano, dicendole qualcosa. Nataša non la vedeva, non l'udiva. A rapidi passi corse verso la porta, si fermò un momento, come lottando contro se stessa, poi accorse verso la madre.

La contessa era stesa su una poltrona, in un modo strano e incomodo, e batteva la testa contro il muro. Sonja e le cameriere la trattenevano per le braccia.

– Nataša, Nataša!... – urlava la contessa... – Non è vero, non è vero... Mentisce... Nataša!... – gridava respingendo quelli che la circondavano. – Andatevene tutti, non è vero! L'hanno ucciso!... ah! ah! ah!... Non è vero!

Nataša appoggiò un ginocchio sulla poltrona, si chinò sulla madre, l'abbracciò, la sollevò con una forza insospettata, volse il suo viso verso di sé e si strinse a lei.

– Mammina!... cara!... Son qui, amica mia. Mammina!... – le mormorava, senza smettere un momento.

Non lasciava la madre, lottando dolcemente con lei, chiedeva dei cuscini, dell'acqua, sbottonandole e lacerandole il vestito.

– Amica mia, cara!... mammina!... anima mia!... – seguitava a sussurrarle, baciandola sul capo, sulle mani, sul viso, e sentendo le sue lacrime, che scorrevano incoercibili a rivi, solleticarle il naso e le gote.

La contessa strinse la mano alla figlia, chiuse gli occhi e si calmò un momento. A un tratto, con rapidità inconsueta, si sollevò, si guardò intorno insensatamente e, vedendo Nataša, cominciò a stringere la testa di lei con tutte le sue forze. Poi volse verso di sé il suo viso contratto dal dolore e lo fissò lungamente.

– Nataša, tu mi vuoi bene, – mormorò con voce sommessa e fiduciosa. – Nataša, non m'ingannerai? Mi dirai tutta la verità?

Nataša la guardava con gli occhi pieni di lacrime e nel suo viso era soltanto l'implorazione del perdono e dell'amore.

– Amica mia, mammina, – ripeteva, adoprando tutte le forze del suo amore per sollevare la madre di una parte del dolore che l'accasciava e prenderla per sé.

E di nuovo in quella lotta impotente contro la realtà, la madre, rifiutando di credere alla possibilità di vivere mentre era morto il suo amato ragazzo fiorente di vita, si rifugiava fuori della realtà, nel mondo della follia.

Nataša non si ricordava in seguito come fosse passato quel giorno, quella notte, il giorno seguente e la notte seguente. Non dormí e non si scostò dalla madre. L'amore di Nataša, ostinato, paziente, che non voleva spiegare o confortare, ma era un richiamo alla vita, circondava la madre ad ogni istante, come se venisse da ogni lato. La terza notte la contessa si calmò per qualche minuto e Nataša chiuse gli occhi, appoggiando il capo sul bracciolo della poltrona. Il letto scricchiolò, Nataša aprí gli occhi. La contessa era seduta sul letto e parlava sommessamente.

– Come son contenta che sei venuto. Sei stanco: vuoi il tè? – (Nataša le si avvicinò). – Sei piú bello e piú grande, – continuò la contessa, prendendo la figlia per la mano.

– Mammina, che dite!...

– Nataša, non c'è, non c'è piú... – E, abbracciata la figlia, per la prima volta la contessa si mise a piangere.

III.

La principessina Marja rimandò la sua partenza. Sonja e il conte si sforzavano di dare il cambio a Nataša, ma non potevano. Vedevano che lei sola poteva trattenere la madre da una folle disperazione. Per venti giorni, senza mai uscire, Nataša stette accanto alla madre, dormí su una poltrona nella sua camera, la faceva mangiare e bere e le parlava di continuo, le parlava, perché soltanto la sua voce tenera e carezzevole calmava la contessa.

La ferita morale della madre non poteva risanarsi. La morte di Petja le aveva strappato metà della vita. Dopo un mese da che era giunta la notizia della morte di Petja, che l'aveva trovata una fresca e robusta donna di cinquant'anni, ella uscí dalla sua camera una vecchia mezzo morta, che non prendeva piú nessuna parte alla vita. Ma quella stessa ferita che aveva quasi ucciso la contessa, quella nuova ferita richiamò alla vita Nataša.

La ferita morale, che proviene da una lacerazione dell'essere spirituale come la ferita fisica (per quanto strano ciò possa parere dopo che la profonda ferita si è chiusa e sembra rimarginata), la ferita morale, al pari della fisica, si rimargina soltanto per la forza della vita che si apre la via dall'interno.

Cosí si rimarginò la ferita di Nataša. Ella credeva che la sua vita fosse finita. Ma, tutt'a un tratto, l'amore per sua madre le mostrò che l'essenza della sua vita – l'amore – era ancor viva in lei. L'amore si era risvegliato, e con l'amore la vita.

Gli ultimi giorni del principe Andréj avevano legata Nataša alla principessina Marja. La nuova sventura le avvicinò ancora di piú. La principessina Marja rimandò la sua partenza, e negli ultimi venti giorni prese cura di Nataša come di una bimba ammalata. Le ultime settimane trascorse da Nataša in camera della madre avevano affaticato troppo le sue forze fisiche.

Una volta, a metà della giornata, la principessina Marja, accorgendosi che Nataša tremava per i brividi di febbre, se la condusse in camera e la fece stendere sul suo letto. Nataša si coricò, ma quando la principessina Marja, abbassate le tende, volle uscire, Nataša la richiamò.

– Non ho voglia di dormire, Marie, sta' un poco con me.

– Sei stanca: tenta di dormire.

– No, no. Perché mi hai condotta via? Lei mi chiamerà.

– Sta molto meglio. Oggi ha parlato cosí bene, – rispose la principessina Marja.

Nataša era distesa sul letto e nella penombra della camera esaminava il viso della principessina Marja.

« Gli somiglia? – pensava Nataša. – Sí, gli somiglia e non gli somiglia. Ma è cosí speciale, lontana, proprio nuova, ignota. E mi vuol bene. Che cosa pensa? Solo cose buone. Ma come? Che pensa? Come mi guarda? Sí, è ottima ».

– Maša, – disse attirando timidamente a sé la mano di lei, – Maša, non pensare che io sia cattiva. No? Maša cara, come ti voglio bene! Vogliamo essere proprio proprio amiche?

E Nataša, abbracciandola, cominciò a baciare le mani e il viso della principessina Marja. La principessina Marja era vergognosa e lieta di quella manifestazione d'affetto di Nataša.

Da quel giorno fra la principessina Marja e Nataša si stabilí quell'appassionata e tenera amicizia che suole esistere soltanto fra donne. Si baciavano continuamente, si dicevano parole tenere e passavano insieme la maggior parte della giornata. Se una usciva, l'altra era inquieta e si affrettava a raggiungerla. Si sentivano piú d'accordo tra loro quando erano insieme che non ciascuna di loro con se stessa. Fra esse s'era stabilito un sentimento piú forte dell'amicizia: il sentimento esclusivo della possibilità di vivere soltanto l'una in presenza dell'altra.

A volte tacevano per ore intere; a volte, stando già a letto, cominciavano a discorrere e discorrevano fino alla mattina. Per lo piú parlavano di un lontano passato. La principessina Marja raccontava della sua infanzia, di sua madre, di suo padre, dei suoi sogni; e Nataša, che prima rifuggiva con incomprensione tranquilla da quella vita di abnegazione, di sottomissione, dalla poesia dell'abnegazione cristiana, ora, sentendosi legata di affetto alla principessina Marja, mise amore anche al passato della principessina Marja, e comprese un lato della vita che prima le era incomprensibile. Non pensava ad applicare alla propria vita la sottomissione e il sacrificio, perché era abituata a cercare altre gioie, ma capí ed amò in un'altra queste virtú che prima non comprendeva. Anche alla principessina Marja, che ascoltava i racconti dell'infanzia e della prima giovinezza di Nataša, si rivelava un lato della vita che prima le era incomprensibile: la fede nella vita, nelle gioie della vita.

Come prima, esse non parlavano mai di *lui*, per non profanare con le parole, secondo quel che sembrava loro, quell'altezza di sentimento che era nel loro animo, ma questo silenzio su di lui faceva sí che a poco a poco, pur non credendoci, esse lo dimenticassero.

Nataša era smagrita, impallidita e fisicamente era cosí debole che tutti parlavano sempre della sua salute, e ciò le faceva piacere. Ma a volte, inaspettatamente, le prendeva paura non soltanto di morire, ma la paura di ammalarsi, d'indebolirsi, la paura di perdere la sua bellezza, e talvolta involontariamente si guardava con attenzione il braccio nudo, meravigliandosi della sua magrezza, o, la mattina, osservava nello specchio il suo viso lungo, che le pareva pietoso. Le sembrava che dovesse essere cosí, eppure sentiva spavento e tristezza.

Una volta salí le scale troppo in fretta e cominciò ad ansare fortemente. Subito, senza volere, escogitò qualcosa da fare giú, e da giú corse di nuovo su per provare le sue forze e osservare se stessa.

Un'altra volta chiamò Dunjaša e la sua voce si mise a tremare. La chiamò una seconda volta, benché ne sentisse già i passi: la chiamò con quella voce di petto con la quale cantava, e stette a sentire.

Non lo sapeva, non lo avrebbe creduto, ma, sotto lo strato di terriccio che aveva coperto la sua anima e le sembrava impenetrabile, già germinavano sottili, teneri, giovani fili d'erba, che dovevano mettere radici e coprire di rampolli vitali il dolore che l'aveva accasciata, in modo da renderlo ben presto invisibile e inavvertito. La ferita guariva dal di dentro.

Alla fine di gennaio la principessina Marja partí per Mosca, e il conte insisté perché Nataša andasse con lei per consultare qualche medico.

IV.

Dopo lo scontro di Vjazma, dove Kutúzov non aveva potuto trattenere le sue truppe, desiderose di sbaragliare, di tagliar fuori il nemico, ecc., l'ulteriore moto dei francesi che fuggivano e dei russi che li inseguivano proseguí fino a Kràsnoje senza nessuna battaglia. La fuga era cosí rapida che l'esercito russo che correva dietro ai francesi non faceva in tempo a raggiungerli, i cavalli della cavalleria e dell'artiglieria si fermavano e le informazioni sui movimenti dei francesi erano sempre inesatte.

I soldati dell'esercito russo erano cosí stanchi di questa corsa ininterrotta di quaranta miglia al giorno che non potevano avanzare piú rapidamente.

Per capire il grado di esaurimento dell'esercito russo basta capire chiaramente il significato di questo fatto: che, pur avendo perduto non piú di cinquemila uomini, fra morti e feriti, durante tutta la marcia da Tarútino in poi, e nemmeno un centinaio di prigionieri, l'esercito russo, partito da Tarútino con centomila uomini, giunse a Kràsnoje ridotto a cinquantamila.

La rapida marcia dei russi sulle tracce dei francesi era altrettanto disastrosa per l'esercito russo quanto la ritirata pei francesi. La differenza consisteva soltanto in questo: che l'esercito russo si moveva spontaneamente, senza la minaccia di distruzione che pendeva sull'esercito francese e che i malati francesi che rimanevano indietro cadevano nelle mani del nemico, mentre quelli russi restavano a casa loro. La cagione principale dell'assottigliarsi dell'esercito di Napoleone era la rapidità della ritirata, e la prova indubitabile di ciò sta nel corrispondente assottigliarsi delle truppe russe.

Tutta l'attività di Kutúzov, come era accaduto sotto Tarútino e sotto Vjazma, era diretta solamente, per quanto era in suo potere, a non arrestare quel moto rovinoso per i francesi (come avrebbero voluto i generali russi a Pietroburgo e al campo), ma ad aiutarlo e a facilitare i movimenti delle nostre truppe.

Ma, oltre a ciò, dal momento che si manifestarono nelle truppe stanchezza ed enormi perdite, provenienti dalla rapidità del moto, anche un'altra ragione si presentava a Kutúzov per rallentare i movimenti delle truppe ed aspettare. Lo scopo delle truppe russe era di inseguire i francesi. L'itinerario dei francesi era ignoto e quindi, quanto piú le nostre truppe seguivano da presso le orme dei francesi, tanto piú allungavano la strada. Soltanto seguendoli a una certa distanza si poteva sbarrare per la via piú breve i movimenti a zig-zag che facevano i francesi. Tutte le sapienti manovre proposte dai generali consistevano nello spostare le truppe, nell'accrescere le marce, mentre l'unico scopo ragionevole era quello di diminuirle. E a questo scopo, in tutta la campagna da Mosca a Vilna, fu diretta l'attività di Kutúzov, non a caso, non provvisoriamente, ma con tanta coerenza che non una volta egli vi venne meno.

Kutúzov sapeva, non per via della sua intelligenza e della sua scienza, ma con tutto il suo essere di russo, sapeva e sentiva ciò che sentiva ogni soldato russo, che cioè i francesi erano vinti, che i nemici erano in fuga e che bisognava mandarli via; ma insieme a ciò sentiva, al pari dei soldati, tutto il peso di quella marcia fatta con tale inaudita rapidità e in una tale stagione.

Ma ai generali, specialmente a quelli non russi, che desideravano distinguersi, meravigliare qualcheduno e prendere prigioniero un duca o un re, a questi generali sembrava venuto il momento di dar battaglia e di avere una vittoria, proprio ora che ogni battaglia sarebbe stata un'infamia e una follia. Kutúzov non faceva che stringersi nelle spalle quando, uno dopo l'altro, venivano a presentargli progetti di manovre con soldati cosí mal calzati, senza pellicce, mezzo affamati, che in un sol mese, senza una battaglia, s'erano ridotti alla metà e coi quali, nelle migliori condizioni di questa corsa che si prolungava, c'era da percorrere per giungere alle frontiere uno spazio maggiore di quello già percorso.

Questo desiderio di distinguersi, di manovrare, di sgominare, di tagliar fuori le truppe francesi si manifestava specialmente quando le truppe russe si imbattevano nelle truppe francesi.

Cosí accadde sotto Kràsnoje, dove si riteneva di trovare una delle tre colonne francesi e ci si imbatté nello stesso Napoleone con sedicimila uomini. Malgrado tutti i mezzi usati da Kutúzov per evitare questo scontro fatale e per preservare le sue truppe, per tre giorni continuò presso Kràsnoje il massacro di turbe sbandate francesi da parte degli esauriti uomini dell'esercito russo.

Toll aveva scritto un ordine di operazione: « *Die erste Kolonne marschiert* », ecc., e, come sempre avviene, tutto si fece all'infuori dell'ordine di operazione. Il principe Eugenio del Württemberg sparava da una collina contro le folle di francesi fuggenti e chiedeva rinforzi che non venivano. La notte i francesi, per sfuggire ai russi, si disperdevano, si nascondevano nelle foreste, e se ne scappavano quanto piú lontano potevano.

Milorà dovič, che diceva non voler saper nulla delle necessità di vita del suo corpo di truppe, che non era mai possibile trovare quando c'era bisogno di lui, « *chevalier sans peur et sans reproche* », come si chiamava egli stesso, amatore delle conversazioni coi francesi, mandava dei parlamentari ad esigere la resa, perdeva tempo e non faceva ciò che gli veniva ordinato.

– Ragazzi, vi regalo quella colonna, – diceva avvicinandosi alle truppe e mostrando i francesi ai suoi soldati di cavalleria. E i soldati, eccitando con gli sproni e con le sciabole i loro cavalli che appena potevano muoversi, al trotto, dopo molti sforzi, si avvicinavano alla colonna che era stata loro regalata, cioè a una folla di francesi gelati, intirizziti e affamati, e la colonna regalata gettava le armi e si arrendeva, cosa di cui aveva voglia da lungo tempo.

Sotto Kràsnoje furono presi ventiseimila prigionieri, centinaia di cannoni e un bastone che venne chiamato bastone di maresciallo, e si discusse soddisfatti chi piú si fosse segnalato lí; ma si rimpiangeva molto di non aver preso Napoleone o almeno qualche eroe o maresciallo e di questo ci si rimproverava l'un l'altro e specialmente ne era rimproverato Kutúzov.

Questi uomini trascinati dalle loro passioni erano soltanto i ciechi esecutori della triste legge della necessità; ma si credevano eroi e si figuravano che ciò che essi facevano fosse la cosa piú degna e piú nobile. Accusavano Kutúzov e dicevano che egli fin dall'inizio della campagna aveva impedito loro di vincere Napoleone, che pensava soltanto a soddisfare le sue passioni e non voleva uscire da Polotnjanyje Zavody perché lí stava tranquillo, che sotto Kràsnoje aveva fermato il loro movimento perché, saputo della presenza di Napoleone, si era interamente smarrito, che era lecito supporre ch'egli si trovasse in intelligenza con Napoleone, che si fosse venduto a lui [1], ecc., ecc.

Non basta che i contemporanei, accecati dalle passioni, parlassero cosí: la posterità e la storia hanno chiamato *grand* Napoleone, e Kutúzov è stato dipinto dagli stranieri come un vecchio cortigiano astuto, depravato e debole, e dai russi come un essere indefinibile, una specie di fantoccio, che era utile soltanto per il suo nome russo...

V.

Nel 1812 e nel 1813 s'incolpava esplicitamente Kutúzov di errori. L'imperatore era scontento di lui. E in una storia scritta di recente per augusto incarico è detto che Kutúzov era un astuto mentitore cortigiano, che tremava al nome di Napoleone e che coi suoi errori privò le truppe russe sotto Kràsnoje e alla Berezina di una piena vittoria sui francesi [2].

Tale è la sorte non dei grandi uomini, non del *grand homme*, che la mente russa non riconosce, ma la sorte di quegli uomini rari, sempre solitari, che, intendendo la volontà della Provvidenza, vi sottomettono la loro propria volontà. L'odio e il disprezzo

[1] Cfr. le memorie di Wilson.

[2] Cfr., nella storia della guerra del 1812 di Bogdanovič, il ritratto di Kutúzov e le considerazioni sull'insufficienza di risultati dei combattimenti sotto Kràsnoje.

della folla puniscono questi uomini per aver penetrato le leggi supreme.

Per gli storici russi (è strano e doloroso a dirsi) Napoleone – questo infimo strumento della storia, che mai e in nessun luogo, neppure in esilio, mostrò dignità di uomo –, Napoleone è oggetto di ammirazione e di entusiasmo: è *grand*. Kutúzov invece, l'uomo che dal principio alla fine della sua attività nel 1812, da Borodinò a Vilna, senza smentirsi mai una sola volta né con un atto né con una parola, mostra un esempio singolare nella storia di abnegazione e di consapevolezza nel presente del significato futuro degli avvenimenti, Kutúzov sembra ad essi qualcosa di incerto e di misero, e, parlando di Kutúzov e del 1812, par sempre che abbiano una certa vergogna.

Eppure è difficile immaginare un personaggio storico la cui attività sia stata diretta piú costantemente della sua ad un unico scopo. È difficile immaginare uno scopo piú degno e che sia piú all'unisono con la volontà di tutto un popolo. È ancora piú difficile trovare nella storia l'esempio di uno scopo che un personaggio storico si sia prefisso e che sia stato piú completamente raggiunto dello scópo a cui Kutúzov dedicò tutta la sua attività nel 1812.

Kutúzov non parlò mai dei quaranta secoli che lo contemplavano dall'alto delle Piramidi, dei sacrifici compiuti per la patria, di ciò che aveva intenzione di fare o di ciò che aveva fatto: in genere, non parlava mai di sé, non recitava nessuna parte, appariva sempre come l'uomo piú semplice e piú normale, e diceva le cose piú semplici e piú normali. Scriveva lettere alle sue figliuole e a Mme de Staël, leggeva romanzi, amava la compagnia delle belle donne, scherzava coi generali, gli ufficiali e i soldati e non si opponeva mai a chi voleva dimostrargli qualche cosa. Quando il conte Rastòpcin, sul ponte di Juazskij era corso da Kutúzov chiedendogli con rimprovero chi fosse la cagione della rovina di Mosca e aveva detto: « Come mai avevate promesso di non abbandonare Mosca senza dar battaglia? » Kutúzov rispose: « Difatti non abbandonerò Mosca senza dar battaglia », benché Mosca fosse già stata abbandonata. Quando Arakcéjev, venuto da lui a nome dell'imperatore, disse che bisognava nominare Ermolov comandante dell'artiglieria, Kutúzov rispose: « Sí, giusto or ora l'ho detto anch'io, giusto or ora », benché un momento prima dicesse il contrario. Che importava a lui, che allora era il solo a capire tutta l'enorme importanza dell'avvenimento in mezzo alla folla stolta che lo circondava, che poteva importargli che il conte Rastòpcin imputasse a se stesso o a lui la rovina della capitale? Anche meno poteva interessarlo di chi avesse da esser nominato comandante dell'artiglieria.

Non soltanto in questi casi, ma di continuo, questo vecchio, giunto, mercè l'esperienza della vita, al convincimento che le idee e le parole che le esprimono non sono i moventi degli uomini, diceva parole assolutamente vuote di senso, le prime che gli venivano in mente.

Ma questo stesso uomo, cosí incurante delle sue parole, nemmeno una volta in tutta la sua carriera disse una sola parola che non fosse in accordo con quell'unico scopo, al raggiungimento del quale aveva mirato durante tutta la guerra. Certo involontariamente, con la penosa certezza di non essere compreso, diverse volte, nelle piú diverse circostanze, egli espresse il suo pensiero. Fin dalla battaglia di Borodinò, da cui data il suo disaccordo con coloro che lo circondavano, egli solo diceva che *la battaglia di Borodinò era una vittoria* e lo ripeté finché visse a voce, nei suoi rapporti e nelle sue relazioni. Lui solo disse che *perdere Mosca non voleva dire perdere la Russia.* Nella sua risposta a Lauriston che portava proposte di pace disse che *la pace non si poteva fare perché tale era la volontà del popolo.* Lui solo, durante la ritirata dei francesi, disse *che tutte le nostre manovre non erano necessarie, che tutto si sarebbe fatto da sé e meglio di quel che potessimo desiderare; che bisognava fare ponti d'oro al nemico; che né la battaglia di Tarútino, né quella di Vjazma, né quella di Kràsnoje erano necessarie; che egli non avrebbe dato un solo russo per dieci francesi.*

E lui solo, questo cortigiano, come ce lo rappresentano, che mentisce ad Arakcéjev per compiacere al sovrano, lui solo, questo cortigiano, a Vilna, incorrendo con ciò nella disgrazia dell'imperatore, dice che *la guerra oltre le frontiere era inutile e dannosa.*

Ma le sue parole non proverebbero che egli allora comprendesse il significato dell'avvenimento. Le sue azioni – tutte, senza la minima eccezione – sono dirette a un medesimo triplice scopo: 1) tendere tutte le forze per combattere i francesi; 2) vincerli; 3) scacciarli dalla Russia, alleviando, per quanto era possibile, le sofferenze del popolo e dell'esercito.

Lui, quel lento Kutúzov, il cui motto è « pazienza e tempo », il nemico delle azioni decisive, dà la battaglia di Borodinò, facendone i preparativi con una solennità non mai veduta. Lui, quel Kutúzov che prima che cominciasse la battaglia di Austerlitz diceva che sarebbe stata perduta, a Borodinò, nonostante la convinzione dei generali che la battaglia fosse perduta, nonostante la circostanza inaudita nella storia che, dopo aver vinto la battaglia, l'esercito avesse dovuto ritirarsi, solo, in opposizione a tutti, afferma fino alla sua morte che la battaglia di Borodinò è stata una vittoria. Solo, durante tutto il tempo della ritirata si ostina a non dar battaglie ormai inutili, a non cominciare una nuova guerra, a non varcare le frontiere della Russia.

È facile ora capire l'importanza dell'avvenimento, purché non si attribuiscano all'attività delle masse scopi che erano nella mente di forse dieci persone, perché tutto l'avvenimento con le conseguenze ci sta dinanzi.

Ma come mai allora questo vecchio, solo contro l'opinione di tutti, poté indovinare con tanta sicurezza tutto il significato dell'avvenimento per il popolo, in modo da non tradirlo neppure una volta durante tutta la sua attività?

La fonte di questa straordinaria capacità di penetrare il significato degli avvenimenti consisteva in quello spirito nazionale che egli portava in sé in tutta la sua purezza e la sua forza.

Soltanto perché aveva riconosciuto in lui questo spirito, il popolo fu costretto, per vie cosí strane, contro la volontà dello zar, a scegliere questo vecchio in disgrazia come rappresentante della guerra nazionale. E soltanto questo spirito lo pose a quella superiore altezza umana dalla quale egli, essendo comandante in capo, diresse tutte le sue forze non a uccidere e annientare degli uomini, ma a salvarli e a risparmiarli.

Questa figura semplice, modesta e perciò veramente grande non poteva esser plasmata nella forma menzognera dell'eroe europeo, preteso guidatore di uomini, che la storia ha inventato.

Non può esistere grand'uomo per il suo cameriere, perché il cameriere ha un suo particolare concetto della grandezza.

VI.

Il 5 novembre fu il primo giorno della cosí detta battaglia di Kràsnoje. Prima di sera, dopo molte discussioni e molti errori dei generali che andavano dove non dovevano andare, dopo molti invii di aiutanti di campo con contrordini, quando era già chiaro che il nemico fuggiva da ogni parte e la battaglia non ci poteva essere e non ci sarebbe stata, Kutúzov partí da Kràsnoje e si diresse verso Dòbroje, dove era stato trasferito quel giorno il quartier generale.

La giornata era chiara, ghiacciata. Kutúzov, con un enorme seguito di generali scontenti di lui che sussurravano alle sue spalle, montando il suo grasso cavallino bianco, andava verso Dòbroje. Per tutta la strada, si affollavano intorno ai fuochi, per riscaldarsi, i gruppi di prigionieri francesi presi quel giorno (erano settemila). Non lontano da Dòbroje una enorme folla di prigionieri, laceri, avviluppati e coperti di cenci, discorreva rumorosamente, stando sulla strada accanto a una lunga fila di cannoni francesi dai quali erano stati staccati i cavalli. All'avvicinarsi del comandante in capo, i discorsi tacquero e tutti gli occhi si fissarono su Kutúzov, che, col suo berretto bianco dall'orlo rosso e il suo cappotto ovattato che gli formava una gobba sulle spalle curve, si avanzava lentamente sulla strada. Uno dei generali spiegò a Kutúzov dove erano stati presi i cannoni e i prigionieri.

Kutúzov appariva alquanto pensieroso e non ascoltava le parole del generale. Aggrottava le sopracciglia con aria scontenta e guardava fisso e con attenzione quelle figure di prigionieri, che presentavano un aspetto singolarmente pietoso. La maggior parte dei soldati francesi era deturpata da nasi e gote gelate, e quasi tutti avevano gli occhi rossi, gonfi e cisposi.

Un gruppetto di francesi era presso la strada, e due soldati – uno di essi aveva il viso coperto di piaghe – strappavano con le mani un pezzo di carne cruda. C'era qualcosa di terribile e di bestiale nello sguardo sfuggevole che essi gettarono ai sopravvenienti e nell'espressione cattiva con la quale il soldato con le piaghe guardò Kutúzov e poi subito si volse altrove e seguitò la sua bisogna.

Kutúzov guardò a lungo e attentamente quei due soldati; aggrottando ancora di piú le sopracciglia, strizzò gli occhi e scosse la testa pensoso. In un altro punto notò un soldato russo che, ridendo e battendo sulla spalla a un francese, gli diceva affettuosamente qualcosa. Kutúzov di nuovo scosse la testa con la medesima espressione di prima.

– Che dici? – domandò al generale che seguitava il suo rapporto e attirava l'attenzione del comandante in capo sulle bandiere francesi catturate che stavano dinanzi allo schieramento del reggimento Preobraženskij.

– Ah, le bandiere! – disse Kutúzov, e con uno sforzo evidente si strappò dall'oggetto dei suoi pensieri. Dette un'occhiata distratta intorno. Migliaia di occhi lo guardavano da tutte le parti, aspettando le sue parole.

Egli si fermò davanti al reggimento Preobraženskij, sospirò

pesantemente e chiuse gli occhi. Qualcuno del seguito fece un cenno perché i soldati che portavano le bandiere si avvicinassero e con le aste delle bandiere facessero cerchio intorno al comandante in capo. Kutúzov tacque per alcuni momenti, e con visibile malavoglia, sottomettendosi all'obbligo della sua posizione, alzò il capo e cominciò a parlare. Una folla di ufficiali lo circondò. Egli girò uno sguardo attento sul gruppo degli ufficiali, riconoscendone alcuni.

– Il mio elogio a tutti! – disse, rivolgendosi ai soldati e poi di nuovo agli ufficiali. (Nel silenzio che regnava intorno a lui, si udivano distintamente le parole che egli pronunziava con lentezza). – Il mio elogio a tutti per i leali e faticosi servizi resi. La vittoria è completa e la Russia non vi dimenticherà. Gloria eterna a voi! – Poi tacque, guardandosi intorno. – Abbassale, abbassale la testa! – disse a un soldato che teneva un'aquila francese e per caso l'aveva abbassata davanti alla bandiera del reggimento Preobraženskij. – Piú basso, piú basso, cosí! Urrà, ragazzi! – disse, rivolgendosi ai soldati con un rapido moto del mento.

– Urrà-rà-rà! – urlarono migliaia di voci.

Mentre i soldati gridavano, Kutúzov, piegatosi sulla sella, inchinò la testa, e il suo occhio s'illuminò di una luce dolce e come canzonatoria.

– Ecco, figliuoli... – disse, quando tacquero le voci. E a un tratto la sua voce e l'espressione del suo viso mutarono: aveva smesso di parlare il comandante in capo e parlava invece un semplice vecchio, che evidentemente ora desiderava comunicare ai suoi compagni qualcosa di oltremodo necessario. Nella folla degli ufficiali e tra le file dei soldati ci fu un movimento, per udire meglio ciò che egli avrebbe detto adesso. – Ecco, figliuoli. Lo so che è duro per voi, ma che ci possiamo fare? Abbiate pazienza: non c'è rimasto piú molto. Mandiamo via i nostri ospiti, e poi ci riposeremo. Lo zar non vi dimenticherà per i vostri servizi. È duro per voi, ma voi siete a casa vostra: e loro, lo vedete a che son ridotti, – disse accennando ai prigionieri. – Peggio degli ultimi mendicanti. Finché erano forti, non ci siamo risparmiati: ora possiamo risparmiare anche loro. Anche loro sono uomini. Vero, ragazzi? – Egli guardava intorno a sé, e negli sguardi ostinati e rispettosamente attoniti fissi su di lui leggeva il consenso alle sue parole: il suo viso si faceva sempre piú raggiante di un dolce sorriso di vecchio, che gl'increspava gli angoli della bocca e degli occhi. Tacque per un po' e abbassò il capo, come perplesso.

– Ma, del resto, chi li ha chiamati qua da noi? Ben gli sta, a... n... m...! – disse a un tratto, rialzando il capo. E, agitando il frustino, mise il cavallo al galoppo, per la prima volta in tutta la campagna, e si allontanò dai soldati che ridevano allegramente e urlavano urrà, rompendo le file.

Le parole dette da Kutúzov difficilmente saranno state capite dalle truppe. Nessuno avrebbe saputo spiegare il contenuto del discorso del maresciallo, prima solenne, e verso la fine di una bonarietà da vecchio; però il senso cordiale di questo discorso non soltanto fu capito, ma proprio lo stesso sentimento di magnanima solennità unito alla pietà verso i nemici e alla coscienza di essere dalla parte della ragione, espresso da quelle, proprio da quelle bonarie parolacce da vecchio, lo stesso sentimento era nell'anima di ogni soldato e si espresse con quei gridi di allegria che seguitarono per lungo tempo. Quando, poco dopo, uno dei generali si rivolse al comandante in capo per domandargli se non volesse far venire la carrozza, Kutúzov, nel rispondere, diede improvvisamente in un singhiozzo, e si vedeva che era molto agitato.

VII.

L'8 novembre, ultimo giorno dei combattimenti di Kràsnoje, imbruniva già quando le truppe giunsero al luogo dove dovevano pernottare. Tutta la giornata era stata tranquilla, ghiacciata, con una leggera e rada nevicata; verso sera il tempo si schiarí. Attraverso i fiocchi di neve si vedeva un cielo stellato, d'un colore viola cupo, e il gelo si fece piú forte.

Il reggimento dei moschettieri, che aveva lasciato Tarútino forte di tremila uomini, e ora era ridotto a novecento, giunse, uno dei primi, al luogo indicato per pernottare, un villaggio sulla strada maestra. I furieri usciti a incontrare il reggimento dissero che tutte le isbe erano occupate da malati e morti francesi, da truppe di cavalleria e da comandi. C'era una sola isba per il comandante del reggimento.

Il comandante del reggimento prese possesso della sua isba. Il reggimento traversò il villaggio e presso le ultime case, sulla strada, mise i fucili a fascio.

Come un enorme animale dalle molte membra, il reggimento cominciò a preparare gli attendamenti e il cibo. Una parte dei soldati, con la neve che giungeva loro alle ginocchia, si sbandò per la foresta di betulle che era a destra del villaggio, e subito si udí nella foresta un rumore di scuri, di daghe, di rami spezzati e di voci allegre; un'altra parte si affaccendava intorno ai carri e ai cavalli del reggimento, aggruppati insieme, apparecchiando marmitte e biscotto e dava da mangiare ai cavalli; una terza parte si sparpagliava nel villaggio, preparando gli alloggi agli ufficiali del comando, togliendo i cadaveri dei francesi che si trovavano nelle isbe e strappando le tavole, le legna secche e la paglia dai tetti per alimentare i loro fuochi e far le siepi di difesa.

Una quindicina di soldati, dietro alle case, all'estremità del villaggio, scrollavano l'alta palizzata d'una rimessa, alla quale era già stato tolto il tetto.

– Via! via! d'un colpo solo! forza! – gridavano delle voci, e nell'oscurità della notte si vedeva oscillare un enorme tratto della palizzata carica di neve, con un rumore di ghiaccio che si screpolava. I pali di sotto scricchiolavano con sempre maggior frequenza e finalmente la palizzata si abbatté insieme coi soldati che vi si appoggiavano. Si udirono delle risate allegre e sgangherate e dei gridi.

– Prendetela in due! Fate leva! ecco, cosí! Dove vai?

– Su, d'un colpo!... Fermi, ragazzi!... Date la voce!

Tutti tacquero, e una voce piuttosto bassa, simpatica e vellutata, cominciò a cantare una canzone. Alla fine della terza strofa, all'unisono con l'ultima nota, venti voci gridarono insieme: – Su-u-u! Ora viene! D'un colpo! Forza, ragazzi!... – Ma nonostante gli sforzi riuniti la palizzata tentennò appena, e nel silenzio che s'era fatto si sentí un soffiare faticoso.

– Ehi! voi della sesta compagnia! Diavoli maledetti! Venite... Anche noi vi serviremo a qualcosa.

Una ventina di uomini della sesta compagnia, che andavano al villaggio, si unirono a quelli che tiravano la palizzata e questa, lunga cinque tese e alta una tesa, tutta piegata da una parte, schiacciando e incidendo col suo peso le spalle dei soldati che ansimavano, andò avanti per la strada del villaggio.

– Va, no?... Casca... Perché ti fermi? Proprio...

Le allegre sconnesse imprecazioni non cessavano.

– Che fate? – echeggiò a un tratto la voce autoritaria di un militare che correva dietro ai portatori. – Qui ci son dei signori: nell'isba c'è proprio il generale, e voi, diavoli maledetti, porcaccioni! Vi farò veder io! – gridò il sergente, e diede un pugno sulla schiena del primo soldato che si trovò davanti. – Non potete stare zitti?

I soldati tacquero. Il soldato che era stato colpito dal sergente si mise gemendo ad asciugarsi il viso che gli si era insanguinato nell'urtare contro la palizzata.

– Eh, diavolo! come picchia! tutto il muso mi ha insanguinato, – disse timidamente, sottovoce, quando il sergente si fu allontanato.

– Ah! non ti piace? – disse una voce scherzevole, e i soldati, smorzando il rumore delle voci, se ne andarono piú lontano. Giunti fuori del villaggio, di nuovo si misero a parlare ad alta voce come prima, infiorando i loro discorsi delle stesse parolacce senza senso.

Nell'isba davanti alla quale eran passati i soldati si erano riuniti i superiori di piú alto grado, e, prendendo il tè, discorrevano animatamente della giornata trascorsa e delle manovre in vista per l'indomani. Si proponeva di fare una marcia di fianco a sinistra, per tagliare la strada al vicerè e catturarlo.

Quando i soldati giunsero, trascinando la palizzata, già da varie parti divampavano i fuochi delle cucine. Le legna crepitavano, la neve si fondeva e ombre nere di soldati vagavano qua e là su tutto lo spazio occupato, dove la neve era calpestata.

Le accette, le daghe lavoravano da ogni parte. Tutto si faceva senza nessun ordine. Si trascinava legna di riserva per la notte, si tiravano su delle piccole baracche per i superiori, si facevano bollire marmitte, si mettevano in ordine fucili e buffetterie.

La palizzata trascinata là dall'ottava compagnia era stata messa a semicerchio verso settentrione, rincalzata da pezzi di legno, e davanti vi era stato acceso un fuoco. Si sonò la ritirata, si fece l'appello, si cenò e i soldati si disposero per la notte accanto ai fuochi, chi rattoppandosi le scarpe, chi fumando la pipa, chi lavandosi nudo con acqua bollente per far andar via i pidocchi.

VIII.

Parrebbe che in quelle condizioni di vita, quasi incredibilmente dure, nelle quali si trovavano in quel tempo i soldati russi, – senza scarpe che tenessero caldo, senza pellicce, senza un tetto sulla testa, nella neve a 18 gradi sotto zero, senza neppure la razione completa di viveri, che non sempre raggiungevano l'esercito, – parrebbe che quei soldati dovessero presentare il piú triste e scoraggiante degli spettacoli.

Al contrario, mai, nelle migliori condizioni materiali, un esercito presentò un aspetto piú allegro e piú animato. Questo proveniva dal fatto che ogni giorno si tagliava via dall'esercito quella parte che cominciava a scoraggiarsi e a indebolirsi. Tutto ciò che era fisicamente e moralmente debole già da un pezzo era rimasto indietro: restava soltanto il fiore dell'esercito, forte di spirito e di corpo.

All'ottava compagnia, intorno alla palizzata, si era riunita piú gente che altrove. Due sergenti si erano seduti lí vicino, e il loro fuoco era piú brillante degli altri. Essi pretendevano che per avere il diritto di stare vicino alla palizzata si portassero nuove legna.

– Ohè, Makjéjev!... che fai? Sei sparito o i lupi ti hanno mangiato? Porta la legna, – urlava un soldato dal viso e dai capelli rossi, che strizzava gli occhi e ammiccava per il fumo, ma non si scostava dal fuoco. – Vieni qua, cornacchia, porta la legna, – fece il soldato, rivolto a un altro. Il soldato rosso non era né sottufficiale né caporale, ma era un robusto soldato e perciò comandava a quelli che erano piú deboli di lui. Il soldato magro, piccolo, dal naso puntuto, che era stato chiamato «cornacchia», si alzò docilmente e andò ad eseguire l'ordine; ma in quel momento entrò nella zona di luce del fuoco la figura sottile e bella di un giovane soldato che portava un fascio di legna.

– Da' qua. Cosí va bene!

Le legna furono spezzate, buttate sul fuoco; vi si soffiò con le bocche e coi lembi dei cappotti e la fiamma cominciò a brillare e a crepitare. I soldati, avvicinatisi, accesero le pipe. Il giovane e bel soldato che aveva portato la legna si piantò le mani sui fianchi e si mise a battere i suoi piedi ghiacciati rapidamente e agilmente.

– Ah! mamma mia, la rugiada è gelata: è buona sí, ma il moschettiere... – canticchiava, come se avesse avuto il singhiozzo ad ogni sillaba della canzone.

– Eh! ti volan via le suola! – gridò il soldato rosso, vedendo che al ballerino ciondolava la suola d'una scarpa. – Ballare è un guaio.

Il soldato che ballava si fermò, strappò via il pezzo di cuoio che ciondolava e lo buttò nel fuoco.

– È cosí, fratello, – disse, e, sedutosi in terra, tirò fuori dallo zaino un pezzo di panno turchino francese e se ne fasciò il piede. – È il vapore che le ha fatte consumare, – aggiunse, allungando i piedi verso il fuoco.

– Presto ci daranno delle scarpe nuove. Dicono che quando li avremo battuti fino in fondo, avremo tutti il corredo doppio.

– E quel figlio d'un cane di Petròv è rimasto indietro, – disse un sergente.

– Lo vedevo da un pezzo, – disse un altro.

– Eh, un soldatino...

– Dicono che nella terza compagnia, ieri, mancavano all'appello nove uomini.

– Eh già! Quando i piedi son gelati, dove vai?

– Basta chiacchierare! – disse il sergente.

– Vuoi far lo stesso anche tu?. – disse un vecchio soldato, volgendosi con rimprovero a quello che aveva parlato dei piedi gelati.

– E tu che cosa credi? – si mise a dire tutt'a un tratto con voce acuta e tremante, sorgendo da dietro il fuoco, il piccolo soldato dal naso puntuto che chiamavano « cornacchia ». – Chi è grasso diventa magro; ma per chi sta male è la morte. Io, per esempio, non ho piú forza, – disse a un tratto risolutamente, rivolgendosi al sergente. – Mandami all'ospedale, i reumatismi mi hanno sfinito: se no, resto per la strada lo stesso...

– Via, via, – disse tranquillamente il sergente.

Il soldatino stette zitto e la conversazione ricominciò.

– Oggi se ne son presi abbastanza di francesi e non ce n'è uno che abbia delle vere scarpe, a dirla schietta: di scarpe non hanno che il nome, – disse, cominciando un altro discorso, uno dei soldati.

– Hanno preso tutto i cosacchi. Hanno ripulito l'isba per il colonnello e li hanno portati via. Fanno pena a vedere, ragazzi, – disse il soldato che ballava. – Li hanno spogliati: uno era vivo ancora, lo credi? e borbottava qualcosa all'uso suo...

– Ma è gente pulita, ragazzi, – disse il primo. – Bianchi, ecco, bianchi come la betulla. E ce ne sono di valorosi e di nobili.

– E tu cosa credi? Lui li ha presi da tutte le categorie.

– E non capiscono niente di quel che diciamo noi, – disse il ballerino con un sorriso di stupore. – Io dico: « Di che paese siete? » e lui borbotta alla sua maniera. Strana gente!

– È una cosa buffa, amici miei, – continuò quello che si stupiva della loro bianchezza, – i contadini raccontavano sotto Možàjsk come avevano cominciato a toglier via i morti, dove c'era stata la battaglia, e sai che cosa dicevano? Figùrati, dei morti loro erano stati lí per un mese. Ebbene, dicevano che erano bianchi come il cotone, puliti e senza nessun odore.

– Sarà stato per il freddo, no? – domandò uno.

– Come sei furbo! Per il freddo! Ma se faceva caldo. Se fosse stato per il freddo, anche i nostri non si sarebbero guastati. E invece ti avvicinavi ai nostri e dicono ch'erano pieni di vermi. Tanto che, dicono, ci si tappava il naso col fazzoletto e si portavano via voltando il muso da un'altra parte: non si poteva far diverso. E loro, dicono, bianchi come il cotone, e nessun odore.

Tutti tacquero.

– Dev'essere per via del mangiare, – disse il sergente, – mangiavano da signori.

Nessuno obiettò.

– Diceva quel contadino là, a Možàjsk, dove ci fu la battaglia, che mandarono uomini da dieci villaggi e che per venti giorni portarono via i morti e non li portarono via tutti. Questi lupi, diceva...

– Fu una vera battaglia, quella, – disse un vecchio soldato. – C'era di che raccontare. Ma dopo... è stato soltanto per tormentar la gente.

– Davvero, zio. Ier l'altro li abbiamo attaccati. Be', non aspettano che si arrivi fino a loro. Subito buttano via i fucili. E in ginocchio! Dicono: *Pardon!* Eccoti solo un esempio. Raccontano che Platov per due volte ha preso proprio *Polione*. Ma non sapeva la parola magica. Lo ha preso, lo ha preso, ma ecco che nelle sue mani diventa un uccello, vola via e vola via. E anche di ammazzarlo non c'è modo.

– Sei bravo a spacciar frottole, Kiseljòv, ti sto a guardare.

– Ma che frottole! È la pura verità.

– Se avessi potuto fare a modo mio, dopo averlo pigliato, lo avrei messo sotterra. Con un palo di tremolo. Quanta gente ha rovinato!

– La faremo finita lo stesso e non la scapperà, – disse sbadigliando il vecchio soldato.

La conversazione finí e i soldati si accomodarono per dormire.

– Guarda quante stelle e come luccicano! Si direbbe che le donne hanno steso la tela, – disse un soldato, ammirando la via lattea.

– Vuol dire, ragazzi, che l'annata sarà buona.

– Ci vorrà ancora della legna.

– La schiena ti brucia e la pancia è gelata. Che miracolo!

– Oh, Signore!

– Perché mi spingi? Vuoi il fuoco per te solo? Vedi... s'è sdraiato.

Fra il silenzio che si andava facendo si sentiva il russare di alcuni che s'erano addormentati; gli altri si voltavano per riscaldarsi, scambiando di tanto in tanto qualche parola. Da un altro fuoco lontano un cento passi, si sentivano gaie risate.

– Vedi, fanno chiasso alla quinta compagnia! – disse un soldato. – E quanta gente!

Un soldato si alzò e andò verso la quinta compagnia.

– Ridono, – disse tornando. – Sono arrivati due francesi. Uno è addirittura gelato, ma l'altro è proprio in gamba! Canta delle canzoni.

– Oh, oh! Andiamo a vedere...

Alcuni soldati si diressero verso la quinta compagnia.

IX.

La quinta compagnia era accampata proprio vicino alla foresta. Un enorme fuoco ardeva vivace in mezzo alla neve, illuminando i rami degli alberi che piegavano sotto alla brina.

A metà della notte i soldati della quinta compagnia avevano udito dei passi sulla neve e uno scricchiolare di rami nella foresta.

– Ragazzi, l'orso, – disse un soldato.

Tutti alzarono la testa, si misero in ascolto, e dalla parte della foresta, alla luce chiara del fuoco, si avanzarono due figure umane, stranamente vestite, che si appoggiavano l'una sull'altra.

Erano due francesi che s'erano nascosti nella foresta. Si avvicinarono al fuoco dicendo, con voce rauca, qualche cosa in una lingua ignota ai soldati. Uno, di statura piú alta, aveva un berretto da ufficiale e sembrava esausto di forze. Avvicinatosi al fuoco, voleva sedersi, ma cadde in terra. L'altro, un soldato piccolo, tarchiato, con un fazzoletto che gli fasciava le gote, era piú forte. Egli sollevò il suo compagno e, accennando alla bocca, disse alcune parole. I soldati circondarono i due francesi, stesero un cappotto sotto il corpo del malato e offrirono ad entrambi *kaša* e acquavite.

L'ufficiale francese sfinito di forze era Ramballe; il soldato con la gota fasciata era il suo attendente Morel.

Quando Morel ebbe bevuto dell'acquavite e finito di mangiare una gavetta di *kaša*, tutt'a un tratto fu preso da un'allegria morbosa e cominciò a parlare ininterrottamente ai soldati che non lo capivano. Ramballe rifiutò il cibo e si adagiò in silenzio presso al fuoco, appoggiandosi sul gomito e guardando coi suoi occhi rossi imbambolati i soldati russi. Ogni tanto mandava un lamento prolungato e poi di nuovo taceva. Morel, mostrando le spalline, faceva capire ai soldati che quello era un ufficiale e che bisognava riscaldarlo. Un ufficiale russo, che s'era avvicinato al fuoco, mandò a domandare al colonnello se avrebbe accolto l'ufficiale francese perché si scaldasse; e quando dissero tornando che il colonnello ordinava di condurgli l'ufficiale, dissero a Ramballe di andare. Egli si alzò e voleva avviarsi, ma vacillò e sarebbe caduto se il soldato che gli stava vicino non lo avesse sorretto.

– Che? Non ti reggi? – disse un soldato, ammiccando ironicamente, rivolto a Ramballe.

– Eh, sciocco! Cosa dici mai? Un contadino, un vero contadino! – si diceva da varie parti al soldato che aveva scherzato, con tono di rimprovero.

Ramballe fu circondato, due lo presero sotto le braccia, lo sollevarono e lo portarono nell'isba. Ramballe si aggrappò al collo dei due soldati, e, mentre lo portavano, diceva lamentosamente:

– *Oh mes braves, oh mes bons, mes bons amis! Voilà des hommes! oh mes braves, mes bons amis!* – E, come un bambino, piegò la testa sulla spalla di uno dei soldati.

Intanto Morel se ne stava seduto nel posto migliore, circondato dai soldati.

Morel, quel piccolo, tarchiato francese, con gli occhi infiammati e lacrimosi, con un fazzoletto legato alla maniera delle donne sul berretto, era vestito con una pelliccetta da donna. Evidentemente mezzo ubriaco, cingendo col braccio il soldato che gli stava accanto, cantava con voce rauca e interrotta una canzone francese. I soldati si tenevano i fianchi guardandolo.

– Su via, su via, insegnami, com'è? Io imparo subito. Com'è? – disse un cantore burlone che Morel teneva abbracciato.

– *Vive Henri quatre! Vive ce roi vaillant!* – cantò Morel, ammiccando con gli occhi. – *Ce diable à quatre...*

– Vivaricà! vif seruvarú! sidiablacà! – ripeteva il soldato, agitando la mano e davvero afferrando il motivo.

– Bravo! Ah! ah! ah!... – e rozze, allegre risate si levarono da diverse parti.

Anche Morel rideva, facendo delle smorfie.

– Su ancora, ancora!

Qui eut le triple talent
De boire, de se battre
Et d'être un vert galant...

– Anche questo bello! Andiamo, su, Zaletàjev.

– Chiu... – pronunziava stentatamente Zaletàjev. – Chiu-u-u...

– faceva, aprendo largamente la bocca, – letriptalà de bu de ba i detravagalà.

– Benone! Proprio come un francese! Ah! ah! ah! Vuoi mangiare ancora?

– Dagliela a lui la *kaša*. Non si caverà la fame tanto presto!

Gli diedero di nuovo della *kaša*; e Morel, ridendo, ne ingoiò una terza gavetta. Un sorriso allegro era sulla faccia di tutti i giovani soldati che guardavano Morel. I vecchi soldati, che stimavano indecoroso occuparsi di quelle bazzecole, se ne stavano dall'altra parte del fuoco, ma di tanto in tanto, sollevandosi sul gomito, guardavano Morel con un sorriso.

– Sono uomini anche loro, – disse uno di essi, ravvolgendosi nel cappotto. – Anche l'assenzio cresce sulle sue radici.

– O Signore, Signore! com'è stellato! è segno di gelata...

E tutto tacque. Le stelle, come sapessero che ora nessuno le avrebbe vedute, si misero a folleggiare nel cielo nero. Ora scintillando, ora smorzandosi, ora tumultuando, esse bisbigliavano fra loro, affaccendate, qualcosa di lieto, ma anche di misterioso.

X.

Le truppe francesi si struggevano in modo costante con una progressione di matematica regolarità. E quel passaggio della Berezina sul quale tanto si è scritto fu soltanto una delle tappe della distruzione dell'esercito francese, ma niente affatto l'episodio decisivo della campagna. Se sulla Berezina tanto si è scritto e si scrive, ciò proviene, da parte dei francesi, solo dal fatto che sul ponte rotto della Berezina tutte le sventure sopportate fino allora in modo uniforme dall'esercito francese si riunirono tutt'a un tratto, in un momento, in un solo spettacolo tragico che rimase in tutte le memorie. Da parte dei russi, poi, si parlò e si scrisse tanto sulla Berezina solo perché a Pietroburgo, lontano dal teatro della guerra, era stato fatto (ad opera di Pfull) un piano per attirare Napoleone in un agguato strategico sulla Berezina. Tutti erano convinti che nella realtà ogni cosa sarebbe andata come nel piano, e perciò s'insistette poi nel dire che proprio il passaggio della Berezina era stato la rovina dei francesi. In realtà il risultato del passaggio della Berezina fu molto meno micidiale per i francesi, in quanto a perdita di uomini e di prigionieri, della battaglia di Kràsnoje, come dimostrano le cifre.

L'unica importanza del passaggio della Berezina sta in questo, che esso dimostrò all'evidenza e indubitabilmente la falsità di tutti i piani per tagliare in due il nemico e la saggezza del solo modo di agire possibile, voluto da Kutúzov e da tutte le truppe (cioè dalla massa): quello di limitarsi a seguire il nemico. La folla dei francesi fuggiva con sempre crescente rapidità, con tutta l'energia rivolta a raggiungere lo scopo. Fuggiva come una fiera ferita e le era impossibile fermarsi per via. Ciò è dimostrato non tanto dall'attuazione di quel passaggio, quanto dal movimento sui ponti. Quando i ponti furono tagliati, i soldati disarmati, gli abitanti di Mosca, le donne coi bambini che erano nel convoglio francese, tutti – sotto l'azione della forza d'inerzia – non si arrendevano, ma correvano avanti, verso le barche, verso l'acqua gelata.

Questa tendenza era ragionevole. La posizione dei fuggiaschi e degli inseguitori era egualmente triste. Restando coi suoi, ciascuno sperava di trovare nella sventura l'aiuto di un compagno, di avere il proprio posto segnato fra i suoi. Se invece si arrendeva ai russi, la situazione rimaneva per lui altrettanto misera, ma egli scendeva ad un livello piú basso per quanto riguardava l'appagamento dei bisogni della vita. Ai francesi non occorrevano precise informazioni per sapere che metà dei prigionieri, dei quali i russi non sapevano che farsi, malgrado il loro desiderio di salvarli, morivano di freddo e di fame: essi sentivano che non poteva essere diversamente. I comandanti russi piú pietosi e i francesi al servizio russo, assai benevoli verso i francesi, non potevano far niente per i prigionieri. Era la miseria nella quale si trovava l'esercito russo che uccideva i francesi. Era impossibile togliere il pane e i vestiti a dei soldati affamati, che erano utili, per darli ai francesi, che non erano nocivi, non erano odiati, non erano colpevoli, ma erano semplicemente inutili. Alcuni, del resto, lo fecero, ma furono soltanto eccezioni.

Dietro c'era la rovina sicura; innanzi c'era una speranza. I vascelli erano bruciati: non c'era altra salvezza se non nella fuga generale, e a questa fuga generale tendevano tutte le forze dei francesi.

Quanto piú i francesi fuggivano, quanto piú miserevoli erano i loro avanzi, soprattutto dopo la Berezina, sulla quale, per via del piano di Pietroburgo, si fondavano speciali speranze, e tanto piú fortemente divampavano le passioni dei generali russi, che s'incolpavano l'un l'altro e piú specialmente incolpavano Kutúzov. Supponendo che si dovesse attribuire a lui l'insuccesso del piano della Berezina preparato a Pietroburgo, il malcontento, il disprezzo, le canzonature a suo riguardo si manifestavano sempre piú fortemente. Il disprezzo e le canzonature ben inteso si esprimevano in una forma rispettosa, in una forma tale che Kutúzov non potesse neppure domandare di che e perché lo accusassero. Non gli parlavano mai sul serio: facendogli i loro rapporti e chiedendogli il permesso d'intraprendere qualcosa, si davano l'aria di chi adempie a un penoso dovere, e dietro alle sue spalle si strizzavano l'occhio e ad ogni passo cercavano d'ingannarlo.

Tutta questa gente, appunto perché non poteva comprenderlo, aveva riconosciuto che col vecchio era inutile parlare, che non avrebbe mai capito tutta la profondità dei loro piani, che avrebbe risposto con le sue frasi (pareva loro che fossero soltanto frasi) sul ponte d'oro, sull'impossibilità di andare a combattere all'estero con una folla di vagabondi, ecc. Tutto ciò già l'avevano udito da lui. E tutto ciò che egli diceva, per esempio che bisognava aspettare i viveri, che gli uomini erano senza scarpe, tutto ciò era cosí semplice, mentre tutto ciò che essi proponevano era cosí complicato e intelligente che per loro era evidente che Kutúzov era stupido e vecchio, mentre essi erano dei condottieri geniali a cui mancava il potere.

Specialmente dopo la congiunzione delle armate del brillante ammiraglio e dell'eroe di Pietroburgo Wittgenstein, questo stato d'animo e i pettegolezzi dello stato maggiore raggiunsero l'estremo limite. Kutúzov lo vedeva e non faceva che stringersi nelle spalle, sospirando. Soltanto una volta, dopo la battaglia della Berezina, si irritò e scrisse a Bennigsen, che mandava i suoi rapporti direttamente all'imperatore, la lettera seguente:

« A cagione degli attacchi del vostro male, vogliate, Eccellenza, dopo ricevuta la presente, recarvi a Kaluga, dove attenderete un ordine e una destinazione ulteriori da Sua Maestà Imperiale ».

Ma dopo l'allontanamento di Bennigsen giunse al campo il granduca Costantino, che aveva fatto il principio della campagna e che Kutúzov aveva allontanato dall'esercito. Ora il granduca, giungendo al campo, riferí a Kutúzov il malcontento dell'imperatore per gli scarsi successi delle nostre truppe e per la lentezza del loro movimento. L'imperatore stesso aveva intenzione di giungere al campo fra giorni.

Vecchio ed altrettanto esperto nelle faccende di Corte come in quelle militari, quel Kutúzov che nell'agosto di quello stesso anno era stato scelto come comandante in capo contro il volere dell'imperatore, che aveva allontanato dall'esercito il granduca ereditario, che di sua autorità e contro il volere dell'imperatore aveva ordinato l'abbandono di Mosca, quello stesso Kutúzov ora capí subito che il suo tempo era finito, che la sua parte era finita, e che della sua cosí detta autorità non rimaneva piú nulla. E lo capí non soltanto per ragioni di carattere cortigiano. Da una parte vedeva che le imprese militari nelle quali aveva avuto la sua parte erano terminate e sentiva che la sua missione era adempiuta. Dall'altra, cominciava nello stesso tempo a sentire la stanchezza fisica nel suo vecchio corpo e la necessità di un riposo fisico.

XI.

Il 29 novembre Kutúzov entrò in Vilna, nella sua buona Vilna, come diceva. Due volte, durante la sua carriera militare, Kutúzov era stato a Vilna come governatore. Nella ricca Vilna, rimasta intatta, Kutúzov, oltre alle comodità della vita di cui era privo da tanto tempo, trovò vecchi amici e vecchi ricordi. E, togliendosi a un tratto da tutti i fastidi della guerra e degli affari di Stato, s'immerse in una vita tranquilla e metodica, per quanto glielo consentivano le passioni che ribollivano intorno a lui, come se tutto ciò che ora accadeva e stava per accadere nel mondo della storia non lo toccasse menomamente.

Ciciagòv, uno dei piú veementi partigiani del tagliar fuori e dello sbaragliare; Ciciagòv che voleva da principio fare una diversione in Grecia e poi su Varsavia, ma non voleva mai andare dove gli comandavano di andare; Ciciagòv, conosciuto per i suoi audaci discorsi all'imperatore; Ciciagòv, che considerava Kutúzov come un suo beneficato perché, quando era stato mandato nel 1811 a concludere la pace con la Turchia, al di fuori di Kutúzov, convintosi che la pace era stata conclusa, aveva riconosciuto davanti all'imperatore che il merito della conclusione della pace spettava a Kutúzov; questo stesso Ciciagòv fu il primo ad andare incontro a Kutúzov a Vilna, presso il castello dove doveva alloggiare Kutúzov. Ciciagòv, in piccola tenuta di marina con lo spadino, tenendo il berretto sotto l'ascella, presentò a Kutúzov il quadro della forza e gli consegnò le chiavi della città. Quel disprezzo rispettoso dei giovani verso il vecchio ormai scimunito si esprimeva al massimo grado in tutto il contegno di Ciciagòv, che conosceva già le accuse lanciate contro Kutúzov.

Discorrendo con Ciciagòv, Kutúzov fra l'altro gli disse che i carri col vasellame che gli erano stati presi a Borísovo erano intatti e gli sarebbero stati restituiti.

– *C'est pour me dire que je n'ai pas sur quoi manger... Je puis au contraire vous fournir de tout dans le cas même où vous voudriez donner des dîners,* – disse pigliando fuoco Ciciagòv, che con ogni sua parola voleva dimostrare d'avere ragione e perciò supponeva che Kutúzov avesse la medesima preoccupazione.

Kutúzov sorrise del suo sorriso fine e penetrante e, alzando le spalle, rispose:

– *Ce n'est que pour vous dire ce que je vous dis.*

A Vilna Kutúzov, contro il volere dell'imperatore, fece fermare la maggior parte delle truppe. Kutúzov, come dicevano le persone che lo attorniavano, andò molto giú e si depresse fisicamente durante quel suo soggiorno a Vilna. Si occupava a malincuore delle quistioni riguardanti l'esercito, affidava tutto ai suoi generali e, aspettando l'imperatore, si abbandonava a una vita dissipata.

Partito da Pietroburgo il 7 dicembre col suo seguito – il conte Tolstòj, il principe Volkonskij, Arakcéjev e altri – l'imperatore giunse a Vilna l'11 dicembre, e con le sue slitte da viaggio si recò direttamente al castello. Presso il castello, nonostante la forte gelata, c'erano un centinaio di generali e ufficiali di stato maggiore in gran tenuta e la guardia d'onore del reggimento Semjònovskij.

Un corriere giunto al galoppo al castello con un tiro a tre dai cavalli coperti di sudore, precedendo il sovrano, gridò: – Viene! – Konovnitsyn si precipitò nel vestibolo per annunziarlo a Kutúzov che aspettava nella piccola stanzetta del portiere.

Dopo un momento la grande e grassa figura del vecchio, in alta tenuta, con tutte le decorazioni che gli coprivano il petto e la sciarpa che gli cingeva il ventre, uscí sulla porta dondolandosi. Kutúzov si era messo il suo cappello per largo, aveva preso i guanti in mano, e scendendo di fianco, con fatica, gli scalini, si uní agli altri e ricevette il rapporto preparato per darlo all'imperatore.

Ci fu un andirivieni, un sussurrio, un altro tiro a tre passò di volo, e tutti gli occhi si fissarono su una slitta che si avvicinava al galoppo e nella quale già si distinguevano le figure dell'imperatore e di Volkonskij.

Tutto ciò, per un'abitudine di cinquant'anni, produsse un effetto fisico sul vecchio generale; egli si tastò rapidamente e con inquietudine, si accomodò il cappello e, nel momento che l'imperatore, scendendo dalla slitta, alzò gli occhi verso di lui, tirandosi su e rimpettendosi presentò il rapporto e cominciò a parlare con la sua voce misurata e adulatrice.

L'imperatore con un rapido sguardo esaminò Kutúzov da capo

a piedi, per un attimo aggrottò le sopracciglia, ma subito, dominandosi, gli si avvicinò e, aprendo le braccia, abbracciò il vecchio generale. Di nuovo, sotto l'impressione di una vecchia abitudine, e per una certa relazione col suo pensiero piú intimo, quell'abbraccio agí su Kutúzov come al solito: egli diede in un singhiozzo.

L'imperatore salutò gli ufficiali, la guardia d'onore del reggimento Semjònovskij e, stringendo ancora una volta la mano del vecchio, entrò con lui nel castello.

Restato solo col maresciallo, l'imperatore gli espresse il suo disappunto per la lentezza dell'inseguimento, per gli errori di Kràsnoje e della Berezina, e gli espose le sue vedute sulla futura campagna all'estero. Kutúzov non obiettò né osservò nulla. La stessa espressione sottomessa e vuota con la quale sette anni prima aveva ricevuto gli ordini dell'imperatore sul campo di Austerlitz stava ora sul suo volto.

Quando Kutúzov uscí dal gabinetto e, a testa bassa, si mise ad attraversare la sala, con la sua andatura pesante e dondolante, una voce lo fermò.

– Altezza Serenissima, – disse qualcuno.

Kutúzov alzò il capo e guardò a lungo negli occhi il conte Tolstòj che stava davanti a lui con un vassoio d'argento sul quale era un piccolo oggettino. Kutúzov pareva non capire che cosa si volesse da lui.

A un tratto sembrò rammentarsi; un sorriso appena percettibile brillò sul suo viso gonfio, e, facendo un profondo rispettoso inchino, egli prese l'oggetto che era sul vassoio. Era l'ordine di San Giorgio di prima classe.

XII.

Il giorno seguente dal maresciallo ci furono un pranzo e un ballo che l'imperatore onorò della sua presenza. A Kutúzov era stato conferito l'ordine di San Giorgio di prima classe; l'imperatore gli dimostrava la maggiore deferenza; ma ognuno sapeva che l'imperatore era malcontento del maresciallo. Si osservavano le convenienze e l'imperatore per primo ne dava l'esempio; ma tutti sapevano che il vecchio era colpevole e non era piú buono a nulla. Quando al ballo Kutúzov, secondo una vecchia abitudine del tempo di Caterina, ordinò che all'entrata dell'imperatore nella sala da ballo si deponessero ai suoi piedi le bandiere prese al nemico, l'imperatore fece una smorfia di dispetto e pronunziò delle parole nelle quali taluni credettero di udire: « vecchio commediante ».

Il malcontento dell'imperatore verso Kutúzov si accrebbe a Vilna specialmente perché Kutúzov, evidentemente, non voleva o non poteva capire l'importanza della futura campagna.

Quando, la mattina del giorno seguente, l'imperatore disse agli ufficiali riuniti presso di lui: – Voi avete salvato non soltanto la Russia, avete salvato l'Europa, – tutti capirono subito che la guerra non era finita.

Solo Kutúzov non lo voleva capire e diceva apertamente la sua opinione: che una nuova guerra non poteva migliorare la situazione e accrescere la gloria della Russia, ma non poteva che peggiorare la sua posizione e diminuire quel massimo grado di gloria nel quale, secondo lui, si trovava allora la Russia. Egli cercava di dimostrare all'imperatore l'impossibilità di reclutare nuove truppe, parlava della difficile condizione delle popolazioni, della possibilità d'insuccessi, ecc.

Con tale disposizione d'animo il maresciallo non appariva naturalmente se non come un ostacolo e un freno per la guerra imminente.

Ad evitare urti col vecchio, si presentò spontaneamente una via d'uscita che consisteva, come ad Austerlitz e come al principio della campagna con Barclay, nel togliere al comandante in capo, senza allarmarlo e senza avvertirlo, quel piedestallo di autorità sul quale si trovava, dandolo invece allo stesso imperatore.

Con questo scopo lo stato maggiore fu a poco a poco trasformato e tutta la forza effettiva dello stato maggiore di Kutúzov fu distrutta e trasferita presso l'imperatore. Toll, Konovnitsyn, Ermolov ebbero altri incarichi. Tutti dicevano ad alta voce che il maresciallo era molto indebolito e la sua salute scossa.

Bisognava che fosse malfermo in salute per dare il suo posto a colui che doveva succedergli. Ed effettivamente la sua salute era malferma.

Con la stessa naturalezza, semplicità e progressione con cui Kutúzov era comparso dalla Turchia per l'arruolamento della milizia alla Corte delle finanze di Pietroburgo e poi alla testa dell'esercito, proprio quando egli era necessario, adesso che la parte di Kutúzov era terminata, era apparso al suo posto un nuovo personaggio voluto dalle circostanze.

La guerra del 1812, oltre al suo significato nazionale, caro al cuore dei russi, doveva avere un altro significato, un significato europeo.

Al movimento dei popoli da occidente verso oriente doveva succedere un movimento di popoli da oriente verso occidente, e per questa nuova guerra ci voleva un personaggio nuovo che avesse qualità e vedute diverse da quelle di Kutúzov e fosse mosso da altri impulsi.

Alessandro I era l'uomo necessario per questo movimento di popoli da oriente ad occidente e per il ristabilimento delle frontiere dei vari popoli, come era stato necessario Kutúzov per la salvezza e per la gloria della Russia.

Kutúzov non capiva che cosa volessero dire l'Europa, l'equilibrio, Napoleone. Non lo poteva capire. Al rappresentante del popolo russo ora che il nemico era stato distrutto, la Russia liberata e posta al massimo della gloria, al russo come russo non restava piú nulla da fare. Al rappresentante della guerra nazionale non restava altro che la morte. Ed egli morí.

XIII.

Pierre, come accade per lo piú, sentí tutto il peso delle privazioni e delle fatiche fisiche sopportate durante la prigionia soltanto allorché queste fatiche e queste privazioni ebbero termine. Dopo la sua liberazione dalla prigionia egli andò ad Orjòl e, al terzo giorno dopo il suo arrivo, mentre si preparava a partire per Kiev, si ammalò e rimase tre mesi ad Orjòl: si trattava, come dicevano i medici, di una febbre biliosa. Benché i dottori lo curassero, gli cavassero sangue e gli facessero prendere molte medicine, tuttavia guarí.

Di tutto ciò che era accaduto a Pierre dalla sua liberazione fino alla malattia non rimaneva in lui quasi nessuna impressione. Si ricordava soltanto di un tempo grigio, cupo, ora piovoso, ora nevoso, di un malessere fisico interno, di dolori alle gambe e al fianco; si ricordava di un'impressione generale di sventure e di sofferenze umane; si ricordava d'essere stato turbato dalla curiosità degli ufficiali, dei generali che l'interrogavano; d'essersi affaccendato per trovare una carrozza e dei cavalli, e soprattutto si ricordava della sua incapacità a pensare e a sentire in quel tempo. Il giorno della sua liberazione aveva veduto il cadavere di Petja Rostòv. In quello stesso giorno aveva appreso che il principe Andréj era vissuto ancora piú di un mese dopo la battaglia di Borodinò e che era morto poco innanzi, a Jaroslàvl, nella casa dei Rostòv. In quello stesso giorno Denísov, che aveva comunicato questa notizia a Pierre, fra gli altri discorsi accennò alla morte di Hélène, supponendo che Pierre già da un pezzo ne fosse informato. Tutto ciò allora parve soltanto strano a Pierre. Sentiva di non poter approfondire il significato di tutte queste notizie. Allora gli premeva soltanto di andarsene al piú presto possibile da quei luoghi dove gli uomini si uccidevano l'un l'altro, verso qualche tranquillo rifugio, e là riprendersi, riposarsi e riflettere su tutte le cose nuove e strane che aveva apprese in quel tempo. Ma appena giunto a Orjòl s'era ammalato. Ritornato in sé dopo la malattia, Pierre si vide intorno due dei suoi domestici, giunti da Mosca, Terentij e Vaskà, e la maggiore delle principessine che, vivendo a Jelèts nelle terre di Pierre e avendo appreso la sua liberazione e la sua malattia, era venuta ad assisterlo.

Nel tempo della sua convalescenza Pierre a poco a poco dimenticò le impressioni che gli erano diventate abituali negli ultimi mesi e si assuefece all'idea che nessuno l'indomani lo avrebbe spinto innanzi, che nessuno gli avrebbe tolto il suo letto tiepido e che certamente avrebbe avuto il suo desinare, il suo tè, la sua cena. Ma in sogno per molto tempo ancora si rivedeva nelle stesse condizioni della sua prigionia. Pure a poco a poco Pierre capí il significato delle notizie che aveva apprese uscendo di prigionia: la morte del principe Andréj, la morte della moglie, la disfatta dei francesi.

Un giocondo senso di libertà – di quella piena insopprimibile libertà innata nell'uomo, della quale aveva avuto coscienza per la prima volta alla prima tappa, all'uscita da Mosca – colmava l'anima di Pierre durante la sua convalescenza. Egli si meravigliava che quella libertà interiore, indipendente dalle circostanze esteriori, fosse ora accompagnata dalla libertà esteriore, come da un superfluo, da un lusso. Era solo, in una città che gli era estranea, senza conoscenze. Nessuno pretendeva niente da lui; non lo mandavano in nessun posto. Aveva tutto ciò che desiderava; il pensiero di sua moglie, che prima lo aveva sempre tormentato, ora non esisteva piú, dato che anche lei non c'era piú.

« Ah, come si sta bene! Che gioia! – diceva a se stesso quando gli avvicinavano una tavola pulitamente apparecchiata con un brodo fragrante, o quando la notte si sdraiava in un letto morbido e pulito, o quando si ricordava che sua moglie e i francesi non c'erano piú. – Ah! come si sta bene! che gioia! » E per una vecchia abitudine si domandava: « E poi? Che cosa farò? » Ma subito rispondeva a se stesso: « Nulla. Vivrò. Ah! che gioia! »

Quello che prima lo tormentava tanto, quel che aveva cercato continuamente – lo scopo della vita – ora non esisteva piú per lui. Questo scopo della vita tanto cercato non esisteva piú per lui, non per caso e solo nel momento presente, ma sentiva che non esisteva affatto e non poteva esistere. E questa assenza di scopo gli dava quella piena, lieta coscienza di libertà che in quel momento formava la sua felicità.

Egli non poteva avere uno scopo perché ora aveva la fede, – non la fede in certe regole, parole o pensieri, ma la fede in un Dio vivo, di cui si ha la sensazione continua. Prima egli Lo cercava negli scopi che si proponeva. Questa ricerca di uno scopo non era che la ricerca di Dio; e a un tratto, durante la prigionia, aveva appreso per mezzo non di parole, né di ragionamenti, ma di un sentimento immediato ciò che la sua balia gli aveva detto tanto tempo prima: che Dio è qui, vicino, da per tutto. In prigionia aveva appreso che Dio era piú grande, infinito e incomprensibile in Karatàjev che nell'Architetto dell'Universo riconosciuto dai massoni. Provava il sentimento dell'uomo che ha trovato sotto i piedi ciò che cercava, mentre aguzzava la vista per scoprirlo lontano da sé. Tutta la vita aveva guardato nel vago, oltre le teste degli uomini che lo circondavano, mentre non c'era che da guardare davanti a sé senza aguzzare la vista. Prima non sapeva vedere in nessuna cosa ciò che era grande, incomprensibile, infinito. Sapeva soltanto che in qualche luogo doveva esistere e lo cercava. In tutto ciò che era vicino e comprensibile non vedeva che il lato piccino, limitato, privo di senso. Si armava di un cannocchiale spirituale e guardava lontano, là dove queste piccole cose della vita, nascondendosi nella nebbia della lontananza, gli apparivano grandi, infinite, soltanto perché non le vedeva chiaramente. Cosí gli erano apparse la vita europea, la politica, la massoneria, la filosofia, la filantropia. Ma anche allora, nei momenti ch'egli considerava come la sua debolezza, la sua intelligenza penetrava in quella lontananza e vi vedeva lo stesso lato piccino, limitato, privo di senso. Ora invece aveva imparato a vedere in tutto il lato grande, infinito ed eterno, e naturalmente, per vederlo, per godere della sua contemplazione, abbandonava il cannocchiale nel quale fin allora aveva guardato oltre le teste degli uomini e contemplava gioiosamente intorno a sé la vita eternamente mutevole, eternamente grande, incomprensibile, infinita. E quanto piú guardava vicino, tanto piú era tranquillo e felice. La terribile domanda che prima faceva crollare tutte le costruzioni del suo pensiero: « perché? » ora non esisteva piú per lui. Ora a questa domanda « perché? » nell'anima sua era sempre pronta la semplice risposta: « Perché c'è un Dio, quel Dio senza il volere del quale non cade un capello dal capo dell'uomo ».

XIV.

Pierre non era quasi mutato nei suoi modi esteriori. A vederlo, era proprio come prima. Come prima era distratto e sembrava occupato non di ciò che gli stava sotto gli occhi, ma di qualcosa di suo particolare. La differenza fra il suo essere di un tempo e quello presente consisteva in questo: che prima, quando dimenticava le cose che gli stavano davanti, le cose che gli dicevano, egli, corrugando dolorosamente la fronte, pareva provarsi ma non riusciva a vedere qualcosa che stava lontano da lui. Anche adesso egli dimenticava ciò che gli dicevano e ciò che gli stava dinanzi; ma ora con un sorriso appena percettibile e un po' ironico guardava ciò che gli stava davanti, ascoltava ciò che gli dicevano, benché sicuramente vedesse e udisse cose assolutamente diverse. Prima egli appariva un uomo buono, ma infelice, e quindi involontariamente la gente si allontanava da lui. Ora il sorriso della gioia di vivere gli errava intorno alla bocca, e negli occhi splendeva la simpatia per gli uomini e questa domanda: « Sono felici loro come lo sono io? » E la gente era lieta della sua presenza.

Prima egli parlava molto, si riscaldava nel parlare e ascoltava poco; ora raramente si lasciava andare a discorrere e sapeva ascoltare, sicché la gente volentieri gli palesava i suoi piú intimi segreti.

La principessina che non aveva mai amato Pierre e provava per lui un sentimento particolarmente ostile dal momento in cui, dopo la morte del vecchio conte, si era sentita obbligata verso Pierre, dopo un breve soggiorno a Orjòl, dove era andata con l'intenzione di mostrare a Pierre che, nonostante l'ingratitudine di lui, ella credeva suo dovere di assisterlo, la principessina, con suo dispetto e stupore, aveva ben presto sentito di volergli bene. Pierre non faceva nulla per ingraziarsi la principessina. Si limitava soltanto ad osservarla con curiosità. Prima la principessina sentiva che egli la guardava con indifferenza e ironia, e, come faceva davanti agli altri, ella si stringeva in se stessa davanti a lui e si mostrava soltanto sotto l'aspetto bellicoso; ora invece ella sentiva che egli penetrava nei lati piú reconditi della sua vita, e, prima con diffidenza, poi con gratitudine, gli aprí i lati buoni del suo carattere, che teneva nascosti.

Il piú astuto degli uomini non avrebbe potuto piú abilmente attirarsi la fiducia della principessina, evocando in lei i ricordi del miglior tempo della sua giovinezza e mostrandole la sua simpatia per quei ricordi. E invece tutta l'astuzia di Pierre consisteva nel cercare il proprio piacere, suscitando nella principessina, inacidita, arida e orgogliosa a modo suo, dei sentimenti umani.

« Sí, egli è molto, molto buono quando si trova sotto l'influenza non di persone cattive, ma di persone come me », diceva a se stessa la principessina.

Il cambiamento avvenuto in Pierre era stato notato anche dai suoi servi, Terentij e Vaska. Essi trovavano che egli era diventato molto piú alla mano. Spesso Terentij, dopo aver spogliato il padrone, con gli stivali e i vestiti in mano, avendo data la buona notte, indugiava ad andarsene, aspettando se mai il padrone si mettesse a discorrere. E per lo piú Pierre tratteneva Terentij, accorgendosi che egli aveva voglia di parlare.

– Suvvia, dimmi... come facevate a procurarvi da mangiare? – domandava.

E Terentij cominciava il racconto della rovina di Mosca, del defunto conte, e stava un pezzo lí ritto, coi vestiti sul braccio, a raccontare, e talvolta ad ascoltare i racconti di Pierre, e se ne andava poi in anticamera col piacevole sentimento di avere il padrone moralmente vicino a sé e di volergli bene.

Il dottore che curava Pierre e lo visitava ogni giorno, benché, come è obbligo dei dottori, stimasse doveroso darsi l'aria di un uomo di cui ogni minuto di tempo è prezioso per il bene dell'umanità sofferente, stava delle ore intere da Pierre, raccontandogli le sue storie preferite e le sue osservazioni sui caratteri dei malati in generale e delle signore in particolare.

– Sí, ecco, fa piacere discorrere con un uomo cosí; non è come capita da noi in provincia, – diceva.

A Orjòl c'erano alcuni ufficiali dell'esercito francese prigionieri, e il dottore condusse una volta con sé uno di loro, un giovane ufficiale italiano.

Quest'ufficiale cominciò a frequentare Pierre, e la principessina rideva dei teneri sentimenti che l'italiano esprimeva a Pierre.

L'italiano appariva felice soltanto quando poteva andarsene da Pierre e discorrere con lui e raccontargli il suo passato, la sua vita di famiglia, i suoi amori, e sfogare la sua indignazione contro i francesi e specialmente contro Napoleone.

– Se tutti i russi vi somigliano sia pure un poco, – diceva a Pierre, – *c'est un sacrilège que de faire la guerre à un peuple comme le vôtre*. Voi, che avete sofferto tanto a cagione dei francesi, non sentite neppure nessun rancore verso di loro.

E questo appassionato amore dell'italiano Pierre se l'era guadagnato soltanto suscitando in lui i lati migliori della sua anima e compiacendosene.

Negli ultimi tempi del soggiorno di Pierre a Orjòl, si presentò a lui un suo antico conoscente massone, il conte Willarski, quello stesso che lo aveva introdotto nella loggia nel 1807. Willarski aveva in moglie una ricca signora russa, che aveva grandi beni nella provincia di Orjòl, e occupava nella città un posto provvisorio al servizio degli approvvigionamenti.

Saputo che Bezúchov era ad Orjòl, Willarski, benché non avesse mai avuto con lui relazioni molto strette, andò a trovarlo con quelle dimostrazioni di amicizia e di simpatia che hanno l'una per l'altra le persone che s'incontrano in un deserto. Willarski si annoiava ad Orjòl ed era felice d'incontrare un uomo del suo mondo, che aveva, per quel ch'egli supponeva, interessi simili ai suoi.

Ma, con sua meraviglia, Willarski si accorse ben presto che Pierre era molto in ritardo sulla vita attuale ed era caduto, com'egli lo definiva fra sé e sé, nell'apatia e nell'egoismo.

– *Vous vous encroûtez, mon cher*, – gli diceva.

Nonostante ciò, Willarski stava piú volentieri con Pierre adesso che non prima, e lui andava a vederlo ogni giorno. A Pierre, invece, guardando Willarski e ascoltandolo, era parso strano e incredibile pensare che non molto tempo prima egli era stato come lui.

Willarski era un uomo ammogliato, con famiglia, che si occupava dell'amministrazione dei beni di sua moglie, del suo servizio e della sua famiglia. Pensava che nella vita tutte queste occupazioni fossero degli ostacoli e che fossero da disprezzarsi perché avevano come scopo il bene personale suo e della sua famiglia. Considerazioni militari, amministrative, politiche, massoniche assorbivano continuamente la sua attenzione. E Pierre, senza sforzarsi di mutare le sue vedute, senza condannarlo, con la sua ironia, che adesso era sempre mite e gioviale, osservava quello strano fenomeno a lui ben noto.

Nei suoi rapporti con Willarski, con la principessina, col dottore, con tutte le persone che incontrava adesso, Pierre portava un nuovo elemento che gli conciliava la simpatia di tutti: era una disposizione a vedere in ciascuno la possibilità di pensare, di sentire, di guardar le cose a modo suo; il riconoscimento dell'impossibilità di dissuadere un uomo con le parole. Questa personalità legittima di ogni individuo, che prima sconvolgeva e irritava Pierre, ora formava la base dell'interesse e della simpatia che egli aveva per le persone. La divergenza e talvolta l'assoluto contrasto delle vedute altrui con la propria vita e fra loro divertiva Pierre e provocava in lui un ironico e mite sorriso.

Nelle cose pratiche, Pierre sentiva ora inaspettatamente di avere in sé un centro di gravità che non aveva prima. Prima ogni quistione di denaro e specialmente le richieste di denaro che egli, come ogni uomo ricco, riceveva assai spesso, lo mettevano in uno stato d'incertezza e di turbamento senza uscita. « Devo dare o no? – domandava a se stesso. – Io ho denari e lui ne ha bisogno. Ma un altro ne ha ancora piú bisogno. Chi ne ha piú bisogno? E se fossero entrambi degl'impostori? » E fra tutte queste supposizioni prima non trovava una via d'uscita, e dava a tutti finché ne aveva. Allo stesso modo era imbarazzato in ogni quistione che riguardasse il suo patrimonio, quando uno diceva che bisognava fare in un modo e un altro in altro modo.

Ora, con sua meraviglia, aveva trovato che in tutte queste quistioni non c'erano piú dubbi e incertezze. In lui ora era comparso un giudice che, secondo certe leggi a lui stesso ignote, stabiliva quel che bisognava e quel che non bisognava fare.

Come prima, egli era indifferente alle faccende di denaro, ma ora sapeva in modo preciso che cosa si dovesse e che cosa non si dovesse fare. La prima applicazione di questo nuovo giudizio fu la domanda di un colonnello francese prigioniero che venne da lui e, dopo molte chiacchiere sulle proprie gesta, alla fine quasi pretese che Pierre gli desse quattromila franchi da mandare a sua moglie e ai suoi figli. Pierre, senza il minimo sforzo, glieli rifiutò, meravigliandosi poi come fosse semplice e facile quello che prima gli sembrava di una insormontabile difficoltà. E mentre opponeva questo rifiuto al colonnello, stabilí che, prima di partire da Orjòl, era assolutamente indispensabile giocar d'astuzia per obbligare l'ufficiale italiano ad accettare del denaro, di cui aveva evidente bisogno. Una nuova prova per Pierre del consolidarsi del suo modo di considerare le cose pratiche fu la soluzione ch'egli diede alle quistioni dei debiti di sua moglie e della ricostruzione o meno della sua casa e della villa di Mosca.

Il suo capo-amministratore venne a trovarlo ad Orjòl, e Pierre fece con lui il conto generale dei mutamenti sopravvenuti nelle sue rendite. Secondo i conti dell'amministratore l'incendio di Mosca era costato a Pierre circa due milioni di rubli. Per consolarlo di questa perdita, l'amministratore presentò a Pierre un calcolo secondo il quale, malgrado le perdite, le rendite non soltanto non sarebbero diminuite, ma aumentate se egli rinunziava a pagare i debiti della contessa, cosa a cui non poteva essere costretto, e non ricostruiva la casa e la villa di Mosca, che costavano ottantamila rubli all'anno e non rendevano nulla.

– Sí, sí, è vero, – disse Pierre, sorridendo allegramente. – Sí, sí, non ne ho bisogno. Dopo che sono rovinato son diventato molto piú ricco.

Ma in gennaio giunse da Mosca Savéljič che parlò della situazione e del preventivo che gli aveva fatto l'architetto per la ricostruzione della casa e della villa come di una cosa già decisa. Nello stesso tempo Pierre ricevette delle lettere dal principe Vasilij e da altri conoscenti di Pietroburgo. In queste lettere si parlava dei debiti della moglie. E Pierre concluse che il progetto dell'amministratore, che gli era piaciuto tanto, non era giusto e che doveva andare a Pietroburgo per definire gli affari della moglie e rifabbricare a Mosca. Perché bisognasse fare cosí non lo sapeva, ma sapeva senza dubbio che si doveva far cosí. Le sue rendite in seguito a questa decisione diminuivano di tre quarti. Ma bisognava fare cosí: lo sentiva.

Willarski andava a Mosca, ed essi convennero di partire insieme.

Pierre aveva provato in tutto il tempo della sua convalescenza, a Orjòl, un sentimento di allegrezza, di libertà, di vita; ma quando, durante il viaggio, si sentí all'aria aperta e vide centinaia di visi nuovi, questo sentimento si accrebbe ancora. Durante tutto il viaggio provò la gioia d'uno scolaro in vacanza. Tutte le persone – postiglioni, maestri di posta, contadini per le strade e nei villaggi –, tutti avevano per lui un significato nuovo. La presenza e le osservazioni di Willarski, che continuamente lamentava la povertà, l'isolamento dall'Europa, l'ignoranza della Russia, non facevano che aumentare l'allegrezza di Pierre. Là dove Willarski vedeva la morte, Pierre vedeva una forza vitale di straordinaria potenza, la forza che, su quella distesa coperta di neve, sosteneva la vita di quel popolo integro, speciale, unico. Egli non contraddiceva Willarski e, fingendo di esser d'accordo con lui (visto che quel finto consenso era il mezzo piú spiccio per evitare una discussione dalla quale non poteva venir fuori nulla), lo ascoltava con un lieto sorriso.

XV.

Come è difficile spiegare perché e dove si affrettano le formiche di un formicaio sconvolto, le une allontanandosi dal formicaio, e trascinando minuzzoli, uova, cadaveri, le altre tornando indietro verso il formicaio, e perché si urtano, si inseguono, si battono, cosí sarebbe difficile spiegare le cause che inducevano i russi, dopo la fuga dei francesi, ad affollarsi in quel luogo che prima era chiamato Mosca. Ma come, nel guardare le formiche disperse intorno al formicaio distrutto, malgrado la completa distruzione del formicaio, si vede dalla tenacia, dall'energia, dal numero incalcolabile degl'insetti in agitazione, che tutto è distrutto, fuorché qualcosa di indistruttibile, di immateriale, che costituisce tutta la forza del formicaio, cosí anche Mosca, in ottobre, sebbene non ci fossero piú né autorità, né immagini sacre, né ricchezze, né case, era la stessa Mosca che esisteva in agosto. Tutto era distrutto, fuorché qualcosa d'immateriale, ma potente e indistruttibile.

I motivi che spingevano la gente da tutte le parti verso Mosca, dopo che era stata sgombrata dal nemico, erano i piú disparati e personali e, nei primi tempi, selvaggi, animaleschi. Un solo movente era comune a tutti: dirigersi là, verso quel luogo che prima era chiamato Mosca, per spiegarvi la propria attività.

Dopo una settimana a Mosca c'erano quindicimila abitanti, dopo quindici giorni venticinquemila, e cosí via. Crescendo sempre di piú, questo numero, nell'autunno del 1813, era giunto a una cifra che superava la popolazione del 1812.

I primi russi che entrarono a Mosca furono i cosacchi del reparto di Wintzingerode, i contadini dei villaggi vicini e gli abitanti fuggiti da Mosca e rifugiatisi nei suoi dintorni. I russi che entrarono in Mosca saccheggiata cominciarono anch'essi a saccheggiare. Essi continuavano a fare quel che avevano fatto i francesi. I carri dei contadini venivano a Mosca per trasportare nei villaggi tutto ciò che vi era di abbandonato nelle case e nelle strade distrutte di Mosca. I cosacchi portavano ciò che potevano nei loro accampamenti; i padroni di casa prendevano tutto ciò che trovavano nelle altre case e lo portavano nelle proprie col pretesto che era roba loro.

Ma dopo i primi saccheggiatori ne vennero altri, poi altri ancora, e ogni giorno il saccheggio, pel numero crescente dei saccheggiatori, si faceva piú difficile e assumeva forme piú definite.

I francesi avevano trovato Mosca vuota bensí, ma con tutte le forme di una città che aveva la sua vita organicamente normale, con le diverse funzioni del commercio, dei mestieri, del lusso, dell'amministrazione statale, della religione. Queste forme erano senza vita, ma esistevano ancora. C'erano mercati, botteghe, negozi, depositi, magazzini, la maggior parte forniti di mercanzie; c'erano fabbriche, laboratori; c'erano palazzi, case ricche piene di oggetti di lusso; c'erano ospedali, prigioni, uffici pubblici, chiese, cattedrali. Piú i francesi rimanevano a Mosca, e piú queste forme della vita cittadina si distruggevano, e alla fine tutto si confuse in un solo indivisibile e smorto campo di saccheggio.

Il saccheggio dei francesi, quanto piú si protraeva, tanto piú distruggeva le ricchezze di Mosca e le forze dei saccheggiatori. Il saccheggio dei russi, col quale cominciò l'occupazione della città da parte dei russi, quanto piú si protraeva, quanta piú gente vi prendeva parte, tanto piú ristabiliva la ricchezza di Mosca e la regolarità della vita cittadina.

Oltre i saccheggiatori, la gente piú disparata, attratta parte dalla curiosità, parte dal dovere d'ufficio, parte da calcolo – proprietari, clero, alti e bassi funzionari, mercanti, operai, contadini –, affluivano a Mosca da diverse parti, come il sangue al cuore.

Dopo una settimana i contadini, che giungevano coi carri vuoti per caricarvi roba, erano già fermati dalle autorità e obbligati a trasportare i cadaveri fuori dalla città. Altri contadini, vedendo la mala sorte dei compagni, venivano in città con grano, avena, fieno, facendo scendere i prezzi con la reciproca concorrenza a un livello inferiore a quello di prima. Squadre di falegnami, sperando di trovar buoni guadagni, ogni giorno entravano a Mosca, e da tutte le parti si edificavano nuove case e si riparavano le vecchie che erano bruciate. I mercanti aprivano spacci in baracche. Osterie e locande si stabilivano nelle case che avevano subito danni dall'incendio. Il clero ristabiliva i servizi del culto in molte chiese che non erano state distrutte. Dei donatori portavano oggetti sacri per sostituire quelli che erano stati rubati. I funzionari installavano in piccole stanze le loro tavole coperte di panno e i loro armadi con le carte. Le autorità e la polizia distribuivano i beni lasciati dai francesi. I proprietari delle case dove erano rimaste molte masserizie portate da altre case si lamentavano come di un'ingiustizia che tutto fosse stato portato alla Granovítaja Palata; altri insistevano nel dire che i francesi avevano radunato in un posto solo roba appartenente a diverse case e perciò era ingiusto dare al proprietario di una casa tutto ciò che vi era stato trovato. Si accusava la polizia, la si comprava, si decuplicava il valore degli oggetti dell'erario bruciati, si pretendevano sussidi. Il conte Rastòpcin scriveva i suoi proclami.

XVI.

Alla fine di gennaio Pierre giunse a Mosca e si stabilí in un'ala della casa rimasta intatta. Andò dal conte Rastòpcin, da alcune conoscenze ritornate a Mosca, e dopo due giorni voleva partire per Pietroburgo. Tutti celebravano la vittoria; tutto ferveva di vita nella capitale devastata che si rianimava. Tutti erano contenti di incontrarsi con Pierre, tutti desideravano vederlo e lo interrogavano su ciò che aveva veduto. Pierre si sentiva particolarmente ben disposto verso tutti coloro che incontrava; ma involontariamente ora si manteneva piú circospetto con tutti per non legarsi in nessun modo. A tutte le domande che gli facevano, domande serie o domande insulse, sia che gli domandassero dove avrebbe abitato, o se avesse intenzione di fabbricare, o quando sarebbe partito per Pietroburgo e se si sarebbe incaricato di portare con sé una cassettina, rispondeva: « sí, forse, credo », e simili.

Dei Rostòv aveva sentito dire che erano a Kostromà, e il pensiero di Nataša gli veniva di rado. E se talvolta gli veniva, era soltanto come un piacevole ricordo di un lontano passato. Si sentiva non soltanto libero da ogni legame sociale, ma anche da quel sentimento, che gli sembrava d'aver suscitato deliberatamente in sé.

Due giorni dopo il suo arrivo a Mosca seppe dai Drubetskòj che la principessina Marja era a Mosca. La morte, le sofferenze, gli ultimi giorni del principe Andréj spesso occupavano il pensiero di Pierre e ora tornarono alla sua mente con vivacità nuova. Avendo saputo a pranzo che la principessina Marja abitava nella sua casa in via Vozdvíženka, che non era bruciata, andò da lei quella sera stessa.

Nell'andare dalla principessina Marja, Pierre pensava continuamente al principe Andréj, alla sua amicizia con lui, ai differenti incontri avuti, e specialmente all'ultimo di Borodinò.

« Sarà morto con quel triste umore che aveva allora? Gli si sarà rivelata prima di morire la spiegazione della vita? » pensava Pierre. Si ricordò di Karatàjev, della sua morte, e involontariamente si mise a paragonare questi due uomini, tanto differenti, e pure tanto simili per l'affetto che egli portava ad ambedue e perché tutt'e due erano vissuti ed erano morti.

Pierre si avvicinava alla casa del vecchio principe nello stato d'animo piú grave. La casa era rimasta intatta. Vi si vedevano tracce di devastazione, ma l'aspetto della casa era il medesimo. Il vecchio cameriere dal viso severo venuto incontro a Pierre, come volesse far sentire all'ospite che l'assenza del principe non mutava l'ordine della casa, disse che la principessina s'era ritirata nelle sue stanze e che riceveva alla domenica.

– Annunziami: forse mi riceverà. – disse Pierre.

– Sissignore, – rispose il cameriere, – vogliate passare nella sala dei ritratti.

Dopo alcuni minuti il cameriere ritornò con Dessalles. Dessalles, a nome della principessina, disse a Pierre che essa sarebbe stata molto contenta di vederlo e lo pregava, se voleva perdonarle la confidenza, di salire nelle sue stanze.

In una cameretta bassa, illuminata da una sola candela, c'era la principessina e con lei un'altra persona, vestita di nero. Pierre si ricordò che la principessina aveva sempre delle dame di compagnia, ma chi fossero e come fossero queste dame di compagnia non lo sapeva o non lo rammentava. « È una delle sue dame di compagnia », pensò guardando la signora vestita di nero.

La principessina si alzò rapidamente andandogli incontro e gli stese la mano.

– Sí, – diss'ella, guardandolo nel viso cosí mutato, dopo che egli le ebbe baciata la mano, – ecco come ci ritroviamo! Negli ultimi tempi egli parlava spesso di voi, – disse, girando gli occhi da Pierre alla sua compagna con una timidezza che per un istante colpí Pierre. – Sono stata cosí felice di sapervi salvo! È stata la sola notizia consolante che abbiamo ricevuta da molto tempo in qua.

Di nuovo la principessina guardò con piú inquietudine ancora la dama di compagnia e stava per dire qualcosa, ma Pierre la interruppe.

– Immaginatevi che io non sapevo nulla di lui, – disse. – Lo credevo ucciso. Tutto quello che ho saputo, l'ho saputo da altri, di terza mano. So soltanto che è capitato dai Rostòv... Che destino!

Pierre parlava in fretta, animatamente. Una volta guardò in viso la dama di compagnia e vide uno sguardo attento, affettuoso, fisso con curiosità su di lui, e, come accade spesso durante un discorso, senza sapere perché, sentí che quella dama di compagnia vestita di nero era un essere gentile, buono, simpatico, che non avrebbe disturbato la sua intima conversazione con la principessina Marja.

Ma quando disse quelle ultime parole a proposito dei Rostòv, l'imbarazzo sul viso della principessina Marja apparve piú forte ancora. Di nuovo ella girò gli occhi dal viso di Pierre al viso della signora vestita di nero e disse:

– Non la riconoscete?

Pierre guardò ancora il pallido, delicato viso della dama di compagnia, che aveva gli occhi neri e una bocca strana. Qualcosa di strettamente legato a lui, di dimenticato da un pezzo e che gli era piú che caro lo fissava da quegli occhi attenti.

« No, non può essere, – pensò. – Questo viso severo, magro, pallido, invecchiato? Non può essere lei. È soltanto una reminiscenza di quello che era ». Ma in quel momento la principessina Marja disse: – Nataša –. E il volto dagli occhi attenti, con fatica, con isforzo, come si apre una porta arrugginita, sorrise, e da quella porta socchiusa a un tratto spirò e investí Pierre quella felicità da tempo dimenticata alla quale, specialmente ora, egli non pensava. Spirò, lo avvolse, lo sommerse; quando poi ella sorrise, non ci poterono piú essere dubbi: era Nataša, ed egli l'amava.

In quel primo momento Pierre, involontariamente, rivelò a lei, alla principessina Marja e soprattutto a se stesso un segreto che era ignoto anche a lui. Arrossí lietamente, ma nello stesso tempo con un morboso senso di dolore. Egli voleva nascondere la propria agitazione. Ma quanto piú la voleva nascondere, tanto piú chiaramente – piú chiaramente che con le parole piú precise – diceva a se stesso, a lei e alla principessina Marja che l'amava.

« No, è solo cosí, perché non me l'aspettavo », pensò Pierre. Ma appena volle continuare il discorso cominciato con la principessina Marja, di nuovo guardò Nataša, e un rossore ancor piú intenso gli coprí il viso, e un'ancor piú forte agitazione di gioia e di paura gl'invase l'anima. Si confuse parlando e si fermò a metà del discorso.

Pierre non aveva notato Nataša perché non si aspettava assolutamente di vederla lí, ma non l'aveva riconosciuta perché il cambiamento avvenuto in lei da quando non l'aveva vista era enorme. S'era fatta piú magra e piú pallida. Ma non era questo che la rendeva irriconoscibile. Era impossibile ch'egli la riconoscesse nel primo momento ch'era entrato perché su quel viso, nei cui occhi un tempo brillava sempre il celato sorriso della gioia di vivere, ora, quand'egli era entrato e l'aveva guardata per la prima volta, non c'era neppur l'omba d'un sorriso: non c'erano che gli occhi, attenti, buoni, che interrogavano con tristezza.

L'imbarazzo di Pierre non suscitò in Nataša alcun imbarazzo, ma soltanto un piacere che in modo appena percettibile le illuminò tutto il viso.

XVII.

– È qui mia ospite, – disse la principessina Marja. – Il conte e la contessa saranno qui a giorni. La contessa è in uno stato tremendo. Ma Nataša stessa aveva bisogno di vedere un medico. A forza l'hanno fatta venir via con me.

– Sí, qual è la famiglia che non abbia il suo dolore? – disse Pierre, rivolgendosi a Nataša. – Sapete, il fatto accadde proprio nel giorno stesso in cui ci liberarono. L'ho veduto! Che ragazzo incantevole!

Nataša lo guardò, e in risposta alle sue parole solo i suoi occhi si aprirono di piú e si fecero piú lucidi.

– Che cosa si può dire o pensare che sia una consolazione? – disse Pierre. – Nulla. Perché doveva morire un ragazzo cosí simpatico e pieno di vita?

– Sí, al tempo nostro sarebbe difficile vivere senza la fede... – disse la principessina Marja.

– Sí, sí. È proprio vero, – interruppe in fretta Pierre.

– Perché? – domandò Nataša, guardando attentamente Pierre negli occhi.

– Come «perché»? – disse la principessina Marja. – Solo il pensiero di quello che ci attende là...

Nataša, senza finir di ascoltare la principessina Marja, guardò di nuovo interrogativamente Pierre.

– È perché soltanto chi crede che ci sia un Dio che ci guida, – proseguí Pierre, – può sopportare una perdita come la sua e... la vostra, – disse Pierre.

Nataša aveva già aperto bocca per dir qualcosa, ma a un tratto si fermò. Pierre si affrettò a distogliere lo sguardo da lei e si rivolse alla principessina Marja, domandandole degli ultimi giorni di vita del suo amico.

L'imbarazzo di Pierre adesso era quasi svanito; ma nello stesso tempo egli sentiva che era sparita tutta la sua libertà di prima. Sentiva che ogni sua parola, ogni suo atto ora aveva un giudice, il cui giudizio valeva per lui piú del giudizio di tutti gli uomini di questo mondo. Adesso parlava e, mentre pronunziava le sue parole, pensava all'impressione che esse avrebbero fatta su Nataša. Non diceva apposta quel che le poteva piacere; ma, qualunque cosa dicesse, si giudicava dal punto di vista di lei.

La principessina Marja cominciò con riluttanza, come sempre accade, a raccontare in quale stato aveva trovato il principe Andréj. Ma le domande di Pierre, il suo sguardo animato e inquieto, il suo viso tremante dall'emozione la indussero a poco a poco ad entrare in particolari che per se medesima ella temeva di rievocare.

– Sí, sí, cosí, cosí... – diceva Pierre, piegandosi innanzi con tutto il corpo verso la principessina Marja, e ascoltando avidamente il suo racconto. – Sí, sí, sicché s'era calmato? raddolcito? Con tutte le forze dell'anima aveva sempre tanto cercato una cosa sola, di raggiungere la perfezione, che non poteva temere la morte. I difetti che c'erano in lui, se ce n'erano, non dipendevano da lui. Sicché s'era raddolcito? Che fortuna che vi abbia incontrata, – disse, rivolgendosi improvvisamente a Nataša e guardandola con gli occhi pieni di lacrime.

Il viso di Nataša trasalí. Ella aggrottò le sopracciglia e per un momento abbassò gli occhi. Ebbe un istante di esitazione, se parlare o no.

– Sí, fu una fortuna, – disse con voce sommessa e profonda, – per me fu di sicuro una fortuna –. Tacque un poco. – Anche lui... anche lui... diceva che lo desiderava... nel momento in cui venni da lui... – La voce di Nataša si spezzò. Ella arrossí, strinse le mani sulle ginocchia e a un tratto, facendo un evidente sforzo su se stessa, alzò la testa e cominciò a parlare rapidamente: – Non sapevamo niente quando partimmo da Mosca. Io non osavo chiedere di lui. E all'improvviso Sonja mi disse che era con noi. Non pensavo a nulla, non potevo immaginarmi in che stato fosse: volevo soltanto vederlo, star con lui, – disse tremando e ansimando.

E senza lasciarsi interrompere, ella raccontò ciò che mai aveva raccontato a nessuno: tutto ciò che era stata la sua vita, in quelle tre settimane di viaggio e di soggiorno a Jaroslàvl.

Pierre l'ascoltava con la bocca aperta e senza toglierle di dosso i suoi occhi pieni di lacrime. Ascoltandola egli non pensava né al principe Andréj, né alla morte, né a ciò che ella diceva. L'ascoltava e soltanto la compativa per la sofferenza che provava ora nel raccontare.

La principessina, contraendo il viso nello sforzo di trattenere le lacrime, sedeva accanto a Nataša e ascoltava per la prima volta la storia di quegli ultimi giorni dell'amore di suo fratello e di Nataša.

Quel tormentoso e gioioso racconto era, evidentemente, una necessità per Nataša. Ella parlava, mescolando i particolari piú insignificanti ai piú intimi segreti, e pareva che non potesse mai smettere. Piú volte ripeté cose già dette.

Dietro la porta si udí la voce di Dessalles che domandava se Nikòluška poteva entrare a dare la buona notte.

– Ed ecco tutto, tutto... – disse Nataša.

Lesta si alzò, mentre Nikòluška entrava, e quasi di corsa andò alla porta, urtando col capo contro il battente nascosto dalla portiera, e, con un gemito che non si sapeva se fosse provocato dal male o dalla tristezza, scappò via dalla stanza.

Pierre guardava la porta dalla quale ella era uscita e non capiva come mai a un tratto fosse rimasto solo al mondo.

La principessina Marja lo richiamò dalla sua distrazione attirando la sua attenzione sul nipote che era entrato nella stanza.

Il viso di Nikòluška, somigliante a quello del padre, in quel momento d'intima commozione nel quale adesso si trovava Pierre, agí con tanta forza su di lui che, baciato Nikòluška, egli si alzò in fretta e, cavato il fazzoletto, si avvicinò alla finestra. Voleva congedarsi dalla principessina Marja, ma ella lo trattenne.

– No, io e Nataša a volte non andiamo a letto fin dopo le due: vi prego, restate. Adesso ordino la cena. Scendete: noi veniamo subito.

Prima che Pierre uscisse, la principessina gli disse:

– È la prima volta che ha parlato cosí di lui.

XVIII.

Pierre fu condotto nella grande stanza da pranzo illuminata: dopo alcuni momenti si udirono dei passi, e la principessina Marja e Nataša entrarono. Nataša era tranquilla, benché ora avesse di nuovo in viso un'espressione severa, senza sorriso. La principessina Marja, Nataša e Pierre provavano tutt'e tre quel senso d'imbarazzo che segue di solito una conversazione seria ed intima. Seguitare il discorso di prima è impossibile, non si ha cuore di parlare di cose futili, e il silenzio è spiacevole, perché si ha voglia di parlare, e con questo silenzio sembra di fingere. Si avvicinarono alla tavola in silenzio. I camerieri scostarono e riaccostarono le sedie. Pierre spiegò il tovagliolo freddo e, decisosi a rompere il silenzio, guardò Nataša e la principessina Marja. Entrambe in quello stesso momento s'erano evidentemente decise a quello stesso: a entrambe luceva negli occhi la gioia di vivere e il riconoscimento che, oltre il dolore, esistono anche delle gioie.

– Bevete acquavite, conte? – disse la principessina Marja, e queste parole a un tratto scacciarono via le ombre del passato. – Parlateci dunque di voi, – disse la principessina Marja. – Di voi si raccontano cose cosí inverosimilmente straordinarie!

– Già, – rispose Pierre col sorriso di dolce ironia che adesso gli era abituale. – Anche a me raccontano cose cosí straordinarie come non ne ho viste neppure in sogno. Marja Abràmovna mi ha invitato a casa sua e mi ha raccontato tutto ciò che mi è accaduto o sarebbe dovuto accadermi. Anche Stepàn Stepànič mi ha insegnato ciò che debbo raccontare. Generalmente mi sono accorto che è molto comodo essere un uomo interessante (ora io sono un uomo interessante): mi invitano e mi raccontano quel che ho fatto.

Nataša sorrise, e stava per dire qualcosa.

– Ci hanno raccontato, – la interruppe la principessina Marja, – che a Mosca avete perduto due milioni. È vero?

– E sono diventato ricco il triplo, – disse Pierre. Pierre, benché i debiti della moglie e la necessità di rifabbricare avessero guastato i suoi affari, seguitava a raccontare che era diventato ricco il triplo. – Quel che ho guadagnato senza dubbio, – disse, – è la libertà... – cominciò a dire parlando sul serio; ma non proseguí, accorgendosi che quel tema di discorso era troppo egoistico.

– Ma fabbricate?

– Sí, Savélijč vuole cosí.

– Dite, non sapevate ancora della morte della contessa quando siete rimasto a Mosca? – disse la principessina Marja, e subito arrossí, accorgendosi che, col fare questa domanda subito dopo che egli aveva detto di essere libero, veniva a dare a quelle parole un significato che forse non avevano.

– No, – rispose Pierre, non trovandosi evidentemente imbarazzato per l'interpretazione data dalla principessina alle sue parole sulla libertà. – L'appresi a Orjòl e non potete immaginare come ne fui colpito. Noi non eravamo degli sposi modello, – disse poi rapidamente, guardando Nataša e notando sul viso di lei una certa curiosità di sentire come egli si sarebbe espresso riguardo alla moglie. – Ma questa morte mi ha fatto un'impressione tremenda. Quando due persone litigano sono sempre colpevoli tutt'e due. E la propria colpa diventa a un tratto tremendamente penosa di fronte alla persona che non c'è piú. E poi una morte simile... senza amici, senza conforti. Mi ha fatto molta, molta pena, – concluse, e notò con piacere la lieta approvazione che era sul viso di Nataša.

– Sí, eccovi di nuovo scapolo e pronto per il matrimonio, – disse la principessina Marja.

Pierre a un tratto si fece di porpora e per molto tempo si sforzò di non guardare Nataša. Quando si decise a guardarla, il viso di lei era freddo, severo e perfino sprezzante, per quel che gli parve.

– Ma voi avete veduto Napoleone e gli avete parlato, a quel che ci è stato raccontato, – disse la principessina Marja.

Pierre si mise a ridere.

– Mai, neppure una volta. Pare sempre a tutti che essere prigioniero significhi essere ospite di Napoleone. Io non soltanto non l'ho veduto, ma non ne ho sentito parlare. Ero in molto peggior compagnia.

La cena stava terminando, e Pierre, che da principio non voleva raccontare della sua prigionia, a poco a poco si lasciò trascinare a farne il racconto.

– Ma è vero che eravate rimasto qui per uccidere Napoleone? – gli domandò Nataša, sorridendo lievemente. – Io l'avevo indovinato quando vi incontrammo presso la torre Suchàreva; ve ne ricordate?

Pierre confessò che era vero, e partendo da questa domanda, guidato via via dalle domande della principessina Marja e specialmente da Nataša, si lasciò andare a fare un racconto particolareggiato delle sue avventure.

Da principio raccontava con quell'atteggiamento ironico e mite che aveva ora rispetto alla gente e in particolare rispetto a se stesso; ma poi, quando giunse al racconto degli orrori e delle sofferenze di cui era stato testimone, senza accorgersene si lasciò trascinare e si mise a parlare con l'emozione contenuta di un uomo che rivive nel ricordo forti impressioni.

La principessina Marja, col suo dolce sorriso, guardava ora Pierre, ora Nataša. In tutto quel racconto ella vedeva soltanto Pierre e la sua bontà. Nataša, appoggiata a un gomito, cambiando di continuo l'espressione del viso col procedere del racconto, seguiva Pierre senza distrarsi un momento, rivivendo visibilmente con lui le cose che egli raccontava. Non soltanto il suo sguardo, ma le esclamazioni e le brevi domande che faceva mostravano a

Pierre che, in ciò che egli raccontava, ella capiva proprio quel che voleva dire lui. Si vedeva che capiva non soltanto le cose che egli raccontava, ma anche quelle che avrebbe voluto dire, ma non sapeva esprimere con parole. L'episodio del bambino e della donna, per difendere i quali egli era stato fatto prigioniero, Pierre lo raccontò cosí:

– Era uno spettacolo terribile: bambini abbandonati, qualcuno tra le fiamme... In mia presenza tirarono fuori un bambino... Delle donne alle quali portavano via gli oggetti che portavano, strappavano gli orecchini... – Pierre arrossí e si confuse. – Poi venne un plotone di soldati, e prese tutti quelli che non saccheggiavano, tutti gli uomini. E anche me.

– Probabilmente non raccontate tutto: voi facevate qualcosa... – disse Nataša e tacque un momento: – qualcosa di buono.

Pierre seguitò a raccontare. Quando raccontò l'esecuzione, avrebbe voluto lasciar da parte i particolari troppo terribili, ma Nataša volle che non omettesse nulla.

Pierre cominciò a raccontare di Karatàjev (si era già alzato da tavola e passeggiava: Nataša lo seguiva con gli occhi) e si fermò.

– No, non potete capire che cosa ho imparato da quel sempliciotto analfabeta.

– No, no, dite, – fece Nataša. – Dov'è ora?

– L'uccisero quasi davanti a me –. E Pierre raccontò gli ultimi tempi della loro ritirata, la malattia di Karatàjev (la sua voce tremava di continuo) e la morte di lui.

Pierre raccontava le sue avventure come non se le era mai ricordate finora. Adesso vedeva come un nuovo significato in tutto ciò che gli era accaduto. Nel raccontare tutte queste cose a Nataša, egli provava ora quel raro piacere che dànno le donne quando ascoltano un uomo, non le donne *intelligenti*, che, ascoltando, si sforzano o di ritenere ciò che vien loro detto per arricchire il loro spirito e, al caso, ridire le stesse cose o di applicare le cose dette a se stesse e spifferare al piú presto gli intelligenti discorsi elaborati nella loro piccola economia intellettuale; ma il piacere che dànno le vere donne, dotate della capacità di scegliere e assorbire il meglio che c'è nelle manifestazioni degli uomini. Nataša, senza neppur saperlo, era tutta attenzione; non perdeva né una parola, né un'inflessione di voce, né uno sguardo, né un movimento dei muscoli del viso, né un gesto di Pierre. Ella afferrava a volo le parole ancora non dette e le riponeva direttamente nel suo cuore aperto a riceverle, indovinando il senso segreto di tutto il lavorio spirituale di Pierre.

La principessina Marja capiva il racconto, lo accoglieva con simpatia, ma ora vedeva un'altra cosa che assorbiva tutta la sua attenzione: vedeva la possibilità dell'amore e della felicità per Nataša e Pierre. E questo pensiero che le veniva per la prima volta le empiva l'anima di gioia.

Erano le tre di notte. I camerieri, con volti tristi e severi, vennero a cambiar le candele, ma nessuno si accorse di loro.

Pierre terminò il suo racconto. Nataša, con gli occhi animati e splendenti, seguitava a guardare Pierre, ostinata e attenta, come se desiderasse di capire anche il resto, che egli forse non aveva raccontato. Pierre, in uno stato di timido e felice imbarazzo, la guardava di tanto in tanto, e pensava a quel che poteva dire ora per portare il discorso su un altro argomento. La principessina Marja taceva. A nessuno veniva in mente che erano le tre di notte e che era ora di dormire.

– Si dice: sventure, dolori, – disse Pierre. – Ma se ora, in questo istante, mi dicessero: vorresti tornare ad essere quello che eri prima della prigionia, o soffrire tutto da capo? per carità, chiederei di nuovo la prigionia e la carne di cavallo. Noi pensiamo che, quando siamo spinti fuori dal solito sentiero, tutto sia finito per noi; invece è soltanto lí che comincia il nuovo, il bene. Finché c'è vita c'è anche felicità. Nell'avvenire ci sono molte cose, molte. Questo lo dico a voi, – fece rivolgendosi a Nataša.

– Sí, sí, – disse ella, rispondendo a tutt'altra cosa. – Anch'io non desidererei niente altro se non rivivere da capo tutto.

Pierre la guardò attentamente.

– Sí, e niente piú, – confermò Nataša.

– Non è vero, non è vero, – esclamò Pierre. – Io non ho colpa d'esser vivo e di voler vivere. E voi neppure.

A un tratto Nataša chinò il viso fra le mani e cominciò a piangere.

– Che hai, Nataša? – disse la principessina Marja.

– Nulla, nulla –. Ella, fra le lacrime, sorrise a Pierre. – Addio, è ora di dormire.

Pierre si alzò e prese congedo.

La principessina Marja e Nataša, come sempre, si riunirono in camera da letto. Parlarono di ciò che aveva raccontato Pierre. La principessina Marja non diceva la sua opinione su Pierre. Neppure Nataša parlava di lui.

– Su, addio, Marie, – disse Nataša. – Sai, spesso temo che non parliamo di lui (del principe Andréj), quasi perché abbiamo paura di abbassare il nostro sentimento, e lo dimentichiamo.

La principessina Marja sospirò profondamente e con quel sospiro riconobbe che le parole di Nataša erano giuste; ma a parole non le diede ragione.

– Si può forse dimenticare? – disse.

– Stasera mi ha fatto tanto bene raccontar tutto: è stato penoso, doloroso, ma salutare. Molto salutare, – disse Nataša. – Sono sicura che lui gli voleva bene davvero. Perciò gli ho raccontato... non importa che gliel'abbia raccontato?... – domandò a un tratto, arrossendo.

– A Pierre? Oh, no! Che ottimo uomo! – disse la principessina Marja.

– Sai, Marie? – disse improvvisamente Nataša, con un sorriso malizioso, che da un pezzo la principessina Marja non le aveva veduto sul viso. – È diventato pulito, liscio, fresco, come se uscisse dal bagno. Capisci? moralmente da un bagno. Non è vero?

– Sí, – disse la principessina Marja. – Ha guadagnato molto.

– E quel soprabito corto, e quei capelli tagliati: proprio come se uscisse dal bagno... Papà a volte...

– Capisco come *lui* (il principe Andréj) a nessuno volesse cosí bene come a lui, – disse la principessina Marja.

– Sí, ed è molto diverso da lui. Si dice che gli uomini sono amici quando sono del tutto diversi. Dev'esser vero. È vero che non gli somiglia proprio in nulla?

– Sí, ed è straordinario.

– Su, addio, – rispose Nataša. E quel sorriso malizioso le rimase a lungo sul viso, come dimenticato.

XIX.

Pierre per un pezzo non poté addormentarsi quella notte: passeggiava su e giú per la camera, ora aggrottando le sopracciglia, nell'internarsi in un problema difficile, ora a un tratto stringendosi nelle spalle con un brivido, ora sorridendo felice.

Pensava al principe Andréj, a Nataša, al loro amore, e ora s'ingelosiva del passato di lei, ora si rimproverava, ora se lo perdonava. Erano già le sei del mattino ed egli passeggiava sempre per la stanza.

« Su, che fare? e se non se ne può fare a meno? Che fare?! Vuol dire che deve esser cosí », disse fra sé e, spogliatosi in fretta, si mise a letto, felice e commosso, ma senza dubbi né incertezze.

« Per quanto strana, per quanto inverosimile possa parere questa felicità, bisogna far di tutto per diventar marito e moglie », disse fra sé.

Già alcuni giorni prima Pierre aveva fissato per venerdí la sua partenza per Pietroburgo. Quando si svegliò, il giovedí, Savéljič andò da lui a prender gli ordini per fare i bagagli pel viaggio.

« Come a Pietroburgo? Che significa Pietroburgo? Chi deve andare a Pietroburgo? » domandò egli involontariamente, quantunque fra sé. « Sí, tanto tempo fa, prima che accadessero queste cose, chi sa perché, mi preparavo ad andare a Pietroburgo », ricordò. « Perché no? Forse ci andrò. Com'è buono, attento, come si ricorda di tutto! » pensò, guardando il vecchio viso di Savéljič. « E che sorriso piacevole! » pensò ancora.

– Ebbene, persisti a non volere la libertà, Savéljič? – domandò Pierre.

– Che me ne farei della libertà, Eccellenza? Al tempo del defunto conte, Dio l'abbia in gloria, siamo campati, e da voi non abbiamo avuto nessun male.

– Sí, ma i figli?

– Anche i figli camperanno, Eccellenza: con padroni cosí si può campare.

– Ma i miei eredi? – disse Pierre. – Se una volta o l'altra piglio moglie... Perché può anche accadere, – aggiunse con un sorriso involontario.

– Oso dire che sarebbe ben fatto, Eccellenza.

« Come gli par facile! – pensò Pierre. – Non sa che cosa tremenda è, che cosa pericolosa! E troppo presto o troppo tardi... Tremendo! »

– Che ordini favorite darmi, allora? Favorite partire domani? – domandò Savéljič.

– No: rimanderemo di un poco. Te lo dirò a suo tempo. Perdonami questi fastidi, – disse Pierre, e, guardando Savéljič con un sorriso, pensò: « È strano però che egli non sappia che ora Pietroburgo non m'interessa affatto e che prima di tutto deve essere decisa quell'altra cosa. Del resto, lo sa di certo, ma fa finta di non saperlo. Ho da parlarne con lui? Che ne pensa? – si disse Pierre. – No, poi, una volta o l'altra ».

A colazione Pierre raccontò alla principessina che il giorno innanzi era stato dalla principessina Marja e ci aveva trovato... figuratevi un po' chi: Nataša Rostòva.

La principessina fece finta di non trovare in questa notizia nulla di piú straordinario che se Pierre avesse veduta Anna Semjònovna.

– La conoscete? – domandò Pierre.

– Ho veduto la principessina, – rispose lei. – Ho inteso che vogliono farle sposare il giovane Rostòv. Sarebbe un'ottima cosa per i Rostòv: dicono che siano del tutto rovinati.

– No, la Rostòva la conoscete?

– Allora ho sentito raccontare quella storia. Peccato!

– « No: non capisce o finge, – pensò Pierre. – È meglio non parlarne con lei ».

Anche la principessina aveva preparato delle provviste per il viaggio di Pierre.

« Come son buoni tutti, – pensò Pierre, – a occuparsi di queste cose adesso, che certo non possono piú aver interesse per loro. E tutto questo per me; è sorprendente ».

Quel giorno stesso venne da Pierre il capo della polizia che lo invitò a mandare una persona di fiducia alla Granovítaja Palata per ricevere gli oggetti che si distribuivano quel giorno ai proprietari.

« Anche costui, – pensava Pierre, guardando in viso il capo della polizia, – che bravo e bell'ufficiale e come è buono! *Ora*, occuparsi di queste inezie! E dicono ancora che non è onesto e ne approfitta. Che sciocchezze! E del resto perché non ne approfitterebbe? Cosí è stato educato. E tutti fanno cosí. Ma che viso simpatico e buono, e come sorride guardandomi! »

Pierre andò a pranzo dalla principessina Marja.

Passando per le strade, in mezzo alle case incendiate, ammirava la bellezza di quelle rovine. I tubi delle stufe, le mura smantellate, che ricordavano pittorescamente il Reno e il Colosseo, si stendevano, nascondendosi a vicenda, pei quartieri circondati di rovine. Egli incontrava vetturini, uomini a cavallo, falegnami che piallavano delle tavole, venditrici e bottegai, e tutti avevano dei visi allegri e raggianti guardando Pierre e pareva che dicessero: « Ah, eccolo! Vediamo che cosa nascerà da tutto questo ».

Nell'entrare in casa della principessina Marja, a Pierre venne il dubbio se fosse vero che il giorno innanzi era stato lí e aveva veduto Nataša e parlato con lei. « Forse me lo sono immaginato. Forse entrerò e non vedrò nessuno ». Ma non era ancora entrato che già con tutto l'essere suo, sentendosi come istantaneamente privato della sua libertà, avvertí la presenza di lei. Ella aveva lo stesso vestito nero, a pieghe molli, ed era pettinata come il giorno innanzi; ma era assolutamente un'altra. Se fosse stata cosí il giorno innanzi quando egli era entrato nella stanza, non avrebbe potuto neppure per un istante non riconoscerla.

Era come egli l'aveva conosciuta quasi bambina e poi da fidanzata del principe Andréj. Una luce lieta e interrogativa brillava nei suoi occhi; sul suo viso c'era un'espressione affettuosa e stranamente maliziosa.

Pierre pranzò con loro e sarebbe rimasto tutta la sera, ma la principessina Marja andava a vespro, e Pierre uscí con loro.

Il giorno seguente Pierre venne presto, pranzò con loro e rimase tutta la serata. Sebbene la principessina Marja e Nataša fossero evidentemente liete della sua visita; sebbene tutto l'interesse della vita di Pierre fosse ora concentrato in quella casa, verso sera essi avevano già detto tutto e la conversazione andava continuamente da un soggetto insignificante ad un altro e spesso s'interrompeva. Pierre rimase cosí tardi quella sera che la principessina Marja e Nataša si guardavano fra loro, aspettando indubbiamente che se ne andasse. Pierre lo vedeva e non riusciva ad andar via. Si sentiva impacciato, a disagio, ma continuava a star lí, perché *non poteva* alzarsi e andarsene.

La principessina Marja, non vedendo un termine a questa situazione, si alzò per la prima e, lamentandosi di un'emicrania, si congedò.

– Sicché, domani partite per Pietroburgo? – disse.

– No, non parto, – disse Pierre in fretta, meravigliato e come offeso. – Sí, no... per Pietroburgo? Domani; ma non vi dico addio. Ripasserò a prendere le vostre commissioni, – disse arrossendo, stando in piedi davanti alla principessina Marja, e non se ne andava.

Nataša gli diede la mano e uscí. La principessina Marja, al contrario, invece di andarsene, si gettò su una poltrona e col suo radioso sguardo profondo fissò Pierre severamente e attentamente. La sua stanchezza, che poco prima era evidente, era adesso interamente passata. Ella mandò un sospiro penoso e prolungato, come per prepararsi a un lungo discorso.

Tutta la confusione e l'imbarazzo di Pierre sparirono in un baleno appena Nataša fu uscita e si mutarono in una vivacità agitata. Rapidamente egli accostò la sua poltrona a quella della principessina Marja.

– Sí, volevo appunto dirvelo, – disse, rispondendo allo sguardo di lei come a delle parole. – Principessina, aiutatemi. Che debbo fare? Posso sperare? Principessina, amica mia, ascoltatemi. Io so tutto. So che non la valgo; so che ora è impossibile parlar di queste cose. Ma voglio essere un fratello per lei. No, non voglio questo, non posso... – Si fermò e si stropicciò con le mani il viso e gli occhi. – Ecco, – proseguí, facendo uno sforzo evidente su se stesso per parlare in modo coerente. – Non so da quando l'amo. Ma io ho amato lei, lei sola in tutta la mia vita e l'amo in tal modo che non posso immaginarmi la vita senza di lei. Chiedere la sua mano adesso non oso; ma il pensiero che, forse, potrebbe essere mia e che io lascio passare questa possibilità... questa possibilità... è terribile. Dite, posso sperare? Dite, che debbo fare? Cara principessina, – disse egli dopo un breve silenzio, toccandole il braccio, poiché ella non rispondeva.

– Penso a quello che m'avete detto, – rispose la principessina Marja. – Ecco, vi dirò. Avete ragione che parlarle adesso di amore... – La principessina si fermò. Voleva dire: parlarle adesso di amore è impossibile, ma si fermò perché già da tre giorni vedeva dal brusco cambiamento di Nataša che non soltanto non si sarebbe offesa se Pierre le avesse palesato il suo amore, ma che anzi non desiderava altro. – Parlarle adesso... non si può, – disse tuttavia la principessina Marja.

– Ma che cosa debbo fare?

– Affidate la cosa a me, – disse la principessina Marja. – Io so...

Pierre guardò negli occhi la principessina Marja.

– Su, su... – disse.

– Io so che lei vi ama... vi amerà, – si corresse la principessina Marja.

Aveva appena dette queste parole che Pierre diede un balzo e prese per la mano la principessina Marja, tutto sconvolto in viso.

– Perché lo credete? Credete che io possa sperare? lo credete?!...

– Sí, lo credo, – disse sorridendo la principessina Marja. – Scrivete ai genitori, e date l'incarico a me. Io le parlerò quando sarà possibile. È una cosa che desidero. E il cuore mi dice che accadrà.

– No, non può essere! Come sono felice! Ma non può essere... Come sono felice! No, non può essere! – diceva Pierre, baciando le mani della principessina Marja.

– Andate a Pietroburgo; è meglio. E io vi scriverò, – disse ella.

– A Pietroburgo? debbo andare? Sí, va bene, ci andrò. Ma domani posso venire da voi?

Il giorno seguente Pierre venne a congedarsi. Nataša era meno animata che non i giorni precedenti; ma Pierre, guardandola qualche volta negli occhi, sentiva quel giorno che non c'era piú né lui né lei, ma un unico sentimento di felicità. « Davvero? No, non può essere », diceva fra sé a ogni sguardo, a ogni gesto, a ogni parola di lei che gli empiva l'anima di gioià.

Quando, salutandola, egli le prese la mano sottile, magra, la tenne involontariamente un pezzo fra le sue.

« Davvero, questa mano, questo viso, questi occhi, tutto questo tesoro di grazia femminile che mi è estraneo, tutto ciò sarà mio per sempre, consueto, come sono io stesso per me? No, è impossibile ».

– Addio, conte, – gli disse ella ad alta voce. – Vi aspetterò con impazienza, – aggiunse in un sussurro.

E queste semplici parole, lo sguardo e l'espressione del viso che le accompagnavano, per due mesi formarono l'oggetto dei ricordi inesauribili, dei commenti e dei lieti sogni di Pierre. « *Vi aspetterò con impazienza*... Sí, sí, come ha detto? Sí: "Vi aspetterò con impazienza". Ah! come sono felice! Che è mai? Come sono felice! » diceva Pierre fra sé.

XX.

Nell'anima di Pierre ora non accadeva nulla di simile a ciò che v'era accaduto in analoghe circostanze al tempo del suo fidanzamento con Hélène.

Non si ripeteva, come allora, con dolorosa vergogna le parole che aveva dette, non diceva a se stesso: « Ah! perché non ho detto questo, e perché, perché allora ho detto: *je vous aime*? » Ora, al contrario, ogni parola di lei, ogni parola propria se la ripeteva nell'immaginazione, con tutti i particolari del viso, del sorriso, e non voleva toglierne nulla, né aggiungervi nulla: voleva soltanto ripeterle. Di dubbi per cui si domandasse se aveva fatto bene o male, ora non c'era nemmeno l'ombra. Un solo tremendo dubbio gli veniva in mente talvolta: « Ma tutto ciò non è un sogno? Non si è sbagliata la principessina Marja? Non ho troppo orgoglio e troppa fiducia in me? Io ci spero; ma a un tratto, come deve accadere, la principessina Marja glielo dirà, e lei sorriderà e risponderà: – Che stranezza! Si vede che lui s'è sbagliato. Non sa forse che è un uomo, semplicemente un uomo, mentre io... Io sono una cosa tutta diversa, piú alta ».

Questo solo dubbio veniva spesso a Pierre. Ora non faceva

nessun progetto. La felicità che gli si prospettava gli pareva cosí inverosimile che, appena fosse diventata una realtà, non ci sarebbe piú potuto esser nulla di là di quella. Tutto doveva finire.

Una lieta, inattesa follia, della quale Pierre si credeva incapace, lo aveva preso tutto. Tutto il senso della vita, non per lui solo, ma per tutto il mondo, gli pareva riassumersi soltanto nel suo amore e nella possibilità di essere amato da lei. A volte tutti gli uomini gli apparivano occupati di una cosa sola: della sua futura felicità. Gli pareva che tutti fossero contenti come lui, ma si sforzassero di nascondere la loro gioia fingendosi occupati in altre faccende. In ogni parola, in ogni gesto vedeva allusioni alla sua felicità. Spesso faceva meravigliar la gente che incontrava coi suoi sguardi e i suoi sorrisi beati, significativi, che esprimevano un segreto consenso; ma quando capiva che la gente poteva non sapere della sua felicità, la compativa con tutta l'anima e provava il desiderio di spiegarle in qualche modo che tutto ciò che la occupava era un'assoluta sciocchezza e insulsaggine che non meritava attenzione.

Quando gli proponevano di prender servizio o quando discutevano di quistioni generali, politiche o della guerra, supponendo che da questo o da quell'esito di un dato avvenimento dipendesse la felicità di tutti, egli ascoltava con un sorriso mite, indulgente, e sorprendeva gli interlocutori con le sue strane osservazioni. Ma sia le persone che sembravano a Pierre aver compreso il vero senso della vita, cioè il suo sentimento, come pure quei disgraziati che non lo comprendevano, tutti in quel periodo gli apparivano cosí potentemente illuminati dal sentimento che splendeva in lui che subito, chiunque incontrasse, vedeva in lui, senza il minimo sforzo, tutto ciò che c'era di buono e degno di amore.

Esaminando gli affari e le carte della sua defunta moglie, egli non provava per la memoria di lei altri sentimenti oltre al rimpianto che essa non avesse conosciuto la felicità che ora conosceva lui. Il principe Vasilij, specialmente fiero adesso per aver ricevuto un nuovo posto e una placca, gli pareva un buon vecchio che gl'ispirava compassione e lo commoveva.

Spesso Pierre si ricordò in seguito di quel tempo di beata follia. Tutti i giudizi che egli si era formato sulle persone e sui fatti in quel periodo di tempo restarono sempre validi per lui. Non soltanto non rinunziò in seguito a quelle opinioni su uomini e cose, ma, al contrario, negli intimi dubbi e nelle contraddizioni, ricorreva all'opinione che aveva durante la sua follia e quell'opinione era sempre giusta.

« Forse, – pensava, – allora potevo anche sembrare strano e ridicolo; ma allora non ero tanto pazzo come parevo. Al contrario, allora ero piú intelligente e piú penetrante che mai e capivo tutto ciò che meritava d'esser capito nella vita perché... ero felice ».

La follia di Pierre consisteva in questo: che per amare gli uomini non aspettava come prima quei motivi personali che chiamava qualità individuali, ma l'amore gli riempiva il cuore e, amando gli uomini senza motivo, egli trovava gli indubitabili motivi pei quali meritavano d'essere amati.

XXI.

Da quella prima sera in cui Nataša, dopo che Pierre fu andato via, disse alla principessina Marja con un sorriso allegro e scherzevole che Pierre « col soprabito e con quei capelli tagliati, era come, ma sí, come se uscisse dal bagno », da quel momento qualcosa di nascosto, che era ignoto perfino a lei stessa, ma invincibile, si svegliò nell'anima di Nataša.

Tutto, il viso, l'incedere, lo sguardo, la voce, tutto a un tratto s'era mutato in lei. Una forza di vivere inaspettata per lei stessa, nuove speranze di felicità erano salite alla superficie e chiedevano d'essere soddisfatte. Da quella prima sera Nataša parve aver dimenticato tutto ciò che le era accaduto. Da quel momento non si lamentò piú del suo stato, non disse piú una parola del passato e non ebbe piú timore di fare giocondi progetti per l'avvenire. Parlava poco di Pierre, ma quando la principessina Marja lo rammentava, si riaccendeva nei suoi occhi una luce che da un pezzo era spenta e le sue labbra s'increspavano in uno strano sorriso.

Il cambiamento avvenuto in Nataša dapprima sorprese la principessina Marja; ma quando ella ne capí il significato, questo cambiamento la rattristò. « Possibile che amasse cosí poco mio fratello da poterlo dimenticare tanto presto? » pensava la principessina Marja, quando era sola e rifletteva al cambiamento avvenuto. Ma quando era con Nataša, non si adirava contro di lei e non la rimproverava. Quella forza di vita che si era risvegliata e avvolgeva Nataša era talmente incoercibile, talmente inaspettata per lei stessa che la principessina Marja in presenza di Nataša sentiva di non avere il diritto di rimproverarla nemmeno dentro di sé.

Nataša s'era data tutta a quel nuovo sentimento con tanta pienezza e sincerità che non tentava neppure di nascondere che adesso il suo umore non era triste, ma gioioso e allegro.

Quando, dopo la spiegazione di quella notte con Pierre, la principessina Marja ritornò in camera sua, Nataša le andò incontro sulla soglia.

– Ha parlato? Sí? Ha parlato? – ripeté, e sul viso di Nataša s'era fissata un'espressione gioiosa e nello stesso tempo pietosa, di chi chiede perdono della propria gioia.

– Volevo ascoltare alla porta; ma sapevo che mi avresti detto tutto.

Per quanto fosse comprensibile e commovente per la principessina Marja lo sguardo che le rivolgeva Nataša, per quanto le facesse pena vedere la sua agitazione, pure le parole di Nataša sul primo momento offesero le principessina Marja. Si ricordò del fratello, del suo amore.

« Ma che fare? essa non può far diverso », pensò la principessina Marja. E con un viso triste e un po' severo riferí a Nataša tutto ciò che le aveva detto Pierre. Udendo che egli si preparava ad andare a Pietroburgo, Nataša fu sorpresa.

– A Pietroburgo! – ripeté, come se non avesse capito.

Ma, osservando l'espressione triste che aveva la principessina Marja, indovinò la cagione della sua tristezza, e a un tratto cominciò a piangere. – Marie, – disse, – dimmi tu che cosa debbo fare: ho paura d'esser cattiva. Quello che mi dirai, lo farò: dimmi tu...

– Lo ami?

– Sí, – mormorò Nataša.

– E allora perché piangi? Io sono felice per te, – disse la principessina Marja, che per quelle lacrime aveva già perdonato interamente la gioia di Nataša.

– Non sarà tanto presto, chissà quando! Pensa, che felicità, quando io sarò sua moglie e tu sposerai Nicolas.

– Nataša, ti ho pregata di non parlarmi di questo. Parliamo di te.

Tutt'e due tacquero.

– Ma perché andare a Pietroburgo? – disse a un tratto Nataša, e da se stessa si rispose in fretta: – No, no, va bene cosí... Vero, Marie? Va bene cosí...

Epilogo

Parte prima

I.

Erano passati sette anni. Il tempestoso mare della storia d'Europa era rientrato nelle sue sponde. Sembrava quietato; ma le forze misteriose che muovono l'umanità (misteriose perché le leggi che regolano i loro movimenti ci sono ignote) seguitavano la loro azione.

Sebbene la superficie di questo mare della storia sembrasse immobile, l'umanità si moveva altrettanto ininterrottamente come si muove il tempo. Si formavano e si scomponevano diversi gruppi di conglomerati umani; si preparavano le cause della formazione e della disgregazione degli Stati, degli spostamenti dei popoli.

Il mare della storia non si gettava, come prima, impetuosamente da una sponda all'altra: rumoreggiava nel profondo. I personaggi storici non erano portati sulle onde, come prima, da una sponda all'altra: ora parevano girare su se stessi. I personaggi storici che prima, alla testa degli eserciti, riflettevano i movimenti delle masse dando ordini di guerre, di marce, di battaglie, ora rispecchiavano quel movimento rumoreggiante con considerazioni politiche e diplomatiche, con leggi, con trattati.

Quest'attività dei personaggi storici, gli scrittori di storia la chiamano reazione.

Descrivendo l'attività di questi personaggi storici, che, secondo loro, è la cagione di ciò che essi chiamano *reazione*, gli storici la giudicano severamente. Tutte le persone note di quel tempo, da Alessandro e Napoleone, fino a Mme de Staël, a Fozio, a Schelling, a Fichte, a Chateaubriand ecc., passano davanti al loro severo tribunale e sono assolti o condannati, a seconda se cooperarono al *progresso* o alla *reazione*.

Anche in Russia, secondo la loro descrizione, in quel periodo di tempo ci fu una reazione, e il principale colpevole di questa reazione fu Alessandro I, quello stesso Alessandro I che, secondo le loro stesse descrizioni, era stato il principale autore delle iniziative liberali del suo regno e della salvezza della Russia.

Nell'odierna letteratura russa, dallo studente di ginnasio fino allo storico, non c'è persona che non getti la sua pietruzza contro Alessandro per gli sbagli di quel periodo del suo regno.

« Doveva agire cosí e cosí. In quella circostanza agí bene, in quell'altra male. Si comportò magnificamente al principio del suo regno e nel 1812; ma agí male quando diede la costituzione alla Polonia, quando fece la Santa Alleanza, quando fece potente Arakcéjev, quando incoraggiò Golitsyn e il misticismo, e poi quando incoraggiò Sciškòv e Fozio. Fece male quando si occupò dei militari di linea; fece male sciogliendo il reggimento Semjònovskij », eccetera.

Ci sarebbero da riempire dieci fogli per enumerare tutti i rimproveri che gli muovono gli storici, basandosi su quella conoscenza del bene dell'umanità di cui si credono possessori.

Che valore hanno questi rimproveri?

Gli stessi atti per i quali gli storici lodano Alessandro I, come le iniziative liberali del suo regno, la lotta con Napoleone, la fermezza che dimostrò nel 1812 e la campagna del 1813, non sgorgano forse dalle medesime fonti – condizioni di sangue, di educazione, di vita che avevano fatto della personalità di Alessandro ciò che essa era – dalle quali sgorgarono anche quelle azioni per le quali gli storici lo biasimano, come la Santa Alleanza, la restaurazione della Polonia, la reazione degli anni dopo il 1820?

In che consiste la sostanza di questi rimproveri?

Che un personaggio storico come Alessandro I, posto sul piú alto gradino pensabile della potenza umana, come nel fuoco della luce abbagliante di tutti i raggi della storia concentrati su di lui; un personaggio sottoposto alle influenze piú forti del mondo, sotto la forma degli intrighi, degli inganni, delle adulazioni, dell'illusione che sono inseparabili dal potere; un personaggio che sentiva su di sé, ad ogni momento della sua vita, la responsabilità di tutto quello che avveniva in Europa, e un personaggio non fittizio, ma vivo, come ogni altro uomo, con le sue abitudini personali, le sue passioni, le sue aspirazioni al bene, al bello, al vero; che questo personaggio, cinquant'anni fa, non che non fosse virtuoso (di ciò non lo accusano gli storici), ma non aveva le vedute sul bene dell'umanità che ha adesso un professore, il quale fin da giovane si è occupato di scienza, cioè di leggere libri, di far lezione e di far degli estratti di queste letture e di queste lezioni in un quaderno.

Ma se anche si suppone che Alessandro I, cinquant'anni fa, sbagliasse nelle sue vedute circa quello che è il bene dei popoli, si deve per forza supporre che anche lo storico che giudica Alessandro, dopo un dato periodo di tempo, apparirà fallace nelle sue vedute sul bene dell'umanità. Questa supposizione è tanto piú naturale e necessaria in quanto che, seguendo lo sviluppo della storia, noi vediamo che ad ogni anno, ad ogni nuovo scrittore, cambia la concezione di ciò che è il bene dell'umanità; sicché ciò che una volta appariva un bene, dopo dieci anni appare un male, e viceversa. Non solo, ma troviamo contemporaneamente nella storia vedute assolutamente opposte sul bene e sul male; gli uni appongono a merito, altri a demerito di Alessandro la costituzione data alla Polonia e la Santa Alleanza.

Dell'attività di Alessandro e di Napoleone è impossibile dire che fosse utile o dannosa, giacché non possiamo dire perché fu utile e perché fu dannosa. Se quest'attività a taluno non piace, è perché non concorda col suo limitato concetto di ciò che è il bene. Se mi appare come un bene la conservazione della casa di mio padre a Mosca, nel 1812, o la gloria delle truppe russe, o il fiorire dell'università di Pietroburgo o di altre università, o la libertà della Polonia, o la potenza della Russia, o l'equilibrio europeo, o quel tipo di cultura europea che è il progresso, debbo riconoscere che l'attività di ciascun personaggio storico aveva, oltre a questi scopi, anche altri scopi piú generali e che mi sfuggono.

Ma ammettiamo che la cosí detta scienza abbia la possibilità di conciliare tutte le contraddizioni e abbia una misura fissa del bene e del male per tutti i personaggi storici e per tutti gli avvenimenti.

Ammettiamo che Alessandro potesse agire in modo del tutto differente. Ammettiamo che, seguendo le istruzioni di coloro che l'incolpano e che professano di conoscere lo scopo finale del movimento dell'umanità, avesse potuto attuare il programma favorevole alle nazionalità, alla libertà, all'eguaglianza e al progresso (pare che non ve ne sia altro) che i suoi presenti accusatori gli avrebbero assegnato. Ammettiamo che questo programma fosse possibile e che Alessandro agisse conformemente ad esso. Che sarebbe stato allora dell'azione di tutti gli uomini che contrastavano all'indirizzo di governo del tempo, quell'azione che, a parere degli storici, era buona ed utile? Questa azione non ci sarebbe stata: non ci sarebbe stata vita, non ci sarebbe stato nulla.

Se si ammette che la vita umana può essere guidata dalla ragione, si distrugge la possibilità della vita.

II.

Se si ammette, come fanno gli storici, che i grandi uomini guidano l'umanità verso il raggiungimento di certi dati fini, che consistono nella grandezza della Russia o della Francia, o nell'equilibrio europeo, o nella espansione delle idee rivoluzionarie, o nel progresso generale, o in qualsiasi altra cosa, è impossibile spiegare i fenomeni storici senza i concetti di *caso* e di *genio*.

Se lo scopo delle guerre europee del principio del nostro secolo consisteva nella grandezza della Russia, questo scopo poteva essere raggiunto senza le guerre precedenti e senza l'invasione. Se lo scopo era la grandezza della Francia, questo scopo poteva essere raggiunto anche senza la Rivoluzione e senza l'Impero. Se lo scopo era la diffusione delle idee, la stampa di libri l'avrebbe raggiunto molto meglio che non facessero i soldati. Se lo scopo era il progresso della civiltà, sarebbe assai facile supporre che, oltre la distruzione di uomini e di ricchezze, vi siano per propagare la civiltà altre vie meglio adatte allo scopo.

Perché, allora, le cose andarono cosí e non altrimenti? Perché andarono cosí.

« Il *caso* ha creato una situazione, il *genio* ne ha approfittato », dice la storia. Ma che cosa è il *caso*? Che cosa è il *genio*?

Le parole *caso* e *genio* non designano nulla di effettivamente esistente e perciò non possono essere definite. Queste parole designano soltanto un certo grado di comprensione dei fenomeni. Io non so perché si produce un certo fenomeno: penso che non lo posso sapere: perciò non lo voglio sapere e dico: è il *caso*. Vedo una forza che produce un'azione sproporzionata alle capacità umane; non capisco perché ciò avvenga e dico: è il *genio*.

Per un branco di montoni, il montone che ogni sera è messo dal pastore in un recinto speciale per mangiare, e diventa due volte piú grasso degli altri, deve sembrare un genio. E la circostanza che proprio questo montone ogni sera non è messo nell'ovile comune, ma in un recinto speciale perché mangi l'avena, e che proprio questo montone grasso è poi ucciso per essere mangiato, deve sembrare una sorprendente unione del genio con tutta una serie di casi straordinari.

Ma se i montoni cessano di pensare che tutto ciò che loro accade è fatto soltanto per raggiungere i loro scopi pecoreschi; se ammettono che ciò che accade loro possa avere anche degli scopi per essi incomprensibili, subito vedranno un nesso unitario e logico in ciò che accade al montone nutrito a parte. Se anche non sapranno a che scopo è stato nutrito a parte, almeno sapranno che tutto ciò che è accaduto al montone non è accaduto fortuitamente e non avranno piú bisogno né del concetto di *caso*, né del concetto di *genio*.

Soltanto rinunziando a conoscere lo scopo prossimo, comprensibile, e ammettendo che lo scopo finale ci è ignoto, noi vedremo la logica e la coerenza nella vita dei personaggi storici; ci sarà svelata la cagione di quella azione che essi svolgono, sproporzionata rispetto alle comuni qualità umane, e non avremo piú bisogno delle parole *caso* e *genio*.

Basta riconoscere che lo scopo dei perturbamenti dei popoli europei ci è ignoto e che ci son noti soltanto i fatti, consistenti in uccisioni, prima in Francia, poi in Italia, in Africa, in Prussia, in Austria, in Spagna, in Russia, e che il movimento da occidente a oriente e da oriente a occidente forma l'essenza e lo scopo degli avvenimenti, e non soltanto non avremo bisogno di vedere l'eccezionalità e la *genialità* nei caratteri di Napoleone e di Alessandro, ma non potremo rappresentarci questi personaggi se non come uomini eguali a tutti gli altri; e non soltanto non si dovranno spiegare col *caso* i piccoli avvenimenti che fecero di questi uomini quello che erano, ma sarà chiaro che tutti questi piccoli avvenimenti erano necessari.

Rinunziando a conoscere lo scopo finale, comprenderemo chiaramente che, come per nessuna pianta si possono escogitare fiori e semi piú adatti di quelli che essa produce, cosí è impossibile escogitare altri due uomini che, con tutto il loro passato, corrispondano piú esattamente, fin nei minimi particolari, alla missione che essi erano destinati ad adempiere.

III.

Il senso fondamentale, essenziale degli avvenimenti europei del principio di questo secolo è il movimento bellico delle masse dei popoli europei da occidente verso oriente e poi da oriente verso occidente. Il primo promotore di questo movimento fu il movimento da occidente verso oriente. Perché i popoli d'occidente potessero compiere quel movimento bellico fino a Mosca che compirono, era necessario: 1) che si costituissero in un gruppo militare abbastanza numeroso per riuscire a sopportare l'urto col gruppo militare d'oriente; 2) che rinunziassero a tutte le tradizioni e le abitudini stabilite; 3) che, nel compiere il loro movimento bellico, avessero alla loro testa un uomo che, per sé e per loro, sapesse giustificare gl'inganni, i saccheggi, le uccisioni che dovevano compiersi e che accompagnarono quel movimento.

E, cominciando dalla Rivoluzione francese, si scompone il vecchio gruppo che non è abbastanza forte, si distruggono le antiche abitudini e tradizioni; a passo a passo si formano un altro gruppo di nuove dimensioni, nuove abitudini, nuove tradizioni, e si prepara l'uomo che dovrà stare a capo del futuro movimento e portare su di sé tutta la responsabilità di ciò che deve avvenire.

Un uomo senza principî, senza abitudini, senza tradizioni, senza nome, che non è neppure un francese, per i piú strani casi si fa avanti fra tutti i partiti che agitano la Francia e, senza aderire a nessuno di essi, è portato a un posto eminente.

L'ignoranza dei colleghi, la debolezza e la nullità degli avversari, la sincerità nel mentire, la mediocrità brillante e sicura di sé di quest'uomo lo portano alla testa di un'armata. Le brillanti qualità dei soldati dell'armata d'Italia, la poca voglia di battersi degli avversari, la fanciullesca audacia e fiducia in sé gli procurano la gloria militare. Una innumerevole quantità di cosí detti casi lo accompagna dovunque. La disgrazia nella quale cade presso i governanti francesi gli è utile. I suoi tentativi di cambiare la carriera che gli è destinata non riescono: non lo prendono al servizio russo, né gli riesce di trovare un posto in Turchia. Al tempo delle guerre d'Italia piú volte si trova sull'orlo del precipizio e ogni volta si salva in un modo inaspettato. Le truppe russe, quelle stesse che possono distruggere la sua gloria, per diverse considerazioni diplomatiche non entrano in Europa finché vi è lui.

Al suo ritorno dall'Italia egli trova il governo di Parigi in tale stato di disfacimento che gli uomini che vengono a far parte di questo governo vengono inevitabilmente stritolati e distrutti. E gli si presenta spontaneamente una via d'uscita da quella pericolosa situazione, cioè la insensata, ingiustificata spedizione in Africa. Di nuovo quei medesimi cosí detti casi lo accompagnano. L'inespugnabile Malta si arrende senza colpo ferire; gli ordini piú imprudenti sono coronati da successo. La flotta nemica, che in seguito non lascia passare neppure una barca, ora lascia passare tutta un'armata. In Africa, su abitanti quasi inermi, viene commessa tutta una serie di delitti. E gli uomini che commettono questi delitti, e specialmente il loro condottiero, sono persuasi che son cose stupende, che questa è la gloria, sul tipo di Cesare e di Alessandro il Macedone, e che tutto va bene.

Quell'ideale di *gloria* e di *grandezza* che consiste non solo nel credere che nulla sia male per la propria persona, ma anche nell'inorgoglirsi di qualsiasi delitto, attribuendogli un incomprensibile significato sovrannaturale, quell'ideale che dovrà poi guidare quest'uomo e coloro che sono legati a lui, si foggia liberamente in Africa. Tutto ciò che egli fa, gli riesce. La peste non gli si attacca. La crudele uccisione dei prigionieri non gli è apposta a colpa. La sua partenza, fanciullescamente imprudente, ingiustificata e vile dall'Africa, dove lascia i compagni nella sventura, gli è attribuita a merito, e di nuovo per due volte la flotta nemica lo lascia passare. Mentre, già del tutto ubriacato dai delitti commessi e felicemente riusciti, egli va a Parigi, pronto a far la sua parte, ma senza nessuno scopo dinanzi a sé, il dissolvimento del governo repubblicano, che poteva rovinarlo un anno prima, ora è giunto al massimo grado, e la sua presenza, la presenza di un uomo estraneo ai partiti, ora non può che farlo emergere.

Egli non ha nessun progetto; ha paura di tutto; ma i partiti si aggrappano a lui ed esigono la sua collaborazione.

Lui solo, col suo ideale di gloria e di grandezza foggiato in Italia e in Egitto, con la sua folle adorazione di se stesso, con la sua audacia nel delitto, con la sua sincerità nel mentire, lui solo può adempiere ciò che si deve compiere.

È necessario per il posto che l'aspetta, e perciò quasi indipendentemente dalla sua volontà e malgrado la sua indecisione, la mancanza di un piano e tutti gli errori che commette, è trascinato nella congiura che ha per fine la conquista del potere, e la congiura è coronata da successo.

Lo spingono a forza nell'assemblea dei governanti. Spaventato, vuol fuggire, credendosi perduto; finge di cadere svenuto; dice cose senza senso che dovrebbero rovinarlo. Ma i governanti di Francia, che prima erano sagaci e orgogliosi, ora, sentendo che la loro parte è finita, anche piú confusi di lui, non dicono le parole che dovrebbero dire per conservare il potere e rovinare lui.

Il *caso*, milioni di *casi* gli dànno il potere e tutti gli uomini, come fossero d'intesa, cooperano al consolidamento di questo potere. Dei *casi* formano il carattere dei governanti della Francia che allora si sottomettono a lui; dei *casi* formano il carattere di Paolo I, che riconosce il suo potere; il *caso* forma contro di lui una congiura, che non soltanto non gli nuoce, ma consolida il suo potere. Il *caso* gli dà nelle mani il duca d'Enghien e l'obbliga impensatamente ad ucciderlo, con questo stesso, piú che con tutti gli altri mezzi, convincendo la folla che egli ha il diritto, poiché ha la forza. Il *caso* fa sí che egli riunisca tutte le sue forze per una spedizione contro l'Inghilterra, che certamente lo avrebbe perduto, e mai giunga a mandare ad effetto questo divisamento, ma piombi fortuitamente su Mack e gli austriaci, che si arrendono senza combattere. Il *caso* e il *genio* gli dànno la vittoria ad Austerlitz e *per caso* tutta la gente, non solo i francesi, ma tutti i popoli d'Europa, esclusa l'Inghilterra, che non prende nemmeno parte agli avvenimenti che stanno per compiersi, tutta la gente, nonostante l'orrore e il disgusto di un tempo per i suoi delitti, ora riconosce il suo potere, il titolo che ha preso e il suo ideale di grandezza e di gloria che a tutti sembra bellissimo e ragionevole.

Come se si misurassero e si preparassero al movimento imminente, le forze di occidente piú volte – nel 1805, nel 1806, nel 1807, nel 1809 – si spingono verso oriente, crescendo e rinsaldandosi. Nel 1811, il gruppo di persone formatosi in Francia si fonde in una enorme massa coi popoli intermedi. Insieme col gruppo cresciuto si sviluppa pure piú fortemente la capacità di giustificarsi dell'uomo che è a capo del movimento. Durante il decennale periodo preparatorio che precede il gran movimento quest'uomo s'incontra con tutte le teste coronate d'Europa. I padroni del mondo privati della loro aureola non possono contrapporre all'ideale napoleonico di *gloria* e di *grandezza*, che non ha senso, nessun ideale ragionevole. Uno dopo l'altro si sforzano a gara di mostrargli la loro nullità. Il re di Prussia manda la moglie a ricercare i favori del grand'uomo; l'imperatore d'Austria considera come un favore che quell'uomo riceva nel suo letto la figlia dei Cesari; il Papa, custode del sacrario dei popoli, serve con la sua religione all'elevazione del grand'uomo. Non è tanto Napoleone che si prepara a rappresentare la sua parte, quanto tutti coloro che lo circondano che lo preparano ad assumersi tutta la responsabilità di ciò che si è commesso e si dovrà commettere. Non c'è un'azione, non un misfatto, non il minimo inganno che egli commetta, che subito non si trasformi sulle bocche di coloro che lo circondano in una grande gesta. La miglior festa che possano escogitare per lui i popoli germanici è la commemorazione di Jena e di Auerstädt. E non soltanto lui è grande, ma sono grandi i suoi avi, i suoi fratelli, i suoi figliastri, i suoi cognati. Tutto concorre a privarlo delle ultime forze della ragione e a preparare per lui una tremenda parte da rappresentare. E quando egli è pronto, sono pronte anche le forze.

L'invasione si precipita verso oriente, raggiunge il suo scopo finale, Mosca. La capitale è presa; l'esercito russo è disfatto come non erano mai stati disfatti gli eserciti nemici nelle precedenti guerre, da Austerlitz a Wagram. Ma, a un tratto, invece di quel *caso* e di quel *genio* che l'hanno condotto cosí fedelmente finora attraverso una serie ininterrotta di successi fino allo scopo predestinato, appare una innumerevole quantità di *casi* contrari, dall'infreddatura di Borodinò fino ai ghiacci e alla favilla che incendia Mosca; e invece del *genio* appaiono una stoltezza e una viltà che non hanno esempio.

L'invasione fugge, torna indietro, fugge di nuovo, e tutti i casi ora sono continuamente non in favor suo, ma contro di lui.

Si compie un contromovimento da oriente a occidente, che ha una notevole somiglianza col precedente movimento da occidente a oriente. I medesimi tentativi di movimento da oriente a occidente – come negli anni 1805, 1807 e 1809 – precedono il gran movimento; c'è il medesimo agglomerarsi in un gruppo solo di enormi proporzioni; la medesima adesione al movimento da parte dei popoli intermedi; la medesima esitazione a mezza strada e la medesima velocità che cresce a mano a mano che ci si approssima al fine.

Parigi – la meta finale – è raggiunta. Il governo di Napoleone e il suo esercito sono distrutti. Lo stesso Napoleone non ha piú senso: tutti i suoi atti sono, evidentemente, miseri e vili; ma di nuovo accade un caso inesplicabile: gli Alleati odiano Napoleone, nel quale vedono la causa delle loro sventure; privato di forze e di potere, convinto di delitti e di perfidie, egli sarebbe dovuto apparir loro come era apparso dieci anni prima e come sarebbe apparso un anno dopo: un brigante fuori legge. Ma, per uno strano caso, nessuno se ne accorge. La sua parte non è ancora finita. L'uomo che dieci anni prima e un anno dopo era considerato un brigante fuori legge è mandato a due giornate di viaggo dalla Francia, in un'isola che gli dànno in sovranità, con una guardia e dei milioni che gli pagano chissà perché.

IV.

Il movimento dei popoli comincia a rassettarsi nelle sue sponde. Le onde del grande movimento si sono ritirate e sul mare tornato calmo si formano dei cerchi sui quali passano i diplomatici, immaginandosi di aver sedato proprio essi il movimento.

Ma il mare calmo a un tratto si solleva. I diplomatici credono di essere essi, con le loro discordie, la cagione di questa nuova pressione di forze: essi si aspettano la guerra fra i loro sovrani, la situazione sembra loro insolubile. Ma l'ondata della quale sentono lo slancio non viene da dove l'attendono. Si solleva di nuovo la medesima ondata, dal medesimo punto di partenza, Parigi. Si produce l'ultimo contraccolpo del movimento da occidente; il contraccolpo che deve risolvere le difficoltà diplomatiche che paiono insolubili e metter fine al movimento bellico di quel periodo.

L'uomo che ha devastata la Francia, solo, senza una congiura, senza soldati, giunge in Francia. Qualsiasi guardiano può impadronirsi di lui; ma, per uno strano caso, non solo nessuno se ne impadronisce, ma tutti vanno pieni d'entusiasmo incontro a quest'uomo che hanno maledetto il giorno innanzi e che malediranno fra un mese.

Quest'uomo è ancora necessario per giustificare l'ultima azione comune.

L'azione è compiuta.

L'ultima scena è rappresentata. Si ordina all'attore di spogliarsi e di togliersi la tintura e il belletto: non si avrà piú bisogno di lui.

E passano alcuni anni durante i quali quest'uomo, nella solitudine della sua isola, recita davanti a se stesso una pietosa commedia, intriga e mentisce, giustificando le sue azioni quando questa giustificazione non serve piú, e mostra a tutto il mondo che cosa era ciò che la gente riteneva forza, mentre invece una invisibile mano lo conduceva.

Il direttore, finito il dramma e spogliato l'attore, ce lo mostra.

– Guardate a che cosa credevate! Eccolo! Vedete ora che non era lui, ma io che movevo tutto.

Ma, accecati dalla forza del movimento, gli uomini per un pezzo non lo capirono.

Una consequenziarietà e una necessità ancora maggiori mostra la vita di Alessandro I, il personaggio che fu a capo del contromovimento da oriente a occidente.

Occorre il sentimento della giustizia, la partecipazione alle faccende dell'Europa, ma a distanza, non offuscata da interessi meschini; occorre una preponderanza morale sui propri colleghi, i sovrani di quel tempo; occorre una personalità amabile e seducente; occorre il risentimento personale contro Napoleone. E tutto ciò si trova in Alessandro I, tutto ciò è preparato da innumerevoli cosí detti *casi* di tutta la sua vita passata: dall'educazione, dalle iniziative liberali, dai consiglieri che lo circondano, da Austerlitz, da Tilsitt e da Erfurt.

Durante la guerra nazionale russa questo personaggio non agisce, perchè non è necessario. Ma appena appare la necessità di una guerra generale europea, questo personaggio a un dato momento compare al suo posto e, riunendo i popoli di Europa, li conduce alla meta.

La meta è raggiunta. Dopo l'ultima guerra del 1815 Alessandro si trova al culmine della potenza umana. Come l'adopera?

Alessandro I, il pacificatore dell'Europa, l'uomo che fin dai suoi giovani anni tende soltanto al bene dei suoi popoli, il primo autore delle innovazioni liberali nella sua patria, ora, quando sembra in possesso della maggior potenza e quindi è in grado di far del bene ai suoi popoli, mentre Napoleone in esilio fa piani fanciulleschi e menzogneri per render felice l'umanità qualora avesse il potere, Alessandro I, compiuta la sua missione e sentendo su di sé la mano di Dio, a un tratto riconosce la nullità di questa immaginaria potenza, le volta le spalle, la dà in mano di uomini da lui disprezzati e disprezzabili e dice soltanto:

– Non a noi, non a noi, ma al Nome Tuo [1]. Io sono un uomo come voi: lasciatemi vivere da uomo e pensare all'anima mia e a Dio.

Come il sole e ciascun atomo di etere è una sfera circoscritta in sé e insieme soltanto un atomo di un tutto inaccessibile all'uomo per la sua immensità, cosí anche ogni persona porta in se stessa i suoi fini, eppure li porta in sé per servire a fini generali, inaccessibili all'uomo.

L'ape posata su un fiore ha punto il bambino. E il bambino ha paura dell'ape, dice che lo scopo dell'ape è quello di ferire la gente. Il poeta ammira l'ape che s'immerge nel calice del fiore e dice che lo scopo dell'ape è quello di assorbire l'aroma dei fiori. Un apicultore, osservando che l'ape raccoglie il polline dei fiori e lo porta nell'alveare, dice che lo scopo dell'ape è quello di raccogliere il miele. Un altro apicultore, studiando piú da vicino la vita dello sciame, dice che l'ape raccoglie il polline per nutrire le giovani api e far nascere la regina, che il suo scopo è quello

[1] Salmo 113, vers. 9. Parole incise sulla medaglia commemorativa della guerra del 1812.

di continuare la specie. Il botanico osserva che, volando sui pistilli col polline di una pianta dioica, l'ape la feconda, e il botanico vede in ciò lo scopo dell'ape. Un altro, osservando la trasmutazione delle piante, vede che l'ape contribuisce a questa trasmutazione, e questo nuovo osservatore può dire che in ciò consiste lo scopo dell'ape. Ma lo scopo finale dell'ape non è né questo, né quello, né un terzo che possono essere scoperti dall'ingegno umano. Quanto piú l'ingegno umano si eleva nella scoperta di questi scopi, tanto piú è evidente per lui l'inaccessibilità dello scopo finale.

L'uomo giunge solo ad osservare la concordanza della vita delle api con gli altri fenomeni della vita. E cosí è per gli scopi dei personaggi storici e dei popoli.

V.

Il matrimonio di Nataša, che nel 1813 aveva sposato Bezúchov, fu l'ultimo lieto avvenimento nella vecchia famiglia dei Rostòv. In questo stesso anno il conte Iljà Andréjevič morí, e, come sempre accade, con la sua morte la famiglia che esisteva un tempo si disperse.

Gli avvenimenti dell'ultimo anno, l'incendio di Mosca e la fuga dalla città, la morte del principe Andréj e la disperazione di Nataša, la morte di Petja, il dolore della contessa, tutto ciò era caduto sul capo del vecchio conte come un colpo dopo l'altro. Pareva che egli non comprendesse e non si sentisse la forza di comprendere la gravità di tutte queste vicende e, piegando moralmente il suo vecchio capo, sembrava aspettare e chiedere nuovi colpi che lo finissero. Ora aveva l'aria spaventata e smarrita, ora era straordinariamente animato e intraprendente.

Il matrimonio di Nataša l'occupò per un momento col suo lato esterno. Ordinava i pranzi, le cene e voleva evidentemente parere allegro; ma la sua allegria non era comunicativa come prima e, al contrario, faceva pena a quelli che lo conoscevano e gli volevano bene.

Dopo la partenza di Pierre con la moglie, egli si fece cheto cheto e cominciò a lamentarsi per la malinconia. Di lí ad alcuni giorni si ammalò e si mise a letto. Fin dai primi giorni della sua malattia, sebbene i medici lo confortassero, capí che non si sarebbe rialzato. La contessa passò quindici giorni su una poltrona, al suo capezzale, senza mai spogliarsi. Ogni volta che essa gli porgeva una medicina, egli, con un singhiozzo, le baciava la mano in silenzio. L'ultimo giorno, singhiozzando, chiese perdono alla moglie e al figlio assente per aver rovinato il patrimonio familiare, la colpa principale di cui si rimproverasse. Dopo essersi comunicato e aver ricevuto l'olio santo, morí dolcemente, e il giorno dopo una folla di conoscenti, venuti per rendere gli estremi doveri al defunto, empí l'appartamento d'affitto dei Rostòv. Tutti questi conoscenti, che tante volte avevano pranzato e ballato in casa sua, e tante volte avevano riso di lui, ora tutti con un medesimo sentimento d'interno rimprovero e di commozione, come per giustificarsi davanti a qualcuno, dicevano: – Si può dire quel che si vuole, ma era un uomo eccellente. Ora non s'incontrano piú uomini simili... Chi poi non ha le sue debolezze?...

Proprio nel momento in cui gli affari del conte erano cosí dissestati che era impossibile figurarsi come sarebbero finite le cose se andava avanti cosí per un anno ancora, egli era morto inaspettatamente.

Nikolàj era con le truppe russe a Parigi, quando gli giunse la notizia della morte del padre. Subito diede le dimissioni e, senza aspettare che fossero accettate, ottenne un permesso e partí per Mosca. La situazione finanziaria, dopo un mese dalla morte del conte, s'era definita interamente, meravigliando tutti per l'enorme somma che rappresentavano i piccoli debiti di cui nessuno sospettava neppure l'esistenza. I debiti si elevavano al doppio del patrimonio.

Parenti ed amici consigliavano a Nikolàj di rifiutare l'eredità. Ma Nikolàj nel rifiuto dell'eredità vedeva un rimprovero verso la memoria del padre che era sacra per lui, e perciò non volle sentir parlare di rifiuto ed accettò l'eredità, impegnandosi a pagare i debiti.

I creditori, che per tanto tempo erano stati zitti, tenuti tranquilli durante la vita del conte da quella indefinibile, ma potente influenza che aveva su di loro la bontà esuberante di lui, a un tratto presero tutte le vie legali. Ci fu, come accade sempre, una gara nel voler esser pagati i primi, e le stesse persone, che, come Míten'ka e altri, avevano cambiali gratuite avute in regalo apparvero ora i creditori piú esigenti. Non davano a Nikolàj né tregua, né riposo; e quelli che, a quanto pare, compativano il vecchio, che era la causa delle loro perdite (se perdite erano), ora si gettavano senza pietà sul giovane erede che evidentemente non aveva nessuna colpa dinanzi a loro e che volontariamente s'era impegnato a pagarli.

Nessuna delle combinazioni escogitate da Nikolàj riuscí; la tenuta fu venduta all'asta a metà prezzo, eppure una metà dei debiti rimase insoddisfatta. Nikolàj accettò trentamila rubli offertigli in prestito dal cognato Bezúchov per pagare quella parte dei debiti che riconosceva come veri debiti pecuniari. E per non essere cacciato in prigione per gli altri debiti – cosa di cui lo minacciavano i creditori – rientrò in servizio.

Tornare nell'esercito, dove alla prima vacanza egli doveva essere nominato comandante di reggimento, era impossibile, perché la madre adesso si era attaccata a quel figlio come all'ultima attrattiva che le porgesse la vita, e perciò, malgrado la sua poca voglia di restare a Mosca, in un cerchio di persone che lo conoscevano prima, malgrado la sua antipatia per il servizio civile, accettò a Mosca un posto nell'amministrazione civile e, togliendosi l'amata uniforme, si stabilí con la madre e Sonja in un piccolo appartamento a Sivtsev-Vražòk.

Nataša e Pierre vivevano allora a Pietroburgo senza avere un'idea chiara della situazione di Nikolàj. Nikolàj, prendendo a prestito il denaro dal cognato, aveva cercato di nascondergli il suo stato miserevole. La posizione di Nikolàj era particolarmente triste perché coi suoi milleduecento rubli di stipendio non soltanto doveva mantenere sé, Sonja e la madre, ma doveva mantenere la madre in modo che ella non si accorgesse della loro povertà. La contessa non poteva concepire la vita senza quel lusso al quale era avvezza fin dall'infanzia e continuamente, senza capire come ciò fosse difficile per il figlio, pretendeva ora una carrozza, che non avevano, per mandare a prendere un'amica, ora dei cibi costosi per sé e del vino per il figlio, ora denari per fare un regalo-sorpresa a Nataša, a Sonja e allo stesso Nikolàj.

Sonja teneva il governo della casa, assisteva la zia, le leggeva ad alta voce, sopportava i suoi capricci e la sua celata ostilità, e aiutava Nikolàj a nascondere alla vecchia contessa la posizione d'indigenza nella quale si trovavano. Nikolàj si sentiva in debito di riconoscenza verso Sonja per tutto ciò che essa faceva per sua madre, e ammirava la pazienza e la devozione di lei, ma cercava di allontanarsene.

Dentro di sé quasi le rimproverava d'esser troppo perfetta e che non ci fosse nulla da rinfacciarle. Ella aveva tutto ciò per cui si apprezzano le persone; ma difettava di ciò che avrebbe potuto indurre lui ad amarla. Ed egli sentiva che, quanto piú l'apprezzava, tanto meno l'amava. L'aveva presa in parola quando, con quella lettera, ella gli aveva reso la sua libertà, e ora si comportava con lei come se tutto ciò che c'era stato fra loro fosse da lungo tempo dimenticato e in nessun caso potesse tornare.

La posizione di Nikolàj si faceva sempre peggiore. L'idea di poter fare economie sul suo stipendio si dimostrò un sogno. Non soltanto non faceva economie, ma contraeva piccoli debiti per soddisfare alle esigenze della madre, e non gli si presentava nessuna via d'uscita da quella posizione. L'idea di sposare una ricca ereditiera, come gli proponevano i parenti, gli era antipatica. L'altra via d'uscita da quella sua posizione – la morte della madre – non gli veniva mai in mente. Non desiderava nulla, non sperava nulla e nel profondo dell'anima provava un cupo e austero piacere nel sopportare virilmente la propria sorte. Si sforzava di sfuggire le sue antiche conoscenze con le loro commiserazioni e profferte di un aiuto offensivo, sfuggiva ogni distrazione e ogni divertimento, e anche in casa non faceva nulla, tranne che disporre le carte sulla tavola con la madre, passeggiare in silenzio su e giú per la camera e fumare una pipa dopo l'altra. Pareva che si sforzasse di coltivare in sé quell'umore cupo nel quale soltanto si sentiva capace di sopportare la situazione.

VI.

Al principio dell'inverno la principessina Marja venne a Mosca. Dalle voci che correvano per la città apprese la situazione dei Rostòv e seppe che « il figlio si sacrificava per la madre » (cosí si diceva per la città).

« Non mi aspettavo di meno da lui », disse fra sé la principessina Marja, sentendo con gioia riconfermarsi il suo amore per lui. Ricordandosi i suoi rapporti di amicizia e quasi di parentela con tutta la famiglia, credette suo dovere andare da loro. Ma ricordandosi pure i suoi rapporti con Nikolàj a Voronež temeva di farlo. Facendo un grande sforzo su se stessa, qualche settimana dopo il suo arrivo in città, si recò dai Rostòv.

Nikolàj fu il primo che l'accolse, visto che si poteva andare dalla contessa solo passando per la camera di lui. Al primo sguardo che egli le rivolse, il viso di Nikolàj, invece di quell'espressione di gioia che la principessina si aspettava di vedervi, prese un'espressione di freddezza, di durezza e di orgoglio che ella non gli aveva veduta mai. Nikolàj le domandò della sua salute, l'accompagnò dalla madre e, dopo esser rimasto cinque minuti, uscí dalla stanza.

Quando la principessina lasciò la contessa, Nikolàj le andò di nuovo incontro e l'accompagnò fino all'anticamera con fare particolarmente solenne e duro. Non rispose neppure una parola alle osservazioni di lei sulla salute della contessa. Il suo sguardo diceva: « Che cosa c'entrate voi? Lasciatemi in pace ».

– E perché va in giro? Che cosa le occorre? Non posso soffrire queste signore e tutte le loro amabilità! – disse egli ad alta voce davanti a Sonja, non potendo evidentemente trattenere il suo dispetto, non appena la carrozza della principessina si fu allontanata dalla casa.

– Ah! come si può parlare cosí, Nicolas? – disse Sonja, nascondendo a stento la sua gioia. – È cosí buona, e *maman* le vuol tanto bene!

Nikolàj non rispose nulla e avrebbe voluto non parlar piú della principessina. Ma, dal momento di quella visita, la vecchia contessa parecchie volte al giorno si metteva a discorrere di lei.

La contessa la vantava, voleva che il figlio andasse a farle una visita, esprimeva il desiderio di vederla spesso, ma nello stesso tempo diventava sempre di cattivo umore quando parlava di lei.

Nikolàj cercava di tacere quando la madre parlava della principessina, ma il suo silenzio irritava la contessa.

– È una giovane molto perbene e simpatica, – diceva, – e tu dovresti farle una visita. Almeno vedresti qualcuno: se no mi pare che con noi tu ti annoi.

– Ma io non lo desidero punto, mamma.

– Prima volevi vederla e ora « non lo desidero ». Davvero non capisco. Ora ti annoi, ora, a un tratto, non vuoi veder nessuno...

– Ma io non ho detto che mi annoio.

– Come! Hai detto tu stesso che non volevi vederla. È una giovane molto perbene e ti è sempre piaciuta; e ora chissà che ragioni tiri fuori. Mi si nasconde tutto!

– Ma niente affatto, mamma.

– Se ti chiedessi di fare una cosa sgradevole... ma ti chiedo di rendere una visita. Mi pare che anche la cortesia lo esiga... Te l'ho chiesto, e ora non voglio entrarci piú, visto che hai dei segreti per tua madre.

– Ma ci andrò, se lo volete.

– Per me fa lo stesso: lo desidero per te.

Nikolàj sospirò, si morse i baffi e dispose le carte sulla tavola, sforzandosi di attirare l'attenzione della madre su un altro oggetto.

Il secondo, il terzo, il quarto giorno, ricominciò lo stesso discorso.

Dopo la sua visita ai Rostòv e l'inaspettata glaciale accoglienza fattale da Nikolàj, la principessina Marja confessò a se stessa che aveva ragione quando non voleva andar per la prima dai Rostòv.

« Non mi aspettavo null'altro, – diceva fra sé, chiamando in aiuto il suo orgoglio. – Io non ho niente a che fare con lui e volevo soltanto vedere la vecchia che è stata sempre buona per me e verso la quale ho molti obblighi ».

Ma non poteva calmarsi con questi ragionamenti; qualcosa che somigliava al pentimento la tormentava quando ripensava alla sua visita. Malgrado che avesse fermamente deciso di non andar piú dai Rostòv e dimenticare tutto ciò, si sentiva di continuo in una posizione ambigua. E quando si domandava che cosa mai la tormentasse, doveva confessare che erano le sue relazioni con Rostòv. Il tono freddo e cortese di lui non era l'espressione dei suoi sentimenti (questo ella lo sapeva), ma quel tono nascondeva qualche cosa. Questo ella doveva chiarire; e fino allora ella sentiva che non avrebbe potuto star tranquilla.

A metà dell'inverno, un giorno stava nella stanza da studio sorvegliando le lezioni del nipote, quando vennero ad annunziarle la visita di Rostòv. Con la ferma decisione di non tradire il suo segreto e di non mostrare il suo turbamento, ella chiamò Mlle Bourienne e insieme con lei andò nel salotto.

Alla prima occhiata rivolta a Nikolàj, vide che egli era venuto soltanto per adempiere a un dovere di cortesia, e decise fermamente di mantenersi in quel medesimo tono che egli usava verso di lei.

Si misero a parlare della salute della contessa, di conoscenze comuni, delle ultime notizie della guerra, e quando furon passati i dieci minuti richiesti dalla convenienza, dopo i quali il visitatore può alzarsi, Nikolàj si alzò, prendendo congedo.

La principessina con l'aiuto di Mlle Bourienne aveva sostenuto molto bene la conversazione; ma proprio all'ultimo momento, mentre egli si alzava, si sentí cosí stanca di aver parlato di cose che non le importavano affatto e il pensiero che la vita a lei sola aveva date cosí poche gioie la invase talmente che, presa da un accesso di distrazione, coi suoi occhi luminosi fissi davanti a sé, rimase immobile a sedere, senz'accorgersi che egli si era alzato.

Nikolàj la guardò e, volendo mostrare di non essersi accorto della sua distrazione, disse alcune parole a Mlle Bourienne e poi di nuovo guardò la principessina. Ella sedeva immobile come prima e sul suo viso delicato era un'espressione di sofferenza. Egli ne ebbe una improvvisa pietà e intuí confusamente di esser forse la cagione della tristezza che appariva sul viso di lei. Avrebbe voluto esserle di qualche soccorso, dirle qualcosa di amabile; ma non poté trovare nulla da dirle.

– Addio, principessina, – disse.

Ella si riprese, arrossí e sospirò profondamente.

– Ah! perdonatemi, – disse come risvegliandosi. – Già ve ne andate, conte? Ebbene, addio! E il cuscino per la contessa?

– Aspettate, lo porto subito, – disse Mlle Bourienne, e uscí dalla stanza.

Tutt'e due tacevano, guardandosi ogni tanto l'un l'altra.

– Già, principessina, – disse finalmente Nikolàj, con un triste sorriso, – pare ieri, ma quant'acqua è passata da quando ci vedemmo la prima volta a Boguciàrovo. Come ci pareva d'esser tutti infelici, eppure darei molto per ritornare a quel tempo... ma non ci si ritorna.

La principessina lo guardò fisso negli occhi col suo sguardo luminoso, quando egli disse questo. Pareva si sforzasse di capire il senso segreto delle sue parole, che le avrebbe spiegato la natura del suo sentimento per lei.

– Sí, sí, ma voi non avete nessun motivo di rimpiangere il passato, conte. Per quel che capisco della vostra vita di ora, non potrete che ricordarla con piacere, perché l'abnegazione con cui vivete adesso...

– Non accetto le vostre lodi, – interruppe egli frettolosamente. – Al contrario, mi rimprovero sempre... Ma questo è un discorso poco interessante e poco allegro.

E di nuovo il suo sguardo prese l'espressione dura e fredda di prima. Ma la principessina già vedeva di nuovo in lui l'uomo che aveva conosciuto e amato, e ora parlava soltanto con quest'uomo.

– Io credevo che mi avreste permesso di parlarvene, – disse ella. – Eravamo cosí uniti con voi... e con la vostra famiglia, e credevo che il mio interessamento non l'avreste stimato inopportuno; ma ho sbagliato, – disse ella. La sua voce a un tratto tremò. – Non so perché, – seguitò riprendendosi, – ma voi prima eravate un altro e...

– Vi sono mille *perché*, – (egli accentuò particolarmente la parola *perché*). – Vi ringrazio, principessina, – disse sottovoce. – A volte è penoso.

« Ecco il *perché*! ecco il *perché*! – disse una voce interiore nell'anima della principessina Marja. – No, io non ho amato soltanto in lui quello sguardo allegro, buono e aperto, né soltanto il suo bell'aspetto: avevo indovinato la sua anima nobile, ferma, piena di abnegazione, – ella si diceva. – Sí, ora è povero, io sono ricca... Sí, solo per questo... Sí, se non ci fosse questo... » E, ricordandosi la tenerezza ch'egli aveva una volta e guardando ora il suo viso buono e triste, a un tratto comprese la cagione della sua freddezza.

– Perché, conte, perché? – all'improvviso gridò quasi, involontariamente avvicinandosi a lui. – Perché, ditemelo. Dovete dirmelo –. Egli taceva. – Non lo conosco, conte, il vostro *perché*, – seguitò ella. – Ma mi è penoso, mi... Ve lo confesso. Voi volete, per un qualche motivo, privarmi dell'amicizia d'una volta. E questo mi addolora –. (C'erano delle lacrime nei suoi occhi e nella sua voce). – Ho avuto cosí poca felicità nella vita che ogni perdita mi è penosa... Perdonatemi, addio –. A un tratto cominciò a piangere e uscí dalla stanza.

– Principessina! aspettate, in nome di Dio! – gridò egli, cercando di fermarla. – Principessina!

Ella si volse a guardarlo. Per alcuni istanti si guardarono negli occhi in silenzio, e ciò che era lontano, impossibile, a un tratto diventò vicino, possibile, inevitabile.

VII.

Nell'autunno del 1813 Nikolàj sposò la principessina Marja e con la moglie, la madre e Sonja andò a vivere a Lysyja Gory.

In quattro anni, senza vendere i possessi della moglie, pagò il resto dei debiti e, avendo avuto una piccola eredità per la morte di una cugina, pagò anche il suo debito a Pierre.

Dopo altri tre anni, nel 1820, Nikolàj aveva rimesso ordine cosí bene nei suoi affari che aveva comperato anche una piccola tenuta presso Lysyja Gory ed era in trattative per riscattare la tenuta paterna di Otràdnoje, che era il suo sogno favorito.

Avendo cominciato a occuparsi per necessità dell'azienda domestica, ben presto egli ci si era appassionato talmente che essa divenne la sua occupazione preferita e quasi esclusiva. Nikolàj era un proprietario semplice, non amava le novità, specialmente quelle inglesi, che erano venute di moda allora, rideva dei trattati teorici di agricoltura, non amava gli allevamenti, le produzioni costose, la semina di grani pregiati, e in genere non si occupava di un ramo singolo della sua azienda, ma aveva sempre davanti agli occhi solo *la proprietà* e non una sua singola parte. E nella proprietà, l'oggetto principale non era per lui l'azoto o l'ossigeno che si trovava nella terra o nell'aria, non uno speciale aratro o un certo concime, ma quell'istrumento principale per mezzo del quale agiscono l'azoto e l'ossigeno e l'aratro e il concime, cioè il lavoratore, il contadino. Quando Nikolàj aveva assunto l'amministrazione della sua azienda domestica e aveva cominciato ad addentrarsi nelle sue diverse parti, era il contadino che piú specialmente aveva attratto la sua attenzione; il contadino non gli si presentava soltanto come un istrumento, ma come uno scopo e un giudice. Da principio osservò il contadino, sforzandosi di comprendere i suoi bisogni e ciò che gli pareva bene o male, e fingeva di dare ordini e disposizioni, ma in sostanza non faceva che imparare dai contadini metodi ed espressioni e giudizi su ciò che era bene e ciò che era male. E soltanto quando ebbe capito i gusti e le aspirazioni del contadino e imparato a parlare il suo linguaggio e afferrato il senso segreto dei suoi discorsi, quando si fu sentito affratellato con lui, soltanto allora cominciò a dirigerlo arditamente, cioè ad esercitare nei riguardi dei contadini l'ufficio di cui essi pretendevano da lui l'esercizio. E l'amministrazione di Nikolàj dava i piú brillanti risultati.

Assumendo l'amministrazione delle tenute Nikolàj, di colpo, senza sbagliare, per un felice intuito di cui aveva il dono, aveva nominato podestà, *stàrosta*, assistente quelle persone medesime che sarebbero state scelte dagli stessi contadini, se avessero potuto eleggerli, e questi suoi agenti non venivano mai cambiati. Prima di studiare le proprietà chimiche del concime, prima di entrare nel « dare ed avere » (come amava dire ironicamente), s'informava circa la quantità del bestiame che avevano i contadini e l'aumentava con tutti i mezzi possibili. Aiutava moltissimo le famiglie di contadini e non permetteva loro di separarsi. Perseguitava ugualmente i pigri, i viziosi e i deboli, e cercava di scacciarli dalla società.

Durante le semine e la raccolta del fieno e del grano egli aveva egualmente cura dei campi dei contadini come dei suoi propri. Ed erano rari i proprietari che avessero le loro semine e le loro raccolte fatte presto e bene e che rendessero come quelle di Nikolàj.

Con i servi di casa non amava aver che fare, chiamandoli *mangiaufo*, e, a detta di tutti, li lasciava troppo liberi e li viziava: quando bisognava prendere qualche decisione sul conto di uno di essi, e specialmente se bisognava punirli, era sempre indeciso e si consigliava con tutti di casa; soltanto quando era possibile mandar soldato un servo di casa invece di un contadino, lo faceva senza la minima esitazione. Invece per tutte le decisioni che concernevano i contadini non provava mai il minimo dubbio. Ogni suo ordine, egli lo sapeva, sarebbe stato approvato da tutti contro uno o contro pochi.

Non si permetteva di far lavorare eccessivamente un uomo o di punirlo soltanto per capriccio, come anche di dispensarlo dal lavoro o di ricompensarlo soltanto per un suo desiderio personale. Non avrebbe saputo dire in che consistesse la misura di ciò che si doveva o non si doveva fare; ma questa misura l'aveva nell'anima ferma e incrollabile.

Spesso diceva con dispetto, parlando di qualche cattiva riuscita o di qualche disordine: «col nostro popolo russo», e s'immaginava di non poter soffrire i contadini.

Ma con tutte le forze dell'anima egli amava questo *nostro popolo russo* e la sua vita, e soltanto per questo aveva potuto comprendere e adottare quell'unica via e quel metodo di amministrazione che gli davano buoni risultati.

La contessa Marja era gelosa di questo amore di suo marito e rimpiangeva di non potervi partecipare; ma non riusciva a capire le gioie e le amarezze che gli procurava quel mondo a sé, che le era estraneo. Non poteva capire perché egli fosse tanto animato e contento quando, alzatosi all'alba e passata tutta la mattinata nei campi o sull'aia, dopo aver assistito alla semina, alla falciatura o alla raccolta, tornava a prendere il tè con lei. Non capiva perché si entusiasmasse tanto raccontando di un ricco fattore, Matvjéj Ermiscin, che tutta la notte con la famiglia aveva trasportato covoni, mentre gli altri non avevano ancora raccolto nulla, e già aveva le biche bell'e fatte. Non capiva perché, passando dalla finestra al balcone, sorridesse cosí allegramente sotto i baffi e ammiccasse quando una pioggerella tiepida e fitta cadeva sull'avena novella, assetata, o perché, quando il vento portava via una nuvola minacciosa, al tempo della falciatura o della mietitura, egli, rosso, abbronzato, sudato, con l'odore dell'assenzio e della genziana nei capelli, tornando dall'aia, si fregasse allegramente le mani e dicesse: – Be', ancora una giornata, e tutto il mio fieno e quello dei contadini sarà sull'aia.

Ancora meno poteva capire perché egli, col suo buon cuore, con la sua costante prontezza nel prevenire i desideri di lei, quasi si disperasse quando ella gli presentava la domanda di qualche vecchia donna o di qualche contadino che si rivolgevano a lei per essere esentati dal lavoro; perché egli, il buon Nicolas, rifiutasse ostinatamente e la pregasse con irritazione di non entrare negli affari che non la riguardavano. Sentiva che egli aveva un mondo a parte, che amava con passione e che aveva le sue leggi, incomprensibili per lei.

Quando a volte, sforzandosi di capire, ella gli parlava del suo merito, consistente nel fare del bene ai suoi sottoposti, egli si irritava e rispondeva: – Niente affatto! Non mi viene mai neppure in mente; e per il loro bene non farei neppure tanto cosí. Tutto questo è poesia e ubbie di donnicciole, tutto questo far del bene al prossimo. Io voglio che i nostri figli non vadano in giro a chiedere l'elemosina: voglio consolidare il nostro patrimonio finché son vivo; ecco tutto. E per questo ci vuole ordine, ci vuole severità... Cosí! – diceva, stringendo il pugno robusto. – E giustizia, naturalmente, – aggiungeva, – perché, se il contadino è nudo, ha fame, e ha un cavallo solo, non lavora né per sé né per me.

E, probabilmente perché Nikolàj non si permetteva di pensare che faceva qualche cosa per gli altri, per virtú, tutto quel che faceva era fecondo di bene: il suo patrimonio aumentava rapidamente; i contadini delle tenute vicine venivano a pregarlo di comprarli, e molto tempo dopo la sua morte si conservò nel popolo un pio ricordo della sua amministrazione: – Quello sí che era un padrone!... Prima la roba dei contadini e poi la sua. E non faceva mica complimenti. Insomma era un padrone!

VIII.

La sola cosa che qualche volte tormentava Nikolàj nelle sue funzioni di proprietario era la sua impulsività, unita alla sua antica abitudine di ussero di menar le mani. Nei primi tempi non vedeva nulla di pregiudizievole in questo, ma nel secondo anno del suo matrimonio le sue vedute su questo modo di farsi ragione mutarono improvvisamente.

Una volta, d'estate, era stato fatto venire da Boguciàrovo lo *stàrosta* che aveva sostituito il defunto Dron, accusato di bricconerie e negligenze. Nikolàj gli uscí incontro sulla scalinata e, alle prime risposte dello *stàrosta*, si udirono in anticamera grida e rumore di colpi. Tornato a casa a colazione, Nikolàj si avvicinò alla moglie, che era seduta col capo abbassato sul telaio, e cominciò a raccontarle, com'era sua abitudine, tutto ciò che lo aveva occupato quella mattina, e fra le altre cose le parlò anche dello *stàrosta* di Boguciàrovo. La contessa Marja, arrossendo, impallidendo e stringendo le labbra, continuò a sedere a capo chino e non rispose nulla alle parole del marito.

– Che impudente canaglia! – disse egli riscaldandosi anche al solo ricordarlo. – Mi avesse almeno detto che era ubriaco, che non aveva veduto!... Ma che hai, Marie? – domandò ad un tratto.

La contessa Marja alzò la testa, voleva dir qualche cosa, ma di nuovo abbassò in fretta il capo, con le labbra serrate.

– Che hai? Che è stato, amica mia?...

La brutta contessa Marja diventava sempre bella quando piangeva. Non piangeva mai per sofferenza fisica o per rabbia, ma sempre per tristezza o per pietà. E quando piangeva i suoi occhi luminosi acquistavano un fascino irresistibile.

Appena Nikolàj le prese la mano, ella non riuscí piú a contenersi e si mise a piangere.

– Nikolàj, ho veduto... Lui è colpevole, ma tu, perché tu...? Nicolas! – e si coprí il viso con le mani.

Nikolàj tacque, diventò di porpora e, allontanatosi da lei, cominciò a camminare in silenzio per la stanza. Capí perché ella piangeva, ma non poteva cosí subito sentirsi d'accordo con lei e credere cattiva una cosa che gli era abituale fin dall'infanzia e che gli pareva la cosa piú comune del mondo. « Sono smancerie, ubbie di donna, o ha ragione? » domandava a se stesso. Non riuscendo a rispondere a questa domanda, gettò ancora uno sguardo al viso di lei, che esprimeva amore e dolore, e improvvisamente capí che ella aveva ragione e lui già da lungo tempo era colpevole di fronte a se stesso.

– Marie, – disse sottovoce, andandole vicino, – questo non accadrà mai piú: te ne do la mia parola. Mai piú, – ripeté con voce tremante, come un bambino che chiede perdono.

Le lacrime proruppero ancora piú copiose dagli occhi della contessa. Ella prese la mano del marito e la baciò.

– Nicolas, quando hai rotto il tuo cammeo? – disse poi per cambiar discorso, guardando la mano di lui, dove era un anello che raffigurava la testa di Laocoonte.

– Stamane, è sempre lo stesso fatto. Ah! Marie, non me lo ricordare –. Di nuovo arrossí. – Ti do la mia parola d'onore che questo non accadrà piú. E che questo me lo rammenti per sempre, – disse, mostrando l'anello rotto.

Da quel momento, appena sentiva il sangue salirgli al viso e le mani stringersi a pugno durante le sue spiegazioni con gli *stà-*

rosty o con gli amministratori, Nikolàj si girava sul dito l'anello rotto e abbassava gli occhi davanti all'uomo che l'aveva fatto andare in collera. Però un paio di volte all'anno perdeva il controllo su se stesso, e allora andava dalla moglie, si confessava e di nuovo le prometteva che quella sarebbe stata l'ultima volta.

– Marie, tu certo mi disprezzi, – le diceva, – me lo merito.

– Tu vattene, vattene subito, quando non ti senti la forza di contenerti, – diceva con tristezza la contessa Marja, cercando di consolare il marito.

Nell'ambiente nobiliare della provincia Nikolàj era stimato, ma non amato. Egli non si occupava degli interessi della nobiltà. E per questo alcuni lo ritenevano superbo, altri stupido. D'estate, dalle semine primaverili fino alla raccolta, tutto il suo tempo trascorreva nelle occupazioni agricole. In autunno, con la stessa seria attività con la quale si occupava dell'azienda, si dava alla caccia, andandosene per un mese o due in giro coi suoi cacciatori. L'inverno visitava le altre proprietà o si dava alle letture. Le sue letture consistevano specialmente in opere storiche, che ogni anno ordinava per una certa somma. Si formava, come diceva, una biblioteca seria e si poneva come regola di leggere tutti i libri che comprava. Si metteva a leggere nel suo studio, con un'aria grave, e da prima lo considerava come un'obbligo, poi se n'era fatta un'occupazione abituale che gli dava una particolare specie di piacere e la coscienza di occuparsi di una cosa seria. A esclusione di qualche viaggio di affari, la maggior parte dell'inverno la passava a casa, stringendosi alla famiglia ed entrando nei piú minuti particolari dei rapporti fra la madre e i figli. Con la moglie egli aveva una intimità sempre maggiore, scoprendo ogni giorno in lei nuovi tesori spirituali.

Sonja fin dal momento del matrimonio di Nikolàj viveva in casa sua. Anche prima del suo matrimonio Nikolàj, accusando sé e lodando lei, aveva raccontato a sua moglie tutto ciò che era accaduto fra lui e Sonja. Aveva pregato la principessina Marja d'esser buona e affettuosa con sua cugina. La contessa Marja sentiva pienamente la colpa di suo marito, sentiva anche la propria davanti a Sonja; pensava che il suo patrimonio aveva influito sulla scelta di Nikolàj e non poteva rimproverare nulla a Sonja, anzi desiderava volerle bene; però non solo non l'amava, ma spesso si trovava nell'animo dei sentimenti cattivi verso di lei e non poteva vincerli.

Una volta si mise a discorrere con la sua amica Nataša di Sonja e della propria ingiustizia verso di lei.

– Sai? – disse Nataša: – ecco, tu hai letto molto il Vangelo: lí c'è un passo che parla proprio di Sonja.

– Come? – domandò sorpresa la contessa Marja.

– « A chi ha sarà dato, ma a chi non ha sarà tolto » [1]. Ti ricordi? Lei è quella che non ha. Perché? Non lo so. Forse in lei non esiste l'egoismo; non so. Ma tutto le viene tolto, e infatti tutto le è stato tolto. A volte mi fa una pena tremenda; prima desideravo molto che Nicolas la sposasse; ma era sempre come se avessi il presentimento che ciò non sarebbe accaduto. È un *fiore sterile*, sai? come ne hanno le piante di fragole. A volte mi fa pena, ma a volte penso che non deve sentirlo come lo sentiremmo noi.

E benché la contessa Marja spiegasse a Nataša che le parole del Vangelo si dovevano interpretare diversamente, tuttavia, guardando Sonja era d'accordo con la spiegazione data da Nataša. Difatti pareva che Sonja non soffrisse della sua posizione e si fosse perfettamente rassegnata al suo stato di *fiore sterile*. Pareva che non amasse tanto gl'individui quanto la famiglia presa nel suo insieme. Come un gatto, era attaccata non alle persone, ma alla casa. Assisteva la vecchia contessa, carezzava e viziava i bambini, era sempre pronta a rendere quei piccoli servizi di cui era capace; ma tutto ciò era accettato involontariamente con troppo debole gratitudine...

La casa di Lysyja Gory era stata rifabbricata, ma non era piú tenuta su quel piede su cui era al tempo del defunto principe. Le costruzioni cominciate in un momento di strettezze, erano piú che semplici. L'enorme casa, sulle vecchie fondamenta di pietra, era stata rifatta di legno e intonacata solo di dentro. Era una vasta casa, coi pavimenti di legno non dipinto, mobiliata con semplicissimi divani e poltrone senza imbottitura, con tavole e sedie fatte col legno di betulla della tenuta e dai falegnami locali. La casa era vasta, con camere per la servitú e appartamènti per i forestieri. I parenti dei Rostòv e dei Bolkonskij venivano qualche volta ospiti a Lysyja Gory a famiglie intere, condotti dai loro sedici cavalli, con diecine di servi, e vi rimanevano per mesi. Oltre a ciò, quattro volte all'anno, quando era l'onomastico o il compleanno dei padroni di casa, per un giorno o due c'erano fino a cento invitati. Il resto dell'anno, la vita aveva un ritmo regolare inviolabile, con le solite occupazioni, il tè, la colazione, il pranzo, la cena, tutto fatto con provviste di casa.

[1] Matteo, XXV, 29.

IX.

Era la vigilia del San Nicola d'inverno, il 5 dicembre 1820. Quell'anno, Nataša, coi bambini e il marito, era ospite del fratello dal principio dell'autunno. Pierre era a Pietroburgo, dove era andato per i suoi affari particolari, come diceva, per venti giorni e dove invece ormai si trovava da quasi due mesi. Lo aspettavano da un momento all'altro.

Il 5 dicembre, oltre la famiglia Bezúchov era ospite dei Rostòv anche un vecchio amico di Nikolàj, il generale a riposo Vasilij Fjòdorovič Denísov.

Nikolàj sapeva che il giorno 6, che era la festa e in cui sarebbero giunti gli invitati, avrebbe dovuto togliersi il suo camiciotto tartaro, indossare la giubba, mettersi delle scarpe strette dalle punte aguzze, e andare nella nuova chiesa fatta costruire da lui, e poi ricevere gli auguri, offrire gli antipasti, parlare delle elezioni della nobiltà e del raccolto; ma la vigilia egli si credeva ancora in diritto di passarla come al solito. Fino all'ora di pranzo, Nikolàj verificò i conti del podestà del villaggio dov'era la tenuta del nipote di sua moglie, in provincia di Rjazàn', scrisse due lettere di affari, andò sull'aia, nella stalla e nelle scuderie. Dopo aver preso delle misure contro l'ubriacatura generale che si aspettava il giorno dopo, in occasione della festa patronale, andò a pranzo e, non essendo riuscito a parlare da solo a solo con la moglie, si sedette alla lunga tavola di venti coperti, alla quale erano riuniti tutti quelli di casa. A tavola c'erano sua madre, una vecchia di nome Bjelòva che viveva con lei, sua moglie, i tre figli, la governante, il precettore, il nipote col suo precettore, Sonja, Denísov, Nataša, i suoi tre figli, la loro governante e il vecchio Michaíl Ivanyč, l'architetto del principe, che viveva giubilato a Lysyja Gory.

La contessa Marja era seduta al capo opposto della tavola. Non appena il marito si fu seduto al suo posto, dal gesto col quale egli, spiegando il tovagliolo, scostò rapidamente il bicchiere e la coppa che aveva davanti, la contessa Marja concluse che era di cattivo umore, il che gli accadeva qualche volta, specialmente prima della minestra, e quando se ne veniva direttamente a pranzo dopo essersi occupato dell'amministrazione. La contessa Marja conosceva benissimo questo umore e, quando era lei stessa ben disposta, aspettava tranquillamente che egli avesse mangiato la minestra e allora cominciava a parlargli e gli faceva confessare che era di cattivo umore senza motivo. Ma quel giorno aveva assolutamente dimenticata questa sua osservazione; le fece pena che egli fosse adirato contro di lei senza motivo e si sentí infelice. Gli domandò dove fosse andato. Egli rispose. Allora ella domandò ancora se tutto era in ordine nell'amministrazione domestica. Egli corrugò dispettosamente le sopracciglia per il tono artificioso della domanda di lei e rispose in fretta.

« Dunque non mi ero sbagliata, – pensò la contessa Marja, – ma perché è in collera con me? » Nel tono con cui egli le aveva risposto la contessa Marja sentiva animosità contro di lui e desiderio di troncare il discorso. Capiva che le sue parole erano artificiose, ma non poté trattenersi dal fare ancora qualche domanda.

Durante il pranzo la conversazione, grazie a Denísov, divenne generale e vivace, e la contessa Marja non parlò piú al marito. Quando si alzarono da tavola e andarono a ringraziare la vecchia contessa[1], la contessa Marja baciò il marito, tendendogli la mano da baciare, e gli domandò perché fosse in collera con lei.

– Hai sempre delle strane idee: non ci pensavo nemmeno a essere in collera, – disse egli.

Ma quella parola *sempre* rispondeva alla contessa: « Sí, sono in collera e non voglio dirlo ».

Nikolàj viveva in tale accordo con la moglie che anche Sonja e la vecchia contessa, le quali, per gelosia, avrebbero desiderato qualche screzio fra loro, non potevano trovare pretesto a un rimprovero; ma anche fra loro v'erano dei momenti di ostilità. A volte, specialmente dopo periodi piú felici, nasceva d'improvviso fra loro un senso di allontanamento e d'inimicizia: ciò accadeva piú specialmente durante la gravidanza della contessa Marja. Ora appunto si trovavano in uno di quei periodi.

– Be', *messieurs et mesdames*, – disse Nikolàj ad alta voce, con apparente allegria (alla contessa Marja pareva che fosse apposta per offender lei). – Io sono in piedi dalle sei. Domani bisognerà soffrire, ma oggi si può andare a riposare –. E senza dir piú nulla alla contessa Marja, se ne andò nella stanza piccola dei divani e si sdraiò su un divano.

« Ecco, è sempre cosí, – pensava la contessa Marja. – Parla con tutti meno che con me. Lo vedo, lo vedo che gli sono antipatica. Specialmente in questo stato ». E guardò il suo ventre prominente

[1] Era un antico uso russo il baciamano degli uomini alla padrona di casa o alla donna piú anziana della famiglia, in segno di ringraziamento per il pasto appena consumato.

e, nello specchio, il suo viso dimagrito, d'un pallore giallo, con gli occhi diventati piú grandi che mai.

E tutto le divenne odioso: il gridare e il ridere di Denísov, il discorrere di Nataša e specialmente le occhiate che Sonja le gettava alla sfuggita.

Sonja era sempre il primo oggetto che la contessa Marja sceglieva per la sua irritazione.

Dopo essere rimasta un po' con gli ospiti, senza capir nulla di ciò che essi dicevano, uscí e andò nella camera dei bambini.

I ragazzi sulle sedie andavano a Mosca, e la invitarono ad andar con loro. Ella sedette, giocò con loro, ma il pensiero del marito e del suo malumore senza motivo continuava a tormentarla. Si alzò e, camminando a stento in punta di piedi, andò nel salottino.

« Forse non dorme: avrò una spiegazione con lui », disse fra sé. Andrjuša, il ragazzo maggiore, imitandola, la seguí in punta di piedi. La contessa Marja non se n'era accorta.

– *Chère Marie, il dort, je crois, il est si fatigué*, – le disse nella stanza grande dei divani Sonja, che le veniva fra i piedi da per tutto (per quel che pareva alla contessa Marja). – Andrjuša potrebbe svegliarlo.

La contessa Marja si voltò, vide dietro di sé Andrjuša, sentí che Sonja aveva ragione e proprio perciò ne fu irritata e a fatica si trattenne da qualche parola dura. Non disse nulla e, per non darle retta, fece segno con la mano ad Andrjuša di non far rumore, ma di seguirla, e andò verso la porta. Sonja passò da un'altra porta. Dalla stanza dove dormiva Nikolàj si udiva il suo respiro regolare, che la moglie conosceva nelle sue minime tonalità. Udendo quel respiro, ella vedeva col pensiero quella bella fronte liscia, i baffi, tutto il viso che cosí spesso e cosí a lungo aveva guardato mentre egli dormiva, nel silenzio della notte. Nikolàj a un tratto si mosse e tossí, e nel medesimo istante Andrjuša da dietro alla porta gridò: – Papà, mammina è qui! – La contessa Marja impallidí dallo spavento e si mise a far segni al figlio di tacere. Il bambino tacque e ci fu un minuto di silenzio angoscioso per la contessa Marja. Ella sapeva come a Nikolàj rincrescesse d'essere destato. A un tratto, da dietro la porta, si udí tossire di nuovo, muovere, e la voce malcontenta di Nikolàj brontolò:

– Non mi lasciano riposare un momento. Sei tu, Marie? Perché l'hai condotto qui?

– Ero venuta soltanto per vedere... non sapevo... scusa...

Nikolàj tossí ancora e tacque. La contessa Marja si allontanò dalla porta e ricondusse il figlio nella camera dei bambini. Dopo cinque minuti la piccola Nataša, di tre anni, dagli occhi neri, la favorita del padre, avendo saputo dal fratello che papà dormiva e mammina era nella stanza dei divani, senza farsi notare dalla madre, scappò dal padre. La bimba dagli occhi neri fece stridere arditamente la porta, andò a passi energici, coi suoi piedini rientranti, verso il divano e, guardando il padre che le voltava le spalle, si alzò in punta di piedi e baciò la mano che il padre teneva sotto la testa. Nikolàj si voltò con un sorriso di tenerezza sul volto.

– Nataša! Nataša! – si udí sussurrare dalla porta la voce spaventata della contessa Marja. – Papà vuol dormire.

– No, mamma, non vuol dormire, – rispose con convinzione la piccola Nataša. – Ride.

Nikolàj buttò giú le gambe dal divano, si alzò e prese fra le braccia la figlia.

– Entra, Maša, – disse egli alla moglie.

La contessa Marja entrò nella stanza e si mise a sedere accanto al marito.

– Non avevo visto che lui mi correva dietro, – ella disse timidamente.

Nikolàj, tenendo con un braccio la figlia, guardò la moglie e, notando l'espressione contrita del suo viso, l'avvinse con l'altro braccio e la baciò sui capelli.

– Si può baciare la mamma? – domandò a Nataša.

Nataša sorrise confusa.

– Ancora! – disse, e con un gesto di comando indicava il punto dove Nikolàj aveva baciato la moglie.

– Non so perché tu pensi che io sia di cattivo umore, – disse Nikolàj rispondendo alla domanda che egli sapeva esser nell'animo della moglie.

– Non puoi figurarti come mi sento infelice, sola, quando tu sei cosí. Mi pare sempre...

– Marie, basta. Sciocchezze! Non ti vergogni? – disse egli allegramente.

– Mi pare che tu non possa amarmi, che sono cosí brutta... sempre... ma ora poi... in questo sta...

– Ah! come sei buffa! Non piace quel che è bello, ma è bello quel che piace. Soltanto Malvina e le sue simili sono amate perché son belle; ma io amo forse mia moglie? No, non la amo, ma non so come dirti. Quando tu non ci sei e se c'è uno screzio fra noi, io mi sento perduto, non son piú buono a nulla. Amo forse il mio dito? Non lo amo, ma provati un po' a tagliarmelo...

– No, io non sono cosí, ma capisco. Dunque non sei in collera con me?

– Terribilmente in collera, – disse egli, sorridendo, e, alzatosi, si lisciò i capelli e cominciò a camminare per la stanza.

– Sai, Marie, a che cosa pensavo? – cominciò egli, ora che la pace era fatta, mettendosi subito a pensare ad alta voce davanti alla moglie. Non le chiedeva se fosse disposta ad ascoltarlo: per lui era tutt'uno. Gli era venuta un'idea, doveva quindi venire anche a lei. E le parlò della sua intenzione d'invitare Pierre a restar con loro fino alla primavera.

La contessa Marja lo ascoltò, fece le sue osservazioni e cominciò a sua volta a pensare ad alta voce i suoi pensieri. I suoi pensieri si riferivano ai bambini.

– Come si vede già la donna, – disse in francese, mostrando la piccola Nataša. – Voi rimproverate a noialtre donne la mancanza di logica. Eccola, la nostra logica. Io dico: Papà vuol dormire, e lei dice: No, ride. E ha ragione lei, – disse la contessa Marja sorridendo, tutta felice.

– Sí, sí, – E Nikolàj, prendendo nelle sue forti braccia la figlia, la sollevò in alto, se la mise sulla spalla, tenendola per le gambine e cominciò a passeggiare con lei per la stanza. Padre e figlia avevano lo stesso viso spensieratamente felice.

– Ma sai, tu sei ingiusto. Le vuoi troppo bene, – mormorò in francese la contessa Marja.

– Già, ma che ci posso fare?... Mi sforzo di non mostrarlo...

In quel momento si udirono nel vestibolo e nell'anticamera rumori di cardini e di passi che denotavano un arrivo.

– È arrivato qualcuno.

– Son sicura che è Pierre. Vado a vedere, – disse la contessa Marja, ed uscí dalla stanza.

Nella sua assenza, Nikolàj si permise di far fare a sua figlia un giro di galoppo intorno alla stanza. Tutto affannato, fece scivolare giú dalla sua spalla la bambina che rideva e se la strinse al petto. Quei salti gli ricordarono il ballo e, guardando il visino infantile, rotondo e felice, immaginò come sarebbe stata, quando lui, diventato vecchio, avrebbe cominciato a condurla nel mondo e, allo stesso modo che suo padre buon'anima ballava con la figlia *Danilo il bottaio*, avrebbe fatto una mazurca con lei.

– È lui, è lui, Nikolàj, – disse dopo qualche minuto la contessa Marja che tornava nella stanza. – Ora la nostra Nataša rivive. Bisogna vedere il suo entusiasmo e come gli è toccato il fatto suo per esser rimasto via troppo a lungo. Su andiamo, presto, andiamo! Separatevi, finalmente, – disse, mentre guardava sorridendo la bambina che si attaccava al padre.

Nikolàj uscí tenendo la bambina per mano. La contessa Marja rimase nel salottino.

« Mai, mai avrei creduto, – mormorò fra sé, – che si potesse essere tanto felice ». Il suo viso si illuminò d'un sorriso; ma nello stesso tempo ella sospirò e una sottile malinconia apparve nel suo sguardo profondo. Come se, oltre quella felicità che provava, ci fosse un'altra felicità, irraggiungibile in questa vita, alla quale involontariamente ella pensava in quel momento.

X.

Nataša si era sposata al principio della primavera del 1813, e nel 1820 aveva già tre figlie e un figlio, che aveva molto desiderato e che ora allattava lei stessa. Si era fatta piú grassa e piú lunga, sicché sarebbe stato difficile riconoscere in quella robusta mamma la sottile, irrequieta Nataša di una volta. I tratti del suo volto s'erano definiti e avevano una espressione di tranquilla dolcezza e limpidità. Nel suo volto non c'era, come prima, quell'incessante vivo fuoco di animazione che costituiva il suo incanto. Ora spesso si vedeva solo il suo volto e il suo corpo, ma l'anima non si vedeva. Si vedeva solo una forte, bella, feconda femmina. Assai raramente ora si accendeva in lei il fuoco d'un tempo. Ciò accadeva soltanto quando, come adesso, tornava suo marito o un bimbo era guarito, o quando, con la contessa Marja, ella rammentava il principe Andréj (col marito non ne parlava mai, supponendo che fosse geloso della memoria del principe Andréj), e, molto di rado, quando qualcuno per caso la spingeva a cantare, giacché dal suo matrimonio in poi aveva totalmente abbandonato il canto. E in quei momenti nei quali l'antico fuoco si riaccendeva dentro al suo bel corpo pienamente sviluppato ella diventava anche piú seducente di prima.

Da che era sposata, Nataša viveva col marito a Mosca, a Pietroburgo, nella loro tenuta presso Mosca, o da sua madre, cioè da Nikolàj. In società la giovane contessa Bezúchova si vedeva poco, e coloro che la vedevano ne erano poco contenti. Non era né graziosa né amabile. Non che Nataša amasse la solitudine (non sapeva se l'amasse o no, le pareva anzi di non amarla), ma poiché era sempre incinta o partoriva o allattava i bambini e partecipava a ogni momento della vita di suo marito, non poteva soddisfare a queste esigenze se non col rinunziare al mondo. Tutti coloro che avevano conosciuto Nataša prima del suo matrimonio si meravigliavano del cambiamento avvenuto in lei come di una cosa straordinaria. Solo la vecchia contessa, col suo istinto materno, aveva capito che tutti gli slanci di Nataša derivavano unicamente dal suo bisogno di avere una famiglia, un marito, come ella, piú sul serio che per ischerzo, proclamava ad alta voce ad Otràdnoje; la madre si meravigliava della meraviglia della gente che non capiva Nataša, e ripeteva di aver sempre saputo che Nataša sarebbe stata una moglie e una madre esemplare.

– Solo che spinge all'estremo limite il suo amore per il marito e per i figli, – diceva la contessa, – sicché diventa perfino una stupidaggine.

Nataša non seguiva quell'aurea regola che è predicata dalle persone intelligenti, specialmente dai francesi, e secondo cui una fanciulla, quando si marita, non deve lasciarsi andare, non deve abbandonare i suoi talenti, ma deve, piú ancora di quando era fanciulla, occuparsi della sua apparenza, deve sedurre suo marito come lo seduceva quando non era suo marito. Nataša, al contrario, aveva abbandonato di colpo tutte le sue attrattive, una delle quali aveva una straordinaria potenza, il canto. L'aveva abbandonato proprio perché era una forte attrattiva. Nataša non si preoccupava né dei suoi modi, né della ricercatezza dei discorsi, né di mostrarsi a suo marito negli atteggiamenti piú favorevoli, né del suo vestire, né di non annoiare il marito con la sua esigenza. Agiva proprio al contrario di queste regole. Sentiva che quelle attrattive che il suo istinto le suggeriva di usare prima, ora sarebbero state solo ridicole agli occhi di suo marito, al quale ella dal primo momento si era data tutta, cioè con tutta l'anima, non lasciandone neppure un cantuccio nascosto per lui. Sentiva che il suo legame col marito non era mantenuto da quei sentimenti poetici che l'avevano attirato verso di lei, ma da qualcosa d'altro, indefinibile, ma saldo, come il legame che univa la sua anima al corpo.

Farsi i ricci, vestirsi e cantare delle romanze per cattivare suo marito le sarebbe sembrato altrettanto strano come adornarsi per piacere a se stessa. Adornarsi per piacere agli altri forse lo avrebbe anche fatto volentieri, non lo sapeva, ma non ne aveva assolutamente il tempo. Il motivo principale per cui non si occupava né del canto o del vestire, né rifletteva sulla scelta delle parole, era che le mancava assolutamente il tempo per occuparsi di queste cose.

È noto che l'uomo ha la capacità di assorbirsi tutto in un solo oggetto per quanto minimo esso sia. Ed è pure noto che non c'è un oggetto per minimo che sia che, concentrandovi sopra l'attenzione, non cresca all'infinito.

L'oggetto in cui Nataša si assorbiva tutta era la famiglia, cioè il marito che si doveva tenere in modo che appartenesse tutto a lei, la casa e i figli che bisognava portare in seno, partorire, allattare e allevare.

E quanto piú ella penetrava, non con l'intelletto, ma con tutta l'anima, con tutto l'essere suo in quest'oggetto che la occupava, tanto piú quest'oggetto cresceva sotto il suo sguardo attento, e tanto piú deboli e insignificanti le apparivano le sue forze, sicché essa le concentrava tutte in una cosa sola e tuttavia non giungeva a far tutto ciò che le sembrava necessario.

Le discussioni e i ragionamenti intorno ai diritti delle donne, alle relazioni fra coniugi, alla libertà e ai diritti loro, benché non si chiamassero ancora come adesso *quistioni*, erano allora tali e quali come adesso; ma queste quistioni non solo non interessavano Nataša, ma ella non le capiva assolutamente.

Queste quistioni, allora come adesso, esistevano soltanto per quelle persone che nel matrimonio vedevano unicamente il piacere che i coniugi ricevono l'uno dall'altro, cioè unicamente l'inizio del matrimonio e non tutto il suo significato, che consiste nella famiglia.

Questi ragionamenti e le quistioni di oggi che somigliano alle quistioni che si riferiscono al modo di avere quanto maggior piacere si può dal pranzo, allora, come adesso, non esistono per coloro pei quali lo scopo del pranzo è il nutrimento e lo scopo del matrimonio la famiglia.

Se lo scopo del pranzo è il nutrimento del corpo, chi mangiasse d'un colpo due pranzi avrebbe forse maggior piacere, ma non raggiungerebbe lo scopo, perché lo stomaco non può digerire due pranzi.

Se lo scopo del matrimonio è la famiglia, chi volesse avere molte mogli o molti mariti, potrebbe aver molto piacere, ma in nessun caso avrebbe la famiglia.

Tutta la quistione – se lo scopo del pranzo è il nutrimento, e lo scopo del matrimonio la famiglia – si risolve soltanto col non mangiare piú di quanto lo stomaco possa digerire e col non avere piú donne o uomini di quanto sia necessario per la famiglia, cioè uno o una. Per Nataša ci voleva un marito. Lo aveva avuto. E il marito le aveva dato la famiglia. E non soltanto non vedeva la necessità di un altro marito migliore, ma, essendo tutte le sue forze spirituali rivolte al servizio di suo marito e della famiglia, non poteva neppure immaginare, né vedeva nessun interesse ad immaginarlo, che cosa sarebbe stato se le cose fossero andate altrimenti.

Nataša non amava la compagnia in generale, ma tanto piú amava la compagnia dei suoi: della contessa Marja, del fratello, della madre e di Sonja. Amava la compagnia delle persone dalle quali poteva andare a gran passi spettinata, in vestaglia, venendo dalla stanza dei bambini, a mostrare, tutta felice in viso, una fascia con delle macchie gialle invece che verdi e ascoltare parole di consolazione perché il bambino ora stava molto meglio.

Nataša s'era lasciata andare a tal punto che i suoi vestiti, le sue pettinature, le parole a casaccio che diceva, la sua gelosia – era gelosa di Sonja, della governante, di ogni donna bella o brutta – erano l'oggetto abituale degli scherzi di tutti i suoi. L'opinione comune era che Pierre fosse sotto la pantofola di sua moglie, e difatti era cosí. Dai primi giorni del loro matrimonio Nataša aveva manifestato le sue esigenze. Pierre s'era meravigliato molto di questo modo di vedere della moglie, assolutamente nuovo per lui, e che consisteva nel pretendere che ogni istante della sua vita appartenesse a lei e alla famiglia: Pierre s'era meravigliato di queste esigenze della moglie, ma ne era stato lusingato e vi si era sottomesso.

La sottomissione di Pierre consisteva in questo: che egli non soltanto non osava far la corte, ma neppure parlare con un sorriso a un'altra donna, non osava andare a pranzo al circolo, cosí, per passare il tempo, non osava spender denari per suo divertimento, non osava andarsene per un tempo un po' lungo, salvo che per affari, nel numero dei quali sua moglie includeva anche le sue occupazioni scientifiche di cui non capiva nulla, ma a cui attribuiva molta importanza. In compenso, Pierre aveva pieno diritto in casa di disporre come voleva non soltanto di sé, ma di tutta la famiglia. Nataša in casa si considerava una schiava del marito; e tutta la gente di casa camminava in punta di piedi quando Pierre era occupato, cioè quando stava nel suo studio a leggere o a scrivere. Bastava che Pierre mostrasse una preferenza qualunque perché subito si facesse quel che a lui piaceva. Bastava che esprimesse un desiderio perché Nataša si precipitasse a soddisfarlo.

Tutta la casa era diretta dai pretesi ordini del marito, cioè dai desideri di Pierre che Nataša si sforzava d'indovinare. Il modo di vivere, il luogo dove stare, le conoscenze, le relazioni, le occupazioni di Nataša, l'educazione dei bambini, non soltanto tutto ciò si faceva secondo la volontà espressa di Pierre, ma Nataša tentava d'indovinare ciò che poteva derivare dalle idee espresse da Pierre nei suoi discorsi. E indovinava esattamente l'essenza dei desideri di Pierre, e, una volta indovinatala, si atteneva strettamente a quanto era stato scelto una volta per tutte. Quando Pierre voleva poi abbandonare in qualche modo un suo desiderio, essa lottava contro di lui con le sue stesse armi.

Cosí in quel penoso periodo, che Pierre aveva sempre presente alla memoria, dopo la nascita del primo gracile bambino, quando s'erano dovute cambiare tre balie e Nataša s'era ammalata per la disperazione, Pierre una volta le spiegò le idee di Rousseau, con le quali egli concordava interamente, sull'anormalità e il pericolo dell'allattamento mercenario. Alla nascita del secondo bambino, malgrado l'opposizione della madre, dei medici e del marito stesso, che erano insorti contro la sua volontà di allattare, che allora pareva una cosa inaudita e dannosa, ella s'era ostinata nella sua idea e in seguito allattò da sé tutti i suoi figli.

Assai spesso, nei momenti d'irritazione, accadeva che marito e moglie si mettessero a discutere, ma molto tempo dopo la discussione Pierre, con suo piacere e meraviglia, ritrovava non solo nelle parole, ma nelle azioni della moglie proprio quel suo stesso pensiero contro il quale ella aveva combattuto. E non solo ritrovava quello stesso pensiero, ma lo trovava depurato da tutto ciò che di soverchio l'eccitazione e la discussione avevano portato nell'espressione del pensiero di Pierre.

Dopo sette anni di matrimonio, Pierre aveva una lieta e ferma coscienza di non essere un uomo cattivo, e sentiva ciò perché si vedeva riflesso in sua moglie. In sé sentiva tutto il bene e tutto il male confuso e offuscato l'uno dall'altro. Ma nella moglie vedeva riflesso soltanto il bene vero: ciò che non era del tutto un bene era eliminato. E questo riflesso s'era creato non per la via di pensiero logico, ma in un altro modo misterioso e immediato.

XI.

Due mesi prima, mentre era già ospite dei Rostòv, Pierre aveva ricevuto una lettera del principe Fjodor che lo invitava a Pietroburgo per la discussione di quistioni importanti che occupavano a Pietroburgo i membri di una società della quale Pierre era uno dei principali fondatori.

Letta questa lettera, Nataša, che leggeva tutte le lettere del marito, malgrado tutto il dispiacere che le dava l'assenza del marito, lo aveva spinto lei stessa ad andare a Pietroburgo. A tutto ciò che era l'attività intellettuale, astratta del marito ella attribuiva, pur senza capirlo, una somma importanza e aveva sempre paura di essere un ostacolo a questa attività di suo marito. Al timido sguardo interrogativo di Pierre, dopo la lettura della lettera, ella aveva risposto pregandolo di andare, ma di fissarle in modo preciso il tempo del ritorno. E il permesso gli era stato dato per un mese.

Dal momento che era scaduto il termine del permesso di Pierre, quindici giorni prima, Nataša si trovava in uno stato continuo di paura, di tristezza e d'irritazione.

Denísov, generale a riposo scontento della sua attuale posizione, venuto negli ultimi quindici giorni, guardava Nataša con meraviglia e tristezza, come si guarda un ritratto che non sia somigliante di una persona un tempo amata. Lo sguardo abbattuto e annoiato, l'incoerenza delle risposte e i discorsi intorno ai bambini era tutto ciò che gli faceva vedere e sentire quell'antica maga.

Nataša in tutto quel tempo era triste e irritata, specialmente quando, per consolarla, la madre, il fratello, Sonja e la contessa Marja cercavano di scusare Pierre e d'immaginare motivi pel suo ritardo.

– Son tutte sciocchezze, tutte futilità, – diceva Nataša, – tutte quelle sue elucubrazioni che non conducono a nulla e tutte quelle stupide società, – e parlava cosí di quelle stesse cose nella somma importanza delle quali credeva fermamente.

E se ne andava nella stanza dei bambini a dare il latte al suo unico maschietto Petja. Nessuno avrebbe potuto dirle cose ragionevoli e capaci di calmarla come quel piccolo essere di tre mesi, quando se ne stava sul suo seno ed ella sentiva il movimento della piccola bocca e il tirar su del nasino. Questo essere diceva: « Tu sei in collera, sei gelosa, ti vorresti vendicare, hai paura, ma io sono lui. Ma io sono lui... » Non c'era nulla da rispondere. Era piú che vero.

Nataša in quei quindici giorni d'inquietudine era andata cosí spesso dal bambino per calmarsi, si era occupata tanto di lui, che l'aveva nutrito piú del necessario, ed egli s'era ammalato. Si spaventava del suo male, ma intanto era quel che ci voleva per lei. Occupata a curarlo, sopportava piú facilmente l'inquietudine per il marito.

Stava allattando quando si sentí davanti alla porta il rumore della carrozza di Pierre, e la bambinaia, che sapeva come rallegrare la padrona, entrò senza farsi udire, ma frettolosa e con un viso raggiante.

– È arrivato? – domandò rapidamente sottovoce Nataša, temendo di muoversi per non svegliare il bambino che s'era addormentato.

– È arrivato, madre mia, – sussurrò la vecchia.

Il sangue affluí al viso di Nataša, e le gambe involontariamente si mossero; ma era impossibile balzar su e scappare. Il bambino di nuovo aprí gli occhietti e la guardò. « Resta qui », pareva che dicesse, e mosse di nuovo indolentemente le labbra.

Togliendogli pian piano il seno, Nataša lo cullò fra le braccia, lo diede alla bambinaia, poi corse a rapidi passi verso la porta. Ma sulla porta si fermò come se avesse sentito un rimprovero della coscienza per avere, nella sua gioia, abbandonato troppo presto il bambino, e si voltò a guardarlo. La bambinaia, sollevando i gomiti, portava il bimbo sulla sponda del suo lettino.

– Ma voi andate, andate, madre mia, state tranquilla, andate, – bisbigliò la bambinaia, sorridendo, con quella familiarità che si stabilisce fra bambinaia e padrona.

E Nataša, a passi leggeri, corse nell'anticamera.

Denísov, uscito dallo studio in sala con la pipa in bocca, allora per la prima volta riconobbe Nataša. Una chiara, sfavillante luce di gioia sgorgava a fiumi dal suo viso trasformato.

– È arrivato! – disse correndo, e Denísov sentí che era entusiasmato anche lui dall'arrivo di Pierre, che pure amava assai poco.

Giungendo di corsa nell'anticamera, Nataša vide un'alta figura impellicciata che si toglieva dal collo la sciarpa. « È lui! È lui! È vero! Eccolo! » disse dentro di sé e, volandogli addosso, lo abbracciò, lo strinse a sé, con la testa sul suo petto, e poi, allontanandosi, guardò il viso coperto di nevischio, rosso e felice di Pierre. « Sí, è lui: felice e contento... »

E a un tratto ella si ricordò tutti i tormenti dell'attesa da lei provati negli ultimi quindici giorni: la gioia che le brillava in viso sparí; ella aggrottò le sopracciglia e un fiume di rimproveri e di parole cattive si riversò su Pierre.

– Sí, tu stai bene, sei molto contento, ti sei divertito... Ma io! Almeno ti fosse rincresciuto per i tuoi figli! Io do il latte, e il latte mi si è guastato... Petja è stato per morire. E tu te la passi molto allegramente. Sí, allegramente...

Pierre sapeva di non essere colpevole perché gli era stato impossibile venir prima; sapeva che da parte di lei questa furia era inopportuna e sapeva che fra due minuti sarebbe passata; sapeva, soprattutto, d'essere allegro e soddisfatto. Avrebbe voluto sorridere, ma non osò neppure pensarci. Fece un viso afflitto, spaventato e chinò il capo.

– Non ho potuto, com'è vero Dio. Ma che ha Petja?

– Ora nulla. Andiamo. Come non te ne vergogni? Se tu potessi vedere come vivo senza di te, come mi tormento...

– Ma stai bene?

– Andiamo, andiamo, – disse lei, senza lasciargli la mano. Ed andarono nelle loro camere.

Quando Nikolàj e la moglie vennero a cercar Pierre, egli era nella camera dei bambini e teneva sulla palma enorme della sua mano destra il figlio lattante che si era svegliato, e lo dondolava. Sul suo viso largo, con la sdentata bocca spalancata, c'era un sorriso allegro. La burrasca già da un pezzo s'era dileguata e un sole chiaro e lieto splendeva sul viso di Nataša, che guardava teneramente il marito e il figlio.

– E hai parlato di tutto col principe Fjodor? – domandò Nataša.

– Sí, perfettamente.

– Vedi, la tiene ritta, – (Nataša intendeva dire la testa). – Ma come mi ha spaventata!... E la principessina l'hai veduta? È vero che è innamorata di quel...?

– Sí, figurati...

In quel momento entrò Nikolàj con la contessa Marja. Pierre, senza lasciare il bambino, si chinò a baciarli e rispose alle loro domande. Ma si vedeva che, malgrado le molte cose interessanti che aveva da dire, il bimbo in cuffietta, con la sua testina dondolante, attirava tutta l'attenzione di Pierre.

– Com'è carino! – disse la contessa Marja, guardando il bambino e giocando con lui. – Ecco, non capisco, Nicolas, – aggiunse, rivolgendosi al marito, – come tu non comprenda la bellezza di queste meraviglie.

– Non le comprendo, non posso, – disse Nikolàj, guardando freddamente il bambino. – Son pezzetti di carne. Andiamo, Pierre.

– Eppure è un padre cosí tenero! – disse la contessa Marja, per scusare suo marito; – ma soltanto quando hanno già un anno o giú di lí...

– Pierre invece li sa tenere benissimo, – disse Nataša. – Dice che la sua mano è fatta sulla misura del sedere del bimbo. Guardate.

– Via, non è fatta proprio per questo, – disse a un tratto Pierre, ridendo e, afferrato il bambino, lo consegnò alla bambinaia.

XII.

Come in ogni vera famiglia, nella casa di Lysyja Gory vivevano insieme parecchi mondi assolutamente diversi che, conservando ciascuno la propria fisonomia e facendo qualche concessione agli altri, si fondevano in un tutto armonico. Ogni fatto che accadeva in casa era egualmente lieto, triste, importante per tutti quei mondi; ma ogni mondo aveva, indipendentemente dagli altri, i suoi motivi di rallegrarsi o di rattristarsi per qualche fatto.

Cosí l'arrivo di Pierre era un fatto lieto e importante e come tale si rifletté su tutti.

I domestici, i piú sicuri giudici dei padroni, perché non giudicano dai discorsi né dall'espressione dei sentimenti, ma dalle azioni e dal modo di vivere, erano contenti dell'arrivo di Pierre perché sapevano che, arrivando lui, il conte avrebbe smesso di occuparsi ogni giorno del maneggio dell'azienda e sarebbe stato piú allegro e piú buono, e anche perché tutti avrebbero ricevuto ricchi regali per la festa.

I bambini e le governanti erano contenti dell'arrivo di Bezúchov perché nessuno come Pierre sapeva farli partecipare alla vita comune. Egli solo sapeva suonare sul clavicembalo quella scozzese (il suo unico pezzo) con la quale si potevano ballare, come diceva lui, tutti i balli possibili, e di sicuro aveva portato regali a tutti.

Nikolen'ka, che ora era un ragazzo di quindici anni, magro, coi capelli biondi e ricciuti e con dei magnifici occhi, malaticcio, intelligente, era contento perché lo zio Pierre, come lo chiamava, era l'oggetto della sua ammirazione e del suo affetto appassionato. Nessuno aveva ispirato a Nikòlen'ka un particolare affetto per Pierre che egli vedeva soltanto di rado. La sua educatrice, la contessa Marja, adoprava tutte le sue forze per far sí che Nikòlen'ka amasse suo marito come lo amava lei, e Nikòlen'ka amava lo zio, ma lo amava con un'impercettibile tinta di disprezzo. Pierre invece lo adorava. Non voleva essere né ussero, né cavaliere di San Giorgio, come lo zio Nikolàj; voleva essere istruito, intelligente e buono come Pierre. In presenza di Pierre aveva sempre sul viso uno sfavillare di gioia, e arrossiva e gli veniva meno il respiro quando Pierre si rivolgeva a lui. Non perdeva una sola parola di ciò che diceva Pierre, e poi con Dessalles o da sé solo rammentava e meditava il significato di ogni parola di Pierre. La vita passata di Pierre, le sue sventure precedenti al 1812 (delle quali, da qualche parola udita, s'era fatta un'idea confusa e poetica), le sue avventure a Mosca, la prigionia, Platòn Karatàjev (del quale aveva sentito parlare da Pierre), il suo amore per Nataša (che pure il ragazzo amava di un affetto speciale) e soprattutto la sua amicizia per suo padre, che Nikòlen'ka non ricordava, tutto ciò faceva di Pierre ai suoi occhi un eroe e un essere sacro.

Dalle parole interrotte su suo padre e Nataša, dall'emozione con la quale Pierre parlava dell'istinto, dalla tenerezza e riguardosa venerazione con la quale Nataša parlava di lui, il ragazzo, che allora cominciava appena a capir qualcosa dell'amore, s'era fatto il convincimento che suo padre aveva amato Nataša e, morendo, l'aveva affidata al suo amico. Questo padre, che il ragazzo non ricordava, gli appariva come una divinità che era impossibile immaginare e a cui non poteva pensare che col cuore trepidante e con lacrime di tristezza e di entusiasmo. E il ragazzo era felice per l'arrivo di Pierre.

Gli ospiti erano contenti dell'arrivo di Pierre perché era un uomo che sempre animava e teneva affiatata qualunque compagnia.

Gli adulti di casa, senza parlare di sua moglie, erano contenti di rivedere un amico la cui presenza dava allegria e tranquillità.

Le vecchie donne erano contente per i regali che egli portava e principalmente perché Nataša tornava ad animarsi.

Pierre intuiva questi diversi punti di vista dei diversi mondi di fronte a lui e si affrettava a dare a ciascuno quel che attendeva.

Pierre, che era l'uomo piú distratto e piú smemorato, ora, con l'aiuto di una nota fatta dalla moglie, aveva comprato tutto, senza dimenticare né una commissione della madre o del fratello, né il regalo di un vestito per la Bjelòva, né i giocattoli per i nipoti. Nei primi tempi del suo matrimonio, questa esigenza della moglie gli era parsa strana – che egli cioè dovesse eseguire tutte le commissioni e non dimenticar nulla di ciò che aveva promesso di comprare – e lo aveva sbigottito la profonda afflizione di lei quando, al suo primo viaggio, aveva dimenticato tutto. Ma in seguito ci si era abituato. Sapendo che Nataša non dava nessuna commissione per sé e non ne dava per gli altri se non quando egli stesso proponeva i suoi servigi, ora trovava un piacere inatteso per lui stesso e fanciullesco in queste compere di regali per tutta la casa, e non dimenticava mai nessuno. Se meritava i rimproveri di Nataša, era solamente perché comprava troppe cose e a troppo caro prezzo. A tutti i suoi difetti, quelli che, secondo l'opinione dei piú, erano i suoi, ma buone qualità secondo l'opinione di Pierre – negligenza nel vestire, trascuranza di sé – Nataša univa ora anche l'avarizia.

Fin da quando Pierre aveva cominciato a vivere in grande, con una famiglia che richiedeva molte spese, s'era accorto con meraviglia che spendeva la metà di prima e che i suoi affari che negli ultimi tempi s'erano dissestati, specialmente dall'aver pagato i debiti della moglie, si andavano accomodando.

Vivere costava meno perché la vita era regolare: Pierre non aveva piú, né desiderava avere, quel lusso costoso che consiste in un genere di vita che si può cambiare ogni momento. Sentiva che il suo tenor di vita adesso era definito una volta per sempre, fino alla morte, che non era in suo potere mutarlo, e perciò questo tenor di vita era poco costoso.

Pierre, con un viso allegro e sorridente, metteva fuori le sue compere.

– Che ve ne pare? – diceva, spiegando, come un venditore, un taglio di stoffa.

Nataša, che teneva sulle ginocchia la figlia maggiore e rapidamente portava i suoi occhi sfavillanti dal marito a ciò che egli mostrava, era seduta di faccia a lui.

– Questo per la Bjelòva? Magnifico! – (E palpava la solidità della stoffa). – Un rublo al braccio, vero?

Pierre disse il prezzo.

– Caro! – disse Nataša. – Ma come saranno contenti i bambini e *maman*! Soltanto era inutile che tu comprassi questo per me, – aggiunse, non potendo trattenere un sorriso, nell'ammirare un pettine d'oro con delle perle, di quelli che appena allora cominciavano a venir di moda.

– Mi ha fatto perdere la bussola Adèle, ripetendo: compratelo, compràtelo! – disse Pierre.

– E quando me lo metterò? – e Nataša se lo piantò nella treccia. – Quando porteremo Màscen'ka in società: forse allora si porterà di nuovo. Su, andiamo.

E, prendendo i regali, andarono prima nella stanza dei bambini, poi dalla contessa.

La contessa, come al solito, stava facendo il gran solitario con la Bjelòva, quando Pierre e Nataša entrarono nel salotto con gli involti sotto il braccio.

La contessa aveva già piú di sessant'anni. Era tutta canuta e portava una cuffia che le circondava il viso con un merletto. Aveva il viso grinzoso, il labbro di sopra era rientrato e gli occhi erano appannati.

Dopo la morte del figlio e del marito, che s'erano seguite cosí rapidamente l'una all'altra, ella si sentiva un essere dimenticato per caso in questo mondo, senza piú senso né scopo. Mangiava, beveva, dormiva, vegliava, ma non viveva. La vita non le dava nessuna impressione. Non chiedeva nulla alla vita se non la quiete, e questa quiete poteva trovarla solo nella morte. Ma finché non veniva la morte, le toccava vivere, cioè adoprare le sue forze vitali. In lei si osservava in sommo grado ciò che si osserva nei bambini molto piccoli e nelle persone molto vecchie. Nella sua vita non si vedeva nessuno scopo esteriore, ma era evidente soltanto il bisogno di esercitare le sue differenti inclinazioni e capacità. Doveva mangiare, dormire, pensare, piangere, parlare, lavorare, irritarsi, ecc., soltanto perché aveva uno stomaco, un cervello, dei muscoli, dei nervi, un fegato. Tutto ciò ella lo faceva senza esservi provocata da nulla di esteriore, non come le persone che sono nella piena forza della vita, quando lo scopo al quale tendono fa sí che non si veda l'altro scopo a cui sono indirizzate le loro forze. Parlava soltanto perché aveva il bisogno fisico di esercitare i polmoni e la lingua. Piangeva come piangono i bambini, perché aveva bisogno di soffiarsi il naso, e cosí via. Ciò che per le persone nella piena forza della vita si presenta come scopo, per lei era evidentemente un pretesto.

Cosí la mattina, specialmente se il giorno innanzi aveva mangiato qualcosa di grasso, sentiva il bisogno d'irritarsi, e allora prendeva il pretesto piú prossimo: la sordità della Bjelòva.

Dall'altra estremità della stanza si metteva a dir qualcosa sottovoce.

– Oggi mi pare che faccia piú caldo, mia cara, – le diceva a voce bassa. E quando la Bjelòva rispondeva: – Ma sí, sono venuti, – lei, tutt'arrabbiata, brontolava: – Dio mio, com'è sorda e stupida!

Un altro pretesto era il tabacco da fiuto che ora le pareva troppo asciutto, ora umido, ora mal trinciato. Dopo questi eccitamenti, la bile le si spandeva in viso e le sue cameriere sapevano, da certi segni infallibili, quando la Bjelòva sarebbe stata di nuovo sorda e il tabacco sarebbe diventato umido, e giallo il viso di lei. Allo stesso modo come aveva bisogno di smuovere la bile, a volte aveva bisogno di smuovere le facoltà che le erano rimaste, cioè di pensare, e per questo il pretesto era il solitario. Quando aveva bisogno di piangere, il pretesto era il defunto conte. Quando aveva bisogno di agitarsi, il pretesto era Nikolàj e la sua salute. Quando aveva bisogno di punzecchiare qualcuno, il pretesto era la contessa Marja. Quando aveva bisogno di esercitare l'organo della voce – ciò che accadeva per lo piú verso le sette, dopo il riposo della digestione trascorso in una camera buia – il pretesto era di raccontare sempre le medesime storie, e sempre ai medesimi ascoltatori.

Questo stato della vecchia era capito da tutti i familiari, benché nessuno mai ne parlasse, e tutti facevano ogni sforzo possibile per soddisfare quei suoi desideri. Soltanto in qualche sguardo o in qualche triste mezzo sorriso che si scambiavano Nikolàj, Pierre, Nataša e la contessa Marja era espressa questa generale comprensione del suo stato.

Ma questi sguardi esprimevano anche un'altra cosa: dicevano che ella aveva già fatta la sua parte nella vita, che non era tutta in ciò che ora si vedeva di lei, che tutti sarebbero diventati come lei, e che era una gioia obbedirle, sacrificarsi un poco a quell'essere una volta cosí amato, una volta pieno di vita come loro, e ora cosí misero. *Memento mori* dicevano quegli sguardi.

Soltanto le persone assolutamente cattive e sciocche e i bambini piccoli, fra tutta la gente di casa, non capivano queste cose e la evitavano.

XIII.

Quando Pierre e la moglie entrarono nel salotto, la contessa si trovava nel solito caso di doversi occupare del lavoro mentale costituito dal gran solitario, e quindi, sebbene per abitudine dicesse le parole che diceva sempre al ritorno di Pierre o del figlio: – Era tempo, era tempo, mio caro. Ti aspettavamo da un pezzo. Su, sia lodato Iddio! – e mentre le consegnavano i regali dicesse le altre parole consuete: – Non è il regalo ma il pensiero che vale, amico mio. Grazie che pensi a fare regali a me, povera vecchia... – tuttavia si vedeva che il sopraggiungere di Pierre le era di fastidio in quel momento perché la distoglieva dal gran solitario, che non aveva ancora terminato di disporre sulla tavola. Finí il solitario e allora soltanto si mise ad esaminare i regali. I regali consistevano in un astuccio per le carte di bellissimo lavoro, in una tazza di Sèvres color turchino vivo, col coperchio e con delle pastorelle dipinte, e in una tabacchiera d'oro col ritratto del conte che Pierre aveva fatto eseguire da un miniaturista di Pietroburgo. (La contessa lo desiderava da un pezzo). In quel momento ella non aveva voglia di piangere e perciò guardò il ritratto con indifferenza e s'interessò di piú dell'astuccio. – Ti ringrazio, amico mio, mi hai dato una consolazione, – disse, come diceva sempre. – Ma il meglio è che hai portato te stesso. Se no era uno scandalo: almeno sgrida un po' tua moglie. Che diamine! È come pazza senza di te. Non vede nulla, non rammenta nulla, – continuava a dire, con parole consuete. – Guarda, Anna Timoféjevna, – aggiunse, – che bel-l'astuccio mi ha portato mio figlio.

La Bjelòva lodava i regali e andò in visibilio per la stoffa.

Sebbene Pierre, Nataša, Nikolàj, la contessa Marja e Denísov avessero bisogno di dirsi molte cose che non si potevano dire in presenza della contessa, non perché le si nascondesse qualcosa, ma perché ella era ormai cosí lontana da tanti argomenti che, se si cominciava a discorrere davanti a lei, si doveva rispondere alle sue domande fuor di proposito e ripetere cose che già le erano state dette piú volte, raccontare che il tale era morto, il talaltro sposato, circostanza che ella non riusciva a ricordare; tuttavia essi se ne stettero al solito nel salotto a prendere il tè presso il samovar e Pierre rispose alle domande della contessa che non interessavano né lei né gli altri: che il principe Vasilij era invecchiato, che la contessa Marja Aleksjéjevna la mandava a salutare e si ricordava di lei, ecc.

Questi discorsi che non interessavano nessuno, ma che erano necessari, durarono tutto il tempo del tè. All'ora del tè intorno alla tavola tonda dove era il samovar, presso al quale sedeva Sonja, si riunivano tutti i membri adulti della famiglia. I ragazzi, i precettori e le governanti avevano già preso il tè, e le loro voci si udivano nella vicina stanza dei divani. Per prendere il tè ognuno si metteva al suo solito posto: Nikolàj si sedeva presso la stufa davanti a una piccola tavola dove gli servivano il tè. La vecchia cagna Milka, figlia della prima Milka, col muso tutto canuto sul quale risaltavano ancora di piú i grandi occhi neri, se ne stava sdraiata sulla poltrona accanto a lui. Denísov coi suoi capelli ricciuti, le fedine e i baffi per metà grigi, con la sua tunica da generale sbottonata, sedeva accanto alla contessa Marja. Pierre stava seduto fra sua moglie e la vecchia contessa. Egli raccontava quelle cose che sapeva poter interessare la vecchia ed essere capite da lei. Parlava di fatti sociali esteriori e di quelle persone che una volta formavano l'ambiente dei coetanei della vecchia contessa, che una volta erano un ambiente a sé, attivo e vivace, ma ora, per la maggior parte disperse per il mondo, finivano come lei di vivere la loro vita, raccogliendo le ultime spighe di ciò che avevano seminato nella loro vita. Ma essi, questi coetanei, sembravano alla vecchia contessa il solo mondo serio e reale. Dall'animazione di Pierre, Nataša vedeva che il suo viaggio era stato interessante, che aveva voglia di raccontar molte cose, ma non osava parlare davanti alla contessa. Denísov che, non essendo un membro della famiglia, non capiva la riserva di Pierre e che, oltre a ciò, essendo un malcontento, s'interessava molto di ciò che accadeva a Pietroburgo, spingeva continuamente Pierre a raccontare ora il fatto, accaduto allora, del reggimento Semjònovskij, ora di Arakcéjev, ora della Società Biblica. A volte Pierre si lasciava trascinare e cominciava a raccontare, ma Nikolàj e Nataša lo riconducevano sempre alla salute del principe Ivàn e della contessa Marja Antònovna.

– Ebbene, tutta quella follia di Gossne' e della Tatà'inova continua anco'a? – domandò Denísov.

– Come continua? – scattò Pierre. – Ma piú che mai, la Società Biblica è ormai tutto il governo.

– Che cosa è mai, *mon cher ami*? – domandò la contessa, che aveva bevuto il suo tè ed evidentemente desiderava trovare un pretesto per irritarsi dopo il pasto. – Che cosa dici del governo? Non capisco.

– Sapete, *maman*, – intervenne Nikolàj, che sapeva tradurre le cose nel linguaggio della madre, – il principe Aleksàndr Nikolàjevič Golitsyn ha fondato una società e adesso pare che sia molto in auge.

– Arakcéjev e Golitsyn, – disse sbadatamente Pierre, – adesso sono tutto il governo. E che governo! Da per tutto vedono congiure, hanno paura di tutto.

– Ma che colpa ne ha il principe Aleksàndr Nikolàjevič? È un uomo molto rispettabile. Lo incontravo un tempo da Marja Antònovna, – disse la contessa, risentendosi, e, ancora piú offesa dal silenzio che serbavano tutti, seguitò: – Ora tutti si mettono a giudicare. Una società evangelica, che c'è di male? – E si alzò (anche tutti gli altri si alzarono) e con un viso severo si avviò verso la stanza dei divani, alla sua tavola. In mezzo al triste silenzio che s'era fatto, venivano dalla stanza accanto voci e risate infantili. Si capiva che fra i bambini c'era un'allegra agitazione.

– Pronti! Pronti! – dominò tutti gli altri il gioioso grido della piccola Nataša.

Pierre scambiò un'occhiata con la contessa Marja e con Nikolàj (Nataša la vedeva sempre) e sorrise felice.

– Ecco una musica prodigiosa! – disse.

– È Anna Makàrovna che ha finito la sua calza, – disse la contessa Marja.

– Oh! vado a vedere! – disse Pierre, con un balzo. – Sai, – disse poi fermandosi presso la porta, – perché mi piace particolarmente questa musica? A sentirla capisco subito che tutto va bene. Stamane ero in viaggio, e piú mi avvicinavo a casa, piú avevo paura. Appena giunto in anticamera, sento Andrjuša che ride a squarciagola non so perché. Vuol dire che tutto va bene.

– Lo conosco, lo conosco questo sentimento, – confermò Nikolàj. – Io non posso andare di là: queste calze sono una sorpresa per me.

Pierre andò dai bambini, e i gridi e le risate aumentarono ancora.

– Su, Anna Makàrovna, – si udiva la voce di Pierre, – qua, in mezzo alla stanza e attenti al comando: uno, due... quando dirò tre, mettiti qui; e tu in braccio. Su, uno, due... – proferí la voce di Pierre; si era fatto silenzio. – Tre, – e nella stanza si levò l'entusiastico grido dei bambini. – Due! due! – gridavano i bambini.

Erano due calze che, per un segreto conosciuto da lei sola, Anna Makàrovna lavorava coi ferri ad un tempo, e che tirava sempre fuori solennemente una dall'altra davanti ai bambini, quando il paio di calze era finito.

XIV.

Subito dopo i bambini vennero a dare la buonanotte. I bambini scambiarono il bacio con tutti, i precettori e le governanti salutarono e tutti uscirono. Restò solo Dessalles col suo allievo. Il precettore disse a bassa voce al suo allievo di andar giú.

– *Non, Monsieur Dessalles, je demanderai à ma tante de rester*, – rispose anche a bassa voce Nikòlen'ka Bolkonskij. – *Ma tante*, permettetemi di restare, – disse poi Nikòlen'ka, avvicinandosi alla zia.

Il suo viso esprimeva la preghiera, l'emozione e l'entusiasmo. La contessa Marja lo guardò e si volse a Pierre.

– Quando voi siete qui, non si può piú staccare, – gli disse.

– *Je vous le ramènerai tout à l'heure, monsieur Dessalles; bonsoir*, – disse Pierre, dando la mano allo svizzero, e poi si rivolse sorridendo a Nikòlen'ka. – Non ci siamo visti punto, tu e io. Marie, come gli somiglia sempre piú! – aggiunse, rivolgendosi alla contessa Marja.

– A mio padre? – disse il ragazzo, diventando di porpora e guardando Pierre di sotto in su coi suoi occhi brillanti ed entusiasti.

Pierre gli fece cenno di sí col capo e seguitò il racconto interrotto dai bambini. La contessa Marja lavorava sul filondente, tenendo il lavoro sulle ginocchia; Nataša guardava il marito, senza batter ciglio. Nikolàj e Denísov si alzarono, chiesero le pipe, fumarono, presero il tè da Sonja che, tutta triste, sedeva ostinatamente presso il samovar, e intanto interrogavano Pierre. Il fanciullo ricciuto, malaticcio, coi suoi occhi sfavillanti, stava seduto in un angolo, non osservato da nessuno, e girando dalla parte di Pierre il capo ricciuto sull'esile collo che usciva dal collettino rovesciato, di tanto in tanto trasaliva e mormorava qualcosa fra sé, provando di certo una impressione nuova e forte.

Il discorso si aggirava su quei pettegolezzi di attualità sull'ambiente dell'alta amministrazione, nei quali la maggior parte delle persone vede di solito il maggiore interesse della politica interna. Denísov, malcontento del governo a causa della sua carriera sfortunata, apprendeva con soddisfazione le sciocchezze che, secondo lui, si facevano ora a Pietroburgo e con espressioni energiche e risolute faceva i suoi commenti alle parole di Pierre.

– P'ima bisognava esse'e tedeschi, o'a bisogna balla'e con la Tatà'inova e Mme K'üdne' e legge'e... Ecka'tshausen e compagnia. Oh! ci vo''ebbe da capo quel b'avo Bonapa'te! Toglie'ebbe tutti i g'illi dal capo. Che vuol di'e affida'e a quel soldataccio di Schwa'z il 'eggimento Semjònovskij? – gridava.

Nikolàj, pur senz'avere lo stesso desiderio di Denísov di trovar tutto cattivo, anche lui credeva che fosse una cosa degna e importante giudicare il governo e credeva che l'essere A. nominato ministro della tal cosa, e B. generale governatore del tal posto, e l'avere l'imperatore detto questo e quello e un ministro questo e quest'altro, fossero tutte cose molto importanti. E credeva necessario interessarsene e interrogava Pierre. In seguito alle domande di questi due interlocutori il discorso non usciva dal suo solito carattere di pettegolezzo delle alte sfere governative.

Ma Nataša, che conosceva tutte le vedute e le idee di suo marito, vedeva che già da un pezzo Pierre avrebbe voluto e non poteva indirizzare il discorso verso un'altra strada ed esprimere il suo intimo pensiero, quello stesso per cui era andato a consigliarsi a Pietroburgo col suo nuovo amico, il principe Fjodor, e gli venne in aiuto domandando come fosse andato il suo affare col principe Fjodor.

– Di che si tratta? – domandò Nikolàj.

– Sempre della stessa cosa, – disse Pierre guardandosi intorno. – Tutti vedono che le cose vanno male al punto che è impossibile lasciarle cosí e che il dovere di tutti gli uomini onesti è di opporvisi, nella misura delle proprie forze.

– E che cosa possono fare gli uomini onesti? – disse Nikolàj, aggrottando leggermente le sopracciglia: – che cosa si può fare?

– Ecco qua...

– Andiamo nel mio studio, – disse Nikolàj.

Nataša, che già da un pezzo aspettava che la venissero a chiamare per dare il latte al bambino, udí la voce della bambinaia e andò nella camera dei bambini. La contessa Marja andò con lei. Gli uomini andarono nello studio, e Nikòlen'ka Bolkonskij, senza che lo zio se ne accorgesse, vi andò anche lui e si mise a sedere nell'ombra, presso la finestra accanto alla scrivania.

– Dunque, che cosa fa'ai? – disse Denísov.

– Sempre fantasie, – disse Nikolàj.

– Ecco di che si tratta, – cominciò Pierre, senza mettersi a sedere, ora passeggiando per la stanza, ora fermandosi, parlando bleso e facendo rapidi gesti con le mani mentre parlava. – Ecco di che si tratta. La situazione a Pietroburgo è questa: l'imperatore non si interessa di nulla. È tutto preso dal misticismo, – (Pierre ora non perdonava a nessuno il misticismo). – Cerca soltanto la tranquillità, e la tranquillità gliela possono dare solamente quegli uomini *sans foi ni loi* che sentenziano e soffocano tutto senz'appello: Magnitskij, Arakcéjev e *tutti quanti*... Ne convieni che, se tu non ti occupassi della tua azienda e volessi soltanto la tranquillità, quanto piú fosse crudele il tuo podestà, tanto piú presto raggiungeresti il tuo scopo, – disse, rivolgendosi a Nikolàj.

– Be', ma perché lo dici? – fece Nikolàj.

– E cosí tutto va in perdizione. Nei tribunali si ruba; nell'esercito non c'è che il bastone... i passi di parata e le colonie militari: si tortura il popolo; l'istruzione è soffocata. Tutto quel che è giovane e puro viene rovinato! Tutti vedono che cosí non si può andare avanti. La corda è troppo tesa e necessariamente si romperà, – disse Pierre (da che esiste un governo, tutti gli uomini che seguono gli atti di qualsivoglia governo parlano sempre cosí). – A Pietroburgo, gliel'ho detto a loro...

– A chi? – domandò Denísov.

– Via, lo sapete a chi, – disse Pierre, guardandolo significativamente di sottecchi, – al principe Fjodor e a loro tutti. L'emulazione della cultura e della beneficenza sta bene, naturalmente. È un bellissimo scopo, e tutto quel che volete, ma nelle circostanze attuali ci vuol altro.

In quel momento Nikolàj si accorse della presenza del nipote. Si fece scuro in viso e mosse verso di lui.

– Che stai a fare qui?

– Perché? Lascialo, – disse Pierre, prendendo per mano Nikòlen'ka, e proseguí: – È poco, ho detto loro: ora ci vuol altro. Quando ve ne state lí ad aspettare che questa corda tesa si spezzi, quando tutti attendono questa rivoluzione inevitabile, bisogna che quanta piú gente è possibile si tenga per mano, ben stretta, per far fronte alla catastrofe generale. Tutto quel che è giovane e forte è attirato laggiú e si deprava. Uno è sedotto dalle donne, un altro dagli onori, un terzo dalla vanità, dai denari, ed essi passano nell'altro campo. Persone indipendenti, libere come voi e me, non ce ne sono piú. Io dico: allargate il cerchio della società: il *mot d'ordre* sia non soltanto la virtú, ma l'indipendenza e l'attività.

Nikolàj, lasciato il nipote, tutto irritato cambiò di posto a una poltrona, vi si mise a sedere e, ascoltando Pierre, tossicchiava con piglio scontento e si accigliava sempre piú.

– Ma a che scopo quest'attività? – scattò a dire. – E in che relazioni vi metterete col governo?

– In che relazioni! In quelle di persone che lo vogliono aiutare. La società può anche non essere segreta se il governo l'ammette. Non solamente non è ostile al governo, ma è una società di veri conservatori. Una società di *gentlemen* nel pieno significato del termine. Soltanto perché Pugaciòv non venga a fare a pezzi i miei figli e i tuoi e Arakcéjev non mi mandi alle colonie militari, soltanto per questo ci diamo la mano, con l'unicc scopo del bene comune e della comune sicurezza.

– Sí, ma è una società segreta, e per conseguenza ostile e nociva, che può far solo del male.

– Perché? Il *Tugendbund*, che ha salvato l'Europa, – (allora non si osava ancora pensare che la Russia avesse salvato l'Europa), – ha forse fatto qualcosa di male? Il *Tugendbund* è l'alleanza dei buoni, è l'amore e l'aiuto reciproco: è ciò che ha predicato Cristo sulla croce...

Nataša, entrata nella stanza a metà del discorso, guardò tutta lieta il marito. Non si rallegrava di ciò che egli diceva. Queste cose anzi non la interessavano perché le parevano straordinariamente semplici e credeva di saperle già da un pezzo (credeva cosí perché conosceva la fonte donde scaturivano, tutta l'anima di Pierre), ma si rallegrava vedendo la sua fisonomia animata, piena d'entusiasmo.

Con gioia ed entusiasmo anche maggiore guardava Pierre il fanciullo dimenticato da tutti, col suo esile collo che usciva dal collettino rovesciato. Ogni parola di Pierre infiammava il suo cuore, e con un movimento nervoso delle dita, senz'accorgersene, egli spezzava la ceralacca e le penne che gli cadevano sotto mano sulla scrivania dello zio.

– Non è punto ciò che tu credi, ma ecco che cos'era il *Tugendbund* tedesco e che cos'è quello che io propongo.

– Be', amico, il *Tugendbund* è buono pe' quei mangiato'i di salsicce, ma io non lo capisco, e non so neanche p'onuncia'e la pa'ola, – si udí la voce forte e risoluta di Denísov. – Tutto va male ed è disgustoso, ne convengo, soltanto il *Tugendbund* non lo capisco, e se qualcosa non mi piace, allo'a piuttosto la 'ivolta[1], ecc. *Je suis vot'e homme.*

Pierre sorrise, Nataša fece una risata, ma Nikolàj aggrottò ancora di piú le sopracciglia e si mise a dimostrare a Pierre che nessuna rivoluzione era da prevedersi e che tutto il pericolo del quale egli aveva parlato esisteva soltanto nella sua immaginazione. Pierre dimostrava il contrario e, siccome le sue capacità mentali erano piú forti e piú duttili, Nikolàj si sentí messo con le spalle al muro. Ciò lo irritò ancora di piú, giacché in fondo all'anima, non per ragionamento, ma per qualcosa di piú forte del ragionamento, sentiva che la sua opinione era indubbiamente giusta.

– Ecco quel che ti dico, – rispose, alzandosi e mettendo da un canto la pipa con gesti nervosi e poi finalmente gettandola via. – Io non te lo posso dimostrare. Tu dici che da noi tutto va male e che ci sarà una rivoluzione; io non lo vedo; ma tu dici che il giuramento è una cosa convenzionale; a questo rispondo: tu sei il mio migliore amico, lo sai, ma se formate una società segreta e vi opponete al governo, qualunque esso sia, so che il mio dovere è di obbedirgli. E se in questo momento Arakcéjev mi ordinasse di andare contro di voi col mio squadrone e di sciabolarvi, non esiterei un momento e ci andrei. E giudicami come vuoi.

Dopo queste parole ci fu un silenzio imbarazzante. Nataša fu la prima a parlare per difendere il marito e attaccare il fratello.

[1] Nel testo c'è un giuoco di parole intraducibile fra la parola tedesca *Bund* (lega) e la parola russa *bunt* (rivolta).

La sua difesa fu debole e impacciata, ma lo scopo fu raggiunto. Il discorso fu di nuovo ripreso e non piú in quel tono ostile nel quale erano state dette le ultime parole di Nikolàj.

Quando tutti si alzarono per andare a cena, Nikòlen'ka Bolkonskij si avvicinò a Pierre, pallido, con gli occhi lucidi e sfavillanti.

– Zio Pierre... voi... no... Se papà fosse vivo... sarebbe d'accordo con voi, vero?... – domandò.

Pierre d'un tratto capí quale forte, complicato, personale, indipendente lavorio del sentimento e del pensiero doveva essersi prodotto in quel ragazzo durante la loro conversazione, e, ricordandosi tutto ciò che aveva detto, gli rincrebbe che il ragazzo lo avesse udito. Pure bisognava rispondergli.

– Io penso di sí, – disse a malincuore e uscí dallo studio.

Il ragazzo chinò il capo, e per la prima volta parve accorgersi di ciò che aveva fatto sulla tavola. Arrossí e si avvicinò a Nikolàj.

– Zio, perdonatemi, l'ho fatto... senza volere, – disse, mostrando la ceralacca e le penne spezzate.

Nikolàj trasalí irritato.

– Bene, bene, – disse, gettando sotto la tavola i pezzi della ceralacca e delle penne. E trattenendo con visibile fatica la collera che gli bolliva dentro, si voltò dall'altra parte. – Del resto non era il caso che tu rimanessi qui, – disse.

XV.

A cena il discorso non si aggirò piú sulla politica e le società segrete, ma al contrario si abbordò il soggetto piú piacevole per Nikolàj, i ricordi del 1812, ai quali era stato indotto da Denísov, e Pierre vi si mostrò particolarmente amabile e cordiale. E i parenti si separarono nello stato d'animo piú amichevole.

Quando, finita la cena, Nikolàj, dopo essersi spogliato nel suo studio e aver dato i suoi ordini all'amministratore che l'aveva aspettato, venne in veste da camera nella stanza da letto, trovò la moglie ancora alla scrivania: stava scrivendo qualcosa.

– Che cosa scrivi, Marie? – domandò Nikolàj.

La contessa Marja arrossí. Aveva paura che ciò che stava scrivendo non fosse capito e approvato dal marito. Avrebbe voluto nascondergli ciò che scriveva, ma nello stesso tempo era contenta d'essere stata sorpresa e di dovergli parlare.

– È il mio diario, Nicolas, – disse, porgendogli un quaderno turchino, scritto con la sua ferma e grossa scrittura.

– Un diario?... – disse Nikolàj con una tinta di canzonatura e prese in mano il quaderno.

C'era scritto in francese:

« *4 dicembre.* Stamane Andrjuša, – (il figlio maggiore), – quando si è svegliato, non si voleva vestire e Mlle Louise mi ha fatta chiamare. Stava facendo un capriccio e s'era ostinato. Mi son provata a sgridarlo, ma non si è che irritato di piú. Allora mi sono assunta io la cosa, l'ho lasciato stare e con la bambinaia mi son messa ad alzare gli altri bambini e a lui ho detto che non gli volevo bene. Per un pezzo è stato zitto, come attonito; poi, in camicia, è corso da me e si è messo a singhiozzare talmente che per un bel po' non mi riusciva calmarlo. Si vedeva che piú di tutto gli rincresceva di avermi fatto dispiacere; poi, quando la sera gli ho dato il suo bigliettino, di nuovo s'è messo a piangere che faceva pena, mentre mi baciava. Con la dolcezza si ottiene tutto da lui ».

– Che cos'è questo bigliettino? – domandò Nikolàj.

– Ho cominciato a dare la sera ai piú grandi dei bigliettini con la condotta.

Nikolàj guardò quegli occhi luminosi che lo fissavano, e seguitò a sfogliare il quaderno e a leggere. Nel diario era scritto tutto ciò che concerneva la vita dei bambini, tutto ciò che alla madre sembrava importante, perché esprimeva il carattere dei suoi figli, oppure suggeriva pensieri generali sui metodi di educazione. Per la maggior parte erano inezie insignificanti; ma non sembravano tali alla madre e neppure al padre, ora che per la prima volta leggeva questo diario infantile.

Sotto la data del 5 dicembre era scritto:

« Mitja è stato cattivo a pranzo. Papà ha proibito di dargli il dolce. Non glielo hanno dato; ma guardava cosí pietosamente con tanta avidità gli altri mentre mangiavano! Penso che punire non dando i dolciumi non possa che aumentare il vizio della gola. Parlarne con Nicolas ».

Nikolàj lasciò il libriccino e guardò sua moglie. Gli occhi luminosi lo guardavano interrogativamente (approvava o non approvava il diario?) Non ci poteva esser dubbio non soltanto sull'approvazione, ma sull'entusiasmo di Nikolàj per la moglie.

Forse non si sarebbe dovuto farlo con tanta pedanteria, pensava Nikolàj; e magari non bisognava farlo affatto; ma questo instancabile, continuo, intimo sforzo che aveva per iscopo soltanto il bene morale dei figli lo entusiasmava. Se Nikolàj avesse potuto aver coscienza del suo sentimento, avrebbe capito che la base principale del suo saldo, tenero e orgoglioso amore per la moglie era sempre questo senso di ammirazione dinanzi alla sua spiritualità, dinanzi a quell'alto mondo morale, quasi inaccessibile per Nikolàj, nel quale viveva sempre sua moglie.

Egli era fiero di vederla cosí intelligente e buona, avendo coscienza della sua inferiorità davanti a lei nel mondo dello spirito, e tanto piú si rallegrava che, con un'anima come la sua, ella non soltanto gli appartenesse, ma fosse una parte di lui.

– L'approvo molto, molto, mia cara, – disse egli con aria grave. E dopo un breve silenzio riprese: – Ma io oggi mi sono comportato male. Tu non c'eri nello studio. Abbiamo discusso Pierre e io, e io mi sono accalorato. Ma è impossibile. È proprio un bambino. Non so che sarebbe di lui se Nataša non lo tenesse a freno. Figurati perché è andato a Pietroburgo... Là hanno formato...

– Sí, lo so, – disse la contessa Marja. – Nataša me l'ha raccontato.

– Dunque, lo sai, – proseguí Nikolàj, infiammandosi al solo ricordo della discussione. – Mi voleva persuadere che l'obbligo di ogni uomo onesto consiste nell'andar contro il governo, mentre il giuramento e il dovere... Mi rincresce che tu non ci fossi. Tutti mi hanno assalito, anche Denísov. E Nataša... Nataša è buffissima. Lei lo tiene sotto la sua pantofola, ma, appena si comincia a ragionare, non ha una parola che sia sua, non fa che ripetere le parole di lui, – soggiunse Nikolàj, cedendo a quell'invincibile sentimento che ci spinge a giudicare le persone piú intime e care.

Nikolàj dimenticava che quello che egli diceva di Nataša si sarebbe potuto dire, parola per parola, di lui, nei suoi rapporti con sua moglie.

– Sí, me ne sono accorta, – disse la contessa Marja.

– Quando gli ho detto che il dovere e il giuramento sono al di sopra di tutto, ha cominciato a dimostrarmi Dio sa che. Peccato che tu non ci fossi. Che gli avresti detto?

– Secondo me, hai assolutamente ragione. L'ho detto anche a Nataša. Pierre dice che tutti soffrono, si tormentano, si depravano, e che il nostro dovere è di aiutare il prossimo. Naturalmente ha ragione, – disse la contessa Marja, – ma dimentica che noi abbiamo altri obblighi piú immediati che Dio stesso ci ha indicati, e che possiamo esporre al pericolo noi stessi, ma non i nostri figli.

– Ecco, ecco, precisamente quel che gli ho detto io, – approvò Nikolàj, a cui difatti pareva d'aver detto la stessa cosa. – E loro avanti a dire che l'amore del prossimo e il cristianesimo... E tutto questo dinanzi a Nikòlen'ka che s'era introdotto nel mio studio e ha fracassato tutto.

– Ah! sai Nicolas, il pensiero di Nikòlen'ka mi tormenta cosí spesso! – disse la contessa Marja. – È un ragazzo cosí singolare! E ho paura di trascurarlo per i figli miei. Qui tutti noi abbiamo dei figli, tutti hanno i genitori; e lui non ha nessuno. È sempre solo coi suoi pensieri.

– Be', io credo proprio che tu non abbia a rimproverarti nulla nei suoi riguardi. Tutto ciò che può fare la piú tenera delle madri per il proprio figliuolo, tu lo hai fatto e lo fai per lui. E naturalmente io ne ho piacere. È un bravo, bravo ragazzo. Oggi era come fuor di sé ad ascoltare Pierre. Puoi figurarti: stavamo andando a cena; guardo: mi ha fatto tutto in bricioli sulla mia scrivania, e subito me lo ha detto. Mai gli ho sentito dire una bugia. È un bravo, bravo ragazzo! – ripeté Nikolàj, a cui in fondo non piaceva Nikòlen'ka, ma in cui voleva sempre riconoscere un bravo ragazzo.

– Ma non è mai la madre, – disse la contessa Marja, – lo sento e questo mi tormenta. È un ragazzo straordinario, ma temo moltissimo per lui. Gli farà molto bene la compagnia.

– Ormai non ci manca piú molto: quest'estate lo condurrò a Pietroburgo, – disse Nikolàj. – Sí, Pierre è stato sempre e rimarrà un sognatore, – proseguí poi, tornando alla conversazione dello studio, che evidentemente lo aveva turbato. – Che m'importa di tutto quel che si fa laggiú e se Arakcéjev non è buono, ecc., che m'importava di questo quando mi sono ammogliato e avevo tanti debiti che mi volevano mettere in prigione e una madre che non lo vedeva e non lo capiva? E poi te, i figli, gli affari. Sto forse per piacer mio dalla mattina alla sera a occuparmi di affari, e nel mio ufficio? No, so che debbo lavorare perché mia madre stia tranquilla, per sdebitarmi verso di te e perché i miei figli non diventino dei miserabili come ero io.

La contessa Marja voleva dirgli che non di solo pane si nutre l'uomo, che egli dava troppa importanza a quegli *affari*; ma sapeva che il dir questo non era necessario né opportuno. Gli prese soltanto la mano e la baciò. Egli interpretò questo gesto della moglie come un'approvazione e una conferma delle proprie idee, e, dopo essere stato qualche momento in silenzio e soprappensiero, seguitò ad esprimere ad alta voce le sue idee.

– Sai, Marie, – disse, – stamane è venuto Iljà Mitrofànovič, – (era il suo amministratore), – dalla tenuta di Tambòv e dice che offrono già ottantamila rubli per la foresta –. E Nikolàj, tutto animato in viso, cominciò a parlare della possibilità di riscattare Otràdnoje fra brevissimo tempo. – Ancora dieci anni di vita, e lascio i miei figli... in una magnifica posizione.

La contessa Marja ascoltava il marito e capiva tutto ciò che egli le diceva. Sapeva che quando egli pensava cosí, ad alta voce, a volte le domandava che cosa avesse detto e s'irritava quando si accorgeva che lei pensava ad altro. Ma ella faceva grandi sforzi a questo scopo, perché non s'interessava punto di ciò che egli diceva. Lo guardava e non era che pensasse a qualcos'altro, ma sentiva qualcos'altro. Sentiva un devoto, tenero amore per quell'uomo che mai avrebbe capito ciò che ella capiva, e pareva che per questo ella lo amasse piú fortemente, con una tinta di appassionata tenerezza. Oltre a questo sentimento che l'assorbiva tutta e le impediva di entrare nei particolari dei progetti di suo marito, nella sua mente guizzavano pensieri che non avevano nulla di comune con ciò che egli diceva. Ella pensava al nipote (il racconto del marito sulla sua agitazione al discorso di Pierre l'aveva fortemente colpita) e i diversi tratti del carattere sensibile e tenero di lui le si presentavano alla mente; e pensando al nipote pensava anche ai suoi figli. Ella non paragonava il nipote ai suoi figli, ma paragonava i suoi sentimenti verso di loro e con tristezza si accorgeva che nel suo sentimento verso Nikòlen'ka mancava qualche cosa.

A volte le veniva l'idea che questa differenza provenisse dall'età; ma sentiva di essere in colpa dinanzi a lui e dentro di sé si prometteva di correggersi e di far l'impossibile, cioè di amare in questa vita suo marito, i suoi figli e Nikòlen'ka e tutti i suoi simili come Cristo amava l'umanità. L'anima della contessa Marja aspirava sempre all'infinito, all'eterno, al perfetto, e perciò non poteva mai essere tranquilla. Sul viso le appariva l'espressione severa di una nascosta ed alta sofferenza dell'anima che sentiva l'oppressione del corpo. Nikolàj la guardò. « Dio mio! che cosa sarebbe di noi se ella morisse! Quest'idea mi vien sempre quando ha questo viso », pensò e, messosi davanti alle immagini, egli si mise a recitare le preghiere della sera.

XVI.

Nataša, rimasta sola col marito, si mise anch'ella a discorrere con lui come si discorre solamente fra marito e moglie, cioè comunicandosi con straordinaria chiarezza e rapidità ciò che si pensa, per una via contraria a tutte le regole della logica, senza giudizi, né sillogismi, né deduzioni, ma in modo tutt'affatto particolare. Nataša era talmente abituata a parlare col marito in questo modo, che per lei il piú sicuro segno che qualcosa non andava fra lei e il marito era l'andamento logico delle idee di Pierre. Quando egli cominciava a dimostrare, a parlare con ragionevolezza, con calma, e lei, trascinata dal suo esempio, si metteva a far lo stesso, sapeva che ciò sarebbe finito senza meno con un litigio.

Dal momento che erano restati soli, e Nataša gli si era avvicinata pian piano con gli occhi spalancati pieni di felicità e a un tratto, prendendogli la testa con rapida mossa, se l'era stretta al petto e aveva detto: – Ora sei tutto, tutto mio, mio! Non te ne andrai piú! – da quel momento cominciò quella conversazione contraria a tutte le leggi della logica, non foss'altro perché si parlava nel medesimo tempo di cose assolutamente diverse. Questa molteplicità di soggetti non soltanto non impediva loro di capirsi chiaramente, ma era, al contrario, il piú certo indizio che si capivano interamente tra loro.

Come nel sogno tutto è fallace, insensato e contraddittorio, tranne il sentimento che domina il sogno, cosí in questa comunicazione contraria a tutte le leggi della ragione non sono conseguenti e chiare le parole, ma soltanto il sentimento che le guida.

Nataša raccontava a Pierre della vita quotidiana di suo fratello, come per lei, quando non c'era il marito fosse un soffrire e non un vivere, come avesse posto a Marja un'affezione ancora piú grande e come Marja sotto tutti i rapporti fosse migliore di lei. Dicendo questo, Nataša riconosceva sinceramente la superiorità di Marja, ma, nel dir questo, pretendeva che Pierre la preferisse a Marja e a tutte le altre donne, e che ora di nuovo, specialmente dopo che aveva veduto molte donne a Pietroburgo, glielo ripetesse.

Pierre, rispondendo alle parole di Nataša, le raccontò come gli fosse insopportabile a Pietroburgo andare alle serate e ai pranzi dove c'erano signore.

– Ho proprio disimparato a parlare con le signore, – disse: – è semplicemente una noia. Soprattutto poi che ero cosí occupato.

Nataša lo guardò fisso e proseguí:

– Marja è cosí deliziosa! – disse. – Come capisce i bambini! Pare che non veda che la loro anima. Ieri, per esempio, Míten'ka cominciò a fare un capriccio...

– Come somiglia al padre! – interruppe Pierre.

Nataša capí perché egli aveva fatto questa osservazione sulla somiglianza di Míten'ka con Nikolàj: gli dispiaceva il ricordo della sua discussione col cognato e avrebbe voluto sapere l'opinione di Nataša a questo proposito.

– Nikòlen'ka ha la debolezza di non consentire a nessun costo a una cosa che non sia accettata da tutti. Ma io capisco che tu avresti caro precisamente di *ouvrir une carrière*, – disse ella, ripetendo parole già dette da Pierre.

– No, il peggio è che per Nikolàj, – disse Pierre, – i pensieri e i ragionamenti sono una distrazione, quasi un passatempo. Ecco che raccoglie una biblioteca e ha stabilito come regola di non comprare un libro nuovo se non ha letto quello che ha comprato prima: Sismondi, Rousseau, Montesquieu... – aggiunse Pierre con un sorriso. – Tu sai come io lo... – Egli tentava di addolcire le sue parole; ma Nataša lo interruppe, facendogli sentire che non era necessario.

– Allora tu dici che per lui le idee sono una distrazione...

– Sí, per me invece tutto il resto è una distrazione. Tutto il tempo, a Pietroburgo, ho veduto tutti come in un sogno. Quando un pensiero mi occupa, tutto il resto è distrazione.

– Ah! che peccato che non ho veduto il tuo primo incontro coi bambini! – disse Nataša. – Chi è stata piú contenta? Liza, probabilmente.

– Sí, – disse Pierre, e continuò a parlare di ciò che gli stava a cuore. – Nikolàj dice che noi non dobbiamo pensare. Ma io non posso. Senza parlare poi dell'impressione che ho avuta a Pietroburgo (a te lo posso dire), che senza di me andava tutto a catafascio e ognuno tirava l'acqua al suo mulino. Ma mi è riuscito di metterli tutti d'accordo, e poi la mia idea è cosí semplice e chiara. Io non dico che si debba opporsi alla tal cosa o alla talaltra. Noi possiamo sbagliare. Ma dico: si prendano per la mano tutti quelli che amano il bene e ci sia una sola bandiera: la virtú attiva. Il principe Serghjéj è una brava persona ed è intelligente.

Nataša non dubitava che l'idea di Pierre fosse una grande idea, ma una sola cosa la sconcertava. Era che egli fosse suo marito. « Possibile che un uomo cosí importante, cosí utile alla società sia nello stesso tempo mio marito. Come è potuto accadere questo? » Avrebbe voluto esporgli il suo dubbio. « Chi sono quelle persone che potrebbero stabilire se effettivamente lui è il piú intelligente di tutti? » si domandava e passava in rassegna nella sua mente le persone che Pierre rispettava di piú. Nessuno, a giudicare dai suoi discorsi, egli rispettava quanto Platòn Karatàjev.

– Sai che cosa penso? – disse. – Penso a Platòn Karatàjev. Che direbbe lui? Ti approverebbe ora?

Pierre non fu punto sorpreso da questa domanda. Aveva capito il corso dei pensieri di sua moglie.

– Platòn Karatàjev? – disse, e si fece pensieroso; si vedeva che cercava sinceramente di figurarsi il giudizio di Karatàjev su quell'argomento. – Non capirebbe... ma, del resto, può darsi che sí.

– Io ti voglio tremendamente bene! – disse a un tratto Nataša. – Tremendamente, tremendamente!

– No, non mi approverebbe, – disse Pierre, dopo aver pensato ancora un poco. – Quello che approverebbe è la nostra vita familiare. Desiderava tanto di veder da per tutto bellezza, felicità, pace, e io gli avrei mostrato con orgoglio noi altri. Ma tu dici: l'assenza. Non puoi capire che sentimento particolare io abbia per te dopo un'assenza...

– Eccoci da capo... – cominciò Nataša.

– No, non è questo. Io non smetto mai di amarti. E amare di piú non è possibile; ma questa è una cosa particolare... Ma sí... – Non finí la frase, perché i loro sguardi che s'incontrarono dissero il resto.

– Che sciocchezza, – disse a un tratto Nataša, – la luna di miele e che la vera felicità è nei primi tempi del matrimonio! Al contrario, il meglio è adesso. Basterebbe che tu non viaggiassi. Ti ricordi come ci leticavamo? Ed era sempre colpa mia. Sempre mia. E perché ci leticavamo? Non me lo ricordo nemmeno.

– Sempre per la stessa cosa, – disse Pierre sorridendo, – la gelo...

– Non lo dire, non lo posso sopportare, – gridò Nataša, e un luccichio freddo e cattivo le brillò negli occhi. – L'hai veduta? – aggiunse, dopo un silenzio.

– No, e anche se la vedessi, non la riconoscerei.

Tacquero.

– Ah! sai? Quando tu parlavi, là nello studio, io ti guardavo, – si mise a dire Nataša, sforzandosi di scacciare quella nuvola fuggevole. – Be', gli somigli come si somigliano due gocce d'acqua, al ragazzo, – (cosí ella chiamava il figlio). – Ah! è tempo che vada da lui... Ci siamo... Ma che peccato andarsene!...

Per alcuni istanti tacquero. Poi, a un tratto, nello stesso momento, si voltarono l'uno verso l'altra e cominciarono a parlare. Pierre cominciò a parlare soddisfatto e infervorato; Nataša con un calmo, felice sorriso. Essendosi incontrati si fermarono tutt'e due, e ognuno voleva cedere la parola all'altro.

– No, tu che volevi dire? Di', di'.

– No, di' tu. Io dicevo cosí... delle sciocchezze, – disse Nataša.

Pierre continuò quel che aveva incominciato a dire. Era il seguito delle sue considerazioni piene di soddisfazione sul successo ottenuto a Pietroburgo. In quel momento gli pareva d'esser chiamato a dare un nuovo indirizzo a tutta la società russa e a tutto il mondo.

– Volevo dire soltanto che tutte le idee che hanno enormi conseguenze sono sempre semplici. Tutta la mia idea consiste in questo: se tutti gli uomini disonesti sono legati fra loro e formano una forza, gli onesti debbono far lo stesso. Vero che è semplice?

– Già.

– E tu che cosa volevi dire?

– Cosí, delle sciocchezze.

– No, di' lo stesso.

– No, proprio insulsaggini, – disse Nataša raggiante d'un sorriso ancor piú luminoso. – Volevo raccontarti soltanto di Petja: stamane la bambinaia s'è avvicinata per prendermelo, e lui s'è messo a ridere, ha fatto una smorfietta e s'è stretto a me: si vede che credeva d'essersi nascosto. Era un amore. Eccolo che strilla. – Be', addio –. E uscí dalla stanza.

Intanto, giú, nell'appartamento di Nikòlen'ka Bolkonskij, nella sua camera, ardeva come sempre una lampada da notte (il ragazzo aveva paura del buio e non avevano potuto correggerlo di questo difetto). Dessalles dormiva col capo in alto, sui suoi quattro guanciali, e il suo naso romano emetteva i suoni uniformi di chi russa. Nikòlen'ka, svegliatosi allora allora, coperto d'un sudore freddo, con gli occhi spalancati, era seduto sul letto e guardava innanzi a sé. Un sogno tremendo lo aveva destato. Si era veduto in sogno insieme con Pierre, con degli elmi in capo, come erano disegnati nell'edizione di Plutarco. Con lo zio Pierre egli camminava davanti a un enorme esercito. Questo esercito era composto di una quantità di bianche linee oblique che empivano l'aria, simili a quelle tele di ragno che svolazzano in autunno e che Dessalles chiamava *le fil de la Vierge*. Innanzi a tutti era la gloria, fatta anch'essa come quei fili, ma un poco piú compatta. Essi –

lui e Pierre – volavano leggeri e lieti sempre piú vicino alla meta. A un tratto i fili che li movevano avevano cominciato a indebolirsi, a imbrogliarsi;. la situazione era diventata difficile. E lo zio Nikolàj Iljíč si era fermato davanti a loro in un atteggiamento minaccioso e severo.

– Siete voi che l'avete fatto? – aveva detto mostrando la ceralacca e le penne spezzate. – Io vi volevo bene, ma Arakcéjev me ne ha dato l'ordine e ucciderò il primo che muoverà un passo –. Nikòlen'ka si era voltato a guardare Pierre, ma Pierre non c'era piú. Pierre era suo padre, il principe Andréj, e suo padre non aveva figura né forma, ma c'era, e vedendolo Nikòlen'ka aveva sentito tutta la debolezza dell'amore: si era sentito senza forza, senza ossa e come fluido. Il padre lo carezzava e lo compativa. Ma lo zio Nikolàj Iljíč si faceva sempre piú vicino a loro. Lo spavento aveva preso Nikòlen'ka, e s'era svegliato.

« Mio padre, – pensava. – Mio padre, – (benché in casa ci fossero due ritratti rassomiglianti del principe Andréj, Nikòlen'ka non se lo raffigurava mai in forma umana), – mio padre è stato con me e mi ha carezzato. Mi ha approvato, ha approvato lo zio Pierre. Qualunque cosa dica, io la farò. Muzio Scevola si bruciò la mano. Ma perché nella vita non potrà accadere anche a me qualcosa di simile? Lo so, vogliono che io studi. E io studierò. Ma un bel giorno avrò finito; e allora lo farò. Prego Dio soltanto di una cosa: che mi accada quel che accadeva agli eroi di Plutarco, e farò lo stesso. Farò meglio. Tutti lo sapranno, tutti mi ameranno, tutti mi ammireranno ». E a un tratto Nikòlen'ka sentí i singhiozzi che gli empivano il petto e si mise a piangere.

Si udí la voce di Dessalles:

– *Etes-vous indisposé?*

– *Non,* – rispose Nikòlen'ka e si abbassò sul guanciale.

« È buono e bravo e gli voglio bene, – pensò, riferendosi a Dessalles. – Ma lo zio Pierre! Oh, che uomo prodigioso! E mio padre? Mio padre! mio padre! sí, farò cose delle quali anche *lui* sarà contento... »

Parte seconda

I.

L'oggetto della storia è la vita dei popoli e dell'umanità. Afferrare e abbracciare immediatamente con la parola, descrivere la vita non pure del genere umano, ma di un solo popolo, appare come una cosa impossibile.

Tutti gli storici antichi adoperavano il medesimo metodo per descrivere e afferrare la vita di un popolo, che sembrava inafferrabile. Essi descrivevano l'attività dei singoli uomini che avevano guidato il popolo; e questa attività rappresentava per essi l'attività di tutto il popolo.

Alle domande, in qual modo singoli uomini avessero forzato interi popoli ad agire secondo la loro volontà e come si fosse indirizzata la volontà stessa di questi uomini, gli antichi rispondevano: alla prima domanda, col riconoscimento della volontà della divinità, che sottometteva i popoli alla volontà d'un uomo eletto; alla seconda domanda, col riconoscimento di quella stessa divinità che indirizzava la volontà dell'eletto a un fine prestabilito.

Per gli antichi queste quistioni si risolvevano con la fede in una immediata partecipazione della divinità alle faccende degli uomini.

La storia moderna con la sua teoria ha rigettato ambedue queste tesi.

Parrebbe che, rigettando le credenze degli antichi intorno alla sottomissione degli uomini alla divinità e all'esistenza di un fine prestabilito, verso il quale sarebbero condotti i popoli, la storia moderna avrebbe dovuto studiare non le manifestazioni della potenza, ma le cause che la formano. Ma la storia moderna non l'ha fatto. Dopo aver respinto in teoria le credenze degli antichi, le segue in pratica.

Al posto di uomini investiti di un potere divino, e guidati direttamente dal volere della divinità, la storia moderna ha posto degli eroi dotati di qualità straordinarie, superumane, oppure semplicemente degli uomini dalle caratteristiche piú diverse, dai monarchi fino ai giornalisti, che guidano le masse. Invece delle mete care alla divinità degli antichi popoli, come gli ebrei, i greci, i romani, che sembravano agli antichi le mete del cammino stesso dell'umanità, la storia moderna ha posto le sue mete, che sono il bene del popolo francese, tedesco, inglese e, nella sua piú alta astrazione, l'incremento della civiltà di tutto il genere umano, denominazione sotto la quale si comprendono di solito i popoli che occupano il piccolo cantuccio nord-occidentale del grande continente.

La storia moderna ha respinto le credenze degli antichi senza porre in loro luogo una nuova credenza, e la logica ha obbligato gli storici che hanno respinto 'l potere divino dei re e il fato degli antichi a giungere per un'altra via alla medesima conclusione: a riconoscere che: 1) i popoli sono condotti da uomini singoli; 2) che esiste un certo fine verso il quale si dirigono i popoli e l'umanità.

In tutte le opere degli storici moderni, da Gibbon a Buckle, malgrado tutte le loro divergenze apparenti e l'apparente novità delle loro opinioni, restano sempre nel fondo queste due vecchie inevitabili tesi.

Dapprima lo storico descrive l'attività dei vari personaggi che, secondo lui, hanno guidato l'umanità: l'uno novera fra questi soltanto i sovrani, i condottieri, i ministri; un altro, oltre i sovrani, anche gli oratori, gli scienziati, i riformatori, i filosofi e i poeti. In secondo luogo, la meta verso la quale è condotta l'umanità è nota allo storico: per l'uno questa meta è la grandezza dello stato romano, spagnuolo, francese; per l'altro è la libertà, l'eguaglianza, un dato genere di civiltà in un piccolo angolo del mondo chiamato Europa.

Nel 1789 scoppia una sommossa a Parigi: essa cresce, straripa e si manifesta in un movimento di popoli da occidente verso oriente. Piú volte questo movimento si dirige verso oriente e viene in contrasto con un contromovimento da oriente verso occidente: nel 1812 esso giunge al suo limite estremo, Mosca, e, con una sorprendente simmetria, si produce il contromovimento da oriente verso occidente, che proprio come il primo movimento trascina con sé i popoli intermedi. Questo contromovimento giunge al punto di partenza del movimento di occidente, a Parigi, e si calma.

In questo periodo di vent'anni immense distese di campi non sono piú arate, case vengono bruciate, il commercio cambia direzione; milioni di uomini s'impoveriscono, si arricchiscono, emigrano, e milioni di cristiani, che professano la legge dell'amore del prossimo, si uccidono l'un l'altro.

Che significa tutto ciò? Come mai è accaduto? Che cosa ha obbligato questi uomini a incendiare le case e a uccidere i loro simili? Quali sono le cagioni di questi fatti? Quale forza ha obbligato questi uomini ad agire in tal modo? Ecco le involontarie, semplici e legittime domande che l'umanità muove a se stessa, imbattendosi nei monumenti e nelle tradizioni dello scorso periodo di movimento dei popoli.

Per trovare la risposta a queste domande il senso comune dell'umanità si rivolge alla scienza storica, che ha per iscopo la conoscenza dei popoli e del genere umano.

Se la storia si fosse attenuta alle opinioni degli antichi, direbbe: la divinità, per ricompensare o per punire il suo popolo, ha dato il potere a Napoleone e ne ha condotto la volontà per raggiungere i suoi scopi divini. E la risposta sarebbe esauriente e chiara. Si può credere o non credere nel significato divino di Napoleone; ma per chi vi credesse, in tutta la storia di quel tempo tutto sembrerebbe comprensibile e non si troverebbe una sola contraddizione.

Ma la storia moderna non può rispondere in questo modo. La scienza non accetta l'opinione degli antichi sulla diretta partecipazione della divinità ai fatti umani e quindi essa deve dare altre risposte.

La storia moderna, rispondendo a queste domande, dice: voi volete sapere che cosa significhi questo movimento, donde esso sia provenuto, e quale forza abbia prodotto questi avvenimenti? Ascoltate: « Luigi XIV era un uomo molto orgoglioso e sicuro di sé: ebbe tali e tali favorite, tali e tali ministri e governò male la Francia. I successori di Luigi furono anch'essi uomini deboli e anch'essi governarono male la Francia. Ed ebbero tali e tali favoriti e tali e tali favorite. Inoltre alcuni uomini in quel tempo scrissero dei libri. Alla fine del XVIII secolo, a Parigi, si riunirono un paio di decine di persone, che cominciarono a dire che tutti gli uomini erano uguali e liberi. A cagione di ciò in tutta la Francia le persone si misero a sgozzarsi e ad affogarsi scambievolmente. Queste persone uccisero il re e molti altri ancora. In quel tempo c'era in Francia un uomo di genio: Napoleone. Egli vinse tutti dovunque, cioè uccise molta gente, poiché era molto geniale. E per una qualche sua ragione egli andò a uccidere gli africani, e li uccise cosí bene e fu cosí astuto e intelligente che, ritornato in Francia, ordinò che tutti gli obbedissero. E tutti gli obbedirono. Fattosi imperatore, di nuovo andò a uccidere gente in Italia, in

Austria e in Prussia. E là pure ne uccise molti. In Russia però c'era l'imperatore Alessandro, che decise di ristabilire l'ordine in Europa e perciò mosse guerra a Napoleone. Ma nel 1807 a un tratto egli si fece amico con lui, e nel 1811 leticò di nuovo, e di nuovo essi fecero morire molta gente. E Napoleone condusse seicentomila uomini in Russia e s'impadroní di Mosca: ma poi improvvisamente fuggí via da Mosca, e allora l'imperatore Alessandro, aiutato dai consigli di Stein e di altri, coalizzò l'Europa per costituire una milizia comune contro il perturbatore della sua tranquillità. Tutti gli alleati di Napoleone diventarono a un tratto suoi nemici, e questa milizia comune andò contro Napoleone, che aveva riunito nuove forze. Gli alleati vinsero Napoleone, entrarono a Parigi, obbligarono Napoleone ad abdicare al trono e lo mandarono all'isola d'Elba, senza privarlo del titolo d'imperatore e rendendogli tutti gli onori, malgrado che cinque anni prima e un anno dopo tutti lo ritenessero un brigante fuori legge. E cominciò a regnare Luigi XVIII, del quale fino a quel momento i francesi e gli Alleati avèvano riso. Napoleone poi, versando lacrime davanti alla vecchia guardia, rinunziò al trono e se ne andò in esilio. Quindi gli abili uomini di Stato e diplomatici (specialmente Talleyrand, che era riuscito a sedersi prima d'un altro su una certa poltrona e perciò aveva ingrandito i confini della Francia) s'intrattennero fra loro a Vienna e con quei discorsi resero i popoli felici o infelici. A un tratto diplomatici e sovrani furono lí lí per accapigliarsi e già erano pronti a ordinare di nuovo ai loro eserciti di uccidersi a vicenda; ma intanto Napoleone era arrivato in Francia con un battaglione di soldati, e i francesi, che l'odiavano, subito gli si sottomisero tutti. Ma i monarchi alleati si adirarono di ciò e ricominciarono a guerreggiare contro i francesi. E vinsero il geniale Napoleone e lo trasportarono all'isola di Sant'Elena, ritenendolo a un tratto un bandito. E là, l'esule, separato da quanti erano cari al suo cuore e dalla sua diletta Francia, morí su una roccia di lenta morte, e trasmise ai posteri le sue grandi gesta. Intanto in Europa ci fu la reazione e tutti i sovrani si misero di nuovo a opprimere i loro popoli ».

Si avrebbe torto di pensare che questo sia uno scherzo, una caricatura, delle narrazioni storiche. Al contrario, questa è la piú mite espressione di quelle risposte contraddittorie e non rispondenti alle domande che dà *tutta* la storia cominciando dagli scrittori di memorie e dalle storie dei vari stati fino alle storie universali e al nuovo tipo di storie della *civiltà* di quel tempo.

La stranezza e la comicità di queste risposte derivano dall'essere la storia moderna simile a un uomo sordo il quale risponda a domande che nessuno gli fa.

Se lo scopo della storia è la descrizione del cammino dell'umanità e dei popoli, la prima domanda, senza la risposta alla quale tutto il resto è incomprensibile, è la seguente: quale è la forza che muove i popoli? Per rispondere a questa domanda la storia moderna racconta con gran cura o che Napoleone era molto geniale o che Luigi XIV era molto orgoglioso o anche che i tali e tali scrittori scrissero i tali e tali libri..

Tutto ciò può benissimo essere, e l'umanità è pronta ad ammetterlo; ma non è ciò che essa chiedeva. Tutto ciò potrebbe essere interessante se noi riconoscessimo un potere divino, fondato su se stesso e sempre eguale, che guida i suoi popoli a mezzo dei Napoleoni, dei Luigi e degli scrittori; ma questo potere noi non lo riconosciamo e perciò, prima di parlare dei Napoleoni, dei Luigi e degli scrittori, bisogna dimostrare il legame che esiste fra questi personaggi e il movimento dei popoli. Se invece del potere divino è stata posta un'altra forza, bisogna chiarire in che consiste questa nuova forza, poiché proprio in questa forza è racchiuso tutto l'interesse della storia.

La storia sembra supporre che questa forza s'intenda di per se stessa e sia conosciuta da tutti. Ma, nonostante tutto il desiderio di ammettere questa nuova forza come nota, chi legga molte opere storiche involontariamente dubiterà che questa nuova forza, intesa dagli stessi storici in modi cosí differenti, sia assolutamente nota a tutti.

II.

Qual è la forza che muove i popoli?

Gli scrittori di biografie particolari e gli storici dei singoli popoli intendono questa forza come un potere proprio degli eroi e dei dominatori. Secondo le loro descrizioni gli eventi si producono esclusivamente per la volontà dei Napoleoni, degli Alessandri o generalmente dei personaggi che descrive quel certo storico particolare. Le risposte date da questa sorta di storici alla domanda intorno alla forza che muove gli eventi soddisfano, sí, ma finché si ascolta un solo storico per ciascun evento. Ma appena questi storici di diverse nazionalità e di diverse opinioni cominciano a descrivere il medesimo fatto, le risposte che essi dànno perdono subito ogni senso, poiché questa forza è intesa da ciascuno di loro in modo non soltanto diverso, ma spesso assolutamente contrario. Uno storico sostiene che un fatto è accaduto per opera di Napoleone; un altro sostiene che è accaduto per opera di Alessandro; un terzo, che è avvenuto per opera di un altro personaggio ancora. Oltre a ciò, gli storici di questa specie si contraddicono l'un l'altro anche nelle spiegazioni di quella forza sulla quale è fondato il potere di un medesimo personaggio. Thiers, bonapartista, dice che il potere di Napoleone era fondato sulla sua virtú e sul suo genio; Lanfrey, repubblicano, dice che esso era fondato sulla menzogna e sull'inganno del popolo. Sicché gli storici di questa specie, per ciò stesso che distruggono le loro rispettive tesi, distruggono il significato della forza che produce gli avvenimenti e non dànno nessuna risposta sulla quistione essenziale della storia.

Gli storici generali, che si occupano di tutti i popoli, sembrano riconoscere la fallacia dell'opinione degli storici particolari intorno alla forza che produce gli avvenimenti. Essi non riconoscono questa forza come un potere proprio degli eroi e dei condottieri, ma la ritengono il risultato di molte forze differentemente dirette. Descrivendo la guerra o la conquista di un popolo, lo storico generale ricerca la cagione di un avvenimento non nel potere di un sol uomo, ma nell'azione reciproca dei molti uomini che sono legati all'avvenimento.

Secondo questa opinione, il potere dei personaggi storici, presentandosi come il prodotto di molte forze, parrebbe non poter essere riguardato come una forza capace di produrre di per se stessa gli avvenimenti. Invece gli storici generali, nella maggior parte dei casi, adoperano il concetto di potere come quello di una forza che di per sé produce gli avvenimenti e riguardo ad essi agisce come causa. Secondo le loro esposizioni il personaggio storico è talvolta un prodotto del suo tempo e il suo potere non è che il prodotto di forze differenti; talaltra il suo potere è la forza che produce gli avvenimenti. Gervinus, Schlosser, per esempio, ed altri, ora dimostrano che Napoleone è il prodotto della rivoluzione, delle idee del 1789 ecc., ora dicono recisamente che la campagna del 1812 e altri avvenimenti che non sono di loro gusto non sono che prodotti della volontà falsamente indirizzata di Napoleone e che le idee stesse del 1789 sono state fermate nel loro sviluppo dall'arbitrio di Napoleone. Le idee della rivoluzione, l'opinione generale hanno prodotto il potere di Napoleone. D'altra parte, il potere di Napoleone ha soffocato le idee della rivoluzione e l'opinione generale.

Questa strana contraddizione non è casuale. Non soltanto essa s'incontra ad ogni passo, ma da filze intere di contraddizioni simili sono formate tutte le descrizioni degli storici generali. Questa contraddizione proviene da questo: che, dopo essersi messi sul terreno dell'analisi, gli storici generali si fermano a metà strada.

Per trovare le forze componenti, eguali alla forza composta o risultante, è necessario che la somma delle forze componenti sia eguale alla risultante. Questa condizione non è mai osservata dagli storici generali, e quindi, per spiegare la forza risultante, essi debbono necessariamente ammettere – oltre alle forze componenti, che sono insufficienti – anche una forza inesplicabile che agisce su quella composta.

Lo storico particolare, descrivendo la campagna del 1813 o la restaurazione dei Borboni, dice nettamente che questi avvenimenti sono stati prodotti dalla volontà di Alessandro. Ma lo storico generale Gervinus, confutando questa opinione dello storico particolare, si sforza di dimostrare che la campagna del 1813 e la restaurazione dei Borboni, oltre che la volontà di Alessandro, ebbero per cause l'attività di Stein, di Metternich, di Mme de Staël, di Talleyrand, di Fichte, di Chateaubriand e di altri. Lo storico, evidentemente, ha diviso il potere di Alessandro nelle sue componenti: Talleyrand, Chateaubriand, ecc.; la somma di queste componenti, cioè l'azione che hanno avuto l'uno sull'altro Chateaubriand, Talleyrand, Mme de Staël e altri, evidentemente non è eguale a tutta la risultante, cioè al fenomeno di milioni di francesi che si sottomisero ai Borboni. Dal fatto che Chateaubriand, Mme de Staël e altri si son dette scambievolmente certe parole deriva soltanto la conseguenza dei loro personali rapporti, ma non la sottomissione di milioni di uomini. Quindi, per spiegare in che modo da quelle loro personali relazioni sia venuta la sottomissione di milioni di uomini, cioè come da componenti eguali ad A sia venuta una risultante eguale a mille A, lo storico deve necessariamente ammettere di nuovo quella stessa forza del potere che ha negata, riconoscendola come il risultato di altre forze, cioè deve ammettere una forza ignota che agisce sulla forza composta. Cosí appunto fanno gli storici generali. E per conseguenza non soltanto contraddicono gli storici particolari, ma si contraddicono essi medesimi.

Gli abitanti delle campagne, a seconda se vogliono la pioggia o il sereno, non avendo una cognizione chiara delle cause della pioggia, dicono che il vento ha scacciato le nuvole, oppure che il vento ha portato le nuvole. Cosí appunto fanno gli storici generali: a volte, quando ciò fa loro comodo, quando coincide con le loro teorie, dicono che il potere è il risultato degli avvenimenti; e a volte, quando debbono dimostrare il contrario, dicono che è il potere che produce gli avvenimenti.

Una terza categoria di storici, che vengono chiamati storici della *civiltà*, seguendo la strada tracciata dagli storici generali, che a volte riconoscono gli scrittori e le dame come forze produttrici di avvenimenti, intendono questa forza in modo assolutamente diverso. Essi la vedono nella cosí detta civiltà, nell'attività intellettuale.

Gli storici della civiltà seguono assolutamente le orme dei loro capostipiti, gli storici generali; giacché se i fatti storici si possono spiegare col dire che certe persone si sono condotte fra loro cosí e cosí, perché non spiegarsi col dire che tali e tali persone hanno scritti i tali e tali libri? Questi storici, da tutto l'immenso numero di indizi che accompagnano ogni fenomeno vivente, scelgono l'indizio dell'attività intellettuale e dicono che questo indizio è la causa. Ma nonostante tutti i loro sforzi per mostrare che la causa del fatto sta nell'attività intellettuale, soltanto col fare qualche concessione si può ammettere che fra l'attività intellettuale e il movimento dei popoli v'è qualcosa di comune, ma in nessun caso è possibile ammettere che l'attività intellettuale guidi i movimenti degli uomini; poiché fenomeni come i crudeli massacri della Rivoluzione francese, che scaturiscono dalla predicazione dell'uguaglianza degli uomini, e le funeste guerre e i supplizi scaturiti dalla predicazione dell'amore non confermano questo presupposto.

Ma ammettendo pure che siano giusti tutti gli ingegnosi ragionamenti dei quali sono piene queste storie; ammettendo che i popoli siano guidati da una indefinibile forza chiamata *idea*, il problema essenziale della storia rimane tuttavia senza risposta, e all'antico potere dei monarchi e all'influenza dei consiglieri e di altri personaggi introdotta dagli storici generali, si aggiunge la nuova forza dell'*idea*, il cui legame con le masse richiede una spiegazione. Si può capire che Napoleone aveva il potere e perciò si compí un dato evento; con qualche concessione si può anche capire che Napoleone insieme con altre influenze fosse la causa di quell'evento; ma in che modo il libro del *Contrat social* abbia potuto far sí che i francesi si massacrassero fra loro, è cosa che non può essere compresa senza la spiegazione del rapporto causale di questa nuova forza col fatto.

Senza dubbio, esiste un legame fra tutti coloro che vivono in un medesimo tempo, e quindi è possibile trovare qualche legame fra l'attività intellettuale degli uomini e il loro moto storico, cosí come si può trovare questo legame fra il moto dell'umanità e il commercio, l'artigianato, il giardinaggio e quel che altro volete. Ma perché l'attività intellettuale degli uomini sia presentata dagli storici della civiltà come la causa o l'espressione di tutto il moto storico è difficile a capire. A una tale conclusione gli storici potevano essere condotti soltanto dalle considerazioni seguenti: 1) che la storia è scritta da studiosi e quindi per essi è naturale e piacevole pensare che l'attività della loro classe sia il fondamento del moto di tutta l'umanità, cosí come sarebbe naturale e piacevole pensare lo stesso per i mercanti, gli agricoltori, i soldati (ciò non avviene soltanto perché non sono i mercanti e i soldati a scrivere la storia); 2) che l'attività spirituale, l'istruzione, la civiltà, la cultura, l'idea, sono tutti concetti vaghi, indefiniti, sotto la bandiera dei quali è molto comodo usare parole che hanno un significato anche meno chiaro e che quindi possono facilmente essere applicabili a qualunque teoria.

Ma senza parlare del merito intrinseco di questa sorta di storie (forse per qualcuno o per qualcosa sono necessarie), le storie della civiltà, a cui sempre piú si riducono tutte le storie generali, sono significative perché, studiando nei loro particolari e seriamente le diverse dottrine religiose, filosofiche, politiche come cause dei fatti, ogni volta che avviene loro di narrare un vero fatto storico come, per esempio, la campagna del 1812, lo descrivono involontariamente come un risultato del potere, dicendo senz'altro che questa campagna è un risultato della volontà di Napoleone. Parlando in questo modo, gli storici della civiltà si contraddicono senza volerlo, o dimostrano che questa nuova forza che essi hanno inventata non esprime i fatti storici e che l'unico mezzo di comprendere la storia è di ammettere quel potere che essi fanno mostra di non riconoscere.

III.

La locomotiva cammina. Si domanda: come si muove? Un contadino dice: è il diavolo che la muove. Un altro dice che la locomotiva cammina perché le sue ruote si muovono. Un terzo afferma che la causa del moto consiste nel fumo, portato via dal vento.

Nulla si può obiettare al contadino. Per confutarlo bisognerebbe che gli si provasse che il diavolo non esiste o che un altro contadino gli spiegasse che non è il diavolo, ma un tedesco che fa muovere la locomotiva. Soltanto allora, da queste contraddizioni, essi vedrebbero che nessuno dei due ha ragione. Ma quello che dice che la causa è il moto delle ruote si contraddice da sé, poiché, se entra nella via dell'analisi, deve procedere sempre piú oltre: deve spiegare la causa del moto delle ruote. E finché non giunge all'ultima causa del moto della locomotiva, al vapore compresso nella caldaia, non avrà il diritto di fermarsi nella ricerca della causa. Quello invece che spiegava il moto della locomotiva col fumo portato indietro dal vento, osservando che la spiegazione del moto per mezzo delle ruote non ce ne rivela la causa, ha preso il primo indizio che gli si è presentato e l'ha fatto passare, per parte sua, come causa.

L'unico concetto che può spiegare il moto della locomotiva è il concetto di una forza eguale al moto visibile.

L'unico concetto per mezzo del quale si può spiegare il moto dei popoli è il concetto di una forza eguale a tutto il moto dei popoli.

Invece sotto questo concetto i diversi storici raggruppano forze assolutamente differenti e tutte *non eguali* al movimento visibile. Alcuni vedono in esso una forza propria direttamente degli eroi, come il contadino vede il diavolo nella locomotiva; altri, una forza che proviene da certe altre forze, come il moto delle ruote; altri ancora, un'influenza intellettuale, come il fumo portato via dal vento.

Finché si scrive la storia di singoli personaggi – siano essi i Cesari, gli Alessandri, i Luteri, o i Voltaire – e non la storia di *tutti*, di *tutti*, senza esclusione, gli uomini che hanno partecipato a un dato avvenimento, non v'è possibilità di descrivere il moto dell'umanità senza il concetto d'una forza che obbliga la gente a dirigere la sua attività verso un medesimo scopo. E l'unico concetto del genere noto agli storici è quello di potere.

Questo concetto è l'unica impugnatura per mezzo della quale è possibile maneggiare il materiale storico nel suo stato attuale, e colui che rompe questa impugnatura, come ha fatto Buckle, senza conoscere un altro mezzo di usare il materiale storico, non fa altro che privarsi dell'ultima possibilità di usarlo. L'inevitabilità del concetto di potere per spiegare i fenomeni storici è dimostrata, meglio che da chiunque altro, dagli stessi storici generali e dagli storici della civiltà, che apparentemente rigettano il concetto di potere, e immancabilmente poi se ne servono ad ogni passo.

La scienza storica finora, riguardo ai problemi dell'umanità, è simile al denaro in circolazione: biglietti di banca e moneta sonante. Le biografie e le storie particolari di un popolo sono come i biglietti di banca. Essi possono girare, circolare, adempiendo la loro funzione senza recar danno a nessuno e anzi con profitto altrui, finché non ci si domanda come sono garentiti. Basta dimenticare la quistione del come la volontà degli eroi produca gli avvenimenti, e le storie dei Thiers diventeranno interessanti, istruttive, e, oltre a ciò, avranno una tinta di poesia. Ma appunto come nasce il dubbio sul valore effettivo dei biglietti, o perché, essendo facile fabbricarli, si comincia a fabbricarne molti, o perché si vuole convertirli in oro, cosí nasce il dubbio sul valore effettivo di questa specie di storie o perché ne appaiono troppe o perché qualcuno, nella sua semplicità, domanda: ma con quale forza Napoleone ha fatto questo?, cioè vuol convertire la carta corrente nell'oro puro d'un concetto reale.

Gli storici generali invece e gli storici della civiltà sono simili a uomini che, conoscendo gl'inconvenienti dei biglietti di banca, avessero deciso di fabbricare, invece dei biglietti, una moneta sonante di un metallo che non avesse il peso specifico dell'oro. E la moneta difatti sarebbe *sonante*, ma soltanto *sonante*. I biglietti potevano ancora ingannare gl'ignari; la moneta sonante ma senza valore non può ingannare nessuno. Come l'oro è oro soltanto quando può servire non solo ad essere cambiato, ma anche ad essere usato, cosí gli storici generali saranno oro soltanto quando saranno capaci di rispondere alla domanda essenziale della storia: che cosa è il potere? Gli storici generali rispondono a questa domanda in modo contraddittorio e gli storici della civiltà la scartano addirittura, rispondendo a tutt'altra cosa. E come i gettoni che somigliano all'oro possono soltanto essere adoperati in un gruppo di persone che si siano messe d'accordo per considerarli come oro e in mezzo a coloro che non conoscono le proprietà dell'oro, cosí anche gli storici generali e gli storici della civiltà, non rispondendo alle quistioni essenziali dell'umanità, servono per certi loro scopi come moneta corrente alle università e alla folla dei lettori, che amano i libri seri, come essi li chiamano.

IV.

Ripudiata l'opinione degli antichi sulla divina sottomissione della volontà dei popoli a un solo eletto e sulla sottomissione di questa volontà alla divinità, la storia non può fare neppure un passo senza contraddirsi, a meno che non scelga una di queste due soluzioni: o tornare all'antica opinione dell'immediata partecipazione della divinità alle faccende umane, o spiegare in modo preciso il significato di quella forza che produce gli avvenimenti storici e che si chiama potere.

Tornare alla prima è impossibile: la fede è distrutta; e quindi è necessario spiegare il significato del termine di potere.

Napoleone ha ordinato di raccogliere delle truppe e di andare alla guerra. Questo modo di rappresentarsi le cose ci è tanto consueto, ci siamo a tal punto abituati a questa idea, che la domanda perché seicentomila uomini vadano in guerra quando Napoleone pronunzia certe parole ci sembra assurda. Egli aveva il potere e perciò veniva eseguito ciò che egli comandava.

Questa risposta è perfettamente soddisfacente se crediamo che il potere gli è stato dato da Dio. Ma non appena cessiamo di ammetterlo, è necessario definire che cosa sia questo potere di un uomo sugli altri.

Questo potere non può essere il potere diretto della supremazia fisica di un essere forte sul debole – supremazia basata sull'impiego o sulla minaccia dell'impiego della forza fisica – come il potere di Ercole; non può essere neppure basato sulla supremazia della forza morale, come, in semplicità di spirito, pensano alcuni storici, dicendo che i personaggi storici sono eroi, cioè uomini dotati d'una particolare forza d'animo e d'ingegno chiamata genio. Questo potere non può essere basato sulla supremazia della forza morale, visto che, senza parlare degli uomini-eroi come Napoleone, sulle qualità morali dei quali le opinioni sono molto divise, la storia ci mostra che né i Luigi XI né i Metternich, che hanno governato milioni di uomini, avevano alcuna particolare forza d'animo, ma al contrario erano per la massima parte moralmente piú deboli di ciascun uomo fra quei milioni di uomini che essi governavano.

Se la sorgente del potere non sta nelle qualità fisiche né nelle qualità morali dell'uomo che lo possiede, allora evidentemente la sorgente di questo potere deve trovarsi fuori dell'uomo, in quelle relazioni con la massa nelle quali si trova l'uomo che possiede il potere.

Cosí comprende il potere la scienza del diritto, che è il banco di cambio della storia, che promette di convertire il concetto storico del potere in oro puro.

Il potere è la somma delle volontà delle masse trasferita, con un accordo espresso o tacito, nei dirigenti scelti dalle masse.

Nel campo della scienza del diritto, la quale è composta di ragionamenti sul modo come dovrebbero essere organizzati lo Stato e il potere, se fosse possibile organizzarli, tutto questo è molto chiaro; ma, applicata alla storia, questa definizione del potere richiede dei chiarimenti.

La scienza del diritto considera lo Stato e il potere come gli antichi consideravano il fuoco, cioè come qualcosa che ha un'esistenza assoluta. Per la storia invece lo Stato e il potere sono soltanto fenomeni, precisamente come per i fisici del tempo nostro il fuoco non è un elemento, ma un fenomeno.

Da questa fondamentale differenza di vedute fra la storia e la scienza del diritto proviene che la scienza del diritto può raccontare partitamente come, secondo essa, bisognerebbe organizzare il potere e che cosa è il potere che esiste come entità immobile al di fuori del tempo; ma alle domande della storia sulla funzione del potere che si modifica nel tempo non può rispondere nulla.

Se il potere è una somma di volontà trasferita in chi governa, allora Pugaciòv è il rappresentante della volontà delle masse? Se non lo è, perché allora ne è il rappresentante Napoleone I? Perché Napoleone III quando fu arrestato a Boulogne era un criminale, e poi furono criminali coloro che l'avevano arrestato?

Anche nelle rivoluzioni di palazzo, alle quali partecipano a volte due o tre persone, la volontà delle masse si trasferisce in un nuovo personaggio? Nelle relazioni internazionali la volontà delle masse di un popolo si trasferisce sul suo conquistatore? Nel 1808 la volontà della Confederazione renana si era trasferita in Napoleone? La volontà della massa del popolo russo era trasferita in Napoleone nel 1809, quando le nostre truppe, alleate coi francesi, andarono a combattere contro l'Austria?

A queste domande si può rispondere in tre modi: 1) riconoscere che la volontà delle masse si trasmette sempre incondizionatamente a quello o a quei dirigenti che esse hanno scelti, e che quindi ogni sorgere d'un nuovo potere, ogni lotta contro il potere già trasmesso non debbono essere considerati se non come violazioni del potere attuale; oppure 2) riconoscere che la volontà delle masse è trasferita nei dirigenti condizionatamente, con patti definiti e determinati, e mostrare che tutte queste restrizioni, scosse, e anche distruzioni di potere provengono dall'inosservanza da parte dei dirigenti di quei patti con l'osservanza dei quali il potere era stato trasmesso; oppure 3) riconoscere che la volontà delle masse è trasferita nei dirigenti condizionatamente, ma sotto condizioni sconosciute, indefinite, e che il sorgere di molti poteri, le loro lotte e la loro caduta provengono soltanto dall'avere i dirigenti osservato piú o meno le ignote condizioni sotto le quali la volontà delle masse viene trasferita da certe persone in altre.

Infatti in questi tre modi gli storici spiegano i rapporti delle masse coi governanti.

Alcuni storici, non comprendendo, nella loro semplicità, il significato del potere, quegli stessi storici particolari e biografici dei quali si è parlato di sopra, sembrano ammettere che la somma delle volontà delle masse si trasferisca incondizionatamente nei personaggi storici, e quindi, descrivendo un qualunque potere, questi storici suppongono che questo stesso potere sia esso solo assoluto e vero, e che ogni altra forza che agisca contro questo vero potere non sia potere, ma distruzione di potere, violenza.

La loro teoria, adatta ai periodi primitivi e pacifici della storia, applicata ai periodi complicati e tempestosi della vita dei popoli, nei quali sorgono contemporaneamente e combattono fra loro poteri diversi, ha questo inconveniente, che uno storico legittimista proverà che la Convenzione, il Direttorio e Bonaparte, non erano che violatori del potere, e invece un repubblicano e un bonapartista proveranno l'uno che la Convenzione e l'altro che l'Impero erano il vero potere e che tutto il resto era violazione di potere. È evidente che, confutandosi l'un l'altro in questo modo, le spiegazioni del potere date da questi storici possono essere buone per i bambini della piú tenera età.

Riconoscendo la falsità di queste vedute storiche, un'altra specie di storici dice che il potere è basato sulla trasmissione condizionata ai dirigenti della somma delle volontà delle masse e che i personaggi storici hanno il potere soltanto a condizione di realizzare il programma a loro prescritto per tacita intesa dalla volontà del popolo. Ma in che cosa consista tale condizione questi storici non dicono o, se lo dicono, si contraddicono di continuo l'un l'altro.

Ogni singolo storico, secondo la sua veduta su ciò che costituisce lo scopo del moto di un popolo, scorge questa condizione nella grandezza, nella ricchezza, nella libertà, nell'istruzione dei cittadini della Francia o di un altro Stato. Ma, a non voler parlare delle contraddizioni degli storici riguardo a queste condizioni, ammettendo perfino che esista un programma comune ed unico di tutte queste condizioni, i fatti storici quasi sempre contraddicono questa teoria. Se le condizioni sotto le quali è trasmesso il potere consistono nella ricchezza, nella libertà, nell'istruzione del popolo, perché i Luigi XIV e gli Ivàn il Terribile, terminano tranquillamente il loro regno e i Luigi XVI e i Carlo I sono giustiziati dai loro popoli? A tale domanda questi storici rispondono che l'attività di Luigi XIV, contraria al programma, si rifletté su Luigi XVI. Ma perché non si rifletté su Luigi XIV, su Luigi XV, e doveva proprio riflettersi su Luigi XVI? E quale è la scadenza di questo riflettersi? A queste domande non c'è e non ci può essere risposta. Altrettanto poco ci si spiega, seguendo questa opinione, la ragione del fatto che, per diversi secoli, la somma delle volontà resti ferma nei propri governanti e nei loro eredi, e poi tutt'a un tratto, nel corso di cinquant'anni, si trasferisca nella Convenzione, nel Direttorio, in Napoleone, in Alessandro, in Luigi XVIII, di nuovo in Napoleone, in Carlo X, in Luigi Filippo, nel governo repubblicano, in Napoleone III. Nello spiegare questi rapidi trasferimenti delle volontà da una persona nell'altra, e specialmente quando si tratta di relazioni internazionali, di conquiste e di alleanze, questi storici debbono involontariamente confessare che una parte di tali fenomeni non sono trasferimenti regolari di volontà, ma sono casi, che dipendono ora dalla scaltrezza, ora dall'errore o dalla perfidia o dalla debolezza di un diplomatico o di un sovrano o di un capopartito. Cosicché la maggior parte dei fenomeni storici, lotte intestine, rivoluzioni, conquiste, appaiono a questi storici non già come conseguenze della trasmissione di libere volontà, ma come conseguenze della volontà di uno solo o di pochi erroneamente indirizzata, cioè ancora una volta come violazioni di potere. E perciò gli avvenimenti anche a storici di questa specie si presentano come eccezioni alla loro teoria.

Questi storici sono simili a un botanico che, avendo notato che alcune piante escono dal seme con due cotiledoni, volesse sostenere che tutto ciò che nasce, nasce soltanto diviso in due cotiledoni e che la palma, il fungo e anche la quercia, ramificandosi nella loro piena crescenza e non avendo piú l'aspetto di dicotiledoni, sono eccezioni alla teoria.

Gli storici della terza categoria ammettono che la volontà delle masse si trasferisce condizionatamente nei personaggi storici, ma che queste condizioni ci sono ignote. Dicono che i personaggi storici hanno il potere soltanto perché adempiono la volontà delle masse trasferita in loro.

Ma in tal caso, se la forza che muove i popoli è posta non nei personaggi storici, ma nei popoli stessi, in che consiste l'importanza di questi personaggi storici?

I personaggi storici, dicono gli storici, esprimono la volontà delle masse: l'attività dei personaggi storici serve a rappresentare l'attività delle masse.

Ma in tal caso sorge una domanda: è tutta l'attività dei personaggi storici o soltanto una certa parte conosciuta di essa che serve ad esprimere la volontà delle masse? Se è tutta l'attività dei personaggi storici che serve ad esprimere la volontà delle masse, come pensano alcuni, allora le biografie dei Napoleoni, delle Caterine, con tutti i particolari dei pettegolezzi di Corte, servirebbero ad esprimere la vita dei popoli, il che è evidentemente assurdo; se invece fosse soltanto un lato dell'attività di un personaggio storico ad esprimere la vita dei popoli, come ritengono altri presunti storici-filosofi, per definire qual è il lato dell'attività di un personaggio storico che esprime la vita di un popolo bisogna sapere prima in che cosa consiste la vita di un popolo.

Imbattendosi in questa difficoltà, gli storici di questo tipo escogitano la piú confusa, inafferrabile e generica astrazione sotto cui si possa ricondurre il maggior numero di fatti, e dicono che in questa astrazione sta lo scopo del moto dell'umanità. Le piú comuni e generiche astrazioni, accettate da quasi tutti gli storici, sono la libertà, l'eguaglianza, l'istruzione, il progresso, la civiltà, la cultura. Ponendo come scopo del moto dell'umanità una qualsiasi astrazione, gli storici studiano gli uomini che hanno lasciato dietro di loro il maggior numero di monumenti – re, ministri, condottieri, scrittori, riformatori, papi, giornalisti – nella misura in cui tutti questi personaggi, secondo loro, hanno appoggiato o combattuto una data astrazione. Ma siccome nulla prova che lo scopo dell'umanità consista nella libertà, nell'uguaglianza, nell'istruzione o nella civiltà, e siccome il legame delle masse coi dirigenti e luminari dell'umanità è fondato soltanto sull'arbitraria supposizione che la somma delle volontà delle masse si trasferisca sempre in quei personaggi che ci paiono emergere, anche l'attività di milioni di uomini che migrano, bruciano le case, abbandonano l'agricoltura, si massacrano a vicenda, non si esprime mai nella descrizione dell'attività di una diecina di persone che non bruciano le case, non si occupano di agricoltura e non uccidono i loro simili.

La storia ce lo dimostra ad ogni passo. Il fenomeno esistente fra i popoli d'occidente alla fine del secolo passato e il loro moto verso oriente si spiega forse con l'azione di Luigi XIV, Luigi XV e Luigi XVI, delle loro favorite, dei loro ministri, con la vita di Napoleone, di Rousseau, di Diderot, di Beaumarchais e di altri?

Il moto del popolo russo verso oriente, verso Kazàn' e la Siberia, si esprime forse attraverso i particolari del carattere morboso di Ivàn il Terribile, e della sua corrispondenza con Kurbskij?

Il moto dei popoli al tempo delle Crociate si spiega forse con lo studio della vita dei Goffredi, dei Luigi e delle loro dame? Per noi resta inspiegabile il movimento dei popoli da occidente verso oriente, senza nessun scopo, senza capi, con una folla di vagabondi, con Pietro l'Eremita. E anche piú resta incomprensibile la cessazione di questo movimento quando alle Crociate i personaggi storici avevano dato chiaramente uno scopo ragionevole e santo, la liberazione di Gerusalemme. Papi, re e cavalieri eccitavano il popolo ad andare a liberare la Terrasanta; ma il popolo non ci andava perché l'ignota causa che prima li induceva a quel moto non esisteva piú. La storia dei Goffredi e dei trovatori, evidentemente, non può contenere in sé la vita dei popoli. E la storia dei Goffredi e dei trovatori rimane la storia dei Goffredi e dei trovatori, e la storia della vita dei popoli e dei loro impulsi è rimasta ignota.

Ancora meno ci spiegherà la vita dei popoli la storia degli scrittori e dei riformatori.

La storia della civiltà ci spiega le opinioni, le condizioni di vita e di pensiero di uno scrittore o di un riformatore. Veniamo a sapere che Lutero aveva un carattere focoso e faceva tali e tali discorsi; veniamo a sapere che Rousseau era diffidente e che scrisse tali e tali libri; ma non veniamo a sapere perché dopo la Riforma i popoli si massacrarono e perché al tempo della Rivoluzione francese gli uomini si ghigliottinarono fra loro.

A unire insieme queste due storie, come fanno gli storici piú moderni, si avranno le storie dei monarchi e degli scrittori, ma non la storia della vita dei popoli.

V.

La vita dei popoli non si compendia nella vita di alcune persone, perché il legame fra queste persone e i popoli non è stato trovato. La teoria secondo cui questo legame è fondato sul trasferimento della somma delle volontà nei personaggi storici è un'ipotesi non confermata dall'esperienza della storia.

La teoria che ammette il trasferimento della somma delle volontà delle masse nei personaggi storici spiega forse molte cose nel campo della scienza del diritto e forse è necessaria per i suoi fini; ma, applicata alla storia, appena si presenta una rivoluzione, una conquista, una guerra civile, appena comincia la storia, questa teoria non spiega nulla.

Questa teoria sembra incontrovertibile, proprio perché l'atto del trasferimento delle volontà di un popolo non si può provare, visto che non è mai esistito.

Qualunque avvenimento si sia compiuto, chiunque si sia posto a capo di questo avvenimento, la teoria può sempre dire che il tale personaggio si è posto a capo di quell'avvenimento perché la somma delle volontà era stata trasferita in lui.

Le risposte date da questa teoria ai problemi storici sono simili alle risposte di un uomo che, vedendo un gregge in movimento, senza tener conto della diversa qualità del pascolo nei diversi punti del terreno e della direzione che il pastore ha dato al gregge, giudicasse delle cause dell'una o dell'altra direzione del gregge dall'animale che va innanzi al gregge.

« Il gregge va per quella direzione perché l'animale che va innanzi lo conduce e la somma delle volontà di tutti gli altri animali è stata trasmessa a questa guida del gregge ». Cosí risponde la prima categoria di storici, i quali ammettono la trasmissione incondizionata del potere.

« Se gli animali che vanno in testa al gregge vengono cambiati, ciò accade perché la somma delle volontà di tutti gli animali è trasferita da una guida a un'altra, a seconda se questo animale conduce il gregge per la via scelta dall'intero gregge ». Cosí rispondono gli storici che ammettono che la somma delle volontà della massa sia trasferita nei governanti sotto alcune condizioni che essi ritengono note. (Con questo metodo di osservare accade molto spesso che l'osservatore, regolandosi sulla direzione scelta da lui, scambi per guide quelli che, per via d'un cambiamento di direzione delle masse, non sono piú in testa, ma di fianco e a volte in coda al gregge).

« Se mutano continuamente gli animali che vanno in testa e muta continuamente la direzione di tutto il gregge, è perché, per raggiungere la meta a noi nota, gli animali trasmettono le loro volontà a quegli animali che ci paiono emergere; e per studiare il movimento del gregge bisogna osservare tutti gli animali che ci paiono emergere da tutti i lati del gregge ». Cosí dicono gli storici della terza categoria, che riconoscono come espressioni del loro tempo tutti i personaggi storici, dai sovrani ai giornalisti.

La teoria del trasferimento delle volontà delle masse nei personaggi storici non è che una perifrasi, una ripetizione con altre parole delle parole della domanda.

– Qual è la causa degli avvenimenti storici? – Il potere. – Che cos'è il potere? – Il potere è la somma delle volontà trasferite in un individuo. – Sotto quale condizione le volontà delle masse si trasferiscono in un individuo? – A condizione che quella persona esprima le volontà di tutti.

Cioè il potere è il potere. Cioè il potere è una parola, il cui significato ci è incomprensibile.

Se il campo dell'umana conoscenza si limitasse al pensiero astratto, allora, dopo aver sottoposta a critica la definizione del potere che ci dà la *scienza*, l'umanità sarebbe venuta alla conclusione che il potere è soltanto una parola e in realtà non esiste. Ma per la comprensione del fenomeno, oltre al pensiero, l'uomo ha lo strumento dell'esperienza, col quale egli verifica i risultati del pensiero. E l'esperienza dice che il potere non è una parola, ma un fenomeno realmente esistente.

A parte il fatto che del concetto di potere non può fare a meno nessuna descrizione dell'attività collettiva degli uomini, l'esistenza del potere è provata cosí dalla storia come dall'osservazione degli avvenimenti contemporanei.

Sempre, quando si compie un avvenimento, appare un uomo, o alcuni uomini, secondo la cui volontà l'avvenimento sembra essersi compiuto. Napoleone III lo ordina, e i francesi vanno al Messico. Il re di Prussia e Bismarck lo ordinano, e le truppe vanno in Boemia. Napoleone I lo comanda, e le truppe vanno in Russia. Alessandro I lo comanda, e i francesi si sottomettono ai Borboni. L'esperienza ci dimostra che qualsiasi fatto avvenuto è sempre legato alla volontà di una o piú persone che l'hanno ordinato.

Gli storici, per la vecchia abitudine di riconoscere la partecipazione divina nei fatti umani, vogliono vedere la causa d'un fatto nell'espressione della volontà d'un uomo investito del potere; ma questa conclusione non è confermata né dal ragionamento, né dall'esperienza.

Da una parte, il ragionamento prova che l'espressione della

volontà dell'uomo – le sue parole – è soltanto una parte dell'attività generale che si manifesta in un avvenimento, per esempio in una guerra o in una rivoluzione; e perciò, a meno di non riconoscere una forza incomprensibile e soprannaturale – il miracolo –, non si può ammettere che le parole possano essere la causa diretta del movimento di milioni di uomini; dall'altra, anche ammettendo che le parole possano esser la causa di un avvenimento, la storia ci mostra che la manifestazione della volontà dei personaggi storici nella maggior parte dei casi non produce nessun effetto, che cioè i loro ordini spesso non soltanto non sono eseguiti, ma talvolta accade assolutamente il contrario di ciò che essi hanno ordinato.

Non ammettendo l'intervento divino nei fatti umani, noi non possiamo ammettere il potere come causa degli avvenimenti.

Il potere, dal punto di vista dell'esperienza, è soltanto un rapporto di dipendenza esistente fra l'espressione della volontà di una persona e il compimento di questa volontà da parte di altre persone.

Per spiegarci le condizioni di questo rapporto di dipendenza, dobbiamo richiamare prima di tutto il concetto di espressione di volontà, riportandolo all'uomo e non alla divintà.

Se la divinità dà un ordine, esprime la sua volontà come ci mostra la storia degli antichi, la manifestazione di questa volontà non dipende dal tempo e non è provocata da niente, dato che la divinità non è in nessun modo legata all'evento. Ma, parlando di ordini – espressione della volontà di uomini che agiscono nel tempo e sono legati fra loro – noi, per spiegarci il legame degli ordini con gli avvenimenti, dobbiamo ristabilire: 1) le condizioni di tutto ciò che accade: la continuità di moto nel tempo tanto dei fatti quanto della persona che li ordina; 2) le condizioni di legame necessario in cui si trova colui che ordina con quelle persone che eseguiscono i suoi ordini.

VI.

Soltanto la manifestazione della volontà divina, indipendente dal tempo, può riferirsi a tutt'una serie di avvenimenti che si debbono compiere dopo anni o dopo secoli, e soltanto la divinità, non essendovi indotta da nulla, per sua sola volontà, può definire la direzione del moto dell'umanità; l'uomo invece agisce nel tempo e partecipa egli stesso all'avvenimento.

Ristabilendo la prima condizione omessa, la condizione di tempo, vedremo che neppur un ordine può essere eseguito senza che vi sia un ordine precedente che renda possibile l'esecuzione di questo.

Nessun ordine mai appare arbitrariamente né racchiude in sé tutt'una serie di avvenimenti; ma ogni ordine deriva da un altro e non si lega mai a tutt'una serie di avvenimenti, ma sempre soltanto a un unico momento di un avvenimento.

Quando diciamo, per esempio, che Napoleone diede ordine alle truppe di andare alla guerra, riuniamo in un solo ordine espresso in una volta sola tutta una serie di ordini consecutivi, dipendenti l'uno dall'altro. Napoleone non poté ordinare la campagna contro la Russia e non l'ordinò mai. Egli ordina oggi di scrivere certe lettere a Vienna, a Berlino e a Pietroburgo; domani certi decreti e ordini all'esercito, alla flotta e all'intendenza, ecc.: milioni di ordini dai quali si formò la serie di ordini che si addicevano alla serie degli avvenimenti che condussero le truppe francesi in Russia.

Se Napoleone durante tutto il suo regno dà ordini per una spedizione contro l'Inghilterra e in nessun'altra delle sue imprese spreca tanti sforzi e tanto tempo, e malgrado ciò durante tutto il suo regno neppure una volta tenta di mettere in atto la sua intenzione, ma fa una spedizione contro la Russia con la quale, secondo un convincimento piú volte espresso, crede profittevole essere in alleanza, ciò proviene dal fatto che i primi ordini non si addicevano a una certa serie di avvenimenti, mentre i secondi vi si addicevano.

Perché un ordine sia eseguito di sicuro, bisogna che un uomo impartisca un ordine che possa essere eseguito. Sapere poi ciò che può e ciò che non può essere eseguito è impossibile, non soltanto per la campagna napoleonica contro la Russia, alla quale presero parte milioni di uomini, ma anche per il piú semplice degli avvenimenti, poiché per l'esecuzione dell'uno e dell'altro ordine si possono incontrare milioni di ostacoli. Ogni ordine eseguito è sempre uno fra l'immenso numero dei non eseguiti. Tutti gli ordini impossibili non si legano all'avvenimento e non vengono eseguiti. Solo quelli che sono possibili si collegano in serie consecutive di ordini adatti alla serie di fatti, e vengono eseguiti.

La nostra falsa idea che l'ordine che precede un avvenimento sia la causa dell'avvenimento proviene dalla circostanza che quando l'avvenimento è compiuto e solo quelli, fra i mille ordini impartiti, che si legavano agli avvenimenti sono stati eseguiti, noi dimentichiamo quelli che non sono stati eseguiti perché non potevano esserlo. Oltre a ciò, la fonte principale del nostro errore in questo senso deriva dal fatto che nell'esposizione storica tutt'una serie d'innumerevoli e diversi minutissimi avvenimenti, come, per esempio, tutto ciò che condusse le truppe francesi in Russia, si generalizza in un solo avvenimento secondo il risultato che questa serie di avvenimenti ha prodotto; e, in corrispondenza a questa generalizzazione, si generalizza anche tutta la serie degli ordini in un'unica espressione di volontà.

Noi diciamo: Napoleone volle e fece la campagna contro la Russia. In realtà noi non troveremo mai, in tutta l'attività di Napoleone, nulla che somigli all'espressione di questa volontà, ma vedremo serie di ordini, o espressioni della sua volontà, rivolti agli scopi piú diversi e piú vaghi. Da un'infinita serie di ordini napoleonici non eseguiti si è formata una specie di ordini eseguiti per la campagna del 1812, non perché questi si distinguessero in qualcosa dagli altri ordini non eseguiti, ma perché la serie di questi ordini coincise con una serie di avvenimenti che condussero le truppe francesi in Russia: nello stesso modo come si dipinge con lo stampo questa o quella figura, non a seconda della parte e del modo in cui è stata colorita, ma perché la figura ritagliata nello stampo è stata ricoperta di colore da ogni parte.

Sicché, esaminando nel tempo il rapporto fra gli ordini e gli avvenimenti, troveremo che l'ordine non può mai essere causa di un avvenimento, ma fra l'uno e l'altro esiste una certa dipendenza definita.

Per capire in che consista questa dipendenza è necessario ristabilire l'altra condizione omessa di ogni ordine che promani non dalla divinità ma da un uomo, e che consiste nel fatto che l'uomo che impartisce l'ordine partecipa egli stesso all'avvenimento.

Questo rapporto di chi ordina con coloro ai quali impartisce l'ordine è proprio ciò che si chiama potere. Questo rapporto consiste in quel che segue:

Per agire in comune gli uomini si riuniscono sempre in certi agglomerati nei quali, nonostante la differenza del fine assegnato all'attività comune, i rapporti fra gli uomini che prendono parte all'azione restano sempre i medesimi.

Riunendosi in questi agglomerati, gli uomini creano sempre fra di loro un rapporto per cui il maggior numero prende la maggior parte diretta e il minor numero la minor parte diretta in quella azione collettiva per la quale si sono riuniti.

Di tutti gli agglomerati che formano gli uomini per il compimento di azioni collettive, uno dei piú spiccati e definiti è l'esercito.

Ogni esercito è costituito di membri del grado militare piú basso, i soldati semplici, chc sono sempre la grande maggioranza; poi da quelli un po' piú in su di grado, i caporali, i sottufficiali, che sono in numero minore dei primi; di quelli di grado ancora piú elevato, il cui numero è ancora minore, e cosí di seguito fino alla suprema autorità militare che è concentrata in una sola persona.

L'ordinamento militare può essere esattamente rappresentato dalla figura di un cono, di cui i soldati semplici formano la base di maggior diametro; le altre basi piú alte e minori sono i gradi superiori dell'esercito, e cosí di seguito fino al vertice del cono, la cui cima sarà formata dal condottiero.

I soldati, che sono i piú numerosi, formano i punti piú bassi del cono e la sua base. Il soldato uccide, massacra, incendia, saccheggia direttamente e sempre per queste azioni riceve un ordine da quelli che stanno piú in su; ma egli stesso non comanda mai. Il sottufficiale (il numero dei sottufficiali è già minore) agisce piú di rado, ma comanda già. L'ufficiale agisce ancora piú di rado, ma comanda piú spesso. Il generale si limita ad ordinare alle truppe di marciare, indica l'obiettivo, e non adopera quasi mai le armi. Il condottiero poi non può mai agire direttamente e non fa che dare delle disposizioni generali per i movimenti delle masse. Gli stessi rapporti delle persone fra loro si delineano in tutti gli agglomerati di uomini costituiti per un'azione comune: nell'agricoltura, nel commercio e in ogni amministrazione.

Cosí, senza dividere artificialmente tutti i punti che si fondono nel cono e i gradi dell'esercito, o i gradi e le posizioni di qualsivoglia amministrazione o impresa collettiva, dagli infimi ai piú alti, si delinea una legge secondo la quale gli uomini, per esplicare delle azioni insieme, si pongono sempre fra loro in rapporto tale che, quanto piú direttamente prendono parte all'azione, tanto meno comandano e sono in numero maggiore; e quanto minore è la parte diretta che gli uomini prendono all'azione stessa, tanto piú comandano e sono in numero minore; cosí è salendo dagli strati inferiori fino a quell'ultimo ed unico uomo che prende la minor parte diretta all'azione e che piú di tutti rivolge la sua attività a dare ordini.

E questo rapporto degli uomini che ordinano con quelli che ricevono gli ordini costituisce l'essenza del concetto chiamato potere.

Ristabilendo le condizioni di tempo nelle quali accadono tutti gli avvenimenti, abbiamo trovato che un ordine è eseguito soltanto quando concorda con una serie adatta di avvenimenti. Ristabilendo poi le necessarie condizioni di legame fra chi comanda e chi eseguisce, abbiamo trovato che, per la loro stessa natura, coloro che comandano hanno la minor parte negli avvenimenti e che la loro attività è esclusivamente diretta a impartire ordini.

VII.

Quando accade un avvenimento qualsiasi la gente esprime le sue opinioni, i suoi desideri relativamente a quel fatto, e siccome l'avvenimento scaturisce dalla somma delle azioni di molte persone, una fra queste opinioni o fra questi desideri si avvererà senza dubbio, magari approssimativamente. Quando una delle opinioni espresse si avvera, quest'opinione si lega all'avvenimento, come un ordine che lo preceda.

Degli uomini trascinano una trave. Ognuno esprime la sua opinione sul come e dove trascinarla. La trave va a posto, e si vede che la cosa è stata fatta come aveva detto uno di loro. È lui che ha dato l'ordine. Ecco l'ordine e il potere sotto il loro aspetto primitivo: colui che piú lavorava con le mani meno poteva pensare a ciò che stava facendo e intendere ciò che poteva derivare dall'attività comune e dar ordini; colui che, spiegando maggior attività, piú dava ordini con le parole, poteva evidentemente agire meno con le braccia.

In una piú vasta riunione d'individui che rivolgano la loro attività ad un medesimo scopo sono ancor piú nettamente separate le categorie delle persone, le quali, quanto meno prendono parte direttamente all'attività comune, tanto piú rivolgono la loro a dare ordini.

L'uomo, quando agisce solo, porta sempre in sé una certa serie di considerazioni che gli pare abbiano guidato la sua attività passata, gli giustificano la sua presente attività e lo guidano nell'immaginare le sue azioni future. Allo stesso modo si comportano le riunioni di persone, lasciando a quelli che non prendono parte all'azione la cura di riflettere, di giustificare e predisporre l'attività collettiva.

Per cause che ci sono note o ignote i francesi cominciano ad affogarsi e a scannarsi a vicenda. E, in corrispondenza dell'avvenimento, esso è accompagnato dalla sua giustificazione costituita dalle volontà espresse della gente che dice come ciò sia necessario per il bene della Francia, per la libertà, per l'eguaglianza. Gli uomini smettono di scannarsi l'un l'altro e questo avvenimento è accompagnato dalla giustificazione della necessità di un potere unitario, della resistenza all'Europa, ecc. Le genti vanno da occidente a oriente uccidendo i loro simili e a quest'avvenimento si accompagnano parole sulla gloria della Francia, sulla bassezza dell'Inghilterra, ecc. La storia ci mòstra che queste giustificazioni dell'avvenimento non hanno nessun senso comune, si contraddicono da sé, come l'uccisione di un uomo perché siano riconosciuti i suoi diritti e l'uccisione di milioni di persone in Russia perché l'Inghilterra sia umiliata. Ma queste giustificazioni in senso attuale hanno un significato necessario.

Queste giustificazioni tolgono la responsabilità morale agli uomini che sono autori dell'avvenimento. Questi scopi temporanei sono come le spazzole che vanno sui binari davanti ai treni per spazzare la strada ferrata: puliscono la strada dalla responsabilità morale delle persone. Senza queste giustificazioni non si potrebbe spiegare la piú semplice domanda che si presenta nell'esaminare qualunque avvenimento: in che modo milioni di uomini compiono delitti collettivi, guerre, massacri, ecc?

Con le complicate forme attuali della vita politica e sociale in Europa, è possibile immaginare un avvenimento qualsiasi che non sia prescritto, indicato, ordinato dai sovrani, dai ministri, dai parlamentari, dai giornali? C'è una qualsiasi azione collettiva che non trovi una giustificazione nell'unità statale, nel principio di nazionalità, nell'equilibrio europeo, nella civiltà? Sicché ogni avvenimento compiuto coincide necessariamente con un desiderio espresso da qualcuno e, ricevendo la sua giustificazione, si presenta come il risultato della volontà di una o piú persone.

Qualunque sia la direzione di una nave in movimento, davanti ad essa si vedranno sempre i baffi delle onde che essa taglia. Per gli uomini che si trovano sulla nave, il moto di questi baffi sarà l'unico moto percettibile.

Soltanto seguendo da vicino, momento per momento, il muoversi di questi baffi e mettendolo in relazione col moto della nave, vedremo che ogni momento del muoversi dei baffi è determinato dal muoversi della nave e che ci aveva tratti in errore il fatto che noi stessi avanzavamo senza accorgercene.

Lo stesso vediamo seguendo momento per momento il cammino dei personaggi storici (cioè ristabilendo la condizione necessaria di tutto ciò che avviene: la condizione della continuità dei movimenti del tempo) e non perdendo di vista i necessari legami dei personaggi storici con le masse.

Quando una nave va sempre in una stessa direzione, davanti ad essa si trovano sempre i medesimi baffi; quando cambia spesso direzione, cambiano spesso anche i baffi che corrono davanti ad essa. Ma da qualunque parte essa si volti, sempre ci saranno i baffi che precederanno il suo moto.

Qualunque cosa accada, si vedrà sempre che è stata preveduta e ordinata. Dovunque si diriga la nave, i baffi, senza guidarne né aumentarne il movimento, rumoreggeranno innanzi ad essa e di lontano ci parranno non soltanto muoversi a loro arbitrio, ma anche guidare il moto della nave.

Osservando soltanto le espressioni di volontà dei personaggi storici che, come gli ordini, hanno avuto rapporto con gli avvenimenti, gli storici hanno ritenuto che gli avvenimenti dipendano dagli ordini. Osservando invece gli avvenimenti medesimi e il legame con le masse dei personaggi storici, noi abbiamo trovato che i personaggi storici e i loro ordini dipendono dagli avvenimenti. Serva di prova indiscutibile di questo asserto il fatto che, per quanti siano gli ordini dati, l'avvenimento non si compie se non vi concorrono altre cause; ma, appena compiuto l'avvenimento, qualunque esso sia, fra tutte le volontà che continuamente esprimono i diversi personaggi storici se ne trovano di quelle che, per il loro significato e la loro epoca, assumeranno riguardo all'avvenimento l'aspetto di ordini.

Venuti a questa conclusione, possiamo rispondere nettamente e positivamente a queste due domande essenziali della storia:

1) Che cosa è il potere?

2) Qual è la forza che produce il moto dei popoli?

1) Il potere è quella relazione fra una data persona ed altre persone, per la quale questa persona tanto meno partecipa ad un fatto, quanto piú esprime opinioni, supposizioni e giustificazioni intorno all'atto collettivo che si compie.

2) Il moto dei popoli non è prodotto dal potere, né dall'azione intellettuale e neppure dall'unione di queste due cose, come pensano gli storici, ma dall'attività di *tutti* gli uomini che prendono parte all'avvenimento e che si uniscono sempre in modo che coloro i quali partecipano piú direttamente all'avvenimento ne prendono su di sé la minore responsabilità e inversamente.

Moralmente parlando, causa di un avvenimento appare il potere; fisicamente parlando, coloro che sono sottoposti al potere. Ma siccome l'attività morale è inconcepibile senza l'attività fisica, la causa del fatto non si trova né nell'una né nell'altra, ma nell'unione di ambedue.

O in altre parole: al fenomeno che noi osserviamo non è applicabile il concetto di causa.

In ultima analisi, noi giungiamo a quell'eterno cerchio, a quel limite estremo al quale giunge l'intelletto in qualunque campo del pensiero, se non giuoca col suo argomento. L'elettricità produce calore, il calore produce elettricità. Gli atomi si attirano, gli atomi si respingono.

Parlando dell'azione reciproca del calore e dell'elettricità e degli atomi, noi non possiamo dire perché ciò avvenga e diciamo che cosí è perché è inconcepibile che sia altrimenti, perché cosí dev'essere, perché è una legge. Lo stesso deve dirsi dei fenomeni storici. Perché accade una guerra o una rivoluzione, non lo sappiamo; sappiamo soltanto che per compiere queste o altre azioni gli uomini si uniscono in certi agglomerati, e vi prendono tutti parte; e diciamo che è cosí perché è inconcepibile che sia altrimenti, perché è una legge.

VIII.

Se la storia si occupasse di fenomeni esteriori, lo stabilire questa legge semplice ed evidente basterebbe, e avremmo terminato il nostro ragionamento. Ma la legge della storia ha rapporto con l'uomo. Una particella di materia non può dirci che essa non sente punto il bisogno dell'attrazione e della repulsione e che queste cose non sono vere; l'uomo invece, che è l'oggetto della storia, dice nettamente: io sono libero e perciò non sono sottomesso a leggi.

La presenza, sia pure inespressa, di questo problema del libero arbitrio dell'uomo si fa sentire ad ogni passo della storia.

Tutti gli storici che pensano sul serio giungono involontariamente a questo problema. Tutte le contraddizioni, le oscurità della storia, la falsa via sulla quale cammina questa scienza sono basate solamente sulla insolubilità di questo problema.

Se la volontà di ogni uomo fosse libera, cioè se ognuno potesse agire come gli pare, tutta la storia non sarebbe che una serie di casi senza nesso.

Se anche un uomo solo fra milioni di uomini e in un millennio avesse la possibilità di agire liberamente, cioè come gli pare, è evidente che una sola azione libera di quest'uomo contraria alle leggi distruggerebbe la possibilità di qualunque legge per l'umanità intera.

Se vi è anche una legge sola che regola le azioni degli uomini, non ci può essere libero arbitrio, visto che la volontà degli uomini deve sottostare a questa legge.

In questa contraddizione consiste il problema del libero arbitrio che fin dai piú antichi tempi ha occupato i migliori ingegni dell'umanità e che fin dai piú antichi tempi è stato posto in tutta la sua enorme importanza.

Il problema consiste in questo: guardando l'uomo come oggetto di osservazione da un punto di vista qualsiasi – teologico, storico, etico, filosofico – noi troviamo una legge generale di necessità alla quale egli è soggetto come qualunque altro essere. Guardandolo invece dal nostro intimo, come oggetto della nostra coscienza, ci sentiamo liberi.

Questa coscienza è la sorgente di una conoscenza di sé in tutto distinta e indipendente dalla ragione. Attraverso la ragione l'uomo si osserva; ma si conosce soltanto attraverso la coscienza.

Senza la coscienza di sé è assurda qualsiasi osservazione e applicazione della ragione.

Per comprendere, osservare, concludere, l'uomo deve prima aver coscienza di essere vivo. E l'uomo non si riconosce vivo se non volendo, cioè avendo coscienza della propria volontà. E della sua volontà, che forma l'essenza della sua vita, l'uomo non ha e non può avere coscienza se non sentendola libera.

Se, sottomettendosi all'osservazione, l'uomo vede che la sua volontà è diretta sempre da una medesima legge (sia che osservi la necessità di cibarsi o l'attività del cervello o qualsiasi altra cosa), egli non può comprendere questa direzione sempre uguale della sua volontà se non come una limitazione di essa. Ciò che non fosse libero non potrebbe nemmeno essere limitato. La volontà dell'uomo gli appare limitata proprio perché egli non può concepirla se non libera.

Voi dite: io non sono libero. Ma io alzo e abbasso una mano. Ognuno capisce che questa illogica risposta è una prova irrefutabile della libertà.

Questa risposta è un'espressione della coscienza che non è sottomessa alla ragione.

Se la coscienza della libertà non fosse una sorgente della conoscenza di sé separata e indipendente dalla ragione, sarebbe soggetta al ragionamento e all'esperienza; ma in realtà una tale sottomissione non esiste ed è assurda.

Una serie di esperienze e di ragionamenti mostra a ciascun uomo che egli, come oggetto di osservazione, è sottoposto a certe leggi, e l'uomo vi si assoggetta e non lotta mai contro la legge della gravitazione o dell'impenetrabilità dei corpi, una volta che le ha conosciute. Ma questa stessa serie di esperienze e di ragionamenti gli dimostra che quella piena libertà della quale ha coscienza in sé non è possibile, che ogni sua azione dipende dal suo organismo, dal suo carattere e dai motivi che agiscono su di lui; ma l'uomo non si sottomette mai alle conclusioni di queste esperienze e di questi ragionamenti.

Avendo appreso dall'esperienza e dal ragionamento che una pietra cade verso il basso, l'uomo vi crede senza dubitarne, e in ogni circostanza aspetta l'adempimento della legge che ha appresa.

Ma, apprendendo in modo altrettanto indubitabile che la sua volontà è sottoposta a certe leggi, non lo crede e non può crederlo.

Per quante volte l'esperienza e il ragionamento abbiano mostrato all'uomo che,, nelle medesime circostanze, col medesimo carattere, farà la medesima cosa che ha fatto prima, egli, accingendosi per la millesima volta, nelle medesime circostanze e con lo stesso carattere, a un'azione che è sempre terminata allo stesso modo, sente indubbiamente la medesima sicurezza di poter agire secondo la propria volontà che sentiva prima di ogni esperienza. Ogni uomo, sia esso un selvaggio o un pensatore, quantunque il ragionamento e l'esperienza gli dimostrino ineluttabilmente che è impossibile rappresentarsi due azioni nelle medesime condizioni, sente però che senza quest'assurda rappresentazione (che costituisce l'essenza della libertà) non può rappresentarsi la vita. Egli sente che, quantunque ciò sia impossibile, pure è, perché, senza questa rappresentazione della libertà, non soltanto non capirebbe la vita, ma non potrebbe vivere un istante.

Non potrebbe vivere perché tutte le aspirazioni dell'uomo, tutti i suoi desideri nella vita non sono che aspirazioni verso un aumento di libertà. La ricchezza e la povertà, la gloria e l'oscurità, il potere e la dipendenza, la forza e la debolezza, la salute e la malattia, la cultura e l'ignoranza, il lavoro e l'ozio, la sazietà e la fame, la virtú e il vizio non sono che gradi maggiori o minori di libertà.

Rappresentarsi un uomo che sia privo di libertà non è possibile, se non rappresentandoselo privo di vita.

Se il concetto di libertà si presenta alla ragione come un'assurda contraddizione, cioè come il poter compiere due azioni nello stesso momento o come un atto senza causa, ciò non prova altro se non che la coscienza non è sottomessa alla ragione.

Appunto questa incrollabile, incontestabile coscienza della libertà, indipendente dall'esperienza e dal raziocinio, riconosciuta da tutti i pensatori e sentita da tutti gli uomini senza eccezione, coscienza senza la quale è impossibile rappresentarsi l'uomo, forma l'altro lato del problema.

L'uomo è creazione di un Dio onnipotente, clementissimo ed onnisciente. Che cosa è dunque il peccato, il cui concetto scaturisce dalla coscienza della libertà dell'uomo? Ecco il problema della teologia.

Le azioni degli uomini sono sottoposte ad alcune leggi generali, immutabili, espresse dalla statistica. In che consiste la responsabilità dell'uomo davanti alla società, il cui concetto scaturisce dalla coscienza della libertà? Ecco il problema del diritto.

Le azioni dell'uomo scaturiscono dal suo carattere congenito e dai motivi che agiscono su di lui. Che cosa sono dunque la coscienza e la cognizione del bene e del male delle azioni, provenienti dalla coscienza della libertà? Ecco il problema dell'etica.

L'uomo, nei suoi rapporti con la vita generale dell'umanità, ci appare sottoposto a certe leggi che definiscono questa vita. Ma questo stesso uomo, indipendentemente da questi rapporti, ci appare libero. Come deve essere esaminata la vita passata dei popoli e dell'umanità: come il risultato dell'attività libera o di quella non libera degli uomini? Ecco il problema della storia.

Soltanto nella nostra epoca presuntuosa di volgarizzazione delle conoscenze, grazie all'arma piú forte dell'ignoranza – la diffusione della stampa – il problema del libero arbitrio è stato portato su un terreno sul quale non si può neppure porre. Nel nostro tempo la maggioranza degli uomini cosí detti di avanguardia, cioè la folla degl'ignoranti, ha preso i lavori dei naturalisti che si sono occupati di un sol lato del problema come la soluzione del problema loro.

L'anima e la libertà non esistono, perché la vita di un uomo si esprime nei movimenti muscolari, e i movimenti muscolari sono condizionati dall'attività nervosa; l'anima e la libertà non esistono, perché, in un'epoca sconosciuta, abbiamo avuto origine dalle scimmie, essi dicono, scrivono e stampano, senza sospettare neppure che migliaia di anni fa, da parte di tutte le religioni, di tutti i pensatori, non solo era stata riconosciuta, ma non era mai stata negata questa stessa legge della necessità che con tanta fatica essi si sforzano ora di dimostrare con la fisiologia e la zoologia comparata. Essi non vedono che il compito delle scienze naturali in questo problema consiste soltanto nel servire di strumento per rischiarare uno dei suoi lati. Poiché il fatto che, dal punto di vista dell'osservazione, la ragione e la volontà siano soltanto secrezioni del cervello e l'uomo, seguendo la legge generale, possa essersi sviluppato da animali inferiori in un'epoca sconosciuta non fa che chiarire da un nuovo lato la verità, riconosciuta migliaia d'anni fa da parte di tutte le religioni e tutte le teorie filosofiche, che, dal punto di vista della ragione, l'uomo è soggetto alle leggi di necessità, ma questo non fa progredire di un capello la soluzione del problema, il quale ha un altro lato, opposto, basato sulla coscienza della libertà.

Se gli uomini, in un'epoca sconosciuta, hanno avuto origine dalle scimmie, la cosa è altrettanto comprensibile come il fatto che gli uomini in una certa epoca abbiano avuto origine da una zolla di terra (nel primo caso l'incognita è il tempo, nel secondo l'origine); e il problema di conciliare la coscienza della libertà dell'uomo con la legge di necessità alla quale l'uomo è sottoposto non può essere risolto con la fisiologia e la zoologia comparata, perché nella rana, nel coniglio e nella scimmia noi possiamo osservare soltanto l'attività muscolare e nervosa, ma nell'uomo possiamo osservare tanto l'attività muscolare e nervosa come la coscienza.

I naturalisti e i loro ammiratori che credono di risolvere questo problema sono simili a degli stuccatori ai quali sia stato ordinato di stuccare un lato solo del muro di una chiesa e che, profittando dell'assenza di chi dirige i lavori, in un accesso di zelo coprissero di stucco anche le finestre, le immagini sacre, le impalcature e i muri non ancora consolidati, e si rallegrassero, dal loro punto di vista di stuccatori, perché tutto è diventato eguale e liscio.

IX.

Nella storia la soluzione del problema della libertà e della necessità ha questo vantaggio sugli altri rami della scienza nei quali il problema è stato risolto, che per la storia questo problema non si connette all'essenza stessa della volontà dell'uomo, ma alla rappresentazione dell'apparire di questa volontà nel passato e in certe condizioni.

Rispetto a questo problema la storia sta alle altre scienze come le scienze sperimentali stanno alle scienze speculative.

La storia ha per oggetto non la volontà stessa dell'uomo, ma la nostra rappresentazione di essa. E quindi per la storia non esiste, come per la teologia, l'etica e la filosofia, l'insolubile mistero dell'unione di queste due cose opposte, la libertà e la necessità. La storia si rivolge a una rappresentazione della vita dell'uomo nella quale la fusione di questi due contrari è già avvenuta.

Nella vita reale ogni fatto storico, ogni atto umano si comprende in modo molto chiaro e definito, senza che vi si scorga la minima contraddizione, sebbene ogni fatto si presenti in parte come libero, in parte come necessario.

Per risolvere il problema di come si fondano la libertà e la necessità e in che consista l'essenza di questi due concetti, la filosofia della storia può e deve andare per una via contraria a quella per la quale vanno le altre scienze. Invece di definire in se stessi i concetti di libertà e necessità e sussumere sotto le definizioni date i fenomeni della vita, la storia dall'enorme quantità di fenomeni che rientrano nel suo ambito, e appaiono sempre dipendenti dalla libertà e dalla necessità, deve dedurre i concetti stessi di libertà e necessità.

In qualunque modo esaminiamo la rappresentazione dell'attività di molti uomini o d'un solo, noi non possiamo comprenderla se non come il prodotto in parte della libertà e in parte delle leggi di necessità.

Si parli delle migrazioni di popoli e delle invasioni barbariche o degli ordini di Napoleone III o dell'azione compiuta da un uomo un'ora fa e consistente nell'aver scelto una meta alla sua passeggiata fra le molte che gli si presentavano, noi non vediamo la minima contraddizione. La misura della libertà e della necessità che ha guidato gli atti di questi uomini per noi è chiaramente definita.

Molto spesso la rappresentazione della maggiore o minor libertà appare diversa secondo il diverso punto di vista dal quale noi osserviamo un fenomeno; ma sempre ogni atto di un uomo ci si presenta come una certa unione di libertà e di necessità. In ogni atto che osserviamo, vediamo una certa dose di libertà e una certa dose di necessità. E sempre, quanta maggior libertà vediamo in un qualsiasi atto, tanto minor parte di necessità vi scorgiamo, e quanta maggior parte di necessità, tanto minor parte di libertà.

Il rapporto fra libertà e necessità diminuisce o aumenta secondo il punto di vista dal quale osserviamo il fatto, ma questo rapporto resta sempre inversamente proporzionale.

L'uomo che affoga e che si afferra a un altro e lo trascina seco; la madre affamata, esausta per aver allattato il bambino, che ruba il cibo; l'uomo addestrato alla disciplina, che uccide per ordine, nei ranghi, un uomo senza difesa, appaiono a colui che conosce le condizioni nelle quali si trovavano queste persone come meno colpevoli, cioè meno liberi e piú soggetti alla legge della necessità, mentre appaiono piú liberi a chi non sa che quell'uomo stava per affogare, che la madre era affamata, che il soldato era nei ranghi, ecc. Nello stesso modo un uomo che venti anni fa ha commesso un omicidio, e dopo ha vissuto tranquillamente nella società senza far del male, appare meno colpevole e il suo atto piú sottoposto alla legge di necessità a colui che osserva il suo atto alla distanza di venti anni; mentre appare piú libero a colui che osserva questo stesso atto un giorno dopo che è stato commesso. E nello stesso modo ogni atto di un uomo pazzo, ubbriaco o fortemente eccitato appare meno libero e piú necessario a colui che conosce lo stato d'animo della persona che ha commesso l'atto, e piú libero e meno necessario a colui che non lo conosce. In tutti questi casi la valutazione della libertà aumenta o diminuisce, e corrispondentemente diminuisce o aumenta la valutazione della necessità, a seconda del punto di vista dal quale si esamina l'atto. Sicché, quanto maggiore appare la necessità, tanto minore appare la libertà. E viceversa.

La religione, il buonsenso dell'umanità, la scienza del diritto e la storia stessa comprendono a un modo questo rapporto fra la necessità e la libertà.

Tutti i casi, senza eccezione, nei quali aumenta o diminuisce la nostra rappresentazione della libertà e della necessità hanno soltanto tre ragioni:

1) il rapporto dell'uomo che ha commesso l'atto col mondo esteriore;

2) col tempo;

3) con le cause che hanno determinato l'atto.

1) La prima ragione è il maggiore o minore rapporto che noi vediamo fra l'uomo e il mondo esteriore, la cognizione piú o meno chiara del posto definito che occupa ogni uomo in rapporto a tutto ciò che esiste contemporaneamente a lui. Questa è la ragione per cui è evidente che l'uomo che affoga è meno libero e piú soggetto alla necessità dell'uomo che sta sulla terraferma; la ragione per cui gli atti di un uomo che vive in stretti rapporti

con altri uomini in un paese di folta popolazione, gli atti di un uomo legato dalla famiglia, dall'impiego, dagli affari appaiono indubbiamente meno liberi e piú soggetti alla necessità di quelli di un uomo solo e isolato.

Se noi osserviamo un uomo isolato, senza rapporti con tutto ciò che lo circonda, ogni atto di lui ci appare libero. Ma se vediamo un qualsiasi rapporto fra lui e ciò che lo circonda, se vediamo un legame fra lui e qualsiasi altra cosa – con un uomo che parla con lui; col libro che legge; con un lavoro che lo occupa; perfino con l'aria che lo circonda; perfino con la luce che cade sugli oggetti che gli stanno intorno –, vediamo che ognuna di queste condizioni esercita una sua influenza su di lui e condiziona almeno una parte della sua attività. E quanto piú vediamo di queste influenze, tanto piú diminuisce la nostra rappresentazione della sua libertà e cresce la nostra rappresentazione della necessità alla quale egli è soggetto.

2) La seconda ragione è il maggiore o minor rapporto temporale che si vede fra l'uomo e il mondo, la piú o meno chiara nozione del posto che l'atto di un uomo occupa nel tempo. Questa è la ragione per cui la caduta del primo uomo, che ebbe come conseguenza l'origine della specie umana, ci appare evidentemente meno libera che il matrimonio d'un uomo libero di oggi. Questa è la ragione per cui la vita e l'attività delle persone vissute secoli or sono e legate a me nel tempo non possono apparirmi libere come la vita contemporanea, le cui conseguenze mi sono ancora sconosciute.

Sotto questo rapporto la gradazione della rappresentazione della maggiore o minore libertà o necessità dipende dal maggiore o minore intervallo di tempo trascorso fra il compimento dell'atto e il giudizio espresso su di esso.

Se considero un atto compiuto da me un minuto fa, approssimativamente nelle medesime condizioni nelle quali mi trovo ora, il mio atto mi sembrerà indubbiamente libero. Ma se giudico un atto compiuto un mese fa, allora, trovandomi in altre condizioni, involontariamente riconosco che, se quell'atto non fosse stato compiuto, molte cose utili, piacevoli e anche necessarie prodotte da quell'atto non sarebbero avvenute. Se mi trasporto con la memoria a un atto anche piú lontano, di dieci anni or sono e anche piú, allora le conseguenze del mio atto mi sono ancora piú evidenti; e mi sarebbe difficile rappresentarmi ciò che sarebbe stato se quell'atto non fosse accaduto. Piú mi trasporto indietro con la memoria o, che è lo stesso, piú vado avanti col mio giudizio, piú i miei ragionamenti sulla libertà dell'atto appaiono dubbi.

Questa medesima progressione di persuasività riguardo alla partecipazione del libero arbitrio alle opere collettive dell'umanità la troviamo anche nella storia. Un avvenimento contemporaneo ci sembra certamente il risultato dell'azione di tutti gli uomini conosciuti; ma in un avvenimento piú lontano vediamo anche le sue inevitabili conseguenze, prescindendo dalle quali non possiamo immaginare nulla di diverso. E quanto piú ci trasportiamo indietro nel considerare i fatti, tanto meno essi ci appaiono arbitrari.

La guerra austro-prussiana ci appare indubbiamente come una conseguenza degli atti dell'astuto Bismarck, ecc. Le guerre napoleoniche, sebbene già con riserva, ci appaiono ancora come il prodotto della volontà di alcuni eroi. Ma nelle Crociate vediamo già un avvenimento che occupa il suo posto definito e senza il quale sarebbe inconcepibile la moderna storia d'Europa, benché, proprio nello stesso modo, ai cronisti delle Crociate quegli avvenimenti apparissero come il prodotto della volontà di alcuni personaggi. Per le migrazioni dei popoli ormai non viene in mente a nessuno, al tempo nostro, di dire che dipendesse dalla volontà di Attila di rinnovare il mondo europeo. Quanto piú lontano nella storia trasportiamo l'oggetto della nostra osservazione, tanto piú dubbia appare la libertà delle persone che hanno prodotto gli avvenimenti, e tanto piú evidente la legge di necessità.

3) La terza ragione è la maggiore o minor possibilità per noi di afferrare quell'infinito seguito di cause che costituisce un'ineluttabile esigenza della ragione, e in cui ogni fenomeno e quindi ogni atto dell'uomo deve avere il suo posto definito, come conseguenza degli avvenimenti precedenti e come causa dei successivi.

Questa è la ragione per cui le azioni nostre e degli altri uomini ci appaiono, da una parte, tanto piú libere e meno soggette alla necessità quanto meglio conosciamo le leggi fisiologiche, psicologiche e storiche ricavate dall'osservazione alle quali è soggetto l'uomo e quanto meglio abbiamo valutata la causa fisiologica, psicologica e storica di un'azione; e, dall'altra, quanto piú semplice è l'azione osservata e quanto meno complessi sono il carattere e la mentalità dell'uomo di cui esaminiamo l'azione.

Quando noi non comprendiamo assolutamente le cause di un atto, nel caso di una scelleratággine, o di un atto virtuoso, o anche di un atto indifferente rispetto al bene e al male, in quest'atto riconosciamo la massima dose di libertà. Nel caso di una scellerataggine, ne chiediamo la punizione; nel caso di un atto virtuoso, lo apprezziamo al massimo grado. In un caso indifferente, riconosciamo il massimo d'individualità, di originalità, di libertà. Ma se anche una sola delle innumerevoli cause ci è nota, già riconosciamo una certa dose di necessità ed esigiamo meno la punizione del delitto, apprezziamo meno il merito dell'atto virtuoso, e minore libertà riconosciamo all'atto che ci sembrava originale. Il fatto solo che un delinquente sia stato educato in un ambiente di malfattori diminuisce già la sua colpa. L'abnegazione di un padre, di una madre, l'abnegazione che può essere ricompensata è piú comprensibile di un'abnegazione senza causa, e perciò sembra meno meritevole di simpatia, meno libera. Il fondatore di una setta, di un partito, l'inventore ci sembrano meno ammirevoli quando sappiamo come e da che sia stata preparata la loro attività. Se abbiamo una lunga serie di esperienze, se la nostra osservazione è sempre rivolta alla ricerca dei rapporti di causa ed effetto nelle azioni umane, queste azioni ci paiono tanto piú necessarie e tanto meno libere, quanto maggiore è la sicurezza con cui colleghiamo le cause e gli effetti. Se le azioni esaminate sono semplici e noi abbiamo potuto osservare una grande quantità di queste azioni, la nostra rappresentazione della loro necessità sarà ancora piú piena. L'atto disonesto del figlio di un padre disonesto; la cattiva condotta di una donna capitata in un certo ambiente; il ritorno all'ubriachezza di un ubriacone, ecc., sono atti che ci paiono tanto meno liberi quanto meglio ne comprendiamo le cause. Se poi la persona di cui andiamo esaminando le azioni si trova all'ultimo gradino dello sviluppo intellettuale – come il bambino, il pazzo, l'imbecille –, noi, conoscendo le cause dell'azione e la semplicità del carattere e dell'intelligenza, vediamo già una dose cosí grande di necessità e una dose cosí piccola di libertà che, appena ci è nota la causa che deve produrre la sua azione, possiamo predire l'atto stesso.

Soltanto su queste tre ragioni si fondano l'irresponsabilità riguardo ai delitti e le cause attenuanti riconosciute da tutte le legislazioni. La responsabilità sembra piú o meno grande a seconda della conoscenza piú o meno grande che si ha delle condizioni nelle quali si trovava l'uomo il cui atto viene giudicato, a seconda del tempo piú o meno lungo trascorso dal compimento dell'atto fino al momento in cui esso viene giudicato e a seconda della maggiore o minore comprensione che si ha delle sue cause.

X.

Cosí la nostra impressione della libertà e della necessità si abbassa e si eleva gradatamente, a seconda dei maggiori o minori legami col mondo esterno, a seconda della maggiore o minor distanza nel tempo e della maggiore o minor dipendenza dalle cause di cui teniamo conto esaminando il fenomeno della vita umana.

Sicché, se esaminiamo l'uomo in una situazione in cui il legame col mondo esterno sia piú noto, piú lontano il momento del giudizio dal momento in cui fu compiuto l'atto e piú evidenti le cause dell'atto, avremo l'impressione della maggior necessità e della minore libertà. Ma se esaminiamo l'uomo nella minor dipendenza possibile dalle condizioni esteriori, se la sua azione è compiuta in un momento vicinissimo a quello presente e le cause dell'azione ci sfuggono, avremo l'impressione della minor necessità e della maggior libertà.

Ma né nell'uno, né nell'altro caso, per quanto possiamo mutare il nostro punto di vista, per quanto ci possiamo spiegare il legame dell'uomo col mondo esteriore o questo legame ci appaia incomprensibile, per quanto si allunghi o si accorci il periodo di tempo, per quanto comprensibili o incomprensibili ci siano le cause, non potremo mai rappresentarci né la piena libertà né la piena necessità.

1) Comunque ci si rappresenti l'uomo libero da ogni influenza del mondo esterno, non si giungerà mai a concepire la libertà nello spazio. Ogni azione dell'uomo è inevitabilmente condizionata da ciò che lo circonda e dal suo stesso corpo. Io alzo e abbasso la mano. Il mio atto mi sembra libero; ma, domandandomi se potevo alzar la mano in tutte le direzioni, vedo che alzavo la mano in quella direzione in cui erano minori gli ostacoli, sia nei corpi che mi circondano che nella conformazione del mio corpo. Se fra tutte le direzioni possibili ne ho scelto una, l'ho scelta perché in quella direzione vi erano meno ostacoli. Perché il mio atto sia libero è necessario che non incontri nessun ostacolo. Per rappresentarci un uomo libero dobbiamo rappresentarcelo fuori dello spazio, il che evidentemente è impossibile.

2) Per quanto si ravvicini il momento del nostro giudizio al momento dell'atto, non si avrà mai il concetto della libertà nel tempo. Se infatti io esamino un atto compiuto un secondo fa, debbo pur sempre riconoscere la non-libertà dell'atto, perché l'atto è legato a quel momento di tempo nel quale è stato compiuto.

Posso io alzare la mano? La alzo; ma mi chiedo: potevo non alzar la mano in quel momento di tempo che è già passato? Per persuadermene, non alzo la mano nel momento seguente. Ma non è in quel primo momento quando mi domandavo se ero libero che non ho alzato la mano. È passato del tempo, che non era in mio potere trattenere, e la mano che ho alzata allora e l'aria nella quale ho fatto quel movimento non sono piú né l'aria che mi circonda ora, né la mano che ora tengo immobile. Il momento in cui è stato compiuto il primo movimento è irrevocabile, e in quel momento io potevo fare soltanto un movimento e, qualunque movimento facessi, questo movimento non poteva essere che uno solo. Che in un momento successivo io non abbia alzato la mano non prova che allora potessi non alzarla. E siccome il mio movimento non poteva essere che uno solo in un dato momento di tempo, cosí esso non avrebbe potuto essere un altro. Per rappresentarselo libero, bisogna rappresentarselo nel presente, sul limite fra il passato e il futuro, cioè fuori del tempo, il che è impossibile.

3) Per quanto aumenti la difficoltà di concepire la causa, non si giungerà mai alla rappresentazione della piena libertà, cioè all'assenza di causa. Per quanto sia inconcepibile per noi la causa della manifestazione di volontà in un qualsivoglia atto nostro o altrui, la prima esigenza della mente è la supposizione e la ricerca della causa, senza la quale non è concepibile nessun fenomeno. Io alzo la mano per compiere un atto indipendente da qualsiasi causa; ma il voler compiere un atto che non abbia causa è la causa del mio atto.

Ma anche se, rappresentandoci un uomo assolutamente libero da ogni influenza, esaminando soltanto il suo atto del momento presente e supponendo che non sia provocato da nessuna causa, ammettessimo eguale a zero il residuo infinitamente piccolo di necessità, anche allora non giungeremmo al concetto di piena libertà dell'uomo, perché un essere che non subisca nessuna influenza del mondo esteriore, che si trovi fuori del tempo e non dipenda da nessuna causa, non è piú un uomo.

Nello stesso modo non ci potremo mai rappresentare l'azione di un uomo che non partecipi della libertà e che sia soltanto soggetto alla legge di necessità.

1) Per quanto aumenti la nostra conoscenza delle condizioni di spazio nelle quali si trova l'uomo, questa conoscenza non potrà mai essere completa, poiché il numero di queste condizioni è infinitamente grande, come infinito è lo spazio. Quindi, dal momento che non *tutte* le condizioni delle influenze che agiscono

sull'uomo sono definite, non esiste una piena necessità, ma esiste una certa dose di libertà.

2) Per quanto si allunghi il periodo di tempo fra il fenomeno che osserviamo e il momento del giudizio, questo periodo sarà sempre finito e il tempo infinito; quindi sotto questo rapporto non ci potrà mai essere una piena necessità.

3) Per quanto accessibile sia la catena delle cause di un qualsivoglia fatto, non potremo mai conoscere tutta la catena perché è infinita, e di nuovo non avremo mai una piena necessità.

Ma, oltre a ciò, se anche, ammettendo eguale a zero il residuo minimo di libertà, riconoscessimo in un dato caso – come, per esempio, in un moribondo, in un embrione, in un idiota – una piena assenza di libertà, distruggeremmo con ciò il concetto stesso dell'uomo che stavamo osservando, perché, non appena manca la libertà, non esiste piú neppure l'uomo. E quindi la rappresentazione di un'azione umana soggetta alla sola legge di necessità senza il minimo residuo di libertà è altrettanto impossibile come la rappresentazione di un'azione umana pienamente libera.

Cosí, per rappresentarci l'azione di un uomo sottomesso alla sola legge di necessità, senza libertà, dobbiamo ammettere la conoscenza di una *infinita* quantità di condizioni spaziali in un *infinito* periodo di tempo e per un'*infinita* serie di cause.

Per rappresentarci un uomo assolutamente libero, non sottoposto alla legge di necessità, dobbiamo rappresentarcelo *fuori dello spazio*, *fuori del tempo* e *indipendente dalle cause*.

Nel primo caso, se la necessità fosse possibile senza la libertà, giungeremmo a definire (per via di leggi) la necessità con la necessità stessa, cioè a una forma senza contenuto.

Nel secondo caso, se fosse possibile la libertà senza la necessità, giungeremmo ad una incondizionata libertà al di fuori dello spazio, del tempo e delle cause, la quale, per il fatto stesso di essere incondizionata e non limitata da nulla, non sarebbe nulla o sarebbe soltanto un contenuto senza forma.

In generale giungeremmo ai due concetti fondamentali, dai quali è formata tutta l'umana concezione del mondo: all'inconoscibile essenza della vita e alle leggi che definiscono questa essenza.

La ragione dice: 1) Lo spazio con tutte le forme che gli dà il suo aspetto percettibile – la materia – è infinito e non può essere pensato diversamente; 2) il tempo è un movimento infinito senza un istante di sosta e non può essere pensato diversamente; 3) il legame fra causa ed effetto non ha principio e non può aver fine.

La coscienza dice: 1) Io sono una e tutto ciò che esiste è soltanto me; per conseguenza io includo lo spazio; 2) io misuro il tempo che fugge con l'immobile momento presente, nel quale soltanto ho coscienza di vivere; per conseguenza io sono fuori del tempo, e 3) io sono al di fuori d'ogni causa perché mi sento causa di ogni manifestazione della mia vita.

La ragione formula le leggi di necessità. La coscienza formula l'essenza della libertà.

La libertà non limitata da nulla è l'essenza della vita nella coscienza dell'uomo. La necessità senza contenuto è la ragione dell'uomo nelle sue tre forme.

La libertà è ciò che si esamina. La necessità è ciò che esamina. La libertà è il contenuto. La necessità è la forma.

Soltanto separando le due sorgenti di conoscenza, che sono in mutuo rapporto come la forma col contenuto, si acquistano i concetti, che presi separatamente si escludono a vicenda e sono incomprensibili, di libertà e necessità.

Soltanto riunendoli si ha una chiara rappresentazione della vita umana.

Fuori di questi due concetti, che riunendosi si determinano reciprocamente – come la forma col contenuto –, nessuna rappresentazione della vita è possibile.

Tutto ciò che sappiamo della vita dell'uomo non è se non un certo rapporto fra libertà e necessità, cioè fra la coscienza e le leggi della ragione.

Tutto ciò che sappiamo del mondo esteriore, della natura, è soltanto una certa relazione fra le forze della natura e la necessità, o fra l'essenza della vita e le leggi della ragione.

Le forze vitali della natura sono fuori di noi e non ne abbiamo coscienza, e noi chiamiamo queste forze attrazione, inerzia, elettricità, forza animale, ecc.; ma della forza vitale dell'uomo abbiamo coscienza e la chiamiamo libertà.

E come la forza di gravitazione sentita da ogni uomo, incomprensibile in sé, è comprensibile per noi soltanto nella misura in cui ci son note le leggi di necessità alle quali è soggetta (dalla nozione primitiva che tutti i corpi sono pesanti fino alla legge di Newton), cosí la forza della libertà riconosciuta da ognuno di noi, incomprensibile in sé, è comprensibile per noi soltanto nella misura in cui ci son note le leggi di necessità alla quale è soggetta (cominciando da quella secondo cui ogni uomo è mortale fino alla conoscenza delle piú complicate leggi economiche e storiche).

Ogni nostra conoscenza non è che la sussunzione dell'essenza della vita sotto le leggi della ragione.

La libertà dell'uomo differisce da ogni altra forza in quanto l'uomo ha coscienza di questa forza; ma per la ragione essa non differisce in nulla da qualunque altra forza. La forza di gravitazione, l'elettricità e l'affinità chimica si distinguono fra loro soltanto perché queste forze sono definite differentemente dalla ragione. Nello stesso modo per la ragione la forza della libertà dell'uomo si distingue dalle altre forze della natura soltanto per la definizione che ne dà la ragione stessa. E la libertà senza necessità, cioè senza le leggi della ragione che la definiscono, non si distingue in nulla dalla gravitazione, dal calore o dalla forza vegetativa: per la ragione è soltanto una sensazione vitale momentanea, indefinita.

E come l'indefinita essenza della forza che muove i corpi celesti, l'indefinita essenza della forza del calore e dell'elettricità, o le forze dell'affinità chimica o le forze vitali formano il contenuto dell'astronomia, della fisica, della botanica, della zoologia, ecc., cosí pure l'essenza della forza della libertà forma il contenuto della storia. Ma nello stesso modo come l'oggetto di ogni scienza è la manifestazione di questa ignota essenza della vita, ma questa stessa essenza non può essere che l'oggetto della metafisica, cosí pure il manifestarsi della forza della libertà umana nello spazio, nel tempo e nel rapporto causale forma l'oggetto della storia, mentre la libertà stessa è l'oggetto della metafisica.

Nelle scienze sperimentali a ciò che ci è noto diamo il nome di leggi di necessità; a ciò che ci è ignoto diamo il nome di forza vitale. La forza vitale non è che l'espressione di quell'ignoto residuo di ciò che conosciamo dell'essenza della vita.

Cosí nella storia a ciò che conosciamo diamo il nome di leggi di necessità; a ciò che ci è ignoto, di libertà. La libertà per la storia non è che la manifestazione di quel residuo ignoto di ciò che sappiamo delle leggi della vita umana.

XI.

La storia esamina le manifestazioni della libertà dell'uomo in relazione col mondo esteriore, nel tempo e nel rapporto causale, cioè definisce questa libertà con le leggi della ragione; e quindi in tanto la storia è una scienza in quanto questa libertà è definita da tali leggi.

Per la storia il riconoscimento della libertà umana come di una forza che possa avere influenza sugli avvenimenti storici, cioè indipendente da leggi, è lo stesso che per l'astronomia il riconoscimento di una forza libera che muova i corpi celesti.

Questo riconoscimento distrugge la possibilità dell'esistenza di leggi, cioè di qualsiasi cognizione. Se esiste anche un solo corpo che si muova liberamente, non esistono piú le leggi di Kepler e di Newton e non esiste piú nessun modo di rappresentarsi il movimento dei corpi celesti. Se esiste un solo atto libero dell'uomo, non esiste piú nessuna legge storica e nessun modo di rappresentarsi gli avvenimenti storici.

Per la storia esistono le linee di movimento delle volontà umane, una delle estremità delle quali si nasconde nell'ignoto, mentre all'altra loro estremità si muove – nello spazio, nel tempo e nella relazione causale – la coscienza della libertà degli uomini nel presente.

Quanto piú si allarga davanti ai nostri occhi il campo del movimento, tanto piú evidenti sono le leggi di questo movimento. Nell'afferrare e nel definire queste leggi consiste il problema della storia.

Dal punto di vista da cui la storia ora considera il suo oggetto, dalla via per la quale essa cammina, cercando le cause dei fenomeni nella libera volontà degli uomini, la formulazione di leggi per la scienza è impossibile; poiché, comunque si limiti la libertà degli uomini, non appena l'abbiamo riconosciuta come una forza non sottoposta a leggi, l'esistenza di una legge è impossibile.

Soltanto limitando questa libertà all'infinito, cioè considerandola come una quantità infinitamente piccola, ci persuaderemo dell'assoluta inaccessibilità delle cause, e allora, invece della ricerca delle cause, la storia si porrà come problema la ricerca delle leggi.

La ricerca di queste leggi è cominciata da un pezzo, e i nuovi metodi di pensiero che la storia deve assimilarsi si elaborano contemporaneamente all'autodistruzione verso la quale cammina la vecchia storia, spezzando sempre piú le cause dei fenomeni.

Per questa via hanno camminato tutte le scienze umane. Giungendo all'infinitamente piccolo, la matematica, la piú esatta delle scienze, abbandona il metodo della divisione e adotta il nuovo procedimento di sommare delle incognite infinitamente piccole. Allontanandosi dal concetto di causa, la matematica cerca la legge, cioè le proprietà comuni a tutte le incognite infinitamente piccole.

Sebbene in altra forma, ma seguendo la stessa via di pensiero hanno camminato anche le altre scienze. Quando Newton enunciò la legge di gravitazione, non disse che il sole o la terra hanno la proprietà di attrarre: disse che tutti i corpi, dal piú grande al piú piccolo, hanno la proprietà di attrarsi l'un l'altro, cioè, lasciando da parte il problema della causa del movimento dei corpi, formulò una proprietà comune a tutti i corpi, dagli infinitamente grandi agli infinitamente piccoli. Lo stesso fanno le scienze naturali: lasciando da parte il problema della causa, cercano le leggi. Su questa stessa via sta anche la storia. E se la storia ha per oggetto lo studio dei moti dei popoli e dell'umanità, e non la descrizione di episodi della vita delle persone, essa deve, astraendo dal concetto delle cause, ricercare le leggi comuni a tutti gli elementi infinitamente piccoli di libertà, eguali e indissolubilmente legati fra loro.

XII.

Da che è stata trovata e dimostrata la legge di Copernico, la sola constatazione che non è il sole, ma la terra che si muove ha distrutto tutta la cosmografia degli antichi. Confutata la legge, si poteva conservare la vecchia opinione sul movimento dei corpi; ma senza confutarla sembrava che fosse impossibile seguitare lo studio dei mondi di Tolomeo. Ma anche dopo la scoperta della legge di Copernico i mondi di Tolomeo seguitarono per molto tempo ad essere studiati.

Da che ci fu chi disse e dimostrò per primo che la quantità delle nascite o dei delitti è sottoposta a leggi matematiche, che date condizioni geografiche, politiche ed economiche determinano l'una o l'altra forma di governo, che dati rapporti fra la popolazione e la terra suscitano i moti dei popoli, da allora sono state in realtà distrutte le basi sulle quali si fondava la storia.

Confutando le nuove leggi, si poteva conservare la vecchia opinione sulla storia; ma, senza confutarla, sembrava che fosse impossibile seguitare lo studio degli avvenimenti storici come prodotto della libera volontà degli uomini. Poiché se si è stabilita una certa forma di governo, o è avvenuto un certo moto di un popolo in conseguenza di date condizioni geografiche, etnografiche o economiche, la volontà di quegli uomini che ci appaiono come fondatori di quella forma di governo o istigatori di quel moto del popolo non può piú essere considerata come una causa.

Eppure la storia di prima continua ad essere studiata insieme alle leggi della statistica, della geografia, dell'economia politica, della filologia comparata e della geologia, che sono in diretta contraddizione con le sue tesi.

Lunga e ostinata fu, nella filosofia naturale, la lotta fra i vecchi e i nuovi principî. La teologia montava la guardia alla vecchia concezione e accusava la nuova di distruggere la rivelazione. Ma quando la verità vinse, la teologia si schierò altrettanto saldamente sul nuovo terreno.

Altrettanto lunga e ostinata è la lotta che avviene adesso fra la vecchia e la nuova concezione della storia e nello stesso modo la teologia fa la guardia alla vecchia concezione e accusa la nuova di distruggere la rivelazione.

Sia nell'uno come nell'altro caso da ambo le parti la lotta aizza le passioni e soffoca la verità. Da una parte sono in lotta il timore e il rimpianto per tutto l'edifizio eretto nei secoli; dall'altra è in lotta la rabbia distruttiva.

Sembrava agli uomini che lottavano contro la verità nascente della filosofia naturale che, riconoscendo quella verità, si sarebbe distrutta la fede in Dio, nella creazione dell'universo, nel miracolo di Giosuè. Ai difensori delle leggi di Copernico e di Newton, a Voltaire per esempio, pareva che le leggi dell'astronomia distruggessero la religione, ed egli adoperava le leggi di gravitazione come arma contro la religione.

Nello stesso modo ora sembra che basti riconoscere la legge di necessità per distruggere il concetto dell'anima, del bene e del male e tutte le istituzioni dello Stato e della Chiesa fondate su quel concetto.

Nello stesso modo come Voltaire al suo tempo, ora i difensori non richiesti della legge di necessità adoperano questa legge di necessità come un'arma contro la rivelazione; mentre, nello stesso modo come la legge di Copernico in astronomia, anche la legge di necessità nella storia non soltanto non distrugge, ma anzi consolida il terreno sul quale sono edificate le istituzioni dello Stato e della Chiesa.

Come allora nel problema dell'astronomia, cosí ora nel problema della storia tutta la diversità di concezione si fonda sul riconoscere o meno una unità assoluta che serva di misura ai fenomeni. Nell'astronomia era l'immobilità della terra; nella storia è l'indipendenza della personalità, la libertà.

Come per l'astronomia la difficoltà di ammettere il moto della terra consisteva nel dover rinunziare al senso immediato dell'immobilità della terra e al senso esso pure immediato del moto dei pianeti, cosí anche per la storia la difficoltà di riconoscere la sottomissione dell'individuo alle leggi di spazio, di tempo e di causalità consiste nel dover rinunziare al senso immediato dell'indipendenza della propria personalità. Ma come in astronomia la nuova teoria diceva: « È vero che non sentiamo il moto della terra, ma ammettendo la sua immobilità giungiamo all'assurdo; mentre, ammettendo il moto che non sentiamo, giungiamo a delle leggi », cosí anche nella storia la nuova teoria dice: « È vero che non sentiamo la nostra dipendenza, ma ammettendo la nostra libertà giungiamo all'assurdo; mentre, ammettendo la nostra dipendenza dal mondo esteriore, dal tempo e dalle cause, giungiamo a delle leggi ».

Nel primo caso, bisognava rinunziare a un'immobilità inesistente nello spazio e ammettere un moto che non sentivamo, nel caso presente è parimenti necessario rinunziare a una libertà che non esiste e riconoscere una dipendenza che non sentiamo.

(1865-69).

Indice storico

A cura di Elena Picollo.

ALESSANDRO I (Alexandre) Pavlovič (1777-1825): imperatore di Russia dal 1801 al 1825, figlio di Paolo I.

APRAKSIN, conte Stepan Stepanovič (1757-1827): generale di cavalleria, governatore di Smolensk dal 1804 al 1812.

APŠERON (reggimento di): uno dei reggimenti di fanteria pesante dell'esercito russo.

ARAKČEEV, Aleksej A. (1769-1834): familiare e amico di Alessandro I, ispettore dell'artiglieria dal 1803, ministro della guerra dal 1808 al 1825. Ideatore delle colonie militari (vedi p. 1432).

ARCHIVI DEGLI AFFARI ESTERI: a Mosca, fondati nel 1766, all'inizio del XIX secolo vi lavoravano molti giovani dell'aristocrazia.

ARKHAROV: ricca famiglia nobile di Mosca. Ivan Petrovitč Arkharov era noto per la sua generosa ospitalità.

ARMFELDT, Gustave Moritz (1757-1814): generale e uomo di stato svedese. Accusato di alto tradimento, fuggí in Russia. Fu membro del Consiglio dell'Impero a partire dal 1811. Accompagnò Alessandro nel 1812 nei giorni della sua permanenza presso l'esercito.

AŠ, barone Kazimir Ivanovič: fu governatore di Smolensk dal 1817 al 1822.

AUERSPERG VON MAUTERN, principe (1740-1822): feldmaresciallo austriaco, cadde nel tranello tesogli da Murat al ponte Thabor.

AUGUSTIN, Aleksej Vasil'evič Vinogradskij (1766-1819): scrittore, predicatore e vescovo, dal 1818 arcivescovo di Mosca.

BAGGOVUT, Karl Fëdorovič (1761-1812): generale dell'esercito russo. Prese parte alle guerre di Turchia e alle campagne dal 1806 al 1808. Nel 1812 comandava il secondo reggimento di fanteria dell'esercito di Barclay de Tolly. Fu ucciso nella battaglia di Tarutino.

BALAŠOV, Aleksandr Dimitrevič (1770-1837): uomo di stato russo. Sotto Alessandro I fu capo della polizia di Mosca (1804-807), governatore militare di Pietroburgo (1809-10), membro del Consiglio di Stato (1810-34) e ministro della polizia (1810-16). Accompagnò Alessandro I a Vilna nel 1812 e portò la lettera dello Zar a Napoleone.

BARCLAY DE TOLLY, principe Michail Bogdanovič (1761-1818): feldmaresciallo russo, di origine scozzese. Nel 1809 fu generale in capo dell'esercito russo, durante la guerra di Finlandia. Ministro della guerra a partire dal 1810. Fu generale in capo all'inizio della campagna del 1812, e in seguito comandò la prima divisione d'Occidente.

BASSANO, Maret-Hugo-Bernard; duca di (1763-1839): uomo di stato francese. Divenne ministro degli affari esteri nel 1811.

BEAUHARNAIS, Eugenio di (1781-1824): viceré d'Italia, duca di Lichtenberg, principe dell'Impero, genero di Napoleone che l'adottò nel 1806. Partecipò a numerose guerre. Nel 1812 comandava il 4° corpo d'armata. Prese parte alla battaglia di Borodino.

BEAUSSET, Louis-François-Joseph (1770-1835): scrittore e uomo di corte francese. Prefetto di Palazzo di Napoleone dal 1805. Accompagnò Napoleone nelle sue campagne fino al 1812.

BELLIARD, Augustin (1769-1832): generale francese, capo di stato maggiore degli eserciti di Murat dal 1805 al 1808. Fu nominato governatore di Madrid nel 1808. Prese parte alla campagna di Russia nel 1812.

BENNIGSEN, conte Leontij Leont'evič (1745-1826): generale di cavalleria. Riportò una vittoria sui francesi nel 1806 a Pultusk. Generale in capo dell'esercito russo nel 1807. Addetto di Alessandro I all'inizio della campagna del 1812, poi generale di stato maggiore. Prese parte alle battaglie di Borodino e di Tarutino. Generale in capo dell'esercito polacco nel 1813.

BEREZINA: affluente di sinistra dello Dniepr. L'esercito francese in rotta, in seguito alla disfatta inflitta dai russi, l'attraversò dal 14 al 16 novembre 1812, nei pressi della città di Borisov.

BERLINO, incontro di: tra Alessandro I e il re di Prussia Federico III, in vista della coalizione contro la Francia. Ebbe luogo dal 13 al 25 ottobre 1805.

BERNADOTTE, Jean-Baptiste-Jules (1764-1844): maresciallo francese. Adottato nel 1810 da Carlo XIII re di Svezia, diventò re della Svezia nel 1818 con il nome di Carlo XIV oppure Carlo Giovanni.

BERTHIER, Louis Alexandre (1753-1815): maresciallo francese. Fu capo di stato maggiore degli eserciti napoleonici nelle guerre svoltesi dal 1794 al 1814. Dopo la caduta di Napoleone si legò ai Borboni.

BESSIERES, Jean-Baptiste (1768-1813): duca d'Istria, maresciallo francese. Fu comandante della cavalleria della Guardia dal 1805 al 1807, della cavalleria della riserva nel 1809, della Guardia e dei reggimenti di cavalleria nel 1812. All'inizio della campagna del 1813 fu comandante in capo di tutta la cavalleria francese.

BEZZUBOVO: villaggio del distretto di Možajskij, provincia di Mosca; uno dei luoghi della battaglia di Borodino.

BIBLICA, società: società per la diffusione della Bibbia, fondata a Pietroburgo nel 1813. Aveva numerose ramificazioni in altre città russe e dispiegò una grande attività. Era stato presidente A. N. Golitsyn; alti dignitari e alte personalità del clero ne erano stati membri. La sua attività fu incoraggiata da Alessandro I che vi appartenne. Nel 1824, dopo la caduta in disgrazia di Golitsyn, il governo cambiò bruscamente il suo atteggiamento nei confronti della società che fu messa fuori legge da un decreto di Nicola I nel 1826.

BORODINO: villaggio del distretto di Možajskij, nel governatorato di Mosca, sulla riva del fiume Koloča, a 10 km da Možajsk. Ha dato il suo nome alla battaglia svoltasi dal 26 agosto al 7 settembre 1812 tra Napoleone e l'armata russa comandata da Kutuzov. Fu la battaglia piú importante e piú cruenta della guerra del 1812; ebbe luogo nei pressi del villaggio di Borodino, tra la vecchia strada di Smolensk e il fiume Moskva. I francesi erano 130 000 e i russi 121 000. I russi tra feriti e morti persero 58 000 uomini, i francesi 35 000. Né l'uno né l'altro esercito riportò la vittoria. Dopo la battaglia, i russi si ritirarono verso Mosca, e oltre.

BOULOGNE, spedizione di: si tratta dei preparativi di sbarco in Inghilterra fatti da Napoleone dal 1801 al 1805.

BRAGATION, principe Pëtr Ivanovič (1765-1812): generale russo. Prese parte a quasi tutte le battaglie delle campagne tra il 1805 e il 1807. Generale in capo dell'esercito russo nel 1809 contro i turchi. Nel 1812 comandava la seconda divisione di Occidente. Morí per le conseguenze di una ferita riportata nella battaglia di Borodino.

BROUSSIER, Jean-Baptiste (1766-1814): generale francese. Partecipò a numerose guerre. Generale di divisione durante la campagna di Russia.

BUCKLE, Henry Thomas (1821-62): storico e filosofo della storia inglese, autore della famosa *History of civilization in England*.

BUKSHEVDEN (Buxhoeden, Buxhowden), conte Fëdor Fëderovič (1750-1811): generale russo. Prese parte alla battaglia di Austerlitz nel 1805. Comandava un corpo d'armata all'inizio della campagna del 1806-807. Dopo la pace di Tilsit, ricevette da Bennigsen il comando supremo di un esercito.

CAULAINCOURT, Armand-Auguste (1772-1821): diplomatico francese, ambasciatore presso la corte russa a Pietroburgo dal 1807 al 1811.

CAVALLERIA DELLA GUARDIA (reggimento di): uno dei reggimenti della Guardia a cavallo, reclutato tra il fior fiore della nobiltà russa.

ČERNIŠEV, principe Aleksandr Ivanovič (1786-1857): generale e uomo di stato russo. Prese parte alle campagne del 1808 e del 1811. Svolse missioni diplomatiche. Aiutante di campo di Alessandro I nel 1811, comandò nel 1812 un reparto di partigiani. Nel 1825 ebbe un ruolo di primo piano nel perseguire i decabristi. Fu ministro della guerra dal 1827 al 1852 e presidente del Consiglio di Stato dal 1848.

ČIČAGOV, Pavel Vasilevič (1765-1849): ammiraglio, ministro della marina e membro del Consiglio di Stato sotto Alessandro I. Comandante della flotta del Mar Nero nel 1811. Incaricato da Alessandro I di inseguire le truppe francesi in ritirata, con la sua lentezza permise ai francesi di attraversare la Berezina. Per questo fu accusato di alto tradimento.

CLAPARÈDE, Michel (1774-1841): generale francese, prese parte alla battaglia di Borodino.

CLAUSEWITZ, Karl von (1780-1831): generale e teorico militare prussiano, fu al servizio della Russia dal 1812 al 1814.

CLUB INGLESE: club aristocratico fondato nel 1770, a Mosca.

COLONIE MILITARI: introdotte in Russia nel 1817 da Arakcéjev, ministro della guerra di Alessandro I. Vi si voleva insediare ogni soldato con la sua famiglia imponendo allo stesso tempo l'obbligo del servizio militare e del lavoro dei campi. L'organizzazione delle colonie fu accompagnata da grandi crudeltà.

COMPANS, conte Jean-Dominique (1769-1845): generale francese, comandava un corpo d'armata nel 1812.

CONSIGLIO DI STATO: organo di carattere consultivo, corrispondente a una delle camere dei parlamenti europei. Il Consiglio di Stato fu inaugurato il 1° gennaio 1810 e organizzato secondo il progetto di Speranskij. Era composto da 35 dignitari nominati dalla Zar ed esaminava i progetti di legge sanzionati poi dal sovrano.

CORVISART, barone Jean-Nicolas (1755-1821): medico francese; assai famoso, autore di pubblicazioni, preferito da Napoleone.

CZARTORYSKY (Čatorskij), principe Adam Adamovič (1770-1861): uomo di stato di famiglia polacca, uno degli intimi di Alessandro I nei primi anni del suo regno. Membro del comitato segreto, poi ministro degli affari esteri dal 1804 al 1806, curatore nel 1810 del distretto scolastico di Vilna.

DAVOUT, Louis-Nicolas (1770-1824): duca d'Auerstaedt, principe di Eckmuhl: maresciallo francese, uomo di fiducia di Napoleone. Noto per la crudeltà verso i suoi subordinati.

DAVYDOV: celebre famiglia nobile di Mosca, che possedeva dei beni nella provincia di Mosca.

DESSAIX, Joseph-Marie (1764-1834): generale francese; comandava una divisione nel 1812. Prese parte alla battaglia di Borodino.

DOCHTUROV, Dimitrij Sergeevič (1756-1816): generale dell'esercito russo. Prese parte alle campagne dal 1805 al 1807 e a quella del 1812.

DOLGORUKOV, principe Jurij Vladimirovič (1740-1830): generale dell'esercito russo. Sotto Alessandro I comandava l'esercito territoriale della settima regione.

DOLGORUKOV, principe Mikhail Petrovič (1770-1808): generale russo, all'inizio del 1800 fu a Parigi per una missione di scambio di prigionieri.

DOLGORUKOV, principe Pëtr Petrovič (1777-1806): generale aiutante, intimo di Alessandro.

DOROCHOV, Ivan Semenovič (1762-1815): generale russo, famoso partigiano. Prese parte alle campagne di Turchia del 1806 e del 1807. Comandò nel 1812 una delle brigate della prima armata, poi un distaccamento di partigiani che si distinse nella guerra contro i francesi durante la loro ritirata.

DUCHESNOIS, Ekaterina Žozefina Rafen (circa 1780-1835): attrice tragica francese.

DUPORT, Louis (1782-1853): danzatore parigino, si stabilí a Pietroburgo nel 1808.

DUROC, Gerand-Christoph-Michel, duca del Friuli (1782-1853): maresciallo francese, intimo di Napoleone, l'accompagnò in tutte le sue campagne dal 1805 al 1813. Fu gran maresciallo di Palazzo di Napoleone.

ELIZABETH WILHEMINA: principessa di Würtemberg, imperatrice di Austria dal 1788, moglie di Francesco II.

ELIZAVETA ALEKSEEVNA (1779-1826): imperatrice di Russia, moglie di Alessandro I.

ERMOLOV, Aleksej Petrovič (1772-1861): generale russo. Prese parte alle campagne del 1805-807. Fu capo di stato maggiore della prima armata nel 1812. Piú tardi fu vicere del Caucaso.

«GAZZETTA DI AMBURGO»: periodico fondato nel 1792 che informava il pubblico russo sui principali avvenimenti europei.

GENLIS, Madame de, Stefanie-Felicite (1746-1830): donna di lettere francese, autrice di romanzi pedagogici che all'epoca ebbero un grande successo.

GEORGE, Marguerite-Josephine, Weimar (1786-1867): attrice drammatica francese che fu nelle grazie di Napoleone per parecchi anni.

GÉRARD, barone François-Pascal-Simon (1779-1837): artista e ritrattista francese.

GÉRARD, conte Maurice-Etienne (1773-1852): maresciallo francese. Nel 1812 fu generale di brigata, poi di divisione. Prese parte alla battaglia di Borodino. Comandava la retroguardia del battaglione di Davout durante la ritirata francese.

GIBBON, Edward (1737-94): storico inglese, autore della *Storia della decadenza e della caduta dell'impero romano*.

GLINKA, Sergej Nicolaevič (1776-1847): scrittore. Nel 1808 fondò la rivista *Il messaggero russo*, dedicata alla lotta contro l'influenza francese in Russia.

GOLITSYN, principe Aleksandr Nikolaevič (1773-1844): uomo di stato russo. Procuratore generale del Santo Sinodo nel 1803, ministro della pubblica istruzione dal 1816 al 1824.

GORKI: villaggio del distretto di Možajsk, in provincia di Mosca; fu uno dei luoghi in cui si svolse la battaglia di Borodino.

GOSSNER, Johann (1773-1858): pastore originario di Monaco, mistico e predicatore. Si recò a Pietroburgo nel 1820 su invito dei membri della Società Biblica; fu eletto direttore della medesima e ottenne grande successo come predicatore. Nel 1824, dopo la caduta in disgrazia di Golitsyn che aveva autorizzato la pubblicazione del suo libro *Il senso della vita e l'insegnamento di Cristo*, Gossner fu espulso.

HARDENBERG, principe Karl August (1750-1822): ministro degli affari esteri della Prussia dal 1803 al 1806, cancelliere dal 1810.

HAUGWITZ, conte Christian-August (1752-1831): uomo di stato prussiano, ministro degli affari esteri nel 1802.

IZMAIL: fortezza turca sul Danubio. Durante le guerre russo-turche, Izmail passò tre volte dalle mani dei Turchi a quelle dei russi e viceversa. Fu presa d'assalto nel dicembre 1791 dalle armate russe sotto il comando di Suvorov con la partecipazione di Kutuzov. A partire dal 1816 fu capoluogo di distretto della provincia di Bessarabia.

JOGEL′: maestro di ballo a Mosca, i cui balli furono molto popolari.

JUNOT, Andoche; duca d'Abrantés (1771-1813): generale francese. Fu allontanato dall'esercito da Napoleone nel 1812 in seguito all'insuccesso delle sue operazioni militari.

KAJSAROV, Andrej Sergeevič (1782-1813): scrittore, professore di lingua russa, combattente nel 1812, ucciso a Hanau.

KAJSAROV, Pajsij Sergeevič (1783-1844): generale russo. Inizialmente fu generale aiutante di campo, poi comandò l'avanguardia dell'esercito. Fu capo di un distaccamento di partigiani nel 1813.

KAMENNYJ MOST: ponte di Mosca, sulla Moskva.

KAMENNYJ OSTROV: una delle isole di Pietroburgo; luogo di villeggiatura amato dall'aristocrazia.

KAMENSKIJ, conte Mikhail Fedotovič (1738-1809): feldmaresciallo russo. Prese parte alla guerra dei Sette Anni (campagna del 1760-

1761) e alla guerra contro i Turchi (1769-74). Fu nominato generale in capo dell'armata russa nel 1806, ma ricoperse tale incarico per soli sei giorni, poi si ritirò in campagna. Fu assassinato poco tempo dopo dai suoi servi.

KARAMZIN, Nikolaj Mikhajlovič (1766-1826): scrittore russo, autore di racconti sentimentali dei quali il piú noto è *La povera Lisa* (1792).

KLJUČAREV, Fëdor Petrovič (1754-1820): scrittore di ispirazione mistica, frammassone. Amico di Novikov, ebbe una parte attiva nella conduzione della Società. Funzionario del servizio delle poste a partire dal 1799, poi direttore delle medesime. Si inimicò Rastopčin intercedendo per Vereščagin. Fu spogliato delle sue funzioni da Rastopcin che lo sospettava di essere a capo di un complotto di martinisti. Alessandro I lo nominò senatore nel 1815.

KOČUBEI, principe Viktor Pavlovič (1768-1834): uomo di stato russo, ministro dell'interno dal 1802 al 1807. Fu intimo di Alessandro I.

KOLOČA: affluente di destra della Moskva.

KONOVNITSYN, conte Pëtr Petrovič (1764-1822): generale russo, nel 1812 comandò una divisione, poi la retroguardia delle armate russe. Fu accanto ad Alessandro I nel 1815, poi ministro della guerra dal 1815 al 1819.

KONSTANTIN, granduca Pavlovič (1779-1831): fratello di Alessandro I. Era comandante della Guardia durante la campagna all'estero. Prese parte alla battaglia d'Austerlitz. Ritornò a Pietroburgo nel dicembre del 1805.

KOZLOVSKY, principe: colonnello alla testa di un battaglione del reggimento Preobraženskij.

KREMS, battaglia di: si svolse dal 30 ottobre all'11 novembre 1805 tra i russi comandati da Kutuzov e la divisione Mortier. Si concluse con la vittoria dei russi.

KREDENER (Krjudener, Krüdener), baronessa Barbara Julija: personalità religiosa russa che esercitò una grande influenza su Alessandro I. A partire dal 1821 visse a Pietroburgo dove si uní a un gruppo di mistici russi.

KURAKIN (Kourakine), principe Aleksandr Borisovič (1752-1818): diplomatico russo, ambasciatore a Vienna dal 1806 al 1808, poi a Parigi dal 1808 al 1812.

KURBSKIJ, principe Andrej Mikhailovič (1528-83): condottiero e scrittore.

KUTAJSOV, conte Aleksandr Ivanovič (1784-1812): generale russo, prese parte alla guerra dal 1806 al 1807. Comandante dell'artiglieria della prima armata nel 1812.

KUTUZOV (Koutouzoff); Mikhail Ilarionovič; principe di Smolensk (1745-1813): comandante supremo dell'esercito russo. Si distinse durante le guerre di Turchia. Nel 1805 fu a capo dell'armata inviata a soccorso dell'Austria. Generale in capo dell'esercito russo nel 1812.

LANFREY, Pierre (1828-77): pubblicista e storico francese, moderato repubblicano. Autore di una storia di Napoleone, che contrariamente a Thiers, viene da lui giudicato molto severamente.

LANGERON, conte Aleksandr Fëdooivič (1763-1831): prestò servizio nell'esercito francese; durante la Rivoluzione emigrò ed entrò a servizio della Russia nel 1790. Prese parte alla guerra di Turchia e alle guerre contro Napoleone. Fece la conoscenza di Puškin a Odessa dove ricopriva un posto nell'amministrazione.

LANNES, Jean, duca di Montebello (1769-1809): maresciallo francese. Prese parte alla battaglia di Pultusk. Nel 1809 comandò un corpo d'armata e fu mortalmente ferito nella battaglia di Essling.

LARREY, barone Dominique-Jean (1766-1842): medico di Napoleone. Prese parte a tutte le campagne della Repubblica e dell'Impero.

LAURISTON, marchese Alexandre-Jean-Bernard (1768-1828): maresciallo di Francia. Fece i suoi studi con Napoleone alla Scuola di Artiglieria. Napoleone lo scelse come aiutante di campo nel 1800. Prese parte alle due campagne del 1805 e del 1809. Ambasciatore a Pietroburgo nel 1811.

LAVATER, Johann Kaspar (1741-1801): pastore e scrittore svizzero; inventò la teoria fisiognomica, cioè l'arte di dedurre i caratteri psicologici e morali di una persona dai tratti del viso e dalla struttura ossea della testa.

LELORME D'IDEVILLE: interprete di Napoleone, al momento della sua entrata a Mosca.

LEMARROIS, Jean-Leonard-François (1776-1836): generale francese, aiutante di campo di Napoleone.

LEPPICH, Franz (nato nel 1785): di origine olandese, autore nel 1812 del progetto di un aerostato da usarsi contro gli invasori francesi.

LICHTENSTEIN, principe Johann-Joseph (1769-1836): feldmaresciallo austriaco. Dopo la battaglia di Austerlitz, condusse le trattative che si conclusero con la pace di Presburgo. Comandante di un corpo di armata nel 1809, prese parte alle battaglie di Essling e di Wagram. Concluse il trattato di Schönbrunn.

LIGNE, principe Charles-Joseph (1735-1814): uomo politico e scrittore belga al servizio dell'Austria, amico dell'imperatore Giuseppe II d'Asburgo.

LOPUKHIN, Ivan Vladimorovič (1756-1816): frammassone e mistico russo.

LOPUKHIN, principe Pëtr Vasilevič (1744-1827): governatore di Jaroslav e di Vologda sotto Caterina II; ministro della giustizia sotto

Alessandro I dal 1803 al 1810; presidente del Consiglio di Stato e del Consiglio dei ministri.

MACK, Karl (1752-1828): generale austriaco. Accerchiato dalle truppe francesi a Ulm, si arrese a Napoleone. Fu degradato dal consiglio di guerra.

MAGNITSKIJ, Mikhail Leont'evič (1778-1855): collaboratore di Speranskij, fu esiliato dopo la caduta in disgrazia di quest'ultimo. Fece carriera grazie alla protezione di Arakčeev e di Golitsyn. Responsabile del distretto scolastico di Kazan, mandò in rovina l'insegnamento universitario di questa città con le sue misure reazionarie.

MAISTRE, Joseph-Marie de (1754-1821): scrittore francese e uomo di stato piemontese. Visse a Pietroburgo dal 1812 al 1817 in qualità di ambasciatore del re decaduto di Sardegna. Autore de *Les soirées de Saint-Pétersbourg*.

MALOJAROSLAVETS: capologuogo di distretto della provincia di Kaluga dove il 12 ottobre 1812 si svolse una battaglia tra i francesi in ritirata da Mosca e i russi. La città, persa e riconquistata otto volte, restò nelle mani dei francesi, ma questa azione militare ebbe come conseguenza il ritiro forzato dei francesi lungo la strada di Smolensk.

MAMONOV (Dimitriev-Mamonov), Matvej Aleksandrovič (1790-1863): frammassone, figlio del favorito di Caterina II. Nel 1812 equipaggiò a sue spese un reggimento di cavalleria. Il reggimento di Mamonov si distinse nei combattimenti di Tarutino e di Malojaroslavets.

MARIN, Sergej Nikiforovič (1775-1813): aiutante di campo di Alessandro I; poeta, compose versi satirici e parodie.

MAR'JA FËDOROVNA, imperatrice madre (1759-1828): già principessa di Würtemberg, vedova di Paolo I, madre di Alessandro I.

MARKOV, o meglio Morkov, conte Arkadij Ivanovič (1747-1827): diplomatico russo. Fu ambasciatore a L'Aia e a Stoccolma; poi, dal 1801 al 1803, a Parigi donde, per desiderio di Napoleone, fu richiamato.

MEDNYN': capoluogo di distretto della provincia di Kaluga sulla riva del fiume Medynka.

«MESSAGGERO RUSSO (IL)»: giornale di tendenza patriottica, pubblicato a Mosca da Glinka dal 1808 al 1824.

METTERNICH, principe Klemens-Wentzel (1773-1859): diplomatico austriaco. Ministro degli esteri del suo paese dal 1809 al 1847, ebbe un importante ruolo in tutte le questioni europee del suo tempo.

MICHAUD DI BEAURETOUR, conte Aleksandr Frantsovič (1771-1841): colonnello, ingegnere militare; passò dal servizio della Sardegna a

stretto scolastico di Pietroburgo dal 1803 al 1804 e presidente dell'Accademia delle Scienze. Nel 1813 fu nominato presidente del Consiglio provvisorio creato per l'amministrazione del granducato di Versavia. Membro, poi presidente del Consiglio di Stato e del Consiglio dei ministri.

OBOLENSKIE: famiglia principesca russa.

OČAKOV: fortezza turca alla foce dello Dnieper, presa dalle truppe russe comandate da Suvorov nel 1788.

OREL: capoluogo dell'omonima provincia, alla confluenza dell'Oka e dell'Orlik.

ORLOV, conte Aleksej Gregor'evič (1737-1807): generale russo, favorito di Caterina II. Si ritirò nel 1775. Visse a Mosca sotto Alessandro I e conquistò una grande popolarità per il suo grandioso stile di vita e la sua ospitalità.

ORLOV-DENISSOV, conte Vasilij Vasilevič (1775-1843): generale russo. Prese parte alle guerre del 1806 e del 1808 e a tutte le principali battaglie della campagna del 1812. Fu sua l'idea di aggirare il fianco sinistro dei francesi a Tarutino.

OSTERMAN-TOLSTOJ, conte Aleksandr-Ivanovič (1770-1857): generale russo. Prese parte alla guerra dal 1805 al 1809. Nel 1812 comandava il quarto corpo della prima armata di Occidente. Prese parte alla battaglia di Borodino e alla campagna del 1813.

OUDINOT, duca Nicolas-Charles: maresciallo di Francia. Nelle campagne del 1805 e del 1806-807 comandava un reggimento di granatieri.

PAGGI, corpo dei: istituzione educativa privilegiata riservata ai figli della nobiltà cresciuti presso la Corte. Fondato nel 1759, fu trasformato in organo di istruzione militare nel 1802.

PAHLEN, conte Fëdor Petrovič (1780-1863): diplomatico russo e consigliere segreto. Fu ambasciatore a Washington, Rio de Janeiro e Monaco; fu membro del Consiglio dell'Impero.

PALAZZO D'INVERNO: a Pietroburgo, sulla riva della Neva. Fu costruito nel 1768 dall'architetto Rastrelli, restaurato dopo l'incendio del 1839. Residenza degli Zar

PAOLO I (1754-1801): imperatore di Russia dal 1796 al 1801, assassinato l'11/23 (secondo i due calendari) marzo 1801; padre di Alessandro I.

PAULUCCI, marchese Filipp Osipovič (1779-1849): generale aiutante di campo. Prestò servizio nell'esercito francese, poi passò al servizio della Russia nel 1807. Nel 1812 fu capo di stato maggiore del primo corpo d'armata, poi nominato governatore della Livonia e della Curlandia. Andò in Italia nel 1829.

PETERHOF: capoluogo del distretto della provincia di San Pietroburgo, sulle rive del golfo di Finlandia, a 29 km dalla capitale. Residenza degli Zar.

PFUHL, barone Karl-Ludwig-August (1757-1826): generale e teorico militare prussiano. Passò al servizio della Russia nel 1806. Nel 1812 su richiesta di Alessandro I fissò il piano delle operazioni contro Napoleone. Fu richiamato a Pietroburgo in seguito al suo infelice progetto di fortificazione del campo di Drissa e da là andò in Inghilterra.

PIETRO III (1728-62): imperatore di Russia dal 1761 al 1762, marito di Caterina II, detronizzato e assassinato dalla moglie. La sua morte prematura diede origine a leggende popolari. Pugačëv si farà passare per Pietro III sfuggito alla morte e tornato per liberare il suo popolo.

PLATON, Pëtr Georgevič Levšin (1737-1812): metropolita di Mosca dal 1787 sino alla morte, scrittore e oratore rinomato.

PLATOV, conte Matvej Ivanovič (1751-1818): generale russo, atamano dei Cosacchi del Don, prese parte attiva alle guerre contro Napoleone. Godeva di una grande popolarità nell'esercito russo.

PONIATOWSKY, principe Iosif (1763-1813): nipote del re di Polonia Stanislao-Augusto, generale polacco, nel 1807 fu ministro della Guerra del granducato di Varsavia. Prese parte alla campagna di Napoleone in Russia nel 1812 come comandante di un corpo d'armata polacco.

POTEMKIN, principe Grigorij Aleksandrovič (1739-91): uomo di stato e generale russo, favorito di Caterina II.

PREOBRAŽENSKIJ: uno dei due primi reggimenti di fanteria della Guardia russa. Formato da Pietro il Grande nel 1687.

PUGAČËV, Emel'jan Ivanovič (1726-75): cosacco che fomentò la rivolta popolare delle regioni del Volga sotto Caterina II. Si faceva passare per Pietro III.

PULTUSK: città della provincia di Varsavia nei pressi della quale ebbe luogo una battaglia tra Russi e francesi il 26 dicembre 1806.

PUŠKIN, Vasilij L'vovič (1770-1830): poeta, zio del grande poeta A. S. Puškin.

RAEVSKIJ, Nikolaj Nikolaevič senior (1771-1829): generale russo. Comandava il settimo corpo di fanteria dell'esercito di Bagration all'inizio della guerra del 1812. Durante la battaglia di Borodino, comandava il ridotto centrale che fu nominato ridotto Raevskij. Diventò membro del Consiglio di Stato sotto Nicola I.

RAEVSKIJ, Nikolaj Nikolaevič junior (1801-43): figlio del precedente, portabandiera nel 1812. Il fatto è celebrato dai poeti Žukovskij e Puškin.

RAPP, conte Jean (1772-1821): generale francese, aiutante di campo di Napoleone dal 1800 al 1814. Partecipò a molte guerre. Comandava una divisione di dragoni. Fece fallire l'attentato di Federico Staps (1819) contro Napoleone. Prese parte alla campagna di Russia e fu ferito nella battaglia di Borodino.

RASTOPČIN (Rastopchine), conte Fëdor Vasilevič (1763-1828): favorito di Paolo I, governatore di Mosca dal 1812 al 1814. Nel 1812 fece stampare dei manifesti patriottici, da lui stesso redatti, per la popolazione di Mosca.

RAZUMOVSKIJ, principe Andrej Kirillovič (1752-1836): diplomatico russo, ambasciatore a Vienna dal 1790 al 1799 e dal 1801 al 1807. A Vienna frequentò Mozart, Haydn e Beethoven.

REPNIN, principe Nikolaj Gregorevič (1778-1833): generale russo aiutante di campo. Nel 1805 comandava il quarto squadrone del reggimento delle guardie a cavallo che nella battaglia di Austerlitz sferrò un attacco rimasto celebre. Ferito al petto e alla testa, il principe R. fu fatto prigioniero con tutto il suo squadrone, diciotto uomini in tutto. Nel 1812 comandava la nona divisione della cavalleria.

RJURIK (830-79): capo dei Variaghi, primo principe russo, secondo la leggenda.

ROUSTAN, il mamelucco (1780-1845): guardia del corpo di Napoleone.

RUMJANTSEV, Nikolaj Petrovič (1754-1826): uomo di stato russo. Senatore sotto Paolo I, ministro del Commercio, poi ministro degli Esteri e cancelliere sotto Alessandro I.

RUŠČUK: fortezza turca sulla riva destra del Danubio. Durante la guerra russo-turco del 1806-12, fu a lungo assediata senza successo dalle truppe russe; Kamensky l'espugnò il 22 luglio 1810, non senza gravi perdite per l'esercito russo.

SANTA ALLEANZA: patto stipulato tra i sovrani di Russia, Prussia e Austria per l'osservanza dei trattati del 1815 e per la lotta contro le aspirazioni liberali dei piccoli stati europei.

SANTO SINODO: organo ecclesiastico creato da Pietro il Grande nel 1721 con il compito di trattare e controllare gli affari spirituali, in assenza del Patriarcato, abolito dallo stesso Pietro per ridurre e subordinare il potere ecclesiastico. Composto da metropoliti, arcivescovi e vescovi designati dallo zar, era posto sotto la sorveglianza di un laico, il procuratore generale del Santo Sinodo.

SAVARY, Anne-Jean-Marie-René; duca di Rovigo (1774-1833): generale francese. Aiutante di campo e uomo di fiducia di Napoleone a partire dal 1800. Prese parte alle campagne dal 1805 al 1807 come generale di divisione.

SAVOSTʹJANOV, contadino del villaggio di Fili, distretto di Mosca: nella sua isba, chiamata poi l'isba di Kutuzov, si svolse il consiglio di guerra in cui si deliberò l'abbandono di Mosca.

SCHMIDT: generale austriaco, intimo dell'imperatore Francesco. Legato a Kutuzov durante la guerra del 1805. Ucciso nel combattimento di Krems.

SCHWARTZ, Fëdor Efimovič; colonnello: creatura di Arakčeev, con la sua crudeltà provocò la rivolta del reggimento Semjonovskij.

SCHWARZENBERG, principe Karl-Filipp (1771-1820): feldmaresciallo austriaco, vicepresidente del consiglio di guerra nel 1805. Ambasciatore a Pietroburgo nel 1808. Comandò un corpo di truppe ausiliarie austriache nel 1812. Fu generale in capo delle truppe alleate nel 1813.

SEBASTIANI, conte Horace (1775-1851): maresciallo di Francia, partecipò a numerose campagne militari tra il 1812 e il 1814. Ministro degli esteri nella Restaurazione.

SEMENOVA, Ninfodora Semënovna (1787-1876): cantante d'opera; secondo intenditori, si distingueva piú per la recitazione che per la voce. Le erano assidui Puškin, Griboedov, Žukovskij.

SEMENOVSKIJ: reggimento di fanteria della guardia, tra i primi creati da Pietro il Grande nel 1687. Si ammutinò nel 1820 per protesta contro le punizioni corporali inflitte dal colonnello Schwartz.

SENATO: la piú alta istituzione statale dell'impero russo, istituito nel 1711 da Pietro il Grande.

SESLAVIN, Aleksandr Nikitič (1780-1858): generale russo, famoso partigiano. Prese parte alle campagne del 1805, 1807 e 1810. Nel 1812 comandava un distaccamento indipendente di partigiani. Fu il primo ad accorgersi che i francesi avevano lasciato Mosca prendendo la strada di Kaluga e li inseguí senza posa con il suo gruppo di partigiani.

ŠEVARDINO: villaggio del distretto di Možajsk, provincia di Mosca, vicino a Borodino. Il 24 agosto 1812 vi ebbe luogo un combattimento; i francesi s'impadronirono del ridotto di Ševardinò.

ŠIŠKOV, Aleksandr Semënovič (1754-1841): uomo di stato russo autore del manifesto del 1812. Ministro della pubblica istruzione dal 1824 al 1828.

SISMONDI, Jean-Charles-Leonard (1773-1842): storico ed economista francese.

SPERANSKIJ, conte Mikhail Mikhailovič (1772-1839): uomo di stato russo, figlio di un prete di villaggio. Fu incaricato da Alessandro di redigere una proposta di costituzione; ebbe un grande potere dal 1809 al 1812, poi cadde in disgrazia.

STAPS, Friedrich (1792-1809): studente tedesco che tentò di assassinare Napoleone il 12 ottobre 1809 a Vienna; fu fucilato il 17 ottobre per decisione del consiglio di guerra.

STEIN, Heinrich-Friedrich-Karl (1757-1831): ministro e riformatore prussiano, esiliato dalla Germania da Napoleone.

STEŠA O STEŠKA: cantante tzigana che godette di una grande notorietà a Mosca all'inizio del XIX secolo. Avrebbe ricevuto in dono uno scialle dalla famosa cantante lirica italiana Catalani. Puškin parlò della loro amicizia.

STROGANOV, conte Pavel Aleksandrovič (1774-1817): generale e senatore russo, faceva parte della cerchia di Alessandro I che nel 1805 accompagnò nella campagna contro Napoleone. Sbrigava gli affari correnti con le corti di Vienna, Berlino e Londra.

SUVOROV, Aleksandr Vasilevič, principe d'Italia (1730-1800): generalissimo dell'armata russa. Prese parte alle campagne d'Italia e di Svizzera contro la Francia alla testa dell'esercito austro-russo.

TARUTINO: villaggio del distretto di Borovskoe, provincia di Kaluga. L'armata russa in ritirata da Mosca vi stabilí un campo dal 20 settembre al 6 ottobre 1812. Il 6 ottobre vi ebbe luogo una battaglia tra i russi e l'avanguardia dell'esercito francese sotto il comando di Murat.

TATARINOVA, Ekaterina Filippovna (1783-1856): mistica russa, fondò a Pietroburgo l'«Unione Spirituale» che durò dal 1817 al 1837.

TOLL (Tol′), conte Karl Fëdorovič (1777-1842): generale russo. Partecipò alle campagne del 1805.

TROITSE-SERGEEVA-LAVRA: monastero del distretto Dimitrovskij, provincia di Mosca, fondato da san Sergio di Radonež intorno al 1335.

TSAREVO-ZAJMIŠČE: villaggio del distretto di Vjaz′ma, provincia di Smolensk, a 45 km da Vjaz′ma, dove nel 1812 Kutuzov ricevette il comando degli eserciti russi.

TUGENBUND: associazione tedesca fondata a Königsberg nel 1808 per educare la gioventú nello spirito delle tradizioni nazionali. Sciolta per ordine di Napoleone nel 1810, dopo la sua caduta si trasformò prendendo un carattere di opposizione al governo.

UVAROV, conte Fëdor Petrovič (1773-1824): generale russo. Nel 1805 comandava un reggimento di guardie a cavallo che prese parte alla battaglia di Austerlitz. Partecipò alla battaglia di Borodino. Addetto al servizio di Alessandro I dal 1813 al 1814.

VALUEVO: villaggio del distretto di Mozajsk, provincia di Mosca, vicino a Borodino; uno dei luoghi della battaglia omonima.

VEREŠČAGIN, Mikhail Nikolaevič (1790-1812): figlio di un commerciante di Mosca; avendo tradotto in russo due articoli della «Gazzetta di Amburgo» riguardanti Napoleone, fu accusato da Rastopčin di alto tradimento, arrestato, rinchiuso in prigione e consegnato alla giustizia. Il 17 luglio del 1812 fu condannato ai lavori forzati a vita. Rastopčin aggravò la sua condanna aggiungendovi

25 frustate. Il 2 settembre, giorno dell'entrata dei francesi a Mosca, Rastopčin lo consegnò ai soldati della sua scorta e alla folla inferocita che si era radunata intorno alla sua casa.

VJAZEMSKIJ, principe Andrej Ivanovič (1750-1807): consigliere di stato moscovita, assiduo frequentatore del Club inglese, padre dello scrittore P. A. Vjazemeskij.

VIL'E O VILLIE, barone Jakov Vasil'evič (1765-1854): medico di fama, di origine scozzese. Accompagnò Alessandro I in tutte le sue campagne, viaggi e congressi. Fu presidente dell'Accademia medico-chirurgica dal 1809 al 1838.

VILLENEUVE, Pierre-Charles-Jean-Baptiste-Silvestre (1763-1806): ammiraglio francese sconfitto da Nelson a Trafalgar nel 1805. Dopo questa disfatta si suicidò.

VINESSE: miniaturista rinomato. Viveva a Pietroburgo nel 1812.

VJAZ'MA: capoluogo del distretto della provincia di Smolensk. La battaglia di Vjaz'ma fra il grosso dell'esercito francese che si ritirava da Mosca e l'avanguardia dell'armata russa comandata da Miloradovič e Platov ebbe luogo il 22 ottobre 1812.

VJAZMITINOV, conte Sergej Koz'mič (1749-1819): amministratore russo. Governatore generale di San Pietroburgo nel 1805, 1812 e 1816. Fu inoltre capo della polizia a partire dal 1812 e presidente del Consiglio dei ministri.

VOLKONSKIJ, conte Pëtr Mikhailovič (1776-1852): feldmaresciallo russo. Nel 1805 fu generale aiutante di campo, prima nell'esercito di Bukshevden, poi in quello di Kutuzov. Nel 1812 faceva parte del seguito di Alessandro I di cui divenne intimo nel 1813-14.

VRBNA, conte Rudolph (1761-1823): uomo di stato austriaco. Durante la conquista di Vienna Napoleone se ne serví come mediatore nelle trattative che ebbero luogo tra il governo austriaco e i francesi.

WEIROTHER: generale austriaco, capo di stato maggiore dell'esercito austriaco. Teorico militare.

WIMPFEN, Max (1770-1851): generale austriaco, addetto allo stato maggiore di Kutuzov nel 1805.

WINTZINGERODE (Vintsingerode), Ferdinand Fëdorovič (1770-1818): generale e diplomatico russo.

WITTGENSTEIN, conte Pëtr Christianovič (1768-1842): feldmaresciallo russo d'origine prussiana. Prese parte alle guerre dal 1805 al 1807. All'inizio della guerra del 1812 comandava un corpo d'armata che difese la strada per Pietroburgo. Fu generale in capo dell'armata russa dopo la morte di Kutuzov.

WOHLZOGEN, barone Ludwig-Justus (1774-1845): generale prussiano. Teorico militare, passò al servizio della Russia nel 1807 e fu addetto allo stato maggiore generale. Fu accusato di tradimento dai circoli militari russi.

WÜRTEMBERG, duca Aleksandr Friedrich (1771-1833): fratello della imperatrice di Russia Mar′ja Feodorovna, moglie di Paolo I, e primo re del Würtemberg con il nome di Federico Carlo I. Prese parte alla guerra del 1812.

ZAMOSKVOREČ′E: quartiere sud-est di Mosca, sulla riva opposta della Moscova rispetto al Cremlino.

ZUBOV, conte Platon Aleksandrovič (1767-1822): favorito di Caterina II.

Stampato per conto della Casa editrice Einaudi
presso Mondadori Printing S.p.A., Stabilimento N.S.M., Cles (Trento)

C.L. 11849**

Edizione						Anno			
11	12	13	14	15	16	2003	2004	2005	2006